collection omnibus

Mazo de la Roche

Les Jalna

2

Les frères Whiteoak

L'héritage des Whiteoak

Jalna

Les Whiteoak de Jalna

PRESSES DE LA CITÉ

ISBN 2-258-03103-6 N° Editeur : 5812
Dépôt légal : mars 1990

SOMMAIRE

MAZO DE LA ROCHE DE JALNA

Mazo de la Roche, dit-on, fuyait les journalistes et se souciait peu de rectifier ce qui était écrit sur elle du moment que le résultat donnait un portrait pittoresque et piquant. C'est probablement pourquoi les détails sur son existence sont demeurés assez fantaisistes jusqu'à ce que Ronald Hambleton effectue de sérieuses recherches pour rédiger sa biographie : *Mazo de la Roche of Jalna,* publiée en 1966, cinq ans après sa mort.

Elle est originaire de l'Ontario, province appelée jadis « Haut-Canada » à prédominance anglaise, par opposition au « Bas-Canada » ou province de Québec. Elle est née le 15 janvier 1879 à Newmarket, « d'Alberta Lundy et de William Richmond Roche, négociant », l'un et l'autre issus d'immigrés français, anglais et irlandais venus chercher fortune au Canada. Sa grand-mère, Sarah Bryan, est irlandaise, son grand-père paternel a des ascendances françaises, d'où le « de la » ajouté par Mazo à son patronyme.

Des deux côtés la famille est nombreuse, mais Mazo reste fille unique. Sa mère est longtemps malade. Son père, tel Micawber l'optimiste et malchanceux héros de Dickens, se lance sans succès dans diverses entreprises commerciales et habite un temps avec les siens dans la grande maison des Lundy qui accueilleront aussi vers 1894 une cousine de sept ans orpheline, Caroline Clement. Caroline devient la sœur adoptive de Mazo et ne la quittera plus.

La mort du patriarche Lundy provoque la dispersion de la famille. Les Roche (William et Alberta, Mazo et Caroline) déménagent presque tous les ans, au gré des tentatives de William pour améliorer sa situation. Entre autres, il se voit gentleman-farmer et achète la ferme de Foxleigh Farm : une aventure enrichissante intellectuellement pour Mazo mais qui se soldera par un échec matériel — la ferme devra être vendue.

Le climat familial, aussi bien chez les Lundy (au milieu de grands-oncles, grand-tantes, oncles et tantes) que chez les Roche, est chaleureux. Les parents de Mazo lui font la lecture, ils fréquentent des gens cultivés (notamment des journalistes) et si l'enfance de Mazo est assombrie par le mauvais état de santé de sa mère, tout concourt à éveiller son intelligence et ses dons.

La jeune fille s'oriente vers le dessin, qu'elle étudie à Toronto, mais des vertiges l'obligent à se soigner pendant une année. Elle commence à écrire. Un premier court récit est accepté et publié en 1902. Sa carrière de nouvelliste vient de débuter. De sa première vocation elle a gardé l'habitude de travailler sur une planche à dessin posée sur ses genoux et de gribouiller des croquis dans les marges. Elle a gardé aussi le coup d'œil du peintre.

La mort décime la famille proche et moins proche. Son père disparaît en 1915, sa mère en 1920. Mazo et Caroline sont désormais seules. Mazo poursuit sa carrière de femme de lettres, sa cousine-sœur celle de statisticienne au parlement de Toronto.

En 1923 paraît un premier roman : *Possession* ; en 1926 un deuxième : *Delight*, traduit en 1949 sous le titre *Délice* ; en 1927, le troisième, présenté in extremis juste avant la clôture du concours ouvert par la revue américaine *Atlantic Monthly* et l'éditeur Little, Brown pour couronner le meilleur roman de l'année, remporte le prix de dix mille dollars — c'est *Jalna*.

Mazo de la Roche pouvait vivre de sa plume. Le prix va lui permettre de voyager, et la notoriété acquise auprès d'un public qui réclame une suite va l'obliger à continuer la chronique de Jalna. « Elle est une mine d'or », dira un de ses éditeurs. Désormais, elle pourra mener une existence aisée. Prudente, Caroline attendra plus d'une année avant de donner sa démission et de devenir l'assistante de sa cousine : tenant la maison, les comptes, et dactylographiant les manuscrits. Sa correspondance dénote qu'elle aussi sait écrire, a un don pour saisir le trait comique et un grand esprit critique.

En 1929, première traversée vers l'Europe et séjour en Sicile, puis en Angleterre où les deux femmes finissent par s'installer. Des amis rencontrés en Sicile meurent en 1931 et Mazo réussit — ce n'est pas facile pour une célibataire — à adopter leurs deux enfants qui ont deux ans et demi (Esmée, dite Patty) et treize mois (Michael Richmond René). La mère est morte peu après la naissance de René, le père était mort six mois auparavant.

L'Angleterre est désormais le port d'attache de la famille qui retournera au Canada où elle possède un terrain et un chalet d'été pour les vacances — et après la déclaration de la Deuxième Guerre mondiale. Mazo de la Roche continue — en ordre dispersé — et un peu malgré elle la chronique de la famille Whiteoak qui formera en tout 16 volumes.

En dehors des « Jalna », elle a écrit des poèmes, des nouvelles (plus de cinquante), des récits pour enfants *(Explorers of the Dawn,* 1922, paru en France sous le titre *Trois Petits Diables* ; *The Song of Lambert,* 1955, histoire d'un agneau, etc.), une monographie sur le port de Québec (*Quebec, Historic Seaport,* 1945) et des textes autobiographiques, comme l'excellent *Portrait d'un chien* (*Portrait of a Dog,* 1930) où elle parle avec talent de son scotch-terrier aveugle, et *Ringing the Changes* (1957) qui relate sa jeunesse.

Faut-il prendre au sérieux cette autobiographie ? La modestie du titre (il signifie à peu près : « Variations sur un thème ») incite à ne pas tout y prendre à la lettre. Mais si l'on en saisit l'esprit, elle apporte de précieuses indications et on comprend, dès lors, à la lecture de la chronique des Whiteoak, à quelle riche source personnelle s'est abreuvée l'imagination de Mazo de la Roche. Dans son œuvre, dès les premiers textes, se sont confondus ce qu'elle avait vécu et ce qu'elle avait rêvé de vivre.

De sa vie affective, on sait peu de chose. Mazo a trente-cinq ans lorsqu'un familier de la famille, Pierre Fritz Manstendel, un Alsacien, qui en a trente-huit, annonce qu'il épouse Eva, la tante de Mazo, de vingt ans son aînée. Dans *Ringing the Changes,* Mazo signale le fait sans plus de commentaire. On ne peut s'empêcher de remarquer que dans la chronique des Whiteoak abondent les amours non payées de retour, du béguin à la passion durable, les mariages d'intérêt ou mal assortis...

Le détail importe d'ailleurs peu, Mazo de la Roche mène une vie bien remplie, partagée entre sa famille, ses voyages, ses romans, leur adaptation pour le théâtre ou la radio, sa correspondance spirituelle et parfois mordante avec ses éditeurs, ses critiques ou ses collègues et amis.

Une vie qui s'achève à Toronto le 12 juillet 1961.

La carrière des « Jalna » (qu'elle avait voulu interrompre à plusieurs reprises mais qu'elle s'est obligée à continuer sous la pression de ses éditeurs et du public), elle, n'est pas pour autant terminée.

Best-seller partout dans le monde dès sa parution — on en est fou en France comme en Norvège — *Jalna,* groupé avec *Les Whiteoak de Jalna,* a connu en 1936 sous forme de pièce de théâtre dans une adaptation de Mazo de la Roche et de Nancy Price un record de longévité à Londres. Un film a été tourné en 1935 et une série télévisée en 1972.

Avant 1927, Mazo de la Roche était considérée comme un des grand espoirs de la littérature réaliste canadienne. Après *Jalna*, elle reste un des auteurs les plus prolifiques (23 romans, plus de 50 nouvelles, 13 pièces de théâtre, des poèmes, etc.), mais son succès auprès du public a aigri certains critiques et estompé l'estime que méritent ses premiers ouvrages.

C'est vrai que tous les volumes de la série des Jalna ne sont pas d'égale intensité, pourtant tous ont le même succès et encore aujourd'hui cette œuvre est rééditée.

Le succès aurait pu venir d'un coup de chance, du hasard d'un sujet qui plaît exploité avec habileté, mais cela ne suffirait pas à expliquer sa durée : une guerre, plus d'un demi-siècle ont passé et le charme s'exerce toujours.

Dans sa chronologie finale, le récit débute au temps de la reine Victoria, pendant la période de la guerre américaine de Sécession où Nordistes et Sudistes s'affrontent sur la question de l'esclavage (1861-1865), mais l'action principale se situe au Canada (dont on oublie souvent qu'il est le pays le plus vaste du monde après la Russie) et plus précisément dans la région du lac Ontario très peu peuplée, donc très peu colonisée, à l'époque.

Pour ceux qui s'y sont fixés, pour Philippe et Adeline Whiteoak, les fondateurs de la dynastie, les événements extérieurs viennent mourir à la limite du domaine, à l'instar des vagues sur la grève du lac Ontario, qui s'étend entre Canada et États-Unis. Leur existence personnelle sur ce domaine compte en premier et en totalité. La venue d'un parent ou d'un cousin y revêt plus d'importance que les bouleversements mondiaux. Et l'on sent bien que c'est un privilège d'entrer dans le cercle des proches des Whiteoak.

Ils aiment l'indépendance, l'argent, la bonne nourriture, les chevaux et les grands espaces, leurs chiens et leur maison. Ils sont capables de générosité comme de mesquinerie. L'hérédité irlandaise d'Adeline ajoute feu et vivacité à la monotonie des jours. On regarde vivre les Whiteoak avec la curiosité amusée que l'on porte à des voisins pittoresques et remuants, avec la sympathie un peu envieuse de ceux qui aimeraient bien aussi être là-bas, dans ce Canada immense et sauvage.

Une image du Canada qui fait faire la petite bouche à quelques critiques autochtones parce que c'est celui d'avant les temps industriels, le Canada des pionniers puis des agriculteurs encore épargnés par la modernité.

Une image mythique, certes, mais que gardent au cœur tous ceux qui rêvent d'un coin de terre à soi et d'espace vierge autour.

Au demeurant, l'histoire des Whiteoak, même quand ils subissent le contrecoup de deux guerres, a une certaine intemporalité qui lui permet de s'insérer aisément dans l'imaginaire des générations successives.

Il y a aussi ce cadre, ce lac vaste comme une mer, ces vols de palombes qui planent sur la forêt à la façon d'un nuage, ce ruisseau grossi par la fonte des neiges, ces champs de pommiers en fleur, ces chevaux dans les prés et la senteur diverse des saisons. Et il y a la maison avec ses cinq cheminées, accueillante et tutélaire. Un des volumes s'intitule *Whiteoak Heritage* : c'est l'héritage au sens de tradition qu'il faut entendre, et l'on y voit les disputes, querelles, jalousies communes à toutes les familles, mais aussi cette entente, cette solidarité familiale à la fois étouffante et réconfortante. Cette chaleur nous attire et nous séduit, nous spectateurs du théâtre Whiteoak qui en jouissons par procuration sans en courir les risques. De terribles risques dont nous sommes témoins et conscients. Voilà aussi pourquoi cette longue chronique peut continuer à plaire avec sa vie quotidienne en apparence banale, son humour et ses rebondissements inattendus, souvent cruels comme dans la réalité.

Elle sonne juste, ses personnages sont vrais et plus complexes qu'il n'y paraît à première vue. Par exemple, qu'y a-t-il d'impossible à ce qu'une fiancée têtue boude vingt ans avant de se réconcilier avec celui qui l'aime, surtout si elle sait assurer son confort ?

Les affres de l'enfance et de l'adolescence aussi, Mazo de la Roche sait fort bien les mettre en scène. Et le goût du théâtre, le goût du jeu, du faire-semblant et de l'invention débridée (qu'elle partageait avec sa cousine Caroline), ce goût que nous avons eu également dans notre enfance (sinon plus tard aussi), il est là chez les plus jeunes des Whiteoak, avec parfois ces haines formidables nourries secrètement et cette inconscience qui déchaîne les catastrophes.

Mazo de la Roche a créé un microcosme étourdissant de vie, des personnages (Adeline, Renny, Finch et les autres) inoubliables, et bien que ce monument littéraire soit ignoré par la plupart de nos dictionnaires, elle mérite bien de figurer parmi les plus grands écrivains de son pays.

White oak, c'est-à-dire chêne blanc, *quercus alba* selon les botanistes : il n'y a pas plus bel arbre ni plus solide. Entrez dans la forêt de Jalna, vous ne le regretterez pas.

Janet Erié

BIBLIOGRAPHIE

ROMANS

Possession, 1923
Délice (Delight), 1926
Jalna, 1927
Les Whiteoak de Jalna (Whiteoaks of Jalna), 1929
Finch Whiteoak (Finch's Fortune), 1931
Lark Ascending, 1932
The Thunder of New Wings, 1932
Le maître de Jalna (The Master of Jalna), 1933
Jeunesse de Renny (Young Renny), 1935
La moisson de Jalna (Whiteoak Harvest), 1936
Croissance d'un homme (Growth of a man), 1938
L'héritage des Whiteoak (Whiteoak Heritage), 1940
Le destin de Wakefield (Wakefield's Course), 1941
Faux parents (The Two Saplings), 1942
La naissance de Jalna (The Building of Jalna), 1944
Retour à Jalna (Return to Jalna), 1946
Mary Wakefield, 1949
La fille de Renny (Renny's Daughter), 1951
A Boy in the House, 1952
Les frères Whiteoak (Jalna, 1923), 1953
Les sortilèges de Jalna, 1954
Le centenaire de Jalna (Centenary at Jalna), 1958
Matins à Jalna (Morning at Jalna), 1960

RÉCITS AUTOBIOGRAPHIQUES

Portrait d'un chien (Portrait of a dog), 1930
Beside a Norman Tower, 1932
La vraie maison (The Very House), 1937
Ringing the Changes, 1957

THEATRE

Low Life, 1925
Come True, 1927
The Return of the Emigrant, 1928
Whiteoaks, 1936
The Mistress of Jalna, 1951

RECUEILS DE NOUVELLES

Explorers of the Dawn, 1922
The Sacred Bullock and Other Stories of Animals, 1939
A Boy in the House and Other Stories, 1952

LES FRÈRES WHITEOAK

Whiteoak Brothers (Jalna, 1923)
1953
Traduit par Hélène Claireau

1

Jalna, 1923

Tandis qu'il s'habillait, ce matin-là, Finch Whiteoak remarqua un changement dans l'aspect de ses mains. Il s'étonna de ne pas l'avoir observé plus tôt. Elles semblaient avoir soudain, d'un jour à l'autre, pris une forme longue et mince, les doigts finement articulés, les articulations plus saillantes, le pouce plus différencié. Elles avaient l'air de mains capables de faire quelque chose de valable. Il sourit d'une oreille à l'autre à cette idée. Puis, devenant sérieux, il se redressa. C'était le 1er mars, le jour de son quinzième anniversaire. Qu'il se modifiât était tout naturel. Il se demanda s'il pouvait avoir un commencement de barbe, mais quand il se passa la main sur le visage, il le sentit aussi lisse qu'un œuf. Certes, il grandissait vite, car ses vestes étaient trop courtes des manches et ses pantalons des jambes. En considérant ses vêtements, il fronça les sourcils. N'aurait-il jamais un costume complètement neuf ? Il était toujours forcé de porter ceux qui étaient devenus trop petits pour son frère Piers, et lorsqu'un costume était devenu trop petit pour Piers, qui donc en aurait eu envie ? Pas Finch. Il en désirait un flambant neuf.

C'était le dimanche matin qu'en règle générale on mettait du linge propre, mais comme c'était son anniversaire, il en changerait aujourd'hui. Il enleva ses chaussettes dont les talons étaient troués et, ouvrant le tiroir du bas de la commode éraflée à laquelle manquaient plusieurs de ses boutons de bois, il découvrit des chaussettes et des sous-vêtements propres. Ces derniers avaient rétréci au lavage, de sorte qu'une fois qu'il eut réussi à les enfiler, il se sentit à peine en mesure de bouger. Il exécuta quelques exercices de tension afin d'atténuer sa gêne, si grotesque, ce faisant, que son frère Piers qui venait de se réveiller, gloussa d'un rire moqueur. Piers allait bientôt avoir dix-neuf ans.

Finch se raidit et demanda :

— Qu'est-ce qui te prend ?

— Toi.

— Moi ? Que veux-tu dire ?

— Tu devrais te voir.

D'une voix forte, Finch répliqua :

— Ce n'est pas ma faute si toutes mes affaires sont de cinq pointures trop petites pour moi.

— Bien sûr que non, dit Piers d'un ton apaisant. Et ce n'est pas ta faute si tu as une aussi drôle de forme. Mais tu ne peux exiger que je m'abstienne de rire.

— Tu te moquerais de notre grand-mère... si tu l'osais, dit Finch avec amertume.

— Je suis d'un naturel gai, et tu m'aides à le conserver.

— Tais-toi.

Piers se souleva sur un coude, son visage rose et blanc soudain sérieux.

— Tu ne fais pas l'impertinent, j'espère.

Finch garda le silence pendant qu'il commençait à se chausser.

— Le fais-tu ?

— Non, marmotta Finch.

Il avait trop d'expérience pour être impertinent envers Piers. D'ailleurs, le jour de son anniversaire, il devrait être de bonne humeur. Et peut-être Piers lui réservait-il un cadeau. Lors de son dernier anniversaire, Piers lui avait donné quelque chose. Qu'était-ce donc ? Oh ! oui, une cravate, et une cravate très convenable. Elle était toujours l'une de ses belles cravates. Il se dit qu'il allait la mettre ce matin ; ce serait une sorte de politesse. Et puis, cela rappellerait à Piers que c'était sa fête. Il était étrange que Piers n'y eût pas encore pensé, car, en général, il vous donnait une forte claque pour chaque année et une de plus, à assommer un bœuf, « pour vous faire grandir ». Finch jeta un regard sur son frère afin de voir s'il remarquait sa cravate, mais Piers s'était de nouveau enfoncé dans l'oreiller et avait fermé les yeux. Il profitait de ce qu'il n'avait pas classe le samedi. Son visage éclatant de santé avait cet air d'heureuse insouciance que Finch enviait tout en s'en méfiant. Il l'enviait parce qu'il savait qu'il n'aurait jamais cet air-là, et il s'en méfiait parce que c'était souvent le signe avant-coureur d'une humeur taquine. Il resta un moment les yeux fixés sur Piers, sa cravate à la main. Puis il vit que Piers s'était brusquement rendormi comme il lui arrivait souvent, ce qui donnait l'impression qu'il pouvait dormir ou s'éveiller à volonté.

Quinze ans semblaient à Finch une étape. Il se sentait différent ; il n'était plus un gosse. Une certaine dignité accompagnait le quinzième anniversaire. Plus que six ans avant sa majorité. Il se demanda comment il serait alors. Un type très différent de ce qu'il était aujourd'hui. Il élargit ses épaules et se tint très droit. Mais un moment seulement. C'était un effort vraiment trop grand, au saut du lit, dès le matin.

Et *quel* matin ! Une pluie glaciale frappait les vitres, coulant en lugubres ruisselets pour former une mare sur l'appui de la fenêtre. Le vieux cèdre proche de la croisée avait l'air d'avoir été tiré tout ruisselant d'un étang. Aucune pluie ne pourrait sûrement le mouiller à ce point. Au-delà de l'arbre, Finch apercevait la masse estompée des écuries et la silhouette d'un palefrenier qui s'y rendait en courant. Benny, le chien de berger anglais, marchait tranquillement vers la maison comme si la pluie ne lui faisait ni chaud ni froid... Quelle journée pour un anniversaire ! Et néanmoins, Finch sentait tout au fond de lui-même une délicieuse excitation.

Il versa dans le seau l'eau avec laquelle Piers s'était lavé les mains la veille au soir, remplit de nouveau la cuvette en remarquant avec dégoût le cercle de crasse qui demeurait au bord, puis il se débarbouilla la figure à l'eau froide, passa ses mains mouillées sur ses cheveux plats d'un brun clair, et fit semblant de se sécher. Pourquoi diable Piers se servait-il de leurs deux serviettes au lieu de se contenter de la sienne et les jetait-il ensuite par terre ? Il se demanda s'il allait oui ou non se brosser les dents et se décida pour la négative.

Il souhaita que quelqu'un lui fît cadeau d'une brosse à cheveux neuve et d'un peigne. Les siens étaient vraiment délabrés. Il ne se rappelait même pas à qui ils avaient appartenu ni depuis quand ils lui avaient été attribués, et pourtant, ses souvenirs remontaient à un passé très lointain. Sa chevelure humide et lisse avait fort bon air une fois coiffée, mais, quand il eut achevé de s'habiller, cette mèche rebelle s'était déplacée et retombait, rigide, sur son front. Il se nettoya les ongles et, le cœur rempli d'une profonde émotion, il sortit de la chambre à la rencontre de son anniversaire.

Au sommet de l'escalier, il hésita un instant avant d'aller regarder Eden, dormant sur le dos dans la chambre dont il laissait toujours la porte ouverte. Ses bras étaient rejetés au-dessus de sa tête, et ses cheveux, d'un or étincelant, s'étalaient emmêlés sur l'oreiller. La vue d'Eden couché ainsi fit surgir en Finch une sorte de malaise, presque de tristesse. Mais il y avait toujours quelque chose de triste à voir quelqu'un profondément endormi. Eden avait en outre un air presque humble, comme s'il se sentait honteux d'avoir été temporairement exclu de l'université le trimestre précédent, et comme s'il s'était promis de ne plus jamais, jamais se mal conduire. Cependant, dès qu'il ouvrirait les yeux, cette expression disparaîtrait et il ne serait pas content de trouver Finch en train de le regarder. Finch se demanda si Eden lui avait acheté un cadeau.

Dans le couloir, il rencontra sa sœur Meg qui tenait par la main le plus jeune membre de la famille. Pourquoi le tenait-elle ainsi comme s'il était un bébé, alors qu'il allait avoir sept ans au mois de juin prochain ? Pourquoi l'habillait-elle, lui arrangeait-elle les cheveux avec tant de soin et le gâtait-elle de toutes les façons possibles ? Il y en avait d'autres qui auraient volontiers été l'objet d'un peu plus d'attentions qu'elle ne leur en accordait.

— Voyons, Finch, mon petit, dit Meg d'un ton de reproche, pourquoi as-tu mis ton complet des dimanches ? Ce n'est que samedi, aujourd'hui. As-tu confondu les jours, chéri ?

Il avait envie de lui crier : « C'est ma fête, n'est-ce pas ? On a le droit de porter son meilleur costume pour son anniversaire, il me semble. » Mais il ne dit rien ; il ne fit que la dévisager bouche bée.

Le petit Wakefield tira la main de sa sœur et dit de la voix pleurnicharde qu'il lui réservait :

— Je veux mon dézeuner, je veux mon dézeuner.

— Écoute, Finch, dit Meg, écoute, mon chéri, je désire que tu retournes dans ta chambre et que tu ôtes ce costume ; il vient d'être nettoyé et repassé et je ne veux pas que tu y fasses des taches. Allons, sois un bon garçon.

Finch se détourna d'elle et remonta l'escalier en courant.

— Entendu, cria-t-il d'une voix que brisait la colère. Je vais me changer ; je redescendrai dans mes vieux haillons, sois tranquille.

Meg leva vers lui des yeux bleus étonnés :

— Comme tu es de mauvaise humeur ! Si Renny t'entendait, je ne sais pas ce qu'il dirait.

— Il lui donnerait une bonne gifle, dit Wakefield, se transformant soudain d'un bébé en un détestable petit garçon.

— Ferme ça, toi, lui dit Finch.

— Ferme ça toi-même, hurla Wakefield qui était un vrai petit voyou.

— Je n'admets pas de grossièreté, de la part d'aucun de vous, dit Meg, et saisissant plus fermement la main de son petit frère, elle se mit à descendre l'escalier pour gagner le hall du rez-de-chaussée.

Finch espéra avec ferveur qu'il ne serait pas obligé de se changer sous le regard moqueur de Piers. Il fut heureux de voir en passant qu'il n'avait pas réveillé Eden : il s'était simplement retourné sur le ventre. Piers dormait encore profondément, une joue rose appuyée sur une main. Finch arracha en tremblant sa veste, son gilet et son pantalon, les laissa tomber sur le plancher et leur donna un furieux coup de pied. Il était honteux et inquiet de sa propre colère. Dans l'armoire, il prit son pantalon le plus minable, celui qui avait des taches de peinture aux genoux, et un vieux chandail de laine grise aux coudes troués. Si Meg voulait le voir mis comme un chemineau pour son anniversaire, il ne lui refuserait pas ce plaisir. Il n'arrivait pas à la comprendre. Elle était toujours à l'attraper pour sa tenue négligée, et quand il prenait la peine de soigner sa mise, elle l'attrapait aussi.

Il pleuvait plus fort que jamais ; le plafond recommençait à fuir ; il n'allait pas y remédier ; ce serait bien fait pour Meg et pour Piers quand ils pataugeraient dans une mare. Mais, à mi-chemin de l'escalier, il se repentit. « Décidément, se dit-il, si je tentais d'assassiner quelqu'un, je laisserais le type seulement à moitié tué. » Il retourna dans sa chambre, vida la cuvette dans le seau et la plaça sous l'endroit du plafond d'où tombaient les gouttes. Immobile, il les écouta tomber. Au début, elles ne firent presque pas de bruit, puis, au fur et à mesure que se formait la petite mare, leur chute produisait un son des plus agréables. Pas seulement un tintement, mais une jolie cadence semblable au début d'une petite mélodie. La tête penchée, ses longs yeux pleins de ravissement, il resta là, à l'écouter.

Piers ouvrit les yeux, jeta un regard sur la cuvette et roula sur le côté avec un grognement.

En bas, dans la salle à manger, quatre membres de la famille déjeunaient : Meg qui ne prenait que du thé et une mince tranche de pain grillé, le jeune Wakefield qui creusait de canaux en miniature son assiettée de porridge au lait, et les deux oncles, Nicolas et Ernest, qui mangeaient de bon appétit du bacon et des œufs. Tous les quatre levèrent les yeux sur Finch quand il apparut sur le seuil. Les oncles dirent bonjour, mais personne ne parla de son anniversaire. Il se laissa tomber sur sa chaise et y demeura languissant. Nicolas et Ernest reprirent leur discussion sur l'augmentation des impôts en Angleterre depuis la guerre. Comme ils y avaient passé la plus grande et de beaucoup la plus agréable partie de leur vie, bien que le mariage de Nicolas avec une Anglaise se fût terminé par un divorce, leur conversation revenait souvent sur Londres et les plaisirs qu'ils y avaient goûtés dans le passé. C'était là qu'ils avaient dissipé leur patrimoine et leur jeunesse ; ils étaient revenus à Jalna quand leurs comptes en banque avaient diminué, et ils y avaient reçu de leur jeune frère Philippe, qui avait hérité de la propriété, l'accueil le plus généreux et le plus cordial.

Ernest avait maintenant tout près de soixante-dix ans et Nicolas venait de les dépasser ; c'étaient de beaux hommes, d'une élégance tout à fait exceptionnelle à cette époque, quoique Nicolas eût tendance à laisser ses épais cheveux noirs striés de gris un peu trop longs et à répandre un peu partout la cendre de son cigare. Mais Ernest était impeccable et, comme le disaient ses neveux, il avait toujours l'air prêt à aller n'importe où. Il se considérait comme un intellectuel et passait une grande partie de son temps à lire Shakespeare et des livres sur Shakespeare malgré sa tendance à oublier ce qu'il avait lu. Nicolas jouait assez bien du piano et il aurait pu devenir un très bon musicien s'il n'avait eu d'autres préoccupations lorsqu'il était jeune. Il avait maintenant, en haut, dans sa chambre, un vieux piano droit et en jouait presque tous les soirs. Il disait ne pas aimer autant le son du piano du salon. En fait, ses doigts commençaient à devenir raides et un genou atteint de la goutte le rendait légèrement boiteux. Mais il mangeait avec plaisir. Toute la famille Whiteoak aimait bien manger, à l'exception apparente de Meg qui, pourtant, nettoyait volontiers un plateau bien garni lorsqu'elle l'avait à sa disposition seule dans sa chambre.

Finch se servit de porridge chaud et versa du lait dessus, attentivement observé par Wakefield.

— Qu'est-ce que tu regardes ? lui demanda Finch.

— Tu es gourmand.

— Mange ton porridge, mon chéri, intervint Meg.

— Je n'en veux pas.

— Te sens-tu malade ? interrogea-t-elle d'un ton immédiatement anxieux en scrutant le visage pointu, assez blafard, de son petit frère.

— Ce qu'il lui faudrait, dit Nicolas, c'est être moins dorloté.

— Oh ! oncle Nicolas, vous savez très bien que Wake n'aurait pas vécu si je n'avais veillé sur lui avec autant de soin.

— Très vrai, approuva Ernest.

Le petit garçon regarda l'un après l'autre ses aînés en savourant sa fragilité.

Un pas rapide résonna dans le hall et le maître de Jalna entra dans la pièce, suivi de trois chiens, deux épagneuls et le chien de berger anglais.

— Les chiens doivent être ruisselants, dit Meg.

— Du tout, répliqua leur maître. Ils savent qu'il fait un temps à ne pas mettre un chien dehors. Et ils ne se trompent pas.

Il posa un instant ses doigts sur le cou blanc et chaud de sa sœur, dit bonjour à ses oncles et alla s'asseoir à sa place au haut bout de la table, les chiens se rangeant majestueusement à sa droite et à sa gauche.

Ernest Whiteoak était d'un naturel délicat. Il eut conscience non seulement de l'agréable parfum de savon de Windsor qui émanait de son neveu mais d'une légère odeur d'écurie et des senteurs caractéristiques que dégageaient les chiens. Il tira son mouchoir de sa poche et aspira le Vapex dont il était imprégné.

Renny jeta sur lui un rapide regard et demanda :

— Enrhumé, oncle Ernest ?

— Non, non. Je mets simplement un peu de Vapex sur mon mouchoir à titre préventif. Rien de plus.

— Bien, dit Renny.

Il se servit de porridge et ajouta :

— C'est une mauvaise saison pour les rhumes et, comme je l'ai dit, il fait un temps infect... Puis, se tournant vers Finch : — Je suppose que tu es content de ne pas avoir à aller à l'école. Nous sommes samedi, n'est-ce pas ?

Finch avait une envie folle de crier : « C'est mon anniversaire, voilà ce que c'est. Et personne n'a la gentillesse de se le rappeler. » Mais il fixa maussadement son assiette et marmotta son assentiment.

Son oncle Ernest le regarda avec une douce désapprobation.

— Il est bon, dit-il, de s'accoutumer quand on est jeune à se lever le matin de bonne humeur. J'en ai pris l'habitude il y a de nombreuses années et je l'ai trouvée très avantageuse pour ma santé et pour l'agrément de mon entourage.

— Oui, en effet, oncle Ernest, dit Meg, vous êtes un exemple pour tout le monde.

— Je suis de bonne humeur, dit Wakefield de sa voix flûtée, mais je ne peux pas manger de porridge. Est-ce que tu le veux, Finch ?

Finch lui lança un regard sévère et continua à manger d'un air morose.

Nicolas essuya sa moustache tombante gris fer avec une énorme serviette de toile de lin et dit :

— Je suis content que nous approchions du printemps.

— Cette pluie, dit Ernest, emportera le reste de la neige.

— Mais s'il gèle, ajouta Renny, cela fera un gâchis de tous les diables. Et s'adressant à Wakefield :

— Il y a des agneaux jumeaux, depuis ce matin, dans l'étable.

— Oh ! est-ce que je peux aller les voir ?

— Oui, répondit Renny en regardant son petit frère avec tendresse. Si tu finis ton déjeuner.

— Renny, est-ce que tu crois que je pourrais avoir un poney pour ma fête ? demanda Wakefield.

« Voilà qui va le leur rappeler, se dit Finch. Maintenant, ils vont se souvenir que c'est *mon* anniversaire. »

Mais ils ne s'en souvinrent pas. Tous se mirent à discuter la question d'un poney pour Wakefield comme si elle était de la plus haute importance. Wragge, le domestique, qui avait été l'ordonnance de Renny pendant la guerre, était revenu avec lui en 1919 et s'était implanté à Jalna d'une façon permanente en épousant la cuisinière, arriva maintenant avec un nouveau plat d'œufs au bacon. C'était un petit homme sec qui exerçait ses activités avec une gaieté désinvolte. Il parlait avec un accent cockney prononcé et portait à Renny un dévouement sincère. On l'appelait familièrement Rags.

Renny Whiteoak comptait alors trente-sept ans ; grand et maigre, des cheveux raides d'un roux foncé couvraient sa tête élégamment sculptée ; il avait le teint hâlé, et des yeux bruns empreints d'une expression méfiante, comme si, ayant déjà subi pas mal d'ennuis dans sa vie, il se préparait à en affronter d'autres. Ses sourcils formaient un trait saillant de son visage : par leurs contractions, leurs mouvements soudains, ils exprimaient, comme indépendamment l'un de l'autre, sa colère, son désarroi ou sa jovialité. Il les haussa, en voyant entrer Eden et Piers et jeta un coup d'œil sur son bracelet-montre.

— Je m'excuse, dit Eden en se penchant pour embrasser sa sœur.

— Tu n'es pas vraiment en retard, mon chéri, seulement ton porridge va être froid.

— Garde-le pour une autre fois, froid ou chaud. Bonjour tout le monde.

Il sourit à la ronde, et s'assit à la gauche de son frère aîné qui dit tout en le servant d'œufs au bacon :

— Ce qui me frappe, ce sont ses vêtements.

Visiblement, Eden avait enfilé sa veste et son pantalon sur son pyjama.

— Si je m'étais montré à table dans une tenue aussi négligée, observa Nicolas, mon père m'aurait ordonné de quitter la salle.

Il regarda avec fierté le portrait du bel officier en uniforme de hussard accroché au-dessus de la desserte à côté de celui de sa femme. La présence imposante de ce portrait, peint à Londres soixante-dix ans auparavant, avait influencé même la deuxième génération des Whiteoak, nés au Canada. Dès leur plus tendre jeunesse, la splendeur de l'uniforme les avait attirés, et, au fur et à mesure qu'ils grandissaient, ce grand-père leur était souvent désigné comme le modèle de ce que devait être un officier britannique, ferme sur la discipline, rapide de décision, inexorable dans sa justice. Son courage n'avait été égalé que par sa force de caractère. Personne ne leur parlait de ses faiblesses qui avaient été charmantes.

Eden haussa les épaules selon sa nouvelle et irritante habitude et dit :

— Eh bien, il était un vrai gendarme. On ne l'aurait pas supporté de nos jours.

— Il est heureux pour toi, dit l'oncle Ernest, que ma mère ne t'ait pas entendu prononcer ces paroles.

— Je n'avais pas l'intention d'être irrespectueux, oncle Ernie, mais les choses ont changé, vous savez. Surtout depuis la guerre.

— Pour le pire, dit Nicolas, en ce qui concerne les jeunes.

Eden posa son couteau et sa fourchette et rit. Ses yeux bleus regardaient son oncle, à travers la table, avec un amusement ironique.

— Voyons, oncle Nick, avez-vous toujours été bien élevé ?

— J'ai été humain...

— Moi aussi... très.

— Cela n'a aucun rapport avec venir déjeuner en pyjama et sans s'être peigné.

— Vous venez de dire que les choses ont changé.

— Pas à ce point.

— Vous n'avez qu'un mot à dire, oncle Nicolas, intervint Renny, pour que je l'oblige à monter s'habiller.

— Non, non. Que Meg en décide... Si cela lui est égal...

Eden se renversa sur sa chaise et parcourut du regard, en souriant, les visages qui entouraient la table.

— Cela m'est complètement indifférent, s'écria Meg. Eden est si agréable à voir de quelque manière qu'il soit vêtu.

— Merci, Meggie chérie. J'aurais détesté être envoyé dans ma chambre comme un petit garçon, dit Eden, et il attaqua ses œufs au bacon avec appétit.

« Comment Eden peut-il être ainsi ? se demanda Finch. Est-il insensible à ce que l'on dit ou simplement orgueilleux comme un paon ? »

Pourtant, Finch avait vu Eden plus furieux qu'aucun de ses autres frères. Mais quand Eden était hors de lui, on ne savait jamais pourquoi. L'année précédente, il avait conservé son calme au milieu de la tempête qui faisait rage autour de lui, mais Finch l'avait entendu arpenter sa chambre pendant la nuit. Peut-être était-il plus vulnérable qu'il le paraissait.

Nicolas devait, lui aussi, avoir pensé à cette époque, car il dit à Eden :

— Naturellement tu as entendu dire que j'ai été renvoyé d'Oxford.

— Oh ! oui, et vous n'avez aucune idée combien cela m'inspire d'affection pour vous.

Le regard fixé sur le visage d'Eden, Renny dit :

— Grand-père avait plus d'argent à gaspiller que moi.

L'éducation de ses jeunes demi-frères lui incombait et il était, pour eux, comme un père. Le sourire s'effaça des lèvres d'Eden. Son sourire avait toujours une ombre triste, et maintenant, cette ombre s'accentua avant de disparaître. Ernest lui jeta un regard sympathique et se mit à parler du temps qui avait considérablement empiré. La pluie fouettait furieusement les vitres, élevant un mur entre les occupants de la pièce et le monde désolé du dehors.

Personne, à moins d'y être forcé, ne s'aventurerait à sortir ce jour-là.

D'autres tartines grillées, copieusement beurrées et enduites de marmelade, furent mangées, l'énorme théière d'argent fut de nouveau remplie et vidée tandis que les fenêtres tremblaient dans leurs châssis et que la pluie ruisselant sur le toit emportait les petits tas de neige qui restaient encore sur la pente exposée au nord. Wragge, d'un air cérémonieux, comme s'il exécutait un tour de passe-passe dont la famille n'avait jamais encore vu le pareil, ouvrit la porte à deux vantaux qui donnait sur la pièce pompeusement qualifiée de bibliothèque quoiqu'il n'y eût guère qu'une centaine de volumes sur les rayons. Nicolas, Ernest et Eden conservaient leurs livres dans leurs chambres. L'une des planches de cette pièce contenait des livres sur l'élevage des chevaux de concours, sur les soins à donner aux chevaux en état de santé ou de maladie, une histoire du Grand Prix national, des ouvrages sur la manière de juger et de dresser les chevaux de concours. Ce n'était là qu'une partie des livres et des revues sur le même sujet que lisait le maître de la maison et dont un grand nombre se trouvaient dans son bureau des écuries ou répandus parmi ses vêtements dans son armoire.

— Il fait froid ici, observa Ernest avec un coup d'œil sur la cheminée. Le vent souffle de l'est.

— En cas de vent d'est, la cheminée fume, dit son frère.

— Le vent vient du sud, déclara Meg. Directement du lac.

— Je suis certain qu'il souffle de l'est, persista Nicolas.

— S'il vient de l'est, la cheminée fumera comme le diable, dit Renny.

— Il vient du sud, dit Meg. Finch, va jusqu'au porche voir s'il vient bien du sud.

Tout le monde regarda Finch comme s'il était soudain devenu intéressant. Finch répondit par un regard féroce. Pourquoi serait-il choisi pour aller voir, dans l'humidité et le froid, de quel côté soufflait le vent ? Et le jour de son anniversaire !

— Il vient de l'est, marmotta-t-il.

Il n'avait pas envie qu'on fît du feu, car on l'enverrait probablement chercher du bois. C'était toujours lui qu'on chargeait des tâches désagréables.

— Dépêche-toi, ordonna Renny en levant les sourcils dans sa direction.

D'un air maussade, il alla dans le hall et ouvrit la porte d'entrée, puis il gagna le porche et la claqua derrière lui. Le vacarme de la pluie et du vent remplissait un monde glacial et mouillé. Les lourdes branches des arbres à feuilles persistantes oscillaient stupidement ;

les branches nues des érables et des bouleaux, vaguement visibles à travers la pluie, semblaient inertes, comme si elles devaient ne jamais se ranimer. Leur sève était descendue dans leurs racines, et leurs racines se cramponnaient à la terre détrempée de crainte d'être arrachées. Où les oiseaux s'étaient-ils cachés ? Y avait-il peut-être, profondément enfouis dans le sol imprégné d'eau, des vers aux têtes plates sachant que le printemps allait venir ? Le 1er mars... et son anniversaire dont personne n'avait pris la peine de se souvenir ! Peu lui importait d'où soufflait le vent. Qu'il souffle. Qu'il souffle à renverser les cheminées !

La porte s'ouvrit et se referma. Renny se tenait auprès de lui.

— Qu'est-ce que tu as, Finch ? demanda-t-il. Combien te faut-il de temps pour découvrir de quel côté souffle le vent ?

— Il souffle de partout, grommela Finch, placé de telle sorte que la pluie tombait en plein sur lui.

— En voilà une façon de te conduire... et le jour de ton anniversaire, par-dessus le marché.

Enfin, ce mot avait été prononcé. Enfin le jour avait été mentionné. Mais comment ? De quelle manière ? On le lui lançait à la figure — avec reproche. Renny recula, comme s'il regrettait d'y avoir fait allusion. Il s'en repentait sans doute parce qu'il ne lui avait pas acheté de cadeau...

Maintenant, Renny disait :

— Le vent pousse la pluie dans le porche, donc il vient du sud. Nous pouvons faire du feu. Rentrons.

Il prit Finch par le bras, gaiement, et l'entraîna vers la bibliothèque.

— Le vent, annonça-t-il, souffle tout droit du sud. Va chercher des bûches, Finch.

Il s'agenouilla devant la cheminée, froissa un journal et prit une poignée de menu bois dans un petit coffre de chêne délabré.

Finch apporta des bûches du sous-sol, peinant en remontant l'escalier comme s'il avait charrié du plomb. Devant la porte de la chambre de sa grand-mère qui était en face de la salle à manger, il hésita, se demandant si elle se souviendrait de son anniversaire. Elle faisait assez d'histoires avec le sien ; elle pouvait bien penser à ceux des autres. Tandis qu'il tenait pensivement les yeux fixés sur la porte, il l'entendit frapper de sa canne le plancher de sa chambre et elle cria :

— Entrez !

Il ne pouvait guère entrer chez elle les bras chargés de bûches, mais le ton péremptoire de sa voix indiquait qu'elle n'admettait pas qu'on lui désobéît. Il resta immobile, se demandant ce qu'il devait faire.

De nouveau, avec plus d'acerbité, cette fois, elle cria :

— Entrez !

Tenant de la main gauche les six bûches contre sa poitrine, la douce odeur du bois de pin lui remplissant les narines, il ouvrit la porte avec précaution et mit son visage dans l'ouverture. Cette chambre constituait un monde à part, le monde des très vieilles gens. Les lourds rideaux marron masquaient les fenêtres, et l'air immobile sentait le bois de santal, le camphre et l'huile capillaire. On apercevait dans la pénombre la forme pâle du lit et, sur l'oreiller, une tête coiffée d'un bonnet de nuit.

— Lequel de vous est-ce ? demanda la voix, vieille mais vibrante.

— C'est Finch, Granny.

— Eh bien, entre et ouvre les rideaux.

— Je... je ne peux pas... Je reviendrai le faire.

— Fais-le tout de suite.

— Mais, Gran, j'ai les bras pleins de bois.

— Pose-le et entre.

D'une voix que brisait l'angoisse, Finch objecta :

— Gran, ça fera du gâchis sur votre tapis, et je suis supposé porter ces bûches à Renny pour le feu.

Ce défi lui suffisait. Si l'on devait lutter pour savoir qui avait à être servi en premier, elle était prête au combat.

— Pose ce bois par terre, ordonna-t-elle, et il perçut qu'elle s'efforçait de se mettre sur son séant.

Il déposa soigneusement les bûches sur le seuil et s'approcha d'elle. Elle s'était soulevée sur un coude. Elle rit comme de plaisir à se voir victorieuse et dit :

— Embrasse-moi.

Il entoura de ses bras le vieux corps vêtu d'une lourde chemise de nuit en coton ornée de beaucoup de broderies et le serra contre lui. Elle aimait cela : être embrassée par ses fils et ses petits-fils ; en recevoir un chaleureux baiser semblait lui infuser une vie nouvelle. Elle avait quatre-vingt-dix-huit ans. Ses bras, étonnamment forts, étreignirent Finch.

— Maintenant, ouvre les rideaux.

— Il fait un temps affreux, Gran. Le pire qu'on puisse imaginer pour la saison.

— En quelle saison sommes-nous... je veux dire, quelle est la date ?

— Le 1er mars.

Il avait largement ouvert les rideaux, et la fenêtre ruisselante d'une pluie froide devint visible. Les branches dépouillées d'un vieux lilas se courbaient sous le vent.

— Le 1er mars, hein ? Et la tempête se déchaîne comme un lion furieux. Eh bien, c'est une journée pour...

Maintenant, elle allait le dire ; elle allait dire : « Quelle journée pour ton anniversaire ! » Mais elle dit simplement :

— Mets mes oreillers derrière moi ; redresse-moi.

Puis elle renifla comme si elle avait eu un rhume de cerveau.

Finch plaça dans son dos les gigantesques oreillers de plume, tout en la suppliant de ses yeux ardents : « C'est ma fête, Gran, plaidait-il dans son cœur, n'oubliez pas ma fête, Gran... » Mais comment croire qu'une vieille femme de près de cent ans pouvait se souvenir de son anniversaire ?

Lorsqu'il l'eut bien calée, il regarda le visage de sa grand-mère. Depuis son âge le plus tendre, alors qu'il n'était guère qu'un bébé, ce visage le fascinait. Les yeux sombres étaient si vivants, le nez si finement aquilin ; dans sa structure osseuse elle-même il y avait un air d'audace, de courage, si bien que tout édentée qu'elle fût, l'autorité émanait d'elle. Son expression avait aussi quelque chose de rusé, d'habile. Elle aurait pu être une vieille impératrice endurcie aux intrigues d'une cour. Mais elle n'avait jamais régné que sur Jalna et était peu connue au-delà de la campagne environnante. En Irlande, où elle avait passé sa jeunesse et aux Indes où, dans une garnison britannique, elle avait passé les trois premières années d'un mariage heureux, on l'avait oubliée.

— Mes dents, demanda-t-elle maintenant. Donne-moi mes dents.

Les deux dentiers trempaient dans un verre d'eau sur une table de chevet. Finch le tint devant elle pendant qu'avec contentement, elle ajustait les appareils, l'un après l'autre, en faisant entendre un petit déclic.

— Bon, dit-elle, à présent...

Mais la voix de l'aîné de ses petits-fils l'interrompit :

— Finch ! Que diable fais-tu ? cria-t-il.

— Oh ! mon Dieu ! gémit Finch. Les bûches !

Renny s'était avancé dans le hall, et avant que Finch eût pu l'intercepter, il avait atteint la porte de la chambre, trébuché sur les bûches, et il était presque tombé sur le lit. La vieille Adeline Whiteoak lui tendit les bras.

— Ciel ! quelle entrée ! s'exclama-t-elle. Comme tu es maladroit ! Ne peux-tu regarder où tu mets les pieds ?

Se sachant coupable, elle étouffa l'explosion de colère de Renny sous ses baisers et le tint serré contre elle pendant que Finch ramassait les bûches. Elle tirait de la vigueur du contact de Renny.

Finch trouva le petit bois brûlant gaiement et le groupe familial à l'aise. Meg tricotait quelque chose pour Wakefield.

— Laisse-moi mettre les bûches, supplia le petit garçon.

Finch le repoussa brutalement et arrangea le feu, plaçant les bûches avec soin, presque tendrement. Accroupi auprès de lui, ses grands yeux bruns reflétant les flammes, Wakefield présenta ses petites mains à la chaleur. Une brusque envie de le tenir dans ses bras s'empara de Finch. Il le souleva, appuya le petit corps contre le sien, jouissant de sa faiblesse avec une sorte de plaisir sensuel.

Meg leur adressa un sourire rayonnant.

Wakefield murmura :

— C'est ton anniversaire, n'est-ce pas, Finch ? Je le sais...

Il avait un air malicieux.

— Oublie-le, dit Finch, en le reposant vivement par terre.

Renny apparut dans l'embrasure de la porte.

— Gran est réveillée, Meg, dit-il de sa voix décidée. J'ai sonné pour son déjeuner ; peux-tu aller auprès d'elle ?

Meg se leva aussitôt. Elle aurait trente-neuf ans dans quelques mois ; sa silhouette était déjà celle d'une femme mûre et une mèche grise pâlissait, aux tempes, ses cheveux châtains. Elle avait un sourire particulièrement doux mais une obstination de mule. Profondément dévouée à son frère et à ses jeunes demi-frères, on la considérait, dans tout le voisinage, comme une sœur, une nièce et une petite-fille modèles.

Les épagneuls s'étaient étendus devant le feu et deux autres animaux favoris entrèrent dans la pièce en croisant Meg avec une nuance de dédain. C'étaient Nip, un terrier du Yorkshire appartenant à Nicolas, et Sacha, un chat couleur d'écaille, qui était la propriété d'Ernest. Chacun d'eux se dirigea tout droit vers son maître ; Nip gratta la jambe de Nicolas d'une façon péremptoire jusqu'à ce que celui-ci le prît sur ses genoux ; Sacha atteignit d'un bond gracieux la poitrine d'Ernest, puis son épaule, et se frotta contre sa joue.

— Heureuse petite bête, observa Eden en étirant son long corps souple avec indolence.

— C'est une matinée parfaite pour l'étude, dit Ernest. Vous devriez apporter vos livres près du feu, les garçons.

— Bonne idée, approuva Piers. Faisons la course jusqu'en haut, Eden.

Comme projetés d'un arc, les deux jeunes gens s'élancèrent dans le hall et dans l'escalier. Eden montait si légèrement, avec une rapidité et une grâce telles qu'on avait peine à croire que, quelques minutes plus tôt, il avait été aussi mollement détendu que la chatte Sacha.

Pendant que Nicolas remplissait sa pipe, qu'Ernest lisait à haute voix un article du journal du matin, que Renny revêtait son imperméable, que Wragge était sur le point de porter un plateau dans la chambre d'où provenait la voix de Meg discutant aimablement du temps avec elle, la grand-mère était en train de dire :

— Il faisait tout à fait ce temps-là le jour où il est né. Je m'en souviens bien, et sa mère a été en travail pendant six heures.

— Chut, chut, fit Meg. Il est dans le hall. Il va vous entendre.

Au même instant, le perroquet de grand-mère éclata en vigoureuses imprécations proférées en hindoustani à l'adresse du mauvais temps, comme la vieille dame se plaisait à le croire.

— Pauvre Boney ! s'écria-t-elle. Pauvre Boney ! Comme il déteste ce climat !... et moi aussi, d'ailleurs.

— Votre déjeuner, madame, dit Wragge.

— Bravo, bravo, dit-elle avec élan. Je suis prête à le manger.

Finch, dont le cœur s'était arrêté en entendant mentionner le jour de sa naissance, monta lentement l'escalier.

Qu'est-ce qu'ils avaient donc tous ? Pourquoi le traitaient-ils avec une telle indifférence ? Lors de son quatorzième anniversaire, ils avaient été très gentils. Que s'était-il passé ? Il n'avait pas été mis en disgrâce et ses professeurs ne s'étaient pas plaints de lui. Néanmoins, on ne lui avait offert ni un seul cadeau ni un seul bon vœu. Trois fois on y avait fait allusion, puis on n'en avait plus parlé, comme si ç'avait été une chose honteuse. Il savait naturellement qu'il n'était pas aussi séduisant que les autres garçons, mais à quoi bon insister sur ce fait ? Cela n'avait pas de sens — rien n'en avait. Le monde était absurde et déconcertant. Il se demanda comment il pourrait le supporter cinquante ou soixante ans — ou, s'il vivait aussi vieux que Gran — quatre-vingts ans de plus. Mais il mourrait probablement jeune. Oui, il était assez sûr de mourir jeune.

Il ouvrit la porte de la chambre qu'il partageait avec Piers. Bessie, la femme de chambre, faisait le lit. Ses poignets ronds et roses et ses mains adroites voltigeaient au-dessus des draps. Il aurait voulu qu'elle lui dît un mot gentil, mais elle souriait toute seule, absorbée par ses pensées. Il n'y avait de place pour lui nulle part dans la maison ni dans l'esprit de personne. Il était seul, comme peut-être peu de gens sont seuls sur la terre...

Au bout du grenier, il y avait une longue pièce étroite où l'on rangeait les malles, de vieux habits, de vieilles revues, de vieux paniers de pique-nique, des cages à oiseaux, des engins de pêche et un tas d'objets dépareillés. Dans une vieille malle de cuir cerclée de cuivre, on conservait le splendide uniforme de son grand-père. Tous les printemps avait lieu une cérémonie au cours de laquelle la malle était portée sur la pelouse, derrière la maison, et l'uniforme brossé et aéré. La grand-mère présidait toujours à cette opération, appuyée au bras d'un de ses fils, et elle disait de sa vieille voix dure qui avait été naguère l'une des plus suaves d'Irlande :

— Oh ! mais il était bel homme ! on n'en voit plus de pareils aujourd'hui ; ni même de son temps. Ce que les femmes le reluquaient ! Mais je l'ai gardé pour moi... Est-ce que c'est un trou de mites, Nicolas ? Laisse-moi voir... Dieu merci, non... Laisse-moi tâter le drap... Ah !...

Et des larmes roulaient sur ses joues.

Finch posa la main sur cette vieille malle qui renfermait également la robe et le voile de mariée de sa mère. Il se demanda qui en gardait la clef. Meg, supposa-t-il. Pourquoi ne lui avait-on jamais montré ces choses ? Il avait autant de droit que quiconque à pleurer sur des reliques. Sa mère était morte peu après la naissance de Wakefield et elle avait déjà été très malade en le mettant au monde lui-même. Six heures de travail, avait dit grand-mère... Il frissonna... Pourquoi ne pourrait-il voir les objets renfermés dans cette malle ? Pourquoi le traitait-on ainsi ? En bas, cette lugubre journée se passait d'une façon très supportable pour le groupe qui entourait le feu, pour Gran qui déjeunait douillettement dans son lit, pour Renny dans les écuries. Lui seul était considéré comme un intrus. Il était seul... seul pour son anniversaire... Pas un cadeau... pas un souhait de bonheur... pas même les tapes sur le dos que Piers lui appliquait de coutume !

Une petite mite voleta en zigzaguant devant lui, il faillit étendre la main pour l'écraser, puis changea d'avis. Qu'elle ponde ses œufs où elle voudrait. Que les vers qu'ils produiraient dévorent tout ce qui leur plairait. Ils avaient aussi faim que grand-mère devant son plateau surchargé et peut-être, aux yeux de Dieu, autant le droit de manger.

La pluie tambourinait sur la pente du toit et gargouillait dans les gouttières. Le toit fuyait dans un coin... À l'endroit situé au-dessus de sa chambre... Eh bien, qu'il fuie... Ce n'était pas son affaire. Que la mite et la fuite se partagent la maison... Las et mélancolique, Finch s'étendit sur le plancher nu, posant sa tête sur un sac de vieilleries. Ses yeux se remplirent de larmes et il en éprouva un soulagement. Il était seul. Il en avait assez de la vie. Tout lui était indifférent. Il entendit un rauque sanglot et se demanda si c'était le sien.

Quand il se réveilla, il avait froid et était tout ankylosé. La pluie tombait moins fort, mais le ciel s'était assombri d'un fardeau de pluies nouvelles. La voix aiguë de son plus jeune frère lui parvint de l'escalier.

— Finch ! criait-il tout en montant, Finch, où es-tu ?

Timidement, comme s'il se rappelait des histoires de fantômes et de sorcières, Wakefield ouvrit la porte, et sa petite figure pointue surmontée de boucles brunes se montra.

— Pourquoi es-tu couché par terre ? demanda-t-il, surpris.

— Parce que je ne suis pas debout en train de fourrer mon nez dans les affaires des autres.

— Oh ! fit Wakefield en prenant le ton de son oncle Ernest. Eh bien, on te demande, mon garçon.

— Qui cela ?

— Tout le monde. C'est l'heure du dîner.

On conservait, à Jalna, la coutume campagnarde de dîner au milieu du jour et l'on buvait encore du thé à ce repas. Le « thé » proprement dit se prenait à cinq heures, et un souper substantiel à huit heures.

— Mais... mais c'est impossible, dit Finch en se levant et en s'étirant. Il n'y a qu'un petit moment que je suis ici. J'étudiais et je...

Non, il n'était pas possible qu'il se fût endormi.

— Qu'est-ce que tu étudiais ? Je ne vois aucun livre.

— Ne sais-tu pas qu'on peut faire des problèmes dans sa tête ? C'est cela que je faisais.

— C'est l'heure du dîner. Il faut que tu te dépêches.

Le bruit de la pluie fut dominé à cet instant par celui du gong de cuivre que Wragge faisait résonner en un crescendo tonitruant.

— Tiens ! Tu vois que j'avais raison ! s'écria Wakefield en sautant d'agitation. — Il courut à Finch et le tira par la main. — Dépêche-toi !

— Je devrais faire un brin de toilette.

— Tu n'as pas le temps.

Soudain, Finch se sentit plein de tendresse pour son petit frère. Il lui permit de le prendre par la main pour descendre les deux étages jusqu'à la salle à manger. Chose étrange, la porte en était fermée. D'un grand geste, Wakefield l'ouvrit et cria :

— Le voilà ! le voilà !

Ce que Finch aperçut alors le stupéfia. La famille était rassemblée, debout, autour de la table, Meg et Renny chacun à un bout, grand-mère et les deux oncles d'un côté, Eden et Piers de l'autre, et sa propre place l'attendait entre Piers et Wakefield. Ce dernier avait couru auprès de Meg, à sa chaise sur laquelle un gros volume des *Poètes britanniques* le mettait à la hauteur voulue. Mais pourquoi étaient-ils tous debout à l'attendre, lui, Finch ? Et la table, l'avait-on vraiment arrangée ainsi pour lui ?

Les rideaux de velours jaune avaient été fermés pour exclure le mauvais temps. Sur la nappe damassée on avait posé un lourd candélabre d'argent. La lumière des bougies qui se reflétait dans les yeux souriants de la famille embellissait les sourires. Grand-mère se tenait courbée, ses doigts appuyés sur la table, impatiente de s'asseoir, les rubans de son plus beau bonnet tremblotant. Elle releva la tête et adressa à Finch un large sourire.

— Heureux anniversaire, jeune vaurien ! s'écria-t-elle. Viens m'embrasser.

— Bonne fête ! Mes meilleurs vœux ! chantonnèrent en chœur ses frères, sa sœur et ses oncles.

C'en était presque trop. C'en était vraiment trop — cette brusque transition de la mélancolie, de l'abandon à cette chaleureuse affection, à cette éclatante célébration de son anniversaire, à la somptuosité de ces bougies allumées, de ces corbeilles de fruits, de noix, de raisins secs, comme si l'on fêtait Noël... Il trébucha sur Merlin, l'épagneul de Renny, parce que ses yeux étaient étrangement brouillés, et il tomba presque dans les bras de sa grand-mère. L'épagneul jappa et courut sous la table.

— Du calme ! du calme ! vieille dame, dit Nicolas en la soutenant. Quel maladroit tu fais, Finch !

La grand-mère lui donna un baiser retentissant. Ses oncles lui tapèrent le dos. Meg lui tendit ses bras dodus et le serra sur sa poitrine.

— Nous avons voulu te faire une bonne surprise, mon chéri, en prétendant avoir oublié ton anniversaire. C'est amusant, n'est-ce pas ? C'est moi qui en ai eu l'idée, dit-elle.

— Follement amusant, balbutia Finch contre sa joue.

— Maintenant, assieds-toi et fais un bon repas. Tu es si maigre ! Après, ce seront les cadeaux.

Wragge avait posé devant Renny un plat sur lequel il y avait un rôti de bœuf entouré de Yorkshire pudding [1]. Après avoir essayé le tranchant du couteau sur son doigt, Renny se mit aussitôt à découper.

— Je sais ce que tu vas recevoir, dit Wakefield. Je voudrais que mon anniversaire se dépêche d'arriver. Juin est un meilleur mois que mars pour venir au monde.

— Tais-toi et mange, dit Nicolas.

— Je n'ai rien à manger. Pas de gras, Renny, s'il te plaît.

— Du jus de rôti, intervint Grand-mère. J'aime tant ça, le jus de rôti, et aussi le Yorshire pudding.

— Voilà, Gran. Vous savez ce qui est bon.

Quand ce fut au tour de Finch d'être servi, sa part fut si énorme que même lui, avec son appétit d'adolescent en pleine croissance, en fut abasourdi.

— Oh ! voyons, Renny ! s'écria-t-il. Pour qui me prends-tu ? Pour un rhinocéros ?

---

1. Sorte de galette qu'il est classique, en Angleterre, de servir avec le bœuf rôti.

— Plutôt pour une autruche, dit Piers.

— Il embellira avec l'âge, dit Ernest avec bonté. Il a le nez des Court ; il ne pourra manquer de distinction avec ce nez-là.

— Qu'est-ce que tu dis au sujet du nez des Court ? demanda grand-mère qui était née Court.

— On dit que Finch l'a, cria Wakefield.

Un bout de Yorkshire pudding accroché à sa lèvre inférieure, la vieille dame jeta à travers la table un regard sur Finch et dit :

— Je ne le vois pas.

— Il vient de l'enlever avec son mouchoir ; il a pleuré, dit Piers en riant.

Grand-mère recouvra le fragment de pudding du bout de sa langue.

— Je ne veux pas qu'on se moque de ce nez, déclara-t-elle.

Une discussion animée sur l'aspect des Court et des Whiteoak s'ensuivit. Finch fut oublié. Il n'avait, exceptionnellement, que peu d'appétit. Même quand arriva le gâteau de fête avec ses quinze bougies, il n'en eut pas envie. Lorsqu'il essaya d'éteindre les bougies, il dut s'y reprendre à trois fois, au lieu de les souffler d'une seule grosse bouffée.

— Je m'en tirerais mieux, dit grand-mère.

Après le repas, Finch reçut un certain nombre de cadeaux fort coûteux. L'année d'avant, on lui avait fait présent d'une bicyclette. Il avait de la chance, et le savait ; néanmoins, les nuages de la matinée ne furent pas complètement dissipés par le soleil de cette heure. Il avait été l'objet de bons vœux, mais il ne se sentait pas aussi heureux qu'il aurait dû l'être. Par la fenêtre de la bibliothèque, il regardait tomber la pluie, réduite maintenant à une bruine grise. Du hall lui parvint le bruit de l'horloge s'apprêtant à sonner — une sorte de sifflement asthmatique. Mais l'horloge fut devancée par la pendule au cadran doré placée sur la cheminée de la bibliothèque qui fit entendre sans effort son tintement musical. Un — deux — trois. Et aussitôt, comme si elle lui en voulait de l'avoir précédée, l'horloge frappa ses trois coups vigoureux. La pendule de Saxe du salon y fit sa douce réponse. Toutes trois semblaient impatientes de se rapprocher du mystérieux avenir.

Par-derrière, sa sœur vint lui passer les bras autour de la taille, elle si grasse ; lui si maigre.

— Je trouve que c'était drôle d'avoir fait semblant d'oublier ton anniversaire, tu ne trouves pas, Finch ? Tu as été dupe, n'est-ce pas ?

— Bien sûr. C'était extrêmement drôle.

— C'est moi qui en ai eu l'idée.

— C'était certainement très amusant.

— Et tu aimes le stylo que je t'ai donné ? et tous les cadeaux des autres ?

— Il est merveilleux. Tout est merveilleux.

— À ton dernier anniversaire, on t'a donné une bicyclette.

— Oui.

— Je trouve que tu as de la chance.

— Certainement.

— Tu te souviendras de cet anniversaire.

— Tu peux en être sûre.

2

Le Lac Indigo

Eden ne prenait pas souvent Piers pour confident, de sorte que lorsqu'il lui fit signe de le suivre dans sa chambre, qu'il ferma la porte derrière eux et lui demanda : « Sais-tu garder un secret ? » Piers se sentit transporté de plaisir.

— Bien sûr que je sais garder un secret, répondit-il.

Eden se percha sur son bureau et alluma une cigarette.

— Je suis un idiot de te le raconter, dit-il, mais je ne peux m'en empêcher. C'est tellement intéressant.

— Qu'est-ce que c'est ?

— Eh bien... je connais un moyen de gagner beaucoup d'argent... si d'autres gens veulent en profiter...

Piers aimait l'argent. Tous les jeunes Whiteoak l'aimaient, pourtant, quoiqu'ils vécussent bien, ils avaient rarement de l'argent à leur disposition. Leur grand-mère avait une assez belle fortune, avantageusement investie, mais elle détestait se séparer de son argent. Elle se plaisait même à affecter de ne pas posséder grand-chose et elle ne laissait jamais entendre à qui profiterait son testament. On tenait cependant pour admis que Renny serait son héritier. Il avait hérité la propriété de son père, Philippe, le plus jeune fils de la vieille dame, et il était naturel qu'elle habitât chez lui comme elle avait habité chez son fils. Le testament de son mari avait même stipulé que Jalna devrait toujours lui servir de foyer. Nicolas et Ernest, aussi longtemps qu'ils avaient eu beaucoup d'argent à dépenser, l'avaient dépensé à Londres, et ils n'étaient revenus à Jalna que pendant la guerre. Ils y avaient été tous deux les bienvenus, car leur famille les tenait en grande affection. Leur frère Philippe et sa seconde femme étaient morts à quelques mois l'un de l'autre pendant que Renny combattait en France avec son régiment.

— Cela m'intéresserait de gagner de l'argent, dit maintenant Piers. Comment s'y prendrait-on ?

Un sourire se dessina sur les lèvres d'Eden.

— Je n'avais pas pensé à toi, dit-il. Mais, naturellement, si tu veux profiter de cette affaire — si tu possèdes un capital quelconque, je ne demande pas mieux.

— Oh ! j'avais compris que c'était à moi que tu pensais, dit Piers, déçu.

— C'est bien à toi... si tu as le quibus.

Depuis deux ans, Piers avait, au cours de ses vacances, aidé au travail de la ferme, labourant, apprenant les soins à donner aux pommiers, triant et emballant les pommes qu'on envoyait outre-mer, aidant aussi à dresser les poneys de polo. À la fin du prochain trimestre, il passerait son examen, quitterait l'école et s'établirait dans le métier qu'il aimait. Il aspirait ardemment à ce jour.

— J'ai deux cents dollars de côté, dit-il sans pouvoir s'empêcher de le dire avec fierté.

— Comment t'y es-tu pris ? s'exclama Eden, étonné.

— J'ai travaillé assez dur, n'est-ce pas ? Toi, tout ce que tu fais pendant tes loisirs est de composer des poèmes.

— Je ne suis pas doué pour le travail manuel.

— Évidemment, tu vas être avocat. Quelle vie ! Dieu ! je détesterais ça !

De nouveau, Eden sourit :

— Je crois que, moi aussi, je détesterai ça, dit-il, puis, sur un ton confidentiel : Écoute, Piers. L'autre jour, j'ai fait en ville la connaissance d'un nommé Kronk. Il est ingénieur des mines et il fait partie d'une société qui exploite une nouvelle mine d'or dans le Nord. Elle s'appelle la Mine du Lac Indigo. On y a trouvé de riches filons. Comme l'affaire n'en est qu'à son début, on ne méprise pas ce qu'on pourrait appeler des actionnaires insignifiants — comme toi et moi.

Surpris, Piers demanda :

— As-tu de l'argent toi aussi ?

— Non, pas précisément. Mais je toucherai une commission sur les actions que je ferai souscrire. Ce Kronk m'a dit que le titre monte si vite qu'un homme de sa connaissance gagne déjà dix pour cent sur son placement et que, s'il voulait vendre aujourd'hui, il pourrait doubler son capital. Mais, naturellement, il ne songe pas à vendre.

Les yeux saillants de Piers luisaient de convoitise.

— Combien coûtent les actions ? demanda-t-il.

— Cinquante *cents* chacune.

— Bravo ! J'en prendrai quatre cents.

Eden regarda Piers avec un sourire approbateur.

— Brave garçon ! je pensais que tu le ferais.

Puis, Piers se rembrunit.

— Que va dire Renny ? Il ne le permettra jamais.

— Il faut qu'il l'ignore. Il n'a rien du spéculateur, sauf en ce qui concerne les chevaux. Nous devons en garder le secret. Quand tu auras fait un bon gros bénéfice, tu auras peut-être envie de le lui dire.

Il tendit une cigarette à Piers et ajouta :

— Je m'en vais tâter les oncles, à présent, et voir s'ils veulent être de la partie.

Piers eut un rire sceptique. Il se sentait immensément adulte et émoustillé. Il exhala un rond de fumée et dit :

— Ils ne spéculeront plus jamais. Oncle Ernest a perdu énormément d'argent naguère, n'est-ce pas ?

— Ceci est différent. C'est absolument sûr. Tu devrais entendre Mr. Kronk en parler. Il a mis tout ce qu'il a dans cette affaire. Et sa femme aussi. Elle y a mis tout ce qu'elle possédait.

Plus impressionné encore, Piers demanda :

— Comment as-tu fait sa connaissance ?

— Je l'ai rencontré dans le train. Il faut que je te présente à lui. C'est un type étonnant. Il est parti de rien. Regarde le prospectus qu'il m'a donné.

Ils se penchèrent tous deux sur le prospectus de couleur vive, les mains musclées de Piers touchant par moments les mains fines d'Eden qu'il tenait mollement croisées. Quand Piers fut parti, Eden s'assit devant son bureau d'un air recru de fatigue. « Pourquoi, se dit-il, suis-je forcé d'agir ainsi pour me procurer l'argent nécessaire à la satisfaction de mes désirs ? » Ses oncles, quand ils étaient jeunes, avaient joui des plaisirs du voyage comme d'une chose allant de soi. Renny avait pas mal circulé : il était allé en Irlande, en Angleterre, en France, pendant la guerre, à New York pour monter dans les concours hippiques. Mais lui — lui qui souhaitait de toute son âme visiter la France et l'Italie, devait rester dans ce trou perdu où la principale ambition de sa famille était de conserver les traditions du passé. Il y avait dans la vie autre chose qu'une bonne nourriture, des chevaux bien dressés, des arbres fruitiers florissants et la fréquentation, le dimanche matin, de la petite église que son grand-père avait construite.

Cela pouvait suffire à Renny. Cela lui convenait parfaitement et il conviendrait parfaitement à Piers de mener cette existence terre à terre, lui qui s'attachait si volontiers à ce sol. C'était très bien pour une femme presque centenaire, car elle avait eu un passé coloré en Irlande et aux Indes — non qu'elle vécût dans le passé comme la plupart des très vieilles gens. Elle goûtait avidement le présent et parlait souvent de l'avenir, la chère vieille. Mais avant longtemps, il lui faudrait mourir... Elle avait une fortune d'au moins cent mille dollars... À supposer qu'elle en lègue cinquante mille à Renny et le reste divisé également entre ses autres petits-enfants. Dix mille à chacun. Que ne ferait-il pas avec dix mille dollars ! Il abandonnerait l'étude du droit comme une abominable et suffocante peau de serpent, et il partirait voir le monde. Mais cela, il pourrait le faire avec bien moins d'argent. Rien qu'un peu ! Il n'était pas gourmand... Néanmoins, toute sa brève existence il devait en manquer.

Il trouva Nicolas confortablement installé après sa sieste : sa jambe goutteuse reposant sur une grande ottomane, sa tête massive avec ses cheveux grisonnants en désordre appuyée au dossier de son fauteuil de cuir capitonné. Ses grands yeux bruns n'étaient ouverts qu'à demi, et dans l'une de ses belles mains ornée d'une chevalière, il tenait une pipe d'écume dont le tuyau disparaissait sous sa moustache hirsute.

Au coup frappé à la porte par Eden, il avait répondu : « Entrez ! » d'une voix nonchalante. Mais lorsqu'il vit qui c'était, ses yeux s'ouvrirent tout grands et il dit :

— Hello, Eden ! Tu as fini ton travail de la journée ? Et quelle journée ! Quel temps désespérant. C'est la saison qu'on devrait passer sur la Riviera.

— Et vous aviez l'habitude de le faire, n'est-ce pas... autrefois ?

— Oui, en effet. Assieds-toi.

— Est-ce que je vous gênerais si je m'asseyais sur ce machin ? Non ? Je voudrais vous parler.

Il s'assit sur l'ottomane en prenant soin de ne pas incommoder Nicolas. Ce fut seulement alors qu'il remarqua Nip, le minuscule fox-terrier, se prélassant sur le ventre détendu de son maître, le gris de son long poil soyeux se confondant avec le gris du tweed. Nip jeta sur Eden un regard hostile et se pelotonna davantage contre Nicolas qui répondit :

— Lui aussi déteste ce temps.

— Il est heureux de pouvoir l'oublier.

— Eh bien, on l'a mis dehors ce matin comme d'ordinaire, mais il n'y est pas resté une minute de plus qu'il n'était nécessaire. Qu'est-ce que tu tiens là ?

— Un prospectus, oncle Nick, un prospectus d'une mine appelée la Mine du Lac Indigo. On y a découvert de merveilleux nouveaux filons.

Avec un geste de sa pipe, Nicolas dit :

— Ne te mêle pas de spéculation. Ça ne procure qu'ennuis et pertes d'argent. Dieu... ce que ton oncle Ernest en a perdu !

— Je le sais. Mais ceci est différent.

— C'est toujours différent jusqu'à ce qu'on y soit engagé. Après, c'est toujours la même chose. Pertes, soucis et davantage de pertes.

— Je n'ai rien à investir, dit Eden, et je ne suppose pas que j'en aurai jamais les moyens. Mais si je les avais, c'est dans cette affaire que je placerais mon argent. Regardez.

Il glissa presque tendrement le prospectus dans les mains de son oncle. Le papier frôla en passant le corps du petit chien qui frémit d'agacement. Eden, plein de jeunesse, de force et d'enthousiasme, se rapprocha de la jambe de Nicolas. Du ton professionnel du lanceur d'affaires minières, il énuméra les avantages de ce placement.

— Mais qu'est-ce que ça te rapportera ? demanda Nicolas, si je me laisse convaincre par toi, ce qui ne sera pas !

— Je toucherai une commission de Mr. Kronk.

— Dépendant du degré de ma sottise. Laisse-moi plutôt te donner quelque chose et n'en parlons plus.

Eden recula, offensé. Il replia le prospectus.

— Il n'est pas du tout question de cela, oncle Nick. Il s'agit uniquement d'une affaire. Une chance comme on n'en rencontre pas deux dans la vie. Je voudrais que vous puissiez voir ce Kronk. Voulez-vous que je vous l'amène ?

— Grand Dieu, non. Pour rien au monde.

— Bien. Je ne tenterai plus de vous persuader. Quoique ce soit une occasion magnifique. L'or est là attendant d'être extrait. Il arrivera que des spéculateurs américains sauteront dessus, comme ils en ont coutume, et qu'ils achèteront toutes les actions.

Eden mit le prospectus dans sa poche, se pencha en avant et posa sa joue contre Nip qui, ouvrant les yeux, le lécha rapidement de sa langue pointue puis se rendormit.

Nicolas regarda Eden avec une pitié soudaine, inexplicable, car ce garçon était jeune et... qu'était-il en dehors de cela ? Comme on connaissait mal les êtres les plus proches de soi ! Et Eden lui était proche, très proche, mais d'une manière plus agréable quand il venait lui lire un nouveau poème.

— Regardez ce temps ! s'écria Eden. Regardez-le, et dites-vous que vous pourriez être à Rapallo ou à Venise ou à Taormina si...

Il fixa en souriant les yeux de Nicolas. Celui-ci regarda par la fenêtre, puis il regarda son genou goutteux et dit :

— Je ne suis plus en état de voyager, maintenant.

— Mais vous pourriez guérir votre genou. Songez combien vous allez mieux en été. Voyons, oncle Nick, vous n'allez quand même pas passer le reste de vos jours collé ici à Jalna ?

Nicolas tira le prospectus de la poche d'Eden. Il chaussa ses lunettes et l'étudia.

— C'est bien présenté, dit-il. Si j'avais des disponibilités avec lesquelles jouer, je m'y risquerais.

— C'est ce qu'on appelle entrer par le rez-de-chaussée, oncle Nick. Vous seriez dans l'affaire avant que les gros spéculateurs aient fait monter le titre.

— Comme tu parles ! fit Nicolas en riant. Combien coûtent les actions ?

— Seulement cinquante *cents*. C'est tentant, n'est-ce pas ?

La fenêtre était aveuglée par la pluie, mais maintenant Nicolas voyait une mer de saphir, un mur couvert de glycine et de mimosa. Il voyait aussi le visage de la femme dont il avait divorcé depuis bien des années. Mais ce visage s'effaça. En vérité, il ne se rappelait plus nettement comment elle était. La mer et le jardin ne s'effacèrent pas. Il remua dans son fauteuil et répéta : « Cinquante *cents* l'action... deux mille actions pour mille dollars... »

Le visage d'Eden s'approcha davantage.

— Oncle Nick, murmura-t-il. Vous devriez en prendre.

— Je ne veux pas être bousculé, grommela Nicolas.

— Bien sûr que non. Jamais de la vie. Mais ces actions s'enlèvent comme des petits pains. Mr. Kronk dit qu'à la fin de la semaine prochaine, elles seront toutes souscrites.

Nicolas souffla à travers sa moustache.

— Je vais en prendre deux mille, dit-il. Je ne laisserai pas échapper une pareille occasion. J'en prendrai quatre mille.

Ils rirent triomphalement comme d'un ennemi vaincu.

— Pas un mot de ce placement à la famille, dit Nicolas. Si ton oncle Ernest en entendait parler, il voudrait entrer lui aussi dans l'affaire, et il a déjà trop perdu sur des valeurs.

— Je ne lui dirai pas que vous avez acheté de celles-ci, mais, croyez-moi, vous n'y perdrez pas. C'est un placement sûr, oncle Nick. C'est de l'or, il est là, dans la roche. Vous passerez l'hiver prochain en Italie.

Nicolas se leva lourdement de son fauteuil, déposa soigneusement Nip sur le lit et boitilla jusqu'au piano sur lequel étaient placés un siphon d'eau gazeuse et une cave à liqueurs contenant un flacon de whisky, un de cognac et un de gin.

— Il faut boire un verre pour célébrer cet événement, dit-il en versant dans un verre une bonne quantité de whisky ; il y ajouta un peu d'eau de Seltz et demanda : Tu en veux ?

— Non, merci, répondit Eden en songeant que mieux valait ne pas sentir l'alcool quand il irait trouver son oncle Ernest.

Dans le couloir, il hésita. Qu'arriverait-il si cette valeur n'était pas aussi sûre qu'elle le paraissait ? Qu'arriverait-il si... Mais il évoqua alors Mr. Kronk et l'air de sécurité qu'exhalaient sa personne et son appartement bien meublé. Le courtier l'y avait emmené plutôt que de le recevoir à son bureau, parce que, dit-il, Eden lui inspirait un sentiment si spécial.

Dans le couloir, sombre à cause de la nuit qui tombait déjà, il rencontra Finch. Le saisissant par le poignet, il lui dit :

— Tu ne pourrais avoir l'air plus triste. Tu es vraiment un drôle de gosse. Je crois que tu as été tellement bouleversé par la farce qu'on t'a faite que tu n'en es pas encore remis. Tu sais que cela a été l'une des subtiles idées de Meg. S'amuser par un jour de pluie, tu comprends.

— C'était drôle, en effet, dit péniblement Finch.

Eden était si heureux de sa réussite auprès de Nicolas qu'une affection soudaine pour le maladroit jeune garçon lui réchauffa le cœur. Il lui jeta l'un de ses bras autour du corps et le serra contre lui. L'ardente réaction de Finch le surprit. C'était presque comme si Finch avait voulu l'embrasser à son tour. Il était comme un jeune chien abandonné que l'on a caressé.

Il lui donna une légère poussée et dit :

— Il faut maintenant que j'aille voir oncle Ernest... Et il ne put s'empêcher d'ajouter : Pour affaires.

— Pour affaires ? répéta Finch machinalement.

— Oui, mais n'en souffle mot à Piers ni à personne.

— Je ne parle jamais à Piers de quoi que ce soit.

Finch était content qu'Eden lui eût confié quelque chose, si peu que ce fût.

Laissé seul, Nicolas bourra de nouveau sa pipe, remplit de nouveau son verre. Il se permettait rarement de prendre autant de whisky à la fois, parce qu'il savait que c'était mauvais pour sa goutte. Quel était donc le mot moderne dont on la qualifiait ? Ah ! oui : arthrite. Un mot désagréable. Il préférait appeler son mal « goutte ». La spéculation dans laquelle il venait de se lancer l'exaltait. On ne pouvait douter de l'existence de ces mines d'or, et il n'y avait pas de raison pour qu'il ne gagnât pas un peu d'argent quand l'occasion s'en présentait. Ce prospectus était réellement fort attrayant ; il montrait des photographies de l'exploitation. Lac Indigo : voilà un nom qu'on ne pouvait oublier. Il se sentait énervé et cependant heureux. L'hiver avait été très long ; ces derniers temps, il s'était cru atteint de claustrophobie, encore un de ces mots nouveaux. Rien de tel pour vous remonter le moral qu'un petit jeu de hasard avec son argent ; si cette affaire du Lac Indigo prospérait, il achèterait davantage d'actions. Il pourrait même conseiller au vieil Ernie d'en prendre quelques-unes ; mais, pour le moment, la transaction devait rester un secret entre Eden et lui-même.

Mais, au même moment, Eden montrait déjà le prospectus à Ernest et lui répétait ce qu'il avait dit à Nicolas sur la nature unique de ce placement. Ernest était joueur par nature. Depuis longtemps, rien d'aussi tentant que cette affaire du Lac Indigo ne lui avait été offert. Ses joues se colorèrent et il se mit à arpenter sa chambre. Nicolas avait été persuadé d'acheter quatre mille actions ; Ernest alla jusqu'à huit mille. Lui aussi avait envie de passer l'hiver suivant en Europe. Lui aussi se sentait nerveux. La vie qui naguère avait été une chose passionnante, une chose très agréable, et cela d'autant plus qu'il ne s'était jamais infligé le joug du mariage comme l'avait fait Nicolas, la vie était maintenant devenue un peu terne. Bien qu'il aimât tendrement son irascible vieille mère, passer beaucoup de temps avec elle pouvait être fort éprouvant. Il aimait beaucoup ses neveux, mais ils étaient si nombreux, et ils se montraient parfois difficiles et bruyants. Un changement d'ambiance serait délicieux. Nicolas et lui n'avaient pas bougé depuis qu'ils étaient revenus d'Angleterre pendant la guerre.

Il fut d'accord avec Eden pour penser qu'il valait mieux garder pour le moment entre eux la transaction relative au Lac Indigo. Nicolas y serait opposé, et il avait une façon très déplaisante de vous rappeler vos spéculations malheureuses du passé. Il est préférable de les oublier. Ernest prit plaisir à conspirer, pour ainsi dire, avec Eden. Il affectionnait particulièrement ce neveu qui était doué d'un talent poétique incontestable et d'un visage à l'avenant et qui appréciait les occupations littéraires auxquelles il se livrait lui-même. Ils étaient, cet oncle et ce neveu, différents du reste de la famille : ils parlaient un langage commun. Les autres neveux étaient de bons garçons, mais Eden...

Quant à Eden, les doutes qui l'assaillaient furent dissipés par sa prochaine entrevue avec Mr. Kronk. Nicolas et Ernest avaient acheté leurs actions juste à temps. À la fin de la semaine, il n'en resterait plus une seule de disponible. Mrs. Kronk aussi s'était prise d'une grande sympathie pour le franc jeune homme. Les Kronk, mari et femme, souhaitaient à la famille de Jalna de posséder le plus grand nombre possible d'actions de la Mine du Lac Indigo. Mrs. Kronk, grande femme à l'ossature puissante, aux cheveux blonds sévèrement rejetés en arrière, au visage intelligent, portait à Eden un intérêt tout spécial. Il se demanda quel attrait elle avait pu trouver au petit homme d'aspect bilieux qu'elle paraissait alternativement gendarmer et dorloter. Il ne pouvait s'empêcher de remarquer comment son attitude envers lui-même changeait dès qu'ils étaient seuls ensemble. Elle étendait alors ses bras sur le dossier du canapé et lui parlait d'une voix basse, intime, comme s'ils avaient eu derrière eux des années de conversation familière.

3

L'éveil du printemps

Comme beaucoup trop souvent, le printemps semblait répugner à se manifester. Tel un poussin dans un œuf à coquille dure, il picorait légèrement la résistante coquille de l'hiver et l'on percevait à peine son humide présence infantile. Puis, apparemment découragé, il restait quelque temps pelotonné, immobile, comme s'il ne devait jamais éclore. Finalement, au lendemain d'une nuit de vent et de pluie, à la fin d'avril, il émergea tout à coup, après s'être péniblement tortillé et débattu, et on le vit perché sur la terre, son pâle plumage doré séchant au soleil, aux yeux semblables à de petites mares luisantes. Et, pareilles aux débris de la coquille qu'il avait brisée, des plaques de neige et de glace souillées reposaient dans les creux.

Tandis que le soleil montait, il témoignait une fois de plus de ce que pouvait être la chaleur et de la réaction dont étaient capables chaque rameau vivant, chaque racine saine. Bientôt, la campagne appartint au printemps.

À Jalna, personne n'était plus que Piers conscient de sa force. Il semblait à ses aînés le voir pousser, et il poussait non d'une façon maladroite et dégingandée, mais de toutes les parties de son corps en une sereine harmonie. Son cou et ses épaules devenaient plus musclés, ses jambes formaient, pour le soutenir, de belles colonnes ; de la peau claire de ses joues et de son menton surgissait une véritable barbe jaune. Son usage du rasoir lui valait maintenant le respect de Finch.

Piers était l'un des préférés de sa grand-mère.

— Ah ! s'écriait-elle parfois avec admiration, voilà un robuste gaillard qui arrive ! Un dos comme celui de son grand-père ! Et il est le seul des petits à l'avoir. J'aime voir un homme bien fait.

À quoi son fils Ernest répondait :

— À mon avis tous les garçons sont bien proportionnés.

— Bien proportionnés ! Ah ! je t'accorde qu'aucun d'eux n'a les jambes trop courtes ou le cou trop long avec une grosse pomme d'Adam. Ça, je le déteste.

— Prenez Renny, par exemple, intervenait Nicolas, il est sec et souple.

— Oui. Prends-le ; tu peux le garder. Il est tout le portrait de mon père — le vieux Renny Court — et tu sais ce qu'il était.

— Nous en avons entendu des descriptions si différentes, maman.

— Et il l'était, selon les occasions : doux comme la soie ou rude et grossier.

Afin de la faire parler, Nicolas ajoutait :

— Vous ne pouvez nier la beauté d'Eden.

— De la beauté ! Bien sûr qu'il en a. La beauté de sa pauvre mère... Non, pas un seul d'entre eux ne sera jamais l'égal de votre père...

Et de dessous ses sourcils broussailleux, elle levait les yeux sur le portrait de son mari, le capitaine Whiteoak, mort depuis très longtemps. Ses yeux étincelaient d'un amour que les années n'atténuaient pas, et l'un de ses fils prenait son mouchoir, essuyait doucement la goutte qui pendait au bout de son nez aquilin, et elle étendait sa belle vieille main et lui saisissait la sienne comme pour s'en faire infuser de la force.

Piers, se rendant parfaitement compte de son approbation, se tenait plus droit encore, essayait de donner à ses yeux l'expression de celui qui est né coiffé, avec un sabre à la main, celle des yeux du portrait de son grand-père. Une fois, dans la solitude du grenier, Piers avait revêtu ce splendide uniforme et s'était regardé dans un vieux miroir ; l'image qu'il y vit l'avait désappointé. L'uniforme était trop large pour lui ; il lui faudrait plusieurs années avant de le remplir. Néanmoins, il faisait bonne figure, en hussard, et il regretta de ne pouvoir se montrer ainsi à la famille.

Mais par ce beau matin, deux mois après l'anniversaire de Finch, le premier samedi de mai, il était heureux d'être lui-même — libre comme l'air pour la journée — rempli d'une incomparable joie de vivre. Il siffla les chiens, mais aucun d'eux ne répondit. Comme d'habitude, ils étaient sur les talons de Renny. Il traversa la pelouse où les têtes jaunes des pissenlits formaient sur le velours vert de l'herbe nouvelle comme des boutons de cuivre doré. Il franchit la barrière de la haie et suivit le sentier sinueux qui descendait dans le ravin. Le ruisseau avait débordé de ses rives, ce printemps-là, il les avait entamées et essayait d'arracher le pont rustique, mais à présent, sa première ardeur dépensée, il s'était calmé et gargouillait gaiement parmi les tiges de la fléole des prés et les touffes de cresson.

Piers s'arrêta, et, penché sur le garde-fou du pont, réfléchit à ce qu'il ferait de cette journée. Une suite de possibilités agréables lui passa par l'esprit. Il y avait tant de choses à faire, mais pour l'instant, il se contenta de demeurer là, caressant de ses robustes mains la barre d'appui dont l'écorce avait depuis longtemps disparu, arrachée par les doigts destructeurs des enfants. Des initiales y avaient été gravées. Les siennes, celles de ses frères, celles de ses oncles... Pourquoi le jeune Finch avait-il inscrit son nom « Finch » au lieu de ses seules initiales ? C'était un petit imbécile prétentieux. Il y avait N. W..., pour Nicolas, et la date 1865 ; elle était presque effacée. Il y avait le chiffre de sa sœur entrelacé avec les lettres M. V... Piers dut chercher un moment avant de se souvenir... Ah ! oui, M. V..., c'était Maurice Vaughan, leur voisin, qui, des années auparavant, avait été fiancé avec Meg. Les fiançailles avaient été rompues à cause d'une liaison de Maurice avec une jeune fille du village. Un bébé avait été déposé sur le seuil des Vaughan comme dans un mélodrame de l'époque victorienne et, après une scène formidable, les fiançailles avaient été rompues. Piers se rappela, avec un large sourire, combien, à l'âge de quatorze ans, il avait été choqué lorsque Eden lui avait raconté cette histoire. Sans savoir pourquoi, Piers l'associait rarement dans sa pensée avec Pheasant Vaughan — une drôle de petite bonne femme — assez gentille, qu'il connaissait depuis qu'elle était née. Il y avait des mois qu'il ne l'avait pas vue. Ils s'étaient rencontrés sur la route par une glaciale journée de janvier ; elle courbait la tête sous le vent et portait une jupe trop longue pour elle sur laquelle la neige s'était agglutinée presque jusqu'aux genoux. Elle présentait ainsi une silhouette étrange, plutôt semblable à celle d'une petite vieille. Quand ils se furent dit bonjour et qu'ils se furent séparés, il se retourna et vit qu'elle s'était retournée elle aussi et qu'elle le regardait avec de grands yeux comme si elle avait eu peur de lui. Elle ne devait pas mener une vie bien gaie, seule dans la maison avec Maurice Vaughan et sa revêche gouvernante Mrs. Clinch. Il songea au contraste de cette demeure avec Jalna, toujours bourdonnante d'activité, et il accorda à la pauvre fille un instant de pitié.

Mais aujourd'hui, il l'avait oubliée lorsqu'il l'entrevit accroupie parmi les roseaux, au bord du ruisseau. Elle devait avoir été là, regardant l'eau pendant tout le temps qu'il était demeuré sur le pont. Il se demanda si elle l'avait aperçu ; quoi qu'il en fût, maintenant elle le voyait car elle leva les yeux, regarda droit dans les siens et lui fit signe d'approcher.

Il n'en fallait pas plus que ce doigt levé pour qu'une douzaine de grandes enjambées l'amenât auprès d'elle. Il s'accroupit à son côté en proie à une soudaine et inexplicable excitation.

— Qu'est-ce que c'est ? murmura-t-il.

— Regardez... un serpent d'eau.

Il approchait d'eux lentement, noblement, son corps ondulant tacheté de soleil. Piers s'étonna que Pheasant ne criât pas comme l'auraient fait la plupart des filles. Mais elle se tourna vers lui, les lèvres entrouvertes, révélant une rangée de dents blanches en un sourire qui semblait l'inviter à un moment de camaraderie. Elle n'était encore qu'une enfant ; si elle avait été plus âgée, elle aurait crié comme toute autre fille.

— N'est-il pas heureux ? demanda-t-elle tout bas.

Quelle chose stupide à dire au sujet d'un serpent ! Comme s'il pouvait être heureux !

— Vous voudriez me voir le tuer ? demanda Piers.

— Oh ! non. Je... l'aime.

Il éclata de rire. Il avait un rire musical et, comme incapable de s'en empêcher, elle rit aussi. Le serpent, tout en les regardant avec prudence de ses yeux dorés, se retira sans hâte dans les profondeurs ombragées des roseaux. Il avait dominé le cours d'eau par sa présence, maintenant qu'il était parti, les petits visages blancs des abondantes touffes de sanguinaires se détachèrent sur la rive.

Un silence frémissant enveloppait le jeune homme et la jeune fille. L'humide et doux parfum du ravin, le babil du ruisseau les isolaient. Ils regardèrent dans le trou d'eau où s'était tenu le serpent et y virent le reflet de leurs propres visages. Les cheveux et les yeux sombres de Pheasant paraissaient couleur d'ambre dans l'eau peu profonde. Le rose des joues de Piers, le bleu de ses yeux, la blondeur de ses cheveux fondaient en une image d'un adolescent doré sur le point de découvrir la signification du printemps.

Ils restèrent silencieux pendant un moment, puis le bras de Piers trouva la taille de Pheasant, sa main gagna le flanc où son cœur voltigeait comme une hirondelle. Ils tournèrent la tête et s'entre-regardèrent dans les yeux.

Piers n'avait encore jamais éprouvé de tendresse envers aucun être humain. Il en avait ressenti pour de jeunes agneaux. Mais maintenant, une vague de tendresse pour Pheasant envahit tout son robuste corps. De la tendresse et l'impulsion de la protéger, de l'aimer. Mais il se contenta de dire laconiquement :

— Vous êtes drôle.

— Vous aussi, murmura-t-elle. Pas du tout tel que je vous croyais.

— Nous sommes probablement drôles tous les deux. Voulez-vous m'embrasser ?

Elle inclina la tête sans rien dire. Mais le baiser ne fut pas une réussite. Leurs visages se heurtèrent simplement l'un l'autre avec douceur. Inexplicablement, ce baiser les rapprocha quand même. Ils se sentirent moins timides, plus familiers et étrangement heureux.

— Quel âge avez-vous ? demanda-t-il.

— Dix-sept ans... dans quelques semaines.

— J'ai dix-huit ans... bientôt dix-neuf.

Ils ne trouvèrent rien d'autre à se dire. Ils restèrent accroupis côte à côte, en silence, comme si le nombre de leurs années les avait laissés muets d'étonnement. Seul le ruisseau bavardait. Un petit oiseau passa devant eux, tenant dans son bec un bout de fil blanc, battant des ailes avec l'ardeur que lui inspirait la construction de son nid.

À la fin, Piers dit :

— Eh bien, il va falloir que je m'en aille.

Elle ne le pria pas de rester.

— Est-ce que vous viendrez par ici demain vers la même heure ? demanda-t-il.

Elle inclina la tête, arracha un brin d'herbe et se mit à l'examiner.

— Je serai là, dit-il, et il la quitta, traversa le pont et remonta la pente en courant comme pour lui montrer sa vigueur.

4

Valeur en hausse

— La poésie et gagner de l'argent vont extrêmement bien ensemble, dit Eden. Je m'étonne que les poètes du passé n'en aient jamais fait l'essai.

Son oncle Ernest était le seul membre de la famille devant lequel il se qualifiât ouvertement de poète. Naturellement, ils savaient tous qu'il écrivait des poèmes et, selon leurs divers tempéraments, ils considéraient cette occupation comme un agréable passe-temps, comme une faiblesse héritée de sa mère, ou comme un gaspillage des heures précieuses qu'il aurait dû consacrer à l'étude du droit. Tous, sauf Ernest. Il appréciait la promesse que manifestait le jeune poète, et quand Eden venait dans sa chambre lui dire ses derniers vers, il en était flatté. Leurs dons littéraires constituaient un lien entre eux. Lui-même était attelé, depuis plusieurs années, à la préparation d'un livre sur Shakespeare, quoiqu'il n'eût pas encore montré de manuscrit à sa famille et que Nicolas ne se cachât pas de douter qu'il le ferait jamais.

L'oncle et le neveu avaient eu mainte agréable conversation dans la confortable intimité de la chambre d'Ernest aux murs ornés d'aquarelles représentant des paysages anglais, ses œuvres de jeunesse. En fait, il y en avait au moins une dans chacune des chambres de la maison. Mais ils n'avaient encore jamais goûté un entretien de cette nature. Dans le passé, lorsqu'ils parlaient d'argent, c'était, de la part d'Eden, pour en déplorer l'absence et, de la part d'Ernest, pour commenter la rapidité avec laquelle il filait. Mais depuis la spéculation sur les Mines du Lac Indigo, le sujet de l'argent avait pris un aspect nouveau et délicieux. Aujourd'hui, ils riaient de bonheur.

Depuis la semaine même du placement d'Ernest, le prix du titre n'avait cessé de monter. Non pas d'une manière spectaculaire, mais régulièrement, fermement, d'une façon à donner confiance à l'actionnaire. Mr. Kronk tenait Eden au courant tous les jours. Une autre brochure de couleur vive arriva qui confirma ces rapports. Presque chaque jour, après ses cours, Eden se rendait à l'appartement de Mr. Kronk, et si celui-ci n'y était pas, il y trouvait toujours Mrs. Kronk pour lui donner de bonnes nouvelles. Elle ne lui offrait pas de thé mais un cocktail. Il n'avait encore jamais joui d'un tel plaisir. Mr. Kronk lui versa une commission de vingt-cinq pour cent sur les sommes investies par ses oncles et par Piers ; il la lui remit avec un sourire, comme s'il l'avait vraiment méritée. Nicolas s'imagina un hiver sur la Riviera et doubla son placement. Au bout d'un mois d'une hausse constante du titre, Ernest, qui la suivait avec passion, avait plus que triplé sa mise. Le gain lui paraissait si splendide que ses doigts le démangeaient d'envie de libeller des chèques plus importants.

C'était un homme vif et affectueux. Dans sa joie, il enlaça Eden et lui fit faire le tour de sa chambre en valsant. Sacha, sa chatte, qui dormait sur le lit, se réveilla pour les regarder, arquant le dos, allongeant ses pattes, et son visage exprimant le dédain.

— Je ne l'aurais jamais cru ! s'exclama Ernest, un peu haletant à la fin du tour de valse. J'étais devenu très méfiant des spéculations depuis mes derniers malheurs. Mais cette affaire-là, mon cher garçon, est merveilleuse. Dire qu'une rencontre de hasard dans le train...

— Et si vous le connaissiez ! Il n'a pas l'air capable de grandes entreprises ; c'est un petit homme d'un caractère confiant et simple de manières. Mais il n'ignore rien de ce qui touche à l'exploitation minière. Il connaît tout le Nord comme la paume de sa main. Apparemment, il s'est pris d'un vrai béguin pour moi.

Ernest se redressa et dit :

— Je vais acheter davantage d'actions. Crois-tu que nous devrions en parler à ton oncle Nicolas ? Il me semble dommage de ne pas lui faire partager cette aubaine.

Eden réfléchit. Il se sentait mis au pied du mur.

— Je crois qu'il vaut mieux pas. Vous savez qu'il n'aime pas la spéculation.

Eden commença à regretter d'avoir entouré l'affaire d'un tel secret. Mais comment aurait-il pu prévoir qu'elle s'avérerait aussi magnifique ?

Nicolas, bien que valser ne fût pas dans ses cordes, était extrêmement content. Tapant du poing sur le bras de son fauteuil, il s'écria :

— Par Dieu ! voilà la meilleure chose qui me soit arrivée depuis bien des années !

Il ne suggéra pas de faire participer son frère à l'affaire, mais il se réjouit d'avance de la surprise qu'éprouverait le vieil Ernie en découvrant quel astucieux spéculateur il était.

De son côté, Piers n'avait jamais encore témoigné d'un tel zèle à aider aux travaux de la ferme, des écuries ou du verger. Aucune besogne n'était pour lui trop dure ou trop ennuyeuse. Les bons ouvriers agricoles étaient rares, et il travaillait pour Renny avec une ardeur qui le stupéfiait. En même temps, il se montrait d'une âpreté au gain assez déconcertante et il remettait à Eden avec une confiance d'enfant tous les fruits de son labeur afin qu'il les investît. Eden s'était fait ouvrir un compte dans une banque de la ville et il y déposait, presque religieusement, tout le montant de ses commissions. Une demi-douzaine de fois par jour, il sortait de sa poche son petit livre de comptes et savourait l'accroissement de son pécule. Il avait, dans son bureau, une carte, et, lorsqu'il eut amassé de quoi payer son passage en Europe, il traça une ligne rouge de Montréal au Havre et du Havre à Paris. Il calcula ce qu'il lui en coûterait d'y vivre un mois, et un jour vint où il osa inscrire, toujours à l'encre rouge, en lettres capitales : PLUS QU'UN MOIS ICI. Il emprunta à ses oncles des livres sur Paris. Ernest lui montra un vieil album de photographies et de cartes postales illustrées de Paris, des Rivieras française et italienne, de Florence, de Rome et de Sicile, et, tout en les regardant avec Eden, il lui lut des passages d'un journal qu'il avait tenu au cours de ses voyages. Il fallait un grand effort sur soi-même de la part d'Ernest et de Nicolas pour se cacher leur joie l'un à l'autre et la cacher au reste de la famille. Ils ne tentèrent cependant pas de dissimuler leur sentiment de bien-être et leur bonne humeur. Les choses qui, d'ordinaire, les irritaient, ne provoquaient maintenant qu'un sourire tolérant sur leurs lèvres. L'espièglerie et le bruit de Wakefield, l'irascibilité de leur vieille mère ne les crispaient plus. Piers travaillait avec persévérance et persévérait aussi à se montrer de plus en plus avide d'argent. Et il continuait à confier à Eden tout ce qu'il gagnait à la sueur de son front.

Avant l'été, Eden avait persuadé sa sœur de prendre des actions des Mines du Lac Indigo. Meg n'était guère spéculatrice de nature et il lui répugnait d'avouer à la famille qu'elle possédait plus d'argent qu'il ne lui en fallait pour ses besoins les plus élémentaires. Néanmoins, elle fut tentée et elle finit par succomber. Quand Eden fut en mesure de l'informer de la hausse du titre, elle en fut si joyeuse que, s'il ne l'avait pas retenue, elle aurait jeté tout son avoir dans cette spéculation.

Mais son jeune frère, sa sœur et ses oncles n'étaient pour Eden que de médiocres prises. Il aspirait à circonvenir un capitaliste pourvu de plus amples moyens, et sa pensée revenait de plus en plus souvent à sa grand-mère. Le principal obstacle était son âge. Pourrait-il lui faire comprendre de quoi il s'agissait ? Serait-il possible qu'une transaction s'accomplît à l'insu de son notaire, Mr. Patton ? Toute la famille savait que sa fortune était placée selon les principes les plus conservateurs ; ses fils le regrettaient, car, ainsi, ses revenus n'étaient pas aussi élevés qu'ils auraient pu l'être. Non qu'ils vissent jamais de son argent plus qu'il ne suffisait pour ses rares dépenses et le cadeau qu'elle leur faisait de temps en temps.

Plusieurs fois, Eden alla jusqu'à la porte de la chambre de sa grand-mère avant qu'elle fût levée, dans l'intention de la sonder, mais chaque fois, le courage lui manqua. Elle pourrait révéler toute l'affaire à la famille et le blâmer de lui suggérer une pareille spéculation. Ces derniers temps, son échec aux examens lui avait valu assez de reproches pour le restant de sa vie. Néanmoins, il ne parvenait pas à renoncer à l'idée de prendre un poisson d'une aussi belle taille. Et ce ne serait que pour son bien, à elle ! Elle pourrait lui être si reconnaissante qu'elle augmenterait le legs qu'elle lui avait sûrement fait dans son testament.

Cette indécision ne pouvait continuer, et elle prit fin un matin, quand, passant devant sa chambre, il vit, par la porte ouverte, qu'elle était assise sur une chaise basse devant un tabouret supportant une cuvette d'eau. Elle était en train de laver les bagues qu'elle portait tous les jours : son alliance, sa bague de fiançailles et cinq autres ; trop pour être de bon goût, surtout à son grand âge. Pourtant, elles lui seyaient, et sa famille ne pouvait se figurer ses belles vieilles mains sans toutes ces bagues.

Dans le miroir, elle aperçut Eden et cria :

— Entre, Eden, entre et raconte-moi quel mauvais coup tu médites.

Leurs yeux se rencontrèrent dans la glace. Ils se sourirent, il entra et referma la porte derrière lui.

Une fois dans la chambre, son atmosphère l'enveloppa. Sa grand-mère avait été élevée à une époque moins hygiénique que celle-ci. Elle se méfiait de l'air nocturne et ne voyait pas d'inconvénient à laisser son perroquet en liberté dans sa chambre ni à ce qu'il y répandît ses plumes et ses graines. Cependant, maintenant, presque à midi, la fenêtre était grande ouverte et les lourds panaches blancs du lilas qui s'élevait devant elle ajoutaient leur parfum aux senteurs de la pièce.

Eden se pencha et l'embrassa entre les yeux. Les poils de ses sourcils étaient épais et il eut conscience de la fine ruche de son bonnet.

— Quelle sottise, maintenant ? demanda-t-elle.

— Pas de sottise, Gran. Des affaires.

Elle ne sembla pas avoir compris et continua, en respirant bruyamment, à laver ses bagues.

— J'aime ce rubis, dit Eden.

— Oui, c'est une belle pierre. Elle m'a été donnée par un rajah.

— Je voudrais tant connaître tout votre passé, Granny.

Ce désir lui plut et elle rit.

— Un jour, je te le raconterai et tu pourras en faire un poème.

— Une épopée, Gran.

— Tu n'obtiendras rien de moi par la flatterie.

— Vous avez une belle eau de savon dans votre cuvette. Voulez-vous que je lave vos bagues à votre place ?

— Non, non. J'aime avoir quelque chose pour m'occuper. Quand on atteint mon âge, il ne faut pas grand-chose pour s'amuser... Un peu d'eau et de savon. Quelques bagues à laver.

Eden s'agenouilla et son regard clair chercha les yeux de la vieille femme. En le voyant de si près, elle l'examina attentivement, puis :

— Tu es trop joli garçon. Tu auras des ennuis avec les femmes.

— C'est après Renny qu'elles courent.

— Lui ! J'espère qu'il fera un meilleur mari que ne l'a été mon père dont il est le portrait tout craché.

— J'adore quand vous êtes vulgaire, Gran.

Elle sourit :

— Qui était-ce ? Longfellow ? qui a recommandé de ne pas perdre sa pointe de vulgarité ?

— Oui, Longfellow, répondit Eden en riant. C'est ce qu'il a écrit de mieux.

Elle essuya ses bagues, les remit, puis étendit ses mains pour les admirer.

— Mes mains ne sont pas mal pour une femme de mon âge, hein ? Cela fait près de cent ans que je les ai.

— J'ai toujours admiré vos mains, Granny.

Elle les croisa sur son estomac et demanda soudain :

— Cette affaire. Qu'est-ce que c'est ?

Il s'était presque décidé à ne pas lui parler. C'était trop dangereux. Elle perçut son hésitation et dit :

— Allons, dis-le-moi. J'aime entendre parler d'affaires... si elles sont sensées.

— Je ne crois pas que celle-ci vous intéresserait, Gran.

— Alors, pourquoi as-tu fermé la porte ?

Le moment était venu. Il ne put y résister. Il prit dans sa main la vieille main avec ses bagues encore humides et chaudes, et il dit à voix basse :

— C'est une mine d'or, Granny. Là-haut, dans le Nord. Une occasion merveilleuse pour quiconque a de l'argent à placer. On commence seulement à l'exploiter. Un filon extraordinairement riche. Il s'y fait des fortunes. Je connais un homme...

— De l'or ! fit-elle avidement. De l'or, hein ?

Si ç'avait été de l'argent ou tout autre métal, cela ne l'aurait pas intéressée. Mais le mot « or » enflamma son imagination. L'or, elle le comprenait. Son perroquet qui avait lancé en tous sens les graines de sa mangeoire, à la recherche de celles qu'il préférait, leva maintenant la tête et se mit à crier : « De l'or ! de l'or ! de l'or ! des pièces de huit ! des pièces de huit ! »

Adeline Whiteoak applaudit.

— Écoute-le, dit-elle. Il saisit chacun des mots que nous prononçons !

— C'est de bon augure, dit Eden, et prenant les deux mains de sa grand-mère dans les siennes : Écoutez, Gran.

— Oui, oui. Raconte-moi tout.

Elle était contente d'entendre toute l'histoire des Mines du Lac Indigo. Et Eden se mit en frais, l'embellissant de sa faconde colorée et poétique. Elle se pencha plus près de lui, la bouche légèrement entrouverte, les poils frisés de son menton tout tremblants. Le perroquet sauta de son perchoir et vint se poser sur son épaule en criant avec passion : « De l'or... de l'or... des pièces de huit ! »

Eden lui montra le dépliant où se voyaient les machines de la mine se profilant sur un ciel bleu turquoise, avec, au-delà, le Lac Indigo. Elle se fit apporter sa loupe et s'absorba dans la contemplation des images. Elle possédait de bons titres, des titres sûrs, mais elle n'avait aucune action dans des mines d'or. Son imagination, que rien n'alimentait plus guère à présent, prit feu. Sa rancune qui couvait contre son notaire, Mr. Patton, à cause de ce qu'elle considérait comme des façons dictatoriales, lui fit savourer la pensée de lui jouer un tour.

— Je le ferai ! s'écria-t-elle en tapant sur le genou d'Eden. Je le ferai aujourd'hui même !

Le cœur d'Eden battit plus vite :

— Combien, Gran ?

Elle fronça les sourcils, puis s'exclama :

— Cinquante mille. J'investirai cinquante mille dollars.

Il recula d'effroi :

— Oh ! vous ne pouvez faire cela, Granny. C'est trop.

— Je ne fais jamais les choses à moitié.

La panique s'empara d'Eden et il regretta d'avoir parlé. Repliant le prospectus, il dit :

— C'est très fatigant pour vous, Granny. Mieux vaut ne plus y penser.

— Tu parles à présent comme ton oncle Ernest. Ça ne me fatigue nullement. Ça me fait du bien.

— Mais vous ne devez pas investir autant.

— Qui me dit ce que je dois ou ne dois pas faire ?

Elle le déchargeait de toute responsabilité... elle qui avait presque cent ans.

— À supposer que vous perdiez votre argent ? dit-il.

Elle cambra son cou et dit d'une voix forte et dure :

— Je ne perds jamais. Si l'or est là, il y est. Y est-il ?

En entendant le mot « or », Boney répéta : « Pièces de huit ! pièces de huit ! » et il ajouta, en hindoustani : « Kutni-kutni-Paji-Shaitam ka katla ! »

— Oui, répondit Eden, l'or y est. C'est une affaire magnifique, mais je vous conseille d'aller doucement pour commencer. Mon courtier vous donnerait ce conseil.

— Cent dollars, alors.

C'était une diminution terrible. Eden hésita, ne sachant trop que dire. Elle s'en rendit compte et dit avec une soudaine douceur :

— Indique-moi combien, alors.

Il ne put s'en empêcher. Il s'entendit dire :

— Eh bien, dix mille ?

— C'est précisément la somme qui convient, dit-elle, et il eut l'impression qu'elle n'était plus capable de distinguer une somme d'une autre, bien qu'elle fût avide de n'importe quel gain.

Ce qui le tourmentait plus encore, maintenant qu'elle avait décidé de faire ce placement, était la manière dont la transaction s'effectuerait. Il ne connaissait rien aux affaires et n'osait s'en informer auprès de ses oncles ou de Renny.

Il lui fit promettre un grand nombre de fois de ne rien divulguer de son projet à la famille. Elle commençait à être très fatiguée et hochait avec docilité sa tête sur laquelle la dentelle de son bonnet tremblotait. Il se sentait las lui aussi et il essuya son front moite lorsqu'il eut refermé la porte derrière lui. La joie et l'anxiété se partageaient son cœur. Puis l'image de Mr. Kronk surgit dans son esprit. Cet homme-là saurait exactement comment s'y prendre. Il résolut d'aller le voir ce même jour.

Il profita de ce que Renny se rendait à la ville en voiture. Assis à côté de son aîné dans la vieille automobile qui cahotait sur les ornières de la route, il jetait de temps en temps un coup d'œil sur le dur profil qu'il connaissait si bien. C'était certainement un profil remarquable, avec ce beau nez aux fières narines, si semblable à celui de leur grand-mère. En ce moment la bouche et les yeux exprimaient une application méprisante, car il n'aimait pas l'automobile et se méfiait de la voiture envers laquelle son attitude ressemblait assez à celle d'un de ses chevaux.

En ville, il demanda :

— Où est-ce que je te dépose ?

Eden hésita avant de répondre :

— Oh ! n'importe où.

— N'importe où ? mais où veux-tu aller ?

— Où vas-tu, toi ? laisse-moi où tu voudras.

Renny lui jeta un bref regard.

— Pourquoi es-tu venu en ville, alors ? Simplement pour faire un tour ?

— Je suis, en fait, venu pour voir un autre étudiant au sujet de certains livres.

— Tu veux dire qu'il va t'en prêter ? J'espère que oui, car tes livres coûtent diablement cher.

— Il me les prêtera peut-être s'il a ceux dont j'ai besoin. Il habite dans l'immeuble Norfolk.

— Bon. Je peux facilement t'y déposer. Tu feras mieux de rentrer par le train.

C'était dans cet immeuble que demeuraient les Kronk. Le mari était absent, mais Eden trouva la femme chez elle. Il sentit combien elle était heureuse de le voir. Elle se mettait plus de rouge aux lèvres qu'il n'était habituel à l'époque, et il vit qu'elle avait souligné d'un peu de noir ses yeux clairs et limpides. Elle était aussi grande que lui de sorte que leurs yeux étaient au même niveau. Elle portait une robe courte à la taille basse selon la mode d'alors, et quand elle s'assit en croisant les jambes, Eden remarqua combien elles étaient bien galbées. Ses bas de soie étaient plus transparents et d'une couleur plus claire qu'il n'en avait jamais vu. Elle s'aperçut de son coup d'œil et dit :

— Depuis votre dernière visite, je suis allée à New York et j'y ai fait des achats. J'espère que vous ne trouverez pas ces bas trop transparents.

Elle étendit ses jambes devant elle côte à côte, ses souliers à talons hauts ayant ainsi l'air ridiculement petits pour sa stature.

— Je les trouve très jolis, dit Eden plutôt nerveusement, car ce genre de femme était nouveau pour lui. Puis il ajouta : Je suppose que New York est merveilleux ; je n'y suis jamais allé.

— Ah ! merveilleux ! J'y ai fait autre chose que des achats. Ne l'avez-vous pas remarqué ?

Il la parcourut des yeux mais ne découvrit en elle rien de changé.

— Vous êtes toujours si bien habillée, murmura-t-il.

— Il ne s'agit pas de vêtements. Regardez !

Elle baissa la tête et il vit que ses cheveux étaient coupés court.

— Vous vous êtes fait couper les cheveux ! s'exclama-t-il.

— Pas seulement couper ; j'ai la nuque rasée. Dites-moi si cela vous plaît. Mon mari déteste ça. Il aimait mes cheveux longs, mais c'est un tel tracas.

— Je trouve que ça vous va très bien.

Elle se redressa, et, lui adressant son sourire confidentiel :

— J'en suis si contente. Je n'aurais pas pu supporter que cela vous déplaise.

— Mais cela me plaît. J'aime énormément ça.

Il rougit. Il ne savait pas au juste ce qu'elle attendait de sa part, et il ne désirait rien d'autre que parler de l'affaire.

D'un ton brusquement banal, elle dit :

— Je vais vous chercher à boire, et elle se rendit dans la salle à manger séparée du salon par une simple baie.

Assez intimidé, Eden la regarda, de loin, s'affairer devant le buffet. Mais pendant qu'ils buvaient leur whisky, il commença :

— Je suppose que Mr. Kronk s'est rendu à New York pour affaires.

Elle eut un petit rire :

— Certainement. Pour rien d'autre. Dieu ! ce que ces New-Yorkais ont pu avaler d'actions du Lac Indigo !

Elle acheva son verre en faisant claquer sa langue.

Comparée à cette nouvelle, celle qu'il apportait semblait insignifiante.

— Ma grand-mère a de l'argent qu'elle voudrait investir, mais...

Instantanément, Mrs. Kronk lui accorda toute l'attention de ses yeux clairs.

— Votre grand-mère ? Vous en avez de la chance d'avoir tant de parents riches !

Cette observation ne fut pas tout à fait du goût d'Eden. Avec une certaine raideur, il dit :

— La difficulté est qu'elle ne sait pas, et moi non plus, comment faire pour vendre des fonds d'État et en réinvestir le produit. Vous comprenez, elle ne peut pas aller à sa banque. Elle est assez vieille.

— Environ quatre-vingts ans ou davantage ?

— Davantage. Considérablement.

— Vos oncles ne pourraient-ils pas s'en occuper à sa place ?

— Elle préfère qu'ils n'en soient pas informés. Ils seraient, pour elle, partisans de la plus grande prudence.

— Eh bien, dans ce cas, tout ce qu'il faut est une procuration. J'ai des formules toutes prêtes. Vous n'aurez qu'à lui en faire signer une.

Tout était simple ! Quand Eden quitta l'immeuble avec la formule dans sa poche, sa joie était telle qu'il avait franchi une certaine distance avant de s'être aperçu qu'il pleuvait. Il avait le bas de son pantalon tout trempé et de grosses gouttes luisantes rebondissaient sur le trottoir lorsqu'il monta dans un autobus qui se dirigeait vers la gare. Au cours du trajet, les réverbères s'allumèrent et, à leur lueur, Eden aperçut à l'angle de la rue la vieille auto familiale âgée de dix ans, avec son frère au volant. Il lança le prix de sa place au conducteur et sauta de l'autobus à l'instant où la porte automatique allait se refermer. Courant sous la pluie, il atteignit le marchepied de la voiture, frappa à la vitre et monta à l'intérieur juste avant que le cahot, avec lequel le maître de Jalna mettait invariablement en marche, le projetât sur le siège.

— Eh bien, voilà qui est adroitement fait !

— J'ai été rudement content de te voir.

— As-tu obtenu les livres ?

— Les livres ?

— Ceux que ton ami devait te prêter.

— Oh ! ceux-là ! Non, malheureusement. Ceux qu'il a ne peuvent m'être d'aucune utilité.

Son frère lui lança le regard soupçonneux qui semblait toujours prêt sous ses mobiles sourcils et demanda :

— Qui est ce type ?

Eden songea : « Quand on a eu des ennuis une fois, tout le monde est enclin à vous suspecter... spécialement le vieux Rouquin. » Il était si excité par son entretien avec Mrs. Kronk, par la pensée qu'il avait la procuration dans sa poche, qu'il fut moins prompt à se défendre que d'ordinaire. Il bégaya :

— Oh ! c'est un type du nom de..., et avant de pouvoir s'arrêter, il dit : Kronk.

— Kronk ? répéta Renny en mettant dans cette syllabe les sous-entendus les plus sinistres. Qui est-ce ?

— Oh ! tu ne dois pas le connaître. Il vient du Saskatchewan.

— Il étudie le droit ?

— Oui.

— Qu'est-ce qu'il fait ici pendant les vacances ?

— Il a un emploi.

— Comment a-t-il les moyens d'habiter dans un immeuble aussi cher ?

— Eh bien..., son père est très riche.

— Propriétaire d'un ranch ?

— Oui, c'est ça.

— Alors, pourquoi ce garçon ne rentre-t-il pas au ranch où il pourrait se rendre utile au lieu de prendre un emploi en ville ?

— Il s'est disputé avec son père et ne veut pas rentrer chez lui.

— Hum.

Renny n'en avait évidemment que plus mauvaise opinion du jeune Kronk. Son expression était sévère tandis que, s'emparant d'un chiffon, il se mettait à essuyer la buée du pare-brise ruisselant.

Aimablement, Eden demanda :

— Quand penses-tu acheter une nouvelle voiture ?

Instantanément, il comprit que c'était la dernière question qu'il aurait dû poser. Un silence précéda la réponse de son frère :

— Je n'y pense jamais.

— *Jamais !* Bon Dieu !

— Il y a d'autres choses dont j'ai bien plus besoin.

La circulation était dense à cet endroit, du moins, elle le leur paraissait, à eux qui ne pouvaient prévoir ce qu'elle deviendrait plus tard.

— En 1903, dit Renny, il y avait cent soixante-dix-huit véhicules automobiles sur les routes de l'Ontario. Maintenant, vingt ans après, il y en a deux cent soixante-dix-huit mille sept cent cinquante-deux.

— Comment diable te rappelles-tu ces chiffres ? fit Eden étonné.

— Parce qu'ils m'intéressent. Je déteste tellement ces machines.

Ce disant il adressa une grimace furieuse au conducteur d'une grande voiture neuve qui avait essayé de leur couper la route.

— Peste ! fit Eden, nous l'avons échappé belle !

— Il avait besoin d'une leçon.

Le silence régna jusqu'à ce qu'ils eussent laissé la ville derrière eux et que la route fût presque déserte. D'un côté, des champs de blé mouillés penchaient leurs lourds épis sous la pluie et les bois avaient déjà accueilli la nuit ; de l'autre côté se voyait l'étendue grise du lac. Renny arrêta la voiture, alluma une cigarette, et en offrit une à Eden qui lui demanda :

— As-tu acheté la pouliche dont tu as parlé ?

— Non. Malheureusement. Un homme de Pittsburg m'a devancé. Il l'a achetée hier.

Eden émit un bruit compatissant.

— J'aurais gagné beaucoup d'argent avec cette pouliche, continua Renny. C'est une beauté. Voilà les choses qui vous arrivent quand on manque de disponibilités.

Il soupira, essuya le pare-brise et remit le moteur en marche.

— Rude secousse, dit Eden en recouvrant son équilibre.

— Elle part toujours comme ça, répondit laconiquement son aîné.

— Veux-tu que je conduise ?

— Non, merci.

Eden eut un brusque élan de pitié pour son frère. Il était là, manquant d'argent alors qu'il y en avait tant à gagner, et si facilement, dans l'entreprise du Lac Indigo. Il eut envie d'en parler à Renny sur-le-champ. Ce serait injuste, voire cruel, de ne pas le faire. Il ne serait pas nécessaire de lui dire que d'autres membres de la famille avaient placé de l'argent dans l'affaire.

— Un type avec qui j'ai causé cet après-midi, dit-il, a gagné beaucoup d'argent sur des valeurs.

— Oh ! quelles valeurs ?

— Minières. Une mine d'or.

— Qu'il garde ses titres. Il finira par perdre. Je ne placerais pas un dollar dans une affaire minière. Il y a suffisamment de dupes sans moi. Maintenant, je vais te dire ce qui, moi, m'intéresse. Il y a une vente de bétail près de Stead la semaine prochaine. Veux-tu y venir avec moi ?

« Eh bien, pensa Eden, il est inutile d'essayer de rendre service à Renny. Il ne veut tout bonnement pas être aidé. Mais comme il le regrettera quand il verra ce qu'il a refusé ! » Un frisson le traversa à la pensée de la procuration qu'il avait dans sa poche. La pluie tombait toujours, et du lac soufflait un vent frais. Lorsqu'ils passsèrent par le minuscule village dont les maisons s'alignaient le long de la route qui aboutissait à Jalna, seules les petites lumières clignotant aux fenêtres animaient l'obscurité et ils ne rencontrèrent personne. Les pins massifs qui bordaient la route, âgés de deux cents ans, entraient dans leurs dernières années d'existence, et, sous leur voûte, il faisait nuit noire. Dans l'avenue du domaine, entre les sapins-ciguës et les sapinettes, ils firent gicler l'eau des flaques et passèrent devant la maison brillamment éclairée. Eden aurait aimé descendre là, mais ils bavardaient aimablement et il ne voulut pas interrompre cette bonne camaraderie.

Une faible lueur venait de l'écurie ; Wright, le joyeux palefrenier en chef, leur ouvrit la porte.

— Je vous ai entendu arriver, monsieur. Quelle nuit on va avoir !

— Tout va bien, Wright ?

— Très bien, monsieur. Puis-je demander si vous avez acheté la pouliche ?

— Non. Elle a été vendue hier.

— Quelle déveine ! C'était une bête qui promettait.

— Oui.

Il y avait quinze chevaux dans l'écurie, des chevaux de concours, des poneys de polo qu'on élevait et dressait sur place, et les chevaux de labour. Ils avaient été nourris, abreuvés et leur litière avait été faite pour la nuit. Certains d'entre eux s'étaient couchés, mais d'autres se tenaient debout et regardaient de leurs yeux luisants approcher les trois hommes. Renny longea les stalles et les boxes, parlant à chaque cheval et donnant une caresse à ses préférés. La jument Cora, son cheval de selle favori, se leva avec un fracas de sabots quand elle entendit la voix bien-aimée et émit un hennissement grave. Renny entra dans le box pour lui passer un bras autour du cou, et, tournant sa tête d'une beauté sculpturale, elle posa le nez sur son épaule.

Eden, l'odeur de la paille propre et des bêtes bien soignées dans les narines, étudia le tableau que formaient, dans le box, l'homme et le cheval. Il leur trouva une curieuse ressemblance ; c'étaient les mêmes lignes hardies du dessin de la tête, la même expression de circonspection et la même perception sensible du monde physique. Tandis que Renny parlait avec Wright, Eden les vit se consoler l'un l'autre de leur déception. Renny était gai lorsqu'il dit bonsoir à Wright et sortit sous la pluie avec son frère.

L'air était plein des lourdes senteurs de la terre. La maison, tout éclairée, paraissait plus grande qu'elle ne l'était. Au moment où ils atteignirent le porchc, les feuilles mouillées de la vigne vierge déversèrent un petit déluge sur leurs têtes.

— Oh ! comme je suis contente que vous soyez rentrés ! s'écria Meg quand ils apparurent à la porte du salon. La nuit va être affreuse !

— Et fraîche pour la saison, ajouta Ernest.

— Un vrai soulagement après la chaleur, dit Nicolas.

Il était assis au piano où il venait de jouer l'une des *Romances sans paroles* de Mendelssohn. Le jeune Finch, assis sur l'appui de la fenêtre, écoutait, la tête inclinée. Piers alla à la rencontre de Renny et demanda :

— As-tu acheté la pouliche ?

— Non, elle était vendue.

— Oh ! quelle poisse !

Sa grand-mère le regarda par-dessus l'oreillette de son fauteuil.

— Poisse ? répéta-t-elle comme avec délices. Poisse ? C'est ce que je t'ai entendu dire ?

Piers grommela que oui.

— Eh bien, je ne veux pas de ce langage ici. On y emploie trop de jurons et de vilains mots. J'ai entendu quelqu'un d'autre parler de cette manière il n'y a pas cinq minutes. Qui était-ce ?

— Boney, répondit Piers avec un large sourire.

— Il jure en hindoustani, c'est différent.

Renny se pencha sur elle et l'embrassa.

— Avez-vous passé une bonne journée ? demanda-t-il en jouant avec le chou de ruban de son bonnet.

— Oui. Très bonne, merci. Mais j'ai faim. Pourquoi Wragge ne sonne-t-il pas le souper ?

— Parce que ce n'est pas encore tout à fait l'heure.

Elle tendit la main vers Eden qui apporta le pouf brodé de perles et s'assit à ses genoux. Elle lui caressa les cheveux en s'écriant qu'ils étaient humides.

— J'ai été sous la pluie, Gran.

— Que donnerait plus d'une fille pour avoir comme toi des cheveux qui gardent leur ondulation quand ils sont mouillés !

— Où est Wake ? demanda Renny.

Meg s'approcha rapidement de son frère, et, prenant sa manche entre ses doigts, dit d'une voix basse et de mauvais augure :

— Il faut que je te parle de lui. Je l'ai prévenu que je le ferais.

— Ce petit vaurien l'a mordue ! s'écria la grand-mère, soudain pleine d'énergie. Il faut qu'il soit fouetté.

Ernest fit observer que ce genre de méchanceté devait être écrasé dans l'œuf, et Nicolas, soit à la pensée du méfait, soit à celle du châtiment, eut un petit rire sardonique et appuya sur la pédale. Meg entraîna Renny dans le hall où les deux épagneuls et le chien de berger étaient montés du sous-sol afin de voir leur maître et se disputaient maintenant son attention. Tout en les tapotant, il demanda :

— Pourquoi t'a-t-il mordue ? Où t'a-t-il mordue ?

Elle referma la porte du salon et indiqua d'un mouvement de la tête la porte close de la bibliothèque en disant :

— Parle bas ; il est là-dedans. Il a été terrible toute la journée, aussi méchant et désobéissant que possible. J'essayais de le mettre quelque part — j'ai oublié où — il ne cessait de dire : « Je ne veux pas, je ne veux pas... » et alors, il m'a mordue.

— Pourquoi ne l'as-tu pas puni sur-le-champ ?

— C'était trop sérieux. Je lui ai dit que je te le raconterais, répondit Meg en fronçant les sourcils d'exaspération.

— Montre-moi la morsure.

— Oh !... ce n'est guère possible.

— Allons donc, dit-il en souriant.

Elle releva sa jupe, son jupon, le bas de sa culotte, et examina sa cuisse blanche et grasse.

— Ça s'est pas mal effacé. Au début, c'était terrible à voir.

Renny se pencha sur les marques presque invisibles.

— T'a-t-il fait saigner ? demanda-t-il.

— Eh bien, pas exactement. Mais là n'est pas la question. La question est qu'il m'a mordue.

Elle laissa retomber sa jupe.

Renny alla ouvrir la porte de la bibliothèque. À part le rai de lumière sous la porte à deux vantaux menant dans la salle à manger, l'obscurité y était totale. Mais maintenant, la lueur provenant du hall révélait une petite silhouette assise sur ses mains dans un fauteuil placé à côté de la cheminée où s'épanouissait la grande fougère que Meg avait coutume d'y mettre en été.

— Wake, ordonna Renny d'une voix sévère, viens ici.

Wakefield glissa aussitôt à bas du fauteuil et passa dans le hall. Ses yeux bruns aux longs cils clignotèrent à la lumière.

— J'apprends que tu as mordu ta sœur.

— Oui, dit Wakefield en baissant la tête.

— Très bien. Viens avec moi.

Renny étendit sa main, et une petite main souple s'y inséra docilement.

Les deux frères montèrent l'escalier suivis des yeux par Meg qui regrettait déjà à moitié ce qu'elle avait fait.

— C'est une vilaine chose, observa Renny quand il eut refermé sur eux la porte de sa chambre à coucher pour empêcher les chiens d'entrer.

— Oui.

Qu'il avait donc l'air petit et faible !

— Tu sais ce qu'on pense d'un cheval qui mord ?

— Oui.

— Et d'un chien ?

— Oui.

— Tu sais ce qui arrive à un chien qui mord ?

— On lui permet de mordre deux fois avant de le tuer. J'ai seulement mordu une fois.

— Mais tu sais que tu dois en être puni ?

— Oui, répondit Wakefield dont la lèvre inférieure s'était mise à trembler et dont les yeux se remplissaient de larmes.

Renny avait déboutonné son veston et enlevait sa ceinture.

— As-tu jamais entendu parler de ce garçon qu'on élève avec un prince et qui reçoit le fouet à sa place ?

— Non, répondit le coupable que l'appréhension de cette étrange procédure inconnue pétrifiait.

Renny frappa de sa ceinture de cuir la colonne du lit la plus proche en disant :

— Eh bien, en voilà un. C'est lui qui va recevoir le fouet à ta place.

— Non ! Renny ! je t'en prie !

— Si. Il va recevoir le fouet que tu mérites. Comme ça.

Et il frappa fortement la colonne du lit.

— C'est lui qui recevra les coups et toi qui crieras à sa place. Tu comprends ?

— Tu veux dire que tu vas battre le lit et que moi, je dois crier ?

— Précisément.

— Crier vraiment fort ?

— Certainement. De sorte qu'on t'entende d'en bas.

— Comme c'est amusant ! Attends que je respire bien.

— Six coups. Six hurlements.

— Vas-y ! dit Wake qui se mit à sauter de soulagement.

Renny frappa six fois la colonne du lit, et six fois Wakefield déchira l'air d'un cri perçant. Au sixième, ils entendirent Meg monter l'escalier. Les chiens hurlaient. Wakefield s'avança en trébuchant vers sa sœur quand elle ouvrit la porte et bêla :

— Meggie !

Tout en jetant sur Renny un terrible regard de reproche, elle prit son petit frère entre ses bras, le serra contre sa poitrine et l'entraîna dans le couloir jusqu'à sa propre chambre, suivie des chiens.

Une demi-heure plus tard elle alla trouver Renny, l'air déconcertée.

— Après tout ça, il n'avait pas la moindre petite marque sur le corps, dit-elle.

— Elles se sont effacées, dit-il doucement. Comme les marques sur ta jambe.

5

La procuration

Il semblait à Eden qu'un temps infini s'écoulait avant qu'il parvînt à être seul avec sa grand-mère assez longtemps pour lui faire signer la procuration. Il la gardait sous la main, dans sa poche, avec son stylo, mais, dès qu'ils étaient seuls ensemble, un autre membre de la famille entrait dans la chambre ou frappait à la porte. La vieille Adeline paraissait elle-même avoir oublié l'affaire, et, par moments, Eden se demandait s'il ne ferait pas mieux de l'oublier lui aussi. Il s'imagina que Boney, le perroquet, le regardait d'un air railleur. Suspendu à son perchoir la tête en bas, il fixait Eden des yeux comme si, sous cet angle, il voyait mieux ses machinations.

Le trouble de ses pensées le mettait mal à l'aise. Un poème à moitié écrit demeurait inachevé dans son bureau. Au lieu de se réjouir, lors de ses promenades solitaires, pendant la journée, ou dans le silence de sa chambre, pendant la nuit, d'être libéré de la nécessité d'étudier, il ruminait sombrement sur l'affaire du Lac Indigo et se plongeait dans le dernier rapport de Mr. Kronk. « Je suis en train de devenir un ignoble financier, se dit-il. Il faut que cela cesse. » Il tira la procuration de sa poche et l'aurait aussitôt déchirée si sa sœur n'était apparue, un chapeau sur la tête et un panier au bras. Il remit la procuration dans sa poche.

— Oh ! Eden, dit Meg, veux-tu, comme un bon garçon, rester avec Granny pendant que je porte ces framboises à Miss Pink ? Elle a tant d'ennuis avec les charpentiers qui travaillent dans sa maison que j'ai pensé qu'un peu de bonnes framboises mûres lui feraient du bien.

— Où sont les oncles ? demanda Eden comme pour se faire prier.

— Oncle Nicolas est allé se faire arracher une dent, et oncle Ernest l'a accompagné. Naturellement, oncle Nicolas a dit qu'il n'avait besoin de personne, mais tu sais ce que c'est.

— Où est le jeune Finch ? Pourquoi ne pourrait-il pas rester avec elle ?

— J'espère que tu ne deviens pas égoïste, Eden, dit Meg avec reproche. Tu aimais tant Gran, autrefois.

— Je l'aime toujours. Je voulais simplement savoir. Où est-elle ?

— Chéri, elle est comme toujours, à cette heure-ci : dans sa chambre.

— Bon. J'y vais tout de suite. Où as-tu dit que sont Finch et Renny ?

— Oh, là où ils sont d'habitude, tu sais. Pas dans la maison. Ne lui donne rien à manger. Elle a fait un copieux petit déjeuner.

Il trouva sa grand-mère en train de faire semblant de ranger son tiroir du haut. Elle était assise devant sa coiffeuse à dessus de marbre avec ses napperons au crochet, et elle fouillait parmi la masse de rubans, de dentelles jaunies, de gants, d'éventails, de flacons de sels qui remplissait le tiroir. Boney, perché sur son épaule, s'admirait dans la glace, se retournant de temps à autre pour picorer les rubans du bonnet de sa maîtresse ou se frotter le bec contre la belle courbe de son nez.

— Bonjour, mon petit-fils, dit-elle d'une voix forte et gaie indiquant qu'elle était dans l'un de ses bons jours. Viens m'embrasser.

Évitant prudemment le perroquet, il posa ses lèvres lisses sur la vieille joue.

— Bonjour, Gran.

— Assieds-toi. Je suis occupée, comme tu vois. Mais tu peux me parler. Répète-moi de tes vers. J'aime la poésie. Je savais réciter des poèmes de Tom Moore, dans le temps. Mais je les ai oubliés.

— Je m'en souviens, je m'en souviens, Gran.

— Dis m'en une strophe, alors... si tu le peux.

De la grève, j'ai vu, au soleil du matin,
Une barque avancer noblement sur les eaux
Mais lors de mon retour, au soleil déclinant,
La barque y était bien mais les eaux avaient fui.

Les larmes aux yeux, elle dit :

— Bon garçon ! Ah ! comme je voudrais pouvoir en faire autant ! Mais ma mémoire m'a quittée. J'aurai quatre-vingt-dix-huit ans à mon prochain anniversaire. Crois-tu que je vivrai jusqu'à cent ans ?

— J'en suis sûr, Gran.

Une soudaine pitié lui fit tendre la main pour prendre la sienne. Comment se sent-on quand on est vieux et que ferait-il pendant les longues années qui l'attendaient ?

Afin de dissiper la tristesse qui s'était emparée d'eux, il dit :

— J'en sais une autre.

— Laquelle ? demanda-t-elle.

Tout en balançant légèrement la vieille main qu'il tenait, il chantonna :

J'ai un faon du pays d'Aden
Nourri de bourgeons et de baies ;
Tu le nourriras de ta main,
Même si au début il s'effraie.
Je te conduirai à son gîte
Abrité du trop grand soleil ;
Tu toucheras ses yeux endormis
Et ses petits pieds argentés.

— Vous vous rappelez celui-là, Granny ?

— Oui, oui. Est-ce moi qui te l'ai enseigné ?

— Oui. J'ai une bonne mémoire, vous savez.

— C'est une chose bien précieuse.

Il ne put se retenir de demander :

— Vous souvenez-vous de ce dont nous avons parlé l'autre jour ? À propos de l'argent qu'on peut gagner par des placements ?

— Je ne m'en souviens pas.

— Mais si, vous vous en souvenez. La mine d'or, vous savez. D'énormes bénéfices. La Mine du Lac Indigo. Un magnifique filon d'or. Vous avez dit que vous aimeriez en acheter des actions.

Au mot « or », Boney se secoua de telle sorte que son plumage vibra distinctement et il cria :

— De l'or ! De l'or ! des pièces de huit !

— Ah ! je me le rappelle ! J'allais placer des fonds en or. C'est ça que c'était. De l'or.

Le perroquet s'envola de son épaule et cria :

— De l'or ! de l'or rouge ! Shaitan ! Shaitan ka bata ! Piakur ! Jab Kutr !

Eden sortit la procuration de sa poche.

— Vous ne pouvez vendre vos titres de rente sur l'État sans signer ce papier. À moins que vous ne fassiez venir votre notaire.

— Il ne me le permettra jamais. C'est un vieil arriéré. Il n'a jamais rien risqué. Sa femme n'a même pas risqué d'avoir un enfant. Ma mère en a eu onze.

Il étala le papier devant elle, ses mains tremblant un peu.

— Voilà ce qu'il faut signer, Gran, si vous voulez mettre de l'argent dans la mine d'or.

— De l'or ! de l'or ! cria Boney.

Elle regarda le papier. Son aspect parut lui déplaire et elle eut un mouvement de recul.

— Je ne renoncerai à rien en signant ça ? demanda-t-elle.

— Non, non ; vous me donnerez simplement le pouvoir de vendre vos fonds d'État à votre place.

— Je ne veux pas me défaire de quoi que ce soit. Je veux garder le peu que j'ai.

Eden replia le papier.

— Très bien, Gran. Je laisserai quelqu'un d'autre acheter ces titres.

— De l'or ! cria Boney en s'arrachant une plume qui retomba sur les genoux d'Adeline. De l'or... vieux diable, va !

Elle ramassa la plume qui était d'un beau jaune doré, la brandit et s'exclama :

— C'est un signe ! Un bon présage. Donne-moi ma plume. Je vais signer.

Fébrilement, Eden chercha la plume et finit par la découvrir derrière la mangeoire de Boney. Il étala la procuration sur le sous-main de cuir usagé, puis il s'aperçut qu'il n'y avait pas d'encre.

— Voulez-vous vous servir de mon stylographe, Gran ?

— Non, non. Je n'aime pas ces inventions modernes. Mon père se servait toujours d'une plume d'oie et quand il la taillait...

— Gran, interrompit Eden. Je vais aller chercher de l'encre. Une seconde, et je serai de retour.

Il partit comme une flèche.

Lorsqu'il revint, deux minutes plus tard avec l'encrier à la main, il trouva Wakefield appuyé contre l'épaule de sa grand-mère, son maigre genou brun levé vers elle afin qu'elle l'inspectât.

— Il s'est écorché le genou, expliqua-t-elle, et il est venu se faire consoler, ce cher petit.

Eden, qui mourait d'envie de prendre l'enfant par la peau du cou et de le mettre dehors, se pencha sur son genou. Il tapota le dos de Wakefield et dit :

— C'est une très petite égratignure. Te sens-tu capable de marcher jusque chez Mrs. Brawn pour t'acheter de la réglisse et une tablette de chocolat ? — Ce disant, il mettait dans la main du petit la menue monnaie nécessaire : — Et dépêche-toi, sans quoi tu seras en retard pour le dîner.

— Merci, murmura Wakefield. Mais je crois que j'irai chez Mrs. Brawn cet après-midi. J'ai envie de rester avec ma grand-mère, pour le moment.

— Il est la prunelle de mes yeux ! s'écria Adeline.

La procuration tomba par terre. Le petit garçon la ramassa et lut : « Que tous sachent que, par les présentes... »

Eden la lui arracha.

— Qu'est-ce que c'est que ce papier, grand-mère ? demanda Wakefield.

— Des sottises. Jette-le dans le panier à papier.

Boney battit des ailes et cria :

— Iflatoon ! Haramzada !

— Maintenant, dit Eden avec sévérité en conduisant son petit frère à la porte, tu vas aller dehors et y rester. Tu entends ? Je fais la lecture à Gran.

— Mais...

— Un mot de plus et je te reprends l'argent.

Il le poussa dans le hall et referma la porte.

— À présent, Gran, dit-il d'un ton jovial et autoritaire, achevons notre petite besogne.

— Quelle besogne ? Je range mon tiroir.

Il plaça le papier devant elle et lui mit la plume dans la main.

— Signez simplement ici... soyez gentille.

— Où ça ? Je ne veux rien signer qui me dépouille.

Exaspéré, il s'écria :

— Mon Dieu... vous ne signez rien qui vous dépouille ! Simplement, vous...

— Ne me parle pas sur ce ton, jeune homme. Je ne le tolérerai pas.

— Pardonnez-moi, Granny. Mais vous vous souvenez, n'est-ce pas, des actions que vous désirez acheter ? Les actions de la mine d'or ?

— De l'or ! de l'or ! glapit Boney. Des pièces de huit !

— Bien sûr que je m'en souviens, dit-elle brusquement, avec fermeté. Donne-moi ma plume.

Il la trempa dans l'encre, lui montra l'endroit où signer. Elle saisit le porte-plume, fit un ou deux vains essais, puis signa « Adeline Whiteoak » d'une écriture très nette.

C'était fait.

— N'en soufflez mot à personne, dit Eden. Toute la famille sera en émoi si vous le divulguez. Je vous en prie, souvenez-vous-en, Gran. C'est un secret entre nous, n'est-ce pas ?

— Et je gagnerai un tas d'argent, hein ?

— Vous doublerez votre mise.

— Ha ! voilà qui m'est agréable à entendre !

Meg les trouva rangeant ensemble le tiroir, le plus beau bonnet d'Adeline perché sur la tête blonde d'Eden, Boney occupé à picorer une croûte de pain grillé.

— Et comment vous êtes-vous entendus ? demanda Meg. Vous avez vraiment l'air heureux.

— Il y a des mois que je n'ai passé un aussi bon moment, dit Adeline.

Boney leva un œil de dessus sa croûte et cria :

— De l'or ! de l'or brillant ! Vieux diable, va !

6

Les coudées franches

Oh ! respirer librement... loin de cette chambre... loin de tout le monde ! Eden courut presque le long du sentier sinueux qui traversait les champs. Sous ses pieds, la terre sablonneuse était dure et sèche ; parmi les tiges étincelantes du chaume, des criquets noirs bondissaient. Un faucheux ayant perdu l'un d'eux le poursuivait en zigzaguant. Le vent, frais à l'ombre et chaud au soleil, soufflait sur le corps d'Eden et provoquait une agitation correspondante dans son esprit.

Mais tout en cherchant à atteindre la liberté, il pensait : « Toutes ces épreuves par lesquelles je passe font de moi l'être que je serai plus tard. Elles me sont nécessaires. » Des images du passé, de l'époque où il était encore presque un bébé, surgirent dans sa pensée. Il se revit lancé en l'air et rattrapé par son père, porté sur l'épaule de Renny, cramponné à sa chevelure rouge ; puis il revit soudain la femme mûre qui l'avait captivé quatre ans auparavant, non parce qu'il l'aimait mais parce qu'il en était aimé. Il rit en se rappelant cette aventure qui semblait aujourd'hui presque aussi lointaine que son enfance. La splendeur du soleil, la claire étendue des champs l'émouvaient comme un poème et il aspirait à écrire quelque chose de mieux, de bien meilleur que ce qu'il avait composé jusqu'alors. Pour la centième fois, il songea aux vers qu'il avait envoyés à une revue américaine depuis plus d'un mois sans en avoir encore obtenu de réponse. Le temps ne comptait pas pour ces directeurs de revues, mais son impatience était presque intolérable car il était certain de n'avoir jamais rien écrit d'aussi bon que ces vers. Ce qu'il écrirait ce soir passionnait déjà son imagination.

Le sentier le conduisit dans un bois de pins, vieux arbres de la forêt primitive aux troncs massifs et aux branches lourdes de leurs aiguilles pointues. Çà et là se voyait une branche tombée et, à un endroit, un arbre tout entier, non pas renversé par la tempête, mais qui, pourri à l'intérieur, s'était doucement effondré pour rejoindre la terre. Autour de lui croissaient quelques champignons d'un rouge vif et une plante pâle appelée chalumeau indien. Il s'assit sur le tronc de l'arbre mort, alluma une cigarette et se mit à rêver. Il oublia complètement les Mines du Lac Indigo, et les premiers vers d'un poème surgirent dans son esprit. Les oiseaux n'aimaient pas ce bois sombre, mais maintenant un petit oiseau invisible s'y étant égaré commença une chanson pensive. Il en répéta indéfiniment les premières mesures pendant qu'Eden, assis sur le tronc, continuait à composer la sienne.

Il entendit des pas s'approcher et tourna vers eux un visage hostile. Finch apparut, avançant lentement en traînant les pieds sur le tapis d'aiguilles de pin. En regardant le visage de Finch, l'expression défensive d'Eden devint celle de l'intérêt. Quel étrange visage avait son jeune frère ! Long et mélancolique ; mais ses yeux et son nez étaient d'une belle forme. Eden éprouvait une certaine pitié pour Finch obligé de partager une chambre avec Piers qui souvent le traitait avec brutalité.

Finch leva les yeux et aperçut Eden. Il hâta le pas avec un sourire d'excuse, désireux, semblait-il, de s'en aller le plus vite possible.

— Hello ! cria Eden, soudain hospitalier comme si le bois de pins était son domaine particulier et le tronc renversé son propre fauteuil. Viens t'asseoir.

Finch se laissa choir à côté de lui sur le tronc, en calcula mal la largeur et manqua de tomber en arrière.

— Eh bien, dit aimablement Eden, les vacances sont presque finies. Je suppose que tu comptes les jours jusqu'à la réouverture de l'école. Agréable pensée, n'est-ce pas ?

— Euh, euh... gémit Finch, et il ajouta comme un vieux : C'est terrible ce que le temps passe vite.

— Qu'est-ce que tu veux devenir, Finch ?

— Je ne sais pas. Je n'y ai jamais réfléchi.

— Éleveur de chevaux comme Renny ?

— Dieu, non !

— Cultivateur comme Piers !

— Dieu, non !

— Avocat comme moi !

— Dieu, non !

— Dis donc, Finch, es-tu capable de dire autre chose que Dieu non ?

— Dieu... je veux dire que je ne me rendais pas compte que je le disais. En vérité, je n'en ai pas la moindre idée.

— Mais tu sais ce que tu ne veux pas devenir.

— Oui, c'est à peu près tout ce que je sais. Je ne parais avoir d'inclination pour rien de spécial.

— Je me rappelle que tu voulais devenir ingénieur des chemins de fer.

— Dieu, je détesterais ça, maintenant... Eden, est-ce que l'idée d'être avocat te plaît ?

— Pas le moins du monde.

— Alors pourquoi...

— Eh bien, cela semble une vie facile et j'ai pensé que n'ayant probablement pas de clients, j'aurai beaucoup de temps pour d'autres choses.

— Telles qu'écrire des poèmes ?

— Sans doute. Je rentrerai probablement à la maison pour manger.

— Je pense que tu seras un jour un poète illustre.

— Moi ! Jamais. Mais j'aime à te l'entendre dire.

Après une pause un peu gênée, Finch dit :

— Il y a quelque chose de mystérieux dans les mots.

— Oui ? fit Eden en jetant sur son frère un regard amusé mais perçant.

— Ils sont susceptibles de transformer ce qu'on connaît en quelque chose de différent. Je veux dire quelque chose de plus beau et de meilleur.

— Tu sens une force à l'œuvre en toi, hein, Finch ?

Écarlate de confusion, Finch s'écria :

— Je ne suis pas comme toi. Je n'ai pas de talent. Je ne serai jamais rien. — Il se leva : — Eh bien, il faut que je m'en aille, j'ai une commission à faire pour Meg.

— Qui n'en a pas ? Je n'ai jamais connu personne qui sache occuper autant d'autres gens. Quelle est ta commission ?

— Je dois aller dire à Noah Binns que Meg a besoin de lui. Il est en train de couper des arbres pour Mr. Warden.

— Des arbres ? quels arbres ?

— Ces deux bouleaux argentés.

Eden se leva d'un bond.

— Non ! Il ne peut pas faire une chose pareille ! Pourquoi veut-il les couper ?

— Je ne sais pas.

— J'y vais avec toi.

Les deux frères, aussi actifs maintenant qu'ils avaient été nonchalants un moment plus tôt, s'engagèrent dans la piste cavalière. Ils quittèrent le bois, traversèrent un champ et, ayant franchi une barrière, se trouvèrent sur la route. À sa droite et à sa gauche s'éparpillaient des maisons entourées de jardins bien soignés appartenant à d'anciens fermiers ou à des citadins à la retraite. Devant la plus prétentieuse des habitations étaient étendus deux bouleaux argentés pas tout à fait adultes dont les purs troncs blancs, réduits à l'état de deux ridicules piquets, s'élevaient à côté d'eux. Appuyé sur sa hache, l'ouvrier agricole d'âge mûr, Noah Binns, haletait un peu, ses lèvres entrouvertes découvrant ses dents noires.

Eden ne prit pas le temps d'ouvrir la grille ; il sauta par-dessus et demanda :

— Pourquoi diable avez-vous fait ça ?

— J'ai été payé pour le faire, répondit Noah Binns avec un large sourire. Payé par le propriétaire.

— Il doit être fou. Il n'y avait pas de plus jolis arbres dans le pays.

— Eh bien, ils feront du bois à brûler et ce sera bien fait. Ils suçaient tout ce qu'il y a de bon dans la terre.

— C'est un crime, dit Eden en regardant les deux belles formes ornées de leur bruissant feuillage d'été.

— Ils ne savent pas encore ce qui leur est arrivé, dit Finch.

Noah Binns gloussa d'un rire moqueur :

— Ils le sauront quand le chaud soleil les brûlera. Ils se flétriront, alors. Le diable les emporte !

La porte de la maison blanche s'ouvrit et Mr. Warden, son propriétaire, se montra. C'était un gros homme à l'air doux dont la peau offrait la teinte grise de la souffrance. Il connaissait les deux frères et leur dit poliment bonjour. Il était veuf.

— Je crains que vous ne soyez pas contents de ce que Noah Binns vient de faire, mais ces arbres étaient devenus un inconvénient ; il n'était pas possible de faire pousser de l'herbe sous eux. J'en ai semé je ne sais combien de fois ; elle sort de terre, puis elle meurt. Et s'il y a une chose dont j'ai envie, c'est une belle pelouse verte.

— Mais n'importe qui peut avoir une pelouse ! s'écria Eden. Tandis que ces bouleaux... regardez-les, Mr. Warden... je donnerais une année de ma vie pour les voir de nouveau debout !

— Non, vous ne feriez pas cela. Ce ne sont là que des paroles, jeune homme. Et pour ce qui est de la vie, voir abattre ces arbres a renouvelé mon bail avec elle.

Il leva la tête comme s'il respirait plus librement, et élargissant ses épaules, il regagna la maison avec dignité. Finch eut un rire bref auquel Noah répondit en disant avec fermeté :

— Les coudées franches, voilà ce dont il a besoin.

Et il se mit à couper avec férocité les branches délicates de l'arbre le plus proche.

Les deux frères s'éloignèrent. Soudain Eden se mit à rire :

— Je suppose que c'est à quoi nous aspirons tous : avoir les coudées franches.

Ils marchèrent un moment sans parler, jouissant du libre mouvement de leurs longues jambes qui foulaient d'un même pas la calme route campagnarde ; Finch ayant conscience avec bonheur du plaisir qu'Eden prenait à sa société, il se rapprocha de lui comme pour le toucher. À la fin, Eden parla :

— Tu sais que tante Augusta doit venir et qu'elle amène une cousine au quarante-deuxième degré, Dilly Warkworth ?

— Oui, je le sais, gémit Finch. Je le déplore.

— Moi aussi... pas que notre tante vienne, mais qu'elle nous impose cette horrible fille. Elle a dû être plaquée par son amoureux ou quelque chose de ce genre.

— Une demoiselle malade d'amour dans la maison ! dit Finch avec un petit rire de joie. Dieu ! quelle perspective !... — Puis, d'un ton sérieux : — En as-tu jamais vu une ?

— Je ne me rappelle pas en avoir jamais vu ; je me suis sauvé quand j'ai remarqué que la maladie se déclarait...

Il avait pris un ton pompeux, posant devant son frère.

— Tout ce qui touche à l'amour est plutôt dégoûtant, n'est-ce pas ? demanda Finch en jetant un coup d'œil sur Eden.

— Évite-le, voilà mon conseil, dit Eden en affectant l'attitude de l'amant expérimenté, ayant eu une douzaine d'aventures.

— Je ne tomberai jamais amoureux.

— Mon pauvre Finch, dit Eden avec un sourire de pitié, pourquoi gaspillerais-je mes conseils sur toi ? Tu seras sans défense ; victime de la première femelle qui t'attaquera avec bec et ongles. Quant à cette Dilly, elle oubliera le type qui l'a laissée tomber dès qu'elle verra notre rouquin de frère. Note bien ce que je te dis là.

7

Un secret entre eux

La procuration une fois signée, tout fut extrêmement facile pour Eden, avec l'aide compétente de Mr. Kronk. Les rentes sur l'État d'Adeline, d'un montant de cinq mille dollars, furent vendues, et leur produit placé en Mines du Lac Indigo. L'intention d'Eden avait été de déposer en banque tout ce qu'il gagnait par ses commissions jusqu'à ce que la somme amassée soit suffisante pour son voyage en Europe. Une fois à l'étranger, qui savait ce qui pourrait arriver ? Mais à la suite de l'investissement de sa grand-mère, son compte en banque atteignit une telle importance qu'un jour il s'en vanta à Mr. Kronk. Celui-ci dit qu'Eden lui rappelait les paysans qui accumulent de l'or dans un bas. Sur quoi Eden qui avait pris un plaisir serein à voir grossir son petit trésor le remit intégralement à Mr. Kronk afin qu'il le plaçât dans l'entreprise du Lac Indigo. Mr. Kronk ne put se défendre de lui signaler ce qu'il avait perdu en ne l'ayant pas fait plus tôt. Quand les premières feuilles commencèrent à tomber, les actions des Mines du Lac Indigo avaient atteint un cours encore plus spectaculaire. Des rapports dactylographiés arrivaient périodiquement donnant cette exaltante « information financière ». Eden, Piers, leurs oncles et leur grand-mère, fous de joie, ne touchaient plus la terre — si l'on peut dire d'une femme presque centenaire qu'elle ne touche plus la terre. Piers avait un tel désir de gagner davantage d'argent pour le placer dans l'affaire qu'il était prêt à accomplir le travail de deux hommes. Renny ne laissait pas d'être inquiet d'une telle passion pour le travail combinée avec une pareille parcimonie. Un jour, il demanda soudain :

— Piers, que fais-tu de tout cet argent ?

Piers, qui n'était jamais communicatif, recula, une expression défensive animant ses yeux bleus proéminents.

— Ce que j'en fais ? Je le mets de côté, bien sûr.

— Combien en as-tu mis de côté ?

Le regard défensif de Piers devint menaçant et il marmotta :

— Presque tout.

— Pour quoi amasses-tu ? Pour quelque chose de particulier ?

— Non. Simplement pour amasser.

— Eh bien, l'école recommence la semaine prochaine. Tu travailleras du cerveau, pour changer.

— Oh ! je trouverai quand même le temps de travailler à la ferme. J'allais justement t'en parler. Je peux travailler une heure le matin, avant de partir, et une heure le soir. Et la plus grande partie du samedi. Est-ce entendu ?

Renny se dit d'accord, mais la conduite de Piers lui parut encore moins naturelle.

Quant à Eden, il y avait des jours où il souhaitait presque ne pas avoir engagé sa grand-mère dans cette spéculation secrète. Loin d'oublier le placement de ses cinq mille dollars, elle semblait y penser constamment. Aux moments les plus inopportuns, elle le fixait de son regard encore autoritaire et lui adressait un tel sourire de complicité qu'il se sentait envahi tout entier par une bouffée de chaleur.

Elle allait jusqu'à dire : « Nous savons pas mal de choses, n'est-ce pas, mon joli ? » ou : « Nous ne sommes pas nés d'hier, espèce de coquin ! »

Ses deux fils étaient fort troublés par ces signes d'un lien secret entre elle et Eden. Ils ne voulaient pas qu'un intrus de sa génération s'introduisît entre eux et la fortune de leur mère. Ils l'aimaient tendrement ; personne ne pouvait contester qu'ils fussent des fils dévoués. Mais, avec sa fin si proche, il était naturel qu'ils la protègent contre les desseins des plus jeunes membres de la famille. Nul, à l'exception de Mr. Patton, son notaire, ne connaissait la teneur de son testament. Elle avait cependant laissé entendre qu'elle léguerait son argent à un seul héritier. « Je ne veux pas que le peu que je laisse soit coupé en morceaux comme un gâteau. »

Après l'une de ses imprudences, Eden saisit la première occasion pour lui parler en tête à tête. Il se pencha sur son fauteuil et murmura d'un ton furieux :

— Écoutez, Gran, vous ne *devez* pas parler de notre secret

devant les autres. Vous éventerez la mèche, et où en serons-nous, alors ?

Elle leva les yeux sur lui et dit, le souffle un peu sifflant :

— Tu es comme ta pauvre mère. Tu as peur des gens. Moi, je n'ai pas peur.

— Ce n'est pas une question de courage, Gran. Il s'agit de savoir si vous désirez qu'oncle Nicolas et oncle Ernest apprennent que vous avez mis de l'argent dans l'affaire du Lac Indigo.

— Ça ne les regarde pas.

— Ils s'en mêleront quand même.

— Oui, oui, il faut que nous gardions le secret. Ha ! cela me fait plaisir de l'emporter sur eux ! Qu'est-ce que je vaux, à présent ?

— Ce que vous valez, Gran ? vous voulez dire de combien les actions ont monté ?

— Oui, qu'est-ce que je vaux ?

— Le prix du titre a doublé.

— Alors j'ai doublé mon argent. J'ai investi dix mille dollars, n'est-ce pas ? Ils ont doublé. Ça fait donc vingt mille.

— Bon Dieu, Granny, ne parlez pas si fort !

D'un air soudain pénétrant, elle demanda :

— Et tu es sûr que l'affaire est saine et sans risques ?

— Je n'ai jamais été plus sûr de quoi que ce soit.

— Est-ce que tu gagnes toi-même quelque chose ?

— Un peu.

— Et qu'en feras-tu ?

— J'irai à l'étranger. En France, en Italie, en Grèce.

— En Irlande aussi. N'oublie pas l'Irlande.

— Oui, en Irlande aussi.

Elle étendit ses deux longs bras et l'étreignit.

— Ah ! que c'est amusant ! Je me sens de dix ans plus jeune. Quel âge ça me ferait-il ?

Il hésita, pris de pitié.

— Eh bien, un peu plus de quatre-vingts ans, Gran.

— Ce n'est pas assez jeune. Je me sens rajeunie de vingt ans.

— Et vous me promettez de ne pas être imprudente ?

— Je le promets.

Mais elle était incapable de tenir sa promesse. Tout en buvant son thé, ou tout en jouant au trictrac, elle débordait tout à coup de bien-être, du sentiment de l'aventure, et elle tenait des propos si énigmatiques, se livrait à de si étranges prophéties que ses fils s'alarmèrent. Ils auraient été bien plus anxieux encore si elle n'avait été en aussi bon état physique. Elle marchait moins courbée, et son appétit, toujours bon, devint tellement meilleur qu'Ernest s'en effrayait parfois.

— Maman, dit-il, comme elle réclamait un supplément de jus sur sa deuxième pomme de terre au four, croyez-vous que ce soit sage ?

— Si je n'ai pas appris la sagesse à mon âge, je ne l'apprendrai jamais. Renny, redonne-moi du jus.

Puis, à travers la table, son œil accrocha celui d'Eden. Il lui répondit par un regard d'avertissement.

— Nous savons garder la bouche fermée quand nous le voulons, n'est-ce pas ? dit-elle. Et l'ouvrir quand nous le voulons.

Elle ouvrit en effet la sienne et y introduisit une fourchette chargée de pomme de terre ce qui, pour le moment, la rendit muette. Eden put, de son côté, introduire un nouveau sujet de conversation. Ce fut l'une des nombreuses occasions où il l'échappa belle. Cependant la tentation de laisser Adeline augmenter le nombre de ses actions du Lac Indigo se faisait plus vive au fur et à mesure que le titre montait. Quel avantage pour elle et pour son héritier (quel qu'il fût) après sa mort !

Et quel avantage pour lui-même, dans l'immédiat ! À la vérité, le feu de la spéculation flambait en lui tout comme en Nicolas, en Ernest et en Adeline. Les deux oncles avaient déjà accru leur premier achat. Ernest, spéculateur-né, n'eut de cesse qu'Eden arrangeât une rencontre entre lui et Mr. Kronk. Eden n'était nullement empressé de le faire. Il préférait servir d'intermédiaire et doutait de l'heureux résultat d'une telle rencontre. Mais il n'avait pas besoin de s'en inquiéter. Mrs. Kronk fut présente à l'entrevue et prit une attitude d'une dignité convenant à la circonstance. Mr. Kronk fut encore plus bonhomme et plus confidentiel que de coutume. Ernest Whiteoak, qui se piquait d'être bon psychologue, dit ensuite à Eden combien son sentiment de sécurité avait été fortifié par cet entretien. À les voir tous trois converser ensemble avec sérieux et sincérité, Eden avait lui-même senti s'accentuer sa confiance en l'affaire. Il empocha sa commission et permit à sa grand-mère de signer une nouvelle procuration pour la poursuite de la vente de ses fonds d'État.

La trame embrouillée de ses machinations compliquait tellement sa vie qu'il pensait presque avec soulagement à la reprise de ses études de droit, en automne. La famille se divisait maintenant pour lui en deux parties : ceux qui étaient actionnaires du Lac Indigo et ceux qui ne l'étaient pas. D'un côté, lui-même, Meg, Piers, ses oncles et sa grand-mère ; de l'autre, Renny et les deux plus jeunes garçons. Sachant que Renny était constamment à court d'argent, il souhaitait ingénument l'attirer dans le filet doré. Mais aucune allusion à la spéculation, sauf sur les chevaux, ne provoquait chez lui d'autre réaction qu'un recul nerveux comme de crainte qu'on lui vidât ses poches.

Eden tenait constamment des conférences, comme disait Mr. Kronk, avec ses coactionnaires, derrière des portes fermées avec les plus âgés, en plein air avec Piers. À l'égard de ce dernier, il s'agissait surtout d'épater son cadet. Ils suivaient la piste cavalière à travers les bois, s'arrêtant par moments pour manger des mûres sauvages et fumer des cigarettes toujours fournies par Eden qui était aussi large que Piers était avare. Eden se vantait de ce que lui rapportaient ses commissions, prenait garde de ne pas mentionner d'autres membres de la famille, faisant seulement allusion à de nébuleux « clients » qui se marchaient littéralement sur les pieds dans leur hâte d'acheter des actions du Lac Indigo. Il parlait de la France, de l'Italie et de la Grèce, sachant déjà presque à une semaine près la date du départ du paquebot de son choix. Mais il ne projetait pas de passer le reste de sa vie en Europe ; il aurait toujours envie de revoir les siens à Jalna.

Poussé à la fois par l'insistance de sa grand-mère et par son propre désir d'augmenter sa participation, Eden finit par lui céder et lui permit d'investir dans l'entreprise deux mille dollars de plus. Après cette transaction, il pensa modérer son ardeur spéculative en s'abstenant de parler de la montée du titre, mais il en résulta simplement qu'elle lui demandait à tout bout de champ : « Ont-ils monté ou baissé ? »

Souvent, Eden aurait aimé ne jamais avoir entendu parler du Lac Indigo. Deux fois, il lui répondit : « Ils sont stationnaires », mais cela ne fit qu'exciter davantage son intérêt. Puis, dans un moment d'irritation, il lui dit : « Ils ont un peu baissé ». Sur ce, elle frappa d'un de ses poings fermés la paume de son autre main et s'exclama : « Je vais vendre ! je vais tout vendre ! »

Eden se dit que ce pourrait être une bonne chose que de vendre, vu le bénéfice qu'elle faisait, et d'en finir avec la tension nerveuse qu'impliquait le secret. Il alla voir Mr. Kronk pour le charger de la vente. Mr. Kronk dit aussitôt qu'il avait des clients qui seraient ravis d'acheter mais qu'une forte hausse s'était produite ce jour-là et qu'il en prévoyait une vraiment spectaculaire dans un proche avenir. « Conseillez à la chère dame, dit-il en souriant, de conserver ses actions encore un peu. D'en acheter davantage si elle en a envie. Elle gagnera forcément plus d'argent à bref délai. »

C'était irrésistible. Avec l'aide experte de Mr. Kronk, Adeline, Nicolas et Ernest investirent tous davantage de leur capital dans la mine d'or. Eden y mit la plus grande partie des commissions qu'il toucha sur ces transactions. Piers faillit pleurer à la pensée qu'il n'avait plus rien à placer. Mr. Kronk dit qu'ils étaient fort avisés, car les Américains raflaient le titre sur le marché. Il montra à Eden des lettres des États-Unis, émanant de gens dont les investissements faisaient paraître insignifiants ceux des Whiteoak.

Eden adressait maintenant à Adeline des observations sérieuses :

— Écoutez, Gran, il *faut* que vous cessiez ces allusions mystérieuses à notre affaire. Aujourd'hui, à dîner, vous avez dit qu'« indigo » était votre couleur préférée, puis vous m'avez regardé et m'avez demandé quelle était la mienne. Je vous en prie, je vous en supplie, ne révélez pas toute l'histoire.

— Et je gagnerai un tas d'or ?

— Oui.

Boney se rengorgea, ferma un œil et murmura d'une voix rauque :

— Des pièces de huit. Des monceaux d'or, espèce de diable !

— Promettez-le, Gran, dit Eden en lui prenant les deux mains. Promettez-le.

— Je le promets.

Pendant quelques jours, elle tint parole. Mais se contenir ainsi exigeait un effort trop grand pour elle et elle devint irritable et encline aux caprices. Eden ne s'en souciait pas du moment que leur secret était gardé. Il vivait dans un rêve où des calculs matérialistes se fondaient en de romanesques visions de l'avenir. Dans le train qui les emportait lui, Piers et Finch vers leurs diverses écoles, il s'imaginait traverser les champs de la France méridionale, en route pour l'Italie. Son esprit n'était pas dans la salle de cours, mais à Taormina, errant dans le théâtre grec. Les riches champs de blé de Jalna se transformaient dans son esprit en arides pentes siciliennes, et les ouvriers agricoles en sueur devenaient de rieuses filles aux yeux noirs portant des gerbes sur leur tête. De sa baguette magique, Mr. Kronk lui avait métamorphosé le monde, et, pour mettre le comble à son bonheur, il reçut une lettre d'acceptation de l'éditeur auquel il avait envoyé son dernier poème.

Sa joie était si grande qu'il lui fut impossible de rester au lit cette nuit-là ; il arpenta sa chambre au clair de lune, écoutant les derniers chants des cigales que le froid allait bientôt réduire au silence. Il écrivit, au cours de cette nuit, un nouveau poème, plus long et plus ambitieux qu'aucun de ceux qu'il avait composés jusqu'alors, et le lendemain, il avait un gros rhume avec de la fièvre.

8

Équitation

Pendant cet été-là, Piers fut trop occupé, physiquement par les travaux de la ferme, mentalement par le développement de l'affaire du Lac Indigo, pour accorder beaucoup de temps à Pheasant Vaughan. Mais il n'oublia pas leur rencontre au bord du ruisseau et il descendait parfois dans le ravin et s'accoudait sur le pont rustique pour regarder, avec une nostalgie un peu honteuse, l'endroit où il s'était agenouillé auprès d'elle. Elle n'était qu'une gamine, et il ne se serait pas avoué à lui-même qu'il se rendait là dans l'espoir de la voir. Il ne pouvait savoir combien souvent, de son côté, elle longeait le petit cours d'eau en souhaitant renouveler leur rencontre, ni combien de fois elle se contenta de l'entrevoir à travers les buissons, tandis que son cœur battait follement et qu'elle retenait son souffle de crainte qu'il ne la découvrît. Elle ne songeait qu'au jour où ils se reverraient. Couchée à plat dos dans son lit, elle regardait les étoiles par la fenêtre ouverte, s'imaginant ce jour et le baiser qu'ils échangeraient, ce baiser, fruit, de sa part à elle, de sa grande solitude, et de sa part à lui, de sa grande tendresse. Elle pressentait qu'il y aurait dans ce baiser quelque chose de spécial qu'elle ne comprenait pas et ne cherchait pas à comprendre. Pourtant, il était aussi réel pour elle que la lueur des étoiles, et l'élan de tout son être vers ce baiser faisait vibrer ses nerfs de telle sorte qu'elle se retournait et cachait son visage dans l'oreiller. Frémissant de la tête aux pieds, elle murmurait tout bas, dans la nuit :

— Piers... Piers...

Elle n'avait jamais vu de magazine féminin. Elle ignorait tout de la technique des jeunes filles modernes ; elle était aussi maladroite, aussi gracieuse, aussi innocente, aussi sauvage qu'un poulain. La vie qu'elle menait dans cette maison silencieuse, entre son père et la vieille gouvernante Mrs. Clinch, était la seule qu'elle connût. Elle avait pris des leçons avec Miss Pink, l'organiste de l'église du village, qui lui avait enseigné la lecture, l'écriture, l'arithmétique, la géographie, l'histoire, *Le village abandonné* de Goldsmith, *Yarrow Revisited* de Wordsworth et d'autres poèmes dont aucun ne l'avait beaucoup intéressée et qui tous lui avaient paru difficiles. En vérité, elle trouvait tous ces sujets difficiles. Peut-être Miss Pink n'était-elle pas bon professeur ou peut-être Pheasant était-elle une élève obtuse. Elle penchait vers la seconde hypothèse parce que ni son père ni Mrs. Clinch n'avaient manifesté qu'ils eussent une haute opinion de son intelligence. Elle avait passé une grande partie de sa vie à flâner à travers la maison et à errer à travers les bois et les champs. Son seul compagnon de jeu avait été le vieux poney que son père montait dans son enfance. Elle avait chevauché avec lui par les routes de la campagne et jusqu'au lac où il penchait sa tête hirsute pour boire. Il trottinait allégrement, mais selon sa propre volonté, la conduisant, quand l'envie l'en prenait, dans un fossé où il avait aperçu des pommes tombées, afin d'en grignoter une, dont le jus dégoulinait le long de ses lèvres. Pheasant n'avait pas cru possible qu'il mourût et la laissât seule ; c'était pourtant ce qu'il avait fait. Il était mort soudain, un matin, âgé de trente ans, alors qu'en dépit de son visage assez gris, il avait conservé tout son activité. Cette mort remontait à un an, mais Pheasant ne pouvait pas encore penser à son poney sans que son cœur se contractât au point que la tête lui tournait. Ce n'était que depuis sa rencontre avec Piers que cette perte lui était devenue moins douloureuse.

Les Whiteoak l'avaient toujours fascinée ; ils étaient si nombreux et si divers. Mrs. Clinch ne tenait pas leur conduite en grande estime et citait des commérages pour corroborer cette opinion. Dans la cuisine où le grand fourneau à charbon entretenait une bonne chaleur, les histoires de Mrs. Clinch relatives aux habitants de Jalna avaient aidé Pheasant à passer plus d'un sombre après-midi d'hiver. La gouvernante n'avait encore rien raconté de défavorable sur Piers, et Pheasant espérait qu'elle ne le ferait jamais, car il lui serait impossible de ne pas prendre sa défense, et une dispute entre elles pourrait s'ensuivre. Mais on était en été maintenant, et Pheasant ne passait que peu de temps à la maison. Qui savait ce qui pourrait arriver avant l'hiver ?

De tous les Whiteoak, c'était Renny qu'elle connaissait le mieux. Il venait souvent à Vaughanlands parler de chevaux avec Maurice. Quelquefois, celui-ci le retenait à dîner, et alors quel changement dans l'atmosphère ! Maurice s'animait ; il y avait du bruit et des rires. Si Renny venait passer la soirée, Maurice sortait une bouteille de whisky, et quand, le lendemain matin, Mrs. Clinch lavait les verres, elle prenait un air sévère et marmottait : « Pauvre jeune homme », comme elle le faisait toujours lorsque son Maurice était exposé à la tentation et qu'elle songeait au mal qui en était résulté dans le passé. Cette exclamation de la vieille femme mettait toujours Pheasant mal à l'aise car elle se savait être la pire conséquence des tentations auxquelles son père avait succombé.

Ce jour de la première semaine de septembre, Renny était venu déjeuner. Si elle l'avait su à temps, elle aurait changé de robe, mais ce fut seulement quand elle arriva en hâte à table, craignant d'être en retard, qu'elle l'aperçut.

— Je m'excuse..., commença-t-elle, puis elle s'arrêta en voyant sa haute silhouette, au dos légèrement voûté par l'exercice constant du cheval, son maigre visage bronzé, presque couleur d'acajou, ses cheveux éclaircis par le soleil.

— Hello, Pheasant, dit-il, et il vint lui prendre la main. Pourquoi restez-vous toujours seule ? Depuis que votre poney est mort, je ne vous vois plus jamais sur la route.

Pheasant leva son autre main afin de cacher la déchirure de son chandail que retenait une épingle de sûreté. Quelque chose dans le contact de Renny lui inspirait confiance. Elle oublia son épingle de sûreté et lui sourit.

— Ce pauvre vieux Jock, dit Maurice, il est mort brusquement, mais il avait plus de trente ans... — Lorsqu'ils furent assis, il ajouta pensivement : — Je n'oublierai jamais ma joie quand on me l'a donné. Tu t'en souviens, Renny ? Naturellement, tu en avais déjà un, une petite beauté. Mais je crois qu'aucun gosse n'a jamais aimé un poney autant que j'ai aimé Jock. Nous n'étions pas éleveurs de chevaux, comme vous autres Whiteoak, et Jock a été pour moi une grande surprise.

Pheasant s'efforçait de retenir les larmes qui lui piquaient les paupières. Elle se disait : « Vous l'avez tant aimé ; pourtant, aussi loin que remontent mes souvenirs, vous ne vous en êtes jamais occupé. Et quand il est mort... » Ses larmes débordèrent et coulèrent le long de ses joues.

Aucun des deux hommes ne le remarqua. Tous deux attaquaient avec appétit un ragoût fumant posé devant eux. Renny disait :

— Maintenant, mon jeune Wakefield réclame un poney et je crois que je lui en achèterai un pour son anniversaire.

— Eh bien, si Wake en jouit à moitié autant que j'ai joui de Jock..., dit Maurice. Dieu ! ce que je l'ai aimé, ce poney !

Du revers de sa main, Pheasant parvint à essuyer ses larmes. Elle mit un morceau de ragoût dans sa bouche et se redressa. Le regard pénétrant de Renny était posé sur elle.

— J'ai une idée, dit-il.

— Je ne t'ai jamais connu à court d'idées, répliqua son ami.

— Je la crois bonne. Tu te rappelles peut-être, Maurice, cette petite jument pleine de promesses que j'ai achetée il y a deux mois. Eh bien, j'ai l'intention de la présenter au Concours hippique dans la classe des chevaux de selle pour dames. J'ai besoin de quelqu'un pour la monter. Évidemment, Piers pourrait le faire, mais je voudrais quelqu'un qui soit plus adapté à cette monture, quelqu'un qui ait l'air d'une sylphide. Je crois que vous feriez exactement l'affaire, Pheasant.

— Moi ? Mais je serais terrifiée.

— Elle est douce comme un agneau. Ses manières sont parfaites.

— Ce n'est pas elle qui me fait peur ; c'est la foule.

— Mais le public vous adorerait. Allons, dites que vous essaierez.

— Pheasant ne sait pas monter, intervint Maurice.

— J'ai monté toute ma vie, s'écria-t-elle.

— Sur le vieux Jock !

— Je lui donnerai des leçons, dit Renny. Je verrai bien vite si elle est douée.

— Tu en as envie, Pheasant ? demanda Maurice.

— Ça me fait encore un peu peur... mais j'aimerais essayer.

— Bravo ! dit Renny. Revenez avec moi après le déjeuner et je verrai si vous êtes susceptible de monter au Concours.

— Elle est nerveuse, dit Maurice.

— Oh ! ce n'est rien. Les chevaux le sont souvent, eux aussi. Les meilleurs.

Son appétit était coupé, et, dès qu'elle le put, elle s'éclipsa et monta à sa chambre. Les deux hommes, en train de boire leur café, ne s'aperçurent de son départ que lorsqu'elle était dans l'escalier. Alors Renny cria :

— Voulez-vous vous mettre en tenue de cheval dès que possible, Pheasant ? Je suis pressé.

— Oui, tout de suite, répondit-elle.

En montant l'escalier quatre à quatre elle regretta de ne pas posséder une culotte de cheval neuve. La sienne était élimée et déchirée à un genou. Elle se demanda si Piers serait là et espéra plutôt que non. Il lui suffirait de monter un cheval de concours sous les yeux de Renny et de s'entendre dire par lui, ce qui était probable, qu'elle n'était capable que de monter un vieux petit poney.

Tandis qu'ils gagnaient Jalna dans sa vieille voiture tachée de boue, il la rassura en lui parlant de la douceur de la jument, de la façon de dresser et de monter les chevaux de concours. Elle n'avait presque jamais franchi les grilles de Jalna. Elle ne savait que trop bien que sa naissance avait rompu les fiançailles entre Meg Whiteoak et son père. La pensée de l'ombre que sa venue au monde avait projetée sur deux existences lui inspirait à la fois un triste sentiment de responsabilité et une fierté romanesque. Jalna offrait pour elle quelque chose de mystérieux, d'extrêmement vivant et de très élégant.

Floss, l'épagneule écossaise, se tenait sur le siège du fond, dressée sur ses pattes de derrière, celles de devant reposant sur les épaules de Renny et de Pheasant ; de temps en temps elle levait la tête et léchait l'oreille de son maître. Chaque fois, il s'écriait : « Couché, Floss ! » Elle retroussait la lèvre en un sourire penaud, mais n'en recommençait pas moins sa caresse.

La voiture s'arrêta devant la porte ouverte des écuries, et Scotchmere, le vieux groom aux jambes arquées, sortit à leur rencontre. Il tenait à la main une bouteille de liniment qu'il secouait par moments d'un air distrait, puis portait à ses narines et reniflait.

— Voici Miss Vaughan, dit Renny en aidant Pheasant à descendre de voiture. Je vais lui donner des leçons d'équitation.

C'était la première fois de sa vie qu'on l'appelait Miss et elle s'efforça de prendre un air digne. Mais Scotchmere se contenta de sourire d'une oreille à l'autre en disant :

— Oh ! elle et moi, on se connaît. J'ai enlevé une fois un caillou du sabot de son poney, pas vrai ?

Quiconque avait rendu service à Jock était pour Pheasant un ami.

— Oh ! oui, dit-elle, vous avez eu cette bonté.

Ils entrèrent dans l'écurie, propre, fraîche et presque vide, car les chevaux, à l'exception de trois, étaient dans le paddock et dans le pré. L'un d'eux était un grand hongre alezan dont Scotchmere venait de frictionner les jambes. Le second était une jument qui devait mettre bas ce jour-là. Elle était dans un box séparé, tapissé de paille fraîche, mais elle était énervée, s'agitait, et ses grands yeux attentifs semblaient saillir de sa tête rigide. En voyant Renny, elle émit un hennissement anxieux. Il cria :

— Ne crains rien, ma vieille. Je m'occuperai de toi très bientôt.

Ce fut à un autre box qu'il conduisit Pheasant.

— La voici, dit-il en ouvrant la porte... Silken Lady (Dame Soyeuse)... Je pense que vous l'aimerez.

La jument les regarda, non pas du coin de l'œil, mais avec une sorte d'intérêt distingué.

— Est-ce que je peux l'approcher ? demanda Pheasant.

— Bien sûr. Elle est un ange de sagesse. Voulez-vous la seller, Scotchmere ?

Pheasant caressa l'épaule lustrée de la jument qui baissa la tête comme humblement tandis que la courbe de son cou conservait sa ligne fière. Scotchmere apporta la bride et la selle, les lui ajusta et la mena au-dehors, ses maigres jambes arquées terminées par de lourdes bottes jurant avec la fine beauté du cheval.

Pheasant oublia Piers. Tout son être se concentra dans sa volonté de rester en selle. Ils avaient maintenant sous les pieds le sol sablonneux et respiraient l'air ensoleillé de l'été finissant. Un bruit de sabots leur parvint du paddock.

— Nous allons d'abord voir ce que font les garçons, dit Renny, et ensuite je vous emmènerai faire un petit tour.

Dans le paddock, un spectacle animé s'offrit à leurs yeux. Pour la première fois, Pheasant voyait rassemblés les frères Whiteoak : Renny à son côté, Eden appuyé à la barrière, causant avec le groom Wright. Elle se rappela l'inoubliable promenade qu'elle avait faite dans les bois avec Eden quand elle était petite fille. Il lui avait paru si différent de tous ceux qu'elle connaissait, et, pendant des mois, elle avait ressassé dans son esprit les choses qu'il lui avait dites et qui avaient enflammé son imagination. Oh ! le connaître mieux, maintenant qu'elle était plus âgée ! Se promener avec lui comme elle l'avait fait ce jour-là en lui tenant la main et tâcher de parler comme lui. Mais maintenant, il la salua distraitement d'une inclination de la tête et ses yeux se tournèrent de nouveau vers les chevaux qu'on dressait dans le paddock.

— Deux très bons chevaux, dit Renny. J'en attends des merveilles au Concours hippique.

Elle admira la manière dont ils filaient le long de la piste et sautaient la barrière. La jument, Silken Lady, semblait les jauger d'un œil connaisseur, en ayant l'air de dire que, si elle en avait l'occasion, elle ferait mieux qu'eux. Pheasant vit que l'un des chevaux était monté par un garçon d'écurie et l'autre par Piers. Il l'aperçut, et son visage se durcit comme pour nier leur brève intimité, mais quand il repassa devant elle, il la regarda droit dans les yeux et elle vit qu'il s'en souvenait. Elle jeta un coup d'œil sur Renny pour voir s'il avait remarqué le regard de Piers, mais il ne voyait que le cheval en train de sauter, la puissance de ses jambes de derrière et sa façon de replier celles de devant au moment de franchir la barrière. Il regardait Piers se déplacer sur l'encolure du cheval et la légèreté avec laquelle il se soulevait sur ses étriers. En souriant, il demanda à Pheasant :

— Ils font bien la paire. C'est un beau saut, n'est-ce pas ?

— Oh ! oui. Ils sont merveilleux.

Elle espéra que Piers s'approcherait d'eux sur son cheval, mais au lieu de cela, il mit pied à terre et rajusta la sangle de la selle en leur tournant le dos. On amenait maintenant à Renny son cheval rouan, et Eden les rejoignit, le petit Wakefield cramponné à son bras et s'efforçant de l'entraîner à jouer avec lui. Finch, affalé contre la clôture, adressa à Pheasant un timide sourire. « Il n'a pas meilleur air qu'un garçon d'écurie, se dit-elle, avec sa chemise déchirée et un brin de paille entre ses dents. » Ils étaient là, si nombreux, et elle n'avait pas un seul frère.

— À présent, dit Renny, je vais vous mettre en selle.

— Laissez-moi faire, dit Eden, et il vint l'aider à monter sur la jument.

Elle était nerveuse et ses mouvements maladroits.

— N'ayez pas peur, dit Eden. Elle est très douce. D'ailleurs, de quoi s'agit-il au juste ?

Renny embrassa du regard la jument et la jeune fille :

— Elles vont s'exercer pour le Concours. Ne vois-tu pas à quel point elles vont bien ensemble ?

Il sauta sur son cheval ; le rouan se mit en marche, et la jument, avec une délicate condescendance, le suivit.

La peur de Pheasant disparut. Elle ne s'était pas doutée qu'un cheval pût se mouvoir comme celui-ci, avec tant d'aisance et de grâce. Ils avancèrent calmement dans le chemin. Elle se demanda si ceux qu'ils avaient laissés derrière eux les regardaient et elle se tint bien droite pour compenser sa façon maladroite de monter. Ils suivirent la piste cavalière à travers le bois où les mûres luisaient parmi les buissons, où les écureuils tiraient les glands encore verts, et où les asters se montraient quand le soleil filtrait entre les branches.

Enfin, Renny jugea qu'elle était prête pour un galop. Alors son bonheur lui donna envie de chanter. Le bruit sourd des sabots résonnait dans ses oreilles comme la plus douce des musiques. Elle sentait que Renny la comprenait, que la jument la comprenait, comme elle n'avait jamais encore été comprise. Mais elle aurait voulu que Piers la vît.

— Maintenant que vous et Lady avez fait connaissance, dit Renny, nous allons mettre fin à la première leçon. Pouvez-vous venir demain ?

— Oh ! oui, je n'ai jamais d'engagements.

— Cela ne continuera pas à être facile, vous savez. Vous aurez beaucoup de peine à vous donner.

— Ça m'est égal.

— Vous serez une bonne amazone... avec de l'entraînement. — Il lui jeta un vif regard d'approbation et poursuivit : — Il faudra que vous veniez tous les jours où le temps le permettra. Si je ne suis pas là, Wright s'occupera de vous.

Lorsqu'ils revinrent, le paddock était vide. Wright vint à leur rencontre et emmena leurs chevaux. À voix basse, il dit à Renny :

— La jument est en train de mettre bas.

Renny s'arrêta :

— Au revoir, Pheasant, dit-il, et, lui tapotant l'épaule : — Revenez demain matin. Allez-vous-en maintenant. Vous avez été très sage.

Les deux hommes disparurent dans l'écurie.

« Voilà la vie, se dit Pheasant. Ici, quelque chose arrive à chaque minute » ; elle en était sûre.

Wakefield accourut à elle et demanda :

— Vous aimez les poires ? En voilà une. Un oiseau l'a picorée, mais elle est encore bonne.

— Merci, dit-elle en prenant la poire qu'il lui tendait. Où sont Piers et Finch ?

— Voici Finch ! cria le petit.

Finch apparut de derrière le poirier. Un rire moqueur avait remplacé sur son visage le timide sourire de tout à l'heure. Il dit :

— Piers sera là dans un instant. Il est monté mettre une chemise propre et se débarrasser de l'odeur d'écurie. Il veut que vous l'attendiez.

Pour une raison obscure, ces mots firent éclater de rire le petit Wakefield. Il se mit à danser le long de l'allée en riant à se tordre. Très gênée, Pheasant demanda :

— Piers a dit ça ?

— Bien sûr, dit Finch en riant. Il veut être aussi beau que possible pour vous.

Elle hésita, ne sachant ni que croire ni que faire. Devant elle s'élevait la maison, cette maison où elle pensait ne jamais entrer, celle où vivait Meg Whiteoak que son père aurait épousée si elle, Pheasant, n'était pas née. À sa droite, un sentier conduisait au ravin. Par là elle pourrait rentrer sans risquer de rencontrer l'un des Whiteoak dans l'avenue.

Mais à présent, Piers émergeait de la maison portant un pantalon blanc et une ample chemise blanche.

— Regardez-le, gloussa Finch, n'est-il pas ravissant ?

Wakefield suffoquait de rire :

— N'est-il pas ravissant ? N'est-il pas ravissant ?

Tous deux se turent quand Piers s'approcha. Il eut un petit sursaut comme de surprise en voyant Pheasant toujours là. D'un air détaché il demanda :

— Comment a marché votre leçon ?

— Oh ! très bien, répondit-elle avec indifférence.

— Vous allez continuer à en prendre ?

— Je crois.

— Où avez-vous pris ça ? interrogea-t-il en désignant la poire qu'elle tenait à la main et en la lui prenant. Elle n'est pas bonne à manger ; elle a été picorée par les oiseaux. — Il la jeta, et, se tournant vers Finch : — Va en cueillir de convenables.

— Mais celle-ci était magnifique ! s'écria Pheasant. Nous n'en avons pas de moitié aussi grosses chez nous.

— Ce sont les meilleures du pays, dit-il en fronçant les sourcils.

Il les garda froncés pendant que Finch, avec une alacrité ridicule, courait à l'arbre et se mettait à cueillir des poires comme si sa vie en dépendait.

— Pas tant, espèce de fou ! lui cria Piers.

Wakefield grimpa au poirier et s'y suspendit comme un singe en criant :

— Poires mûres ! un sou la pièce !

Piers en choisit une demi-douzaine parmi celles que Finch lui présenta et, se tournant avec dignité vers le ravin, du côté de Pheasant, il dit :

— Je vais vous les porter.

— Comment vont vos oncles ? demanda-t-elle sur le ton de la conversation.

— Ils vont très bien, merci.

— Et votre grand-mère ?

— Parfaitement, compte tenu de son âge.

— Ce doit être merveilleux d'avoir des oncles et une grand-mère.

— Je suppose que oui.

— Et une sœur et quatre frères !

— Je me passerais bien des deux plus jeunes.

— Oh ! ne dites pas ça ! S'il leur arrivait quelque chose ?

— Êtes-vous superstitieuse ?

— La mort est toujours proche, dit-elle comme le disait Mrs. Clinch.

Piers commença à se demander s'il l'aimait vraiment beaucoup. Il s'en voulut d'avoir mis ce pantalon blanc et se sentit soudain furieux contre Finch à cause de ses yeux moqueurs. Il se sentit ridicule de porter ces poires. Il avait envie de les lui donner et d'en finir.

Ils traversèrent la petite barrière, au bas de la pelouse, et descendirent le sentier qui menait au pont. Il ne savait s'il devait la précéder ou la suivre, et ils hésitèrent au début du sentier avant qu'elle s'y engageât la première. Le ruisseau était si bas qu'il était presque caché par les plantes avides de son humidité. Les graines de l'une des sanguinaires avaient éclaté et la blancheur de leur doux duvet luisait dans l'ombre du ravin.

Désignant l'endroit du doigt, Pheasant dit :

— C'est là que j'ai vu le serpent.

— Y êtes-vous retournée depuis ?

— Oui.

— Vous en avez vu d'autres ?

— Non. Mais une fois je vous ai vu.

Il eut un petit rire, inexplicablement content.

— Vous m'avez vu ?

— Oui.
— Qu'est-ce que je faisais ?
— Vous vous teniez simplement debout sur le pont.
— Ayant l'air d'un imbécile, hein ?
— Non. Ayant l'air... pensif.
— Pensif, hein ? Sans doute des pensées trop profondes pour être exprimées par des mots.

Ils étaient maintenant sur le pont.

— Aimez-vous la poésie ? demanda-t-elle.
— Dieu, non. Vous ne l'aimez pas, au moins, vous ?

Elle sentit qu'elle devrait dire qu'elle ne l'aimait pas, mais comme elle était naturellement franche, elle dit :

— Je n'aime pas beaucoup de poèmes ; seulement quelques-uns.
— Oui, évidemment, il y en a quelques-uns, concéda-t-il. Ils me donnent le sentiment d'être fort et courageux.

À présent, il l'aimait beaucoup.

— Asseyons-nous un peu, dit-il. Il fait bon, ici, et vous pourriez manger une poire.

Ils s'assirent sur le pont, les jambes ballantes. Il posa les poires à portée de Pheasant et dit :

— Maintenant vous pouvez commencer, et ils se regardèrent dans les yeux en souriant.
— Prenez-en une aussi.
— Non, non, elles sont pour vous.
— Oh ! je vous en prie. Je n'en mangerai pas sans vous. On a l'air si dégoûtant quand on mange des fruits juteux.
— Vraiment ? Je n'y avais jamais pensé.

Il prit la poire la plus petite et se mit à la manger avec une délicatesse exagérée, son petit doigt recourbé.

— Est-ce que j'ai l'air dégoûtant ? demanda-t-il.
— Je regrette d'avoir dit ça, dit-elle en rougissant.
— Ai-je vraiment l'air dégoûtant ? insista-t-il.

Mise au pied du mur, elle répondit :

— Vous avez l'air... très bien.

Tous deux gênés maintenant, ils mangèrent leurs poires en silence jusqu'à ce que Piers dît :

— Finissons-les. Je vous en donnerai d'autres demain.
— Je meurs de faim, dit Pheasant. Je n'ai presque rien mangé à dejeuner et... j'ai été si heureuse. Cela donne faim d'être heureux, vous ne trouvez pas ?
— Je n'y ai jamais réfléchi.
— Moi, souvent.
— Vous pensez beaucoup, n'est-ce pas ?

— Eh bien, j'ai beaucoup de temps pour penser. Je ne suis pas comme vous.

— Oui, j'ai très peu de temps pour penser, répondit-il du ton d'un homme d'action, puis il rapprocha sa main hâlée de celle de Pheasant et ajouta : Mais j'ai beaucoup pensé à vous... depuis... vous savez quand.

Ils demeurèrent silencieux, se tenant les mains. Au bout d'un moment, il eut envie de libérer la sienne mais ne sut trop comment s'y prendre ; il craignait de paraître désireux de s'en aller. S'il la laissait où elle était... Pheasant résolut la question en retirant doucement la sienne.

— Est-ce que votre frère Eden vous lit jamais ses poèmes ?

— Dieu ! non. Nous avons d'autres choses à discuter ensemble.

— Oh ! fit-elle, étonnée et intéressée.

Il avait une envie presque irrésistible de lui parler de la Mine du Lac Indigo, mais il se contenta de dire :

— Eden a quelques très bonnes idées. Nous gagnerons un jour beaucoup d'argent, lui et moi.

— C'est merveilleux.

— Oh ! je ne sais pas. Il est naturel qu'on cherche à améliorer sa situation pendant qu'on est jeune.

— Sans doute. Mrs. Clinch dit qu'il est sage de saisir l'occasion aux cheveux.

— Vous êtes très forte en proverbes, n'est-ce pas ?

— Mrs. Clinch dit qu'il y aurait beaucoup moins de malheur dans le monde si les gens les observaient.

Piers lui jeta un regard à la fois sévère et amusé et dit :

— Vous êtes trop jeune pour citer constamment Mrs. Clinch.

Soudain coquette, elle demanda :

— Qui devrais-je citer ? Vous ?

— C'est ça. Citez-moi.

Une chaude intimité les enveloppa. Le souffle un peu court, il demanda :

— Si nous nous remettions en route ?

Elle opina de la tête ; ils se levèrent et gravirent le sentier escarpé qui menait du ravin à une petite futaie. Le chemin traversait ensuite un champ au-delà duquel se trouvait la maison de Maurice Vaughan. Une fois dans la futaie, il lui entoura la taille de son bras avec un sentiment de virilité qui enrichissait tout son être. Faisant semblant de ne pas remarquer son bras, Pheasant demanda :

— Qu'est-ce qu'Eden a l'intention de faire de son argent ?

— Voyager. Aller en Italie.

— Et vous ?

Elle tourna les yeux vers lui et il eut conscience de leur beauté.

— Oh ! j'ai d'autres projets, répondit-il avec un petit rire. Je me contenterais de rester ici si...

— Si quoi ?

— Si je savais que quelqu'un tient beaucoup à moi.

Elle était incapable de parler. Il la serra plus fortement et ils s'embrassèrent de nouveau, mais brièvement, timidement. Puis il demanda :

— Vous viendrez à Jalna demain ?

— Oui.

Immobiles l'un en face de l'autre, se réfléchissant mutuellement dans leurs yeux, des yeux qui n'exprimaient pas de désir mais plutôt une radieuse surprise, chacun d'eux croyait découvrir en l'autre une personne nouvelle. Il étendit sa main, la toucha et dit :

— Eh bien, au revoir !

— Au revoir !

— Nous reviendrons par ici, demain.

— Oui.

— Ça ne vous a pas ennuyée ?

— Oh ! non.

— Au revoir !...

Il avait entendu Eden téléphoner à une jeune fille quelconque en l'appelant « ma petite », aussi, après un instant d'hésitation, il ajouta :

— Ma petite.

Puis il fit demi-tour et s'éloigna d'elle presque en courant. Il descendit jusqu'au ruisseau à toute vitesse, exultant d'une telle joie qu'au lieu de passer par le pont, il sauta par-dessus le cours d'eau, blanche silhouette ailée, et, un peu haletant, remonta la pente opposée.

9

Tante Augusta et Dilly

Piers éprouvait le désir de protéger Pheasant, voire de se battre pour elle s'il y avait quelqu'un à combattre. L'amour, nouveau pour lui, le rendait agressif, un peu comme le jeune dindon qui, sur la pelouse, déployait sa belle queue avec le bruit d'un éventail qu'on ouvre, agitait ses fanons couleur de feu et faisait la roue devant sa dinde favorite. Mais il n'y avait personne pour défier le jeune mâle. Devant la maison, sur la pelouse verte, il se figurait on ne sait quel combat. La dinde au plumage lustré roucoulait doucement pour elle-même.

Piers les observa un moment, ne sachant trop comment s'occuper. S'étant habillé tout de blanc, il ne lui était plus possible de travailler ce jour-là. Eh bien, il avait trimé dur tout l'été et méritait un repos. Il vit Finch flânant sous le porche et se rappela sa conduite ridicule lors de la cueillette des poires. Il avait eu un air railleur, très irritant. Piers se dit qu'une telle insolence ne pouvait rester impunie. Il traversa la pelouse, le dindon s'écartant avec une grande dignité pour le laisser passer. Quelque chose qu'il vit dans les yeux de Piers inspira à Finch un sourire plutôt embarrassé.

— Je suppose que tu te croyais drôle ? dit Piers quand il l'eut rejoint.

— Drôle ? Quand ?

— Tu le sais. J'ai l'ouïe assez bonne, et je t'ai entendu dire que j'étais ravissant.

— Eh bien, ne l'es-tu pas ?

— Pas du tout.

— Mais vo... voyons, bégaya Finch. Je n'avais pas l'intention de te blesser...

— Tu t'attendais à ce qu'il me soit agréable d'être qualifié de ravissant par toi ?

— Je pensais que cela te serait égal.

— Alors, pourquoi as-tu cessé de parler quand je me suis approché ?

— Je... je ne sais pas... je t'assure, Piers.

Piers s'avança tout près de lui et le poussa contre le mur. Finch fronça les sourcils tandis que le corps musclé de Piers poussait inexorablement le sien. Les yeux rieurs de Piers fixaient maintenant ses yeux. Finch était décidé à ne laisser échapper ni un mot ni un gémissement. « Quoi que Piers me fasse, se dit-il, je ne lui donnerai pas la satisfaction de m'entendre. » Mais en dépit de sa volonté, il eut une sorte de hoquet tandis que la pression s'accentuait.

La porte de la maison s'ouvrit, et leur frère aîné apparut. Ses sourcils se levèrent quand il vit l'expression de Finch.

— Qu'est-ce que ça signifie ? demanda-t-il.

— Rien, répondit Piers en s'écartant de Finch qui demeura comme collé au mur.

Renny jeta un regard sur le visage rouge de Finch et comprit qu'on lui avait fait mal.

— Vous n'êtes pas de même force, tous les deux, dit-il. Piers, si tu as envie de te bagarrer avec quelqu'un, essaie avec moi.

Ses deux cadets le regardaient sans rien dire. Il émanait de lui une aura d'autorité pour ainsi dire militaire.

— Rappelez-vous que tante Augusta et Miss Warkworth sont ici, poursuivit-il, et que tante Augusta n'aime pas la brutalité.

— Gran l'aime, dit Finch d'un ton hostile.

Il se redressa et frotta son épaule douloureuse.

— Gran s'en amuse, répliqua Renny en riant, mais pas tante Augusta.

— Pourquoi a-t-elle amené cette fille ? demanda Finch.

— Du diable si je le sais.

— Moi je le sais, dit Piers.

— Eh bien, pourquoi ?

— Si je le dis, ça ne te plaira pas.

— Va toujours.

— Eh bien, pour t'épouser. Elle a de l'argent.

Renny eut un rire bref et se retourna pour rentrer.

— Qu'est-ce qu'elles font, en ce moment ? demanda Finch.

— Elles prennent le thé. Vous êtes en retard. Arrange-toi un peu, Finch. Toi, tu es élégant, Piers.

— Eh bien, j'ai pensé qu'il était convenable de plaire à notre tante.

Malgré la douleur de son épaule, Finch éclata d'un rire moqueur.

— Je voudrais te voir lever ce bras, lui dit Renny.

Finch le leva et grimaça de souffrance. Un sourire creusa d'une fossette les joues hâlées de Piers. Renny lui dit :

— Ne recommence pas ce genre de chose. — Puis, poussant doucement Finch : — Monte te rendre présentable, et il le suivit dans le hall.

— Je n'ai pas envie de prendre le thé, marmotta Finch.

— T'a-t-il fait très mal ?

— Non. Mais... il y a cette fille.

— Va te brosser les cheveux. Elle ne fera pas attention à toi.

— Combien de temps doit-elle rester ici ?

— Un mois ou davantage. Elle est notre parente, tu sais. Sa mère était une Whiteoak.

— Meg dit qu'elle a été malade.

— Rien de plus grave qu'un chagrin d'amour.

— Seigneur ! Elle a eu le temps de s'en remettre. Quel âge a-t-elle ?

— Vingt-cinq ans.

— Elle est assez vieille pour être raisonnable.

On prenait le thé dans le salon. Sur la table se voyaient de minces tartines de beurre, de la confiture de fraises, des scones, du pain aux raisins, de friables galettes au gingembre, et un gâteau glacé au sucre. La société était beaucoup plus féminine que d'habitude avec les deux nouvelles venues. L'aînée était l'unique fille d'Adeline

Whiteoak, lady Buckley, une veuve dont le mari avait hérité d'une baronnie. Son titre avait toujours été, pour sa mère, une source d'irritation plutôt que de fierté, car étant la petite-fille d'un marquis irlandais appauvri, elle considérait une baronnie anglaise ne datant que de deux générations comme insignifiante, et elle affirmait parfois désapprouver les titres. On pouvait néanmoins remarquer qu'elle ne tardait jamais à mentionner le nom de son grand-père à ses nouvelles connaissances ; maintenant qu'elle était très vieille, elle avait oublié bien des choses, mais elle n'oubliait jamais qu'elle était la petite-fille d'un marquis.

Lady Buckley, qui avait dans les soixante-dix ans, était grande et aussi imposante de maintien que sa mère, courbée par les ans, était devenue branlante. Lady Buckley portait encore la frange mise à la mode par la reine Alexandra, et ses robes s'harmonisaient avec sa coiffure. Son teint était plutôt blafard et ses yeux noirs saillants donnaient l'impression que ce qu'elle voyait ne lui était pas agréable. D'un naturel aimable, sa bonté envers sa famille n'était jamais en défaut. Depuis son mariage, toute sa vie s'était écoulée en Angleterre mais avec de fréquentes visites à Jalna. Pendant ces visites, la vieille Adeline était encline à se montrer irascible ou ce que Meg appelait « poseuse ». Précisément, en ce moment, elle mangeait plus de gâteau qu'elle ne l'aurait dû et buvait son thé avec bruit.

La jeune personne qu'avait amenée lady Buckley, cousine éloignée qui habitait le Yorkshire, se nommait Dilly Warkworth. Elle avait eu une maladie dont son visage rond ne portait aucune trace, mais le médecin avait recommandé un voyage en mer, et lady Buckley, chez laquelle elle séjournait alors, l'avait invitée à l'accompagner à Jalna. À des cheveux frisés d'un brun foncé et à des yeux clairs d'une couleur imprécise elle joignait un teint si exquis que ses traits en perdaient toute importance.

Comme Finch entrait dans la pièce, sa tante s'écria :

— Ce garçon a énormément grandi depuis que je l'ai vu il y a deux ans, et je le trouve embelli.

— Eh bien, j'en suis contente, tante Augusta, dit Meg. Il est à l'âge ingrat, et il est bon pour lui de se sentir en progrès. — Puis, élevant la voix comme si Finch était sourd : — Tante Augusta trouve que tu as beaucoup embelli, Finch.

— Elle n'a pas dit *beaucoup*, intervint Wakefield.

Augusta étendit une longue main et caressa les cheveux du petit garçon.

— La beauté ne manque pas ici, dit-elle, mais une telle fragilité...

— Oui, dit Meg tristement, sa santé nous donne beaucoup de souci. Son cœur, vous savez...

— Je vous en prie, dit Renny, le front plissé, n'en parlez pas devant lui.

Miss Warkworth attira Wakefield sur une chaise voisine de la sienne en disant :

— Ne te tourmente pas, je suis délicate, moi aussi.

Wakefield leva les yeux sur elle et dit :

— Je trouve que vous êtes gentille et jolie.

Elle rit et le serra contre sa poitrine.

— De quoi rit-elle ? demanda la grand-mère à Ernest. Je veux connaître la plaisanterie.

— Chut, maman, murmura-t-il. Il n'y a pas de plaisanterie.

— Hum ! Je veux du gâteau. De celui qui est foncé et gluant.

Ernest lui en apporta une tranche.

— Dis à Eden que j'ai à lui parler, dit-elle.

En l'entendant prononcer son nom, Eden vint s'asseoir auprès d'elle. À voix basse, il dit :

— Rappelez-vous, Granny : pas un mot indiscret.

Elle émit un gloussement.

— Pas un mot, sois tranquille. Mais écoute : cette fille a de l'argent...

— Au nom de Dieu, taisez-vous, Granny !

Mais elle persista :

— Fais-lui-en mettre dans l'affaire. Pourquoi pas ?

— Oui, oui, mais nous ne pouvons en parler maintenant. Reprenez encore un peu de thé.

— Je veux bien, merci. — Puis, tournant son profil aquilin surmonté d'un bonnet enrubanné vers la jeune fille : — Ce pays est merveilleux, n'est-ce pas ? Un pays riche. Nous avons des mines d'or, ici.

— Oui, répondit Dilly, je l'ai entendu dire.

— Avez-vous entendu mentionner une mine par son nom ?

— Non. Simplement que ce pays attirait les spéculateurs.

Le soudain intérêt de leur mère pour les mines amusa Nicolas et Ernest. Ni l'un ni l'autre ne se doutait qu'elle eût placé des fonds dans le Lac Indigo. Eden se sentit proche de la panique.

— Ce que vous devriez faire, ma fille, dit alors la grand-mère, c'est de vous marier ici. Vous avez le choix dans cette maison même. Prenez un mari et des actions d'une mine d'or.

Pour la centième fois Eden se repentit de l'avoir attirée dans son filet. Il croyait presque, à certains moments, qu'elle prenait plaisir à le taquiner. Elle eut cependant le bon sens de ne pas poursuivre le sujet. Il était sûr néanmoins que le jour viendrait où elle ne pourrait pas résister à la tentation de parler ouvertement du Lac Indigo. Il espérait qu'il aurait alors de quoi se payer un séjour d'un an, voire de deux ans en Europe. Le montant de son compte en banque ne cessait de lui revenir à l'esprit, tout éblouissant d'or. Et il se demanda pourquoi ne pas offrir à sa tante et à sa jeune compagne l'occasion d'augmenter leurs revenus. Lors de sa dernière visite, lady Buckley avait dit que, depuis la guerre, certains de ses placements ne lui rapportaient pas autant qu'auparavant. Il était même dommage que la famille entière ne mît pas tout ce qu'elle possédait dans l'affaire de la mine. Eden le souhaitait, surtout pour Renny qui était souvent à court d'argent. Il serait cependant inutile d'essayer de le persuader.

— Prends-tu toujours tes leçons avec Miss Pink ? demanda lady Buckley à Wakefield.

— Non, tante Augusta. C'est ma sœur Meg qui me les donne.

— Et est-ce que tu aimes tes études ?

— Beaucoup, merci.

« Quelles bonnes manières il a ! », songea Meg avec fierté. Mais Finch considéra son cadet avec pessimisme. Suffisant petit hypocrite, qui flemmardait toujours sur ses devoirs et jouait de la délicatesse de sa santé !

— Et récites-tu toujours des poésies ? demanda lady Buckley en se penchant vers le plus jeune de ses neveux, de telle sorte qu'on entendit cliqueter les divers colliers de jais et d'ambre qui ornaient sa poitrine solidement corsetée.

— Oui, ma tante. Je sais plusieurs nouveaux poèmes.

— Eh bien, si tu nous en récitais un maintenant, afin que Miss Warkworth puisse t'entendre ?

Wakefield glissa aussitôt à bas de sa chaise, tira de sa poche un mouchoir roulé en boule et s'essuya les lèvres. « Que ce soit court », grommela Finch à voix basse, ce qui lui valut un coup de pied discret mais bien ajusté sur la cheville.

Se tenant très droit, joli enfant mince aux sombres cheveux bouclés et aux grands yeux bruns, Wakefield déclama sans hésitation, de sa voix aiguë et nette :

L'AIGLE

Cramponné au roc de ses serres,
Près du soleil, dans le désert,
Il est seul, entouré d'azur.
Sous lui, la mer fronce ses flots.
Du haut de sa montagne, il guette
Et tombe comme un coup de foudre.

— Merci, très bien dit, dit lady Buckley.

— Oh ! que c'est amusant ! s'écria Dilly Warkworth, formule

qui était, alors, à Londres, la dernière rengaine et dont elle se servait le plus souvent possible mais que Meg trouva fort peu appropriée pour louer son petit frère.

Son joli visage exprima son mécontentement.

— Je n'appelle pas cela de la poésie, dit la grand-mère : « Il tombe comme un plum-pudding ! » Qui a jamais entendu parler d'une chose pareille ? Pourquoi Meg ne lui enseigne-t-elle pas quelque chose de sensé ?

— Pas plum-pudding, Gran, coup de foudre, corrigèrent plusieurs voix, mais elle tenait à sa version, la répéta à diverses reprises et ajouta : Je n'ai pas mangé de plum-pudding depuis longtemps, Meggie. Fais-en faire un ; j'aime beaucoup ça.

— J'espère que vous ne trouvez pas ce séjour trop ennuyeux, après Londres, dit Eden à Dilly Warkworth.

— Oh ! c'est très amusant ! dit-elle avec son rire joyeux.

— Ma grand-mère n'est-elle pas extraordinaire pour son âge ?

— Oh ! elle est extrêmement amusante !

Eden la regarda dans les yeux et se demanda ce qui se passait dans sa tête. Si elle avait eu un chagrin d'amour comme on le disait, elle le supportait évidemment très bien. Elle regarda avec admiration Wakefield maintenant perché sur le genou de Renny et demanda :

— Est-ce qu'il est délicat ? Il ne paraît pas très robuste.

— Il n'est pas solide. Renny l'a montré, il y a quelques mois, à un spécialiste qui lui a trouvé une affection cardiaque. Je crois que Renny a peur de ne pouvoir l'élever, mais Wake se guérira probablement en grandissant.

— Quels beaux yeux il a. Mais vous avez tous de beaux yeux dans votre famille, quoique vous soyez tous différents.

— Vous ne voyez pas de ressemblance entre Meg et Piers ?

— Oh ! si, c'est vrai. Comme c'est amusant !

Les fenêtres étaient ouvertes, les rideaux s'agitaient doucement. Le soleil que les branches mouvantes des vieux arbres brisaient en taches dorées, luisait sur le plateau d'argent, sur la massive théière bleu et or, sur l'acajou ciré du cabinet renfermant des curiosités hindoues, sur les bagues des mains de la grand-mère, fermement plantées sur chacun de ses genoux maintenant qu'elle avait fini son thé. Il montrait aussi l'usure du tapis, les éraflures du fauteuil d'Ernest dues aux griffes de son chat Sacha (comme les cheveux d'Ernest s'éclaircissaient donc aux tempes !), l'écorchure d'un doigt de Renny, les deux boutons du menton de Finch, l'étrange teinte violacée de la chevelure de lady Buckley.

Se penchant vers Eden, Dilly Warkworth murmura :

— Parlez-moi de votre frère aîné. Je suis si contente d'être venue.

10

Nouveaux actionnaires

Un sentiment d'opulence, tel qu'il n'en avait pas existé à Jalna depuis des années, émanait à présent des heureux actionnaires des Mines du Lac Indigo. Adeline Whiteoak, peu encline à la dépense, changea ses habitudes à un point qui alarma ses fils et sa fille. Augusta ne s'attendait qu'à un souvenir, à la mort de sa mère, mais elle espérait vivement qu'Ernest, son frère préféré, serait le principal légataire, et les dépenses que commençait à faire la vieille dame lui semblaient absurdes. Après avoir passé des dizaines d'années sans rien s'acheter, car elle possédait une réserve de vêtements susceptibles de durer le peu de temps qui lui restait à vivre, elle décida soudain qu'elle avait besoin d'un manteau de fourrure.

— Mais, maman, lui dit sa fille, Meg m'affirme que votre manteau de loutre est toujours en bon état. Ne croyez-vous pas pouvoir vous en contenter ?

— Il est démodé. J'en veux un qui ait du chic.

— Vous n'avez pas mis votre manteau de loutre depuis au moins cinq ans, intervint Nicolas. Vous ne sortez jamais en hiver, vous savez.

— Cet hiver, je sortirai.

— Et si vous attrapiez un mauvais rhume ?

— Je ne prendrai pas froid si j'ai sur moi un chaud manteau neuf... Où sont ma vieille jaquette et mon manchon de martre ? demanda-t-elle en se les rappelant soudain. Je veux les voir.

— Ne vous souvenez-vous pas, maman, dit Ernest, de les avoir donnés à la mère des enfants ? Elle était délicate et souffrait du froid de nos hivers.

— Oui, je m'en souviens. Mais elle est morte. Où est cette jaquette ?

— Je l'ai portée quelque temps, dit Meg, mais elle était démodée et elle a été mangée des mites.

— Le vison est très à la mode, maintenant. Je ferais peut-être mieux de m'acheter un manteau de vison.

— Mais votre manteau de loutre n'est pas de l'imitation, Granny ! s'écria Meg, c'est de la vraie loutre de mer ! Tâchez de vous en contenter.

— Pourquoi ? répliqua Adeline.

— Les fourrures sont si chères.

— J'ai beaucoup d'argent. Et j'en gagne davantage, je peux vous l'affirmer.

Personne ne soupçonna rien. Pourtant il était impossible de ne pas remarquer combien son esprit était plus lucide et plus vif que d'ordinaire. Non seulement elle exigea que plusieurs manteaux de fourrure lui fussent envoyés à condition, mais elle commença à parler d'autres dépenses, — un nouveau tapis pour sa chambre, la réargenture de certaines vieilles pièces de Sheffield (qu'est-ce que ça fait, maman, si le cuivre transparaît ? ça prouve simplement que c'est du Sheffield !) — elle projeta de faire recouvrir les chaises de la salle à manger, d'acheter des coussins neufs pour les bancs de l'église. Évidemment, c'était, en grande partie, rien que pour parler, mais en partie aussi c'était sérieux et assez effrayant.

Eden, à force d'être affolé par chacune des allusions de sa grand-mère à ses gains, finit par ne plus se soucier des conséquences. Il retenait avec peine son rire devant le déploiement de ses vieilles ailes et la peur de la famille. Quand ils étaient seuls ensemble, il lui jetait les bras autour du cou, la serrait contre lui et s'écriait :

— Nous ne sommes pas nés d'hier, n'est-ce pas, Granny ?

Et elle, charmée par la jeunesse et la fraîcheur d'Eden, caressait ses cheveux dorés et plantait un baiser sur sa joue lisse.

Nicolas et Ernest étaient tentés tous deux de se révéler l'un à l'autre leurs activités financières, mais chacun d'eux avait à diverses reprises déclaré sa résolution de ne plus jamais spéculer, et chacun d'eux retardait son aveu jusqu'à ce que la somme accumulée fût plus substantielle. Ernest, cependant, ne put s'empêcher de confier son secret à sa sœur. Lady Buckley s'étant plainte de la pénible augmentation de l'impôt sur le revenu, il lui dit, sur le ton affectueux qui la rapprochait toujours de lui :

— Ma chère Gussie, il me paraît dommage que cette question te tourmente alors que les moyens de la surmonter sont à portée de ta main.

Elle leva interrogativement ses sourcils noirs arqués.

— Des valeurs minières, dit-il. Lac Indigo. De l'or.

— Mais, Ernest...

— Oh ! je ne voudrais pas t'y pousser. Mais laisse-moi te raconter ma petite histoire ; en stricte confidence, ne l'oublie pas. J'ai entendu parler de cette mine par Eden. Il a rencontré, par un pur hasard, un courtier qui avait ces actions à vendre. Par l'intermédiaire d'Eden, j'en ai acheté pour près de cinq mille dollars et... j'ai pratiquement doublé mon capital !

Ses yeux bleus étincelaient de plaisir.

— Nicolas est-il au courant ?

— Personne n'en sait rien à part Eden et moi. Les Américains achètent le titre avec un tel empressement que je doute qu'il en reste de disponible. S'il en reste, tu ne saurais faire mieux que...

Judicieusement, elle dit :

— Tu devrais vendre pendant que le prix est élevé et conserver ton bénéfice.

Il ne put se défendre de sourire à la pensée qu'Augusta lui donnait un conseil.

— Pas avant d'avoir réalisé une belle affaire.

— Mais tu l'as déjà faite.

— Oh ! je veux dire une affaire *vraiment* bonne. C'est une occasion merveilleuse, Gussie. Laisse-moi te la faire expliquer par Eden.

Elle y consentit. Eden, qui avait presque acquis le ton professionnel d'un courtier endurci, fut ravi de montrer à sa tante la brochure aux couleurs séduisantes dépeignant la Mine du Lac Indigo en exploitation. Augusta fut incapable de résister à la persuasion d'Ernest, d'Eden et de la brochure. Elle possédait des actions d'un chemin de fer canadien et elle s'arrangea pour les vendre avec l'aide d'Eden. Elle demanda à voir Mr. Kronk afin de se rendre compte par elle-même du genre d'homme qu'il était et d'entendre les détails de sa bouche. Eden n'hésita pas à organiser cette entrevue, car il était sûr que Mr. Kronk était en mesure d'inspirer une confiance absolue à n'importe quel spéculateur. Et il ne se trompait pas.

Ostensiblement, pour aller chez le dentiste, elle pria Eden de l'accompagner. Ils empruntèrent la voiture familiale et partirent pour la ville, formant un couple bizarrement assorti. Elle était bien trop honnête pour mentir, mais sa visite au dentiste fut brève, n'ayant pour objet que de faire desserrer un dentier qui la blessait un peu. Un agréable sentiment d'aventure l'animait.

Mr. Kronk s'était récemment installé dans un bureau sur le derrière d'un immeuble assez minable. On y parvenait par un long et étroit couloir qui sentait légèrement l'égout. Son nom ne se voyait pas sur la porte qui était fermée à clef. On frappait, sur quoi un gros et pâle garçon de bureau ouvrait, s'informait de l'objet de votre visite et, si Mr. Kronk était libre de vous recevoir, on était admis. Il n'était pas seulement libre mais ravi de recevoir Augusta et Eden. Quand la présentation eut lieu, il regarda Augusta avec une expression si bienveillante, si honnête et si intelligente qu'elle fut immédiatement conquise. Il lui tint la main un peu plus longtemps qu'il n'était d'usage, dans une main remarquablement grande pour un homme d'aussi petite taille. Il avait les cheveux noirs, le teint blafard et des yeux sombres piquetés de taches verdâtres. Quoique petit, le bureau était luxueusement meublé.

11

Dilly

— Parlez-moi de votre frère aîné, avait demandé Dilly à Eden. Il a un visage si intéressant.

Par une journée d'une chaleur extraordinaire pour le mois d'octobre, ils étaient assis sur un banc sous le vieux mûrier dont les fruits tombés pourrissaient au soleil.

— Mais il n'y a pas grand-chose à en dire, répondit Eden. Il est d'une personnalité marquée, soit bon, soit mauvais, selon votre conception du bien et du mal.

— Que c'est amusant ! s'écria-t-elle.

— Oui, il peut être très amusant. Il peut aussi être très... intimidant.

— Le trouverais-je bon ou mauvais ?

— Bon, je crois. Il est un bon frère... si l'on se conduit bien, un petit-fils et un neveu dévoué... et il aime sa terre, ses chevaux et ses chiens.

— Comment pourrait-il être mauvais, alors ?

Avec un petit mouvement d'irritation, Eden répondit :

— Mauvais est un mot démodé. Laissons-le de côté.

— Mais c'est vous qui l'avez employé le premier.

— J'ai sans doute voulu dire qu'un certain type de personne pourrait se servir du terme « mauvais » à son sujet.

— Est-ce que je pourrais être de ce type de personne ?

— Jamais.

— Suis-je un type ?

— En avez-vous envie ?

— Non, certainement pas.

— Alors, vous ne l'êtes pas.

En se livrant à cette escrime juvénile, ils firent plus amplement connaissance. Mais elle n'intéressait Eden que dans la mesure où elle avait fait les choses auxquelles il aspirait : Londres lui était familier ; elle était allée en France et en Italie. Il n'arriva pas à découvrir ce que ses voyages lui avaient fait acquérir en dehors d'un bagou superficiel de touriste. Néanmoins, elle restait, à ses yeux, comme auréolée de l'éclat des lieux qu'elle avait visités. Lorsqu'il lui confia son intention de se rendre à l'étranger l'année suivante, elle lui offrit des conseils de voyageuse expérimentée quoiqu'elle n'eût fait que de brèves excursions avec un groupe de jeunes filles dirigé par une institutrice et un guide.

Sa curiosité concernant Renny agaça Eden. Lui-même n'était pas dénué d'expérience et il avait envie de la punir, de lui donner des raisons de dire autre chose que : « Comme c'est amusant ! » Il voulait lui faire mettre de l'argent dans l'affaire de la Mine. Tout actionnaire possible éveillait en lui des sentiments presque tendres.

— Je suppose que vous ne vous intéressez pas aux mines d'or ? dit-il.

— Je n'y ai jamais pensé. Mais j'ai une amie en Afrique du Sud dont le mari s'en occupe. J'irai peut-être la voir l'année prochaine.

— Je ne pensais pas à l'Afrique du Sud. Nous avons des mines d'or ici.

— Non, vraiment ? dit-elle d'un ton incrédule.

— Eh bien, regardez.

Il tira le dépliant de sa poche, un neuf, non froissé, que lui avait donné Mr. Kronk. Il lui montra les images et lui lut ce qu'elle était susceptible de comprendre, puis il dit :

— Je vous en prie, n'y faites pas allusion devant ma famille qui n'en sait rien.

— Mais je croyais que vous étudiiez le droit, dit-elle avec un regard étonné.

— En effet. Ceci n'est qu'un à-côté. — Et il ne put se défendre d'ajouter : — De grandes fortunes se font avec cette mine. Pas pour moi, naturellement. Mais je n'ai quand même pas mal réussi.

Précisément, comme il s'y attendait, elle s'écria :

— Comme c'est amusant !

Le soleil de midi ne révélait aucun défaut dans le teint de Dilly. Le blanc de ses yeux était délicieusement clair. Eden allongea un bras sur le dossier du banc en un geste d'une intimité nouvelle.

— Rappelez-vous que c'est un secret — entre vous et moi — Renny m'arracherait les cheveux s'il l'apprenait.

— Oh ! J'ai la spécialité des secrets ! Les gens me racontent tous les leurs. Je me demande pourquoi.

Eden aussi se le demanda, mais il dit :

— Je pense que vous devez avoir le don d'inspirer confiance. Mais cette confidence-là est à peine digne de vous. Ce n'est qu'une affaire pratique.

— Je suis d'une famille d'hommes d'affaires. Des filatures de coton. Je sais beaucoup de choses concernant les affaires. Je voudrais bien prendre des intérêts dans cette mine d'or, si peu que ce soit. Cela occuperait ma pensée.

Une ombre passa sur son visage et Eden se rappela qu'elle avait eu un chagrin d'amour. D'un ton grave, il dit :

— Vu leurs possibilités, les actions ne sont pas chères. Mais on les rafle très rapidement.

— Que coûtent-elles ? demanda-t-elle, soudain rusée.

Eden exposa la position présente des titres du Lac Indigo avec une habileté presque égale à celle de Mr. Kronk. Il sourit en s'entendant prononcer les phrases mêmes du courtier. Il n'avait que peu d'espoir de voir Dilly acheter des actions, mais il ne pouvait résister à la tentation d'en parler tant il en était obsédé. Dilly le surprit par sa réceptivité et se montra avide d'apprendre tout ce qu'il avait à dire sur le Lac Indigo. Brusquement, elle déclara :

— J'ai mille dollars déposés ici dans une banque pour frais de voyage ou un cas imprévu. Mais je n'ai pas envie de voyager. Je voudrais rester dans cette délicieuse maison... c'est-à-dire si vous croyez que votre famille puisse me supporter.

— Oh ! ils... nous sommes tous ravis de vous avoir.

— Alors, je le ferai ! dit-elle, joyeuse.

— Et si un cas imprévu, un cas urgent se présente ?

— Alors, je pourrais vendre mes actions, n'est-ce pas ?

— Naturellement. Et avec bénéfice.

« C'est trop facile, se dit-il. Cette fille a plus d'argent que de cervelle. » Il regretta presque de ne pas avoir été plus réticent. Il y aurait maintenant six actionnaires à Jalna. Il sourit de plaisir à la pensée de tout ce qu'il avait accompli en si peu de temps au profit de ces six personnes. Il oublia Dilly et se vit dans une rue de Paris, passant devant des arbustes dans des caisses peintes en vert, le long des terrasses de cafés où, assis à de petites tables, les gens manifestaient la gaieté après laquelle il soupirait. Leurs regards semblaient l'appeler. Puis il se vit sur le Corso, à Taormina, regardant le berger pousser son petit troupeau de chèvres dans le crépuscule violet.

— Des rêves, dit Dilly, et il sentit sa main sur ses cheveux.

Il revint à la réalité avec un sursaut.

— Je vous ai choqué ! s'écria-t-elle.

— Dieu, non.

— Il me fallait les toucher. Ils sont si beaux.

— Merci, dit-il en lissant la mèche dérangée.

— Je sais que je vous parais hardie. Mais je n'ai jamais été timide, et de venir dans un nouveau pays m'a excitée. Je me sens prête à n'importe quoi. Vous êtes-vous jamais senti ainsi ?

— Quelquefois, dit Eden avec un étrange sourire.

— Oh ! racontez...

Il fut soulagé en apercevant Pheasant Vaughan à travers les

arbres qui s'élevaient au-dessus du ravin ; elle se dirigeait vers les écuries.

— Qui est-ce ? demanda Dilly. Est-elle en costume de cheval ?

— Oui. C'est la fille d'un voisin. Elle va monter l'un de nos chevaux au Concours hippique.

— Comme c'est amusant ! — Cependant, Dilly n'avait pas l'air amusée. — Quel âge a-t-elle ?

— Seize ans.

— C'est ridicule... elle n'en sera jamais capable.

— Elle ne pourrait commettre de fautes avec ce cheval. D'ailleurs, elle monte très bien quoique mon frère ne lui donne des leçons que depuis deux mois. Aimeriez-vous venir au paddock assister à l'entraînement ?

Dilly se leva d'un bond élastique, pleine d'entrain et de vigueur.

— J'adorerais cela, dit-elle. Croyez-vous que votre frère me prêterait un cheval ? J'adore monter.

— Je suis certain qu'il le ferait, dit Eden qui n'en était pas sûr du tout.

Devant la clôture blanche, ils trouvèrent Renny et les deux grooms, Scotchmere et Wright. Piers et Pheasant trottaient autour du paddock sur deux chevaux de concours admirablement bien pansés. Il suffisait de les voir pour sentir le bonheur qui émanait d'eux. Les deux garçons d'écurie placèrent une barrière, et les deux cavaliers la franchirent avec une gracieuse facilité.

Mâchonnant une paille, Scotchmere observa :

— Elle fait des progrès... la jeune dame, que je veux dire. Mais elle manque du sang-froid nécessaire pour le Concours — quand la fanfare joue et que la foule acclame. Vous vous en apercevrez, monsieur. Je vous ai dit dès le début que vous commettiez une erreur et je le maintiens.

— Tout ce que demande cette petite jument, dit Wright, est que quelqu'un s'asseye sur elle et tienne les rênes. Elle sautera les obstacles toute seule.

Scotchmere cracha sa paille et dit âprement :

— De toutes les bêtises que j'ai entendu dire, celle-ci est la plus bête. N'importe quel cheval a besoin d'être monté convenablement.

— Eh bien, regardez-la ! s'écria Wright dont le jeune visage rayonna d'admiration en voyant la jument voler légèrement au-dessus de la barrière qui venait d'être rehaussée.

Piers la suivit, rempli d'une telle exaltation, d'une telle joie qu'il aurait suivi Pheasant jusqu'au bout de la terre.

— Joli spectacle, n'est-ce pas ? dit Renny en se tournant vers Dilly.

— Comme c'est amusant ! dit-elle avec un rire qui découvrit une plus grande quantité de dents blanches qu'il n'en avait vu montrer jusqu'alors par aucune femme.

Il regarda pensivement sa bouche comme si elle avait été un cheval dont il était sur le point d'estimer l'âge.

Pheasant, fière de ses progrès, remplie d'amour pour Piers et pour la jument, fut distraite. La barrière tomba par terre avec fracas ; le cheval de Piers fit un écart ; la jument se mit à danser d'une manière ombrageuse et Renny cria :

— Ça ne va pas !

À l'angle de l'écurie, Meg apparut. Elle venait rarement de ce côté, car aucun membre de la famille ne portait aux chevaux aussi peu d'intérêt qu'elle. Elle était, en ce moment, celle que Renny avait le moins envie de voir ; il savait, en effet, combien elle lui en voudrait de ce qu'il fît monter par Pheasant l'un de ses chevaux au Concours hippique. Il avait espéré, avec un optimisme puéril et bien masculin, cacher ce qu'il savait impossible à cacher, ou, en tout cas, le dissimuler jusqu'au dernier moment, voire jusqu'à celui où Meg, dans sa loge, au Concours hippique, verrait Pheasant parmi les cavaliers. Ses frères avaient pris soin de ne pas mentionner devant Meg la présence quotidienne de Pheasant dans le paddock. Eden n'y pensait guère, ayant d'autres préoccupations, et Piers désirait plus encore que Renny, en garder le secret.

Mais maintenant, elle était à leurs côtés, elle avait sous les yeux la jeune fille galopant avec un joyeux bruit de sabots, vers le prochain obstacle. Au premier moment, Meg qui ne voyait Pheasant que rarement, ne l'identifia pas. Puis, comme la jument passait devant la palissade, tout près d'elle, son cœur se mit à battre avec colère au rythme même des sabots. Sa main appuyée sur ce cœur tumultueux, elle s'approcha de Renny qui la vit s'avancer avec une grimace de contrariété.

— Qu'est-ce que ça signifie ? demanda-t-elle.

— Ne parle pas si fort, dit-il.

— Qu'est-ce que ça signifie ? Cette fille, ici, sur l'un de tes chevaux ?

— Il me fallait trouver quelqu'un pour monter cette jument, répondit-il d'un air boudeur.

— Quelle ineptie ! s'écria-t-elle.

— Ne parle pas si fort.

Élevant encore la voix :

— Elle n'a monté tes chevaux ni l'année dernière ni aucune autre année !

— Je ne présentais pas, alors, de cheval de cette catégorie.

— Mais, Renny… Et des larmes brillèrent dans ses yeux : Pense à moi.

— C'est ça, raconte toute ton histoire au monde entier... Il y a du reste, près de seize ans de cela. Tout le monde l'a oubliée.

— Moi, je ne l'ai pas oubliée, dit-elle, un peu plus calme.

Il posa une main sympathique sur le bras de sa sœur et dit à voix basse :

— Tu sais, Meggie, combien j'ai pris part à ta peine. Mais je ne vois pas de raison pour évoquer ce souvenir aujourd'hui. Avoir quelqu'un pour monter cette jument comme elle doit être montée est, pour moi, une question d'intérêt.

— Je refuserai d'aller au Concours.

Cette intention parut à Renny à la fois déraisonnable et propre à priver Meg de l'un des plus grands plaisirs de l'année. Maintenant, elle n'avait plus seulement des larmes aux yeux, mais son corps dodu était secoué de sanglots. En même temps, les choses marchaient mal dans le paddock, car Pheasant — avec un choc — avait aperçu Meg. La jument, consciente de la nervosité de sa cavalière, se déroba deux fois, puis, quand finalement elle sauta, elle le fit d'une façon désordonnée. Le cheval de Piers, capricieux et émotif, se mit à gambader comme un poulain ombrageux bien qu'il fût âgé de huit ans.

Scotchmere s'approcha de Renny et de Meg, son visage parcheminé tout assombri.

— Qu'est-ce que vous pensez de ça ? demanda-t-il.

Le jeune Wright, ému comme si la fin du monde était arrivée, courut dans le paddock pour resserrer la sangle de la jument. Finch, penché sur la palissade, éclata d'un rire nerveux.

— Je l'ai dit dès le début que la petite demoiselle est trop jeune, continua Scotchmere. Elle n'a pas d'expérience, et il n'est pas possible de lui en donner en deux mois de temps.

Quoique Pheasant fût à califourchon sur la jument, son esprit se trouvait, tremblant, dans le petit groupe qui la discutait. Elle ne le voyait pas, elle ne l'entendait pas, mais, dans l'affolement de sa crainte, il lui semblait tout entendre.

Comme Wright, ayant resserré la sangle, s'éloignait, elle dit à voix basse à Piers :

— Votre sœur... Elle ne veut pas de moi.

— Sottise ! Allons, oubliez-les tous ! Nous allons leur faire voir...

Il tapota la jument. Son propre cheval continuait à se cabrer et il lui cravacha le flanc. Les deux cavaliers retournèrent au trot au point de départ. Personne ne sut précisément comment cela se passa, mais au premier saut, Pheasant fut désarçonnée. Projetée par terre, elle était déjà debout quand Renny, ayant sauté par-dessus la palissade, l'atteignit.

— Êtes-vous blessée ? demanda-t-il.

— Non… oh ! non. Je ne sais pas pourquoi j'ai été désarçonnée. Simple stupidité, je pense.

Elle haletait et se tenait le coude.

Renny retroussa la manche et découvrit une écorchure. Lui tapotant le bras, il dit :

— Je suis content que ce ne soit pas plus grave. Mais vous feriez bien de rentrer chez vous et de vous reposer le reste de la journée… Et il hésita avant d'ajouter : Venez d'abord dans mon bureau et laissez-moi vous mettre de la pommade sur votre bobo. J'en ai de très bonne.

Wright tenait la jument par la bride. Elle posa sur Pheasant le regard doux de ses yeux liquides. Sa belle tête était immobile, comme sculptée dans le bronze ; seules ses narines bougeaient avec son souffle.

Pheasant mit un moment sa main sur le cou de la jument, dit : « Au revoir » et suivit Renny dans l'écurie.

Piers, descendu de cheval, les rejoignit.

— Tout le monde a un mauvais jour de temps en temps, dit-il.

Pheasant détourna la tête.

— Tu ferais bien de ramener Pheasant chez elle, Piers, dit Renny. Elle a été un peu secouée. Mais laisse-la-moi à présent.

Dans la petite pièce qu'il appelait son bureau, il y avait une table à écrire bien astiquée, un fauteuil tournant, un classeur contenant les dossiers de tous les chevaux que son père et lui avaient possédés, et, sur les murs, des lithographies de chevaux célèbres.

— Ce que Piers dit est parfaitement exact, dit-il après avoir refermé la porte.

Puis il s'arrêta parce qu'il se rendit compte qu'en la consolant il lui ferait perdre son calme. Il ouvrit un placard et y prit un petit pot d'onguent ; mais après un nouveau coup d'œil sur le coude, il dit :

— Il faut d'abord que j'y mette de l'iode. Ça vous fera mal.

— Allez-y. Ça m'est égal.

— Brave fille. Il fit une boulette d'ouate et appliqua l'iode en demandant : Est-ce que ça fait très mal ?

Mais cette douleur fit plaisir à Pheasant ; elle la soulageait d'une douleur plus vive. Lorsque le coude eut été proprement bandé, il regarda son visage :

— Vous savez, Pheasant, ce n'est pas que j'aie mauvaise opinion de vous en tant qu'amazone ; vous avez merveilleusement progressé. Vous avez les dons nécessaires : vous tenez bien les rênes…

Il s'arrêta, conscient de ce qu'elle avait l'air si terriblement jeune.

— Je sais, dit-elle d'une petite voix tremblante. Mais je ne suis pas assez capable pour le Concours.

— J'ai eu tort de penser que je pourrais vous former en un temps aussi bref.

Ils entendirent les sabots de la jument frapper le ciment du couloir ; on la ramenait à son box et, soit de plaisir, soit par protestation, elle hennit. C'en fut trop pour Pheasant.

— Je m'en vais, dit-elle, le souffle court, et elle se dirigea en courant vers la porte.

Mais il la retint par la basque de sa veste :

— Non, non, dit-il. Pas comme ça. Allons, soyez courageuse. Vous monterez pour moi une autre fois.

— Je vous en prie, laissez-moi partir.

Il la lâcha puis, presque cérémonieusement, lui ouvrit la porte et la suivit des yeux tandis que, à pas rapides, elle gagnait, par le couloir, la large porte ouverte de l'écurie et disparaissait. Scotchmere arriva, la selle à la main, et, le regard sur la silhouette fuyante de Pheasant, il dit :

— Trop impressionnable. Mais elle prendra le dessus. Je pense que nous ne la reverrons plus.

Avec tristesse, Renny songea combien il est difficile de faire quoi que ce soit sans ingérence. Il ne regrettait pourtant pas tout à fait la tournure prise par les événements car, depuis quelques jours, il avait été tourmenté par des doutes quant à la capacité de Pheasant d'affronter une épreuve aussi importante.

La porte de son bureau s'était à peine refermée sur lui qu'elle s'ouvrit de nouveau et qu'il vit Meg sur le seuil.

— Entre, dit-il aimablement.

— Scotchmere me dit que tu as décidé de ne pas faire monter ton cheval par cette fille. Je t'en suis très reconnaissante.

— Je ne lui ai rien dit de semblable.

— Oh ! mais il te connaît bien. Et... après ce que j'ai vu...

— Ton apparition n'y a pas été étrangère.

— Bon Dieu, Renny... suis-je une telle ogresse ?

— Tu n'a jamais témoigné à Pheasant la moindre amitié.

— Et personne de raisonnable ne pourrait s'y attendre de ma part.

Ses yeux bleus, aux pupilles élargies, étaient maintenant baignés de larmes. Renny se jeta dans son fauteuil en poussa un « Ha ! » exaspéré, et, prenant une lime à ongles, s'absorba dans le soin d'égaliser l'ongle cassé de son pouce.

— Ça me fait grincer des dents de te voir t'y prendre aussi maladroitement. Voyons... laisse-moi te l'arranger.

Elle lui ôta la lime des doigts et, s'emparant également de sa main, procéda à l'opération.

— De si belles mains, roucoula-t-elle, et tu les traites si mal.

Ignorant cette observation, il dit :

— Si cette jument obtenait un prix au Concours, je pourrais la vendre un bon prix et je me permets de dire que j'ai besoin d'argent. Tu sais que, cette année, les réparations de la maison et des écuries m'ont coûté cher. Tu sais que l'un de nos meilleurs chevaux est mort.

Elle étreignit la main qu'elle tenait appuyée contre la moelleuse rondeur de sa poitrine.

— Je le sais, je le sais, et ne t'imagine pas que je ne compatisse pas à tes soucis, mais je n'ai pu supporter...

Et elle s'arrêta, incapable, pour une fois de sa vie, de savoir comment continuer.

— C'est donc que tu places tes préventions personnelles au-dessus de mon bonheur.

— Jamais de la vie ! Mais... tu comprends... Je ne pourrais aller... Il ne faut pas qu'elle monte... Même Wright dit qu'elle n'en est pas capable. Pourquoi ne demandes-tu pas à Dilly de monter pour toi ? Elle en meurt d'envie.

— Dilly !

Il fut stupéfait.

— Eh bien... elle l'a sous-entendu, n'est-ce pas ?

— Elle est tout le temps en train de sous-entendre quelque chose. Je n'arrive pas à comprendre pourquoi tante Augusta l'a amenée.

— C'est une charmante fille.

— Nos goûts diffèrent. Quelle expérience de l'équitation a-t-elle ?

— Elle a pour ainsi dire été élevée sur un cheval. Tu sais ce qu'est la vie dans le Leicestershire. Laisse-la monter cette jument. Mets-la à l'épreuve, en tout cas.

— Volontiers. Où est-elle ?

Le sourire de Meg était d'une ineffable douceur :

— Oh ! elle est rentrée essayer mes vêtements de cheval. Tu sais que je ne peux plus entrer dedans. Je suis sûre qu'ils lui iront.

12

Pheasant

Elle courut dans le sentier en direction de Vaughanlands plus vite qu'elle n'avait jamais couru. Ses pieds, à travers les feuilles mortes, faisaient un bruit qui, d'ordinaire, la charmait, mais maintenant, elle n'entendait rien. Oh ! être dans sa propre chambre, la porte fermée à clef ! Être seule ! Se cacher.

Elle se prit le pied dans une racine et tomba. Son trouble était si grand qu'un instant elle se crut de nouveau désarçonnée par la jument et qu'elle émit un petit gémissement. Puis, ses idées s'éclaircirent et, immobile, elle leva les yeux sur les profondeurs bleues du ciel, entre les feuilles rousses du chêne.

Entendant des pas sur le sentier, elle se releva en hâte. Pendant une brève seconde, elle crut que c'était Renny qui venait la chercher pour lui dire que tout allait bien. Mais elle vit maintenant Piers qui accourait vers elle.

— Oh ! Pheasant ! s'écria-t-il, vous voilà...

Et il hésita, un peu gêné par l'expression tragique qu'il lui voyait.

— C'est rudement dommage, commença-t-il...

Elle leva la main comme pour le prier de se taire.

Debout, sans mouvement, il réfléchit au changement étrange qui s'opérait en lui-même. Il se sentait à la fois l'esprit troublé et plein de force, le désir d'être seul et celui de prendre Pheasant dans ses bras et de la consoler. Cependant, le sentiment de sa force était si puissant que son désir de consoler devint celui de dominer.

— Je vais vous expliquer, commença-t-il, mais elle l'interrompit.

— Je ne veux pas en parler.

— Vous n'avez pas besoin de parler. Écoutez-moi, simplement... — Il se rapprocha d'elle : — Pheasant...

Elle lui permit de l'entourer de son bras et, un instant, posa la tête sur son épaule. Puis, elle le repoussa, se retourna et partit en courant. Il ne la suivit que des yeux tout en pensant avec quelle facilité il l'aurait rattrapée s'il l'avait voulu.

Et elle, bien que la rapidité de sa course l'essouflât, ne ralentit son allure qu'en vue de sa demeure. Ce fut sur la pointe des pieds qu'elle entra dans le hall sombre et froid. La maison, en dépit des efforts de Mrs. Clinch, sentait toujours un peu la poussière et le moisi. Dans l'esprit de Pheasant, cette odeur était invariablement associée à l'idée de son foyer, au fort battement métallique, et qui lui paraissait irrité, de la grande horloge placée au pied de l'escalier. À sa vive surprise, elle rencontra son père qui descendait.

— Hello, dit-il, comment a marché la leçon ?

Se forçant à répondre d'une voix ferme :

— Pas très bien, dit-elle. Ils ne croient pas que je puisse monter au Concours, après tout.

Il eut un rire bref.

— J'aurais pu le leur prédire.

— Vous ne m'avez jamais vu essayer, dit-elle avec indignation.

— Non, mais je peux me le figurer. Trottiner sur un vieux poney est tout autre chose que monter un cheval de concours. Je trouve que Renny Whiteoak a fait preuve de très peu de jugement en t'encourageant à le tenter.

— Eh bien, il n'en est plus question, maintenant, dit-elle du ton de Mrs. Clinch, comme si elle avait été plutôt contente qu'il ne fût plus question d'une telle frivolité.

Cette conversation lui rendit la maîtrise d'elle-même. Dans sa chambre, la porte refermée derrière elle, elle s'approcha de la fenêtre et appuya son front contre la vitre froide tout en enfonçant ses ongles dans les paumes de ses mains. La contusion de son coude commençait à la faire souffrir, et cette douleur fut la bienvenue. Comme si elle avait atteint la fin de toute espérance, elle répéta nombre de fois : « C'est bien fini, maintenant. »

Les arbres, trop proches de la maison située dans un creux, étaient des conifères et formaient un fond sombre au tableau qu'elle se dépeignait, car elle s'imaginait victorieuse au Concours, elle voyait la jument luisante comme un cheval de bronze, sautant tous les obstacles, et la fanfare remplissant l'air des accents d'une marche triomphale. Elle s'était si souvent représenté cette scène. Mais à présent, elle gisait, comme dans la poussière, vaincue, et la jument qu'elle aimait ne lui accorderait plus une seule pensée.

Son souffle mettait une buée sur la vitre, elle y traça avec ses doigts le profil de la tête de la jument et écrivit en dessous : *Adieu*.

Après cela, elle se sentit plus calme et bientôt, la faim la tenailla, car, dans son agitation, elle n'avait presque rien mangé avant d'aller à Jalna. Par l'escalier de service, elle gagna la cuisine. Mrs. Clinch était en train de faire une tarte. Les épluchures des pommes étaient si épaisses, qu'une fois l'opération terminée, elles paraissaient toutes petites et nues. Pheasant puisa dans le sucrier un morceau de sucre brun et le mit dans sa bouche.

— Comment cela a-t-il marché ? demanda Mrs. Clinch.

— Très bien.

Elle ouvrit la boîte à gâteaux de fer blanc, en sortit une brioche aux raisins et demanda :

— Je peux ?

La gouvernante inclina la tête mais ajouta avec sévérité :

— Vous allez vous couper l'appétit.

— Oh ! non. Pas du tout.

Dans le potager, le soleil était délicieusement chaud. Il avait gelé, mais quelques fleurs avaient survécu. Chose étrange, c'étaient les plus fragiles : les petits pétunias roses et les volubilis bleu de ciel. Ces derniers grimpaient sur une palissade, dressant leurs coupes azurées comme en offrande au firmament. Deux d'entre elles, écloses sur la même tige, étaient si proches l'une de l'autre qu'elles se touchaient, la plus grande projetant son ombre sur sa compagne qui paraissait ainsi d'un bleu plus foncé, plus tendre. Pheasant, grignotant sa brioche, s'arrêta pour les regarder tandis qu'une abeille solitaire bousculait les fleurs jumelles en quête de miel. « Elle a faim, songea-t-elle, et, comme moi, elle a envie de vivre. »

13

Le végétarien

Il était plein de rage, bien qu'il sût à peine contre quoi il rageait. Il éprouva un moment de surprise devant la force de ses sentiments et une espèce de panique en songeant à la violence rapide de ses émotions, depuis quelque temps. Il se demanda ce qui lui était arrivé. Cependant il n'aurait pas aimé qu'il en fût autrement. Quoique souvent déconcerté par le changement qu'il constatait en lui-même, il goûtait néanmoins avec une joie voluptueuse sa propre bizarrerie. Tout ce qu'il voyait était plus fortement coloré qu'avant, et il se sentait de plus en plus un intrus dans le monde étrange et surprenant qui l'entourait.

Mais à présent, il était en colère et se le prouvait en malmenant les objets dans sa chambre à coucher, faute d'avoir quelqu'un à qui s'en prendre. Pourtant, c'était samedi. Il avait terminé ses devoirs, tous, sauf ces satanés verbes français avec lesquels il se débattrait le lendemain. Quelque chose avait cloché tout de suite après le petit déjeuner. Maintenant, il se le rappelait. Sa sœur Meg lui avait dit d'aller cueillir des légumes pour la décoration de l'église à l'occasion de la Fête de la Moisson, et il lui avait demandé pourquoi elle ne pouvait en charger quelqu'un d'autre ; sur ce, elle lui avait dit de ne pas être aussi paresseux, à quoi il avait répondu qu'il avait joliment peu de chances de l'être quand tout le monde, dans la maison, lui commandait des corvées. Meg avait dit alors : « Assez de sottises, je te prie », et Eden était apparu et lui avait dit de sauter sur sa bicyclette comme un bon garçon et de porter ses souliers au cordonnier pour les faire ressemeler. Eden lui avait tendu les souliers en souriant, et Finch avait, à contrecœur, souri à son tour. Il avait porté les souliers chez le cordonnier. Il avait cueilli les légumes, et, en contemplant les énormes potirons dans leur maturité dorée, les choux-fleurs frisés au milieu de leurs feuilles craquantes, les longues et pâles courgettes, sa colère s'était évaporée et il s'était senti follement heureux. Il avait chanté tout en cueillant les légumes, content que le bruit du vent couvrît celui de sa voix.

Mais à présent, tout lui revenait. Il était ainsi, depuis quelque temps. Une bourrasque de sentiments l'emportait, puis passait, mais pour revenir, moins forte, peut-être, assez forte encore, néanmoins, pour le secouer.

Il flanqua ses livres par terre. Il heurta une chaise et, ce faisant, fit tomber la brosse à habits posée sur la commode. Il l'envoya d'un coup de pied sous le lit et résolut de l'y laisser jusqu'à la prochaine fois qu'il en aurait besoin. Mais une minute plus tard, il était à quatre pattes en train de la récupérer. Penaud, il en brossa les genoux de son pantalon comme pour convaincre un témoin imaginaire que tous ses mouvements étaient intentionnels et accomplis de sang-froid.

Il descendit les deux étages, les mains dans les poches, au petit trot. La chaleur de l'été finissant revendiquait cette journée et la ferait suivre d'autres semblables. Tout ce qu'on voyait par la porte de la maison grande ouverte semblait plus serein et pourtant d'un caractère plus profond que les jours précédents. Les feuilles, encore nombreuses sur les arbres, avaient pris, dans ce court laps de temps, les unes un riche coloris acajou, les autres se teintaient de l'or pâle des premiers pissenlits, d'autres encore étincelaient d'un rouge de feu, mais celles que Finch trouvait les plus belles étaient nuancées d'un or tendre presque rose. C'étaient celles des érables dont on eût dit les bouts trempés dans une essence qui les fonçait, de sorte que la splendeur de l'arbre surpassait à présent de loin la fraîcheur de son printemps.

Finch demeura immobile d'admiration, une brise clémente lui caressant doucement le visage, les senteurs piquantes de l'automne montant jusqu'à lui du ravin. Il éprouvait un vague désir de se laisser absorber par ce spectacle, de s'oublier, d'en faire partie à jamais. Il ne ressentait plus aucune colère ; aussi quand d'une fenêtre d'en haut, Eden cria : « Hello, as-tu porté mes souliers ? » il répondit docilement :

— Oui, il a dit que tu les aurais mardi.

— Bon, répondit Eden. Merci.

Finch fit sans hâte le tour de la maison jusqu'à l'endroit où il avait laissé les légumes entassés sur une brouette. Il en était fier : ils étaient si propres, si frais, si beaux. Il avait disposé parmi eux quelques piments rouges et des bouquets de persil assombri et frisé par le froid de l'automne. Au dernier moment, il n'avait pu s'empêcher d'y ajouter quelques oignons, dépouillés de leur peau extérieure et qui lui paraissaient extrêmement jolis. Wright arriva des écuries dans une charrette légère, que traînait un vieux cheval âgé de trente-deux ans, mais toujours beau avec son robuste cou arqué et sa crinière blonde. Et du jardin fleuriste, Finch vit venir Meg, les bras chargés de chrysanthèmes et des fleurs intensément rouges de la sauge qui semblaient ruisseler de sang.

Sautant à bas de la charrette, Wright demanda :

— Est-ce que c'est tout, Miss ?

— Oui. Avez-vous les poires ?

Il lui montra un panier de poires tardives en disant :

— J'ai cueilli les plus belles, Miss, et j'y ai ajouté quelques grosses pommes de reinette. J'ai pensé qu'elles pourraient être utiles.

— Très, très bien, dit Meg en les examinant d'un œil expert ; puis elle remarqua les oignons.

— Oh ! non, dit-elle, pas d'oignons, Finch.

Wakefield sortit de la maison et courut à eux.

— Ils sentent ! s'écria-t-il en se penchant sur les oignons. Pouah ! Ils puent !

Finch le saisit par la peau du cou et lui appuya le visage sur les oignons.

— Flaire-les bien, dit-il.

— Voyons, voyons, les garçons, dit Meg. Et, Wakefield, que je ne t'entende plus jamais employer ce vilain mot.

Wakefield prit un air élégant, se protégea le nez du bout des doigts et dit avec affectation, en français :

— Quelle odeur !

Meg sourit à Finch et à Wright, et ses yeux semblèrent dire : « Comme il est intelligent ! »

Le petit garçon lui prit la main et, soudain câlin :

— Est-ce que je peux aller avec toi, Meggie, pour décorer l'église ?

— Certainement, tu le peux. Et voilà justement Piers avec la voiture.

Piers amenait, en effet, l'automobile familiale qui portait encore les traces boueuses de son dernier voyage. Il resta au volant, souriant, pendant que Wright plaçait les légumes et les fruits dans le fond de la voiture. Finch se demanda pourquoi Piers avait toujours l'air content de soi. À côté de lui, sur le siège, il y avait un panier de raisin noir et un bouquet d'asters. Les raisins, sur lesquels un souffle semblait avoir déposé une buée, étaient si serrés qu'on n'aurait pu faire tenir un seul grain de plus sur la grappe. Piers souriait comme s'il les avait inventés :

— Ils m'ont paru jolis, dit-il.

Meg se pencha par-dessus la portière pour les regarder.

— Oh ! que c'est beau ! D'où viennent-ils ?

— J'ai cueilli les asters à la lisière des bois, répondit Piers, et j'ai acheté le raisin à Mistwell.

— Je vais te le rembourser.

— Non, non. C'est ma contribution.

— Moi, s'écria Wakefield, j'ai cueilli la sauge, avec des tiges bien longues. Finch a apporté des oignons. Qu'est-ce que tu penses de l'idée de mettre des oignons dans une église, Piers ?

— Bon Dieu ! s'exclama Piers.

— Eh bien, le Bon Dieu les a faits eux aussi, n'est-ce pas ? dit Finch de sa voix que brisait la mue.

De nouveau pris de colère, il regarda, tout tremblant de rage, partir la voiture dans laquelle Meg et Wakefield avaient été installés avec les fleurs. La charrette, conduite par Wright, prit également le chemin de l'église, la crinière blonde du cheval et les cheveux blonds de Wright dorés par les rayons rouges du soleil.

Avec amertume, Finch se dit que personne ne lui avait demandé d'aider à décorer l'église ; personne ne l'avait remercié de ce qu'il avait pris la peine de faire de son mieux. Il avait examiné au moins vingt potirons avant de fixer son choix. Et, là, dans l'herbe, les oignons refusés gisaient, leurs délicates tiges tubulaires meurtries.

Soudain, il se mit à rire de lui-même. Quel imbécile il était de faire du sentiment à propos d'une botte d'oignons ! Rien d'étonnant si ses frères se moquaient de lui. Les mains dans les poches, il se mit à sautiller sur ses pieds. Il se sentait très vivant, presque facétieux à la pensée de ses propres singularités.

L'épagneule Floss émergea de la haie et, en le voyant aussi gai, se dressa sur ses pattes de derrière contre lui et le regarda avec une joyeuse grimace. Finch s'amusa à la repousser ; elle revenait chaque fois sur lui de tout son poids. À la fin, tous deux tombèrent dans l'herbe et il s'y roula, tenant la chienne serrée dans ses bras et se tordant de rire.... Puis, comme galvanisé, il se releva d'un bond et courut vers les écuries en lui criant de courir avec lui. Elle le suivit un bout de chemin, mais apercevant Renny au loin, elle se dirigea brusquement vers lui.

Cette défection calma Finch et l'offensa inexplicablement, car, après tout, Renny était le maître de Floss et elle l'adorait. Mais, quand même, pourquoi se précipitait-elle vers lui dès qu'elle l'apercevait ? « Il est vrai, songea Finch, que je ne retiens personne — pas même Floss. Et j'ai été si bon pour elle... » Il évoqua les occasions où il avait enlevé les gratterons de ses longues oreilles et du panache de sa queue, où il l'avait mise à l'abri de la pluie et lui avait séché le ventre avec un torchon.

Il hésitait à quitter le soleil pour aller aux écuries, bien qu'il eût envie d'inspecter le nouveau poulain. Il se décida au lieu de cela à se rendre dans le petit enclos afin de jouer avec les six agneaux qui y vivaient. Auparavant, il fumerait la cigarette qu'il avait chipée dans la chambre d'Eden. Il la regarda avec un peu d'inquiétude, car, dans sa poche, elle s'était fendue. Dans le coin isolé que formait la saillie du silo sur la grange, il alluma la cigarette en tenant soigneusement la fente entre son pouce et son index. Il aspira, et le doux parfum du tabac — Eden refusait de fumer des cigarettes à bon marché — se mêla à l'agréable odeur du feu de broussailles qu'un garçon de ferme alimentait.

Une petite poule noire, accompagnée d'un poussin tardif, grattait le sol parmi les brins de paille et les mauvaises herbes. À la moindre trouvaille, elle appelait son poussin en gloussant avec excitation ; le petit accourait pour l'examiner et si possible la dévorer, quoique son jabot fût déjà tout gonflé. Lorsque la cigarette fut finie et le mégot jeté, la petite poule se hâta de l'offrir à son poussin qui le ramassa et le rejeta plusieurs fois en interrogeant sa mère de ses yeux brillants.

— Voyons, dit Finch. Tu n'as donc aucun bon sens ? Je vais t'apporter quelque chose qui te fera vraiment plaisir.

Il pensait monter à la grange prendre une poignée de maïs haché. À la porte, il s'immobilisa un moment dans l'obscurité fraîche et embaumée. D'en bas lui parvenaient le meuglement satisfait d'une vache et le bruit d'un robinet qui coulait ; puis, de la cour, le bêlement d'un agneau. Changeait-on les agneaux de place ? Il redescendit l'échelle et vit un garçon de ferme remplir un seau au robinet :

— Est-ce qu'on change les agneaux de place ? lui demanda-t-il.

L'homme, un Écossais, répondit avec un large sourire :

— Il y en a un qu'on change de place ; on le tue.

Finch courut à la porte de l'étable et regarda dans la cour. L'agneau était couché par terre, maintenu par un homme tandis qu'un autre, avec un couteau...

— Stop ! cria Finch. Ne le faites pas !

— Pourquoi ? demanda l'homme au couteau en tournant la tête vers Finch.

— Parce que ce n'est pas possible... par une matinée comme celle-ci !

— J'ai mes ordres. Vous aurez bientôt un bon rôti d'agneau pour votre dîner.

L'agneau leva la tête et regarda Finch.

— Je vous dis de ne pas le tuer ! cria-t-il, et sautant par-dessus la demi-porte, il courut dans la cour pavée.

Mais avant qu'il eût atteint l'agneau, celui-ci avait poussé un cri de douleur ; sa blanche poitrine laineuse était rougie par le sang qui coulait de sa gorge. Ses pattes disproportionnées remuèrent comme pour courir puis ne bougèrent plus.

— Voyons, ne vous tourmentez pas, dit l'Écossais. La petite bête n'a pas du tout souffert.

Finch lui tourna le dos et se sauva comme s'il fuyait un massacre. Il traversa en courant les champs moissonnés jusqu'à l'obscurité du bois de pins où il se cacha. Ce bois n'était pas vaste, mais ses arbres avaient de la noblesse à cause de leurs branches massives et de leur grand âge. Ils semblaient créer le silence. Les oiseaux migrateurs eux-mêmes, quand ils s'y reposaient, cessaient de gazouiller. Un tapis d'aiguilles mortes assourdissait le bruit des sabots de cheval dans l'allée cavalière. Au bord de la piste, quelques champignons, lisses comme des perles, levaient la tête vers le ciel. Tout en courant, Finch entendait les sanglots qui rompaient le silence du bois. Néanmoins, il ne se rendit pas compte qu'il pleurait.

Dans la partie la plus dense, il se laissa tomber par terre et enfouit son visage dans le creux de son bras. Il voyait, étendu à ses côtés, l'agneau le regardant de ses yeux confiants qui lui disaient : « Tu vas me sauver ; je le sais. » Il réentendait son bêlement de douleur, de mort, et il en était penétré jusqu'aux moelles. Ce petit agneau avait vécu les quelques mois de sa vie plein de confiance, en gambadant de joie de vivre. Et on l'avait tué pour le manger ! Pour le dévorer !... Il avait la gorge tranchée, le flot de sang rougissant la laine blanche. Malade d'horreur, il se souleva et vomit. Puis il s'allongea, un peu soulagé, et se calma.

Il se releva et couvrit d'aiguilles de pin l'endroit où il avait vomi. Il grelottait et marcha jusqu'à la lisière du bois que baignait le chaud soleil. Il découvrit un petit champignon, le cueillit, respira son odeur terreuse et sentit contre sa paume son humidité froide.

Il s'imaginait l'agneau reposant sur la poitrine du Bon Pasteur, ses pattes laineuses ballantes. « O Agneau de Dieu qui fus chargé des Péchés du monde ; accorde-nous Ta paix... accorde-nous Ta Paix », se répéta-t-il, et ces paroles, déclenchant un torrent de désespoir, firent monter à ses yeux des larmes aveuglantes. Il ne vit ni n'entendit approcher Eden et n'eut conscience de sa présence que lorsqu'il se laissa tomber par terre à côté de lui.

— Hello, dit Eden, qu'est-ce qu'il y a ?

— Rien.

— Préfères-tu être seul ?

— Ça m'est égal, répondit Finch et il mit un bras devant son visage afin de le cacher.

Eden alluma une cigarette et croisa ses mains sur ses genoux.

— Je vois ton avenir très sombre, dit-il. Tu prends les choses trop à cœur.

Finch essaya de parler, mais ne parvint à émettre que des sons incohérents.

— Tu devrais faire comme moi, continua Eden. Je ne me tourmente de rien ; ni de ce qui se passe à la maison ni de ce qui se passe ailleurs.

Pendant un moment, seule la brise qui murmurait parmi les pins anima le silence, puis, sans découvrir son visage, Finch demanda :

— Eden, as-tu jamais vu tuer un agneau ?

— Ah ! c'est ça ! pourquoi l'as-tu vu ?

— C'est arrivé par hasard.

— Eh bien, tu sais bien qu'on tue les agneaux. Tu as déjà mangé du rôti d'agneau à la sauce à la menthe ?

— Je n'y toucherai plus jamais.

— Et ces pauvres bœufs et ces pauvres cochons ?

Finch se remit sur son séant :

— Je ne mangerai plus jamais de viande ! Pourquoi en mangerais-je ? Il y a des gens qui s'en passent. Eden, si tu avais vu le regard de cet agneau...

Sa bouche se contracta de nouveau.

— C'est exact, dit Eden. Des nations entières ont renoncé à manger de la chair et ont survécu, et il se mit à réciter :

La vie qu'aiment tous les êtres
Et s'efforcent de conserver ;
Les plus humbles même y tiennent
S'ils y rencontrent la pitié ;
La pitié embellit le monde,
Noble pour les forts et douce aux faibles.
Il prête à son troupeau muet
De suppliantes paroles...

— J'ai oublié le reste, dit Eden.

— Qui a écrit cela ? demanda Finch.

— Je ne sais plus. Mais à mon avis, ça ne vaut pas grand-chose comme poème, tu ne trouves pas ?

— Je ne sais pas, répondit Finch flatté par la question d'Eden.

— Orphée a enseigné aux hommes à s'abstenir de tuer, pourtant il a lui-même été mis en pièces. Mais tu sais tout cela.

Finch se demanda ce que serait son existence s'il avait Eden pour ami. Mais il savait qu'Eden se lasserait vite de lui. Maintenant déjà, il ne disait plus rien et regardait droit devant lui sans rien voir. Finch examina son profil. Il avait entendu leur grand-mère dire de sa voix dure et sardonique : « Il ressemble à sa pauvre écervelée de mère. » « Ce doit être étrange d'avoir la beauté d'Eden », songea Finch. Non qu'il désirât être beau ; cela l'aurait gêné. Mais il aurait volontiers été moins déplaisant à voir.

Eden tira un calepin d'une poche, puis un bout de crayon d'une autre et levant les yeux sur Finch, lui demanda poliment :

— Faut-il que tu restes ici ?

— Je... je ne sais pas, bégaya Finch.

— Parce que les premiers vers d'un poème me sont venus à l'esprit et que je voudrais être seul pour les écrire. Si je m'éloignais, je les oublierais probablement, mais une promenade te ferait du bien. La place ne manque pas.

— Oh ! très bien... je m'en vais, dit Finch en se levant.

Puis, jetant un vague regard autour de lui :

— Tu ne le répéteras pas, n'est-ce pas ? demanda-t-il en rougissant.

— Répéter quoi ?

— Ce... ce que je t'ai dit à propos de l'agneau ?

— Pas un mot. J'ai l'habitude de garder les secrets. Mais vas-tu vraiment le refuser quand on le servira à table ?

— Attends et tu verras.

— Connaissant ton appétit, je le croirai quand je le verrai et pas avant.

— Tu le verras ! dit Finch d'une voix forte. Je ne mangerai plus jamais de viande.

Sa gorge se serra, des larmes lui brûlèrent les yeux. Il faillit trébucher sur une branche tombée en s'en allant.

— Ne te dépêche pas tant ! lui cria Eden. Je ne t'ai pas renvoyé.

Finch se retourna :

— Eden, tu ne diras pas que...

Il ne put continuer ; Eden termina sa phrase à sa place :

— Que tu as pleuré ? Dieu, non ! Quel petit nigaud tu es ! Tu m'as fait oublier mon premier vers. Va-t'en !

Finch prenait son repas de midi à l'école où il se rendait tous les jours par le train. Pendant la semaine suivante, il refusa la viande et s'il la laissa sur son assiette, le soir, à la maison, personne ne le remarqua. Mais quand arriva le samedi, ce fut une autre affaire. Le temps était encore chaud et les portes et les fenêtres ouvertes.

Quand la famille se rassembla pour le dîner d'une heure, elle fut accueillie par une excellente odeur d'agneau rôti et de sauce à la menthe. La grand-mère, soutenue de chaque côté par un fils, huma le riche fumet et s'efforça courageusement de marcher plus vite.

— Ne sois pas si lent, dit-elle à Ernest. Je ne suis pas encore centurion.

— Centenaire, maman.

— Ah ! alors qu'est-ce que c'est qu'un centurion ?

— C'était celui qui commandait cent hommes dans l'armée romaine.

— Je n'en ai jamais commandé cent... pas tout à fait cent ! répliqua-t-elle avec un sourire polisson.

Son fils Nicolas tapota le dos naguère souple et droit, maintenant rigide et courbé, et la regarda avec admiration :

— Vous les avez certainement commandés autrefois, maman... dans trois pays.

Le reste des membres de la famille, à l'exception de Finch, attendait. Dilly Warkworth, comme d'habitude, essayait de séduire Renny. Cela lui était plus facile, à présent qu'elle exerçait la jument Silken Lady. Il était attiré par toute femme qui montait bien à cheval. Elle lui avait paru un peu sotte, mais maintenant, il l'admirait, d'une façon toute platonique.

Ernest et Nicolas dirigèrent leur mère vers la place qu'elle occupait entre eux.

Ils pouvaient ainsi la servir et essayer de modérer son appétit qui n'était que trop bon. Ils l'aidèrent à s'asseoir sur la chaise qu'elle atteignit avec un « ha ! » de satisfaction ; elle leva les mains pour redresser son bonnet enrubanné, et elle fixa ses yeux, étonnamment vifs et limpides pour son âge, sur le plat que Rags s'apprêtait à placer devant Renny. Il accomplissait ce geste avec un air de déférence et de sollicitude spéciales, comme si le vigoureux maître de Jalna était un infirme particulièrement aristocratique. Cette simagrée irritait Nicolas et Ernest, et il leur fallait toujours un moment pour s'en remettre.

— De l'agneau rôti ! s'exclama la grand-mère. Rien ne me plaît autant. Beaucoup de jus et de sauce à la menthe, s'il te plaît.

Renny essaya le tranchant du couteau sur son pouce et commença à découper. Finch arriva et se glissa sur sa chaise avec un regard d'excuse à l'adresse de sa sœur.

— J'exige que tu sois exact, Finch, dit-elle. Tu sais parfaitement combien il te faut de temps pour t'apprêter. À quoi sert la montre que tu as reçue pour ton anniversaire sinon à t'aider à être à l'heure aux repas ?

Piers donna un coup de coude à Finch dans les côtes en murmurant :

— Quelle heure est-il à ton cadeau d'anniversaire, mon petit homme ?

Finch ne l'entendit pas. Il regardait fixement le rôti brun et juteux sur son plat. Quand vint son tour d'être servi, il dit à voix haute :

— Pas pour moi, s'il te plaît.

Renny lui jeta un coup d'œil perçant, presque consterné, et demanda :

— Qu'est-ce que tu as ?

— Je ne prendrai que des légumes, s'il te plaît.

— Des légumes ! Mais c'est du rôti d'*agneau* ! L'un des nôtres.

Incapable de se maîtriser, Finch éclata, et d'une voix enrouée :

— C'est justement ça ! J'y étais ! Je l'ai vu *tuer* !

— Pas de bêtise, dit Renny avec sévérité.

Il découpa une tranche mince et la mit sur son assiette.

— Je n'en mangerai pas, je te l'ai dit ! cria Finch.

— Allons, allons, dit Piers, sois un petit homme.

Nicolas, qui commençait à devenir dur d'oreille, demanda :

— Qu'est-ce qui se passe donc ?

La grand-mère, sa première bouchée sur la fourchette, intervint :

— S'il en veut davantage, donne-le-lui. Ce garçon grandit vite ; il a besoin d'être nourri.

L'assiette fut posée devant Finch. Il la regarda avec haine et répéta :

— Je n'en mangerai pas, je te le dis.

Répondant à Nicolas, Eden dit :

— Il a vu égorger l'agneau et il en est devenu végétarien. Qui peut l'en blâmer ?

— S'il en veut davantage, qu'on le lui donne, répéta la grand-mère, la bouche pleine de viande.

— Ce n'est pas cela dont il s'agit, dit Renny agacé. Il ne veut pas manger ce que je lui ai donné parce que...

— On ne doit pas dire des choses désagréables à ma mère pendant qu'elle mange, interrompit Ernest.

— Je ne veux pas qu'on me cache quoi que ce soit ! s'écria la vieille dame avec véhémence.

Piers déclama :

— Jamais il n'aima de gazelle sans qu'elle fût sûre de mourir.

— Bê-êê, bêla Wakefield.

Meg le servit de sauce à la menthe en disant :

— Cet agneau est excellent et très bon pour toi.

Finch, les joues rouges, les lèvres tremblantes, regardait fixement son assiette.

— Assez de ces sottises sentimentales, dit Renny. Comporte-toi convenablement et mange ce qu'on te donne.

— Je te dis que je ne veux pas... Je ne peux pas... dit Finch avec difficulté.

— Bê-êê, bêla de nouveau Wakefield.

Soudain furieux, Finch lui saisit le bras et le tordit. Le petit garçon poussa des hurlements hors de proportion avec sa souffrance.

La vieille Mrs. Whiteoak tapa sur la table avec sa fourchette et ordonna :

— Emmène-les et donne-leur le fouet, Renny. Des garçons qui se battent à table ! Je ne le tolérerai pas !

— Comme c'est amusant ! s'écria Dilly, qui avait écouté bouche bée.

— J'ai honte pour toi, Finch, dit lady Buckley de sa voix grave de contralto.

Renny se leva, prit Finch par le bras et l'entraîna dans le hall. La porte refermée, il dit :

— Je vais être obligé de t'administrer une raclée telle que tu n'en as jamais reçue.

La bouche contractée, Finch commença :

— Mais ne comprends-tu pas...

Il ne put aller plus loin. Comment décrire à Renny ce qui l'obsédait : la plaie béante, les yeux suppliants, le sang sur la laine blanche de l'agneau ? Et s'il parvenait à le lui faire voir...

— Maintenant, dit Renny, monte dans ta chambre et restes-y jusqu'à ce que tu sois calmé. Ensuite, tu descendras à la cuisine manger quelque chose. Ce que tu voudras. Si tu ne veux pas manger d'agneau...

— Je ne mangerai plus jamais de viande.

— Très bien. Sois végétarien si tu le désires, mais au nom de Dieu, ne te rends pas ridicule comme tu viens de le faire.

Finch resta végétarien, et ce qui le stupéfia fut que personne ne fit plus la moindre observation à ce sujet. Il ne pouvait se douter que ses aînés s'étaient mis d'accord pour l'ignorer. Sous la protection de Piers, Wakefield se risqua une fois à émettre un bêlement, mais le regard que lui lança Finch lui interdit de recommencer. Le soulagement qu'éprouvait Finch était presque physique, tant il avait redouté d'être victime des moqueries et de la dérision générales. Il pouvait désormais envisager tranquillement un avenir non souillé par la honte de dévorer d'autres créatures. Plus d'une fois, il s'imagina les bêtes miraculeusement informées de sa conduite envers elles, et il rêva que lorsqu'il mourrait, elles se diraient les unes aux autres qu'ils s'était abstenu de participer à la cruauté ordinaire des humains et qu'elles le pleureraient. Il lui semblait injuste que les vaches, les moutons et les porcs de la ferme parussent accorder à Piers plus de confiance qu'à lui, alors que Piers était si résolument carnivore.

Malheureusement, Finch avait toujours autant d'appétit. Sa croissance était rapide ; ses os et ses muscles durcissaient, et il arrivait à table avec une faim de loup. L'odeur des saucisses ou du bacon du petit déjeuner lui était une torture. Il avait beau bourrer le vide de son estomac de pain grillé et de marmelade, une heure à peine après le repas, il était de nouveau affamé. Et lorsqu'il y avait des côtelettes de porc ou du ragoût de veau ou du bœuf rôti, Renny lui demandait avec sollicitude s'il devait lui donner du Yorkshire pudding avec un peu de jus. Du pudding, oui ; du jus, non. Il en voulait presque, alors, à ceux qui entouraient la table de conserver des visages aussi impassibles. Ils lui facilitaient trop son attitude. Ce n'était pas naturel. Elle leur était indifférente ! Oui, voilà, ils ne s'en souciaient pas le moins du monde !

Il essaya de se bourrer de tablettes de chocolat et de noix. Il mangeait de grandes quantités de pommes et de bananes, mais son estomac réclamait à grands cris de la viande. Meg fit préparer du poisson exprès pour lui, mais il n'avait jamais aimé le poisson. Il aimait le macaroni et le fromage, mais, ce même soir, il fut tourmenté par l'odeur d'un jambon cuit au four. Wakefield se penchait pour le regarder manger comme s'il avait été un animal dans un jardin zoologique. À part cela, son abstinence passait inaperçue.

Un soir que toute la maisonnée était sortie, à l'exception de lui-même qui étudiait ses leçons dans la bibliothèque, de la grand-mère et de Wakefield couchés dans leurs lits, il manqua à sa résolution. Il y avait eu, au souper, un rôti de porc froid, bien tendre et croustillant au bord. Il laissa tomber son livre et descendit à pas de loup au sous-sol. Il alluma la lumière dans la cuisine où le feu de la cuisinière à charbon entretenait une agréable chaleur. Des ustensiles de cuivre apportés d'Angleterre par ses grands-parents, maintenant inutilisés, décoraient les murs ; ils reflétèrent la lumière comme si la vie leur était rendue, et lui renvoyèrent son image les uns après les autres.

Il ouvrit la porte du garde-manger ; des restes s'y trouvaient dans des bols, sur les planches ; au plafond pendait une flèche de lard. Il y avait des saucisses crues et la moitié d'un pâté de viande. Enfin, sous un grand couvercle, il trouva ce qu'il cherchait : le reste du rôti de porc. Il avait été cuit avec une farce qui s'était, en partie, émiettée sur le plat. Il en ramassa un peu avec ses doigts et le mit dans sa bouche. Oh ! quel goût délicieux ! Il arracha un bout croustillant de l'extérieur du rôti et le mâcha presque rageusement. Depuis quand n'avait-il pas mangé de viande ? Il ne s'en souvenait plus. Il lui semblait que c'était depuis une éternité. Il trouva un couteau bien aiguisé et se coupa une grande tranche de la fine viande blanche. Il eut l'impression de découvrir ce qu'est le rôti de porc. Il en mangea une seconde tranche. Puis il se tourna vers le pâté. Sa faim le surprit lui-même, mais, finalement, elle fut apaisée.

Il éteignit les lumières et remonta doucement l'escalier. En passant devant la porte de sa grand-mère, il l'entendit ronfler.

Plus d'étude pour lui, ce soir-là. Il s'étendit dans le fauteuil de Nicolas, gorgé de nourriture ; sans pensée, il ressentait un profond bien-être physique... Comme un tigre qui a dévoré sa proie.

Mais le lendemain, le problème se posa de savoir comment effectuer une volte-face complète. Toute la journée, à l'école, cette question le tourmenta. Pouvait-il se confier à Meg et la persuader de dire que le médecin lui avait ordonné de manger de la viande, que sans cela, il mourrait ? Mais tout le monde savait qu'il n'était pas malade. Il n'avait rien d'autre à faire que tenir tête à l'orage. La viande lui était indispensable.

Au souper, on servit un plat substantiel de ragoût de bœuf avec des boulettes de pâte, car Renny et Piers s'étaient rendus à une foire assez éloignée. Leurs joues étaient rouges du fort vent du nord-ouest qu'ils avaient affronté. Et là, en face de lui, sa grand-mère, qui n'avait pas pris le moindre exercice, attendait impatiemment sa part.

— Granny chérie, disait Meg, ne croyez-vous pas que vous feriez mieux de prendre un œuf poché ?

— Je suis de cet avis, dit Ernest.

Sa mère le regarda non sans défi et dit :

— Je veux une boulette.

— Mais, maman, elles sont d'une digestion si difficile.

— Parle pour toi. Moi, je les digère très bien, dit-elle.

— Une petite, alors, souffla Ernest à Renny.

— Qu'est-ce qu'il dit ? demanda la vieille dame. Une petite ? Jamais de la vie. Une grosse. J'en veux une grosse, Renny ! Tu ne voudrais pas affamer ta vieille grand-maman, n'est-ce pas ? dit-elle en affectant le fort accent irlandais de ses jeunes années.

— Donne-lui une boulette, dit Nicolas en riant, et qu'elle en subisse les conséquences.

— Que c'est amusant ! s'écria Dilly.

Finch regarda tristement les pommes de terre frites, les œufs frits et les tomates cuites assez aqueuses que Wragge avait placés devant lui.

— Qu'est-ce que tu as, chéri, demanda Meg. Tu n'as pas faim ? Veux-tu simplement du blanc-manger ?

— Si, répondit Finch à voix haute, j'ai faim. Non, je ne veux pas de blanc-manger.

Enjôleur, Renny se pencha vers lui et demanda :

— Prends un peu de ragoût.

Tout le monde regarda Finch, mais peu lui importait.

— Oui, répondit-il d'une voix ferme. Je prendrai du ragoût... Beaucoup.

Tous regardèrent, fascinés, Renny amonceler sur une assiette la viande juteuse, les boulettes dodues, le jus enrichi de petits champignons.

Sans retenir un gloussement de rire, Wragge enleva les œufs frits et les remplaça par l'assiette de ragoût.

— S'il a été malpoli, dit la grand-mère, il faut le priver de souper. Fais-le sortir, Renny, et calotte-le. C'est comme ça que mon père les dressait.

— Il n'a rien fait de mal, dit Renny avec un large sourire. Vas-y, Finch.

Au milieu des éclats de rire, Finch attaqua le ragoût fumant. Tout le monde autour de lui faisait : « Ha-ha-ha ! Hi-hi-hi ! » et Wakefield : « Bê-bê-bê ! » « C'est à croire, se dit-il, qu'il n'est encore jamais rien arrivé d'aussi drôle. » Mais il demeura indifférent aux taquineries ; il continua tranquillement à savourer son ragoût. Heureusement, à ce moment, la grand-mère égara sa boulette.

— Où est-elle ? demanda-t-elle.

Tous les yeux se tournèrent maintenant vers elle. La boulette ne pouvait être perdue, mais elle n'était certainement pas sur son assiette. Finalement Wragge la découvrit sur ses genoux. Il la ramassa dans sa serviette, et on lui en donna une autre. L'attention fut ainsi détournée de Finch.

— Une boulette sur mes genoux ! s'écria la vieille Adeline, fort amusée. En voilà une histoire !

La conversation s'engagea maintenant sur la foire d'automne, et le repas se termina de la manière la plus gaie.

La soirée était si tiède que la porte d'entrée avait été laissée ouverte. Les chiens virent un lapin traverser la pelouse et se précipitèrent dehors pour lui donner la chasse. Puis, Wakefield courut après eux, et tous les autres le suivirent, y compris la grand-mère.

— Donnez-moi vos bras, les garçons, dit-elle à ses fils. Je veux voir la lune.

La lune d'automne déployait en effet toute sa splendeur. Le soleil s'était couché à l'occident lumineux, boule rouge resplendissante. Il paraissait à présent se relever à l'est bleu foncé du ciel, tant il ressemblait à la pleine lune rouge d'automne. La vigne vierge qui couvrait la façade de la maison avait été muée, par une nuit de gelée, en une magnifique tapisserie de bronze, d'or et d'écarlate. Adeline Whiteoak l'avait plantée, lorsqu'elle était jeune femme ; elle avait guidé ses vrilles chétives, la première année, et l'avait arrosée durant la sécheresse. Aujourd'hui, presque centenaire, elle la regardait embraser et embellir la maison, s'y accrocher, se cramponner à chacune de ses fentes, draper le porche de ses festons avant de perdre ses feuilles et de se reposer jusqu'au printemps suivant.

Déjà, les bouleaux et les érables avaient laissé tomber beaucoup de leurs feuilles et on en avait fait un tas sur la pelouse. Wakefield y courut et en jeta une brassée à la figure de Finch. Finch courut après lui, le bombardant de feuilles, Piers courut après Finch, Eden après Piers et Renny après Eden, dans un tourbillon de feuilles. Eden tomba et ses frères l'enterrèrent sous les feuilles ; il les laissa les amonceler sur lui.

— Ci-gît un poète mort ! chantonna Piers, sur quoi Eden se releva, faisant voler les feuilles autour de lui.

— Ha ! s'écria la vieille Adeline Whiteoak, j'aime voir les gamins se bagarrer. J'aime voir la lune de septembre. Maintenant, je vais aller me coucher... Une boulette sur mes genoux ! Qui y aurait pensé ! Qui y aurait pensé ! Ha, ha !

14

Chute des feuilles

Maintenant, presque toutes les feuilles étaient tombées ; les fortes feuilles brunes des chênes, cependant, étaient lentes à se détacher et, lorsqu'elles s'y décidaient, elles voguaient majestueusement jusqu'au sol comme si c'était exprès et non vaincues. La chute des feuilles semblait n'en plus finir cet automne. Leur densité sur les arbres ne paraissait pas en rapport avec le nombre de celles qui tombaient. On les ratissait en tas et on les brûlait ; après une flambée brillante, elles formaient une masse qui se consumait doucement en envoyant vers le ciel bleu une délicieuse odeur. Mais quelle que fût la quantité de celles que l'on brûlait ou de celles qui reposaient dans les creux et dans le ravin, il en restait beaucoup que l'inlassable vent dispersait. C'était un vent fort et froid, précurseur des glaciales tourmentes de l'hiver. Il poussait les feuilles en tous sens ; à peine étaient-elles arrêtées dans un endroit qu'il les renvoyait à celui d'où il les avait chassées. Comme des réfugiés sans pays, elles ne pouvaient se fixer nulle part.

Le concours hippique était l'un des points culminants de l'année, à Jalna. Cette année, il l'était tout spécialement à cause de l'excitant esprit de spéculation qui régnait dans la maison. Même Renny, qui n'en savait rien, qui n'avait jamais entendu parler du Lac Indigo, avait conscience de cette joie contenue et en était content.

— Comme les oncles sont gais ! lui dit un jour Meg. Je ne les ai pas vus aussi animés depuis longtemps.

— C'est la présence de tante Augusta, dit-il.

— C'est autre chose, dit-elle.

— C'est Dilly, alors.

— Penses-tu ! Ils ne sont pas du tout de ce genre de vieux messieurs. Et tante Augusta aussi est très gaie.

— Ce doit être Dilly.

— Mais non ; tante Augusta a dit hier qu'elle regrettait plutôt de l'avoir amenée.

— Pourquoi ?

— Eh bien..., elle rit trop.

— Elle rit trop ? fit Renny, ahuri.

— Oui. Elle n'est pas telle que tante Augusta se le figurait.

— Tu veux dire qu'elle n'est pas la femme qui me conviendrait ?

— Oui, peut-être.

— Je ne me marierai jamais, dit-il en entourant de son bras le corps replet de sa sœur. Et toi non plus, je pense. Nous avons beaucoup de besogne sur les bras avec nos jeunes frères.

— Ah ! oui, fit-elle en soupirant.

Le plus jeune arriva à cet instant ; il venait en courant de la « maison des pommes », nom qu'on donnait à la petite construction à demi souterraine dans laquelle étaient emmagasinées les pommes jusqu'à ce que leur prix ait monté. De sa porte ouverte, le parfum des pommes parvenait à Renny et à Meg. Wakefield en portait une grosse dans une main et une petite dans l'autre.

— Regarde, dit-il. Elles sont belles ?

— Tu ne dois pas rester longtemps dans la maison des pommes, lui dit Meg. Tu y prendras froid.

— Regarde, répéta-t-il. Goûtes-en une.

Ses aînés ne regardèrent pas les pommes, mais lui-même, avec la sollicitude d'un père et d'une mère. Le petit était un enfant posthume dont la mère était morte peu après sa naissance. Mais il était plus robuste qu'il n'en avait l'air. Renny lui prit les pommes et, l'une après l'autre, les flaira.

— Commes elles sont différentes et combien elles sont bonnes, dit-il. Je suis content que notre verger n'ait pas encore été tripatouillé, mais dans vingt ans, Meg, quand ces maudits experts du Collège d'Agriculture l'auront emporté, aucun citadin ne pourra acheter de pommes ayant l'arôme de celles-ci. Toutes les variétés auront un bel aspect, mais elles auront toutes le même parfum et le même goût.

— Hum..., fit distraitement sa sœur, toujours préoccupée de Wakefield.

Il avait maintenant couru rejoindre Piers qui, dans une charrette légère chargée de tonneaux de pommes et traînée par un hongre gris pommelé qu'il appréciait beaucoup, se mettait en route pour la gare.

— Hello ! cria-t-il. Pas de commissions dans le village ?

— Est-ce que je peux y aller ? cria Wake en grimpant déjà dans la charrette.

— Je crois qu'il ne le devrait pas, dit Meg.

— Ne le dorlote pas. Plus il est dehors, mieux cela vaut pour lui.

— Je voudrais qu'il pût aller à l'école.

— Comment, Meg, je croyais que tu aimais lui donner des leçons ?

— Oui. Mais il devient difficile ; il aurait besoin d'un homme.

— Eh bien, moi je n'en ai certainement pas le temps. Je me demande si les oncles consentiraient à l'entreprendre.

— Cela ne serait pas mieux.

L'agréable bruit des sabots du hongre s'estompait. Une nouvelle avalanche de feuilles dégringola de l'orme proche de la maison des pommes et tourbillonna sur son toit moussu. Renny alla fermer sa large porte basse. À son retour, Meg dit :

— Je me demande s'il pourrait aller prendre des leçons chez le pasteur. Mr. Fennel est très bon mais très ferme. La fermeté est nécessaire avec Wake.

— Il a besoin d'une bonne fessée.

— Il parle de tout sauf de ses leçons, et il refuse de s'asseoir. Il reste debout, appuyé contre mon épaule, et joue avec mes cheveux et mes boucles d'oreilles. Comment puis-je l'instruire s'il n'écoute pas ?

— Je verrai Mr. Fennel à son sujet, dit Renny, puis il ajouta pensivement : Piers est un beau garçon, parfaitement sain. Jamais d'ennuis avec lui. Je voudrais qu'Eden lui ressemblât davantage.

— Oh ! je ne souhaiterais pas qu'Eden fût différent. Je suis sûre qu'il a un brillant avenir devant lui. Oncle Ernest en est convaincu.

— Je voudrais bien l'être.

— Pense aux poèmes que des revues ont acceptés, et il n'a pas encore vingt-trois ans.

— La poésie et le droit... quelle combinaison !

— T'a-t-il lu ces poèmes ces derniers temps ?

— Non. Mais oncle Ernest m'en a montré un qui parle d'une porte dans un mur. À vrai dire, je l'ai trouvé assez bête et très obscur.

— J'aime tant celui sur les arbres... Le voilà qui arrive... Et Finch aussi. Ils sont revenus à pied de la gare. Ce que la journée passe vite !

— Oui, et j'ai encore des choses à faire.

Les deux jeunes gens portaient leurs livres, et le vent ébouriffait leurs cheveux. Finch baissait la tête pour s'en défendre, mais Eden regardait les cimes des arbres. Ni l'un ni l'autre ne virent Meg et Renny avant d'en être tout près.

— Hello ! les garçons ! Quel beau temps il a fait. Avez-vous passé une bonne journée ?

— Une journée infecte, répondit Eden. On avait allumé le chauffage central et j'ai été rôti... bouilli, suffoqué.

— À mon école, on n'a pas chauffé ; j'ai gelé.

— Mes pauvres enfants, dit Meg. Allez trouver Mrs. Wragge, et elle vous donnera une bonne tasse de thé, ça réchauffe et ça rafraîchit, vous savez.

— Non, merci, murmurèrent-ils, boudeurs.

— Quelle paire de grognons ! dit Renny en riant. Venez aux écuries avec moi et je vous ferai prendre de l'exercice.

Mais ils n'en avaient nulle envie et, tout en marmottant à l'unisson qu'ils avaient à travailler, ils se dirigèrent vers la maison. Dès qu'ils y furent entrés, Finch descendit quatre à quatre à la cuisine chercher quelque chose à manger. Eden traversa le hall et ressortit par la porte latérale, demeurant caché jusqu'à ce qu'il vît Meg rentrer et Renny se rendre aux écuries. Alors, longeant le verger, il traversa un champ et pénétra dans le bois.

Le vent ne s'y faisait pas sentir ; il remuait à peine les aiguilles qui couvraient le sol, mais il sifflait à travers les plus hautes branches comme le vent de la mer. Le ciel doré du soir étendait sa voûte au-dessus d'eux, et, par moments, une pomme de pin tombait. Dans l'esprit d'Eden s'accumulaient les impressions de la journée : les voix des professeurs, les visages des autres étudiants, l'odeur de l'air surchauffé, le bruit des toux, des pieds raclant le plancher, le retour en chemin de fer avec le jeune Finch assis en face de lui et visiblement en train de s'enrhumer. Sous les pins, l'air était délicieux. Il s'en remplit les poumons et l'y garda. « Malgré tous mes rêves du Sud, je suis un Septentrional », se dit-il. Un nuage soudain déversa une rafale de neige. C'était la première de la saison ; Eden leva le visage vers elle, puis ce fut de nouveau la seule clarté dorée avec une troupe de geais bleus volant vers le sud au-dessus des cimes des arbres.

Les deux premiers vers d'un poème qu'il avait conçu pendant la nuit précédente lui revinrent à l'esprit, mais le troisième lui échappait. Il avait été assez net, tandis qu'il s'habillait, ce matin-là, mais à présent, il s'y mêlait les événements prosaïques de la journée. Debout, immobile, il essaya un moment de se le rappeler. Il s'y efforça passionnément, comme si son bonheur futur en dépendait, et finalement, il y réussit. Mais après un instant de soulagement, ce vers le déçut. Il le déclama tout haut et le trouva moins impressionnant. Il était bon, quand même, sauf un mot. Tout en marchant, il chercha d'autres mots, mais aucun ne le satisfaisait pleinement. Il éprouvait de la difficulté à concentrer sa pensée. Puis brusquement surgit dans son esprit son petit livre de comptes. Il effaça tout le reste. Et, chose pire, il se sentit consentant à être hypnotisé par les chiffres enchanteurs qu'il contenait. Cette constatation lui inspira une certaine honte, puis il songea que ce n'était pas sa richesse elle-même qui le ravissait mais la possibilité qu'elle impliquait pour lui de se libérer de cette étude du droit qu'il détestait.

Il avait marché sans se rendre compte d'être sorti du bois et d'avoir atteint le sentier qui, à travers un pré, conduisait à la route. Il se souvint alors qu'il n'avait pas pris cette route depuis le jour où Finch et lui avaient découvert que Noah Binns avait abattu les deux bouleaux argentés. Il se sentait d'humeur à contempler morbidement l'endroit où ils s'étaient dressés et à se les imaginer dans leur beauté automnale, agitant leurs mille délicates feuilles dorées.

Il était maintenant parvenu à la palissade blanche et regardait lugubrement la pelouse desséchée d'où les troncs eux-mêmes avaient été enlevés. Les stores de la maison étaient fermés, et Noah Binns ratissait les feuilles mortes en un tas sec et frémissant. Quand il vit Eden, il clopina à travers la pelouse, les genoux bizarrement courbés comme s'il s'efforçait d'éviter, sur un parquet, une lame grinçante.

Eden désigna d'un geste dramatique l'emplacement des arbres disparus.

— Je suis content que vous ayez retiré les troncs. C'était un spectacle désolant. J'espère que Mr. Warden est satisfait.

Montrant ses dents noires en un affreux sourire :

— Oui, il est satisfait, dit Noah.

— Le gazon a-t-il bien poussé ? J'espère que non.

— Bien poussé ? Ah ! non. Il s'est obstiné à faire mettre dans la terre un tas de fumier. Je l'ai prévenu de ce qui arriverait. Ce fumier était plein de graines de mauvaises herbes, et elles ont étouffé le gazon, dit Noah Binns, et, s'appuyant contre la palissade, il rit silencieusement.

— C'est bien fait pour lui, dit Eden.

Soudain grave, Noah dit :

— Il y a deux manières de considérer cette chose. Il voulait avoir les coudées franches, et ces arbres l'en empêchaient.

— Je vous dis que c'est bien fait, et vous pouvez le lui répéter.

— Ce n'est pas possible.

— Pourquoi ? Êtes-vous soudain devenu aimable, Noah ?

— Ce n'est pas possible, parce qu'il est mort.

— Mort ? s'écria Eden avec un sursaut.

La pensée de la mort lui était odieuse.

— Ouais, fit Noah d'un accent triomphal, car il aimait l'idée de la mort. Les mauvaises herbes l'ont tué.

— Quand ?

— Nous l'avons enterré aujourd'hui.

— Pauvre homme.

Noah saisit les piquets pointus de la palissade des deux mains et inclina la tête comme s'il saluait le destin.

— Cet homme, dit-il, voulait avoir les coudées franches. Ces deux arbres l'en empêchaient. Il les a tués, et les mauvaises herbes l'ont tué à son tour.

— Vous voulez dire qu'il est mort de contrariété ?

— Dites-moi jeune homme, quel âge avez-vous ?

— Vingt-deux ans.

— Vous n'avez pas encore appris ce que c'est que d'être contrarié. Vous ne comprenez pas ?

— Oh ! vraiment ?

— Attendez d'avoir l'âge de cet homme et d'aspirer à avoir de la place. Tous les matins, il jetait un regard triste sur ces mauvaises herbes, après quoi il s'enfermait pour le reste de la journée.

— A-t-il jamais regretté d'avoir abattu ces arbres ?

— Non. C'est eux qu'il rendait responsables de tout son malheur.

— Eh bien, Noah, espérons qu'à présent, il aura tout l'espace qu'il désire.

— En tout cas, dit Noah, il ne manquera pas de beau gazon au cimetière.

Il suivit d'un œil pensif Eden tandis qu'il retraversait le champ et disparaissait parmi les pins. Puis, recommençant à ratisser les feuilles, il marmonna : « Le diable l'emporte ! »

15

Valeur en baisse

Eden avait, depuis quelque temps, mené une double vie. Il était étudiant en droit, capable, quand l'occasion l'exigeait, de parler très sérieusement de ses études et de simuler l'ambition de devenir M. le juge Whiteoak. Mais il ne croyait jamais sincèrement que la vie d'un magistrat, si étrangère à sa nature, pût jamais être la sienne. Il y aurait moyen d'y échapper ; il trouverait, dans le mur, une porte au-delà de laquelle s'étendrait le jardin de ses désirs. Une fois ses poèmes réunis en volume, il ouvrirait cette porte et abandonnerait pour toujours l'étude du droit. Maintenant, il avait abordé une troisième vie, celle du lanceur d'affaires minières. Si les choses continuaient à marcher comme à présent... Mais lorsqu'il essayait de se figurer son avenir, son imagination ne lui offrait rien de net ; elle devenait un kaléidoscope de formes fantastiques et de brillantes couleurs. Étendu sur le dos dans une délicieuse langueur, il jouissait de la suprême indolence que seule connaît la jeunesse.

A certains moments, pourtant, il se préoccupait de l'obsession qu'était devenue pour lui la Mine du Lac Indigo. Des poèmes, commencés avec ferveur, demeuraient inachevés parce que la pensée de la valeur en hausse prenait possession de son esprit. En outre, les autres actionnaires de Jalna se montraient constamment désireux de discuter avec lui l'état du marché. D'un air profondément mystérieux, lady Buckley l'entraînait dans sa chambre et, en murmurant de sa voix grave, elle lui demandait si le titre montait toujours.

— Un peu, répondait-il. Vous avez eu de la chance de l'acheter quand vous l'avez fait. Néanmoins, le prix n'est pas encore prohibitif, et si vous vouliez en prendre...

— Non, pas davantage, pas davantage... Je me contente de ceux que j'ai. Je veux simplement être sûre que je ne risque rien.

— Vous ne courez absolument aucun risque, tante Augusta.

— Je me sens assez égoïste de garder secrète une aussi bonne affaire.

— Ne vous tourmentez pas. Les autres ne voudraient probablement pas en entendre parler. Pour ce qui est de Renny, j'en suis certain.

— C'est absurde de sa part, quand il a souvent tant de difficulté à joindre les deux bouts.

— Bientôt, je ne serai plus à sa charge.

— J'espère que tu t'appliques avec zèle à tes études.

— Oh ! oui.

— J'ai vu qu'il y avait de la lumière chez toi, tard la nuit dernière.

Eden s'efforça de prendre l'air d'un travailleur acharné.

— Mais tu as besoin de beaucoup de repos, continua lady Buckley, à cause de ta santé.

— Je suis assez robuste, ma tante.

Puis sa sœur le prenait à part et lui disait :

— Calculons combien j'ai gagné, Eden. Dis-moi exactement ce que mes actions valent aujourd'hui. — Et elle souriait avec une douceur extraordinaire en apprenant combien sa fortune avait grossi. — Il n'y a pas de raison, n'est-ce pas, pour que je ne gagne pas encore beaucoup plus ?

— Absolument aucune.

— Que c'est amusant, ce secret entre toi et moi !

— Très amusant, répondait Eden.

Mais tous ces secrets commençaient à lui peser. Il ne s'en soucierait plus lorsqu'il se serait débarrassé de cette assommante étude du droit et qu'il flânerait librement à Rome.

Comme si elle avait lu ses pensées, Meg demanda :

— Combien cette affaire t'a-t-elle rapporté ?

Il lui donna le chiffre de la commission que lui avait valu l'achat de sa sœur. Elle ouvrit tout grands ses yeux bleus :

— Un beau petit pécule, facilement gagné, dit-elle. Ne le gaspille pas, Eden.

Il la regarda avec une expression irritée qu'elle ne comprit pas.

Dilly, elle, semblait avoir oublié son investissement. Elle était absorbée par deux choses : sa préparation au Concours hippique et la conquête de Renny. Le reste de la famille ne la voyait plus guère qu'aux repas. Elle était presque toujours en tenue de cheval et ne parlait que de la conduite de sa jument. Elle continuait à rire un peu plus que lady Buckley le jugeait convenable, son teint devenait plus éblouissant que jamais, et ses yeux brillaient davantage quand ils se posaient sur le maître de la maison. Le désir qu'elle avait de le conquérir émanait d'elle comme un parfum trop lourd. Finch lui-même le remarqua, à la fois fasciné et dégoûté. Il la regarda fixement, bouche bée, jusqu'à ce que sa tante lui fît signe, en fermant énergiquement sa propre bouche, d'en faire autant.

La confiance absolue de Piers en la perspicacité d'Eden lui paraissait assez touchante. Son jeune frère lui remettait tout ce qu'il gagnait sans même lui demander de reçu. « C'est un enfant, se dit Eden, rien d'autre qu'un enfant confiant. Nous sommes tous ainsi, je crois, trop confiants. Nous avons été trop protégés. Même les oncles ; nous sommes tous accrochés à notre innocence, à notre puérile conception de la famille. »

A cette époque, c'est avec Nicolas et Ernest qu'il se sentait le plus à l'aise ; dans l'isolement discret de leurs chambres, il pouvait se livrer à d'heureux projets d'avenir. Il avait complètement cessé ses études ; lorsqu'il se retirait dans sa chambre sous le prétexte de travailler, il ne faisait que paresser, écrire quelques vers et lire énormément.

Un soir, un livre à la main, il frappa à la porte de Nicolas.

— Entrez, cria celui-ci.

— Voici un livre dont je pense qu'il vous plaira, dit Eden en mettant dans la main de son oncle *South Wind* de Norman Douglas.

— Merci. Titre alléchant... par une soirée de vent du nord. Ma parole, je ne me souviens pas d'un automne aussi venteux. Assieds-toi, Eden. Je désirais te voir seul. Veux-tu boire un verre ?

— Merci, dit Eden, et il se pencha pour caresser Nip qui, pelotonné sur le lit, se leva, arqua le dos comme un chat et bâilla.

— Il déteste ce temps, dit Nicolas en remplissant les verres. Attrape une araignée, Nip !

Le petit chien sauta du lit et se mit à courir autour de la chambre, reniflant dans les coins et aboyant avec nervosité.

— Ça lui fait prendre de l'exercice, dit Nicolas ; c'est bon pour lui.

Ils s'assirent avec leurs verres, puis Nicolas demanda :

— Je suppose que tu as beaucoup à travailler.

— Pas beaucoup, ce soir.

Son oncle lui jeta un regard pénétrant :

— Tu travailles dur ?

— Pas spécialement, répondit Eden sur un ton légèrement défensif.

Il savait bien qu'il perdait son temps, mais, en ces jours de folle espérance, il ne pouvait supporter d'être interrogé par ses aînés.

— Eh bien, dit Nicolas en s'installant dans son fauteuil et en prenant Nip sur ses genoux. J'ai flemmardé moi aussi quand j'avais ton âge. Je l'ai regretté après... mais pas beaucoup. Aujourd'hui, c'est différent, il faut qu'un jeune soit actif, n'est-ce pas ? Comment sont les actions ?

— Très bien.

— Sais-tu ce que j'ai décidé de faire ?

— Aucune idée.

— Vendre. Je ferai un beau bénéfice et je ne courrai pas le risque d'une chute des cours. Par Dieu, je ne veux rien perdre !

— Pas de danger, oncle Nick. Mais si vous voulez réaliser votre bénéfice maintenant, je verrai Kronk demain et il s'en occupera pour vous.

— Cette affaire du Lac Indigo, dit Nicolas avec un sourire, nous a procuré beaucoup d'émotions. Il y avait des années que je n'avais spéculé, et alors sans grand succès. Mais cette affaire-ci... eh bien, comme je te l'ai dit, je crois que je vais prendre mon bénéfice et m'en contenter. A ma place, Ernest garderait ses titres et finirait probablement par perdre.

— Pas avec cette affaire, oncle Nick. Mais vous avez sans doute raison de vendre. Vous avez gagné une jolie somme et cela vous suffit.

Le lendemain, Eden se rendit au bureau de Kronk pour le charger de vendre les actions de son oncle. Le courtier pria sa sténographe de les laisser seuls. Quand elle fut partie, il se tourna vers Eden avec son sourire engageant. Quoique invariablement bien habillé, bien coiffé, et les ongles soignés, Mr. Kronk avait toujours l'aspect légèrement sale, comme si aucun nombre de bains ne pouvaient le rendre tout à fait propre.

— J'espère, dit-il, que vous n'êtes pas venu me parler d'affaires mais simplement pour bavarder et boire un verre. Je suis submergé d'affaires depuis quelques jours. Des Américains achètent des actions du Lac Indigo par téléphone. Je donnerais n'importe quoi pour pouvoir me reposer.

Et il soupira comme épuisé.

Mais lorsque Eden lui exposa l'objet de sa visite, ses yeux se rétrécirent, d'un air désapprobateur :

— Votre oncle peut vendre s'il en a envie. Certainement, il le peut. Mais je ne le lui conseille pas. Il ferait un beau bénéfice, mais moins beau que s'il attendait encore un peu. Buvez quelque chose, voulez-vous ?

— Non, merci. Pourquoi vaudrait-il mieux attendre ?

Regardant Eden dans les yeux en souriant, Mr. Kronk répondit :

— Parce que le cours a un peu baissé en raison des fluctuations de tout le marché. C'est Wall Street qui est derrière...

Et son sourire sembla impliquer que s'il avait Wall Street sous la main, il agirait à son égard avec la plus grande fermeté.

Eden s'alarma aussitôt.

— Croyez-vous au danger d'une plus forte baisse ? demanda-t-il.

— Il est possible qu'elle s'accentue légèrement. Mais ne vous en inquiétez pas. Dites à vos parents de ne pas se tourmenter. Le Lac

Indigo ne vous décevra pas. Songez-vous, personnellement, à acheter d'autres actions ?

Il regarda Eden d'une façon qui lui donna l'impression d'être un spécimen placé sous une loupe.

Eden avait encore en sa possession seize cent cinquante dollars. Son intention avait été de les investir ce jour même comme il avait investi le reste de ses commissions.

— C'est le moment, dit Mr. Kronk, maintenant que le prix a un peu baissé.

— Il est encore élevé.

— Et il le sera bien davantage. Je crois pouvoir affirmer que d'ici à trois mois il atteindra son point culminant et qu'il y restera. Vous pouvez mettre votre argent dans l'affaire les yeux fermés.

— Eh bien, j'y réfléchirai, dit Eden. Je n'ai pas grand-chose, vous savez.

— Les petits ruisseaux font les grandes rivières, dit Mr. Kronk. Mais faites ce que vous voudrez. Peu m'importe.

Le téléphone sonna. Il prit le récepteur et une conversation assez énigmatique s'ensuivit pendant laquelle Eden se dit que Mr. Kronk lui déplaisait, qu'il avait l'un des visages les plus vilains qu'il eût jamais vus, qu'il eût voulu, comme un visage de terre glaise, le remodeler en une forme toute différente.

— Un appel de Detroit, dit le courtier en raccrochant. Un client qui veut investir cinq mille dollars de plus. Il a bien choisi le moment.

— Je crois quand même que je vais attendre un peu, dit Eden.

— A votre aise, dit Mr. Kronk sèchement, et son expression ressemblait à celle d'un dompteur de fauves qui sent, parmi l'un d'eux, s'éveiller l'esprit de rébellion.

Le même soir, à la première occasion, Nicolas entraîna Eden dans la bibliothèque déserte et demanda :

— Eh bien, tu as réglé la question ?

— Non, oncle Nick. Je suis allé voir Kronk et il dit que vous feriez mieux d'attendre un peu. Le titre a baissé de quelques points et vous ferez un plus gros bénéfice quand il aura remonté.

— Le bénéfice que j'ai me suffit. Je veux vendre. Je te prie d'aller le lui dire demain.

— Très bien.

— Quelles que soient les objections que soulèvera ce Kronk, dis-lui que je veux vendre. Note que je suis très content de ce qu'il a fait pour moi. Mais je ne veux pas courir de risques et je vendrai.

Le jour suivant, Eden transmit à Mr. Kronk le message de Nicolas. Eden s'attendait presque à ce que le courtier tentât de nouveau de le persuader de déconseiller à son oncle de vendre, mais non, en souriant, Mr. Kronk consentit à effectuer la vente. Il n'aimait rien autant, dit-il, que laisser les gens agir à leur guise, les guider quand il le pouvait, mais par-dessus tout, il tenait à leur voir l'esprit tranquille. Pour sa part, il ne se tourmentait jamais. Il avait une philosophie de la vie qui le maintenait serein à travers toutes les vicissitudes. Ses yeux verdâtres possédaient un pouvoir apaisant, presque hypnotique.

— Eh bien, et votre petit magot ? demanda-t-il. Ne croyez-vous pas que vous seriez sensé en l'investissant maintenant, pendant que le prix du titre est bas ? N'oubliez pas qu'il subira une forte hausse dans quelques jours.

Eden n'aimait pas le terme « magot » ; il lui rappelait les Chinois qui ne lui étaient pas sympathiques. Et puis, quelque chose s'insurgea en lui contre l'idée d'être dirigé par Mr. Kronk, si doucement que ce fût.

— Je ne veux plus rien investir, pour le moment, dit-il avec une certaine raideur.

Mr. Kronk haussa légèrement les épaules.

— Au sujet des actions de votre oncle, dit-il, je les vendrai demain et je lui enverrai un chèque.

16

La journée de Wakefield

Wakefield s'était senti très important quand il avait commencé à aller au presbytère prendre des leçons avec Mr. Fennell. En somme, se dit-il, c'est assez agréable d'être trop délicat pour aller à l'école. Il avait vu Finch se dépêcher pour prendre le train par des matins d'hiver glaciaux. Il l'avait vu étreindre le poêle du hall quand il rentrait lors des froides soirées d'hiver. Ce poêle indiquait que l'hiver était vraiment arrivé. Au printemps, il disparaissait au sous-sol ; on enlevait les tuyaux, et il s'ensuivait un grand nettoyage des murs et des tapis. Le hall paraissait alors plus grand, la porte d'entrée demeurait ouverte, et toute la campagne pénétrait dans la maison.

Maintenant, on était en novembre et le poêle dominait une fois de plus le hall. Les chiens l'avaient accueilli avec joie. Mais, tout à coup, sans préavis, l'été de la Saint-Martin déversait ses bienfaits sur la nature. Les derniers des oiseaux migrateurs oubliaient qu'ils devaient émigrer et s'installaient dans la jouissance de ce répit. Ils se perchaient sur les frênes de montagne et se gorgeaient de leurs baies rouges.

Ce timide retour de l'été exerçait sur Wakefield un effet agréable mais amollissant. Ses jambes lui semblaient plus lourdes et sa tête plus légère. Il traversa en zigzaguant, à l'allure d'un colimaçon, le champ qui servait de raccourci pour gagner le presbytère, tandis que dans son esprit se formaient des images. Celle de sa grand-mère qui, mangeant son porridge lorsqu'il était allé lui dire au revoir, lui avait donné un baiser un peu laiteux. Elle lui avait ensuite essuyé la figure avec sa serviette de table. Il revit aussi Mrs. Wragge telle qu'il l'avait aperçue à travers la fenêtre de la cuisine, en train de pétrir la pâte du pain. Et, dans sa mémoire, surgirent en foule des chevaux, sautant, trottant, galopant, car pendant la période qui précédait le Concours hippique, on ne parlait guère d'autre chose. Renny, Piers et Dilly Warkworth ne quittaient que rarement leurs costumes de cheval. Nicolas et Ernest passaient des heures devant le paddock où l'on exerçait les chevaux.

Le cartable que Wakefield portait sur le dos lui semblait devenir plus lourd à chaque pas. Il se tortilla hors des courroies et se mit à traîner le sac par terre derrière lui pour changer. Parvenu à la clôture, au bout du champ, il remarqua que le cartable s'était ouvert et il en examina le contenu pour voir si rien n'y manquait. Oui ! L'arithmétique avait disparu ! Il parcourut le champ du regard et crut voir le livre, mais il n'en était pas sûr. Eh bien, le sol était sec ; cela ne ferait pas de mal à cette arithmétique d'attendre son retour.

Il s'aplatit sur le sol, se faufila sous la clôture et émergea sur la route. Devant lui s'élevait l'église, sur son monticule, au milieu du paisible cimetière. Il se dit qu'il s'y arrêterait avant de rentrer. Ses parents, qui étaient au ciel, seraient contents qu'il visitât leurs tombes. Ils seraient sûrement heureux de le voir aller prendre sa leçon tous les jours, si studieux en dépit de son cœur faible.

La porte du presbytère était ouverte et Wakefield entra sans frapper, ce qu'il pensa être indiqué puisqu'il était en retard.

Il s'assit à son pupitre, dans la bibliothèque, et balança les jambes. Au bout d'un certain temps, le pasteur arriva. Il portait son surplis.

— Je m'excuse de vous avoir fait attendre, Wakefield, dit-il. Mais j'avais ce matin le service de la communion. J'ai gardé mon surplis pour rentrer parce qu'il doit être lavé pour dimanche.

— C'est bien, dit Wakefield, parce que ma grand-mère mettra dimanche son nouveau manteau de fourrure.

— Un manteau de fourrure par un temps pareil ! s'écria

Mr. Fennell en ôtant son surplis. Je crains qu'elle n'ait beaucoup trop chaud.

— Non, dit Wakefield en secouant la tête. Pas ma grand-mère. Du moment qu'elle a envie de faire une chose, elle sera à son aise en la faisant.

— Je trouve que vous ressemblez assez à votre grand-mère, dit Mr. Fennell.

— Oui, répondit Wakefield, flatté, excepté pour l'âge. Elle a quatre-vingt-dix ans de plus que moi.

Le pasteur le regarda d'un air songeur.

— Si vous vivez aussi longtemps qu'elle, dit-il, je me demande dans quel genre de monde ce sera... L'année 2013...

— J'entends mes oncles dire que le monde est amusant même à présent.

— Il y a des choses plus importantes que l'amusement, Wakefield. Il y a vos leçons. Où est votre manuel d'arithmétique ?

Wakefield fouilla dans son cartable, puis dit en soupirant :

— Je ne le trouve pas. Je crains que mon frère Finch ne l'ait emprunté. Il est très en retard en arithmétique, et mon livre l'aide à faire ses problèmes. Voulez-vous que je rentre à la maison pour voir si je le trouve ?

— Non, non. Nous allons commencer par la géographie. Où est la carte de l'Ontario que je vous avais demandé de dessiner ?

Wakefield la montra aussitôt.

Mr. Fennell l'examina tout en caressant sa barbe brune mal soignée.

— Elle est très belle, dit-il, mais pourquoi est-elle signée « Ernest Whiteoak » ?

Wakefield se passa la main dans les cheveux et répondit :

— J'ai demandé à mon oncle de m'aider un peu, et ça l'a tellement intéressé qu'il l'a finie. Il a l'habitude de signer tout ce qu'il dessine et je n'ai pas osé l'en empêcher.

— Je comprends. Quelle partie de cette carte avez-vous faite vous-même, Wakefield ?

— Le lac, monsieur. J'ai fait tout le lac et j'ai dessiné le petit voilier qui est dessus, comme on en voit sur les cartes anciennes. Mon oncle a trouvé que c'était très bien.

— J'espère que la prochaine fois il vous laissera faire votre devoir tout seul. Nous allons maintenant apprendre un peu d'histoire.

Le reste de la matinée se passa fort agréablement, mais Wakefield fut content quand sa leçon se termina. Mr. Fennell lui donna l'une des grosses pommes de reinette d'un jaune verdâtre avec lesquelles il nourrissait la vache qu'il élevait dans le petit pré proche de l'église. Wakefield n'aimait pas beaucoup les reinettes et la porta à l'animal ; elle sembla éprouver une grande difficulté à l'avaler, et elle fit entendre des bruits de déglutition si déplaisants que Wakefield se hâta de la quitter. Il projetait d'aller un moment dans le cimetière et même à l'église. Il n'y avait jamais été seul et il se dit que ce serait une occasion favorable pour l'inspecter. La grille du cimetière se referma avec un fracas plutôt sinistre et il sembla à Wakefield qu'il gravissait un bien grand nombre de marches avant d'atteindre le niveau du champ des morts. Il ne jeta qu'un rapide coup d'œil sur la concession familiale où étaient enterrés le capitaine Whiteoak, son fils Philippe et ses deux épouses, de même que plusieurs bébés Whiteoak, fruits du second mariage de Philippe, qui avaient précédé Eden.

Wakefield connaissait les inscriptions gravées sur la dalle de granit et les noms que portait chacune des tombes. Rien ne retarda son intention d'entrer dans l'église. Une spirale de fumée montait comme de l'encens d'un tas de feuilles auprès duquel quelqu'un, avait laissé un râteau. Wakefield se demanda si cette personne se trouvait dans l'église ; aussi fut-ce sur la pointe des pieds qu'il pénétra sous le porche. Là, il hésita ; il y avait certainement quelqu'un dans l'église. Wakefield entendait des pas traînants que suivit un curieux tintement métallique. La peur accéléra les battements de son cœur. Il était prêt à fuir ; puis la curiosité l'emporta, il entrouvrit doucement la porte intérieure et risqua un coup d'œil. L'église lui parut plus claire et étrangement plus petite que de coutume, quoiqu'elle fût vide de fidèles.

Mais qui donc y remuait ? Oui, il y avait quelqu'un, et si près de la porte que Wakefield aurait presque pu le toucher. Il fut désappointé en reconnaissant Noah Binns, et il allait partir lorsqu'il fut fasciné par ce que Noah faisait. Il avait décroché le tronc du mur et le secouait avec précaution au-dessus d'une paume terreuse. Une pièce de monnaie tomba de la fente, puis une autre et une autre encore. Noah les regarda, l'air assez déçu, puis, après une plus forte secousse, une pièce de cinquante *cents* et ensuite deux de vingt-cinq *cents* lui tombèrent dans la main. Wakefield envia Noah Binns de s'être procuré avec si peu d'effort une somme qui lui semblait considérable. Il ouvrit plus largement la porte afin de mieux le voir.

Noah dut sentir qu'il était observé, car il sursauta. Deux des pièces lui échappèrent et roulèrent sous le banc le plus proche. Ses yeux et ceux de Wakefield se rencontrèrent. Puis Noah mit les pièces dans sa poche et saisit le petit garçon par l'épaule. Il le traîna au fond de l'église et le secoua furieusement.

— Lâchez-moi ! dit Wakefield, et il aurait crié si Noah ne lui eût dit doucement tout en desserrant son étreinte :

— Allons, allons, n'ayez pas peur. Je ne vais pas vous faire de mal.

Wakefield se rendit compte que Noah était encore plus effrayé que lui. Ses dents claquaient, et, dans le tronc des pauvres qu'il tenait toujours d'une main, les pièces de monnaie s'entrechoquaient.

— Lâchez-moi, répéta Wakefield, d'un ton d'autorité et d'accusation, cette fois. Je raconterai ce que vous avez fait... Vous verrez !

— Ce n'est pas ce que vous croyez, dit Noah. En entrant dans l'église pour réparer une fenêtre, j'ai remarqué une pièce coincée dans la fente du tronc, une pièce de cinquante *cents*. Ce n'est pas bien, que je me suis dit, et j'ai essayé de la pousser dedans. Mais elle n'a pas voulu entrer. Alors, j'ai secoué le tronc et il en est d'abord sorti quelques petites pièces. Vous comprenez ?

Wakefield ne dit rien, ses grands yeux fixés sur le visage effrayé de Noah. Une petite musaraigne brune traversa la travée. Le vitrail offert en mémoire du capitaine Whiteoak répandait d'éclatantes taches de couleur.

— Vous êtes arrivé juste à temps pour me voir remettre tout l'argent dans le tronc, dit Noah. Vous aimeriez peut-être le faire à ma place ?

— Oui, c'est ça.

Noah plongea sa main dans sa poche et en tira quelques pièces de cinq et de dix *cents*. Il tint le tronc sans plus trembler et Wakefield introduisit les pièces l'une après l'autre dans la fente.

— Voilà qui est fait, dit Noah en souriant, et maintenant nous allons remettre le tronc au mur, n'est-ce pas ?

— Où sont la pièce de cinquante *cents* et les deux de vingt-cinq ? demanda Wakefield.

Noah rit :

— Quel distrait je fais ! Avez-vous jamais rien vu de pareil !

Il sortit les deux pièces de vingt-cinq *cents* des profondeurs de sa poche et les tendit à Wakefield qui les glissa dans le tronc puis demanda :

— Où est la pièce de cinquante *cents ?*

Noah, maintenant, se tordait de rire :

— Je finirai par oublier ma propre tête ! dit-il, et il retrouva la grande pièce d'argent que Wakefield remit dans le tronc.

— Il y en a par terre, dit-il.

Ils s'accroupirent, mais Wakefield ne parvint pas à retrouver l'argent qui avait roulé sous le banc. D'ailleurs, il avait maintenant surtout envie de retrouver la petite musaraigne.

Noah fut le premier à se relever :

— Je les ai retrouvées et je les ai remises dans le tronc ; c'étaient des pièces de cuivre.

— Oh ! dit Wakefield, rien que des sous de cuivre…

— Je vais vous faire un cadeau, dit Noah, de mon propre argent, et, tirant deux pièces de vingt-cinq *cents* de sa poche, il les déposa dans la main de Wakefield : C'est pour vous remercier d'avoir été bon garçon et de m'avoir aidé à mon travail.

Wakefield regarda un moment l'argent avec étonnement, puis ses doigts se refermèrent et il murmura :

— Merci. Et si vous avez encore besoin d'être aidé, dites-le-moi.

Soudain l'attitude de Noah devint menaçante et il dit :

— N'allez surtout pas raconter ce qui s'est passé ici.

— Non, dit Wakefield auquel l'expression du visage de Noah ne plaisait pas du tout.

— Je ne veux pas qu'on bavarde sur mon compte.

— Non, dit Wakefield en reculant de quelques pas.

Noah éleva la voix :

— Cet endroit est sans pareil pour les commérages. Si on en fait sur moi, je saurai d'où ils viennent et je réglerai son compte à celui qui les aura lancés. Rien ne saurait être plus juste. Pas d'énigmes, n'est-ce pas ?

Wakefield fit demi-tour et partit à toutes jambes. Il cria « au revoir » et ne s'arrêta de courir qu'une fois sur la route. Il assujettit alors plus commodément son cartable sur ses épaules et examina les deux pièces qu'il serrait dans sa main. Sur l'une, il y avait la tête du roi et sur l'autre celle de la reine Victoria. Elles étaient toutes deux bonnes à dépenser.

Il s'arrêta devant la vitrine de l'unique petit magasin qui était simplement la fenêtre du cottage situé au-delà de la forge du maréchal-ferrant. On y voyait, disposés sur une table, des bouteilles de limonade gazeuse au gingembre, d'orangeade, de citronnade, un plat de brioches et deux tartes. A l'intérieur, sur le comptoir, il y avait des tablettes de chocolat, des bonbons et des biscuits.

Quand il entra, la sonnette tinta faiblement mais péremptoirement. Il se dit que c'était une erreur d'avoir placé la sonnette à la porte, car autrement, le client aurait pu examiner les marchandises à loisir et faire son choix. Mais déjà, Mrs. Brawn, le visage rougi par son fourneau, arrivait et lui demandait ce qu'il voulait. Il demanda de la citronnade avec des biscuits à la guimauve, ce qui coûtait dix *cents,* et pour dix *cents* de bonbons mélangés. Ces derniers furent mis dans un sac en papier pour qu'il pût les emporter, mais il resta debout devant le comptoir grignotant ses biscuits et suçant sa boisson à travers une paille. Mrs. Brawn le connaissait bien et quand il eut payé, elle demanda :

— Comment marchent les leçons ?

— J'apprends le latin, dit-il avec dignité.

— Le latin ! Seigneur ! A votre âge !

— Mr. Fennell pense qu'on ne commence pas assez tôt dans les écoles. Mon frère Finch ne l'a commencé qu'à douze ans. Quand j'aurai cet âge je serai capable de converser en latin. Savez-vous ce que veut dire « converser » ?

— Je pense bien. J'ai reçu une certaine éducation. Cela signifie avoir une conversation. Dites-moi quelque chose en latin.

Il avala le reste de sa citronnade avec un glouglou avant de dire :

— *Amo, amas, amat, amamus, amatis, amant.*

— Bong sang ! s'écria Mrs. Brawn. Et qu'est-ce que ça veut dire ?

— Ce sont différentes manières de dire « je vous aime ».

Elle ouvrit la bouche, puis fronça le sourcil et déclara :

— Je trouve ça honteux. Mettre des idées pareilles dans la tête d'un petit garçon. Le pasteur devrait avoir honte. Il sera bien temps que vous parliez des différentes façons d'aimer quand vous aurez vingt ans.

— Je suppose que Mr. Fennell pense que je ne vivrai probablement pas jusqu'à vingt ans et que mieux vaut que je m'y mette de bonne heure.

La pitié remplit de larmes les yeux de Mrs. Brawn.

— Quel malheur, mon Dieu, que vous soyez aussi délicat.

— Oui, n'est-ce pas ?... je crois que je vais prendre une bouteille de limonade au gingembre, maintenant. Voulez-vous me dire ce que je vous dois ?

Elle lui apporta la bouteille et dit :

— Vous me devez déjà dix *cents,* ne l'oubliez pas.

Il s'absorba un moment dans la succion de sa limonade avant de répondre :

— Je ne l'oublierai pas. Il y aura beaucoup d'argent chez nous après le Concours hippique. Mon frère Renny gagnera un tas de prix, vous savez.

— Ah ! c'est un beau cavalier. Je le vois passer presque chaque jour et la dame qui est en visite chez vous aussi. Je suppose qu'on parle beaucoup de chevaux à Jalna ces temps-ci.

— De rien d'autre. Tout le monde ira tous les soirs au Concours hippique excepté moi, mais j'irai deux fois. Même ma grand-mère parle d'y aller à cause de son nouveau manteau de fourrure.

— Mon Dieu ! elle va y aller ?

— Nous essayons de lui faire comprendre que l'église vaut mieux pour elle... mais ce n'est pas facile.

Cette aimable conversation termina sa visite à la boutique et il reprit le chemin de Jalna. Avec une légère surprise, il retrouva dans le champ son livre d'arithmétique, le replaça dans son cartable et finit par regagner la maison au petit trot.

— Vous mangerez à la cuisine, jeune moutard, lui dit Wragge. Les trois messieurs sont allés en ville de même que Miss Warkworth. Votre grand-mère, votre tante et Miss Whiteoak sont parties déjeuner chez les Miss Lacey. Il a fallu deux bonnes heures pour habiller votre grand-mère et la mettre en voiture. Je ne sais pas ce qui l'a prise, mais elle devient chaque jour plus vivante. Hier, elle m'a dit : « Rags, je gagne de l'argent. » Imaginez-vous ça, à son âge !

Dans la cuisine, Mrs. Wragge demanda à Wakefield ce qu'il voulait manger.

— Un sandwich avec beaucoup de moutarde et un morceau de tourte au potiron.

— Ce n'est pas grand-chose pour dîner.

— Je n'ai pas très faim.

— Ce sont toutes ces études ! s'écria Mrs. Wragge. Ce pasteur le fait travailler trop dur.

— Qu'est-ce que vous avez appris aujourd'hui ? demanda Rags.

Perché sur un coin de la table, Wakefield dit :

— Mr. Fennell portait son surplis, aujourd'hui.

— Quand l'a-t-il porté ?

— Pendant toute ma leçon.

Les Wragge échangèrent un regard.

— Je n'ai jamais rien entendu de pareil, dit l'homme. Pourquoi a-t-il fait cela ?

— Simplement pour avoir l'air saint, dit Wakefield.

La cuisinière éclata de rire.

— Il doit être fou. Rien d'étonnant que vous n'ayez pas faim.

— Est-ce qu'il vous enseignait quelque chose de spécial, de la Bible ? demanda Rags.

Le sandwich étant prêt, Wakefield y mordit, puis il dit :

— La première question que Mr. Fennell m'a posée était : quelle est la différence entre un cheval de route et un cheval de chasse.

— Et vous l'avez su ?

— Bien sûr.

— Et quelle a été la question suivante ?

— Il m'a demandé quelles sont les qualités requises d'un cheval de selle.

— Il est dément, dit la cuisinière.

— Je parie que vous ne le saviez pas, dit Rags.

La bouche pleine de sandwich, Wakefield dit :

— Il doit lever ses pieds assez haut pour pouvoir chasser les mouches de son ventre. Il ne doit ni se plier, ni désarçonner, ni écarter largement ses jambes de derrière.

— Toute cette histoire est inventée, dit Mrs. Wragge. Je n'en crois pas un mot. Mangez votre tourte, maintenant, et allez-vous-en. Je veux laver ma cuisine.

Wakefield en mangea la moitié tout en traversant lentement le hall. Dans la bibliothèque, il en offrit l'autre moitié à Boney, le perroquet. Puis il s'assit et réfléchit au fait qu'il était seul dans la maison. A sa souvenance, cela ne s'était encore jamais produit. Il savoura un bref moment le silence de la vaste demeure, puis, avec la lente majesté du propriétaire absolu, il partit en exploration. Boney, le bec englué de tourte, le suivit des yeux d'un air railleur, essaya de parler, mais ne put articuler un mot.

Wakefield se dit qu'il commencerait par le dernier étage, et la chambre d'Eden. La porte de cette chambre était généralement fermée, sauf lorsque Eden était au lit, car il aimait dormir dans un courant d'air. Wakefield entra et referma la porte derrière lui. La fenêtre était grande ouverte et l'on était bien, là-haut, parmi les cimes des arbres. Il ouvrit le tiroir du bureau et vit les derniers vers d'Eden écrits au crayon sur des pages d'un calepin. Il y avait aussi des poèmes dactylographiés et plusieurs feuilles imprimées commençant par : « Les directeurs ont lu votre manuscrit avec intérêt mais regrettent... » C'était très ennuyeux, à l'exception des poèmes qui avaient paru dans des revues. Eden les avait découpés et collés dans un cahier d'écolier. Wakefield aimait les réalisations, et ces poèmes imprimés le rendaient fier d'Eden comme il savait que l'étaient Meg et les oncles.

Il s'aspergea les cheveux avec une eau de toilette parfumée qui était sur le lavabo. Ensuite, il passa dans la chambre où couchaient Piers et Finch. Il n'y trouva rien d'intéressant, à part une demi-tablette de chocolat qu'il goûta et qui lui plut tellement qu'il l'acheva.

Il glissa sur la rampe de l'escalier jusqu'à l'étage d'en dessous. Il s'était soudain rappelé sa tirelire que Meg gardait dans sa chambre et la pièce de vingt-cinq *cents* que lui avait donnée Noah Binns. Il trouva la tirelire dans l'armoire ; elle avait la forme d'une petite maison, et l'on y glissait les pièces par la cheminée. Mais d'abord, il renversa la tirelire et la secoua énergiquement pour voir si elle rendrait son contenu comme l'avait fait le tronc des pauvres. La tirelire, elle, ne voulut rien lâcher. Soudain, sans raison, il décida de ne pas y mettre les vingt-cinq *cents*. Il les refourra dans sa poche et replaça la tirelire dans l'armoire. C'était merveilleux d'avoir la maison pour lui tout seul. Il descendit au rez-de-chaussée à califourchon sur la rampe ; en atteignant le pilastre, il entendit avec surprise jouer doucement du piano. Il dégringola de la rampe et vint à pas de loup regarder par le trou de la serrure de la porte du salon. Finch était assis au piano, lui qui ne savait pas jouer une note ! Mais son tapotage était doux et plutôt joli jusqu'à ce qu'il devînt un torrent d'étranges et bruyants accords. Wakefield ouvrit la porte et entra. Il s'approcha de Finch, par-derrière, jusqu'à ce que ses mains reposassent sur le clavier.

— Très bien, mon garçon, vraiment très bien, dit-il pompeusement.

Finch vira sur le tabouret et lui fit face.

— Voilà un quart de dollar, pour toi, dit Wakefield en tirant de sa poche la pièce d'argent, pour te récompenser d'avoir joué un aussi joli air.

— En voilà un toupet, dit Finch. Qui crois-tu être ?

— Ton oncle Wakefield, mon garçon.

— D'où te vient cette pièce ?

— Du tronc des pauvres de l'église.

— Petit menteur.

— Pas de mystères, s'il te plaît ! La veux-tu ?

Finch lui prit la pièce, saisit son frère par le bras et la lui glissa dans son col.

— Tiens, voilà comment je la veux, dit-il. Et puis, écoute, ne dis à personne que j'étais au piano. Je sais que je suis incapable de jouer, mais... enfin, n'en parle pas.

Wakefield sentit la pièce descendre le long de sa colonne vertébrale ; il se tortilla et elle apparut de dessous sa culotte. Il l'empocha et dit, fier d'être avec Finch sur le pied de la confidence :

— Entendu, je ne dirai rien, Finch. Ayons un secret ensemble. Faisons quelque chose ensemble ; tu sais quel genre de chose.

— Par exemple ?

— Allons voir ce que Gran garde dans le petit tiroir de l'armoire.

— Je ne l'ai jamais remarqué.

— Moi, oui. Et hier elle l'a refermé bien vite quand j'y ai jeté un coup d'œil. Allons voir... ensemble !

Finch partit d'un bond et s'arrêta :

— Où est-elle ?

— Chez les Lacey, avec Meg et tante Augusta.

Finch ouvrit la porte de la chambre à coucher, Wakefield sur ses talons.

— Je crois que c'est un crâne, dit le petit.

— Nous ne devrions pas faire cela, dit Finch.

Mais il ne put s'en empêcher. Il fallait qu'il eût ce secret avec lui pour que Wake ne racontât pas qu'il pianotait. Il était ridiculement sensible à la taquinerie, depuis quelque temps. Il ouvrit le tiroir.

— C'est ça que j'ai cru être un crâne, murmura Wake en désignant une grosse éponge neuve. Et là, c'est le sachet que Miss Pink lui a donné, et là, c'est la petite boîte avec les Chinois sur le couvercle.

— Nous ne devons pas fouiner là-dedans, dit Finch, honteux.

Puis, quelque chose attira son regard : tout au fond du tiroir se trouvait le certificat des actions du Lac Indigo. Ce fut le mot Indigo qui retint son attention. Il se rappelait la façon énigmatique dont sa grand-mère s'en était servie et comment Eden avait, plus d'une fois, paru gêné lorsqu'elle le prononçait. Mais ce n'était pas son affaire, et il allait refermer le tiroir quand une tête particulièrement dure s'inséra entre celles des deux garçons.

— Qu'est-ce que vous fabriquez ? demanda Renny.

— Oh ! rien... rien du tout, bégaya Finch.

— Nous jetions simplement un petit coup d'œil sur les trésors de ma grand-mère, dit Wakefield.

— Vous devriez avoir honte, et j'ai bonne envie de vous administrer à chacun une raclée, dit Renny.

Puis il aperçut le certificat. Il se pencha un moment pour le regarder, puis referma brusquement le tiroir.

— Ne revenez pas ici en l'absence de Gran. J'ai honte de vous.

— Tu l'as remarqué toi aussi, dit Wakefield. Qu'est-ce que ça veut dire ?

Dans la bibliothèque, Boney hurla :

— De l'or... espèce de vieux diable ! Des pièces de huit !

17

Après le concours

Nicolas attendait sans anxiété mais avec un peu d'impatience le chèque de la vente de ses actions du Lac Indigo. Mais, comme tous les habitants de Jalna, il était fort excité par le Concours hippique. Les chevaux de Renny réussissaient bien. Lui-même obtint le premier prix de saut en hauteur dans la classe des chevaux de chasse. Dilly Warkworth se vit décerner un troisième prix. Piers, qui montait des poneys de polo, en remporta plusieurs. L'une des vaches de Jersey de la ferme fut primée, et un attelage de percherons reçut une mention honorable. Quand le Concours fut terminé et les animaux de retour dans leurs stalles, tout le monde en avait son content et était presque soulagé, car le temps s'était mis à la pluie, et il n'était guère agréable de circuler dans la vieille voiture dont la capote ne protégeait pas du vent et à peine de la pluie. Le chiffon avec lequel Renny essuyait le pare-brise embué était souvent dans sa main. Ceux qui étaient allés au Concours descendirent de voiture, ankylosés et fatigués. Les arbres, plus noirs que la nuit, suçaient l'humidité par leurs racines. Les chiens arrivèrent en aboyant sous le porche pour accueillir leur maître. Rags mourait d'impatience de connaître les résultats de la journée. Il était allé deux fois au Concours et y avait une fois emmené sa femme. Le soir où il s'y était rendu seul, il se grisa et ne revint à Jalna que le lendemain.

Les membres de la famille de retour du Concours s'assemblèrent autour de la table où un souper tardif les attendait : du rôti de bœuf froid, du fromage, du pain de fabrication domestique, de craquantes tiges de céleri ; sur la nappe damassée, une carafe de vin et une de whisky reflétaient la lumière. Même à travers deux portes fermées, les conversations et les rires éveilleraient la grand-mère, elle frapperait le plancher de sa canne et demanderait à celui qui répondrait à cet appel :

— Dis-moi qui a gagné. Je ne veux pas être tenue à l'écart de ce qui se passe.

C'était Renny qu'elle préférait voir arriver parce qu'il était celui qui lui décrivait le Concours avec les plus grands détails. Assis sur son lit, il lui racontait les prouesses de chacun de ses chevaux. Il l'excitait, et ses yeux de quasi-centenaire étincelaient tandis qu'elle disait :

— Je crois sentir l'odeur de la piste. Je crois entendre la fanfare, mais... Dieu ! tu devrais voir les Concours hippiques d'Irlande !

— Je les ai vus, Gran ; ils ne sont pas supérieurs aux nôtres.

— Ah ! l'Irlande est le pays des chevaux et de la chasse à courre. Tu aurais dû me voir, quand j'étais jeune fille, cramponnée à mon cheval qui sautait par-dessus les murs. C'est à la chasse, en Irlande, que j'ai fait la connaissance de mon cher Philippe.

— Mais non, Gran, c'est aux Indes que vous l'avez rencontré pour la première fois.

— C'est vrai. C'est vrai. Comme ma mémoire devient mauvaise. Dire que j'ai pu oublier une chose pareille ! Maintenant, je me rappelle que je lui décrivais l'Irlande et que j'aurais voulu qu'il y eût été. Voilà pourquoi j'imagine que je l'y ai vu, mon bien-aimé ! Mais parle-moi encore du Concours. Comment cette Dilly a-t-elle monté la jument ?

— Elle aurait dû — je veux dire la jument — avoir un premier prix, mais la façon dont Dilly l'a maniée ne lui en a fait obtenir qu'un troisième. Tiens, je vais vous montrer ce que je veux dire.

Et, se mettant à califourchon sur une chaise, il fit semblant de trotter et de brandir une cravache imaginaire. Sa grand-mère, son bonnet tout de travers, rit tellement fort qu'on l'entendit de la salle à manger et qu'Ernest vint avec inquiétude dire :

— Toute cette agitation est très mauvaise pour vous, maman. Vous ne dormirez pas.

— Mêle-toi de ce qui te regarde, répliqua-t-elle. Je veux que ce Concours me soit représenté jusqu'au bout.

La vieille Adeline Whiteoak fut, en effet, longue à s'endormir, mais d'agréables pensées l'occupèrent. En fait, ce n'était pas des pensées mais une succession d'images qui traversaient son esprit — elle comptait les chevaux qui sautaient comme on compte les moutons pour s'endormir. Elle voyait les tuniques écarlates de la Police Montée. Elle entendait l'orchestre et voyait la foule applaudir. Dans le clair-obscur nocturne, elle voyait l'aîné de ses petits-fils rebondir sur sa chaise, sa tête couleur des feuilles d'automne que le vent avait chassées contre sa fenêtre ce jour-là. Elle entendait rire dans la pièce voisine. Les feuilles qui planaient, les chevaux qui sautaient se confondirent dans ses rêves.

Les derniers à monter furent Dilly Warkworth et Renny. Au pied de l'escalier, elle dit :

— Je sais que vous n'êtes pas content de moi.

— Qu'est-ce qui vous le donne à penser ?

— Je n'ai jamais monté aussi mal. Je pourrais me tuer.

— Sottise. Vous avez obtenu un prix.

— Un troisième ! Cela aurait dû être un premier !

— Oui, en effet, dit-il.

— J'ai fait tous mes efforts... pour vous. Est-ce que vous me détestez ?

— Il est temps d'aller vous coucher. Vous êtes rompue de fatigue.

Elle appuya son visage contre le pilastre et se mit à pleurer. Il lui toucha du bout des doigts la nuque qu'elle avait très jolie. Cela suffit. Elle lui enlaça le cou de ses deux bras et attira son visage jusqu'au sien. Il l'embrassa avec indifférence tout en songeant qu'il ne l'avait jamais vue ausi jolie. Elle avait l'air lasse et pâle, plus jeune que d'habitude, et assez touchante. Il remarqua ses longs cils et ses charmantes petites oreilles.

— Ne vous tourmentez plus au sujet du Concours. Allez vous coucher. Vous êtes fatiguée.

— Nous sommes faits l'un pour l'autre, dit-elle, le souffle court. Vous le savez. Nous ne pouvons éviter de nous unir, n'est-ce pas ?

— Je ne vois pas pourquoi, dit-il.

— Nous sommes si semblables. Nous aimons les mêmes choses.

— Nous ne nous aimons pas l'un l'autre.

— J'adore le sol que foulent vos pieds.

— Je ne suis pas de ceux qui se marient, si c'est à cela que vous pensez.

— Je n'ai jamais pensé à autre chose.

— Vous me surprenez, dit-il, pour m'exprimer avec modération.

— Comment me jugiez-vous ?

— Oh ! le cœur plutôt léger. Vous dites toujours que les choses vous amusent.

Agrandissant les yeux, elle dit :

— J'ai eu une tragédie dans ma vie.

— Les femmes ont des chagrins d'amour tous les jours.

— Pas celles dont les sentiments sont aussi profonds que les miens.

— Voyons, voyons, allez vous coucher.

— Pourquoi parlez-vous tout le temps d'aller se coucher ?

— Vous avez l'esprit drôlement tourné, Dilly, dit-il.

— Je me sens prête à me trouver mal, dit-elle. Voulez-vous me chercher quelque chose à boire ?

— Vous avez suffisamment bu.

— Quelle brute vous êtes ! Je devrais vous haïr. Mais je ne vous hais pas... non, je ne vous hais pas...

Des sanglots l'étranglèrent ; elle remua la tête, cherchant l'appui de l'épaule de Renny.

— Mon Dieu ! s'écria-t-il, exaspéré. Je voudrais que vous alliez vous coucher.

— Je me sens mal. Trop mal pour monter cet escalier.

Elle était en effet fort pâle. Il se plaça derrière elle, la prit par les bras et lui fit gravir l'escalier moitié en la poussant moitié en la portant. Il ouvrit la porte de la chambre de Dilly située en face de la sienne et l'y fit entrer. Toujours cramponnée à lui, ne pleurant plus, elle dit d'une voix enjôleuse avec un petit rire :

— Fiançons-nous. Ce serait si amusant.

— Dilly, dit-il d'un ton égal, je coucherai avec vous si vous y tenez, mais je veux être damné si je vous épouse.

Elle lui répondit par une gifle retentissante en disant :

— Vous êtes un démon !

— Certains hommes aiment à être giflés par une femme. Je ne suis pas de ceux-là.

Comme si ç'avait été elle qui eût été giflée, Dilly recommença à pleurer. La porte de la chambre de lady Buckley s'ouvrit et elle parut, vêtue d'une robe de chambre de velours violet, sa frange reine Alexandra roulée sur des bigoudis.

— Qu'est-ce qui se passe ? demanda-t-elle. Qu'est-ce qu'il vous a fait, Dilly ?

— Rien.

— C'est ça l'ennui, dit Renny.

Lady Buckley les dévisagea l'un après l'autre avec désapprobation.

— Je suis choquée, dit-elle, qu'une scène pareille ait lieu sans raison... J'ai entendu la gifle. Qui l'a donnée, et où ?

— C'est elle, ici, dit Renny en désignant sa joue.

— C'est honteux, dit sa tante. Je resterai ici jusqu'à ce que j'entende vos deux portes se fermer à clef de l'intérieur.

Elle demeura debout dans le couloir, ses bigoudis ne lui enlevant rien de sa dignité.

— Bonne nuit, ma tante.

Renny déposa un baiser sur sa longue joue blême et, avec un rapide regard sur Dilly, disparut dans sa chambre et en ferma la porte à clef.

18

La bulle crève

Avant qu'Eden partît prendre son train, Rags vint lui dire de la part de Nicolas :

— Votre oncle voudrait vous voir dans sa chambre une minute, monsieur.

Eden regarda sa montre.

— Bon Dieu ! Je n'ai guère le temps. Je vais manquer mon train.

Il monta l'escalier quatre à quatre et apparut au chevet de Nicolas qui avait, sur ses genoux, le plateau de son petit déjeuner.

— Est-ce au sujet du Lac Indigo, oncle Nick ? demanda Eden.

— Oui. Je voudrais que tu t'informes de la raison pour laquelle je n'ai pas reçu mon chèque.

— Je le ferai.

— Même si le titre a baissé, je veux vendre. Fais-le comprendre à ce Kronk.

— Je suis sûr qu'il a vendu vos actions. Vous recevrez probablement votre chèque aujourd'hui.

Mais le chèque n'arriva pas, et Nicolas attendait près de la porte quand Eden et Finch rentrèrent ce soir-là. La nuit tombait de bonne heure. Les deux frères avaient secoué la neige de leurs chaussures sous le porche, mais ils en apportèrent quand même un peu dans le hall.

— Il fait un temps de chien, dit Eden. Je me demande pourquoi on n'est pas venu nous chercher à la gare.

— Wright a emmené la voiture pour la faire réparer.

— Nous aurions besoin d'une voiture neuve.

— Peu probable qu'on l'achète. Finch, sois gentil, monte me chercher mes lunettes et descends Nip par la même occasion.

« Qu'il est doux de se sentir chez soi, songea Finch, de retrouver la chaleur et les bruits de son foyer : la voix de tante Augusta faisant la lecture à Wakefield ; le rire de grand-mère, victorieuse d'Ernest au trictrac ; Meg et Rags discutant avec animation dans la salle à manger les mérites respectifs de deux marques de pâte à polir les métaux... » Finch trouva les lunettes et découvrit Nip pelotonné sur le lit de son maître. Malgré les protestations du petit chien, il le ramassa, lui mit un baiser sur le sommet de la tête et redescendit l'escalier. Nicolas et Eden étaient toujours dans le hall.

— Eh bien, l'as-tu vu ? avait demandé Nicolas.

— Non, oncle Nick. J'ai téléphoné à son bureau et à son appartement, à midi, sans obtenir de réponse. L'après-midi, je suis allé à son bureau ; il n'y était pas. Alors, je suis allé à son appartement et j'y ai trouvé Mrs. Kronk. Elle m'a dit que son mari avait été appelé hors de la ville. Mon insistance l'a étonnée, mais je lui ai dit que vous aviez été surpris du retard apporté à l'envoi de son chèque. Elle m'a dit être sûre qu'il avait été mis à la poste.

— Eh bien, dit Nicolas, si je ne le reçois pas demain matin, j'irai voir Kronk moi-même.

— Je le voudrais bien.

— Voici vos lunettes, oncle Nick, dit Finch, et voici Nip.

On entendit de nouveau des pieds secouer la neige sous le porche, et Renny et Piers pénétrèrent dans le hall.

— Quel temps ! dit Piers. C'est l'hiver !

— Nous avons été obligés de revenir de la gare à pied, dit Eden, face au vent.

— Oh ! j'ai marché plus loin que ça.

— Face au vent du nord ?

— Eh bien, non.

De l'abri formé par ses trois frères et son oncle, Renny jeta un coup d'œil prudent dans le salon. Il vit Dilly perchée sur le bras du fauteuil de la grand-mère, suivant sa partie de trictrac. Il ne l'avait pas encore vue de la journée, qu'il avait passée avec Maurice Vaughan. A la chaleur du feu découvert et à la lueur de la lampe, le visage de Dilly était d'un rose vif. Son sourire emprunté ressemblait à celui d'une actrice quêtant les applaudissements après une scène de tragédie.

Sa tante, qui se tenait avec Wakefield dans la bibliothèque, aperçut Renny par la fente de la porte entrouverte. Fermant le livre, elle dit :

— Wakefield, va dire à ton frère Renny que je désire lui parler ici. Nous finirons cette histoire plus tard.

— Eh bien, ma tante, fit Renny, quelques instants plus tard, le dos contre la porte qu'il venait de fermer derrière lui.

— Tu rends les derniers jours de ma visite très difficiles, dit-elle avec un accent de reproche.

— Vous l'avez rendue difficile pour moi en amenant Dilly Warkworth, riposta-t-il.

— C'est une jolie fille bien portante. J'ai pensé qu'il pourrait résulter de sa venue quelque chose à ton avantage.

— Comment avez-vous pu vous l'imaginer, tante Augusta ? Elle n'est pas du tout mon genre.

Elle le regarda avec sévérité :

— Cette scène d'hier soir... je rougis pour toi en y pensant.

Il lui rendit son regard avec l'air de chercher à découvrir sa rougeur et dit :

— J'aime à donner la chasse moi-même.

— Alors, pourquoi Dilly t'a-t-elle giflé ?

La voix de contralto, l'expression de reproche exagérée de sa tante l'exaspérèrent au point qu'il se contenta de grimacer un sourire sans parler.

— Rappelle-toi que tu es l'aîné, dit-elle, et que tu dois donner le bon exemple.

Il s'approcha d'elle et se laissa tomber à son côté sur le vieux canapé de cuir.

— Ma tante, dit-il, si vous saviez quel mal j'ai eu à défendre ma vertu !

— Contre Dilly ? demanda-t-elle.

— J'aurais dû dire la vertu de Dilly, répondit Renny.

— Je la tenais pour une jeune personne aux principes élevés.

— Eh bien, c'est le mariage qu'elle désire, si c'est cela que vous voulez dire.

— Mon cher, elle a une très belle fortune.

— Et une très mauvaise assiette à cheval.

— Vous avez été inséparables, ces derniers temps.

— J'espère moins la voir, maintenant que le Concours est passé.

— Je serai bientôt partie, et elle avec moi.

Il entoura sa tante de son bras.

— Vous savez que j'aimerais vous garder ici toujours, tante Augusta.

A cet instant, Wragge ouvrit à deux battants la porte donnant sur la salle à manger, révélant la table où onze couverts étaient dressés, avec, au milieu, un haut compotier d'argent rempli de pommes rouges, luisantes d'avoir été frottées, et de raisins noirs et blancs. Sur le plat, auquel Wragge avait infligé plusieurs ébréchures, reposaient quatre canards froids entourés de persil, et dans de petits légumiers, il y avait du chou rouge au vinaigre, de la gelée de groseilles rouges et de la sauce aux pommes. A côté de chaque assiette était posé un gros morceau de pain fait à la maison ; le beurre, également de fabrication domestique, était renfermé dans un beurrier dont le couvercle présentait la forme d'une mitre d'évêque. Il y avait en outre sur la table du cidre dans une carafe jaune et du thé dans une énorme théière. Wragge apporta le dernier plat de ce service : des patates douces au gratin. Wakefield ne les aimait pas et leur fit une grimace en passant. Une fois assis, il se débarrassa furtivement de son pain qu'il n'aimait pas non plus, en le donnant à Ben, le chien de berger. Celui-ci le porta dans la bibliothèque et le cacha sous le canapé.

— Je suis assez content que le Concours hippique soit fini, dit Ernest ; un autre sujet de conversation est à présent possible. Depuis des semaines, il n'a été question que de chevaux.

— Eh bien, dit Dilly, moi aussi je suis contente. Je me suis discréditée.

Un chœur de « non » s'éleva, auquel Renny s'abstint de participer tandis qu'il découpait, avec une application calculée, le premier canard.

Dilly répéta qu'elle s'était discréditée et ajouta que mieux aurait valu faire monter la jument par la drôle de petite fille du voisin.

Cette allusion était si malencontreuse que Nicolas et Ernest se mirent aussitôt à parler du temps avec une grande animation. Hochant la tête, leur mère convint que l'hiver était arrivé.

— J'en suis contente, dit-elle. Je mettrai mon nouveau manteau de fourrure pour aller demain à l'église.

— Croyez-vous raisonnable de sortir par un froid pareil, maman ? dit Ernest.

— Il faut que je porte mon nouveau manteau. Rien qu'une fois. Après cela, je le mettrai de côté pour l'hiver.

Un gémissement se fit entendre tout autour de la table à l'idée d'une telle extravagance.

— Et je veux m'asseoir sur les nouveaux coussins que je donne pour les bancs, continua-t-elle. Sont-ils arrivés ?

— On doit les envoyer la semaine prochaine, Granny, dit Meg.

— Bon. Tout sera neuf et pimpant pour Noël. Vas-tu t'acheter un nouveau pardessus, Eden ?

— Moi, Gran ? Avec les dix dollars que m'a rapportés mon dernier poème ?

Un sourire malicieux fit briller les yeux de la vieille femme.

— Je t'en achèterai un, mon garçon. De la couleur qui te plaira. Que dirais-tu du bleu ? Du bleu indigo ?

— Bonne idée, Gran, dit Renny.

Puis, le mot indigo le frappa. Il se rappela le certificat que l'émoi du Concours hippique lui avait fait oublier. Avec un regard pénétrant, il demanda :

— Il me semble avoir déjà entendu le mot indigo. Est-ce un mot de passe secret ?

Avec une expression rusée, sa grand-mère répondit :

— Je ne sais pas ce que tu veux dire...

Mais elle s'amusait énormément.

— La vérité, Granny, dit-il. Qu'est-ce que c'est qu'Indigo ?

Il ne se doutait pas du réseau compliqué de tromperie qui l'entourait, elle ne se doutait pas que d'autres qu'elle-même fussent mêlés à l'affaire. Ils se faisaient face avec un mélange d'enjouement et d'antagonisme.

La stupéfaction tendait les nerfs des autres actionnaires. En était-elle aussi ? A son âge ? Ses fils et sa fille portèrent les yeux sur elle, puis sur Eden, s'entre-regardèrent et la dévisagèrent de nouveau.

« Maintenant toute cette maudite histoire va être révélée », songea Eden. Mais peu lui importait. Tout le monde avait gagné beaucoup d'argent ; le secret devait forcément être éventé un jour ou l'autre. Son regard accrocha celui de Dilly et ses lèvres formèrent les mots : « Comme c'est amusant ! » Mais après un coup d'œil complice et un bref sourire, elle tourna les yeux vers Renny avec une expression dont Eden s'étonna. Elle ressemblait presque à de la haine.

Nicolas se dit : « Ce coquin d'Eden. Maintenant, je comprends la conduite étrange de maman. Je vais lui conseiller de vendre. Je me demande si le vieil Ernie en est aussi. »

Ernest pensa : « Rien d'étonnant que maman ait eu des allures aussi mystérieuses. Le manteau de fourrure... les coussins pour les bancs de l'église... je me demande combien elle a gagné. »

Piers serra le genou d'Eden sous la table. Il tremblait d'un rire réprimé. Eden lui saisit le poignet. Ils n'osaient pas se regarder l'un l'autre. A voix basse, Piers dit :

— De l'or, espèce de vieux diable !

Renny, ayant fort rapidement servi la société, insista :

— Allons, Gran, dit-il, expliquez-vous. Qu'est-ce que le Lac Indigo ?

— Mêle-toi de tes affaires, répondit-elle. Le Lac Indigo est la mienne, et une affaire très lucrative... très lucrative. Ne regrettes-tu pas de ne pas y participer ?

Elle regarda Eden qui rit en se disant : « Le feu est aux poudres, maintenant. » Il posa son couteau et sa fourchette et se prépara au combat.

— Qu'est-ce que c'est que toute cette histoire ? demanda Renny à Nicolas.

— Ma mère ne m'a rien dit, répondit celui-ci.

— Est-ce un secret, Gran ? demanda Renny.

— C'est un secret entre Eden et moi, dit-elle résolument.

Sentant les regards de ses oncles et de sa tante fixés sur lui, Eden rougit. Son cœur battit plus vite, mais il ne parla pas.

— Faut-il comprendre, maman, demanda Augusta, que vous avez spéculé ?

— Rien ne peut m'en empêcher si j'en ai envie, n'est-ce pas ?

— Bien sûr que non.

— Mrs. Whiteoak et moi sommes toutes deux un peu joyeuses, n'est-ce pas, Mrs. Whiteoak ? dit Dilly.

— Ce n'est pas du jeu ça. C'est de l'or massif, n'est-ce pas, Eden ?

— Quel est ton rôle dans cette histoire, Eden ? demanda brusquement Renny.

Avant qu'Eden eût pu répondre, Ernest intervint :

— Je n'aime pas ces secrets. Pas du tout. Si Eden... si maman...

Il s'embrouilla, prononça quelques paroles confuses, puis :

— J'aime la franchise.

— Alors, demanda Nicolas, pourquoi n'as-tu pas été franc toi-même ?

Ernest rougit.

— J'ai commis des erreurs autrefois. Je le reconnais. Je ne voudrais pas être accusé de... de folie.

— Folie n'est guère le mot qui convient, oncle Ernest, dit Meg. Pas au sujet d'un placement aussi sûr que celui-là.

— Toi aussi, Meg ? dit Renny en la regardant avec stupéfaction.

— Et pourquoi pas ? J'aime, autant que tout le monde, à gagner un peu d'argent.

— Eh bien, je veux être damné ! dit Renny en scrutant les visages réunis autour de la table. Je semble être le seul à ne pas être embringué dans cette histoire !

— Je t'en ai offert l'occasion, dit Eden.

— Je ne m'en souviens pas.

— Cela ne t'a pas intéressé.

— Que crois-tu être ? Un courtier ?

— Eh bien... j'ai une certaine expérience.

— Je trouve qu'Eden a été très habile, dit Meg.

— Je te parlerai plus tard, Eden, dit Renny.

La voix enfantine, aiguë, de Wakefield demanda :

— Est-ce que quelqu'un a volé ? Y a-t-il une énigme ?

— Il y a un monceau d'or, dit sa grand-mère. L'or du Lac Indigo.

Rags avait changé les assiettes ; il plaçait maintenant sur la table un plat de crêpes bien chaudes et un grand pot de sirop d'érable.

— Tiens-toi droit, dit Meg à Wakefield, et ne fais pas de bruit en mangeant ton céleri. Tu devrais déjà l'avoir fini.

— Finch fait du bruit. Et Gran aussi.

— Finch n'a pas encore appris les bonnes manières, dit la grand-mère, et moi je les ai oubliées. Quand on atteint mon âge, on n'a plus le temps d'y penser, et elle croqua son céleri avec appétit.

— Cet enfant, dit Augusta, est trop enclin à émettre des commentaires sur les grandes personnes.

— Il est si observateur, dit Meg. Il remarque tout.

— Et quels yeux il a, dit Dilly.

— Oui, dit la grand-mère, nous avons de beaux yeux, dans cette famille... Et ouvrant les siens tout grands, elle les roula en regardant l'aîné de ses petits-fils... Bleus ou bruns, ils sont d'une belle forme et brillants. Ce coquin-là — et elle désigna Piers de sa branche de céleri — , il a les yeux de son grand-père, celui du portrait — bleus comme le ciel d'un matin de mai !... Elle regarda un moment avec ravissement le visage peint... A regarder ces yeux, on se sent fondre le cœur.

Dilly les regarda, et, d'un air extasié, dit :

— J'admire toujours un homme aux yeux bleus.

— Vraiment, fit la vieille Adeline. Je croyais que vous admiriez le diable aux yeux noirs assis au bout de la table.

— Est-ce que ses yeux sont noirs ? fit Dilly. Je ne l'avais pas remarqué.

— Ils sont noirs et ses cheveux sont roux. Vous ne l'aviez pas remarqué ! Drôle de fille ! Vous n'êtes pas comme la plupart des femmes, hein, Renny ?

— Quand nous sommes ensemble, Dilly et moi, répondit Renny, nous n'avons pas le temps de nous occuper de frivolités.

Selon son agaçante habitude, Rags vint murmurer quelque chose à l'oreille de Renny :

— Je vous ai entendu mentionner le Lac Indigo, monsieur, et j'ai pensé que cet article du journal du soir pourrait vous intéresser.

Il plaça une page du journal soigneusement pliée à côté de l'assiette de Renny.

— Merci, dit Renny en se penchant pour lire l'article marqué d'un trait de crayon.

— Pas d'énigmes, s'il vous plaît, dit Wakefield.

La grand-mère parlait de l'approche de Noël.

— Je me souviens que lorsque j'étais jeune fille, en Irlande, on avait un paon rôti pour dîner, avec les plumes de sa queue dressées comme un éventail au-dessus de lui. Aucun dindon n'a jamais été aussi bon.

— Comme c'est amusant ! dit Dilly.

Les crêpes étaient d'un brun doré, délicieuses ; sur leurs bords brillaient de petits globules de beurre. Le sirop d'érable formait une mare sur chaque assiette. La quantité de crêpes que Piers arrivait à manger était stupéfiante. Mais l'appétit du maître de Jalna semblait être coupé. Il regardait distraitement son assiette ; puis il parcourut du regard les visages qui l'environnaient comme s'il se livrait à un calcul.

— Je crois, dit Ernest, que nous devrions faire une sorte de confession générale dans le salon quand les plus jeunes garçons se seront retirés. Il me semble que la période des subterfuges est finie. Nous avons tous apparemment tant gagné, que je pense...

— Que le moment est venu, interrompit Nicolas, de célébrer cet heureux événement. Je déclarerai volontiers quel a été mon bénéfice.

— Moi aussi, dit Eden en riant. Il va beaucoup changer ma vie.

Levant un verre imaginaire, Piers dit :

— Choquons les pots !

— Bonne idée, dit Nicolas. Je vais descendre à la cave, chercher quelque chose de spécial que j'y ai mis de côté. Un porto vraiment bon.

— De quoi s'agit-il donc ? demanda Finch. Je voudrais bien être un jour capable de gagner de l'argent.

— Une fois, je t'ai offert un quart de dollar, dit Wakefield, et tu n'as pas voulu l'accepter.

— Qu'est-ce que tu as, Renny, demanda Meg. Tu ne manges pas ?

— Il médite, dit Dilly, sur le mauvais cavalier que je suis.

— Ne devriez-vous pas dire « écuyère » ? demanda Wakefield.

Ernest adressa au petit garçon un sourire d'approbation.

— Je n'ai jamais vu un enfant ayant autant le sens des mots, dit-il.

— Je n'en ai jamais connu d'aussi prétentieux, dit Finch.

— Les gens prétentieux, répliqua Ernest avec bénignité, ont généralement une bonne raison de l'être. Ils s'estiment eux-mêmes.

— Comme je voudrais être ainsi ! s'écria Dilly. Je ne m'apprécie nullement.

— Pourquoi ne parlons-nous pas du Lac Indigo ? demanda Piers. Je meurs d'envie de savoir ce que chacun a gagné.

— Moi, dit Dilly, j'ai investi mille dollars et je les ai doublés.

— Dilly ! fit Augusta de sa voix grave. Vous n'auriez pas dû le faire sans me consulter.

— Je vous demande pardon, lady Buckley.

Nicolas prit une grappe de raisin et dit :

— Quand je me serai débarrassé du goût sucré du sirop d'érable, j'irai à la cave chercher ce porto.

— Je vous accompagnerai, dit Renny.

— Laissez-moi y aller aussi ! s'écria Dilly. Il faut que je voie la cave avant de repartir.

Renny lui jeta un regard peu aimable ; elle ne se leva pas moins, et il fallut qu'Augusta lui adressât des yeux une injonction formelle pour qu'elle se rassît. Les deux hommes, suivis du chien de berger, descendirent au sous-sol où Nicolas s'arrêta à la cuisine afin de féliciter Mrs. Wragge de ses crêpes. Ils prirent ensuite le couloir sur lequel donnaient la chambre des Wragge et un garde-manger, et ils atteignirent la porte fermée à clef de la cave à vin.

— Elle ne vaut guère d'être gardée sous clef, aujourd'hui, dit Renny.

— Quelle cave avait mon père ! soupira Nicolas.

La bougie que portait Renny éclairait les casiers vides et les planches sur lesquelles s'alignaient encore un certain nombre de bouteilles de vin et d'alcool. Elle illuminait les traits fortement marqués de l'oncle et du neveu et accentuait leurs contrastes : Nicolas, homme du monde, à l'esprit enrichi par l'expérience et les voyages, détaché, peu enclin aux extrêmes de la joie et du chagrin ; Renny, sa vie circonscrite par ses propres goûts aux activités de Jalna, aussi fougueux que l'un de ses chevaux de chasse, empreint d'une sorte d'élégance virginale.

La bouteille de porto à la main, Nicolas demanda :

— Tu dois avoir éprouvé une vive surprise, ce soir ?

— Oui, en effet.

— Dommage que tu n'aies pas, toi aussi, acheté de ces actions.

— Je ne le regrette pas.

— Tu es un drôle de type. Cela ne t'intéresse-t-il pas de gagner facilement un peu d'argent ?

— Je n'aime pas en perdre.

Nicolas rit.

— Voilà un trait qui doit te venir de ton grand-père écossais. Je veux parler de la prudence. Non que je te considère comme prudent en général. Quant à moi, j'ai vendu mes actions du Lac Indigo. J'ai pensé que mieux valait m'en défaire pendant que le cours était haut.

— J'en suis content, dit Renny d'un air soulagé. Avez-vous reçu votre argent ?

— Un chèque est en route.

— En êtes-vous certain ?

— Pourquoi prends-tu cet air-là ? demanda Nicolas, soudain effrayé.

— Lisez ceci, dit Renny en tirant de sa poche le journal plié.

— Je ne peux pas lire sans lunettes.

Renny lut à haute voix :

— Disparition de Lemuel Y. Kronk, courtier. Lanceur d'une affaire de mine inexistante... Voilà le titre, oncle Nick. L'article dit qu'il a tondu une foule de gens et qu'il s'est éclipsé.

— Je ne peux pas le croire ! Laisse-moi voir l'article.

Les sourcils froncés, il parvint à en déchiffrer la teneur.

— Quel genre d'homme était-il ? Comment avez-vous fait sa connaissance ?

— Je ne l'ai jamais vu. Eden s'est chargé d'effectuer mon placement. Il l'a fait pour nous tous, je suppose.

Renny recula d'un pas et dit avec consternation :

— Mon Dieu, oncle Nick, avez-vous vraiment donné votre argent à ce garçon et à un courtier inconnu et non patenté ?

— Était-il non patenté ?

— Ce journal le dit. Il a escroqué des gens non seulement ici mais aux États-Unis. Des tas de gens.

Nicolas souleva la bouteille de porto comme s'il avait voulu la briser sur la tête de Mr. Kronk.

— La fripouille ! s'écria-t-il. — Puis, il se rappela les autres actionnaires qui, dans la salle à manger, attendaient de célébrer leur bonne affaire, et un sourire sardonique lui tordit les lèvres... — Que va dire mon frère ? Et ma mère ? Bon Dieu ! ma pauvre vieille mère !

Des pas résonnèrent dans le couloir et Finch parut à la porte :

— Meg m'a envoyé voir ce qui arrivait. Ils sont tous dans le salon à attendre. On a sorti les plus beaux verres à vin et on a rallumé le feu. Je voudrais bien avoir quelque chose à célébrer.

— Est-ce que j'apporte le porto ? demanda Nicolas à Renny.

— Du cognac serait plus indiqué.

— Très juste. Nous boirons du cognac.

— Pourquoi ? demanda Finch. Pourquoi changer ?

A la clarté de la bougie, son visage d'adolescent aux joues roses brillait de curiosité. Ils ne prirent pas la peine de lui répondre. Le porto fut rangé et Renny sortit à la place une bouteille de cognac français. La bougie était inclinée si bien que la cire qui fondait tomba en globules brûlants sur sa main. Il les fit tomber distraitement ; la petite procession se forma et remonta en bon ordre au salon. Le feu nouvellement allumé dans la cheminée était bourré de petit bois sec. Les flammes crépitaient et bondissaient comme joyeuses d'être libérées. A côté d'elles, la lumière de la lampe avait l'air pâle. Toutes les personnes présentes semblaient prêtes pour une cérémonie. Éclairé en plein par le feu, le profil de la vieille Adeline Whiteoak ressemblait étrangement à celui de son vieux perroquet Boney dont le haut perchoir se dressait derrière elle, tous deux avançaient un peu la tête. Dans son grand âge, son profil prenait une ligne de prédateur comme le sien. L'oiseau était revêtu de son éclatant plumage, sa maîtresse d'une robe d'intérieur en velours vert aux larges manches doublées de rouge et au col rouge. De même qu'il se cramponnait fermement de ses griffes à son perchoir, elle tenait serré les bras de son fauteuil, car elle vibrait d'une plaisante surexcitation qu'elle n'avait pas souvent éprouvée ces derniers temps. Les rubis, diamants et émeraudes de ses bagues captaient et renvoyaient les reflets du feu.

— Voyons, voyons, dit-elle, que signifie ce délai. Buvons à notre bonne fortune et que chacun raconte ce qu'il a gagné, hein, Boney ? — et elle leva la tête vers son perroquet. Émettant des bruits de gorge caressants, il secoua son plumage puis prononça quelques mots en hindoustani.

— Vous entendez ? s'écria-t-elle. Il m'appelle Perle du Harem... Ah, le chéri... — et elle tendit vers lui une main qu'il câlina avec son bec.

Wakefield s'était étendu à ses pieds sur le tapis de fourrure. C'était l'heure de son coucher, mais personne ne lui avait ordonné de monter. Ses yeux sombres allaient de l'un à l'autre avec une indolente assurance. Eden et Piers, assis côte à côte sur l'appui de la fenêtre, attendaient impatiemment la révélation complète de leur secret. Piers se sentait un homme ; il avait gagné de l'argent et, en spéculant, il en avait gagné davantage. Il riait tout seul en se rappelant comment il avait, ce matin-là, rencontré Pheasant sur la route et l'avait conduite jusqu'à la poste où elle devait mettre une lettre pour Mrs. Clinch. Elle lui avait paru plus jolie que jamais. Il ne parvenait pas à la chasser de sa pensée bien que, chose étrange, il fût incapable d'évoquer son visage avec netteté. Il avait été si changeant pendant ce bref trajet en voiture, passant de la timidité au sang-froid, puis à la gaieté lorsqu'il disait une chose qui la faisait rire. Ce rire clair et pur, il l'avait conservé nettement dans sa mémoire, et c'était son souvenir qui, maintenant, suscitait son rire intérieur.

Ernest et Dilly étaient assis côte à côte sur le canapé, leurs visages tournés vers la porte avec impatience. Ils s'étaient confiés que la spéculation était passionnante par elle-même et que le profit n'en représentait qu'un aspect secondaire. Dilly fumait une cigarette, spectacle que Meg considérait d'un œil désapprobateur. Dilly partageait un cendrier avec Ernest ; il avait l'air d'un homme sur le point de porter un toast.

Lady Buckley et Meg avaient des ouvrages de broderie sur les genoux, mais leurs mains étaient oisives et leurs yeux fixés sur ceux qui entraient à cet instant.

Nicolas avait l'air d'un aristocrate français en route pour la guillotine. Renny le suivait, portant la bouteille de cognac, et le jeune Finch fermait la marche, avec une mine patibulaire que devaient motiver des raisons connues de lui seul.

Renny posa la bouteille sur la petite table à côté des verres.

— Eh bien, dit-il, qui en veut ?

— Je croyais que ce devait être du porto, dit sa grand-mère après avoir regardé la bouteille.

— Oui, dit Meg, j'ai préparé les verres à porto.

— Pourquoi ce changement ? demanda Ernest, déçu. Le cognac ne me réussit pas et je crois que les dames n'en voudront pas non plus.

— Elles en auront besoin, dit Renny.

— Une goutte de cognac me plaît, dit la grand-mère. Donne-moi le verre pour que je le chauffe dans le creux de ma main.

— Puis-je demander l'explication de cet air de mystère ? demanda lady Buckley.

— Oui, dit Meg ; nous sommes curieuses de savoir ce qui s'est passé dans la cave à vin.

— Il n'y a pas de mystère, ma tante, dit Renny. Le fait est que ce Kronk a filé avec le pognon.

Debout le plateau des verres entre les mains, il semblait s'apprêter à dispenser du poison. Pourtant, un léger sourire ironique effleura ses lèvres tandis qu'il scrutait les visages et y observait l'effet de ses paroles.

— Incroyable, dit Ernest. Je n'en crois pas un mot.

— Ce n'est que trop vrai, dit Nicolas, et il soupira bruyamment.

— Qui te l'a dit ?

— C'est dans le journal du soir. Lis-le-lui, Renny.

Renny déposa le plateau, tira le journal de sa poche et lut l'article qui figurait discrètement sur l'une des dernières pages.

Un mouvement perceptible parcourut la pièce, comme si chacun avait été physiquement incommodé. Puis Ernest se leva, dressant de toute sa taille sa longue personne, et, s'approchant de sa mère :

— Ne croyez-vous pas, maman, que vous feriez mieux d'aller vous coucher ?

— Pourquoi ? il est encore de bonne heure.

— Vous avez eu une journée fatigante.

— Toutes les journées sont fatigantes, à présent... Qu'est-ce que Renny a lu dans le journal ?

— Oh ! rien, dit-il mensongèrement, rien d'intéressant. Laissez-moi, je vous en prie, vous aider à regagner votre chambre.

Eden s'était levé brusquement, et, derrière Renny, dévorait l'article par-dessus son épaule.

— C'est impossible, dit-il, mais tout en le lisant, il sentit un froid glacial s'emparer de son cœur.

— Nous avons été volés, marmotta Nicolas. Tous ensemble, nous avons perdu une jolie somme.

La vieille Adeline saisit le mot « perdu ».

— Qu'est-ce qui est perdu ? demanda-t-elle. Laisse-moi tranquille, Ernest, et elle frappa la main filiale qui la tapotait. Je veux savoir ce qui est perdu. Est-ce un chien ? un cheval ? une réputation ? Allons, dites-le-moi !

Elle but une gorgée de cognac, se mit bien droite dans son fauteuil, pleine d'ardeur et d'entrain.

— Il faudra qu'elle le sache un jour, dit Renny à voix basse à Nicolas. Je crois que mieux vaut le lui dire maintenant.

— Mon argent ! s'écria Meg. Ne me dites pas que cet homme s'est sauvé avec *mon* argent !

— Je crains que si, ma chère, dit Nicolas.

Les joues de Meg s'enflammèrent.

— Eden, c'est toi qui m'as engagée dans cette affaire. Je t'ai fait confiance !

Piers, également rouge de colère, foudroya Eden du regard.

— Moi aussi, je lui ai fait confiance, dit-il. J'ai mis tout ce que j'ai gagné dans l'affaire du Lac Indigo.

— Sans mon autorisation, dit Renny. Eh bien, maintenant, tu l'as perdu.

Puis, se tournant vers Eden :

— Tu as fourré tout le monde dans un joli pétrin !

— J'ai perdu moi aussi, dit Eden, devenu blême.

— Qu'avais-tu à placer ?

— Ce que j'ai touché en commissions. Une grosse somme.

— Bon Dieu !

— Je suis allée avec Eden au bureau de ce méchant homme. Il a parlé de la façon la plus persuasive. Je leur ai fait confiance à tous les deux, dit lady Buckley.

— Vous auriez bien fait, ma tante, de me consulter. Je vous aurais mise en garde.

— Oh ! combien je regrette de ne pas l'avoir fait ! gémit-elle.

Les yeux de la grand-mère étaient allés de l'un à l'autre des interlocuteurs, son visage exprimant à la fois la frustration et une volonté implacable de tirer cette histoire au clair. Elle frappa le plancher de sa canne et d'une voix dure et forte :

— Je veux être informée, dit-elle en s'adressant à la personne la plus vulnérable. Meg, explique-moi. Quelqu'un a-t-il perdu de l'argent ?

— Oui, Granny, répondit Meg à travers ses larmes.

— Qui ?

Ce fut Renny qui répondit avec un large sourire :

— Vous, Gran.

— Moi ? C'est impossible.

— Mais si, c'est très possible, et très facile, avec un jeune imbécile comme Eden et un escroc comme Kronk pour vous y aider.

— Ce n'est pas une façon d'apprendre la nouvelle à ma mère, dit Ernest.

— Tais-toi, Ernest, lui dit sa mère. Je veux la vérité pure et simple.

Droite et décidée, elle paraissait parfaitement en état de la supporter.

— Après tout, grogna Nicolas, elle n'est pas ruinée. « Mais, pensa-t-il avec rancœur, elle aura cela en moins à laisser à ses héritiers. »

— C'est une mine d'or, dit-elle. Qu'est devenu l'or ?

— Il y a eu erreur, maman, dit Ernest, et, prenant son mouchoir, il essuya son haut front blanc.

— Je n'ai pas commis d'erreur, dit-elle énergiquement. J'ai investi mon argent, en toute sûreté, dans une mine d'or.

Presque tremblant, car il espérait être son héritier, Ernest demanda :

— Combien y avez-vous investi, maman ?

— Vingt mille dollars, répondit-elle sèchement.

Ce chiffre produisit un choc général. Eden se hâta de dire :

— Elle oublie. C'est bien moins.

Elle l'entendit et demanda :

— Combien ai-je gagné ?

— Rien, dit Renny. Vous avez perdu. Regardez.

Il lui apporta le journal et le lui tint sous le nez.

— C'est imprimé là ? demanda-t-elle.

— Autant qu'elle sache la vérité, murmura Nicolas.

— Mais quel choc pour elle, dit Ernest.

— Maman est capable de le supporter, dit Augusta, et la perte signifie moins pour elle que pour aucun de nous.

— Vous voyez, Gran, dit Renny, en désignant le journal. Pouvez-vous le lire ? Le courtier a pris la poudre d'escampette en emportant l'argent de tout le monde... Amusant, n'est-ce pas ? demanda-t-il en jetant un regard sur Dilly.

Elle eut un rire nerveux.

— Et vous autres, demanda Adeline, avez-vous perdu de l'argent vous aussi ?

— Tout le monde en a perdu, sauf moi, dit Renny.

Elle secoua tristement la tête et un lourd silence les enveloppa tous un moment.

Finch, trop gêné pour rester dans la pièce, était pourtant demeuré dans le hall à écouter non pas tant les paroles que le ton des voix qui parvenait jusqu'à lui. Alors, il entendit sa grand-mère dire fort et nettement : « Venez ici, monsieur. » Et il vit Eden traverser le salon d'un pas traînant et s'arrêter devant elle.

— Fripouille, lui dit-elle, vaurien, c'est toi qui m'as engagée dans ce guêpier !

— J'en suis désolé, Gran, terriblement désolé, dit-il, et il s'agenouilla à ses pieds, en se tenant très droit, comme s'il prenait délibérément l'attitude d'un pénitent. Avec sang-froid, il continua :
— J'ai été trompé autant que vous. J'ai cru que la mine, que toute l'affaire existaient réellement. Maintenant même encore, il se peut qu'il y ait erreur.

— Tu m'as apporté ces images ; tu m'as persuadée avec tes beaux discours. Tu ne peux le nier. Combien ai-je perdu ?

Un peu trop vivement, Nicolas demanda :

— Oui, combien a-t-elle perdu ?

Cette question suffit à la faire reculer devant ce qu'elle considérait comme une ingérence dans ses affaires. Avec acerbité, elle dit :

— Je ne dirai pas ce que j'ai perdu... pas avant que chacun de vous n'ait avoué l'étendue de sa folie. Toi, d'abord, Nicolas, combien ?

— Pas mal, répondit-il. Une forte somme. Je préfère ne pas en parler.

— Je comprends... eh bien, et toi, Ernest, combien ce gredin t'a-t-il extorqué ?

Avec dignité, mais d'une voix tremblante, il dit :

— Je suis d'accord avec Nicolas pour penser que nous ne devons pas donner de chiffres.

— Nicolas m'a pourtant demandé combien j'avais perdu, riposta la vieille Adeline du tac au tac. Est-ce différent ? — Puis, se tournant vers sa fille et affectant un ton cérémonieux : — Lady Buckley, de combien votre bourse a-t-elle été allégée, je vous prie ?

— Je ne m'en souviens plus exactement pour l'instant ; je vous le dirai demain, répondit Augusta.

— Elle me le dira demain, dit sa mère en imitant sa façon de parler, avec un sourire ironique. — Puis, fixant Meg d'un regard autoritaire : — Et toi, Meg, quel est le montant de ta perte ?

Meg se leva d'un bond comme soudain consciente de la présence de Wakefield.

— Le petit ! s'écria-t-elle. Debout à une heure pareille ! Il faut que je le mette au lit.

Elle le souleva du tapis et le conduisit à la porte. Là, il s'arrêta et, tournant la tête, dit :

— Il faut que je dise bonne nuit à tout le monde.

— Très bien, mais dépêche-toi.

Il se sentait petit et sage, détaché de la conversation mystérieuse et agitée qui se tenait autour de lui. Il fit le tour de la pièce, étreignant de ses petits bras ceux qu'il aimait le mieux et présentant aux autres une joue indifférente. Meg l'attendait à la porte, dans les transes ; enfin, les adieux de Wakefield terminés, elle l'emmena. Finch avait déjà disparu.

La grand-mère, qui occupait toujours le milieu de la scène, décidée à ce que le malheur de personne ne comportât la qualité dramatique du sien, dit :

— Pour vous tous, cela signifie peu de chose, mais, songez à ce que c'est que de s'appauvrir à mon âge.

— Vous ne vous apercevrez pas de votre perte, maman, dit Nicolas.

— Comment le sais-tu, puisque je ne t'ai pas dit combien j'ai investi ?

Il ne pouvait lui dire qu'elle n'avait plus guère de besoins, mais elle devina sa pensée.

— J'ai mes ambitions, dit-elle ; il y a des choses que j'ai envie de faire... Et mon manteau de fourrure n'est pas encore payé ! Oh ! mon Dieu ! Je me demande si je pourrai le rendre au magasin.

— Je crains que non, dit Ernest. Vous en avez envoyé le prix par un chèque hier matin, maman.

Elle leva les mains en un geste de désespoir, puis se tourna vers Eden qui s'était relevé et se tenait à l'écart, les bras croisés et la tête basse.

— Misérable fourbe ! Tu es venu me trouver secrètement avec tes belles images pour m'attirer dans ce guet-apens. Si tes oncles avaient été auprès de moi, tu n'y aurais jamais réussi, mais tu as choisi le moment où j'étais seule...

Et une larme de pitié pour elle-même brilla dans son œil.

— Encore une goutte de cognac, Gran ? dit Renny.

Elle l'avala en tremblant et en fut revigorée.

— Cela signifie peu de chose pour vous autres, répéta-t-elle, pour tous, sauf pour moi.

Les dents serrées, Piers murmura :

— Peu de chose pour moi, vraiment ?

Eden n'entendait rien de ce qui se disait. Pendant qu'il était à genoux devant sa grand-mère, la senteur du parfum oriental dont elle usait, le contour aquilin de son visage, les couleurs vives de sa robe, lui avaient inspiré l'idée d'un nouveau poème. Il n'était encore dans son esprit qu'une pâle étoile au crépuscule, mais il le rendait sourd aux vaines paroles qui se prononçaient autour de lui. Il aurait aimé l'emporter dans sa chambre, le fixer sur le papier et oublier ainsi sa déception et son chagrin, mais il ne l'osait pas.

— Et puis, il y a les coussins que j'ai fait faire pour l'église, disait sa grand-mère. Croyez-vous qu'on puisse les décommander ?

— Ils doivent être mis dans l'église demain, dit Augusta, il est trop tard.

— Trop tard... trop tard... trop tard, répéta la grand-mère en buvant une petite gorgée de cognac entre chacune des répétitions de ces mots sinistres.

Quand son petit verre fut vide, elle demanda brusquement :

— Qu'est-ce que je déplorais donc ?

— L'argent que vous avez perdu dans l'affaire du Lac Indigo, dit Ernest.

— Mieux vaut le lui laisser oublier, dit Nicolas.

— Je n'ai nullement l'intention de l'oublier, dit-elle. Comment le pourrais-je ? Je dépends à présent de la charité...

Et, attendrie par sa dernière gorgée de cognac, elle tendit une main tremblante vers l'aîné de ses petits-fils. Il l'étreignit.

— Rien ne sera changé à Jalna, dit-il. Votre existence ne vous y a jamais rien coûté et elle ne vous coûtera jamais rien.

Cette allusion à la gratuité de son séjour dans la maison depuis tant d'années ne lui plut pas ; se tournant vers Ernest, elle dit :

— Je me demande si je ne devrais pas voir le docteur. Je me sens étrangement faible.

— C'est le cognac, dit Nicolas. Ce qu'il vous faut est votre lit.

— C'est une terrible chose que tu as faite là à ma mère, dit Ernest en s'adressant à Eden.

— Je le sais, je le sais, répondit Eden en se demandant s'il pouvait décemment s'éclipser.

Son poème prenait forme dans sa tête au plus mauvais moment.

— Aidez-moi à me lever, dit sa grand-mère, et quand elle fut debout, repoussant ceux qui l'avaient aidée, elle s'approcha de la fenêtre : — Pas de lune, dit-elle. Une nuit noire. Une sombre nuit pour moi... très sombre.

Meg revint à cet instant ; évitant sa grand-mère, elle vint s'asseoir à côté de Piers et demanda à voix basse :

— Qu'est-ce qu'ils ont dit ?

Avec un regard irrité, il répondit :

— Personne n'a la chance de pouvoir placer un mot. Il n'y a que Gran qui se lamente. Tu parles d'un égoïsme !

— C'est ridicule, dit Meg.

— Est-ce que le nom d'Eden était aussi dans le journal ? demanda la vieille Adeline.

— Non, grâce à Dieu, lui répondit Ernest.

— Eh bien, il devrait y être. Il m'a filoutée lui aussi.

— Tout ce que j'ai fait, dit Eden d'une voix forte, je l'ai fait de bonne foi. J'ai cru que c'était un placement sûr. Un tas de gens l'ont cru comme moi.

— Tu as très mal agi en circonvenant ma mère, dit Nicolas.

— Pourquoi as-tu tenu toute l'affaire secrète ? demanda Ernest.

— Parce que vous le désiriez tous.

— La vérité, dit Augusta, devait forcément être révélée un jour.

Éclatant presque, Eden s'écria :

— Elle a été révélée ce soir, oui, mais nous étions tous très heureux jusqu'à ce que Rags apporte le journal.

Alors, tous se mirent à parler à la fois : les accusations, les reproches, les larmes de Meg, les protestations d'Eden se mêlant aux jurons en hindoustani criés par Boney, troublé dans son sommeil. Au milieu de ce vacarme, la vieille Adeline, debout, appuyée sur sa canne, ressemblait à un roc sur lequel se brisait une tempête de mots. Elle ne laissait pas de prendre un certain plaisir à ce déchaînement de sentiments, car elle était d'une nature passionnée. Il lui plaisait de voir ses descendants déployer toute leur fureur. Mais il ne lui était plus possible de joindre sa voix aux leurs, car sa pensée était maintenant plus qu'un peu confuse, et son corps très las. Elle se courbait de plus en plus sur sa canne, et elle consentit à se laisser conduire à sa chambre. Sur le seuil, elle s'arrêta et, rassemblant ses esprits, elle dit :

— Mon mari, qui a construit cette maison, se retournerait dans sa tombe s'il savait quelle escroquerie a été commise sous ce toit.

Dilly avait silencieusement assisté au spectacle sans y prendre part et sans que les Whiteoak fissent attention à elle.

19

Pendant la nuit

Eden s'approcha de la table où était le cognac et s'en versa un autre verre.

— Tu dois, en effet, avoir besoin de te soutenir, dit Meg, après ce que tu as fait. Comment peux-tu avoir assumé la responsabilité d'investir les fortunes de toute ta famille ? Quelle témérité !

— Oh ! j'en ai beaucoup, dit Eden dont la main tremblait un peu.

— C'est le secret de toute cette histoire qui me stupéfie, dit Renny.

Ernest, qui se mordait la lèvre de chagrin, dit :

— Je me reproche ma spéculation. J'aurais dû retenir Eden si possible.

Nicolas souffla à travers sa moustache :

— Adieu à tous nos châteaux en Espagne, dit-il. Je crois que nous devrions tous nous les raconter, puis les oublier. Quel était le tien, Ernest ?

— Voyager, Nick. Londres et Paris.

— Et tu voulais y aller sans moi, espèce de salaud ?

— Eh bien, je savais ce que tu dirais si je parlais de spéculer. Tu m'aurais rappelé mes pertes antérieures. Je ne me doutais guère que tu étais de la partie.

— Dieu ! ce que je le regrette !

— Quel était ton rêve, à toi ?

— La Riviera. Par Dieu, je sentais déjà le mimosa.

— Moi, dit Meg, je ne formais pas de tels rêves. Je voulais simplement grossir un peu mes pauvres petites économies. Et maintenant, au lieu de cela, j'ai perdu.

— Combien as-tu investi, Meg ? demanda Renny.

— J'ai oublié le chiffre exact, répondit-elle sans franchise. Mais beaucoup plus que je n'ai les moyens de perdre.

Adressant un sourire à Dilly Warkworth assise à l'autre bout du salon, Renny dit :

— Il y a une actionnaire qui n'a poussé aucun gémissement, et je l'en admire.

Le visage rayonnant, elle dit :

— Cela m'est égal. C'est amusant.

— Vous avez peut-être les moyens de subir une perte, dit Piers. Moi pas. J'ai placé dans cette affaire tout ce que je possédais : cinq cent cinquante dollars.

— Tu n'as que ce que tu mérites, dit Renny. Tu m'as donné à croire que tu mettrais tout en banque.

— Je croyais le Lac Indigo aussi sûr que n'importe quelle banque.

— Pourquoi ne m'as-tu pas demandé conseil ?

— Parce que Eden voulait garder toute l'histoire secrète.

— Pour moi, c'est pareil ! s'écria Meg. Il me l'a dit à moi aussi.

Lady Buckley, après avoir installé sa mère pour la nuit, revint à ce moment.

— Je suppose, ma tante, lui dit Renny, que vous êtes une victime de plus à qui Eden a demandé le secret.

— Je n'aime pas ta façon de t'exprimer, dit-elle, et elle regagna son fauteuil du coin du feu en donnant l'impression qu'elle portait une traîne. Eden m'a fait comprendre que le secret était préférable.

— Et pendant tout ce temps, dit Piers, il se garnissait les poches.

Le traître du mélodrame sirotait son cognac, le visage éclairé par un bizarre demi-sourire.

— Je sais, dit-il, qu'il est agréable de pouvoir reprocher ses erreurs à autrui. Mais je dois vous rappeler que chacun de vous était désireux de cacher sa participation aux autres.

— Je le reconnais, dit Nicolas. Je n'en crois pas moins que tu avais appris de ce Kronk à présenter l'affaire sous un jour séduisant et que tu as exercé ce talent à nos dépens.

— Je ne peux m'empêcher de penser, dit Ernest, qu'Eden s'est livré sur nous tous à une manipulation délibérée.

D'un ton dont la brutalité contrastait avec celui de ses aînés, Piers dit :

— Eden mérite une rossée, et j'aimerais la lui administrer.

Eden se tourna vers lui en souriant :

— Mon pauvre petit homme, dit-il, il n'y a que peu de temps, tu étais si content d'être en ma compagnie.

— J'aimerais te voir dehors et te flanquer une tournée.

— Allons, allons, les garçons, dit Meg. Tout le monde est tellement fatigué. La soirée a été si éprouvante. Et Noël est proche !

— Personne ne doit s'attendre à un cadeau de ma part, dit Piers.

— Voyons, fit Eden, qu'est-ce que tu nous as donc donné l'année dernière ?

— Oh ! pas grand-chose. Je n'avais pas d'argent à dépenser ; mais, cette année, j'en avais.

— Pauvre Pheasant, dit Eden, elle n'aura pas son cadeau.

— Pheasant ! s'écria Meg en sursautant.

— Comment, Meg, tu ne savais pas qu'il est amoureux de Pheasant Vaughan ?

Tous les yeux se fixèrent sur Piers.

— Je ne le suis pas du tout, dit-il. Je ne la vois presque jamais.

— Je suis sûre qu'elle est la dernière personne avec laquelle Piers se lierait, sachant ce qu'il doit savoir, dit Meg.

— Quoi donc ? demanda Piers.

— Ne me raconte pas que tu l'ignores ! dit Meg, les joues empourprées.

— Je n'ai rien entendu dire contre Pheasant.

— Ne comprends-tu pas que son origine est contre elle ?

— Non, dit Piers, avec audace.

— N'oublions pas que nous avons une invitée, dit doucement Ernest.

— Un peu tard, pour s'en souvenir, n'est-ce pas, Dilly ? dit Renny en riant.

D'un ton passionné, Dilly s'exclama :

— Je voudrais que cette fille eût monté votre jument au Concours à ma place !

— Vous l'avez très bien montée, dit-il avec plus de bonté dans les yeux qu'il ne lui en accordait généralement.

— Un troisième prix ! Je suis convaincue qu'elle en aurait eu un premier !

— Il ne s'agit pas du Concours hippique, dit Meg d'un air sombre.

Le feu crépita bruyamment pendant un moment, puis s'éteignit soudain. Les chiens, qui dormaient sur la carpette du foyer, y jetèrent un regard soupçonneux et s'en éloignèrent. La pendule de bronze doré de la cheminée sonna onze heures. Ernest bâilla et ses yeux s'humectèrent.

— Espérons, dit-il, que Piers cultivera la sagesse. Nous avons tous besoin de la cultiver, quel que soit notre âge. Il n'est jamais trop tard pour s'instruire. Pour ma part, je vais me coucher. Combien cette soirée a été différente de ce que nous en attendions !

— Bonne nuit, tout le monde, dit Nicolas. Je me retire aussi.

Piers s'approcha de la table où était le cognac. Renny agita fortement la tête en le regardant, et ses lèvres formèrent le mot « non ».

— Pourquoi ne puis-je en prendre ? éclata Piers. Si quelqu'un en a besoin, c'est bien moi.

— Va te coucher.

— J'ai tout perdu. Et tu sais combien j'ai travaillé !

— Je le sais.

— Chacun gémit sur sa propre perte, et personne ne dit un mot de la mienne.

— Pas d'impertinence, Piers, et pas d'alcool.

— Je n'ai nullement gémi, mon garçon, dit Nicolas. Ce que je dis est que nous avons tous eu une noire déveine. Allons nous coucher et oublions-la... Viens, Gussie. — Il entoura de son bras la taille de sa sœur. — Remercie le Ciel qu'Edwin ne soit plus de ce monde pour te voir jeter son argent par les fenêtres.

Cette observation ne fut pas du goût d'Augusta et elle le montra. Afin de l'amadouer, Nicolas ajouta :

— Tu es une femme courageuse. Aucune autre n'aurait pu faire moins d'histoires au sujet d'une aussi forte perte. De quel montant as-tu dit qu'elle était ?

— Je ne l'ai pas dit.

Elle permit qu'il la tirât de son fauteuil, et ils se dirigèrent ensemble vers la porte, lui presque gai et elle pleine d'une triste dignité. Elle dit bonne nuit tour à tour à chacun, sa voix devenant plus grave, quand elle prononça le nom d'Eden.

— Bonne nuit, ma tante. Meilleure chance la prochaine fois.

— Cette phrase me paraît de très mauvais goût, dit Ernest tout en remplissant de nouveau son verre.

— Pardon, dit Eden.

— Il n'y aura pas de prochaine fois, dit Augusta avant de disparaître avec Nicolas.

Meg se leva ; on l'entendit bâiller, et elle dit :

— Je ne fermerai pas l'œil cette nuit. Que tu es heureux, Renny ! Combien je t'envie ! Quand je pense à mon peu d'argent que j'avais thésaurisé au cours des années...

— Thésaurisé est le mot, dit Piers.

— Je remarque en toi une tendance à l'insolence, Piers. Il faut que tu la réprimes. Rien n'est plus charmant chez un jeune garçon que de bonnes manières à l'égard de sa sœur, dit Meg.

Elle l'embrassa, puis, après un effort qui la fit cligner des yeux, elle embrassa Eden. Quand ce fut au tour de Renny, elle lui murmura à l'oreille :

— Il faut que tu sois sévère avec Piers... à propos de cette fille.

— Eden n'a dit cela que pour le taquiner. Dors bien, Meggie. Ne te tourmente pas.

Elle eut un gémissement, puis, se tournant vers Dilly :

— Vous venez ?

— Je crois que je vais prendre un livre et me détendre auprès du feu. Je suis un oiseau de nuit, vous savez.

— Je vais vous le ranimer, dit Renny.

En s'agenouillant devant l'âtre, il fit jaillir de petites flammes vertes des cendres ardentes au moyen du soufflet sur lequel Augusta avait, dans sa jeunesse, peint une touffe de capillaires et trois triliums.

Lorsqu'il se releva la pièce était vide à part Dilly. Le soufflet à la main, il la regarda avec précaution ; le soufflet aurait pu être une arme et lui aux abois. Le salon semblait avoir servi de champ de bataille. Aucun siège n'était à sa place, tous les coussins étaient déformés ; des verres vides traînaient partout, l'un d'eux qui s'était brisé entre les doigts nerveux d'Ernest avait été dissimulé par lui derrière un bégonia en pot. Renny le découvrit.

— Pauvre vieux, dit Dilly, il était si énervé, d'abord par la mauvaise nouvelle et ensuite d'avoir cassé ce verre.

— Rien d'étonnant, dit Renny, c'est notre plus beau service ; de la verrerie irlandaise ancienne.

— Vous en avez sans doute beaucoup d'autres, dit-elle avec un petit rire.

Si telle était son humeur, il n'avait pas peur d'elle. Il vint s'asseoir à son côté sur le canapé et dit :

— Je ne peux vous dire combien j'admire votre manière de subir cette perte. Vous êtes épatante.

D'une voix basse, elle dit :

— Qu'est-ce que la perte de mille dollars en comparaison de ce que je ressens ici ?...

Et elle se frappa la poitrine.

— Voyons, Dilly, dit-il presque comme s'il raisonnait avec l'un de ses jeunes frères, vous ne pouvez me faire croire que vous souffrez d'un amour frustré. J'en connais trop bien les signes.

— Voilà l'une des observations les plus présomptueuses que j'aie jamais entendues.

Imperturbable, il alluma une cigarette et dit :

— Je n'ai pas vécu trente-sept ans pour rien.

— Je voudrais savoir combien de cœurs vous avez brisés pendant tout ce temps.

— Une chose certaine, dit-il, est que le vôtre n'est pas de leur nombre.

— Je suppose que vous êtes habitué à voir les femmes ruisselantes de larmes.

— Je vous ai vue pleurer et vous étiez très touchante.

— Je serais incapable de verser une larme ce soir. Vous me battriez comme plâtre que je ne pleurerais pas.

— Vous êtes une femme très primitive, Dilly.

— Moi ? fit-elle, étonnée.

— Oui. Quand vous êtes fâchée contre moi, vous me frappez. Quand votre humeur change, vous parlez d'être battue par moi.

— Quelle que soit la façon dont je vous aborde, dit-elle avec désespoir, elle est toujours mauvaise.

— Je trouve que vous avez été admirable, ce soir. Alors que les autres ne pensaient chacun qu'à sa perte, vous avez méprisé la vôtre.

— Ce que j'ai dit est qu'elle n'est rien par comparaison avec...

— Je sais, je sais, interrompit Renny. Ce que je dis, moi, est que vous n'allez pas subir de perte par suite des idées géniales d'Eden. Je m'en occuperai.

— Je ne veux rien, dit-elle obstinément, sauf ne pas vous être indifférente.

— Je vous admire énormément.

— L'admiration ! peuh !

— Je vous aime bien.

— Vous m'aimez bien... bah !

Les flammes jaillirent, et la clarté du feu se refléta dans l'ambre du cognac, le cristal des verres, les yeux des deux personnes assises sur le canapé. Comme en rêvant, Dilly dit :

— Ces cheveux... ces yeux... et un cœur de glace.

— Dilly, dit-il, vous me faites rire, et il éclata d'un rire si contagieux qu'il la gagna.

Puis elle se ressaisit et fronça les sourcils avec irritation, ce qui fit remarquer à Renny qu'elle les avait un peu trop fournis.

— Un cœur de glace, répéta-t-elle... pareil à une pierre d'un froid glacial.

L'épagneule Floss était venue s'appuyer contre Renny et il lui caressait les oreilles. Dilly vit, à la compression de ses lèvres, combien il était agacé. Elle ne put s'empêcher de l'exaspérer davantage.

— Votre position est plutôt unique, dit-elle. Le savez-vous ?

— Unique ? fit-il en relevant les yeux sur elle.

— Certainement. Combien y a-t-il de jeunes hommes occupant votre position patriarcale ? Vous êtes propriétaire du domaine. Tout le monde dépend plus ou moins de vous.

— Pas ma grand-mère ni mes oncles.

— Ils préfèrent en dépendre. Tout le monde vous fait des courbettes.

— Des courbettes ! Bon Dieu ! Je voudrais que Gran vous l'entende dire.

— Quand elle a découvert qu'elle avait perdu de l'argent, elle s'est aussitôt tournée vers vous et vous lui avez dit que tout resterait comme avant. Vous êtes le patriarche, et c'est très mauvais pour vous. Si vous n'y prenez pas garde, vous ne vous marierez jamais et vous deviendrez excentrique.

Il dévisagea Dilly avec curiosité.

— Il est nouveau pour vous, Dilly, ce rôle de prédicateur.

— Il signifie simplement que je m'intéresse à vous, dit-elle d'un ton détaché.

— C'est très gentil de votre part, mais je vous préfère au naturel.

— Rien de ce que je pourrais faire ne saurait vous rendre amoureux de moi.

— Je vous ai dit combien j'admire la façon dont vous avez accepté cette perte.

— Vous me méprisez depuis que j'ai si mal monté au Concours !

— Je me demande pourquoi vous prenez maintenant ce ton tranchant.

Il avait cessé de caresser les oreilles de Floss qui, afin d'attirer son attention, se souleva et, lui posant ses pattes sur la poitrine, frotta son museau contre le visage de son maître. Il lui mit un baiser entre les yeux.

— Vous faites plus de cas de ce chien que de moi, dit Dilly avec amertume.

Il leva les sourcils et dit :

— Qui pourrait en douter ? Floss et Merlin sont mes compagnons depuis des années...

Il ne termina pas sa phrase, car Merlin en entendant son nom quitta le coin du foyer et vint quêter une caresse lui aussi.

Dilly se leva brusquement et s'écria :

— Vous et vos chiens ! Vous me rendriez folle ! Je suis contente de rentrer chez moi.

— Je regrette que vous vous en alliez avec de pareils sentiments, dit-il tranquillement.

— J'aime tous les membres de cette famille, dit-elle avec violence, sauf vous.

— Même Eden ?

— Même Eden !

De la porte, une voix demanda :

— Ai-je entendu mon nom ?

— Oui, répondit Renny. Dilly vient de dire qu'elle t'aime.

— Et je l'aime de l'avoir dit, répliqua Eden en entrant dans la pièce.

— Dieu vous bénisse, mes enfants, dit Renny.

Dilly se leva du canapé et s'approcha de la cheminée ; aussitôt, Merlin vint lui prendre sa place. Elle se mit à balayer le foyer vigoureusement avec toute l'application de la parfaite ménagère, comme si elle était inconsciente de la présence des deux hommes, qui, cependant, faisait vibrer chaque fibre de son corps.

Renny, contemplant avec sang-froid la silhouette de la jeune fille, s'étonna d'avoir jamais pu s'attendre à ce qu'elle eût une bonne assiette à cheval. Eden, jetant un vif regard de l'un à l'autre, se dit qu'il ferait peut-être mieux de les laisser seuls. Renny régla la question en lui demandant :

— Tu n'es pas encore couché ?

— J'ai téléphoné à l'appartement des Kronk.

— Bonne idée. Du nouveau ?

— Mrs. Kronk y était seule. Elle ne sait pas du tout où il est. Sa position lui est très pénible.

— Je parie qu'elle est aussi coupable que lui.

— Non, non. Elle savait que la mine existait. Elle est allée dans le Nord pour la voir. Mais il n'y avait pas de capital pour l'exploiter. Et cela, elle l'ignorait.

— Eh bien, et les images ?

— Oh ! elles sont truquées... elles représentent une autre mine.

Mrs. Kronk ne le savait naturellement pas. Elle pleurait.

— Pauvre petite chérie, dit Renny avec sarcasme. — Puis il ajouta d'un ton différent : — J'irai dans ta chambre avant de me coucher.

Eden songea : « Cette nuit ne finira-t-elle donc jamais ! » Mais il fit, de la tête, un geste d'assentiment, et, avec son demi-sourire, pour une raison qu'il n'aurait pu expliquer, sortit du salon sur la pointe des pieds.

Dilly continuait à arranger le feu ; s'emparant du tisonnier, elle se mit à gratter et à fourgonner les bûches.

— C'est très bien, dit Renny, mais je vous prie de cesser.

— Pourquoi ? demanda-t-elle sans se retourner.

— Parce que ça me tape sur les nerfs.

— Je ne m'étais pas aperçue que vous en aviez.

— Vous ne vous apercevez de rien, excepté de vos propres émotions.

Elle pivota et lui fit face, tenant le tisonnier dressé comme une lance.

— Quel tableau ! dit Renny en riant.

— Je vous préviens que je me sens dangereuse.

— Et vous voudriez néanmoins que je vous tienne pour une compagne agréable.

— Je ne serais en tout cas pas une compagne insipide.

— J'aime que la femme soit placide.

— Oh ! oui, dit-elle, railleuse. Une femme comme une vache ruminant toute la journée son adoration pour vous.

— Dilly ! Deviendriez-vous littéraire ?

L'air très contente d'elle-même, elle dit :

— C'était une assez bonne image, n'est-ce pas ?... — Puis, sur un ton tragique : — Naturellement, vous ne m'attribuez pas la moindre intelligence.

— Je ne vous ai pas jaugée à ce point de vue, mais vous ne m'aviez jamais plu autant que ce soir.

— Vous n'êtes qu'une brute condescendante ! Votre vocabulaire est peu abondant, mais il a le don d'exciter la fureur d'une femme.

— Je crois que vous prenez plaisir à vous mettre en colère.

— Vous ne m'avez jamais vue en colère avant ce soir.

— Je ne vous ai jamais vue vous amuser autant.

Brandissant le tisonnier, elle dit :

— Un peu d'escrime me plaît.

— Je m'en aperçois.

Elle laissa retomber son bras et, d'une voix basse, presque tremblante :

— Vous ne voyez que la surface... jamais le cœur qui souffre en dessous.

Repoussant doucement Merlin du canapé, il dit :

— Venez vous asseoir et parlez-moi de votre pauvre cœur. Vous avez, je crois, rompu vos fiançailles. Vous avez dû beaucoup souffrir.

— Éprouvez-vous vraiment de la compassion pour moi ? J'en doute.

Elle lui tourna le dos et recommença à tisonner le feu.

Exaspéré, Renny dit :

— Posez ce tisonnier.

Elle continua de plus belle à taper sur les bûches.

— Laissez ce tisonnier, Dilly ! cria-t-il, et, d'un bond, il alla le lui ôter de la main et la conduisit au canapé.

Il le regretta aussitôt, car elle lui jeta les deux bras autour du cou et posa la tête sur son épaule.

— Mes fiançailles, dit-elle, ont été une aventure plutôt fade.

— Vraiment ?

— Comparées à ceci.

Un silence tomba pendant lequel Renny se rappela sa brève aventure avec une femme de la Guyane britannique, rencontrée l'année précédente à New York, où il s'était rendu pour le Concours hippique. Elle avait les mêmes cheveux frisés que Dilly. Il plissa le front, s'efforçant de se souvenir de son nom.

— Voulez-vous que je vous dise ce qu'il y a dans mon cœur ? demanda Dilly.

— Naturellement.

— Pourquoi naturellement ?

— Eh bien, parce que je suis naturellement plein de sympathie.

Elle le serra plus fortement et dit :

— Mon passé et mon avenir sont tellement entremêlés. En ce moment, je m'efforce de m'arracher à l'un et à l'autre pour avoir uniquement conscience du présent.

Merlin essaya de grimper sur les genoux de Renny, et, au même instant, on entendit des coups sourds provenir de la chambre de la grand-mère.

— Voilà Gran qui appelle ! s'écria Renny.

— Que le diable l'emporte ! dit Dilly. Je n'ai jamais été dans une maison pareille. Il n'est pas possible d'y être tranquille, même à minuit.

Renny se dirigeait déjà vers la chambre de la vieille Adeline. A la faible lueur de la veilleuse, on n'y pouvait distinguer les couleurs ; l'obscurité violacée qui régnait dans cette chambre donnait l'impression de rendre palpable le passé de celle qui y reposait, comme si les passions, les désirs, les plaisirs et les peines d'un siècle y eussent imprimé une trace mystérieuse. Renny avait refermé la porte derrière lui. Il discernait tout juste la forme pâle de sa grand-mère dressée dans son lit.

— Qu'est-ce qu'il y a, Gran ? demanda-t-il.

— Bonaparte, dit-elle en désignant son perroquet par son nom officiel, où est-il ?

— Dans le salon, Gran. Je vais vous l'apporter.

— Comment ai-je pu l'oublier ?

— Vous avez peut-être été un peu bouleversée.

— Était-ce le cognac ?

— Probablement.

Elle rit et se renversa sur ses oreillers, riant de plus en plus fort.

— Je ne peux pas m'empêcher de rire, dit-elle.

— Vous êtes peut-être encore un peu éméchée.

Brusquement très sérieuse, elle dit :

— J'étais troublée au sujet de quelque chose, mais je ne me rappelle plus ce que c'est.

— N'y pensez plus, Gran. Vous n'avez à vous tourmenter de rien. Je vais chercher Boney.

Il rencontra, dans le hall, Dilly qui portait le perroquet somnolent sur son perchoir.

— Je l'ai entendue le réclamer, dit-elle.

— Quelle ouïe !

— Tous mes sens sont anormalement aiguisés, cette nuit.

— Y voyez-vous assez clair pour trouver le chemin de sa chambre ?

Elle lui décocha une œillade en disant :

— Qu'est-ce que je viens de vous dire ? J'y verrais dans l'obscurité, cette nuit.

— Libérez l'oiseau, ordonna la vieille voix.

Renny défit la chaîne qui était attachée à la patte de Boney et le déposa sur le lit de cuir peint de fleurs et de fruits aux éclatantes couleurs. Le perroquet se secoua et, regardant la tête coiffée d'un bonnet de nuit appuyée sur son oreiller, murmura :

— Peariee... Pearieelal.

— Tu l'entends m'appeler ? Il m'appelle son rubis chéri. Dieu le bénisse !... Vous l'avez entendu ?

— Oui, dirent en même temps Dilly et Renny.

— Qui est là avec toi, Renny ? demanda la vieille Adeline.

— Dilly.

— Dilly comment ?

— Dilly Warkworth.

— Ah ! Embrassez-moi tous les deux et allez-vous-en. J'ai sommeil, à présent.

De retour dans le hall, ils entendirent l'horloge sonner minuit.

— Vous feriez mieux d'aller vous coucher, Dilly, dit Renny.

— Ai-je l'air fatiguée ? demanda-t-elle en levant son visage vers lui.

— Non. Mais j'ai promis au jeune Eden d'aller le voir. Je parie qu'il est fatigué, lui.

Il alla regarder dans le salon si le feu pouvait être laissé sans risque ; quand il revint, il dit :

— Ce dont vous avez besoin est que quelqu'un vous administre une bonne fessée.

Elle prit un air outragé et il éteignit la lumière. D'en haut, la voix de contralto de lady Buckley murmura :

— Dilly, êtes-vous encore en bas ?

— Mon Dieu... Oui ! répondit Dilly, en prononçant les deux premiers mots d'un ton rageur, à voix basse, et le dernier, avec douceur, à voix haute.

Une grande silhouette pâle se pencha sur la rampe.

— Dans le noir, Dilly ?

Renny gravit l'escalier quatre à quatre, et, parvenu au côté de sa tante, à sa vive surprise, l'embrassa.

— Nous nous sommes occupés du feu et de Gran, dit-il. Dilly est très fatiguée. Elle monte.

Augusta se dirigea vers sa chambre en disant :

— J'espère que vous n'êtes pas trop fatiguée, Dilly, pour m'accorder quelques minutes.

En passant devant Renny, Dilly lui dit :

— J'adore ces interminables conférences. Croyez-vous qu'elles vont continuer toute la nuit ? Votre grand-mère et vous. Vous et moi. Lady Buckley et moi. Vous et Eden... Et voilà votre petit frère qui vous appelle... Il en veut une lui aussi, ce cher enfant !

De la chambre de Renny où couchait Wakefield, à cause de son affection cardiaque, parvenait en effet une petite voix pathétique :

— Renny... Renny... Renny. Je ne me sens pas très bien.

Renny se pencha sur le lit et posa sa main sur le petit corps.

— Tu n'es pas malade, dit-il ; endors-toi, sois sage.

— Est-ce que mon cœur ne bat pas très vite ?

— Un peu vite. Je resterai ici jusqu'à ce que tu sois calmé.

— J'ai une drôle de sensation dans les jambes.

— Je vais te les frictionner.

Le frottement rythmique des maigres cuisses et le fredonnement monotone de *Cent cornemusiers...* produisirent leur effet. Wakefield ferma les yeux. Pourtant, il les rouvrit un instant quand il dit :

— Je voudrais que cette Dilly s'en aille.

— Pourquoi, Wake ?

— Eh bien, d'abord parce que sa bouche est trop rouge. Et puis, parce qu'elle ne cesse de te regarder. Ensuite parce qu'elle se croit maligne. Ensuite parce qu'elle monte à cheval comme un pied. Ensuite...

Mais avant d'avoir formulé sa dernière objection, Wakefield s'était endormi.

Chaque troisième marche de la dernière volée de l'escalier grinçait de sorte qu'Eden fut averti de l'arrivée de Renny et que lorsque celui-ci atteignit sa chambre, Eden était debout lui faisant face. Renny jeta un regard dégoûté sur le désordre de la pièce. Il n'y venait pas souvent. Il vit maintenant qu'Eden devait s'être étendu sur le lit, mais l'oreiller gisait sur le plancher que parsemaient des livres. Les courts rideaux de la fenêtre avaient été noués pour laisser le plus de jour possible et la lune d'hiver se voyait à travers les vitres. Le vent secouait les volets qui, au bout de près de cent ans de lutte, tenaient toujours au mur. Si, dans la bibliothèque, les livres étaient peu nombreux, ici, ils débordaient des étagères et traînaient partout. La porte ouverte de l'armoire et les tiroirs mi-béants de la commode révélaient un fouillis de vêtements. Sur le bureau s'amoncelaient des papiers et des objets de toutes sortes. Par terre, au milieu de la chambre, à côté d'une paire de souliers, un cendrier était rempli de mégots de cigarettes. Renny, dont les affaires étaient rangées avec un ordre militaire, dit :

— Je ne sais pas comment tu peux vivre là-dedans.

— Je mets de l'ordre de temps en temps, mais il ne dure pas.

Sa lampe de bureau projetait sur son visage une pâle lueur verdâtre.

— Ne veux-tu pas t'asseoir ? demanda-t-il en débarrassant le fauteuil des livres qui l'encombraient.

En guise de réponse, Renny se percha au bord du bureau.

— Une cigarette ? offrit Eden, de l'air d'un maître de maison.

— Non, merci.

Son regard intense et pensif se fixa un moment sur Eden en silence, puis il dit :

— Que vas-tu faire au sujet de cette affaire du Lac Indigo ?

— Que puis-je faire ? Je suis profondément navré, mais je suis aussi impuissant que les autres.

— As-tu investi la totalité de tes commissions ?

— Non. Pas tout à fait.

— Tu en as mis une partie en banque ?

— Oui.

— Montre-moi ton compte bancaire.

Eden hésita et rougit du cou jusqu'aux cheveux.

— Montre-moi ton compte, répéta Renny.

Eden ouvrit l'un des tiroirs du bureau, tendit à son aîné le petit carnet rouge, puis, enfonçant ses mains dans ses poches, alla regarder par la fenêtre. La pâle lueur de la lune qui lui éclaira le visage fut bientôt cachée par un nuage chargé de neige, et les premiers flocons se mirent à tomber.

Renny étudia le compte et constata qu'il n'y avait pas eu de décaissements.

— Tu as été économe, dit-il.

— Une nouveauté de ma part, hein ? dit Eden avec amertume. J'économisais avec un but.

Il pressentait ce qui allait venir et, en effet, Renny dit :

— Il faut que tu comprennes que Dilly Warkworth ne peut perdre une somme pareille par la faute de l'un de nous alors qu'elle était invitée à Jalna.

— Elle a acheté ces actions les yeux ouverts, dit Eden.

— Et tu ne l'as pas circonvenue en lui racontant que cette affaire était une chance unique de gagner de l'argent ?

— Je le croyais moi-même.

— Pourquoi as-tu tenu ces transactions secrètes ?

— Personne ne désirait en informer les autres.

— Quels autres ? Moi ?

— J'ai essayé de t'en parler le jour où tu m'as ramené de la ville, mais tu n'as pas voulu m'écouter.

— Essayais-tu de me faire une confidence ou de gagner une nouvelle dupe au profit de Kronk ?

Eden blêmit :

— Te rends-tu compte de ce dont tu m'accuses ? dit-il.

— Je t'accuse d'avoir eu pour objectif de te constituer un petit pécule. Ta pauvre vieille grand-mère elle-même a été ta proie. Par Dieu ! tu devrais avoir honte !

— Tu ne sais pas ce que c'est de ne pas posséder un radis ! riposta Eden en s'échauffant.

— Je sais ce que c'est que d'avoir du mal à faire face à ses responsabilités.

— J'espère que bientôt je ne serai plus à ta charge.

— Je ne désire me décharger ni de toi ni d'aucun de mes frères. Mais je ne tolérerai pas qu'une invitée perde de l'argent par ta faute.

— Je suppose que tu voudrais que j'allonge mille dollars à Dilly !

— Précisément.

— Très bien, dit Eden d'une voix tremblante, je le ferai, mais je trouve que c'est fichtrement dur.

— Au contraire, tu t'en tires facilement. Les oncles ont été très chic et Meg aussi... tout le monde. Et ceci m'amène à Piers.

— Bon Dieu ! s'écria Eden. Tu n'exiges pas que je le rembourse ?

— Certainement, je l'exige. Piers a travaillé dur de ses mains pour gagner l'argent qu'il t'a donné.

— Il ne me l'a pas *donné !*

— Il te l'a confié pour que tu l'investisses.

— A t'entendre, on dirait que je suis un escroc comme Kronk. Je commence à regretter de ne pas avoir, moi aussi, filé avec le fric !

— Si tu ne rendais pas son argent à Piers, il t'en voudrait pendant des années. Je le connais. Et qui pourrait le lui reprocher ? Je ne veux pas d'inimitiés sous ce toit. Quand tu auras réglé ces deux dettes, il te restera encore cent soixante-trois dollars. Ce n'est pas trop mal, n'est-ce pas ? Allons, assieds-toi et libelle ces deux chèques. Fais-le sous mes yeux. Tu n'en dormiras que mieux.

— Je ne peux pas le faire ce soir.

— Mais tu le feras demain matin avant toute autre chose ?

— Oui... quoique je ne comprenne toujours pas...

— Tu le comprendras quand tu y auras réfléchi calmement. Et tu seras content de l'avoir fait.

Eden paraissait fatigué et déprimé.

— Ce n'est pas de me séparer de cet argent qui m'est pénible. Je n'avais pas l'intention de le garder.

— Eh bien, quelle que soit la façon dont tu aies projeté de le dépenser, oublie-la pour l'instant et donne un bon coup de collier, sans quoi tu rateras tes examens. Bonne nuit.

Renny s'en alla. Partis aussi les beaux rêves d'Europe ! Eden se revit enfermé dans une salle de cours, suffoqué par l'odeur des couloirs poussiéreux ; il entendit le bourdonnement monotone de la voix du professeur ponctué par les toux hivernales des étudiants. Il se sentait subjugué, pris au piège. Il ouvrit la fenêtre toute grande et l'air glacial inonda la chambre comme si le lac avait débordé de ses rives. Quelques flocons de neige brillèrent à la lumière de la lampe puis fondirent au premier contact... « Comme mes espérances », se dit-il.

Le froid vif de l'air lui éclaircit les idées. Il comprit que ce qu'il éprouvait n'était pas le désespoir mais un désappointement. La réalisation de ses espérances n'était que différée. Il lui fallait pour le moment poursuivre les études qu'il détestait, mais il ne lutterait pas contre son inclination. Ce qu'il désirait, il le désirait si ardemment !

Il étendit les bras, renversa la tête en arrière, et il vit, sur le mur, son ombre allongée prendre la forme d'une silhouette crucifiée... Il demeura immobile dans cette position, regardant son ombre jusqu'à ce qu'un frisson le secouât. Il alla brusquement fermer la fenêtre, puis, s'asseyant devant son bureau, il enfouit son visage dans ses bras.

Dans la chambre située sous celle d'Eden, lady Buckley et Dilly Warkworth discutaient la date de leur départ. Augusta disait :

— Mais, ma chère enfant, nous avons déjà prolongé notre séjour au-delà du moment prévu pour notre retour.

— Oui. Nous sommes maintenant dans la saison des pires tempêtes. Vous n'avez guère le pied marin et moi non plus. Je suggère que nous restions jusqu'en janvier.

Lady Buckley se mit à défaire le chignon de ses longs cheveux, entassant avec soin ses nombreuses épingles en un petit monticule.

— Il y a d'autres choses à considérer que les tempêtes, Dilly, dit-elle.

S'agenouillant à ses pieds d'une manière assez spectaculaire, Dilly répondit :

— Il est vrai que mes sentiments sont...

— Oui, mais je crains que ce soit en vain.

— Vous a-t-il donc dit quelque chose à propos de moi ?... contre moi ?

— Il n'a parlé qu'avec circonspection.

— Lady Buckley, j'aime cette famille, j'aime cet endroit... penser à les quitter me tue. Pourquoi croyez-vous qu'il n'y a pas d'espoir ?

Lady Buckley, qui se peignait avec un grand démêloir d'ivoire, regarda Dilly avec compassion. Comme si, par un accord tacite, elles ne devaient pas prononcer le nom de Renny, elle dit :

— Je l'ai connu toute sa vie. Il est emporté, impulsif. S'il avait dû s'éprendre de vous, il l'aurait déjà fait et tout le monde s'en serait aperçu.

Dilly se releva, mais, même debout, elle n'atteignait pas la taille de lady Buckley.

— Ce cas est différent, dit-elle. L'évolution a été lente. Vous comprenez, nous avons tous deux été tellement absorbés par le Concours hippique. Nous ne pensions pas à autre chose... ou croyions ne pas y penser. Mais, pendant tout ce temps...

— Vous ne pensiez à rien d'autre ? dit Augusta sans pouvoir s'en empêcher.

— Eh bien, je pensais à lui, occasionnellement, mais lui... eh bien, je ne voudrais pas qu'il soit autrement...

— Je doute, dit Augusta, que vous puissiez le conquérir d'aucune façon.

20

Payer les pots cassés

Eden sourit en tendant le chèque à Dilly.

— Mais qu'est-ce que c'est ? demanda-t-elle.

— Le pain que vous avez jeté dans les eaux du Lac Indigo.

Elle regarda le chèque sans le prendre et mit ses mains derrière son dos comme un enfant.

— Non, non, je ne le prendrai pas.

— Il le faut.

— Mais il n'y a pas de raison pour que je le prenne. J'avais les yeux ouverts. Personne ne m'a forcée.

— Tout le monde dit que je vous ai circonvenue.

— Eden, je ne vous reproche rien. Je ne blâme personne. Pourquoi seriez-vous le bouc émissaire ?

— Je ne sais pas, mais je le suis.

— Je refuse de prendre cet argent.

Le cœur d'Eden bondit de soulagement, mais alors il la vit changer d'expression et avancer en hésitant sa main vers le chèque. En le prenant, elle déclara :

— Je vais le déchirer.

Mais elle ne le déchira pas. Elle le plia avec soin et le mit dans sa ceinture. Puis, glissant son bras sous celui d'Eden, elle dit :

— J'avais peur de revoir mon homme d'affaires. Il est terriblement strict avec moi. C'est ridicule, mais j'ai peur de lui.

— Vous n'avez plus besoin de le craindre, à présent.

Dès qu'il le put, il la quitta. Il s'enfuit de la maison. Il entendait, provenant de la chambre de sa grand-mère, la voix du notaire de la famille, Mr. Patton, qu'on avait fait venir afin de découvrir combien elle avait engagé d'argent dans cette funeste affaire. Un article du journal confirmait l'escroquerie. Un mandat d'arrêt avait été lancé contre Kronk. Il s'était avéré que le mobilier de son bureau et de son appartement avait été acheté à tempérament et qu'il n'était pas encore payé. Mrs. Kronk était allée chez une sœur, à New York. Eden avait aperçu le visage de Mr. Patton, par la fente de la porte de la bibliothèque : son expression convenait à un enterrement ; sa voix mélancolique renforçait l'illusion ; il aurait pu être en train de lire le service funèbre.

Eden espéra que Mr. Patton ne demanderait pas à lui parler. Mieux valait filer. Pendant qu'il se tenait là, dans le hall, la voix du notaire se tut et celle de Boney cria :

— De l'or, espèce de vieux diable ! des tas d'or !

Eden s'enfuit.

Dehors, un vent capricieux pourchassait en tous sens de grands flocons de neige, d'une forme compliquée. Certains d'entre eux, comme s'ils ne trouvaient aucun endroit où se poser, remontaient dans l'air glacial et disparaissaient.

Eden vit, dans la neige, des empreintes de chien, mais pas de chien ; des empreintes d'écureuil mais pas d'écureuil. Pas un être vivant dans cette tourmente de neige. Il remonta son col et courut vers la maison des pommes d'où résonnaient des coups de marteau. Il pensait que Piers s'y trouvait peut-être. Par la porte entrouverte, il aperçut Piers occupé à foncer un tonneau de pommes. Il portait une veste gris clair, et sa silhouette musclée, son teint de blond se détachaient sur l'obscurité de la resserre. Chaque fois que son marteau s'abattait sur le tonneau on eût dit qu'il soulageait sa rage intérieure.

Eden méditant l'acte qu'il allait accomplir, regarda du seuil, en l'appréciant, le tableau que formait Piers. Puis, comme son frère cessait son martèlement, il dit, de sa voix agréable :

— Hello, Piers !

Piers lui jeta un regard courroucé et ramassa son marteau. Eden descendit les trois marches et entra dans la maison des pommes. Quelle délicieuse odeur ! Quelle variété dans les teintes des fruits reposant là joue contre joue, les uns roses, les autres rouges ou d'un vert doré ! Eden oublia ce qu'il venait y faire et s'immobilisa, enchanté.

— Eh bien, qu'est-ce que tu veux ? demanda Piers.

— Devine.

— Comment diable pourrais-je le savoir ?

Et l'expression de Piers se fit prudente comme s'il soupçonnait Eden de nouvelles machinations à son endroit. Eden tira le chèque de sa poche, le posa sur le tonneau et dit :

— Tiens, voilà.

Piers regarda le chèque, lut les mots : « Banque impériale du Canada... payable à l'ordre de Piers Whiteoak. » Il vit la signature, et sa bouche s'ouvrit. Il avait peine à croire à sa bonne fortune.

— S-sûrement tu ne..., bégaya-t-il.

— Si... et je te conseille d'encaisser ce maudit machin dès que possible sans quoi je pourrais changer d'avis.

— Tu veux vraiment dire que tu me rends mon argent ?

— Oui.

Piers prit le chèque, le plia soigneusement, déboutonna sa veste, le plaça dans la poche de son chandail et reboutonna sa veste sans parler. Puis, se tournant vers Eden :

— Merci, marmotta-t-il, et Eden vit qu'il avait des larmes dans les yeux. Pas simplement quelques-unes, mais tellement que, dans un instant, elles couleraient le long de ses joues.

Eden n'attendit pas cet instant. Il s'enfuit sous la neige qui tombait. Soudain, il avait envie de courir par le sentier que la neige aurait bientôt effacé, à travers le boqueteau de bouleaux jusqu'au bois de pins. Il se sentait le cœur léger, et les poèmes qu'il souhaitait écrire se mirent à se déchaîner dans sa tête ; et pas seulement dans sa tête, mais dans tout son être. Il avait l'impression d'être un instrument récemment accordé, prêt à fonctionner.

21

Patinage

Piers resta immobile comme une statue, les yeux fixés sur la silhouette qui fuyait rapidement sur la neige. Quelques flocons entrèrent par la porte ouverte et fondirent aussitôt. Un écureuil rouge dégringola du toit, jeta un coup d'œil dans la maison des pommes et s'enfuit, effrayé. Puis un bruit de sabots de cheval se fit entendre.

Piers eut conscience des larmes qui coulaient sur ses joues. Il les essuya du revers de sa main, laissa tomber son marteau par terre et gravit d'un bond les trois marches. Il vit Renny, monté sur la jument Cora, se diriger vers les écuries. Il l'appela. Renny arrêta sa monture et attendit son frère, scrutant avec amusement son visage rose et ses yeux bleus mouillés.

— Je parie que tu ne devineras jamais ce qui est arrivé, dit Piers, haletant.

— Quoi ?

— Eden m'a rendu mon argent.

— C'est bien de sa part.

— On aurait pu me renverser avec une plume tant j'en ai été étonné.

— Et pas plus tard qu'hier soir, tu voulais lui flanquer une rossée !

— Ma parole, Renny, j'en croyais à peine mes yeux. Regarde. — Il montra le chèque. — Il m'a dit que je ferais mieux de l'encaisser tout de suite pour être sûr d'avoir l'argent. Puis-je prendre la voiture et aller à la banque ?

— Eh bien, et les pommes ?

— Je finirai de les emballer en revenant et je les porterai à la gare.

— Très bien.

Cora piaffait, soulevant des paquets de neige, et elle roulait d'impatience ses yeux lumineux.

Encore ébahi, Piers demanda :

— Crois-tu qu'Eden rembourse quelqu'un d'autre ?

— Dilly.

— Dilly ! s'écria Piers, suffoqué. Pourquoi diable la rembourserait-il, *elle ?* Elle est assez maligne, et elle a des tas d'argent.

— Elle est notre invitée.

— Oh ! là ! là ! Je ne me doutais pas qu'Eden était assez chic pour faire ça. Je l'en respecte.

La succursale de la banque sur laquelle le chèque était tiré se trouvait à Stead, village situé à une quinzaine de kilomètres de Jalna. Piers courut à la remise des écuries où l'on garait la voiture, redoutant que d'une manière ou d'une autre Eden pût avoir retiré son argent avant son arrivée. Piers était le seul, parmi les Whiteoak, à bien traiter la voiture, à la laver et à s'efforcer de maintenir le moteur en bon état ; quant aux autres, si elle marchait, tant mieux, si elle s'y refusait, ils la vouaient à l'exécration.

Ce matin, après force grognements et gémissements, elle se décida à partir. Tandis qu'elle cahotait sur la route campagnarde, Piers chantait de joie : « Mets tes soucis dans ta vieille musette et souris, souris ! »

La main du progrès ne s'était pas encore appesantie sur cette route tranquille qui longeait le lac. Les chênes et les pins, dans toute leur noblesse primitive, sous lesquels les Indiens chaussés de mocassins avaient rencontré les premiers trafiquants, demeuraient dans l'ignorance de la hache menaçante, du bungalow naissant et de la pollution de l'usine.

Tous les rêves de richesse de Piers se bornaient maintenant à récupérer son argent ; à le tenir en sécurité dans le portefeuille de cuir, l'unique objet en sa possession ayant appartenu à son père.

Deux femmes le précédaient devant le guichet et il attendit son tour avec anxiété. Il passa son chèque au caissier qui le regarda d'un œil nonchalant, comme si des chèques de cette importance lui étaient présentés tous les jours.

Quand, l'ayant retourné, il eut examiné l'endossement de Piers, il lui tendit la somme avec un sourire et lui demanda des nouvelles de Jalna. Il était allé au Concours hippique et avait vu Piers monter son poney de polo favori. Piers, affectant la même nonchalance que le caissier, dit qu'il avait des raisons d'espérer que le jeu de polo redeviendrait à la mode, car c'était le plus beau jeu du monde.

De nouveau dans la rue, il n'éprouva nulle hâte de rentrer. Il avait envie de célébrer sa bonne fortune, mais de quelle manière ?

Le cheval d'un laitier qui n'avait pas encore été ferré à glace, était tombé. Piers aida à le remettre debout. Il jeta un coup d'œil à travers la fenêtre givrée de la boulangerie. Il y avait d'énormes « escargots », tout luisants et abondamment sucrés au milieu, à quinze *cents* la douzaine. Cette vue lui donna faim. Il entra dans la boutique, en acheta douze et se demanda ce que ferait la boulangère s'il mettait sur le comptoir sa grosse liasse de billets de banque. Sans doute s'évanouirait-elle. En tout cas, elle se dirait qu'il voulait l'épater, et cette idée ne lui plut pas. Presque subrepticement, il tira un billet de l'enveloppe que lui avait donnée le caissier et le posa sur le comptoir. La boulangère recula comme si elle avait été piquée.

— Mais c'est un billet de vingt dollars, dit-elle.

Il rougit violemment ; très gêné, il reprit son billet et, tournant le dos, fouilla l'enveloppe en quête d'un moins gros billet.

— Ce que vous avez acheté coûte quinze *cents,* dit-elle... comme s'il ne le savait pas !... N'avez-vous pas de monnaie ? demanda-t-elle d'un ton aussi désagréable que s'il l'avait insultée.

— Non, je n'ai pas de monnaie, marmotta-t-il en s'apercevant qu'il n'avait rien d'inférieur à un billet de dix dollars.

Il le sortit et la femme le regarda en ayant l'air de penser qu'il avait cambriolé la banque.

— Je regrette, dit-elle, toujours aussi réfrigérante, mais je n'ai pas de quoi vous rendre là-dessus.

Un autre client pénétra dans le magasin et s'approcha du comptoir. Piers murmura :

— Alors, je ne les prendrai pas.

Il se retourna pour quitter la boulangerie et vit que la personne qui venait d'entrer était Pheasant Vaughan. Leurs regards se rencontrèrent et ils sourirent de surprise et de joie.

— Avez-vous du gâteau sablé écossais ? demanda-t-elle à la boulangère, comme celui que vous faites pour Noël ?

— J'en aurai dans quelques jours, si vous voulez revenir, dit la femme en souriant à Pheasant et en ignorant Piers. Désirez-vous autre chose ?

— Non, merci... Ah ! si, je prendrai une douzaine de biscuits à la cuiller, et Pheasant, tout à fait sûre d'elle-même, sortit sa petite bourse de sa poche.

— Pourriez-vous me prêter quinze *cents ?* lui demanda Piers à voix basse. Je n'ai sur moi rien d'inférieur à un billet de dix dollars...

Bien qu'il se fût efforcé de déclarer ce fait comme s'il était normal, Pheasant ne cacha pas son étonnement, voire son incrédulité, mais elle prit quinze *cents* dans sa bourse et les mit sur le comptoir devant lui. Il les poussa vers la boulangère et s'empara du sac de gâteaux. Puis lui et Pheasant s'éloignèrent tous deux du comptoir comme s'ils étaient venus ensemble.

— Qu'est-ce que vous avez acheté ? demanda-t-elle avec une curiosité enfantine.

Il entrouvrit le sac pour le lui montrer.

— Oh ! fit-elle, j'adore ça.

— Je suppose qu'on ne fait pas de glaces en cette saison. J'en aurais envie.

Il demanda à la boulangère si elle en avait ; elle lui répondit avec un accent de reproche que ce n'était pas la saison des glaces, mais qu'elle pourrait leur faire une tasse de café. Les automobilistes s'arrêtaient parfois pour en boire par ce temps froid. Il y avait quatre petites tables au fond de la boutique.

— C'est cela, dit Piers, très grand seigneur, faites-nous du café.

Ce fut seulement quand Pheasant fut assise à l'une des tables qu'il se pencha vers elle et murmura :

— Je vais aller à la banque chercher de petites coupures. Je serai revenu en un rien de temps...

Et il partit.

Pheasant aperçut un petit miroir accroché au mur ; elle s'en approcha sur la pointe des pieds pour voir de quoi elle avait l'air. Elle redressa son chapeau et en fit dépasser une mèche de cheveux devant chaque oreille. Bientôt, elle vit Piers revenir en courant ; lorsqu'il entra sans hâte dans la boulangerie, Pheasant attendait, très digne, assise à la table. Il prit place en face d'elle et dit :

— Je ne vous rencontre pas souvent. Vous ne sortez pas beaucoup, n'est-ce pas ?

— Je n'ai pas besoin de beaucoup sortir, dit-elle, avec gravité.

— Comment cela ? demanda-t-il en plongeant son regard dans les profondeurs d'un brun doré des yeux de Pheasant.

— Eh bien, j'ai tout ce qu'il me faut à la maison.

— Vous voulez dire que vous n'avez pas envie de sortir ?

— Quand j'ai envie de sortir, je sors.

— C'est drôle, dit-il, et un silence assez contraint tomba.

L'odeur du café leur parvint, puis la boulangère apparut avec un petit plateau supportant la cafetière, le pot de crème et deux tasses.

— Rien à manger ? demanda-t-elle.

Pheasant regarda les sacs contenant les escargots et les biscuits à la cuiller et dit :

— Nous avons tout ce qu'il nous faut, merci.

Piers adressa à la femme un coup d'œil apaisant et, désignant la vitrine d'un mouvement de tête :

— Apportez-nous de ces brioches fourrées à la crème fouettée.

La boulangère semblait maintenant l'admirer ; elle le regarda d'une façon qui le suggérait, puis elle apporta, sur une assiette bleue, six brioches rondes amplement garnies de crème fouettée.

— Je verse le café ? demanda Pheasant.

Il inclina la tête et suivit attentivement sa jolie manipulation des tasses.

— Voulez-vous des fourchettes ? demanda la boulangère.

— Ce serait mieux, dit Piers.

Ils mangèrent et sirotèrent leur café en silence pendant un moment. En dépit de ses précautions, Piers se fit une petite moustache de crème fouettée.

— Regardez, dit-il en se tournant malicieusement vers Pheasant.

Elle le regarda et se mit à rire sans bruit. D'humeur folichonne, il se moqua de lui-même avec elle. La boulangère se retourna et sourit.

Pheasant ne fut capable de manger que deux brioches, alors Piers dévora les quatre autres.

— C'est drôle, dit-il, nous ne faisons pas souvent ça.

— Nous ne le pourrions pas, dit-elle.

— Pourquoi pas, je voudrais bien le savoir ?

— On ne nous le permettrait pas.

— Ah ! j'aimerais savoir qui m'en empêcherait !

— Vous peut-être pas, mais moi.

— Est-on très sévère avec vous ? Je veux dire Maurice et Mrs. Clinch ?

L'air un peu lointain, elle dit :

— Je fais ce que je veux. Du moins, en général.

— Alors, pourquoi avez-vous dit ce que vous venez de dire ?

— Eh bien, les gens pourraient jaser.

— Supposez que nous sommes fiancés ou quelque chose de ce genre ?

Elle ne répondit que par un petit rire gêné.

— Je pense qu'un jour viendra où nous serons fiancés l'un et l'autre.

— Sans doute.

— A quelqu'un d'autre, naturellement.

— Naturellement. Quelqu'un d'autre.

Piers remarqua un cendrier sur la table et, prenant une cigarette d'un paquet qu'il avait dans sa poche, il l'alluma.

— Dilly Warkworth fume, dit-il. En public aussi.

— Ah ! mon Dieu ! Elle n'a pas obtenu un premier prix au Concours, n'est-ce pas ?

— Elle dit elle-même qu'elle a mal monté. Vous auriez mieux réussi qu'elle, Pheasant.

Sans rien dire, elle le regarda exhaler un rond de fumée parfait.

— Oh ! comme je voudrais pouvoir le faire !

— Je vous l'enseignerai.

— Pas ici.

— Ailleurs ?

— Oui.

Leurs regards se croisèrent ; elle garda les yeux fixés sur ceux de Piers, tremblante d'émoi ; Piers retint le regard de Pheasant, conscient de sa virilité. Tous deux sentirent que leur intimité avait progressé. Il tira de sa poche la lourde enveloppe de la banque et lui fit jeter un coup d'œil sur son contenu. Avec stupeur, elle demanda :

— D'où cela vous vient-il ?

— J'ai un peu boursicoté sur des valeurs minières. De l'or, dit-il avec désinvolture.

Plus impressionnée encore qu'il s'y était attendu, Pheasant s'écria :

— De l'or ! Comment connaissiez-vous le moyen de vous y prendre ?

— C'est assez facile quand on est au courant.

L'expression de Pheasant était celle du plus profond respect.

— Imaginer cela ! dit-elle. Mais les gens perdent parfois leur argent. Mrs. Clinch a lu dans le journal le cas d'un homme qui...

L'interrompant avec une certaine sévérité, Piers dit :

— Ce qu'il faut savoir est à quel moment vendre.

Dans la rue, il lui demanda :

— Comment allez-vous rentrer ?

— Mrs. Clinch et moi sommes venues par le train. Elle est chez une amie où je dois la retrouver.

— J'aimerais vous ramener en voiture.

Elle refusa parce qu'elle avait trop de choses à faire. Il n'en fut pas fâché. Cette demi-heure avait été agréable, mais elle suffisait.

Néanmoins, lorsqu'elle dit qu'elle allait faire aiguiser ses patins, l'intérêt de Piers s'éveilla de nouveau.

— Vous patinez ? Où cela ? demanda-t-il.

— Le ruisseau a formé un étang ravissant dans l'un de nos prés. Je suis la seule qui y patine. Il est lisse comme du verre.

Il s'imagina patinant avec elle, et presque brusquement, il demanda :

— Cela vous serait égal que j'y vienne aussi ?

— Si vous voulez, répondit-elle avec dignité. C'est gratuit. Je patine tous les après-midi.

Dès le lendemain, Piers arriva à l'étang peu après que Pheasant eut ajusté ses patins.

Il ne la rejoignit pas tout de suite, mais demeura caché parmi les buissons chargés de neige à la regarder glisser sur la glace avec plus de plaisir que d'habileté. La joie que lui donnait son mouvement rythmique émanait de toute sa personne, du pompon rouge de son béret aux lames brillantes de ses patins récemment aiguisés. Ses joues, habituellement pâles, s'animaient d'une vive couleur qui hâta le désir de Piers de patiner avec elle. Pheasant ne l'aperçut que lorsqu'il la dépassa, se retourna et vint lui faire face en patinant à reculons. Il lui lança un regard audacieux, enjôleur, comme s'il allait la mener à des dangers et des délices inouïs. Il lui tendit ses deux mains nues et elle y mit les siennes, gantées de mitaines rouges. Cessant de remuer les jambes, elle plaça ses deux pieds côte à côte et se laissa traîner par lui. Ils quittèrent l'étang et remontèrent l'étroit ruisseau, merveilleusement lisse sous la pellicule de neige qui le recouvrait.

— Comme vous patinez bien, dit-elle. Je ne savais pas qu'on pouvait patiner ainsi.

— Ce n'est rien. Vous devriez voir la patinoire de l'Université et ce que certains des étudiants sont capables de faire.

— Ce ne serait pas aussi amusant que ceci.

Les yeux bleus de Piers rayonnèrent de bonheur.

— Vous pouvez le dire, répondit-il.

Une branche prise dans la glace le fit trébucher. Il faillit tomber et serra Pheasant contre lui.

— Ça devient mauvais, par ici, dit-il, mieux vaut retourner à l'étang.

« Il a toujours raison », se dit-elle. Toutes les émotions qu'elle avait éprouvées jusqu'alors furent surpassées par celle que lui apporta cette course ailée, la main dans la main de Piers, tout autour de l'étang. « Mais elle est belle ! songea Piers. C'est drôle que je ne l'aie pas remarqué plus tôt. »

A haute voix, il dit :

— J'aime le rouge de votre béret et de vos mitaines ; c'est joli et gai.

— Je les ai achetés avec l'argent de mon petit Noël.

— Mais ce n'est pas encore Noël ! s'écria-t-il presque avec consternation.

— Je le sais, mais je reçois toujours mon cadeau un peu à l'avance, en argent, et je m'achète avec ce qu'il me plaît.

— Mais, alors, quand Noël arrive ?

— Il est à peu près pareil à un dimanche. Très calme, vous savez. Mais avec une dinde, naturellement. Une fois, j'ai eu un arbre, pour moi toute seule. Je ne l'oublierai jamais. Après, on l'a planté, et il continue à croître.

Une chaude pitié pour elle remplit Piers tout entier. Il évoqua le grand arbre de Noël de Jalna avec des cadeaux pour tout le monde, et il souhaita pouvoir l'y inviter. Lorsqu'ils s'assirent sur la rive pour se reposer, il dit :

— Noël est un grand jour chez nous. Mystérieux, vous comprenez. Chacun cache quelque chose : le cadeau qu'il va faire à chacun des autres.

— Ce doit être merveilleux.

— Oui, mais c'est assez coûteux... — Puis éclatant soudain de rire : — Non que la dépense importe pour moi !

Le silence de la campagne pesait sur eux ; la neige alourdissait le ciel.

— Demain, dit Piers, j'apporterai une pelle et je nettoierai la glace. Serez-vous ici... à la même heure ?

Elle inclina la tête avec un sourire heureux. Les yeux fixés sur les patins de Pheasant, Piers demanda :

— Vous rappelez-vous le jour où nous nous sommes embrassés ? près du pont ?

— D'une certaine façon.

— Comme c'est drôle. Qu'est-ce que vous voulez dire par « d'une certaine façon » ?

— Que cela me paraît un rêve.

Il leva les yeux jusqu'à ses mitaines et demanda :

— Aimeriez-vous qu'on recommence ?

— Je crois qu'il vaudrait mieux pas.

— Pourquoi ?

— Mrs. Clinch dit qu'on en prend l'habitude.

— Eh bien, et puis après ?

Pheasant enleva ses mitaines et frotta ses paumes l'une contre l'autre.

— Froid aux mains ?

— Non. Trop chaud.

Il prit une de ses mitaines et y enfila ses doigts.

— Regardez, dit-il, combien elle est trop petite pour moi. J'ai les plus grandes mains de la famille.

Elle les regarda du coin de l'œil et dit :

— Elles sont belles, quand même. Je veux dire masculines.

— Oh ! je ne sais pas, murmura-t-il en essayant de cacher son plaisir.

S'adossant à la rive neigeuse comme à un édredon, il regarda le ciel et dit :

— Maintenant, pour en revenir aux baisers...

— Comment peut-on revenir à quelque chose qu'on n'a pas commencé ?

— Oui, je suppose que c'est impossible, dit-il, mortifié. D'ailleurs, je ne suis pas très enclin à embrasser. Pas comme le reste de ma famille.

Pleine de curiosité, elle demanda :

— Ils le sont, eux ? quand ?

— Oh ! à tout moment. Ils sont de grands embrasseurs.

Tournant vers lui ses yeux, sombres et songeurs, elle dit :

— Votre frère Renny est la seule personne par qui je me souvienne d'avoir été embrassée.

— Alors, je ne compte pas, moi ?

— Vous, c'est différent. Lui, quand il venait voir Maurice, je m'asseyais quelquefois sur ses genoux, au temps où j'étais petite, et il me donnait un baiser... Patinons de nouveau.

Ils étaient à peine sur la glace que deux autres patineurs apparurent : le jeune Finch et son ami George Fennell. Piers en fut ennuyé, mais Pheasant les accueillit avec joie. Bientôt, tous quatre glissèrent ensemble en tous sens d'une manière si insouciante, fruste et inexperte que les spécialistes sévères d'aujourd'hui en eussent été choqués.

22

Reprise de l'équilibre

La visite de Mr. Patton fut très déprimante pour Adeline Whiteoak. Il lui prouva, chiffres à l'appui, l'erreur qu'elle avait commise en confiant l'investissement d'une somme assez importante à un jeune homme aussi inexpérimenté qu'Eden et à un escroc tel que Kronk. Il lui lut à haute voix les articles de journaux relatant les machinations de cet homme au Canada et aux États-Unis. Il lui dit exactement de combien elle s'était appauvrie, et, quoique les chiffres lui entrassent par une oreille et lui sortissent par l'autre, le fait brutal resta dans sa mémoire. Il la réduisit à une soumission à son jugement qui devait durer le restant de sa vie, du moins à l'égard des placements.

Lorsque Mr. Patton fut parti, elle rassembla l'argent qu'elle avait sous la main, soit environ onze dollars, et le cacha au fond de la boîte dans laquelle elle rangeait ses bonnets. Puis, avec un sentiment de soulagement, elle donna à Boney une friandise spéciale, coiffa son bonnet numéro deux et fit venir Eden.

— Espèce de propre à rien ! dit-elle dès qu'il fut entré dans la chambre.

— Bon Dieu ! murmura-t-il, faut-il que je subisse cela une fois de plus !

— Parle plus fort, vaurien !

— Gran, répondit-il d'une voix nette. Je suis dans la même galère que vous.

— Qu'as-tu fait de l'argent que je t'ai donné ?

— Mr. Kronk l'a pris, Gran. Et il a pris le mien, celui de Meg, celui d'oncle Nick et celui d'oncle Ernest. De tout le monde sauf de Renny.

— Ha ! il n'a pas pris l'argent de Renny ? Pourquoi ?

— Parce que Renny n'a pas voulu l'investir.

Elle gloussa de rire :

— Il est rapiat, lui. Comme son grand-père écossais, le docteur Ramsay. Combien dis-tu que tu as perdu ?

— Pratiquement tout, Gran.

— Tout, hein ? eh bien, eh bien, nous sommes dans la même galère, alors. Mais tu ne pourras pas dire que ta vieille grand-mère est avare. Apporte-moi cette boîte. Celle où je mets mes bonnets.

Courbée sur la boîte, le souffle court, elle se mit à fouiller sous les dentelles et les choux de ruban de ses bonnets. Elle en sortit un billet de cinq dollars et le fourra dans la main d'Eden en le regardant avec le sourire qui, lorsqu'elle était jeune femme, avait enchanté tous ceux qui la voyaient.

— L'argent est toujours utile à un jeune homme, dit-elle.

Eden l'étreignit. Il était pardonné. Elle lui rendit son étreinte et demanda :

— Quel jour sommes-nous ?

— Samedi. Vous irez à l'église demain, Gran, avec votre nouveau manteau de fourrure ?

Elle gémit au souvenir du manteau. Mais, le dimanche matin, elle était prête, longtemps avant l'heure de partir. Une impressionnante collection de jupons, pantalons, gilets et spencers fut mise sous sa robe de cachemire noir au corsage abondamment brodé de perles et garni d'une ruche de dentelle à l'encolure et aux poignets. Elle avait aussi des sous-bas et des bas, des souliers et des galoches, des gants et un manchon ; et puis son bonnet de veuve avec son voile volumineux. Quand, enfin, elle eut laborieusement enfilé son nouveau manteau de fourrure, elle avait le sang à la tête et elle haletait. Finalement, elle s'assit devant la fenêtre du salon la plus proche de l'endroit où Hodge arrêterait le vieux traîneau attelé de deux chevaux bais. Il arriva ponctuellement à dix heures et demie, et, pendant un quart d'heure, elle le contempla à travers la fenêtre. Du coin de l'œil, il regarda la vieille silhouette noire et il mit son chapeau dans une position convenant mieux au dimanche. Hodge était fier de son attelage, du vieux phaéton qu'il traînait la plus grande partie de l'année, et du vaste traîneau rouge qui le remplaçait quand la neige couvrait le sol. On ne voyait plus guère de pareils équipages, de nos jours. Les étrangers se retournaient pour regarder les deux chevaux au poil luisant, leurs harnais à monture de nickel, leurs crinières et leurs queues flottantes. Depuis soixante-dix ans, des chevaux piaffaient impatiemment en attendant Adeline Whiteoak.

De son poste d'observation, elle voyait à l'agitation des queues et des crinières qu'un vent fort soufflait, et elle se dit que si elle sentait le froid, cette sortie serait la dernière qu'elle ferait jusqu'au printemps, avec ou sans manteau de fourrure. Mais, en ce moment, elle avait tellement chaud que, accablée, elle s'endormit. Elle rêva qu'elle était de soixante ans plus jeune et qu'elle attendait son mari pour aller à l'église. On était en été ; elle avait terriblement chaud, et Philippe était en retard, contrairement à son habitude. Elle se sentait devenir impatiente, puis vraiment irritée. Qu'est-ce qui pouvait le retenir ? S'il y avait une personne qu'on ne devait pas faire attendre, c'était elle ! Puis elle entendit un pas et sentit une main sur son épaule. Le pas était rapide — un pas courant — la main était petite... Philippe avait envoyé l'un des enfants lui porter un message... Elle tourna la tête, leva ses lourdes paupières et aperçut le visage du plus jeune de ses petits-fils.

— Réveillez-vous, ma grand-mère, dit-il de son air le plus important. Les cloches de l'église vont bientôt sonner.

— Ah ! où suis-je ? fit-elle, abasourdie, son long voile de crêpe étant retombé sur son visage.

— Vous êtes sur le point de partir pour l'église, ma grand-mère. Dans votre nouveau manteau de fourrure.

— Un manteau de fourrure ! en été !

— C'est l'hiver, Granny. Bientôt Noël.

Renny et Piers entrèrent dans la pièce... Encore un peu étourdie, elle fut mise debout, et, soutenue de part et d'autre, elle descendit le perron gelé jusqu'au traîneau. Ils la soulevèrent et elle s'enfonça, gros paquet de fourrure, dans le moelleux coussin du siège. On l'entoura de la grande couverture en peau d'ours noire, et l'air glacial la tira de sa torpeur et la vivifia. Elle sourit à Renny et dit :

— J'ai été prête trop tôt. Qui est-ce qui vient avec moi ?

Il était tête nue ; la neige tombait sur ses cheveux roux.

— Où est ton chapeau ? demanda-t-elle. Je ne veux pas que mon petit-fils aille à l'église tête nue.

— Il est dans la voiture, Gran.

— Qui vient en traîneau avec moi ?

Ses deux fils apparurent, portant des pardessus aux grands cols de fourrure. Ils montèrent dans le traîneau et s'assirent à côté d'elle. Hodge desserra les rênes, mais avant que les chevaux se missent en marche, Wakefield grimpa sur le siège, à côté de lui. Les nombreuses clochettes d'argent, celles qui étaient accrochées autour du ventre des chevaux, et les plus grandes au son plus grave, suspendues à leurs épaules, firent entendre leur doux tintement. Sur le dossier poli rouge vif du traîneau était placée une deuxième peau d'ours ornée de queues. Elle était destinée non seulement à servir d'appui au dos des voyageurs, mais à offrir un beau spectacle en flottant par-derrière. Au-dessus des queues d'ours flottait le volumineux voile de crêpe d'Adeline. Les muscles des chevaux ondulaient sous leur pelage lustré. Le pompon rouge du béret de Wakefield oscillait. Nicolas et Ernest firent des signes d'adieu à ceux qui restaient sur le perron. L'avenue fut vite franchie et le traîneau disparut tandis que les sabots des chevaux envoyaient des grumeaux de neige propre sur la couverture qui enveloppait les genoux de Hodge et de Wakefield.

L'automobile, dans sa noirceur, semblait bien triste auprès du traîneau. Les grincements de son démarrage offensaient l'oreille après la musique des clochettes. Renny était au volant ; Meg se hâta de s'asseoir à côté de lui. Dilly, Eden et Piers s'installèrent dans le fond. Lady Buckley, qui souffrait d'une migraine, était demeurée dans sa chambre. Le dernier de la famille à se montrer fut Finch. Il sortit en courant de la maison, habillé pour l'église, mais avec une expression tourmentée et se tenant la joue d'une main.

— Pas de place dans la voiture, mon chéri, dit Meg. Il va falloir que tu prennes à pied par les champs comme un bon garçon.

— Je ne veux pas y aller, marmotta-t-il. Ma dent me fait mal.

— Quel malheur, dit Meg, avec un regard compatissant. Tu trouveras sur la planche du haut de mon armoire une bouteille de gouttes pour les maux de dents. Elles te soulageront aussitôt.

— Ça me fait trop mal. Je ne veux pas aller à l'église.

— Je les connais, dit Renny, ces maux de tête et de dents qui se manifestent à l'heure de l'église.

— Mais celui-ci est *vrai*. Il me fait souffrir le martyre.

— Tu n'en as pas parlé hier.

— Ça n'a commencé qu'il y a dix minutes.

— Je ne veux plus en entendre parler.

— Nous allons être en retard, dit Piers.

Ils partirent, laissant Finch sur le perron enneigé, le vent froid causant à sa dent une douleur intolérable. Il regagna le hall en trébuchant et referma la porte derrière lui d'un coup de pied tout en disant à haute voix :

— Je n'irai pas ! je ne le veux pas ! Je veux être damné si j'y vais !

— Qu'est-ce qu'il y a ? demanda Wragge.

— Personne ne se soucie de ce que je souffre ! s'écria Finch.

— Un mal de dents ?

— Atroce. Je le leur souhaiterais.

— Vous ne pouvez rien m'apprendre au sujet des maux de dents. Chacune des miennes m'a fait souffrir à tour de rôle. On n'est pas tranquille avant qu'elles aient été toutes arrachées.

— Oh ! je ne veux pas qu'on me fasse ça !

— C'est le seul remède. Mais pour vous soulager, une bonne gorgée de whisky gardée dans la bouche fait assez de bien.

— Oh ! oh ! gémit Finch. Elle tape !

Wragge lui apporta, de la salle à manger, du whisky dans un verre en disant : « Essayez de ça. »

Finch en prit une grosse gorgée, renversa la tête pour en baigner la dent malade, avala le remède et but une nouvelle gorgée, sous l'œil attentif de Wragge.

— Avalez, maintenant, dit-il. Puis prenez-en une autre gorgée ; retenez-la. Et avalez. Ce moyen m'a toujours réussi. Sur les dents comme sur l'estomac, l'effet du whisky est infaillible... — Et, tandis que Finch suivait son conseil, il ajouta : — Naturellement, vous ne serez jamais à votre aise tant qu'on ne vous les aura pas toutes enlevées. C'est ce que j'ai constaté.

A cette suggestion, Finch secoua violemment la tête, s'étrangla, avala, reprit du whisky. Une expression de soulagement adoucit son regard. En avalant la dernière gorgée, il exécuta quelques pas de gigue avec une grande agilité.

— Ça a bien fait l'affaire, hein ? fit Wragge en souriant d'une oreille à l'autre.

— Je vous crois. C'est pour ainsi dire fini. Si j'en prenais la moindre petite goutte de plus, je ne sentirais plus rien.

— Vous avez raison, dit Wragge, et il lui en en apporta encore.

Une chaleur délicieuse parcourut Finch tout entier : la chaleur du soulagement le plus reconnaissant. Mais en même temps, une colère révoltée l'animait contre son frère aîné. Un tyran. Un tyran insensible, la bouche pleine de dents qui ne lui causaient jamais d'ennuis ; et il voulait obliger celui qui endurait les pires souffrances à aller à l'église !

— Vous vous sentez joliment bien, maintenant ? demanda Wragge. Capable de faire cette promenade éventée à travers les champs ?

— Jamais de la vie, dit Finch.

— Eh bien, je ne vous en blâme pas.

— Je lui montrerai, cria Finch d'un ton agressif, s'il peut me commander comme si j'étais un chien ! Je n'ai nullement l'intention d'aller à l'église ; je ne l'ai jamais eue. D'ailleurs, je n'estime pas beaucoup la fréquentation de l'église. Quel profit en tire-t-on ?

— Aucun, à ma connaissance, dit Wragge toujours souriant. C'est-à-dire en ce qui me concerne. Pour votre famille, c'est différent. Votre grand-père a construit l'église. Ses descendants doivent la faire marcher.

— Pas moi, dit Finch. Je veux être damné si j'y vais !

Mystérieusement, Wragge semblait flotter en tournant autour de lui, et toujours avec son sourire malicieux.

— Je ne vous en blâme pas, répéta Wragge.

— J'en ai trop supporté, hurla Finch. A partir de maintenant, j'agirai à ma guise et je plains quiconque voudra m'en empêcher.

Avec un visage aussi grand qu'une citrouille qui voguait dans le voisinage du plafond, Wragge ne cessait de répéter : « Je ne vous blâme pas. » Finch regarda cette citrouille flottante, d'abord avec curiosité puis avec un certain dégoût. Il s'aperçut qu'il tenait un verre à la main ; il le lança en l'air et le rattrapa. Trouvant ce jeu amusant, il le lança de plus en plus haut. La dernière fois, il faillit heurter le plafond et il serait tombé par terre si Wragge ne l'avait saisi au vol. A cet instant, son attitude amicale se transforma brusquement :

— En voilà assez, dit-il. Vous feriez mieux de vous étendre un peu jusqu'à ce que ce soit passé.

— C'est passé. Vous voulez dire la douleur ?

— Je parle du remède. Vous avez besoin de vous étendre.

— Je sais ce dont j'ai besoin et je n'aime pas qu'on me le dise. Je ne supporterai plus qu'on me donne des ordres... compris ?

— Je ne voulais pas vous offenser, dit Wragge, de nouveau amical.

Finch mit un bras sur les épaules de Wragge.

— Je ne suis pas offensé, dit-il. Et je vous suis certainement très reconnaissant d'avoir arrêté ma souffrance. A propos, où est-ce que j'avais mal ?

— Aux dents.

— Ah ! oui. Un terrible mal de dents. Je crois que je vais aller m'étendre dans la bibliothèque. Je me sens drôle.

Mais il se trompa de direction et se trouva dans le salon. Il fut surpris d'y trouver le piano et resta à le regarder fixement pendant quelques minutes... Puis, son cerveau embrumé s'éclaircit soudain. Il se sentit lucide au point d'être capable de n'importe quoi — même de jouer du piano. Il en avait toujours eu envie, et il découvrait tout à coup qu'il le pouvait.

Il eut quelque difficulté à atteindre l'instrument ; un tabouret lui barrait la route, et le détour qu'il fit pour l'éviter le conduisit en face de la cheminée. Il ne voyait plus le piano, mais il voyait sa propre réflexion dans la glace. Son visage lui parut coloré et assez beau. Il le contempla longuement et avec plaisir avant de se remettre à la recherche du piano.

Quand il le trouva, il s'aperçut que le tabouret était trop haut. Il le tourna jusqu'à ce qu'il fût trop bas. Il continua un moment à se livrer à ce passe-temps qui l'amusait. A la fin, s'effondrant sur le siège, il posa ses mains sur le clavier. Il regarda en clignotant les touches qui étaient étrangement brouillées. Il attendit, s'observant comme aurait pu l'observer un autre, avec un calme intérêt.

Puis il s'entendit commencer à jouer, doucement, d'abord, un air exquis, chantant, semblable aux premiers ruissellements des cours d'eau gelés, au printemps. Puis la musique devint plus forte, tandis que d'autres rivières apportaient le concours de leurs eaux. Graduellement, le volume s'en accrut jusqu'à ce que tous les fleuves, libérés, se missent à rugir, dans leur exaltation. Le corps de Finch oscilla, ses mains s'élevèrent très haut et retombèrent sur le clavier avec un fracas assourdissant, lorsque, la glace s'étant brisée partout, les eaux des plaines d'inondation se précipitèrent dans la mer avec un élan féroce... Finch n'était plus seul, mais entouré de la grande foule qui, dans une magnifique salle de concert, l'applaudissait frénétiquement. Les lumières des lustres, reflétées dans un millier de cristaux, l'éblouissaient. Il savait qu'il aurait dû se lever et saluer le public, mais ses jambes n'en avaient pas la force. Toute son énergie se trouvait dans ses mains et ses bras. Appuyant sur la pédale forte, il tira du piano des sons d'un volume, d'une splendeur plus considérables que jamais.

La porte du salon s'ouvrit. Lady Buckley, ses mains appuyées contre ses oreilles, trébucha vers lui. Elle cria son nom, mais il ne l'entendit pas ; il n'entendit pas non plus les quatre chiens qui, dans le hall, leur ouïe sensible à la torture, déchiraient l'air de leurs hurlements.

Lady Buckley, le bandage qui entourait sa tête douloureuse accentuant le caractère classique de ses traits, sa longue robe de chambre risquant à chaque pas de la faire tomber, s'avança et posa lourdement ses mains sur les épaules de Finch.

— Assez ! cria-t-elle d'une voix de stentor.

Les mains de Finch quittèrent le clavier.

Un silence presque tangible remplit le salon. Il ne dura qu'un instant, puis le quatuor des chiens fit entendre un dernier hurlement, aigu et perçant de la part du fox-terrier, lugubre et tremblant de celle des épagneuls, lamentable à fendre le cœur de la voix de basse du chien de berger.

— Comment oses-tu provoquer un tel vacarme ? demanda-t-elle.

Il était incapable de parler. Ce qu'il avait pris pour la lumière des lustres était celle du soleil qui brillait dans un ciel sans nuages. Il sentit le camphre dont sa tante avait imbibé son bandage et, derrière lui, une poitrine d'une ferme plénitude offrit un appui à sa tête.

— Ma tante, murmura-t-il, et l'odeur de son haleine parvint à lady Buckley.

— Finch, gémit-elle, tu as bu !

— Simplement du whisky, pour ma dent, bredouilla-t-il.

— Tu es ivre, dit-elle.

— C'est ça qui m'a rendu capable de jouer, dit-il avec un rire niais.

— Je n'ai jamais été si choquée de ma vie, dit-elle.

Et elle en avait l'air. Le choc qu'elle éprouvait était si grand qu'elle en oubliait sa migraine. Prenant fermement Finch par le bras, elle le remit debout.

Elle lui fit traverser le hall, l'entraîna dans la bibliothèque, l'y étendit sur le vieux divan de cuir, et alla jusqu'à prendre la peine de le couvrir avec le châle de laine qu'elle avait tricoté elle-même bien des années auparavant. Mais, avant de le laisser, elle dit :

— Je serai obligée d'en parler à ton frère.

Finch ne s'en soucia pas. Rien ne le tourmentait. Il sombra dans un profond sommeil.

Pendant ce temps, les deux véhicules étaient arrivés à l'église. Le joyeux tintement des clochettes du traîneau se mêla au bourdonnement sonore de la cloche. Derrière le traîneau, l'automobile cahotait et cornait pour exprimer sa hâte. La grand-mère fut descendue du traîneau, et, soutenue par Renny et Piers, gravit lentement, lentement, les marches donnant accès à l'église. Le froid la faisait siffler en respirant. Nicolas, Dilly, Ernest, Meg, Eden et Wakefield suivaient l'aïeule, mais quoique tous adaptassent leur pas au sien, elle avait l'impression qu'ils lui imposaient trop de hâte : elle aurait voulu que les autres fidèles eussent beaucoup de temps pour admirer son manteau neuf. Elle aperçut les demoiselles Lacey, filles d'un amiral anglais en retraite, qu'elle avait connues toute leur vie. Elles étaient maintenant âgées de soixante-trois et soixante-quatre ans, mais elles avaient conservé leur teint frais et leur joie de vivre dans cette calme campagne.

— Chère Mrs. Whiteoak ! s'écrièrent-elles à l'unisson. Quel superbe nouveau manteau de fourrure !

Il lui semblait à ce moment être un pesant fardeau, mais quand elle l'entendit admirer, elle prit un air avantageux et marcha avec plus de vigueur.

— C'est un bon manteau, dit-elle. Il me durera le restant de ma vie.

— Mais, dit Miss Lydia, votre autre manteau de fourrure est encore si beau.

— Oui, il me servira pour tout aller.

Nicolas adressa un clin d'œil à Miss Lacey qui avait naguère fort désiré l'épouser et qui gardait toujours un faible pour lui.

On eût dit que la petite procession n'atteindrait jamais la porte de l'église, tant sa marche était lente à la suite des pas traînants de la vieille Mrs. Whiteoak. Ce fut un soulagement pour leurs oreilles quand le carillon de la cloche cessa. Dans le vestibule, Adeline dit à Todd, le sonneur :

— Il est grand temps que vous mettiez fin à ce bruit. Ne m'avez-vous donc pas vue arriver ?

— Si, en effet, Mrs. Whiteoak, dit-il respectueusement, les mains toujours agrippées à la corde. Mais j'ai pensé qu'un peu de musique vous ferait plaisir.

Elle lui répondit par un aimable sourire et inclina sa tête que son voile de veuve faisait paraître énorme. Tandis qu'elle avançait dans la travée, ceux qui étaient déjà assis se retournèrent pour la voir. Les plus vieux d'entre eux ne se rappelaient pas l'époque où elle n'y était pas et ne pouvaient se figurer celle où elle n'y serait plus.

C'est alors que les coussins neufs qu'elle avait offerts pour les bancs, dans l'exaltation première de son merveilleux placement, attirèrent et retinrent son attention. Les fidèles assis sur ces coussins avaient l'air détendu de gens à l'aise dans un fauteuil ; même ceux que la nature avait confortablement rembourrés semblaient contents ; et quant aux maigres, leurs visages exprimaient un soulagement mêlé d'une vive gratitude. Adeline Whiteoak comprenait qu'il était trop tard pour reprendre les coussins ; bon gré mal gré, cette dépense devait être supportée par ce qui lui restait de fortune. Jamais très forte en calcul, elle oscillait à présent entre l'idée de son appauvrissement et l'oubli total de sa perte.

Wakefield était si pressé de faire l'essai des coussins, qu'il courait presque afin d'être le premier à gagner les bancs de la famille. Ils étaient au nombre de deux. Piers, Eden, Dilly et Ernest prirent place sur celui du devant, et celui de derrière fut occupé par la grand-mère et Meg avec Wakefield entre elles et Nicolas au bord de la travée. La vieille dame émit un grognement perceptible en s'asseyant sur son coussin, non que l'agrément en fût nouveau pour elle, car Meg apportait toujours deux coussins, l'un pour le siège, l'autre pour le dossier de sa grand-mère. Tous les membres de la famille, commodément installés, inclinèrent alors la tête, plongés dans la prière ou la simulant. Miss Pink jouait doucement de l'orgue, son nouveau chapeau d'hiver constituant un objet d'intérêt pour les paroissiens.

Quand les Whiteoak se redressèrent, Meg demanda à voix basse à Nicolas :

— Croyez-vous qu'on devrait lui enlever son manteau ?

— Ce serait un trop grand effort, répondit-il en murmurant. Nous n'arriverions pas à le lui remettre.

— A qui ? demanda la grand-mère... Je l'ai acheté pour qu'on le voie. Je le garderai ; merci.

On le remarquait, en effet, plus encore que le chapeau de Miss Pink. Entre ce chapeau, le manteau et les coussins, l'attention des fidèles était si occupée qu'il n'en restait plus guère pour le pasteur et le lecteur laïque. Mais par-dessus tout, il y avait Miss Warkworth. Depuis son arrivée à Jalna, elle éveillait l'intérêt le plus intense dans tout le pays. Elle était aussi fréquemment l'objet de la désapprobation générale. La rougeur de ses lèvres était presque scandaleuse, et elle avait été vue plus d'une fois en train de la raviver publiquement. Elle portait les cheveux courts, selon la mode nouvelle, et bouclés sur toute sa jolie tête. Elle avait un air de calme audace, fort différent de la douce expression de Miss Whiteoak que tout le monde admirait. On disait qu'elle s'acharnait sur la capture de Renny Whiteoak ; on disait aussi qu'elle aurait, avec lui, affaire à forte partie. Elle se tenait en ce moment entre Ernest et Eden, joignant sa douce voix anglaise aux robustes organes des Whiteoak dans l'hymne processionnel.

De même que son père et son grand-père avant lui, Renny était le lecteur laïque. Il se dirigea en hâte vers la sacristie et y revêtit son surplis sous le regard pressant de Mr. Fennell. Dès qu'il eut gagné sa place, il jeta un coup d'œil sur la famille pour voir si Finch était arrivé. Finch n'y était pas, mais Dilly resplendissait comme une rose à côté de l'oncle Ernest.

De sa voix dominicale, Mr. Fennell lisait :

— Au Seigneur notre Dieu appartiennent la miséricorde et le pardon, quoique nous nous soyons révoltés contre Lui ; nous n'avons pas non plus obéi à la voix du Seigneur notre Dieu en observant les lois qu'Il a édictées...

Renny se dit que Dilly était extrêmement jolie, mais que, quels que fussent ses efforts, elle n'aurait jamais l'air dévot ; Eden, lui, sans s'y efforcer le moins du monde, ressemblait à un jeune saint, avec ce visage pareil à celui de sa ravissante mère. Et puis, il y avait le jeune Wake, qui rebondissait sans arrêt sur son coussin, malgré la chiquenaude qu'oncle Nick venait de lui décocher. Et puis, il y avait Gran, ayant l'air d'une montagne, et dont le pesant manteau neuf empourprait le visage. Il était étrange que Meg ne le lui eût pas ôté ; étrange aussi qu'elle laissât le petit rebondir sur son coussin... Renny remarqua que son surplis était un peu froissé. On le blanchirait pour Noël ! Il lui faudrait faire couper beaucoup de verdure et commander du houx pour décorer l'église. Soudain, il se souvint d'un Noël de sa petite enfance, le premier Noël après la mort de sa mère. Lui et Meg étaient assis sur ce banc, avec leur grand-mère et leur père, la vieille veuve et le jeune veuf tout en noir. Renny se rappelait son propre petit costume gris et le brassard de crêpe sur sa manche gauche. Il en était fier parce que ce noir le faisait ressembler à une grande personne, et à son père. Il penchait souvent la tête pour regarder ce brassard ; mais il ne cessait de penser au beau petit train avec sa locomotive à remontoir qu'il avait aperçu sous l'arbre de Noël, dans la bibliothèque, lorsque lui et Meg avaient regardé par le trou de la serrure. Avec quelle impatience il avait souhaité remonter cette locomotive !

Le moment de la Seconde Leçon était arrivé ; Renny, debout derrière l'aigle de bronze du lutrin, lut :

— Et il y aura des signes dans le soleil, la lune et les étoiles...

Meg songea : « Eh bien, ces taches du soleil dont on parle, elles doivent signifier quelque chose : la sécheresse et une mauvaise saison pour les fraises, ou des inondations et les semences arrachées au sol. »

Renny continuait à lire. Cependant, pour passer le temps, Eden jouait un jeu avec Dilly. Il avait un crayon mais pas de papier, alors, ils se servirent d'une page blanche au bout d'un recueil d'hymnes. Il écrivit : « Les fidèles sont somnolents. »

Il passa le livre à Dilly, qui, au bout d'un moment de réflexion, écrivit : « On voit des coussins rouges sur les bancs. »

Elle lui rendit le livre et il écrivit aussitôt : « Le lecteur lit infâmement. » Cette fois, Dilly mordilla, perplexe, le bout du crayon, mais ne trouva rien d'autre et répéta le premier vers : « Les fidèles sont somnolents. » Il fronça les sourcils et écrivit : « J'ai envie de vous embrasser follement. » La forte main de Piers s'étendit devant Eden et tenta de s'emparer du livre. Dilly s'y cramponna, ravie. Une petite lutte s'ensuivit qui ne passa pas inaperçue aux yeux du pasteur, du lecteur laïque et des occupants des bancs les plus proches.

Mais le son de l'orgue s'éleva ; les fidèles se levèrent et chantèrent : « Oh ! réjouissez-vous dans le Seigneur, toutes les nations ; servez le Seigneur avec joie, et présentez-vous devant Lui en chantant. »

Tous s'étaient levés, sauf la grand-mère qui, elle aussi, avait vu la petite bagarre. Elle marmotta : « Jeunes vauriens qui se conduisent mal à l'église », et saisissant sa canne, elle en donna un bon coup dans le dos d'Eden. Il en fut si surpris que l'excellente note qu'il venait d'attaquer se transforma en un grognement étonné. Il la foudroya du regard en se retournant.

— Comporte-toi convenablement, dit-elle d'une voix que le *Jubilate Deo* ne noya pas.

— Pourquoi serais-je celui qui écope ? susurra-t-il.

— Parce que tu es le seul que je puisse atteindre, répondit-elle, mais cette fois, le chant couvrit sa voix.

Elle prit plaisir à cette escarmouche et se renfonça dans la douillette chaleur de son manteau de fourrure comme une vieille ourse qui se pelotonne pour hiberner. Mais elle demeura éveillée jusqu'à ce que Mr. Fennell fût monté en chaire, car alors, elle le savait, il la remercierait des coussins. En effet, avant de commencer son sermon, il dit :

— Nous jouissons, en ce dimanche matin, d'un nouveau bienfait, conféré par un membre de la famille, si généreuse dans le passé, depuis l'époque où le capitaine Whiteoak a donné le terrain et construit cette église. Aujourd'hui, la dame qui fut son épouse bien-aimée et qui, je suis heureux de le dire, est parmi nous ce matin, a fait présent de coussins pour tous les bancs de l'église. C'est un don vraiment magnifique et que, j'en suis sûr, vous appréciez tous profondément. Ces coussins sont superbes et ajouteront beaucoup au bien-être physique de tous les membres de notre paroisse. J'espère seulement que ce bien-être ne fera oublier à aucun de nous que nous sommes dans la Maison de Dieu... Et maintenant, au nom du Père, du Fils et du Saint-Esprit...

Les joues de Dilly flamboyaient. Eden croisa les bras et regarda tout droit le visage de Mr. Fennell. Piers baissa la tête. Mais la mention du capitaine Whiteoak avait rempli de larmes les yeux de la grand-mère ; elles finirent par couler de part et d'autre de son nez dont l'admirable modelé défiait l'assaut déformant du temps. Meg lui prit la main et la serra. Tous les membres de la famille tournèrent la tête pour lui sourire. Toute l'assemblée tendit le cou pour l'apercevoir et lui adresser un regard de gratitude. Wakefield n'aurait pas été gonflé de plus d'importance s'il avait été lui-même le donateur des coussins. Toute l'église, dans laquelle le vitrail qui commémorait le souvenir du capitaine Whiteoak jetait des taches de couleur, était imprégnée d'une sérénité et d'une émotion que ressentait chaque cœur. Le sermon de Mr. Fennell ne fut pas trop long ; bien que dénué de rhétorique et un peu ennuyeux, il parla, d'une voix agréable, de vertu plutôt que de péché sans inspirer ni crainte ni doute.

Quand, à la fin, tout le monde se leva, Piers réussit à prendre possession du recueil d'hymnes et à en arracher la page où étaient griffonnés les vers. Tel un vieux navire de guerre au milieu de bâtiments de moindre importance, la grand-mère se dirigea vers la porte.

— Chère Mrs. Whiteoak ! s'écria la plus jeune des Misses Lacey. Je n'ai jamais vu de coussins pareils ! Ils sont d'une beauté de rêve !

— Je n'ai jamais été aussi confortable à l'église, dit sa sœur. J'y ai positivement pris mes aises.

Chacun désirait lui parler, lui dire un mot de remerciement. Elle était de fort bonne humeur. Dans le vestibule, elle rencontra Noah Binns. Il tenait à lui annoncer qu'il venait d'être nommé fossoyeur adjoint.

— Voilà ce que je suis, désormais, dit-il. Fossoyeur adjoint. Vous rappelez-vous mon père, Eli Binns, madame ? Nous pensons qu'il n'en a plus que pour quelques jours. Je creuserai bientôt sa tombe. Ce sera la première.

— Ah ! c'est triste, répondit-elle.

Prenant un air dévot, Noah Binns dit :

— Le Seigneur donne et le Seigneur reprend. Rien ne pourrait être plus juste.

Lady Buckley accueillit Renny dans le hall. Sa migraine allait mieux, mais elle était fort pâle.

— Ça va mieux, ma tante ? demanda-t-il en l'entourant de son bras.

— Mieux de ma migraine, mais... et elle serra les lèvres.

— Vous souffrez d'autre chose ? fit-il avec anxiété.

— C'est Finch, répondit-elle avec un soupir.

— Finch ? est-ce que sa dent va plus mal ?

— Je voudrais que ce fût sa dent..., dit-elle, et, attirant Renny par le revers de son veston, elle lui murmura à l'oreille : — Finch a été et est probablement encore... *ivre.*

Renny recula comme s'il s'écartait d'une folle.

— Ivre ? où cela ?

— Là, dit-elle en désignant la bibliothèque.

Renny ouvrit la porte et regarda Finch étendu sous le châle de laine.

— Il a l'air assez calme, dit Renny.

— Il est maintenant *ivre mort.*

Renny se gratta le menton, hésitant à réveiller son frère.

— La première manifestation de son état, reprit lady Buckley, a été un bruit tonitruant sur le piano, avec la pédale forte. Il tapait avec une telle furie qu'il a sûrement dû casser des cordes. C'était affreux. Toute malade que j'étais, je suis descendue et j'ai trouvé Finch se déchaînant sur le clavier comme un dément tandis que les quatre chiens hurlaient. Je dois lui rendre cette justice qu'il s'est laissé conduire jusqu'au divan sans résistance.

— Je regrette de ne pas avoir été là.

— Oh ! il avait, en effet besoin d'un homme !

— Laissez-nous seuls un moment, ma tante, dit Renny en lui tapotant l'épaule.

— Ne sois pas trop...

— Non, non, ne craignez rien.

Lady Buckley partie, Renny retira le châle et administra une demi-douzaine de fortes claques au corps osseux de Finch, après quoi, le tirant par l'oreille, il le remit sur son séant. Finch ouvrit les yeux avec difficulté et bredouilla :

— Aïe ! mon oreille ! Qu'est-ce que j'ai fait ?

— Tu le sais rudement bien.

— C'était ma dent... elle me faisait mal. Elle va mieux maintenant. J'ai pris du whisky pour me soulager, dit Finch avec un sourire hébété.

Il semblait ne pas s'être aperçu de la correction qu'il avait reçue, ce que voyant, Renny la renouvela.

A ce moment, la grand-mère, soutenue par ses fils, arriva, et s'approchà du divan :

— Qu'est-ce qui se passe ? demanda-t-elle.

— Ce jeune imbécile s'est enivré, répondit Renny.

— Lui ! à peine sevré ! Bats-le bien, Renny, et pas avec ta main. Mon père battait toujours ses fils avec un bâton.

— Je ne recommencerai plus jamais, dit Finch d'une voix pâteuse. Je le promets.

Le reste de la famille avait, maintenant, envahi la pièce, en dernier lieu Wakefield qui se mit à chantonner de sa voix aiguë :

— Une énigme, voilà ce qu'il est...

Meg le prit par la main et l'emmena. Nicolas revint du salon en disant que trois cordes du piano avaient été cassées.

— Finch devra les remplacer sur son argent de poche, décréta Renny.

— Je les paierai, dit Nicolas. Mais il ne faudra plus qu'il touche au piano. Augusta dit que le vacarme était infernal.

— Et s'il y a une chose à laquelle Augusta tienne, c'est à la paix, ajouta Ernest.

— Ne sommes-nous pas tous ainsi ? lui demanda sa mère qui n'aimait rien autant que la bataille.

Wragge se montra portant un plateau chargé de verres de xérès.

— Nous le prendrons dans le salon, dit Renny, puis, à voix basse, il demanda : — Avez-vous vu ce jeune homme, ce matin, Rags ?

Wragge regarda d'un air surpris la silhouette allongée sur le divan :

— Je l'ai aperçu, monsieur, qui se tenait la joue. Je crois qu'il avait mal aux dents.

— Eh bien, dit Renny avec un large sourire qui accentua extraordinairement sa ressemblance avec sa grand-mère, je tiens généralement les alcools sous clé. Il faudra que je sois plus prudent, à l'avenir, si les gosses se mettent à boire.

— Oui, certainement, monsieur, opina Wragge, imperturbable.

Nicolas, qui remplissait sa pipe avec la satisfaction d'un homme ayant enduré un service religieux, fit observer :

— Ce garçon n'est pas en état de venir à table. Il ferait mieux de monter se coucher.

— Oui, dit Renny, monte te coucher, Finch.

— Bon Dieu ! fit Eden en riant, il s'est rendormi !

— Je vais le réveiller, dit Piers.

— Il peut rester où il est, dit Renny en recouvrant Finch du châle si bien que seuls sa tête aux cheveux embroussaillés et son malheureux visage rouge demeurèrent visibles.

Eden ramassa le demi-paquet de cigarettes froissé qui était tombé de la poche de Finch et dit :

— Il n'est pas un crime dont ce petit garçon n'ait tâté. Je crois que ces cigarettes sont à moi.

Il en prit une et allait mettre le reste du paquet dans sa poche quand Piers le lui arracha, puis se rappelant le Lac Indigo, il le lui rendit avec un sourire.

On passa dans le salon et Dilly arriva, descendant l'escalier comme en dansant. Elle portait une robe à la dernière mode, dont la jupe était terriblement courte. Ernest regarda avec intérêt ses jambes joliment galbées mais il se contenta de dire :

— J'ai toujours considéré le xérès comme très indigeste.

— Rien n'est plus salutaire avant le dîner du dimanche, dit

Nicolas, allons, Dilly, prenez-en un verre, et il enlaça la taille de la jeune fille.

Pendant un bref instant, elle crut que c'était le bras de Renny, car il se trouvait près d'elle, de l'autre côté, et elle agrandit les yeux en le regardant. Mais son air distrait la détrompa et elle se tourna vers Nicolas dont elle serra l'épaule.

— Ha ! grogna la grand-mère qui savourait son xérès. C'est bon. Rien de tel qu'aller à l'église le matin et boire un verre de xérès en rentrant. — Elle en but une gorgée, et, jetant autour d'elle un regard rayonnant : — Mon manteau de fourrure n'était pas du tout trop lourd... Croyez-vous que les coussins rouges leur ont fait plaisir ?

— Bien sûr, dit Nicolas.

— Il me semble, dit Ernest, que le pasteur a fort bien parlé de vous, maman.

Puis, comme Meg revenait, il demanda :

— Peux-tu me dire, Meggie, quel est le menu du dîner ?

— Un rôti de veau farci, oncle Ernest. Des pommes de terre frites. Une tarte au citron meringuée ; des noix et des raisins secs.

— Pour moi, dit Ernest, rien ne pourrait être pire.

— Dois-je commander quelque chose d'autre pour vous ?

— Oui, dit Nicolas, fais-lui faire un œuf poché.

— Non, non, intervint Ernest, je préfère manger ce que mangent les autres. En fait, un peu de veau ne me fera pas de mal. J'exclurai les noix et les raisins secs.

Cependant, la vieille Adeline grignotait avec gourmandise un biscuit que Meg lui avait apporté. Tout à coup, elle se tourna vers Dilly et Eden et demanda d'un ton bénin :

— Qu'avez-vous fait à l'église, jeunes coquins ?

— Ils sont tous deux poètes, dit Piers, et, se plaçant devant elle, il tira de sa poche la page du recueil d'hymnes et lut :

Les fidèles sont somnolents ;
On voit des coussins rouges sur les bancs.
Le lecteur lit infâmement,
Les fidèles sont somnolents ;
On voit des coussins rouges sur les bancs.
J'ai envie de vous embrasser follement !

— Ce sont eux qui l'ont écrit ? demanda la grand-mère.

— Oui, chère Mrs. Whiteoak, gémit Dilly, et nous en sommes si honteux.

— Il n'y a pas de quoi. C'est un assez bon poème. Maintenant, allez-y et faites-le.

— Vous voulez dire, nous embrasser ? demanda Dilly, comme horrifiée.

Avec un petit cri, elle présenta à Eden sa joue semblable à un pétale de fleur et il y déposa un baiser rapide.

— Ce n'est pas là ce que j'appelle s'embrasser follement, dit la grand-mère. L'aîné de mes petits-fils, lui, saurait vous montrer ce que c'est. Ha, ha ! qu'en dis-tu, Renny ?

— Oh ! dit Dilly, il pense plus volontiers à châtier.

— Quel étrange dimanche ! dit Augusta en se levant d'un mouvement plein de dignité. Un dimanche des moins édifiants.

— C'est vrai, dit Meg, tristement. S'enivrer à la maison ; écrire des vers légers à l'église. Et, chose curieuse, la leçon que Renny a lue abondait de signes avertisseurs : taches du soleil et autres phénomènes du même genre.

— « Et il y aura des signes dans le soleil et dans la lune et dans les étoiles », cita Renny. Pas question de taches du soleil.

— Mais tu ne disconviens pas qu'il s'agit d'avertissements ! s'écria Meg. Ces taches apparaissent au ciel, et il s'ensuit des désastres sur la terre.

— J'aime ces vers, dit la grand-mère ; ceux qui parlent des coussins que j'ai donnés. Je vais les coller dans mon album. Va me le chercher, Ernest.

— Dieu vous bénisse, ma vieille chérie, dit Nicolas. Personne n'a vu cet album depuis trente ans.

— Je n'y ai rien collé pendant si longtemps ?

— Rien à ma connaissance.

— Mon Dieu ! soupira-t-elle, ce que le temps passe. Quelle est la dernière chose que j'ai collée dans mon album ?

— C'était une coupure de journal relative à la première fois que j'ai monté au Concours hippique. J'avais sept ans, répondit Renny.

Piers offrit à sa grand-mère la page du recueil d'hymnes, la tenant entre le pouce et l'index. Boney fondit sur lui, s'en empara et la déchira en lanières. Au même instant, Wragge fit bruyamment résonner le gong annonçant le dîner du dimanche, ce qui eut pour résultat de faire sortir tout autre chose de la tête de la vieille dame.

Finch entendit vaguement le gong, puis le bruit des conversations et le cliquetis des couverts dans la salle à manger. Une sensation de nausée le prit et s'accrut au fur et à mesure que, par la fente de la porte, lui parvenait l'odeur du rôti de veau et de son jus succulent. Sa première vague de nausée passa, mais quand vint la seconde, il sauta du divan et courut à la petite pièce, située au bout du hall, où dormaient les chiens et où il y avait un lavabo. En gémissant, il se pencha sur la cuvette. Meg l'y trouva encore, une fois le dîner terminé. Elle lui mit sa main sur le cou et demanda :

— Te sens-tu mieux ?

Il inclina la tête, incapable de parler.

— Tu ne recommenceras pas une aussi vilaine chose, n'est-ce pas ?

Il secoua vigoureusement la tête.

— Tout le monde en a été bouleversé ; pour ma part, je n'ai presque pas pu dîner.

Il frissonna.

— Ne parle pas de manger, si ça t'est égal, Meg, dit-il.

Elle lui caressa la tête et s'écria avec dégoût.

— Tes cheveux sont tout poisseux ! Il faut qu'ils soient lavés. Je vais le faire tout de suite.

— Oh ! non, Meggie ! Non ! Tu ne peux pas me faire ça ! Je ne veux pas ! Je t'en prie.

Cependant Meg avait revêtu une grande blouse enveloppante qu'elle conservait dans cette pièce et elle avait pris dans le placard un pain de savon de Windsor et une serviette propre. Finch considéra ces instruments avec une abjecte détresse. Il avait toujours détesté le lavage de tête, mais jamais autant qu'à présent.

Meg fit couler de l'eau chaude dans la cuvette et demanda :

— Quand te laves-tu les cheveux ?

— Mes cheveux sont lavés quand je prends un bain.

— Ce n'est pas comme cela qu'on les lave. Rien d'étonnant s'ils sont dans un pareil état.

Il tenta de résister, mais Meg se montra ferme et l'obligea à se pencher sur la cuvette. L'eau chaude, le massage, le rinçage à l'eau froide lui firent du bien ; impossible d'en douter. Après le second rinçage, il se sentit redevenu presque normal. Mais il ne l'aurait dit à Meg pour rien au monde. La personne qui, du hall, aurait entendu ses plaintes, eût pu le croire en proie à la torture.

La tante Augusta les entendit. Sa mère et ses frères s'étaient retirés pour faire leur sieste habituelle. Elle jouissait du silence du salon quand ces lamentations la dérangèrent.

Elle se dirigea vers le lieu du supplice.

— Assez ! ordonna-t-elle. Je ne permettrai pas qu'on batte de nouveau ce pauvre garçon !

— Ne vous tourmentez pas, tante Augusta, dit Meg en riant, et elle enveloppa la tête de Finch d'une serviette. Je viens de lui laver les cheveux ; nous attendons du monde pour le thé et je ne pouvais le laisser avec une chevelure aussi sale. Elle est si jolie quand elle est convenablement lavée. Regardez !

Elle souleva fièrement la serviette, et les deux femmes contemplèrent Finch avec plaisir. Il avait les joues roses, et ses cheveux fins et droits, libérés de la serviette, reprenaient leur teinte d'un brun doré. Il leur sourit d'un air penaud, ne sachant s'il devait ou non être content de lui-même.

Meg l'installa dans le hall, près du poêle rougeoyant, avec une serviette sur les épaules. En compagnie des chiens, il médita sur l'étrangeté de la vie.

A l'heure du thé, dans le salon, vêtu de son complet numéro un, il passait les tasses de thé et les gâteaux à la société.

A l'une des invitées, Meg confia :

— Il est à l'âge ingrat, vous savez, mais il est d'un naturel affectueux et, à certains égards, il est tout à fait intelligent.

La conversation prit ensuite un tour plus intéressant. Les particularités des adolescents n'étaient pas tenues, alors, pour importantes, et ils ne jouaient qu'un rôle effacé.

23

L'hiver progresse

Noël arriva et passa d'une manière qui différa peu des autres Noëls de Jalna. Plusieurs membres de la famille ayant perdu des sommes considérables ne pouvaient dépenser autant que de coutume pour les cadeaux. Eden annonça d'avance qu'il ne donnerait rien et ne s'attendait à rien. Mais presque au dernier moment, ayant eu un poème accepté par l'une des meilleures revues américaines, il se rendit en ville et acheta une cravate pour chacun de ses oncles et de ses frères et des mouchoirs brodés de dentelle pour sa tante, sa sœur et Dilly. A sa grand-mère, il offrit un flacon de sels qu'elle respira avec tant d'ardeur qu'elle éternua, puis toussa, faillit s'étrangler et dut être ranimée avec du cognac. Ce fut le seul incident fâcheux de la journée.

Nicolas avait décidé que ses présents seraient cette année plus beaux que d'ordinaire ; il voulait montrer qu'une spéculation malheureuse n'affectait pas sa générosité. Dilly fut follement prodigue et dit qu'elle n'avait jamais connu un Noël aussi délectable. A Piers, la fête apporta un plaisir d'une espèce nouvelle. Le plaisir capiteux de penser à quelqu'un d'autre, à la complète exclusion de lui-même.

Grâce à Eden, il avait miraculeusement récupéré son argent. Il n'espérait plus le doubler ou le tripler ; il lui semblait déjà magnifique de l'avoir de nouveau en sa possession. Son intention était d'acheter à Pheasant le présent le plus séduisant qu'elle eût jamais reçu. Il passa beaucoup de temps à réfléchir. Quelque chose qu'elle porterait ; mais quoi ? Ils s'arrangeaient pour se voir assez souvent. Il amena la conversation sur le sujet des broches, mais Pheasant lui révéla qu'elle en avait déjà une et que, à son avis, une broche suffisait à n'importe quelle fille... Il pourrait évidemment lui acheter une bague, mais une bague impliquait quelque chose de définitif qui l'intimida. Une bague ne devait être donnée que pour sceller des fiançailles. Il mit la conversation sur les boucles d'oreilles, mais Pheasant affirma que les boucles d'oreilles faisaient mal et qu'elle n'en avait pas envie. Elle dit aimer les bagues, mais n'en avoir jamais possédé. Ces propos s'échangeaient d'une façon tout à fait impersonnelle en ce qui concernait Pheasant qui ne s'attendait nullement à un cadeau. Piers goûtait le plus vif plaisir à ces entretiens ; il observait, charmé, les expressions de son mobile petit visage, les mouvements que la perplexité imprimait à ses fins sourcils, la compression réfléchie de ses lèvres sensibles.

Piers se demanda si Maurice Vaughan, le père de Pheasant, lui permettrait d'accepter un bijou. Mieux vaudrait, se dit-il, le garder secret pour le moment ; Pheasant ne le porterait que lorsqu'ils seraient seuls ensemble.

Il songea ensuite à un bracelet, mais quand il lui demanda si elle aimait les bracelets, elle ne manifesta pour eux aucun intérêt. Ils étaient assis sur la rive neigeuse, au bout de l'étang gelé, et la seule chose qui, à cet instant, semblait intéresser Pheasant était l'un de ses lacets rompu. Elle y avait fait un nœud et ce nœud appuyait sur son cou-de-pied.

— Cela me fait horriblement mal, dit-elle. Je crois que je vais rentrer.

Piers examina le nœud.

— Vous vous y êtes mal prise, dit-il. Je saurais en faire un que vous ne sentirez pas. Enlevez votre bottine et je vous l'arrangerai.

Pheasant savait bien que Mrs. Clinch n'approuverait pas qu'elle ôtât sa bottine devant Piers Whiteoak. Mrs. Clinch racontait des choses effrayantes sur la conduite des jeunes filles depuis la guerre. Elle avait lu qu'à Londres, il y en avait qui possédaient la clé de la maison et rentraient à n'importe quelle heure. Elle s'attachait à ce fait comme à l'un des plus grands maux, ce qui était d'autant plus curieux que, à Vaughanlands, la porte d'entrée n'était jamais fermée à clef. Ni Mrs. Clinch ni Pheasant n'éprouvaient le moindre désir de sortir à n'importe quelle heure ; et quant au danger des cambrioleurs, elles n'y pensaient même pas.

Mais l'idée d'avoir une clef de la maison pour elle toute seule fascinait Pheasant. Elle s'imaginait rentrant à minuit d'une réjouissance, insérant sa clef dans la grande vieille serrure, dont la véritable clef se trouvait en fait dans un tiroir du vestiaire, entrant dans le hall sur la pointe des pieds, longeant à pas feutrés la chambre de Maurice et enlevant, dans sa propre chambre, sa sortie de bal en velours du geste las d'une personne rassasiée de veilles et de plaisirs.

Cette pensée lui vint à l'esprit maintenant, tandis qu'elle retirait sa bottine et la passait à Piers.

— Qu'est-ce que vous pensez des clefs des portes d'entrée ? Je veux dire pour les jeunes filles ? demanda-t-elle.

— Les clefs des portes d'entrée ? fit Piers, ses yeux bleus tout ronds. Pour quoi faire ?

— Eh bien, pour entrer et sortir avec... et, — baissant la voix, elle ajouta : — Tard, la nuit.

— Où ça ? demanda Piers tandis qu'il commençait à défaire le nœud.

— A Londres.

— Oh ! à Londres ! Vous devriez entendre ce que Dilly en raconte ! Elle y va souvent.

— Qu'est-ce qu'elle raconte ?

— Oh ! des choses assez scabreuses.

— Les raconte-t-elle devant votre grand-mère, votre tante et votre sœur ?

— Pensez-vous !

— L'approuvez-vous ?

— Je n'y ai jamais réfléchi... Étendez votre pied, maintenant, ordonna-t-il d'un ton soudain péremptoire, et, s'agenouillant dans la neige, il tint la bottine devant son pied en l'invitant à la chausser.

— Je peux la remettre moi-même, dit-elle, prise d'une brusque timidité.

— Très bien, dit-il et, laissant tomber la chaussure par terre, il se redressa, debout, sur ses patins.

Les yeux fixés sur un petit écureuil rouge qui fouillait dans un tronc à la recherche d'une noix qu'il y avait cachée, il dit : « Tu devrais hiberner, toi ! » et il lui lança une boule de neige.

Pheasant, cependant, se sentait un peu honteuse et regrettait de ne pas avoir permis à Piers de lui remettre sa bottine. Elle se débattait avec le lacet dont il avait rajusté les deux moitiés à sa façon, et elle ne parvenait pas à l'enfiler dans les œillets.

— Prête ? demanda-t-il.

— Je ne m'en tire pas.

— C'est ce qui vous arrive quand on est aussi prude.

— Oh ! Piers, vous êtes méchant !

Il s'agenouilla de nouveau devant elle. Son petit pied planté sur la neige lui sembla pathétique. Adroitement, il laça la chaussure.

— Ployez votre pied, à présent, dit-il, et voyez si le nœud vous fait toujours mal.

Elle ne le sentait plus et, regardant Piers, à genoux à ses pieds, elle éprouva pour lui une tendresse bouleversante, mêlée de pitié à leur égard à tous deux.

— Quel dommage, dit-elle, que nous ne soyons pas des oiseaux, afin de pouvoir voler...

— Oui, dit-il à la surprise de Pheasant qui s'était attendue à ce qu'il se moquât d'elle, ce serait amusant de pouvoir voler ensemble.

Elle tira sur une fougère brune qui pointait à travers la neige. Il remarqua combien son cou, penché vers la terre, était rond, mince et séduisant.

— Aimez-vous les colliers ? demanda-t-il, presque haletant d'émotion à cette nouvelle idée.

— Avez-vous l'intention d'entrer dans le commerce des bijoux ? Vous paraissez y penser constamment !

— Je n'ai jamais connu de fille comme vous, répondit-il d'un ton agacé. Quelle que soit la chose que je vous suggère, elle vous déplaît.

— Je suppose, dit-elle, offensée, que vous avez eu des tas d'amies.

Il se releva, enleva la neige collée à ses genoux et répondit :

— Oui, un bon nombre.

— Comment s'appelaient-elles ?

— Comment pourrais-je m'en souvenir ?

— Alors je suppose que vous oublierez mon nom... plus tard.

— Oh ! vous prendrez un nouveau nom, un de ces jours.

— Lequel, par exemple ?

— Whiteoak, peut-être.

Sur quoi ils se mirent tous deux à rire plutôt nerveusement, puis un silence tomba. Afin de le rompre, Pheasant dit :

— S'il y a une chose que j'aime par-dessus tout, c'est un collier. Un vrai collier, pas simplement un chapelet.

— Je suppose que vous en avez un très joli.

— J'ai un chapelet mais pas de collier.

Maintenant, il savait ce qu'il lui donnerait pour Noël. Un collier. Vraiment beau, orné de pierres semi-précieuses.

Ils recommencèrent à glisser en rond sur le petit étang, riant de gaieté et de plaisir, leurs visages rougis par le soleil déclinant.

Le prix du collier qu'il choisit épouvanta un peu Piers, mais quel moment inoubliable que celui où Pheasant ouvrit l'écrin de velours bleu et découvrit, dans son nid de satin blanc, la belle chaîne d'or et le pendentif en forme de fleur fait de turquoises et de petites perles !

— Pas pour moi ! Pas pour moi ! c'est impossible ! s'écria-t-elle.

— Si, c'est pour vous, dit-il en s'efforçant de ne pas prendre un air important.

— Mais c'est magnifique !

— Ce n'est pas mal, dit-il, et, nonchalamment, il prit son menton dans sa main et regarda par la fenêtre.

— Pas mal ! s'exclama Pheasant. Oh ! Piers... pourquoi avez-vous fait cela ?

Il la regarda alors droit dans les yeux et demanda :

— Je vous aime bien, n'est-ce pas ?

— Eh bien, peut-être... je suppose que oui... mais..., balbutia-t-elle.

— Mais quoi ? dit-il en essayant de la mettre au pied du mur.

— Oh ! je ne sais pas... Je ne sais rien, sauf que j'aime ce collier.

— Ce collier ? répéta Piers.

— Pourquoi pas ?

— Pourquoi pas moi ?

— Bien sûr que je vous aime... en ce moment.

— Rien qu'en ce moment ?

— Tout le temps, naturellement.

Ils rirent, comme de quelque repartie spirituelle mais assez dangereuse.

Elle portait une robe de serge bleue au col montant. D'une voix qu'elle maîtrisait avec peine, elle dit, en sortant le collier de son écrin :

— Merci, mille et mille fois.

— Il n'y a pas de quoi, dit Piers... — Puis il ajouta : — Si vous l'essayiez ?

— Avec cette robe ? Jamais de la vie.

— Mais j'aimerais le voir sur vous.

Embarrassée, elle se mordit la lèvre.

— En vérité, dit-elle, je n'ai rien d'assez beau à mettre avec ce collier en dehors de ma robe de satin marron des grandes occasions.

— Ce bijou, dit Piers, doit être porté sur la peau.

— Vous voulez dire avec une robe décolletée ?

— Bien sûr.

— Je ferai mieux, alors, de le mettre de côté jusqu'à l'été... Je m'achèterai une nouvelle robe d'été exprès pour lui... Mais Maurice ? Que dira-t-il ?

— Bon Dieu ! il ne faut pas qu'il le voie. Il trouverait cela bizarre et serait capable d'en parler à Renny...

Piers s'arrêta ; il ne pouvait lui dire qu'il y aurait, chez lui, une scène terrible, si... Alors, le souffle court, il dit :

— Je voudrais que vous le portiez tous les jours, sous votre robe. Ainsi, personne ne le verrait jusqu'à ce que...

Il hésita, cherchant une échappatoire. Mais il ne pouvait s'échapper de lui-même ni résister à son désir.

— Jusqu'à quand ? demanda-t-elle, les yeux tout grands.

— Jusqu'à ce que nous puissions agir ouvertement, dit-il d'une voix enrouée tandis que les paumes de ses mains devenaient moites.

Un silence paralysant les enveloppa, et l'arrivée de Mrs. Clinch leur fut un soulagement. Elle avait une prédilection pour Piers et lui sourit en disant :

— On ne vous voit plus.

— Je suis un travailleur, à présent, Mrs. Clinch, dit-il.

— Voilà une nouveauté pour moi, dit-elle. Entendre dire que quelqu'un de Jalna travaille !

— C'est insultant ! répliqua Piers avec son gai sourire. Nous travaillons tous très dur.

— Voyons ! aucun de vous ne sait ce qu'est le vrai travail.

— Mon grand-père a été un pionnier, comme celui de Pheasant.

— Tous des messieurs, dit la gouvernante, avec beaucoup d'argent pour faire travailler les autres à leur profit. Non que je n'aime pas mieux les gens de votre espèce que les parvenus d'aujourd'hui. Ils n'ont rien d'autre que de l'argent.

— Nous n'en avons certainement pas beaucoup.

— Avez-vous envie d'un petit gâteau ? J'en ai qui cuisent dans le four.

— Merci. Je vais aller les manger à la cuisine.

— Non, je vous les apporterai ici, et Mrs. Clinch, animée par la vitalité juvénile de Piers, quitta la pièce presque au pas de course.

Comme deux coupables, Piers et Pheasant se sourirent secrètement.

— Vous l'avez bien caché ? murmura-t-il.

— Là-dedans, répondit-elle, en désignant son corsage.

— Allez-vous le porter ?

— Tout le temps. En dessous.

— Je ne le trouve pas mal ; et vous ?

— Absolument ravissant.

— Ce n'est pas de la camelote, vous savez.

— Il a dû vous coûter un prix fou !

Il sourit d'un air satisfait.

— Vous n'auriez pas dû l'acheter, Piers, dit-elle.

— Pourquoi ? demanda-t-il comme s'il défiait toute sa famille et Maurice et Mrs. Clinch par-dessus le marché.

— Parce que...

— Parce que quoi ? demanda-t-il en s'approchant d'elle et en plongeant son regard dans les yeux bruns pailletés d'or de Pheasant.

— Vous le savez, chuchota-t-elle.

— Je sais seulement que vous êtes la plus délicieuse...

Les pas de Mrs. Clinch se firent entendre ; les deux jeunes gens s'écartèrent l'un de l'autre, et quand elle apparut avec une assiette de gâteaux, ils étaient en train d'examiner avec un intérêt passionné une gravure du tableau de lady Butler : *L'Appel.*

Au cours de ces mois d'hiver, la poursuite de Renny par Dilly fut aussi sérieuse que celle de Pheasant par Piers. Mais la première était plus difficile, parce que, tout en étant d'un accès plus aisé, il était en même temps plus méfiant et nettement plus farouche. Ils étaient comme deux chasseurs visant deux sortes différentes de proies. Ils différaient aussi dans leurs mobiles, car Piers ne savait pas encore s'il voulait réellement tuer ou si la poursuite en elle-même lui suffisait. Dilly, elle, était tout à fait sûre de ce qu'elle voulait : elle voulait voir le maître de Jalna, mortellement blessé, à ses pieds.

Il était prompt à l'éviter, car il discernait dans son œil le scintillement particulier à la chasseresse. Dans la sécurité de sa chambre à coucher, il comptait les jours qu'il lui restait avant son départ, sur le calendrier accroché au-dessus du lavabo. Lugubrement, il regardait son image dans le miroir comme celle d'un homme cerné de toutes parts. Les femmes de sa famille prenaient le parti de Dilly. Sa grand-mère lui rappelait constamment que la jeune fille avait de l'argent, et Dieu savait combien il en avait besoin ! Sa tante faisait observer qu'ils formaient un beau couple et lui décrivait la belle propriété du Leicestershire dont Dilly était l'héritière. Meg lui disait comment elle avait appris à aimer Dilly, la seule jeune fille de sa connaissance qu'elle accueillerait à Jalna comme une sœur. Wakefield prenait à l'endoit de Dilly une attitude affectueuse (personne en dehors d'elle et de lui ne savait combien elle lui donnait de chocolats), si affectueuse que Meg en devint légèrement jalouse. L'enfant n'avait guère d'appétit aux repas et souffrit de deux indigestions en quinze jours.

Ses oncles, tout en l'appréciant beaucoup, ne disaient rien pour pousser Renny à l'épouser.

Caressant son long visage de sa longue main blanche, Ernest disait :

— Je suis resté célibataire et le resterai jusqu'à la fin de ma vie. Quelque chose en moi se refuse à subir le joug du mariage. Mais toi, mon cher garçon, tu pourrais, j'imagine, trouver un grand plaisir à t'associer à une femme qui te conviendrait. La question est de savoir si Dilly te convient.

— Comment cette question est-elle venue sur le tapis ? Je ne l'ai pas soulevée, dit Renny.

— Je ne sais vraiment pas, répondit Ernest. C'est ce long hiver, je suppose.

— Je voudrais bien que la famille pense à autre chose.

— C'est difficile — je ne parle pas pour moi, tu sais — quand il y a dans la maison une jeune personne aussi désirable... et toi.

— Excluez-m'en, dit Renny.

— Oui, je suis tout à fait d'accord.

— Si elle est si désirable, pourquoi cet autre type ne s'est-il pas exécuté ?

— D'après ce que dit Augusta, Dilly a bien fait de s'échapper.

— Je voudrais bien pouvoir en faire autant.

— Tu es parfaitement capable de te défendre, mon cher garçon, répliqua Ernest avec un rire sans joie.

A Nicolas qui les rejoignit alors, il dit :

— Nous venons de parler de Dilly.

— Ne t'embringue pas dans le mariage, grommela-t-il en bourrant sa pipe. J'en ai essayé, et je n'ai jamais voulu recommencer.

— Mais il faut que Renny se marie, objecta Ernest. Il faut qu'il perpétue son nom.

— Piers convolera forcément. C'est son genre. Laisse-lui-en le soin.

— Cette fille est quand même une menace, dit Renny. J'ai hâte qu'elle parte.

— Son agréable présence dans la maison me manquera, dit Ernest, et il soupira.

— A partir de maintenant, dit Renny, mon intention est de vivre de plus en plus à l'écurie.

Il tint parole, et il y eut des jours où il se montrait à peine dans la maison. Il avait deux amis assez singuliers, des hommes de cheval, qui venaient souvent le voir mais auxquels Meg ne réservait pas un bon accueil. Assis dans son petit bureau des écuries, ils discutaient des heures durant des caractéristiques et des pedigrees de divers chevaux. Ils buvaient du whisky à l'eau, fumaient jusqu'à ce que l'air fût bleu et faisaient même parfois une partie de cartes, tous paisiblement conscients du fait que, de l'autre côté de la cloison, il n'y avait aucune des complications des rapports humains, mais seulement la divine simplicité de belles et puissantes bêtes.

— J'aime le cheval de trait, disait Mr. Chase ; j'en ai vu un de toute beauté, la semaine dernière. Il était à vendre et vous devriez l'acheter, Mr. Whiteoak.

— Comme vous le savez, je n'élève pas de chevaux de trait. C'est une perte de temps.

Et la conversation continuait sur le même sujet jusqu'à la chute du jour ; les deux amis partaient dans leur vieille Ford, et Renny, de la porte de l'écurie, regardait avec nostalgie les lumières s'allumer dans la maison en se disant : « Cela me semble à peine être mon foyer, maintenant. » Il regagnait son bureau, comptait, sur le calendrier, les jours qui restaient jusqu'au départ de Dilly et songeait en se sentant faiblir : « Par Dieu, elle finira par m'avoir ! »

Un matin elle apparut aux écuries en costume de cheval. C'était le 1er mars et le dégel s'était établi. D'énormes tas de neige, qui avaient résisté à la force toujours croissante du soleil, succombaient maintenant, s'effondraient et disparaissaient. De petits ruisselets se pourchassaient sur tout le territoire de la ferme. Les moineaux se baignaient dans des flaques glaciales. La terre présentait son visage noir à l'inspection du soleil. Dilly se dirigea droit vers le bureau et frappa péremptoirement à la porte.

Il savait qui c'était avant d'ouvrir, et il jeta un regard autour de lui comme en quête d'une cachette. Alors, elle frappa de nouveau, tambourinant un petit air. Il ouvrit et l'accueillit d'un peu aimable et grimaçant sourire.

— Je ne savais pas qu'un hiver pût être aussi long, dit-elle. Pourrions-nous faire une promenade à cheval ?

— Nous le pourrions si vous aimez patauger dans de la neige fondue. Les chevaux n'aiment pas ça, eux.

— J'ai entendu Piers dire au déjeuner que les routes sont bonnes, maintenant, et je vous ai entendu dire hier soir que les chevaux avaient besoin d'exercice... — Ses yeux s'arrêtèrent sur le calendrier. — Quel joli calendrier ! s'écria-t-elle. Pourquoi avez-vous entouré d'un cercle au crayon rouge la date du 21 mars ?

Il regarda la date comme s'il ne l'avait pas encore vue, puis il répondit :

— C'est l'équinoxe. Vous savez cela, sûrement.

— Je veux savoir ce que ça *signifie,* dit-elle en le regardant dans les yeux.

— Eh bien, que le soleil traverse l'équateur, n'est-ce pas ?

— Et moi, je traverse l'Atlantique ! s'écria-t-elle. En faites-vous un jour de fête ?

— Est-ce le 21 mars que vous partez ? demanda-t-il innocemment.

— Oui, et vous le savez parfaitement. Vous avez vraiment la nature la plus sadique que j'aie jamais connue.

— Continuez, dit-il, c'est exactement le moyen de vous faire aimer de moi.

— Je ne désire pas que vous m'aimiez ! Je veux que vous continuiez à me détester.

— Venez à l'écurie, dit-il, et laissez-moi vous peser sur la balance. Je crois que vous avez considérablement engraissé depuis votre arrivée à Jalna.

— Je préfère être trop grasse qu'être aussi maigre qu'un clou comme vous ! Vous suggérez que je me pèse pour vous moquer de moi.

— Non. Pour vous mettre de bonne humeur. Les enfants sont toujours enchantés qu'on les pèse.

— Vous trouvez que je me conduis comme une enfant, gémit-elle.

Il consulta son bracelet-montre.

— Nous avons le temps de faire un tour, dit-il. Je pourrais monter Cora et vous Prince Eitel. C'est une assez récente acquisition. Il est docile bien qu'un peu vif. Cela vous est égal ?

— Rien au monde ne me ferait plus de plaisir ! s'écria-t-elle, fondant comme avaient fondu les tas de neige. Nous sommes de nouveau amis, n'est-ce pas ? C'est divin !

Et elle tendit sa main blanche et potelée qu'il serra aussitôt d'une poigne bien masculine en ayant l'air de sceller leur réconciliation.

Tandis qu'ils longeaient les stalles et les boxes, leurs occupants, par quelque subtil moyen de communication, répandirent jusqu'au coin le plus éloigné qu'il y avait une sortie en vue. L'hiver avait été si long. Évidemment, un temps de galop sur de la neige bien tassée était une chose agréable ; toutefois le vent pouvait être d'un froid glacial, et les profondes ornières des routes hivernales n'étaient aimées ni du cheval ni du cavalier. Mais à présent, le soleil qui transformait la paille propre en javelots d'or était chaud, et une odeur nouvelle pénétrait par la moitié supérieure ouverte de la porte. De graves hennissements demandèrent : « Serai-je choisi ? »

Cora et Prince Eitel furent sellés et conduits au-dehors. Renny parcourut Dilly d'un regard appréciateur une fois qu'elle fut à cheval. Il se dit qu'il ne l'avait encore jamais vue aussi attrayante. Elle caressa le cou de Prince et l'appela chéri, comme si elle pressentait qu'il allait lui rendre service.

Alors qu'ils passaient au trot devant la maison, Meg cria, du porche où elle se tenait en robe de cotonnade, les bras croisés :

— Bonne promenade !

— C'est divin d'être à cheval ! répondit Dilly.

— Vous êtes ravissants à voir ensemble ! cria Meg.

Faisant semblant de ne pas avoir entendu, Dilly demanda :

— Qu'est-ce qu'elle a dit ?

— Que nous avions l'air drôle ensemble.

— Je ne le crois pas.

— C'est ce qu'elle a dit.

— J'ai entendu. Elle a dit *ravissants.*

— Remarque plutôt stupide. Mais je suppose qu'elle parlait des chevaux.

— Vous ne conviendrez jamais que je puisse avoir l'air ravissante...

— Comme je vous l'ai dit, vous n'êtes pas mon type... Votre genou droit est en dehors, ajouta-t-il après un coup d'œil critique.

Elle l'enfonça dans le flanc de Prince, et les deux cavaliers disparurent de la vue de Meg dans le tunnel vert de l'avenue où les branches les plus basses des sapinettes et des sapins balayaient la terre tandis que les plus hautes accueillaient le premier corbeau.

— Écoutez ! s'exclama Renny quand il émit son audacieux croassement, le printemps vient !

— Ce doit être merveilleux ici, au printemps, dit-elle en levant les yeux vers les ailes noires étendues maintenant sur un ciel d'un bleu pâle.

— Oui, dit Renny. Il arrive brusquement, et tout le monde est content. Quant à moi, je goûte toutes les saisons, de même que toutes les humeurs d'une femme.

— Vous pouvez être très gentil, dit-elle, mais quand vous êtes désagréable, j'en suis accablée. Oh ! vous trouvez que je manque terriblement de quelque chose, je le sens. Pouvez-vous me dire ce que c'est ?

— Oui, répondit-il, le sens du cheval.

— Démon ! dit-elle en s'approchant tellement de lui que Cora fit un écart d'exaspération, glissa et frôla dangereusement le fossé.

La route était un peu boueuse, avec de la neige fondante aux bords et un gargouillis d'eau dans les fossés. A droite et à gauche la campagne conservait son aspect hivernal ; elle paraissait abandonnée, comme si tout dormait, non en paix et dans la sérénité, mais dans le trouble d'une saison encore imprécise et celui d'un désir sans objet.

— De quel côté allons-nous ? demanda Dilly d'une petite voix soumise.

« Toujours en train de poser », songea Renny et il répondit :

— Vers la route du bord du lac. Ce sera plus sec, par là.

Il suivait des yeux avec admiration la grâce aisée de l'allure de Prince Eitel. C'était décidément une bonne acquisition.

Ils échangèrent des paroles aimables au cours des kilomètres qui les séparaient de la route du bord du lac. Le soleil l'avait presque séchée ; ils y rencontrèrent deux charrettes et une automobile.

Renny se dit que Prince Eitel était un merveilleux cheval et que

Dilly le montait bien ; elle ne s'était jamais montrée autant à son avantage. Renny se rendait compte que ses sentiments se réchauffaient dangereusement à son égard, et que, lorsqu'elle parlait, elle disait ce qu'il fallait dire. Quand elle se retournait pour le regarder, ses yeux... Mieux valait ne pas affronter ce regard de défi et de promesse, car s'il lui cédait, quoiqu'elle prétendît ne pas tenir au mariage — sa moue, à cet instant, le disait — elle finirait par l'y contraindre... aussi sûrement qu'elle était à califourchon sur Prince.

Il connaissait cette route mètre par mètre, non kilomètre par kilomètre comme un automobiliste. Il connaissait la montée, au-delà d'un bouquet de cèdres, où, devant une énorme souche, Cora baissait invariablement la tête et faisait un écart. Il connaissait le tournant où le vent glacial vous cinglait ; il connaissait l'endroit de la rive que le lac rongeait et où il s'approchait de plus en plus de la route ; il connaissait le fossé dans lequel un cheval emballé l'avait projeté et où il s'était cassé la jambe.

Ils bifurquèrent dans une route de traverse, franchirent une barrière et pénétrèrent dans un champ où Renny avait aperçu un fermier auquel il voulait acheter une charge de gravier. La carrière était située à l'extrémité du champ, près d'un petit cours d'eau. Cora sauta par-dessus avec légèreté, mais Prince Eitel, d'humeur capricieuse, se déroba et se mit à danser et cabrioler tandis que Dilly faisait avec bonheur étalage de ses qualités d'écuyère sous les yeux des deux hommes. Tout à coup, Prince Eitel se décida à sauter, mais Dilly l'avait laissé caracoler le long du ruisseau jusqu'à un point proche du bord de la carrière. Il sauta avec une grande force et se détacha une seconde sur le ciel avant d'atterrir sur ses pieds de devant dans un gravier boueux d'où son regard plongeait tout droit dans le puits. Les cris d'avertissement de Renny et du fermier avaient été poussés trop tard pour empêcher le quasi-désastre.

Tremblant de terreur jusqu'aux moelles, rigide comme un cheval de bronze, Prince conserva son équilibre, et, comme un cavalier de bronze, Dilly le serra entre ses cuisses. Il émit un hennissement de peur, puis un cri semblable au bruit d'une trompette, se dressa sur ses jambes de derrière, se retourna et se mit à exprimer la violence de la peur qu'il venait d'éprouver en se livrant à une série de plongeons, de ruades et d'écarts. Les deux hommes ne pouvaient rien faire d'autre que prier Dieu d'empêcher Dilly d'être désarçonnée. Elle ne le fut pas, et quand son cheval eut recouvré son calme, elle s'approcha de Renny et s'écria gaiement, quoique ses joues fussent blêmes :

— Que c'est amusant !

Il ne l'avait jamais admirée à tel point. Et maintenant, le désir enflamma son admiration. Il avait vraiment envie d'elle, et il se dit que, rentré à Jalna, il lui demanderait sa main. Oui, il l'épouserait, et tout le monde serait content. Il lui avait fallu un certain temps pour être sûr de ses sentiments, mais à présent, il l'était. Dilly était épatante. Pendant tout le trajet du retour, elle ne fit rien pour détruire l'auréole dont cet incident l'avait entourée. Silencieuse et douce, elle se penchait de temps en temps pour adresser à Prince des paroles apaisantes et pour le tapoter.

Dans la cour des écuries régnait une agréable agitation. On avait sorti la vieille voiture et on était en train de la laver et de l'astiquer pour la première sortie printanière de la grand-mère. Wright tondait les longs poils des jambes d'un attelage de labour. Une poule caquetait bruyamment tandis qu'un garçon d'écurie la chassait d'un endroit où elle n'avait rien à faire. Un coq chantait. Piers venait d'exercer son cheval préféré, un vieux poney de polo qui le suivait comme un chien et auquel il faisait à cet instant manger une carotte qu'il tenait dans sa main. Ben, le chien de berger, surveillait toute cette activité d'un air de profonde sagesse.

Piers vint aider Dilly à descendre de cheval et elle lui raconta toute l'histoire du péril qu'elle avait évité de justesse. Elle racontait ce terrifiant incident de telle façon qu'on eût dit rien de plus qu'une exagération féminine. C'était surprenant, vu le sang-froid dont elle avait fait preuve.

— Vous ne croiriez jamais, Piers, combien nous étions bouleversés, Renny et moi ! s'écria-t-elle. Nous avons d'abord commencé par nous tordre d'un rire nerveux ; puis nous nous sommes cramponnés l'un à l'autre, en larmes. N'est-ce pas, Renny ?

— Mais oui. Et nous étions encore à cheval en le faisant, dit Renny dont l'expression était maintenant plus taquine qu'amoureuse. Emmène Dilly à la maison, Piers, et donne-lui quelque chose à boire. Elle a subi une rude épreuve.

— Est-ce que vous ne venez pas ? demanda Dilly.

— Pas encore, répondit Renny. Scotchmere me dit que deux hommes m'attendent dans mon bureau, et il suivit le vieux groom dans l'écurie.

Ces deux hommes étaient Mr. Crowdy et Mr. Chase. Le premier débordait de projets pour gagner le Prix du Roi avec un beau jeune cheval qu'il avait récemment acheté. Chase, bien que plus calme, partageait l'enthousiasme de Crowdy ; ils avaient néanmoins vu Dilly par la petite fenêtre du bureau.

— Belle jeune femme, dit Crowdy. Très bonne assiette ; gagnante dans n'importe quelle classe.

— Aucune femme n'est d'aussi bonne compagnie qu'un bon

cheval, Mr. Whiteoak, dit Chase. Un bon cheval a quelque chose qui rend un homme heureux et tranquille.

A l'heure de rejoindre la famille pour le repas du soir, Renny avait complètement abandonné l'idée de faire sa demande en mariage. Il se sentait libre et paisible.

Pendant tout le long hiver, Eden composa plus de vers qu'il ne l'avait encore jamais fait. Il suivait les cours de droit et prenait des notes, mais, dans sa chambre, il n'étudiait guère et passait son temps à lire et à faire des vers. Au cours des trajets en chemin de fer, le jeune Finch en face de lui, affalé sur la banquette, il ne voyait pas le paysage hivernal, il se laissait emporter par son imagination fougueuse et vivait dans un monde de rêve. Il ne se rendait compte du jour où l'on était qu'à la fin de la semaine lorsqu'il était enfin libre.

— Il devient de plus en plus paresseux, dit Renny à Nicolas. Je ne sais qu'en faire. Il va de nouveau rater ses examens ; c'est une certitude.

— Il réussira, dit Nicolas. Eden n'a pas le fond mauvais. Il peut nous réserver des surprises.

— Je n'en doute pas, mais je doute que les surprises soient agréables.

— Ses poèmes sont bons, dit Ernest. Je le maintiens. T'a-t-il dit que Harper's en a accepté un autre ?

— Oui.

— Te l'a-t-il lu ?

— Oui. Mais il ne peut vivre de ses poèmes. Quand je lui parle de travailler, il prend un air tragique.

Eden était toujours un problème pour Renny ; Finch l'était souvent ; sans doute Wakefield en serait-il un aussi. Des quatre plus jeunes Whiteoak, Piers était le seul sur lequel on pouvait compter, un garçon facile à comprendre. Mais ses aînés ne se figuraient guère ce qui se passait dans sa tête.

Un professeur dont Eden avait gagné l'amitié lui conseilla d'envoyer une collection de ses poèmes à la maison d'édition de New York, Cory et Parsons. Il hésita à réaliser cette idée qui ne lui était pas venue ; mais lorsqu'il en parla à Ernest, celui-ci l'y poussa vivement. Il lui suggéra d'apporter dans sa chambre tous ses poèmes afin de les trier et de choisir ensemble des titres appropriés. Eden y consentit volontiers et ils passèrent ainsi des heures heureuses. De nouvelles inspirations envahissaient Eden en un flot tumultueux, si abondant, si ardent, qu'à peine conçu dans son esprit, le poème prenait forme et était inscrit sur le papier. La tension et les inquiétudes de l'époque du Lac Indigo furent bientôt oubliées. Ernest savait qu'il avait tort d'encourager Eden à perdre autant de son temps, mais il ne pouvait s'en empêcher. Il avait toujours espéré publier un jour ses propres écrits et il n'y avait pas encore renoncé bien qu'il n'en fût pas arrivé au point de soumettre un manuscrit achevé à un éditeur.

24

Sport d'appartement

Durant tout l'hiver, la maison, avec ses cinq cheminées, semblait plongée dans une méditation et la fumée qui s'élevait des cheminées rendait pour ainsi dire cette méditation tangible. Du côté du toit que chauffait le soleil, la neige fondait, les pigeons venaient s'asseoir sur la pente ensoleillée et se confiaient tout bas que bientôt arriverait la saison de l'amour, de la rivalité et du miracle des œufs dans le nid. Parfois, une masse de neige glissait du toit avec un grondement semblable à un lointain tonnerre. La grand-mère parlait des jours anciens où des pigeons migrateurs passaient en un nuage si dense qu'il obscurcissait le ciel ; où les mésanges formaient un petit nuage bleu, où tous les oiseaux sauvages n'avaient pas encore appris la peur.

— Ah ! c'était le bon temps ! dit-elle à Dilly. Les oiseaux étaient à peine effrayés. Les gens n'étaient pas amollis ; ils quittaient leurs somptueuses demeures pour venir ici, à la colonie, vivre à la dure. Il n'y avait pas de crainte dans le pays. Nous en avons merveilleusement joui, mon mari et moi. Nous avons bâti cette maison, vous savez.

— Comme c'est amusant !

— Oui, c'était amusant... — Et elle ajouta d'un ton mélancolique qui ne lui était pas habituel : — Il aurait mieux valu que je fusse un homme !

— Pourquoi, chère Mrs. Whiteoak ?

— Parce que alors je serais morte depuis longtemps. Les hommes ne durent pas autant que nous. Ils ne sont pas faits pour durer.

— Je trouve que les hommes sont magnifiques ! s'écria Dilly. Voyez comment ils se battent à la guerre !

— Ah ! mais ils y sont tués, ou bien ils reviennent chez eux et ils meurent. Nous leur survivons... — Elle eut un sourire de satisfaction et poursuivit : — Regardez mes deux fils. Ils ne vivront pas aussi longtemps que moi. Nicolas a la goutte ; Ernest souffre d'indigestion. A leur âge, je n'avais jamais mal nulle part. Je vivrai jusqu'à cent ans.

— J'en suis sûre.

— Oui. Mais l'hiver est long. Très long. On s'ennuie. J'aimerais bien rire un peu.

— Déguisons-nous, proposa Dilly.

— Nous déguiser ?

— Oui. Tous les autres sont soit sortis soit dans leur chambre. Déguisons-nous pour le thé. Un jour que je suis montée au grenier avec Meg, j'y ai vu toutes sortes de vêtements. Je pourrais en apporter ici, dans votre chambre. Quelle surprise nous ferons à tout le monde ! Dites que vous m'y autorisez.

La vieille Mrs. Whiteoak ne comprenait pas exactement ce que Dilly voulait faire. Elle parlait si vite, cette fille, mais son animation plaisait à la vieille Adeline qui aspirait à un changement, avec un étrange retour de l'esprit d'entreprise de sa jeunesse. Frappant son genou de son poing fermé, elle dit :

— Allez chercher les vêtements et nous nous costumerons !

Dilly monta l'escalier, légère comme une plume, en s'efforçant d'oublier l'impression que lui donnait cette maison : celle de la surveiller, de même que tous ceux qui habitaient sous son toit. « Nous sommes ici, songea-t-elle, quatre femmes et cinq hommes, tous indépendants, chacun ne vivant que pour soi. Excepté les Wragge, naturellement, à la fois unis et parfois opposés l'un à l'autre. Trois jeunes hommes virils et une jeune fille pleine d'ardeur et libre de tout engagement. » La maison n'approuvait pas une telle situation, et il semblait à Dilly, dont l'imagination était fort vive, que cette désapprobation lui était communiquée.

En haut, les portes des chambres à coucher étaient légèrement entrouvertes. Elle aperçut Nicolas étendu sur une chaise longue avec Nip pelotonné sur son ventre. Des ronflements s'échappaient de dessous sa moustache grise tombante. Par moments, ces bruits semblaient l'importuner, et il leur substituait une sorte de sifflement rappelant celui d'une locomotive. Sa belle main tenait encore l'exemplaire de *Nicolas Nickleby* qu'il lisait avant de s'endormir. Ernest ne ronflait pas ; le visage empreint de douceur, il était couché sur son lit, sous sa courtepointe bien tirée, avec son chat Sacha dormant sur l'oreiller voisin du sien. Augusta était assise devant le bureau de sa chambre et écrivait des lettres de sa belle écriture anglaise. De la chambre de Meg parvenait sa voix faisant la lecture à Wakefield.

Dans le grenier, Dilly ouvrit une longue armoire sombre qui sentait le camphre ; on y voyait si peu qu'elle désespéra un moment de rien trouver. Quand elle était venue là avec Meg, elles avaient apporté une lampe à pétrole. Mais qu'il fît clair ou non, elle était décidée à se costumer de manière à étonner Renny. A tâtons, tout au fond de l'armoire, elle retrouva certains des effets que Meg lui avait montrés.

Pendant ce temps, la grand-mère s'était rendormie. Mais Dilly n'était pas fille à s'éclipser sans la déranger. De sa voix haute et nette, elle dit :

— Mrs. Whiteoak, le voulez-vous ou ne le voulez-vous pas ?

La vieille dame se réveilla et, sans hésitation, répondit : « Je le veux », quoiqu'elle eût complètement oublié de quoi il était question.

— Bien, dit Dilly en jetant par terre la brassée de vêtements.

Elle était fort excitée.

Elle avait apporté une crinoline rose avec des paniers roses et blancs, un corsage de satin bleu pâle garni de dentelle et de petits bouquets de fleurs, et un costume de chasse d'homme composé d'une culotte et d'une veste rouge. Les vêtements de femme avaient été emportés du vieux pays par Adeline Whiteoak quand elle l'avait quitté en bateau à voiles ; le costume de chasse était celui que Nicolas portait en Angleterre lorsqu'il chassait à courre.

— Ces choses sont si pittoresques, chère Mrs. Whiteoak, s'écria Dilly. C'est exactement ce qu'il faut pour nous égayer tous à l'heure du thé.

La grand-mère se pencha en avant pour regarder le paquet d'étoffes fanées qui empestaient le camphre.

— Qu'est-ce que c'est ?

— Une crinoline à vous et un costume dont Meg m'a dit qu'il appartenait à son oncle Nicolas.

— Seigneur ! et qu'allons-nous en faire ?

— Nous costumer. Ne sera-ce pas amusant ? J'ai toujours eu envie de savoir comment j'aurais l'air en crinoline, et celle-ci est ravissante.

Elle commença à se déshabiller.

— Eh bien, et moi ? demanda la vieille femme.

— Vous mettrez le costume de chasse. Vous avez dit tout à l'heure que vous auriez aimé être un homme...

— Je n'ai jamais rien désiré de pareil... sauf quand j'attendais un bébé.

— Vous avez quand même dit quelque chose qui m'a donné cette idée. J'ai pensé que ce serait si amusant. — Dilly avait mis la crinoline et s'escrimait à fermer le corsage... — Mais quelle taille minuscule vous aviez, chère Mrs. Whiteoak ! Cette robe me tue.

Elle haletait, le visage empourpré. Adeline Whiteoak l'observait avec un sourire bizarre. Des images du passé lui revenaient en foule à la mémoire. Elle entendait le son d'un violon et le clic-clac des sabots du cheval d'un *hansom cab* sur le pavé de Londres.

— J'avais la taille fine, dit-elle.

— Et je peux imaginer combien gracieusement cette crinoline oscillait autour de vous ! s'exclama Dilly.

— Oui, je savais me mouvoir.

Dilly ne pouvait détacher les yeux du reflet que lui renvoyait le miroir. Elle se balançait et tournoyait devant le trumeau. Mais la petite pendule de verre de la cheminée sonna quatre heures et lui rappela la tâche qui l'attendait : celle de revêtir la vieille Mrs. Whiteoak du costume de chasse. Elle regretta presque d'avoir fait une suggestion aussi absurde mais la gaieté de Dilly avait gagné l'aïeule et elle dit :

— Apportez-moi la culotte.

A peine capable de se courber à cause de l'étroitesse du corsage, Dilly sortit la culotte du tas informe resté sur le plancher. Adeline rejeta la jupe de sa robe de chambre et étendit ses jambes couvertes de longs bas de laine et d'un pantalon de flanelle. Dilly lui enfila la culotte et, parce qu'elle était aussi forte qu'un garçon, elle parvint à enlever la robe de chambre à la vieille dame et à la vêtir du gilet et de la veste rouge. D'une stupéfiante promptitude de mouvements et d'esprit, elle se mit debout, appuyée sur sa canne, et examina d'un œil critique son aspect dans la glace.

— Il me faut des bottes, une casquette et une cravate, dit-elle. Ouvrez ce petit tiroir ; vous y trouverez de grands mouchoirs de linon. Ils appartenaient à mon Philippe. L'un deux me fera une cravate.

Avec adresse, Dilly plia le mouchoir en forme de col-cravate et le fixa au moyen d'une broche.

— Je vais vous apporter des bottes et une casquette en un rien de temps, dit-elle.

Elle monta l'escalier quatre à quatre jusqu'à la chambre de Renny et y trouva, dans l'armoire, ses bottes de cheval luisantes et une casquette de velours noir. En redescendant, elle serra les bottes contre sa poitrine et baisa la casquette.

Elle était à peine de retour dans la chambre de la grand-mère quand le reste de la famille commença de se rassembler au salon pour le thé. Wakefield descendit en glissant sur la rampe, suivi par les reproches de Meg. L'approche de Nicolas fut annoncée par les aboiements perçants de Nip dont ce moment était, des vingt-quatre heures de la journée, celui qu'il préférait. Augusta et Ernest descendirent ensemble, conversant aimablement. Piers arriva, l'air innocent et les joues roses, d'une rencontre secrète avec Pheasant. Finch parut, la pensée absorbée par une jeune fille qu'il avait vue la veille dans la rue ; il ne savait pas son nom ; il ne désirait pas le connaître, mais il ne pouvait la chasser de son esprit. Eden vint, la lettre des éditeurs new-yorkais dans sa poche lui brûlant la poitrine.

Renny fut le dernier à se montrer. Il embrassa du regard le cercle de famille, le feu flamboyant, la table à thé et le fauteuil vide de sa grand-mère.

— Où est Gran ? demanda-t-il.

— Elle et Dilly sont enfermées dans sa chambre, répondit Ernest. Elles complotent je ne sais quoi. Elles vont venir.

— Cette fille, dit Nicolas, est incapable d'aider maman. Il faut que j'y aille.

— J'y vais, dit Renny.

Il sortit du salon et se trouva, dans le hall, devant l'un des spectacles les plus étranges qu'il eût jamais contemplés. Ébahi, au comble de la stupéfaction, il regardait une élégante jeune femme de 1850 qui ressemblait à Dilly Warkworth, accompagnée d'un très vieux monsieur en costume de cheval qui offrait une curieuse ressemblance avec un portrait de son arrière-grand-père, le marquis de Killiekeggan qu'il avait vu en Irlande.

Adeline Whiteoak, presque centenaire, avait subi un rajeunissement extraordinaire. Endosser ces vêtements masculins n'avait pas été facile ; les bottes, surtout, avaient exigé un grand effort. Mais ce qui avait opéré une transformation plus frappante encore que la culotte remplaçant la jupe était la substitution de la casquette de velours au bonnet de dentelle. Avec ses cheveux cachés sous la casquette dont la visière projetait son ombre sur son visage, elle n'avait plus l'air d'une faible vieille femme mais d'un vieux roué de l'époque de la Régence.

S'appuyant à peine sur Dilly, elle passa devant Renny et entra dans le salon avec désinvolture. L'effet de cette entrée fut prodigieux. La société se leva comme électrisée par cette entrée fantastique. Ernest fut le premier à reconnaître sa mère.

— Maman ! s'écria-t-il.

Puis Augusta poussa la même exclamation avec toute la force de sa stupéfaction et de son horreur.

Leur mère se dirigea mi-chancelante, mi-glorieuse, vers son fauteuil. Son perroquet, comme pour mieux la voir, se suspendit la tête en bas à son perchoir.

— Alors, c'est vraiment ma grand-mère ? demanda Wakefield.

— Oui, dit Meg, et je trouve cela très mal.

Eden et Piers, eux, en étaient charmés ; ils l'appelèrent : Votre Seigneurie, l'aidèrent à s'asseoir et lui apportèrent son thé. Dilly dansa autour de la pièce en balançant sa crinoline, ses yeux ardents fixés sur Renny. Tout le monde se mit à parler en même temps : Nicolas pour évoquer la dernière occasion où il avait porté ce costume. Ernest pour faire voir, sur un vieux daguerréotype de son grand-père, combien lui ressemblait le personnage assis là, dans le fauteuil à oreillettes. Boney, ne reconnaissant pas sa maîtresse, cria son indignation et sa perplexité. Wragge, qui venait apporter une deuxième théière, car tout le monde était anormalement altéré, faillit la laisser tomber.

Finch, malgré sa faim de loup, resta bouche bée devant sa grand-mère et balbutia :

— Mais, mais... qu'est-ce qui se passe ? qu'est-il arrivé à Gran ?

— C'est une énigme, dit Wakefield.

Un rire nerveux s'empara de Finch ; il se communiqua à la vieille Adeline et bientôt gagna toute la famille, y compris Boney qui fit entendre ses éclats de rire stridents.

— Le visage de maman est cramoisi, dit Ernest en se ressaisissant. C'est très mauvais pour elle.

— Maman, dit Nicolas, d'une voix forte, maîtrisez-vous.

— Je ne peux pas... hoqueta-t-elle, toute secouée de rire et le visage à présent violet.

Tous l'entourèrent avec sollicitude, sauf Finch qui se tenait les côtes et paraissait friser la crise de nerfs.

— Comportez-vous convenablement, monsieur, lui ordonna Nicolas.

— Je ne peux pas, gémit Finch.

— Renny, viens rendre la raison à ce garçon. Son hilarité est en train de tuer ma mère.

— Je m'en charge, dit Piers, et, prenant Finch à bras-le-corps, il l'emporta dans la bibliothèque et en referma soigneusement la porte derrière eux.

Augusta adressa à Dilly un regard chargé de reproches :

— Je ne trouve rien d'amusant à faire de ma mère un objet de ridicule.

— Vous en avez ri, répliqua Dilly avec audace.

— Nous avons tous ri, dit Nicolas, et il est temps que nous cessions.

Il se pencha sur sa mère et lui ôta sa casquette. Sa chevelure en désordre redevint visible et lui rendit son aspect de vieille femme. Un rire presque silencieux continuait à la secouer. Meg lui apporta un flacon de sels ; Ernest lui retira avec difficulté ses lourdes bottes ; Augusta était allée lui chercher sa robe de chambre. La métamorphose fut achevée, et il ne subsistait plus de toute cette farce que le sourire polisson qui éclairait le visage de la vénérable grand-mère.

— Ha ! s'écria-t-elle, il y avait des années que je ne m'étais autant amusée ! Mais maintenant, j'ai grand-faim et je veux mon thé. De la confiture de mûre et un muffin, s'il vous plaît. Dieu ! que c'était amusant ! Où est Dilly ?

La jeune fille, partagée entre le sentiment d'être en disgrâce et celui d'être contente de son œuvre, courut embrasser la grand-mère.

— Ah ! je me suis bien amusée ! dit celle-ci. Il n'y a rien de tel que de se costumer pour passer le temps !

Et elle prononça cette phrase aussi complaisamment que si le temps ne lui manquait pas.

Dilly s'approcha de Renny, sa crinoline, bien que fanée, exhalant encore le parfum d'un passé romanesque. Elle tenta de lui transmettre le choc de son désir, mais il ne réagit que par un sourire ironique.

Dès qu'Eden put isoler des autres son frère aîné, il tira de sa poche la lettre de la maison d'édition et dit en s'appliquant à parler avec détachement :

— J'ai reçu cela aujourd'hui ; j'ai pensé que tu aimerais le voir.

Il ne s'attendait pas à de la sympathie ou de la compréhension, et n'en recueillit pas non plus.

— Cette lettre est assez brève, dit Renny après l'avoir parcourue, les sourcils froncés. Je ne peux croire que cela les intéresse beaucoup.

— Il faut que tu saches, Renny, dit Eden avec chaleur, que les éditeurs, dans une ville comme New York, sont trop occupés pour écrire une longue tartine à un auteur nouveau. L'important est qu'ils étudient mes poèmes. Il est possible qu'ils les publient.

— Ils ont l'air de dire qu'il n'y en a pas assez pour faire un volume.

— Ce n'est pas un obstacle. J'en ai d'autres dans ma chambre... — Et avant de pouvoir s'en empêcher, il ajouta : — J'en écris de nouveaux chaque jour.

— C'est ça ! alors que tu devrais étudier ton droit.

— Je ne le néglige pas.

— A d'autres !

— Je suis les cours.

— Tu vas aux cours et tu remplis de vers tes cahiers de notes ! Cela ne peut continuer ainsi, Eden. Ou bien tu t'atteleras sérieusement à tes études, ou bien tu les abandonneras et tu aideras Piers à l'élevage des chevaux et aux travaux de la ferme.

— Ne comprends-tu donc pas ce que signifie pour moi de recevoir un pareil encouragement ? demanda Eden avec désespoir.

— Je comprends que cela te fait le plus grand mal.

— Oh ! Bon Dieu ! s'écria Eden, et il se précipita de l'autre côté du couloir, dans la chambre d'Ernest où lui et son oncle exultèrent ensemble à la lecture de la lettre des éditeurs.

Quand ils l'eurent savourée une demi-douzaine de fois, ils furent convaincus que les poèmes d'Eden seraient publiés et le rendraient illustre. Il veilla la moitié de la nuit occupé à en composer un de plus.

Quant à Dilly, elle renonça, à partir de ce jour, à devenir la maîtresse de Jalna. Lady Buckley et elle ne tardèrent pas à s'embarquer pour l'Angleterre. Augusta afin de regagner sa demeure du Devonshire, et Dilly celle de sa famille. Un mois ne s'était pas écoulé qu'elle écrivit à Renny pour lui annoncer ses fiançailles avec un cousin du côté de son père : « Je suis plus heureuse que je ne l'ai jamais été au cours de mon étrange vie ; j'adore mon fiancé, mais je continue à vous trouver follement séduisant. »

25

Rien ne pourrait être plus juste

Lorsque le froid prit fin et que Piers et Pheasant furent privés du plaisir de patiner ensemble, ils continuèrent cependant à se retrouver en secret. Il était devenu l'étoile directrice de sa vie et illuminait tout ce qu'elle pensait ou faisait. Pourtant, chose étrange, l'idée de l'épouser ne lui était pas venue à l'esprit. Le mariage était encore pour elle une chose lointaine et romanesque dont il est question dans les livres mais qu'on n'envisage pas pour soi-même. Elle y songeait d'autant moins volontiers que ses parents ne s'étaient pas mariés et que Maurice Vaughan et Meg Whiteoak avaient rompu leurs fiançailles à cause de sa naissance. Il lui suffisait de l'approche des soirées chaudes du printemps et de l'été qui prolongeraient ses rencontres avec Piers pour être heureuse.

Ce jour-là, ils s'étaient donné rendez-vous à la fin de l'après-midi, sur le pont rustique qui enjambait le ruisseau coulant au fond du ravin. Ses rives humides ne se paraient encore que d'une vague promesse de végétation.

— Quel bruit délicieux que celui de l'eau courante ! dit Pheasant. Je pourrais l'écouter toute la nuit. Pourtant, je déteste le bruit d'un robinet, et vous ?

— Je n'y ai jamais réfléchi. Mais je pense que l'eau coulant d'un robinet doit être beaucoup plus propre que celle du ruisseau. Pensez à tous les crapauds, aux anguilles et aux rats d'eau qui y vivent.

— Oh ! j'aime penser à eux, dit-elle avec un élan presque passionné. Ils ont eu un si long hiver. Maintenant, ils s'éveillent, ils sautillent, ils glissent et ils courent, se préparant à...

Elle ne termina pas sa phrase mais se pencha sur le garde-fou, s'imaginant les activités qui se déployaient sous le pont. Piers l'acheva à sa place :

— Se préparant à s'accoupler.

— Oh ! Piers, dit-elle en levant sur lui ses yeux souriants, comme c'est passionnant pour eux !

— Oui, et pour moi aussi.

— Vous aimez les animaux, n'est-ce pas ? demanda-t-elle, contente de lui.

— Oh ! assez... mais je vous aime davantage.

— Naturellement.

Elle se pencha de nouveau sur la balustrade.

Il regarda sa nuque où s'était lovée une courte mèche brune.

— Pourquoi naturellement ?

— Parce qu'il est naturel d'aimer sa meilleure amie plus que des créatures qui vivent dans l'eau.

— Ce que je veux dire est que vous en faites si peu de cas.

Stupéfaite, elle se redressa et s'écria :

— J'en fais peu de cas ? Mais, Piers, votre affection est la chose la plus précieuse de ma vie ! — Elle rougit et ajouta : — C'est la *seule* chose qui compte dans ma vie.

A ces mots, un changement extraordinaire se produisit : le ruisseau cessa de bavarder et un étrange silence les enveloppa. La couleur même des arbres se modifia, car le rouge du couchant les para d'une beauté nouvelle ; chaque aiguille des pins sembla plus aiguisée et plus luisante. Les troncs ressemblèrent soudain à des piliers de cathédrale, et les deux jeunes gens debout sur le pont à des personnages peints sur un paravent. Le seul bruit qui leur parvînt était le battement de leurs cœurs. Pheasant fut la première à parler :

— Je n'aurais pas dû dire ça, murmura-t-elle.

— Pourquoi ?

— Parce que ce n'était pas convenable.

— *Convenable !* Oh ! Pheasant, ne mêlez pas Mrs. Clinch à nos relations !

D'un mouvement rapide, il la prit dans ses bras et dit, ses lèvres enfouies dans les cheveux soyeux qui cachaient l'oreille de Pheasant :

— Je vais vous épouser, si vous voulez de moi. Voulez-vous ?

— Oui, Piers.

Maintenant, le ruisseau avait repris sa course, se hâtant comme pour aller bien vite raconter leur secret au lac. Ils entendirent des voix et des aboiements et gravirent le sentier escarpé jusqu'au petit bois où personne ne les dérangerait.

Dorénavant, ils ne passèrent plus un seul jour sans se voir. Ils étaient fiancés, et Piers n'attendait que le moment propice pour en informer la famille. Mais il lui était difficile de trouver ce moment, difficile de se décider à affronter les obstacles qu'il savait obstruer son chemin. Avec l'arrivée du printemps, la force récemment éveillée de sa passion lui faisait parfois mépriser les autres, et il aurait voulu bondir de son lit, réveiller la maisonnée et annoncer ses fiançailles. Mais, le matin venu, il ne désirait plus que jouir en paix de son amour.

Un jour, Renny le mena dans son petit bureau des écuries et dit :

— J'apprends que tu rencontres Pheasant Vaughan tous les jours.

C'était tellement inattendu que Piers put seulement marmotter :

— Nous nous rencontrons assez souvent.

— Pourquoi ? fit brusquement Renny tout en fronçant les sourcils.

Piers aurait aimé répondre : « Parce que je l'aime et que je vais l'épouser », mais il se contenta de dire :

— Eh bien, il n'y a pas grand-chose à faire.

— Je suppose que tu as atteint l'âge d'avoir besoin d'une fille avec qui te balader. Mais, Piers, tu ne peux pas te balader avec Pheasant, et tu sais pourquoi, dit Renny, les yeux fixés sur ceux de son frère.

— Ce n'était pas sa faute, n'est-ce pas ? demanda Piers.

— Non, mais tu t'apercevras que, dans la vie, les innocents ont souvent à souffrir.

— Elle ne souffrira pas de mon fait ! s'écria Piers dont les joues s'enflammèrent.

— Comment ? Dois-je comprendre que tu t'es fait aimer d'elle ?

Piers faillit répondre : « Oui, nous nous aimons. Nous allons nous marier. » Mais il ne parla pas, et seuls répondirent ses yeux bleus étincelants de colère.

— Y a-t-il quelque chose entre vous deux ? demanda Renny.

Comme un petit garçon boudeur, Piers proféra son mensonge d'une voix indistincte : « Rien. » Et il se détesta de mentir.

D'un ton apaisant, Renny dit :

— Tu comprends que ce n'est pas possible... à cause de Meg ; n'est-ce pas, Piers ?

— Je le suppose... mais cela me semble joliment cruel.

— Depuis quand connais-tu cette histoire ?

— Depuis des années. Eden me l'a racontée quand je n'étais encore qu'un gamin.

— Il est très regrettable que ce mariage n'ait pas eu lieu ; il aurait été idéal pour Meggie... et pour Maurice aussi.

— Bon Dieu ! s'écria Piers. Pourquoi ne lui a-t-elle pas pardonné ?

— Meg n'est pas fille à pardonner ce genre de chose. Et puis, le fait que les parents de Maurice se sont chargés de l'enfant a empiré la situation. Sa présence était aux yeux de Meg un affront continuel.

Son amour pour Pheasant parcourut le corps de Piers, mais il ne pouvait parler. Pas encore. Il lui était impossible de se révolter ouvertement contre Renny. Il allait attendre, mettre de l'argent de côté (Renny le rémunérait bien) puis, le moment venu, il éclaterait comme une bombe. Rien de ce que Meg pourrait dire ne l'empêcherait d'épouser Pheasant.

Plus tard, il en arriva à croire qu'il n'avait pas eu peur de Renny mais qu'il avait délibérément résolu de garder ses fiançailles secrètes jusqu'à une époque déterminée.

— Je ne suis pas pressé de me marier, dit-il à Renny.

— Tu as raison. Il ne faut jamais succomber devant la première fille qui vous attire. En fait, tu devrais attendre ton tour pour convoler.

— Bon sang ! s'écria Piers. En ce cas, je risque de ne jamais me marier.

— Quelle catastrophe ! dit Renny en riant. — Puis, de nouveau sérieux : — Non, il ne faut pas que ton type d'homme soit perdu à Jalna. Tu es un Whiteoak authentique. C'est à toi à perpétuer la race, mais prends garde de choisir la femme qui convient.

Renny se dit qu'il savait comment manier Piers. Le jeune garçon avait l'air content. Il lui mit son bras sur l'épaule et ajouta :

— Je ne t'interdis pas de voir Pheasant. Seulement, tu ne dois pas lui mettre des idées en tête ; elle est une charmante petite fille, et je ne veux pas qu'on la fasse souffrir. Sache bien qu'un mariage avec elle est pour toi impossible.

« Le voilà, l'autocrate ! songea Piers... Le rajah de Jalna ! Pourquoi nous courbons-nous devant lui ? Il est gâté. Il est comme Gran. Dieu ! je plains sa femme, si jamais il se décide à se marier ! »

Néanmoins, le contact du bras de Renny, le pouvoir magnétique qui émanait de lui, il le sentait, comme tous les autres membres de la tribu. Piers baissa la tête avec une moue enfantine, puis il leva les yeux et murmura son assentiment. Il alla jusqu'à sourire en réponse à la tape approbatrice de son aîné.

Après cette conversation, Pheasant et lui usèrent de plus de prudence. Un printemps précoce le leur facilitait ; il y avait de nombreux endroits où de jeunes amoureux pouvaient se rencontrer.

Wakefield Whiteoak courait de plus en plus vite. Il était en retard pour le dîner d'une heure, mais il avait passé une bonne matinée ; sa leçon, au presbytère, avait bien marché, de son point de vue, car il s'en était tiré sans d'ennuyeux sermons s'ajoutant au travail qu'il considérait comme déjà très suffisant ; et puis, il s'était offert, dans la petite boutique de Mrs. Brawn, les délices d'une citronnade à l'eau de Seltz accompagnée de biscuit de Savoie.

Quelle belle vie ! Quand il atteignit le champ où passait le ruisseau, la brise était devenue un vent qui lui ébouriffait les cheveux et sifflait entre ses dents tandis qu'il courait. Ce vent était pour lui un camarade de jeu qui le défiait à la course, chassait les nuages pour l'amuser, secouait les merisiers et en éparpillait les fleurs comme une écume.

Tout en courant, Wakefield lançait alternativement chacun de ses bras en avant, comme un nageur ; il s'écartait brusquement de sa route comme un cheval capricieux, son visage tantôt animé d'une ardeur violente, tantôt aussi inexpressif que celui d'un agneau.

Ces zigzags lui firent craindre, alors qu'il se faufilait dans son trou habituel de la haie, d'être extrêmement en retard.

Il pénétra sans bruit dans la maison et entendit un cliquetis d'assiettes et des voix dans la salle à manger. Le dîner était déjà commencé. Personne ne fit attention à lui lorsqu'il se hissa silencieusement sur sa chaise, car on était en train de discuter un sujet du plus grand intérêt.

Un recueil des poèmes d'Eden devait être publié à l'automne par une maison d'édition new-yorkaise très connue. Tous prenaient plaisir à sentir souffler autour de la table un air venu du dehors. Meg était fière de son jeune frère tout en redoutant que ce succès pût l'éloigner du foyer. Ernest aussi en était fier et se souvenait de ses propres ambitions littéraires. Nicolas était content mais avec réserve. Renny, sceptique quant à la capacité d'Eden de gagner sa vie par sa plume, regrettait tout l'argent dépensé pour lui faire étudier le droit. Piers se moquait de la poésie et vantait la supériorité de ses occupations bucoliques. La grand-mère, affolée, demandait des explications. Eden se montrait tour à tour joyeux, vantard et boudeur.

Maintenant, seul dans l'avenue, le chaud soleil sur le dos, le vent lui soulevant les cheveux, il évoqua avec un sourire la réaction de tous les siens. Lorsqu'il était avec sa famille, il en était souvent irrité ; mais loin de ses parents, il les appréciait d'une manière presque romanesque. Il ne les aurait pas voulus différents, depuis l'irascible vieille Gran jusqu'au petit Wakefield. Le jour viendrait, il le savait, où il quitterait la famille et la vieille maison. Son esprit ne pouvait demeurer renfermé à Jalna. Il se demanda néanmoins si le monde extérieur lui inspirerait une poésie plus sincère que celle qui avait surgi en lui sous ce toit... Oui, sûrement... L'été prochain, il ferait, dans le Nord, le voyage en canoë dont il avait envie depuis si longtemps. En automne, il irait à New York. L'étrangeté, le mystère d'un pays inconnu l'y appelaient. Il étendit les bras au-dessus de sa tête et les étira. Ce mouvement effraya les pigeons qui se chauffaient au soleil sur le toit. Ils s'élevèrent en l'air avec un bruissement d'ailes, tournèrent en rond, leurs pattes repliées sous leurs poitrines duveteuses, et leur plumage bleu, gris et beige se détacha sur le ciel en une harmonie délicieuse à voir, tandis qu'ils fuyaient vers les bois.

Eden remarqua que la vigne vierge qui couvrait la façade de la maison était en tout petits boutons. Le soleil les rosissait. Bientôt, ils s'épanouiraient en feuilles vertes ; d'ici à l'automne, qui les rougirait, que n'aurait-il accompli ?

Des pas lourds écrasèrent le gravier, et Noah Binns parut, une bêche sur l'épaule.

Ne pouvant s'en défendre, Eden lui cria gaiement :

— Hello ! Noah ! Qu'en dites-vous ? On va publier un livre de moi, un livre de poèmes.

Les yeux d'un gris d'ardoise de Noah ne s'éclairèrent pas. Il ne fit qu'émettre un grognement.

— Avez-vous jamais lu des poésies ? demanda Eden.

— Pas de temps pour de telles bagatelles. Je vais creuser une tombe.

— Une tombe..., répéta Eden dont le visage s'assombrit.

— Oui, dit Noah, une tombe. Deux que j'ai creusées cette semaine. C'est une année malsaine.

— Étrange, dit Eden, les yeux sur le paysage. Tout semble plein de promesses.

— Des promesses ! oui, des promesses faites pour être rompues ! Des bourgeons et de la rouille. Des insectes et la mort.

— Triste, très triste, dit Eden distraitement.

— Ce n'est pas triste, pas du tout. — Et, avec onction, Noah dit : — Le Seigneur donne et Il reprend. Rien ne saurait être plus juste !

L'HÉRITAGE DES WHITEOAK

Whiteoak Heritage
1940
Traduit par Gilberte Audouin-Dubreuil

A la mémoire de H. E.
en hommage d'éternelle amitié.

Windrush Hill.
Juin 1940.

1

Réunion

Le train approchait de sa destination. Les trois hommes allumèrent des cigarettes tout en guettant l'apparition de la ville, les yeux fixés sur la campagne qui passait rapidement. Leurs visages aux expressions remarquablement dissemblables, leurs attitudes mêmes, révélaient la différence de leurs sentiments. Pour deux d'entre eux, c'était le retour, tandis que leur compagnon allait connaître un pays nouveau. Tous trois étaient en kaki : l'un portait l'uniforme de capitaine, le second, de sergent, le troisième, de simple soldat. Ce dernier, assis à l'écart, quoiqu'il fût occupé à regarder par la fenêtre, ne perdait rien de ce que disaient les autres. Son aspect était net et soigné malgré la coupe maladroite de sa tunique. Il avait des cheveux cendrés, des yeux pâles entourés de rides fines, un nez inquisiteur, la bouche impertinente, un menton proéminent et têtu. Il s'appelait John Wragge.

Le sergent Maurice Vaughan, âgé de trente-quatre ans, avait déjà la silhouette alourdie. Ses sourcils étaient séparés par une ride accusée au-dessus de ses profonds yeux gris. Sa bouche trahissait une mélancolie tenace, mais elle s'éclairait de grâce juvénile lorsqu'il souriait, comme en cet instant. Ayant suivi un cours d'instruction pour élèves-officiers avant de quitter le Canada, il s'était engagé en Angleterre pour aller sur le front où il avait atteint le grade de sergent. Deux fois blessé, il ramenait un souvenir de la guerre : une main qui portait un bandage de cuir et dont il commençait seulement à se servir maladroitement et non sans souffrance.

Le troisième, Renny Whiteoak, vieil ami de Vaughan et plus jeune que lui de deux ans, avait fait ses études dans un collège militaire. Dès la déclaration de guerre, il rejoignit les Buffs, régiment dont avaient fait partie plusieurs membres de sa famille. La D. O. S. lui fut décernée pour un acte de bravoure particulièrement distingué.

L'uniforme d'officier seyait à son corps élancé dont la chair semblait plutôt un revêtement à ses muscles actifs qu'elle n'était la preuve d'une existence particulièrement confortable. Son rigoureux profil aquilin, ses cheveux roux foncé coupé ras, ses vifs yeux bruns contribuaient à donner cette impression de vitalité nerveuse qui se dégageait de tout son être. Il disait justement :

— Je parie que la première personne qui viendra à ma rencontre à la maison ce sera Gran ! Lorsque les portes s'ouvriront, je la verrai, les bras tendus pour m'embrasser !

Maurice Vaughan sourit :

— Je crois la voir. Quelle femme superbe pour son âge ! D'ailleurs pour quelque âge que ce soit. Je me demande si elle a beaucoup changé depuis ton absence. Quatre ans, c'est long pour une personne de quatre-vingt-dix ans : elle a bien ça, n'est-ce pas ?

— Elle aura quatre-vingt-quatorze ans en septembre, mais je ne pense pas qu'elle ait baissé. La dernière lettre que j'ai reçue d'elle était pleine de nouvelles de la famille et très lisible, sauf vers la fin. Elle me disait combien elle était heureuse de l'arrivée du printemps, car elle ne met jamais un pied dehors avant la disparition de la neige.

— Ce doit être charmant pour toi, dit Maurice, de savoir qu'un tel accueil t'attend... des parents de tous âges... jusqu'au bébé que tu ne connais pas encore.

Instantanément il regretta ce qu'il venait de dire. Ses paroles rappelleraient à Renny la mort de son père et celle de sa belle-mère tandis qu'il était au loin. Sa belle-mère n'avait survécu que quelques semaines à la naissance de son dernier enfant. Cependant Renny Whiteoak répondait d'un ton grave :

— Oui, c'est charmant.

Son expression s'adoucit et il ajouta :

— Je suis impatient de connaître le petit dernier. Ils l'ont appelé Wakefield, du nom de jeune fille de sa mère.

— Pour ce qui est de moi-même, j'aurais aussi bien fait de me laisser tuer quant à la joie que mon retour occasionnera !

Son ami, abaissant ses sourcils mobiles, se mordit les lèvres avec embarras. Pendant un moment, il ne sut que dire, puis il jeta :

— Je suis ravi que tu sois là !

Puis l'air toujours embarrassé, il se tourna vers Wragge :

— Que pensez-vous de ce pays ?

Wragge avait été sommelier, avant la guerre, chez un marchand de vin en gros. Il répondit dans une grimace :

— Voyez-vous, monsieur, j'ai passé mon temps dans les caves avant d'aller en France. Puis, j'ai vécu dans les tranchées, je ne suis pas très bon juge pour ce qui est des paysages mais ces clôtures en fil de fer ont l'air étrange après les murs de béton...

— Elles me plaisent.

— Je l'imagine, monsieur, vous y êtes habitué. Voilà un beau morceau de forêt, ça a belle couleur.

— Ce sont de jeunes érables qui vont prendre leurs feuilles, les bourgeons sont rouges. Regarde donc, Maurice.

— Oui, j'étais en train de les admirer ainsi que le bleu du ciel.

Après un silence, Renny reprit :

— La petite Pheasant sera heureuse de te revoir !

— Je ne pense pas. Pourquoi le serait-elle ? Nous avons été séparés quatre ans et elle n'a que douze ans.

— Mais tu lui as écrit ?

— Je lui ai envoyé quelques cartes postales.

— Et des cadeaux à Noël ?

— Je n'étais pas dans des régions où je pouvais trouver rien qui eût pu lui convenir : vraiment je n'y ai pas pensé.

— Permets-moi de te dire que tu es le père le plus déplorable qui soit ! Si j'avais un enfant...

Mais il s'aperçut que Wragge s'efforçait d'écouter ce qu'ils se disaient et il s'interrompit avec un froncement de sourcils.

— Je sais, je sais, dit Maurice en maniant nerveusement le bandage de cuir qui enserrait sa main blessée et sa pensée retourna en arrière dans le passé.

Sans indulgence pour lui-même, il se remémora l'époque où, tout jeune homme, il était fiancé à Meg, la sœur de Renny. Meg et lui étaient faits pour s'entendre parfaitement, il en était convaincu. Les deux familles se montraient enchantées de ce mariage, mais il avait tout détruit en se laissant aller à une passion passagère pour la sœur de la couturière du village.

Il avait pensé garder secrète cette aventure quoiqu'elle l'eût mûri, mais un enfant était né de ces quelques rencontres dans un bois certains soirs d'été. La fille avait déposé le bébé devant la maison de ses parents et Maurice avait avoué sa paternité. Les fiançailles furent alors rompues par Meg qui depuis lors était demeurée aussi inaccessible pour lui que si elle eût vécu à l'étranger et eût ignoré ou voulu ignorer le langage qu'il parlait.

Que Maurice pût encore aimer Meg après douze ans d'une telle situation semblait à Renny une sorte de miracle, peu édifiant d'ailleurs. Maurice, estimait-il, eût dû savoir briser sa résistance par une constance plus ostentatoire ou bien simplement chercher quelqu'un d'autre à aimer qui eût su être une mère pour l'enfant. Cependant, Renny considérait la fidélité de Maurice comme un fait unique, une preuve du charme exceptionnel qu'exerçait Meg, comme une sorte de tribut dû à la famille Whiteoak.

Il se pencha vers son ami et lui dit à mi-voix :

— Peut-être qu'entre toi et Meg ce sera différent à présent... la guerre et tout... ta blessure... enfin, je pense que tu devrais arranger ça.

— Dieux ! je le voudrais ! dit Maurice, mais je n'ai aucun espoir.

Il y eut un remous parmi les voyageurs qui ébauchèrent des gestes vers leurs bagages, des regards brefs vers les champs plus exigus dans l'attente de la première vision agressive des faubourgs.

Quelques minutes encore et ils arrivaient. Les trois hommes en uniforme se levèrent et mirent leurs casquettes avec des gestes caractéristiques. Wragge, le cockney, en lui donnant des tapes cordiales comme si une fois qu'il l'avait plantée d'un côté de sa tête, il était prêt à affronter n'importe quoi ; Maurice Vaughan, d'un geste délibéré, comme si, ce faisant, il prenait la décision d'assumer la responsabilité de tout ce qui l'attendait ; Renny Whiteoak, avec une vigueur à laquelle ses cheveux roux semblaient prendre part, serrant les bords de sa casquette comme pour la maintenir plus près de son crâne.

Il fut le premier des trois à descendre en gare, impatient de voir qui était venu à sa rencontre. Comme il atteignait le contrôle, il fut arrêté par un groupe mouvant composé d'un homme en uniforme de sous-officier, d'une femme et de cinq enfants alignés par rang d'âge de trois à dix ans. L'homme semblait visiblement intimidé par les six paires d'yeux qui le fixaient. Sa famille l'entourait telle un troupeau de moutons, mais ils étaient devenus des étrangers et l'homme ne savait comment frayer avec eux. Il les regardait l'air découragé. Quant à son épouse, elle arborait un sourire d'excuse comme si elle se sentait coupable qu'ils fussent devenus trop grands pour qu'il pût les reconnaître.

Mais alors Renny découvrit ceux qui l'attendaient. Il se fraya un passage à travers la grouillante famille et avança vivement vers sa sœur et ses trois frères. Il s'était attendu à ce qu'Eden et Piers fussent là, peut-être même un de ses oncles, mais il ne pensait pas voir le jeune Finch. La présence de Meg était une joyeuse surprise — toujours la même malgré ce qu'elle avait traversé ! Sa carnation était aussi fraîche, ses cheveux du même châtain clair, la courbe de sa bouche aussi pleine et affectueuse. Ses lèvres eurent un sourire tremblant lorsqu'elle le vit et elle leva les bras prête à l'embrasser. A présent, il l'avait prise dans les siens et l'étreignait. Il eut l'impression que Meg avait peut-être un peu plus de corps que jadis, d'ailleurs il se souvint qu'elle avait gagné six ou huit livres en son absence.

— Oh ! Renny, comme je suis contente !

Elle s'accrochait à lui nullement décidée à le céder aux autres. Il était son frère, son frère à elle ! Ils avaient la même mère. Tandis que Meg le serrait dans ses bras, les cruelles imaginations qu'elle avait eues de ce qui pouvait lui arriver sur le front s'évanouirent, elle n'avait plus qu'une seule pensée : « Je l'ai, il est sauvé, il n'a pas changé ! »

Mais, quoiqu'elle goûtât cette première joie du revoir, Meg aperçut par-dessus l'épaule de Renny le visage de Maurice et plongea son regard au fond de ses yeux. Elle n'avait pas su qu'il revenait avec son frère et ne s'attendait pas à le voir.

Renny la sentit se raidir dans ses bras. Puis, elle fondit en larmes :

— Voyons, voyons, dit-il d'une voix enrouée, me voici revenu et tu ne pourras jamais plus te débarrasser de moi !

— Ça n'est pas ça, sanglota-t-elle, c'est à cause de Maurice : je ne peux pas le voir. Je t'en prie, ne me pose pas de question !

Renny tourna la tête et jeta vers son ami un regard distrait, puis il se dégagea des bras de Meg, revint vivement vers Maurice et lui dit :

— Vois-tu, je ne puis te demander de venir avec moi. Meggie est trop émue de me revoir et tout le reste...

Maurice, très pâle, répondit :

— De me revoir, moi, et puis tout le reste, veux-tu dire ! Ne t'inquiète pas pour moi, je vais prendre un petit train local. C'est parfait. Dis à Meg que je regrette d'être apparu en un moment aussi peu opportun.

Sa sympathie tiraillée entre l'un et l'autre, Renny s'écria presque exaspéré :

— Fais ce que tu crois le mieux, mais ne parle pas comme un idiot !

— Pourtant, c'est ma pensée et tu le sais bien. Enfin, nous nous verrons plus tard. Bon Dieu, ce que ces garçons ont grandi !

— N'est-ce pas ? L'auto va être bondée. Veux-tu prendre Wragge avec toi ? J'enverrai le chercher lorsque nous serons à la maison.

— D'accord.

Maurice se détourna, la légèreté du ton de sa voix contrastait avec son expression douloureuse. Wragge, le cockney, le suivit ; ses yeux aigus n'avaient rien perdu de l'étrangeté de cette rencontre. Il mit tout l'attachement qu'il put dans le regard qu'il jeta en partant à Renny Whiteoak. Il avait été son ordonnance pendant la guerre et à présent son regard semblait dire : quoi qu'il arrive, vous pouvez compter sur moi.

Renny rejoignit la famille. Meg, qui avait dominé son émotion, le prit par le bras et le poussa vers leurs trois jeunes frères impatients de l'accueillir. Renny les embrassa l'un après l'autre.

Ils s'étaient tellement développés depuis la dernière fois qu'il les avait vus, qu'il lui fallait faire un effort de volonté pour les replacer dans la niche que chacun occupait dans son souvenir. Il eût été difficile de dire lequel avait le plus changé. L'aîné eut une grimace presque embarrassée tandis qu'il considérait leurs visages.

Si l'on se demandait lequel avait le plus grandi, Piers l'emportait sur les autres. De petit garçon studieux de moins de onze ans, il était devenu un adolescent osseux de quinze ans environ aux larges épaules, ayant une tête bien posée sur un cou solide. Ses vastes yeux bleus étaient hardis et le pli de sa bouche révélait qu'il ne serait pas trop pressé de faire ce qu'on lui ordonnerait. Et ses mains... oui, elles semblaient prêtes à tout faire, musclées, brunes, vigoureuses.

Mais comment décerner la palme à Piers tandis qu'Eden se tenait tout près, presque aussi grand que lui ? Il avait vu Eden pour la dernière fois sous l'aspect d'un garçon blond et élancé et voici qu'il était devenu un homme presque trop beau, car il ressemblait à sa pauvre mère qui eût été une beauté si elle n'avait été de santé si délicate. Des trois jeunes frères, ce fut Eden qui fit à Renny l'accueil le plus chaleureux, s'emparant de sa main, le regardant au fond des yeux d'un regard vif, pénétrant.

C'était Finch qui avait le moins changé, quoique lui aussi eût tellement grandi qu'on ne pouvait plus le reconnaître. Renny serrait dans la sienne une main étroite et fine. Ses dents paraissaient énormes entre des lèvres rieuses.

— Hello ! jeta-t-il dans un souffle. Hello ! je me suis dit que j'irais t'accueillir !

— Brave type !

Renny le tenait toujours par la main tandis qu'ils sortaient de la gare.

La famille qui l'avait empêché d'avancer au moment de la descente du train lui apparut à nouveau. Le père avait posé un pied lourdement chaussé sur un banc et, un coude appuyé sur son genou, il regardait fixement par-dessus les têtes de sa famille tout en sifflotant tandis que femme et enfants, pleins d'une muette résignation, attendaient ce qu'il ferait ensuite. Renny les désigna à Meg d'un mouvement de tête :

— Pauvres gens ! s'écria-t-elle, qu'ils sont heureux !

Puis elle sourit aux enfants et jeta un regard inquiet par-dessus son épaule, mais ses sourcils se détendirent lorsqu'elle eut constaté que la foule formait un rempart entre leur groupe et la silhouette de Maurice Vaughan.

Des porteurs venaient de déposer les bagages de Renny. Eden et Piers arrimaient la malle à l'arrière de l'auto qu'on avait lavée pour cette occasion et quoique la chose déplût habituellement à Renny, il eut cependant un regard d'approbation. Meg, lui et le plus jeune des garçons s'installèrent dans le fond. Eden conduisait parfaitement. Ils glissèrent à vive allure sur la route contournant le lac ; c'était au milieu de l'après-midi et il y eut peu de circulation jusqu'au moment où ils atteignirent les faubourgs. Puis ce furent, devant les maisons, des arbres parés de bourgeons déjà feuillus et, entre elles, l'étincellement du lac hérissé de petites vagues luisantes.

Ce moment auquel Renny avait rêvé si souvent, en proie au mal du pays, lui semblait irréel à présent. Cette image : les dos des deux adolescents assis à l'avant, le corps menu de l'enfant assis contre lui, la main de Meg tenant la sienne sur les genoux du petit, tout cela pouvait s'évanouir comme les vapeurs d'un rêve et il se retrouverait une fois de plus en France, au cœur de la guerre, cette seule réalité. Son profil hâlé par les intempéries semblait si distant que Meg se pencha vers lui :

— N'es-tu pas heureux d'être revenu ?

Il lui serra le bout des doigts et fit signe que oui. Elle devinait qu'il songeait à son père qui ne serait pas là pour le recevoir. Elle-même s'était habituée à cette perte, mais, pour Renny, elle était encore nouvelle. Alors Meg dit de ce ton réconfortant qui lui était particulier :

— Nous avons fait tant de préparatifs pour toi ! Gran et les oncles et tante Augusta ont dû compter les heures depuis que tu es arrivé. On a été jusqu'à laver les chiens !

— C'est magnifique de se retrouver chez soi !

Une fois encore, il serra la main de Meg dans la sienne et grimaça un sourire à l'adresse du petit Finch :

— Hein, Finch, comment me trouves-tu ?

Le front de Finch rougit, il ne put articuler un seul mot. Meg parla pour lui :

— Tu es un héros pour Finch ; d'ailleurs, tu l'es pour chacun de nous, mais tu sais comment sont les petits garçons. A qui trouves-tu qu'il ressemble, Renny ?

Les vifs yeux bruns de Renny scrutèrent le visage expressif et allongé de l'enfant.

— Le diable si je m'y retrouve ! Oui, il a pris le nez des Court. Ses yeux sont gris-bleu ; qui a les yeux de cette teinte dans la famille ?

— Personne. Les yeux de son père et de sa mère étaient également bleus. N'est-ce pas qu'Eden ressemble à sa mère ? Mais si différent de nature ! Il est plein de caractère. Je puis te dire, Renny, que ces deux gars-là, devant nous, donnent du fil à retordre ! Je serais heureuse que tu m'aides à les mater : ils ont une volonté de fer !

Les yeux du frère aîné se tournèrent vers les deux paires de solides épaules, surmontées de cous vigoureux et de luisantes chevelures.

— Ils feront bien de ne pas essayer sur moi leur volonté de fer, dit-il.

Comme s'ils avaient conscience que l'on parlait d'eux, Eden et Piers se regardèrent, le premier avec un sourire moqueur, le second avec une expression demi-malicieuse demi-hardie. Eden augmenta la vitesse de la voiture, car ils roulaient en ce moment entre le lac et des champs de terre sombre fraîchement labourés. L'air était frais et chargé de senteurs de mai. Le soleil donnait des espoirs de chaleur estivale. Un attelage de chevaux qui approchait soulevait la poussière à hauteur de leurs sabots velus. Finch retrouva sa voix pour s'écrier :

— Renny, voici un de nos fourgons !

A nouveau, Eden appuya sur l'accélérateur.

Lui ayant donné un coup entre les épaules, Renny s'exclama : « Arrête la voiture ! »

Ils étaient à présent à la hauteur des chevaux. Il eut un regard admiratif pour les flancs lisses des bêtes et remarqua que la charge qu'ils traînaient était constituée par une douzaine de porcs gras qui se bousculaient avec un mélange d'impertinence et d'angoisse. Le conducteur lui était inconnu. Son regard ne lui plut pas.

— Par saint Georges, voilà de beaux porcs ! dit-il.

— J'ai aidé à les nourrir, jeta Finch, et je leur ai souvent donné de la nourriture en plus !

— Est-ce qu'on continue ? demanda Eden.

Renny s'adressa au conducteur :

— Où menez-vous ces porcs ?

Eden répondit pour lui :

— Au marché. Il n'en retirera pas grand-chose. Nous ferions mieux de continuer, à la maison ils doivent nous attendre pour le déjeuner.

— Oui, continue !

Un sentiment brusque de réalité envahit Renny. La vue des chevaux de ferme, leurs yeux bleus sous les touffes blondes de leurs crinières, l'odeur de leurs harnais, de leur cuir humide, les porcs se bousculant évoquaient l'avenir, le submergeant, telle une vague vivifiante. La guerre avait pris fin. C'était à nouveau la vie dans son pays, sa sœur, ses jeunes frères l'entourant. Il comprit pour la première fois qu'il devait prendre auprès de ces garçons la place de leur père disparu. Il aurait à découvrir ce que valait chacun et à faire pour lui tout ce qui serait en son pouvoir. Le lien qui existait déjà entre eux et lui se renforça dans son cœur. Il aspira l'air profondément et prit la main de Finch dans la sienne. Il sentit ses os flexibles s'immobiliser comme rassurés. Il considérait les genoux nus et enfantins rapprochés comme deux châtaignes jumelles, lisses et brunes.

Piers passa son bras par-dessus le dossier de son siège et se retourna pour désigner les changements qui avaient eu lieu depuis le départ de Renny. A chaque nouvelle vision, Renny grimaçait un sourire préférant ne point y songer pour le moment. Il se sentit heureux lorsque l'auto tourna dans la paisible route campagnarde toujours ombragée par d'immenses arbres aux branches étendues dont l'aspect faisait ralentir les conducteurs d'autos.

« Je les protégerai toujours, pensa-t-il, il y aura au moins une route qui ne sera pas saccagée ! »

Tandis que la voiture franchissait les grilles, cette sorte d'*état de grâce* qui s'était emparé de lui à la vue du camion de la ferme s'intensifia encore. Il eut le sentiment de n'avoir jamais quitté Jalna. Hé oui ! c'était bien là le bouleau argenté avec son banc laqué circulaire entourant le tronc et son feuillage dentelé et frais doucement agité par la brise ! C'était la maison elle-même en brique rose sur laquelle ressortaient à ravir les rosiers grimpants de Virginie qui se massaient autour des fenêtres, mais gardaient leurs plus délicates guirlandes pour draper le porche. C'étaient les chiens étendus sur les marches au soleil se dressant pour saluer l'auto d'un concert d'aboiements. Il y avait deux nouveaux venus qui tournèrent furieux autour de ses talons jusqu'à ce qu'il eût approché sa main de leurs narines : alors ils furent heureux de l'accueillir ayant constaté qu'il avait la véritable odeur de la famille.

Il y avait aussi Fanny, l'épagneule Clumber qui avait appartenu à son père ; elle restait tranquillement à l'écart à l'ombre du porche, sa queue frangée baissée, les yeux levés vers lui avec un regard interrogateur.

— Cette vieille Fan, dit Piers, elle t'a oublié !

— Elle m'a oublié ! Non, elle ne le pourrait pas ! Hello, Fan, ma vieille ! Hello, mon trésor, c'est moi Renny !

Il se pencha et sa main élégante glissa sur son pelage soyeux.

Elle se dressa alors en appuyant ses pattes contre les jambes de Renny. Ses yeux pensifs d'épagneul le regardaient dans l'encadrement de ses longues oreilles. Ils étaient remplis de douloureuse compréhension. Ce n'était pas assez de la caresser, il l'éleva dans ses bras et la tint serrée contre sa poitrine. Et son père était mort ! Il sentit les larmes monter dans sa gorge et, serrant l'épagneul contre lui, il cacha son visage contre une de ses longues oreilles. La voix de Meg disait :

— N'est-ce pas que c'est une chérie ? Ce que papa a pu lui manquer ! Personne ne peut le remplacer pour elle. Je pense que nous devrions sonner pour les avertir que nous sommes ici.

— Les chiens se sont chargés de nous annoncer, dit Eden. J'entends la voix de Gran.

Meg sonna cependant. Au bout d'un instant, la porte s'ouvrit, une femme de chambre d'âge mûr qui était au service de la famille depuis près de trente ans parut avec un sourire mouillé de larmes à l'adresse de Renny.

— Elisa ! s'écria-t-il.

L'épagneul toujours dans les bras, il avança vers la servante le visage rayonnant.

— Conserve ce sourire pour moi ! dit une voix rude.

Sa grand-mère, poussant la femme de chambre de côté à l'aide de sa canne d'ébène, avançait vers lui avec une vigueur qui défiait ses quatre-vingt-treize ans.

Le visage, invariablement beau grâce à son admirable structure osseuse, était creusé d'un lacis de rides et éclairé par un large sourire qui découvrait une double rangée de solides fausses dents. Ses sourcils, quoique touffus, gardaient cependant la ligne pure de leur arc au-dessus de ses yeux sombres telles les arches gothiques d'une cathédrale en ruine recouvertes de lierre. Elle portait un bonnet très orné, un châle de cachemire et de grosses pantoufles de laine.

Avant que sa canne eût frappé trois fois le parquet, elle la jeta, indifférente au fracas de sa chute, puis elle ouvrit tout grands les bras et Renny, ayant déposé l'épagneul, se jeta dans son étreinte. Il avait l'impression que les portes du passé se rouvraient, ce passé où régnaient son père, son grand-père qui avaient vécu, aimé et engendré des enfants sous ce toit afin de pouvoir un jour exiger d'eux qu'ils transmettent leurs traditions à la postérité. Le souvenir de ce qu'il avait pu voir en Europe en fait de désespérance et de désagrégation, il s'en débarrasserait en ôtant son uniforme et il reviendrait avec tout son cœur à la stabilité qui caractérisait cette chère vieille demeure.

Il oubliait dans son enthousiasme la fragilité du symbole de cette vie qu'il étreignait en la personne de sa grand-mère. Le châle de celle-ci glissait, son bonnet était de travers, elle ouvrait la bouche toute grande ne pouvant retrouver le souffle.

— Dieu, quels bras solides tu as ! dit-elle enfin, puis elle ajouta vivement : — Mais j'aime ça ! Ne crains jamais de me comprimer les côtes ! Je ne suis pas d'une étoffe aussi délicate que ma fille et ma petite-fille, si je l'avais été je n'aurais pas eu trois fils aussi grands !

Elle continuait à parler comme si, par le flot de ses paroles, elle voulait exclure le reste de la famille de leur réunion. Mais sa fille, lady Buckley, et ses fils Nicolas et Ernest, étaient à côté d'elle et demandaient à présent leur part de l'attention de Renny. C'étaient de grands beaux hommes dans la soixantaine. Nicolas avait une masse de cheveux gris cuivré, un solide profil aquilin, des yeux bruns enfoncés profondément. Ernest, les yeux bleus, le teint blond aux cheveux gris lissés soigneusement sur sa tête étroite, mit les bras autour des épaules de son neveu, sa bouche au dessin sensible tremblait.

— Sois le bienvenu, mon cher gars, dit-il. Oui, sois le bienvenu... dire que nous te retrouvons enfin !

Nicolas ajouta d'une voix profonde :

— Bon Dieu, Renny, c'est bon de te revoir ! Et toujours le même !

— Plus que jamais un Court ! déclara leur mère qui avait été une Court.

Renny, s'étant libéré des mains de ses oncles, étreignit sa tante en déposant de fervents baisers sur ses joues pâles. Elle était en deuil de son mari mort il n'y avait pas deux ans. Elle tint Renny serré contre elle tandis que sa poitrine soutenue par un haut corset rigide se soulevait et s'abaissait d'émotion.

— Mon cher enfant, dit-elle d'une voix de contralto.

Ce fut tout ce qu'elle put dire et elle répéta ces mots à plusieurs reprises :

— Mon cher, cher enfant !

Cela eut le pouvoir d'irriter sa mère qui s'exclama brusquement :

— On dirait que tu l'as mis au monde, Augusta ! Laisse donc ce garçon, tu l'écrases ! Tu ne dis rien à la pauvre Elisa, Renny ?

Il se dégagea des bras de sa tante qui s'écarta en jetant à sa mère un regard offensé. Renny s'adressa alors à la femme de chambre :

— Toujours la même, vieille Elisa ! s'écria-t-il en lui donnant de petites tapes amicales sur l'épaule.

— C'est bien, jeta la grand-mère. Dis-lui qu'elle n'est pas du tout changée : voilà qu'elle s'imagine s'être éreintée à travailler pour nous et qu'il lui faut songer à se retirer ! C'est stupide !

Elisa eut un sourire pâle et tendit sa canne à la vieille dame. Tout le groupe familial s'en fut vers la salle à manger où le repas d'une heure attendait. Les chiens se bousculaient autour d'eux. Un chat au pelage fauve appartenant à Ernest glissa le long des marches de l'escalier jusqu'à la hauteur convenable et de là sauta sur l'épaule de son maître où il ronronna en faisant le dos arqué en prévision du repas.

La vieille Adeline, au centre du groupe, déclara :

— Je suis affamée, ce n'est pas bon pour une femme de mon âge d'attendre son déjeuner si longtemps !

— C'est très mauvais pour vous, maman, dit Ernest, mais surtout parce que lorsque vous pourrez vous rassasier vous mangerez trop : cela risque de vous donner des gaz, ce qui est dangereux.

Elle le fixait avec une expression d'impatience, puis elle clama :

— J'ai eu de l'air dans l'estomac pendant vingt ans. Ça ne me gêne pas, car je ressemble aux vieux bâtiments à voiles : le vent me fait marcher !

Puis, gloussante, elle s'en fut, traînant ses pieds chaussés de pantoufles de laine vers l'agréable fumet de poulet rôti qui s'échappait de la salle à manger.

— Permettez, dit Renny, je vais me laver les mains. Un instant seulement !

— Tu trouveras de l'eau chaude qui t'attend, lui jeta Meg tandis qu'il s'éloignait.

— Et dépêche-toi, ajouta son oncle Ernest, ma mère va avoir une faiblesse tant elle a faim !

— Je serai revenu en un clin d'œil, répliqua Renny.

— Que c'est donc merveilleux de le revoir monter les escaliers en courant ! dit Meg. Oh ! je vais être si heureuse de l'avoir ici ! Ah ! pouvoir enfin s'appuyer sur quelqu'un !

— Plutôt quelqu'un pour te donner des ordres, dit Eden.

— Je l'ai entendu dire qu'il n'avait eu qu'un petit pain et du café dans le train, il doit avoir faim.

— Des petits pains et du café ! s'exclama la vieille dame. Voilà un petit déjeuner bien français ! Mais tant mieux s'il a faim, nous avons de quoi le rassasier !

— Je pense que nous ferions bien de nous mettre à table, fit remarquer lady Buckley, cela gagnera du temps.

Mais lorsqu'ils pénétrèrent dans la salle à manger où le soleil printanier se glissant entre les rideaux de velours jaune illuminait la table tout étincelante d'argenterie posée sur du linge damassé glacé, une surprise les fit s'arrêter, presque consternés. Elisa, en mettant la table, avait donné à Renny la place du maître de maison.

A la mort de Philippe Whiteoak, au début de la guerre, Nicolas et Ernest étaient revenus d'Angleterre habiter Jalna. Pour cette maisonnée de femmes solitaires et de petits garçons, leur présence fut comme un rempart contre le monde et leur avait apporté l'impression de la solidarité familiale. Ils trouvèrent leur vieille mère qui, privée du plus jeune de ses fils, désirait ardemment sentir à ses côtés ses frères plus âgés. Il y avait Meg qui, ayant perdu un père tendre et indulgent et dont le frère préféré était constamment en danger en France, était prête à jeter ses bras autour de leur cou et à goûter la sécurité de leur présence. Il y avait Mary, la veuve de Philippe, qui devait bientôt sacrifier sa vie à son enfant, qui accueillait toute tremblante leur rassurante présence masculine. Leur retour avait marqué un succès pour tous deux tant au point de vue familial que financier. Ces dernières années, les revenus des deux frères avaient été cruellement diminués autant par leurs extravagances passées que par leur mauvaise administration. La vie à Jalna ne leur coûtait à peu près rien.

Nicolas s'était tellement habitué à présider la table en face de Meg tandis que sa mère était placée à sa droite, que la pensée de céder cette place à Renny, devenu le possesseur de la maison à la mort de son père, n'avait point effleuré son cerveau pas plus qu'elle n'avait pénétré dans celui de sa vieille mère qui louchait en ce moment vers le plat de volailles rôties qu'il découpait habituellement avec tant d'art. Les morceaux tendres lui revenaient de droit ainsi qu'à Ernest et à Meg tandis que les plus coriaces, noyés de sauce, étaient distribués aux trois garçons dotés de dents solides. Ernest, placé à la droite d'Adeline, estimait cet arrangement admirable, d'autant plus qu'il occupait la place de Nicolas lorsqu'une attaque de goutte retenait celui-ci dans ses appartements.

— Mes enfants, mettez les chiens dehors !

Il y eut un moment de désordre tandis que Piers et Finch traînaient par leurs colliers plusieurs terriers et l'épagneul pour les sortir de la pièce.

— Ne fermez pas la porte, dit lady Buckley, et veillez à ce que les chiens ne reviennent pas : ce sera plus poli envers Renny.

Ce fut pendant ce moment de confusion que les plus âgés remarquèrent l'ordre nouveau apporté dans l'agencement de la table. Nicolas fut le premier à s'en apercevoir. Il vit que le massif rond de serviette en argent qui représentait une femme drapée à l'antique enroulée autour d'un cylindre couvert de ciselures compliquées, avait été changé de sa place primitive pour être mis à la droite du maître de maison.

Il porta la main à sa moustache grise et il lui donna un petit coup qui trahissait son dépit. Sa voix profonde exprima ses sentiments par un « ha ! » sonore. Quant à son frère, on devinait en lui un mélange d'ennui que Nicolas eût été ainsi déplacé et de plaisir malin d'assister à sa déconfiture. Meg se tenait devant sa chaise, imperturbable.

Lady Buckley, la regardant alors droit dans les yeux, lui demanda :

— Est-ce toi, Margaret, qui as donné l'ordre de déplacer le rond de serviette de mon frère ?

Ce ton grandiloquent fit pouffer Eden. Lady Buckley se tourna vers lui d'un air sévère :

— Il n'y a pas de quoi rire, dit-elle, votre oncle a pris la place de votre père et l'a remplie dignement pendant près de quatre ans. Je ne vois pas la raison pour laquelle on le déplacerait parce que Renny est revenu !

La vieille Adeline commençait à avoir conscience qu'il s'était passé quelque chose de fâcheux. Elle considérait tour à tour chaque visage, l'air intrigué.

— Qui t'a déplacé et d'où ? demanda-t-elle en se tenant à la table prête à se laisser tomber sur son siège.

— Ça n'a aucune importance, déclara Nicolas. Eh bien, allons-y, mère ! — Il lui prit le bras : — Il s'agit de changer de place, vous vous trouverez désormais entre Ernest et moi.

Mais elle ne bougeait pas.

— Qui est-ce qu'on déplace ? répéta-t-elle. Pas moi, j'espère, je ne veux pas !

— Il est vrai que Renny est le maître de maison, dit Ernest.

La vieille dame faisait de courageux efforts pour conserver son ancienne place à table, mais Nicolas l'entraîna vers la chaise voisine. Elisa, quittant la desserte, s'avança alors vers eux et dit, s'adressant à Adeline :

— C'est moi qui ai mis Mr. Renny à cette place, madame. J'ai pensé qu'étant le maître de maison, il serait naturel qu'il désire découper.

— Bien ! bien ! dit Ernest, et il loucha vers le couple de chapons rôtis et juteux d'un air presque accusateur comme s'ils s'étaient montrés déloyaux en quelque sorte à l'ordre des choses précédemment établi.

Quoique lui-même et Nicolas eussent eu leur bonne part de la fortune paternelle, ils ne pouvaient se défendre de ressentir un pincement intérieur de mortification à la pensée que leur plus jeune frère avait hérité de Jalna. Quoiqu'il fût mort depuis près de quatre ans, ce sentiment subsistait dans toute son acuité. Le retour de Renny, héritier de son père, et ce rappel pénible les mettaient en face de cette évidence désagréable.

— Vous n'auriez pas dû vous permettre cela sans en avoir reçu l'ordre exprès, dit lady Buckley.

— Certainement, certainement, approuva Ernest.

— Ça n'a pas d'importance, grommela Nicolas.

— Oui, sans mon ordre ! clama la vieille Adeline, rien ne doit être changé sans ma permission. Mais il est juste que Renny préside cette table. Il est l'aîné des fils de son père, Jalna est à lui... Bien, alors où veux-tu te placer ? Je commence à me sentir faible, j'ai besoin de nourriture !

Et elle lança un regard avide vers les volailles aux poitrails rebondis.

Nicolas la fit asseoir dans son fauteuil, elle déplia sa serviette et se la bourra vivement sous le menton.

— Ne laissez pas les chiens entrer, mes enfants ! commanda-t-elle.

Elisa se tenait raide, les lèvres serrées, sur la défensive contre toute critique de son acte. Tous, les yeux pleins d'une expression d'attente, regardaient vers l'escalier que l'on pouvait apercevoir par la porte ouverte. Ernest continuait à répéter à mi-voix : « Bien ! bien ! » Nicolas tambourinait sur la table, Eden regardait Meg d'un air malicieux dans l'intention de la faire rire, mais elle garda bonne contenance. Les chiens firent un essai concerté pour revenir dans la salle, mais ils furent repoussés par les garçons ; les ombres de leurs queues mobiles se projetaient sur les boiseries claires de l'escalier.

Les sentiments de Renny, tandis qu'il montait à son ancienne chambre, étaient un étrange amalgame d'impressions familières et de rêves. Il se l'était si souvent rappelée pendant ces années d'absence qu'à présent elle lui paraissait comme réduite, ratatinée. Sa propre image dans la glace le considérait les yeux fixes comme un étranger. Les brillantes lithographies de chevaux célèbres qui ornaient les murs semblaient prêtes à hennir de surprise en apprenant qu'il prétendait être fait de chair et de sang.

Mais il ne fallait pas faire attendre la famille. Il s'en fut vers la table de toilette et versa l'eau chaude du broc dans la cuvette. Il eut un brusque sentiment revenu du fond de son enfance d'avoir été renvoyé de table pour aller se laver les mains. Mais les mains qu'il savonnait en ce moment étaient celles durcies et hâlées d'un soldat. Il leur faudrait maintenant saisir fermement les rênes d'une vie nouvelle. Tandis qu'il frottait ses paumes inutilement, les yeux fixés sur les champs qui se déployaient derrière les vitres de sa fenêtre, il eut soudain le sentiment qu'on l'observait. Se retournant, il découvrit une mince silhouette debout sur le seuil. C'était un petit garçon de quatre ans, habillé d'un costume de tricot blanc. Son épaisse chevelure brune bouclée et ses grands yeux sombres contrastaient par leur vitalité avec la fragilité de son corps, un petit visage pâle et des pieds minuscules... Pendant un instant, il ne sut pas qui était cet enfant, puis il comprit brusquement que c'était le frère qu'il ne connaissait pas encore, l'enfant posthume de son père.

— Hello ! lança-t-il. Comment t'appelles-tu ?

Le marmot le fixait avec des yeux de plus en plus grands tandis que sa bouche rapetissait et s'arrondissait de surprise.

— Hello ! répéta Renny en arborant ce qu'il croyait être une grimace amicale. Je vais te prendre !

Il avança vers lui et l'ayant saisi, le lança en l'air et le rattrapa dans ses bras. Oui, c'était le jeu qu'il avait coutume de jouer avec les petits garçons ! Mais, évidemment, ce petit garçon-là était d'une autre espèce. Au lieu de piailler de joie et de supplier : « Encore ! Encore ! » il jeta un cri d'effroi et fondit en larmes. Renny ne savait s'il convenait de le déposer à terre et le laisser là ou bien s'il devait le descendre en bas. Il se décida pour la seconde solution. L'ayant pris sous le bras, il descendit rapidement l'escalier. Wakefield semblait ne plus pleurer, mais il retenait seulement sa respiration. Ils atteignirent la salle à manger.

— Désolé de vous faire attendre, commença Renny.

Alors, les cris d'effroi reprirent de plus belle. Le petit garçon s'étranglait. Les chiens pénétrèrent à leur suite dans la salle à manger. L'épagneul, craignant que Wakefield ne fût puni, se mit sur ses pattes postérieures et se dressa contre l'intrus, les pattes en avant. Ses ongles éraflèrent la jambe nue de Wakefield ; celui-ci rua et cria de plus belle ; les chiens aboyaient.

Meg se leva pour s'élancer au secours de son protégé.

— Viens avec Meggie, le chéri de Meggie !

Elle le serra contre sa poitrine.

— Pourquoi sa jambe saigne-t-elle ? s'exclama Ernest. Qu'as-tu bien pu lui faire ?

— Bon Dieu ! s'écria Nicolas, ça suffirait à lui donner une crise de nerfs !

Elisa examinait l'éraflure.

— Je vais chercher de la vaseline et un bandage, dit-elle, viens avec Elisa, mon chéri.

— Non ! non ! piaula le bébé, je n'irai pas, renvoie ce méchant homme !

— Donnez-le-moi, ordonna lady Buckley. Je puis le calmer alors que personne n'y parvient.

C'était vrai. Installé dans son vaste giron, un mouchoir blanc noué autour dc sa jambe, il se calma et se mit à considérer les visages qui l'entouraient. Sa grand-mère ne sympathisait qu'à demi, n'étant pas satisfaite de ce retard, il lui fallait dîner. Elle considérait Renny d'un air réprobateur tandis qu'il s'apprêtait à gagner sa place. Lui-même était désolé de ce premier contact avec le dernier-né de la famille. Il se laissa tomber sur sa chaise avec une expression qui disait son regret.

— Sortez les chiens ! dit Ernest. Ils irritent Sasha.

En effet, perché sur son épaule, le chat faisait le gros dos en remuant la queue.

— Faut-il vraiment les faire sortir ? demanda Renny. Ils entraient ici habituellement. Te souviens-tu que Dad avait coutume de leur ôter les bourres qu'ils avaient dans les poils et de les cacher sous sa chaise ?

Ce rappel inattendu d'un geste habituel à Philippe tomba brutalement sur tous ceux qui l'entouraient. Le rire qui frémissait au fond de sa gorge choqua les plus âgés et fit grimacer un sourire aux trois garçons. En vérité, Renny n'était pas encore parvenu à croire à la mort de son père. Jalna pour lui était tellement lié à Philippe dans ses pensées que, retourner vers l'un, c'était évoquer la vivante présence de l'autre.

Mais, à présent, il sentait qu'il avait parlé inconsidérément. Son visage, déjà haut en couleur, prit une teinte plus foncée. Il saisit le couteau à découper et dit avec nervosité :

— Ainsi, c'est à moi de m'acquitter de cette tâche ! Bien, mais je crains de faire un vrai hachis de tout cela !

Puis, il fit le récit de son voyage tout en découpant.

Ses oncles, sa tante et Elisa qui l'entouraient pensaient qu'il ne se montrait pas assez sensible à l'honneur qui lui était fait. Ils ne furent point consolés par le fait qu'il montrait peu de discernement dans la manière dont il répartissait les morceaux de volatiles. Il était déconcertant de voir Finch, âgé de onze ans, bourrant sa jeune bouche gourmande du blanc de poulet le plus savoureux. Il était déplaisant de considérer l'indifférent Piers dévorant ces médaillons de chair juteuse, extraits du dos des volatiles juste au-dessus du croupion, à la pointe du couteau.

Mais sa sœur et sa grand-mère étaient satisfaites. Pour Meg, la vision de Renny assis en face d'elle, sa tête cuivrée inclinée vers son ouvrage, ses yeux lui jetant parfois des regards affectueux de sous leurs sombres sourcils la comblaient de félicité. Elle n'arrivait pas à manger.

— Tu ne manges rien, Meggie ! s'exclama-t-il.

— Je suis trop heureuse ! D'ailleurs, je n'ai jamais mangé beaucoup et puis il faut nourrir bébé.

Elle offrait des bouchées au petit garçon qui les refusait le visage tourné contre la poitrine de sa grand-tante.

— J'espère que tu ne le gâtes pas ? dit Renny.

Le rire de Piers fusa :

— Le gâter ! s'écria-t-il. C'est l'enfant le plus gâté de l'univers !

— Non, non, dit lady Buckley, sa délicatesse réclame certains ménagements.

— Il ne serait pas bon de le buter, poursuivit Ernest. Il a besoin d'être encouragé. J'ai été un enfant fragile et je sais ce qu'on peut souffrir confié à des mains par trop rudes !

— Je voudrais savoir la cause de tes souffrances, grogna Nicolas. Je crois me souvenir pourtant que tu avais toujours le meilleur de chaque chose, grâce à ton tempérament maladif.

Leur mère parla d'un ton singulièrement énergique :

— J'avais grand soin de mes enfants. Je les couvrais contre le froid, je les tenais à l'abri de la chaleur et du soleil. Je leur administrais du soufre au printemps et du séné à l'automne. Je n'ai pas perdu d'enfant alors que ma mère en perdit cinq sur seize... Hum ! je ne sais ce que tu m'as donné là, mais il m'est impossible de le manger : vraiment, tu ne découpes pas comme ton oncle !

— Je le regrette, dit Renny, je suis diablement maladroit mais j'apprendrai.

— Voilà un joli morceau de blanc, dit Nicolas en le désignant avec sa fourchette, donne-lui donc ça.

Renny s'exécuta.

— Renny, dit Finch, quand pourrai-je voir tes blessures ?

Meg tourna vers Finch des yeux horrifiés.

— Comment peux-tu dire de telles choses ! C'est déjà assez terrible de savoir que Renny a été blessé, pourquoi en parler dès son arrivée ?

— Je prétends toujours, dit lady Buckley, que la délicatesse de sentiments ne saurait être inculquée trop tôt ! Mais je n'en vois guère chez ces garçons.

— Ce que nous désirons, dit Piers, c'est entendre Renny parler de la guerre. Nous voudrions savoir comment il taillait les Allemands en pièces. Raconte-nous la fois où tu as gagné la D. O. S., Renny !

— Nous en trouverons le temps plus tard, répondit Renny brusquement.

— Il faudra que tu viennes dans ma chambre pour me raconter tout ! dit Eden.

Meg l'interrompit :

— N'est-ce pas que Wakefield est joli, Renny ?

— Comme un ange ! Serons-nous amis, jeune vaurien ?

— A qui trouves-tu qu'il ressemble ?

Renny considéra le visage enfantin.

— Je ne sais pas... à moi ?

— Un peu... il a pris le nez Court.

— Son nez ressemble au mien, dit Eden.

— Il a des yeux superbes.

— Il ressemble à mon frère Thaddée, dit la grand-mère en le considérant les yeux crispés des deux côtés de son nez d'aigle.

— A qui ressembles-tu, vaurien ? roucoula Meg.

Finch considérait son petit frère d'un air irrité. Pourquoi tout ce tapage ? Pourquoi avait-il pris tant de place dès sa naissance alors que lui on le traitait avec une telle désinvolture ? Il poussa d'un coup de coude la chaise de bébé de Wakefield qui le gênait, puis il se servit largement de chow-chow.

— Renny, dit-il la bouche pleine, je voudrais voir tes blessures !

— C'en est assez ! Sors de table ! Tu es un vilain garçon ! dit Meg.

Il rougit et se mit à regret en devoir de quitter son siège.

— Je t'en prie, ne le renvoie pas, s'exclama Renny, pas aujourd'hui que j'ai mon premier repas avec vous !

— Mais il me met dans un tel état que je me sens sur le point de m'évanouir !

— Bêtises, Meggie, tu es plus solide que ça !

— Alors, reste, puisque Renny le désire. Mais prends garde de bien te tenir !

La voix aiguë de Wakefield se fit entendre : « Bébé veut trouver oncle Ernest ! » Il descendit des genoux de lady Buckley.

Ernest était flatté. Il prit l'enfant et lui présenta sa fourchette chargée de pommes de terre écrasées.

— Encore de la sauce ! demanda le bébé.

Ernest mit de la sauce sur les pommes de terre. La petite bouche s'ouvrit toute grande, la fourchette s'y engouffra. Bébé adressait de petits saluts de satisfaction à chacun.

— Bon Dieu ! jeta Nicolas. J'allais oublier le champagne !

Il se leva et s'en fut en clochant vers une petite desserte où des bouteilles rafraîchissaient sur de la glace.

— Ceci est ma contribution à la fête ! Renny, mon garçon, nous allons boire à ta santé !

Ils vinrent à lui avec des souhaits de prospérité et de longue vie. Il se sentit ému. Ses yeux brillaient, humides, sa bouche s'adoucit d'une expression de tendresse protectrice. Ils étaient là tous de son sang, l'entourant étroitement de leur cercle familier, de la vieille, vieille grand-mère au bébé Wakefield ! Les années de séparation et de désordre étaient passées. Maintenant, ce serait la paix pour le reste de leurs jours. Le plafond se tendait au-dessus de leurs têtes, les murs les enfermaient. Il avait pris sa place à la tête de la famille et serait un père pour ces garçons. Tandis que Renny portait la coupe à ses lèvres, il éprouva comme la sensation physique des liens qui se resserraient entre lui et chacun de ceux qui entouraient la table, comme si les fibres de sa propre chair étaient reliées à ces liens invisibles.

La vieille Adeline quitta sa place et vint à lui entourée de vastes draperies. Elle le prit dans ses bras.

— Ah ! s'exclama-t-elle en l'embrassant sur la bouche presque avec exaltation, j'ai perdu mon fils... Philippe n'est plus... mais je t'ai, toi ! — Elle l'étreignit. — Dieu que tu es solide ! Tu me donnes des forces !... Mon vieux corps n'a donc pas vécu en vain ! Vous tous... vous n'existeriez point... sans moi !

Toujours cramponnée à Renny, elle regarda autour d'elle d'un air triomphant.

— Augusta, Nicolas, Ernest... pas un seul enfant né de ceux-là. Oui, je ne suis qu'une vieille souche pourrie, mais toi tu es jeune et résistant, Renny, Dieu te protège !

— Le champagne monte toujours à la tête de maman, murmura Ernest à Meg.

2

Père et fille

Pheasant réfléchissait au rythme de ses jambes qui se balançaient de chaque côté du gros tronc humide d'un vieux pommier. « Quelle année extraordinaire ! Dans trois semaines, j'aurai treize ans et dans une heure je verrai Maurice : je ne sais vraiment ce qui me surprend le plus ! »

Son expression habituellement craintive devint volontairement étonnée. Remontant ses sourcils, elle ouvrit la bouche et respira à petits coups rapides. Comme si sa surprise se transmettait par son contact au vieil arbre, il fut pris d'un frémissement et ses quelques fleurs d'un blanc rosé emplirent l'atmosphère d'un parfum timide. Les jambes minces, gainées de bas de fil bruns se balançaient dans une sorte de cadence syncopée comme si elle ne pouvait les en empêcher. Elle pensait : « Dans quelques minutes, il faudra rentrer, brosser mes cheveux ; nettoyer mes ongles et mettre une quantité de parfum sur mon mouchoir. »

Le pommier se dressait seul dans un petit champ de forme irrégulière. Elle le considérait comme *son* arbre. Les pommes qu'il produisait, petites et âpres, avaient une peau rugueuse, mais leur saveur était délicieuse. Si Pheasant fermait les yeux pour les goûter avec plus d'attention, il lui semblait qu'elles avaient un parfum de poire, mais en bien meilleur encore. Cependant, le malheur voulait que le vieux poney qui pâturait dans le champ fût aussi friand de pommes qu'elle. Il se postait près de l'arbre attendant qu'un fruit vienne à tomber ou bien il tendait son col à la rude crinière pour les happer sur la branche même. En ce moment, il avançait vers l'arbre en roulant de gros yeux bleu-noir vers Pheasant, de l'air d'un conspirateur, comme s'ils étaient tous deux des voleurs. Cependant les pommes n'étaient encore que des espoirs dans les calices des fleurs !

— Hello ! vieux sacripant ! dit Pheasant, tu ne sais pas qui revient à la maison aujourd'hui ?

Le poney gonflant les lèvres hennit doucement. De petites gouttes de sueur restaient accrochées aux poils entourant sa bouche. Elle tendit un pied et lui gratta le dos.

— C'est Maurice qui revient, dit-elle. J'imagine que tu en sais plus que moi sur son compte. Je voudrais que tu puisses parler, Sandy : tu me renseignerais sur un tas de choses !

Le poney était âgé de vingt-huit ans. Il avait appartenu à Maurice lorsqu'il était petit garçon, puis Pheasant, à son tour, avait parcouru la campagne sur son dos, mais il était devenu gros et paresseux et ne consentait point à se départir d'un trot sautillant.

En ce moment, Pheasant se l'imaginait jeune, émoustillé par l'avoine et monté par le petit Maurice galopant sur la route du pays où il ne passait aucune auto. Maurice était gai et rieur.

Sandy s'éloigna de sous son pied et se mit à brouter l'herbe jeune et clairsemée. Il lui jeta un regard oblique lorsqu'elle le saisit par la frange de crins pour lui dire :

— Ton maître revient ! Entends-tu, ton maître, qui est aussi mon père !

Pheasant était pleine d'un étrange sentiment fait de crainte et de joie. Elle avait vécu tellement solitaire que la pensée de vivre sous le même toit que ce personnage presque inconnu changeait pour elle jusqu'à la coloration de ce jour de printemps dont les teintes lui semblaient plus soutenues, plus intenses ; il y avait du mystère dans le murmure du ruisseau : père... père... père... répétait-il inlassablement. Cependant elle ne l'avait jamais appelé que Maurice. Mrs. Clinch, la gouvernante, se faisait vieille ; elle était dure d'oreille et souffrait de lumbagos. Elle avait vécu quarante ans dans la maison des Vaughan et semblait aussi permanente à la petite fille que les murs mêmes de la maison. Mrs. Clinch considérait Pheasant comme un déshonneur pour le nom des Vaughan et tandis qu'aux yeux du monde extérieur elle se comportait fièrement, elle ne voyait jamais l'enfant sans ressentir un choc interne accompagné de cette pensée : « Voici le cadavre que recèle notre maison et c'est mon devoir d'y veiller... » Si seulement elle avait pu s'occuper d'un enfant légitime et accueilli dans la joie !

Mrs. Clinch se montrait douce pour Pheasant mais sans tendresse. Elle estimait qu'un enfant ayant un bon naturel devait rester tranquille. Aussi le moyen découvert par Pheasant pour complaire à Mrs. Clinch était-il de s'arrêter instantanément quoi qu'elle fût en train de faire dès que Mrs. Clinch apparaissait. La gouvernante la considérait alors d'un œil scrutateur, paraissait satisfaite et retournait à son petit réduit personnel, voisin de la cuisine, où se trouvait un fauteuil à bascule qui jetait un grincement sonore chaque fois qu'elle se balançait en arrière. Lorsqu'elle l'entendait, Pheasant savait qu'elle ne serait pas surveillée pendant une bonne heure au moins.

Jusqu'à ce qu'elle eût atteint ses huit ans, Pheasant avait passé une grande partie de son temps à éviter Mrs. Clinch et à observer Maurice sans qu'il le sût. Elle le suivait à travers champs en se cachant derrière les mûriers sauvages ou dans les blés hauts. A la maison, elle était toujours dans la pièce qu'il venait de quitter. Tout ce qu'il faisait la passionnait. Elle l'épiait par la fente de la porte de la salle de bains tandis qu'il se rasait, intéressée par le rapide savonnage de son visage, le passage en vitesse du rasoir, le visage à la peau lisse qui apparaissait peu à peu. Elle l'épiait lorsqu'il nettoyait ses fusils, lisait ses journaux ou se préparait une boisson alcoolisée, essayant toujours de s'imaginer ce que ce serait s'il l'aimait et qu'il la voulût près de lui. Pheasant savait qu'elle avait gâché la vie de Maurice pour une raison mystérieuse. Elle en était fâchée et eût voulu découvrir un moyen de compenser le mal qu'elle lui avait fait.

Ce matin-là, la petite fille avait pénétré dans la salle à manger fascinée par l'éclat inaccoutumé de cette pièce. Pendant l'absence de Maurice, les volets étaient restés clos sauf lorsque Mrs. Clinch les avait ouverts pour l'aérer ou la nettoyer. La desserte était nue, la table recouverte d'un drap. Ç'avait été un des jeux de Pheasant que d'oser en venir à lever un des coins du drap pour regarder en dessous. Une fois, raide d'effroi, elle s'y était aventurée. Il n'y avait que quelques coussins là-dessous ; c'était ce qui pouvait faire croire à un corps étendu là. Mais elle s'enfuit terrifiée. Que pouvait-il bien y avoir sous les coussins ? Ce matin, le clair soleil qui entrait à flots dans la salle à manger faisait étinceler l'argenterie sur la desserte et transformait en un bouclier luisant le dessus de noyer de la table. L'argenterie et les bois cirés témoignaient du travail fourni par les mains de Mrs. Clinch. Celle-ci pénétra dans la pièce au moment même où Pheasant faisait glisser sa paume sur le dessus poli de la table.

— Il ne faut pas y toucher ! s'exclama la gouvernante comme si elle s'adressait à un enfant de trois ans.

Pheasant recula et s'immobilisa, les bras le long du corps.

Elle remarqua que la gouvernante était aussi astiquée et soignée que la pièce : ses cheveux ternes lissés, un tablier blanc empesé posé sur sa robe grise. Ses mains croisées sur son ventre formaient la seule tache de couleur qu'il y eût sur toute sa personne. Elles étaient d'un rose-gris dû à la poudre à astiquer l'argenterie.

— Tout ça est superbe ! déclara Pheasant en forçant sa voix, car Mrs. Clinch était sourde.

— Ce n'est pas étonnant, répondit Mrs. Clinch, j'ai fourbi et frotté pendant trois jours. Vous allez déjeuner ici avec lui.

— Moi ? — Pheasant devint pâle de surexcitation : — Je ne pourrais pas manger, j'aurais trop peur !

— Bêtises ! Vous ne prendrez plus vos repas avec moi. Votre place est ici à partir d'aujourd'hui. Vous feriez mieux de vous habiller, il n'y a pas de temps à perdre !

— Dois-je mettre ma robe blanche ?

— Dieu, non ! La robe écossaise. Puis, venez me trouver, je donnerai un bon coup de brosse à vos cheveux.

Pheasant vola au premier. Son pouls battait. Elle avait le sentiment de peser moins assurément que de coutume, comme si elle était soufflée du bas de l'escalier jusque dans sa chambre.

Elle mit la robe écossaise et essaya de trouver une paire de bas qui ne fût point trouée mais ne put y parvenir. Elle finit par mettre des bas appartenant à deux paires différentes. Ils n'avaient pas exactement la même teinte, mais elle pensa que cette différence ne se remarquerait pas. Elle se considéra dans la glace et y aperçut un visage aux yeux brillants entouré d'une masse de cheveux bruns. Il lui semblait qu'elle était faite de plus d'étoffe écossaise que de chair, mais elle ne fut pas mécontente de son aspect. Enfin, saisissant vivement sa brosse à cheveux, elle courut à la cuisine.

Il y flottait d'agréables parfums. Du café bouillait dans un pot. Mrs. Clinch qui semblait ne pas voir Pheasant et sa brosse à cheveux paraissait prendre plaisir à tourner en tous sens, suivie par l'enfant qui traînassait à sa suite. Puis, brusquement, elle se détourna et dit :

— Allons-y !

La brosse passa rudement sur les boucles lisses comme sur celles qui étaient emmêlées. Pheasant serrait les dents et ses yeux se mouillèrent lorsqu'une brindille du pommier fut détachée d'une mèche emmêlée.

— Ce n'est pas étonnant si les oiseaux bâtissent des nids dans vos cheveux, déclara Mrs. Clinch.

Elle avait à peine donné une douzaine de coups de brosse qu'on entendit bourdonner un moteur, puis des voix résonnèrent devant la porte d'entrée. Mrs. Clinch s'écria :

— Le voilà ! Pauvre jeune monsieur !

Mrs. Clinch avait coutume d'ajouter ce qualificatif à chaque remarque qu'elle faisait au sujet de Maurice et, pour une raison obscure, ces paroles rendaient chaque fois Pheasant toute honteuse. En ce moment, elle était hésitante, ne sachant ce qu'elle devait faire. La gouvernante s'en fut d'un pas rapide.

Pheasant pénétra lentement dans le hall.

La porte d'entrée avait été ouverte toute grande. L'air frais du printemps chargé de senteurs de terre chaude, de boutons éclos, de feuilles mouillées en décomposition, s'y engouffrait, comme si cette maison triste avait été fermée trop longtemps. On eût dit que l'intérieur de la maison venait d'être retourné à l'extérieur et que tous les secrets, toutes les tristesses avaient été soufflés par le vent.

Maurice parut, solide, sanglé dans son uniforme. Il était suivi d'un petit homme d'aspect chétif portant des bagages. Maurice serra la main de la gouvernante puis il paya le chauffeur du taxi. La porte fut refermée et Pheasant se sentit soudain trop intimidée pour oser regarder Maurice. Mais il l'aperçut et traversa le hall.

— Hello ! dit-il, comme tu as grandi !

Il lui prit la main de sa main gauche. Elle remarqua que son poignet portait un bracelet de cuir et que sa main pendait sans force.

— J'ai eu la main estropiée par un éclat d'obus.

Pheasant se sentait faible de tout l'amour qui sourdait en elle. Elle eût désiré embrasser cette pauvre main, ou attirer à elle la tête de son père et la tenir serrée longtemps. Mais il s'éloigna et se mit à parler de John Wragge à la gouvernante. Celle-ci emmena le soldat à la cuisine. Maurice monta l'escalier. Leur rencontre qui n'avait duré que quelques minutes était déjà passée ! Pheasant restait immobile, indécise.

Elle eut envie de suivre Maurice jusque dans sa chambre, mais ne l'osa pas. Alors, croisant les mains autour du pilier central de l'escalier à vis, elle se mit à se balancer de droite et de gauche. Tantôt elle apercevait tout l'escalier, tantôt elle voyait à l'intérieur de la salle à manger. Une vie nouvelle, inconnue, avait pénétré dans la maison. Elle renifla. L'odeur même de l'atmosphère était changée. Puis elle aperçut les bagages amoncelés dans le hall. Il s'en dégageait un parfum de cuir et d'aventures. Dans la salle à manger, Mrs. Clinch plaçait un plat de viande froide et un saladier de verre empli de choux rouges marinés. Une bonne odeur venait d'un plat d'escalopes chaudes. Tout était si propre, reluisant et soigné en prévision de cette vie nouvelle. Que serait-ce que d'avoir un homme dans la maison ?

Elle entendait ses pas en haut. Puis, ils se déplacèrent lentement vers l'escalier. Elle lâcha le pilier et s'enfuit dans le passage qui débouchait dans la cuisine. Au même instant, la porte de la cuisine s'ouvrit et Mrs. Clinch la considéra fixement comme avec surprise.

— Que faites-vous là ? demanda-t-elle.

— Rien. Pourquoi ?

— Votre place est à la salle à manger, maintenant.

Le ton de la gouvernante était tellement définitif que Pheasant crut entendre se refermer une porte. Cependant, elle ignorait quelle serait sa place dans cette existence nouvelle.

— Le déjeuner est servi, dit Mrs. Clinch en s'adressant à Maurice qui était arrivé en bas de l'escalier.

Il jeta un regard incertain vers Pheasant.

— J'ai mis un couvert pour elle, dit la gouvernante, est-ce bien ?

— Certainement.

— Je sers dans la cuisine l'homme que vous avez amené.

— Bien.

Mrs. Clinch poussa légèrement Pheasant vers la salle à manger. Maurice tira une chaise pour elle ; il était embarrassé, ne sachant pas parler aux enfants.

— Que veux-tu ? demanda-t-il lorsqu'ils furent à table. Du jambon ? De la langue ? Je ne sais pas ce que contient l'autre plat. Aimerais-tu un mélange ?

— L'autre plat contient du porc, dit Pheasant faiblement. Je désire seulement du jambon, s'il te plaît.

Ils mangèrent en silence.

Pheasant ne pouvait détacher son regard de la main estropiée de Maurice. Elle remarqua qu'il avait peine à se servir de son couteau et de sa fourchette. Par sympathie, il lui semblait que sa main droite aussi n'avait plus de force. Elle eût voulu lui couper sa viande. La fourchette de Pheasant lui échappa et tomba bruyamment sur le parquet. Une vague brûlante lui monta aux joues ; elle se pencha pour la rattraper. Maurice remarqua sèchement :

— Je fais tout de même mieux !

Elle se sentit en disgrâce.

Le souvenir de ses parents qui avaient vécu sous ce toit oppressait Maurice. Ils étaient morts bien des années avant la guerre, mais aujourd'hui, au retour de cette longue absence, il retrouvait soudain, dans la maison familiale, leur souvenir singulièrement vivant. Ils lui étaient bien plus proches que Pheasant. Maurice se demandait ce qu'éprouvait en ce moment Renny Whiteoak, dont le père et la belle-mère étaient morts tandis qu'il se trouvait en France. Puis, le souvenir du visage bouleversé de Meg lorsqu'elle l'avait aperçu à la gare le transperça d'une douleur si aiguë qu'il jeta une exclamation involontaire et repoussa sa chaise. Ce retour était affreux et cette maison mortelle. Il se leva et se dirigea vers le buffet. Il éprouva une sensation de soulagement en constatant qu'on avait rempli le carafon de whisky. Ayant trouvé un verre, il l'emplit à moitié. Pheasant suivait chacun de ses gestes. Maurice s'en fut enfin vers la porte de l'office, l'entrouvrit et appela à haute voix :

— Mrs. Clinch !

Elle vint en courant comme s'il avait crié au feu.

— Y a-t-il de l'eau gazeuse ? demanda-t-il.

Elle le regarda d'un air effaré.

— Je n'ai pas pensé à l'eau gazeuse, je suis bien fâchée...

— Ça n'a pas d'importance.

Il retourna à table, ajouta de l'eau dans son verre, se sentit ragaillardi et essaya de trouver quelque chose à dire à son enfant... Dieux ! il aurait dû lui apporter un cadeau. Les enfants attendent toujours un cadeau.

— Tu as grandi incroyablement ! dit-il en manière d'avance.

Elle se redressa.

— Oui, je suis grande pour mon âge.

Il la considéra d'un œil critique :

— Mais tu ne seras pas une grande femme.

Comprenant qu'il venait de commettre une maladresse, il ajouta :

— Mais je n'aime pas les grandes femmes.

Mrs. Clinch apporta le pudding.

Lorsqu'ils furent à nouveau seuls, Pheasant demanda d'une voix mal assurée :

— Es-tu heureux que la guerre soit finie ?

Elle était satisfaite de cette question qui lui semblait vraiment une question de grande personne.

Il réfléchit, les sourcils rapprochés.

— Non, dit-il enfin, je ne crois pas que je le sois.

Pheasant gardait les yeux baissés sur son assiette. Il n'était donc pas heureux de la revoir ! Ainsi, il préférait être à des milliers de lieues de chez lui à se battre plutôt que d'être avec elle ! Les larmes sourdaient de ses yeux lentement, douloureusement. Son petit visage pointu rougit intensément.

— La guerre n'était pas si terrible, dit-il. Mais lorsque je serai installé, je crois que je serai content. Où en sont tes études ?

Pheasant prenait des leçons de Miss Pink qui était organiste à l'église.

— Tu veux dire les leçons de musique ou bien les autres ?

demanda-t-elle après un silence pendant lequel Maurice oublia presque la question qu'il venait de lui poser.

— Toutes.

— Je suis assez bonne en littérature et histoire et médiocre en musique.

Elle ne put davantage retenir ses larmes qui coulaient rapidement le long de ses joues et tombaient sur la tranche de pudding aqueuse et épicée.

Maurice la considéra avec ennui et embarras. Cette enfant le prenait-elle pour une brute ?

— Ça ne fait rien, dit-il, tu peux cesser les leçons de musique si tu veux.

Pheasant prit une grosse bouchée de pudding et dans l'effort qu'elle fit pour l'avaler, elle retrouva le contrôle d'elle-même. Maurice laissa la sienne dans son assiette et alluma une cigarette. Il se demandait s'il trouverait un moyen pour éviter la présence de cette enfant pendant les repas. Pheasant s'efforça de continuer la conversation.

— Finch Whiteoak aime la musique, dit-elle. Il reste assis près de l'orgue, à l'église, pendant que Miss Pink joue ; mais elle peut à peine jouer tant elle a envie de le regarder : toute son âme est dans ses yeux !

— Hum... Il était à la gare pour l'arrivée de Renny... Vois-tu beaucoup les Whiteoak ?

— Pas beaucoup. Wakefield est le plus gentil petit garçon qui soit. Un jour, s'étant sauvé, il est venu ici tout seul. Quand il n'obtient pas ce qu'il désire, il se couche par terre et se roule de tous côtés jusqu'à ce qu'on le lui ait accordé.

— Vois-tu parfois Miss Whiteoak... Meg ?

— Non. Je ne la vois jamais. Mais, une fois, j'ai rencontré un de ses oncles, celui qui s'appelle Nicolas, et il a été très gentil : deux jours après, j'ai reçu un paquet à mon adresse et quand je l'ai ouvert, j'ai vu une magnifique poupée !

— C'était très aimable.

— Puis-je aller la chercher pour te la montrer ?

— Si tu veux.

Elle repoussa sa chaise et quitta la pièce. En haut, elle resta un instant immobile, haletante, essayant de retenir ses larmes. Elle ne savait pas la cause de cette envie de pleurer. Pheasant ouvrit le tiroir dans lequel dormait la poupée, car elle ne jouait plus avec. La poupée était couchée, les yeux clos « comme quelqu'un de mort », pensa-t-elle, éprouvant soudain un vif chagrin, puis saisissant la poupée elle ensevelit son visage dans ses dentelles et n'essaya plus de se contenir.

Pheasant ne retourna pas à la salle à manger. Un instant plus tard, elle aperçut Maurice se promenant lentement dans l'allée qui menait au bois.

Le soleil se voila ; quelques gouttes de pluie tombèrent. Un silence profond s'établit, troublé seulement par le gazouillement d'un petit oiseau. La pluie se mit à tomber, rapide, légère comme si elle craignait de blesser les délicates floraisons de mai. Pheasant se demanda si Maurice serait mouillé. Mais soudain il lui semblait ne pas appartenir à la réalité. Était-il vraiment revenu ? Est-ce que cette première rencontre avec lui qu'elle avait attendue si longtemps, avait déjà eu lieu ? Un rire semblable à un gloussement monta de la cuisine. Wragge avait trouvé le chemin des bonnes grâces de Mrs. Clinch !

3

Nouveaux venus

Si jadis Pheasant avait épié Maurice avec ténacité, elle l'évitait maintenant. Le bruit de ses pas la faisait fuir, le cœur battant. Elle avait bu son thé seule et s'était déjà couchée lorsqu'il vint dîner. Le lendemain matin, elle était déjà partie pour prendre sa leçon avec Miss Pink lorsqu'il parut pour le déjeuner. Tout en absorbant ses œufs au bacon, il fit la réflexion qu'après tout la petite ne serait pas tellement encombrante. Si elle avait eu la moindre ressemblance avec sa famille, il n'eût pas autant redouté sa présence, mais elle ne ressemblait à personne excepté à la fille qui, pendant une saison brève, lui avait fait oublier sa loyauté envers Meg. Cependant, il y avait dans cette enfant quelque chose d'indéfinissable qui lui était particulier : ce regard de jeune bête sauvage qui vous observait sans comprendre quoiqu'elle parût vous percer du regard. Elle le mettait vraiment mal à l'aise.

L'après-midi du lendemain était déjà avancé lorsqu'ils se rencontrèrent.

Pheasant, qui venait de boire son thé, écrivait dans un cahier lorsqu'il entra. La lumière du jour déclinait. Penchée sur son devoir, sa lourde chevelure châtaigne tombant le long de ses joues faisait paraître son visage extrêmement pâle et étroit comme s'il se fût trouvé entre les barreaux d'une grille. Sur la muraille lui faisant face, le soleil déclinant jetait un reflet pâle. Une assiette de tartines beurrées, une coupe de confiture de fraises, un pot au lait étaient posés sur la table. Un biscuit dans lequel elle avait déjà mordu se trouvait près du cahier et, au moment même où il entra, elle le prit, les yeux toujours attachés au cahier, et mordit dedans.

Son pas la fit tressaillir ; elle le fixa, la bouchée de gâteau distendant sa joue. Pheasant était si peu habituée à entendre le moindre son dans cette maison silencieuse qu'il lui fallait peu de chose pour l'effaroucher.

— Qu'as-tu à bondir ainsi ? demanda Maurice irrité. Je ne suis pas un cambrioleur !

— Non, je le sais bien, bégaya-t-elle, justement... je t'attendais.

— Je ne vais tout de même pas annoncer ma venue chaque fois que j'entrerai dans une pièce, tu sais !

— Oui... non... ce n'est pas possible.

Elle parlait avec difficulté, la bouchée de gâteau bourrant encore une de ses joues. Elle l'avala enfin et le regarda comme pour lui demander si elle devait s'en aller ou rester. Il se laissa tomber dans un fauteuil et sortit de sa poche un carnet de notes qu'il feuilleta.

Ils n'entendirent ni l'un ni l'autre des pas résonner dans le hall. Brusquement, la porte s'ouvrit : Renny Whiteoak était devant eux.

— Hello ! dit-il, je n'ai pas sonné, car je vous ai vus à travers la fenêtre. Enfin installé, hein ? Hello, Pheasant !

Elle se leva et avança vers lui, la main timidement tendue.

Le visage de Maurice s'éclaira à la vue de son ami :

— Il était temps que tu te montres, dit-il.

Renny serra la main de la petite fille.

— Si tu avais traversé ce que j'ai dû traverser !... dit-il.

— J'imagine qu'ils t'auront presque dévoré !

— Je me sentais comme un croûton de pain dans une mare aux canards. Parmi eux, de Gran au bébé, je n'ai pas eu un moment à moi. Je suis enroué à force d'avoir parlé. J'ai même dû me dévêtir pour exhiber les cicatrices laissées par la bataille ! C'était pour obéir à notre vieille dame ; elle n'a pas été impressionnée le moins du monde : tout en passant ses doigts le long de mes cicatrices, elle disait : « Ah ! nous avons toujours été des guerriers ! » J'étais dans les étables ce matin à sept heures et j'ai passé en revue toute la ferme.

— On croirait entendre raconter mon retour... Assieds-toi, tu vas boire quelque chose.

Il s'en fut vers le buffet et emplit deux verres.

— A d'heureux jours ! dit-il.

— A d'heureux jours !

Ils s'assirent.

— Pheasant, dit Renny, viens sur mes genoux, si tu ne te crois pas trop grande.

— Je ne me sentirai jamais trop grande pour cela ! dit-elle sérieusement.

— C'est penser raisonnablement.

Elle vint à lui et s'assit tranquillement sur ses genoux. Ils se regardèrent les yeux dans les yeux. Renny s'était assis contre la tache de soleil qui éclairait le mur, sa tête, ses épaules étaient illuminées comme par un réflecteur. Pheasant pensa : « Il a vraiment l'air d'un *véritable Peau Rouge,* ainsi éclairé ! »

— Je voudrais avoir une petite fille, dit Renny, tous mes garçons...

Maurice pensait : « C'est bien là ce vieux Renny, il les appelle *ses* garçons ! Il irait jusqu'à être paternel envers sa vieille grand-mère si elle le lui permettait ! »

— Vous êtes trop jeune pour être mon père, dit Pheasant.

— J'ai seulement deux ans de moins que Maurice.

— Vous avez l'air beaucoup plus jeune.

— Vraiment ?

— Oui. Je pense que c'est parce que... je ne sais pas...

— Dis-moi ça.

— Je ne peux pas.

— Si, tu peux... dis-le-moi tout bas !

Elle pencha vers son oreille un visage souriant.

— Faites comme si je n'étais pas là, dit Maurice, mais il éprouva un instant de jalousie perverse.

Comme Renny avait aisément su mettre l'enfant en confiance !

Pheasant murmura :

— Parce que je pense que vous sentez les choses un peu comme moi.

Renny l'entoura d'un bras et la serra contre son épaule, puis il répondit à voix basse :

— Je parie que oui. Je pense que Mrs. Clinch est un rabat-joie et que Maurice est un brigand ; j'estime que je suis un gars supérieur et que tu es l'enfant la plus intéressante qui soit !

Pheasant eut un petit rire joyeux. Ils riaient en se regardant. C'était étrange, pensait-elle, que Maurice lui donnât le sentiment d'être presque une grande personne alors qu'avec Renny, au contraire, elle se sentait très jeune et presque insouciante.

Maurice tirait des bouffées de sa pipe en les couvant d'un regard plutôt sombre. Il voulait son ami pour lui seul, mais ne savait comment se débarrasser de la petite.

— As-tu fini ton thé ? demanda-t-il.

— Oh ! oui.

— Où en sont tes devoirs ?

— Ils sont terminés.

Elle le devina au ton de sa voix et se laissa glisser des genoux de Renny.

Renny demanda en désignant Maurice :

— Est-ce que ce père a pensé à t'apporter un cadeau ?

Elle secoua la tête.

— Pas même un casque allemand ou un objet sculpté dans une douille d'obus ?

— Non, je ne pense pas.

— Tu sais, je n'aurais jamais osé me montrer à Jalna sans avoir un cadeau pour chacun, de la grand-mère au bébé.

— Ont-ils été satisfaits de leurs cadeaux ?

— Oui, et je t'ai apporté quelque chose.

— Ne la taquine pas, dit Maurice.

— Je n'y songe nullement. Regarde !

Il plongea une main dans sa poche et en tira un petit couteau à fruit en argent dans un étui de peau de chamois. Il le tendit à Pheasant.

— Ouvre !

— Oh ! qu'il est joli ! L'avez-vous vraiment rapporté de France pour moi ?

— Oui.

— Je n'ai jamais rien eu d'aussi joli ! — Elle l'entoura de ses bras pour l'embrasser sur la joue : — Merci... merci... regarde, Maurice !

Lorsqu'elle s'en fut allée avec ses livres, Maurice dit :

— Tu es un bon type.

— Tu sais, dit Renny, ce couteau était un petit cadeau de plus destiné à Meg, mais j'ai pensé qu'elle pouvait fort bien s'en passer.

— C'est heureux qu'elle ne le sache pas... J'ai vu sa figure lorsqu'elle m'a aperçu à la gare...

— Oui, ça a été un peu un choc pour elle. Mais, vois-tu, Meg était nerveuse à ce moment-là. Je ne serais pas étonné qu'elle te pardonne et oublie... après toutes ces années pendant lesquelles tu as été au loin...

— Moi, je le serais.

Renny considéra son ami avec une expression d'irritation très vive.

— Alors, au nom du Ciel, oublie-la ! Il y a d'autres femmes en ce monde ! lança-t-il.

— Non, pas pour moi. Les autres femmes ne comptent même pas — simplement... elle se réconcilierait peut-être avec moi s'il n'y avait pas Pheasant.

— Mets-la en pension.

— Je n'en ai pas les moyens et puis voici les vacances. Non, il n'y a rien à faire, je n'ai qu'à m'installer ici et à tirer de cette existence le meilleur parti possible.

Il se leva lourdement pour verser une boisson fraîche dans chacun de leurs verres. Après une pause, il demanda :

— Comment ont-ils mené les affaires à Jalna ?

— Assez mal, autant que j'aie pu en juger. Mes oncles ont toujours été enclins aux extravagances. Ma grand-mère fourre son nez partout et ses idées sont vieilles de cinquante ans. Meg et Eden se sont chargés de la surveillance des terres. Dieu me pardonne, ils ont bourré le fruitier de centaines de boisseaux de pommes qui sont en train de se gâter dans l'attente de prix élevés ! Ils ont vendu de bons chevaux pour un prix trop bas. Ils ont vendu l'hiver dernier le grand étalon de mon père... chacun d'eux a sa version à lui au sujet de cette opération... Oui, on ne peut pas se montrer trop sévère au moment même où l'on reprend les choses en main, mais un changement de direction s'impose. J'achèterai un nouvel étalon, un ou deux poulains d'avenir et je verrai ce que je peux faire en fait d'élevage de chevaux de chasse. Piers sera une aide pour moi. Je puis déjà m'en rendre compte.

— J'ai reçu ce matin la visite d'un individu qui pourrait t'être de quelque utilité. Il désire travailler et semble s'y connaître en chevaux et en travaux agricoles ; il a une sœur qui se dit aussi capable que lui.

— Où habitent-ils ?

— Dans la maison blanche derrière l'église ; celle qui est restée inoccupée pendant des années, tu sais ? Puis une Mrs. Stroud l'a achetée et l'a divisée en deux habitations afin de pouvoir en louer une.

— Oh ! oui, Meg m'a raconté ça dans une lettre.

— Ce garçon — il s'appelle Dayborn — est donc locataire de cette maison et a sa sœur avec lui, une veuve, et l'enfant de celle-ci. Ils sont anglais, jeunes ; il a l'air d'avoir à peu près trente-six ans. On dit qu'ils sont fort gênés et que Mrs. Stroud est très bonne pour eux.

— Est-elle également veuve ?

— Oui.

— Je voudrais les voir. Pourrions-nous y aller tout de suite ?

— Certainement.

— Si tu ne trouves pas que c'est dangereux pour nous : deux veuves ! Dieu sait ce qui peut nous arriver !

— Je me charge de veiller sur toi, dit Maurice.

Il aurait préféré rester à bavarder devant leur whisky et soda, mais il connaissait Renny. S'il avait une idée en tête... Ils vidèrent leurs verres et s'en furent à travers champs, Maurice accordant son pas plus nonchalant à celui plus rapide de Renny.

Renny avait beaucoup de qualités en commun avec sa grand-mère irlandaise. L'une d'elles était de ne jamais laisser le moindre de ses projets traîner par manque de flamme dans l'intérêt qu'il lui portait. A présent, dans sa pensée, il voyait déjà ce jeune Dayborn sous l'aspect de l'homme qu'il lui fallait pour l'aider à remettre ses affaires en ordre et puis, il y avait la sœur ! Une fille de cette sorte pouvait rendre les plus grands services en dressant les montures de dames. Il se sentait plein de bonne volonté envers ces inconnus. Cette rencontre serait heureuse.

Ils suivaient un sentier qui longeait un champ où les délicates pousses du froment d'automne luisaient couleur d'émeraude sur la terre teintée de violet chaud par le flamboiement du couchant. Le sentier montait doucement vers une légère éminence. En l'atteignant, ils se retournèrent pour regarder la maison à demi enfouie dans les frondaisons. Le grand-père de Maurice l'avait construite il y avait de cela quatre-vingt-dix ans et s'était plu à l'entourer de vigoureux jeunes conifères comme si elle n'était pas assez confortablement installée dans sa combe étroite. Les arbres, au cours des décennies, avaient grandi tels des pics énormes, enlaçant leurs rameaux, leurs racines jusqu'à former un mur compact hérissé d'aiguilles qui protégeait des vents d'hiver, et avançait la venue du soir qui s'établissait en ces lieux bien avant le coucher du soleil.

— Tu devrais te donner un bon exercice en éclaircissant ces sapins, dit Renny.

— Oui, reconnut Maurice sans enthousiasme, ils sont bien trop touffus.

— Maintenant, regarde Jalna, dit Renny. — Il se tourna encore pour faire face à son propre domaine : — Là, il y a de la clarté ; nous ne perdons pas un rayon de soleil quoique nous ayons une quantité d'arbres !

La demeure apparaissait en effet d'une gaieté presque flamboyante dans la clarté du couchant. La double rangée de grandes balsamines et d'ombellifères qui bordaient l'avenue s'arrêtait net contre le gravier. La pelouse s'étendait, offerte au soleil, et un groupe de bouleaux argentés arboraient des troncs presque aussi blancs que des pétales de narcisses tandis que leurs feuilles pointues papillotaient du vert le plus pâle. Les vigoureux rosiers grimpants de Virginie qui ornaient les murs de la maison avaient placé leur jeune feuillage scintillant avec un tel art sur le fond de vieilles briques, qu'on eût dit une parure imaginée d'avance. Certainement, la peinture fraîche des volets et du porche avait été faite en l'honneur du retour de Renny ainsi que l'astiquage de chaque vitre. Derrière la demeure, le verger des cerisiers étendait le voile blanc de ses floraisons et dans le ravin qui séparait les deux domaines, il y avait les tiges rouges des osiers, le pourpre et l'or des glaïeuls qui croissaient au bord de la rivière, et puis la floraison de mai particulière au cours d'eau lui-même, cette légère fleur d'écume. L'énergique martèlement d'un pic était l'unique son perceptible.

— Il me semble étrange de me voir le maître de ces lieux. Lorsque je suis parti, mon père était plein de vigueur. Je pensais qu'il vivrait aussi vieux que grand-mère. J'étais heureux d'être l'aîné de ses fils et de jouer mon rôle dans sa maison !

— J'ai toujours admiré ton père, dit Maurice. Il avait un physique élégant et ce regard rayonnant qui, de nos jours, éclaire peu de visages.

— Oui. — Renny répondit presque avec brusquerie : — Mais il n'est plus... il s'agit de m'y habituer... Viens, Maurice. Allons voir ce garçon. Comment s'appelle-t-il ?

— Jim Dayborn. J'ai oublié le nom de sa sœur. C'était un petit nom bref. Ah ! oui : Chris, a-t-il dit.

— Je suis content que cette maison soit habitée. Je me rappelle son aspect désolé.

— Mrs. Stroud l'a arrangée d'une façon charmante, prétend ma gouvernante. Elle y a donné une sorte de réception pour l'Institut féminin.

Ils marchèrent en silence.

Débouchant sur la grand-route paisible, ils la traversèrent et Maurice fut sur le point de proposer une brève incursion dans le cimetière lorsqu'il se souvint des nouvelles tombes qui s'y trouvaient. Aussi tourna-t-il brusquement vers un sentier étroit qui traversait un champ. Renny hésita un moment, les yeux fixés sur l'église entourée de pierres tombales blanches rosies par le soleil couchant. Puis il suivit Maurice. Un instant après, ils se trouvèrent devant la maison blanche actuellement habitée. Ç'avait été jadis la demeure de Miss Pink, l'organiste, mais lorsque ses parents moururent, ses moyens ne lui permirent plus d'y rester, car le loyer représentait son seul revenu ; elle avait souffert de privations pendant le temps où elle ne fut point louée et le fait qu'elle était vendue enfin représentait pour elle comme un nouveau bail avec la vie.

Les deux hommes immobiles considéraient la maison remise à neuf en remarquant, avec l'intérêt qu'éprouvent seuls ceux dont les racines sont depuis longtemps enfoncées dans le sol d'une contrée, les changements apportés dans la maison, grâce à quoi elle était devenue la demeure de deux familles. Elle était aussi fraîchement repeinte et arborait deux portes vertes dans la blancheur de ses murs recrépis.

— Je parie que Mrs. Stroud habite l'appartement de droite.

— Ce n'est pas difficile à trouver : on la voit aller et venir chez elle.

— Non, je l'ai deviné à cause des rideaux : une femme ayant un bébé n'aurait pas eu le temps de froncer tous ces volants !

Ils franchirent la grille et sonnèrent. La porte fut ouverte presque aussitôt par un jeune homme extrêmement mince portant de larges pantalons de flanelle grise et un pull-over de grosse laine rêche. Il avait un aspect assez terne mais ses gestes étaient si empreints de grâce et la structure osseuse de son visage était si fine, qu'il donnait une impression d'élégance. Sa face mélancolique prit une expression d'attente lorsqu'il vit Maurice Vaughan.

Maurice présenta Renny.

Jim Dayborn les invita à entrer sans paraître le moins du monde embarrassé de montrer son mobilier rudimentaire dans une pièce mal tenue où un repas frugal semblait avoir été lancé sur la table tandis que des langes de bébé séchaient devant le foyer. La première pensée de Renny en pénétrant dans cet intérieur fut : pourquoi diable ne les fait-elle pas sécher dehors au soleil ?

Puis il dit, lorsqu'ils furent assis :

— J'ai appris que vous connaissiez les chevaux et que vous cherchiez une occupation.

— Oui, répondit Dayborn. Je suis extrêmement désireux de trouver du travail ; vous voyez, j'ai ma sœur et son bébé à faire vivre, non pas qu'elle veuille qu'on l'entretienne, elle est prête à faire n'importe quoi et elle est tout à fait en confiance avec les chevaux.

— Qui pourrait s'occuper du bébé ?

— Oh ! il n'est pas gênant. Mettez-le par terre dans un coin, il s'y amusera tout seul !

— Dans une écurie ?

— S'il le faut, répondit Dayborn, laconique.

— Où vous êtes-vous formés au métier ? demanda Renny.

— Nous avons été élevés dans un rectorat du Suffolk. Nos voisins avaient de grandes écuries et nous y passions le plus clair de notre temps. Nous avons rencontré un Américain qui élevait des étalons et nous nous sommes engagés à travailler avec lui mais cela ne dura pas...

— Pourquoi cela ?

— Le patron courtisait ma sœur mais il ne lui était pas sympathique. Elle aimait un gars appelé Cummins ; elle l'épousa, puis Cummins mourut et ma sœur ne put conserver la place sans lui. Le bébé n'avait que quelques mois. Nous connaissions un éleveur de chevaux de Montréal et nous nous sommes placés chez lui. Ma sœur s'entend à dresser n'importe quel poulain ; elle est extraordinaire. Mais l'éleveur perdit beaucoup d'argent et dut vendre son écurie. Nous avons eu de la malchance depuis. Si vous cherchez deux individus qui ne craignent pas le travail et qui connaissent les chevaux, j'espère que vous nous donnerez l'occasion de montrer nos capacités.

— Je désirerais connaître votre sœur, dit Renny.

— Bien.

Dayborn sortit avec une grâce nonchalante qui déplut à Renny quoique sa simplicité l'attirât : « Il a je ne sais quoi de bizarre », pensa-t-il.

Le regard de Maurice parcourut la pièce en désordre puis s'arrêta sur Renny avec une expression significative : « Si ceci est un échantillon de leur travail... », souffla-t-il.

— Chut... les voici.

Mais la jeune femme qui parut avec Dayborn était tout le contraire du laisser-aller. Ses culottes et sa chemise kaki au col entrouvert étaient nettes et bien coupées. Ses cheveux d'un blond pâle pendaient plats et lisses autour de sa petite tête. Elle était grande comme son frère, mais leur seule ressemblance consistait en la même extrême minceur. Comparé à eux, le bébé de quinze mois qu'elle portait dans ses bras paraissait presque agressivement dodu et rose. Il était vêtu d'un pyjama de flanelle blanche et ses cheveux dorés frisaient, humides du bain qu'il venait de prendre.

Dayborn présenta les deux hommes à sa sœur. Lorsque Renny plongea son regard dans les longs yeux ambrés de la jeune femme, il remarqua aussi la ligne délicate de ses narines et l'étreinte ferme de sa petite main calleuse. Quand elle souriait, elle montrait des dents saines dont l'une avait un petit coin cassé.

— Quel bel enfant ! s'écria Renny. Comment s'appelle-t-il ?

— Tod.

— Hello, Tod !

Le bébé se pencha en avant, saisit le nez de Renny et y enfonça ses ongles en piaillant de plaisir.

— Non, non, Tod ! dit la mère en desserrant les petits doigts.

— Viens ! dit Renny et il prit dans ses bras le marmot qui rit et sauta comme s'il se trouvait enfin là où il désirait se trouver plus que tout autre part.

Renny eut une grimace heureuse :

— Il s'est fait à moi sur-le-champ : je voudrais que mon petit frère se montre moitié aussi confiant avec moi !

— Tod est ainsi avec tout le monde : il en a déjà tant vu !

Renny lui jeta un regard rapide, mais pénétrant :

— Je constate avec regret que vous avez connu des temps difficiles.

Elle eut un rire bref, un peu de rose monta à ses joues minces :

— Ça n'a pas été gai, mais je ne devrais pas me plaindre devant quelqu'un qui revient du front !

— C'est autre chose. Vous êtes une femme, et même une femme très féminine malgré votre costume. Je me demande si les gens d'ici vous approuvent. Ils ont des idées très démodées.

— Mrs. Stroud, notre voisine, ne paraît nullement s'en scandaliser et vraiment c'est bien elle qui compte le plus pour nous, étant la propriétaire de la maison.

— J'aimerais la connaître.

Dayborn, qui était debout devant la fenêtre auprès de Maurice, s'écria :

— La voici ! Je pense qu'elle va entrer.

— Elle a vu que nous avions du monde, dit Chris Cummins ; elle est dévorée de curiosité, personne ne passe cette porte sans qu'elle fasse sa connaissance !

— Je ne veux pas que tu parles contre elle si peu que ce soit, jeta Dayborn, songe aux œufs et aux fruits qu'elle nous a donnés !

— Oui, elle est bonne, mais derrière son bon naturel, je parie qu'elle cache un sacré caractère !

La jeune femme avait des manières singulièrement libres : jurer ainsi ! Renny se demandait comment elle s'arrangerait de l'atmosphère victorienne de la région. Passe encore pour sa grand-mère de lancer à l'occasion quelque juron, mais elle avait une position unique dans le pays.

Elle poursuivit :

— J'ai peur des gens violents, pas vous ?

— Dans ce cas je serais bien mal loti.

— Vous voulez dire que votre famille est composée de caractères violents ?

— Oui.

Elle le considéra d'un œil critique :

— Je parie que le vôtre l'est aussi.

Il rit.

— Je suis terrifiant quand je me mets en colère.

— Je voudrais voir ça.

— Peut-être en aurez-vous l'occasion si vous dressez des chevaux pour moi.

Mrs. Stroud était déjà entrée. Son visage court et plat avait une expression avide. Dayborn avançait à son côté, l'air anxieux comme s'il était prêt à tout faire pour conserver ses bonnes grâces ; la manière dont il fit les présentations était caractéristique :

— Voici Mr. Whiteoak qui nous propose une situation. Je vous en prie, débarrassez-vous de cet enfant ! C'est notre bienfaitrice, Mrs. Stroud.

— Je ne vois pas pourquoi vous m'appelez votre bienfaitrice : serait-ce parce que vous vous êtes installés dans une maison que j'avais le plus grand désir de louer ?

Sa voix était grave et musicale. Elle avait de beaux yeux gris aux cils noirs surmontés de sourcils épais. Sa lourde chevelure brune était étayée avec soin. Certainement, elle devait y passer des heures chaque jour. Il y avait une partie de sa personne qui était remarquable : c'était ses oreilles. Ses cheveux les découvraient totalement, révélant leur pâleur de cire et le fait qu'elles étaient parfaitement plaquées à sa tête et point ourlées. Elle était vêtue d'une jupe noire, d'un corsage de soie rayé noir et blanc au jabot de dentelle d'une blancheur immaculée retenu par une broche qui formait le nom : Amy, en or ciselé. Mrs. Stroud serra fortement la main de Renny. Elle avait trente-huit ans.

— Vous connaissez bien la maison, j'imagine, dit-elle.

— Je l'ai connue alors qu'elle n'était pas divisée en deux.

— Ne trouvez-vous pas que c'était une bonne idée de la diviser ainsi ?

— Cela vaut mieux, je pense, que de la voir inhabitée. J'aime que les choses restent ce qu'elles ont été à l'origine.

Il y avait une note dominatrice dans sa voix qui suscita dans celle de son interlocutrice un ton vaguement hostile.

— Oui, tout le monde trouve que le changement est heureux et puis cela m'a permis d'avoir de charmants voisins.

Elle sourit tendrement au bébé.

Renny l'avait déposé à terre ; il marchait en chancelant entre les jambes des grandes personnes comme autour des arbres d'une forêt, les frappant d'une baguette de saule qu'il avait en main comme s'il s'attendait à les abattre. Il avait l'air angélique avec ses boucles argentées, sa peau satinée, mais il jetait de petits cris d'animal. Mrs. Stroud s'agenouilla devant lui, les yeux clos, le visage tendu vers le sien. Il le considéra d'un regard critique, se demandant s'il le frapperait ou non.

Renny se tourna vers Dayborn.

— Il faut que j'aie un entretien avec vous et votre sœur. Voulez-vous venir me voir demain matin, je vous montrerai les écuries et les chevaux et nous parlerons de mes projets d'élevage. J'ai télégraphié au sujet d'un cheval de chasse irlandais que j'ai vu en rendant visite à des amis sur le chemin du retour.

— Nous serons chez vous tout de suite après le breakfast. J'espère que vous nous engagerez.

Le visage de Dayborn trahissait une pénible anxiété.

— Je voudrais vous voir monter tous deux avant de promettre quoi que ce soit.

— Vous verrez que nous savons monter.

La voix profonde de Maurice s'éleva :

— Mrs. Stroud désire nous faire visiter sa demeure, Renny.

— Oui, dit-elle, c'est un tel événement que d'avoir des étrangers ici !

Si elle avait cru se rendre sympathique à Renny par cette réflexion, elle s'était trompée. Le mot « étranger » le frappa comme une insulte. Il le retourna dans sa bouche comme pour en goûter la saveur déplaisante, puis il le répéta à haute voix en ajoutant :

— Maurice et moi sommes nés ici et nos pères avant nous.

— Oui, oui, reconnut-elle vivement, mais je suis moi-même si enterrée ici que je me sens comme appartenant au passé ; c'est si merveilleux d'éprouver un sentiment de propriété envers une région après avoir erré pendant des années : pardonnez-moi !

Renny n'avait point désiré qu'elle exprimât si franchement ses sentiments, mais les coins de sa bouche se relevèrent en un sourire qu'il imaginait amical et il répondit :

— J'aimerais voir votre intérieur ; à en juger de l'extérieur, vous en avez tiré un excellent parti.

— Il faut que Tod vienne aussi, s'écria Mrs. Stroud, mais la mère de l'enfant le prit dans ses bras.

— Il est temps d'aller au lit, dit-elle.

— Je reviendrai le border, dit Mrs. Stroud. Venez-vous, Jim ?

— Je pense que je vais rester pour faire ma toilette.

— Je vous verrai tous deux demain, dit Renny.

Mrs. Stroud et Maurice sortirent les premiers. Renny et Chris Cummins échangèrent un regard. Celui de Renny exprimait un vif intérêt pour ses dons possibles de dresseuse de poneys, celui de la jeune femme trahissait l'effort qu'elle faisait pour paraître solide et capable, mais il était adouci par le sentiment féminin que c'était là un homme sur lequel on pouvait s'appuyer.

Renny suivit Mrs. Stroud et Maurice qu'il entendit dire :

— Je suis venu ici étant enfant et le vieux Mr. Pink avait l'habitude de confectionner pour moi de petits paniers dans les noyaux de pêches. Il était organiste.

— Comme sa fille. C'est une femme si charmante, mais tellement timide ! Elle est le professeur de votre petite fille, n'est-ce pas ?

— Oui.

— Comme cette enfant doit être heureuse de vous avoir retrouvé ! Quelle touchante réunion !

— Oui, c'est charmant !

« Bon Dieu, pensa Renny, cette femme n'ignore rien de la vie de chacun ! »

Ils pénétrèrent tous trois dans ses appartements. Un petit hall carré précédait le salon meublé où régnaient le bleu et le brun selon une intention précise. C'était une pièce avenante, féminine, après le chaos de l'intérieur voisin. Elle étincelait d'ordre et de propreté. La seule note désordonnée était offerte par un vaste et profond canapé couvert de coussins de damas bleus et bruns sur lesquels se prélassait le jeune Eden Whiteoak. Il se redressa, les cheveux en désordre, incapable de dissimuler sa surprise.

— Hello ! dit-il en fixant son frère aîné.

— Hello !

Renny n'en croyait pas ses yeux. Eden, soudain, lui paraissait un homme. Mais que faisait-il dans cette pièce ? Il fumait, car il avait une cigarette à la main. Ses lèvres demeuraient figées dans un sourire défensif, nerveux. Il se leva et s'adressant à Mrs. Stroud :

— Je vous ai rapporté le livre, dit-il, je suis entré tout droit, je vous croyais de retour...

— Oh !... vous a-t-il plu ? demanda Mrs. Stroud, le regard attaché au seul livre qui ne se trouvait point sur un des rayons.

— Beaucoup.

Eden saisit le volume. Son titre se lisait avec netteté ; c'était un ouvrage populaire sur la construction des petites villas. Il rougit et le reposa.

— Ce n'est pas ça, dit-il en regardant vaguement autour de lui. Je ne sais plus où je l'ai mis !

Mrs. Stroud regarda Renny au fond des yeux.

— Peut-être ne savez-vous pas qu'Eden et moi sommes une paire d'amis ? Ce sont les livres qui nous ont rapprochés !

Il y eut un reflet ironique dans les yeux de Renny. Leurs regards se croisèrent comme des lances.

— Il est si rare de rencontrer un jeune homme qui aime la poésie, dit-elle. Nous avons lu les poèmes de Rupert Brooke et de Flecker. Ne les aimez-vous pas ?

— Je n'aime aucune sorte de poésie, répliqua-t-il, mais... — Et son regard ajouta : — Je comprends les femmes comme vous.

Maurice dit alors :

— Vous avez fait un bon travail en réinstallant cette maison...

L'incident du livre était clos. Mrs. Stroud les conduisit dans toutes les pièces. Eden suivait, le dernier, les yeux fixés sur le dos de son aîné.

Lorsqu'il se trouva seul avec Mrs. Stroud, il se passa la main dans les cheveux en lui jetant un regard troublé.

— Je crains fort d'être en train de devenir un fameux menteur, dit-il.

— Mais pourquoi ne pourriez-vous pas venir vous asseoir sur mon canapé ? Pourquoi étiez-vous embarrassé ?

— Pourquoi l'étiez-vous vous-même ?

— Je ne l'étais pas.

— Si, vous l'étiez.

— Eh bien, c'était seulement parce que je voyais votre confusion et lui aussi.

Ils s'assirent côte à côte sur le canapé.

— Parlez-moi de lui. Il n'est pas du tout comme je me l'imaginais.

Eden s'empara de la main de son amie et la pressa contre sa joue.

— Dieu me préserve de ces militaires ! s'exclama-t-il.

— Cher, dit Mrs. Stroud, le seul être dont il serait souhaitable que vous fussiez préservé, c'est vous-même.

4

Les rênes

Le fauteuil de la grand-mère avait été placé dehors au soleil pour la première fois de l'année. Mais elle s'y trouvait trop emmitouflée, ayant un tabouret sous les pieds et sa couverture sur les genoux, tandis qu'une cape doublée de fourrure l'enveloppait et qu'un « fascinator » au crochet lui entourait la tête. Elle avait trop chaud pour le moment mais, d'autre part, elle craignait de prendre froid. L'hiver avait été long et rigoureux et elle était devenue délicate à force de rester au coin du feu. Ses fils et sa fille avaient exigé qu'elle fût bien couverte et elle avait accepté ces conditions, car il lui fallait vivre pour continuer son rôle de hardi pionnier. A présent, le soleil la frappait avec une affectueuse vigueur : n'avait-elle pas été l'objet de sa sollicitude pendant plus de quatre-vingt-dix ans ? Elle sentait cette chaleur bienveillante et tout son vieux corps s'épanouissait, dilatant ses pores. Elle avait survécu à l'hiver. Et maintenant, le long été suivi de l'automne l'attendait.

La clarté du soleil était trop forte pour ses vieux yeux qu'elle gardait fixés sur le vert doux de la pelouse tout en l'examinant sévèrement. Comme elle la connaissait depuis son début jusqu'à son déclin ! C'était d'abord sa croissance vivace au printemps, la manière dont elle roussissait pendant les fortes chaleurs, son second verdissement en septembre et puis la gelée la transformait en fourrure blanche en automne, enfin elle se fanait, se recroquevillait et mourait en décembre.

Le pelouse était bien jolie en ce moment avec ses petites pousses aiguës se dressant touffues et vertes, mêlées à de petites feuilles de trèfle, tandis que la vie des vers et des insectes redevenait active. Ce devait être un plaisir pour les vers de terre lorsqu'ils sortaient pour la première fois leur tête au soleil, se remettaient à manger la terre qui passait à travers leurs corps pour faire de gentils petits monticules ! Mais ils gâtaient l'aspect de la pelouse. Il y en avait un justement à côté de son tabouret ! Elle fit glisser légèrement son pied du tabouret et le planta sur le petit monticule pour l'aplatir. C'était mieux. La sensation de la terre sous ses pieds lui parut bienfaisante. Elle regarda longuement son pied avant de le remettre sur le tabouret. Elle le tourna en tous sens, admirant sa cheville et son pied qui avaient conservé leur galbe comme s'ils étaient toujours prêts à courir ou à danser. C'était le même pied qui s'était hâté, souple et rapide, à travers l'herbe semée de pâquerettes du comté de Meath.

Elle se pencha pour le considérer en crispant les orteils. Ils étaient raides, un peu rhumatisants dans la chaussure souple. Tandis qu'elle s'absorbait dans sa contemplation, une petite tête bouclée sortit de dessous sa chaise et s'avança dans un mouvement inquisiteur pour voir ce qu'elle regardait. C'était la tête du plus jeune de ses petits-fils et elle se souvint avec un pincement d'angoisse avoir promis à Meg d'avoir l'œil sur lui. Et il aurait pu faire n'importe quel méfait tandis qu'elle étudiait le contour de son pied ! Elle se pencha pour le voir. Il tourna la tête sur son col souple et la regarda bien en face. Sa bouche était ouverte et elle pouvait voir à l'intérieur de cette caverne rosée et humide. Elle remarqua l'éclat jeune et animal des yeux, l'ombre délicate qui s'estompait en dessous des narines palpitantes.

— Reste bien où tu es, commanda-t-elle, je vais te donner quelque chose !

Elle entrouvrit un petit réticule de velours, en sortit un bonbon à la menthe et le lui glissa dans la bouche. Les yeux de l'enfant rayonnaient de reconnaissance.

Mais elle ne s'attendait pas à ce qui suivit. Le rayonnement du regard de Wakefield se transforma en un strabisme fixe, puis il fut pris de suffocations, le bonbon à la menthe était resté collé à son gosier. Elle le saisit aux épaules et se mit à lui taper dans le dos. Le petit visage devint violet. Ses yeux roulaient dans leurs orbites avec une expression désespérée. Elle essaya en vain de lui mettre la tête en bas. Son fauteuil se renversa ; elle tomba sur l'enfant.

— Au secours ! clama-t-elle d'une voix vigoureuse. Au secours !

Meg l'entendit et vint en courant à travers la pelouse.

— Le petit étouffe ! Mets-le la tête en bas !

Instantanément, Meg l'eut retourné. Le bonbon tomba sur l'herbe. Wakefield hurlait contre l'épaule de Meg.

— Voyons, voyons ! dit Meg pour le calmer. Oh ! Gran, comme c'était dangereux de lui donner un petit bonbon dur ! Je ne le fais jamais ! Si je ne vous avais pas entendue... je préfère ne pas y penser !

— Dieu me préserve, j'étais sens dessus dessous ! Tu ne me parles pas de ce qui aurait pu m'arriver !

— Chaque fois que je le perds de vue un instant... il est en danger... Pauvre chéri !

— Ze veux mon bonbon ! dit Wakefield en le considérant à travers ses larmes avec un clignotement. Ze veux le bonbon !

— Non, chéri ! Meggie va te donner quelque chose de bon et de bien doux !

La vieille Adeline ne goûtait guère cette façon d'ignorer son pauvre petit accident.

— Presque sur ma tête, marmonnait-elle, et personne ne s'en soucie !

— Mais, Granny, vous auriez dû appeler avant, non pas après !

La vieille dame lança un regard farouche de dessous son « fascinator ».

— Avant quoi ?

— Avant d'essayer de lui mettre la tête en bas.

— Il serait mort étouffé si j'avais hésité ; je lui ai sauvé la vie.

— Mais le bonbon n'est sorti que lorsque je suis intervenue.

— C'est possible, mais c'est moi qui l'ai fait sortir.

— Comment, Granny, lorsque je l'ai ramassé il suffoquait !

— Pas le moins du monde ! Le bonbon était sur l'herbe avant que tu arrives !

— Il n'y était pas.

— Il y était.

Elles échangeaient des regards enflammés. Ce n'était pas la première fois qu'elles échangeaient des paroles vives à propos de Wakefield.

Adeline resta silencieuse un moment, puis elle dit :

— Je sens que je vais avoir une sorte de malaise.

Instantanément, Meg s'alarma pour elle ; remettant l'enfant sur ses pieds elle se pencha vers sa grand-mère.

— Vous sentez-vous malade ? Dois-je chercher l'oncle Ernest ?

— Non, non, reste. Dis à cet homme... Wragge... est-ce là son nom ? Dis-lui de m'apporter un verre de sherry.

Elle se renversa en arrière en respirant bruyamment, les poils rudes de son menton tremblaient.

— Voulez-vous, s'il vous plaît, apporter tout de suite un verre de sherry, dit Meg à l'homme qui se détourna comme s'il avait attendu cet ordre et s'en alla en courant vers la maison.

Il portait une vieille veste du matin qui avait appartenu à Ernest ; les basques lui battaient les mollets.

— Et quelques biscuits aussi, lui cria encore Adeline. Je me sens défaillir !

Elle considéra la silhouette de Wragge qui se hâtait comme si elle était en train de se noyer et qu'il fût parti à la recherche d'une ceinture de sauvetage. Cependant Wakefield ramassait le bonbon à la menthe et le mettait dans sa bouche.

Tous trois attendirent le retour de Wragge. Il rapporta deux verres de sherry sur un petit plateau d'argent ainsi qu'une assiette de biscuits d'arrow-root. Il n'avait que trente-cinq ans, mais son visage était à la fois avisé et cynique. Il y arborait une expression innocente et bénigne, comme si c'était là une autre sorte de biscuit. Il était décidé à se rendre indispensable dans cette maison.

La vieille Adeline tendit vers le sherry une belle main ridée, elle prit également un biscuit.

Wragge s'adressa à Meg :

— J'ai pensé que vous aimeriez prendre un peu quelque chose, Miss, je m'aperçois que vous déjeuner à peine le matin !

Meg fut satisfaite que son appétit capricieux n'ait point passé inaperçu, mais elle fut embarrassée. Wragge s'expliqua :

— J'ai aidé Elisa à laver la vaisselle du breakfast et je me suis tourmenté en voyant vot'assiette pleine !

Adeline tendit la main pour saisir un autre biscuit.

— Je réfléchissais justement à quelque chose, dit-elle, mais c'est passé. — Elle se pencha vers Wragge : — Vous êtes arrivé à temps, je suis peut-être vieille et faible, mais je viens de sauver la vie de cet enfant ! Ce fut un effort terrible !

Elle porta le sherry à ses lèvres.

— Ça m'a quasiment coupé le souffle, m'ame. C'était magnifique !

Puis il rencontra le regard irrité de Meg et il se hâta de lui lancer un clin d'œil d'entente.

— Bébé, prends un biscuit, dit Meg qui tendit un gâteau à l'enfant.

— Non, bébé manze le bonbon !

— Sortez-le-lui ! s'écria la grand-mère. Il va étouffer encore une fois ! Mettez-le la tête en bas !

Meg, trépidante, le saisit. Son verre fut renversé.

— Crache tout de suite ! commanda-t-elle.

Wakefield s'étranglait.

— Que t'avais-je dit ?

— Crache, chéri !

— J'peux p't-êt' vous aider, dit Wragge.

Meg abandonna l'enfant et ferma les yeux pour échapper à la vision de Wragge balançant l'enfant par les chevilles.

— Arrêtez ! cria Adeline. Ça y est !

Assis sur le bras de Wragge, Wakefield criait de joie :

— Encore ! recommence !

— Asseyez-le là, dit Adeline en aplatissant ses jupes sur ses genoux, je vais lui donner des biscuits trempés de sherry.

Dans la cuisine, Wragge dit à Maggie, la cuisinière :

— Si jamais il y a eu un gosse pourri, c'est bien le petit par sa grand-mère !

— Ils le gâtent tous, répondit-elle, et comme c'est un enfant capricieux et malin comme un singe...

— Bien des cuisinières ne resteraient pas dans une maison où il y a des enfants gâtés et de vieilles gens à servir, ou encore là où la cuisine est en sous-sol.

Elle épluchait les légumes et ayant creusé profondément une pomme de terre pour en extirper un œil, elle répliqua :

— Non. D'autres ne resteraient pas non plus là où il y a un gars bon à rien qui lui traîne dans les jambes.

Il grimaça un sourire. Son menton en galoche lui donnait un air impudent qui ne lui déplaisait pas. Il considéra les grosses mains rouges de la cuisinière qui avaient l'air si propres tandis qu'elles pataugeaient dans l'eau trouble.

— Je vais vous donner un fameux coup de main ! dit-il.

Elle le foudroya du regard.

— On verra ça, attendons.

— Je parie que je saurai attendre longtemps.

— Moi, je parie que non.

D'un geste de maître, il lui ôta le couteau des mains et se mit à peler les pommes de terre.

— J'peux pas vous voir faire ce sale travail, dit-il.

Elle s'essuya les mains à son tablier et le regarda d'un œil sceptique :

— Si vous opérez ainsi, vous n'aurez que des épluchures !

— Elles ne sont pas plus épaisses que les vôtres !

Ils comparèrent les épluchures brunes et humides.

Elisa, venant d'en haut, descendait l'escalier avec un plateau. Elle leur lança un regard de haine. Maggie était dans la maison depuis un an et Elisa l'aimait moins de jour en jour quoiqu'elle dût admettre ses capacités d'excellente cuisinière. A présent, l'adjonction d'un cockney joufflu au personnel de la cuisine lui faisait sentir qu'elle se trouvait en minorité en ce lieu. Elle était décidée à partir de toute manière, pourtant elle continuait à diriger toute question ménagère dans l'intérieur de la maison. Elle enseignait à Wragge le service de table, essayant de lui faire comprendre que ses ongles ne devaient point être cassés et sales, brossant les pellicules qu'il avait sur les épaules avant qu'il aille porter le plateau chargé à l'heure du thé. Du haut de ses nombreuses années de service irréprochable, elle considérait ce ver qui s'introduisait dans la maison en la poussant dehors du même coup. Mais elle s'en irait de toute façon, « épuisée d'avoir servi cette famille », se répétait-elle ; cependant, elle détestait la vue de Wragge.

Sa politesse même lui paraissait une insulte. En ce moment, il s'élançait vers elle pour lui prendre le plateau des mains.

— Permettez, dit-il tout en faisant un petit geste à l'adresse de Maggie, je ne puis souffrir de vous voir porter ce poids ! Vous n'avez pas la force qu'il faudrait !

Elisa le laissa faire sans le remercier et s'en fut vers une fenêtre précédée d'une marche et qui donnait à l'extérieur sur une bande de gazon. Elle appuya ses coudes sur la table qui se trouvait en dessous de la fenêtre et regarda fixement l'espace ensoleillé de la cour. Il y avait là des cordes tendues pour faire sécher le linge. Ernest Whiteoak y avait suspendu son manteau de printemps et s'activait à le brosser énergiquement en prévision de la belle saison. Qu'avait-il à brosser lui-même son manteau ? pensait Elisa, ç'avait toujours été son travail à elle ! Probablement qu'il la croyait devenue trop faible pour s'en acquitter. Probablement qu'il s'imaginait qu'elle tomberait de fatigue si elle s'avisait de se servir d'une brosse ? Une rage froide monta en elle. Ses coudes appuyés sur la table pâlirent.

— Vous feriez bien d'aller aider Mr. Ernest à brosser son manteau, dit-elle à Wragge.

— D'acc-ord ! chanta Wragge qui franchit d'un bond le seuil de la cuisine et les trois marches menant à la cour.

Puis il alla s'incliner devant Ernest.

— Puis-je vous aider, monsieur ? dit-il en s'emparant de la brosse.

Ernest en fut ravi, car il se sentait mal placé et la bise lui soufflait de petites parcelles de laine dans les yeux.

— Si vous vouliez bien mettre le manteau, monsieur, suggéra Wragge.

Ernest enfila le manteau avec son aide.

— Y a pas beaucoup d'hommes... dit Wragge en brossant

furieusement, qui pourraient se vanter d'avoir votre tournure à cinquante ans, monsieur !

Ernest sourit, enchanté.

— Cinquante ans ! J'en ai soixante-cinq !

— Noon... noon, m'sieur, j'peux pas y croire !

Elisa ne pouvait entendre ce qu'ils disaient mais elle l'imaginait sans peine. « Vas-y ! grinça-t-elle les dents serrées. Flatte-le ! Creuse ton chemin, sale ver ! »

Ernest garda son manteau et rejoignit sa mère sur la pelouse. Il venait de faire cadeau à Wragge d'un mouchoir de soie retrouvé dans une des poches du manteau. La veille, il avait surpris Nicolas donnant quelque chose au domestique ; il ne fallait pas lui laisser prendre un avantage. Il s'éloigna, devinant qu'il avait bon air avec son manteau. Son ombre avançait sur l'herbe, répétant les courbes de sa taille élégante.

La vieille dame était assise, paisible, Wakefield enseveli dans les délicieuses profondeurs de son giron. Elle trempait des parcelles de biscuit dans du sherry et les lui introduisait dans la bouche. Il restait, les yeux attachés à son visage, avec le plaisir insouciant et muet d'un petit animal. Meg, assise dans un fauteuil d'osier, lisait un roman de Jane Austen, non point parce qu'elle essayait d'être moderne ou qu'elle estimait cet ouvrage délicieux ou amusant, mais parce que Jane Austen avait toujours été son auteur préféré.

Ernest se mit à parader devant elle.

— Comment le trouves-tu ? Le garçon amené par Renny lui a donné un bon coup de brosse !

— Pourquoi n'en achètes-tu pas un autre ? demanda sa mère. Ton père en achetait un neuf tous les ans !

— Vous devriez savoir, maman, que ma situation financière n'est point comparable à celle dont jouissait mon père !

— A quoi sert d'être bien fait si l'on ne s'habille pas convenablement ?

— Penses-tu que je devrais m'offrir un manteau neuf, ma chère ?

Meg fronça les lèvres.

— Celui-là est très élégant mais au soleil...

— Cela tranche la question, conclut Ernest. J'irai voir mon tailleur aujourd'hui même pour lui commander un manteau neuf.

Il se tourna soudain vers sa mère :

— Croyez-vous que Renny soit un peu serré ?

Elle regarda autour d'elle :

— Serré... comment ?

— Je veux dire : serré, la main serrée, maman, soupira Ernest.

Les sourcils de l'aïeule remontèrent :

— Ça oui, il est comme mon père, j'ai le regret de le reconnaître !

Mon père, le vieux Dennis Court, aurait écorché une mouche pour en avoir la peau : il était capable de tout dans ce domaine !

— Mais vous parlez toujours, Granny, de tous les domestiques qu'il avait ? dit Meg.

— Il les gardait parce qu'ils ne pouvaient le quitter : il leur devait trop de gages !

— Mais je ne crois pas que Renny soit « serré ». Il a seulement posé des questions, comme, par exemple, au sujet des porcs.

— Il a revu les comptes, les factures du vétérinaire, celles de la nourriture des animaux, s'étonnant qu'on n'ait pas produit ici même de quoi entretenir les chevaux et le bétail.

— Et il est revenu depuis une semaine seulement ! s'écria Adeline. Et médaillé ! ça devrait bien suffire.

Meg était malheureuse d'entendre critiquer son frère préféré. Elle rougit en prenant sa défense.

— Mais il faut qu'il soit au courant ! Après tout, la propriété est à lui, et puis il a ces trois garçons à élever et bébé qui les suit !

— Bébé veut encore du biscuit trempé ! déclara Wakefield.

— Oui, mon chéri, dit Adeline, cet enfant ne vivrait pas si je n'avais constamment l'œil sur lui.

Elle bourra la petite bouche.

— C'est bien vrai, poursuivit Meg, que les costumes des garçons ont coûté beaucoup d'argent ainsi que leurs raquettes de tennis, leurs patins et leurs campings, tout cela réuni. Renny demande pourquoi nous ne leur donnerions pas plus de viande bouillie et moins de côtelettes ?

— S'est-il déjà mêlé de tout ça ! s'écria Ernest.

— Parvenu à l'âge mûr, il sera un vrai grippe-sou ! conclut Adeline.

— Le voici, dit Meg.

Adeline regarda s'avancer la haute silhouette du maître de Jalna, non sans éprouver un certain malaise. Elle espérait qu'il n'exigerait pas qu'elle contribuât aux dépenses familiales. Elle n'avait pas la moindre intention de le faire, ayant sa propre fortune et voulant en jouir. Son mari lui avait légué le tiers de son argent et partagé les deux autres entre ses trois fils. Il avait attribué la maison et les terres au plus jeune qui était aussi le moins extravagant. Nicolas et Ernest avaient joui de leurs parts vingt ans au plus et ils estimaient en avoir tiré le meilleur parti possible si l'on considérait qu'ils avaient vécu en Angleterre parmi des gens aux habitudes dispendieuses. Ils s'étaient lancés dans différentes aventures avec l'espoir d'augmenter leurs revenus mais ils n'avaient pas réussi. A l'époque de la mort de leur plus jeune frère, ils étaient revenus s'installer avec joie à Jalna. Ils avaient senti que leur présence y était plus ou moins nécessaire. A présent que Renny était de retour, tous deux éprouvaient, en même temps qu'un sentiment de soulagement de le savoir hors de danger, une sorte de révolte devant son désir évident de s'emparer des rênes de la famille.

— Renny est trop monté à cheval, il a les jambes un peu arquées, remarqua Ernest.

— Quelle erreur, oncle ! s'écria Meggie. Renny a de superbes jambes !

— Il a la démarche des cavaliers, le dos un peu rond... les jambes légèrement fléchies, avec cela coriace et filiforme...

— Il aura à faire par-dessus la tête s'il se met à vouloir régenter tout !

Elle avançait la lèvre inférieure en regardant l'aîné de ses petits-fils qui venait vers eux, puis, se penchant, elle murmura à l'oreille de Wakefield :

— Il ne faut pas que ce chéri devienne soldat !

— Qu'est-ce qui font ? murmura Wakefield.

— Ils tuent les gens ! — Son long bras entoura le petit corps d'une pression protectrice : — Reste avec Granny !

Renny s'approcha en frappant ses mains l'une contre l'autre :

— Hello ! Wake, viens faire un tour de galop sur mon dos !

Wakefield enfouit sa tête frisée dans le bras de sa grand-mère qui avala son sherry d'un trait dans la crainte qu'il ne soit renversé.

— Va, chéri, pria Meg tout en le redressant. Va trouver Renny.

— Non, non.

Il se crispait, se pelotonnait sur lui-même. Le regard de Renny durcit. Il ne dissimulait pas sa peine. Il prit Wake sur les genoux d'Adeline et le tint à bout de bras. Personne ne pouvait s'attendre aux cris qui s'échappèrent alors de la bouche ouverte en carré de l'enfant, comme si ces rugissements étaient indépendants de sa volonté. Son visage blêmit. Renny le déposa à terre ; il se calma instantanément.

— Qu'a-t-il, bon Dieu ?

— Il est timide, dit Meg.

— Timide ! Il est gâté à l'extrême !

— Il s'imagine que tu vas lui faire mal.

— C'est bien ce que je ferai s'il ne se conduit pas plus raisonnablement.

Il n'était revenu que depuis une semaine et déjà il parlait d'un ton aussi péremptoire !

Meg rougit.

— Je suis éreintée, dit Adeline, j'ai envie de rentrer. Donne-moi le bras, Ernest.

Mais, en réalité, elle était amusée et ravie.

— Voilà qui n'était pas bien reposant pour vous, maman, remarqua Ernest en l'aidant à se lever.

Piers parut tournant le coin de la maison. Il conduisait sa bicyclette d'une main. Une petite valise était attachée au porte-bagages.

— Je suis prêt, dit-il en embrassant Meg.

— Où vas-tu ? demanda Renny.

Piers lui répondit d'un ton nonchalant :

— Avec Tom Fennel, faire du camping pendant le week-end.

— Qui te l'a permis ?

— J'ai dit à Meg que je m'en allais.

Une pointe d'effronterie perçait dans l'intonation de sa voix de quatorze ans. Il était temps de lui donner une leçon.

— Tu as dit simplement à Meg que tu t'en allais ?

— Oui.

— Fort bien, range-moi cette bicyclette et la prochaine fois que tu désireras t'en aller pour le week-end, demande-le-moi.

Leurs yeux d'un bleu intense et d'un brun vif continrent la violence de leurs regards hostiles l'espace d'un bref instant, puis Piers se détourna et reconduisit sa bicyclette vers la maison en dissimulant à grand-peine la fureur qui bouillonnait en lui. Soudain, il jeta violemment la bicyclette par terre. La valise tomba, il lui donna un coup de pied. Elle s'ouvrit et il continua à lui envoyer des coups de pied jusqu'à ce que son contenu fût dispersé sur l'herbe. Dans sa fureur aveugle, il donna un coup de pied à l'une des pédales et se fit mal à l'orteil. Il se mit alors à ruer dans les rayons de la bicyclette. Tandis qu'il était occupé de la sorte, Renny tournait le coin de la maison. Ils se regardèrent fixement ; ni l'un ni l'autre n'eût souhaité que la situation fût différente. Chacun eut une expression de triomphe.

— C'est donc ainsi que tu te conduis quand on te contrarie ? dit Renny.

— Oui, répondit Piers et il donna encore un coup de pied à la bicyclette.

Renny ramassa la courroie qui avait maintenu la valise sur le porte-bagages.

Piers recula, les narines dilatées.

Au même instant, il était plié en deux par une main de fer qui s'abattait sur sa nuque. Les coups de courroie plurent sur son échine. Il se tordit et essaya d'attraper les jambes de Renny. Celui-ci pensait qu'il n'avait jamais encore senti un corps aussi souple. Il grimaça un sourire tout en lui administrant une correction avec la courroie.

— Recommenceras-tu ? demanda-t-il.

— Oui ! rugit Piers.

Eden, qui sortait de l'enclos des cerisiers d'une démarche nonchalante, un livre à la main, s'arrêta pétrifié par la scène, puis son visage rêveur s'éclaira d'une expression d'étonnement amusé.

— Vas-tu te conduire raisonnablement ? demanda Renny.

— Oui.

Piers haletait ; il se redressa, les yeux voilés de larmes.

— Ramasse tes affaires et emporte-les !

Piers ramassa un sweater, un pyjama, une brosse à dents en jetant un regard sombre à Eden.

Mais déjà Eden était peiné pour lui. Il trouva le savon et le tendit à Piers qui fit mine de ne pas le voir.

— Laisse-le se débrouiller seul, dit Renny.

Piers poussa la bicyclette tordue vers un hangar.

Eden porta le savon à ses narines et le flaira.

— Ça a dû être merveilleux.

— Quoi ? Recevoir une raclée ?

— Non, de la donner ! Si on est celui qui tient la courroie !

Une heure plus tard, Ernest rencontra Piers dans le couloir du premier étage.

— Comment ! je te croyais parti pour le week-end ? dit-il en simulant la surprise.

— Renny n'a pas voulu me laisser y aller, vous y étiez lorsqu'il me l'a dit, bredouilla Piers. Je croyais que vous aviez compris.

— Sans doute, mais je ne pouvais croire que ce fût sérieux.

— Je vous promets que ça l'était !

— Mon garçon, je suis désolé !

— Moi aussi, c'est un sale coup : je crois qu'il s'imagine régner sur le monde entier !

— Je crains que la vie ne devienne guère plaisante pour vous, les garçons. Je pense aussi que votre oncle Nicolas, Meggie et moi, nous vous avons trop gâtés.

Piers le regarda affectueusement.

— Eh bien, il ne prendra pas votre suite, c'est évident !

Piers faillit fondre en larmes.

Ernest plongea une main dans sa poche :

— Prends ça, mon vieux, va voir un film ou ce que tu voudras.

Et il mit un demi-dollar d'argent dans la main de Piers.

Resté seul, Ernest se sentit à la fois satisfait et amusé à son propre sujet : « J'ai fait deux cadeaux ce matin, pensa-t-il, deux bonnes actions, comme un absurde vieux boy-scout. »

5

Projets inutiles

Renny trouva Meg fouillant la longue plate-bande fleurie afin de découvrir si un certain delphinium bleu foncé offert par Miss Pink avait fleuri. Il s'arrêta pour suivre ses gestes nonchalants tandis qu'elle ne le voyait pas. Ainsi accroupie avec ses cheveux châtain clair légèrement ondés, sa peau blanche au soleil, elle semblait n'avoir passé son existence qu'à s'occuper de questions aussi paisibles. Cependant sa vie n'avait pas été aussi sereine. Ayant perdu sa mère dès l'enfance, elle ne s'était jamais entendue avec sa belle-mère, puis elle avait eu de la malchance dans son unique roman d'amour. Elle avait été confinée dans la compagnie de vieilles gens, s'occupant à maintenir la paix parmi eux. Elle adorait son père. Deux morts et une naissance avaient perturbé sa vie tandis que Renny était en France. Un flot de tendresse monta en lui pour cette sœur qu'il regardait en ce moment passer doucement ses mains parmi les fleurs.

— Hello, Meggie ! dit-il.

Elle leva les yeux et son visage s'assombrit.

— Oh ! Renny, je pense que tu as été dur pour Piers en ne le laissant pas aller avec Tom Fennel ; il doit être terriblement déçu !

— C'est une jeune brute.

— L'as-tu vu depuis ?

— Quelques instants.

Elle se releva en secouant la terre restée sur sa jupe.

— Je suis contente que tu le prennes en main, la vérité c'est que je n'en viens pas à bout !

Il l'entoura d'un bras :

— Ne t'inquiète pas, il comprendra bientôt qu'il ne saurait jouer ici au coq de combat !

— Si j'essaie de le surveiller, Gran s'en mêle : elle dit qu'il ressemble à grand-père...

— Je lui sortirai ça de la peau.

— Quant à Eden, il ne fait que ce qui lui plaît. Oncle Ernest et tante Augusta prétendent que c'est un artiste et l'encouragent.

— Bon Dieu, un artiste !

— Je ne sais que penser de son amitié pour Mrs. Stroud ; il passe une bonne partie de son temps chez elle.

— Hum !

— Finch est un bon petit garçon, mais il est fort éprouvant à sa façon. Si tu lui dis une chose, ça entre par l'une de ses oreilles pour en ressortir par l'autre : il ne peut ou ne veut se souvenir de quoi que ce soit ! Hier, il a mis ses chaussures neuves pour courir dans la sablonnière, il les a presque anéanties. Oncle Nick n'a fait qu'en rire.

— Hum !

— C'est si bon de t'avoir ici : j'ai été longtemps sans personne de mon âge !

— Meg, il est une chose dont je désire te parler.

Elle le considéra avec un peu d'appréhension, craignant qu'il ne lui fît des remontrances sur la manière dont elle menait la maison. Elle détestait les mots économie et réforme.

— Oui.

— C'est au sujet de Maurice.

Une lueur de plaisir passa sur le visage de Meg. Après quatre années d'absence, il ne lui était point désagréable de le savoir à nouveau dans la maison au-delà du ravin, toujours désespérément épris d'elle. Ce ne serait pas la première fois que Renny plaiderait sa cause ; elle prit l'air d'une enfant taquine.

— Ne va pas t'imaginer que j'aime à entendre parler de lui : tu as pu voir quels étaient mes sentiments l'autre jour à la gare !

— Tu étais désemparée, mais écoute-moi, à présent : Maurice t'aime et je pense que tu devrais oublier le passé et l'épouser ; il a servi son pays pendant quatre ans et il mérite une récompense !

— Je serais donc comme une décoration sur sa poitrine ? Il pourrait donc bomber le torse en disant : « Eh bien, voyez, c'est ma décoration ! »

— Ne fais pas la sotte, Meg !

Renny la prit dans ses bras.

— Songe comme ce serait gentil d'avoir un mariage dans cette maison : voici vingt ans qu'il n'y en a pas eu !

— Ne me rappelle pas ce dernier mariage ! Si tu crois que son souvenir m'incitera à en souhaiter un autre, tu te trompes !

— Oui, mais après tout, père était très épris. Ils ont été heureux et ce mariage a donné ces jeunes frères que tu aimes tant.

Elle passa une main sur son front lisse.

— Oh ! comme j'étais malheureuse ! Le voir épouser notre gouvernante ! Tu te souviens, Gran rendait visite alors à ses parents irlandais : elle revint d'une traite à la maison pour empêcher le mariage, mais ne put y réussir. Lorsque l'heure de la cérémonie sonna, mes cheveux étaient toujours tressés comme pour la nuit et je suis partie pour l'église avec cette coiffure nouée d'un ruban bleu fané. Dans la sacristie, père fut si ennuyé de me voir ainsi qu'il me l'ôta et le cacha sous un siège. Puis il défit mes cheveux et les éparpilla d'une main si rude qu'il me fit mal. Je pleurais en entrant dans l'église.

Il sourit :

— Oui, je me souviens, mais ça n'a rien à faire avec ce dont je te parle : je pense que tu devrais te marier et avoir des enfants nés de toi.

— Je ne sais déjà où donner de la tête et ne désire pas d'autres enfants !

— Mais, Meggie, même si tu ne désires pas d'enfants, tu devrais te marier. Voici la saison des appariements : écoute ces oiseaux !

Un délicieux concert de tendres gazouillements montait du ravin jusqu'à eux. Baryton et ténor, soprano et alto, chacun dilatait sa poitrine pour moduler le solo de ce concert. Les branches vibraient de la passion de leurs chants.

— Qu'ils chantent ! dit Meg. Je ne suis pas de la même humeur qu'eux !

Il ouvrit le petit portillon et l'entraîna vers le sentier moussu descendant à la rivière. A leur approche, les voix des oiseaux se taisaient, mais la voix fraîche et impersonnelle du cours d'eau s'entendait toujours ; on le voyait luire entre les branches d'arbres et les buissons en pleine floraison printanière.

Avec un geste un peu théâtral, Meg désigna la rivière :

— Je suis comme elle : je n'ai pas besoin de compagnon.

— Ne dis pas de bêtises ! s'écria-t-il. Suis plutôt cette rivière jusqu'au lac en temps de crue, tu verras là un mariage à faire honte au règne animal !

— Si tu es si passionné pour le mariage, pourquoi ne pas te marier toi-même ?

C'était la dernière chose au monde qu'elle eût désiré lui voir faire. Sa réponse l'étonna :

— Je le voudrais bien si je n'avais pas tous ces garçons à éduquer et si je pouvais trouver une femme qui me convienne.

— Amener une autre femme dans la maison ! s'écria-t-elle. Ce serait la fin de tout !

— Tu n'aurais pas à subir sa présence puisque tu vivrais mariée et heureuse à Vaughanland.

— Ainsi tu veux te débarrasser de moi ?

— Meg, je désire seulement te savoir heureuse.

— Si tu crois que je serais heureuse de vivre sous le même toit que cette enfant qu'il a !

— J'ai déjà pensé à tout cela.

— Et quel arrangement as-tu prévu ?

— Ne me regarde donc pas d'un air aussi hautain ! J'ai pensé que si tu épousais Maurice, j'adopterais Pheasant.

— Vraiment, c'est charmant ! Il faudra donc que j'aille là-bas et qu'elle vienne à Jalna pour prendre ma place comme fille de la maison ! Oh ! Renny, je n'aurais jamais cru que tu pouvais concevoir quelque chose d'aussi affreux ! J'aimerais mieux mourir que d'y consentir !

— Très bien, très bien, au nom du Ciel, oublie ça... Si tu désires vivre le reste de tes jours comme à présent...

— J'estime que je mène une existence utile.

— Utile, oui.

— Je ne manque pas d'affection : les garçons...

— Maurice éprouve pour toi un amour *d'homme.*

— Il ne m'est rien.

Renny posa sur elle un regard intense :

— Rien ?

Elle rougit, mais répéta plus véhémentement encore :

— Rien.

— Fort bien, je ne te crois pas, mais voici la dernière fois que je te parle de cette question.

— Je t'en remercie.

Elle se détourna et se mit à remonter le sentier. Il remarqua qu'elle avait sensiblement engraissé durant son absence. Le sentier lui semblait raide et elle n'avait que trente-quatre ans !

— Je voudrais que tu voies une photo de toi prise de dos ! lui jeta-t-il moqueur.

Elle s'arrêta sans un mot, mais ne se détourna point.

Ils restèrent ainsi sans proférer une seule parole jusqu'au moment où il redescendit d'un trait le sentier pour traverser la rivière, remonter le sentier encore plus raide situé sur l'autre berge et traverser un bois de chênes suivi d'un champ. Ce champ avait été semé de froment d'automne, la moisson généreuse qu'il promettait était en partie compromise par l'abondance des moutardes aux fleurs jaunes qui l'encombraient. Au-delà, il apercevait la silhouette mince de Pheasant. Elle le vit et vint à lui en longeant le champ, ses cheveux bruns flottant sur ses épaules. Comme on était samedi, elle portait une vieille robe trop courte de jupe et de manches. Elle le fixait d'un œil avide. Il s'en voulait de lui avoir demandé si elle aimerait à être sa petite fille et à venir habiter Jalna. Renny s'efforça de crisper les lèvres en une sorte de joyeux sourire.

— Hullo ! cria-t-elle.

— Hullo ! tu fais une belle promenade ?

Elle le considéra gravement.

— Non, je vous attendais.

— Je crains de t'avoir fait attendre longtemps. Je ne me rappelais pas avoir fixé l'heure exacte.

— Non, en effet. Vous avez seulement dit que vers la fin de la semaine, il pourrait arriver un événement décisif qui changerait ma vie... Nous sommes samedi aujourd'hui.

— Oui... et c'est arrivé.

Elle lui jeta un regard pénétrant :

— Est-ce que ça aurait... mal tourné ?

— Pheasant... Je ne pense pas que tu désires sincèrement quitter ta maison... Maurice... pour venir à Jalna.

— Alors... vous croyez donc que je mentais lorsque j'ai dit que j'étais prête ?

— Non. Mais nous formons une si nombreuse famille... tous ces garçons...

— Mais lorsque vous me parliez de ma venue, vous avez dit combien ce serait gai...

— Je sais, mais il y a Maurice : après tout, il est ton père.

— Il serait enchanté de se débarrasser de moi.

— Oh ! non, il n'est pas ainsi !

Elle baissa les yeux ; ses cils battirent. Son visage d'enfant se creusait tandis qu'elle se livrait à de profondes réflexions.

— Tu as été seule trop longtemps ! jeta-t-il.

Il l'entoura d'un bras et la serra contre lui, mais elle se dégagea et le regarda au fond des yeux comme pour y déceler la vérité. Puis elle dit :

— Je ne comprends pas les grandes personnes, elles ne pensent jamais ce qu'elles disent !

Il lui répondit presque gravement :

— Je pense ce que je dis, mais j'ai attaqué cette affaire du mauvais côté... j'aurais dû m'assurer d'abord que ce que je désirais serait possible, avant de t'en parler.

Elle fronça le front d'un air perplexe :

— Mais qu'est-ce qu'il en est ? Qu'est-ce que vous n'avez pas su faire réussir ? Maurice le sait-il ?

— Oui.

— C'est donc ça qu'il ne pouvait pas manger son breakfast ? Mrs. Clinch dit qu'il se ronge pour quelque chose...

— Ce sera plus grave pour lui que pour toi, Pheasant.

— Mais qu'est-ce que c'est ? Est-ce que ça finira par arriver ?

— Je l'espère... Écoute, je vais te le dire. Tu n'es pas comme les autres enfants. Viens, asseyons-nous.

Ils s'assirent sur l'herbe naissante qui était plus humide et fraîche que le sol sablonneux dans lequel elle croissait. Ils se trouvaient dans le coin d'une clôture où des convolvulus sauvages s'évertuaient depuis le lever du soleil à montrer à quelle allure ils étaient capables de grimper. Leurs premières floraisons fragiles penchaient déjà leurs corolles frappées par la chaleur. Pheasant les effleura de la joue, puis elle tourna vers Renny ses yeux sombres avec une étrange expression où la confiance se mêlait à la défiance.

— Tu sais, dit-il, que Maurice et ma sœur Meg ont jadis été fiancés ?

— Oui, et je sais ce qui rompit leurs fiançailles. — Un sourire presque cynique remonta ses lèvres. — Elle s'est montrée sotte !

— Oui, elle s'est montrée sotte et elle l'est toujours.

Il alluma une cigarette et souffla une ou deux bouffées en silence. Elle lui avait facilité ce qu'il avait à lui dire.

— Je pensais que, Maurice ayant été éloigné si longtemps, Meg aurait peut-être changé d'avis et se déciderait à l'épouser maintenant si...

Il hésita.

— Si j'allais à Jalna ?

— Exactement. J'aurais perdu une grande sœur pour en regagner une petite.

— Non, non ! — Son visage était crispé. — Ce n'est pas ça ! C'est simplement qu'elle ne veut pas venir ici si j'y suis et qu'elle ne veut pas non plus que j'aille chez vous. Je comprends et ça m'est égal ça... ça m'est égal. — Son visage était laid tant elle faisait d'efforts pour se dominer. — Je ne désire être l'enfant de personne ! J'ai douze ans et je serai bientôt une femme.

Il lui prit une main qui resta enfermée dans la sienne comme un petit poisson glacé.

— Je mériterais des coups, dit-il.

Ils demeurèrent assis, immobiles pendant un moment durant lequel la volonté de Pheasant se raffermit ; alors elle retira sa main d'un geste résolu.

— Au revoir, dit-elle. Je m'en vais.

— As-tu toujours le petit couteau que je t'ai apporté ? demanda-t-il.

— Oui. Il ne m'était pas destiné, n'est-ce pas ? Je puis le rendre si vous voulez.

— Bon Dieu, non ! Je ne veux pas, mais je pensais que les enfants perdaient tout !

Elle lui adressa un sourire tremblant, puis se détourna vivement et passa la clôture en fil de fer par une ouverture qui lui parut extrêmement étroite ; ensuite il remarqua que la clôture bâillait un peu, sans doute les fils de fer étaient-ils détendus par ses fréquents passages.

Pheasant courut tout droit vers la maison et referma la porte d'entrée avec précaution. Elle avait retenu péniblement un sanglot au fond de sa gorge. A présent, loin de tout regard, elle le libéra avec un son déchirant, qui lui fit mal. Son cœur s'arrêta un instant de battre tant elle eut peur : que se passerait-il si Maurice, assis dans le salon, l'avait entendue ? Mais un silence de mort régnait. Après les grands astiquages du retour de Maurice, Mrs. Clinch avait laissé à nouveau la maison croupir dans son habituelle atmosphère de moisissure. L'air était chargé de l'odeur des vieux capitonnages, des tentures humides et d'on ne savait quel indéfinissable relent qui rappelait Mrs. Clinch elle-même.

Soudain, la porte qui se trouvait derrière Pheasant s'ouvrit et Maurice se trouva presque contre elle. Il s'arrêta et fut intrigué par son expression.

— S'est-il passé quelque chose ? demanda-t-il.

Elle secoua la tête avec le désir de s'évader par l'escalier, mais elle resta, le visage levé vers le sien.

— Ne pourrait-on laisser cette porte ouverte ? demanda-t-il.

— Mrs. Clinch ne veut pas.

— Au diable Mrs. Clinch !

— Ça fane les tentures et lui occasionne des névralgies. C'est terrible quand elle en souffre : ça va de sa mauvaise dent jusque dans son oreille...

— Le diable emporte ses oreilles ! Il faudra que je trouve quelqu'un d'autre pour tenir la maison.

— Tu ne peux pas, elle ne voudra pas s'en aller.

— Il le faudra bien si...

Il s'arrêta.

— Ce n'est pas possible.

— Quoi ?

Il la regardait sans comprendre.

— Renny Whiteoak me l'a dit.

Ils restaient là, soudain rapprochés par une intimité étrange, inaccoutumée. La porte au bout du couloir menant à la cuisine s'ouvrit et Mrs. Clinch parut. Elle les aperçut tous deux, vit leur air de culpabilité devant la porte ouverte. Tout son visage se recroquevilla comme si elle avait tiré un cordon autour, puis elle posa une main usée par les travaux contre son visage et, ayant jeté un autre regard interrogateur vers la porte, elle monta lourdement l'escalier.

Maurice poussa précipitamment le battant. On entendit en haut la porte de la chambre à coucher de Mrs. Clinch se refermer.

— C'est étrange de la part de Renny Whiteoak d'aller parler d'une telle question à un enfant. Comment en est-il arrivé là ?

— Il m'avait promis quelque chose si cela arrivait.

Maurice la considérait, l'air sombre.

— Et alors, il t'a dit que ça ne serait pas possible ?

— Oui.

— Bien. Tu n'aurais pas dû être mêlée à cela.

Il se détourna et passa au salon.

Pheasant gravit l'escalier d'un seul élan. De la chambre de Mrs. Clinch lui parvenait l'odeur du liniment de Minard.

A l'abri dans sa retraite personnelle, elle libéra un gros soupir. Il régnait une clarté verdâtre dans la pièce, due à l'ombre épaisse des cèdres. Elle vit toute sa silhouette reflétée dans un vieux trumeau, tel le fantôme d'une petite fille venue dans l'intention de lui rendre visite. Mais cette glace n'était pas d'aplomb dans son cadre et la seule vibration occasionnée par ses pas déplaça la glace et l'image un instant réfléchie disparut.

Pheasant mit une main dans sa poche pour tâter le petit couteau offert par Renny. Elle le sortit et le contempla posé sur la paume ouverte de sa main.

— J'ai toujours pensé, dit-elle à haute voix, que ce petit couteau avait quelque chose de triste.

C'était comme si elle cherchait à expliquer les larmes qui coulaient le long de ses joues.

6

Eden et Mrs. Stroud

Toujours avec un exemplaire de Dante dans une main et le pain de savon de Windsor appartenant à Piers dans l'autre, Eden suivait pensivement le chemin menant à la route en bordure de laquelle se trouvait la maison de Mrs. Stroud. Il récapitulait en pensée les changements que le retour de son frère avait amenés et en arrivait à la conclusion qu'il préférait Jalna tel qu'il était pendant la guerre. Les lettres écrites du front par Renny l'avaient souvent amusé. Il était bon qu'un membre de sa famille servît dans les Buffs. Si la guerre avait duré un an de plus, Eden lui-même aurait rejoint ce régiment. Son père s'était toujours montré indulgent à son égard parce qu'il ressemblait singulièrement à l'épouse qu'il aimait si tendrement. Sa mère avait été de celles qui gâtent leurs enfants. Lorsqu'à quatorze ans la mort lui prit l'un et l'autre, sa grand-mère, sa tante, ses oncles et Meg s'étaient entendus pour égayer ce joli garçon têtu à la chevelure dorée. A présent, avec ce vétéran de la guerre à la main rude revenu en maître dans la maison et décidé apparemment à imposer sa volonté, les choses iraient autrement.

D'abord, il posait trop de questions. Non pas qu'il eût encore porté atteinte à sa liberté. Chaque matin, Piers, Finch et lui-même prenaient le train pour la ville voisine, les deux plus jeunes pour suivre les classes d'un grand collège de garçons et Eden les cours de l'université. Eden et Piers étaient sportifs et très populaires. Eden passait pour être le coureur le plus rapide en même temps qu'un bon sauteur. On considérait Piers comme le meilleur de son âge sur le terrain de football.

Pendant les voyages à la ville, ils avaient des conversations qui avaient créé entre eux un lien solide.

Piers était né fermier. Déjà, il parlait du jour où il quitterait le collège pour se consacrer à la terre. Les autres pouvaient élever des chevaux. Il ensemencerait les champs, élèverait des vaches et des porcs ; déjà il savait une quantité de choses à ce sujet. Ses yeux bleus brillaient de plaisir à la vue d'une truie allaitant sa progéniture pataude, nonchalamment allongée parmi les chaumes roussis.

Ce serait une bonne chose pour Piers et Eden, prétendaient leurs oncles, que d'apprendre à manier l'argent avec circonspection. Eden, ces dernières années, avait lui-même acheté ses costumes et fait preuve du meilleur goût. Piers avait fait l'acquisition de clubs, de balles, de raquettes, de patins, de tous les accessoires innombrables qui semblaient lui être nécessaires. Ils avaient tous deux ramené à la maison des coupes en argent dues à leurs prouesses athlétiques et les avaient ajoutées à la collection existant déjà à Jalna.

Eden, en ce moment, portait un costume gris extrêmement seyant, l'un des trois qu'il avait commandés ce printemps. Il s'était depuis peu de temps rendu compte de son physique heureux et ce n'était pas étonnant car, depuis ses relations avec Mrs. Stroud, il s'était entendu comparer à un morceau de sculpture grecque, non sans déplorer qu'il fût un danger pour les femmes. Cependant il n'en tirait pas vanité. Il s'amusait plutôt des extravagances de langage de Mrs. Stroud. Aujourd'hui il avait hâte de la revoir, car il ne lui avait pas rendu visite depuis plusieurs jours déjà.

Il sauta la grille ouvrant sur la route menant à sa maison, après avoir mis le livre et le savon dans sa poche. Déjà la route devenait poussiéreuse ; il suivit le sentier qui la bordait en sifflant aussi clairement que le loriot qui venait à peine d'entrecroiser les premiers brins de paille de son nid tout en haut du plus élevé des ormeaux.

Mrs. Stroud vint elle-même ouvrir la porte ; ses yeux brillèrent d'une heureuse surprise.

— Me permettez-vous d'entrer ? demanda-t-il.

— Demandez-vous cela parce que vous avez été si longtemps sans venir ?

Sa voix profonde et émouvante lui faisait chaque fois pressentir un mystère en elle.

— Non. C'est parce que je reviens si vite ; vous devez vous sentir lasse de moi.

— Qu'ai-je fait pour mériter cette réflexion ?

— Mais... je ne veux pas venir trop souvent !

— Pourquoi ?

— Vous avez d'autres amis.

— Qui donc ?

— Eh bien...

Il hésita et eut un petit rire. Elle le prit par le bras et l'entraîna vers le salon.

— Vous savez que vous êtes le seul être qui compte pour moi... dans cette région.

Il ignorait pourquoi elle était venue vivre ici. Il y avait toujours cette sorte de mystère qui émanait d'elle.

Se laissant tomber sur le sofa bleu, il dit en prenant une cigarette qu'elle lui offrait :

— Je préfère être ici que partout ailleurs... la vérité, c'est que nous avons eu quelques cours supplémentaires.

La vérité, c'était qu'il avait rencontré à un match de tennis une jeune fille qui l'avait intéressé au point d'éclipser Mrs. Stroud à ses yeux. Mais combien rapidement cette jeunesse l'avait ennuyé !

— N'est-ce pas curieux, dit-il après avoir aspiré à plusieurs reprises la fumée de sa cigarette russe dont Mrs. Stroud lui avait donné le goût, n'est-ce pas curieux de constater comme il y a peu de chose à trouver dans les jeunes filles que vous rencontrez ?

— C'est vraiment étrange ! — Elle le considérait les yeux mi-clos. — Cela ne devrait pas être, vous devriez les trouver séduisantes au possible à votre âge !

— Il n'en est rien. Elles sont ou trop naïves ou trop désireuses de paraître averties ; elles n'ont rien de commun avec vous.

Elle fit entendre son rire musical.

— Heureusement !

Mais son visage se détendit et elle s'imagina, avec une précision qui l'eût étonné, ce qui s'était passé ces derniers jours. Puis elle eut un large sourire qui découvrit ses belles dents et demanda :

— Comment est-il ce frère militaire que vous avez ? Est-ce gentil de l'avoir à nouveau auprès de vous ?

— Comme c'est étrange que vous me posiez cette question ! répondit Eden. Je pensais justement, tandis que j'étais en chemin pour venir ici, que ce n'était pas aussi agréable que je m'y attendais.

— Cela ne me surprend pas.

— Pourquoi ?

— Il me semble assez lunatique.

— Je ne le croyais pas.

— Sans doute avez-vous changé l'un comme l'autre. Il a traversé une guerre et vous avez grandi au point...

— Oh ! Mrs. Stroud, cette dernière remarque n'est pas gentille !

Elle lui lança un regard malicieux.

— Est-ce que vous vous sentez tout à fait parvenu à l'âge adulte ?

— Excepté lorsque je suis avec vous.

— Je me demande comment je dois comprendre ces paroles, dit-elle taquine.

— Eh bien, je désirais vous faire un compliment... d'une certaine manière.

— Quoi d'autre en plus du compliment ?

Il lui adressa ce sourire étrange auquel ses yeux ne prenaient point part, car ils demeuraient scrutateurs et même ironiques. Un frémissement nerveux agitait sa joue droite. Il reprit :

— Je voulais vous fâcher un peu.

— Est-ce que cela vous fait plaisir ? Je veux dire de me fâcher ?

— Cela nous donnera l'air d'être un peu plus... intimes.

Il vit qu'elle réfléchissait à ses paroles et pensa : « Je voudrais n'avoir pas dit ça ! Oui, je le voudrais ! Elle va s'attendre... Dieu, je me sentirais idiot ! »

Mais elle posa seulement une main sur ses genoux en disant gentiment :

— Vous avez un nerf de votre joue qui se crispe. C'est de la fatigue, vous travaillez trop.

— Je ne sens rien, dit-il. Où est-ce ?

Elle effleura sa joue du bout de son index.

— Là.

Il s'empara de cette main et la porta à ses lèvres.

« Alors, pensa-t-il, que va-t-elle dire ? »

Elle laissa un moment sa main immobile dans la sienne, puis la retira en disant :

— Parlez-moi de ce frère.

— Oui. Eh bien, c'est notre aîné et il a été le préféré de mon père. Maintenant, il est le maître à la maison et nous n'arrivons pas à nous y habituer.

— Qui est-ce « nous » ?

— Nous tous, à commencer par ma grand-mère. Nous avions organisé un plan d'existence qui nous convenait parfaitement et nous ne pouvons nous habituer à ce qu'il se mêle de tout, ce qu'il ne cesse de faire !

— Avec une telle majorité contre lui, je ne vois pas comment il peut avoir le dessus !

— Jusqu'à présent, il ne nous a attaqués que séparément.

Mrs. Stroud eut un sourire malicieux :

— Pourquoi ne l'attaquez-vous pas en nombre ?

— Je le voudrais bien !

— En tous les cas, j'imagine que vos résistances combinées auront raison de lui !

— Ne croyez pas que nous ayons des scènes à Jalna ! Non pas... encore. Mais je me demande comment nous pourrions continuer ainsi. Voyez seulement : il est de retour depuis un mois et déjà il a eu des mots avec grand-mère au sujet de Wakefield et avec ma tante à cause de cet homme, Wragge, qu'il a ramené du front. Tante Augusta prétend qu'il est scandaleux de voir un tel individu tenir le rôle de maître d'hôtel dans la maison de son père ! Elle dit que celui-ci se retournerait dans sa tombe s'il le voyait servir le potage. D'un autre côté, Gran apprécie Wragge, elle est toujours contre Augusta. Elle lui a donné une vieille livrée trois fois trop grande et l'encourage dans la cour qu'il fait à la cuisinière. Elisa est partie.

Eden s'arrêta et se mit à rire doucement comme s'il suivait une pensée.

— Vous savez, dit-il, j'aime parler de nous tous, j'estime que nous sommes déconcertants, mais je nous trouve sympathiques : ne pensez-vous pas que nous méritons d'être aimés ?

Il la regardait, timide :

— Ou bien est-ce que vous ne voyez que notre côté déconcertant ?

— Je voudrais être invisible et me glisser dans cette maison pendant tout un jour. Et vos oncles ? Consentent-ils à se laisser dominer ?

— Pas eux ! Chacun eut une explication avec lui. Celle d'oncle Nick était au sujet d'un étalon que mon père avait acheté. Oncle Nick le vendit l'an passé pour un prix trop bas. Renny ne fut pas avisé de la chose, à présent il est furieux. Lui et oncle Nick se sont dit des paroles violentes. Grand-mère en fut à ce point hors d'elle qu'elle renversa son lait de poule qui tacha tout le devant de sa robe.

— En ce cas, ma sympathie va à votre frère.

— Pas la mienne. Oncle Nick n'a pas manœuvré adroitement, mais nous avions besoin d'argent : on dirait qu'il devient plus rare chaque année !

— Et l'autre oncle ?

— Oh ! l'oncle Ernest ! C'est un bon vieux type ! Il n'a jamais eu de querelle avec personne, mais il a eu une explication avec Renny à cause d'un fauteuil que mon père affectionnait. L'oncle Ernest l'avait monté dans sa chambre ; Renny prétendit qu'il manquait à sa place devant le feu, disant qu'il croyait y voir père assis dedans avec un de ses épagneuls entre les jambes et père débarrassant les oreilles du chien des bourres qui s'y étaient accrochées pour les cacher ensuite sous le fauteuil où ma mère ne les voyait pas. L'oncle a redescendu le fauteuil et, à présent, c'est Renny qui s'y assied. En vérité, l'auréole de guerrier héroïque qui nimbait son chef est en train de se hérisser d'épines ! Il ne me laisse pas non plus en repos à cause de la note de mon tailleur, prétendant que je suis trop jeune pour commander ce qui me plaît. Mais je l'ai déjà fait l'an passé ! Il trouve que Piers a plus de raquettes de tennis, de patins, de bottes de hockey qu'il n'en a besoin et c'est vrai ! Il dit que Meg nous a gâtés. Il a déclaré aux deux plus jeunes qu'ils devaient demander sa permission avant de faire quoi que ce soit. Je l'ai vu administrer à Piers une bonne correction.

— Qu'avait fait Piers ?

— Il avait donné des coups de pied dans sa bicyclette.

— Th, th... Et le petit ? Le bébé ?

— Oh ! Renny l'a tellement terrifié le jour de son arrivée à la maison que Wakefield se met à bégayer dès qu'il l'aperçoit. Il dit : « Ze, ze, voous en prie b-b-b bébé v-veut que le s-soldat s'en aille ! » Et tante Augusta de s'écrier : « Pauvre enfant ! voici qui peut marquer toute son existence ! » Quant à Gran, elle lui donne bien vite une miette de son cake aux fruits.

Les grands yeux gris de Mrs. Stroud le fixaient avec une expression de commisération :

— Voici un entourage bien peu paisible pour un jeune poète !

Eden rougit puis rit gaiement :

— Je ne suis pas encore un poète ! — Sa rougeur s'accentua et il ajouta : — Mais j'ai écrit quelque chose la nuit dernière et je l'ai apporté pour vous le montrer si cela ne vous ennuie pas.

— Vous savez quel plaisir vous me faites.

— J'espère que cela vous plaira...

Elle se leva pour déplacer un vase de fleurs puis elle se rassit sur une chaise en face de lui comme pour une cérémonie en le regardant d'un air attentif et grave.

Eden sortit de sa poche un petit cahier dont il tourna nerveusement les pages.

Un coup net fut frappé contre la porte.

— Quelle malchance ! s'écria Mrs. Stroud à voix basse. Mais je n'ouvrirai pas.

Ils demeurèrent assis au sein d'un coupable silence tandis qu'on frappait à nouveau avec insistance, puis la voix de Jim Dayborn se fit entendre :

— Mrs. Stroud ! Êtes-vous chez vous ? Pouvons-nous emprunter votre bouilloire pour le thé ? La nôtre est fendue !

Il quitta la porte et gagna la fenêtre. Mrs. Stroud, suivie d'Eden, s'élança vers le coin de la pièce où ils ne pourraient être vus. Son corsage était tendu sur sa poitrine, sa respiration devint plus rapide. Il mit un bras autour de ses épaules. Partagé entre l'irritation qu'il éprouvait à avoir été interrompu et l'amusement que lui donnait le ridicule de leur situation, il fut pris de fou rire. Mrs. Stroud posa sur sa bouche une main autoritaire ; ils s'accroupirent l'un à côté de l'autre tandis qu'on recommençait à frapper. Puis la porte d'entrée fut ouverte, des pas légers se dirigèrent vers la cuisine.

— Il va chercher la bouilloire, murmura-t-elle, lorsqu'ils désirent quelque chose, rien ne les arrête !

— J'espère que la bouilloire est pleine d'eau en ébullition et qu'elle se renversera sur lui, souffla-t-il les lèvres contre la paume de sa main.

Les pas s'éloignèrent ; la bouilloire heurta rudement la poignée de la porte.

— Le voici parti ! soupira Mrs. Stroud.

Les lèvres d'Eden remuaient toujours, mais, à présent, il baisait la main qu'il avait saisie. Elle la dégagea, mais en lui lançant un regard qui donnait plus que ce qu'elle avait refusé. Ils se levèrent en même temps et allèrent se rasseoir. Elle avait l'air un peu étourdie et passa ses doigts dans ses cheveux en parlant avec une certaine surexcitation.

— Vraiment ces gens deviennent impossibles ! Je n'ai plus de vie privée : ils vont et viennent chez moi comme si nous vivions ensemble !

Eden était maussade soudain. Il fixait ses mains pendant entre ses genoux. Mrs. Stroud dit gaiement :

— Comment ces deux-là se débrouillent-ils pour le dressage ? demanda-t-elle.

— Le dressage ? répéta-t-il comme s'il n'avait jamais entendu ce mot.

— Oui, avec les chevaux de votre frère : ce sont de fameux cavaliers, n'est-ce pas ?

— Oui, surtout la jeune femme. Ils entraînent un cheval pour le Grand National. Ne vous l'ont-ils pas dit ?

— Je crois qu'ils ont fait allusion à quelque chose de ce genre... Mais laissons cela, je désire entendre votre poème.

— Qui a parlé d'eux le premier ? Pas moi !

— Je n'ai parlé d'eux que pour dire quelque chose ; je ne pouvais vous prier de lire vos vers à peine était-il parti.

— Nous aurions pu nous taire.

— J'ai été stupide !

— Ça ne fait rien.

— Si !

— Je crois que je vais m'en aller et vous laisser la chose que vous pourrez lire plus tard quand vous vous sentirez d'humeur...

— Mais je suis parfaitement d'humeur à vous écouter, dit-elle d'un ton autoritaire. Eden, ne me regardez pas ainsi ! Vous me faites mal. Venez...

Elle ramassa le cahier et le lui mit dans la main, mais lui, se levant d'un bond, lança le cahier vers les rayons de la bibliothèque.

— Voilà ! Voyez comme j'ai envie de le lire ! Au revoir, je regrette, si vous me trouvez désagréable.

Mrs. Stroud se leva calmement, prit une chaise, monta dessus et ayant saisi le cahier, elle le mit dans la main d'Eden avec un sourire amical et suppliant. Il le prit avec une soudaine douceur et en tourna les pages. Puis il se mit à lire à voix basse :

Mon ombre et moi-même
Nous nous sommes rencontrés
Après la longue nuit
Nous...

Sa voix mourut sur ses lèvres.

— Je ne peux pas, dit-il en la regardant avec désespoir.

Il se leva.

— Je n'aurais pas dû insister.

— Ça ne fait rien... au revoir.

— Quand reviendrez-vous ?

— Bientôt. Demain si je puis.

— Je penserai à vous, Eden.

Un martèlement tenace ébranlait la porte d'entrée. Ce fut avec cet accompagnement qu'ils se séparèrent. Il sortit par une porte donnant sur le jardin afin de n'être pas vu du voisinage. On entendait le bébé pleurer. Elle regarda s'éloigner la silhouette d'Eden jusqu'à ce qu'elle eût disparu, puis elle retourna dans le salon, tapota les coussins, vida les cendriers. Elle ramassa le cahier d'Eden et le porta à ses lèvres. Le martèlement continuait. Elle jeta un regard vindicatif au mur mitoyen.

— J'ai bien envie de vous jeter dehors, vous et le bébé ! dit-elle en s'adressant à ses voisins invisibles.

Mais lorsque le jeune Dayborn rapporta la bouilloire, il n'y eut pas le moindre fléchissement dans l'attitude gracieuse qu'elle avait adoptée envers eux.

— Vous ne sauriez imaginer, dit-elle, ce que c'est pour moi que d'avoir des voisins amis. Par moments, j'ai des crises de dépression, alors je me souviens que vous êtes là de l'autre côté de ce mur et tout me semble plus gai.

7

Finch et le rat blanc

Finch possédait quatre-vingt *cents.* En économisant avec une volonté de fer son argent de poche (quatre *cents* par semaine), il était parvenu à accumuler quarante *cents,* Piers lui avait remis dix *cents* pour qu'il se chargeât de mener sa bicyclette à la boutique de réparations ; l'oncle Nicolas lui avait donné dix *cents* pour avoir retrouvé ses lunettes, Meg lui en avait donné cinq pour avoir pris sagement son huile de ricin ; enfin, il en avait gagné quinze à aider au tri des pommes saines de celles qui étaient gâtées. Maintenant, il se trouvait à la tête d'une somme suffisante pour acheter le rat blanc à la possession duquel son cœur aspirait. Les rats blancs étaient mis en vente chez un cordonnier de Stead, village situé à sept milles de Jalna. Chaque rat avait sa cage, avec une roue pour prendre de l'exercice. Mais sans doute son rat ne passerait pas beaucoup de temps dans sa cage, car il jouerait avec lui, apprendrait à faire des tours merveilleux et courrait sur toute sa personne avec ses adorables petites pattes blanches.

Il se sentait léger comme l'air avec ses quatre-vingt *cents* dans un petit porte-monnaie de cuir au fond de sa poche. Il ne pouvait garder les pieds attachés au sol, il lui fallait bondir et folâtrer comme un agneau. Il y aurait soixante-quinze *cents* pour le rat blanc et cinq pour acheter des caramels. Quel jour ! Quelle vie, quel pouvoir, quelle joie !

C'était un samedi matin, un jour de liberté. Le cœur plein de reconnaissance il prit la résolution de se laver les dents comme si c'était là un geste de gratitude envers Dieu qui dirigeait le cours de son existence. Il se proposait d'être sage ce jour-là comme jamais encore. Comment s'appellerait le rat ? Car il lui fallait un nom. Quelque chose de marquant et en même temps d'harmonieux. Il demanderait à Meg. Non point qu'elle montrât beaucoup de sympathie pour la question du rat, mais elle était bonne et s'y connaissait en surnoms. C'était elle qui généralement nommait les chiens et les chevaux.

Il était debout devant sa table de toilette dans son petit pyjama au fond rapiécé, ses orteils retroussés à cause du carré de linoléum glacé qui se trouvait devant sa table, ses cheveux hérissés. Sa pâte dentifrice étant épuisée, il pensa à prendre un peu de celle de Piers. Il trouva le tube soigneusement enroulé à sa base et bien gonflé, prêt à être pressé. Il colla une noisette de pâte sur la brosse et se mit à se frotter les dents énergiquement. Il était plus prudent envers les molaires à cause de l'une d'elles qui branlait et lui faisait mal. Cette dent avait empoisonné son existence pendant des semaines, elle le faisait souffrir, bougeait, puis recommençait à faire mal. La nouvelle dent qui poussait en dessous l'avait presque entièrement délogée de son alvéole, mais elle tenait encore. Sa langue était irritée par la couronne tranchante. Il ne pouvait jouir de ses repas, mais il gardait ces misères secrètes par crainte qu'on ne lui arrachât sa dent.

Précisément, au moment où il s'efforçait d'agir envers elle avec prudence, la porte de la chambre s'ouvrit derrière lui et Piers entra. Finch sursauta et la brosse vint heurter la dent douloureuse. Il se crispa dans sa souffrance et abaissa la brosse à dents.

— Ooo-oo-oa, gémit Finch.

— Que se passe-t-il ? demanda Piers.

— C'est ma dent ! Je l'ai cognée !

Piers s'approcha. Qu'allait-il arriver si Piers venait à sentir l'odeur de wintergreen de sa pâte dentifrice !

— Montre !

Finch se raidit et serra les lèvres. La dent lui semblait pleine de pulsations.

— Ça va très bien, souffla-t-il.

Piers lui prit le menton.

— Ouvre la bouche, je ne te ferai pas mal, dit-il doucement.

— Tu promets de ne pas y toucher ?

— Sûrement, ne fais pas la petite bourrique.

Finch ouvrit la bouche. L'odeur de wintergreen s'en échappa, il montra du doigt : « Là ! »

— Tu tu sers de ma pâte dentifrice !

— Cette fois-ci, seulement !

Piers ne semblait pas fâché ; il regardait seulement dans la bouche de son cadet.

— On ne devrait pas l'arracher tant qu'elle fait mal, dit-il.

— Tu crois ? Pourquoi ?

La crainte de Finch commençait à se calmer ; il regardait Piers avec confiance.

Piers hésita.

— Est-ce que ça ferait plus mal ?

— Non. Mais elle résisterait. Elles tiennent toujours lorsqu'elles font mal. Je ne pense pas qu'elle branle beaucoup.

— Mais si, elle branle ! — Quelque chose le poussa à ajouter :
— Tâte donc !

Les doigts de Piers s'approchèrent de la dent pour la tâter :

— Je ferais mieux de ne pas y toucher, ça pourrait te faire mal.

— Fais-la seulement branler.

Piers saisit doucement la dent entre le pouce et l'index, puis il y eut comme une secousse électrique.

— Aou ! cria Finch, espèce de brute, tu m'as fait mal quand même ! Tu trouves ça drôle sans doute ?

Il dardait sur Piers un regard flamboyant et chercha à frôler sa dent avec le bout de sa langue.

Piers eut un rire enchanté.

— Elle est arrachée, petit imbécile !

Il montra la dent sur sa large paume ouverte.

— Arrachée ! haleta Finch. Arrachée ! Bon Dieu que je suis content ! Oh ! merci, Piers !

— Rince-toi la bouche à l'eau salée. — Piers posa la petite dent sur la table de toilette. — Et la prochaine fois que tu auras mal aux dents, viens me trouver !

Quelle joie de manger son breakfast sans cette dent qui faisait mal ! Il mâchait son toast en se moquant de tout ! De temps à autre, du bout de sa langue, il tâtait le petit cône dur de la nouvelle dent.

Il n'y avait que lui, Wakefield, Meg et Renny à table. Grand-mère déjeunait dans sa chambre. Les oncles et Eden étaient encore au lit. Piers et tante Augusta déjeunaient plus tôt. Le soleil inondait la pièce. Les fenêtres étaient ouvertes, il y avait des lilas blancs sur la table : autant de grappes que possible, telles des plumes floconneuses, dans un grand vase élancé. Les yeux de Meg les observaient avec une expression approbatrice.

— Les lilas sont merveilleux cette année, dit-elle.

Renny leva les yeux d'un compte rendu du match de polo auquel il avait pris part la veille. Il était si intéressé par sa lecture qu'il en oubliait de mâcher et que l'une de ses joues restait distendue par une bouchée de toast :

— Oui, dit-il, ils sont merveilleux.

— Quoi donc ? insista Meg.

— Tes yeux.

Il sourit et mordit dans son toast.

— Bébé, mange ton porridge, tu ne fais que jouer avec !

— Bébé veut plus de sucre dessus !

Meg saupoudra légèrement le porridge de sucre.

— Encore.

— Non, c'est assez.

— Bébé dit *encore !*

Il se laissa aller en arrière.

— Tiens-toi droit, dit Renny sévèrement.

— N-n-n-on, j-j-je...

— S'il te plaît, ne le fais pas bégayer dès le matin, cela durera toute la journée !

Fébrilement, Meg ajouta du sucre. Wakefield eut à son adresse un sourire séraphique puis il se mit à manger en donnant de petits coups de pied à sa chaise.

Renny posa son journal et attaqua son bacon et ses saucisses.

— J'aurais voulu voir ce match de polo, dit Finch.

— Je t'emmènerai la prochaine fois.

Le visage de Finch devint ponceau :

— Oh ! merci, Renny !

C'était le moment de demander s'il pouvait aller à Stead. Il fit une profonde aspiration. Mieux valait ne poser la question ni à Renny ni à Meg, mais à la cantonade. Il se décida, les yeux fixant le vide :

— Puis-je aller à Stead acheter mon rat blanc ? J'ai l'argent. S'il vous plaît, puis-je y aller ?

— Bébé v-v-veut un r-r-rat blanc !

— Tais-toi ! dit Finch farouchement.

— Finch, ne sois pas brutal : je n'aime pas les rats, mais je pense que tu peux y aller.

— Il ira avec moi, dit Renny. Je m'en vais voir un homme qui désire acheter le poney que je montais hier, je pars avec l'auto.

— Quand ?

— Dans dix minutes. Encore une tasse de thé, Meg.

C'était une sensation céleste que de se trouver dans l'auto avec Renny volant vers le lieu où l'attendait son cher rat blanc qui ignorait encore sa venue prochaine ! Il était assis, petit, tendu auprès de son aîné, ses mains entre ses genoux nus serraient un porte-monnaie. La vue des champs avec leurs récoltes en plein essor, les petits jardins et leurs fleurs fraîches, les cantonniers avec leurs pics qu'ils maniaient de leurs bras musclés, des jeunes filles les mains pleines de soucis de mars, contribuaient à l'emplir d'un bonheur singulier. Il tâtait avec sa langue l'endroit où il y avait eu la dent qui faisait mal. Il savait ce qu'il allait faire : il achèterait des caramels pour Piers avec les cinq *cents* qui lui resteraient. Piers méritait un cadeau.

Renny le laissa devant la boutique du cordonnier.

— Je reviendrai te chercher dans une demi-heure, dit-il.

Finch pénétra dans la boutique.

Il y avait une douzaine de souris et de rats dans des cages, mais il ne désirait qu'un seul de ces animaux. C'était le plus petit des rats, à peine plus gros qu'une souris, son petit corps blanc et soyeux était marqué de noir ; il avait des yeux brillants et des pattes roses et délicates. Il était si intelligent, prétendait le cordonnier, qu'on pouvait lui apprendre n'importe quoi.

Finch l'avait enfin, bien enfermé dans sa cage qu'il tenait fermement de ses deux mains. Il marchait avec précaution pour qu'il ne prît point peur. Cinq *cents* restaient dans son porte-monnaie. Il suivit la rue du village pour se rendre chez le confiseur.

Finch crut entendre une musique avant d'atteindre la boutique ; mais il n'en était pas tout à fait sûr car il se sentait lui-même tout vibrant d'une sorte d'harmonie, son cœur en battait la mesure. Puis, tout juste devant lui, il vit un individu avec un orgue de Barbarie. Un singe, sanglé dans une jaquette cramoisie, était perché sur l'instrument. Ses doux yeux attentifs fixèrent d'abord Finch, puis le rat dans sa cage. Un frisson courut le long de sa queue flexible ; il rayonna soudain de plaisir. Ses yeux inspirèrent confiance au rat. Celui-ci, serrant de ses pattes fines les barreaux de sa cage, se mit sans crainte à regarder le singe. L'ouverture de *Guillaume Tell* sortait en tempête de l'orgue.

Le singe ôta son képi brodé et s'inclina devant Finch. Finch ne put se retenir : il sortit son porte-monnaie et donna sa dernière pièce de cinq *cents* au singe qui grimaça de plaisir. Le musicien ambulant effleura du doigt le bord de sa casquette. La musique se mua en une valse de Strauss. Finch, hypnotisé, se mit à suivre l'orgue de rue en rue.

Soudain, la haute stature de Renny émergea devant lui.

— Petit sot, dit-il, j'ai couru à ta recherche par tout le village !

Il souleva Finch à demi et le poussa dans la voiture qui partit avec un soubresaut, car c'était un conducteur déplorable. Une roue arrière érafla le bord du tournant. Le rat regardait, effaré, à travers ses barreaux.

— Ça va, ça va, mon petit, murmura Finch en entourant la cage de ses mains.

Ayant atteint la route, Renny laissa tomber une barre de chocolat sur les genoux de Finch.

— Donne-m'en aussi une bouchée, dit-il.

« Nous sortons ensemble, pensait Finch, nous sommes des copains, il est magnifique et si gentil ! »

Il offrit à Renny un carré de chocolat. Renny baissa la tête et le prit entre ses dents de la main de Finch. Finch pensa : « Il a l'air d'être prêt à donner un bon coup de dent ! » Puis il demanda :

— Est-ce que l'homme a acheté le poney de polo ?

— Oui.

— Je suis content ! Puis-je le dire aux autres ?

— Non, je désire le leur dire moi-même.

— Crois-tu que le rat en mangerait un peu ?

— Certainement, ils mangent tout.

Renny regarda le rat prendre le morceau de chocolat avec ses pattes minuscules et le porter à son museau dont les moustaches argentées frémissaient. L'auto faillit entrer en collision avec une charge de foin conduite par un de ses domestiques.

— Ça n'aurait pas été un mal si j'étais entré dedans ! dit-il à Finch tandis qu'il appuyait sur l'accélérateur. Imagine-toi que nous sommes obligés d'acheter du foin avec la quantité de terres que nous possédons !

— C'est une sacrée honte ! répondit Finch d'un ton solennel.

Leur irritation s'enfla, puis se fondit en ardente camaraderie. Finch demanda :

— Combien de temps vivent les rats, Renny ?

— Ça dépend comment on les soigne.

— Est-ce que les rats apprivoisés vivent plus longtemps que les rats sauvages ?

— Sans doute, ils n'ont pas à se garder du poison et des pièges comme ceux-là.

— Tu en as vu beaucoup de sauvages dans les tranchées, n'est-ce pas ?

— Ils n'étaient pas si sauvages que cela.

— J'imagine qu'ils ne faisaient pas de vieux os ?

— Non, certainement, lorsque je pouvais m'y opposer.

— Mais tu aimes celui-là, n'est-ce pas ?

— C'est un gentil petit bougre.

Finch avait mis de côté un carré de chocolat à l'intention de Piers. Piers ouvrit la porte de la cage et laissa le rat se promener sur la paume de sa main. La petite bête avait le souffle coupé à la fois par la crainte et la joie. Le cœur de Finch se gonfla de jalousie à la vue du rat sur la paume de Piers.

— Sois prudent, implora-t-il, il va se sauver ; je t'en prie, donne-le-moi, Piers. Je t'en prie !

La bouche de Piers se retroussait aux coins, tant était délicieux le chatouillement des petites pattes roses. Puis penchant vers la cage la main il remit le rat en captivité.

— C'est un gentil petit animal, dit-il, ne va pas le bourrer de nourriture !

Le rat tétait déjà le pain trempé de lait que la cuisinière avait préparé.

— Il a faim et puis il aime ça : je sais ce qu'il aime.

Finch emmenait le rat blanc partout, il ne pouvait se séparer de lui. C'est à peine s'il arrivait à déjeuner tant il pensait à son protégé. Il demandait à chacun comment il convenait de l'appeler. Mais aucun nom ne lui semblait convenable. Il décida donc de lui donner un nom secret qu'il serait seul à connaître avec son élève.

Wakefield supplia qu'on lui confiât le rat pour une minute seulement et grand-mère se joignit à lui pour qu'il pût goûter ce plaisir.

— Il le laissera tomber, dit Finch, je suis sûr qu'il le laissera tomber !

— Non, bébé ne le laissera pas tomber !

Il le tenait serré dans sa petite main pâle.

— Tu vas l'étouffer ! jeta Finch.

Bébé laissa tomber le rat.

Il y eut des recherches affolées. Le rat se trouvait quelque part dans les plis de la vaste mante de grand-mère qui était plus effrayée qu'elle ne voulait en convenir.

— Il va me mordre ! déclarait-elle, mais je ne pense pas que j'en mourrai. Le diable emporte cet enfant, j'aurais préféré qu'il m'épargne le contact de son favori !

Elle scrutait, inquiète, les plis de ses vêtements.

— Le voici ! rugit l'oncle Nicolas.

Prompt comme la pensée, le rat traversa la pièce.

— Boney ! cria Meg. Il le poursuit !

Toutes ailes éployées et serres ouvertes, le perroquet s'était élancé de son perchoir et voletait tel un nuage électrique au-dessus du rat pris de panique. Finch se jeta entre eux et sentit son rat bien-aimé se glisser sous sa veste pour y chercher refuge. Son cœur et celui du rat palpitaient à l'unisson sous sa veste. Il rugit :

— Je savais qu'il le ferait tomber ! Il ne le touchera plus ! Personne n'y touchera, il est à moi !

Lui ayant administré négligemment une tape sur le derrière, Eden le fit sortir de la pièce. Finch s'en alla vers le verger et s'y étendit sur l'herbe tiède en compagnie du rat.

Celui-ci devenait de plus en plus familier. Il ne frémissait plus sous les caresses, mais les recherchait, au contraire. Finch restait étendu tout de son long tandis que le rat courait sur lui, entrait et sortait de ses manches, pénétrait dans ses jolis cheveux plats ou bien le regardait entre les brins de l'herbe haute et verte du verger.

Comme on était samedi, il savait que Miss Pink devait étudier aux orgues. Il pensait qu'il aimerait emmener le rat à l'église pour le montrer à Miss Pink. Aussi, lorsqu'il en eut assez du verger, il prit le sentier herbu menant à la route. De temps à autre, il s'arrêtait pour présenter au rat quelque friandise, une fleur de trèfle que celui-ci rejeta, un morceau de pain qu'un oiseau avait laissé tomber, un biscuit trouvé dans sa poche. Obligeamment le petit rat rongeait chaque morceau présenté jusqu'à devenir au bout d'un moment aussi large qu'il était long. Il levait son doux museau vers Finch d'un air confiant.

L'église était traversée d'un rayon de soleil qui passait par le vitrail de l'ouest. Miss Pink jouait *Envoie ta clarté bienfaisante,* avec des variations. Il monta furtivement les marches de la tribune et s'assit sur un siège bas près de l'orgue. La musique l'enveloppa comme un nuage. Ses yeux extasiés se fixèrent sur le profil de Miss Pink. Le rat resta enroulé dans sa main.

Miss Pink devina sa présence. Elle continua à jouer indéfiniment pour lui faire plaisir. Elle avait toujours le sentiment de jouer mieux lorsque Finch Whiteoak l'écoutait.

Mais elle ne s'attendait pas à voir le rat courir sur les touches. Finch l'avait oublié et il était parti en exploration. Miss Pink jeta un cri ; elle était terrifiée et ne se laisserait sans doute pas fléchir. Finch, à regret, prit le rat et sortit dans le cimetière.

L'herbe verte comme l'océan ondulait par-dessus les tombes. Les vieilles stèles se penchaient de-ci de-là, telles des voiles inclinées dans la tempête. Mais tous les navigateurs sommeillaient. La voix de l'orgue venait de l'église, tel le rythme d'un ressac lointain. Le monument placé au centre du terrain des Whiteoak s'élevait semblable à un phare au-dessus des tombes serrées les unes contre les autres. Ainsi le voyait Finch, appuyé contre la chaîne de fer qui encerclait le terrain. Il mit le rat par terre et celui-ci se mit à gambader parmi les tombes, puis il se percha sur la stèle d'une enfant Whiteoak et se mit à ronger quelque chose entre ses pattes. Finch et le rat passèrent en ce lieu une heure aimable.

Comme Piers pénétrait ce même soir dans son lit placé près de celui de Finch, il remarqua :

— Tu as amené le rat ici : je sens son odeur !

— Je t'en prie, laisse-le-moi, Piers ! Autrement, il se trouverait affreusement abandonné et, après tout, il sent à peine ! Renifle un bon coup, tu verras !

Piers renifla et grogna.

— Où est-il ?

— Sous mon lit.

Il y avait un brillant clair de lune. Piers se pencha et regarda sous le lit.

— N'a-t-il pas l'air bien installé ?

— Il est horriblement gros.

Finch gloussa :

— Tu peux le dire, il mange toutes sortes de bonnes choses.

— Tu le tripotes trop.

— Il aime ça. Il me connaît mieux que personne.

Ils se regardaient, la tête en bas, considérant le rat dans sa cage. Les cheveux de Finch touchaient le parquet. Il y avait un halo pâle autour de la lune.

— J'ai eu aussi des souris blanches. T'en souviens-tu ?

— Oui, l'un des chiens les a tuées, en as-tu été peiné ?

— Oui, sur le moment, et je n'en ai jamais plus désiré d'autres.

Piers s'étendit sur le dos et bâilla, puis il murmura :

— Je t'assure que le rat pue.

— Je trouve que c'est une odeur musquée assez agréable.

— C'est la dernière nuit qu'il passera ici.

— Je trouverai où le mettre demain.

— Tout ce qui lui faudra c'est une tombe, si tu continues à le bourrer et à le tripoter comme tu le fais.

— Ne t'inquiète pas pour lui, répliqua Finch.

Longtemps après que Piers se fut endormi, Finch regardait encore vers le rai de lune qui touchait le lit. Il tendait l'oreille pour savoir si son protégé remuait. Lorsqu'il entendait un léger bruit, il se penchait sur le rebord de son lit pour voir le minuscule animal se disposer une fois de plus à s'endormir.

C'était l'aube grise accompagnée d'un grésillement de gouttes de pluie frappant le toit lorsque Finch s'éveilla. Il se glissa hors de ses draps et éleva la cage en l'air. Le rat était enroulé sur lui-même, le poil lisse. Il dormait profondément. Finch ouvrit la porte de la cage et saisit l'animal. Celui-ci resta enroulé dans sa main... glacé. Comment... mort ! Il était là sur sa main, privé de vie.

Au bout d'un moment, Finch put réfléchir. Il décida de dire que le rat s'était enfui. Il laisserait la porte de la cage entrebâillée et cacherait le rat jusqu'à ce qu'il puisse l'enterrer en secret. Il se glissa vers l'armoire aux vêtements et cacha le petit corps dans un vieux soulier ; il y serait en sûreté : il était encore enroulé dans le soulier comme s'il dormait.

Finch se glissa dans le lit et tira les couvertures par-dessus sa tête. Dans son esprit, il répétait ce qu'il dirait :

« Imagine que mon petit rat s'est sauvé, Piers ! je parie que je n'ai pas bien fermé la porte, c'est idiot, n'est-ce pas ?... Mais je suis comme toi, Piers, je n'en veux plus d'autre... Ce qui me fait bien plaisir, c'est que tu aies arraché ma dent ! »

8

Dressage pour hommes et chevaux

Jim Dayborn et Chris Cummins s'en allaient vers les écuries où les attendait leur tâche matinale. Jim portait Tod, Chris un balluchon contenant un second sweater, une couverture pour le repos du bébé, un paquet de sandwiches, quelques biscuits et une bouteille de thé tiède. Tous trois arboraient un air affolé de lève-tôt qui ne révélait rien du désordre qu'ils avaient laissé derrière eux dans leur intérieur. Le bébé était installé sur le bras de Dayborn avec une expression déterminée sur son visage joufflu. Il semblait comprendre que leur gagne-pain dépendait de son bon comportement. Dayborn le portait avec tant de nonchalance qu'en trébuchant dans une rigole, il faillit le déloger de son perchoir, mais l'enfant ne se permit qu'un moment de désarroi, puis il s'agrippa plus solidement au col de Dayborn.

— J'espère, bon Dieu, dit Dayborn, que le vieux palefrenier n'aura pas donné au poulain de quatre ans seize livres d'avoine comme il l'a fait hier : il était aussi facile à manier qu'une tornade !

— Whiteoak lui-même les nourrit trop ; aussi que peux-tu attendre des palefreniers ?

Ils continuèrent à marcher en silence pendant un moment, laissant l'empreinte de leurs pas marquée en sombre dans l'herbe grise de rosée.

Puis Dayborn dit, tandis que son visage se colorait :

— Il te court après, n'est-ce pas ?

Elle rit :

— Le palefrenier ?

— Tu sais de qui je parle.

— Si c'est de Renny Whiteoak, tu es un sot.

Il la considéra d'un œil aigu :

— Tu n'es qu'une menteuse, dit-il.

— Et toi, tu es un bien mauvais juge des caractères : il ne s'intéresse pas aux femmes.

Dayborn jeta un éclat de rire moqueur :

— Si tu savais ce qu'ils disent de lui au village !

— Eh bien, lorsque nous sommes ensemble, il ne me parle que de chevaux.

— Et que disent ses yeux ?

— Tu m'ennuies, Jim... je suis capable de me garder moi-même.

Tod les contempla attentivement d'un air incertain, comme s'il craignait une querelle. Ils approchaient des écuries. Dans le paddock, un groom menait à la main un poulain bai de deux ans qui pouvait à peine contenir ses plongeons et ruades folles. C'était une acquisition récente : on le dressait pour la chasse.

— Regarde-le ! s'écria Dayborn avec amertume. Le voilà prêt à bondir hors de sa peau tandis que sa panse est sur le point d'éclater !

Il déposa le bébé. Celui-ci s'en fut vacillant et, d'un air entendu, se mit à considérer le cheval bondissant entre les barres du paddock. Dayborn se dirigea vers la porte du paddock et y pénétra.

Chris Cummins suspendit son balluchon à l'un des poteaux, se débarrassa de son cardigan et se dirigea vers les écuries. Il y avait là une douzaine de chevaux dans différents boxes et stalles ; la plupart étaient entraînés en vue de l'exposition chevaline de novembre. Beaucoup avaient été achetés par Renny au prix fort depuis son retour, deux mois plus tôt. Chris avança lentement vers l'une de ces bêtes, s'arrêtant parfois pour jeter un regard critique vers l'un ou l'autre des occupants des stalles devant lesquelles elle passait. Elle se demandait si Renny était déjà arrivé aux écuries et tendit l'oreille pour entendre sa voix. Elle dépassa Scotchmere, le plus âgé des palefreniers, accroupi auprès d'une jument alezane, son sabot entre les genoux ; il recouvrait d'un liniment son boulet enflé. Le visage avisé du palefrenier grimaça un sourire à l'intention de Chris. Il supportait la présence d'une femme montant bien.

— Il fait bon frais ce matin, remarqua-t-il.

— Oui, c'est agréable. Comment va cette cheville ?

— Mieux, mais elle fait des manières comme toutes les femelles.

— Voici qui n'est pas juste, Scotchmere, elle ne fait pas moitié autant de manières que vous... ou son maître. Est-il déjà arrivé ?

— Oui. Il est dans la petite pièce à côté de la sellerie, en train de s'y installer un bureau. Je pense qu'il désire un coin où il sera à l'écart de sa famille !

Tandis qu'ils parlaient, Renny parut au bout du couloir. La jument hennit et fit mine d'arracher son sabot d'entre les genoux de Scotchmere.

— Whoa ! cria-t-il.

Partagée entre la joie de voir Renny dont elle était la monture préférée et le déplaisir de renifler l'odeur du liniment, la jument découvrit ses grandes dents en une monstrueuse grimace.

— Whoa ! cria encore une fois Scotchmere en la frappant sur sa panse qui résonna comme un tambour.

Renny fit un signe à l'adresse de Chris et alla s'accroupir à côté du palefrenier. Leurs têtes grise et rousse se rapprochèrent, les naseaux de la jument effleurèrent la tête rousse d'une rude caresse.

— Bien, il faut me mettre au travail...

Chris s'en fut vers le dernier box et considéra Launceton, objet de leurs soins les plus attentifs.

— Il est temps, grommela Scotchmere, elle a déjà perdu une demi-heure. Son frère a juré comme un païen parce que Jerry a pris un peu d'avoine. Il lui faut un agneau à monter. Que pensez-vous de ce boulet ?

Renny le tâta avec tendresse :

— Il a bon air !

Tandis qu'il tenait le paturon de la jument, il prêtait l'oreille aux sympathiques harmonies de l'écurie. Il se sentait de singulièrement bonne humeur. Il comprenait ce matin comme jamais encore que la guerre était vraiment finie ! La paix régnerait maintenant, pensait-il, jusqu'à la fin de ses jours. Les choses allaient mieux à Jalna. Il s'installait peu à peu dans son repaire : il y avait moins de frictions entre lui et sa famille.

La rencontre soudaine de Chris Cummins avait fait passer un courant plus vif dans ses nerfs. Il se dirigea vers le box et regarda à l'intérieur. Elle était penchée en avant, étrillant Launceton. Son corps mince se mouvait devant la masse immobile de la bête, tel un roseau devant un roc. Lorsqu'elle entendit venir Renny, elle s'activa avec une énergie accrue.

Scotchmere, qui avait suivi Renny, s'écria avec humeur :

— Y vous faut donc de l'exercice, Mrs. Cummins ? Ce cheval-là a déjà été étrillé !

— Qui s'en est chargé ? demanda-t-elle sans lever les yeux.

— Moi.

— Bien, alors je vous dirai que vous avez laissé une sacrée quantité de poussière dans son poil... Voyez !

Un halo de poussière enveloppait le cheval et la jeune femme.

— Vous pouvez toujours tirer de la poussière du poil d'un cheval ! déclara Scotchmere furieux.

— Vous pensez si je le puis quand je passe après vous.

— Si vous étiez un gars, je vous dirais deux mots.

— Si vous étiez un homme, vous me laisseriez terminer mon travail en paix !

— Je resterai là tant que ça me conviendra !

— Parfait, si votre patron ne voit pas d'inconvénient à vous payer à ne rien faire !

Le palefrenier, après avoir lancé un regard furibond, s'éloigna, les jambes arquées légèrement fléchies. Chris sourit à Renny tandis qu'elle sellait et bridait le cheval. Renny remarqua :

— Il a l'air prêt.

— Il l'est. Il a les meilleures jambes que j'aie jamais vues.

— Et quelles épaules !

Ils détaillèrent la bête si pleine d'énergie tranquille. Ses vastes prunelles reflétaient leurs silhouettes avec une expression moins curieuse que pleine d'un noble intérêt.

— C'est une bête de premier plan.

— Un peu comme vous.

Renny eut une grimace embarrassée ; il passait sa main sur le flanc de la bête.

— Eh bien, je perds mon temps ! s'écria-t-elle.

Sa voix trahissait une tension nerveuse. Elle passa son bras dans la bride et se mit à avancer vers la porte. Renny la suivit.

— Pourquoi vous dépêchez-vous tant ?

— Il fera chaud plus tard.

Dans le paddock, ils constatèrent qu'Eden montait le poulain de deux ans. Dayborn se frottait le coude :

— J'ai fait une sale chute, bredouillait-il, votre frère m'a dit qu'il s'en chargeait pour un moment.

Les sourcils de Renny se froncèrent.

— Il ne sait pas dresser un cheval de chasse !

— Celui-là est aussi quinteux que le diable !

Il y avait plus désir de s'amuser qu'habileté dans la manière dont Eden maniait le poulain qui ne se montrait pas satisfait du changement de cavalier. Les oreilles couchées en arrière et la queue serrée, il s'apprêtait à donner des coups de tête et s'y décida. Les violents soubresauts de son corps puissant, ses moments d'immobilité suivis de nouvelles séries de coups de tête et de ruades, fascinaient les spectateurs de cette scène. Tod regardait fixement entre les poteaux du paddock, un pissenlit à la bouche.

Eden était étendu sur le dos. Le cheval galopait vers l'extrémité du paddock, un valet d'écurie à sa poursuite :

— Comment cela vous plaît-il ? cria Dayborn lorsque Eden s'étant relevé vint à eux.

— Fameux ! — Ses yeux brillaient. — Sais-tu ce qui arrive, Renny ? J'ai un poème accepté par une revue américaine ! C'est pourquoi j'avais envie de monter Pégase !

— Un poème ? Vont-ils l'imprimer ?

— L'*imprimer* ! Ils m'ont envoyé vingt-cinq dollars !

— C'est parfait ! dit Renny. — Mais sa cordialité manquait de conviction. Il espérait que le gars n'allait pas être un poussin à trois pattes. — Je ne savais pas que tu envoyais des poèmes.

— Je ne voulais pas te le dire avant d'avoir remporté un succès.

— Vous feriez bien de nous lire ce poème, je parie qu'il ne rime pas ! dit Scotchmere en se mêlant à la conversation.

— Ce bébé a-t-il la permission d'absorber des pissenlits ? jeta Renny.

— Pas avant qu'il soit imprimé, répondit Eden. — Il passa une main sur sa brillante chevelure en désordre dont l'or avait un reflet vert. — Bon, je m'en vais, dit-il.

Il ramassa sa veste, sauta la barrière et suivit vivement le sentier menant au verger des cerisiers.

Personne n'avait répondu à la question de Renny. Il ramassa Tod, lui mit un doigt dans la bouche et en sortit le pissenlit. Le garçon d'écurie ramenait le cheval.

— Je vais le monter, dit Chris en voyant combien Dayborn était pâle.

Chris ouvrit la porte du paddock et y pénétra.

— Tous ces changements de cavaliers sont détestables pour lui ! remarqua Renny, puis s'adressant à Tod : — Si tu manges des pissenlits, je te jetterai par-dessus la barrière avec les chevaux !

— Gee, gee, riait Tod, tout en farfouillant la terre humide.

— Je serai tout à fait bien dans quelques minutes, dit Dayborn.

— Venez boire quelque chose dans mon bureau.

Renny éprouvait une satisfaction enfantine à parler de son bureau, quoique celui-ci ne fût vraiment installé que depuis le matin même.

Ils attendirent cependant pour voir Chris monter le poulain. Le garçon d'écurie le tenait tandis qu'elle se mettait en selle. La bête resta tranquille un instant puis se mit à plonger en avant.

— Ah ! c'est une sale brute, remarqua Scotchmere, vous n'en retirerez jamais un prix convenable, monsieur.

Chris cravacha le poulain, il y eut une lutte, des ruades entrecoupées d'instants d'immobilité. Soudain, le poulain chargea. Elle était aussi svelte qu'une guêpe sur le dos de la bête au galop. Ils volèrent en rond indéfiniment dans le paddock. Le cheval semblait soudain de bonne humeur sous l'emprise d'un enchantement. Elle lui fit passer un obstacle, puis un autre, enfin une haute et large barrière.

— Hurrah ! s'écria Scotchmere. En voilà une qui sait monter ! Je lui tire mon chapeau !

Ils regardaient tous, Tod, la bouche pleine de pissenlits, Launceton attendant calmement son tour.

— Vous devriez être fier de votre sœur ! dit Renny à Dayborn tandis qu'ils se dirigeaient vers son bureau.

— Je le suis. Elle peut monter n'importe quel animal. Le poulain fera un excellent cheval de chasse. Quant à Launceton, s'il continue comme il a débuté, il sera parfaitement entraîné pour le Grand National.

— Dieux ! dit Renny avec dans la voix un élan venu du cœur. Si je pouvais emporter ça !

Dans le bureau, il sortit de l'armoire une bouteille de Scotch et offrit à boire à Dayborn.

— Aimez-vous mon cabinet de travail ? demanda-t-il.

— Beaucoup. Ça a l'air sérieux.

— Vous voyez ce bureau ? Je l'ai acheté d'occasion.

Il en ouvrit et referma les nombreux tiroirs.

— Ici, je rangerai des généalogies, les relevés des ventes et des achats. Que pensez-vous de mes gravures ?

Il désigna plusieurs lithographies en couleurs représentant des chevaux.

— Je les trouve belles.

— Elles ont appartenu à mon père.

Il s'assit dans un petit fauteuil monté sur une vis qu'il faisait tourner légèrement tout en buvant son whisky allongé d'eau.

Dayborn dit brusquement :

— Mr. Whiteoak, je me demande si vous savez qu'il y a quelque chose entre votre jeune frère et Mrs. Stroud.

Renny le regarda fixement.

— Je sais que cela ne me concerne pas, ajouta Dayborn.

— Vous parlez d'Eden ?

— Oui... et de Mrs. Stroud.

— Cette... femme ? C'est impossible.

— Impossible ? Ils sont homme et femme !

— Elle pourrait être sa mère ! Quelque chose entre eux ? Quoi donc ?

— Il est sans cesse chez elle. Je n'aime pas parler de cela mais on bavarde. J'ai pensé que vous deviez être mis au courant... Un jour, par exemple, j'ai été frappé à sa porte, mais personne ne m'a répondu, cependant j'entendais parler. Ensuite, je l'ai vu quitter la maison par une porte dérobée. Je lui ai parlé à elle par la suite et elle m'a demandé si j'avais vu Eden récemment. Elle a ajouté qu'il devait sans doute travailler beaucoup et n'aller nulle part. Une autre fois, éveillé par l'enfant, j'ai vu Eden quitter la maison : il était minuit passé.

Renny se mordait le pouce d'un air ennuyé. Il lui déplaisait d'entendre des propos inquiétants au sujet d'Eden avec lequel il commençait à s'entendre mieux, comme d'ailleurs avec toute sa famille... Il redoutait les querelles, désirant avant tout se sentir heureux, savourer la paix de cette vie campagnarde tout en s'habituant à ses nouvelles responsabilités. Son père lui manquait continuellement. Cette bonne humeur toute naturelle, cette confiance dans l'avenir dont il rayonnait avaient paru un phénomène aussi permanent que l'existence de Jalna. Il avait parfois le sentiment de se montrer personnellement irritable, autoritaire, rude même, quoiqu'il fût plein d'un sentiment paternel et protecteur pour les garçons confiés à ses soins.

— Quelle sorte de femme est cette Mrs. Stroud ?

— Elle s'est montrée bonne pour nous... d'une certaine manière, mais elle vous accapare : avec elle, on finit par ne plus s'appartenir ; aussi, je pense qu'une liaison avec elle serait mauvaise pour un garçon impressionnable et poète comme Eden.

— Vous a-t-elle parlé de son passé ?

— Elle m'a dit seulement avoir eu un mari paralytique pendant des années. J'imagine qu'il lui a fait mener une vie d'enfer et j'ai l'impression qu'elle est décidée à jouir le plus possible du bon temps qui lui reste.

— Hum !... merci de m'avoir prévenu. Comment vous sentez-vous à présent ?

— Très bien, je vais me remettre au dressage.

Ils trouvèrent Chris sur Launceton. Il avait travaillé dur. Ses flancs étaient marqués de sombres taches de sueur. Le visage étroit de la jeune femme était pâle, mais rayonnait d'exaltation. Elle fit signe de la main.

— C'est une merveille ! cria-t-elle.

Comme la chaleur du soleil devenait plus brutale, les chevaux furent menés aux écuries et bouchonnés. Les cheveux de Chris Cummins collaient à son front. Elle se dirigea vers son enfant qui s'était couché en rond à l'ombre et chassa un moustique installé sur sa joue. Puis elle ouvrit son balluchon et en sortit un biberon. Il était profondément endormi, mais la tétine glissée entre ses lèvres l'éveilla et il se mit à boire, en extase, tout en regardant sa mère avec une expression de profonde gratitude, comme si elle avait passé la matinée à le choyer.

Renny vint à elle.

— Quel enfant facile ! s'écria-t-il. Vraiment je crois qu'un peu de saine liberté les développe !

— Je ne suis pas très mère, mais je l'aime, dit-elle.

— Peut-il boire sa bouteille tout seul ? Pouvez-vous le laisser ?

— Certainement. Désirez-vous que je continue le travail ?

Elle se leva et resserra sa ceinture.

— Pour qui me prenez-vous ? Pour un conducteur d'esclaves ? Je désire vous montrer mon cabinet de travail et puis je voudrais vous parler d'une chose que m'a confiée votre frère.

Elle lui jeta un regard un peu surpris, mais le suivit. Ils pénétrèrent dans les écuries tandis que Tod en les regardant s'éloigner roulait des yeux où se lisait un mélange de déception de voir s'en aller sa mère et de résignation facile à la vue de son biberon de bon lait frais de Jersey produit par les vaches de Jalna, breuvage singulièrement différent de ce qu'il s'était imaginé jadis être le meilleur.

Dans le cabinet de travail, Chris resta plantée devant le bureau, les mains dans les poches. Elle finit par dire :

— Je ne puis vous imaginer assis à un bureau.

Il s'y installa pour qu'elle puisse en juger.

— Bon ! eh bien, vous avez l'air sacrément dépaysé ! Et vous avez une machine à écrire : je vous vois lui disant zut !

— Oui, plutôt « fiche le camp » ! Voyez donc.

Il se mit à taper lentement quelques mots. Elle rit et vint près de lui.

— Qu'écrivez-vous ?

— Ne savez-vous pas lire ?

Elle se pencha pour voir de plus près.

— Votre frappe est affreuse.

— C'est parfaitement lisible ! Lisez à haute voix.

Elle lut : « Donnez-moi un B-ai-zé. »

— Du diable, si je veux !

Il continua à taper laborieusement : « Vous avez une langue affreuse, mais vos lèvres sont adorables. »

Elle demanda :

— Et pourquoi est-ce que ça va en biais ?

Il répondit d'une voix légèrement enrouée :

— Parce que j'essaie de regarder votre visage.

— N'essayez pas, il n'est pas joli !

Elle lui mit les mains des deux côtés du visage et le força à regarder la machine. Il demeura immobile un moment, puis ses mains se posèrent sur celles de la jeune femme et il les attira contre sa poitrine en levant son visage vers le sien. Elle se pencha en avant et posa ses lèvres sur sa bouche, demi-souriante et avide. Elle pensait :

« Je vais l'embrasser. Pourquoi pas ? Ça mettra fin à tout cela. Que ses cils sont sombres et épais et les blancs de ses yeux rappellent ceux de Tod... »

Elle se sentait prise de vertige à plonger ainsi dans le mystère de ces yeux si proches des siens qu'elle les ferma ; elle garda les paupières crispées tandis que le visage de Renny levé vers elle conservait cette expression de tête sculptée de fontaine, toute sa vitalité étant concentrée dans sa bouche passionnée.

Elle arc-bouta violemment ses mains contre sa poitrine.

— Lâchez-moi ! haleta-t-elle.

Il la libéra et se leva d'un mouvement vif, avide.

Ils se dévisagèrent.

— Non, non, dit-elle, je ne veux plus !

— Pourquoi pas ? Cela ne vous a pas déplu ?

— Je ne peux pas.

— Vous ne pouvez pas ?

— Je déteste l'amour, j'en ai eu assez comme cela !

— Pas avec moi ! Nous ne faisons que commencer.

— Non, vous dis-je, je déteste ça !

Ses sourcils remontèrent en une expression d'incrédulité, puis il dit :

— Fort bien. Alors, parlons des amours des autres.

Elle effleura sa manche d'une main brune et mince :

— N'allez pas croire que vous me déplaisez... au contraire, vous ne me plaisez que trop !

— Voilà qui est bien féminin ! s'écria-t-il.

— Comment ?

— Elles mettent une pancarte : « N'approchez pas ! » puis l'entourent de guirlandes roses !

— Écoutez donc, dit-elle, je suis venue ici pour dresser des chevaux : si vous n'êtes pas content de moi, congédiez-moi !

— Je suis parfaitement satisfait, répondit-il d'un ton bref.

Il était assis sur un coin de son bureau, il sortit un paquet de cigarettes un peu écrasé et lui en offrit une. Puis il poursuivit :

— Si vous croyez que je suis de ces hommes qui ne peuvent travailler avec une femme sans la courtiser, vous vous trompez.

— Je n'ai jamais pensé cela, répondit-elle simplement, mais Jim nous soupçonne.

— Bon Dieu ! clama-t-il, Jim m'a l'air de soupçonner tout le monde ! Il vient de me faire toute une histoire au sujet de Mrs. Stroud et d'Eden !

Les sourcils de Chris se rapprochèrent :

— Je regrette qu'il n'ait pas su se taire.

— Croyez-vous qu'il y a du vrai là-dedans ?

— Je pense que Mrs. Stroud est à l'affût de sensations nouvelles. Elle a eu une vie pénible et fera son possible, je pense, pour s'en dédommager. Elle adore la beauté d'Eden.

— Je déteste cette sorte de femmes ; elle en fera un imbécile.

— Elle croit qu'il a besoin de ses conseils.

— J'imagine qu'elle le traite en poète... parce qu'on a accepté un de ses poèmes ! Dieu puissant, je préférerais qu'il soit tout autre chose ! Sa mère passait son temps à lire des vers. C'est un gars bien bâti, il pourrait monter les chevaux et m'aider s'il en avait le caractère !

— Mais il ne l'a pas, du moins pas cette sorte de caractère !

— Vous connaissez Mrs. Stroud ? Dites-lui donc de laisser Eden tranquille. J'ai envie d'aller lui parler moi-même.

— Je pense que voilà une bonne idée. Je ne me trouve pas dans une situation à lui donner des conseils.

— Que pensez-vous d'elle ? Quelle sorte de femme est-ce ?

— Je crois que c'est un volcan qui couve sous la cendre.

Il fit le tour de la pièce d'un pas rapide et dit :

— Si vous retournez chez vous maintenant, je m'en irai avec vous.

— Parfait.

Il sortit du bureau à sa suite en arborant un air affairé.

Ils s'arrêtèrent pour admirer un poulain né l'avant-veille. Couché en rond au pied de sa mère, il était trop faible encore pour gambader. Ses yeux rayonnaient de fierté naïve et d'insouciante hardiesse. La jument flairait la frange soyeuse qui retombait sur son front.

— N'ont-ils pas fière mine ! jeta Chris. Je n'en ai jamais vu qui lui ressemble ! reconnut-elle.

Ils trouvèrent Tod titubant dans la cour comme un marin ivre, sa bouteille vide sous le bras. Renny le saisit tandis que Chris rassemblait ses affaires, puis ils s'en furent à travers champs.

— Vous a-t-on jamais appelée Kit ? demanda-t-il.

— Non.

— C'est un bon diminutif pour Christine. Je vais vous appeler Kit. Vous n'y voyez pas d'inconvénient ?

— Appelez-moi comme il vous plaira, répondit-elle indifférente.

— Pourquoi donc vous montrez-vous tellement glaciale ?

Elle serra ses lèvres au dessin délicat et précis :

— J'en ai fini avec ces choses-là.

— Vous voulez dire avec les surnoms ?

— Vous savez ce que je veux dire.

Ses yeux cherchaient son visage :

— Seriez-vous de cette sorte de femmes qui se croient seulement capables d'un unique et grand amour ?

— Je n'en ai jamais éprouvé de tel.

Ses sourcils mobiles s'élevèrent, puis il dit :

— Pourquoi ne pas essayer ?

— Le diable, si je veux !

— Mais pourquoi pas ?

— Vous êtes trop dangereux.

— Est-ce pour cette raison que vous jurez de la sorte ?

— Je jure... parce que je n'y puis rien.

— Il ne faudrait pas que ma sœur vous entende !

— Je ne vois jamais votre sœur.

— Mais vous la verrez. Elle vous invite à venir prendre le thé avec Jim et Mrs. Stroud.

— Bien... c'est aimable de sa part.

— Viendrez-vous ?

— Peut-être.

Ils étaient arrivés devant la maison récemment réorganisée. N'ayant pas été bâtie pour servir de demeure à deux familles, elle semblait mal s'accommoder de cet arrangement nouveau. La partie occupée par Mrs. Stroud affichait un air de supériorité avec ses rideaux immaculés bordés de volants froncés et son grand heurtoir de cuivre, tandis que l'autre logement avait un air hargneux, comme s'il éprouvait quelque humeur de ce que ses pièces jadis si bien tenues fussent laissées à ce point à l'abandon par les nouveaux venus. Lorsque Tod se vit arrivé chez lui, il battit des mains. Renny le déposa à terre devant le portillon, et le bébé, tel un joyeux automate, s'en fut de son pas balancé. Des brins de paille étaient restés piqués dans sa chevelure semblable à de l'étoupe.

— Quel gentil petit bouchon ! s'exclama Renny.

— Oui, répondit-elle d'un air absent, ses doigts jouant avec le loquet du portillon.

— Bien, il va falloir affronter l'enchanteresse ! Souhaitez-moi bonne chance !

Tandis qu'il attendait devant la porte de Mrs. Stroud, il se souvint que Meg allait l'inviter pour le thé. Il ne pouvait se montrer désagréable envers une future invitée. Mais il lui fallait découvrir quelle sorte de femme c'était. Non point qu'il se crût capable de comprendre vraiment une femme. Les chevaux, oui, ou encore les hommes, les garçons ; sa grand-mère aussi, il croyait la comprendre. Mais elle avait dépassé quatre-vingt-dix ans. Une femme devait acquérir un peu du caractère d'un homme avec les années... Non pas que grand-mère ressemblât à aucun homme qu'il eût connu... Il sonna une seconde fois.

Chez elle, Mrs. Stroud était occupée à accrocher une paire de boucles en grenats à ses oreilles de cire aux étranges contours dont elle se montrait vaine, et à changer les chaussures à talons plats qu'elle portait pour vaquer aux soins de son ménage contre des mules à hauts talons. Elle se hâta vers la porte.

A la vue de Renny sur le seuil, son visage exprima d'abord sa surprise, puis s'éclaira d'un sourire de bienvenue.

— Entrez donc, dit-elle, quelle belle journée ! Mais la chaleur augmente, n'est-ce pas ?

Il entra, ils s'assirent tous deux et elle lui offrit une cigarette. Renny dit enfin :

— Je suis venu jusqu'ici avec Mrs. Cummins et le jeune Tod.

— N'est-ce pas qu'elle est merveilleuse ! s'écria Mrs. Stroud. Dire qu'elle monte si bien à cheval et qu'elle est encore capable de soigner son enfant et de mener son intérieur !

— Elle monte bien, reconnut Renny.

— Elle a une rude existence. Son frère est un jeune homme irascible, difficile à vivre. La maison est petite : mon sang bout parfois de l'entendre lui parler brutalement !

— Elle a l'air capable de se défendre et ne semble pas appartenir à la catégorie des timides.

— Mais je déteste sentir souffrir un être ! Pourquoi ne pas jouir de la beauté de la vie... de sa poésie, de sa paix ?

— Je ne sais pas, répliqua Renny, l'air grave. Mais, puisque nous parlons poésie, j'imagine que vous êtes au courant du dernier poème d'Eden ?

— De celui qui a été accepté ? Oh ! oui, il est venu tout droit ici pour me le lire. Voyez-vous, ses travaux m'intéressent tant...

Leurs regards se rencontrèrent ; ils se dévisagèrent un moment pleins de méfiance et de défi.

Renny s'efforça de sourire avec naturel, puis il dit :

— C'est aimable à vous de vous intéresser à lui.

Elle eut un petit sourire triste :

— L'amabilité est toute de sa part. Il est jeune, séduisant et plein de promesses ; un même amour de la poésie nous a rapprochés.

— Je ne suis pas sûr, dit-il, que toute cette poésie soit bien saine pour un garçon qui étudie les lois et qui a besoin de concentrer sa pensée. Je serais heureux qu'on ne publiât jamais d'autres poèmes de lui.

Mrs. Stroud ne put contenir la désapprobation que ces paroles éveillaient en elle. Son visage se colora :

— Vous ne savez pas ce que vous dites ! Vous allez lui donner une profession glaciale qui demande un esprit calculateur et le privera de ce qui est l'essence même de son être... que cela vous déplaise ou non...

— Je ne lui ai pas conseillé l'étude des lois ; il a choisi lui-même ce métier, sans doute parce qu'il pensait s'assurer ainsi une existence facile.

— Je crains fort que vous ne compreniez absolument pas Eden. C'est une nature ardente qui se dépense d'une manière insouciante dans tout ce dont il s'occupe.

— Tout ce que je l'ai vu dépenser d'une manière insouciante, c'est mon argent ! répliqua Renny.

Elle répondit avec autant de hâte :

— Mon Dieu, j'imagine qu'il a le droit de recevoir une bonne instruction : le testament de votre père ne lui assure-t-il pas certains droits ?

— Je vois qu'il vous a parlé de nos affaires.

— Son bonheur me tient à cœur, répondit-elle avec simplicité en croisant ses mains sur ses genoux, et il remarqua combien elles étaient blanches, douces, quoique énergiques.

Il écrasa sa cigarette et se leva.

— Je suis venu ce matin, Mrs. Stroud, dit-il d'un ton froid, pour vous demander de décourager Eden de vous rendre visite trop souvent. Il a passé une grande partie de son temps chez vous ce printemps alors qu'il eût dû se consacrer à l'étude. La conséquence en fut qu'il passa ses examens de justesse. Le fait d'avoir eu quelques vers acceptés par une revue ne compense pas cela.

Elle leva ses beaux yeux gris vers lui avec une expression suppliante :

— Que désirez-vous que je fasse ?

— Rappelez-vous seulement qu'il est un enfant sans expérience et qu'il se doit à ses études.

— Désirez-vous que je lui dise de ne plus revenir ici ?

— Non, cela le découragerait sans doute et il devinerait que je m'en suis mêlé. Je vous demande seulement de l'empêcher de vous rendre visite trop souvent. Vous ne désirez pas que les voisins clabaudent sur vous et Eden, n'est-ce pas ?

Mrs. Stroud demanda de sa voix grave :

— Jim Dayborn aurait-il parlé ?

— Je ne répondrai pas à cette question.

— Ou Miss Pink ? Je pense que c'est Miss Pink, elle s'est montrée envieuse à mon égard dès le début. Elle croit que c'est elle qui a découvert le talent d'Eden.

— Miss Pink essuyait la bave sur le menton d'Eden le jour de son baptême. Vous ne pourriez lui dire n'importe quoi à son sujet.

— Voici une remarque singulièrement révélatrice, Mr. Whiteoak. Elle prouve clairement votre attitude en face de la vie.

— Il se peut qu'elle ne soit pas aussi mystérieuse que vous le croyez. Mais étant le protecteur de mes frères, je suis décidé à me montrer aussi sévère en vue de leur avenir que je le suis pour mes chevaux.

Mrs. Stroud eut un rire insolent :

— Vous appliquez les mêmes méthodes aux hommes qu'aux chevaux, hein ?

— Je pourrais faire pire.

— Si vous croyez, s'écria-t-elle soudain, que ces deux-là à côté sont ce qu'ils semblent être, vous vous trompez ! — Puis elle ajouta tout aussi brusquement : — Je n'aurais pas dû vous dire ça, mais ils m'ennuient !

— Mrs. Stroud, déciderez-vous Eden à travailler avec plus d'ardeur ?

— Certainement. Je désire tout ce qui est souhaitable pour lui.

Ils se quittèrent en bons termes et avant qu'il s'en aille, elle lui fit faire le tour de son petit jardin en lui faisant remarquer comme ses delphiniums devenaient beaux. Arrivés au portillon, elle posa une main sur sa manche et, les yeux étincelants tournés dans la direction des fenêtres de ses voisins, elle dit :

— Avez-vous vu bouger ce rideau ? Je ne puis faire un geste sans être épiée ! Cela vous fait une étrange impression !

9

Le thé

Adeline errait lentement autour de la table à thé, examinant ce qu'on y avait disposé d'un œil tellement intéressé qu'il en était avide. Elle remerciait le Ciel dans son for intérieur de ce qu'elle jouissait encore d'une bonne digestion, n'étant pas de ces vieilles gens qui en sont réduits à se sustenter de bouillies. Elle pouvait même se permettre d'absorber le curry fortement assaisonné dont elle avait pris le goût lors de son séjour dans l'Inde. Elle absorbait aussi bien le plum-pudding anglais arrosé d'une sauce au brandy ou encore un éclair au chocolat et si, par aventure, elle en souffrait, c'était si légèrement qu'elle estimait chaque fois que le jeu en avait valu la chandelle.

Ici, justement, elle réfléchissait au genre de thé qu'elle appréciait le plus : des sandwiches au poulet, aux concombres, au beurre de poisson, des galettes chaudes beurrées et recouvertes de miel. Trois gâteaux : un feuilleté à la noix de coco, un sombre gâteau au chocolat, enfin un gâteau blanc, glacé, couronné de noix confites. Elle avança une main avide et ridée, en prit un et le glissa dans sa bouche. Le centre était bourré de frangipane et, immédiatement, il adhéra solidement à son palais. Elle ne s'en inquiéta pas et, appuyée sur sa canne, ses yeux bruns roulant un peu dans leurs orbites, elle téta la friandise.

Mais elle ne put la savourer en paix. Sa fille, élégante, en taffetas noir accompagné de lourds bracelets d'or, entra, la cherchant.

— Comment vous sentez-vous, maman ? dit-elle en regardant Adeline bien en face.

Adeline lui rendit son regard sans un mot, mais les couleurs lui montèrent aux joues. Elle eût préféré étouffer plutôt que d'avouer son geste.

Augusta s'approcha et la prit par le bras.

— Y a-t-il quelque chose qui ne va pas, maman ?

— J'ai seulement jeté un coup d'œil à... à la table, bredouilla-t-elle à travers la frangipane.

— Maman ! Quoi... oh ! je vois ! Mais vraiment vous ne devriez pas...

— Pas quoi ? demanda Adeline plus nettement et d'un air féroce.

Elle réussit enfin à avaler la bouchée et ne chercha plus à dissimuler son visage.

Augusta répondit avec tact :

— Vous ne devriez pas permettre qu'on vous fasse attendre votre thé si longtemps.

Adeline pensa : « Je l'ai roulée. » Elle en fut enchantée et dit magnanime :

— Cela m'est égal d'attendre à l'occasion.

Elles passèrent ensemble au salon.

— Ai-je bon air, au moins ? demanda Adeline. Mon bonnet est-il posé bien d'aplomb ?

Sa fille le déplaça légèrement.

— Vous êtes très belle.

Nicolas et Ernest étaient déjà au salon. Nicolas lisait un roman de guerre envoyé par un ami d'Angleterre. Ernest, avec un peu d'ostentation, tenait en main un volume de Shakespeare. Il se leva pour aller à la rencontre de sa mère. Nicolas gémit en accomplissant cet effort.

— Reste où tu es, lui dit sa mère. Je te tiens compte de l'intention. Où en est ta goutte ?

— C'est une vraie plaie. Pourtant je n'ai rien fait pour la provoquer cette fois-ci, car j'ai vécu comme un Spartiate.

Son frère jeta un petit rire en fausset à la fois sceptique et très agaçant.

Nicolas le foudroya du regard.

— Mes enfants, jeta vivement leur mère, j'entends les invités dans le hall !

Meg entra précipitamment, puis elle s'avança avec dignité à la rencontre de Dayborn qu'accompagnaient Chris Cummins et Mrs. Stroud. Elle présenta chacun d'eux à sa grand-mère, à sa tante et aux oncles. Avant que les présentations fussent terminées, Wakefield entra, à la recherche de Meg. Il portait une chemise bleu pâle et des escarpins de la même nuance. L'enfant donna sa petite main à chacun des hôtes avec un air de vouloir les mettre à leur aise. Meg éprouvait à son égard un orgueil maternel.

— Le plus jeune de mes petits-fils, dit Adeline. Un enfant posthume. Il n'eût jamais vécu si je ne l'avais choyé sans cesse. Quoi que sa vie puisse être par la suite, il me la devra. Il le sait bien, n'est-ce pas, petit ?

— Oui, reconnut Wakefield. Ze dois la vie à Gwannie.

Il rayonnait sous les regards du cercle admiratif qui l'entourait.

— Et comment va votre santé, Mrs. Whiteoak ? demanda Mrs. Stroud en s'asseyant à côté d'elle. Bien, je l'espère ?

— Ah ! je ne manque pas de mérite ! répondit la vieille dame. J'ai moins de maux et de misères qu'aucun de mes trois enfants ! Mon fils aîné — celui qui a une moustache — a des crises de goutte.

— Quel air distingué il a ! dit Mrs. Stroud.

— Quant à l'autre, poursuivit Adeline, il a des dispositions littéraires et pense à écrire un livre : il vous en parlera, car il m'a bien expliqué ça hier, mais je l'ai oublié. Ma fille, lady Buckley, est veuve. Tous trois ont passé la plus grande partie de leur existence en Angleterre : ils sont trop anglais pour moi. Je suis un véritable vieux pionnier. — Elle se pencha pour voir Chris Cummins que lui cachait Mrs. Stroud. — Ainsi, voilà la jeune personne qui dresse les poulains ! Elle n'a pas l'air solide, mais on ne sait jamais. Où est votre bébé, ma chère ? Pourquoi ne l'avoir pas amené avec vous ?

— Le vieux Scotchmere le garde en ce moment ; il l'a juché sur un ambleur...

— Ah ! ah ! Scotchmere transformé en nourrice ! Ils prétendent que vous montez comme un jockey : il faut que j'aille jusqu'aux écuries un jour pour vous voir.

Mrs. Stroud se mêla à la conversation :

— N'y allez pas, Mrs. Whiteoak ! Je l'ai fait une fois et j'ai eu peur en la voyant : elle est trop jolie pour courir de tels risques !

— C'est mon métier, dit Chris, et je ne désire rien d'autre.

— Ah ! voici qui s'appelle avoir du caractère ! — Le regard d'Adeline fit le tour de la pièce. Où est Renny ? Où sont Eden et les deux autres ? Nous avons assez attendu !

Tandis qu'elle parlait, Renny entra, les cheveux lissés par la brosse ; ses yeux avaient une expression intéressée. Eden le suivait, un léger sourire éclairait son visage lorsque ses yeux rencontrèrent ceux de Mrs. Stroud. Meg, prenant Wakefield par la main, précéda les invités vers la salle à manger. L'enfant tendit l'autre main à Mrs. Stroud.

— Qu'il est délicieux ! s'exclama-t-elle. Et si gracieux ! Les enfants reconnaissent instinctivement ceux qui les aiment !

Renny, en manière de jeu ou parce qu'il était d'humeur à montrer quelle amitié boiteuse régnait entre lui et son plus jeune frère, saisit l'enfant au moment où ils arrivaient devant la table servie et l'éleva à la hauteur de ses épaules. Wakefield se raidit et cria : « Laisse-moi, laisse-moi, ze-ze v-veux descendre ! » Renny le déposa plutôt rudement sur la chaise qui se trouvait à côté de celle de Meg.

— Eh bien, que dire de son instinct ? jeta Dayborn rieur, il n'a pas l'air de s'entendre avec vous !

— Malheureusement, expliqua Meg, le pauvre petit a été effrayé par Renny peu après le retour de celui-ci et il n'a pas encore surmonté ce sentiment, mais cela viendra.

— Il est nerveux, ajouta Ernest, il n'a pas l'habitude de voir beaucoup de monde.

Nicolas poursuivit :

— Depuis la mort de ses parents, nous avons vécu très retirés. Il est temps que ça change !

Il était assis à côté de Mrs. Stroud. Elle regardait son visage profondément marqué à l'expression expérimentée et pensait : « Quel homme magnifique ! Et divorcé ! Comment une femme a-t-elle pu divorcer d'avec lui ! Oh ! avoir été mariée à un homme tel que celui-ci ! »

Mais les manières dont il fit montre à table lui déplurent. Il avachit ses larges épaules au-dessus de son assiette et dévora un sandwich au poisson en deux coups de dent. Puis il se mit à lui parler d'une fontaine qu'il projetait d'élever dans le jardin, du côté sud, à l'occasion de l'anniversaire de sa mère.

— La maquette représente une statue de femme en costume hindou tenant une harpe irlandaise et s'appuyant contre un lion. C'est afin de rappeler les trois contrées qui ont le plus influencé l'existence de ma mère. Mon frère a eu cette idée. Je vous montrerai quelques esquisses qu'il a faites. Mais, je vous en prie, n'en parlez pas à ma mère, cela doit rester tout à fait secret jusqu'au grand jour. L'eau sortira de la gueule du lion !

— Comme c'est intéressant ! s'écria Mrs. Stroud. Mais le Canada n'est-il représenté par rien ?

— Le Canada fournit l'eau, répondit Ernest.

Eden, de l'autre côté, lui offrait un « crumpet ». Elle éprouvait un sentiment aigu de sa présence toute proche et se mit à comparer ses jeunes mains brunes et lisses à celles de Nicolas qui, quoique bien faites, tremblaient légèrement tandis qu'il portait sa tasse à ses lèvres.

— Et maintenant, que pensez-vous de nous ?

— Je vous trouve tout à fait charmants, bien plus encore que vous ne me l'aviez fait espérer ! Comment, il y a de la poésie dans chacun de vous à une exception près...

— Je devine qui vous voulez dire, mais je dois ajouter qu'il serait charmé de se savoir une exception dans ce domaine. Cela dit, je veux être pendu si j'arrive à découvrir de la poésie dans aucun d'eux !

— Ah ! c'est que vous les connaissez trop bien. Si vous aviez vécu la même vie que moi ! Mais c'est passé. Voici un nouveau monde qui s'ouvre à moi : je suis si heureuse d'être venue ici ! Maintenant je connais votre climat familial : il est aussi différent que possible de celui qui fut le mien. Comme votre grand-mère se montre charmante envers Jim Dayborn !

La vieille dame parlait avec enthousiasme des chevaux de chasse irlandais. Son rire discordant fusa tandis que Jim lui contait des exploits de jeunesse. Elle lui posa des questions à mi-voix, lui demandant son opinion au sujet des chances que pouvait avoir Launceton pour le Grand National. Elle était entièrement d'accord pour qu'on risquât la chose, mais ses fils, sa fille et sa petite-fille pensaient que c'était risquer beaucoup en même temps qu'une dépense considérable.

Ernest parlait à Chris du livre qu'il méditait sur Shakespeare. Tout à fait différent de ce qui avait été écrit jusqu'alors, déclarait-il. Il se sentait parfaitement capable de composer cet ouvrage, ayant fréquenté le théâtre durant des années. Il lui demanda son opinion sur les sonnets de Shakespeare. Elle avoua ignorer qu'il en eût écrit. Cet aveu ne la diminua pas aux yeux d'Ernest, satisfait qu'il était de pouvoir parler de « ses travaux » à une séduisante jeune femme.

« Quel bon vieux type ! pensait-elle, quoiqu'il ait l'air un peu gaga au sujet de Shakespeare ! »

Mais, tandis qu'Ernest parlait, ses yeux de myosotis ne perdaient rien des regards d'intelligence échangés entre Mrs. Stroud et Eden et il remarqua la joie qu'elle éprouva quand elle eut réussi à le garder à ses côtés lorsqu'on s'en fut visiter le jardin après le thé.

La vieille Adeline s'établit sur le banc circulaire peint en blanc placé sous le bouleau argenté qui dominait le pelouse. La corbeille de géraniums rouges venait d'être garnie et elle lui jeta un regard rayonnant d'approbation. Puis elle se souvint de Piers et de Finch.

— Où sont les deux garçons ? demanda-t-elle. Je ne les ai pas vus au thé.

Meg répliqua :

— Piers est allé à la pêche ; quant à Finch, il a trouvé moyen de se mettre du goudron dans les cheveux et il ne pouvait se montrer à table dans cet état !

— Du goudron, hein ! Le jeune vaurien ! Il faut enduire ses cheveux de beurre, ça ôtera tout. Celui-là est un gentil petit garçon, Mrs. Stroud. Mais tout bourré de musique comme sa pauvre mère !

— Un musicien et un poète, Mrs. Whiteoak ! Vous êtes gâtée dans vos petits-fils !

— Sans aucun doute ! Et dans ce grand cheval de garçon là-bas et dans le bébé aussi ! Laissez donc cela, monsieur ! Vous êtes un vilain garçon !

Wakefield venait de vider ses mains pleines de gravier ramassé dans l'avenue dans la jupe de piqué blanc de Mrs. Stroud. Mais elle fit mine de ne s'en point soucier et ne permit pas qu'on le grondât. Elle cherchait à se faire bien voir de tous.

C'était la première fois que Renny voyait Chris vêtue d'autre chose que d'une culotte de cheval élimée. Cela en faisait une fille toute différente. Au lieu d'une chemise à manches longues, elle portait une robe de batiste rose. Ses jambes gainées de soie et ses minces bras nus étaient gracieux. Mais la main et le poignet paraissaient si hâlés qu'on avait l'impression qu'elle portait des gants marron. Sa vivacité d'éclair qui frisait la violence s'était transformée en féminité charmante.

— Vous pouvez être deux personnes bien dissemblables, lui dit-il tandis qu'ils se trouvaient être auprès du vieux mûrier sous lequel était suspendu un hamac fort abîmé qui avait servi de récipient pour les mûres pendant plus de trois décennies.

Son matelas pendait, flasque, et le bord du hamac était rouillé, mais ce coin isolé ne manquait pas d'un certain charme poétique.

— Vous me faites pitié si vous êtes pris à ce piège ! répondit-elle.

— Je ne vous vois pas jurant dans cette toilette !

— Le diable si vous n'y parvenez pas ! s'exclama-t-elle incrédule et sans affectation.

— Chris, je vous aime.

— Merci.

— Je vous aime chaque jour davantage.

— M'aimez-vous assez pour augmenter mes gages ?

— Ne mêlez pas les questions matérielles aux sentiments que j'éprouve !

— Voilà de mauvaises nouvelles !

— Mais si vous désirez être augmentée, vous le serez.

— Je ne mérite pas un penny de plus que ce que je reçois. Vous vous êtes montré chic envers moi.

Ses yeux soudain se remplirent de larmes. Il détourna les siens et se mit à balancer doucement le hamac.

— Vous savez, dit-il, mon père et ma mère y étaient assis côte à côte lorsqu'il la demanda en mariage.

— C'était choisir un sacré endroit pour une telle démarche !

Il répliqua d'un ton plutôt bourru :

— Le hamac était neuf alors et on le recouvrait d'une bâche lorsqu'il ne servait pas. Mes jeunes frères s'en sont emparés pour quelqu'une de leurs bêtises tandis que j'étais au loin.

— Cela me fâche, dit-elle d'un air contrit, mais il faut que je me montre mauvaise envers vous, ne comprenez-vous pas ?

— Non, dites-moi ça.

Elle se tourna vers lui.

— Vous comprenez parfaitement.

— Vous voulez dire que vous êtes sur le point de m'aimer et que vous avez quelque raison perverse pour ne pas le vouloir ?

— Je veux dire que je ne le dois pas !

— Mais vous êtes toute prête à m'aimer ?

— Je vais m'en aller, voilà trop longtemps que je suis loin de Tod !

Il la saisit par le bras pour la retenir et dit :

— Kit, voici le premier instant où nous ayons jamais été seuls, il y avait chaque fois un cheval ou quelque chose...

Elle leva les yeux vers les siens. Si son nez était légèrement impertinent, ses yeux corrigeaient cette impression par leur saisissante intensité.

— Renny... Renny... chéri, je vous en prie, laissez-moi m'en aller.

Il fit glisser sa main le long de son bras et, l'ayant libérée, la suivit jusqu'à l'endroit où les autres s'étaient réunis en groupe autour de la vieille Adeline.

Celle-ci demeura à la même place lorsque les visiteurs eurent pris congé. Cela l'amusait de bavarder en les épluchant, en les comparant à d'autres relations qu'elle avait eues il y avait longtemps de cela. Elle pensa qu'elle aimerait donner un très grand dîner la semaine suivante. Ce beau temps persistant l'avait réchauffée tout en lui donnant une vitalité nouvelle. Ses fils étaient assis sur le banc à côté d'elle, Nicolas tirant placidement des bouffées de la pipe qu'il venait d'allumer, Ernest regardant Augusta qui avait repris sa tapisserie au gros point.

— Je voudrais savoir faire cela ! dit-il d'un air admiratif.

— Je te l'apprendrai si tu veux, répondit Augusta.

— Je doute que je sois capable d'apprendre.

— Quelle idée ! Il n'y a pas de raison que tu y sois le moins du monde moins apte que moi !

— J'espère que tu n'insinues pas que je suis efféminé, Augusta ?

— Pas du tout. Mais tu as une délicatesse et une précision en toi... Vois-tu, si Renny me demandait que je lui apprenne...

Renny était étendu sur le dos dans l'herbe, un bras jeté sur ses yeux. En dessous ses lèvres avaient un pli dur. Eden était également assis dans l'herbe et jouait avec Wakefield, ce qui lui était une occasion de démontrer d'une manière quelque peu provocante la préférence du petit garçon pour lui.

— Va jouer avec le grand frère Renny, dit-il, demande-lui de faire le grand ours !

— Non, dit Wakefield d'un ton décidé, bébé ne sait pas lui p-parler comme il faut !

— Bien, si tu ne peux pas parler, va le trouver et fais-lui une vilaine grimace !

D'un air timoré, Wakefield s'aventura jusqu'à s'approcher du grand corps allongé, mais il se montra plus brave qu'il n'en avait l'air lorsque, soudain, Renny le prit et l'assit sur sa poitrine. Wakefield y resta sagement, satisfait de son installation et charmé d'être balancé au souffle régulier qui soulevait et abaissait son nouvel établissement.

— Ce chéri ! s'écria Meg de la plate-bande où elle cueillait des fleurs. Je savais qu'il ne tarderait pas à s'apprivoiser avec toi !

— Je n'ai jamais vraiment craint le contraire, dit Renny. Ce n'étaient que des manières pour se faire remarquer. Avant longtemps, je serai son préféré !

Il donna quelques tapes encourageantes dans le dos du petit garçon. Ses yeux se fixèrent sur Eden avec moins d'aménité ; il s'adressa à sa grand-mère en élevant légèrement la voix :

— Mrs. Stroud vous a donc plu, Gran ?

— En effet, je pense que c'est une femme aimable et sensible, quoique je ne mettrais pas ma main au feu qu'elle sort de la cuisse de Jupiter.

Eden rougit et dit :

— C'est la femme la plus intéressante et la plus intellectuelle que j'aie rencontrée.

— Que diriez-vous, Gran, si on vous apprenait qu'Eden a une liaison avec elle ?

— Je ne te croirais pas.

— C'est vrai.

Eden jeta à Renny un regard furieux.

— Au nom du Ciel, tais-toi !

Adeline planta solidement sa canne d'ébène dans le sol entre ses pieds et se pencha en avant afin de ne point perdre le moindre mot.

— Il a dit : « Tais-toi » ? Moi, je dis non. Déballez-moi ça, je veux tout savoir !

Ses yeux luisaient de curiosité.

— J'imagine, répondit Eden, que ce n'est pas la première fois dans l'histoire qu'un jeune homme s'est lié d'amitié avec une femme plus âgée que lui ?

— Je reconnais que c'est arrivé souvent, dit Ernest, et je ne vois pas pourquoi une telle amitié devrait être déconseillée à un jeune gars... Moi-même, lorsque j'avais vingt-trois ans...

— Cinq ans de plus que ce gars-là ! jeta Renny.

— Nous sommes plus précoces à présent, dit Eden.

— Plus précoces ! s'écria Nicolas d'un ton impatient. Les garçons comme toi sont des bébés comparés à ce que mes camarades et moi nous étions à ton âge !

La vieille Adeline frappa le sol de sa canne.

— Vous êtes tous des bébés ! déclara-t-elle. Pourquoi ne me l'a-t-on pas dit avant que cette femme vienne ici ? Je l'aurais jetée dehors !

— C'est une femme comme il y en a une sur mille, dit Eden, je préfère sa compagnie à n'importe quelle autre. Et je tiens à la voir ! Si les gens se laissent aller à des suppositions inconvenantes, laissez-les dire !

Nicolas se tourna vers Renny :

— Que disent les gens ?

Eden jeta avec véhémence :

— Et qui sont ceux qui parlent ? De vieilles cancanières comme Miss Pink et des chiens puants comme Jim Dayborn !

Renny fit lever l'enfant et s'assit. Wakefield trotta à la recherche de Meg qui était entrée dans la maison.

— Voilà des stupidités, dit Renny. Tu sais fort bien que tu ne peux passer tout ton temps libre dans la maison de Mrs. Stroud sans faire parler les gens. Puisque te voilà si échauffé, dis donc à la famille à quelle heure tu es rentré la nuit dernière et comment !

— Certainement non ! J'aime mieux être damné que d'être tracassé de la sorte ! — Il se leva d'un bond. — Parlez de moi entre vous tant qu'il vous plaira, je m'en vais.

— Quel jeune coq en colère ! s'exclama Adeline.

Tandis qu'il s'éloignait rapidement, elle le considérait de dessous ses sourcils touffus, ses lèvres fermes avancées en une moue ironique et pensive.

— Cette réflexion d'Eden était parfaitement injuste, dit Ernest, il a eu au contraire beaucoup de marques de sympathie de la part de sa famille, particulièrement, je puis dire, de la mienne. Je l'ai encouragé à écrire des poésies.

— J'aurais préféré que vous eussiez fait autre chose en ce cas, répliqua Renny. La poésie est le fondement de toutes ces histoires. Il lit des vers assis aux genoux de Mrs. Stroud et elle lui déclame du Browning et du Shelley. Dayborn m'a raconté ça. Je n'aurais pas dû faire allusion à la chose devant vous tous, mais je lui ai parlé avant qu'il enfourche ses grands chevaux. Si vous, les plus âgés, vous estimez que ça n'a pas d'importance, je n'ai plus rien à dire. Qu'il galope vers le gouffre, si vous n'y voyez pas d'inconvénients !

— Ça n'en viendra pas là, grogna Nicolas. Quand et comment est-il rentré la nuit dernière ?

— A une heure, par la fenêtre de la bibliothèque.

Nicolas lança un léger sifflement. Ernest expira un imperceptible grognement. La grand-mère restait silencieuse avec la même expression pensive et ironique.

Augusta était restée sans rien dire durant toute cette scène, quoique son aiguille fût demeurée immobile. Elle gardait un maintien indifférent quand elle le pouvait, car elle aimait que les choses se passent avec ordre et sérénité, mais voici qui était trop pour elle. Une telle aventure pour un garçon de dix-huit ans n'était pas tolérable. Il était son neveu favori. Elle aimait à le voir élégant, indolent, mais n'eût pas supporté la pensée de le savoir sans moralité. Elle se sentit irritée contre lui comme jamais encore. Mais le blâme fut pour Mrs. Stroud.

— Quelle effronterie ! s'exclama-t-elle. Venir à notre thé avec cela sur la conscience !

— Qui est-elle d'ailleurs ? demanda Nicolas. N'a-t-elle rien de mieux à faire qu'à courir après un adolescent ?

— Elle renouvelle ainsi sa propre jeunesse, dit Renny d'un ton sec. Je ne pense pas d'ailleurs qu'elle ait eu aucun succès jadis. On m'a dit qu'elle avait mené une dure existence pendant bon nombre d'années aux côtés d'un mari infirme. Elle rattrape le temps perdu.

— Elle ne saurait le faire avec Eden, dit Augusta.

Ernest la regarda comme s'il attendait une inspiration, puis demanda :

— Qu'allons-nous faire ? Il a l'air d'avoir pris le mors aux dents et si la différence d'âge et le physique de la personne ne suffisent pas à les éloigner l'un de l'autre...

— Il faut faire quelque chose, conclut Augusta.

Renny remarqua :

— Vous savez qu'il a passé ses examens de justesse. Vous

n'ignorez pas qu'il a des dettes et je suis forcé de reconnaître que vous l'avez encouragé dans ses extravagances, oncle Ernest !

Ernest avait l'air décontenancé. Avant même d'avoir atteint l'âge mûr, il avait dévoré la fortune fort respectable léguée par son père. Il appela au secours l'ombre de celui-ci et s'écria :

— Mon père l'eût cravaché !

Renny sourit et dit :

— Je suis décidé à agir ainsi si vous estimez que je le dois.

— Oh ! non, dit Augusta, les temps des violences sont passés, excepté celles d'une sorte très modérée !

— Comme le coup de pied au derrière, suggéra Renny.

Adeline s'arracha à sa méditation qui l'avait entraînée vers de lointains recoins de sa pensée où se trouvaient les souvenirs de certains épisodes de sa propre jeunesse. Elle dit :

— Il n'y a qu'une chose à tenter avec une femme de cette sorte : il faut qu'il soit supplanté auprès d'elle par un homme ayant plus d'âge et d'expérience que lui !

Il fallut un moment pour que sa proposition eût été saisie par leur esprit, puis Augusta s'écria :

— Quelle bonne idée, maman ! Ernest est sans aucun doute l'homme capable de réaliser la chose parfaitement ! Il a l'expérience du monde, de la distinction et du charme !

Ernest rougit comme une jeune fille à l'énoncé de ses qualités, il sourit même niaisement, mais, en même temps, il était effaré à la pensée de conquérir Mrs. Stroud et il finit par dire en saisissant ses genoux pour empêcher ses mains de trembler :

— Dites donc à Nick de s'en charger ; les femmes apprécient les hommes divorcés.

— Avec cette jambe ! s'écria Nicolas sardonique, j'aurais vraiment bon air avec une guitare posée sur mon genou goutteux en train de jouer une sérénade à la veuve joyeuse...

— Je parie qu'il ne faudra pas longtemps pour que vous l'ayez assise sur l'autre ! dit Renny. Je pense que l'idée de tante est bonne. Cette femme se sent seule ; elle désire une amitié masculine, mais non point du genre cavalier. Elle aime la poésie. Oncle Ernie pourra lui parler du livre qu'il projette d'écrire. Lui en avez-vous parlé aujourd'hui ?

— J'ai peu conversé avec elle, mais j'en ai dit un mot à Mrs. Cummins.

— A Chris ? Je pense qu'elle n'a jamais entendu parler de Shakespeare.

— Si, quoiqu'elle ignore ses sonnets.

— Mrs. Stroud les connaît : je les ai vus sur son bureau.

— Il est une éventualité dont aucun de vous ne semble tenir compte : et si je tombais amoureux de la dame ?

— Épousez-la avec notre bénédiction !

Ernest prit un air offensé. Augusta aussi. Celle-ci finit par dire :

— Si mon frère se mariait, j'espère qu'il choisirait une personne d'extérieur et d'éducation plus convenables. J'estime que Mrs. Stroud est trapue et un peu commune.

Adeline demanda à Ernest d'un air inquiet :

— Crois-tu qu'il y ait danger que tu t'attendrisses pour elle ?

— Pas le moins du monde, maman, elle n'est pas du tout mon type, je ne faisais que plaisanter.

— Ce n'est pas là un sujet de plaisanterie, déclara Augusta, vous pouvez voir combien Eden est déjà dans ses filets. Il n'y a pas de temps à perdre. Aujourd'hui, vous avez été présentés l'un à l'autre ; il s'agit que demain tu ailles lui rendre visite. Sois franc, dis-lui tes inquiétudes au sujet d'Eden. Éveille sa sympathie, puis commence sa conquête. Ton instinct te fera deviner ce qu'il faudra lui dire.

— Ça a l'air facile tandis que nous sommes assis ici, sous cet arbre, mais ce sera tout autre chose quand je me trouverai seul en face de Mrs. Stroud.

— Ce sera plus facile, au contraire ! affirma Augusta d'une voix encourageante.

— Car ton désir en sera avivé.

— Mon désir ! s'écria Ernest effaré.

— Ton désir de réussir, veut dire maman, expliqua Augusta.

— Elle vous mangera dans la main dès votre troisième rencontre ! affirma Renny.

— Il y a là-dedans quelque chose de clandestin..., dit Ernest en rongeant ses ongles.

— Bêtises, dit Nicolas, elle n'a pas de scrupules, elle eût éreinté ce gars sans y penser deux fois. En avant et montre-toi aussi diabolique que tu le pourras, Ernie !

Ernest, en s'entourant la taille des deux mains, répondit avec ferveur :

— Je le ferai.

— Tout ça a fatigué maman, dit Augusta. Elle penche la tête.

En effet, le menton d'Adeline était appuyé sur sa poitrine, son bonnet orné de dentelles et de rubans avait chaviré sur l'un de ses yeux, mais un sourire indéfinissable relevait les coins de sa bouche.

10

Ernest et Mrs. Stroud

Il pleuvait, le lendemain. Plusieurs semaines consécutives de beau temps avaient dégénéré en canicule. La grosse pluie de la nuit précédente venait d'apporter comme un soulagement. On aurait pu s'attendre à un matin frais et radieux, au lieu de cela, il faisait lourd et une pluie fine tombait. Il y avait quelque chose de morne dans l'atmosphère et Mrs. Stroud, tout en allant et venant dans son salon parfaitement ordonné, se sentait soudain inquiète et solitaire en ce monde. Cette impression ne lui était pas inconnue. Elle avait eu à s'en défendre pendant toute son existence. Elle avait été enfant unique. Son père mourut alors qu'elle était encore petite fille et sa jeunesse avait été ligotée par les soins que réclamait une mère à demi impotente et capricieuse qu'elle n'avait jamais beaucoup aimée. Sa mère mourut alors qu'elle atteignait vingt-six ans. A peine quelques semaines plus tard, elle fut surprise par un orage au cours duquel elle se réfugia sous un arbre. Un homme d'une cinquantaine d'années s'y était abrité avant elle. La conversation s'engagea entre eux. Il était veuf, commerçant retiré des affaires. Elle était précisément d'humeur à se confier ce jour-là : moins de six mois après ils étaient mariés.

La vie avec Robert Stroud ne lui parut guère plus divertissante que celle qu'elle avait menée auparavant. Ses manières étaient compassées, sa volonté inflexible. Il avait gagné de l'argent plus par son extrême prudence en affaires que par la multiplicité de ses entreprises. Une fois qu'ils furent mariés, il parut se désintéresser d'elle. Elle avait fait taire en elle tout élan du cœur afin d'identifier sa vie à la sienne. Ils étaient mariés depuis trois ans seulement lorsqu'il eut une attaque qui fit de lui un malheureux infirme pour six ans encore. La vie d'Amy Stroud avait été réjouissante jusqu'alors, comparée à l'étouffement qu'elle dut subir par la suite. Lorsqu'elle ne se hâtait pas de satisfaire les caprices de son époux, elle s'ensevelissait dans les livres, les recueils de poèmes, les romans démodés qui avaient appartenu à celle dont elle avait pris la succession. La liberté était venue trois ans auparavant. Ç'avait été comme une naissance nouvelle, douloureuse dans sa douceur même. Amy s'était déployée tel un papillon au corps engourdi, tout juste délivré de sa chrysalide. Elle s'était enfin acheté les toilettes élégantes qu'elle avait toujours désirées. Elle vendit la maison avec tout son mobilier de mauvais goût. Avant toute chose, elle eût désiré voyager, voir l'Italie, la Grèce, mais la longue maladie de son mari avait dévoré une grande partie de son capital. Le vol du papillon ne l'élèverait guère au-dessus du sol ! Ce fut une aventure exaltante pour Amy que de se rendre, cet été-là, dans une petite station balnéaire au bord d'un lac où elle restait assise sous une véranda avec d'autres jeunes femmes à bavarder en attendant le retour des maris partis pour la pêche. L'hiver suivant, elle s'était rendue en Floride, répétant sur une plus vaste échelle ses expériences de l'été. Puis, les beaux jours revenus, elle s'était aventurée jusqu'a Québec, avait fait de longues promenades aux environs de la Citadelle, s'était assise sur la promenade pour lire *Le Chien d'or.* Mais elle n'était toujours pas satisfaite, devinant en elle une source de passion et d'éloquence inépuisable et inutilisée, car elle n'avait personne pour qui dépenser cette passion ou qu'elle eût pu émouvoir par son éloquence. Ayant dépensé plus d'argent qu'elle n'aurait dû, la pensée lui était venue qu'il lui fallait acheter une maison pour s'y établir. Elle retourna dans l'Ontario où elle passa l'hiver dans une pension de famille, ses seuls divertissements étant les concerts et les films. Elle épluchait soigneusement les journaux à la recherche des annonces de maisons à vendre.

Lorsqu'elle lut celle de Miss Pink, elle fut tout de suite intéressée car, jeune fille, elle avait été une fois faire une visite dans les environs, accompagnée de sa mère et s'était toujours souvenue depuis du charme tranquille, de l'air retiré des beaux vieux arbres de ce coin paisible. Elle en parla à l'agent, qui l'emmena voir la maison. Ce fut une déception pour elle de constater que celle-ci était trop vaste pour une personne seule et que son prix représentait une somme qu'elle n'eût osé dépenser. Cependant, quelque chose dans cette maison la captivait ; elle sentait qu'il fallait qu'elle l'eût. Elle était plutôt dépensière de nature, mais les longues années de vie commune avec son époux l'avaient rendue prudente et avisée. Elle se tourmenta à en être presque malade, puis vint l'idée lumineuse de diviser la maison en deux appartements et de louer la partie qu'elle n'occuperait pas. L'accomplissement de ce projet, ses conférences avec un architecte, l'ameublement de son appartement lui avaient donné les jours les plus insouciants et les plus heureux de sa vie.

Il n'avait pas été aussi facile qu'elle l'avait cru de trouver des locataires.

Lorsque Jim Dayborn et Chris Cummins s'étaient présentés, elle avait été enchantée. Elle accepta de leur fixer un loyer assez bas parce qu'ils étaient exactement la sorte de gens avec lesquels elle désirait frayer. Ils étaient jeunes et nés de famille ayant un passé.

Ils avaient eu des tribulations et n'étaient pas embarrassés par les contingences qui avaient entravé leurs existences. Elle était attirée par Tod. Amy n'avait jamais encore été en rapports suivis avec un enfant. Il lui plaisait de combler ses locataires de faveurs ; elle sentait qu'une ère nouvelle commençait.

Malheureusement, ils ne furent pas de bons locataires ; leur demeure était mal tenue, ils tardaient à payer leur terme et déjà leurs relations étaient moins cordiales qu'au début.

Mais Amy Stroud n'était pas vraiment déçue par leurs imperfections. Pour la première fois, elle goûtait la vie, la vivait ! Eden Whiteoak avait allumé en elle des désirs, des passions qu'elle savait exister mais qui, croyait-elle, ne feraient que couver sous la cendre sa vie durant. Son esprit ressemblait à un volcan qui n'aurait jamais eu d'éruptions. Autour de son cratère, l'herbe pâle et sèche avait poussé, des bâtiments prosaïques avaient été laborieusement élevés. Mais des secousses et des grondements sourds s'entendaient à présent. La nuit, il lui arrivait de se promener des heures de long en large, incapable de dormir, ne le désirant point, emportée par la marée de ses émotions extatiques.

Pourtant, tous ses rêves ne se cristallisaient pas sur Eden. Elle savait que les sentiments qu'il éprouvait pour elle n'étaient que faibles et égoïstes émotions comparées à ce qu'elle éprouvait. Tandis qu'elle parcourait sa chambre pieds nus, il lui arrivait de répéter son nom inlassablement, Eden, Eden, Eden — s'exaltant elle-même par l'harmonie de ces syllabes. Sa silhouette courte prenait de la véhémence dans les gestes, sa voix s'enrouait et les larmes ruisselaient de ses yeux.

Cependant, lorsqu'elle était avec lui, elle se forçait à être gaie et même affectait des manières protectrices, jouant le rôle, croyait-elle, d'une femme lasse du monde et pleine d'expérience. Elle eût donné beaucoup pour effacer ses premières confidences à Chris Cummins. Mais sachant qu'Eden voyait fort peu ses voisins, elle se risqua à lui donner des aperçus enjolivés de son passé.

Amy savait qu'Eden ne viendrait pas la voir ce jour-là. Il était parti pour jouer dans un tournoi de tennis. Il lui avait bien demandé de l'y accompagner mais elle avait refusé en donnant un prétexte quelconque. Elle ne voulait pas risquer d'entendre demander à Eden si c'était sa mère qu'il avait emmenée avec lui. En ce moment, Amy errait désœuvrée dans son salon, déplaçant les bibelots, tapotant les coussins ou lisant un passage de roman. Elle s'imaginait la réunion joyeuse dans laquelle il jouait son rôle et n'était pas fâchée de voir la brume qui tombait dehors. Elle ne pouvait supporter la pensée qu'il s'amusait en compagnie de femmes plus jeunes. Elle sentit la mélancolie l'envelopper et lutta pour s'en libérer.

Lorsqu'un coup fut frappé à la porte, elle courut presque, dans sa soif de n'importe quelle distraction. Quelle ne fut pas sa surprise de voir Ernest Whiteoak debout sous le porche ! Assez nerveusement, il lui demanda comment elle allait.

— Fort bien, répondit-elle, mais ce jour orageux m'affecte. Tout était si beau ! Mes seringas sont couverts de boue, mais cela hâtera les pivoines. Ne voulez-vous pas entrer ?

Il entra et regarda autour de lui. Séduit par l'ordre et l'élégance féminine de la pièce, il dit :

— J'espère que ma visite ne vous dérange pas. Je passais par ici et j'ai pensé que j'aimerais vous voir dans votre intérieur. C'était une vraie innovation que de diviser ainsi cette maison en deux parties.

— Que c'est aimable à vous d'être venu ! Je n'ai guère de visites, mais j'ai beaucoup de proches voisins, peut-être même sont-ils trop proches parfois.

— Mais ce sont de gentils jeunes gens, n'est-ce pas ?

Elle eut un petit haussement d'épaules :

— Assez gentils. J'aime mieux la femme que l'homme et le bébé plus qu'eux. Je pense qu'ils sont à Jalna. Quel dur métier pour une jeune personne !

— Oui, mais elle l'aime. Quelquefois, je trouve qu'elle prend plus de précautions avec les chevaux que pour son enfant.

Ernest s'était assis près de la fenêtre qui donnait sur deux petits champs gaiement émaillés de boutons d'or et de trèfle rouge. Il était nerveux de sentir toute l'attention de Mrs. Stroud concentrée sur lui. Pourtant, il venait de faire une répétition mentale de tout ce qu'il devait lui dire. Il se décida à parler.

— C'est fort aimable de votre part de vous intéresser ainsi à Eden ; nous en sommes tous très touchés.

En entendant le nom d'Eden, elle sentit qu'il lui fallait se dominer.

— Seriez-vous fâchés que je l'aie si souvent chez moi ?

— Nous ne saurions l'être, une amitié intelligente est si précieuse pour un être jeune ! De nos jours, bien peu de jeunes individus ont l'air d'avoir une seule idée en tête !

— Oh ! Eden n'est pas ainsi ! Il est tout bouillant de pensées et vivant jusqu'au bout des ongles !

— Je crois que c'est plutôt vous-même qui êtes ainsi, dit Ernest en dardant un regard chaud au fond des yeux de son interlocutrice.

Elle rougit et reconnut :

— Oui, c'est juste.

Ernest commençait à se sentir plus à l'aise, il poursuivit :

— Eden est arrivé à ce moment de la vie où on éprouve le besoin d'être compris. Je fus ainsi jadis. Depuis lors, j'ai atteint le point où l'on se dit qu'il est sans doute préférable de dissimuler ce que l'on est aux yeux du monde.

— Mais avez-vous jamais été comme Eden ?

— Eh bien, je ne pense pas que j'aie jamais eu une nature aussi ardente, mais il y a une certaine analogie entre nous. A son âge, j'étais plus mûr. Je pensais que vous considéreriez ce manque de maturité comme un obstacle à votre amitié. Je dois dire que je suis entouré de gens qui s'intéressent fort peu à mes travaux intellectuels.

Il hésita et ajouta avec simplicité :

— Je songe à écrire un livre.

— Vraiment ? Eden ne m'en a jamais parlé.

Ernest eut l'air peiné.

— Je lui en ai parlé fort souvent, mais j'imagine que cela ne l'a pas vivement intéressé.

— Mais moi je le suis ! Voulez-vous m'en parler ?

— Ce sera un livre sur Shakespeare. Mon ouvrage doit être totalement différent de ceux qui ont déjà été écrits sur le même sujet qui, d'ailleurs, permet une variété infinie d'études diverses. Je me flatte d'avoir quelque chose de nouveau à dire. Alors que nous séjournions en Angleterre, nous étions, mon frère et moi, des fervents du théâtre. Nous avons vu Irving et Terry dans leurs meilleurs rôles shakespeariens et nous avions la chance de les connaître dans la vie privée.

— Que c'était merveilleux !

— Oui. Nicolas me lit les pièces à haute voix. Mes yeux sont assez délicats. Il a une belle voix et un sens dramatique aiguisé. Son interprétation est remarquable.

— Comme j'aimerais l'entendre !

— Je vous l'amènerai un de ces jours et j'essaierai de le décider à lire pour vous.

— Oh ! merci !

Mrs. Stroud pouvait à peine croire qu'un matin si triste s'était épanoui en un tel jour ! Elle désirait vivement dire quelque chose qui impressionnerait Ernest favorablement. Mais quoique sa cervelle fût en ébullition, elle ne trouva rien. Elle ne pouvait que le regarder éperdument en répétant :

— Merci, ce sera merveilleux !

Ernest cita de sa voix légère et harmonieuse :

— La poésie est la fleur et le parfum de toute connaissance humaine, de toute pensée, passion, émotion, de tout langage humain.

Mrs. Stroud n'osait parler. Ses yeux luisaient de larmes. Ernest parla, parla ; il aimait le son de sa voix et jamais encore il n'avait eu une auditrice aussi attentive.

Elle lui demanda de rester pour le thé. Tandis qu'elle le préparait, il parcourut lentement le salon. Il le jugea plaisant, quoique assez nu, et se souvint d'une figurine en porcelaine de Dresde qu'il avait dans sa chambre. Il se proposa de la lui apporter la prochaine fois qu'il viendrait, car il était sûr maintenant qu'il y aurait *une prochaine fois !*

Un léger bruit parvint de la cuisine ; dans sa nervosité, elle avait laissé tomber la boîte à thé. Il s'aventura jusqu'à la porte et demanda :

— J'espère que ce n'est pas grave ?

— Oh ! non. Rien de cassé. Ne voulez-vous pas entrer pour voir la cuisine ?

Elle avait soudain repris possession d'elle-même.

Il entra, admira tout. C'était une nouveauté que de voir l'intérieur d'une cuisine et puis il n'en avait jamais vu d'aussi pimpante. Il l'aida à transporter les ustensiles pour le thé. Ils devinrent plus familiers et rirent beaucoup en croquant leurs fines rôties brunes bien beurrées et les petits gâteaux mousseline accompagnés d'un bon thé de Chine.

Sur le chemin du retour, Ernest était tout gonflé de son succès. Il attendait impatiemment le moment d'en faire part aux autres.

11

Le plan de Pheasant

L'existence de Pheasant, de huit à douze ans, avait été tellement monotone qu'il était difficile de distinguer une de ses journées d'une autre, le changement des saisons mis à part. Ces changements, elle les avait surveillés d'un œil plus attentif que la plupart des enfants. Elle savait presque le moment exact où le vieux pommier, au bord de la rivière, entrouvrirait ses fragiles floraisons d'un blanc rosé. Elle apprit à prévoir le temps qu'il ferait, à force d'être en compagnie de Mrs. Clinch et elle pouvait prédire la pluie ou encore annoncer si l'orage qui s'amoncelait apporterait un éclaircissement de l'atmosphère, un refroidissement ou quelque autre phénomène météorologique. Elle et Mrs. Clinch avaient de longues discussions au sujet du temps. Pheasant connaissait les nombreuses misères endurées par Mrs. Clinch tout au long de son existence, misères qu'elle imputait uniquement au temps. C'était leur grand et inépuisable sujet de conversation, le seul où elles discutaient d'égale à égale. L'hiver, assises auprès d'un poêle presque incandescent, elles discutaient passionnément des hivers passés. L'été, lorsque Mrs. Clinch avait transporté son fauteuil à bascule à l'air libre et se balançait en s'éventant pour éloigner les moustiques de sa personne, Pheasant s'agenouillait à côté d'elle sur l'herbe tiède et c'étaient des conversations sans fin où il était question de sécheresse, d'inondations, d'aurores boréales et de gens frappés et brûlés par la foudre.

Pheasant n'était pas très intéressée par les leçons de Miss Pink. Celles-ci consistaient surtout dans l'étude des minéraux de pays lointains et dans l'absorption des dates de batailles du passé qu'il convenait de savoir par cœur. Pheasant devait également apprendre par cœur des poèmes comme : « Les psaumes de la vie » et « Nouvelle visite aux mille-feuilles. » Mrs. Clinch lui apprenait à faire des reprises et des ourlets, mais elle se gardait de toute application pratique de ces talents, contrairement à ce qu'elle faisait de ses connaissances météorologiques qui lui étaient d'un secours et d'un intérêt constants.

Durant ces années, la famille de Jalna avait été pour elle le sujet de mainte méditation. Ils étaient si proches d'elle, qu'ils eussent pu être tout pour elle, quoiqu'elle n'échangeât que rarement quelques paroles avec l'un d'eux. Mais rencontrer un des membres de cette famille, surprendre un lambeau de nouvelle à leur sujet, changeait pour Pheasant la couleur de la journée. Ils venaient tout de suite après les questions météorologiques en tant que sujet de conversation entre elle et Mrs. Clinch. La raison pour laquelle ils ne venaient qu'en second, c'était que Mrs. Clinch émaillait ses phrases de sous-entendus lorsqu'elle parlait d'eux, et puis c'étaient tant d'allusions à leur fierté, à leur arrogance, que souvent Pheasant se sentait triste après ces conversations. Cependant, individuellement, lorsqu'elle rencontrait un des membres de la famille, il se montrait toujours gentil à son égard, à l'exception de Meg qu'elle n'avait vue face à face qu'en deux occasions. Chaque fois, Meg lui avait jeté un regard désemparé, puis l'avait observée avec une expression froide, scrutatrice. Pheasant avait senti nettement son antipathie.

Parfois, elle et Finch se rencontraient par hasard dans les champs et jouaient ensemble. Elle le considérait comme un être lui ressemblant un peu et eût souhaité le connaître mieux. Elle l'avait rencontré dernièrement sur le petit pont enjambant la rivière. Pheasant ne s'aventurait jamais qu'en secret sur les terres de Jalna. Ce jour-là, s'étant glissé parmi les taillis pour voir si elle ne trouverait pas du cresson d'eau sur la berge de la rivière, elle était arrivée brusquement sur Finch. Celui-ci, installé sur le pont, balançait ses jambes au-dessus des eaux tandis qu'un petit rat blanc courait dans les taches de soleil jetées sur les planches du pont dans un espace qu'il entourait du cercle de ses bras. Elle était restée immobile avec de l'eau jusqu'aux genoux, les yeux levés vers lui, se demandant si elle allait ou non engager la conversation. Mais c'était Finch qui avait parlé comme s'il l'attendait.

— Hullo, Pheasant, viens voir mon rat apprivoisé !

Elle avait pataugé vivement jusqu'à la rive pour monter le rejoindre sur le pont.

— Regarde ! Il est aussi apprivoisé que possible ! Je suis en train de lui apprendre toutes sortes de tours. Tu vois, il n'a pas du tout peur de moi : il reste sur ma main, regarde !

Enchantée, elle les avait considérés, lui et le rat. La joie d'être avec un autre enfant la transportait. Elle sentait ce bonheur jusque dans le bout de ses doigts, comme une fièvre, un fourmillement. Elle eût voulu courir ou lutter avec lui.

— Oh ! Finch, puis-je le toucher ?

Il hésita :

— Je ne crois pas que cela lui plairait, il ne connaît que moi.

— Rien qu'une petite caresse !

Il y consentit. Pheasant frémissait de bonheur en touchant ce pelage de velours. Mais Finch était agité. Il fallait qu'il s'en aille avec son protégé. Elle se demandait souvent comment allait le petit rat et si Finch lui avait appris des tours.

Parfois, Pheasant rencontrait Piers, mais c'était celui des garçons qu'elle aimait le moins. Il trouvait tout naturel de venir à Vaughanland avec son fusil pour y tirer des lapins. Elle admirait sa peau rose et blanche, ses yeux bleus, mais trouvait qu'il avait un regard dur et moqueur. Quand ils se rencontraient, il se vantait de ses prouesses de chasseur. Une fois, il l'avait saisie pour lui chatouiller les côtes avec des doigts d'acier. Depuis lors, elle s'enfuyait à son approche. Elle apprit par Mrs. Clinch qu'il était indiscipliné et que sa sœur et ses oncles ne pouvaient en venir à bout. Mrs. Clinch disait qu'il jurait habituellement qu'il *ferait* ou ne *ferait point* ce qui lui était demandé.

Pendant un temps, Eden avait été son préféré.

Elle l'avait vu très souvent dans les bois et avait murmuré un timide « hullo ! » en réponse à son salut. Elle trouvait son sourire gentil, mais plutôt triste. Puis, un jour, il s'était montré soudain sociable. Il l'avait prise par la main pour la promener parmi les pins et les bouleaux. Ils s'étaient assis dans un coin où croissaient des plaques de gaulthéries et ils en avaient mangé des baies quoique en faisant force grimaces. Il s'était montré amusant et aimable comme personne ne l'avait jamais été avec elle. La seule vue de ce visage changeant était une distraction. Il lui avait posé d'innombrables questions sur elle-même. Finalement, tout en jetant en l'air et en rattrapant tour à tour une poignée de baies, il lui avait confié qu'il écrivait des poèmes. Plus tard, il serait un homme de loi mais, entre ses causes, il écrirait une quantité de vers et au bout d'un certain temps, lorsqu'il aurait gagné quelque argent, il abandonnerait ce métier pour se consacrer entièrement à la poésie. Peut-être qu'il écrirait un poème sur elle.

Ses confidences avaient changé la face des choses pour Pheasant. Elle s'imaginait qu'il serait son ami pour toujours. Souvent, depuis, elle avait erré dans les bois avec l'espoir de le rencontrer à nouveau, mais lorsque cela arriva enfin, il l'avait regardée d'un air absent en la saluant à peine d'une inclination de tête et poursuivi son chemin. L'avait-elle offensé ? Ne pouvant supporter cette pensée, elle s'était élancée à sa poursuite et, l'ayant saisi par le bras, elle avait levé vers lui son visage questionneur et anxieux. Mais il s'était dégagé d'une secousse en s'exclamant avec une vivacité presque impertinente : « Laisse-moi seul ! » Cela s'était passé il y avait un an et elle ne lui avait pas parlé depuis.

La vieille grand-mère, lady Buckley et les oncles appartenaient pour elle à un monde majestueux et lointain. Pheasant n'avait jamais eu de commerce avec eux excepté lors de sa rencontre avec Nicolas qui lui avait caressé la tête de sa grande et belle main et envoyé ensuite une poupée en souvenir.

Elle avait souvent vu la grand-mère dans sa voiture traînée par deux chevaux bais bien étrillés alors qu'elle se rendait à l'église ou allait faire une visite. La vieille dame dirigeait chaque fois vers elle un regard perçant, mais qui ne manquait pas de bonté. Pheasant, en ces occasions, restait sur place comme pétrifiée, tant qu'elle pouvait apercevoir les longs plis majestueux du voile de veuve et entendre les claquements rythmés des sabots de l'attelage frappant la route.

Elle n'oublierait jamais ce jour où le petit Wakefield s'était sauvé par le sentier en méandres jusqu'à Vaughanland. Il était apparu sur le seuil de la cuisine où elle était assise en compagnie de Mrs. Clinch qui tenait un écheveau de laine pour elle, mais discourait sur la sécheresse. Il était entré comme un invité attendu, puis il avait couru partout et regardé dans chaque recoin. Mrs. Clinch lui avait mis un petit gâteau dans chaque main. Il y avait mordu à petits coups de dent avides ; ses boucles lui tombaient presque sur les yeux. Oh ! avoir un petit frère comme celui-là ! Si seulement elles avaient pu le cacher... et le garder toujours !

Mais bientôt un domestique était venu le chercher et il avait été emmené en pleurant. Pheasant aussi s'était sentie sur le point de pleurer.

Elle avait deviné que la vie deviendrait différente lorsque Maurice serait revenu. Elle avait changé en effet, mais nullement comme elle l'avait espéré. Maurice était quinteux et grave et pensait peu à elle. Revenu dans sa maison, la guerre derrière lui, il éprouvait plus encore son éloignement d'avec Meg qu'au début. Il était mélancolique et avait tendance à boire trop le soir après le dîner.

Un jour, du fond de la solitude de son cœur, Pheasant dit à Mrs. Clinch :

— Croyez-vous qu'il m'aimera jamais ?

Mrs. Clinch la regarda d'un œil froid, judicieux :

— Il le pourrait si vous étiez une autre sorte d'enfant, dit-elle.

— Une autre sorte ? Comment ?

— Je me comprends : vous êtes ce que vous êtes, je ne pense pas que vous y puissiez rien changer.

— Je voudrais bien, dit Pheasant, être un peu plus une compagnie pour lui, ainsi que c'est le devoir d'une fille.

Mrs. Clinch prit un air pessimiste et dit :

— Je ne le vois pas trinquant avec vous, si c'est ce que vous voulez dire. Il a ses habitudes, ses pensées et moins vous vous mêlerez de ses affaires, mieux cela vaudra..., pauvre jeune homme !

Ces propos inévitables, *pauvre jeune homme,* mettaient toujours un point final aux questions de Pheasant. Elle se détourna en rougissant très fort tout en se demandant ce qu'elle pourrait faire pour s'améliorer et devenir une compagnie plus agréable pour Maurice, capable de partager ses pensées.

Quelles étaient ces pensées ? Elle se le demandait et essayait de pénétrer son esprit, de sentir comme lui. Elle essayait de se l'imaginer revenant dans son foyer au retour des combats, fort, puissant, et brave, avec Renny Whiteoak à ses côtés. Il essayait de ne pas se montrer envieux de la décoration de Renny alors que lui-même n'en avait point. Car il avait tout de même quelque chose : une petite fille toute tremblante du désir de le revoir. Cependant, lorsqu'il voyait enfin cette petite fille, quelle déception ! C'était une enfant timide, ordinaire, sans aucune des qualités qu'il avait espéré lui trouver. Et à Jalna, de l'autre côté du ravin, il y avait Meg Whiteoak qu'il ne pouvait épouser ! Meg avait été une ravissante jeune fille. Mrs. Clinch disait qu'elle n'avait jamais vu de plus belle carnation et, même à présent, on ne pouvait lui comparer personne. Sans doute Pheasant avait un visage intéressant. Si seulement elle était plus intelligente !

Ces tentatives pour pénétrer l'esprit de Maurice furent inutiles. Elles amenaient toujours à la même conclusion que si elle-même était différente il l'aimerait mieux ou, au moins, s'apercevrait de sa présence. Un jour, il la réprimanda pour être venue déjeuner sans s'être recoiffée. Avant le déjeuner suivant, elle brossa ses cheveux jusqu'à ce qu'ils luisent puis noua un ruban bleu autour de sa tête et fit un nœud sur une tempe. Il ne lui accorda même pas un regard. Elle essaya de lui parler de *Rob Roy* qu'elle était en train de lire. Il répondit poliment, mais sans intérêt. Elle pensa : « Ce livre est démodé, il faut que je lise ce qu'il lit ! » Lorsqu'il sortit, elle prit un récit de guerre prêté par Nicolas Whiteoak et s'absorba dans sa lecture. Elle lut quelque chose d'effrayant au sujet d'un soldat blessé pris dans un réseau de fils de fer barbelés et y restant accroché jusqu'à ce qu'un éclat d'obus vienne l'achever d'une manière affreuse ! Sa chair se contractait d'horreur. Elle se sentit prise de nausées. Si Maurice avait assisté à de telles scènes, comment désirait-il en lire encore la description ? Peut-être ne pouvait-il se libérer de ces souvenirs ? Son cœur s'emplit de pitié pour lui. Elle demanda timidement :

— Aimes-tu ce livre ?

— Pas beaucoup, répondit-il l'air indifférent, mais on y trouve des descriptions exactes.

— Des descriptions de quoi ?

— De combats.

— As-tu vu des choses aussi... aussi terribles que ça ?

— Terribles comme quoi ?

— Que ce qui est dans le livre ?

— L'as-tu lu ?

— Un peu.

— Ce n'est pas un livre pour toi.

— Je désirais seulement pouvoir en parler avec toi.

— Parler avec moi de la guerre ! Grands dieux !

— Je pensais... — Elle fit un grand effort et poursuivit. — Je pensais que ce livre nous aurait rapprochés.

Maurice rit, sincèrement amusé, ce qui la blessa cruellement. Elle enfouit son visage dans le livre dont elle repassait une leçon, heureuse que son épaisse chevelure tombant en avant la protégeât de son regard.

Maurice dit enfin :

— Tu as été trop longtemps seule avec cette vieille femme. Je voudrais que tu aies un enfant de ton âge qui joue avec toi.

Elle aurait voulu crier : « Ce n'est pas un autre enfant qu'il me faut, c'est toi ! » Mais elle croisa ses mains étroitement sous la table et, la vue brouillée, chercha à retrouver le tableau des exportations suédoises.

Mrs. Stroud occupait sa maison depuis un certain temps lorsqu'elle et Pheasant se rencontrèrent. Puis, un jour que Pheasant passait devant la palissade entourant son jardin, Mrs. Stroud l'arrêta en lui demandant si elle aimerait voir une nichée de jeunes hochequeues, car il y en avait une sous son porche. Pheasant, tout excitée, la suivit sur le sentier bordé d'œillets roses. L'air était lourd de leur parfum. Elle resta longtemps à admirer les oiselets. Puis, Mrs. Stroud lui demanda si elle voulait bien entrer pour boire une tasse de chocolat en sa compagnie. Pheasant accepta l'invitation d'un air digne, mais avec une exaltation intérieure qui la rendait presque ivre de joie. Mrs. Stroud était la femme la plus gracieuse qu'elle eût jamais rencontrée. Son intérieur était le plus délicieux, le plus soigné, le plus raffiné qui existât, bien plus joli encore que celui de Miss Pink qui, auparavant, lui avait semblé représenter l'idéal. Mrs. Stroud lui fit visiter toute la maison. La pièce qui plaisait le plus à Pheasant était la chambre d'amis avec ses rideaux et son dessus de lit de soie rose que Mrs. Stroud avait cousu de ses mains. Elle expliqua que personne encore n'avait dormi dans cette chambre. Peut-être Pheasant viendrait-elle passer une nuit chez elle ? Son chocolat était le meilleur qu'elle eût bu et les tasses les plus jolies qu'elle eût admirées... Pheasant était assise très droite et conversait calmement. Elle conta à Mrs. Stroud tout ce qu'elle jugea convenable de lui faire connaître de sa vie. Elle ne pensait pas à s'en aller et resta assise jusqu'à ce que Mrs. Stroud lui eût proposé de lui montrer le bébé.

Elles avaient choisi un moment opportun. Chris donnait un bain au marmot, car ils étaient tout juste revenus des écuries et Tod était aussi sale, disait-elle, qu'un palefrenier.

Pourtant, à présent, il était propre et rose ! Il se tenait là, tout nu, jubilant, ses cheveux argentés hérissés. Il ne savait jamais quand on le laverait, on lui donnerait à manger et, quand quelque bienfait fondait sur lui, il l'accueillait avec une insouciante bonne humeur.

Le désordre de cet intérieur, son laisser-aller bohème était aussi exaltant pour Pheasant que l'ordre régnant chez Mrs. Stroud. Elle sentait qu'un monde nouveau s'était ouvert à elle, entrevoyait de nouvelles possibilités dans l'existence. A peine une heure plus tôt, elle s'était imaginé que Mrs. Stroud était la femme la plus belle et la plus aimable qu'elle eût jamais rencontrée. A présent, Pheasant la considérait toujours comme la plus aimable et était persuadée qu'aucune autre n'avait un tel sourire ; mais la vue de Chris Cummins en culotte et en chemise kaki et baignant Tod, l'emplissait d'admiration. Elle suivait chacun des mouvements de son petit corps alerte, les gestes des mains maigres et adroites de Chris, avec un intérêt intense. Même la façon dont ses cheveux, de la même couleur que ceux de Tod, étaient lisses derrière ses oreilles et bouclés à la hauteur de sa nuque, la fascinait.

Chris accueillit sa présence d'une manière simple et amicale. Elle sortit un sac de caramels au chocolat et le passa à la ronde sans oublier d'en mettre un dans la bouche de Tod, puis elle lui fit enfiler une chemise fraîche de coton blanc et alluma une cigarette. Elle avoua souffrir au moment même les tourments de l'enfer, ayant fait une mauvaise chute dans la matinée.

— Renny Whiteoak prétend qu'il y a une manière de tomber pour ne pas se faire de mal, je voudrais sacrément la connaître !

Mrs. Stroud désapprouvait un tel langage en présence de l'enfant. Elle secoua la tête en souriant à Chris et dit :

— Pourquoi ne pas lui demander de vous montrer comment il convient de faire ?

— Il me l'a promis... pour la prochaine fois qu'il serait jeté par terre.

— On prétend, dit Pheasant, qu'il s'est rompu les os un nombre incalculable de fois !

— Que pensez-vous de la manière de monter d'Eden ? demanda Mrs. Stroud.

Elle ne pouvait résister au désir de faire dévier la conversation sur lui.

— Sa main est bonne, mais il est terriblement impétueux et comme on ne lui a pas appris à se dominer, vous ne pouvez vous attendre à ce qu'il domine sa monture !

Elle mit un vieux magazine dans les mains de Tod.

— Prends, regarde ça, dit-elle, il faut que je m'étende un instant.

Il accepta le magazine avec intérêt, quoiqu'il fût en lambeaux à force d'avoir été livré à ses mains.

Mrs. Stroud et Pheasant se levèrent pour s'en aller.

— Vous reviendrez me voir, n'est-ce pas, chère enfant ? demanda Mrs. Stroud lorsqu'elles se séparèrent.

— Oh ! oui, je viendrai souvent ! répondit Pheasant.

Elle courut sur le chemin du retour, avec le désir impérieux de raconter toute cette aventure à quelqu'un. Mais lorsqu'elle eut pénétré dans la maison, senti son odeur familière de moisissure, et entendu Mrs. Clinch dans la cuisine, elle ne sut plus à qui faire le récit de sa journée. Ce ne serait certainement pas à Maurice qui, justement, traversait le hall avec un signe de tête indifférent à son adresse. Il n'y avait, en vérité, personne à qui parler... Elle ressortit de la maison, mais lentement cette fois-ci.

Pheasant trouva le vieux poney dans le champ en bordure de la rivière. Alors, entourant son col de ses bras dans un élan d'amitié, elle se sentit moins seule.

Par la suite, Pheasant alla souvent voir Mrs. Stroud. Parfois elle ne recevait pas de réponse aux coups qu'elle frappait à sa porte ; alors elle se dirigeait vers le logement voisin, mais souvent aussi pour n'y trouver personne. En ce cas, elle faisait le tour de la maison en regardant à l'intérieur à travers les fenêtres avec un désir passionné de s'y trouver. Une fois, Jim Dayborn l'avait surprise en train de regarder dans le salon de Mrs. Stroud. Il rit en s'écriant :

— Ainsi, vous aussi, vous voilà tombée sur le pot aux roses ?

— Quel pot aux roses ?

— Le fait qu'elle n'ouvre pas sa porte lorsqu'elle a son hôte favori chez elle !

— Mr. Ernest Whiteoak est donc son hôte favori ?

— Mr. Ernest Whiteoak ? Pourquoi ?

— Parce que je viens de le voir assis sur le sofa à côté d'elle.

Dayborn laissa échapper un ricanement.

— Ainsi elle a plus d'une corde à son arc !

Pheasant ne se sentit ni étonnée ni surprise de ce que Mrs. Stroud n'eût point ouvert lorsqu'elle avait frappé à sa porte. Sans aucun doute elle avait dû la voir venir par l'allée : évidemment elle ne désirait point la présence d'un enfant lorsqu'elle avait une conversation sérieuse avec un monsieur de la bonne société. Pheasant tenait l'expression « monsieur de la bonne société » de Mrs. Clinch et elle l'appréciait hautement. Lorsqu'elle ne pouvait pénétrer dans aucune des deux demeures, elle retournait chez elle, mais revenait deux heures plus tard.

Pheasant ne se sentait jamais plus indifférente ou solitaire. Elle avait de nouvelles idées en tête et elle les retournait sans cesse dans son esprit comme un petit oiseau retourne ses œufs dans son nid afin qu'ils atteignent tous un degré d'incubation parfait.

Peu à peu, ses idées vagues finirent par se préciser et former un plan défini. Elle se persuada que, puisque Meg Whiteoak n'épouserait pas Maurice et qu'elle-même était incapable de le rendre heureux, il fallait lui trouver une épouse. Elle pensait qu'il y en avait deux à sa disposition : si seulement elle pouvait choisir exactement celle qui conviendrait !

Tout d'abord, sa pensée s'arrêtait avec le plus de complaisance sur la personne de Mrs. Stroud. Elle se l'imaginait debout au côté de Maurice dans le chœur de la petite église tandis que Mr. Fennel les mariait et disant « oui » de sa voix profonde, émouvante. Elle découvrit un livre de prières et trouva le service du mariage. Bien des passages la déconcertaient, mais elle fut satisfaite de constater que le véritable but du mariage était d'avoir des enfants. Mrs. Stroud et Maurice auraient beaucoup d'enfants, des petits frères et des petites sœurs pour elle. Elle transformerait Vaughanland en un lieu différent, gai, aéré, plein de bébés. Pheasant aimait Mrs. Stroud ; cependant, pour une raison inexplicable, elle n'avait pas parfaitement confiance en elle. Tout au fond de son cœur, elle lui en voulait de ne pas lui ouvrir quand elle frappait à sa porte si elle avait une visite plus intéressante. D'abord elle ne lui en avait pas tenu rigueur, mais Jim Dayborn avait jeté en elle une semence de méfiance.

Elle constata que ses pensées tournaient de plus en plus souvent autour de Chris Cummins. Celle-ci était jeune et les hommes aimaient les jeunes femmes, Pheasant savait cela. Chris avait un beau visage ; elle avait Tod. Avant tout, elle avait Tod. Lorsque Pheasant songeait à la possibilité d'avoir le bébé dans la maison, elle se sentait presque prise de faiblesse, comme si ses os étaient devenus quelque chose de malléable.

Elle professait une vive admiration pour la perspicacité de Mrs. Clinch. Elle songeait donc à lui dire prudemment un mot de la question. C'était un jour de grande surdité pour Mrs. Clinch et Pheasant dut finalement hurler :

— Laquelle admirez-vous le plus, Mrs. Stroud ou Mrs. Cummins ?

Mrs. Clinch n'hésita pas un seul instant. Elle répondit en criant à son tour, presque irritée :

— Quelle question !

— Mais laquelle ?

— Que quoi ?

— Préférez-vous ?

Mrs. Clinch renifla énergiquement :

— Aimer ce jockey qui s'en va jurant en vêtements d'homme ! Pas moi ! Mrs. Stroud, par contre, est une vraie dame. C'est une nouvelle venue qui fait honneur au voisinage. Elle s'est montrée trop bonne envers ce couple et s'ils ne se sauvent pas un jour sans payer leur terme, vous pouvez me traiter de bourrique !

Ces dernières paroles de Mrs. Clinch faisaient toujours une telle impression sur Pheasant que chaque fois qu'elle employait cette expression, Pheasant ne trouvait plus rien à dire. Elle se décida donc à questionner Maurice lui-même afin de savoir s'il avait quelque préférence pour l'une des deux femmes.

Lorsque Pheasant eut pris cette détermination, elle en fut si agitée qu'elle ne put tenir en place jusqu'à ce que la question eût été posée. Elle chercha Maurice qui était en train de placer un grillage sur la porte d'entrée latérale. Dès qu'il se fut arrêté de marteler son travail, elle lui demanda, la voix tremblante de gravité.

— Maurice, laquelle admires-tu le plus de Mrs. Stroud ou de Mrs. Cummins ?

Il la regarda, surpris, puis, avec aussi peu d'hésitation que Mrs. Clinch, il répondit :

— Mrs. Cummins, bien entendu, si tu parles du physique.

— Bien. Laquelle crois-tu la meilleure ?

Avec une égale promptitude, il répondit :

— Mrs. Cummins, je n'aime pas les oreilles de l'autre.

— Mais on ne doit pas juger d'une personne d'après ses oreilles ! Le peut-on vraiment ?

— Si, moi je le fais dans ce cas.

Il se remit à marteler en parlant à la porte à mi-voix.

— Tu poses les vis du mauvais côté, dit-elle doucement.

Il contempla son travail avec consternation.

« Vraiment ! » Il ramassa un tournevis et se mit à ôter les vis.

— Reconnais qu'il est décourageant, Pheasant, de constater qu'on ne peut rien faire convenablement !

— Oh ! je pense que tu fais tout bien... C'est-à-dire presque tout.

Il eut son sourire juvénile si inattendu.

— Tu crois ? Ce serait splendide !

— Mrs. Cummins — maintenant elle était embarquée — t'admire beaucoup !

— Vraiment ?

— Oui, elle pense que l'on peut avoir confiance en toi.

— Je commence à me sentir flatté.

Il se remit à poser les vis.

— Elle désire avoir ton avis au sujet d'une question très importante.

— Je ne puis supporter la pensée de donner un conseil à quelqu'un.

— Il s'agit d'une question particulière pour laquelle tu peux, toi seul, l'aider. Veux-tu la rencontrer près du treillage des roses cette nuit lorsque la lune se lèvera ?

— Sapristi, voici qui tournera plutôt mal que bien !

— Consens-tu à la voir, Maurice ?

— Certainement. Mais c'est curieux qu'elle veuille me voir.

— Alors veux-tu l'attendre contre le treillage des roses exactement au lever de la lune ?

— Si elle y tient.

Dans le cas où les vis ne pénétreraient pas dans le bois à l'aide du tournevis, il les y ferait entrer à coups de marteau !

Pheasant ne perdit pas de temps. Elle traversa en courant le champ qui s'étendait entre Vaughanland et le paddock où l'on entraînait les chevaux. Elle traversa ce champ avec prudence en s'assurant qu'aucune de femmes de la famille Whiteoak n'était présente. Seuls, Scotchmere, deux garçons d'écurie et Piers se trouvaient là. Elle s'approcha lentement.

Pheasant escalada une des barrières du paddock et y resta assise. Chris Cummins montait Launceton, suivie de Renny sur la jument alezane. Ils avançaient d'un galop rythmé tout au bout du paddock. Elle les voyait s'élever l'un après l'autre comme mus par une force sereine insouciante, et franchir les barrières les unes après les autres. Ils passèrent sur la piste devant elle dans un grondement sourd. Elle se dressa toute droite, la poitrine offerte comme pour absorber les vibrations de leur passage rapide dont elle sentit le vent l'envelopper avec l'odeur des chevaux bien étrillés et des cuirs astiqués. Elle fixait les visages des cavaliers en admirant leur expression hardie et placide. Chris encourageait Launceton qui galopait en avant, distançant sans peine l'alezan.

— A-t-il assez de feu ? dit Piers qui s'était approché derrière elle.

— Oui, mais l'alezan porte une bien plus lourde charge.

— Elle n'appartient pas à la même catégorie que lui ; il est en chemin pour gagner le Grand National, vous verrez !

Ils restèrent à regarder le dressage jusqu'à la fin de l'entraînement. Puis Renny appela Piers et l'envoya chercher quelque chose dans son bureau. Chris vint à Pheasant ; c'était ce que celle-ci espérait : tout lui était facilité. Elle eut une bouffée d'orgueil à la pensée qu'elle dirigeait les destinées d'autrui.

Chris, qui tamponnait son front avec un mouchoir, éprouvait encore l'exaltation de ce temps de galop. Elle mit un bras autour des épaules de Pheasant et s'écria :

— N'est-il pas merveilleux ? Je n'aurais pas peur de rencontrer le diable en personne, après un tel galop sur Launceton !

— Vous n'avez pas besoin de rencontrer le diable ! répliqua Pheasant avec gravité : c'est à Maurice seulement que vous devez parler.

Chris parut interloquée :

— Maurice ? Ah ! oui, votre père ! Que veut-il ?

— Rien, il désire seulement vous voir pour vous entretenir d'une question extrêmement importante.

— Désire-t-il peut-être que je dresse un poulain pour lui ?

— Ma foi non, il ne s'agit que de quelque chose qui vous intéresse tous deux. Pour cela, il lui faut votre aide, comme vous aurez également besoin de la sienne...

— Ça m'a l'air passionnant : quand commençons-nous ?

— Ce soir, près du treillage des roses de notre jardin, au lever de la lune. Il vous attendra là et regrette de ne pas vous prier de venir à la maison, mais Mrs. Clinch ne tient pas aux visites, d'ailleurs, c'est bien plus gentil dehors. Verriez-vous un inconvénient à mettre votre robe rose ? Mrs. Clinch n'aime pas qu'une femme porte culotte !

— Bon Dieu, elle m'a l'air d'être un vrai Tartare !

— Viendrez-vous ? répéta Pheasant. C'est terriblement important pour nous tous ; mais, je vous en prie, ne prononcez pas mon nom. Dites seulement que vous passiez et que vous avez pensé à entrer. Il comprendra ce que vous voulez dire.

Un palefrenier sortait un autre cheval de l'écurie. Renny lança un appel à Chris. Le cheval se cabrait ; ses sabots antérieurs battaient l'air.

— Je viens ! répondit Chris.

— Viendrez-vous cette nuit ? haleta Pheasant.

— Oui, j'irai.

Elle courut à travers le paddock.

Pheasant resta encore un moment pour la voir monter le poulain récalcitrant.

Mais Chris avait réussi à le mater. Il parcourut le paddock en tous sens à une allure digne en goûtant cette nouvelle discipline qu'elle lui imposait. Pheasant pensait : « La voilà qui galope sans se douter de ce qui va arriver cette nuit ! »

Elle s'était comme hallucinée par sa propre imagination et, en ce moment, elle était convaincue que rien ne pourrait s'opposer à ce que Chris et Maurice tombent amoureux l'un de l'autre « près du treillage des roses au clair de lune ». Elle se sentait capable d'exercer sur les autres une influence décisive et, tout en retournant chez elle à travers champs, elle marchait à grands pas, la tête haute. Leurs vies seraient transformées par sa seule volonté. Un jour viendrait où Mrs. Clinch ne pourrait plus dire en parlant de Maurice : « Pauvre jeune homme ! » Au lieu de cela, les gens diraient : « Que Maurice Vaughan a donc l'air heureux depuis son mariage, et sa fille, comme elle a changé ! Ce n'est plus la même enfant ; on dit qu'elle s'occupe entièrement de son petit frère. »

Elle pénétra dans la partie du jardin qui, jadis, avait été l'orgueil de sa grand-mère mais qui, actuellement, était laissée à l'abandon. L'herbe avait poussé très haute, effaçant les allées, et la palissade de lattes pendait. Mais de grosses touffes de renoncules qui n'avaient pas été dédoublées durant les deux derniers lustres étaient gonflées de fleurs. Des phlox odorants attiraient les oiseaux-mouches. Au bout du jardin s'élevait un locustier dont les fleurs formaient des guirlandes parfumées tout au long de ses branches. Cet arbre semblait joindre sa voix au bourdonnement des abeilles et ses fleurs frémissaient sans cesse de leurs pillages.

Tout contre le locustier se dressait le treillage sur lequel un rosier jamais taillé s'étalait hardiment. Cette année, certains rejets ne trouvant point à s'accrocher aux lattes déjà recouvertes d'une toison feuillue se frayaient un chemin à travers l'herbe ou s'élançaient vers quelque support imaginaire. Les roses s'ouvraient par grappes de couleur aurore ; elles répandaient un parfum sentimental et démodé.

Pheasant vola vers ce coin comme si elle avait su qu'il y eût là un bouquet disposé d'avance. Elle s'arrêta d'abord à un bout du treillage puis gagna l'autre afin de goûter les différents aspects de ce qui servirait de décor à ce rendez-vous au clair de lune. Elle savait l'heure du lever de la lune, grâce à l'almanach de Mrs. Clinch. Peu avant cet instant, elle se retira dans sa chambre plus tôt que de coutume, mais personne ne le remarqua, et s'agenouilla devant sa fenêtre d'où on avait une vue sur presque tout le jardin. Maurice passa en bas et, levant la tête, lui demanda :

— Est-ce que cette fille compte vraiment venir ici cette nuit ?

— Oh ! oui. Je l'ai vue ce matin et elle m'a dit qu'elle avait peine à attendre que l'heure soit arrivée.

— Que crois-tu qu'elle me veuille ?

— Elle a dit simplement qu'elle désirait conclure cette affaire au plus tôt, mais qu'elle tenait à ce que mon nom ne fût prononcé par aucune des parties.

— Hum ! elle m'a l'air d'avoir la tête un peu à l'envers.

Il s'éloigna.

La lune, colorée d'un or chaud, se leva derrière les sapins. Elle venait de dépasser son premier quartier et commençait à jeter des ombres précises. Maurice, tandis qu'il attendait, remarqua l'ombre délicate d'une grappe de roses sur le chemin dallé qui longeait le treillage. Il avait allumé une cigarette et en aspirait les dernières bouffées lorsque Chris Cummins parut au bout de l'allée, mince et tout à fait en harmonie avec l'heure dans sa robe rose.

— Bonsoir, Mrs. Cummins, dit-il d'un ton plutôt froid.

— Bonsoir.

Ils se regardaient, circonspects, ne désirant ni l'un ni l'autre engager la conversation.

Il lui tendit son étui à cigarettes.

— Une cigarette ?

— Merci.

Elle en prit une et il l'alluma. Le visage de la jeune femme apparut charmant à la lueur de l'allumette. Il dit enfin :

— Eh bien ! me voici, comme vous voyez.

— Oui, et je suis venue comme vous le constatez.

Ils fumèrent dans un silence lourd d'attente.

Chris se décida enfin :

— Voici un joli vieux jardin ! dit-elle.

— Il a été joli du temps de ma mère, mais on l'a négligé depuis ; je le ferai remettre en état un de ces jours.

Après une nouvelle pause, elle reprit :

— Eh bien, je pense que nous ferions bien de nous y mettre...

— Oui, il est temps.

— Je pense que vous allez commencer !

Maurice eut un rire bref :

— Je ne m'en sens pas capable ; c'est à vous !

— Vous voulez me demander quelque chose, n'est-ce pas ?

— Je croyais que c'était vous qui désiriez me voir.

Elle dit avec un certain embarras :

— Je me chargerai de ce que vous voudrez sauf...

Elle hésita.

— Sauf quoi ?

— Eh bien, je ne fais rien pour rien.

Il la regarda d'un air soupçonneux :

— Quelle sorte d'individu me croyez-vous donc, Mrs. Cummins ?

— En ce moment, je vous considère plutôt comme un phénomène.

— Évidemment, vous avez l'habitude de frayer avec des êtres plus impulsifs !

— J'ai l'habitude d'un homme qui sait ce qu'il veut. Pourquoi donc croyez-vous que je sois venue ?

— C'est ce que j'attends de savoir par vous ; enfin, pourquoi ne me le dites-vous pas ?

Elle jeta un petit cri d'exaspération :

— Nous avons l'air idiots tous deux. Je croyais que vous désiriez me voir, c'est pourquoi je suis venue.

— Je pensais...

Il s'arrêta brusquement et regarda par-dessus son épaule. Renny Whiteoak venait vers eux à travers l'herbe haute.

— Hello, Maurice ! lança-t-il, puis il eut un geste de surprise. Excuse-moi, je pensais te trouver seul : je reviendrai.

— Non, reste !

Il rit :

— Eh bien, si j'étais toi, je ne désirerais pas la présence d'un tiers. Tu n'as pas idée de l'air romanesque que tu as en ce moment !

Son rire n'était pas franc. Il éprouvait une déception à trouver ensemble ces deux êtres, avec lesquels il était en relations constantes et auxquels il n'avait jamais parlé de l'un ni de l'autre, embarqués dans cette entrevue évidemment arrangée à l'avance et qui montraient avec simplicité l'embarras qu'ils éprouvaient à avoir été surpris.

Tous trois restèrent immobiles un moment tandis que le clair de lune se jouant sur leurs visages en accusait les traits. Il agrandissait les yeux de Maurice Vaughan et les faisait paraître plus mélancoliques dans sa face qui pâlissait par contraste. Pour Chris Cummins, c'était la bouche, la courbe de ses lèvres qu'il rendait provocante. L'arc du nez de Renny, la ligne de ses narines étaient précisés au point de le marquer d'un rictus vorace. Ils se regardaient en silence. Chacun éprouvait un éloignement momentané pour les deux autres, sentiment né de l'aspect étrange et tourmenté de leurs visages. Puis Renny vira sur ses talons et s'éloigna à franches enjambées entraînant à travers l'herbe son ombre étirée comme un travesti qu'il eût traîné à sa suite.

— Quelle scène ridicule ! s'écria Chris en rompant enfin le silence.

— Pourquoi était-il fâché ?

— Je me le demande.

— Moi pas.

— Vous m'avez plutôt l'air d'avoir un esprit étrange : vous m'envoyez un message pour me prier de vous rencontrer et lorsque je viens, vous me demandez ce que je veux !

— Je ne vous ai pas demandé de venir, Mrs. Cummins.

— Certainement que si !

— Non !

— Pheasant me l'a dit.

— Quoi ?

— Que vous désiriez vivement me consulter en particulier au sujet d'une certaine question. J'ai pensé qu'il s'agissait d'un cheval.

— C'est une malicieuse petite toquée. Excusez-la, je suis désolé.

— C'est bien. Ce n'est qu'une enfant.

— Je ne vois rien de drôle à cela !

— Elle si, sans doute. Elle nous a eus ! Bien, je m'en vais. Bonsoir, Mr. Vaughan, ne soyez pas fâché contre elle.

— Non, non.

— Que va penser de moi Renny Whiteoak ?

— Je lui expliquerai...

Ils se séparèrent. Elle tourna et prit la direction opposée à celle prise par Renny. Maurice revint vers sa maison. Il s'arrêta sous les fenêtres de Pheasant.

— Es-tu éveillée ? cria-t-il.

Aucune réponse ne lui parvint.

— J'aurai quelque chose à te dire demain matin !

Tremblante derrière les rideaux de sa fenêtre, elle devina la colère dans sa voix.

12

Le lac

Lorsque Chris Cummins eut décidé de s'en retourner par un autre chemin, elle n'avait que le seul désir d'éviter une rencontre avec Renny. Mieux valait expliquer cette ridicule affaire dans la pleine clarté du jour ! Il y avait une pointe de malice en elle qui lui faisait considérer comme pas trop déplaisante l'éventualité d'une nuit d'affliction ou de vive jalousie passée par Renny. Oui, il pouvait bien souffrir un peu. Elle pensait passer par la grille principale et longer Vaughanland du côté le plus éloigné de Jalna. Elle retournerait chez elle par un chemin détourné. Quelle soirée merveilleuse ! Elle prendrait plaisir à cette promenade solitaire. Demain, elle et Renny riraient du tour inventé par l'enfant. Elle espérait que Maurice n'en tiendrait pas rigueur à sa fille.

Mais lorsqu'elle atteignit la route, une impulsion tenace la fit hésiter. La route qui filait blanche, entre les pins sombres, semblait l'accueillir dans sa solitude. L'air était lourd de la senteur du foin fraîchement coupé. Des bouffées d'air chaud montaient des replis secrets du sol comme si la terre en se retournant dans son premier sommeil avait exhalé une haleine chaude et parfumée. Il y avait eu un grand vent la veille et un murmure lointain disait que le lac était toujours troublé.

Chris ne l'apercevait jamais qu'en passant. A présent, elle éprouvait le brusque désir d'être seule avec lui. En Angleterre, elle avait habité au bord de la mer. Elle se sentait affamée d'eaux vives. Chaque fois qu'elle avait vu le lac, il s'étendait vitreux, impersonnel, d'un bleu aveuglant sous un ciel féroce, ou encore tel une terne plaque d'étain sous un ciel nuageux. Mais cette nuit il était vivant et se ruait mélodieux contre ses rives. Elle désira se trouver tout près et s'y livrer à la méditation. Elle n'était pas assez souvent seule ; quelque chose dans son caractère avait soif de solitude. Elle suivit vivement la route ; le lac était à deux milles de là.

Qu'éprouverait-elle si Renny marchait à ses côtés ? Comment serait-ce si rien ne s'opposait à leur amitié, à leur amour ?

La route était à elle seule. Puis elle se divisa en plusieurs embranchements et finit brusquement dans un petit champ. Chris franchit une barrière de bois branlante et prit un sentier sablonneux dont on voyait à peine les méandres parmi les buissons touffus. Tout à coup elle les eut dépassés. Le sentier finissait : elle était seule sur la plage. Elle éprouva un sentiment de plénitude en considérant son étendue qui ne portait pas une seule trace. Son pied enfonça dans la tiédeur du sable. Le lac était plus agité que tumultueux, se dépensant en vagues courtes sur le sable soumis. Le clair de lune était moins brillant. Un nuage ayant la forme d'une mouette avait accaparé le ciel ainsi que la plage. La lune se cachait derrière, quoique sa clarté illuminât le ciel, argentant les vagues et donnant un éclat chatoyant au jabot de l'oiseau fantastique.

Elle avait l'impression de s'être aventurée bien plus loin que les deux milles qu'elle avait parcourus. Jalna, avec toutes ses activités humaines et animales, se trouvait bien au-delà. Renny y vivait irrévocablement lié à ce monde.

La maison qu'elle-même habitait lui semblait lointaine. Mrs. Stroud n'était qu'une étrangère. Jim... — elle détourna la tête comme si elle éprouvait un chagrin subit à se le rappeler — était loin. Même Tod endormi dans son berceau n'était plus son enfant, mais un être qui s'était accroché à elle puis, soudain, avait relâché son étreinte, la laissant s'enfuir. Elle étendit les bras comme les ailes d'un oiseau et aspira à longs traits l'air frais de la nuit. Le parfum de trèfle et de foin s'était dissipé. L'air avait l'odeur du lac et de la végétation rabougrie qui croissait sur ses bords.

Elle ôta ses souliers et ses bas et les tint à la main afin qu'ils ne fussent pas abîmés par le sable. Ses orteils se crispaient tandis qu'elle goûtait le sentiment délicieux de son indépendance tout en suivant la rive. Elle marcha indéfiniment, ses pensées s'apaisaient et s'engourdissaient. Elle se sentait redevenue enfant, avançait un pied foulant le sable, l'autre dans l'eau, prenant plaisir à ces sensations différentes.

Finalement, elle atteignit une région où des propriétés privées venaient jusqu'à la rive. Elle revint sur ses pas mais, à présent, elle marchait les deux pieds dans l'eau en tenant des deux mains sa jupe retroussée jusqu'aux genoux. La lune et le nuage s'étaient séparés. La lune déclinait déjà vers l'horizon. Le nuage solitaire allongeait à l'infini son col d'oiseau comme pour jeter un cri de désespoir. Le regard perdu au loin, Chris oublia de se méfier des vagues et elle se retrouva tenant en main une jupe trempée.

Elle eut une exclamation d'ennui. Mais quoi ! Le plaisir de sentir l'eau battre ses mollets valait bien cette déconvenue ; le désir de nager la prit.

Elle s'élança vers les buissons au-delà du sable et se débarrassa vivement de ses vêtements. Elle se sentait insouciante et très jeune. Puis elle traversa à nouveau la bande de sable et bondit parmi les vagues. Celles-ci étaient trop fortes pour qu'on pût nager. C'étaient de rudes compagnes de jeu qui bondissaient par-dessus sa tête, qui la fouettaient, essayant de la rouler dans leur flot. Elle jouait et luttait, trouvant que c'était aussi amusant que de monter Launceton. Il y avait là une douzaine de chevaux sauvages qui se cabraient autour d'elle et qu'on n'eût pu mater. Chris se livra à eux.

Chris se mit debout avec de l'eau jusqu'aux aisselles et fit face à la vaste étendue glauque en mouvement. Puis elle bondit tandis que chaque vague l'assaillait et qu'elle s'efforçait de garder la tête hors de leur flot, les bras tendus en un geste de défense contre leurs crêtes ourlées d'écume. Elle s'abandonna à la plus forte de toutes et fut portée sur sa cime écumeuse jusqu'à la plage. C'était le jeu le plus violent auquel elle eût pris part. Elle resta étendue sur la rive, haletante, essayant de retrouver sa respiration avec le désir de recommencer.

Elle courut à nouveau vers les vagues, exultante, comme libérée des chaînes de l'existence. Encore et encore elle s'élança dans le lac pour revenir à la rive portée par le flot.

« Une dernière fois ! pensait-elle, et un peu plus loin ! » Mais le sable céda sous ses pas et elle perdit pied en jetant un cri de terreur.

Une voix lança :

— Ça va, je suis là !

Elle aperçut Renny courant vers elle. Son visage dans le clair de lune semblait aussi blanc que sa chemise ; il était déjà contre elle et la prenait dans ses bras.

— Ça va, répéta-t-il.

Elle s'appuya contre son épaule.

— Je n'ai pas eu vraiment peur, dit-elle.

— Quoi ? cria-t-il.

— Je ne me noyais pas vraiment, répondit-elle à son tour en forçant sa voix.

Une vague se brisa contre eux, les submergeant. Elle leva son visage vers lui en riant :

— C'est amusant !

Elle vit ses lèvres remuer, mais ne put entendre sa réponse. Sa chemise mouillée adhérait à son torse telle une herbe aquatique.

— Cela vous sied parfaitement, dit-elle.

— Quoi ?

Elle mit ses bras autour de son cou et lui dit à l'oreille :

— Vous avez tout l'air d'un triton ou d'un faune ou de quelque être de ce genre !

A nouveau il dit quelque chose qu'elle ne put entendre.

Puis une muraille glauque les submergea ; il l'attira vers la rive ; elle s'éloigna un peu de lui. Il y avait soudain comme un apaisement dans l'agitation des vagues qui, en comparaison des rugissements des masses liquides un instant plus tôt, semblaient presque ondoyer en silence. Émergeant ainsi du lac aux eaux agitées, elle apparaissait telle une vision enchanteresse luisant comme marbre blanc dans le clair de lune.

— Pourquoi êtes-vous venu ? demanda-t-elle.

— Je vous ai suivie.

— Mais ce n'était pas votre chemin !

— Tous les chemins sont à moi dans ce pays.

— Pourquoi m'avoir suivie ?

— Je désirais que vous m'expliquiez...

— Ma rencontre avec Vaughan ?

— Oui.

— Ce n'était rien : un tour malicieux de la petite. Je n'éprouve pas le moindre intérêt pour lui ni lui pour moi.

— Est-ce vrai ?

— Oui.

Elle frissonna :

— Je vais rentrer.

Les bras de Renny l'étreignirent. Il demanda :

— Que voulez-vous que je fasse ?

— Laissez-moi.

Il se pencha et regarda tout au fond de ses yeux puis il passa un doigt sur la courbe de ses lèvres, autour de l'ovale de son menton, le long de son cou.

— Vous ne désirez rien de plus que cela ? dit-il.

Elle répondit presque irritée en saisissant ses mains qu'elle éloigna de ses lèvres :

— Vous, vous faites tout ce que vous pouvez pour que je vous aime !

— Pourquoi pas ?

— Mais je ne veux pas !

— Très bien.

Il la libéra avec un geste de renoncement. Elle demeura à la même place, puis demanda :

— Si je n'avais crié, qu'auriez-vous fait ?

— Je serais resté où j'étais jusqu'au moment où vous seriez revenue au rivage.

— C'est gentil de votre part.

— Je vais m'en aller maintenant. Vous pourrez me suivre dès que vous serez prête, je désire vous savoir en sûreté chez vous.

Elle se tourna vers lui dans un élan passionné :

— Renny !

Son visage rayonna. Il tendit les mains vers elle et elle vint tout contre lui. Les vagues s'apaisaient autour d'eux. Une poche d'air tiède mystérieusement ouverte les enveloppait. Elle leva son visage vers le sien, pleine d'une attente délicieuse. Ses bras l'attirèrent à lui. Il l'avait embrassée légèrement la première fois... pas ainsi ! D'autres hommes l'avaient embrassée... pas ainsi !

Il la précéda vers la dune et s'étendit tout de son long auprès d'une coulée de sable et, la tête appuyée sur un bras, lui tournant le dos, il attendit.

Au bout d'un moment elle le rejoignit, s'agenouilla derrière lui, se pencha, lui effleura la joue des lèvres en disant :

— Vous avez l'air d'avoir été noyé... rejeté par les vagues...

Il se retourna sur le dos et lui sourit en l'entourant de ses bras.

Il était minuit lorsqu'ils quittèrent le rivage. La lune avait disparu depuis longtemps. Quelques étoiles dispensaient une faible clarté, mais le ciel était d'un bleu sombre lumineux. Le sentier, puis la route, s'allongèrent précis devant eux. La nuit était chaude, le lendemain serait brûlant.

— Je voudrais ne jamais plus revenir chez moi, dit-elle.

— Je me demande ce que votre frère dirait si vous ne reveniez pas.

Il y eut un silence, puis elle dit d'une voix grave :

— Jim n'est pas mon frère.

— Alors, que vous est-il ?

— Il est mon mari et... je ne l'aime pas.

Dans sa surprise, il s'arrêta et demeura immobile.

— Jim, votre mari ! Mais pourquoi vous cachez-vous ?

— Parce que c'est notre intérêt. Il a une amie en Angleterre qui a beaucoup fait pour lui. Elle a payé son voyage jusqu'ici et lui sert une petite rente, mais cela à condition qu'il ne se marie pas. Si elle apprenait son mariage, elle lui couperait les vivres.

— Mais vous ne pourrez toujours lui épargner cette déception !

— Il s'attend sans cesse à ce qu'elle meure, car elle n'est pas jeune et sa santé est fragile. Il est persuadé qu'elle lui léguera sa fortune.

— Quelle situation !

— Oui... mais on s'habitue à tout !

— Saviez-vous ce qu'il en était lorsque vous l'avez épousé ?

— Non, il m'avait dit qu'il se voyait obligé de garder notre mariage secret pendant quelques mois à cause de sa famille qui le désapprouverait. En réalité, sa famille s'en moquait comme d'une guigne. C'est une bande de gens sans cœur. Seule, Mrs. Gardiner pourrait être fâchée... Je n'aime pas Jim, mais je déplore cette situation pour lui. Je sens qu'à sa manière il a besoin de moi... ne serait-ce que pour avoir quelqu'un avec qui se quereller... Je n'ai jamais aimé personne d'autre que vous... Je crois que Tod comprend tout — tout à notre sujet à Jim et à moi. Il nous regarde si étrangement parfois comme si son âme claire et pure savait les nôtres tout enténébrées...

Elle parlait sur un ton passsionné, puis avança vivement sur la route.

— Voici qui m'a désemparé, dit Renny.

— Est-ce que vous m'en aimez moins ?

— C'est impossible. Même si je vivais aussi vieux que ma grand-mère, je n'oublierais pas cette nuit... Je vous trouve adorable, Kit.

Elle avança sa main vers la sienne et la saisit. Il poursuivirent leur promenade la main dans la main et franchirent les grilles de Jalna. La masse sombre de la maison apparaissait derrière les arbres. Elle semblait mystérieuse, mais non point à l'écart du monde. On eût dit qu'elle s'attendait, comme bien des fois déjà au cours de son histoire, à recevoir sous son toit un Whiteoak à l'issue d'une de ses pérégrinations nocturnes.

13

Déclin des beaux jours

Cette année, l'été s'épanouissait avec majesté. Les levers de soleil étaient éblouissants, les après-midi radieux, les couchers de soleil magnifiques. Les récoltes prospéraient, mûrissaient avec autant de régularité que se succèdent les images d'un livre. Les poulains, les veaux, les porcelets florissaient comme mauvaises herbes. Il n'y avait point de chaleur dévastatrice, aucune sécheresse meurtrière. Dans les vergers, les arbres ployaient sous leurs charges de fruits. Les cerises, surtout les Montmorency, étaient abondantes à ce point également dans d'autres régions que leur prix baissait. C'était à peine si la perte de temps que demandait leur cueillette était compensée par le profit de la vente. Les arbres luisaient piqués de vermillon. Maggie, la cuisinière, les mettait en bocaux, en faisait de la confiture, même de l'alcool de cerise. Cependant, il y avait grande perte de fruits. Le seul qui s'en tracassait était Piers. Ça le peinait de voir le sol rougi d'une multitude de petites sphères vernies. Il en emplissait des paniers qu'il portait chez des amis. Il appela les gamins du village et les engagea à se servir, mais ils escaladaient les arbres dont ils cassaient les branches et ce fut Piers qui reçut les reproches que méritait leur conduite.

Wragge n'avait jamais si bien vécu de sa vie. Vraiment, ainsi qu'il le disait à la cuisinière, il ignorait l'existence d'une telle nourriture avant d'avoir fait connaissance de l'ordinaire de Jalna ! Lorsqu'il regardait son visage rouge et rond, ses bras cramoisis et dodus, ses mains propres et adroites, il aurait pu verser des larmes de joie à la pensée de ses capacités quant au pie aux cerises, à la crème fouettée, aux assaisonnements des salades, aux farces à la sauge et au soufflé au chocolat. Mais elle avait un caractère violent. Déjà, elle l'avait menacé de s'en aller. Que deviendrait-il si elle partait ! Il décida de l'épouser. A la vérité, elle n'avait pas toutes les qualités qu'il eût désiré trouver chez une épouse. Mais quelle était la femme qui les aurait toutes ? Certainement, dans la loterie du mariage celle-ci ne représentait pas un mauvais billet ! Wragge prit sur son second mois de gages pour lui acheter un bracelet à pendeloques, mais il éprouva une vive déception lorsqu'elle le refusa. Que voulait-elle donc ? Un Adonis ? Un millionnaire ? Le choc que lui fit éprouver sa déconvenue agit sur son foie ; il souffrit d'une crise violente. C'est alors qu'il eut les preuves évidentes de sa valeur : elle le nourrit de potages délicats et de crème à l'orange.

Peut-être fut-ce de le voir ainsi prostré, l'air plus mort que vif, qui toucha le cœur de la cuisinière ? Quoi qu'il en fût, lorsqu'il se sentit mieux, cependant qu'encore affaibli, elle l'étonna par cette remarque qu'elle laissa tomber comme par hasard :

— Allons, je ne vous veux pas de mal même si j'en ai l'air.

Il cessa de souffler sur la théière d'argent qu'il était occupé à polir.

— L'air de quoi ?

— De vous craindre.

— Me craindre ?

— Non, seulement dans le mariage !

— Maggie ! — Il déposa la théière et la prit dans ses bras, ivre de joie. — Vous faites de moi l'homme le plus heureux de la terre !

Ce jour-là on dîna tard.

En général, la famille se montra satisfaite du mariage projeté. Lady Buckley cependant gardait ses préventions envers Wragge. La vue de cet individu flottant dans une livrée bien trop grande pour lui, qui avait appartenu jadis à un maître d'hôtel absolument parfait, l'irritait fort. Le visage insolent de l'individu ajouté à ses manières obséquieuses était, à son avis, un avilissement pour Jalna.

Wragge se souciait fort peu de l'opinion de lady Buckley, car elle devait retourner en Angleterre au début de l'automne, mais il tenait à l'approbation de Meg. Il avait découvert qu'elle se plaisait à poser au « petit appétit » à table, mais qu'elle faisait honneur, par contre, aux plateaux apportés dans sa chambre. Mainte fille de chambre avait étouffé de rage en accomplissant cette corvée. Wragge se comportait comme si elle représentait pour lui un honneur particulier. Il arrangeait des sandwiches au blanc de poulet, présentait des framboises mûres sur un lit de feuilles fraîches, mettait quelques pensées dans un vase minuscule, s'entendant par instinct à présenter tout de manière appétissante.

D'ailleurs, il se rendait utile de mille manières. Le déranger d'un travail pour lui en faire faire un autre ne l'irritait point. Il avait appris pendant la guerre à détester la monotonie. Rapidement, il s'était rendu compte que, dans cette maison, bien des choses se passaient « en dessous de la surface ». Le moindre incident ayant quelque intérêt le faisait dégringoler l'escalier menant au sous-sol où il répétait la chose à sa promise. Elle, de flegmatique qu'elle était en dehors de ses accès de méchante humeur, devint aussi avide de ragots que lui. Leur vie était si pleine d'intérêt qu'il n'y eût vraiment pas eu de place pour d'autres soucis.

Il fut décidé que leur mariage aurait lieu après le départ de lady Buckley. Renny devait conduire la mariée à l'autel.

Durant ces mois, Ernest se sentit partagé entre le plaisir qu'il goûtait dans la société de Mrs. Stroud et l'irritation qu'il éprouvait à la pensée de la responsabilité qui lui revenait s'il amenait ces relations au point où Eden serait vaincu, mais en sécurité. Il avait un tempérament indolent ; il lui était pénible d'être le rival d'un garçon plein de jeune énergie comme Eden. Il y avait aussi autre chose dans cette situation qui lui était désagréable. Eden avait confiance en lui : est-ce que cette confiance ne pourrait pas se transformer en colère, voire en haine ? D'un autre côté, il faisait de son mieux pour préserver son neveu d'une aventure qui eût pu lui être néfaste.

Le plaisir que Mrs. Stroud trouvait dans sa compagnie était évident. Ses visites se prolongeaient de plus en plus. Sa porte s'ouvrait pour lui presque avant qu'il eût frappé. Il lui apportait des fleurs, des fruits, des livres. Elle s'enorgueillissait de ses succès. Dans ses rêves érotiques, elle opposait ses amoureux l'un à l'autre. Mais, éveillée, se disait qu'aucun des deux n'était vraiment épris d'elle. Le plus grand compliment que son défunt époux lui eût jamais fait avait été de lui dire qu'elle avait « la tête vissée à l'endroit » ; ces paroles lui revenaient en mémoire maintenant et elle doutait de leur vérité.

Comme l'été avançait et que l'herbe envahissait de plus en plus les chemins, que l'air était plus vibrant du chant des sauterelles tandis que la lune dans son plein paraissait d'un orange plus soutenu et semblait plus proche de la terre, Ernest découvrit qu'il n'était plus capable de se débarrasser du souvenir de Mrs. Stroud lorsqu'il retournait à Jalna. Son image, intensifiée, le suivait où qu'il allât. Surtout, il était de plus en plus irrité de l'amitié qui la liait à Eden. Il s'agaçait des approbations amusées de sa famille au sujet de ses expéditions amoureuses. Plus que jamais il tremblait de colère lorsqu'il était obligé de supporter quelque remarque satisfaite de la part de son frère au sujet de la « soi-disant aventurière ». Ernest, en ces cas-là, se voyait forcé de quitter la pièce et d'aller s'appuyer contre un mur afin de retrouver son calme.

Sa vieille mère était bien trop perspicace et son frère le connaissait trop pour ne pas s'apercevoir du changement qui se faisait en lui.

— Je vous avais dit, lui répétait Nicolas, qu'Ernest s'attendrirait pour elle !

— Crois-tu qu'ils vivent dans le péché ? disait Adeline dans une grimace.

— Ma chère mère, vous êtes meilleur juge que je ne saurais l'être dans cette affaire !

— Bien, s'il en est ainsi, ça le rend plus intéressant que jamais, j'estime. Mais c'est ce qui arrive le plus souvent !

Eden, personnage central du drame, fut lent à comprendre ce qui se passait. Il considérait la soudaine intimité née entre son oncle et Mrs. Stroud comme un effort de la part d'Ernest pour avoir la possibilité de renseigner la famille au sujet de son amie.

Depuis que l'explosion de colère qu'il avait eue après le thé s'était dissipée, il gardait peu de rancœur envers les siens. Eden était un garçon paisible. Comme la famille se montrait aimable envers lui, il se sentit apaisé et reprit l'espoir de mener adroitement cette affaire selon ses penchants. En fait, elle avait acquis pour lui un attrait de plus. Les yeux de ses aînés suivaient ses faits et gestes avec intérêt. Ils avaient envoyé un émissaire auprès de l'enchanteresse et l'émissaire ne pouvait se défendre de subir son charme ! Mrs. Stroud lui répétait ses conversations avec Ernest. Mais lorsque Eden raillait une des réflexions d'Ernest, elle s'écriait :

— Après tout, c'est un homme charmant, je n'ai jamais vu personne d'aussi aimable ! J'espère que vous ne m'en voudrez pas d'avoir de l'amitié pour lui, cher, il m'aide à passer le temps, qui me semble si long lorsque vous n'êtes pas là !

Eden la regardait interloqué :

— Vient-il donc souvent ?

— Oh ! pas très souvent, mais je ne le recevrai plus si cela vous déplaît.

Paroles délicieuses à prononcer pour elle, qui la mettaient dans une position soumise et comme sous la direction de cet adolescent blond. Délicieuses aussi à entendre pour lui tandis qu'il contemplait les traits accusés et le corps viril de son interlocutrice. Les quelques rides qu'elle avait étaient dues à une lutte contre son érotisme latent et à son endurance intellectuelle. Ses cils étaient épais et son large sourire découvrait des dents remarquablement saines.

Ses petites mains douces avaient un pouvoir hypnotisant lorsqu'elles vous caressaient.

Elle avait un caractère si compliqué que la profondeur du gouffre qu'elle sentait en elle l'avait déroutée. Elle ne tarda pas à s'apercevoir de l'effet qu'elle produisait sur Ernest. Elle était grisée de constater son pouvoir. Toujours elle avait eu conscience qu'elle pourrait affoler les hommes si seulement l'occasion lui en était donnée. Elle y avait renoncé lorsqu'elle rencontra Eden. Son amitié avec ce garçon influençable et poétique de dix-huit ans et de naissance qu'elle considérait comme « aristocratique » emplissait ses jours et ses nuits de sensuelle félicité. Ainsi, elle ne deviendrait pas vieille sans avoir exprimé d'une manière ou d'une autre ce qu'elle savait en elle. Quand il était assis à ses pieds, la tête appuyée contre ses genoux et qu'elle caressait de sa main le casque brillant de ses cheveux blonds, des vagues de joie presque trop aiguë agitaient son sang. Elle se rappelait alors combien souvent elle avait été assise ainsi, passant sa main sur le front du paralytique jusqu'à en avoir le bras épuisé, et elle se contenait pour ne pas crier de triomphe.

Si mince que fût son expérience, elle suffit cependant à la rendre consciente de son influence grandissante sur Ernest. Elle se mit à préparer chacune de leurs rencontres comme un mouvement stratégique. Elle commençait à se considérer elle-même comme une personne vivant au sein d'un réseau de complications sentimentales entre deux amoureux, l'un de dix-huit ans, l'autre plus que sexagénaire. Quoique son intimité avec Eden n'eût pas été au-delà d'un timide baiser, et celle avec Ernest n'eût point dépassé la discussion des passages amoureux de quelque roman, elle était grisée par les possibilités que comportait sa situation.

Sans cesse elle regrettait de n'avoir point un locataire autre que Dayborn ou point de locataire du tout ! Elle s'imaginait la maison telle qu'elle l'avait vue pour la première fois : vaste et ne formant qu'une seule demeure. Si seulement elle avait pu recevoir ses admirateurs dans une telle maison ! Elle se sentait irritée contre elle-même à la pensée qu'elle avait convaincu son architecte de faire toutes ces transformations. L'architecte avait proposé un mur de séparation plus épais, mais elle avait voulu des matériaux bon marché. A présent, dans les moments les plus précieux à son cœur, la voix de Dayborn pénétrait chez elle, lui apportant ses doléances au sujet de la dureté de son métier ou ses plaintes motivées par la mauvaise cuisine de Chris. Une fois même, Chris avait piaillé que les saucisses étaient brûlées, gâtant ainsi toute une heure passée avec Eden, car celui-ci avait crié en réponse : « Apportez-les-moi donc ! J'adore les saucisses brûlées ! » Il avait l'air d'avoir seize ans tandis que Mrs. Stroud éprouvait un sentiment de vexation digne d'une vieille personne. Une fois, Tod avait hurlé pendant tout le temps qu'avait duré une visite d'Ernest. Ses souffrances étaient dues à une nourriture fort peu judicieuse. Mais Mrs. Stroud n'avait jamais pu retrouver les sentiments qu'elle avait eus pour le bébé auparavant.

Tandis que l'été approchait de son apothéose, on moissonnait les céréales. La marche majestueuse des saisons dégénérait en violents désordres atmosphériques. Certainement septembre serait plus brûlant encore que juillet ! Il y eut des ouragans, des torrents de pluie, des brumes épaisses et des jours de chaleur chargés d'électricité pendant lesquels chaque geste coûtait considérablement. Eden, Piers et Finch s'en allaient tous les jours au collège et aux cours. L'effort que faisait Meg pour s'assurer qu'ils ne manquaient pas leur train l'épuisait plus, disait-elle, que tout le reste de la journée. Elle n'essayait même pas de prendre part au premier repas matinal mais, après leur départ, Wragge la servait dans sa chambre. Il était enfin définitivement admis dans la famille sous le nom de « Rags » ; sa position était établie. Meg, tout le reste de la journée, s'asseyait sur la pelouse avec un ouvrage à l'aiguille ou bien elle faisait un peu de jardinage sans suite. Elle avait engagé une solide jeune femme de chambre qui l'avait déchargée en grande partie du soin de garder Wakefield. Celui-ci s'était développé étonnamment au cours de l'été ; il était avancé pour son âge et très malicieux. Meg prétendait qu'il était impossible de venir seule à bout de ses caprices.

Lady Buckley venait de s'en aller afin de réintégrer sa demeure du Devonshire. Nicolas l'avait accompagnée jusqu'à Québec. Sa goutte le laissait en paix pour le moment et il était heureux de cette occasion de se distraire enfin. Il avouait un faible pour cette vieille ville française où il était né.

Augusta avait été fort déçue que l'intrigue entre Eden et Mrs. Stroud n'eût point été terminée avant son départ grâce à l'intervention d'Ernest. Elle avait eu une longue conversation avec son frère et puis avec son neveu, leur expliquant les dangers de leurs situations respectives, cela avec calme mais fermeté.

— Quant à toi, dit-elle à Ernest, tu as gâté honteusement cette affaire ! A en juger d'après tes propres paroles, tu as fait une profonde impression sur l'aventurière, cette lettre d'elle que tu m'as montrée en est la preuve. Pourquoi ne pas en profiter pour la persuader de mettre fin à ses relations avec Eden ? Nicolas prétend que tu n'en fais rien parce que tu es complètement sous sa domination ! Il regrette de ne s'être pas chargé de la chose !

— Ne t'inquiète pas, Augusta. J'ai la situation parfaitement en main. Avant longtemps, tu recevras une lettre qui t'apprendra que tout est fini entre Eden et Amy !

— Amy !

La mâchoire d'Augusta s'abaissa.

— Et pourquoi pas ? Il faut bien se laisser aller à un peu de familiarité si l'on désire exercer quelque influence !

— Il m'arrive de penser que ton influence n'est que familiarité, simplement ! Mais comme maman crut bon de mettre sa confiance en toi, je tâche de faire de même.

A Eden, lady Buckley avait dit :

— Je suis fâchée de m'en aller te laissant toujours épris de cette femme !

Eden avait ri :

— Je ne suis pas épris, chère tante : vous et toute la famille devriez être heureux que je ne sois pas engagé dans quelque intrigue avec une petite fille stupide ! Si vous saviez ce que sont certaines, vous en éprouveriez un vrai choc !

— Je ne désire pas savoir ce qu'elles sont ni rien savoir d'ailleurs sur le compte d'aucune créature féminine qui se croit une dévoreuse de cœurs masculins !

Il l'entoura de ses bras. Elle ne put s'empêcher de lui tapoter les épaules en lui disant un tendre adieu.

Augusta éprouva des sentiments divers lorsque le paquebot descendit le Saint-Laurent. Elle se sentait à la fois heureuse et chagrinée de s'être embarquée. Les souvenirs de mainte arrivée ou séparation dans ce port lui revenaient à la mémoire. Certainement ce fleuve avait marqué le cours de sa vie. Comme enfant, elle l'avait traversé dans les bras de sa mère alors que son aya venait de mourir en mer. Elle s'était embarquée ensuite à Québec, jeune épousée d'Edwin Buckley. Elle et lui avaient souvent depuis fait le voyage ensemble dans les deux sens. Puis, veuve, elle était revenue seule. Mais, de tous ses voyages, le dernier avait été le plus mélancolique, quand on lui avait demandé de venir lors de la mort de son frère Philippe, au début de la guerre. Elle avait loué sa maison du Devon au gouvernement comme maison de convalescence pour officiers. A présent, elle laissait derrière elle, à Jalna, des problèmes inquiétants non résolus. Elle eût aimé qu'Ernest l'eût accompagnée ainsi qu'il avait coutume de le faire. Quoiqu'elle aimât Nicolas, Ernest était son préféré et cela l'avait blessée plus qu'elle n'aurait pu le croire de constater avec quelle tranquillité il avait renoncé à ce qui avait été son privilège. Était-il possible... Mais non, elle chassa cette pensée et se tourna résolument vers l'étendue de plus en plus vaste du fleuve.

Ernest, il est vrai, regretta moins le départ d'Augusta qu'il ne l'eût cru possible quelques mois auparavant. Nicolas devait passer quinze jours à Québec. Libéré de son frère et de sa sœur, Ernest se prépara à goûter pleinement les douceurs de son amitié avec Mrs. Stroud.

La brusque chaleur tropicale de septembre que d'autres trouvaient énervante lui convenait. Les températures élevées faisaient ressortir les roses délicats de son teint tandis que ses yeux, par contraste, paraissaient d'un bleu intense. L'agréable image qu'il apercevait dans le miroir élevait son moral qui, à son tour, contribuait à lui assurer une bonne digestion, point faible de sa constitution.

Tandis qu'en cet après-midi dominical il suivait d'un pas régulier le sentier frappé par les rayons solaires rougeoyants et toujours intenses, il se sentait à peine âgé de quarante ans et certainement ne semblait guère en avoir plus de cinquante. Il portait un léger complet de flanelle grise accompagné d'un panama. Ses chaussettes, son mouchoir, sa cravate s'accordaient parfaitement à la couleur de ses yeux. Un bouton de rose blanche dressait fièrement la tête à sa boutonnière ; il se sentit singulièrement exalté tandis qu'il frappait à la porte de Mrs. Stroud.

Elle vint ouvrir et resta une seconde éblouie par la clarté du soleil. Puis, vivement, elle l'attira à l'intérieur.

— Il ne faut pas laisser entrer la chaleur, dit-elle.

— Il fait extraordinairement frais ici. Ces rideaux bleus contribuent d'ailleurs à donner une sensation de fraîcheur... Et cette robe... l'ai-je déjà vue ?

— Non, elle est neuve. Vous l'aimez ?

— Beaucoup.

Il toucha l'étoffe avec une expression de familiarité nouvelle.

— Je n'ai pu résister au désir de l'acheter ! dit-elle.

— Je suis heureux que vous n'ayez pas « résisté » !

— C'est gentil à vous d'affronter ce soleil pour venir me voir. Je n'espérais pas votre visite avant une heure.

— Je n'ai pas pu attendre, répondit-il avec un petit rire.

Il y avait quelque chose de nouveau dans ce rire ; il y avait aussi quelque chose de nouveau dans le climat de leurs relations. Peut-être que l'atmosphère fraîche enclose dans la pièce, et qui contrastait avec la canicule dehors, avait contribué à ce progrès. Peut-être que l'absence de Nicolas et d'Augusta avait comme rompu une ancre... Quoi qu'il en fût, tous deux se sentaient flotter en eaux libres. Afin de faire durer cet instant, Mrs. Stroud poursuivit :

— Les fleurs des champs sont jolies en ce moment, n'est-ce pas ? Avez-vous remarqué les pâquerettes de la Saint-Michel à la lisière du bois lorsque vous y êtes passé tout à l'heure ?

— Oui. J'aurais voulu vous en apporter quelques-unes, mais je craignais qu'elles ne fussent un peu poussiéreuses. Les solidages dorés commencent à fleurir également : cela fait comprendre que la saison va vers son déclin.

— Et dire qu'il y a un an seulement nous ne nous étions pas encore rencontrés ! Et nous voilà comme deux vieux amis !

— Oui, dit-il. Je ne puis m'imaginer quelqu'un autre que vous vivant dans cette maison et je ne me vois pas ne venant point vous rendre visite.

— Et j'aurais pu pour un rien choisir une autre région ! Le seul point noir, ce sont mes locataires. Écoutez-moi ça !

La voix de Dayborn traversait la muraille : « Mets de la paraffine sur le feu si ça ne va pas, espèce d'idiote ! »

Ernest fit une grimace de dégoût puis dit, d'un ton consolant :

— Je ne l'aurais pas entendu si vous n'aviez attiré mon attention. Mais il est regrettable que votre mur soit si mince. A quoi pensait votre architecte ?

— C'est ma faute. Je ne voulais pas y mettre aussi cher qu'il me le proposait. Comme je le regrette à présent ! alors que je désire être tranquille comme jamais encore !

Ernest rougit d'abord à cause de l'avarice dont elle avait témoigné en ne laissant pas agir l'architecte selon ce qu'il jugeait convenable, ensuite et plus encore à cause de l'aveu sans détour qu'elle venait de faire en disant qu'il lui fallait à présent se sentir à l'abri de toute immixtion dans sa vie privée. Il sentit son cœur battre vivement et se demanda dans quels embarras son expédition punitive ne l'amènerait pas ! Il répondit, d'accord avec elle :

— Je suis comme vous. J'ai besoin de me sentir à l'abri des indiscrets. Les murs de Jalna sont faits de telle manière que, lorsque je suis dans ma chambre, le seul être qui puisse me déranger c'est mon frère. Je dois reconnaître que cela ne lui arrive pas souvent, quoique à l'occasion il mène grand tapage avec son roquet : c'est une gentille petite bête qui ne cesse de japer !

Mrs. Stroud prépara le thé. C'était une des habitudes d'Ernest de porter le plateau pour elle de l'office au salon. Il jeta un regard d'approbation aux sandwiches à la tomate. Il y avait aussi un fromage à la crème fraîche qui semblait délicieux. Lorsqu'elle parut portant le plus petit des deux plateaux chargé de la théière et de ses accessoires, il lui sourit presque tendrement en s'écriant :

— Est-ce charmant !

Avec un air nouveau de domination, elle le fit asseoir et posa une petite serviette brodée sur ses genoux comme s'il était un enfant.

— Là ! dit-elle. Il ne s'agit pas d'endommager le moins du monde ce superbe costume de flanelle !

Il ne put se défendre de saisir sa main au vol et d'imprimer un baiser sur son poignet.

Elle battit en retraite vers la table à thé et se mit à verser le thé sans oser lever les yeux. Mais il s'était déclaré.

— Je ne vois pas pourquoi vous m'en tiendriez rigueur, dit-il un peu brusquement.

— Cela m'a surprise, simplement.

— Après tout, n'importe quel homme bien élevé peut se permettre de baiser la main d'une dame, n'est-ce pas ?

— Oui, mais il y a différentes manières de le faire.

— La mienne vous déplairait-elle ?

— Non, répondit-elle dans un murmure.

— Un jour, poursuivit-il plein de témérité, il se pourrait que je vous salue de manière bien différente encore ! Que direz-vous alors, je me le demande ?

Leurs regards se rencontrèrent. Ils rirent, surexcités. Ernest était satisfait de lui-même. C'était exactement la sorte de cour qu'il aimait faire : jamais rien de précis, mais toujours à l'extrême limite de quelque chose. Pour Amy Stroud, c'était une épreuve nerveuse. Elle la goûtait comme un patineur peut se plaire à effleurer une glace délicieusement unie, mais friable, qui pourrait à chaque instant céder sous son poids. Ernest appartenait à un monde différent de celui qu'elle connaissait. Son urbanité lui faisait se demander parfois ce qui pouvait bien se dissimuler sous sa politesse. Cependant elle ne doutait point de son ascendant sur lui.

Presque toutes ses pensées étaient concentrées sur Ernest et Eden. Les attirer à elle, empêcher qu'ils ne se mêlent chacun des affaires de l'autre, c'était là son constant souci. Déjà Ernest avait dit un mot au sujet de la jeunesse d'Eden, lui expliquant la nécessité impérative que son éducation puisse se poursuivre sans qu'il fût distrait par des intérêts étrangers à ses études. A ce moment-là, une certaine expression d'austérité s'était empreinte sur son visage. Ce souvenir la rendit pensive.

Elle attendait Eden ce soir-là. Il savait qu'Ernest prendrait le thé avec elle et qu'il ne devait pas sortir avant le retour d'Ernest. Entre leurs visites, elle aurait le temps de se reposer un peu et de mettre la table pour le dîner. Tous deux tressaillirent en voyant soudain le visage d'Eden à travers la fenêtre. Ses doigts tambourinèrent contre les vitres. Ernest ne tenta point de dissimuler sa déconvenue.

— Pourquoi est-il venu ? s'écria-t-il irrité, mais à mi-voix.

— Chut ! fit-elle comprendre par un mouvement de lèvres, les yeux rivés au visage d'Eden.

— Quel drôle d'air vous avez tous deux ! dit Eden.

— Vraiment ?

Les lèvres de Mrs. Stroud étaient désapprobatrices mais ses yeux fondaient de tendresse.

— Oui, on dirait Darby et Joan !

— Quant à toi, tu es à coup sûr Johnny le curieux ! dit Ernest avec emportement.

— Puis-je entrer ?

Mrs. Stroud bondit et courut vers la porte. Eden était sur le seuil. Il l'entoura de ses bras.

— Non !

Elle haletait, prise de panique, le repoussant.

— Avez-vous perdu la tête ?

— Tout à fait.

Il entra à sa suite.

— Je peux avoir du thé ?

— Puis-je ? corrigea son oncle automatiquement.

— Puis-je ? répéta Eden avec docilité.

— Je vais préparer une nouvelle théière.

Elle ne s'était pas assise. Son trouble se dissipait. Elle se sentait exaltée à la pensée d'une « crise » possible. Oui, elle se montrerait capable de garder ses deux amoureux, car lorsqu'elle était de belle humeur, c'est ainsi qu'elle les nommait dans son for intérieur.

Laissés face à face, ils restèrent assis à se regarder. Ernest essayait de n'avoir pas l'air déçu. Eden arborait ce sourire voilé, si étrange dans son visage d'adolescent. Ernest, nerveusement, se frappait les dents du bout de ses ongles.

— Que font-ils à la maison ? demanda-t-il. Tu avais dit que tu ferais la lecture à ma mère ? Elle est assez touchée par le départ d'Augusta.

— Je l'ai fait, mais elle s'est endormie. La voilà en sûreté jusqu'à l'heure du thé. Meg sommeillait aussi dans le hamac, le vieux en dessous du mûrier, Rags l'a nettoyé pour elle. Il y avait une bête à Bon Dieu installée sur son nez lorsque je suis passé par là. Piers apprenait à Finch le jeu de boules. Ils avaient l'air fort échauffés... La nurse apprenait un hymne à Wakefield qui piaillait à tue-tête : « Jésus m'aime... »

— Et ma mère qui dormait ?

— Il n'était pas près d'elle, mais installé sur le ventre de Rags près de l'endroit où l'on étend les lessives. La cuisinière observe en ce moment une retraite prénuptiale.

— Et Renny ?

— Là où il est toujours : aux écuries.

— N'as-tu aucun travail à terminer ?

— Aucun.

— Hum !... tu ne m'as pas l'air d'avoir une mise bien soignée !

— J'ai cessé de m'habiller pour Mrs. Stroud ; elle m'apprécie, que je sois bien ou mal habillé !

Un désir insolent d'afficher leur intimité perçait dans le ton de sa voix. Ernest trouva ses paroles excessivement déplacées.

Eden reprit tandis que Mrs. Stroud revenait avec la théière :

— Cela vous est égal, n'est-ce pas, que je m'habille ou non ?

Puis il se passa la main dans les cheveux, accusant le désordre de sa coiffure, après quoi il étendit agressivement ses jambes en étalant ses gros brodequins de toile dont l'un avait son lacet défait.

Mrs. Stroud jeta un regard indulgent à Ernest par-dessus son épaule, comme pour rétablir la confiance entre eux. Ernest sourit, passa sa main sur ses cheveux d'un gris doré, et accepta une autre tasse de thé.

Eden mangeait gloutonnement.

— Le service religieux, comme le déjeuner du dimanche, vous laisse toujours affamé ; je ne sais pourquoi, mais, le dimanche, j'ai envie de manger toute la journée !

— Y avait-il beaucoup de monde à l'église ? demanda Mrs. Stroud. Je n'ai pas eu le courage de parcourir cette route campagnarde dans cette chaleur. Le sermon était-il bon ?

— Il était d'une indulgente brièveté. Chaque fois que le recteur s'arrêtait, Gran faisait des efforts pour se lever, espérant que c'était fini. Je pense que cela a énervé l'orateur, car il a été très bref.

— C'est vraiment un spectacle remarquable que de voir Mrs. Whiteoak arriver à l'église dans sa voiture attelée de ces deux fiers animaux. Cela vaut la peine d'y aller rien que pour la voir !

— Le chœur était restreint, poursuivit Eden, et le concert des voix eût été faible si ce n'avait été de nous. Nous avons chanté de toutes nos forces, la sueur coulant sur nos visages tandis que nos vêtements collaient aux dossiers des bancs chaque fois que nous nous levions. Je m'entendais chanter, mais, en fait, je dormais profondément.

— Ce gars est un bavard de la plus fâcheuse espèce, dit Ernest avec un sourire à l'adresse de Mrs. Stroud, et il a quelque tendance à l'exagération.

— Oui, je sais.

Les yeux de Mrs. Stroud fixèrent ceux d'Eden, mais n'osèrent pas s'y attarder, car ils étaient trop moqueurs, trop ironiques. Quelque chose dans sa voix annihilait Ernest qui avait de la peine à dominer la contrainte qu'il éprouvait. Cet après-midi était décidément gâché.

— Qui donc a lu les prières puisque votre frère était absent ? demanda Mrs. Stroud à Ernest. Vous, je suppose ?

— Oui, mais par la suite, c'est Renny qui les lira. Ce fut toujours l'habitude que le maître de Jalna se charge de cet office.

— Il mettra donc un surplis ! J'irai sûrement à l'église voir ce spectacle.

Ernest fut blessé par l'impertinence de son intonation. Pendant un instant, Mrs. Stroud ne fut plus pour lui qu'une comparse assez mal élevée qui s'était introduite dans leur cercle. Son malaise s'intensifia.

Eden se tourna vers lui :

— Mrs. Stroud n'aime pas notre Renny, vous savez !

Elle l'interrompit avec vivacité :

— Mais si ! Je l'admire beaucoup ! Seulement je ne me l'imagine guère revêtu d'un surplis !

— Vous le trouvez trop rude pour cela ? dit Eden.

— Peut-être. Pourtant, je sais que certains ministres en Angleterre sont de rudes chasseurs de renards !

— Il y est parfaitement à sa place, observa Eden d'une voix sentencieuse.

Tandis qu'il devinait la contrainte qui étreignait les deux autres, Eden se sentait l'esprit de plus en plus dégagé. Il parlait par moments à Mrs. Stroud en faisant des allusions qui donnaient à Ernest l'impression d'être abandonné seul dans une steppe glacée. D'autres fois, il s'adressait à Ernest en l'irritant par ses vues ou ses principes par trop modernes. Il était sans cesse en mouvement, parcourant le salon d'un pas nonchalant, ou bien s'étalant sur un sofa comme s'il se croyait chez lui.

Il emporta le service à thé à la cuisine et voulut le laver à toute force, quoiqu'il n'eût jamais auparavant mis les mains dans un évier. Il ouvrit le garde-manger et regarda à l'intérieur en s'extasiant sur les provisions de qualité qu'il contenait, se demandant à qui elles étaient destinées. Mrs. Stroud ne savait que dire mais, se trouvant seule avec lui un instant, elle lui donna une petite tape sur la joue.

— Là ! Voilà pour vous et tenez-vous mieux !

— Oncle ! jeta-t-il d'un ton plaintif.

— Au nom du Ciel, taisez-vous ! s'écria-t-elle effarée.

— Alors embrassez-moi !

Elle prit son visage entre ses mains. Leurs bouches s'unirent. Elle était tout étourdie dans ces entrelacs de complications.

Ernest et Eden s'attardèrent à l'infini.

Mrs. Stroud devint pensive, lasse, dans cette chaleur oppressante. Dans le logement voisin, un silence absolu régnait.

Au coucher du soleil, une brise souleva les rideaux. Ernest s'approcha du piano et abaissa le tabouret à l'ancienne mode pour le mettre à sa hauteur. L'instrument avait appartenu à la première Mrs. Stroud. Son mari racontait sans cesse à sa seconde épouse comment la première avait joué des hymnes pour lui des heures durant. Amy Stroud eût volontiers vendu l'instrument avec le reste du mobilier si on lui avait fait des offres d'achat suffisantes. A présent, le piano était accordé, dépouillé de ses draperies de velours jaune, son bois poli portait seulement un vase d'argent élancé où s'épanouissait une unique rose rouge.

Ernest se mit à jouer *Träumerei* en sourdine.

Mrs. Stroud s'installa sur un siège bas près de l'instrument et resta le regard attaché au visage d'Ernest. C'était son tour d'être entortillé plus sûrement dans ses filets.

— Que vous jouez cela merveilleusement ! dit-elle d'un ton grave et ému.

Il termina le morceau et dit :

— Je suis un bien médiocre exécutant, mais mon frère joue vraiment bien ou jouerait parfaitement s'il consentait à travailler un peu. Il prétend que ses doigts se raidissent.

— Voulez-vous me l'amener pour qu'il joue ici pour moi ?

— J'essaierai de l'y décider.

— Mon petit frère Finch promet d'être musicien, dit Eden.

Ernest fit tourner son tabouret pour le regarder en face.

— En effet, il l'est ! Car il est capable de rester assis aussi silencieux qu'une souris tandis que Nicolas joue. Je lui ai appris moi-même à jouer *Le Danube bleu* quoiqu'il ne puisse distinguer une note d'une autre, il exécute cela d'une façon charmante !

— Que c'est délicieux ! — Les yeux de Mrs. Stroud brillaient. — Jouez encore quelque chose ! On a comme l'impression d'entendre couler des eaux vives après la touffeur de la journée !

— Mon répertoire est bien limité.

Il fronça les sourcils et commença un morceau de Schubert.

— Entendre de la musique la nuit, dit Eden, a toujours eu pour moi le pouvoir de me précipiter dans d'incommensurables abîmes ! Qu'elle soit bonne ou mauvaise, l'effet est le même.

Sur ce, il alla s'étendre tout de son long sur le sofa, le visage tourné contre le mur.

Les légers rideaux étaient soufflés dans la pièce ; la musique montait sous le toucher délicat d'Ernest. Ses sentiments pour Amy Stroud atteignaient un point dont ils n'avaient encore jamais approché. Il eut une bouffée de triomphe à la pensée qu'Eden se trouvait en dehors du cercle magique. Il était arrivé à ce qu'il voulait. Le fait que ses propres sentiments devaient être gardés secrets ne diminuait en rien son triomphe et l'exaltait même.

« Mes deux amoureux ! mes deux amoureux ! » Ces mots palpitaient dans l'esprit de Mrs. Stroud. Elle voyait l'un, étendu sur son sofa, tandis que l'autre ne cessait de jouer, un sourire extasié sur les lèvres. Ce dont elle n'avait pas conscience, c'était du parfait égotisme de chacun d'eux qui les rendait invulnérables à l'enchantement auquel ils prétendaient atteindre.

Tandis qu'il restait étendu le visage au mur, Eden se demandait avec irritation quelles étaient les intentions d'Ernest. Décemment, il eût dû s'en aller depuis une heure déjà ! Était-il possible qu'il tentât de le supplanter et qu'il y eût quelque entente secrète entre lui et Amy Stroud ? Un éclat de rire le secoua, tout de suite suivi d'un sursaut de jalousie hargneuse. Il se retourna brusquement et considéra les deux autres assis près du piano. Il ne pouvait voir le visage d'Ernest mais il y avait quelque chose de presque choquant dans la chute de ses épaules. — Bon Dieu, c'était ça ! — Et pourquoi Amy le regardait-elle avec cette expression passionnée ? Ses yeux étaient lumineux d'émotion.

Il quitta le sofa et prit sur un petit guéridon un coupe-papier qui représentait un petit poignard puis, les yeux fixés sur Mrs. Stroud, il alla sans bruit jusqu'à Ernest et fit un geste violent comme s'il avait l'intention de le poignarder dans le dos. Amy ferma les yeux et les tint clos jusqu'à la fin du morceau. Elle les rouvrit alors et s'aperçut qu'Eden était debout devant la fenêtre tandis que le coupe-papier avait repris sa place sur le guéridon. Ernest quitta le piano.

Un sentiment de lassitude s'empara d'eux. Il y eut un moment de silence, puis Mrs. Stroud dit en les enveloppant tous deux d'un même regard :

— Ne resteriez-vous pas pour dîner avec moi ?

— Je crois me rappeler, répondit Eden, que j'ai été invité il y a quelques jours de cela.

Ernest répondit avec sérénité :

— Merci, j'accepte volontiers.

Avec le même sentiment de lassitude, on se mit aux préparatifs du dîner. Mrs. Stroud composant le repas, tandis que l'oncle et le neveu se chargeaient du couvert. Ils la placèrent entre eux. Puis on se mit à table en silence.

— Il n'est rien que je goûte davantage, dit Ernest, qu'un repas pris en dehors de chez moi.

— Moi aussi, répliqua Eden, il n'est rien que j'aime autant qu'un repas pris en dehors de chez moi.

— Comment faites-vous, reprit Ernest, pour avoir cette délicieuse salade croquante ?

— En la conservant sur la glace, répondit Eden, tout comme elle fait avec ses sentiments.

— Que vous êtes méchant ! dit Mrs. Stroud.

— Vraiment ? Voilà qui m'enchante, car je suis naturellement de nature si polie qu'il m'est difficile de me montrer méchant.

— Tu le voudrais donc ? demanda Ernest.

— Terriblement, oncle.

Il y avait quelque chose d'insolent dans la manière dont il prononçait le mot « oncle ». Ernest lui jeta un regard scrutateur.

— Pourquoi ? Si je puis me permettre de te le demander ?

— Cette situation est tellement déplaisante. Ne trouvez-vous pas ?

— Non, mais c'est plutôt toi qui me parais digne de ce qualificatif.

— J'ai un tel naturel élastique, dit Eden. En ce moment, il en est arrivé au point le plus vindicatif.

Sous la table, Mrs. Stroud l'ayant effleuré d'un pied suppliant, il le saisit entre les siens et le retint prisonnier en marmonnant à mi-voix :

— Probablement qu'il en fait autant de l'autre côté !

Alors, feignant d'avoir laissé tomber sa serviette, il regarda sous la table pour se rendre compte de la situation. Mais les pieds d'Ernest se trouvaient côte à côte, selon les règles de la bienséance.

Eden croqua bruyamment une branche de céleri dont il mangea même les feuilles.

— Je les qualifiais de « plumes » lorsque j'étais petit garçon, dit-il. J'aime le céleri.

— Quel dommage ! remarqua Ernest.

— Pourquoi ?

— Que tu le manges avec tant d'éclat.

Eden se tourna vers Mrs. Stroud :

— N'est-ce pas qu'oncle a un étrange vocabulaire ?

— Je refuse d'être entraînée dans cette affaire, répondit-elle en essayant de dégager son pied, mais son voisin le retint prisonnier.

Elle avait de la peine à contenir son envie de rire.

Il était impossible qu'Ernest avec sa nature sensible ne se doutât pas de ce qui se passait entre eux. Son esprit commençait à donner des signes de lassitude, mais il n'était pas le moins du monde décidé à abandonner sa position. La soirée dégénéra en une sorte de concours à qui « tiendrait » le plus longtemps. Un roulement de tonnerre retentit au loin. L'obscurité extérieure fut illuminée par un éclair aveuglant. Mrs. Stroud alluma des bougies et les répartit dans la pièce. Chose étrange, comme leurs visages prenaient les marques de la fatigue, ils furent nettement répartis en trois générations. Le visage d'Ernest parut soudain comme terni par le nombre de ses années. Mrs. Stroud, bien qu'aucune année n'eût été ajoutée sur son visage dont la lueur des bougies diminuait plutôt le nombre, semblait irrévocablement appartenir à l'âge mûr. Eden avait l'air d'un adolescent pâle et éreinté. On eût dit le père, la fille et le petit-fils. Trois générations dans une situation où régnait une tension morbide.

Finalement, Mrs. Stroud ne put en supporter davantage. Ses yeux étaient pleins de larmes. Elle dit :

— Je suis désolée, mais il faut que je vous demande à tous deux de me laisser seule. Cette chaleur, cet orage m'ont fatigué les nerfs, j'ai la migraine.

— Voulez-vous que je vous cherche quelque chose, de l'aspirine peut-être ?

— Non, non. Ça ira très bien. C'est stupide, mais il faut que je m'étende.

Elle tapota les coussins du divan :

— Mais vous ne pouvez vous coucher déjà. Étendez-vous ici !

Elle secoua la tête, incapable de prononcer une parole. Il y eut un autre roulement de tonnerre. Ernest remarqua avec appréhension :

— Nous pourrions être pris par l'orage !

Elle les accompagna jusqu'au portillon. La brise venait de tomber et l'air était lourd de l'orage imminent. Elle prit une main de chacun de ses hôtes et les regarda au fond des yeux. Des larmes brillaient dans les siens.

— Que vous êtes tous deux charmants pour moi ! s'écria-t-elle.

Puis, elle les regarda s'éloigner, les mains posées sur la barrière. Le sentiment de soulagement qu'elle éprouvait d'être délivrée de leur présence se mêlait au triomphe qu'éveillait en elle la longueur de leurs visites. Amy sentit qu'elle n'arriverait pas à fermer l'œil cette nuit. Mais cela lui était égal : elle avait de quoi occuper ses veilles.

Elle revint vers la maison qui, à cette heure et avec l'humeur qui était la sienne en ce moment, lui semblait une retraite flatteuse. Elle leva les bras et les étendit en aspirant l'air de la nuit. Sa lassitude s'était dissipée ; elle pourrait ruminer à son aise, en comparant les mérites différents de ses deux « amoureux » et réfléchir aux dispositions à prendre en vue de continuer ses relations avec eux.

Comme elle atteignait sa porte, un éclair aveuglant lui révéla la présence de Jim Dayborn debout sur le seuil de son logement ; la porte derrière lui était fermée. Elle ne savait depuis combien de temps il se tenait là, mais sa colère éclata soudain à la vue de ce visage chétif au sourire sarcastique. Elle s'exclama sur un ton violent :

— Comme vous aimez à épier les gens !

Dayborn répondit, imperturbable :

— Et que voulez-vous que je fasse d'autre un dimanche soir ?

— Vous réconnaissez donc que vous mouchardez ?

— Si c'est moucharder que de se trouver au seuil de sa porte ! Ce qu'il vous faudrait, Mrs. Stroud, c'est une demeure en pleine forêt, sans le moindre voisinage !

Elle s'avança vers la petite palissade qui séparait leurs domaines respectifs et, posant les mains sur deux des lattes taillées en pointe, elle dit :

— Je suis lasse de votre indiscrète présence. Vous êtes en retard de deux mois pour le paiement de votre location. Allez-vous-en ! Je ne vous demande pas de me payer ce que vous me devez, mais soyez partis dans l'espace de trois jours. Trois jours, vous entendez ?

Elle était vraiment impressionnante dans sa fureur contenue. Dayborn, frappé, resta silencieux un moment, puis il répéta :

— Trois jours ! Vous n'y pensez pas ! Pourquoi ? Qu'avons-nous fait ?

— Vous vous arrangez pour être insupportables. Vous m'espionnez sans cesse et puis on n'entend que vous, vos querelles. Vous entrez et sortez chez moi à toute heure, vous ne payez pas, allez-vous-en !

— Mais nous ne trouverons pas à nous loger par ici !

— En ce cas, allez ailleurs !

— Mais notre travail est ici !

— Votre *travail* ! Dresser des poulains ! Laissez-les donc courir, courir à leur aise, je m'en moque. Être débarrassée de votre présence, c'est tout ce que je demande.

Il prit alors un ton apaisant :

— Mais vous nous avez encouragés à venir chez vous librement, vous prétendiez avoir plaisir à nous prêter ce dont nous manquions, vous aimiez le petit...

Elle lui coupa la parole :

— Bien, sachez donc que je n'aime plus aucun de vous. J'ai supporté de votre part ce que je n'avais jamais souffert d'aucun locataire !

Piqué au vif, il jeta, sarcastique :

— La vérité, c'est que de fréquenter ces Whiteoak vous a tourné la tête, mais si vous croyez que l'un comme l'autre de ces hommes se soucie de vous grand comme ça, vous vous trompez plutôt !

Il fut difficile à Mrs. Stroud de garder son sang-froid. Elle serrait dans ses mains les lattes aux pointes acérées et se mordit la lèvre inférieure qui tremblait. Puis elle parla d'un ton relativement calme :

— Voici qui couronne le tout ! Sachez que je ne vous adresserai plus jamais la parole. Dites à Chris de ne pas essayer de venir me voir. Ni elle ni personne ne pourrait me faire revenir sur ma détermination. Rendez-moi vos clefs d'ici trois jours !

Mrs. Stroud lui tourna le dos et rentra dans ses appartements dont elle referma la porte avec brusquerie. Peu après on vint y gratter, mais elle ne répondit pas et, ayant regardé par la fenêtre, Amy Stroud vit Chris Cummins escalader la barrière de séparation et rentrer chez elle.

Ernest et Eden parlèrent peu sur le chemin du retour. A présent qu'ils étaient seuls, ils se sentaient embarrassés par les souvenirs de la soirée, mais Eden l'était certainement moins que son oncle. Sa pensée analysait les événements de ces dernières semaines. Il eût aimé savoir ce qui se passait dans l'esprit d'Ernest. Jusqu'à quel point tenait-il à Mrs. Stroud ? Jusqu'à quel point la famille était-elle mêlée à la chose ? Se trouvait-elle à l'origine de tout ? Ou bien Ernest jouait bien son rôle, ou bien il s'était « pris à son propre jeu ». Eden penchait pour cette seconde hypothèse. Qu'éprouvait Amy ? Elle et Ernest semblaient s'entendre trop bien pour n'avoir l'un pour l'autre qu'une amitié passagère.

Eden était irrité à la pensée de l'intervention d'Ernest dans ses affaires. Sa soirée en avait été gâtée. Ne jouirait-il jamais plus de cette liberté qu'il goûtait chez elle et qui lui était si précieuse ? Est-ce qu'Amy aimait Ernest ? Pouvait-elle l'aimer ? Son esprit pas encore mûr errait parmi de vagues suppositions.

De lourds roulements de tonnerre retentirent au moment où ils atteignaient Jalna. Les éclairs faisaient ressortir les plus petits rameaux sur le fond du ciel verdâtre. De grosses gouttes de pluie tombaient.

— Nous avons une fameuse chance d'être à l'abri au moment même où la pluie commence, remarqua Ernest.

Il verrouilla la porte. La lampe à gaz brûlait dans le hall, mèche baissée. Il considéra le cadran d'or pâle de la pendule achetée par son grand-père, elle marquait minuit un quart. Il eut une exclamation consternée :

— Nous avons fait veiller cette malheureuse Mrs. Stroud ! dit-il.

— Je ne l'avais encore jamais vue fatiguée ! dit Eden.

— Je pense que c'était à cause du temps.

— Jamais encore je ne l'avais vue affectée par le temps !

— Mais nous n'avions pas une atmosphère aussi chaude.

— Je n'ai guère envie de me coucher. Et vous ?

Ernest hésita. Les longues veilles ne lui convenaient point. Mais il se sentait surexcité et puis il n'était point agréable d'être couché pendant un orage. Probablement que sa mère désirerait sa présence. Il alla jusqu'à sa porte à l'extrémité du hall. Un ronflement paisible résonnait à l'intérieur, qui ressemblait au vrombissement d'un bourdon prisonnier dans une fleur particulièrement riche en suc. Ernest sourit.

— Qu'allons-nous faire ? demanda-t-il.

— Ne pourrions-nous boire quelque chose ?

— Mon cher enfant, tu es trop jeune pour boire à cette heure.

— Pourtant je sens qu'il est temps de m'y mettre ce soir.

— Je me demande ce que dirait ta tante !

— Venez donc, oncle Ernie, il n'y a que nous deux qui le saurons !

— Fort bien, allons-y pour un whisky et soda, cela nous fera du bien... Écoute-moi ça !

Un grondement sourd se termina par un craquement qui fit vibrer toute la maison. Ernest retourna écouter devant la porte de sa mère. Un silence de mort régnait. Puis le bourdon se remit à ronronner sur un ton plus sonore.

— Dieu la préserve ! s'exclama Ernest, puis il se dirigea vers la salle à manger.

Eden ferma une fenêtre restée ouverte et mit deux chaises à l'un des bouts de la table. Ernest chercha une bouteille de Scotch et un siphon de soda dans le buffet. Ils s'assirent et Ernest versa du whisky dans chacun des verres. Eden y ajouta de l'eau de soda.

— Je ne crois pas que l'orage sera violent, voici déjà la pluie, dit Ernest.

Et, comme si l'on venait d'ouvrir les écluses, la pluie se mit à tomber à torrents, tambourinant contre les vitres, coulant à flots sur le gravier de l'allée. Dominant ce bruissement d'eaux, on percevait le grondement lointain du tonnerre.

Eden éleva légèrement son verre, hésita, puis jeta :

— A Amy !

— A Amy ! répéta Ernest en portant son verre à ses lèvres.

Eden alluma une cigarette.

— Elle doit se sentir seule dans cette maison pendant un orage, dit-il.

— Très seule sans doute.

— C'est dommage que nous soyons partis si tôt !

— Très dommage.

Ernest but plus longuement.

— Cependant si nous n'étions pas partis, nous n'aurions plus eu la possibilité de nous en aller.

— Tu veux dire que nous serions restés toute la nuit ?

— Oui.

Eden reprit son verre.

— Mais nous n'aurions pu nous le permettre, pas tous les deux à la fois !

— Il me semble pourtant que deux auraient mieux valu qu'un.

— Tu veux dire que c'eût été plus convenable ?

— Certainement, oncle.

— Tu as une drôle de façon de m'appeler « oncle » ce soir.

— Vraiment ?

— Oui. Elle ne me plaît pas tout à fait.

— Je suis désolé... Ernest.

— Voilà qui est stupide.

— Oui, plutôt. Mais notre situation l'est aussi, n'est-ce pas ?

— Qu'y trouves-tu de stupide ?

— Le fait que nous voilà rivaux vous et moi, enfin tout...

Ernest se sentit perplexe et inquiet à la pensée qu'Eden allait étaler au grand jour ce que tous deux s'étaient entendus à garder secret. Son trouble était augmenté par le fait qu'un verre de whisky comme il venait d'en boire un lui montait inévitablement à la tête. Il s'en versa un second.

— Comment... je ne sais pas... et n'y ai pas songé...

Eden le regardait d'un air de reproche.

— Vous n'y avez pas songé ! Il me semble que nous n'avons guère pensé à autre chose durant tout ce temps... Vous n'avez pas peur de vous reconnaître *mon rival*, n'est-ce pas ?

— Peur ? Certainement non, mais...

— Mais quoi ?

— Je suis entré en lice pour ton bien, mon cher gars.

— Vous voulez dire que la famille vous y a poussé ?

— Nous avons discuté la question. Nous étions tous présents, nous, les plus âgés.

— Et vous avez influencé ce fâcheux scrutin !

— Je répète que j'ai agi avec désintéressement et pour te sauver de celle que nous considérions comme une intrigante... Depuis lors, mon opinion au sujet de Mrs. Stroud a changé.

Eden se pencha vers Ernest :

— Oncle Ernie, vous êtes amoureux d'Amy ?

L'ambre du whisky luisait au fond du second verre d'Ernest. Il fut moins déconcerté d'avoir la main ainsi forcée qu'il ne l'eût été seulement une demi-heure plus tôt.

— Tu outrepasses les bornes, mon gars ! dit-il d'une voix qui tremblait légèrement.

— Non. Je veux seulement éclairer la situation d'une franchise salutaire. Lorsque vous avez été rendre visite à Mrs. Stroud pour la première fois, vous la jugiez comme une ambitieuse, n'est-ce pas ?

— Oui, plutôt. Mais, comme je viens de le dire, j'ai changé d'opinion à son sujet. Je la considère à présent comme une femme ayant une grande sensibilité et beaucoup de charme.

— En un mot, vous en êtes épris.

— Ça, c'est aller trop loin, mais je reconnais que je lui suis attaché.

— Croyez-vous qu'elle désire se marier ?

— Non, je crois qu'elle désire seulement se sentir entourée d'une amitié masculine et puis de compréhension. Je parie qu'elle n'a jamais eu beaucoup de l'une comme de l'autre.

— C'est une horrible menteuse !

— Crois-tu ! Je la crois pleine d'aspirations et d'illogisme, c'est tout.

— Vous connaissez les femmes ! Que d'aventures vous avez dû avoir !

— Je n'ai jamais dû apprendre à les connaître, répliqua Ernest avec modestie. Je suis né connaissant les femmes.

— Dieux ! Je voudrais pouvoir en dire autant !

Ernest parlait avec un sérieux bienveillant.

— Tu as tout le temps. Rien ne pourrait être pire pour toi en ce moment qu'une affaire d'amour. Une femme du monde, indifférente et froide, ne pourrait te faire de mal. Mrs. Stroud est un sujet tout différent !

Il y eut une pause volontaire de part et d'autre, puis Eden dit sur un ton de violence inutile :

— Si elle est décidée à choisir entre nous, qu'elle fasse son choix !

— Bêtises ! Il ne saurait être question de choix. Que veux-tu qu'elle choisisse entre un vieux garçon bourru et un véritable enfant ?

— C'est une question de dignité ! Nous ne pouvons continuer ainsi !

Eden se leva d'un bond et fit le tour de la pièce.

— Peut-on ouvrir la fenêtre ? On étouffe ici.

— Oui, la pluie est moins violente. Ouvre la fenêtre.

Eden l'ouvrit toute grande. L'air purifié par la pluie pénétra presque palpable dans la pièce. Le rosier grimpant de Virginie qui couvrait la muraille extérieure empiétait sur la fenêtre. Un rejet pendant barrait le vide. Eden cueillit un feuille et la posa sur la table devant Ernest.

— Regardez, dit-il, elle est teintée de rouge, l'été va vers sa fin.

— Oui, reconnut Ernest, la saison est sur son déclin.

Il parlait avec une note sentimentale dans la voix.

Eden passa sous le vaste arceau qui s'ouvrait sur le salon et revint bientôt, ayant en main un cornet en ivoire sculpté contenant des dés. Il agitait les dés dans le cornet tout en marchant. Si Ernest avait été moins absorbé dans ses pensées, il eût remarqué la lueur moqueuse qui illuminait les yeux de son neveu.

— Savez-vous, oncle Ernest, s'écria celui-ci, nous allons jouer à qui l'aura : trois coups de cinq. Celui qui comptera le plus de points aura gagné. Si vous gagnez, je me retire pour me plonger dans mes études et serai un bon gars à partir de cet instant, mais si je gagne, vous ne vous occupez plus d'Amy et vous dites à la famille qu'ayant examiné la situation attentivement, vous estimez que son amitié ne peut que m'être salutaire !

La main d'Ernest tremblait un peu lorsqu'il posa son verre vide. Eden l'emplit encore une fois. Ernest but une gorgée du liquide, le trouva trop fort, puis dit d'un ton délibéré :

— Bien, d'accord.

Eden lui tendit le cornet à dés.

— A vous d'abord !

La teinte de l'ivoire se mariait singulièrement bien avec celle de la main d'Ernest. Il agita le cornet et jeta un six et un quatre.

— Bien ! dit Eden qui jeta un cinq et un deux.

Ernest reprit le cornet, secoua les dés d'un air rêveur et jeta un un et un six.

— Je crains fort d'être aisément battu !

Mais Eden ne jeta qu'un doublé de deux.

— Les perspectives sont inquiétantes pour moi, dit-il.

Cette fois-ci, Ernest jeta un cinq et un six. Un sourire de satisfaction illumina ses traits. Il but une gorgée de sa boisson qu'il ne trouvait plus trop forte.

Eden jeta deux six et lança une exclamation joyeuse.

— Ma chance tourne !

Ernest secoua le cornet à dés d'un air déterminé. Les lèvres serrées, il jeta un quatre et un trois.

Eden jeta un quatre et un cinq.

— Nous sommes à égalité ! s'écria Ernest qui tremblait d'impatience.

Il fallait jouer un bon coup !

Il jeta deux cinq.

Le visage d'Eden était également recueilli. Ses yeux brillaient ; il secoua les dés et les jeta en renversant le cornet dessus, mais il ne put se résoudre à le lever. Ernest et lui se dévisagèrent par-dessus l'objet.

— Voyons, voyons, dit Ernest d'un ton péremptoire, regardons ce que tu as jeté !

Eden souleva le cornet : il avait jeté un cinq et un six.

Ils restèrent un moment à fixer les dés en silence.

Puis, Eden s'exclama sur un ton dramatique :

— J'ai gagné !

— Oui, oui, voici qui est joliment dur pour moi. Mon amitié avec Mrs. Stroud m'était un vif plaisir — plus encore — mais j'y renonce. Que dirai-je à la famille ?

— Dites-leur que c'était inutile... Dites-leur que vous avez éprouvé une grande colère lorsque vous vous en êtes rendu compte !

Ernest avait l'air hébété. Il se leva en vacillant.

— Il... il faut que j'aille me coucher... suis bien fatigué...

— Voulez-vous que je vous donne le bras, oncle Ernie ?

— Merci. Je n'aurais pas dû boire ce dernier verre. Que disais-tu que tu avais jeté ?

— Un cinq et un six.

— Oui, pas de chance !

Il se tenait appuyé à la table.

— Eden, tu as gagné : montre-toi digne d'elle !

Eden le prit par le bras, lui fit passer la porte et lui ayant fait gravir l'escalier le mena jusqu'à sa chambre. Il revint ensuite pour éteindre la lumière et trouva Rags dans la salle à manger, qui disposait de l'argenterie sur un plateau. Rags expliqua :

— Je prépare une petite collation pour Miss Whiteoak, monsieur, elle a mangé autant que rien à dîner. L'électricité dans l'air la déprime. V'là encore la pluie !

Une fraîche pluie d'orage frappait violemment les vitres.

— N'oubliez pas d'éteindre lorsque vous redescendrez, dit Eden.

— Oui, monsieur. Pensez-vous que Mr. Ernest soit tout à fait bien ou vaut-il mieux que j'aille voir ?

— Il est bien.

— Et faut-il fermer les fenêtres à l'étage tout en haut ?

— Je monte, je verrai ça. Est-ce qu'on a été voir ma grand-mère ?

— J'ai fermé sa fenêtre, monsieur. Il faisait bien chaud là-dedans. Elle murmurait je ne sais quoi sur l'Inde. Son perroquet avait quitté le perchoir et s'était installé au pied de son lit. Il a ouvert un œil pour me jeter un sale regard en répétant : *Indiar... Indiar... Indiar...* C'était pas naturel.

— Rags.

— Oui, monsieur.

— Il est inutile que vous disiez à qui que ce soit que mon oncle et moi avons bu ensemble ce soir.

— Bien sûr que non, monsieur ! J'ai vu que vous aviez joué aux dés, monsieur.

— Ce n'était rien, simplement pour mettre fin à une dispute.

— Ma parole, écoutez-moi ça, on peut pas s'imaginer un orage pareil ! Faut espérer que ça s'éclaircira avant demain !

— Demain ?

— C'est mon mariage, vous savez ! j'ai bien peur d'avoir l'air d'une ruine avec ce manque de sommeil et les émotions qu'on éprouve naturellement en ces occasions ! Je ne serais pas si nerveux si ça se passait rien qu'en inscrivant le mariage dans le registre, mais ça sera l'entrée dans l'église et la marche jusqu'au chœur pendant que l'orgue jouera l'hymne nuptial, ça en fait une affaire sérieuse !

— Vous traverserez tout cela admirablement.

— C'est bien aimable de la part du capitaine Whiteoak de consentir à mener la mariée à l'autel.

Eden sentait que Rags était prêt à rester là à bavarder, son plateau à la main, jusqu'à l'aube. Il lui dit bonsoir et gravit les deux étages menant à sa chambre.

Il s'arrêta sur le seuil de la chambre que se partageaient ses plus jeunes frères. La porte était entrebâillée. D'après le rythme de leur respiration, il comprit qu'ils dormaient. Un éclair bleuâtre illumina la chambre. Piers, sa poitrine bronzée découverte, était étendu sur son lit ; son attitude faisait penser à une statue gisante. Une chaleur intolérable régnait dans la pièce. Le petit Finch avait transporté son oreiller devant la fenêtre et dormait pelotonné en rond, là sur le parquet. Son sommeil était si profond que la pluie qui le frappait ne l'éveillait pas.

Eden le secoua, irrité.

— As-tu envie de prendre un refroidissement mortel ? Va au lit, jeune imbécile !

A demi-éveillé, Finch obéissant se leva et s'en fut en titubant vers son lit, sa chemise mouillée collée à son corps mince. Un éclatement de tonnerre couvrit le vacarme de la pluie.

— Oh ! gémit-il, c'est affreux cet orage !

Eden sourit avec malice.

— Je croyais que tu aimais ça et que ça te plaisait de dormir juste en dessous !

Finch ouvrit les yeux qu'il avait gardés clos. Ils furent surpris par la clarté brutale des éclairs. Finch les referma et, pris de panique, franchit d'un saut le corps de Piers. Eden glissa l'oreiller sous sa tête en ayant soin de mettre le côté mouillé en dessous.

— Merci, Eden.

Finch se nicha dans l'oreiller et tira les draps par-dessus sa tête.

Eden alors arracha l'oreiller de dessous la tête de Piers et l'abattit sur son visage :

— Tiens, prends ça, fainéant !

Puis il ferma la fenêtre et rejoignit sa chambre où il s'assit à son pupitre, la tête appuyée sur une main. Il ne ferma pas sa fenêtre, mais resta à contempler l'orage dehors. Une impression mélancolique s'emparait de lui. Il n'avait pas vécu une expérience importante, mais il s'était passé quelque chose de définitif. Pourquoi avoir ridiculisé l'oncle Ernest ? C'était avec lui qu'il s'entendait le mieux. Sans doute, il avait prouvé à la famille qu'il ne s'engagerait que dans tel chemin qui lui conviendrait. Mais qu'était-ce que ce chemin ? Où, où donc le mènerait-il ?

14

Le mariage de Rags

Après l'orage, le matin parut aussi frais qu'une fleur à peine éclose. L'herbe lavée luisait de tous ses brins. Les pétales bouclés des dahlias qui avaient été gorgés de pluie la déversaient à présent chaque fois que les grosses fleurs se penchaient. Le vent soufflait de l'ouest et les nuages ronds et blancs comme des roues de char roulaient par le ciel.

Dans la cuisine, ce n'étaient que préparatifs en vue du mariage. On y retrouvait Elisa, revenue pour prendre la place des Rags tandis qu'ils feraient une excursion de deux jours aux chutes du Niagara pendant leur lune de miel. Elisa désapprouvait cette union entre deux êtres qui lui déplaisaient. Il eût mieux valu, pensait-elle, que ni l'un ni l'autre ne fût venu à Jalna et que chacun se fût marié n'importe où ; Rags eût pu alors se permettre sans inconvénients d'être aussi vulgaire et gaspilleur qu'il eût voulu. Elle désapprouvait plus encore la famille qui faisait de ce mariage une occasion de réjouissances, tout comme si ces deux individus avaient servi convenablement à Jalna pendant des années ! Mais la vieille dame s'était prise d'engouement pour Rags et puis elle appréciait toute occasion d'amusement de quelque sorte qu'il fût, tous les prétextes lui étaient bons ! Elisa croyait la voir dans sa chambre, choisissant le bonnet qu'elle mettrait comme si c'était le mariage d'un membre de la famille ! Alors qu'il y avait Mr. Ernest qui eût dû être marié depuis longtemps et Miss Meg qui avait été si cruellement offensée par Mr. Vaughan ! Si seulement quelque homme distingué pouvait faire sa conquête !

Et puis il y avait Mr. Renny ! Les coins de la bouche d'Elisa s'abaissaient lorsqu'elle pensait à lui, mais ses yeux s'adoucirent. Pourtant elle devait à ce mariage l'heureuse occasion de pouvoir faire son ancien service pendant deux jours. Elle pourrait ainsi inspecter chaque recoin, voir comment Rags entretenait l'argenterie. Elisa voulait bien mettre à l'actif de Maggie le fait qu'elle avait préparé un choix de plats appétissants pour sustenter la famille durant son absence. Mais quels airs cette femme prenait en ce moment avec ses cheveux frisés et ses pieds serrés dans des escarpins à hauts talons ! Et puis sa fourrure de renard rouge pour s'en aller en voyage tandis que le thermomètre grimpait ! Enfin, chose plus grave : Rags avait collé les étiquettes d'un hôtel de Paris sur leurs deux valises ! Comment était-il arrivé à cela ? Elisa leur jeta seulement un regard d'incrédulité dédaigneuse comme Rags, avec un air grandiose, déposait ses valises devant la porte de la cuisine pour que la femme de chambre puisse les porter dehors. Cependant, c'était gentil de se retrouver à Jalna, de porter son breakfast à la vieille dame, d'apporter de l'eau chaude pour sa barbe à Mr. Renny et de voir comme le petit Wakefield et lui étaient devenus une paire d'amis.

Les garçons devaient manquer leurs cours de l'après-midi afin d'être présents au mariage. Les préparatifs de la noce avaient mis Piers et Finch dans cet état euphorique qui leur faisait égarer tout ce qui leur appartenait, traînasser pendant le breakfast comme s'ils avaient l'intention de manquer leur train. Eden était préoccupé et avait tendance à se montrer irritable envers les plus jeunes.

Tandis que ce matin-là les trois garçons, montés sur leurs bicyclettes, filaient sur la grand-route en direction de la station de chemin de fer, Eden se sentait las de la monotonie de ces voyages. Cependant, il les préférait infiniment au déplaisir d'être pensionnaire dans un collège. Il aurait aimé avoir Oxford en perspective, ses oncles y avaient été, mais les moyens de la famille ne le permettaient pas, ou du moins Renny le prétendait. Pour une raison qu'il n'essayait pas d'approfondir, sa pensée se détournait résolument de ce qui s'était passé la nuit précédente. Cette intimité poétique qui avait existé entre lui et Amy Stroud n'était plus possible. Ce qui viendrait ensuite, il l'ignorait ; ce qu'il savait c'est que, désormais, elle n'existait plus pour lui comme femme. Elle était devenue pour lui un symbole. En tant que symbole, il la défendrait contre quoi ? A nouveau son esprit se détourna de la pensée qui le hantait.

Ses frères le suivaient de trop près. On était convenu qu'il marcherait en tête. Cependant Eden pouvait voir la roue avant de la bicyclette de Piers et il lui jeta un regard sévère par-dessus l'épaule. La fraîcheur de l'air succédant à l'atmosphère orageuse du jour précédent, l'amusement des préparatifs du mariage faisaient oublier à Piers les prérogatives d'aîné de son frère. Il le dépassa en traversant une flaque profonde. Un jet d'eau boueuse éclaboussa le pantalon de flanelle grise d'Eden. Finch qui toujours suivait Piers aveuglément en fit autant. Comme il dépassait Eden, il vit la fureur empreinte sur son visage et pédala de toutes ses forces, si bien qu'il faillit entrer en collision avec la roue arrière de Piers.

— Regarde où tu vas ! rugit Piers.

— Jeunes coquins ! s'exclama Eden.

Finch pédalait comme un fou ; il semblait qu'il allait faire la culbute et qu'Eden se précipiterait sur lui, mais il se reprit et se hâta avec une grimace affreuse à la suite de Piers dans la direction de la station de chemin de fer.

Eden les suivit lentement, regrettant de n'être pas chez lui en face des deux gars. Ceux-ci, tout en échangeant des regards malicieux, traversèrent vivement le hall des bagages où il leur était permis de laisser leurs bicyclettes. Là, ils se mirent contre le mur et, incapables de dissimuler leurs grimaces hilares, attendirent la venue d'Eden.

— J'imagine que vous trouvez ça drôle ! dit-il violemment.

Ils restèrent muets à la vue de son pantalon taché.

— Eh bien, non, ça n'est pas drôle d'avoir sans cesse de tels imbéciles sur les talons !

Les yeux de Piers, hardis, rencontrèrent les siens. Finch pouffa. Eden suspendit sa bicyclette à sa place habituelle. Il poursuivit :

— J'avais l'intention de vous jeter à bas de vos bécanes et de vous rouler dans la boue !

— Oh ! tu ne l'aurais pas fait ! dit Piers.

— Comment, je ne l'aurais pas fait ?

— Non.

— Je voudrais savoir pourquoi ?

— Tu pourrais faire ça au petit, pas à moi.

— Pas à toi ? Viens donc avec moi un instant, tu verras !

— Fort bien !

Piers se dirigea, farouche, vers la porte, suivi de près par Eden qui lui disait :

— Si tu retournes à cette flaque avec moi, tu le regretteras !

— Toi aussi !

Le sifflet de la locomotive déchira l'air au passage à niveau. Des voyageurs chargés de valises se hâtèrent vers le quai.

— Je ne puis faire ça devant ces gens, dit Eden. Je verrai plus tard.

Il sortit son mouchoir et essaya de tamponner les taches de boue qui émaillaient son pantalon.

Eden bouscula Piers en pénétrant dans le wagon et il eut la satisfaction de le voir reculer. Il n'y avait qu'une place libre. Eden s'y installa, sortit un livre de sa poche et se mit à lire d'un air digne, feignant d'ignorer la présence des deux autres qui durent rester debout côte à côte pendant tout le parcours jusqu'à la ville. Chaque fois que Finch levait les yeux vers le visage de Piers, celui-ci lui lançait un clin d'œil.

Ernest s'éveilla tard ce matin-là, ayant dormi toute la nuit d'un sommeil pesant. Il avait les paupières lourdes et l'esprit embrouillé mais, après un bain froid, il se sentit ragaillardi. Tandis qu'il passait en revue les événements de la nuit précédente, il éprouva un sentiment d'euphorie comme quelqu'un qui l'a échappé belle. Que ne serait-il pas arrivé si son intimité avec Amy Stroud eût fait des progrès ? Peut-être eût-il été entraîné à l'épouser et son instinct lui disait qu'elle n'était point la femme qu'il lui fallait. D'ailleurs, il doutait qu'une telle personne existât jamais. Il venait de faire de son mieux pour gagner Mrs. Stroud sur Eden, mais il avait perdu. Sa conscience était tranquille. Plus de promenades pour se rendre chez elle. Plus de ces longues conversations pleines de ferveur qui lui laissaient une impression de lassitude. Il disparaîtrait élégamment de la scène. Nick pouvait aller la voir !

Ernest s'élança, presque avec grâce, jusqu'à la chambre de sa mère. Elle était déjà habillée pour le mariage. Il se pencha pour l'embrasser.

— Comme vous êtes prête de bonne heure, maman !

— Les préparatifs d'une noce sont la meilleure part de la fête, répondit-elle.

— J'espère que ce mariage tournera bien. Quoique ces deux-là ne soient pas des domestiques impeccables, ils ont leurs mérites. Elle est excellente cuisinière et lui ne fait la grimace devant aucun travail. J'espère qu'ils apprécient comme il convient ce que vous faites pour eux aujourd'hui.

— J'aime les réjouissances. Le breakfast du mariage sera servi sur la pelouse qui commence à se bien dessécher ! Le recteur et sa femme viendront et les petites Lacey et Lily Pink. Un mariage les amuse toujours. J'ai aussi invité ce garçon, Dayborn, et sa sœur, en leur disant d'amener l'enfant. Et puis, il y aura cette Mrs. Stroud : je suis curieuse de vous voir ensemble !

— Il n'y aura rien là qui puisse vous intéresser, maman : j'ai renoncé.

Elle le regarda fixement de dessous le volant de dentelle qui bordait son bonnet.

— Renoncé à quoi ?

— A Mrs. Stroud. Il est inutile que je me mêle de cette affaire. Eden et elle sont trop attachés l'un à l'autre pour que j'y puisse rien changer. En fait, c'est moi qui ait été vaincu !

— Tu veux dire que tu n'es pas capable de supplanter ce morveux !

— Oui. Personne ne pourra dire que je ne m'y suis pas employé de mon mieux. J'ai sacrifié le temps que j'aurais pu consacrer à mon livre, enfin mes propres sentiments ne furent point sans avoir été mis à contribution !

— Ah ! C'est donc une charmeuse ?

— De la plus redoutable sorte, car elle est sans beauté, quoiqu'elle ait de beaux yeux et une voix séduisante.

— Je regrette de n'avoir pas chargé Nicolas de cette mission !

— Moi aussi. Il aurait pris ça comme une aventure. Moi, je m'y suis lancé comme dans une croisade.

Plus Ernest parlait, plus il se sentait satisfait de la situation. Il regretta qu'Augusta ne fût point présente pour l'entendre. Mais sa mère était impressionnée. Il lui confia les détails de ses nombreuses visites à Mrs. Stroud ; enfin il lui fit le récit de la partie de dés de la nuit précédente.

Les sourcils touffus de la vieille dame s'élevèrent.

— Quasiment un duel ! Sur ma foi, c'est presque un duel ! Tu as entendu parler, n'est-ce pas, du duel qui eut lieu alors que je n'avais que quinze ans, entre lord Boyne et le jeune Tim Crawshay ? Ils se battirent à l'épée pendant une heure. Mon frère, Abraham, tenait en main le sablier. Ils se battirent jusqu'au moment où ils tombèrent, épuisés, mais ils étaient de si parfaits bretteurs qu'ils n'eurent ni l'un ni l'autre la moindre égratignure.

Ernest avait entendu l'histoire bien des fois, mais il demanda poliment :

— Lequel avez-vous élu après cela, maman ?

— Aucun. Tandis qu'ils se battaient, j'attendais assise en compagnie d'un jeune lieutenant des Gardes. Il était si sympathique que je n'ai jamais plus accordé un regard aux deux autres.

— J'espère que vous reconnaissez que j'ai fait pour le mieux, maman ?

— Certainement, Ernest. Mais je regrette que Nick n'ait pu s'en charger. Malgré sa goutte et le reste, je pense qu'il t'aurait battu !

— Maman, aucun homme ne pouvait faire mieux que je n'ai fait. J'ai été lancé comme sur une lame dans l'océan ! Mrs. Stroud s'est toquée d'Eden.

Adeline avança ses lèvres :

— Dans ce cas, j'aurai quelque chose à lui dire !

L'après-midi venu, la brise tomba. Il fit plus chaud encore. L'air scintillant, immobile, enveloppait le pays d'un voile doré dans lequel des milliers de criquets, de sauterelles, et de grillons chantaient. Les duvets légers des chandelles, le pollen des gaulthéries flottaient dans l'atmosphère. Les voix des ouvriers de la ferme et le hennissement des chevaux parvenaient, étouffés.

Elisa arborait une mine fraîche et réservée, mais la pauvre mariée, après une ultime rencontre avec le breakfast de ses épousailles, était de coloration ponceau et, comme elle le disait elle-même, « dans un bain de sueur ». Elisa la couvrit d'une couche de talc avant de la fourrer de force dans sa robe neuve en soie.

Quant à Rags, il portait une jaquette ayant appartenu à Renny avant la guerre. Un tailleur l'avait recoupée pour lui, mais les manches et les jambes du pantalon étaient trop longues et les basques lui tombaient aux genoux. Pourtant, le tailleur avait su tirer un bon parti des épaules et comme c'était le seul endroit de sa personne que Rags pût voir dans le petit miroir de sa chambre, il se sentit hautement satisfait. Il était aussi pâle que sa future épouse paraissait congestionnée, aussi décharné qu'elle était riche en avantages, aussi calme qu'elle était agitée.

Rags gagna l'église à travers champs accompagné d'un garçon d'honneur cockney avec lequel il s'était lié d'amitié. Renny conduisait la mariée dans le coupé. Il devait la mener à l'autel. Eden prit Meg et ses plus jeunes frères dans l'auto tandis que le vieux Hodge, le cocher, conduisait la calèche dans laquelle avaient pris place Adeline, Ernest et le petit Wakefield.

Il y avait déjà beaucoup de monde dans l'église lorsqu'ils arrivèrent car, à cette occasion, le travail avait été suspendu à la ferme comme aux écuries. Les amis de la famille se trouvaient dans les premières rangées de bancs. Il y avait un groupe de gens du village au fond de l'église.

Eden se glissa dans un banc à côté de Mrs. Stroud qui était assise à l'écart. Il lui fit à mi-voix des remarques facétieuses, s'amusant du costume arboré par le marié, faisant remarquer le teint enluminé de la mariée et les ridicules de l'assistance en général. Mais Rags n'avait rien de comique tandis qu'il se tenait au pied de la chaire. Il y avait une dignité dans son maintien qui dénotait une compréhension exacte de la situation. Miss Pink, ayant frotté ses doigts avec son mouchoir de poche, se mit à jouer sur l'orgue avec ferveur la marche nuptiale. Adeline, tout en serrant Wakefield contre elle, se tordait le cou afin de bien voir le passage de la mariée. Renny ayant pris l'expression austère d'un père qui n'est pas absolument certain d'avoir donné sa fille à un homme digne d'elle, menait la cuisinière vers le chœur. Celle-ci s'épanouissait soudain en une timide et confiante épousée qui savoure chaque minute du plus beau jour de sa vie.

Comme le couple passait devant Adeline, Wakefield commença à se débattre sur ses genoux.

— Ze veux aussi aller avec ! miaula-t-il de sa petite voix aiguë.

— Chut ! lui dit-elle sur un ton d'admonestation en enfouissant son petit visage dans son voile de crêpe.

Eden murmura à l'adresse de Mrs. Stroud :

— Que serait-ce si c'était vous et moi !

Elle rougit violemment et, du bout des doigts, effleura sa main posée sur le banc entre eux.

Piers souffla à Finch :

— Je me demande si Eden a changé de pantalon !

Finch eut un gloussement qui le suffoqua : le bruit qu'il fit l'horrifia. Puis, il s'entendit glousser à nouveau, alors il croisa les mains jusqu'à ce que ses ongles lui fissent mal. Sa nuque, lavée sans trop de soin, rougit ; il était secoué par un fou rire. Meg le regarda et lui fit signe. Il enjamba les genoux de Piers et s'assit de l'autre côté de Meg. Lorsque Finch osa lever les yeux, il les tint rivés sur Mr. Fennel, le recteur, qui terminait la cérémonie.

Les mariés étaient maintenant époux, unis pour servir leur vie durant la famille Whiteoak. Le maître de Jalna inclinant cérémonieusement sa tête cuivrée déposa un baiser sur la joue de la mariée.

Le gâteau de noces, confectionné par la nouvelle épousée et glacé laborieusement par un confiseur, trônait au centre de la longue table qui avait été placée près de la cuisine pour la commodité du service afin qu'on pût facilement regarnir les plats. Tout objet vulgaire avait été éloigné de ce lieu, telles les perches soutenant les cordes à étendre le linge. On avait arrosé et tondu l'herbe. Un vaste bouquet de dahlias se trouvait à côté du gâteau.

Ce fut un spectacle impressionnant que de voir Rags escorter la vieille Adeline jusqu'à sa place à table. Elle s'était débarrassée de son manteau, de sa capote et portait un bonnet mauve et blanc orné de choux de rubans.

— Qui, si ce n'est vous, chère Mrs. Whiteoak, dit la plus âgée des demoiselles Lacey — jadis l'objet de la flamme de Nicolas —, aurait songé à organiser une fête si charmante !

— Ce n'est pas la première fête que j'ai donnée pour mes domestiques.

— Certainement, je me souviens d'autres encore. Mais celle-ci est particulièrement touchante, car ils n'ont pas servi chez vous bien longtemps.

— Le temps passe vite lorsqu'on a dépassé quatre-vingt-dix ans, répondit Adeline. Je ne serai pas là pour offrir le déjeuner de leurs noces d'argent.

— Je regrette que Nicolas ne soit pas présent.

— Je pense qu'il est resté à Québec afin d'éviter tout cela : il n'aime guère à faire bombance.

— J'avoue que mes doigts collaient aux touches de l'orgue par cette chaleur ! Je pensais ne pas pouvoir arriver au bout de la marche nuptiale ! Quelle charmante personne que cette jeune Mrs. Cummins ! Mais quelle idée étrange elle a eue d'amener son bébé à un mariage.

— Je l'avais invité. A mon avis, il ne saurait y avoir d'hôte plus convenable dans un mariage qu'un bébé.

— Oh ! oui, reconnut Miss Pink faiblement.

Ernest se trouva placé à côté de Mrs. Stroud. Il n'en fut point troublé et se montra détaché, plein d'urbanité comme de coutume. Elle eut conscience d'un changement dans son attitude, mais n'eût pu en dire la cause. Sa froideur était probablement due, pensait-elle, à la présence de la famille. Eden, d'un autre côté, se montrait ouvertement aux petits soins pour elle au point de l'embarrasser fort ; cependant, elle s'enorgueillissait intérieurement de ses attentions.

Le fait de voir Dayborn assis en face d'elle était pour Mrs. Stroud une cause d'irritation continuelle. Son expression était glaciale. Il se bornait à répondre aux questions qu'on lui adressait et cela de manière extrêmement taciturne. Chris avait les yeux gonflés comme si elle avait versé des larmes. C'était un signe caractéristique du naturel d'Amy Stroud que la scène de la nuit précédente eût mis un point final à l'amitié qu'elle leur portait. Leur situation ne la prédisposait point à la générosité.

Renny se leva et dit :

— C'est avec un plaisir sincère que je vous propose de boire à la santé de la mariée, non seulement pour son propre bonheur et celui de son mari, mais pour celui de toute la famille ! Je la bénis quatre fois par jour : le matin, lesté de son bon porridge, je me rends à mes écuries aussi désireux de travailler que n'importe quel cheval de mon élevage. A midi, je reviens, sachant qu'une délicieuse pièce de viande et un dessert tentant m'attendent. A cinq heures, je sais que le thé sera chaud et qu'il y en aura beaucoup. Le soir, oui, invariablement, le dîner couronne la journée. Que pourrait demander de plus un homme à son épouse ? — excepté la beauté et le charme — et si quelqu'un pouvait douter que Mrs. Wragge possède l'un et l'autre, dites-lui de la regarder tandis qu'elle sourit en ce moment. Quant à Rags, il est à sa façon peut-être meilleur cuisinier qu'elle qui exige pour cuisiner de bons produits et en quantité (je sais ça à cause des factures que je paie), tandis que Rags, lorsque j'étais sur le front et qu'il me disait : « Il n'y a pas un os à ronger à part ce que voici dans cette gamelle pour accompagner la carcasse d'un poulet », j'étais sûr alors d'avoir une nourriture particulièrement excellente en perspective. Je prévois une longue et heureuse union pour tous deux et je vous propose avec un plaisir tout particulier de boire à la santé de la mariée.

Il se rassit.

— Écoutez ! Écoutez ! dit le recteur qui avait absorbé un repas particulièrement copieux.

— Parfait, dit Ernest, tout en pensant combien il s'en serait tiré plus heureusement.

On but à la santé de la mariée qui rougit soudain très fort :

— C'est maintenant ! rappelait le garçon d'honneur en donnant un coup de pied au marié sous le couvert de la table.

Wragge se leva en tremblant, mais, conscient de l'élégance de sa personne, il s'inclina profondément et son émotion donna une teinte particulière à son accent cockney.

— Mesdames et messieurs, je désire vous remercier beaucoup pour les bons souhaits que vous venez de nous adresser à ma femme et à moi.

Il fut interrompu par un tonnerre d'applaudissements dont Piers avait donné le signal. Il s'inclina à nouveau et poursuivit :

— Ma femme et moi... Ça me semble drôle d'être marié et cette cérémonie à l'église, c'est plus impressionnant qu'un incendie. Je ne pensais guère, en venant à Jalna, que je me verrais lié si vite, mais je crois que j'ai fait un bon choix. Mrs. Wragge et moi nous nous sentons tout comme de vieux serviteurs de la famille. Lorsque, en France, je m'en fus trouver pour la première fois le capitaine Whiteoak en qualité d'ordonnance, je me disais : « Voilà l'homme auquel je vais m'attacher mort ou vif ! » C'est ce que j'ai fait et ce que je ferai par la suite.

Il se rassit et essuya son front en sueur avec l'un des douze mouchoirs de soie dont Meg lui avait fait cadeau.

Les bravos dont Piers avait donné l'exemple éclatèrent formidables.

Le jour continua beau et chaud. Le nouveau couple partit pour les chutes du Niagara. Elisa prit en main les rênes de la maison. Le gramophone avait été apporté dehors et Finch y mit successivement tous les disques jusqu'au moment où les trois morceaux du gâteau de noces qu'il avait absorbés commencèrent à produire leur effet. Il descendit à la laverie du sous-sol et y soulagea son cœur. La famille et ses amis se rassemblèrent à l'intérieur de la maison, laissant le reste des convives se réjouir sans contrainte.

Dayborn choisit le premier instant opportun pour tirer Renny à part.

15

Scènes contrastantes

Je désire vous apprendre quelque chose, dit Dayborn, pouvons-nous entrer ici ?

Il fit un geste vers le salon dont la porte était restée ouverte. Les portes pliantes qui séparaient le salon et la salle à manger étaient fermées. Renny fit un signe d'assentiment et ils pénétrèrent dans le salon en fermant la porte sur eux.

— Que se passe-t-il ? demanda Renny supposant que Dayborn, une fois de plus, allait lui demander une avance sur ses gages.

Dayborn répondit d'une voix tendue :

— Nous sommes obligés de nous en aller.

— Vous en aller ? Pourquoi ? Que voulez-vous dire ?

— Mrs. Stroud nous a donné congé. Elle nous accorde trois jours pour partir de chez elle.

— Le diable l'emporte ! De combien êtes-vous en retard sur votre loyer ?

— Deux mois. Mais ça n'a rien à voir dans l'affaire : elle ne veut plus de voisins aussi proches !

— A cause du bruit ?

— Bon Dieu, non, simplement le voisinage : elle ne veut pas être épiée.

— Vous l'épiez donc ?

— Si cela s'appelle épier que de rester sur le pas de sa porte avant d'aller se coucher. Votre oncle et votre frère y étaient tous deux la nuit dernière. Vous pouvez dire que le fait d'être deux garantissait l'innocence de la réunion mais je vous dis, moi, que cette femme est une chienne ! Je ne jurerais de rien avec elle. J'aurais voulu que vous l'entendiez m'agonir de sottises lorsqu'elle s'est rendu compte que j'avais été témoin de certaines choses... Elle ne contenait plus sa rage et nous a enjoint de nous en aller. Si vous voulez mon opinion à son sujet, je vous la donne !

— Oui.

— Elle ne vaut pas mieux qu'une prostituée et moins encore, car elle n'est pas comme elle poussée par la misère.

Renny fronça les sourcils. Pour le moment, son souci principal était que Dayborn et Chris ne savaient où se loger. Il finit par dire :

— Quelle sacrée complication ! Il n'y a pas une seule maison libre dans le voisinage et personne qui prenne des pensionnaires. Combien de temps vous accorde-t-elle ?

— Trois jours.

— Elle était de méchante humeur ; c'est sans doute passé à présent.

— Pas avec cette femme. Elle n'a parlé à aucun de nous aujourd'hui.

— Je lui parlerai. Peut-être peut-on tout de même intervenir ? Mais d'abord je veux en dire un mot à mon oncle. Cherchez-le, voulez-vous, et dites-lui que je désire le voir. Comment vont les jambes de Launceton ?

— Il continue à les mordiller. C'est nerveux ; elles n'enflent pas.

— Il a trop travaillé par la chaleur. Dites à Scotchmere de les lui bander.

— Entendu. Je vous envoie votre oncle.

Il ouvrit la porte. Le rire harmonieux de Mrs. Stroud venait du salon de réception. Dayborn s'arrêta, la main posée sur le bouton de la porte.

— D'abord, dit-il, c'est une ambitieuse et je le lui ai dit !

— Vous êtes fou ! dit Renny.

Il resta immobile, songeur, jusqu'à la venue d'Ernest qui ferma la porte derrière lui.

— Qu'a donc le jeune Dayborn avec ses airs de mystère ? dit-il.

— Il n'y a pas de mystère. Mrs. Stroud lui a enjoint de quitter la maison avec sa famille dans l'espace de trois jours à la suite d'une querelle qui eut lieu entre eux la nuit dernière après que vous et Eden l'avez quittée.

Aucun embarras ne transparut dans l'expression d'Ernest. Il répondit d'un ton plein d'urbanité :

— Vraiment ! Je suis désolé d'apprendre cela, mais qu'y pouvons-nous, n'est-ce pas ?

— Ce que nous y pouvons ! Songez donc que je ne puis me séparer de Dayborn et de Chris en ce moment : ils ont trop d'importance pour moi !

— Si le loyer est payé, je ne pense pas que Mrs. Stroud puisse les forcer à partir sans leur donner un mois de préavis.

— Certainement non ! Comment n'avons-nous pas pensé à cela ? Je vais payer leur loyer et ils auront tout un mois pour chercher un autre logis.

Le visage de Renny s'éclaira, puis s'assombrit à nouveau. Il reprit :

— Dayborn prétend que Mrs. Stroud est un démon, qu'en pensez-vous ?

— Je pense seulement qu'elle l'est assez pour désirer le paraître !

Renny lui lança un regard aigu et demanda :

— Combien de temps vous faudra-t-il encore pour supplanter Eden ?

— J'ai renoncé, ayant essayé mais sans succès. Je considère la situation comme très sérieuse.

La teinte du visage de Renny, déjà haut en couleur, s'intensifia. Il jeta avec emportement :

— Le jeune fou ! Avec une femme de cet âge !

— Et toi-même, quand tu avais dix-huit ans ?

— Je méritais une raclée. Mon père était trop indulgent. Cette femme est une peste : elle a chassé Dayborn et Chris et capturé Eden ! Je lui dirai un mot et à Eden aussi !

— Je voudrais que tu te montres plus prudent : tu peux faire plus de mal que de bien en agissant ainsi. Quelquefois, je crains de n'avoir pas arrangé les choses.

— Je serai rusé !

Des voix résonnèrent dans le hall, quelqu'un prenait congé.

— Il est préférable que je rejoigne nos hôtes, dit Ernest. Les Lacey s'en vont.

— Oncle Ernest, je voudrais que vous disiez à Chris que je désire lui parler ; elle doit être très découragée ; amenez-la-moi, voulez-vous ?

Renny parcourut la pièce avec impatience. A travers la fenêtre, il pouvait voir les demoiselles Lacey s'éloigner. Quelle chaude promenade elles avaient en perspective ! Pourquoi personne n'avait-il pensé à les ramener en auto ? Il se pencha à la fenêtre.

— Attendez ! cria-t-il. On va vous ramener chez vous ! Il fait aussi chaud que dans un four !

Elles revinrent, se dirigeant vers la fenêtre.

— Que c'est aimable à vous !

— Ce sera plus agréable.

— Quel merveilleux après-midi... Et si pittoresque !...

— J'ai toujours pensé qu'un repas dehors...

— Cette chère Mrs. Whiteoak est superbe ! Elle me disait...

— Et elle a même accepté un morceau de gâteau de noce. Je lui ai dit...

— Non, c'est moi qui lui disais...

Elles continuaient à bavarder, s'interrompant l'une l'autre comme il se souvenait les avoir toujours entendues bavarder depuis qu'il était au monde. Elles n'auraient pas vu d'inconvénient à passer une bonne heure debout devant la fenêtre. Il entendit Chris pénétrer dans le salon. Il lui fit un signe sans se détourner. Elle prit sa main dans les siennes.

La plus âgée des demoiselles Lacey disait :

— Je me souviens d'une garden-party à Jalna, c'était exactement par une semblable journée de septembre, votre grand-père vivait encore et...

— Quel bel homme ! l'interrompit sa sœur. Vous savez, j'estime que Piers...

— Mais, s'il m'est permis de le dire, je pense que Piers n'aura jamais la...

— Comment le pourrait-il ? L'existence et les bonnes manières ont...

— Sans doute, mais comme je...

Renny interrompit sans égards l'aimable flot de leurs paroles. Il sentait les lèvres de Chris contre ses paumes.

— Attendez un moment, voulez-vous ? dit-il. Je vais dire à l'un des garçons de sortir la voiture.

Et il rentra sa tête à l'intérieur du salon. Chris était derrière lui dans l'ombre. Silencieusement, il l'étreignit.

La voix de la plus jeune des demoiselles Lacey lui parvint, précise.

— Certainement, il n'a pas les façons de son grand-père, as-tu remarqué comme...

— Si je l'ai remarqué ! Et puis cette manière brusque qu'il a eue...

Avec une grimace pitoyable à s'entendre ainsi critiquer, Renny poussa Chris un peu plus loin dans l'ombre :

— Je reviens tout de suite, chérie, murmura-t-il.

Il risqua un regard dans le salon de réception. Sa grand-mère, ses oncles et sa sœur y étaient en compagnie des Fennel et de Miss Pink. Il se dirigea ensuite vers la salle à manger. Eden et Mrs. Stroud se trouvaient sous le portrait d'Adeline. Ils parlaient sur un ton bas, mais leurs regards rencontrèrent le sien non sans embarras. Il leur jeta :

— Je regrette de vous interrompre, mais je désirerais qu'Eden conduise les demoiselles Lacey chez elles, avec la voiture. J'enverrais bien un des domestiques, mais ils sont tous occupés à des jeux dehors...

— Il vaut mieux nous interrompre qu'eux ! dit Mrs. Stroud avec un sourire énigmatique.

Eden répondit d'un ton délibéré :

— Parfait. Je reconduirai Mrs. Stroud en même temps, c'est une bonne idée.

Et il sortit. Il y eut un silence quelque peu embarrassé, puis elle remarqua en considérant alternativement le portrait, puis Renny :

— Vous ressemblez à votre grand-mère, n'est-ce pas ?

— On l'a souvent dit, répliqua-t-il avec sécheresse.

— Ce doit être merveilleux de se sentir membre d'une si nombreuse famille. J'ai tellement vécu seule ! Jamais je n'ai eu plus d'une personne avec moi, depuis mon enfance.

— C'est ce qui vous explique en partie, dit-il.

Elle se mit sur la défensive :

— Que voulez-vous dire ?

— Je veux dire que si vous aviez eu de jeunes frères, vous auriez compris immédiatement en rencontrant un jeune garçon que vous aviez affaire à un enfant.

Elle lui lança un regard irrité.

— Peut-être Eden est-il moins enfant que vous ne le croyez.

— Je ne vois pas, poursuivit-il, ce qui peut vous intéresser en lui. Quoi qu'il en soit, vous l'êtes, c'est un fait. Mais il est une question bien différente dont je voudrais m'entretenir avec vous. Je voudrais vous rendre visite ce soir, si vous n'y voyez pas d'inconvénient.

Pendant un instant, Mrs. Stroud eut le sentiment qu'elle devait refuser cette entrevue ; elle avait conscience d'une sorte de décision brutale en lui qui pouvait l'amener à quelque éclat. Cependant, comment refuser de le voir ? Elle s'entendit lui répondre :

— Oui, je serai heureuse de vous voir quand vous voudrez, ce soir.

Eden était revenu. Il jeta un regard perçant à Renny comme pour deviner ce qui se passait dans son esprit, puis il s'adressa à Mrs. Stroud :

— J'ai sorti la voiture, voulez-vous me suivre ?

— Oui, mais il faut d'abord que je fasse mes adieux.

Renny s'inclina gravement lorsqu'elle passa devant lui, puis il franchit les portes pliantes et pénétra dans le salon en les refermant derrière lui. Chris était toujours où il l'avait laissée.

— Ils sont partis, n'est-ce pas ?

Il regarda par la fenêtre :

— Pas encore. Mrs. Stroud et Eden étaient dans la salle à manger. Je dois la voir ce soir.

— Cela n'arrangera rien. Elle est inflexible. Si vous aviez entendu la scène qu'elle a faite à Jim la nuit dernière !

— Mais elle s'est montrée très bonne pour vous avant, n'est-ce pas ?

— Oui, mais la voilà tout autre à présent. Quelle décision croyez-vous que nous devrions prendre ?

Chris leva vers lui des yeux confiants.

— J'arrangerai cela, ne vous tourmentez pas ; il sera bien temps, si je ne réussis pas à la persuader de revenir sur sa décision. Eden va la ramener chez elle après avoir reconduit les demoiselles Lacey.

Chris, du regard, fit le tour de la pièce.

— Quel coin sympathique ! Est-ce que toutes ces pipes sont à vous ?

— Non, deux seulement. Les autres appartenaient à mon père.

— Vous ressemblait-il ?

— Pas du tout ; il avait bien meilleure allure.

— Alors, si l'on en juge d'après ce que vous et les demoiselles Lacey prétendez, votre famille irait en déclinant ? Mais je ne le crois pas, je pense au contraire que vous êtes le fleuron de la couronne ! Quoi qu'il en soit, je vous aime. La pensée d'être obligée de m'en aller me rend malade.

Elle mit ses bras autour de son cou.

Renny appuya son visage contre sa joue.

— Mon cher cœur !

— Vous dites de si gentilles choses, chéri !

— A personne qu'à vous.

— Mais il faudra parler gentiment à Mrs. Stroud ce soir, ne la laissez pas nous mettre dehors ! S'il n'y avait Tod, ce ne serait pas si grave. Mon Dieu ! où peut-il bien être ! Il faut que j'aille le retrouver !

Après quelques recherches, elle le découvrit installé sur les genoux de Scotchmere, un *bun* au raisins dans les mains, regardant jouer aux palets. Scotchmere déclara :

— Vous êtes une bonne mère, n'est-ce pas ?

Tod lui tendit les bras. Elle le prit et essuya des miettes restées sur sa bouche.

— Comment vont les jambes de Launceton ? demanda-t-elle.

— Elles enflent, répondit-il avec aigreur. Vous l'avez fait trop travailler hier.

— Bon Dieu, oui ! répliqua-t-elle. Où est mon frère ?

— Un peu plus loin, à côté du baril de cidre ; il ne se soucie guère de ce que fait le petit !

— Merci, Scotchmere, d'avoir veillé sur lui !

— Ah ! c'est toujours moi qu'il recherche, même s'il y a une foule de gens par là. Il connaît ses amis, n'est-ce pas, Tod ?

Il prit dans ses mains un pied de l'enfant et le tapota. Tod se pencha vers lui, puis se mit à grignoter le *bun* aux raisins. Chris s'en fut accompagnée de Dayborn et bientôt tous trois eurent disparu au détour du sentier menant à travers le verger.

Contrairement à l'attente de Renny, Eden fut de retour pour le dîner. Leur grand-mère s'était déjà retirée. Ernest, fatigué de la tension des jours précédents, s'était tapi dans sa chambre avec un bouillon de poulet et des biscottes à sa portée ainsi que son écritoire installée devant lui, tout prête pour l'élaboration d'une lettre à Augusta. Il avait beaucoup à lui raconter.

Eden se montra vif et apparemment de bonne humeur ; il s'adressa à Meg. Elle l'aimait dans cet état d'esprit et riait de ses imitations des deux demoiselles Lacey. Il évitait le regard de Renny. Mrs. Stroud lui avait parlé de la visite qui devait avoir lieu le soir même. Il y songeait avec méfiance. Finch, perdu dans ses rêves, regardait fixement dans le vide. Piers considérait Eden d'un air ennuyé. Il se demandait s'il avait oublié ce qui s'était passé le matin même.

Ce n'était pas souvent qu'Eden cherchait à se rendre utile, mais, ce soir-là, il avait déroulé le tuyau d'arrosage et il s'était mis à asperger les fleurs des plates-bandes et la pelouse. Meg approuvait son activité ; elle allait et venait suivie de l'épagneul de son père, dirigeant le jet vers les plantes altérées ou les places sèches de la pelouse. Docilement, il suivait ses directives. Il y eut un bruit de sabots dans une allée. Renny, monté sur Cora sa jument favorite, trottait vers l'avenue ; elle n'aimait pas beaucoup le tuyau d'arrosage et, ayant levé un sabot hostile, elle fit quelques pas de côté. Meg se détourna :

— Où vas-tu ? demanda-t-elle.

— Prendre un peu d'exercice. Tu sais, Cora déteste prendre ses ébats dans le paddock. Nous ne serons pas longtemps. Mets le tuyau dans le framboisier, Eden. Elle n'aime pas ça.

Tandis que Renny parlait, Piers et Finch parurent venant lentement de derrière la maison. Ils avaient été camarades toute la journée et Finch était immensément fier. L'eau jaillissait avec puissance du tuyau d'arrosage et Eden, avec un sourire malicieux, le dirigea en plein sur Piers.

Pendant un instant, il fut pétrifié par le choc, puis il tourna les talons et se mit à courir dans la direction d'où il était venu. Eden le poursuivit en traînant à sa suite le long serpent gorgé d'eau. L'épagneul jeta quelques aboiements et s'élança précédant Piers. Celui-ci tomba en travers de l'avenue recouverte de gravier. L'épagneul, dans des transports de joie, courait en rond autour du corps étendu, aboyant tantôt à l'adresse de Piers, tantôt à celle du tuyau d'arrosage.

Meg jeta de hauts cris. Renny rugit :

— Vois donc plutôt ce qui brûle !

Cora se cabrait. Piers se releva et s'enfuit. Finch demeura à la même place, grimaçant niaisement, alors Eden tourna le tuyau dans sa direction. Meg piaula. Finch courut à elle dans l'espoir de trouver protection dans ses bras.

— Va-t'en ! cria-elle. Je n'ai pas envie d'être mouillée. Eden, arrête-toi instantanément !

Finch courut chercher refuge à l'abri du cheval.

— Par Judas ! rugit Renny. Si je mets la main sur toi !

Et il repoussa Finch avec sa cravache.

Finch, mince silhouette ruisselante, courut alors désespérément vers la maison, toujours poursuivi par l'impitoyable jet. A demi aveuglé par l'eau, il saisit à tâtons le bouton de la porte d'entrée mais celle-ci fut ouverte de l'intérieur par Elisa qui recula devant la violence du jet.

Eden voyant Renny se ruer vers lui tel un centaure vengeur, laissa tomber le tuyau et disparut derrière les framboisiers. Un dernier jet en spirale atteignit Cora sur sa panse rebondie. Baissant la tête, elle rua, manquant d'atteindre l'épagneul, puis elle galopa furieusement le long de l'avenue. La grille était fermée. Rassemblant ses forces, elle la franchit comme un cerf, puis le roulement de tonnerre de son galop décrut sur la grand-route.

16

Renny et Mrs. Stroud

Elle le guettait derrière les rideaux de ses fenêtres, après s'être poudré le visage et avoir accroché de longues boucles d'or à ses oreilles plates et transparentes. Amy Stroud ne savait quelle sorte de conversation l'attendait, mais elle était décidée à lui tenir tête. Elle éprouvait des inquiétudes qu'elle tentait en vain de calmer. Quoique Ernest ou Eden lui eussent souvent parlé de Renny, ce qu'ils avaient dit sur son compte était déroutant plutôt qu'encourageant. « C'est un tel individualiste ! avait une fois déclaré Ernest, que, parfois, il a l'air d'être taciturne ou lunatique alors qu'il n'est ni l'un ni l'autre. Il est très sensible, avec cela il a l'acuité de ma mère. Son charme qui attirait à lui les femmes sans qu'il eût à s'en donner la peine fut plutôt un désavantage pour lui. » Mais Eden avait avoué : « Je m'oppose sans cesse à sa sécheresse. Il aime ses chevaux et Jalna, mais il a un abominable caractère. Il ne lit jamais un livre, à part des ouvrages sur l'élevage des chevaux. Vous et lui ne trouveriez point de sujet de conversation commun ! » Cependant Eden avait dit le jour même : « Il va vous convaincre de garder Dayborn, vous verrez ! » Elle avait répondu : « Personne ne pourrait y parvenir ! » Et Eden avait ri : « Le vieux Peau-Rouge a une manière à lui ! »

Oui, elle serait inaccessible à toutes ses avances. Les battements de son cœur se précipitèrent dans sa colère qui renaissait à la pensée de Dayborn. Elle s'approcha de son miroir et examina son image, se demandant si les petites boucles qu'elle avait roulées sur ses tempes étaient seyantes.

La lumière du jour déclinant jetait un reflet verdâtre étrange sur son visage. « Certainement, pensa-t-elle, je n'ai pas ce teint-là ! » Et elle courut au premier pour s'examiner dans la glace plus flatteuse de sa chambre à coucher. Oui, elle était tout autre dans celle-ci ! Quels beaux yeux elle avait ! Les boucles lui allaient bien.

Sur sa table à coiffer, la photographie de son époux semblait la surveiller d'un air cynique. Elle considéra le nez tombant et mou, la bouche vulgaire, les petits yeux perçants, et sentit soudain qu'elle ne pouvait plus supporter sa présence en ce lieu. Elle prit la photographie et la déposa sur le papier supérieur de la garde-robe. Alors elle fit une profonde aspiration sans savoir vraiment si c'était de soulagement ou d'appréhension. « J'ai été trop longtemps repliée sur moi-même, pensa-t-elle. Je ne puis supporter la vie réelle, il eût fallu qu'elle vienne à moi plus tôt ! »

Il était arrivé avant que Mrs. Stroud s'en doutât. Elle l'entendit frapper à sa porte et ayant regardé par la fenêtre, elle vit sa monture attachée à l'anneau de fer scellé dans le poteau rouge qui se trouvait devant son portillon. Un visiteur à cheval ! Rien de plus romantique ! si tant était qu'on pût associer le romanesque avec l'homme dont Eden avait fait le portrait. Elle désira soudain que leur conversation roulât sur quelque sujet aimable. Mais non, il fallait qu'elle prît la vie comme elle se présentait ! Ce serait un plaisir de conter à Eden les moindres détails de cette rencontre... On frappa à la porte avec plus de vigueur.

Elle dit à haute voix : « Vous êtes impatient, n'est-ce pas ? Parfait, cela vous fera du bien d'attendre ! » Mais elle descendit l'escalier en courant.

Le visage de Renny s'éclaira lorsqu'il la vit.

— Je craignais que vous ne soyez sortie ! dit-il.

— J'imagine, répliqua-t-elle d'un ton légèrement sarcastique, que vous êtes habitué à voir les portes s'ouvrir devant vous instantanément mais, voyez-vous, je n'ai pas de servante.

— Oh non ! je ne suis pas surpris, répondit-il sur un ton d'excuse, seulement j'étais désireux de vous voir.

Ils pénétrèrent dans le salon.

Elle s'assit en face de lui d'un air grave, avec l'intention de ne point lui faciliter les choses. Comme pour la soutenir dans sa détermination, le baryton de Dayborn s'éleva de l'autre côté du mur de séparation : « *Veillez à la flamme des foyers...* »

— Ils sont fort près de vous, n'est-ce pas ? remarqua Renny.

Elle eut un haussement d'épaules :

— Je passerais volontiers sur ce détail, ce que je ne puis souffrir ce sont ses insolences et son espionnage.

— Mais vous aimez tout de même Chris, n'est-ce pas ?

Elle répondit presque avec violence :

— Mr. Whiteoak, je me suis montrée accueillante envers ces gens-là ! Demandez-le-leur ! Ils ne sauraient le nier !

— Ils ne le nient pas. C'est votre bonté du début qui leur rend incompréhensible votre sévérité présente.

— Si vous aviez vécu ici tous ces derniers mois, vous vous seriez émerveillé que j'aie pu les supporter aussi longtemps ! Ils ne me paient pas leur loyer !

Instantanément, elle regretta d'avoir dit ces dernières paroles et ajouta vivement :

— Non pas que cela influence ma décision si peu que ce soit.

— Pourtant il est fort important que ce loyer soit payé, remarqua-t-il. Je suis décidé à avancer à Dayborn l'argent nécessaire et je pense que Dayborn, de son côté, fera en sorte de se comporter convenablement.

— Alors il promettra l'impossible, car il ne pourrait pas plus s'empêcher d'agir comme il le fait que moi-même je...

Elle hésita, cherchant une comparaison.

— Que vous ne pourriez vous montrer déraisonnablement cruelle ! ajouta-t-il.

— Je ne suis pas déraisonnable !

Il rit.

— Alors vous n'êtes pas femme !

— Comment pouvez-vous parler ainsi ayant une grand-mère, une sœur, une tante comme les vôtres !

— Toutes trois sont déraisonnables.

— Sans doute vous croyez-vous raisonnable ?

— Parfaitement.

Et il eut ce sourire charmeur si semblable à celui de sa grand-mère.

Elle sourit à son tour et dit :

— Certainement que vous ne pensez pas à me demander de garder chez moi un homme qui épie les allées et venues de mes amis et se permet des réflexions à l'affût sur le pas de sa porte ?

Nous pourrions alors aussi bien vivre sur une péniche : c'est dégradant !

— Dayborn a été un an sur le front de 1914 où il fut gazé. Cela a probablement affecté son caractère : ce n'est pas vraiment un mauvais garçon.

— Je voudrais que vous entendiez ce qu'il ose dire à Chris !

— Je l'entends.

— Quand ?

— Quand nous dressons les chevaux. Un jour, il lui a même envoyé un coup de poing.

— Et cependant vous prétendez qu'il n'est pas mauvais garçon !

— Je suis indulgent !

Elle le regarda, surprise, et dit :

— Je vous croyais tout le contraire.

— Oh ! j'ai un caractère violent.

Les coins de la bouche de Mrs. Stroud remontèrent et son regard resta attaché à sa chevelure avec quelque malice.

— Oui, reconnut-il, ça va ensemble.

Avec une inflexion plus intime dans la voix, elle dit :

— Je n'ai jamais vu des yeux aussi sombres et de si longs cils accompagner une chevelure de cette teinte.

— Je les ai hérités de ma grand-mère, répliqua-t-il avec complaisance.

Elle rit franchement, ses yeux cherchant son regard, tout en se demandant pour quelle raison sa présence dans cette pièce effaçait le souvenir de ceux qui l'y avaient précédé.

Un silence tomba entre eux.

Il était là, assis si calme dans son costume de cheval usé, toute sa silhouette filiforme exprimait une telle gravité qu'il semblait devoir rester dans ce salon indéfiniment. Il regardait par la fenêtre son cheval attaché près du portillon et pensait à Eden. Non, mieux valait ne pas parler d'Eden. Ce serait pour plus tard !

Elle finit par dire :

— Il faut que je vous révèle une chose au sujet de ces gens-là, je pense que c'est mon devoir.

Les sourcils de Renny remontèrent :

— Oui ?

Et il la regarda d'un air interrogateur.

Elle dit alors d'une voix profonde qu'elle savait rendre impressionnante :

— Ces deux-là ne sont pas frère et sœur mais mari et femme !

— Oh ! oui, dit-il avec simplicité, je sais cela depuis quelque temps.

— Vous le saviez !

Elle le regardait, clouée sur place.

— Oui.

— Comment l'avez-vous découvert ?

— Et vous-même ?

— Dayborn s'est trahi par un mot dit à Chris. Je n'ai pu m'empêcher de l'entendre !

— Lorsque vous avez pris la décision de séparer cette maison en deux, pourquoi diable ne l'avoir pas fait convenablement ? Ça doit être une vraie coquille d'œuf !

Il se leva et frappa le mur de son poing.

Dayborn, consterné, cessa de chanter.

Elle eut un petit rire et dit :

— Il ne se montre pas habituellement aussi gracieux !

— Je crois qu'il se conduira mieux à l'avenir et que Chris y veillera. Elle a beaucoup d'influence sur lui.

— Eh bien ! il est temps qu'elle commence à l'exercer !

Elle avait parlé d'une voix mordante, mais elle ajouta plus amicalement sur un ton confidentiel :

— Que pensez-vous de leur mariage ?

— Je pense que Chris est trop bien pour lui, mais quelle épouse n'est pas trop bien pour son conjoint ?

Elle fit entendre son rire grave, musical :

— Je me demande quelle sorte de femme vous épouserez.

— Une femme qui aura un aussi joli rire que vous, j'espère.

— Ne comptez pas agir sur moi par la flatterie.

— Je n'ai jamais flatté aucune femme.

Elle se pencha vers lui :

— Vous avez dû entendre de drôles d'histoires sur mon compte. Je voudrais que vous me disiez franchement ce que vous pensez de moi.

— Je vous en parlerai lorsque vous m'aurez dit si, oui ou non, vous êtes décidée à garder encore Chris et le bébé sous votre toit ?

— Vous parlez comme si eux seuls comptaient.

— Ils comptent, pour moi et... pour vous !

— Dayborn sans doute compte pour moi !

— Il m'a promis de bien se conduire.

— Il ne le pourra pas.

— Donnez-lui l'occasion de vous prouver le contraire.

— Inutile d'insister.

— Fort bien. Je pense que vous le regretterez.

Il se leva.

En cet instant, elle souhaita passionnément faire impression sur lui. Son désir insatiable de connaître des émotions nouvelles l'amenait à discuter avec un homme en présence duquel elle n'éprouvait que malaise et doute envers elle-même. Amy Stroud sentait que, se soumettre à sa volonté, c'était perdre du coup tout intérêt à ses yeux. Elle ne pouvait espérer l'intéresser que par une attitude récalcitrante ou indécise.

Elle croisa les mains sur ses genoux, leva vers lui des yeux expressifs, et reprit :

— Je ferai ceci : ils resteront encore quinze jours. J'essaierai de le supporter encore tout ce temps-là... peut-être même davantage. Voulez-vous revenir me voir dans une quinzaine ? Je vous dirai alors si je puis continuer à vivre avec eux.

— Bien ! — Il abaissa vers elle un regard presque tendre. — Voilà qui est gentil de votre part. Je m'en vais tout droit le leur dire. Désirez-vous des excuses de la part de Dayborn ?

— Non, je ne veux pas lui parler.

— Mais vous parlerez à Chris ?

— Oui. Mais vous faut-il déjà vous en aller ?

— Chris doit m'attendre avec anxiété. Je reviendrai. Faut-il vraiment que j'attende quinze jours ?

— Venez quand vous voudrez.

Il lui prit la main :

— Merci.

Ses yeux parurent inquisiteurs à Amy tandis qu'ils regardaient au fond des siens. Il devait avoir cette expression lorsqu'il examinait un cheval inconnu en se demandant s'il aurait la bouche sensible ou non.

Elle l'accompagna jusqu'à la porte. L'obscurité était venue. On distinguait à peine la jument. L'ombre résonnait des voix de la nuit. Il passa une jambe par-dessus la petite barrière de séparation et, lui ayant adressé un dernier adieu de la main, s'en fut vers la porte du logement voisin.

Celle-ci était entrebâillée. Il la poussa et entra. Chris était seule dans le petit salon ; elle vint à lui, le visage étroit et pâle à la clarté de la lampe.

— Où est Jim ? demanda-t-il.

— Il est allé mettre une lettre à la poste. Qu'a-t-elle dit ?

— D'abord elle ne voulait rien entendre pour vous garder une quinzaine de plus. Ensuite, elle y a consenti. Si Jim se conduit bien, tout ira parfaitement.

— Elle est fâchée contre moi ?

— Pas particulièrement. Toute son irritation va à Jim. Je crois que vous feriez bien de lui écrire un mot pour la remercier.

— Fort bien. Mais j'espère que nous trouverons à nous loger ailleurs. Je déteste cette maison à présent !

— Je vous trouverai un autre logement. Pourquoi êtes-vous si pâle ?

Elle porta les mains à ses tempes.

— Ma tête me fait mal. Je me sens fatiguée.

— Ce n'est pas étonnant !

Il éteignit la lumière la plus proche et prit Chris dans ses bras. Elle se serra contre lui, tremblante.

— Prenez un jour de repos, dit-il, reposez-vous demain !

— Ce n'est pas du repos qu'il me faut, c'est vous ! Je vous aime tant, Renny !

Il l'embrassa. D'une main, il la serra contre lui. Il dit enfin :

— Je pense que vous auriez été plus satisfaite si je vous avais annoncé que vous pouviez rester tout à fait, pauvre chérie !

— Que diriez-vous si j'étais libre ?

— Je remercierais Dieu !

— Pourquoi ?

— Quelle question !

— Croyez-vous que vous aimeriez m'épouser ?

— Oui, j'aimerais vous épouser.

— Je ne vous crois pas.

— Qu'ai-je fait pour mériter cela ?

— Vous n'avez pas vraiment besoin de moi comme le pauvre Jim.

— Vous reposerez-vous demain ?

— Non, je n'en ai pas envie, je veux être avec vous. Vous souvenez-vous de cette nuit au bord du lac ?

— Kit !

Elle le sentit trembler. Il l'emporta dans ses bras, s'assit, avec elle sur ses genoux, et cacha son visage contre sa poitrine.

— Je voudrais que vous soyez également malheureux, dit-elle. C'est affreux de ma part, mais je voudrais vous voir aussi malheureux que moi, alors je serais plus sûre de votre amour !

Il leva vers elle ses yeux sombres :

— Si vous me voulez malheureux, je le serai !

Elle posa ses mains sur les yeux de Renny et les ferma :

— C'est ridicule !

— Ça ne l'est pas ! Je me sens devenir plus malheureux de minute en minute. Voyez, je pleure !

Elle sentit sa poitrine se soulever.

— Comment osez-vous ! s'écria-t-elle.

Mais lorsqu'elle prit son visage entre ses mains pour le considérer, elle vit des larmes dans ses yeux. Elle lui caressa les cheveux d'un geste maternel.

La jument hennit. Ils entendirent les pas de Dayborn dans l'allée.

Chris alla à sa rencontre jusqu'à la porte. Un sourire malicieux éclaira le visage mince de Dayborn lorsqu'il aperçut Renny.

— Alors, qu'est-ce que cette furie-là, à côté, a bien pu vous dire ?

— Chut ! soufflèrent Chris et Renny simultanément.

— J'imagine qu'elle a l'oreille collée au mur de séparation !

— Vous ne méritez pas qu'on fasse rien pour vous, dit Renny en parlant très distinctement. Mrs. Stroud s'est montrée très bonne. Elle consent à prolonger votre séjour ici d'une quinzaine. En retour, elle attend de vous que vous vous occupiez de vos affaires en lui laissant le soin de diriger les siennes. Je suis absolument sûr que vous pourriez rester ici indéfiniment si vous vous conduisiez bien !

Dayborn ayant compris ce que l'on attendait de lui éleva la voix à son tour :

— Je suis très reconnaissant à Mrs. Stroud, dit-il d'une voix nasale, comme je suis le pauvre gars qui ne mérite rien, nous recevons humblement toutes les faveurs et essaierons de nous en montrer dignes.

— Bon Dieu, oui, vous tâcherez ! dit Renny dans un souffle.

— Mais, Jim, dit Chris, c'est une chance, n'est-ce pas, que nous ne soyons pas forcés de nous en aller d'ici dès demain ?

— Je ne sais plus vraiment ce qui est une chance ou non, mais je sais que la vie est douce et que j'ai diablement envie d'un bon verre !

Il ouvrit le buffet et sortit une bouteille de whisky de seigle, posa trois verres sur la table, les emplit de whisky et d'eau et éleva le sien en se tournant vers le mur de séparation :

— A notre généreuse hôtesse ! dit-il, et le diable l'emporte.

Cependant un sentiment de convenances fit que Renny en fut choqué. Il estimait que Mrs. Stroud méritait quelque reconnaissance pour ce à quoi elle avait consenti et lui-même aussi un peu comme porteur de la bonne nouvelle. Il resta un moment encore à parler de chevaux. On vida un second verre à l'espoir de voir Launceton gagner le Grand National.

Ils l'accompagnèrent ensuite jusqu'à la porte. La coulée de lumière qui s'en échappa vint éclairer la jument à l'attache. Ses épaules satinées se moiraient sous la lumière, ses grandes oreilles qui donnaient à sa tête une expression intelligente pointèrent vers Renny, attentives. Elle hennit puissamment.

— Bonne nuit, dit Dayborn. C'est gentil d'avoir une visite rien que pour soi ! Ça change ! On finit par devenir envieux à force d'en voir d'autres recevoir toutes les visites et on se demande ce qu'on a fait...

Chris le prit par le bras et l'entraîna à l'intérieur. Par-dessus son épaule, elle envoya un baiser à Renny.

Il se mit en selle. La jument trotta vivement vers son écurie, indifférente à la beauté de la nuit, ne désirant que le repos dans sa stalle.

17

Le canoë

Eden se sentait dans un état de lassitude désagréable qui confinait par moments à la mélancolie. Son esprit était plein de pensées auxquelles il eût voulu avoir le temps de réfléchir. Il désirait écrire des poèmes, mais chaque matin, lorsqu'il s'éveillait, la pensée du déroulement prosaïque de la journée le hantait et il restait étendu dans son lit jusqu'à la limite extrême du possible. Puis il se jetait dans ses vêtements, avalait son déjeuner à la hâte, après quoi c'était la course pour ne pas manquer le train, les cours interminables qui, le plus souvent, l'assommaient, le retour à la maison, les quelques instants arrachés à la journée et qu'il consacrait à Amy Stroud. Il y avait tant de livres qu'il eût aimé connaître et si peu de temps de libre pour les lire ! Il ne comptait pas encore dix-neuf ans. Il avait grandi rapidement. Parfois, tandis qu'il s'habillait à la hâte le matin, après avoir trop peu dormi, il se sentait tour à tour énervé et las, exalté et déprimé. Avant toute chose, il éprouvait un dégoût pour toute responsabilité et le désir de goûter ce beau temps d'automne à sa manière. Il aspirait à passer des heures chaque jour avec Mrs. Stroud. La victoire triomphante, théâtrale, qu'il avait remportée sur Ernest l'avait rendue plus désirable pour lui quoique moins réelle. Ses sentiments envers Amy, ou envers lui-même et les siens, étaient si subtils qu'ils en paraissaient contradictoires. Cependant, ce qu'il désirait, c'était la facilité alliée à la liberté.

Il en voulait à ses jeunes frères d'être obligé d'aller en leur compagnie à la gare. Si ce n'était d'eux, il eût pu s'échapper de temps à autre. Sans cesse, il échafaudait des plans dans ce dessein, mais les abandonnait ensuite sans espoir. Finalement, cependant, il inventa l'existence d'un camarade étudiant du nom de Powell. Il parlait souvent de ce garçon, l'enviant de pouvoir aller suivre ses cours en ville avec son auto personnelle, car l'auto appartenait à Powell ; d'ailleurs, c'était un garçon sérieux. Un peu plus tard, il raconta à Meg qu'il avait été invité par Powell à profiter de sa voiture. Tout se passa très facilement avec la famille. Meg déclara qu'elle était heureuse qu'Eden eût trouvé un camarade à l'esprit déjà mûri. Renny fit remarquer seulement que le père de Powell devait avoir plus d'argent que de bon sens pour confier une voiture à un garçon de cet âge. Immédiatement, Eden crut préférable de supprimer le père de Powell qui, dit-il, était le fils unique d'une mère indulgente. Tous deux vivaient à la campagne, aussi Eden devait attendre le passage de l'auto sur une route des environs.

Le premier matin qu'il joua ce tour, il attendit d'abord dans un petit boqueteau au bord de la route jusqu'à ce qu'il eût vu Dayborn et Chris passer près de lui se rendant aux écuries. Alors il bondit par-dessus la clôture et s'élança sur la route vers la demeure de Mrs. Stroud. Il se sentait le cœur léger et sans scrupules. Il avait dit la veille à son amie de s'attendre à sa visite. Détestant être lui-même dérangé à l'improviste, il ne voulait point la surprendre peut-être affublée d'un bonnet de ménage et frottant ses parquets. Il aimait que tout fut prêt pour le recevoir.

La route était élastique et humide après la pluie et si gaie avec tous les glaïeuls et les *dentelles de la reine Anne* croissant sur ses bords. L'air vibrait du gazouillement d'une bande d'hirondelles qui se rassemblaient pour leur voyage vers le sud. A chaque nouvelle bouffée du vent capricieux qui soufflait, des feuilles aux teintes vives se détachaient de quelque branche et flottaient paisiblement dans l'atmosphère. Il avait bourré ses poches de pommes en passant par le verger.

Elle ouvrit la porte, souriante.

— Oh ! que vous êtes déraisonnable ! s'exclama-t-elle.

— Et combien heureux ! ajouta-t-il.

Ils restèrent sur les marches du porche dans l'éclatant soleil. Elle aspira l'air profondément, avec le sentiment de n'être pas plus âgée que lui.

Lorsqu'ils furent à l'intérieur, elle demanda :

— Savez-vous pourquoi votre oncle ne vient plus me voir ?

Il la regarda bien en face.

— Il ne vient plus ?

— Jamais plus.

— Que c'est étrange !

— L'aurais-je offensé ?

— Comment serait-ce possible ?

— Je pense que peut-être... Il est si sensible... Je me demandais...

— Quoi ?

— S'il était... mais ce serait ridicule.

— Jaloux, vous voulez dire ? Mais, après tout, je suis venu ici le premier...

— Le lui auriez-vous dit ?

— Eh bien, si vous voulez savoir ce qu'il en est, nous vous avons jouée aux dés.

Elle eut pendant un instant une expression outragée. Sa mâchoire s'abaissa.

— Que vous avez l'air drôle !

Il rit, enchanté.

— Mais c'est choquant !

A cette pensée, son passé puritain se révoltait en elle. Puis, soudain, son visage devint cramoisi : quoi, c'était tout comme si l'on s'était battu en duel pour elle !

— Et vous avez gagné ?

— Oui, j'ai gagné.

— Et il ne reviendra plus ici ?

— Vous en avez un drôle d'air ! Non, il ne reviendra plus. Il a pris sa défaite élégamment et « s'est installé dans son travail », selon son expression. Il écrit un peu, et joue aux dames avec ma grand-mère ; en fait, je le crois soulagé. Ce n'est pas une plaisanterie, vous savez, pour un homme de son âge, d'avoir une affaire d'amour sur les bras !

— Ce n'était pas une affaire d'amour mais une charmante amitié et je regretterai ses visites, dit-elle d'une voix tremblante.

Puis elle s'assit, les yeux baissés sur ses mains croisées.

Il s'agenouilla contre elle et l'entoura de ses bras.

— Amy chérie, je suis fâché que vous soyez peinée. J'ai exposé la question crûment. Mais l'ennuyeux, voyez-vous, c'est que cela ne pouvait pas durer. C'était pénible d'avoir l'oncle Ernest comme rival. Il n'est pas capable de vous aimer tandis que moi, je le suis ! Avouez que nous avons passé tous ensemble une bonne soirée !

— Oui, mais un jour vous m'abandonnerez, alors je serai seule.

Ce dernier mot fit son effet ; elle se mit à pleurer.

— Je ne vous quitterai jamais, dit-il avec ferveur. Ce fut une épreuve merveilleuse tous ces moments que nous avons passés ensemble dans cette pièce, n'est-ce pas ?

— Oui, mais ils m'ont rendue trop émotive. Je n'arrive plus à me contenir. Je pleure, je me fâche sans savoir pourquoi.

Elle mit ses mains sur les épaules d'Eden et le serra contre elle.

— Bien, vous ne pleurerez plus et ne vous fâcherez pas davantage. Vous allez être gaie toute la journée. Je voudrais trouver un moyen pour que nous allions au lac tous deux ! Il est aussi bleu qu'une campanule et lisse comme de la soie. Ma famille n'a jamais su en jouir comme elle aurait dû. Ils s'imaginent avoir tout fait lorsqu'ils ont eu deux pique-niques sur la plage ! Comme je voudrais avoir un canoë ! Oh ! Amy, j'ai vu l'annonce d'un canoë à vendre à la poste l'autre jour ! Si seulement j'avais l'argent, je l'achèterais pour vous ! Nous pourrions nous promener et pagayer pendant des heures tout en bavardant ou en lisant des poèmes.

— Mais je l'achète ! s'écria-t-elle. Ce serait divin, jamais je n'ai été en canoë de ma vie !

— Non, je ne veux pas que vous l'achetiez ; je trouverai bien l'argent nécessaire d'une manière ou d'une autre !

Il posa un doigt sur son sourcil froncé et se mit à réfléchir profondément.

— Je vais vous dire une chose : achetez-le et je vous le paierai dès que j'aurai rassemblé l'argent qui devient de plus en plus rare chez nous depuis la guerre. Renny dépense énormément pour les écuries. Il a fait installer le nouveau système d'écoulement et, maintenant, c'est l'électricité. Vous ne pouvez vous imaginer comme il se montre rat pour toute autre chose !

— Parlez-moi de lui, dit-elle tranquillement.

— C'est bien ce que je faisais, non ?

— Je veux dire : quelle sorte d'homme est-ce en réalité ?

— Je ne le connais pas très bien moi-même. Vous savez, il vient seulement de revenir ce printemps-ci et lorsqu'il partit, j'étais un enfant.

— Il m'a convaincue de garder chez moi ces gens-là, à côté, tout comme vous me l'aviez prédit. Vous en a-t-il parlé ?

— Il ne me dit jamais rien à part ses conversations sur les chevaux au cours des repas. Mais je regrette qu'il ait pu vous circonvenir. Il faut que je continue à éviter ces gens-là et éventuellement, j'imagine, ils sont capables de me dénoncer.

— Je déteste Dayborn, dit-elle presque avec amertume.

— Alors pourquoi l'avoir gardé chez vous ? Je vous procurerai un autre locataire qui paiera son loyer ! Je voudrais pouvoir m'installer chez vous moi-même : ne serait-ce pas merveilleux si je vivais sous votre toit, Amy ?

— Divin !

— S'ils restent, la famille découvrira à coup sûr que je ne m'en vais pas avec Powell.

— Qu'est-ce que ce Powell ?

— Rien. Il n'existe pas. Je l'ai inventé. Vous trouvez ça malin ?

— Je pense que vous êtes terriblement insouciant. Quel est le prix du canoë ?

— Soixante-cinq dollars. Une beauté et comme neuf !

— Comment le savez-vous ?

— L'annonce le disait. Dois-je aller le voir aujourd'hui ? Me faites-vous confiance ? Êtes-vous sûre de le désirer ? Je ne saurais souffrir la pensée de vous avoir conseillé un achat que vous pourriez regretter.

— Certainement, je le désire.

Eden avait une idée de poème en tête. Il s'assit devant le bureau et contempla fixement les feuilles de beau papier blanc qu'elle avait disposées devant lui. Elle marchait sur la pointe des pieds, craignant de le distraire de son travail. Mais cette crainte était inutile. L'inspiration s'était enfuie. Il dessina une tête de chien sur le papier, puis se dit que ç'avait plutôt l'air d'être une tête de vache et y ajouta des cornes.

Au bout d'un moment, elle s'approcha de lui avec précaution.

Il chiffonnait le papier dans sa main.

— Ça n'est pas bon, je déteste ce que j'ai fait. Je vais écrire autre chose.

— Mais ne le déchirez pas ! Laissez-moi voir !

Il y eut une petite lutte entre eux pour la possession du papier, il s'écria :

— Dieux ! que vous avez l'air terrible ! Je ne pensais pas que vous pouviez me regarder ainsi !

Instantanément, elle céda et son expression s'adoucit. Il déchira le dessin et en jeta les morceaux dans la corbeille à papier. Une heure plus tard, il quittait la maison avec assez d'argent en poche pour acheter le canoë.

Elle s'empressa de sortir les morceaux de papier de la corbeille et les assembla. Effarée, elle considéra le résultat de sa reconstitution. Elle se sentit irritée contre lui, non pas seulement pour l'avoir déçue, mais parce qu'il était encore un tel enfant ! Ah ! s'il avait seulement cinq ans de plus !

Elle repoussa son repas d'une heure, espérant le voir revenir, puis elle déjeuna sans appétit. Elle eut horreur de ces plats qu'il lui fallait laver et ranger et les eût volontiers brisés. Dayborn rentra chez lui inopinément et se mit bruyamment à se servir d'un marteau. Que pouvait-il bien faire ? Sans doute quelque chose pour l'ennuyer. Il déplaçait des objets. Mrs. Stroud perçut un léger craquement ; elle alla vers la barrière de séparation, les yeux fixés sur la porte voisine avec l'espoir qu'il sortirait et qu'elle pourrait lui dire de s'en aller le lendemain même. Alors elle s'aperçut qu'il avait brisé la vitre de l'une des fenêtres. Cela fut presque la goutte qui fit déborder le verre, elle put difficilement se contenir.

Au même instant, Eden parut au loin sur la route ; il marchait vite. Dayborn le verrait sûrement ! Elle entrouvrit le portillon et courut presque à sa rencontre. Il tendait les bras vers elle.

— Je l'ai ! cria-t-il. Je l'ai !

— Êtes-vous fou ? haleta-t-elle en évitant ses mains.

— Absolument, fou de joie ! C'est la plus jolie chose que vous ayez jamais vue, gracieuse et de formes nobles. Il faut que nous sortions avec tout de suite. J'ai pu l'obtenir pour cinquante-cinq dollars. Voici votre monnaie.

Il lui glissa dans la main un billet de cinq dollars.

— Emportons quelques provisions. Je n'ai rien qu'une boîte de lait et ce que je puis détester le lait !

Il rayonnait en la regardant.

Mais elle ne lui permit pas de retourner à la maison avec elle. Il fut convenu qu'il l'attendrait au premier croisement de la route.

Elle monta l'escalier qui menait à sa chambre d'un seul élan. Amy se sentait comme une jeune fille qui a une intrigue amoureuse secrète. Elle mit une jupe de flanelle blanche plus courte qu'aucune de celles qu'elle eût portées jusqu'alors et des souliers blancs. Elle avait de jolis pieds et constata que la mode nouvelle lui allait bien. Elle enfila un corsage blanc rayé et noua la cravate avec soin, puis mit un chapeau de toile blanche. Ensuite ayant par précaution enfilé un tablier blanc, elle fit les sandwiches. Amy était surexcitée et heureuse lorsqu'elle rencontra Eden au croisement des chemins.

Il avançait à grands pas sur la route poudreuse, parlant tout le temps du marchandage difficile auquel il venait de se livrer, sans se rendre compte qu'il n'était pas commode pour elle de le suivre juchée sur ses hauts talons. Elle n'avait jamais beaucoup marché et n'appréciait guère cet exercice. Mais lorsqu'ils atteignirent le hangar des bateaux où était garé le canoë, elle oublia sa lassitude et se sentit plus que du plaisir en voyant le frêle esquif qui se balançait doucement sur les vaguelettes. Est-ce qu'elle possédait vraiment un tel objet ? Pendant un instant, sa pensée revint en arrière dans le passé et elle imagina la consternation de son défunt époux en face d'une telle acquisition. Amy sourit, insouciante, les yeux levés vers Eden, tandis qu'il l'aidait à entrer dans le canoë et disposait des coussins pour elle.

Elle eut un moment d'émotion lorsque la mince embarcation s'élança vers les eaux profondes. Il lui semblait que le plus léger mouvement de sa part la ferait se retourner. Elle resta sans bouger, livrée à la protection d'Eden. Ayant fait des expéditions en canoë, il le maniait avec adresse. Les manches retroussées, le col de sa chemise ouvert, il lui paraissait plus séduisant que jamais.

— N'allez pas trop loin ! supplia-t-elle. J'ai, malgré moi, un peu d'appréhension !

— Bientôt, vous aurez surmonté ce sentiment ! Nous sortirons presque chaque jour. Je vous apprendrai à pagayer. N'est-ce pas que l'air est merveilleux ?

L'air, en effet, était frais et doux en comparaison de celui qu'on respirait sur la rive toute chargée de poussière, de pollens et des résidus de battages. La rive paraissait mystérieuse et belle au loin. Ici et là, un peuplier qui s'empourprait flamboyait telle une torche sur le fond du ciel bleu. Au loin, ils apercevaient un cargo sombre et actif avec sa bannière de fumée. Mais le lac commençait à se froncer imperceptiblement et de minuscules vaguelettes battaient avec un bruissement liquide les flancs du canoë.

Amy avait pris un coup de soleil lorsqu'elle rentra chez elle. Elle se sentait gaie, insouciante. Ses scrupules au sujet d'Eden qui trompait sa famille s'étaient dissipés. Il n'y avait qu'à le laisser faire à sa tête ! Ses remords s'envoleraient comme ils s'étaient envolés dans le canoë.

Un week-end passa et ils firent trois sorties semblables dont l'une le soir. Ayant passé sa journée avec elle il avait composé ce jour-là le meilleur poème qu'il eût jamais écrit, ou du moins elle le pensait. Au coucher du soleil, tous deux s'étaient dirigés à pied vers le point du lac où se trouvait le canoë. Amy avait acheté des souliers plats à semelles de caoutchouc et goûtait maintenant les plaisirs d'une promenade sans fatigue. Elle apprenait à pagayer et se disait que jamais encore elle ne s'était sentie aussi heureuse puis, avec rancœur, elle pensait qu'elle n'avait jamais été heureuse avant cet été-là. Amy avait également conscience que ses sentiments nouvellement éveillés aspiraient à quelque chose de plus passionné que cette intrigue avec cet adolescent, qui ne se développerait jamais et à laquelle sa famille pouvait mettre fin, cruellement. Elle devinait quelque chose de cruel en eux : autrement, comment Ernest eût-il pu la négliger brusquement comme il l'avait fait ? Ç'avait été un coup pour son orgueil car elle s'était senti le pouvoir de l'affoler. Cependant, Amy ne le regrettait point, car rien de ce que Ernest eût pu lui donner n'eût égalé le ravissement de ces promenades romantiques sur le lac en compagnie d'Eden.

Trois semaines s'étaient écoulées depuis la visite que Renny lui avait faite. Elle nourrissait un secret désir de l'obliger, une fois encore, à intervenir en faveur de Dayborn ; elle aspirait au plaisir de lui refuser ce qu'il lui demanderait ; quoique leur rencontre eût été cordiale, elle devinait un certain antagonisme en lui, quelque chose qui n'avait rien à voir avec Eden. Amy ne pouvait oublier sa présence dans ce salon où il avait effacé l'image de tous ceux qui l'y avaient précédé.

Amy se croyait épuisée par ses déceptions successives ; quoiqu'elle eût été à ce point enveloppée dans les intrigues les mois précédents, elle se demandait comment vivre sans ce stimulant. Elle avait tendance à croire à la réincarnation et s'imaginait avoir eu jadis à se débattre parmi les intrigues d'une cour royale.

Le matin qui suivit sa sortie du soir avec Eden, le temps changea.

Elle s'éveilla dans son lit, à demi gelée, car elle s'était endormie couverte seulement de son drap. Amy put à peine en croire ses yeux lorsqu'elle jeta un regard par la fenêtre. Il avait plu et maintenant un vent froid soufflait. Les arbres se ployaient, si peu qu'ils fussent flexibles, et agitaient leurs branches s'ils étaient vigoureux. L'allée du jardin s'étendait jonchée de feuilles mouillées. Elle regarda mélancoliquement les nuages violets et comprit que l'automne venait de faire son apparition.

Elle absorba son breakfast dans cet état d'âme, mais un rayon de soleil sur le parquet la réjouit. Après tout, il y avait encore l'« été indien » en perspective. Elle ne prévoyait pas au-delà de cette époque. Allumant une cigarette, elle s'installa pour lire le journal du matin.

Des voix lui parvinrent du dehors. Amy jeta un regard par la fenêtre et vit Renny Whiteoak devant le portillon, accompagné de Pheasant et de Finch ; il les y laissa et se dirigea vers la maison.

La première pensée qu'elle eut en lui ouvrant sa porte fut qu'il avait l'air singulièrement fait pour subir les intempéries. Elles avaient dû, semblait-il, s'acharner sur lui sans réussir autrement qu'à le rendre plus résistant, fouetter sa peau dont la couleur s'était intensifiée et donner à ses yeux une expression de plaisir chargé de circonspection à la pensée de leur nouvelle rencontre. Ce matin-là lui était seyant, pensait-elle en le voyant tête nue et botté de leggings de cuir fauve. Elle le pria d'entrer, puis jeta :

— Bonjour, Pheasant. Pourquoi ne venez-vous plus jamais me voir ?

— Je ne sais pas, répondit lentement la petite fille, mais ses yeux étaient pleins de reproches.

Mrs. Stroud se sentit embarrassée. Toutes deux savaient que ces visites n'avaient point été encouragées.

— N'entrez-vous pas et Finch aussi ?

— Je pense qu'il vaut mieux les laisser dehors jusqu'à ce que nous ayons fini de parler affaires ensemble ! dit Renny.

Dans la salle à manger, il poursuivit avec chaleur :

— Je désire vous remercier de ce que vous permettiez à Dayborn de rester chez vous, car je sais que vous ne l'aimez pas.

— C'est peu dire : je le déteste et j'ai de bonnes raisons pour cela !

— Je sais... je sais... mais enfin, il s'est montré bien sage ces temps-ci, n'est-ce pas ?

Il la regarda anxieusement.

— Il n'a pas été aussi répréhensible que par le passé. Mais ils ne peuvent pas rester.

— Sans doute non, reconnut-il.

— Je vous attendais pour vous en parler.

— Et moi, je désirais vous voir. — Ses yeux bruns avaient toujours leur lueur chaude. — J'ai entendu parler d'un logement qui leur conviendrait, mais ils ne peuvent s'y installer avant trois semaines environ.

Il la regarda d'un air presque suppliant.

La pluie recommençait à tomber : un abat d'eau violent, glacé.

Elle regarda par la fenêtre.

— Combien de temps dites-vous ?

— A peu près trois semaines.

« Plus de promenades en canoë pendant trois semaines », pensa-t-elle.

— Bien, je tâcherai, mais ne soyez pas surpris si je vous envoie chercher avant !

— Vous ne serez pas obligée d'en venir là, je vous le promets. Je ne puis vous dire combien je vous suis reconnaissant. J'aurais dû venir vous voir à leur sujet il y a quelques jours déjà, mais j'ai travaillé beaucoup et joué énormément au polo. — Son visage s'assombrit. — Savez-vous que l'équipe américaine nous a battus mercredi ?

— Oui. — Elle mentait, ne s'intéressant point aux nouvelles sportives. — Je l'ai déploré mais votre jeu fut superbe, n'est-ce pas ?

— Oui, nous leur avons donné à courir pour leur argent, mais nous avions contre nous des poneys de race supérieure. Je suis en train d'en élever quelques-uns qui, je l'espère, relèveront nos équipes. J'ai un de ces grands poneys, vous pourriez passer sa tête entre ses côtes, il ne la perdrait pas pour si peu !

— Je voudrais assister à un match de polo.

Il la regarda avec commisération.

— Quel dommage ! nous avons terminé la saison, mais il faut que vous en voyiez un l'an prochain. — Il fronça les sourcils et demanda : — Avez-vous été au concours hippique ?

— Non, mais j'aimerais y aller.

— Il faudra venir dans notre loge ; cela aura lieu en novembre.

Puis il sursauta en s'écriant :

— Les enfants ! Ils sont sous la pluie ! Je m'en vais !

Avant qu'elle eût pu parler, il avait atteint la porte.

— Enfants ! cria-t-elle gaiement. Entrez vite, vous devez être trempés !

Renny fit une grimace approbative lorsque les deux enfants qui s'étaient abrités sous un peuplier, peu fait pour cet usage, coururent dans l'allée en direction de la maison. Ils étaient tête nue. L'humidité avait hérissé la chevelure de Pheasant, mais celle de Finch était collée presque sur ses yeux. Il eut un sourire timide à l'adresse de Mrs. Stroud, mais Pheasant garda son air grave. Les deux enfants s'apprêtaient à s'asseoir côte à côte sur le sofa, mais Renny les arrêta.

— Vous êtes trop mouillés, dit-il, asseyez-vous sur le parquet devant le feu.

Il y avait un feu de charbon dans une petite grille. Mrs. Stroud fut heureuse de l'avoir allumé, car il donnait à la pièce une atmosphère gaie et intime. Les enfants s'assirent de chaque côté du feu. Leurs profils innocents leur donnaient un air distant.

Renny abaissait vers eux un regard indulgent. Il avait l'air, pensait Mrs. Stroud, si habitué aux enfants qu'il semblait éprouver leur présence comme une agréable addition à l'atmosphère ambiante. Elle-même ne pouvait se défendre de leur en vouloir d'être apparus en cet instant. Chose étrange, elle se sentait en familiarité nouvelle avec Renny.

Il y eut un grattement à la porte d'entrée. Finch dit :

— C'est Fan, elle nous suivait quand nous sommes venus ici. Puis-je lui ouvrir ?

— Allez-y, dit Mrs. Stroud.

— C'était la chienne de mon père, expliqua Renny ; à présent, elle s'est attachée à moi, elle ne me quitte presque jamais ; j'espère que vous ne voyez pas d'inconvénient à la faire entrer ?

L'épagneul entra avec un air rassuré ; ses pattes et ses oreilles frangées de longs poils ruisselaient d'avoir été dans l'herbe mouillée.

— Le dos de Fan est tout comme ta tête, Pheasant, dit Renny en riant.

La petite fille lui jeta un regard d'adoration, puis elle tendit une petite main étroite qu'elle posa sur son genou.

— Regarde ce que Fan a trouvé ! s'écria Finch.

C'était la serre jaunâtre d'un poulet. Avec l'attention que méritait un tel objet, Fan la déposa sur le tapis et leva les yeux vers son maître. Renny bondit, donna une tape amicale à l'épagneul et lança la patte de poulet dans le feu.

— Je vous demande pardon, s'excusa-t-il.

— N'est-ce pas superbe de l'entendre crépiter ?

— Attendez un peu et vous sentirez cette odeur ! dit Finch.

Il considéra le foyer d'un air de délectation.

L'épagneul s'installa et assista, résigné, à l'anéantissement de son trésor.

Un silence s'établit dans la pièce. Alors Mrs. Stroud reprit :

— J'essaie de trouver une ressemblance entre vous tous, les frères, et ne puis en découvrir aucune. C'est extraordinaire que vous ne soyez pas deux à vous ressembler !

Renny répondit avec la vivacité qu'un sujet souvent discuté en famille éveillait toujours en lui :

— Eh bien, ce n'est pas si extraordinaire, je suis le portrait de ma grand-mère, disent-ils. Eden ressemble à sa mère, Piers à son père, Meg également. Wakefield est la réplique d'un portrait de l'oncle Nick à son âge. Finch ne ressemble qu'à lui-même.

— Il est musicien ?

Elle n'osait pas faire allusion à Eden qui le lui avait dit et puis elle désirait paraître capable de discernement.

— C'est remarquable de votre part de l'avoir deviné, répondit Renny. Il y a pas mal de dispositions de ce genre dans ma famille. Ma sœur chante et mes deux oncles jouent du piano. Oncle Ernest a appris à ce gars à jouer *Le Danube bleu*. Joue donc *Le Danube bleu* pour Mrs. Stroud, Finch ! Cela vous plairait-il de l'entendre ?

— Certainement.

Elle eut un sourire encourageant à l'adresse du petit garçon.

Une rougeur envahit le visage de l'enfant, il se mit à trembler.

— Je ne peux pas, bredouilla-t-il en baissant la tête.

— En avant ! dit Renny, ne fais pas l'idiot !

— Je ne peux pas.

Mrs. Stroud se pencha vers lui avec un regard dominateur :

— Rien que pour me faire plaisir !

— Vas-y, Finch, dit Pheasant en lui donnant un coup de coude.

— Joue ou tu recevras une bonne claque ! murmura Renny à l'oreille de Finch.

Par-dessus la tête du petit garçon, il adressa un sourire aimable à Mrs. Stroud et poussa Finch vers le piano.

Finch s'installa sur le tabouret comme dans un abîme de misères. Il fixait silencieusement les touches. Tandis qu'il les contemplait, il oublia soudain son entourage et posa sur le clavier ses petites mains hâlées aux ongles coupés intentionnellement à ras par Meg. Puis, il se mit à jouer la valse délicatement quoique avec hardiesse et une sorte de ferveur innocente. Lorsqu'il eut fini, Finch resta assis au piano, la tête penchée en avant.

Mrs. Stoud applaudit, charmée, et jeta à Renny un regard expressif ; elle forma silencieusement le mot « extraordinaire » par le mouvement de ses lèvres.

— C'est gentil, n'est-ce pas ? dit Renny avec fierté. Surtout lorsqu'on sait qu'il ne distingue pas une note d'une autre !

Mrs. Stroud ouvrit un tiroir et en sortit une boîte de chocolats qu'elle offrit d'abord à Finch.

— Peut-être serez-vous un grand pianiste un de ces jours ?

— Dieu nous en préserve ! dit Renny. Mais c'est agréable de

pouvoir jouer du piano. Mes oncles en ont retiré beaucoup de plaisir.

— Aimez-vous la musique ?

— Je ne suis pas ce que vous appelleriez un musicien, répondit-il avec défiance, mais c'est agréable à entendre lorsqu'on rentre chez soi après une journée passée aux écuries. Le seul moment où la musique m'est désagréable, c'est quand elle éclate en fanfare lors d'un concours hippique et que je monte une bête nerveuse.

La tourmente avait cessé dehors. Un pâle soleil jetait l'ombre d'une branche sur le mur. L'épagneul léchait ses pattes silencieusement.

— Ça commence à griller ! dit Pheasant en considérant la patte de poulet.

Renny se leva :

— Il faut nous en aller, venez, les enfants !

— Oh ! ne partez pas encore !

— Il le faut. Nous allons à l'église voir une voûte qui suinte. Je me charge des réparations.

Devant la porte, il la remercia encore pour ce à quoi elle avait consenti à l'égard de Dayborn. Elle resta sur le seuil, le regardant disparaître sur la route, un enfant à chaque main, l'épagneul sur ses talons.

Lorsqu'elle retourna dans son salon, Amy demeura songeuse, les bras croisés, le menton appuyé sur une main... Elle était sûre de l'avoir attiré et sentait en elle le pouvoir de se l'attacher, de le garder... Ça, c'était un homme ! Elle n'en avait jamais rencontré de semblable. Elle était passionnée. Elle avait de l'expérience ; que serait-ce si elle parvenait à faire sa conquête... à devenir sa femme... la dame de Jalna ! La pièce tournait lentement autour d'elle, elle avança une main, s'accrocha au dossier d'une chaise et se ressaisit.

18

La découverte

De l'église Renny retourna à Jalna avec Finch. Pheasant avait continué à suivre la route en courant vers Vaughanland, tout en agitant la main en signe d'adieu tandis qu'elle escaladait la clôture d'un champ appartenant à Maurice. A la maison, Renny apprit que sa grand-mère était toujours couchée. Elle n'aimait pas ces sortes de journées et était atteinte d'un léger refroidissement, mais cependant ne se sentait ni malade ni déprimée. Elle était soutenue par des oreillers et avait en travers des genoux une table de lit sur laquelle elle avait disposé les cartes selon les principes de sa patience favorite. Son perroquet Boney était enfermé dans sa cage car c'était un de ses jours de mauvaise humeur et, peu après le breakfast, il avait mordu Ernest. A présent, il jetait systématiquement ses graines hors de sa mangeoire d'un coup de bec lancé de côté, il était à la recherche de certaines graines qui représentaient pour lui un régal particulier. Chaque fois qu'il jetait quelque chose, il avait un regard vers le plafond et bredouillait des imprécations en hindoustani.

Adeline, à part un signe de tête, ignorait la présence de Renny et continuait à retourner ses cartes par groupes de trois, jetant chaque fois un regard par-dessus sa petite table avec une expression aussi comique que son perroquet. Renny qui l'observait eut un gloussement amusé et alla s'asseoir au pied du lit.

— Contente que tu trouves ça drôle, dit-elle.

— Quoi, Gran ?

— De voir que je suis incapable d'arriver à bout de ma patience.

— Je ne riais pas de vous, mais de Boney.

Elle regarda le perroquet :

— Il est chagrin. Il devient comme ça. Ce matin, il a mordu ton oncle Ernest ; il faut demander à un pharmacien qu'il lui prépare son tonique !

— Ce n'est pas ainsi que je traite les chevaux qui mordent.

— Que leur fais-tu ?

— Je les vends, si je peux.

— Ah ! je ne pourrais me séparer de Boney, n'est-ce pas, mon amour ?

Le perroquet lui jeta un regard vitreux et continua à disperser ses graines. Elle déposa les cartes et croisa ses belles vieilles mains sur son estomac en tournant son grand nez vers Renny.

— Tu sens la campagne, penche-toi que je te flaire !

Il se pencha et elle fit une profonde aspiration. Puis, tout en maniant les pattes de la veste de Renny, elle le regarda dans les yeux.

— Dis-moi donc, commença-t-elle, as-tu jamais été amoureux ?

— Souvent.

— Sans doute... des fantaisies passagères, mais je veux dire *vraiment* ?...

— Oui, deux fois.

— Quand ?

— Eh bien, en France, une fois.

— Oh ! la comtesse ! Tu m'as parlé d'elle. Quelle était l'autre fois ?

— C'est un secret.

— Non, ça n'en est pas un ! Pas pour moi ! Tu es amoureux en ce moment.

Il lui tapota les genoux :

— Continuez votre patience, vieille dame.

— Je suppose que c'est cette Mrs. Stroud. Ernest avoue qu'il éprouve de l'attachement pour elle.

— Ce n'est pas Mrs. Stroud et ne saurait l'être.

— Est-ce cette petite Cummins ?

Il secoua la tête.

Adeline eut un ricanement de triomphe, puis reprit son sérieux.

— Tu ne dois pas l'épouser ! Si tu te maries, il faut que ce soit avec une femme ayant une situation sociale et de la fortune.

— Cette combinaison m'a l'air plutôt rare par ici. Quoi qu'il en soit, je préfère un physique agréable et la similitude des goûts.

— A présent tu ne t'en caches pas. C'est cette petite. Ne va pas penser à l'épouser !

— Je n'y pense pas.

— D'abord elle a un enfant.

— Rien à redire à cela.

— Je me le demande !

Elle répéta ces mots à mi-voix à plusieurs reprises, puis se mit à rassembler les cartes. Tandis qu'elle les disposait à nouveau, elle remarqua :

— Il faut s'occuper d'Eden.

— Je ne pense pas qu'il aille souvent chez Mrs. Stroud maintenant.

— Crois-tu ? Crois-tu ?

— Qui vous dit qu'il y va ?

— Ne te mêle pas de ça, j'ai mes façons à moi de savoir ce que mes petits-fils ont en tête.

Rags frappa à la porte, puis entra avec un verre plein d'eau chaude à la cannelle sur un plateau. Adeline tendit les mains pour s'en emparer et le but à petites gorgées prudentes.

— Ah ! c'est chaud !

— Ça fera du bien à votre refroidissement, ma'am.

Rags regardait la vieille dame avec une expression de profonde commisération. Le regard levé au-dessus du verre, elle examina ses traits et dit :

— Pourquoi faites-vous cette tête ? Croyez-vous que je sois en train de couver la grippe ?

— Oh ! non, ma'am, vous serez bientôt en état, je pensais justement quelle misère c'était d'avoir à vous donner du souci.

Ses yeux étincelèrent :

— J'ai l'habitude d'en avoir : je me suis tourmentée pendant plus de quatre-vingt-six ans. De quel méfait avez-vous l'intention de me parler, mon garçon ?

Rags se grattait le menton en regardant Renny d'un air interrogateur.

— Vas-y ! dit Renny. C'est un sale jour !

Rags s'inclina gravement.

— Je ne connais pas de jeune gentleman, dit-il, que j'admire davantage que Mr. Eden.

— Oui, dit Adeline, qu'a-t-il fait ?

— J'admire son instruction. Il n'est rien que j'astique avec plus de plaisir que les coupes d'argent qu'il a remportées pour avoir couru ou sauté.

— Ça va, sors-nous ça, Rags ! dit Renny.

— Je n'ai rien à dire contre Mr. Eden... c'est au sujet de son ami, monsieur.

— De la dame qui est son amie ?

— Non ! Du monsieur, Mr. Powell qu'il s'appelle.

Renny fronça les sourcils :

— Qu'a-t-il fait ?

— C'est simplement qu'il n'existe pas, monsieur.

— Cesse de battre la campagne et explique-toi, Rags.

— Eh bien, monsieur, ça s'est passé comme ça : j'avais à porter un message chez le recteur, l'autre jour. C'était un de ces beaux jours où il est dur de rester entre quatre murs pour un jeune homme à l'esprit élevé comme Mr. Eden. Je le voyais marcher devant moi vers la route qui passe derrière le parc où il devait retrouver Mr. Powell. Mais Mr. Powell n'y était pas. Mr. Eden n'a pas paru le chercher, il a seulement été tout droit chez Mrs. Stroud.

— Ah ! s'exclama Adeline, le jeune vaurien !

— Continue, dit Renny.

Rags s'échauffa en approchant du dénouement de son récit :

— Et puis il est entré. Comme j'avais été envoyé pour ce message, je ne voulais pas perdre de temps à surveiller la maison du dehors. Mais, le lendemain, lorsqu'il partit à nouveau à la rencontre de Mr. Powell, je l'ai suivi après avoir dit à ma bourgeoise que je sortais pour une mission intéressant le bonheur de la famille. Mr. Eden s'en fut encore tout droit chez Mrs. Stroud. Mais je n'ai pas eu à attendre longtemps. Ils sortirent ensemble, elle très élégante en costume blanc, et ils se mirent à avancer sur la route, moi par-derrière. Ils ne s'arrêtèrent que lorsqu'ils eurent atteint le hangar des bateaux au bout de la route. Là, ayant pénétré dans un canoë, ils s'éloignèrent en pagayant. La fois suivante, je ne pus sortir, mais hier j'en avais l'intention : il faisait un tel temps pour attendre que j'ai fait demi-tour. Mais vers le soir, je retournai dans cette direction et j'ai eu le déplaisir de les voir s'en aller à nouveau ! Y a pas de jeune homme que j'admire plus que Mr. Eden, alors je n'aime pas à le voir pris dans une toile d'araignée dont il ne se défera pas sans qu'on l'aide !

— Vous avez bien fait de me le dire, déclara Adeline. Vous pourrez vous retirer, il faut que nous discutions de la chose.

Rags sorti, elle tourna vers Renny un regard interrogateur.

— Que vas-tu faire ? demanda-t-elle.

Certainement, pas ce qu'il eût aimé faire ! pensait-il. Il fallait se montrer prudent et ne point irriter Mrs. Stroud ou bien elle enverrait Dayborn et Chris faire leurs paquets. Il ne pouvait se passer de Chris pour deux raisons. D'abord, il l'aimait. Ensuite, Launceton l'aimait et travaillait avec elle comme avec personne d'autre. S'il courait le Grand National, Dayborn devait le monter. Il fallait que Renny fût prudent et il détestait cela. Où se trouvait Eden aujourd'hui ? Était-il parti avec les garçons ? Ou bien paressait-il aux pieds de cette créature interlope ? Sa voix eut un accent dur pour dire enfin :

— Je m'occupe de tout cela, Gran. N'en soufflez mot ni aux oncles ni à Meg.

— Amène-moi ce gars, je lui assènerai cette canne sur le crâne !

— Je ne sais rien qui me ferait plus de plaisir ! Maudite femme ! Mais je dois agir avec prudence. Il faut considérer la situation de Chris...

Adeline le regardait fixement, la mâchoire un peu pendante. Son esprit sénile tentait de suivre les évolutions du sien. Quelle femme maudissait-il ? Mais elle ne voulut pas reconnaître son embarras, tira son bonnet sur ses yeux afin qu'il ne pût voir leur expression déconcertée et marmonna :

— Oui, oui, mieux vaut nous montrer prudents. Va lentement mais sûrement. Nous remettrons le gars à sa place tout en ne gâtant point notre jeu. La poésie, hein ? C'est une chance de réussir un vers ! Pourquoi Ernest ne s'est-il pas mieux débrouillé ?

Renny se pencha pour l'embrasser, puis sortit de la chambre.

Il se sentait furieux contre Eden et Mrs. Stroud. Eden n'était qu'un décevant greluchon. Quant à elle... il fit une grimace.

Dans le hall, il rencontra Meg et lui demanda si Eden avait pris le train ce même matin.

— Oui, répondit-elle, et il avait l'air d'envisager cette course sans plaisir, pauvre garçon... Il déteste tellement aller à bicyclette sous la pluie ! — Elle ajouta sur un ton de reproche. — J'ai gardé Finch à la maison, parce qu'il a souffert des oreilles la nuit dernière, et puis tu es sorti avec lui !

— Je ne l'ai pas emmené, il a couru après moi et ne m'a pas dit un mot de ses oreilles.

— Qu'y a-t-il, Renny ?

— Rien.

Il lui sourit et prit son chapeau sur le portemanteau. Il était dur de garder pour lui les agissements d'Eden !

Les trois jours qui suivirent, Eden partit chaque matin pour la ville avec ses jeunes frères. Les bourrasques et la pluie ne cessèrent presque pas. L'irritation de Renny grandissait. Au breakfast il demandait anxieusement à Eden s'il allait à la ville par le train ou avec Mr. Powell. Il prononçait le nom presque avec complaisance.

Dès le second jour, encore plus pluvieux que les précédents, Eden répliqua sur un ton nonchalant :

— Je vais avec Powell.

Renny était dans le hall où il fumait une cigarette en caressant les chiens, tandis qu'Eden mettait son imperméable.

— Sale matinée ! remarqua-t-il.

Eden leva les épaules, résigné :

— Oui, je vous envie de rester à la maison !

Dès qu'il fut parti, Renny enferma les chiens dans le hall, mit son chapeau, enfila un manteau et s'en fut d'un pas rapide dans la direction prise par Eden. Il le voyait devant lui marchant sans hâte sur le sentier menant à la route.

Renny fut arrêté en chemin par l'un des garçons d'écurie avec lequel il resta à parler un moment, ayant pensé qu'Eden pouvait se retourner et s'apercevoir de sa présence. Mais celui-ci avançait toujours, la tête penchée sous la pluie, il prenait son temps comme s'il faisait un soleil radieux. Renny s'arrêta derrière un arbre lorsqu'il aperçut la maison de Mrs. Stroud. Eden, cependant, passa sur l'autre côté de la route sans lui accorder un regard. Intérieurement, Renny commençait à maudire Rags et s'attendait à voir Eden enlevé en auto. Ajouté à son irritation contre son frère, il éprouvait un brusque sentiment de sa responsabilité envers lui. Puis il se demanda comment son père eût mis bon ordre à cette situation et, pendant un instant, il ne vit plus que le visage de Philippe Whiteoak à l'expression amène et indolente. Mais quel caractère il pouvait avoir quand il s'emportait !

Eden finit par pénétrer dans une petite boutique tenue par Mrs. Brawn sur le devant de son cottage. Il achetait probablement des cigarettes. Pendant combien de temps ce jeune fou s'imaginait-il pouvoir courir la campagne sans éveiller des soupçons ? Renny pouvait le voir appuyé sur le comptoir en conversation avec Mrs. Brawn.

Finalement, il ressortit et dirigea ses pas vers la demeure de

Mrs. Stroud. Renny eut envie de l'arrêter avant qu'il n'atteigne la maison afin d'avoir moins à se contenir et pour ne point courir le danger d'irriter la dame. Mais Eden marchait à présent d'un pas si rapide qu'il eût été presque forcé de courir pour le rejoindre. Enfin il s'engagea dans une prairie afin d'arriver évidemment à la maison par-derrière.

A présent, il avait disparu. Renny s'immobilisa, les yeux rivés sur la maison, leur laissant en rongeant son frein le temps de se dire bonjour ; il se dirigea alors vers la porte et frappa. Il remarqua pour la première fois que le heurtoir était une tête de Méduse. Quel choix ! Certainement cet objet ne se trouvait pas là du temps de Miss Pink. Non, elle avait eu une jolie clochette de cuivre à laquelle on imprimait un mouvement de rotation. Il frappa une seconde fois.

Le silence régnait à l'intérieur de la maison.

Il frappa plus fort. Pas de réponse. C'était à quoi il ne s'attendait pas. La pluie tombait plus dru que jamais ; elle ruisselait de son chapeau, lui voilant la vue. Il essaya de tourner le bouton de la porte. Elle était fermée. Qu'est-ce que cela voulait dire ? Était-ce sérieux ? Il marcha vers la porte donnant sur la campagne derrière la maison et l'ébranla de ses poings.

La porte s'ouvrit devant Amy Stroud dont les lèvres pâles esquissaient cependant un sourire.

— Êtes-vous seule ? demanda-t-il.

— Oui.

Il la considéra d'un regard perçant à travers les ruisseaux de pluie qui s'écoulaient de son chapeau. Elle se redressa. Ses lèvres frémirent, mais elle lui rendit son regard sans faiblir.

Renny finit par dire d'une voix contrainte :

— J'ai vu Eden entrer ici il y a moins de dix minutes.

Elle eut un soupir rapide suivi d'un petit rire et dit :

— Ainsi vous l'avez découvert, pauvre garçon ! Mr. Powell n'est pas passé ce matin et Eden est venu se réfugier ici. Lorsqu'il vous a vu frapper, il m'a priée de ne pas ouvrir. Il pensait que vous seriez fâché. Mais nous voilà découverts, vous feriez mieux d'entrer, n'est-ce pas ?

Elle s'était un peu ressaisie et s'empressa d'ouvrir la porte toute grande.

— Quelle matinée ! dit-elle en considérant le ciel.

Il fit un pas en arrière sous le petit porche et secoua son chapeau détrempé, puis il en contempla le fond, l'œil fixe comme s'il pouvait en obtenir conseil au sujet de ce qu'il devait faire immédiatement. L'obligation constante de la ménager à cause de Dayborn et de Chris augmentait son irritation.

— Entrez, dit-elle en le conduisant à travers la salle à manger.

Eden était debout au milieu du salon, le visage congestionné, les mains tremblantes.

— N'essaie pas de me mentir ! s'écria Renny. Powel n'existe pas !

Eden recula comme s'il craignait un coup, puis il sourit et dit :

— Oh ! non, hein ?

Mrs. Stroud jeta :

— Je crains d'avoir été très répréhensible...

Renny semblait ignorer sa présence et dit à Eden :

— Mets ton manteau et ton chapeau, il faut que je te parle.

Elle l'interrompit :

— Mais je dois prendre ma part de vos reproches. Je n'aurais pas dû le laisser venir ici... Mais j'étais si désolée pour lui !

Renny se tourna vers elle.

— Pourquoi ? demanda-t-il.

— Parce qu'il est pénible de voir une nature poétique soumise à une fastidieuse routine.

Elle était satisfaite de ses paroles et reprenait de l'assurance, se disant qu'elle pouvait encore dominer la situation. Amy puisait une certaine exaltation dans cette scène.

Renny la regarda en pesant les paroles qu'elle venait de lui dire :

— Bon Dieu ! s'exclama-t-il.

— C'est vrai ! dit-elle d'un ton passionné.

— Il est possible que ce le soit à vos yeux, Mrs Stroud, mais, selon moi, Eden a agi comme un jeune fou qui perd son temps et gaspille mon argent. J'ignore jusqu'à quel point sa présence vous est agréable, mais je vous demande d'y renoncer jusqu'aux vacances : je veux dire par là que je défends à Eden de venir chez vous durant tout ce trimestre !

— De quoi m'accusez-vous ? lui demanda-t-elle, les yeux étincelants.

— De rien, si ce n'est d'être trop séduisante, répondit-il froidement.

Ayant jeté un regard à Eden, il tourna les talons et quitta la maison.

Eden et Mrs. Stroud restèrent à se regarder face à face.

— Qu'allez-vous faire ? dit-elle haletante.

— M'en aller le trouver : il n'y a rien d'autre à faire !

Il prit son manteau et commença à l'enfiler.

— N'est-ce pas affreux ? murmura-t-elle. Quand vous reverrai-je ?

— Il n'a pas dit que nous ne pourrions nous voir en dehors de la maison : alors nous nous rencontrerons aux week-ends. Quelle maudite malchance !

Elle l'entoura des deux bras et appuya ses lèvres sur sa joue :

— Pauvre garçon ! Ai-je bien parlé ?

— Vous avez été splendide !

— Je tremble comme une feuille : voyez !

Elle lui tendit la main qu'il effleura, l'air ailleurs. Toute sa pensée était occupée par son propre sort.

— J'ai une jolie scène en perspective !

Un coup sec fut frappé à la porte. Ils se séparèrent puis, avec un adieu de la main à l'adresse de son amie, Eden suivit Renny. Arrivés sur la route, il lui demanda :

— Est-ce toi qui viens de frapper à la porte ?

Renny répliqua rudement :

— Oui, et j'aurais voulu que ce soit sur ta tête !

Ils avancèrent en silence le long de la route boueuse. Le vent était devenu si violent qu'il emportait les paroles ; on ne pouvait s'entendre. Eden n'en était pas fâché. De temps à autre, il lançait un regard furtif au profil de Renny. « Maudite tête rouge ! pensait-il, je me demande ce qu'il va m'infliger ! »

Lorsqu'il atteignirent le point du sentier se divisant en deux embranchements, l'un allant vers la maison, l'autre vers les écuries, Renny s'engagea dans ce dernier et, couvrant les sifflements du vent :

— Nous pourrons parler dans mon bureau, dit-il.

La porte s'ouvrit, puis se referma avec un claquement. Ils se trouvaient dans une autre atmosphère. Là, l'ouragan s'entendait à peine et les fenêtres à petits carreaux ruisselants donnaient une impression d'isolement. Les parquets étaient humides et propres. Un garçon d'écurie balayait des brins de paille dont il formait méticuleusement un petit tas à l'aide de son balai. Une rangée de croupes bien étrillées et de queues lustrées se voyait le long du couloir longeant les stalles. C'étaient des poneys de polo ; le plus proche leva la tête et regarda par-dessus le mur de sa stalle. Il hennit et arrondit le col à la vue de Renny. Comme on ne faisait pas attention à lui, il se mit à mordre le mur de bois de la stalle. Renny s'arrêta pour lui donner une bourrade, puis suivit Eden dans son bureau.

Renny commença par ôter son manteau et son chapeau et les jeta sur un siège. Eden sentait la pièce humide et glaciale « comme une prison », pensa-t-il. Les lithographies des chevaux suspendues aux murs semblaient le considérer haineusement. Il se sentait extrêmement misérable. « C'est Dayborn qui a dû me jouer ce tour-là ! » pensa-t-il.

Renny s'assit sur le coin du bureau et regarda Eden, l'air sévère.

— Es-tu fou au point de t'imaginer que tu pourrais t'en sortir.

— Je ne l'ai fait que deux fois.

— Je veux que tu me dises quelle sorte de femme est cette femme-là. Je ne pense pas que tu aies couché avec elle.

— Ciel, non !

— C'est une honnête personne, hein ?

— Elle est ma meilleure amie.

— Ta meilleure amie ? Cependant, elle te laisse gaspiller ton temps jour après jour. Elle a été cause que tu as failli manquer tes examens. Elle s'entend avec toi pour me contrarier et fait de toi un menteur et un imbécile et tu oses l'appeler ton amie !

— Elle m'aime.

— Ça ne m'étonne pas : elle aime tout ce qui porte culotte et sur quoi elle peut tenter d'exercer ses charmes ! Elle m'aimerait aussi si je le lui permettais !

Eden rougit :

— N'en sois pas si sûr !

— Je voudrais être aussi sûr que tu marcheras droit !

— Lorsque nous passons une journée, nous lisons énormément...

— Oui, avec ta tête sur ses genoux et elle jouant avec tes boucles ! Maintenant, je te déclare ceci : tu n'entreras pas chez elle jusqu'aux vacances de Noël. Peut-être, à ce moment-là, se sera-t-elle refroidie ou aura-t-elle déniché quelque autre jouvenceau à cajoler !

— Tu ne la comprends pas... pas plus que tu ne me comprends d'ailleurs et je ne pense pas que tu y parviennes jamais.

Le téléphone, nouvellement installé, se mit à sonner. Renny se tourna vers l'appareil avec une expression de soulagement et tandis qu'il écoutait la voix qui lui parlait au bout du fil, son visage s'éclaira d'un sourire franc. Il répondit :

— Oui, venez la voir... oui, elle est en parfait état... soixante pouces au garrot, de belles épaules... Bien. Je serai au train à trois heures. Vous ne pouvez pas vous tromper en l'achetant. Au revoir !

Renny se tourna à nouveau vers Eden, un sourire errant sur son visage. Il y eut un moment de silence, puis Renny dit froidement :

— Bien. A présent, tu sais ce qu'il te reste à faire. La première chose est de prendre le train de onze heures dix : tu arriveras à temps pour le cours de l'après-midi.

— Bon Dieu, faut-il que j'y aille aujourd'hui ?

L'expression scandalisée d'Eden disait clairement qu'il considérait que la punition dépassait de beaucoup le crime. Subitement, il se sentit saisi par une poigne de fer qui le secoua puis le lança contre la porte.

— Oui ! il le faut ! dit Renny sévère.

Eden se ressaisit, jeta à son frère un regard furieux et s'élança hors de son bureau. Voyant à peine où il allait, il quitta les écuries et se dirigea vers la maison. Des jurons rapportés du front par Renny lui vinrent aux lèvres, il les souffla entre ses dents serrées. Ayant sorti sa bicyclette, il s'en fut vers la station de chemin de fer mais, arrivé au croisement d'un certain sentier, il tourna et courut rapide comme l'éclair frapper à la porte de Mrs. Stroud.

Elle lui ouvrit :

— Que se passe-t-il ?

Il la considéra les yeux étincelants.

— J'imagine que vous le savez.

— Mais qu'a-t-il fait ?

— Il m'a secoué brutalement et lancé contre un mur.

— Mon chéri... souffrez-vous ?

— Un peu, pas beaucoup. C'est l'ensemble... On ne peut pas surmonter ça du premier coup. Dieu sait ce qu'il aurait fait s'il avait su que j'allais ici. Il me croit dans le train.

Elle l'entraîna d'un geste tendre et l'aida à se débarrasser de son manteau de pluie. Il avait jeté son chapeau sur le parquet. Elle le traita comme un homme blessé, lui apportant un verre de sherry, le faisant asseoir dans un fauteuil. Il fit le récit de sa rencontre avec Renny.

Lorsqu'il eut fini, elle s'assit sur le parquet à ses pieds et posa sa tête contre ses genoux dans l'attitude qui représentait habituellement un de ses privilèges et elle se mit à pleurer silencieusement.

— Oh ! Amy, dit-il en prononçant son nom de la manière qu'elle aimait, ne pleurez pas, je ne saurais le supporter !

— Tout est fini pour moi. Je vais être si seule.

— Mais il ne faut pas pleurer.

Il se pencha vers elle pour essayer de la calmer.

— Je ne puis m'en empêcher. Que ferai-je pendant les longues journées de pluie ? Et puis il y a le canoë et tout ce que nous avions projeté de faire au cours de l'été indien !

— Mais je ne m'en vais pas ! Il ne peut pas m'y forcer !

— Il nous fera espionner par Dayborn ! Dayborn est à l'origine de tout cela !

— Mettez-le à la porte !

Elle leva la tête.

— Je le ferai. Il s'en ira demain. Je ne supporterai plus rien !

Elle se leva et marcha résolument vers la porte.

— Attendez ! dit Eden. N'y allez pas encore.

Elle se retourna :

— Pourquoi pas ?

L'espace d'un bref instant, le visage de Renny s'interposa entre eux deux. Eden hésitait entre le désir de voir Dayborn puni et une crainte primitive des conséquences qu'un tel acte pourrait avoir pour lui-même. Afin de gagner du temps, il dit :

— Dayborn ne doit pas être chez lui.

— Il est revenu il y a une heure. Je l'ai vu.

Elle était devant la porte, l'air déterminé.

Eden se mit à marcher de long en large en disant, surexcité :

— Voyons, que vaut-il mieux faire ? Réfléchissons. Ne nous hâtons pas trop. Écoutez, si nous chassons Dayborn, cela signifiera...

Il gémit, s'arrêta et porta la main à son épaule.

Elle vint à lui :

— Qu'y a-t-il ?

— C'est mon épaule, je me demande si elle n'est pas démise.

— Oh ! Eden, laissez-moi voir !

Elle le palpa doucement.

Il jeta une exclamation de douleur :

— C'est là, j'ai mal là !

— Otez votre veste !

Il l'enleva, défit son col et ôta sa chemise. La coloration dorée de sa chair, sa fermeté élastique sous sa main lui donnèrent la sensation d'un choc électrique :

— Que vous êtes beau ! souffla-t-elle.

Il se sentit gêné.

— Je suis diablement mal à mon aise. — Il se toucha l'épaule avec précaution. — Rien de cassé, ce n'est que musculaire.

— Mais regardez ces marques !

— C'est lorsqu'il m'a saisi brutalement, ce diable rouge !

— Oh ! nous serons quittes !

Les yeux clos, elle posa ses lèvres sur les meurtrissures et parut respirer à peine, mais une rage mêlée de sensualité se déchaînait en elle. Elle eut le désir de se donner à Eden. Cependant, ayant plongé au fond de ses yeux son regard débordant de passion, elle ne lut point de réponse à son désir sur ce visage dont la moue enfantine n'exprimait que pitié envers lui-même.

Toutes ses émotions concentrées en haine contre Dayborn, elle recouvrit les épaules d'Eden et sortit de la pièce presque en courant. Il la vit se hâter sous la pluie, ouvrir son portillon, puis le portillon voisin, l'entendit frapper rudement à la porte de Dayborn. Il écouta, la tête inclinée vers le mur mitoyen.

Ces paroles lui parvinrent alors :

« C'en est trop... Vous partirez d'ici dès demain... méprisable mouchard !... »

Puis ce fut un murmure de voix confuses dont il ne put rien saisir.

Elle reparut, le dos appuyé à la porte, haletante, les cheveux mouillés collés à son front.

— Ça n'a pas été long, haleta-t-elle. Je voudrais que vous ayez vu leurs têtes, comme si c'était la fin du monde et que j'étais moi l'ange exterminateur ! Ils ont tenté de se justifier et de plaider leur cause, mais je suis restée sur mes positions, puis je les ai laissés béants ! Dire que demain cette maison sera débarrassée de leur présence ! Êtes-vous satisfait, chéri ?

— Je me demande où ils iront, répondit-il songeur.

— Qu'ils aillent coucher dans un fossé, pour ce que je m'en soucie ! Elle ne vaut pas mieux que lui. Quand je pense comme je me suis montrée bonne envers eux ! Mais c'est fini ! J'espère ne jamais revoir leurs visages d'affamés ! Je ne vous l'ai jamais dit auparavant, Eden, mais je me décide à vous l'apprendre : ils sont mariés. Une femme, en Angleterre, lui envoie cent livres par an pour vivre ici.

— Renny le sait-il ?

— Oui, elle le lui a dit. Elle est amoureuse de lui : chacun peut s'en rendre compte ! Ils feraient mieux d'être prudents. Je vais m'occuper de la chose ! Si cette femme en Angleterre apprend que Dayborn est marié, sa rente lui est supprimée ! Quels fous ! Avoir un secret et n'être pas capables de le garder ! Oh ! comme j'aurais pu vivre heureuse ici si ce n'avait été d'eux ! Mais ne vous tourmentez pas, chéri, nous continuerons à être heureux, je le sais !

Elle marchait de long en large dans la pièce, les bras raides, tendus, les poings serrés, soufflant fort par ses narines, dilatées, presque en extase.

Tandis qu'Eden la regardait, il éprouva comme une répulsion à la voir dans cet état. Sa silhouette courte et puissante aux gestes disgracieux, sa chevelure mouillée collée à son front, son visage rougi par la surexcitation éveillaient une répugnance en lui. Il passa la langue sur ses lèvres et chercha quelque chose à dire, mais n'y put parvenir. Cela n'avait aucune importance ; il était le foyer où Amy Stroud puisait ses exaltations, sa seule présence lui suffisait.

Eden avait cessé d'écouter ce qu'elle disait. Il commençait à se sentir fatigué et déprimé et désirait surtout s'en aller.

Elle vint à lui et l'entoura de ses bras.

— Venez vous étendre, dit-elle, je vous lirai quelque chose ! Nous essaierons de chasser tout cela de nos esprits et demain ils seront partis !

Elle jeta un regard au mur mitoyen, comme si elle avait l'intention de retourner chez Dayborn pour lui confirmer son expulsion. De l'autre logement leur parvenait le rire de Tod qui s'élevait et s'abaissait comme le chant d'un oiseau.

Eden se leva :

— Je ne puis rester. Il faut satisfaire le diable. Inutile d'envenimer les choses. Je serai de retour demain.

Il réussit à lui faire accepter ses raisons. A nouveau, Eden se retrouva sous la pluie poussant sa bicyclette d'une main, car il lui eût été impossible de s'en servir sous le déluge qui s'abattait en ce moment. La pluie tombait rageuse, comme après une sécheresse prolongée. Eden abaissa son chapeau sur ses yeux et s'en fut en pataugeant tristement vers Jalna. Il lui semblait que des jours s'étaient écoulés depuis qu'il s'était levé ce matin-là.

Il mit sa bicyclette à couvert et entra dans la maison. Les voix de sa grand-mère et de ses oncles venaient du salon. Rags mettait le couvert pour le déjeuner d'une heure. Eden monta doucement l'escalier. Lorsqu'il passa devant la porte de Renny, celui-ci sortit brusquement et ils se trouvèrent face à face.

Renny le regarda, surpris :

— Pourquoi es-tu revenu ?

— Je n'y ai pas été. Je ne me sens pas bien ; mon épaule a quelque chose.

Il baissa les yeux, ses lèvres tremblaient.

— Qu'as-tu donc à l'épaule ? Veux-tu dire que je t'ai fait mal ?

— Je ne sais pas. Impossible de lever le bras. Je vais m'étendre.

— Je m'occupe de toi.

Renny suivit Eden dans sa chambre. Eden se sentait près d'éclater en sanglots, attendri qu'il était sur son propre sort. Il gémit en enlevant son manteau trempé et son chapeau et les lança sur un siège. Il se dévêtit ; la pluie l'avait trempé jusqu'aux os.

— Rien de grave, dit Renny après avoir examiné son épaule.

Il semblait à Eden que les baisers d'Amy Stroud devaient y avoir laissé une marque visible, mais on n'y voyait que la trace des doigts de Renny. Il enfila sa robe de chambre et s'étendit sur le lit.

Renny le considéra avec curiosité. Ce gars n'avait pas l'air de méchante humeur, il semblait malade. Oui, c'était un de ces hypertendus ! Il fallait le laisser dormir, inutile de se montrer exagérément sévère avec lui. Il déplia le couvre-pied plié au pied du lit et l'étendit sur Eden en disant :

— Je t'envoie Rags avec un déjeuner.

— Je ne veux rien.

— Bêtises ! Bien sûr que si !

— Je te dis que non !

La voix d'Eden se brisa ; il se jeta en travers du lit, le visage tourné du côté du mur, secoué de sanglots. Renny le contempla en se mordant les lèvres puis il dit non sans douceur dans le ton de sa voix :

— J'espère que cela signifie que tout est fini entre toi et cette femme.

Eden ne répondit pas. Le gong résonna en bas. Renny descendit lentement l'escalier.

19

Hospitalité

Dayborn buvait à petites gorgées son verre de toddy[1] fumant. Un châle de voyage fané lui couvrait les épaules, ses yeux larmoyaient et son visage habituellement pâle était fiévreux et congestionné. Il avait été atteint par une épidémie de grippe qui sévissait dans le voisinage et il s'était vu forcé de quitter les écuries ce jour-là. Tod était également enrhumé et Chris n'avait osé le sortir ce même matin. Le regard de Chris allait de l'un à l'autre, découragé. Comment serait-elle prête à s'en aller demain et où trouverait-elle un refuge pour eux ?

Pendant les mois passés dans ce logement, elle et Dayborn avaient eu l'habitude de jeter ce qui leur tombait sous la main dans le premier tiroir venu ou bien lançaient l'objet à ranger sur quelque rayon du buffet. Leur ménage avait été aussi sommairement tenu que possible par Chris, en partie par manque de moyens, et puis aussi parce qu'en revenant des écuries elle était éreintée et qu'il lui fallait baigner et coucher son bébé, fatigué lui aussi. Dayborn, affligé d'une négligence incorrigible, laissait ses vêtements en tas à l'endroit même où il les avait quittés. Il n'avait aucune notion de ce que pouvait être l'ordre, mais Chris parfois en avait la nostalgie. Elle répéta une fois encore ce qu'elle avait dit à plusieurs reprises au cours des deux dernières heures :

— Qu'a-t-il bien pu se passer ?

— Cette femme est folle : elle a eu une fantaisie !

— Voyons ! Tu as dû dire quelque chose !

— Seigneur ! Faut-il encore entendre cela ! Je n'ai rien fait, mais tu en rejetteras la faute sur moi jusqu'à la consommation des temps !

Elle fronça les sourcils et commença à emplir des valises. Un silence s'établit, interrompu seulement par le gazouillement de Tod

1. Boisson alcoolisée des Indes.

qui jouait avec ses cubes à constructions ou encore par ses éternuements répétés. Puis Dayborn demanda, sarcastique :

— Où crois-tu que nous puissions aller ?

— Je ne sais pas.

Une angoisse enfantine perçait dans sa voix tremblante.

Dayborn lui lança un regard inquisiteur. Allait-elle se mettre à pleurer ? Mais elle pencha la tête de manière à faire tomber sa chevelure sur ses yeux. Tod alla vers elle et lui offrit un cube sur lequel se trouvait l'image d'un canard. Il espérait évidemment la réconforter par ce cadeau.

— Merci Tod.

Elle lui sourit.

Enchanté, il retourna à son jeu en trottinant et l'examina afin de choisir aussi une image pour Dayborn. Il se décida pour celle d'un ours et trottina jusqu'à Dayborn, sur les genoux duquel il déposa timidement son cadeau.

— Un ours ! rit Dayborn, un ours qui a mal à la tête ! C'est tout à fait moi !

Tod battit des mains pour manifester sa joie d'avoir si bien choisi.

— Quel dommage que Renny soit en ville ! dit Chris, il prendrait une décision.

— Peut-être est-il de retour. Écoute, tu ferais mieux d'aller tout de suite à Jalna et, s'il n'y est pas, laisse-lui un mot.

— Bien, j'y vais. — Elle se leva, heureuse de faire autre chose. — Veille sur Tod, ne t'endors pas !

La pensée qu'il eût pu s'assoupir dans l'état d'esprit où il se trouvait enflamma l'irrascible caractère de Dayborn. Il ne cessa de parler jusqu'à ce que Chris fût sortie de la maison, et même après qu'elle eut fait claquer la porte, il gratifia Tod de quelques bonnes vérités sur le compte de sa mère. Tod écoutait, très grave, tout en échafaudant ses cubes de l'air d'un constructeur qui dirait : « Voilà qui durera éternellement. »

Chris était heureuse d'être dehors, libre sous le ciel, même s'il précipitait contre elle vent et pluie qui la trempait ou la bousculait. Elle avançait tête baissée, l'air grognon, à travers les flaques qui s'élargissaient. L'herbe sur les bas côtés de la route était gorgée d'eau. Même les solides glaïeuls étaient penchés et leurs panaches prenaient une teinte brune. Une branche d'ormeau avait été cassée et gisait en travers de la route. Chris pensait à son existence en Angleterre, aux États-Unis et au Canada. Lorsqu'elle jetait un regard vers le passé, il lui semblait avoir vécu une longue vie sans but. Le meilleur de toute son existence, ç'avait été Tod. Elle s'était sentie presque installée dans cette région. Il lui avait semblé posséder enfin un coin qu'elle pouvait considérer comme sien, et puis de vrais amis. Personne n'eût pu se montrer plus aimable à son égard que Mrs. Stroud l'avait été. Cependant, aujourd'hui même, elle avait paru implacable dans sa haine, presque terrifiante. Elle devait vraiment avoir l'air terrifiant, autrement Jim ne serait pas devenu aussi pâle qu'un linge ! Oui, elle était leur ennemie à présent. Chris désirait par-dessus tout quitter sa maison.

Comme elle s'approchait de Jalna, elle eut l'impression que son cœur la précédait. Elle espérait voir Renny et Launceton. Tod, Renny et Launceton : elle sourit à la pensée des contrastes que formaient leurs différentes natures, cependant ils offraient une qualité commune, il y avait une solidité, une intégrité foncière en eux tel un diamant dur et étincelant qui se fût trouvé au fond du cœur de chacun. Certainement, on pouvait considérer Tod comme un bébé digne de confiance s'il y en eut jamais ! Évidemment, Renny était net, franc, et ne se retournerait jamais contre elle. Chris évoquait son image avec une telle force qu'elle croyait le sentir marcher à ses côtés, la main posée sur son bras, lui donnant du courage et combien plus encore ! Et Launceton... quel cheval ! Non seulement puissant et rapide, mais franc comme l'or. On pouvait faire ce qu'on voulait de cette bête. Elle crut aussi sentir sa présence, son corps se ramassant entre ses genoux pour franchir un obstacle ; puis volant par-dessus comme un daim.

Dans la cour des écuries, elle rencontra Scotchmere. Il portait un capuchon de caoutchouc et son visage était tordu par la souffrance. Cette pluie lui donnait des rhumatismes.

— Hello, dit-elle, le patron est-il revenu ?

— Non, mais il est en chemin. Il a téléphoné voici une demi-heure. N'est-ce pas que ce temps est affreux ?

— Je crois bien. Je vais l'attendre dans l'écurie.

— Vous avez l'air tourmentée. Que se passe-t-il ?

— Scotchmere, ne le dites à personne, mais Mrs. Stroud est remontée sur ses grands chevaux. Il nous faut déménager demain et je veux être pendue si je sais où nous réfugier ! Pour comble de malheur, mon frère et mon bébé ont pris froid.

— Ainsi, vous êtes jetés dehors et vous voilà malades par-dessus le marché ! C'est moi qui ai dit à Jim de rentrer chez lui. Et le pauvre marmot, il s'est aussi enrhumé ? Ça sera votre tour ensuite. Voyez-moi ça : votre figure n'est guère plus large que ma main !

Comme ils se dirigeaient vers les écuries, Scotchmere s'arrêta soudain.

— J'ai une idée : il y a des pièces vides au-dessus du garage que l'on doit arranger en logement pour l'un des domestiques mariés, mais l'argent a manqué pour les terminer. Vous pourriez y placer vos meubles et vous y installer en attendant mieux. Venez que je vous montre ça.

Il la précéda. Chris se montra enchantée de l'aspect des pièces. Le fait qu'elles étaient froides avec des fenêtres voilées de toiles d'araignée et que la salle de bain manquait n'avait point d'importance. Quel paradis ! Elle et Scotchmere étaient aussi surexcités que des enfants à la pensée de cette possibilité.

Tandis qu'ils se trouvaient encore là-haut, Renny arriva et monta en courant l'escalier étroit. Son expression s'éclaira lorsqu'il aperçut Chris. Elle lui conta ce qui était arrivé et lui fit part de l'idée de Scotchmere. Il eut l'air de douter que cette idée fût bonne.

— Mais c'est un misérable trou ! s'écria-t-il.

— Il est beau à mes yeux et puis nous sommes habitués à l'inconfort. Je vais tout de suite me mettre à le nettoyer ! — Sur-le-champ elle ôta sa courte veste de cuir, puis elle ajouta : — C'est-à-dire... si vous y consentez ?

— Certainement, j'y consens. Mais gardez votre veste, un des hommes viendra nettoyer tout ici. Allez et envoyez-en un ici, Scotchmere.

Scotchmere plongea dans l'escalier.

— Comment avez-vous pu croire que je vous laisserais entreprendre un tel travail ! demanda-t-il sur un ton de reproche, et il glissa une main à l'intérieur de sa veste dans la tiédeur de son corps et la serra contre lui. Un baiser, Kit !

Elle le lui donna avec passion, s'accrochant à lui comme avec désespoir. Il dit :

— Venez à la maison, ma sœur vous offrira une tasse de thé.

— Vraiment, comme ce sera aimable de sa part !

Elle parcourut les pièces vides :

— Voici qui est vraiment paradisiaque pour moi ! Et puis il n'y aura pas de loyer à payer, n'est-ce pas ? Je me demande pourquoi Mrs. Stroud a pris le parti d'en finir dans ces termes après s'être montrée calme pendant des semaines.

— Afin de n'être pas en reste avec moi : j'ai eu une conversation avec Eden en sa présence qui l'a sans doute déprimée.

— Quoi qu'il en soit, nous voilà assurés d'avoir un toit. Si seulement Jim et Tod n'avaient pas pris ces refroidissements !

Elle baissa la tête comme sous le poids de ses responsabilités.

— Venez, dit-il presque avec impatience, il faut que vous preniez du thé !

La maison était toute tiède. Les murs épais, les rideaux tirés, les bribes de conversations que l'on entendait ainsi que les rires, les trois chiens étendus sur le parquet donnaient une impression de sécurité et d'éloignement non seulement du temps pluvieux qui régnait dehors mais aussi du reste du monde. Chris pensait : « Je me sens aussi à l'abri que dans une église et j'ai aussi chaud que le dieu Hadès en personne ! J'imagine que c'est à cause de la vieille dame ? C'est curieux, mais Renny a l'air aussi à sa place ici qu'aux écuries. » Et, à haute voix, elle ajouta :

— Quel bon rire que celui que j'entends !

— C'est oncle Nicolas. Venez dans le salon, je vais chercher Meg et nous prendrons le thé.

Il la quitta et revint accompagné de sa sœur. Celle-ci lui serra la main d'un air accueillant. Excellente sœur pour Renny, elle se montrait pleine de cordialité, car son frère l'avait instamment priée d'être extrêmement gentille envers Chris.

— J'apprends que vous êtes obligés de déménager, dit-elle, quelle ennui ! Et par un tel temps ! Et l'on prétend qu'il durera des semaines !

Ses yeux bleus plongeaient avec sérénité au fond des yeux ambrés de la jeune femme. Chris pensa : « Quelle tournure de matrone et comme son visage est jeune et innocent ! Je parie que j'ai l'air d'une sorcière auprès d'elle ! »

— Renny vient de me dire, poursuivit Meg, que votre bébé et votre frère ont tous deux pris froid ? Il ne faut pas qu'ils risquent de se refroidir davantage. Vous resterez avec nous pendant que vous vous installerez dans votre nouveau logis. Vous et le bébé aurez la chambre d'amis et nous installerons votre frère quelque part. Il y a une chambre mansardée avec un hamac ; croyez-vous qu'il lui déplairait d'y dormir ?

— Oh ! que c'est gentil de votre part ! — La bouche de Chris se tordait comme celle d'un enfant qui s'empêche de pleurer. — Je n'ai jamais été traitée avec autant de bonté ! Mais êtes-vous bien sûre que nous ne vous dérangerons pas terriblement ?

— Pas du tout, je serai heureuse de vous avoir !

Renny posait sur sa sœur un regard rayonnant ; elle se tenait là, ferme, calme, les sourcils lisses, parfaite image de la magnanimité ! Chris eut envie de l'implorer : « Prenez-moi ! Permettez-moi d'être des vôtres ! » Mais pour devenir des leurs, elle savait qu'il lui eût fallu recommencer sa vie du commencement. Malgré toute leur accueillante bonté, elle sentait que leur cercle était fermé, inviolable.

Ils se dirigèrent vers le salon de réception. Elle vit la grand-mère installée tout contre un feu vif, un pare-feu ouvragé la protégeait de son ardeur. Ernest s'occupait assis devant la table, à changer de vieilles photographies qu'il déplaçait d'un album pour les mettre dans un autre afin d'amuser sa mère. Nicolas contait de joyeuses anecdotes de sa vie passée à Londres. Rags venait d'apporter le thé. Meg se pencha et murmura quelques paroles à l'oreille d'Adeline. La vieille dame se tourna vers Chris avec un sourire plein de bénignité qui découvrit la double rangée de ses fausses dents.

— Ainsi, vous resterez ici quelque temps ? dit-elle. C'est bien, j'aime les visites.

20

Changements

Le jour suivant, Eden garda la chambre. Il avait tiré son lit près de la fenêtre afin de pouvoir regarder les arbres et au-delà les prés. Mais on n'en voyait que peu de chose à travers le brouillard de la pluie. Le vieux cèdre devant sa croisée avait pris une coloration vert foncé extraordinaire comme s'il s'était transformé en quelque plante aquatique fabuleuse. Lorsque la pluie tombait moins dru, Eden pouvait apercevoir les écuries ou entrevoir la silhouette penchée d'un palefrenier.

Il était profondément découragé et se sentait parfaitement solitaire, impression qui serait une de ses faiblesses au cours de son existence. Lorsqu'il songeait aux poèmes qu'il avait écrits, ils lui semblaient sans valeur. Il envisageait l'étude des lois avec horreur. Aucune sorte d'étude ne le tentait. Il se sentirait prisonnier et médiocre dans quelque profession que ce fût. Eden devinait que la famille devait parler de lui en bas. Il croyait voir l'oncle Nick disant : « Tu as bien secoué ce gars, hein ? C'est exactement ce dont il avait besoin ! »

Il restait étendu des heures, regardant fixement à travers la fenêtre, se sentant incapable de lutter avec la vie. Il eût voulu pouvoir s'en aller dans quelque pays étranger, rêvait nostalgiquement de Paris, d'Athènes, de Rome. Verrait-il jamais Rome ? Il était convaincu qu'il ne verrait jamais rien et traînerait une existence solitaire, toujours incompris. Les autres vivraient jusqu'à devenir vieux, vieux comme Gran, mais lui mourrait jeune. Pendant un instant, la pensée de la mort l'accapara. Eden eût voulu avoir la volonté de mourir à l'instant même. Ils viendraient dans sa chambre et le trouveraient étendu, pâle et silencieux, ses yeux sans regard fixés sur la fenêtre. Après sa mort, Meg conserverait sentimentalement ses quelques manuscrits dans son petit bureau et des années plus tard quelqu'un, peut-être le jeune Finch, les exhumerait et découvrirait du même coup qu'un souffle poignant et profondément touchant animait ces œuvres de jeunesse.

Il n'avait pas le courage de penser à Amy Stroud. Sa brusque démonstration de violence, son visage devenu méconnaissable de vulgarité, les baisers amoureux qu'elle avait déposés sur son épaule avaient froissé sa délicatesse. Elle l'effrayait soudain.

Lorsque Meg lui dit que Chris et Dayborn étaient venus habiter à Jalna, il se l'imagina seule dans cette maison. Elle l'attendait sans doute, mais il ne pourrait pas, ne voudrait pas aller l'y rejoindre ! Il entendit la toux de Dayborn et sursauta. Qu'il détestait entendre tousser !

Meg dit à Renny qu'Eden était dans un état d'apathie fiévreuse. Fallait-il envoyer chercher le médecin ? Renny était-il bien sûr de ne l'avoir pas blessé ?

— La secousse que je lui ai donnée n'aurait pas blessé Wakefield ! Il est seulement déprimé. Laisse-le ruminer ses malheurs un jour ou deux encore, il surmontera cela !

Mais les jours passaient et Eden refusait toujours de descendre. Il ne mangeait pour ainsi dire rien. Finalement, Renny monta jusqu'à sa chambre. La pluie avait cessé, mais l'air était lourd et grisâtre. Toute coloration du paysage semblait avoir été lavée, seul demeurait le vert glauque du grand cèdre.

— Comment te sens-tu ? demanda Renny en s'asseyant au pied du lit.

— Épuisé.

— Tu souffres ?

— Non.

— Où est-ce que tu te sens surtout atteint ?

— Je ne sais pas, je me sens surtout épuisé.

— Veux-tu que je fasse venir le docteur ?

— Non, ça ira mieux.

— Tu perds un temps considérable, tu sais. Je crois que tu te sentirais mieux si tu te levais.

— Je ne peux pas.

La voix d'Eden se brisa.

— J'ai une lettre pour toi. Elle vient tout juste d'arriver. Je crois deviner qu'elle est de Mrs. Stroud.

Renny remit la lettre à Eden. Eden lui jeta un regard, puis la glissa sous son oreiller.

— Laisse-moi seul, va ! dit-il d'un air détaché, je me lèverai demain !

Renny posa sur lui son regard pénétrant.

— Me permettrais-tu de lui renvoyer cette lettre sans que tu l'aies ouverte ?

— Mon Dieu, non ! Je ne pourrais pas !

— Mais tu ne sauras que lui dire. Tu peux être sûr qu'elle te supplie de venir la voir et tu sais, bon Dieu, que je ne supporterais plus ça !

— Je n'y tiens plus, dit Eden d'une voix enrouée. Je ne sais ce que je donnerais pour m'en aller d'ici pendant quelque temps !

— Écoute, j'ai une idée : aimerais-tu être pensionnaire à l'université ? Cela arrangerait tout ! Je vais lui écrire, tu es déchargé de toute responsabilité envers elle. Veux-tu ?

Sa voix avait pris un ton chaleureux qui laissait deviner une compréhension inattendue.

Eden se détourna en enfouissant son visage dans son oreiller ; il parvint pourtant à dire « oui » d'une voix étranglée. Sa main effleura la lettre qu'il poussa sans la regarder vers Renny.

— Prends-la, dit-il, écris-lui pour moi, je ne puis la voir.

Le seul geste de réconfort que Renny sût avoir envers quelqu'un de couché, c'était de remonter ses couvertures. Il agit ainsi pour Eden qu'il recouvrit presque par-dessus la tête.

— Laisse-moi me charger de la dame, dit-il en fourrant la lettre dans sa poche.

Puis il rejoignit son bureau aux écuries.

Installé dans son fauteuil tournant, il réfléchit à la situation. Il n'était pas fâché de la manière dont il avait manœuvré. Il avait découvert un toit pour Chris et son enfant. Un des fourgons de la ferme avait apporté le mobilier sommaire au logement situé au-dessus du garage. On l'y avait installé, mis des rideaux. C'était habitable, quoique peu convenable pour une personne ayant l'éducation de Chris. Mais elle était heureuse d'être délivrée de Mrs. Stroud et de se trouver plus près de lui. La pensée de son corps élégant, plein de vitalité insouciante, l'émouvait. Il sentait une curieuse ressemblance entre elle et lui-même, peut-être était-ce seulement parce qu'elle était plus encline à aller de l'avant et à être sincère que d'autres femmes. Chris le comprenait comme il la comprenait. Peut-être la manière dont ils avaient travaillé ensemble avec les chevaux entrait-elle pour une grande part dans le fait que la compréhension qu'ils avaient l'un de l'autre était nette et précise. Il leur fallait peu de mots pour s'expliquer. Parfois, un regard lancé par-dessus les têtes projetées en avant de leurs montures au galop, un mot crié dans le tonnerre de leurs sabots calmaient leurs cœurs battants.

Dayborn et Tod demeuraient enrhumés. La petite famille était fort bien vue à Jalna. La grand-mère se prenait de fantaisie pour Chris, Jim s'employait à se rendre agréable à Meg. Tout le monde avait aimé Tod instantanément. Wakefield jouait joyeusement avec lui. Il semblait que le problème d'Eden fût enfin résolu. Renny eut un instant de fierté en songeant comment il avait su manier le gars.

Il s'était montré ferme sans dureté en considérant la nature particulière de celui auquel il avait affaire. Oui, il gagnerait cette journée ! A présent, la sorcière n'avait qu'à cuire dans son propre jus ! Il sortit la lettre de sa poche.

D'abord, il la porta à son nez osseux et renifla une odeur de verveine. Elle était assez puissante pour dominer celle du *fluide de Jeye* qui régnait dans son bureau. Il considéra l'écriture grande et ferme sur un papier bleu pâle qui portait un cachet de cire d'un bleu plus intense où était imprimé son monogramme. Il se demandait ce qu'il pouvait y avoir à l'intérieur. Avec un soupir il la posa devant lui.

Lentement il prit une feuille dans un bloc qu'il sortit d'un tiroir, hésita un moment, tout le temps d'admirer l'en-tête de son papier d'affaires, puis il écrivit de sa petite écriture tout en crochets :

« Chère Mrs. Stroud,

Je crois inutile de vous expliquer pourquoi je vous renvoie votre lettre. Si Eden la lit, il se pourrait que les choses devinssent plus graves qu'elles ne sont, ce que je ne veux pas risquer. Il désire que ses relations avec vous prennent fin et il a accepté que votre lettre vous soit retournée. Il va s'en aller quelque temps.

R.C. Whiteoak. »

Sans prendre la peine de se relire, il glissa la lettre dans son enveloppe et la confia à Scotchmere qui courut la poster.

Cependant Amy Stroud était dans un état de surexcitation qui lui assurait des jours de tension nerveuse suivis de nuits sans sommeil. Elle ne comprenait pas pourquoi aucun message ne lui était parvenu d'Eden. Elle avait espéré sa venue à chaque instant et s'était sans cesse préparée à le recevoir. Chaque fois qu'elle passait devant un miroir, elle touchait sa coiffure, arrangeait son col ou rejetait la tête en arrière dans un mouvement d'insouciance élégante avec laquelle elle projetait de le recevoir. Elle poudrait si souvent son visage qu'il commençait à avoir l'air d'être recouvert d'un masque. Ses pieds lui faisaient mal, parce qu'elle vaquait aux soins de son ménage juchée sur de hauts talons.

Le vide qui régnait dans le logement voisin du sien éprouvait ses nerfs plus encore que le bruit de ses anciens locataires. Toutes les quatre heures environ, elle ne pouvait s'empêcher d'aller errer dans les pièces désertes. Cependant, chaque fois, elle était secouée de rage à la vue de l'état dans lequel se trouvaient les fenêtres, les parquets et puis il y avait des marques sur le papier tenture ! Sa haine pour Dayborn devint si intense qu'il lui apparaissait comme entouré d'une aura livide. Même les visages de Tod et de Chris étaient illuminés par elle ! Si seulement ils n'avaient jamais pénétré dans sa vie, tout eût pu être différent !

Sa seule consolation pendant tous ces jours, son unique pensée calmante, c'était la certitude de l'inconfort extrême dans lequel Dayborn et sa famille devaient vivre. Elle avait réussi à apprendre, par l'homme venu chercher leur mobilier, qu'ils emménageaient dans un étage non encore organisé situé au-dessus du garage de Jalna. Amy considérait la pluie cinglante et le vent brutal comme des alliés dans la punition infligée à Dayborn.

Le troisième jour, elle se demanda si Eden était malade et se persuada qu'il l'était. Comment en eût-il pu être autrement, traité comme il l'avait été et avec cela mouillé jusqu'aux os ! Elle se l'imaginait fiévreux, se retournant dans son lit, l'appelant à son chevet. Elle supporta tout un jour cette anxiété nouvelle puis se décida à rendre visite à Miss Pink par qui elle apprit ce qui se passait. Elle savait Miss Pink sur un pied d'intimité avec la famille de Jalna. Tandis qu'elle pataugeait sur la route boueuse, le paysage lui parut plus déplaisant qu'elle n'eût pu se l'imaginer une semaine auparavant. Les feuilles tombaient rapidement. Les champs étaient noyés et le bétail la regardait passer d'un air mélancolique. Elle était hors d'haleine lorsqu'elle eut gravi la hauteur au-delà de l'église pour atteindre le cottage de Miss Pink. La porte en fut ouverte par une jeune servante accorte.

— Miss Pink est chez elle ?

— Oui, m'ame ; elle est très occupée à donner une leçon, mais si vous voulez entrer, je lui dirai que vous êtes venue...

Le petit salon était bourré avec le mobilier que Miss Pink avait sorti de son ancienne demeure. Elle parut bientôt en personne, l'air nerveux et même un peu froid.

Amy Stroud s'efforça de sourire et jeta son rire musical et grave :

— J'espère que je n'ai pas l'air aussi affreux que je pense l'être ? Quelle pluie ! Comment faites-vous pour tuer le temps ?

Miss Pink parut ne point voir la main qu'elle lui tendait et répondit avec raideur :

— Les occupations ne me manquent pas. Il y a les orgues de l'église et puis les leçons de musique que je donne, enfin je suis aussi le professeur de la petite Pheasant Vaughan. Elle est avec moi en ce moment. Je crains ne pouvoir vous prier de rester.

Son petit visage rose paraissait gelé tandis qu'elle observait Mrs. Stroud.

— Bien, alors je m'en vais. — Elle tentait de dominer sa peine et sa colère. — J'espère que la chère vieille Mrs. Whiteoak va bien, ce temps doit être éprouvant pour une femme de cet âge.

Du même air glacial, Miss Pink répliqua :

— Elle va très bien, j'ai pris le thé là-bas hier ; elle goûte beaucoup la présence de ses nouveaux hôtes.

Son expression glaciale s'effaça et fit place à une expression de froide antipathie.

— Ses hôtes ?

— Oui. La famille qui habitait chez vous. Ceux que vous avez mis à la porte sont pour le moment à Jalna.

— A Jalna ! Vous voulez dire dans le local qui se trouve au-dessus du garage ?

— Oh ! la famille ne l'eût pas permis par un tel temps ! Ils sont logés dans la maison même et y sont fort bien accueillis, je vous assure !

— Que c'est gentil ! Et Eden — il lui fallait se renseigner au sujet d'Eden quoi qu'il en pût coûter à son orgueil — est-il mieux ?

— Je n'ai pas entendu dire qu'il fût malade. Je crois bien qu'il va s'en aller pour quelque temps.

— Vraiment, je m'excuse...

Amy Stroud se dirigea vers la porte.

A nouveau sur la route, Mrs. Stroud grinça des dents à la pensée de l'affront qu'elle venait d'essuyer. Tout le reste pour le moment disparut de sa pensée. Elle se vit giflant le visage frais et coloré de Miss Pink sur lequel ses doigts laissaient des marques violettes.

Mais tandis qu'elle continuait à avancer, cette colère fut submergée par le chagrin de savoir Dayborn et sa famille confortablement installés à Jalna dans cette maison où elle était venue deux fois en visiteuse accueillie avec empressement et où, probablement, elle n'irait plus. Que ne raconterait-il pas sur son compte ! Il s'amuserait sans doute à la caricaturer comme elle l'avait vu faire des petits défauts de toutes sortes de gens et le cercle familial formé autour du foyer devait rire ! Elle était confinée ici pour le reste de ses jours et cette affaire avec les Dayborn pouvait la priver de la relation sociale qui lui était la plus précieuse. Il fallait essayer de rétablir sa position, voir Eden. Elle ne le croyait pas parti. Lorsqu'elle rentra, Amy trouva la lettre de Renny l'attendant, en compagnie de l'épicerie que l'on venait de livrer. Elle l'ouvrit et lut.

Elle la relut posément, puis s'assit en la chiffonnant dans sa main. L'effet qu'elle lui produisait était tout le contraire de ce à quoi l'on eût pu s'attendre. Cette lettre la calmait, la faisait se ressaisir. Elle se demanda quel devait être son prochain geste, comme si elle jouait une monumentale partie d'échecs. Elle serra son front entre ses doigts et considéra, absente, quelque vision imaginaire. La pluie s'égouttait des lierres avec un rythme musical sur trois notes aiguës. L'accompagnement était fourni par le gargouillement étouffé de l'eau s'écoulant par une petite rigole à l'extrémité du jardin.

La lettre écrite par elle-même attira son regard. Elle la saisit et en respira le parfum. Puis elle la déchira en petits morceaux et les jeta dans la corbeille à papier. Quant à la lettre de Renny, elle la glissa dans la poche de sa jaquette. Elle demeura un moment immobile, savourant son contact, comme si c'était une sorte de talisman qui l'empêcherait de gaspiller son énergie en colères futiles tout en intensifiant son ressentiment.

Elle crut entendre du bruit dans le logement voisin ; elle s'imaginait souvent cela. Parfois, elle aurait juré avoir entendu le rire de Dayborn. Une fois, la nuit, elle avait été réveillée par les cris de Tod. Elle en avait été si persuadée qu'elle s'était levée et habillée pour aller inspecter les pièces voisines. Souvent elle y retournait.

Elles étaient vides, glaciales et désolées. Certainement il fallait qu'elle y mît un locataire ! C'était une perte sèche que de n'y loger personne. Quel réconfort ce serait que d'y avoir des gens sociables ! Comment envisager l'hiver dans cette région avec tout le monde lui étant hostile ! Eden qu'on lui avait arraché, l'amitié d'Ernest qu'il lui avait retirée, le voisinage prévenu contre elle ! Tout cela à cause de Dayborn ! Elle se l'imaginait en ce même instant divertissant la vieille Mrs. Whiteoak et ses fils à ses dépens. Elle aurait sa revanche, dût-il lui en coûter des efforts jusqu'à la fin de ses jours pour y parvenir.

Maintenant, elle regrettait de n'avoir pas accepté le paiement du loyer que Renny lui avait proposé de solder. Alors elle n'eût pu se permettre de jeter Dayborn dehors aussi péremptoirement et ils ne seraient pas à présent installés à Jalna. On ne la considérerait pas comme une persécutrice, et après tout ce qu'elle avait fait pour ce trio ! Ses yeux tombèrent alors sur une tache pas encore remarquée à l'endroit même où s'était trouvé leur sofa loqueteux. Dayborn avait dû appuyer à cet endroit sa tête toute grasse de la sueur due à ses rudes chevauchées. Sale brute ! Mrs. Stroud serra le poing et assena un coup sur la table souillée. Ce geste avait dû être accompli avec force, car la douleur la fit bondir. Elle crut entendre le rire hennissant de Dayborn.

Comme elle s'apprêtait à quitter le logement vide, elle vit qu'il y avait quelque chose dans la boîte aux lettres. Elle l'ouvrit et y trouva un vieux journal et une lettre. Ça ressemblait au garçon livreur d'avoir jeté une lettre dans une maison vide ! Mais il ignorait sans doute leur départ. Elle prit le journal et la lettre et retourna chez elle.

Amy portait toujours les vêtements mis tout à l'heure pour sortir.

Elle ôta son chapeau et sa jaquette, prit la lettre de Renny dans sa poche et la glissa dans son corsage. Amy s'installa sur le rebord de la cheminée de la cuisine et y posa ses pieds qui étaient gelés. Alors, d'un geste impitoyable, elle coupa la ficelle qui entourait solidement le journal et le déplia. Sans savoir ce qu'elle lisait, ses yeux en parcoururent les titres. Elle savait que ce journal était envoyé à Dayborn chaque semaine par les soins d'une tante. Il parlait toujours d'elle en la nommant la chère tante Katie. Deux pensées séchées qui avaient été glissées dans les plis du journal tombèrent sur ses genoux. Amy les contempla, fragiles et passées, encore parfaites de formes, elles semblaient la regarder tels de malicieux petits visages. Elle les écrasa dans ses mains et, levant le couvercle du poêle, les laissa tomber sur les charbons ardents. Voyant l'eau de la bouilloire en ébullition, elle prit la lettre, la tint par-dessus la vapeur du côté du rabat. Après quelques essais prudents, elle put l'ouvrir sans l'endommager. C'était bien ce qu'elle pensait : le chèque trimestriel envoyé par la bienfaitrice de Dayborn. Il était de vingt-cinq livres, maigre secours, pensa Amy Stroud, mais combien précieux pour lui ! Elle mettrait fin à tout cela ! Tout comme elle avait lu les en-têtes d'articles sans les comprendre, elle se mit à lire la lettre accompagnant le chèque. Tout ce qu'elle désirait savoir c'était le nom et l'adresse ; elle se mit à son bureau dans le salon et écrivit :

MRS. GARDINER

« Madame,

Je sais que vous vous intéressez à Jim Dayborn et que vous lui envoyez un chèque tous les trois mois à condition qu'il mène une vie régulière et ne se marie point. Sa femme m'a raconté cela. Elle est également anglaise et ils sont mariés depuis quelque temps. Ils semblent tenir pour une plaisanterie le fait de vous extorquer de l'argent sous un prétexte trompeur, mais je considère la chose d'une autre manière. Ils passent ici pour frère et sœur. J'ai entendu Dayborn dire (je vivais alors sous le même toit qu'eux), une fois qu'il avait reçu un de vos chèques : "Dieu merci, la brave fille a craché une fois de plus !" J'imagine que vous êtes une honnête femme et je considère comme mon devoir de vous informer de cette vilaine action et ingratitude. Comme je n'aime pas les lettres anonymes, je signe cette lettre de mon nom. Je joins à ma missive l'adresse d'un avocat de la région ainsi que celle d'une agence de police secrète. »

Elle ajouta le nom de l'avocat et celui d'un détective dont son mari s'était servi jadis. Elle trouva de la colle et recacheta la lettre qu'elle avait ouverte, puis elle cacheta la sienne avec un sentiment de profond soulagement. Elle fut ensuite la porter à la poste située à un mille environ et qui se combinait avec la petite épicerie. Comme elle en sortait, elle aperçut Finch Whiteoak qui achetait une bille de chocolat. Elle sortit de l'épicerie avec lui. Dehors, l'enfant se mit à courir en bondissant comme un agneau. Elle était étonnée de constater que l'on pouvait se sentir heureux par un tel jour alors qu'elle se sentait si malheureuse. Elle appela le petit garçon :

— Finch ! attends un peu !

Il s'arrêta et regarda par-dessus son épaule.

— Attends un peu ! répéta-t-elle.

— Je ne peux pas, répondit-il se remettant à courir.

— Je t'en prie, attends ! cria-t-elle encore. J'ai quelque chose à te demander !

Il l'attendit, ses yeux gris-bleu levés vers elle avec une expression timide.

— Comment va Eden ? demanda-t-elle en le rejoignant.

— Mieux, merci.

— Est-il parti ?

— Il est parti vivre à l'université.

— Oh ! a-t-il vraiment été malade ? Le médecin est-il venu ?

— Non, Renny seulement.

Elle se força à sourire.

— Tu l'as sûrement vu. Avait-il l'air triste ?

Il lui jeta un regard déconcerté.

— Non... pas triste... après tout... Je ne sais pas.

— Quel air avait-il ? Dis-le-moi !

— Je ne me souviens pas.

— Est-ce que Mr. Dayborn, sa sœur et le bébé sont encore à Jalna ?

— Oui. S'il vous plaît, il faut me dépêcher.

Ayant effleuré sa casquette, il vola presque sur la route.

Elle le vit escalader une barrière comme pour être plus sûr de lui échapper. Lorsqu'elle passa devant lui un instant après, elle le vit muser, défaire le papier d'argent entourant la bille de chocolat comme s'il avait tout le temps de paresser. Elle lui jeta en passant :

— Tu n'étais pas si pressé après tout, hein ! — Et elle marmonna entre ses dents : — Encore un qu'on aura monté contre moi. Ce ne sera pas la faute de Dayborn si je ne suis pas irrémédiablement frappée d'ostracisme !

21

Le dîner

Au début, Eden fut heureux de sa réclusion au sein de l'université. Il ne désirait rien autant que d'échapper aux cajoleries d'Amy Stroud. Elle l'avait tellement dégoûté lors de leur dernière rencontre qu'il ne se sentait nul désir de la revoir jamais. Mais comme les semaines passaient, il commença à penser avec nostalgie à sa vie libre de Jalna. On pouvait dire ce qu'on voulait contre la famille, ils lui étaient tous mille fois plus proches que ces jeunes hommes graves parmi lesquels il vivait maintenant. Il eut la malchance de n'en pas trouver un seul qui lui plût. Leur esprit était déjà engagé dans une direction bien définie qui, s'ils persévéraient, les mènerait infailliblement au succès. Ils considéraient chacun de leurs petits triomphes comme de hauts faits. Ils décidaient des lois régissant la morale, l'économie, la politique, la littérature. « J'aimerais mieux, pensait Eden, avoir sur les épaules le passé de l'oncle Nick que l'avenir de toute la bande réunie en perspective ! » Il ne se sentait nul penchant pour la vie en commun, il détestait le travail par équipes. Comme il était souple et rapide dans ses mouvements, il était excellent dans certaines branches de l'athlétisme. Il avait été un des meilleurs coureurs sur un parcours réduit et l'un des meilleurs sauteurs de son collège. Il détestait l'abrutissement et cette abstraction de soi-même que demandait l'entraînement. Ce qu'il aimait, c'était de surgir presque au dernier moment et de gagner la course ou de réussir le saut le plus remarquable sans effort apparent. Au cours des compétitions, il goûtait toujours un plaisir pervers à contempler les visages déconfits de l'équipe dont il faisait partie lorsqu'elle perdait. Rarement, un match se passait sans qu'il fût réprimandé pour la non-observance des règles.

Le temps pluvieux persista encore ainsi que Renny l'avait prédit. Puis, vers la fin d'octobre, l'été indien fit son apparition avec ses ors sombres mystérieux, son ciel de jacinthe pâle, les pourpres flamboyants et les ors des forêts. Eden revint à Jalna pour un week-end et, de retour à son université, estima que les sujétions de sa nouvelle existence étaient presque intolérables. Il sombra dans une indolence totale qui frisait la mélancolie.

Il était dans cet état d'esprit lorsque le courrier du matin lui apporta une lettre de Mrs. Stroud. Étendu sur son lit, il la lut :

« Mon ami bien-aimé,

Car vous serez toujours aimé de moi, même si mon amour est payé d'indifférence. Mais je ne puis croire que vous ayez oublié nos moments heureux et je viens vous demander de me faire plaisir. Je séjournerai en ville pendant quelques jours et ce serait pour moi la possibilité de rêver à un doux souvenir pendant mes longues journées solitaires si vous acceptiez de venir dîner avec moi. Si vous venez, nous ne parlerons pas des instants pénibles que nous avons pu connaître, mais nous passerons un moment gai et insouciant, à notre manière. Eden, mon chéri, ne me refusez pas cela. Si vous le faisiez, je saurais que je vous ai gravement offensé et je me rongerais le cœur en me demandant ce que j'ai bien pu faire pour y parvenir.

Le jour que vous voudrez. Venez à sept heures.

Votre

Amy.

Eden fut surpris de se sentir heureux d'avoir reçu cette lettre. L'ennui de sa vie présente lui pesait. La pensée de revoir Mrs. Stroud lui semblait comme un retour vers une ancienne et agréable amitié, même si l'éclat de celle-ci s'était quelque peu terni. Il oublia leur dernière rencontre, ne se souvenant plus que du temps où il goûtait les douceurs de la liberté dans sa maison alors qu'elle lui préparait de délicieux petits repas. Il était trop subtil pour ne point deviner aussitôt qu'elle était descendue dans un hôtel bien trop cher pour les moyens dont elle disposait, cela dans le seul dessein de mieux l'attirer auprès d'elle.

Après tout, pensa-t-il, il l'avait plutôt traitée sans égards et elle n'avait rien fait pour le mériter si ce n'était d'avoir blessé sa sensibilité. Il ne pouvait la laisser se ronger à en être malade. Il fallait qu'ils se revoient une fois encore. Il la quitterait moins humiliée. Peut-être même leur amitié continuerait-elle sur un plan paisible.

Il se leva d'un bond, avec un sentiment de soudaine euphorie. La matinée était superbe ; il dînerait avec elle le lendemain, peut-être même l'emmènerait-il au théâtre ensuite. Il lui écrivit un mot bref pour lui dire le jour de sa venue.

Ensuite, les heures se traînèrent, interminables. Eden se demanda comment il aurait pu les vivre s'il n'avait eu ce dîner avec elle en perspective. A sept heures exactement, il pénétra dans le hall de l'hôtel.

Celui-ci, relativement moderne, affichait une magnificence tapageuse. Un orchestre jouait, des garçons en habit se hâtaient avec des plateaux chargés de cocktails. Il ne l'aurait pas reconnue si elle ne s'était levée pour l'accueillir. Elle portait une robe de dîner courte, comme le voulait l'élégance actuelle, d'un beau rouge de Chine, elle avait aussi mis de longs pendants d'oreilles rouges. Les ondes précises de sa chevelure témoignaient de son passage chez un coiffeur. Mais ses beaux yeux gris étaient les mêmes et sa voix grave et caressante aussi. Elle lui prit les deux mains avec les yeux pleins de larmes, mais elle souriait :

— Que vous êtes exact ! s'écria-t-elle. C'est bien la première fois que vous arrivez à l'heure dite !

— Il faut bien faire oublier mes anciens méfaits, dit-il.

Elle lui jeta un regard expressif et dit enfin :

— Vous n'avez absolument rien à vous faire pardonner, votre présence, à quelque heure que ce fût, était tout ce que je demandais.

Ils s'assirent sur un divan. Un maître d'hôtel s'approcha. Ils demandèrent des cocktails. Tandis qu'ils les dégustaient à petites gorgées, ils ne surent d'abord que se dire, puis Eden se mit à rire en s'écriant :

— Que nous devons avoir l'air compassé ! Si ce maître d'hôtel savait le petit nombre de cocktails que j'ai absorbés, il me mépriserait !

Elle rit gaiement :

— Mais n'est-ce pas qu'ils sont délicieux ? Trouvez-vous que cette robe m'aille ? Je l'ai achetée spécialement avec l'intention de la porter ce soir : je désirais paraître n'avoir pas le moindre souci ! Je pensais vous plaire davantage ainsi !

— Amy... que c'est gentil !

Il posa une main sur ses genoux. Il sentait en lui la flamme de l'alcool.

La glace était rompue. Leur première froideur n'était plus qu'un souvenir. Ils causaient et riaient, surexcités comme deux amoureux. Elle avait l'air si jeune qu'on ne l'eût jamais crue de vingt ans son aînée. Ils se rappelèrent mutuellement certains menus incidents de leurs précédentes rencontres, mais en évitant de prononcer le nom de Renny ou celui de Dayborn.

La salle à manger était pleine de monde, mais elle avait fait réserver une table de deux couverts dans un coin. En ce moment même, elle faisait ce qu'elle avait si souvent rêvé faire : recevoir dans un hôtel élégant avec un air qu'elle croyait être désinvolte et de bon ton. Elle se plut à choisir les plats les plus chers du menu et dit au maître d'hôtel de servir du champagne. Tandis qu'il sortait la bouteille de son seau de glace et la débouchait, elle se sentit confiante et heureuse. Par la force de son caractère, son charme personnel, elle réparerait le tort que lui avait fait Dayborn. Elle regagnerait l'estime de ses voisins. Amy sentit que *rien* ne lui était impossible. L'humeur d'Eden était devenue si légère d'être sorti de l'étouffement universitaire pour pénétrer dans une atmosphère de gaieté, qu'il ne pensait plus qu'à se faire pardonner par Amy Stroud ce qu'il commençait à considérer comme sa conduite répréhensible envers elle. L'orchestre jouait une danse, quelques couples se levèrent.

— Voulez-vous danser ? demanda-t-il.

— Croyez-vous que je sache danser suffisamment bien ?

— Vous dansez merveilleusement.

Il la conduisit. Eden lui avait enseigné tout ce qu'elle savait de la danse. Elle avait trouvé cruel que dans sa jeunesse on ne lui eût pas appris à connaître ce plaisir. Les mois précédents, elle avait si bien profité des leçons d'Eden que leurs évolutions furent suivies avec admiration par plus d'un spectateur.

Lorsqu'ils regagnèrent leurs sièges, le maître d'hôtel remplit à nouveau leurs coupes. Mrs. Stroud regardait Eden avec un air de possession. Son regard parcourait hardiment toute la salle. Elle posa soudain sa main sur le bras d'Eden.

— Regardez, chéri, à la table là-bas, la troisième à ma droite, ces deux hommes en compagnie d'une femme. Avez-vous jamais vu une tête si fièrement plantée que celle de cet homme qui nous tourne le dos ? Je voudrais le voir de face !

Eden se tordit le cou pour voir. L'inconnu tourna la tête et son profil se dessina.

— Bon Dieu ! souffla Eden en laissant presque échapper son verre. C'est Renny !

Mrs. Stroud pâlit, ses mains se mirent à trembler puis elle se ressaisit.

— Eh bien ! quoi, si c'est lui ? dit-elle. Je suis sûre qu'il ne nous a pas vus. Vous lui tournez le dos et s'il regarde dans notre direction, il ne me reconnaîtra pas avec cette robe ; je vais tenir le menu devant mon visage.

Mais l'insouciance avait fui. Quoi qu'ils fissent, ils ne pouvaient oublier cette silhouette assise à trois tables d'eux. Mrs. Stroud riait et bavardait, décidée à ne point s'en préoccuper, mais son regard était sans cesse attiré vers une certaine direction. Eden s'écria :

— J'aimerais que vous cessiez de le regarder ! Ça m'énerve. Je pense que nous ferions bien de nous en aller !

— Nous ne le pourrions sans risquer d'être vus. Attendez, je crois qu'ils s'en vont.

Mais ils restèrent. La femme, jeune, aux cheveux lisses, se leva pour danser avec Renny. L'orchestre jouait *A trois heures du matin...*, valse-hésitation fort populaire ; il n'y avait rien à faire qu'à rester assis en espérant échapper à son attention. Heureusement, les deux danseurs s'élancèrent dans la direction opposée et on eût pu les perdre de vue n'avait été la stature de Renny et sa chevelure flamboyante. Le mari obèse et paisiblement somptueux restait assis en maniant le pied de cristal de son verre d'un air absent. Les poches qui se gonflaient sous ses yeux étaient accentuées par une lampe posée près de lui.

Que ce fût à cause de l'euphorie due au champagne ou par perversité native, Eden désirait maintenant être vu. L'expression du visage de Renny serait sans doute une vision digne d'être gardée dans son souvenir jusqu'à la fin de ses jours. Enfin, il ne serait pas mauvais de lui prouver aussi qu'il ne consentait pas à être traité en petit garçon ! Mieux valait prouver à Renny qu'il tenait à poursuivre son aventure prématurée et que rien ne pourrait l'en empêcher.

Mrs. Stroud s'écria :

— Vite, mettez vos mains devant votre visage !

Elle-même tenait un menu en main comme pour préserver ses yeux de la lumière trop intense. Obéissant, Eden leva la main mais, entre ses doigts écartés, ses yeux regardaient brillants, insolents et provocateurs. Leur attitude était si étrange qu'elle attira l'attention de tous ceux qui passaient. Tandis que Renny et sa danseuse évoluaient devant eux, la musique cessa et le regard de Renny fut attiré par les visages que l'on tentait de dissimuler. Il s'arrêta et une lueur dans ses yeux prouva qu'il les avait reconnus.

Son visage, cependant, conservait l'expression intéressée avec laquelle il avait écouté la conversation animée de la danseuse. Il dit un mot à celle-ci et tous deux se dirigèrent tout droit vers la table où Amy Stroud et Eden étaient installés. Renny les présenta à Mrs. Denovan. Son époux venait, le jour même, d'acheter un des chevaux de chasse élevés par Renny. Ils étaient américains. Elle dit, s'adressant à Renny :

— Est-ce que votre frère et son amie ne viendraient pas s'asseoir à notre table ? Il y a beaucoup de place !

— Oui, ce serait charmant, reconnut Renny en fixant Eden d'un œil dur.

Eden et Mrs. Stroud se levèrent avec un air presque soumis et suivirent les autres. La musique reprenait lorsque les présentations furent faites et qu'ils furent tous assis autour de la table en compagnie de Mr. Denovan ; celui-ci commanda du café et des liqueurs. Amy Stroud se trouvait dans un état d'étrange ivresse. Le calme imperturbable de Renny en découvrant Eden avec elle, la rencontre de ces étrangers, les vins généreux la transformaient momentanément en cette femme qu'elle aspirait à être depuis toujours.

— Êtes-vous voisine de ces messieurs ? demanda Mr. Denovan.

— Oui, répondit-elle, quoique depuis peu de temps.

— Ils habitent une belle vieille demeure avec leur extraordinaire grand-mère. Vraiment elle a causé longuement avec ma femme et moi comme une personne de soixante-dix ans !

— Elle est plus attachante qu'aucune personne de soixante-dix ans que j'aie rencontrée.

Eden vit une ombre passer sur le visage de Renny, il pensa : « Renny ne peut même pas souffrir que ces gens se permettent d'admirer grand- mère ! C'est bien son tempérament : tout ce qu'il aime, il veut le garder à l'abri du monde ! Malgré mon caractère, il semble qu'il ait une nature plus secrète que moi... Bon ! le voilà qui invite Amy à danser ! »

Eden éprouva un sentiment indicible en voyant Renny prendre la main d'Amy et entourer sa taille de son bras. Certainement, elle serait vaillante. Il lui lança un regard d'encouragement avec l'espoir qu'elle se tirerait bien de cette épreuve. La vieille tête rouge était bon danseur. Il se tourna vers Mrs. Denovan et l'invita à danser. Elle était aussi légère qu'une fée et ne pesait pas davantage sur son bras qu'un impalpable flocon. Il se laissa gagner par le plaisir de la danse.

En d'autres circonstances moins exceptionnelles, Amy Stroud ne se fût jamais sentie assez sûre d'elle pour danser avec Renny. Mais ce soir, c'était différent ; quoiqu'elle ne fût pas ivre, elle était dans un état qui en approchait. Elle avait un désir passionné de goûter pleinement les plaisirs de cette nuit. Sa vie, ces derniers mois, avait été si solitaire, si troublée par les émotions, que dans sa robe couleur de flamme, elle se sentait à présent comme un papillon nouvellement délivré du repliement dans sa chrysalide. Oui, tandis qu'elle attendait, la main dans celle de Renny, qu'il lui donnât le signal de la danse, elle se sentit obligée de serrer les dents pour immobiliser ses lèvres. Elle craignait qu'il ne la sentît trembler de tous ses membres.

L'orchestre jouait *La Chanson indienne* qu'Eden avait fredonnée devant elle. Elle en reconnaissait à présent le rythme sauvage. Ils se regardèrent et se mirent à glisser sur le vaste parquet où n'évoluaient que quelques couples.

Ils ne parlèrent ni l'un ni l'autre.

D'abord, le plus grand désir d'Amy était de ne pas commettre de fautes en dansant. Un soupir de soulagement entrouvrit ses lèvres lorsqu'elle constata que, eût-elle même été moins habile qu'elle ne l'était, elle eût pu s'imaginer être bonne danseuse conduite par un tel danseur. Elle avait pensé qu'Eden dansait à la perfection tandis qu'ils évoluaient dans son petit salon, accompagnés par Eden qui sifflotait la danse, ce soir même elle avait goûté l'ivresse de danser avec lui accompagnée par un orchestre.

Mais voici qui était une sensation nouvelle. Elle eut comme le sentiment d'un choc en éprouvant la grâce vivante de la danse de Renny, elle était comme emportée dans un songe, sa volonté annihilée. *La Chanson indienne,* n'était-ce pas le battement même de son cœur ? Et près de ce cœur, elle sentait battre le rythme du sien. Il était semblable à un de ces pur-sang de course qui, ayant appris à marcher à une allure artificielle comme le pas ou le trot, goûtait un plaisir conscient à l'exercer. Ils terminèrent la danse tout au bout de la salle.

— C'était merveilleux ! haleta-t-elle, les yeux brillants. J'ai été si heureuse que vous m'invitiez à danser !

Il répondit avec quelque raideur :

— Je ne vous ai pas demandé de danser avec la moindre idée de plaisir pour l'un ou l'autre de nous.

Elle restait accrochée à son bras, à peine découragée par sa rebuffade. Elle était encore dans l'extase de leur danse. Eden passa avec Mrs. Denovan vers laquelle il abaissait un regard admiratif. Il eût aussi bien pu être un étranger quant à l'effet que sa vue fit sur Amy Stroud. Elle se souvint comment le jour où Renny était allé chez elle sa présence avait aussitôt effacé le souvenir de tous ceux qui étaient venus dans son salon avant lui. Ça, c'était un homme qu'elle eût pu aimer de toute son âme, pensait-elle. Cependant, combien souvent elle éprouvait de la haine pour lui ! « C'est sans doute ma nature passionnée qui s'emporte ! pensa-t-elle. Oh ! si seulement il m'invitait une seconde fois ! »

Il lui dit :

— Je désire vous parler au sujet d'Eden. Quand pourrais-je vous voir ?

Son cœur battait. Une autre entrevue avec lui ! Valait-il mieux le voir chez elle ou à l'hôtel ? Sa pensée hésita entre les deux, enjolivant les deux décors imaginaires d'embellissements provocants.

— Quand puis-je vous voir ? répéta-t-il.

Mieux valait le recevoir à l'hôtel ! Il y aurait encore un peu de l'atmosphère de cette nuit !

— Serez-vous en ville demain ? demanda-t-elle.

— Oui. Restez-vous ici ?

— Oui. Voulez-vous déjeuner avec moi ?

— Merci, je crains que ce ne me soit pas possible. Puis-je venir dans la matinée ?

Elle ne désirait point recevoir sa visite le matin.

— Il faut que je sois sortie toute la journée. Pourriez-vous venir le soir ?

Il lui lança un regard pénétrant. Elle se sentait devinée, elle composa :

— Je pense que je pourrais m'arranger pour vous voir dans l'après-midi.

— Très bien. Je viendrai vers trois heures.

Ça lui ressemblait ! Quelle heure déplaisante entre toutes !

— Ne pourriez-vous venir à quatre heures ?

— Parfait, quatre heures.

Ils rejoignirent leur table. Mr. Denovan, comme s'il se sentait soudain privé de la société de son invité, se tourna vers lui d'un mouvement décidé et se mit à parler chevaux :

— Est-ce que nous nous en allons ? demanda Mrs. Stroud à mi-voix en s'adressant à Eden.

— Non, non, je veux danser !

Il avait évidemment envie de danser, mais apparemment pas avec elle. Une fois encore, il conduisit Mrs. Denovan vers la salle de danse. Amy Stroud resta assise entre les deux hommes qui semblaient presque ignorer sa présence. Mais elle ne se sentait point seule. Elle était toute frémissante de vie intérieure.

Cependant, lorsque Eden l'invita à nouveau à danser, elle refusa. Elle venait d'entendre Mr. Denovan demander à Renny de le suivre dans le fumoir où ils pourraient causer tranquillement. Renny avait acquiescé. Mrs. Denovan était fatiguée par son voyage et montait se coucher. Amy Stroud se leva et leur dit bonsoir. Elle quitta la salle à manger, accompagnée d'Eden. Dans le corridor, il dit :

— Dieu merci, la vieille tête rouge m'a fichu la paix ! J'étais dans mes petits souliers durant cette dernière demi-heure, m'attendant à une scène de sa part.

— Il l'aura avec moi.

— Avec vous ? Quand ?

— Demain dans l'après-midi. Ici.

— Je me demande ce qu'il dira.

— Je me le demande.

Eden eut un étrange regard oblique.

— Je pense que vous attendez ce moment avec impatience.

— Oui… dans un sens.

— Il produit cet effet à la plupart des femmes. Je vous croyais différente.

— Je ne sais ce que vous voulez dire, dit-elle irritée. Je suis impatiente de lui prouver que je ne suis pas une aventurière.

Ils avaient atteint la porte de sa chambre ; il s'y appuya en riant.

— *Vous* une aventurière ! Oh ! Amy !

Sa voix lui parvint, glaciale.

— Pourquoi pas ?

— C'est simplement impossible.

— Votre famille pense différemment.

— Non, sûrement pas !

— Que pensent-ils donc alors ?

Il tenta de lui dire quelque chose qui l'adoucirait.

— Eh bien, ils pensent que vous êtes dangereusement bonne !

— Alors, il convient que je les déçoive ?

— Par quelle qualité ?

— Je discuterai de cela avec votre frère.

— Amy, vous êtes fâchée contre moi... Après une si merveilleuse soirée ?

Tous deux tentèrent de retrouver leur heureuse humeur du début de la soirée mais ils se séparèrent froidement.

Était-ce l'ambiance différente ou bien quelque changement survenu en elle-même ? Mrs. Stroud n'eût pu le dire. Quoi qu'il en fût, elle dormit d'un sommeil long, paisible et sans rêves cette nuit-là. Elle s'éveilla, les nerfs reposés, l'œil vif. Elle fut satisfaite de son image entrevue dans un miroir. Qu'il était merveilleux de pouvoir prendre son breakfast au lit ! Sa maison lui semblait bien loin. Elle avait l'impression que cette vie durerait toujours. Elle alla chercher un roman au cabinet de lecture, mais ne lut guère. C'était un plaisir pour elle de rester assise dans le hall à regarder les gens passer. Elle aperçut les Denovan, mais s'empressa de se rejeter en arrière dans son fauteuil. Elle redoutait d'avoir à engager une conversation avec eux. Dans la bibliothèque, elle trouva des cartes postales de l'hôtel et en envoya à chacune des quelques relations qui lui restaient de son passé et qu'elle jugeait dignes d'un effort aussi fastidieux.

A quatre heures moins un quart, elle choisit un coin paisible et s'y établit pour attendre la venue de Renny Whiteoak. Il ne tarda point à paraître. Après les premières phrases de politesse conventionnelle, ils demeurèrent assis en silence pendant un instant, elle en attendant qu'il donnât la note de la conversation prévue, lui occupé à mater son désir de lui parler de la manière que lui eût conseillée sa grand-mère.

Finalement, il dit :

— Mrs. Stroud, voyez-vous un inconvénient à me dire jusqu'à quel point votre liaison avec Eden est sérieuse ?

— C'est son amitié qui m'a été très chère.

Il répondit avec impatience :

— Je n'ai pas dit qu'elle *ait été* mais qu'elle est !

— Elle m'est toujours chère.

— J'imagine que vous savez que je l'ai envoyé vivre à l'université dans le dessein de l'éloigner de vous ?

— Oui, ce n'était pas nécessaire.

— Est-ce que vous vous rendez compte qu'il n'a que dix-huit ans ?

— Il en aura dix-neuf dans quelques mois.

— Qu'est-ce que cela veut dire ?

— On a déjà vu des hommes se marier à dix-neuf ans.

Les sourcils de Renny remontèrent :

— Si c'est le mariage que vous avez en tête...

— Non.

— Consentiriez-vous, cependant, à me dire ce qu'il en est ?

Elle répondit d'une voix à peine perceptible :

— Je désire faire ce que vous voudrez.

Il la considéra comme s'il en croyait à peine ses oreilles.

Elle poursuivit :

— J'ai demandé à Eden de dîner avec moi ici parce que je voulais savoir s'il tenait toujours à moi. Vous savez, j'ai été terriblement blessée. J'ai eu la preuve qu'il tenait à moi autant qu'avant et il a été très heureux de me voir... Puis, la nuit dernière, il s'est passé quelque chose. J'ai soudain compris ce que vous deviez éprouver à l'égard de tout cela. J'ai pensé que, comme protecteur d'Eden, vous aviez le droit de lui défendre de voir des gens dont vous estimez la fréquentation dangereuse pour lui.

— Oui, dit-il, en la considérant d'un regard intense.

Les yeux d'Amy se remplirent de larmes.

— Je suis une femme très seule, vous savez. Vous ne sauriez comprendre ma situation, vous qui faites partie d'une nombreuse famille !

— Vous devriez vivre en ville !

— Mais j'aime la campagne !

— Vous avez eu des voisins, Mrs. Stroud, et vous les avez chassés. Si vous vous sentiez tellement seule, j'imagine que vous auriez hésité à agir comme vous l'avez fait, un simple sentiment d'humanité eût dû vous en empêcher.

A la seule pensée de Dayborn, son cœur se mit à battre rapidement contre son côté gauche. Cependant, elle dit avec assurance :

— J'ai un caractère violent. Jim Dayborn a réussi à en extraire le pire. Depuis, j'ai souvent regretté mon acte. Sont-ils toujours à Jalna ?

— Ils sont installés dans leur logement, à présent...

Une pensée absorba soudain Renny et parut lui faire oublier jusqu'à sa présence. Il fallait ramener son attention vers elle. Amy demanda :

— Comment va Launceton ?

Les yeux de Renny étincelèrent :

— Oh ! il va parfaitement ; le problème qui nous inquiète, c'est celui de son entraînement, l'hiver venu. C'est un gars magnifique !

Elle craignit que leur entrevue ne finisse par une conversation sur le cheval. Elle sentait que ses soucis à l'égard d'Eden pâlissaient auprès de ses inquiétudes au sujet de Launceton. Pendant un instant, elle ne sut quel parti prendre. Cependant le charme physique qu'il exerçait sur elle s'était intensifié. Tout ce qui avait traversé sa vie auparavant n'était qu'un vague avant-goût de ce qu'elle éprouvait à présent. Que lui avait donc donné Eden ? Rien de comparable à ce qu'elle lui avait donné. Elle se sentait tout ardente d'une flamme intérieure, d'un désir de vivre grâce auquel toute défaite serait impossible.

— Je suis décidée à vous promettre, dit-elle, de ne jamais plus revoir Eden sans votre consentement, mais cela à une condition.

— Oui ?

— Que vous deviendrez mon ami au lieu d'être mon ennemi !

Il pensa : « Que diable veut-elle dire par là ? » et dit à haute voix :

— C'est infiniment aimable de votre part, mais je ne sais pas vraiment comment vous témoigner mon amitié. Que voulez-vous que je fasse ?

Il posa sur elle un regard circonspect.

Jamais sa voix ne s'était élevée aussi musicale, émouvante.

— Simplement n'oubliez pas que j'existe ! Venez me voir quelquefois, par exemple. Vous m'avez promis de me mener au concours hippique : ne l'oubliez pas !

Il avait toujours l'air méfiant et un peu embarrassé. Il finit par dire :

— Tout cela est facile à promettre.

— Et puis autre chose : je désire que vous me permettiez d'offrir le canoë à Eden. Je ne saurais qu'en faire maintenant !

— Mais je ne saurais vous permettre ce sacrifice ! Certainement, vous pourrez vous en servir l'an prochain.

— Je suis trop nerveuse pour me promener seule avec et je ne puis continuer à payer une location pour un bateau qui ne m'est d'aucune utilité.

— Alors, je vous l'achète.

Elle dit presque gaiement :

— Oublions le canoë pour le moment, il me suffit que les termes soient changés entre nous !

Ses grands yeux pénétraient de leur regard ceux de Renny et elle posa une main sur son bras. Le regard de Renny se tourna vers une silhouette qui s'avançait vers eux. C'était l'Américaine, Mrs. Denovan, suivie de son mari. Soulagé par sa conversation amicale avec Amy Stroud et le succès qu'il avait remporté sur elle, soulagé aussi d'être délivré de ses avances, il se leva et s'avança à la rencontre des nouveaux venus. Il proposa des cocktails.

Ils furent rejoints par un certain nombre de personnes venues en ville pour assister au concours hippique. Amy Stroud se trouva soudain environné d'un monde nouveau.

22

Nouvelles d'Angleterre

C'était un après-midi du début de décembre. Des nuages blancs et mauves se hâtaient sans arrêt vers le sud mais, durant toute la journée, le soleil était arrivé à se glisser entre eux et à envoyer sa clarté sur les labours bruns, les écuries, la girouette qui virait du sud au sud-est sous la poussée d'une bise glacée qui sifflait contre les flancs de son coq. Nicolas Whiteoak revenait tout juste d'une chevauchée solitaire le long des rives du lac. Il avait passé un bon moment et ses joues longues et plates gardaient une belle coloration. L'habit de cavalier lui allait bien. Le sien était irréprochable comparé à la culotte et à la veste usés de son neveu qui venait à sa rencontre d'un pas rapide. Un garçon d'écurie tint sa monture tandis que Nicolas mettait pied à terre. Le cheval leva une patte antérieure nerveuse à la pensée de sa ration du soir.

— Hullo ! dit Renny. Bonne promenade ?

— Superbe ! La route était paisible, c'est à peine si j'ai rencontré une âme. J'ai un peu bavardé avec les demoiselles Lacey qui revenaient d'une réunion de l'Institut féminin.

— Oh ! oui, Meg y était. Voulez-vous voir les poneys ? Nous venons de terminer leur entraînement.

Ils se dirigèrent vers le paddock. Le soleil s'abaissait à l'horizon. Sa lumière safranée nappait la campagne, les sabots des poneys frappaient le gazon d'un roulement étouffé. Trois d'entre eux montés par Chris, Dayborn et Piers évoluaient au galop entre les barils rangés en ligne.

Nicolas s'appuya contre la palissade et admira, enchanté, la jeunesse et l'habileté des cavaliers, l'endurance, la souplesse et la grâce des poneys.

— Dieux ! s'exclama-t-il. Cette jeune femme sait monter !

Renny acquiesça par un monosyllabe.

— Piers monte une petite bête quinteuse et la manie adroitement !

Encore un monosyllabe d'approbation, puis il rugit :

— Assez pour aujourd'hui !

Les poneys s'immobilisèrent, haletant et se flairant réciproquement.

— Admirable ! lança Nicolas. C'est bien, Piers !

— On en a plein les mains de ce gars-là, je vous le promets, dit Piers en allant vers eux.

Dayborn avait emmené le poney de Piers aux écuries en même temps que le sien. Chris était penchée en avant, examinant un des boulets de sa monture.

— Quelque chose qui ne va pas ? demanda Renny.

— Une écorchure seulement, je vais le panser.

Sa voix montait légère, enfantine, dans l'air glacé.

— Voilà Matthews, dit Piers, il revient de la poste, je vais voir ce qu'il apporte.

Et il courut vers lui, intéressé, quoiqu'il ne reçût guère plus d'une demi-douzaine de lettres dans l'année.

— Bien, dit Nicolas, je vais rentrer. Comment est Launceton ?

— Magnifique. Venez le voir demain, vous en aurez la respiration coupée !

Nicolas fronça les sourcils :

— J'estime que c'est un projet déraisonnable que de lui faire courir le Grand National ; j'ai trop souvent assisté à cette course pour en ignorer les embûches. Il n'a aucune chance et tu auras gaspillé beaucoup d'argent. Pour commencer, tu l'as payé un prix exorbitant. S'il est en bon état, je te conseille de récupérer ton argent en le vendant dès à présent, si tu peux.

— Oh ! vous croyez ? dit Renny en se détournant.

Il éprouvait de l'amertume à constater l'opposition tenace de sa famille à son projet le plus cher. De temps à autre, ils avaient une preuve absolue des qualités remarquables de Launceton ; cependant, parce que son père et son grand-père avaient élevé des chevaux de concours hippique et non point des chevaux de course, ils lui en voulaient de risquer cette entreprise. Pourtant quant à l'extravagance, Bon Dieu, ses oncles avaient effrité rapidement leur patrimoine ! Son père n'avait rien ajouté à la fortune de la famille dont chacun de ses membres participait à la dispersion de ce qu'il en restait.

Un grand lac de safran s'était formé dans le ciel à l'ouest. Il éclairait son visage tandis qu'il se dirigeait lentement vers les écuries. Toute activité avait cessé soudain où, quelques instants auparavant, le sol même semblait vibrer sous les sabots des chevaux. A présent, l'obscurité et le silence régnaient. A un tournant du mur des écuries, il tomba sur Dayborn et Chris qui, debout l'un près de l'autre, l'attendaient. Elle tenait toujours par la bride le poney qui la regardait de ses vastes prunelles liquides d'un air interrogateur et tuait le temps en creusant un trou d'un sabot impatient.

— J'espère qu'il ne va pas geler trop fort, dit Renny en s'approchant d'eux.

Ni l'un ni l'autre ne lui répondit. Il remarqua que le visage de Dayborn avait une expression tragique et que Chris semblait abattue. Elle roulait une mèche de la crinière du poney autour de ses doigts. Finalement, elle dit :

— Jim vient de recevoir de détestables nouvelles de son amie d'Angleterre. Au lieu de lui envoyer son chèque trimestriel, elle lui a adressé une lettre dans laquelle elle lui dit qu'elle sait tout sur notre compte. J'ai dit à Jim que vous étiez au courant. D'ailleurs, ça n'a plus d'importance maintenant !

Renny était effaré :

— Va-t-elle cesser d'envoyer son chèque ?

— Oui, répondit Dayborn, c'est la fin de tout.

— Comment l'a-t-elle appris ?

— Oh ! ne le remettez pas là-dessus, dit Chris d'un ton pitoyable.

— C'est cette abominable Stroud ! — La voix de Dayborn tremblait de rage. — Cette sorcière ! Ce démon incarné ! Je lui réglerai son compte... vous verrez ! Je la tuerais si je ne savais pas qu'on me pendrait pour la peine !

— Ne parlez pas si violemment, dit Renny d'un ton apaisant. Venez dans mon bureau boire un verre. Votre amie vous cite-t-elle le nom de Mrs. Stroud ?

— Voilà qui serait bien simple. Elle dit qu'elle a reçu une lettre de quelqu'un qui nous connaît bien, elle a même lancé un homme de loi et un détective sur mes traces... comme si j'étais un assassin ! Bon Dieu, je m'en sens les dispositions !

— Sait-elle l'existence de Tod ?

— Elle sait tout. Quel imbécile j'ai été !

Chris, les lèvres tremblantes, s'occupait à natter la crinière du poney. Elle s'adressa à Renny :

— Je lui dis que nous saurons parer à cela, vous ne croyez pas ?

— Mais certainement, je le crois. Nous allons voir ce qu'on peut faire. Venez, Jim.

Renny le prit par le bras et le tira à l'intérieur de l'écurie.

Chris suivit avec le poney. Celui-ci eut un léger hennissement de joie et lui effleura la joue de ses naseaux. Elle l'introduisit dans sa stalle et suivit les deux hommes dans le bureau. Dayborn tenant un verre de whisky d'une main tremblante disait justement :

— Ce n'est pas seulement l'argent. C'est le sentiment qu'elle a travaillé contre nous pendant tous ces mois où elle s'est efforcée de nous nuire, de nous épier, d'écrire des lettres à notre sujet. J'ai compris dès le début que c'était une vipère, mais Chris ne voulait pas me croire. C'est la faute de Chris si elle a deviné que nous sommes mariés.

— Tu te trompes ! répliqua Chris. C'est ta propre faute, elle t'a entendu dire une parole imprudente un jour que tu étais fâché.

— Eh bien, c'était ta faute, pourquoi m'avoir fâché ? Tu ne me laisses jamais tranquille !

— Taisez-vous ! ordonna Renny. Je ne veux pas vous entendre lui parler sur ce ton.

Dayborn le regarda, l'œil étincelant :

— Oh ! et que me ferez-vous pour la peine ? Vous allez m'abattre sans doute ?

— Calmez-vous, Jim, dit Renny, vous n'arrangez rien en continuant ainsi. Aucun homme jamais n'eut une meilleure femme que Chris et vous le savez.

— Il existe plusieurs sortes de bonté, marmonna Dayborn, et je ne suis pas sûr de la sienne !

Renny emplit à nouveau le verre de Dayborn qui commençait à se calmer, mais qui reprit :

— Voilà ce que je vais faire : je m'en vais la trouver de ce pas pour en finir avec elle !

— Vous ne ferez rien de tel, dit Renny, car vous n'êtes pas certain qu'elle soit la coupable. Je ne crois pas que ce soit Mrs. Stroud, ni qu'elle soit capable d'une telle action.

— Oh ! elle vous a aussi eu ! Elle est un serpent s'il en fut ! D'abord votre frère, puis votre oncle, vous à présent ! Vous l'avez emmenée au concours hippique ! Vous allez la voir ! Elle vous envoie de petits billets parfumés ! Oh ! j'ai tout deviné ! Elle s'est fait la main sur tous les autres, puis elle vous a capturé ! Elle vous a pris exactement selon son désir ! Chris, ne va pas croire que tu pourrais te mesurer avec elle !

Renny bondit de sa chaise, saisit Dayborn par sa veste et le poussa hors du bureau.

— Allez au diable ! rugit-il.

Chris les suivit dehors. Elle songea soudain à Tod et se mit à courir vers le garage. Tandis qu'elle se retournait, elle vit les deux hommes marchant côte à côte le long de l'allée. Elle monta en courant l'escalier menant à son logis. Il y faisait presque nuit. Pendant un instant, elle ne vit pas trace de Tod, puis elle le découvrit assis sur le parquet en compagnie de son jeu de constructions. Il avait échafaudé sept cubes les uns sur les autres.

C'était le plus haut édifice qu'il eût réussi à élever jusqu'alors. Il se tourna vers elle avec un sourire ; il commençait à parler.

— Zoli, zoli, dit-il.

Elle l'éleva dans ses bras et appuya sa joue contre la sienne. Il renifla : « Poney ! » puis il soupira : « Zoli ! »

Cependant Dayborn disait à Renny :

— Vous êtes toujours prêt à excuser les femmes. Et la raison en est claire : vous ne les comprenez pas. Moi, je les connais et je les hais !

— Cependant, dit Renny, vous consentez à accepter des cadeaux de leur part !

— J'y ai été entraîné, marmonna Dayborn. — Il allongea le pas et ajouta : — Lorsque j'aurai dit à Mrs. Stroud ce que je pense d'elle, elle ne sera plus si contente de sa personne. Les attentions que vous avez eues pour elle lui ont tourné la tête. Je pense que c'est ce qui l'a décidée à écrire cette lettre, elle désire nous faire quitter Jalna. Elle est jalouse de ce que nous sommes vos amis. Je parie qu'elle a décidé de vous épouser !

— Vous savez que vous dites des bêtises. Mrs. Stroud est une femme solitaire. Elle m'a promis de ne plus revoir le jeune Eden et a tenu parole. Je dois me montrer convenable envers elle.

— Je pense que vous continuerez à vous montrer « convenable » même après ce qu'elle nous a fait !

— Je ne la reverrai de ma vie !

— Je le lui dirai ! Je lui dirai qu'elle ne pourra plus...

— Oui, allez-y. Rendez-vous plus ridicule encore si c'est possible ! Elle a essayé de vous nuire...

— Essayé ! N'y aurait-elle pas réussi ?

— Pour le moment, oui, et rien ne pourra lui faire plus de plaisir que de vous entendre le lui dire.

Dayborn grinçait des dents.

— La seule chose à faire, c'est de vous comporter comme si elle n'existait pas. Je ne désire jamais lui parler mais si j'y suis forcé...

— Allez chez elle maintenant ! Dites-lui ce que vous pensez !

— J'aurais l'air intelligent, n'est-ce pas ? Non, l'important est de lui démontrer qu'elle s'est trompée. Il faut reconnaître devant tout le monde que vous et Chris êtes mariés. Dites que vous avez gardé votre union secrète par crainte de la désapprobation familiale. Écoutez, j'ai une idée ! Je vais dire à ma sœur d'écrire à votre amie pour lui dire ce que nous pensons de Chris et du bébé. Nous lui enverrons une lettre qui la convaincra que ce mariage a été le plus grand bonheur au monde pour vous !

— Elle ne me pardonnera jamais ! gémit Dayborn.

— Est-elle amoureuse de vous ?

— Pas le moins du monde. Mais c'est un de ces caractères inflexibles qui ne reviennent jamais !

— En ce cas, elle pourrait être encore votre amie.

— Elle ne le pourrait pas ! Mrs. Stroud lui a écrit que j'avais dit une fois en recevant un de ses chèques : « Dieu merci, la brave fille a craché une fois de plus ! »

— L'avez-vous dit ?

— Oui !

— Alors, niez-le, un mensonge de plus ne nous fera pas damner !

— Oui, oui, je le nierai ! Une lettre de votre sœur, quelle bonne idée ! Ah ! Whiteoak, quel bon ami vous êtes ! — Il serra le bras de Renny de ses doigts minces et durs, tout en os : — Mais je vous le revaudrai ! Je gagnerai le Grand National pour vous ou je mourrai à la tâche !

Ils étaient arrivés en face de la demeure de Mrs. Stroud. La fumée blanche qui s'échappait de sa cheminée dessinait une spirale paisible dans le ciel vert de cette journée de gel. Les fenêtres de son salon luisaient, réconfortantes derrière les rideaux tirés. L'autre partie de la maison semblait hagarde, déserte. Une pancarte neuve portant les mots « A louer » avait été fixée sur la grille. Ils la contemplèrent un moment en silence et reprirent le chemin de Jalna.

S'étant séparé de Dayborn devant son logement, Renny rentra à la maison. Il faisait nuit maintenant. Dans le hall, ses narines accueillirent l'odeur pénétrante d'une sauce aux tomates et aux champignons qui montait de la cuisine. Il la renifla et accrocha son chapeau. Trois chiens entouraient la cheminée. Fan, l'épagneule de son père, avait apporté un gros os qu'elle tenait entre ses pattes. Elle avait un regard lointain, mais son esprit était sur ses gardes. Ben, le grand chien de berger à la queue coupée que Renny avait acheté depuis son retour, était étendu en face de Fan et la regardait, jetant des clins d'yeux à l'os à travers les longs poils entourant son museau. Installé sur sa chaise à haut dossier, le terrier nain du Yorkshire appartenant à Nicolas frémissait de surexcitation. Ayant fait la leçon aux deux grands chiens pour les empêcher de se battre, Renny prit Nip sous le bras et pénétra dans le salon.

La vieille Adeline sommeillait dans son fauteuil devant le feu. C'était son habitude de se reposer après un bon thé. Nicolas et Ernest jouaient au trictrac. Ernest fit comprendre sa victoire à Renny par un geste de triomphe. Nicolas bâilla et chercha sa blague à tabac. Meg se cousait une blouse agrémentée d'un jabot mousseux. Elle était si absorbée qu'elle s'aperçut à peine de la venue de Renny. Il fourra le terrier sur les genoux de Nicolas et introduisit ses doigts glacés à l'intérieur du col de Meg. Elle remonta les épaules et dit :

— Ce que tu as froid ! Non, je t'en prie, va donc te chauffer. Il y a des muffins gardés au chaud pour toi et Rags t'apportera une théière pleine. Qu'est-ce qui t'a retenu ?

— Je te dirai cela.

Il baissa la tête pour considérer le visage de sa grand-mère. Ses lèvres faisaient la moue et elle soufflait bruyamment. Il y avait des miettes accrochées à son corsage, mais ses mains croisées sur son estomac étaient si nobles, si somptueusement ornées de bagues, que son maintien ne manquait pas de dignité.

La vieille sonnette que l'on actionnait par un galon jetait un son criard lorsqu'on l'agitait. Cela aurait pu l'éveiller. Renny sortit et descendit au sous-sol.

— Rags ! du thé !

En revenant, il remarqua que le chien de berger s'était installé dans le fauteuil occupé précédemment par le terrier nain. L'épagneul avait posé son museau sur l'os. Ses yeux étaient clos.

Renny était tellement affamé qu'il avait pris un muffin au passage avant de traverser le hall. Il en avala la dernière bouchée avant d'entrer dans le salon où il alla s'asseoir auprès de Meg. Tout en buvant son thé, il la mit au courant de ce qui s'était passé ce même après-midi. Quelque déçue que fût Meg par le mensonge de Dayborn, elle fut aussitôt débordante de pitié au récit de leur nouvelle infortune. Elle avoua n'éprouver depuis longtemps que de la méfiance envers Mrs. Stroud et déplora qu'une telle femme eût fait son chemin dans le voisinage. Elle blâma assez vivement Miss Pink de lui avoir vendu sa maison.

Nicolas eut tendance à plaisanter au sujet de toute cette affaire d'autant plus qu'Ernest s'y était trouvé mêlé. Il prit une mine allongée et demanda à son frère d'une voix basse et enrouée s'il avait donné à Mrs. Stroud quelque raison de l'attaquer en rupture de fiançailles. Quoiqu'il s'en défendît avec véhémence, Ernest s'agita, marcha de long en large dans la pièce et se mit à se remémorer chaque billet qu'il avait pu lui écrire. Oh ! s'il avait pu les ravoir ! La moindre phrase amicale dont il se souvenait lui semblait accusatrice !

— Quelle femme dangereuse ! s'écria-t-il.

— Mais pourquoi a-t-elle agi de la sorte ? demanda Meg, déroutée. Elle les avait déjà chassés de chez elle ! Certainement Dayborn lui aura donné quelque nouvelle raison de lui en vouloir !

— Je pense, dit Renny, qu'elle s'est vengée sur lui, croyant qu'il m'avait révélé ce qui se passait avec Eden. Mais c'est Rags qui me l'a dit.

— Quel homme précieux ! dit Meg, et si dévoué à nous tous !

Rags entra, portant la théière. Il penchait la tête de côté comme si cette posture accentuait le respect qu'il témoignait à la famille. Il y eut un silence jusqu'à ce qu'il eût quitté le salon.

— Ce que je désirerais que tu fasses, Meg, dit Renny, c'est d'écrire une gentille lettre à cette amie de Dayborn pour lui expliquer la conduite abominable de Mrs. Stroud dans cette affaire. Il faut que tu lui dises ce que tu penses de Chris et du bébé et les dures conséquences qui résulteront pour tous trois de la suppression de son aide financière. Veux-tu te charger de cela, Meggie chérie ?

Il posa une main sur la sienne.

— Mais certainement ! Je lui dirai que Chris le maintient dans le droit chemin et que sans elle il aurait sans doute déjà sombré !

— C'est bien, Meggie !

Il lui serra les doigts.

— Et puis j'écrirai à tante Augusta à ce sujet et je lui demanderai d'user de son influence.

— C'est admirable ! Cette dame habite Exeter, à moins de quarante milles de tante !

Dans sa surexcitation, il avait oublié de baisser le ton. La vieille Adeline s'éveilla dans un ronflement sonore. Elle leur jeta un regard farouche.

— Qu'est-ce que ça signifie ? A vous entendre, on se croirait au milieu de la journée !

— Il n'est que six heures, Granny.

— Dieu me préserve ! Je croyais qu'il était minuit ! Quelle longue journée !

— Cependant, Granny, vous disiez tout juste avant de vous endormir que cette journée avait été particulièrement courte !

— Longue ou courte, c'est tout un pour moi, répliqua Adeline hargneuse.

Renny vint s'asseoir auprès d'elle. Brièvement, il lui conta ce qui venait d'arriver ; peut-être même son récit fut-il trop bref, dépourvu de ces détails dont elle était friande. Peut-être devinait-elle quelque chose en lui, ce jour-là, qui ne lui plaisait pas ainsi que cela arrivait parfois. Quoi qu'il en fût, elle l'écouta avec l'expression de quelqu'un qui n'y comprend goutte. Elle se tourna vers Meg.

— Raconte-moi ça convenablement ! dit-elle. Il parle drôlement, je pense qu'il est ivre !

Renny, déjà haut en couleur, se colora davantage encore, mais il se domina et demeura assis en silence tandis que sa sœur répétait avec plus d'explications ce qu'il avait dit. Lorsqu'elle eut terminé, Adeline laissa tomber :

— Drôle de panier de crabes ! Cette femme mériterait d'être plongé dans la mare aux chevaux !

Le fait que la mare à laquelle elle faisait allusion se trouvait bien loin, en Irlande, lui semblait un détail sans importance.

— Et ne croyez-vous pas, dit Meg en terminant, que c'est une bonne idée de charger tante Augusta de parler à cette Mrs. Gardiner afin qu'elle lui dise ce qu'elle pense de Mrs. Cummins ?

— De Mrs. Dayborn, corrigea Ernest.

— Il serait encore préférable que le jeune homme lui parlât personnellement, dit Adeline.

— Mais tante Augusta saura si bien la convaincre !

— Mrs. Je-ne-sais-quoi n'aime pas votre tante et apparemment elle a un tendre attachement pour le jeune Dayborn. C'est lui qui doit aller la trouver. Écris à ta tante si elle peut arranger une entrevue entre eux, il faut qu'il fasse la traversée.

— Je suppose que vous paierez les frais du voyage, dit Renny d'un ton sarcastique.

— Non ! ce sera toi ! répliqua-t-elle.

Ils se regardèrent avec des yeux flamboyants.

— J'ai pensé, poursuivit-elle, à ce projet d'envoyer Launceton courir le Grand National. Je savais déjà bien des choses au sujet des courses de chevaux avant même que toi ou ton père eussiez rien appris là-dessus. Je t'assure que tu ne peux pas l'entraîner convenablement dans ce climat. Si tu es décidé à tenter la chose, pourquoi ne l'envoies-tu pas là-bas maintenant ? Attends... ne m'interromps pas... qu'étais-je en train de dire ? Dieu me pardonne, ça m'est sorti de la tête !

— Vous m'expliquiez, répondit Renny, combien il serait facile pour moi d'envoyer le cheval et Dayborn en Angleterre pour y passer l'hiver !

— Je n'ai pas parlé de l'Angleterre. J'ai dit « en Irlande » ! Mon cousin Dermott a quatre-vingts ans. Sa maison tombe en ruine, mais je parie que ses écuries sont toujours debout. Tu en as entendu parler ?

— Comment, Gran, je les ai visitées lorsque j'étais en permission ! C'est un chic vieux gars. Par Judas, quelle idée ! Le cousin Dermott sera ravi de garder Launceton. Je le suivrai en février. C'est ce qu'il faut faire !

Il se leva et la souleva hors de son fauteuil :

— Quel phénomène vous faites ! Si je gagne le Grand National, je vous offre ce que vous voudrez ! Venez, Gran, venez, dansons ensemble !

Ayant solidement entouré sa taille de son bras, il la fit valser à travers la pièce.

— Ne vous laissez pas aller, maman, dit Nicolas.

— Elle aime ça, n'est-ce pas, Gran ?

Adeline, cramponnée à l'épaule de Renny, riait, haletait, mais ses jambes devinrent agiles soudain et ses pieds s'assouplirent. Deux fois de suite, elle fit le tour du salon, lui donnant une idée de la belle danseuse qu'elle avait été.

23

Launceton

Il y eut une forte chute de neige au milieu de décembre. Même Adeline ne se rappelait pas avoir assisté à rien de tel à cette époque de l'année ! Cela survint presque sans qu'on pût s'y attendre. Les nuages blancs qui, pendant une semaine, s'étaient déplacés majestueusement à travers le ciel s'arrêtèrent. Ils formèrent une masse opaque qui ravit la vue du soleil et plongea le pays dans un silence mauve et glacial. Mais par d'étroites crevasses dans le ciel bas, le soleil pâli pouvait être suivi dans sa descente vers l'ouest. Lorsque les hommes verrouillèrent les écuries avant d'aller dîner, quelques gros flocons tombaient. Le matin suivant, ils découvrirent un monde transformé. Sans accompagnement de vent ni de tempête, la neige était tombée, silencieuse. Elle avait effacé les sentiers et rendu les routes impraticables. Les arbres ressemblaient à des décorations pour gâteaux de Nouvel An. Les maisons avaient pris l'aspect qu'on leur donne sur les cartes de Noël. Mais il n'y avait point de beau ciel de Noël. Les nuages mauves pesaient de tout le poids de la neige qu'ils contenaient encore. C'était surtout ce silence, cette pause interminable qui était le plus pénible à Amy Stroud. Elle s'était pourtant sentie abandonnée avant la venue de la neige. Pas un seul voisin n'avait franchi son seuil depuis le jour où elle avait chassé les Dayborn. Même le garçon livreur qui apportait l'épicerie n'était plus le même. Personne n'avait un sourire à son adresse. Elle ne recevait aucune lettre quoique, avec une douloureuse anxiété, elle en eût espéré une de Renny. Elle lui avait écrit pour lui demander de venir la voir, au sujet d'une question de première importance. La vérité, c'était que le désir de le voir la tourmentait au-delà de ce qu'elle pouvait souffrir. Elle se disait qu'il était tout ce qui lui restait. Elle magnifiait dans son souvenir leurs quelques rencontres qu'elle transformait en épisodes passionnés. Le plaisir qu'elle avait goûté dans les visites d'Eden et d'Ernest pâlissait au point de s'effacer, comparé à celui qu'elle avait éprouvé cette nuit à l'hôtel où elle avait dansé avec Renny. Et puis il y avait eu cet après-midi du concours hippique où elle avait applaudi ses parcours avec tant de ferveur que les gens assis à côté d'elle s'étaient tournés de son côté en lui souriant avec sympathie. Il y avait aussi eu ce jour où, venue en se promenant sur ses terres et l'ayant rencontré, elle avait demandé à voir ses chevaux ; il les lui avait montrés tous, attirant son attention sur leurs qualités les plus remarquables tandis qu'elle faisait effort pour les regarder au lieu de le considérer, lui ! Maintenant, elle venait de lui écrire, pour la seconde fois, l'implorant, le suppliant de venir la voir. Il n'avait pas répondu. Elle écrirait encore, lui disant qu'elle était dans le plus profond désarroi. Il lui faudrait inventer une raison quelconque, perte de sa fortune ou autre chose dans ce genre. Mais pourquoi n'avait-il pas répondu à ses missives ?

Soudain, avec un choc au cœur, elle se souvint de sa lettre à Mrs. Gardiner. Elle l'avait oubliée ! Que lui était-il arrivé pour qu'elle pût commettre une telle action et l'oublier ensuite ? Elle se rappela que son mari prétendait qu'elle avait la tête vissée à l'endroit ! Que dirait-il s'il savait comment elle se comportait à présent ! Cela lui était indifférent. Mais elle verrait Renny ! Rien ne s'interposerait entre elle et lui ! Il était impossible que ce fût à cause de sa lettre à Mrs. Gardiner qu'il la traitait ainsi. Si Dayborn avait eu des soucis de ce côté, elle aurait entendu parler de lui ! La pensée de la scène qu'il pouvait lui faire l'effraya soudain. Elle n'avait jamais eu peur de Dayborn si peu que ce fût, mais une vague glacée l'envahissait intérieurement et elle éprouva simultanément une sensation de picotements au visage. Elle répondrait à Renny en niant avoir jamais écrit cette lettre. Mais si l'on révélait son nom ? Il fallait le voir le jour même. A nouveau, elle s'approcha de la fenêtre et regarda la neige. L'après-midi touchait à sa fin. Quelle journée elle venait de passer !

Elle mit son chapeau et son manteau et, sans jeter un regard au miroir, elle sortit. Heureusement pour elle, un chasse-neige venait de passer sur la route mais, même dans ces conditions, la marche était difficile. Elle le devint plus encore en approchant de Jalna. Pourtant elle ne renonça point et, morose, traînant les pieds sur le sentier troué par des pieds d'hommes, se dirigea vers les écuries.

Elle tourna le lourd bouton de cuivre de la porte et entra. Le premier individu qu'elle aperçut fut Scotchmere ; il avait chargé sur ses épaules un sac dont le poids le pliait presque en deux.

— Hé, m'ame, dit-il grognon, désirez-vous quelque chose ?

— Je désire voir Mr. Whiteoak.

Scotchmere fut sur le point de répondre qu'il était en ville, mais au même instant la porte du bureau fut ouverte et deux hommes de haute taille et d'assez mauvaise mine parurent sur le seuil.

— A bientôt, capitaine, on se reverra ! dit l'un d'eux.

— Vous pouvez compter sur nous, ajouta l'autre.

La voix de Renny vint de l'intérieur du bureau :

— Au revoir et bonne chance !

Mrs. Stroud se glissa entre les deux hommes et pénétra dans le bureau.

L'expression de Renny passa de la bonne humeur à la surprise hostile.

— Vous ! dit-il. Je ne m'attendais pas à vous voir ici, Mrs. Stroud.

Amy ferma la porte derrière elle.

— Il fallait que je vienne ! dit-elle.

— Bien, répondit Renny d'un ton précis, dites-moi pourquoi vous êtes venue et comment vous avez pu vous y décider ?

— Vous le savez sans que je vous le dise !

Elle parlait d'une voix tendue, haletante.

Il se détourna.

— Dites-moi, poursuivit-elle, pourquoi vous n'avez pas répondu à mes lettres ?

— Vous n'avez nul besoin de me demander cela.

— Mais je ne le sais pas !

Il se retourna pour la regarder en face.

— Et que dites-vous de la lettre que vous avez écrite à Mrs. Gardiner ?

Le visage de Mrs. Stroud se couvrit d'une rougeur traîtresse. Elle répondit :

— C'était horrible, mais je n'y pouvais rien.

— Vous vous êtes trompée en croyant que c'était Dayborn qui m'avait parlé des visites que vous faisait Eden. C'est mon domestique, Wragge, qui me les avait révélées.

Elle rejeta la tête en arrière d'un mouvement désespéré :

— Ça n'a pas d'importance. C'eût été la même chose, c'est la jalousie qui m'a fait agir.

— La jalousie ?

— Oui. — Elle essaya de se ressaisir, de penser clairement. Si elle réussissait à lui faire croire que son amour pour lui l'avait poussée jusqu'à cet acte né du désespoir, il lui pardonnerait peut-être. — Je voulais faire s'en aller d'ici cette fille... je vous aime tant !

— C'est un mensonge, dit-il farouchement.

— C'est la vérité ! Je vous adorais déjà avant cette soirée où je dansais avec vous.

— Autre mensonge ! La lettre était déjà écrite alors !

Elle le regarda fixement pendant un instant, puis se mit à pleurer.

— Ainsi sachez la vérité, sanglota-t-elle, forcez-moi à vous la dire ! Je vous ai aimé dès le premier instant où je vous vis.

Il eut un geste exaspéré :

— Vous êtes aussi trop émotive, Mrs. Stroud. Demain vous viendrez me dire que vous me détestez.

— Jamais ! jamais ! sanglota-t-elle, même si vous preniez cette cravache pour me battre ! Je ne vous en aimerais que davantage !

— Je n'en doute pas, mais je n'ai nulle intention de faire rien de semblable. Ce que je vais faire, c'est vous mettre à la porte d'ici !

Il l'empoigna par l'épaule, la fit virer sur elle-même et la poussa vers la porte.

Elle parvint à tourner la tête de telle façon que son visage se trouvait tout contre celui de Renny. Ses yeux ruisselants semblaient comme distendus, sa bouche était enflée.

— Embrassez-moi ! haleta-t-elle.

— Je ne vous embrasserais pas, fussiez-vous la dernière femme demeurée en ce monde ! Vous avez tenté de séduire mon jeune frère, vous essayez à présent les mêmes comédies avec moi. Mais c'est sans espoir ; il faut vous découvrir un autre champ d'action !

Détachant une main de ses épaules, il ouvrit la porte et la poussa sur le seuil, puis il referma et verrouilla la porte.

Elle demeura désemparée un instant, puis la voix de Scotchmere lui parvint, toute proche :

— Voici la sortie, m'ame.

Il lui adressait un sourire grimaçant. Elle lui lança un regard vindicatif.

Amy s'éloigna en titubant à travers la neige. Il faisait presque nuit ; elle marchait aussi rapidement que possible le long du sentier parsemé de blocs de neige bleutés. Un chien sortit en courant des écuries et la suivit en aboyant de plus en plus furieusement. Elle sentit qu'il happait sa jupe et jeta un cri perçant : c'était un soulagement de pouvoir crier.

Scotchmere siffla le chien qui revint vers lui en agitant sa queue joyeusement. Le cerveau d'Amy était en ébullition. Tantôt c'était une pensée qui émergeait, tantôt une autre. Ce palefrenier grimaçant raconterait son humiliation à Dayborn et tous deux riraient ! Jamais elle ne pourrait revoir aucun de ces gens ! Comme elle les détestait ! Ils lui avaient tous été hostiles dès le premier jour ! Et elle si seule, si seule ! Eden était un enfant décevant, un fruit sec. Il ne donnerait rien de bon. Sa poésie — bah ! Ernest, ce vieux dandy, cet insipide et opiniâtre vieillard, ce qu'il avait pu la fatiguer ! — oui, la fatiguer ! La grand-mère parée comme une idole et cet affreux petit Finch qui avait fui devant elle. Ce palefrenier grimaçant qui avait dû coller son oreille au trou de la serrure... cette brute de chien ! La main de Renny était d'acier... impossible de lui résister, si seulement il l'avait embrassée... Elle entendait ses paroles, voyant son expression d'horreur. Si seulement elle avait un autre souvenir de lui qu'elle eût pu chérir... Sa tête lui semblait près d'éclater. Malgré le froid, elle brûlait.

A nouveau, elle sentit quelque chose qui tiraillait sa jupe. C'était ce chien ! Elle se retourna pour lui faire face ; mais non, il n'y avait rien. Elle se rendit compte qu'elle était sortie du chemin et se trouvait au milieu d'un champ qu'elle avait traversé avec de la neige atteignant presque ses genoux. Le tiraillement qu'elle avait senti était dû au poids de la neige s'écroulant à chacun de ses pas. Elle pouvait voir ses propres traces profondes ; d'un bleu d'acier dans la blancheur immaculée, qui traçaient des cercles comme les pas d'une personne égarée ; elle pensa : « Si je continuais à marcher en rond jusqu'à ce que je tombe morte, personne ne s'en inquiéterait ! »

Mais elle ne s'était pas même égarée. Sur sa droite, c'était le verger, dans son dos les écuries. Elle n'avait qu'à reprendre le sentier pour retourner tout droit à la maison. Mais elle reculait à la pensée de ce qui se passerait chez elle lorsqu'elle se laisserait aller vraiment, dans sa solitude avec ce logement vide à côté d'elle. Amy se demanda combien de temps elle avait erré dans la campagne, et se retourna pour regarder vers les écuries. Celles-ci étaient éclairées lorsqu'elle s'y trouvait, à présent elles étaient noyées d'ombre, à l'exception d'une seule petite fenêtre d'où s'échappait une vive clarté.

Il était seul, là-bas, passant en revue dans sa pensée, ainsi qu'elle l'avait fait à l'instant, toute la scène qui venait d'avoir lieu. Il était seul. Si elle retournait le voir maintenant, personne ne le saurait. Elle se dominerait, lui parlerait avec calme, posément, lui ferait oublier peu à peu les folies qu'elle lui avait dites. Elle lui raconterait sa vie à partir du commencement. S'il savait tout, il aurait pitié et cesserait de l'accabler. Son mari disait qu'elle avait la tête vissée solidement, elle justifierait finalement ces paroles ! Elle réparerait tout le mal qu'elle avait fait, proposerait de reprendre les Dayborn chez elle. Elle souhaitait leur retour, oh ! oui, elle le souhaitait ! Mieux valait leur présence mille fois qu'avoir cette caverne vide auprès d'elle ! Elle n'abandonnerait pas la lutte, ne se reconnaîtrait pas vaincue. Non, elle frapperait calmement à la porte de Renny et lorsqu'il l'ouvrirait elle serait là parfaitement calme...

Elle commença à marcher vers les écuries en ayant soin de mettre les pieds sur les empreintes de ses pas. Elle tremblait de peur que le chien ne surgît à nouveau, mais tout était silence. Elle tourna le coin de l'écurie et regarda à travers la fenêtre du bureau. Il n'y était pas, mais elle vit son chapeau sur la table. Il devait être quelque part avec les chevaux.

Précautionneusement, elle tourna le loquet et la porte s'ouvrit devant elle. Elle la referma. Une petite lumière brillait faiblement tout au bout de l'écurie éclairant juste assez pour qu'elle pût voir les rangées de stalles, les box, et, par-ci par-là, le profil sombre d'une tête de cheval ou le panache d'une queue. L'air était plein des légers crépitements dus à ces grands corps. Un profond soupir, un broiement satisfait, le bruit d'un sabot glissant sur le sol. Alors elle entendit des voix. Elles venaient du box de Launceton. Amy avança doucement dans le passage qui longeait les stalles et écouta. Les voix étaient celles de Renny et de Chris qui parlaient des chevaux, mais il était difficile de comprendre ce qu'ils disaient, leurs voix étaient basses, comme étouffées.

Elle vit une fente dans la porte du box et en approcha ses yeux. Elle les voyait parfaitement. Renny lui tournait le dos, il tenait une lanterne à la main dont le rayonnement illuminait la mince silhouette de Chris tandis qu'elle se tenait debout devant lui appuyée contre Launceton. Son visage parut à Amy Stroud plus étroit et pâle qu'elle ne se le rappelait, mais ses yeux étaient magnifiques et ses lèvres fines souriaient doucement ; elle disait :

— C'est presque trop beau pour être vrai ! Surtout après tout ce que nous avons traversé !

— Tout ira bien maintenant, répondit-il, vous verrez ! Launceton fera notre fortune, n'est-ce pas, mon vieux ?

Et il caressa le cou du cheval.

— Et dire que Jim, Tod et moi nous allons avec lui en Irlande où nous habiterons chez vos parents ! Et puis vous viendrez nous rejoindre en février ! Chéri, ce sera merveilleux !

Renny eut un petit rire et caressa la tête brillante de la jeune femme du même geste dont il avait caressé le cheval un instant auparavant.

— Je voudrais avoir une photographie de vous debout contre Launceton. Je vous aime, Kit !

Tout ce qui suivit fut couvert par le bourdonnement qui éclata dans les oreilles d'Amy Stroud. Elle s'appuya contre le mur, les genoux tremblants et les entendit sortir du box. Juste à temps, elle fit un pas en arrière dans la stalle voisine. Le cheval qui s'y trouvait pointa les oreilles, se demandant ce qu'elle lui voulait. Elle se serra contre la cloison de la stalle. La clarté de la lanterne s'éloignait vers l'autre extrémité du passage. Elle entendit Renny demander à Chris si elle se sentait fatiguée, sur un ton affectueux et protecteur.

La haine et la jalousie bouillaient en elle. A présent, elle se savait vaincue, mais sa volonté, se disait-elle, n'était pas brisée, elle saurait le prouver.

Sa tête était vissée solidement ! Quiconque la blessait la trouverait prête au combat...

La porte de l'écurie fut claquée. Le cheval à côté d'elle ignorait sa présence et broyait tranquillement son fourrage. Elle entendait Launceton qui tournait dans son box. Qu'allait-elle faire ?

Comme un film que l'on eût sans cesse déroulé devant elle pour la torturer, elle revoyait la scène dont elle avait été témoin un instant plus tôt. Chaque inflexion de voix lui revenait, chaque geste ; la jalousie, la haine la dévoraient.

Le cheval se rapprocha d'elle, son flanc la pressa contre la cloison de la stalle. Avec un cri de terreur, elle s'élança dans le passage. Le cheval tourna la tête pour la suivre du regard, un long pinceau de foin pendait hors de sa bouche. Du poulailler lui parvenait le faible chant d'un jeune coq.

Si seulement elle pouvait faire du mal à Launceton, cela l'empêcherait de courir le Grand National. Si seulement elle pouvait lui injecter quelque poison paralysant ! Ce serait une sérieuse revanche ! Elle avait entendu parler de chevaux dont on avait tranché les jarrets. Mais cela n'était pas en son pouvoir : elle n'osait pénétrer dans le box auprès de cet animal puissant. A nouveau l'image de la jeune femme appuyée contre lui vint la hanter ; elle revit Renny les contemplant tous deux amoureusement. Elle allait et venait dans le passage qui séparait les deux rangées de stalles.

Puis la pensée lui vint de chasser Launceton dehors dans la neige. Il était entouré d'autant de surveillance qu'un enfant, elle le savait. Peut-être prendrait-il un refroidissement qui l'immobiliserait pendant des semaines, l'empêchant de participer à la course ? De toute façon, ils éprouveraient un terrible choc en s'apercevant que l'objet de leurs soins, leur espoir, errait dehors par un froid cruel, car le froid était terrible. Elle frissonnait des pieds à la tête.

Amy alla au bout du passage et ouvrit la grande porte à deux battants qu'elle eut soin de caler. Sa tête était vissée solidement ! Peu de femmes auraient pensé à caler les battants de la porte ! Puis elle retourna vers le box de Launceton. Lorsqu'elle ouvrit la porte, il ne pensa pas à sortir. Elle attendit, puis elle frappa les mains l'une contre l'autre en soufflant : « Ch ! » comme si elle avait affaire à un poulet. Il demeurait immobile, la regardant avec une sorte de pointe d'amusement dans ses grands yeux liquides. Elle tapa à nouveau des mains de toutes ses forces, mais il ne bougea pas.

Furieuse, elle s'empara d'une brosse à long manche qui était appuyée contre le mur, en cogna son flanc et bondit de côté. Il lui lança seulement un regard de reproche et s'engagea lentement dans le passage. « Va-t-en, brute ! cria-t-elle. Ch ! Ch ! » Elle le chassa dans le passage jusqu'à la porte. Il la franchit avec noblesse. Son ombre se dessina sur la neige. Elle jeta la brosse et, le regardant, s'immobilisa sur le seuil. Launceton la regarda également puis d'un trot nonchalant, il gagna l'air libre avec un hennissement de joie : il n'était pas sorti de l'écurie de la journée.

Soudain, comme galvanisé, il s'élança sur le sentier au galop, comme s'il avait en vue le but suprême d'une course. Sa crinière et sa queue flottaient dans le vent, pas de mors dans la bouche, pas de rêne pour le retenir. Mrs. Stroud courut après lui avec le désir de savoir de quel côté il se dirigeait. Elle en oublia sa crainte. Son triomphe engloutissait ses autres sentiments.

Il dépassa le verger. Elle pensa à ouvrir la barrière à l'extrémité du pâturage afin qu'il pût s'en aller sur la route mais, en ce même instant, il s'effondra en arrière, ayant culbuté dans un monceau de neige ; il s'y roula joyeusement, les sabots battant l'air dans un étincellement d'acier poli. Elle peinait sur le sentier à sa suite.

Le cheval parut vouloir se relever, mais il retomba sur le dos, il se débattit, les sabots en l'air, puis retomba encore et demeura immobile. Elle courut à lui comme si elle était inquiète.

Il leva vers les siens des yeux pleins d'une muette interrogation.

Quoi... qu'y avait-il ? Qu'est-ce qui pouvait l'avoir atteint ? Car elle le savait gravement atteint. Pourquoi ne pouvait-il plus se remettre debout ? Un frisson parcourut son corps. Avec un profond soupir qui semblait venir du tréfonds de son être, il se laissa aller sur le monceau de neige ; elle avança péniblement tout contre lui à travers la neige épaisse. Il restait étendu là, les yeux fixés sur elle. Il mourait... en un moment il fut mort...

Scotchmere le trouva au matin.

Il courut comme il n'avait pas couru depuis des années sur le sentier enneigé menant à la maison. Il faisait à peine jour. Il frappa rudement à la porte de la cuisine. Rags lui ouvrit en chemise et pantalon.

— Il faut que je voie le patron ! haleta Scotchmere.

— Que se passe-t-il ?

— Le cheval est mort ! Launceton !

— *Mort !* Que lui a-t-on donné ?

Scotchmere le poussa de côté et pénétra dans la cuisine.

— Vous pouvez monter, maintenant. Qu'est-ce qui l'a tué ?

— Je ne sais pas, mais il est mort là dehors, dans la neige. Il faut que j'apprenne ça au patron.

Il monta à la hâte l'escalier du sous-sol.

Rags le suivit. Dans le hall il réussit à passer devant. Ce fut lui qui frappa à la porte de Renny et l'ouvrit.

Renny était étendu sur le dos, un bras en travers du front comme un homme qui pare un coup. Ils s'arrêtèrent chacun d'un côté du lit.

— Qu'est-ce qu'il y a ? demanda-t-il.

— C'est Launceton, monsieur, il est mort.

Renny ouvrit les yeux, puis demeura comme pétrifié. Il lutta pour s'éveiller, tendit les bras en avant, tourna brusquement la tête de droite à gauche sur l'oreiller. Mais les deux hommes ne disparaissaient pas et ils étaient toujours présents, penchés vers lui. Rags parlait.

— J'ai eu la plus grande peur de ma vie, monsieur. Scotchmere est venu frapper à la porte, ça m'a réveillé en sursaut, ma femme a dit...

Scotchmere l'interrompit :

— Il est sorti de l'écurie, monsieur, et maintenant le voilà couché dans la neige, il s'est rompu l'épine dorsale !

Les lèvres de Renny pâlirent ; il bondit hors de son lit et regarda autour de lui, toujours hagard. Rags se mit à lui présenter ses vêtements. Il les enfila l'un après l'autre. Brusquement il demanda :

— Êtes-vous sûr qu'il soit mort ?

— Je sais ce que c'est qu'un cheval mort, répondit Scotchmere amèrement.

Nicolas parut sur le seuil.

— Launceton est mort, lui dit Renny. Scotchmere l'a trouvé couché dans la neige. Comment disiez-vous qu'il était sorti ?

— Dieu seul le sait. Les portes de l'écurie étaient fermées. C'est quelque ennemi qui nous aura fait cela, monsieur !

Il se mit à pleurer.

— Mais c'est affreux, dit Nicolas, comment ? je ne puis y croire.

— C'est la plus grande peur de ma vie, monsieur, dit Rags, ma femme...

Ernest, Meg et les garçons sortaient de leurs chambres. Renny passa devant eux et descendit l'escalier en courant.

Tout était enveloppé de tonalités estompées du gris au blanc. Launceton était étendu, masse sombre sur la neige. Elle avait continué à tomber pendant la nuit. D'abord, les flocons avaient fondu au contact de son corps tiède puis, peu à peu, ils s'étaient amassés. Sa sombre crinière était poudrée de blanc ; il y avait de la neige dans ses yeux encore ouverts. Renny s'agenouilla et l'embrassa sur le front entre les yeux.

— Cher vieux gars, dit-il.

Ils relevèrent les traces de pas à l'intérieur de l'écurie. Elles étaient accompagnées d'un peu de neige apportée du dehors. C'étaient les empreintes d'une femme portant des socques à hauts talons. Ils trouvèrent les mêmes traces auprès de Launceton mort. Ce fut Dayborn qui rugit :

— C'est Mrs. Stroud, il n'y a pas le moindre doute !

— Elle m'a lancé un regard meurtrier lorsque je lui ai montré la sortie hier soir, dit Scotchmere.

— Est-elle venue ici hier soir ? demanda Dayborn.

— Oui, répondit Renny, elle est venue ici, mais elle n'aurait pas pu faire cela, Jim ! Personne ayant un cœur n'eût pu commettre cet acte.

Ils étaient rassemblés dans le bureau de Renny. Chris arriva en courant.

— C'est Mrs. Stroud ! cria-t-elle, il y a deux rangées de pas, on peut voir clairement où elle a été. Rien ne pouvait fondre dans l'écurie cette nuit ; il faut appeler le vétérinaire, trois des chevaux et un des poneys sont tout frissonnants !

— Alors, faites-le.

Les trois hommes l'écoutèrent téléphoner, d'une voix assurée. Puis elle raccrocha le récepteur et dit :

— Il vient tout de suite. Les hommes sont déjà en train de confectionner une tisane. Les chevaux sont enveloppés de couvertures. Dieux ! quelle ennemie !

— Cette fois, dit Dayborn, personne ne m'arrêtera : si j'avais pu en faire à ma tête, elle n'eût pas été en état de réussir cela !

Il sortit presque en courant du bureau.

— Je vous suis, dit Renny.

Une traînée rouge barrait l'horizon à l'est lorsqu'ils se mirent à cheminer à travers la neige. Un petit groupe d'hommes s'étaient rasemblés autour du corps de Launceton. Renny détourna les yeux. Dayborn ne cessait de répéter :

— Tous nos espoirs... tout... tout...

Les larmes roulaient sur ses joues.

— Tenez-vous, Jim, laissez-moi parler !

Ils arrivèrent devant la maison de Mrs. Stroud.

Tandis qu'ils se trouvaient devant le seuil, Dayborn tremblait de surexcitation. Il s'accrocha au bras de Renny pour se ressaisir. Leurs yeux étaient rivés sur le point où ils s'attendaient à voir apparaître le visage coupable de Mrs. Stroud. Mais elle ne répondit pas aux coups frappés à la porte.

— Elle s'est sauvée, conclut Dayborn.

— Non, voici la trace de ses pas qui rentrent chez elle, il n'y en a pas d'autres.

Ils frappèrent à nouveau.

— Je vous dis qu'elle est partie !

Ils écoutèrent, l'oreille aux aguets. Pas le moindre son à l'intérieur de la maison.

Dayborn tourna le bouton de la porte et l'ouvrit violemment. Il n'y avait pas de traces de pas dans le hall. Ils pénétrèrent dans le salon. Il était glacial et à première vue semblait désert.

Puis ils aperçurent Mrs. Stroud assise sur une chaise basse dans un coin obscur. Elle avait encore son chapeau et son manteau et s'était assise, les mains croisées sur les genoux, comme si elle les attendait. Ses grands yeux fixèrent le visage de Renny avec une expression de profonde tristesse. Dayborn hurla :

— Savez-vous que vous irez en prison pour cela ? Vous êtes une criminelle. Voilà ce que vous êtes ! Je savais dès le début... que vous...

Elle l'interrompit :

— Mr. Whiteoak, voulez-vous lui dire de s'en aller, je désire vous voir seul.

— Je ne m'en irai pas. Cela me touche autant que lui...

Les yeux toujours fixés sur Renny, elle répéta :

— Dites-lui de s'en aller !

— Si vous croyez, ricana Dayborn, que vous arriverez à vous arranger avec lui, vous vous trompez. Vous savez ce qu'on devrait faire de vous ? Vous devriez être pendue à l'une des poutres de la stalle de Launceton... et on vous laisserait vous y balancer. Bon Dieu ! j'aimerais voir ça !

Elle sourit tristement :

— Je ne vous en veux pas... mais allez-vous-en. Je veux parler seule à Mr. Whiteoak... Pendant quelques minutes seulement... il faut que je lui parle...

— Sortez, Jim, dit Renny.

Son ton était si autoritaire que Dayborn sortit de la pièce sans dire un mot de plus et claqua la porte d'entrée derrière lui. Mais il n'alla pas loin ; il se posta devant la partie de la maison qu'il avait occupée jadis et considéra fixement les fenêtres de la pièce où il avait laissé Renny et Mrs. Stroud.

Celle-ci eut un profond soupir, puis elle se leva et regarda Renny bien en face ; elle dit d'une voix enrouée :

— J'ai tué Launceton.

Il recula d'un pas, comme s'il craignait d'être touché par elle.

— Oui, vous l'avez tué.

— Aimeriez-vous qu'on me fît ce qu'a dit Dayborn ?

— Vous le méritez.

— Savez-vous pourquoi je suis allée aux écuries cette nuit ?

— Pour me revoir.

— Oui, et je vous y ai trouvé avec cette fille et le cheval... alors j'ai voulu faire une chose qui vous désespérerait tous deux... et j'ai fait sortir Launceton, je pensais qu'il prendrait froid et ne serait plus en état de courir. Je ne vous cache rien ! Il m'eût été indifférent qu'il en mourût.

— Je pourrais vous pardonner dit-il, si vous m'aviez envoyé une balle à travers le corps, mais ce cheval... qui n'a jamais fait de mal à personne...

— Je le ressusciterais si je le pouvais ! Je n'ai plus de haine ni de jalousie en moi, je suis morte — ici elle crispa ses mains sur sa poitrine — à part mon... mon amour... ah ! je vous aime toujours !

Elle se mit à sangloter.

— Quelle menteuse vous êtes ! dit-il avec amertume, vous n'aimez que vous-même ! Vous ignorez les sentiments honnêtes.

Elle croisa les mains sur sa poitrine.

— Je sais que je mérite tout ce que vous pourrez dire. Mais je voudrais vous raconter ma vie... à partir du commencement... Je pense que je réussirais à vous faire comprendre... et je n'étais pas une femme ordinaire... toutes ces années... elles ne m'ont pas changée... quelque chose en moi brûlait, attendait une occasion, elle arriva et... c'est vous qui avez souffert.

Oui, il baissa les yeux, ne pouvant prendre sur lui de regarder son visage.

— Qu'allez-vous me faire ? murmura-t-elle. Vous me ferez arrêter ?

Il se tenait, une main comprimant sa bouche, le regard au loin. Un carillon de clochettes de traîneau parvint de la route. Il resta silencieux si longtemps qu'elle le crut frappé de surdité. Finalement, il se décida à parler.

— Non, dit-il, pas cela, mais il faudra que vous quittiez le pays et que jamais plus on ne vous y revoie ! Voulez-vous me le promettre ?

Elle répondit d'une voix ferme :

— Je vous le promets. Je m'en irai très loin. Vous êtes bon... très, très bon... — Sa voix devint chantante tandis qu'elle répétait comme une litanie : — Vous êtes bon... bon...

Il la regarda surpris, elle l'effrayait.

— Fort bien, dit-elle, alors, c'est fini.

Amy avait fermé les yeux. Une de ses mains se tendit vers lui :

— Ne partez pas, dit-elle d'une voix rauque.

Elle rouvrit les yeux. Il était parti.

Un soleil rouge montait dans le ciel clair. La neige était rosée partout où le soleil l'effleurait et d'un bleu intense à l'ombre. Dayborn marchait à côté de Renny, il ne s'arrêtait pas de parler.

Renny avançait dans la neige sans l'écouter. Lorsqu'il essayait de penser à Mrs. Stroud ou à son acte, il n'arrivait pas à sortir de la confusion qui régnait dans son cerveau. La seule réalité précise pour lui, c'était que Launceton si plein de feu, si noble dans son innocence, était mort.

Lorsqu'ils atteignirent les écuries, le vétérinaire était arrivé. On soignait les chevaux qui avaient pris froid ; aucun n'était dans un état grave. Rags l'y attendait et le supplia de revenir à la maison pour le breakfast. Il refusa et Rags apporta une théière pleine de thé aux écuries. Il était midi lorsqu'il se rendit dans son bureau où il s'installa à sa table de travail, la tête dans les mains.

Il ne bougea pas lorsque Chris et Dayborn entrèrent. Ils demeurèrent immobiles à le regarder en silence. Puis Dayborn dit :

— Si vous m'aviez écouté, cela ne serait jamais arrivé. Je vous avais dit, il y a longtemps, ce qu'elle valait. Mais vous n'en faites qu'à votre tête. Je ne veux pas envenimer les choses, mais vous êtes très coupable !

— Ferme ça, Jim, dit Chris.

— Tu es coupable aussi, poursuivit Dayborn de sa voix fanfaronne. Tu ne cessais de me rappeler combien elle s'était montrée bonne pour nous. C'est sacrément injuste que moi, qui ai vu clair, je sois obligé de souffrir avec les autres... cette nuit lorsqu'elle...

— Ferme ça !

— Ferme ça toi-même !

La porte s'ouvrit. Scotchmere passa sa tête grisonnante dans l'entrebâillement :

— Mr. Dayborn veut-il venir parler au vétérinaire ?

Les yeux du vieux palefrenier accusaient Dayborn de négligence.

Dayborn s'éloigna avec un balancement d'épaules excédé. Un pan de sa chemise sortait drôlement de sa culotte de cheval.

Chris vint à Renny et attira sa tête contre sa poitrine.

— Pauvre chéri, murmura-t-elle, si seulement je pouvais faire quelque chose.

Il appuya les mains de Chris à ses tempes enfiévrées.

Ce ne fut que le soir que Dayborn et Chris réussirent à le convaincre de retourner chez lui. Il n'avait rien mangé, mais beaucoup bu. Sous les rayons d'une jeune lune étincelante, ils le soutinrent chacun d'un côté, tout le long du large sentier tracé par les domestiques de la ferme. La neige amoncelée de chaque côté formait comme deux murailles continues. Ils étaient tous deux si minces, si semblables de silhouette qu'on n'eût pas pu avec certitude les distinguer l'un de l'autre. Il leur tapotait le dos tour à tour.

La vieille Adeline, qui allait se coucher, l'entendit revenir. Il chantait à tue-tête d'une voix assez peu musicale :

Connaissez-vous John Peel à la veste grise ?
Le reconnaissez-vous au lever du jour ?
Le cri de Peel ferait sortir de leurs retraites
Les morts comme le renard au lever du jour.

Elle alla lui ouvrir la porte.

24

Noël

Meg et sa grand-mère étaient dans le salon occupées à fouiller dans une boîte de décorations pour l'arbre de Noël. C'était une grande boîte et une partie de son contenu datait du temps où Meg et Renny étaient enfants. L'une d'elles, un chérubin de cire, était à présent plutôt noirâtre et n'avait plus de nez, mais toute la famille le chérissait. Il y avait aussi des papillottes aux vives couleurs, des friandises de Noël. Il y avait des guirlandes de clinquant, certaines assez ternies quoique à la lueur des bougies elles fussent aussi brillantes que les plus neuves. Aucun membre de la famille ne pouvait voir cette boîte sans éprouver une certaine surexcitation. Cela signifiait que Noël approchait et que l'on allait procéder aux derniers rites.

Adeline séparait un poisson d'argent d'une guirlande de clinquant. Meg, à l'aide d'un coin de son mouchoir mouillé du bout de la langue, lavait le visage du chérubin. L'air était chargé du parfum de l'arbre et des rameaux odoriférants qui avaient été posés autour des portraits suspendus aux murs. Un panier, près de la fenêtre, était bourré de cartes de Noël non encore décachetées.

— Dieu merci ! dit Meg, Renny a surmonté le pire de sa déception avant Noël. Je pense que, tout bien considéré, il a fort bien supporté cela, n'est-ce pas, Gran ?

— Oui, il a souffert comme un soldat.

— Mais il s'était terriblement enivré ! Cela m'a donné un vrai choc !

Adeline éleva les mains :

— Et à moi aussi. Dieu me pardonne, lorsque j'ai ouvert la porte et que je l'ai vu tituber à travers le hall, il m'a tellement rappelé mon père que j'ai failli me trouver mal ! Avant d'avoir pu m'en empêcher, je l'ai appelé du nom de mon père et lui ai dit : « Vous devriez avoir honte, Renny Court ! »

— Et qu'a-t-il répondu ?

— Il m'a répondu : « Je regrette de n'avoir pas été Renny Court, car je serais mort depuis quarante ans ! Mieux valait mourir que vivre cette journée ! » Puis il est venu poser sa tête sur mon épaule et il a pleuré et moi je lui répétais : « Pleure, mon cher, cela te fera du bien » et que crois-tu qu'il m'ait dit alors : « Oh ! Gran, la guerre était terrible ! » Son pauvre cerveau était complètement dérangé par toutes les épreuves qui l'accablaient, ainsi qu'eût dit ma vieille nourrice.

— Pauvre chéri ! Vous avez merveilleusement réussi à le consoler et les oncles l'ont mené se coucher si gentiment. C'est étrange comme il évite de parler de Launceton à présent et si quelqu'un prononce seulement le nom de Mrs. Stroud, il lui lance un regard noir et met fin à la conversation ! Mais je trouve que cela fait du bien de parler de ses soucis, n'est-ce pas, Gran ?

— Eh ! Meg, mais tu n'as jamais aimé parler de Maurice Vaughan, n'est-ce pas ?

Meg rougit très fort et pencha la tête par-dessus la boîte de décorations.

Sa grand-mère lui jeta un regard pénétrant :

— Je crois que tu l'aimes toujours, Meg.

Meg ne répondit pas ; il y eut un silence troublé seulement par le pétillement du feu et le froissement des guirlandes qu'elles maniaient.

Finalement, Adeline reprit :

— Je me demande quelle sorte de Noël aura cette Mrs. Stroud !

— Sans doute sera-t-il d'une sorte assez triste avec la conscience chargée d'un tel méfait !

— Elle peut remercier son étoile de n'avoir pas été arrêtée !

— Renny a été trop généreux en la laissant s'en aller sans punition. Mais, ainsi qu'il le disait, aucune punition n'aurait pu ressusciter Launceton ! Enfin, elle a disparu complètement, personne ne semble savoir où elle est allée. Je me demande qui achètera sa maison. Comme je me rappelle bien du temps où elle fut bâtie ! Le vieux Mr. Pink ne se doutait guère qu'une si étrange créature viendrait y vivre. Mais aussi mauvaise qu'elle fût, elle n'était pas de la véritable étoffe des pécheurs.

Des pas résonnèrent dans le hall. Meg secoua la tête.

— Chut ! Gran, voici Renny, ne parlons pas d'elle… Je pense que la neige a cessé de tomber, n'est-ce pas ?

Renny entra, elle se tourna vers lui en souriant et lui tendit le chérubin.

— J'étais en train de le débarbouiller, Renny. Le trouves-tu assez propre ?

Il regarda le petit visage de cire d'un air critique :

— Il est un peu grisâtre, mais il aura l'air frais à la lueur des bougies.

— J'espère que Wakefield ne hurlera pas à la vue de l'oncle Nick en saint Nicolas, comme il l'a fait l'an passé !

— Il ne criera pas, je le mettrai sur mes épaules.

— Que penses-tu de Finch qui apporte toujours son bas ? Piers prétend qu'il est trop grand et que l'arbre lui suffit, mais je vois bien qu'il n'est pas de cet avis. Je pense qu'il y croit encore.

— Laisse donc ce pauvre petit diable préparer son bas !

Il hésita et sortit un papier de sa poche en disant :

— Cela vient d'arriver. C'est un câble de tante Augusta. Elle a vu Mrs. Gardiner et conseille à Dayborn d'aller la rejoindre aussitôt que possible. Elle prétend qu'elle est sûre de pouvoir arranger les choses. — Il eut un rire bref. — Je ne vois guère de chances maintenant pour un voyage en Angleterre.

— Quand je pense, dit Meg, au mal que cette femme a fait à ces deux pauvres êtres !

— La petite savait-elle, avant de se marier, qu'il fallait qu'elle fût admise par cette femme en Angleterre ? demanda Adeline.

— Non, répondit Renny. Dayborn ne lui en a parlé qu'après leur mariage. C'est un méprisable chien, mais je l'aime.

Adeline, d'une voix tremblante, jeta :

— Je le paierai !

— Quoi ?

— Leur voyage, les frais pour tous les trois !

Renny la considéra d'un air incrédule :

— Gran, Gran, vous n'y pensez pas !

— Si. Va, Renny, et dis-leur que ta grand-mère est toute pleine de bonne volonté ce Noël-ci et qu'elle désire le prouver en leur venant en aide. Mais, Bon Dieu, ça coûtera un tas d'argent !

Renny la prit dans ses bras et appuya sa joue contre la sienne :

— Gran, vous n'avez jamais rien fait de meilleur ! Ils vous seront reconnaissants jusqu'à la fin de leurs jours ! Et moi aussi ! Je ne puis vous dire à quel point je me suis tourmenté pour eux, depuis cette affaire...

Elle lui lança un regard aigu :

— Jusqu'à quel point tiens-tu à cette jeune Chris ? Dis-moi ça.

— J'y tiens tellement que je souffrirai les tourments de l'enfer en renonçant à elle.

Puis, avec un regard défensif à sa grand-mère et à sa sœur, il s'en fut vers la porte.

Lorsqu'il l'eut refermée derrière lui, Meg dit :

— Je me demande si c'est bien sincère. Certainement, je sais qu'il est sincère, mais les hommes se trompent eux-mêmes encore plus facilement qu'ils ne trompent les femmes.

Adeline ferma les yeux. Ses lèvres remuaient. Elle dit :

— Je m'embrouille lorsque j'essaie de calculer ce que cela coûtera. Mais je sais que ce sera chaud ! Bien, bien, je n'ai qu'à faire la grimace et à le supporter. Je me demande ce que diront tes oncles !

Meg lui caressa la main :

— Je ne vois pas comment ils feraient pour ne pas en être satisfaits. Tous deux admirent Chris et la plaignent et ils savent que l'avenir du bébé peut dépendre de ce voyage. Pour ma part, je pense que vous nous donnez l'exemple des sentiments dignes du jour de Noël !

Adeline contempla sa petite-fille d'un air rusé :

— Ce n'est pas seulement pour leur bonheur, dit-elle, il convient de protéger le jeune homme, d'éloigner la tête rouge !

Meg la regarda finement, puis s'exclama :

— Oh ! Gran, que vous êtes sage ! Je dis toujours que si peu que je puisse posséder de cervelle, je l'ai héritée de vous !

Chris attendait près de la grille lorsque Renny parut conduisant un des traîneaux de la ferme tiré par un hongre vivace. Ayant vu la grille ouverte, il était décidé à la passer sans s'arrêter.

— Oh ! cria-t-il en appuyant sur les rênes.

Le hongre s'arrêta en piétinant pesamment la neige, son col épais s'arquait, il feignit d'avoir peur de l'arbre que Chris tenait droit : c'était un arbre de Noël un peu plus grand qu'elle, les racines étaient enveloppées d'un sac, ses branches touffues formaient une pyramide parfaite. Elle était tête nue et avec la coupe médiévale de ses cheveux plats et blonds, sa culotte et sa chemise de jersey noir, elle offrait une saisissante image se détachant sur la campagne enneigée. Son visage aussi était saisissant avec son expression qui disait sa fragilité et son endurance, sa pureté, son expérience. Renny la considéra ainsi que l'arbre sans dire un mot.

— Est-ce qu'il fera l'affaire ?

— C'est une merveille.

Cependant, ses yeux ne regardaient qu'elle. Il était déchiré entre le désir de lui annoncer la bonne nouvelle et la douleur de lui dire qu'ils devraient se séparer.

— Je l'ai choisi moi-même. Pourtant la pensée de le voir abattre m'a fait mal ; j'ai demandé aux hommes de l'arracher avec ses racines ; aussi, si Pheasant le veut, elle pourra le replanter et il vivra !

— Quelle bonne idée ! Elle sera enchantée.

— Depuis la mort de Launceton, je ne puis souffrir la pensée d'un être jeune et beau que l'on tue !

— Je sais.

Ses yeux restaient attachés à elle. Il dit soudain :

— Vous savez ce que je fais en ce moment, Kit ? J'imprime votre image dans mon souvenir, afin de vous voir toujours, exactement comme vous êtes en ce moment. Vous ne pouvez vous imaginer comme vous êtes belle ! Vous êtes la fille la moins consciente de sa beauté que j'aie jamais rencontrée. Votre image ne me quittera jamais. Ce sera comme une sorte de symbole.

Elle sourit, les yeux levés vers lui :

— Renny, vous avez été merveilleux pour moi ! Si seulement j'avais pu vous aider à gagner cette course !

— C'eût été grandiose !

Ils restèrent rêveurs un moment, comme sous le charme de ce rêve de victoire. Puis, avec un soupir, il sauta du traîneau et lui prit l'arbre des mains. Le cheval hennit, avança de quelques pas mais Chris bondit juste à temps sur le siège pour saisir les rênes et arrêter le hongre.

— Arrête, démon ! dit-elle sans émotion.

Renny souleva l'arbre et le mit dans le traîneau en disant :

— Il n'est qu'une seule chose qui me déplaise en vous, Kit, c'est quand vous injuriez les chevaux.

— Je n'y puis rien, mais ils comprennent, sachant bien que je les aime !

— Voici Jim et Tod ! s'écria Renny.

— Il prétend que Tod peut rester avec lui aux écuries. — Elle cria aux nouveaux venus : — Pourquoi venez-vous ici ?

Dayborn répondit :

— Il faudra que tu le gardes, car je dois aller me choisir une paire de bottes, mes pieds se voient à travers celles-ci.

Tod sourit à sa mère comme pour s'excuser ; il désirait être avec elle, cependant il craignait de n'en être pas mieux accueilli que par Dayborn. Elle lui tapota la joue de sa petite main. Dayborn le mit dans la paille derrière l'arbre.

— Choisissez une bonne paire de bottes, Jim, dit Renny, vous avez un long voyage en perspective.

Dayborn le regardait sans comprendre.

— Ma grand-mère a décidé de vous offrir le voyage jusqu'en Angleterre ; elle me l'a annoncé ce matin.

— Mais pourquoi... pourquoi..., balbutia Dayborn incapable de parler.

Chris dit :

— Mais il ne faut pas qu'elle fasse cette dépense, c'est trop !

— Elle le désire, dit Renny, c'est son cadeau de Noël.

— Est-ce que Chris et l'enfant s'en vont aussi ?

— Certainement, je pense qu'ils représenteront vos meilleurs atouts lorsque vous rencontrerez Mrs. Gardiner. J'ai reçu un câble de ma tante, elle a vu votre amie et elle est sûre que vous pourrez vous raccommoder avec elle. Ma tante dit que c'est une personne très maternelle.

— Ça oui ! s'écria Dayborn avec ferveur. Elle a été un ange pour moi. Mais, Dieu, que je vais être heureux de la revoir et de tout arranger !

— Tod s'en chargera... Et regardez-le donc !

Il avait saisi le tronc de l'arbre de ses deux petites mains couvertes de mitaines ; un peu de neige tombée d'un rameau était resté suspendu à la frange de cheveux qui luisait de dessous son bonnet de laine :

— Beau, beau, dit-il aimablement, très beau !

— Il faut que j'aille tout de suite remercier Mrs. Whiteoak, dit Dayborn, ou bien vaut-il mieux attendre que j'aie mes bottes neuves ?

— Va chercher tes bottes neuves, dit Chris, et puis mets ton autre manteau et ta cravate bleue. Dis-lui ma reconnaissance et aussi que j'irai la remercier.

— Tu ferais mieux de venir maintenant !

— Je préfère y aller seule.

— Bien. Oh ! quelle femme ! Je l'adore ! Chris, n'est-ce pas qu'elle est merveilleuse ?

Il entoura Chris de ses bras et l'étreignit puis, regardant par-dessus sa tête, il eut une expression possessive. Un sourire malicieux éclaira son visage mince et régulier.

— Je n'étais pas aveugle, vous savez ! dit-il.

Chris donna les rênes. Jake bondit en avant. Dayborn les suivit du regard toujours souriant puis il se dirigea vers le village. Ce changement était presque trop pour lui. Il voyait à peine le chemin. Le soleil parut éblouissant. Il y avait des clochettes sur le harnais de Jake, il les entendait tinter sur la neige.

Renny s'accroupit entre l'arbre et l'enfant, soutenant d'une main l'un et l'autre. Des paquets de neige envoyés par les sabots de Jake étaient lancés dans le traîneau. De la belle neige qui faisait penser à de l'écume. Les clochettes avaient un son grave et mélodieux. Couvrant leur tintement, la voix de Renny parvint à Chris :

— Êtes-vous réellement heureuse, Kit ?

Elle ne répondit pas, puis elle tourna son visage vers lui et le regarda par-dessus son épaule. Les larmes ruisselaient le long de ses joues, elle se détourna à nouveau. Aucun d'eux ne dit un mot. Tod continuait à admirer l'arbre :

— Beau, beau, disait-il.

Ils le laissèrent dans le traîneau et franchirent le porche. Avant de rentrer, Renny sortit son mouchoir et tamponna les joues de Chris.

— Pourquoi pleurez-vous, mon cher petit cœur ?

— Vous le savez fort bien... nous ne nous reverrons plus... Je sens cela ici !

Elle se toucha la poitrine.

Pheasant les attendait. Elle ouvrit la porte.

— Oh ! vous l'avez apporté ! s'écria-t-elle enchantée. Maurice m'avait dit que vous m'apporteriez un arbre ! Il a été en ville acheter des décorations pour lui et puis quelque chose qui est dans une boîte et que je ne dois pas ouvrir avant demain matin !

— Ça vaut mieux, dit Renny sombre. — Il lui mit un paquet dans les mains : — Voici autre chose qu'il ne faut pas ouvrir avant le matin venu !

— Oh ! que c'est merveilleux ! Et j'en ai vu aussi de Miss Pink ! Et puis Mrs. Clinch m'a acheté des pantoufles ! Quel Noël ! Maurice revenu et un arbre couvert de cadeaux.

Elle était seule avec l'arbre. Le soir était venu, Pheasant était restée debout plus tard que de coutume, mais il lui fallait le contempler une fois encore avant d'aller au lit.

L'arbre se dressait rond et touffu et plein de mystère, comme s'il se trouvait encore dans les bois. Il avait ses racines et on pourrait le replanter ; il lui semblait merveilleux de savoir qu'il n'était pas destiné à mourir. Elle le garderait toute sa vie et lorsqu'elle aurait des enfants, elle le leur désignerait, là-bas, si grand et majestueux et elle leur dirait : « Ce fut mon premier arbre de Noël au temps où j'étais petite fille. » Ce serait sans doute aussi le dernier. Elle ne pensait pas pouvoir en désirer jamais un autre. La joie qu'il lui donnait était trop émouvante, elle lui faisait mal.

Maurice avait acheté de si jolies décorations, mais il avait oublié les bougies. Ça n'avait pas d'importance, car Mrs. Clinch avait horreur du feu. Pourtant, Pheasant avait été à la cuisine chercher la paire de vieux chandeliers de cuivre sur le manteau de la cheminée. Elle y mit des chandelles et les alluma. Comme les petites flammes brillaient d'un éclat surnaturel ! Leur doux rayonnement atteignait le moindre recoin de l'arbre. Les rameaux dispensaient leurs parfums, on eût dit le souffle même de Noël ! Les paquets pas encore ouverts étaient rassemblés sous les branches basses, il y en avait cinq ! La petite fille pensa qu'elle allait chanter un cantique et se tint très droite, ses cheveux bruns massés de chaque côté de son visage tandis que la lueur des bougies se reflétait dans ses yeux et elle chanta de sa grêle et douce voix :

Dans la cité royale de David
Il y avait une modeste étable
Une mère y coucha son enfant
dans une mangeoire comme berceau
Marie fut cette douce mère
Jésus-Christ le petit enfant.

Le parfum de l'arbre montait comme de l'encens. De la route, lui parvenaient les sonneries des traîneaux.

JALNA

Jalna
1927
Traduit par Simone Sallard

[illegible] Whitman [illegible] il ne put [illegible] avait reçu [illegible] coup [illegible] courant [illegible] à bout de souffle [illegible] [illegible] la prairie [illegible]

[illegible]

[illegible] l'avait [illegible] fournit [illegible] le pouce et l'index [illegible] de [illegible]. La foudre laissa [illegible]

[illegible]

1

Wakefield

Wakefield Whiteoak courait de plus en plus vite, mais vint le moment où il ne put aller plus loin. Il ne savait pas pourquoi il avait tout à coup accéléré le pas. Il ne savait même pas pourquoi il courait. Lorsque à bout de souffle il se jeta à plat ventre sur l'herbe nouvelle de la prairie, il oublia tout à fait avoir jamais couru et resta étendu, la joue pressée contre l'herbe tendre, le cœur battant très fort dans sa poitrine, la tête vide de toute pensée. Il n'était ni plus heureux ni plus malheureux que le vent d'avril qui passait sur son corps ou que l'herbe jeune qui frémissait de vie sous lui. Il était simplement vivant, jeune et envahi par le besoin d'un exercice violent.

En regardant la multitude des brins d'herbe, il aperçut une fourmi qui avançait hâtivement, elle portait un petit objet blanc. Il mit son doigt devant elle pour voir ce qu'elle allait faire en trouvant son chemin barré par une grande tour gênante. Les fourmis, c'est connu, sont persévérantes. Elle grimpera peut-être le long de son doigt et courra sur sa main. Non, avant d'avoir atteint son doigt, elle tourna net et partit rapidement dans une autre direction. De nouveau il lui barra la route, mais elle ne voulait pas escalader son doigt. Il continua. La fourmi résista. Ahurie, inquiète, portant toujours son petit fardeau blanc, ni séduction ni menace ne la feraient aller sur la chair humaine. Pourtant combien de fois les fourmis se sont-elles promenées à l'aise sur lui quand il le voulait le moins ! Une était même entrée dans son oreille, une fois, et l'avait presque rendu fou. Pris soudain de colère il s'assit, saisit la fourmi entre le pouce et l'index et la posa avec fermeté sur le dos de sa main. La fourmi laissa tomber sa charge et resta couchée sur le dos à agiter ses pattes en l'air et à se tortiller. Elle était évidemment en proie à une angoisse extrême. Il la jeta au loin, mi-dégoûté, mi-honteux. Il avait gâché la journée de cette stupide fourmi. Peut-être en mourrait-elle.

Il commença vivement à la chercher. On ne voyait ni fourmi ni fardeau, par contre un rouge-gorge perché sur la branche tremblante d'un cerisier sauvage se mit à chanter éperdument. Wakefield épaula un fusil imaginaire et visa.

— Pan ! cria-t-il, mais le rouge-gorge continua sa chanson comme s'il n'avait pas été touché.

— Voyons, se plaignit Wakefield, tu ne sais donc pas que tu es mort. Les oiseaux morts ne chantent pas, je t'assure.

Le rouge-gorge s'envola du cerisier et se percha sur la plus haute branche d'un orme où il chanta plus fort que jamais, pour montrer à quel point il était vivant. Wakefield se recoucha la tête sur le bras. La douce odeur humide de la terre pénétrait ses narines ; son dos chauffait au soleil. Il se demandait maintenant si le gros nuage blanc qu'il avait vu venir du sud était déjà au-dessus de sa tête. Il resterait tranquille et compterait jusqu'à cent, non, cent c'était trop. C'était un effort mental trop soutenu pour une matinée comme celle-ci : il compterait jusqu'à cinquante. Puis il regarderait, et si le nuage était au-dessus de sa tête, il ferait — eh bien, il ne savait pas ce qu'il ferait, mais ce serait quelque chose d'extraordinaire. Peut-être courrait-il à toute vitesse jusqu'au ruisseau et le sauterait-il, même s'il était très large à cet endroit. Il enfonça une main dans la poche de son pantalon et tâta ses nouvelles billes d'agate tout en comptant. Un délicieux engourdissement s'emparait doucement de lui. Le souvenir agréable de son excellent petit déjeuner bien chaud le remplissait de paix. Il se demandait s'il était toujours dans son estomac ou s'il s'était déjà transformé en sang, en os et en muscles. Un tel déjeuner doit faire beaucoup de bien. Il serra la main du bras posé sous sa tête pour essayer ses muscles. Oui, elle était plus forte, aucun doute là-dessus. S'il continuait à prendre des déjeuners de ce genre, le jour arriverait où il ne supporterait plus aucune insolence de Finch ni d'un autre de ses frères, même de Renny. Il pensait bien qu'il se laisserait toujours tyranniser par Meg. Mais Meg c'était une femme. Un garçon ne peut pas frapper une femme même si elle est sa sœur.

Aucun bruit de pas ne vint l'avertir. Il se sentit simplement réduit à l'impuissance par l'étreinte de deux mains de fer. Une secousse le remit rudement sur ses pieds en face de son frère aîné qui fronçait sévèrement les sourcils. Les deux épagneuls qui couraient sur les talons de Renny bondirent sur Wakefield en lui léchant la figure et le renversant presque dans leur joie de le retrouver.

Le tenant toujours par l'épaule, Renny lui demanda :

— Pourquoi es-tu ici à musarder, quand tu devrais être chez Mr. Fennel ? Sais-tu l'heure qu'il est ? Où sont tes livres ?

Wakefield essaya de se dégager. Il ne tint pas compte des deux premières questions, il sentait instinctivement que la troisième menait à des chemins moins dangereux.

— Je les ai laissés chez Mr. Fennel, hier, murmura-t-il.

— Tu les as laissés chez Mr. Fennel ? Comment diable pensais-tu faire tes devoirs ?

Wakefield réfléchit un instant.

— Je me suis servi d'un vieux livre de Finch pour mon latin. Je savais déjà la poésie. La leçon d'histoire n'était qu'à revoir pour que j'aie le temps de me faire une opinion sur Cromwell. L'histoire sainte, naturellement je pouvais l'apprendre dans la Bible de Meg à la maison, etc. — il s'anima, ses grands yeux noirs brillaient — et j'étais en train de faire l'arithmétique dans ma tête quand tu es arrivé.

Il regarda sérieusement son frère dans les yeux.

— Voilà une histoire tout à fait vraisemblable !

Mais Renny était quelque peu déconcerté par l'explication ainsi que l'autre le voulait.

— Maintenant, écoute-moi, Wake, je ne veux pas être sévère, mais il faut que tu fasses mieux. Penses-tu que c'est pour m'amuser que je te paie les leçons de Mr. Fennel ? Ce n'est pas parce que tu es trop délicat pour aller en classe que tu dois rester un vilain petit paresseux qui ne sait penser qu'à jouer. Qu'est-ce que tu as dans tes poches ?

— Des billes... très peu, Renny.

— Donne-les-moi.

Renny tendit la main pendant que les billes étaient extraites à contrecœur des poches de l'enfant et entassées dans sa main. Wakefield n'avait pas le moins du monde envie de pleurer mais son sens du tragique l'incita à verser quelques larmes en donnant ses trésors. Il n'avait qu'à fermer les yeux très fort pendant un moment en se répétant : « Oh ! que c'est affreux ! Que c'est affreux ! » Et en un instant les larmes arrivaient. Quand il était décidé à ne pas pleurer, aucune force humaine ne l'y aurait obligé. Maintenant en faisant tomber ses billes dans la main de Renny il gémit tout bas la formule magique. « Oh ! que c'est affreux ! Que c'est affreux ! » Sa poitrine se souleva, sa gorge se serra et bientôt les larmes coulèrent comme de la pluie le long de ses joues.

Renny empocha les billes.

— Pas de pleurnicheries maintenant.

Mais il ne le dit pas durement.

— Et arrange-toi pour ne pas être en retard à déjeuner.

Il partit lentement et appela ses chiens.

Wakefield sortit le mouchoir tout propre, encore plié en un petit carré, que sa sœur avait mis dans sa poche le matin, et il s'essuya les yeux. Il regarda diminuer la haute silhouette de Renny jusqu'à ce que celui-ci se fût retourné pour lui jeter un coup d'œil par-dessus son épaule : alors il se dirigea posément vers le presbytère.

Mais c'en était fait de la liberté du matin. Il était redevenu un garçon de neuf ans, soucieux, mince, pâle, dont les yeux brun foncé paraissaient trop grands pour la figure pointue. Il portait une veste et un pantalon court en lainage verdâtre et des bas verts qui laissaient voir ses genoux nus et brunis.

Il traversa le champ, enjamba une barrière défoncée et se mit à courir le long d'un chemin menant à une route boueuse et tortueuse. Bientôt apparut, entre deux ormes majestueux, la boutique du maréchal-ferrant bruyante et amicale. Un loriot voltigeait d'un arbre à l'autre, et quand le bruit du marteau sur l'enclume cessait un moment, son doux chant fluide se répandait comme une averse. Wakefield s'arrêta sur le seuil pour se reposer.

— Bonjour, John, dit-il à John Chalk, le maréchal-ferrant qui ferrait un grand cheval de ferme aux jambes velues.

— Bonjour, répondit Chalk en lui souriant, car lui et Wake étaient de vieux amis. Voilà une belle journée.

— Une belle journée pour ceux qui ont le temps d'en jouir. J'ai de maudites leçons à apprendre.

— Vous n'appelez sans doute pas ce que je fais du travail, hein ? riposta Chalk.

— Oh ! cela c'est un travail agréable. Un travail intéressant. Pas comme l'histoire et la « comp ».

— Qu'est-ce que c'est la « comp » ?

— Composition. On écrit sur des sujets qui ne vous intéressent pas. Mon dernier sujet était : « Une promenade au printemps. »

— Eh bien, cela doit être facile. Vous venez justement d'en faire une.

— Oh ! mais ce n'est pas la même chose. Quand on s'assied pour écrire, tout paraît stupide. On commence : « Je suis sorti par une belle matinée de printemps », et puis on ne peut plus trouver la moindre chose à raconter.

— Pourquoi ne pas écrire sur moi ?

Wakefield partit d'un éclat de rire moqueur.

— Qui est-ce qui voudrait lire quelque chose sur vous ! On doit la lire, cette stupide composition, vous ne comprenez donc pas ?

La conversation devint un moment impossible pendant que le maréchal-ferrant clouait le fer en place. Wakefield humait la délicieuse odeur de corne brûlée qui flottait dans l'air d'une façon presque visible.

Chalk laissa retomber la lourde patte qu'il venait d'arranger et remarqua :

— Il y a eu un homme autrefois qui a écrit une poésie sur un forgeron. « Sous un châtaignier touffu », cela commence. Vous l'avez lue ? Il a dû l'écrire pour que ce soit lu, hein ?

— Oh ! je connais le morceau. Ça ne vaut pas grand-chose. Et d'ailleurs ce n'était pas un forgeron dans votre genre. Il ne buvait pas, il ne pochait pas les yeux de sa femme et ne battait pas ses enfants...

— Attention ! interrompit Chalk très rouge. Si vous continuez à parler comme cela, je vous jette mon marteau à la figure.

Wakefield s'écarta mais dit judicieusement :

— Vous voilà bien. Juste la preuve de ce que je viens de dire. Vous n'êtes pas le genre de forgeron sur qui on puisse écrire une composition ou même une poésie. Vous n'êtes pas beau, Mr. Fennel dit qu'il faut écrire sur les belles choses.

— Oui, je sais que je ne suis pas beau, admit Chalk à regret. Mais je ne suis pas si mal que cela.

— Que quoi ?

Wakefield prit tout à fait l'attitude de professeur de Mr. Fennel.

— Qu'on ne puisse pas écrire sur moi.

— Et bien, alors, Chalk, supposez que j'écrive tout ce que je sais sur vous et que je le donne à Mr. Fennel en composition. Vous seriez content ?

— Je vais être content de vous jeter mon marteau à la tête si vous ne décampez pas, cria Chalk ramenant la lourde jument vers la porte.

Wakefield s'esquiva agilement à l'approche de la large croupe pommelée et se dirigea avec beaucoup de dignité vers la route devenue tout à coup une rue aux maisons espacées. Le poids de ses soucis glissa, le laissant léger et allègre. Comme il arrivait à une maison entourée d'une grille, il aperçut une petite fille de six ans qui se balançait sur la barrière.

— Oh ! Wakefield, cria-t-elle joyeusement, viens me balancer, viens me balancer !

— Mais oui, petite amie, acquiesça gaiement Wakefield. Je te balancerai, *ad infinitum. Verbum sapienti.*

Il balança la grille de-çà, de-là ; l'enfant rit d'abord, puis cria, enfin sanglota en se cramponnant aux barreaux à mesure que le balancement devenait plus fort et son point d'appui moins sûr. La porte de la maison s'ouvrit et la mère apparut.

— Laissez-la, vilain garçon ! cria-t-elle accourant au secours de sa fille. Vous verrez si je ne le dis pas à votre frère !

— Quel frère ? demanda Wakefield en s'éloignant. J'en ai quatre, vous savez.

— Quoi, l'aîné, bien sûr. Mr. Whiteoak, le propriétaire de cette maison.

Wakefield parlait confidentiellement maintenant.

— Je ne le ferais pas si j'étais vous, Mrs. Wigle. Cela ennuie beaucoup Renny d'avoir à me punir parce que j'ai le cœur faible — c'est ce qui m'empêche d'aller au collège — et naturellement il serait obligé de me punir si une dame se plaignait de moi, et pourtant c'est Muriel qui m'a demandé de la balancer et je ne l'aurais jamais balancée si je n'avais pensé qu'elle en avait l'habitude en voyant la façon dont elle se balançait comme j'arrivais le long de la rue. D'ailleurs Renny pourrait ne pas aimer savoir que Muriel mettait sa barrière en morceaux en se balançant dessus, et il demanderait peut-être un dédommagement. C'est un homme très bizarre et il peut vous tomber dessus quand on s'y attend le moins.

Mrs. Wigle avait l'air stupéfaite.

— Très bien, dit-elle en tapotant le dos de Muriel qui continuait à pleurer et à hoqueter dans son tablier. Mais je voudrais bien qu'il répare mon toit qui fuit d'une façon effroyable, la plus belle chambre est inondée chaque fois qu'il pleut.

— Je lui en parlerai. Je tâcherai que ce soit réparé immédiatement. Ayez confiance en moi, Mrs. Wigle.

Il partit droit et digne.

Il apercevait déjà l'église perchée sur un monticule planté de cèdres, sa tour carrée en pierre se détachait presque menaçante, comme un créneau sur le ciel. Son grand-père l'avait fait construire soixante-quinze ans plus tôt. Son grand-père, son père et sa mère dormaient à côté dans le cimetière. Au-delà de l'église et caché par elle était le presbytère où il prenait ses leçons.

Il ralentit le pas. Il se trouvait devant la boutique de Mrs. Brawn qui vendait non seulement des bonbons mais des sirops, des gâteaux, des tartes et des sandwiches. La boutique était simplement la pièce de devant de la maison garnie de rayons et d'un comptoir, les marchandises étaient disposées sur une table devant la fenêtre. Il se sentait faible et épuisé. La soif collait sa langue à son palais. Il avait l'estomac creux et un léger mal de cœur. Franchement, personne au monde n'avait jamais eu plus que lui besoin de rafraîchissements et personne au monde n'avait moins les moyens de se payer un tel réconfort. Il examina le contenu de ses poches, il y trouvait beaucoup de choses de grande valeur pour lui, mais pas un sou et c'était tout ce dont se souciait réellement Mrs. Brawn. Il apercevait sa figure cramoisie derrière la fenêtre et il sourit aimablement car il lui devait treize sous et ne voyait pas où il trouverait jamais de quoi la rembourser.

Elle vint à la porte.

— Eh bien, jeune homme, et l'argent que vous me devez ? (Quelle mauvaise éducation vraiment !)

— Oh ! Mrs. Brawn, je ne me sens pas très bien ce matin. J'ai des battements de cœur, vous avez dû en entendre parler. Je voudrais une bouteille de soda, s'il vous plaît. Et quant à ce que je vous dois... — Il se passa la main sur le front et continua en hésitant. — Je n'aurais pas dû aller au soleil sans chapeau, vous ne croyez pas ? Qu'est-ce que je disais ? Ah ! oui, ce que je vous dois. Et bien, vous comprenez, c'est bientôt mon anniversaire, et toute ma famille me donnera de l'argent. Dix-huit sous ou treize à ce moment me feront le même effet. Même un dollar ne sera rien.

— Quand est votre anniversaire ?

Mrs. Brawn s'adoucissait. Il se passa de nouveau la main sur le front puis la posa sur son estomac, il croyait que son cœur se trouvait là.

— Je ne peux pas me rappeler exactement, il y a tellement d'anniversaires dans notre famille que je les embrouille. Entre le grand âge de grand-mère et mon peu d'années et tous les autres entre, je suis un peu perdu, mais je sais que c'est dans très peu de temps. — Tout en parlant il était entré dans la boutique et s'appuyait sur le comptoir. — Un soda, s'il vous plaît, et deux pailles, murmura-t-il.

Il se sentit tout à fait heureux pendant que Mrs. Brawn sortait la bouteille, la débouchait et la posait devant lui avec des pailles.

— Comment va la vieille dame ? demanda-t-elle.

— Pas mal, merci. Nous espérons bien qu'elle atteindra ses cent ans. Elle en a bien l'intention. Parce qu'elle veut voir la fête que nous organiserons. Une fête avec un grand feu de joie et des fusées. Elle dit qu'elle serait désolée de manquer cela ; pourtant naturellement nous ne le ferons pas si elle est morte et elle ne peut pas regretter ce qui ne sera jamais arrivé, n'est-ce pas, même si c'est son propre anniversaire.

— Ce que vous avez la langue bien pendue, reconnut avec admiration Mrs. Brawn.

— Oui, c'est vrai, acquiesça-t-il modestement. Sans cela je passerais complètement inaperçu, étant le plus jeune d'une si nombreuse famille. Nous bavardons beaucoup, grand-mère et moi, elle est à un bout de la vie et moi à l'autre. Voyez-vous, nous sentons tous les deux que nous pouvons n'avoir plus beaucoup d'années à vivre. Alors nous profitons le plus possible de tout ce qui arrive.

— Oh ! mon Dieu, ne dites pas des choses pareilles. Vous irez très bien. — Elle écarquillait les yeux de sympathie. — Ne vous tourmentez pas, mon petit.

— Je ne me tourmente pas, Mrs. Brawn. C'est ma sœur qui s'inquiète. Elle a eu énormément de peine à m'élever et je ne suis pas encore élevé naturellement.

Il sourit tristement et pencha sur la bouteille sa petite tête brune, suçant avec extase.

Mrs. Brawn disparut dans la cuisine de l'arrière-boutique. Il en sortit une bouffée de chaleur ainsi qu'une odeur appétissante de gâteaux en train de cuire et un bruit de voix de femmes. Que les femmes avaient donc de la chance ! Et surtout Mrs. Brawn avec sa figure rouge. Elle faisait autant de gâteaux qu'elle voulait, vendait tous ceux qu'elle ne pouvait pas manger, et même on la payait. Comme il avait envie d'un gâteau ! Rien qu'un petit gâteau tout chaud !

Tout en aspirant avec ses pailles la délicieuse boisson, ses grands yeux brillants parcouraient l'étalage. Il y avait près de lui sur un petit plateau des paquets de chewing-gum. On lui avait défendu d'en manger mais il en avait une envie folle. Il aimait surtout le moment où l'on commence à mâcher et où le jus épais, sucré et parfumé coule dans la gorge et vous étrangle presque. Sans s'en apercevoir — ou presque sans s'en apercevoir — il avait pris un paquet sur le plateau, l'avait mis dans sa poche et avait continué à sucer ses pailles, les yeux tout à fait fermés maintenant.

Mrs. Brawn revint avec deux petits biscuits tout chauds sur une assiette qu'elle posa devant lui.

— J'ai pensé que cela vous ferait plaisir, ils sortent juste du four. C'est un cadeau, vous savez. Ils ne seront pas marqués sur votre note.

Dans sa joie il pouvait à peine parler. « Oh ! merci, merci », fut tout ce qu'il put dire d'abord. Puis :

— Mais quel malheur ! J'ai fini de boire tout mon soda et maintenant il faut que je mange mes gâteaux sans rien, à moins naturellement que je ne prenne une autre bouteille. — Il parcourut les rayons du regard. — Je crois que je vais prendre de la bière au gingembre cette fois, Mrs. Brawn. Merci. Et les mêmes pailles iront.

— Très bien.

Et Mrs. Brawn déboucha une autre bouteille et la posa devant lui.

Les gâteaux croquaient délicieusement sous la dent. Le milieu était encore mou. Oh ! ils étaient exquis !

Il sortit lentement de la boutique et se mit à monter les marches raides qui menaient à l'église tout en réfléchissant à ce qu'il avait à apprendre pour aujourd'hui. De ses deux humeurs habituelles quelle serait ce matin celle de Mr. Fennel ? Il se le demandait. Exigeant, alerte — ou absent et endormi ? Enfin quelle que fût son humeur il était désormais à sa merci, petit, faible, solitaire.

Il traversa l'ombre fraîche de l'église. Il hésita un moment parmi les pierres tombales devant la grille de fer qui entourait celle de sa famille. Ses yeux s'arrêtèrent sur le rebord de granit qui portait le nom « Whiteoak » et s'attristèrent en regardant la pierre marquée « Mary Whiteoak, femme de Philippe Whiteoak ». La tombe de sa mère. Son grand-père reposait là aussi ; son père ; la première femme de son père — la mère de Renny et de Meg ; et plusieurs enfants Whiteoak. Il avait toujours aimé ce coin de terre. Il aimait la jolie grille de fer et les charmantes petites boules qui pendaient. Il aurait voulu rester là ce matin pour jouer. Il faudra qu'il apporte une grosse botte de boutons d'or, il en avait vu hier briller le long de la rivière, et il les mettra sur la tombe de sa mère. Il en donnera peut-être aussi quelques-uns à la mère de Renny et de Meg, mais pas aux hommes naturellement, cela ne leur ferait aucun plaisir, ni aux bébés sauf à « Gwynneth, âgée de cinq mois », parce qu'il aimait son nom.

Il avait remarqué que Meg, lorqu'elle portait des fleurs sur les tombes, donnait toujours les plus belles à sa mère Margaret tandis qu'elle ne donnait à Mary — la mère de Wakefield, d'Eden, de Piers et de Finch — qu'un bouquet plus petit et moins beau. Eh bien, il ferait la même chose. Margaret aurait quelques fleurs, mais elles seraient moins belles — pas fanées ni abîmées, mais moins belles et moins grosses.

Le presbytère était une maison accueillante avec un long toit incliné et un haut pignon pointu. La porte d'entrée était ouverte. Il n'avait pas besoin de frapper, aussi entra-t-il tranquillement en prenant une expression attentive et déférente. La bibliothèque était vide. Ses livres étaient là sur le petit bureau, dans le coin où il s'asseyait toujours. Doucement, il traversa le tapis usé et se laissa tomber sur sa chaise habituelle cachant sa tête dans ses mains. Le tic-tac de la pendule disait : « Wakefield, Wake-field, Wake, Wake, Wake, Wake. » Puis bizarrement : « Dors, dors, dors, dors... »

L'odeur des sièges rembourrés et des vieux livres l'oppressait. Il entendit le bruit d'une bêche dans le jardin. Mr. Fennel plantait ses pommes de terre. Wakefield s'assoupit un peu, sa tête s'abaissa de plus en plus près du bureau. Enfin il s'endormit paisiblement.

Il fut réveillé par l'entrée de Mr. Fennel, assez sale, assez effaré, très contrit.

— Oh ! mon cher enfant, balbutia-t-il, je crains de vous avoir fait attendre. J'étais en train de me dépêcher de faire mes pommes de terre avant la pleine lune. C'est de la superstition, je sais bien, mais enfin... Voyons, maintenant ; qu'est-ce que nous avions comme latin pour aujourd'hui ?

La pendule se déclencha et sonna midi.

Mr. Fennel se pencha vers le petit garçon.

— Comment allez-vous ce matin ?

Il regardait le livre de latin que Wakefield avait ouvert.

— Aussi bien que je peux aller, merci.

Il parlait avec une aimable dignité à peine empreinte de reproche.

Mr. Fennel se pencha encore un peu plus sur la page.

— Hum... Voyons. *Etsi in his locis — maturae sunt hiemes.*

— Mr. Fennel, interrompit Wakefield.

— Eh bien, Wake.

Il tourna vers l'enfant sa barbe hérissée où pendait un brin de paille.

— Renny a demandé si vous pourriez me laisser partir à midi exactement aujourd'hui. Parce qu'hier, vous comprenez, j'étais en retard à déjeuner, et cela contrarie grand-mère, et à son âge...

— Certainement, certainement. Je vais vous laisser partir. Il ne faut surtout pas contrarier cette chère Mrs. Whiteoak. Cela ne doit plus arriver. Dépêchons-nous, Wakefield, tous les deux. Sauvez-vous et moi je retourne à mes pommes de terre.

Et il lui donna rapidement ses devoirs pour le lendemain.

— Je voudrais savoir, dit Wakefield, si Tom (le fils de Mr. Fennel) ne pourrait pas me poser mes livres à la maison cet après-midi quand il sortira le poney et la charrette. J'aurai besoin des deux dictionnaires et de l'atlas. C'est assez lourd et comme je suis déjà en retard il va falloir que je coure tout le long du chemin.

Il sortit dans l'éclat de midi, léger comme l'air, le transport de ses livres était arrangé, il ne s'était pas fatigué la tête avec César ou Olivier Cromwell. Restauré par deux biscuits et deux bouteilles de sirop, il était prêt à un nouvel exercice agréable.

Il reprit le chemin par où il était venu, s'arrêtant seulement une fois pour lâcher sur la route une truie fort peu satisfaite du champ où on l'avait enfermée. Elle le suivit sur une courte distance en trottinant gaiement et quand elle le quitta, attirée par la grille ouverte d'un jardin, elle n'oublia pas de lui lancer par-dessus son épaule un regard d'espiègle reconnaissance.

Que la vie était belle ! Lorsqu'il atteignit le champ où coulait la rivière, la brise s'était transformée en un vent qui lui ébouriffait les cheveux et sifflait à travers ses dents quand il courait. C'était le bon camarade de jeux qu'il lui fallait, il luttait de vitesse avec lui, chassait les nuages pour son plaisir, faisait tomber les fleurs du cerisier sauvage comme de l'écume.

En courant, Wakefield lançait alternativement ses bras devant lui comme un nageur. Il se jetait de côté aux tournants brusques, s'effarait comme un cheval ombrageux, tantôt roulant les yeux, l'air féroce, tantôt doux comme un agneau.

C'était une course folle, et en passant, à travers son trou habituel dans la haie des cèdres, sur la pelouse plantée d'arbres, il commença à craindre d'être tout de même en retard pour déjeuner. Il entra doucement dans la maison et entendit un cliquetis de plats et un bruit de voix dans la salle à manger.

Le déjeuner était commencé, les membres les plus âgés de la famille déjà assemblés quand le plus jeune (paresseux, menteur, voleur, destructeur qu'il était !) se montra à la porte.

2

La famille

Il semblait y avoir une foule autour de la table, et tout le monde parlait très fort et en même temps. Mais tout en parlant ils n'oubliaient pas leur repas, un déjeuner chaud et fumant, car on passait sans arrêt les plats, et couteaux et fourchettes s'agitaient énergiquement. Parfois on avait peine à comprendre celui qui parlait jusqu'à ce qu'il se fût arrêté pour avaler ce qu'il avait dans la bouche en buvant une gorgée de thé brûlant. Personne ne fit attention à Wakefield quand il se glissa à sa place habituelle à droite de sa demi-sœur Meg. Depuis qu'il avait commencé à venir à table on l'avait assis là, d'abord sur une chaise haute, puis, à mesure qu'il avait grandi, sur un gros volume de *Poètes anglais*, une anthologie qu'aucun membre de la famille ne lisait et qu'on appelait « le livre de Wakefield » depuis qu'on le plaçait sur sa chaise. A vrai dire, il n'avait plus besoin de ces quelques centimètres pour être capable de se servir proprement de son couteau et de sa fourchette, mais il en avait pris l'habitude et lorsqu'un Whiteoak prenait une habitude, il s'y attachait obstinément. Il aimait à sentir sous lui sa couverture dure, et pourtant, après une douloureuse rencontre avec la courroie de Renny ou la pantoufle de Meg, il eût quelquefois souhaité que les *Poètes* fussent plus rembourrés.

— Je veux mon déjeuner ! — Il éleva la voix sur un ton tout à fait différent du ton conciliant employé le matin pour parler à Mrs. Brawn, Mrs. Wigle et au recteur. — Mon déjeuner, s'il vous plaît !

— Chut.

Meg lui enleva sa fourchette qu'il agitait en l'air.

— Renny, veux-tu donner du bœuf à cet enfant, s'il te plaît. Il n'aime pas le gras, n'oublie pas. Rien que du maigre.

— Il faut qu'il s'habitue à manger du gras. C'est bon pour lui.

Renny coupa quelques morceaux de viande et y ajouta un peu de gras.

Grand-mère dit, la bouche pleine :

— Donnez-lui du gras. Ça lui fera du bien. On gâte les enfants de nos jours. Ne lui donnez que du gras. Moi je mange du gras et j'ai presque cent ans.

Wakefield lui lança à travers la table un regard de ressentiment.

— Je ne mangerai pas le gras. Je n'ai pas envie d'avoir cent ans.

Grand-mère rit dans sa gorge, pas du tout mécontente.

— Ne crains rien, mon petit, tu n'y arriveras pas. Aucun de vous n'y arrivera, sauf moi. J'ai quatre-vingt-dix-neuf ans et je ne manque jamais un repas. Un peu de jus, Renny, sur ce morceau de pain. Du jus, s'il te plaît.

Elle tendit son assiette en tremblant pas mal. Oncle Nicolas, son fils aîné, qui était à côté d'elle, la lui prit et la passa à Renny. Il inclina le plat pour faire couler le jus rouge au bout dans le creux et en versa deux cuillerées sur un morceau de pain. « Plus, plus », ordonna grand-mère et il répandit une troisième cuillerée. « Assez », murmura Nicolas.

Wakefield captivé la regardait manger. Elle avait deux rangées de fausses dents, sans doute les plus parfaites et les plus capables qu'on eût jamais faites. Quoi qu'on mît entre elles, elles le broyaient sans remords et le transformaient en aliment pour sa vitalité sans fin. De ses quatre-vingt-dix-neuf années, plus d'une leur était due. L'assiette de Wakefield, où Meg avait ajouté d'appétissants petits monticules de purée de pommes de terre et des navets, restait intacte devant lui pendant qu'il regardait fixement grand-mère.

— Ne regarde pas comme cela, murmura Meg doucement, et mange ton déjeuner.

— Oui, mais ôte-moi ce morceau de gras, lui répondit-il tout bas en se penchant vers elle.

Elle le mit dans son assiette.

La conversation continuait sur le même sujet. De quoi s'agissait-il, Wake se le demandait vaguement mais il était trop intéressé par son déjeuner pour s'en soucier beaucoup. Des phrases passaient au-dessus de sa tête, des mots se heurtaient. C'était probablement une de ces vieilles discussions interminables. Quel blé sèmerait-on cette année ; que faire de Finch qui allait au collège en ville ; lequel des trois fils de grand-mère avait le plus gâché sa vie ? Nicolas, à sa gauche, avait dissipé son patrimoine en menant une vie dépensière dans sa jeunesse ; Ernest, à sa droite, s'était ruiné en spéculations nébuleuses et en prêtant de l'argent à ses frères et à ses amis ; Philippe, qui reposait dans le cimetière, s'était remarié (et en dessous de lui !) et de ce mariage étaient nés Eden, Piers, Finch et

Wakefield, additions inutiles au fardeau déjà trop lourd de la famille.

La salle à manger était une très grande pièce remplie de meubles lourds qui auraient assombri et déprimé une famille moins énergique. Le buffet et les armoires touchaient le plafond. De lourdes corniches écrasaient la pièce. Des volets intérieurs et de longs rideaux de velours jaune, retenus par des cordes grosses comme des câbles, aux glands sculptés, semblaient séparer définitivement du reste du monde, le monde des Whiteoak, où ils se disputaient, mangeaient, buvaient et vaquaient à leurs occupations personnelles.

Les parties du mur que ne cachaient pas les meubles étaient couvertes de portraits de famille à l'huile lourdement encadrés ; en un endroit le supplément de Noël d'un périodique anglais faisait une tache claire, la mère de Renny et de Meg l'avait encadré de velours rouge au temps où elle était une jeune femme gaie. Le plus important des portraits était celui du capitaine Philippe Whiteoak en uniforme d'officier anglais. C'était grand-père qui, s'il avait encore vécu, aurait eu plus de cent ans — car il était plus âgé que grand-mère. Ce portrait montrait un homme distingué, au teint clair, avec des cheveux bruns ondulés, des yeux bleus hardis et une jolie bouche volontaire.

Il avait fait un séjour à Jalna dans l'Inde et y avait rencontré la belle Adeline Court qui était venue d'Irlande voir une sœur mariée. Miss Court était non seulement jolie et de bonne famille — supérieure même à celle du capitaine, elle ne le lui laissa jamais oublier — mais elle avait une petite fortune personnelle que lui avait laissée une grand-tante non mariée, la fille d'un comte. Ils étaient tombés très amoureux l'un de l'autre ; elle aimait sa jolie bouche volontaire ; lui, son long corps souple rendu plus gracieux par la crinoline, ses magnifiques cheveux acajou foncé et plus que tout ses yeux passionnés d'un brun chaud.

Ils s'étaient mariés à Bombay en 1848, une époque de trouble dans le monde presque entier. Ils ne pressentirent rien des difficultés à venir et pourtant ils en eurent à revendre par la suite quand la douceur de sa bouche devint de l'entêtement et que la tendre passion de ses yeux fit place à la colère. C'était le plus beau, le plus brillant couple de l'endroit. Une réunion sans eux était terne et sans intérêt. Ils avaient l'esprit, l'élégance et plus d'argent que la plupart de ceux de leur âge et de leur situation à Jalna. Tout alla bien jusqu'à la venue d'une petite fille, une enfant délicate que ce jeune ménage avide de plaisir n'avait pas souhaitée. Sa naissance rendit malade la jeune mère qui, en dépit des médecins et d'un long et morne séjour à la montagne, semblait sur le point de devenir infirme. A peu près à la même époque le capitaine Whiteoak eut une violente querelle avec son colonel, et il eut l'impression qu'un mauvais sort avait été jeté sur tout ce qui l'entourait, tant chez lui qu'au-dehors.

Les Whiteoak devaient être destinés à aller au Canada, car juste au moment où le médecin insistait pour qu'Adeline, si elle voulait se rétablir, allât vivre quelque temps dans un climat frais et fortifiant, Philippe apprit qu'un oncle de Québec était mort en lui laissant une importante propriété.

Ils avaient décidé d'un commun accord — la seule décision à part leur mariage qui eût été prise sans orage ni larmes — qu'ils en avaient tout à fait assez de l'Inde, de la vie militaire, ils ne voulaient plus essayer de plaire à des supérieurs stupides et irascibles, ni recevoir des gens ordinaires, médisants et aux idées étroites. Ils étaient faits pour une vie plus libre, moins conventionnelle. Ils n'eurent soudain plus qu'une idée, partir à Québec. Philippe avait reçu de son oncle des lettres où il vantait la beauté de Québec, l'agrément de la vie là-bas : l'affranchissement des convenances étroites de l'ancien monde s'y combinait à une certaine grâce dans la façon de vivre léguée par les Français.

Le capitaine Whiteoak avait une piètre opinion des Français — il était né l'année de Waterloo et son père y avait été tué — mais il aimait ces descriptions de Québec, et, quand il se trouva possesseur d'un domaine là-bas et d'un legs qui y était attaché, il se dit que son plus cher désir serait d'aller y vivre — pour quelque temps, tout au moins. Il imaginait le charmant tableau qu'il formerait, Adeline à son bras, en se promenant sur la terrasse le long du fleuve le dimanche matin après le service. Il ne porterait plus son uniforme incommode mais un pantalon ajusté, une redingote à collet et un chapeau haut de forme brillant, le tout venant directement de Londres, pendant qu'Adeline semblerait littéralement flotter dans des franges, des ruchés et des écharpes aux couleurs vives. Il se voyait d'autres fois en compagnie de charmantes jeunes filles françaises, alors qu'Adeline serait peut-être immobilisée par un second accouchement, mais, il faut lui rendre justice, ces imaginations ne dépassaient jamais la pression de petites mains douces ou un regard ému dans des yeux aux cils noirs.

Il vendit sa commission et tous deux prirent le bateau pour l'Angleterre avec le bébé fragile et une bonne hindoue. Leurs quelques relations anglaises ne leur firent pas un accueil très chaleureux : aussi ne s'attardèrent-ils pas dans ce pays, car ils étaient aussi orgueilleux l'un que l'autre. Ils trouvèrent tout de même le temps de faire peindre leurs portraits par un artiste de tout premier ordre, lui dans l'uniforme qu'il allait quitter, elle en robe du soir jaune, très décolletée, avec des camélias dans les cheveux.

Munis des deux portraits et d'une belle collection de meubles d'acajou ornés de marqueterie — car il leur fallait tenir un certain rang au Canada — ils partirent sur un grand bateau. Deux mois de lutte avec la tempête, le brouillard et même les icebergs passèrent comme un cauchemar avant qu'on aperçût les remparts de Québec. En chemin l'Hindoue mourut et on l'ensevelit en mer, sa forme sombre s'enfonça doucement dans les eaux glacées de l'Occident. Il ne restait plus que les jeunes parents, tous deux peu capables de prendre soin du bébé. Adeline était malade à mourir. Le capitaine Whiteoak aurait souhaité soumettre une tribu rebelle plutôt que de s'occuper d'un enfant grognon. Jurant et peinant, tandis que le bateau tanguait d'une façon effroyable et que sa femme rendait l'âme, il essaya d'envelopper les jambes remuantes de l'enfant dans un petit manteau de flanelle. Finalement, il piqua le bébé avec une épingle de nourrice et quand il vit saigner la petite blessure, il ne put davantage en supporter ; il emporta l'enfant dans la cabine commune où il le jeta sur les genoux d'une pauvre Écossaise qui avait déjà à s'occuper de ses cinq enfants et il lui ordonna de soigner sa fille le mieux possible. Elle s'en occupa très bien, négligeant même ses propres enfants qui étaient très robustes et le capitaine la paya généreusement. Le temps s'éclaircit et ils entrèrent à Québec par une belle et fraîche matinée de mai.

Mais ils ne vécurent qu'un an dans cette ville. La maison rue Saint-Louis était de plain-pied avec la rue ; c'était une maison française obscure et froide remplie de fantômes du passé. Le bruit des cloches de l'église ne cessait ni jour ni nuit, et Philippe, découvrant qu'Adeline allait quelquefois secrètement dans des églises catholiques, commença à craindre que, sous une influence quelconque, elle ne devînt papiste. Mais de même qu'ils étaient restés à Londres assez longtemps pour faire peindre leurs portraits, ils restèrent à Québec assez longtemps pour y avoir un garçon. Il ne ressemblait pas à la petite Augusta en ce sens qu'il était fort et bien portant. On l'appela Nicolas en souvenir de l'oncle dont avait hérité Philippe (c'était maintenant lui l'oncle Nicolas qui était assis à la droite de sa mère quand Wakefield pénétra dans la salle à manger).

Deux enfants dans cette maison froide et humide ; la santé chancelante d'Adeline ; beaucoup trop de Français à Québec pour convenir à un gentleman anglais ; un froid qui l'hiver atteignait facilement vingt degrés au-dessous de zéro ; tout cela obligea les Whiteoak à chercher une demeure plus agréable.

Le capitaine Whiteoak avait un ami, un ancien colonel de l'Inde, qui s'était installé depuis déjà un certain temps sur la rive sud, si fertile, de l'Ontario. « Ici, écrivait-il, les hivers sont doux. Nous avons peu de neige et pendant les longs étés la terre produit moissons et fruits en abondance. Il se forme un agréable petit groupement de familles « respectables ». Vous et votre charmante femme, mon cher Whiteoak, recevriez l'accueil que méritent des gens commes vous. »

On se débarrassa de la maison de Québec. Les meubles d'acajou, les portraits, les deux enfants et leur bonne furent d'une façon ou d'une autre transportés à l'endroit choisi. Leur ami, le colonel Vaughan, les prit chez lui pendant près d'un an, le temps qu'on construisît leur maison.

Philippe Whiteoak acheta au gouvernement mille acres de terre cultivable traversées par un ravin profond où coulait une rivière vive pleine de truites mouchetées. Un morceau de terrain était défriché mais la majeure partie avait la grandeur vierge des forêts primitives. Des pins immenses, incroyablement touffus, des sapins noirs du Canada, des baumiers mêlés de chênes, de bois de fer et d'ormes formaient le sanctuaire d'innombrables oiseaux chanteurs, pigeons, perdrix, cailles. Les lapins, les renards et les hérissons abondaient. De minces bouleaux argentés couronnaient la crête du ravin, sur ses pentes poussaient des cèdres et des sumacs et les bords de la rivière étaient recouverts d'un fourré sauvage et odorant où habitaient des rats d'eau, des loutres et des hérons bleus.

La main-d'œuvre n'était pas chère. Une petite armée d'hommes fut chargée de tracer une sorte de parc anglais dans la forêt et de construire une maison qui éclipsât toutes celles des environs. Quand elle fut finie, décorée et meublée, elle fit l'admiration générale. C'était une maison carrée en brique rouge foncé avec un large porche de pierre. Elle comprenait un profond sous-sol où se trouvaient les cuisines, les chambres de domestiques, au rez-de-chaussée, un immense salon, une bibliothèque (on l'appelait ainsi mais c'était plutôt un petit salon en dépit des quelques livres qui s'y trouvaient), une salle à manger et une chambre ; à l'étage supérieur six grandes chambres et en haut une longue mansarde basse partagée en deux chambres. Les boiseries et les portes étaient en noyer. De cinq foyers la fumée montait dans de curieuses cheminées qui se dressaient au milieu des cimes des arbres.

Dans un accès de sentimentalité Philippe et Adeline avaient appelé cet endroit Jalna en souvenir de la ville où ils s'étaient rencontrés pour la première fois. Tout le monde s'accorda pour trouver ce nom joli, et Jalna devint un lieu de réjouissances. Une atmosphère d'inaltérable bien-être l'entourait. Sous leurs cheminées groupées, au milieu de leur parc sans prétention, avec leur millier d'acres jetées autour d'eux comme un manteau vert, les Whiteoak étaient aussi heureux que des hommes peuvent l'être. Ils se sentaient définitivement séparés de leur terre maternelle, pourtant ils firent élever leurs enfants en Angleterre.

Deux garçons leur étaient nés. On appela l'un Ernest, car Adeline juste avant sa naissance avait lu avec passion l'histoire d'Ernest Maltravers. On donna à l'autre le nom de Philippe comme son père. Nicolas, l'aîné, s'était marié en Angleterre, mais, après une courte et orageuse vie en commun, sa femme l'avait quitté pour suivre un jeune officier irlandais et il était revenu au Canada pour ne jamais la revoir. Ernest était resté célibataire et s'était consacré avec une passion quasi religieuse à l'étude de Shakespeare et au soin de sa personne. Il avait toujours été le plus délicat des trois. Philippe, le plus jeune, s'était marié deux fois. Il avait d'abord épousé la fille d'un médecin écossais qui habitait près de Jalna et avait aidé à mettre au monde son futur gendre. Elle lui avait donné Meg et Renny. Sa seconde femme avait été la jeune et jolie gouvernante de ses deux enfants restés orphelins très tôt. Cette seconde femme, que toute la famille traitait froidement, avait eu quatre garçons et était morte à la naissance de Wakefield. Eden, l'aîné de ceux-ci, avait maintenant vingt-trois ans ; Piers en avait vingt ; Finch, seize, et le petit Wake, neuf.

Le jeune Philippe avait toujours été le favori de son père, et quand le capitaine était mort, c'est à Philippe qu'il avait laissé Jalna et les terres ; il n'y avait plus mille acres, hélas ! car il avait fallu vendre des champs pour payer les folles dépenses de Nicolas et la stupide crédulité d'Ernest avec son penchant à régler les dettes des autres. Ils avaient eu leur part, « plus que leur part, Grand Dieu ! » jurait le capitaine Whiteoak.

Son affection pour Augusta, sa seule fille, n'avait jamais été très profonde. Peut-être ne lui avait-il jamais tout à fait pardonné les mauvais moments qu'elle lui avait fait passer pendant la traversée d'Angleterre au Canada. Mais s'il ne l'avait jamais aimée, du moins elle ne lui avait causé aucun ennui. Très jeune elle avait épousé un jeune Anglais insignifiant, Edwin Buckley, qui, à leur grande surprise, avait hérité d'un titre de baronnet par suite de la mort subite d'un oncle et d'un cousin.

Si le père d'Augusta n'avait jamais pu lui pardonner les soucis de sa toilette pendant le mémorable voyage, il était encore plus difficile à sa mère de lui pardonner d'avoir une situation sociale supérieure à la sienne ! Certainement les Court étaient bien au-dessus des Buckley et ils ne s'abaissaient pas à rechercher un titre : sir Edwin n'était après tout que le quatrième baronnet ; mais c'était quand même désagréable d'entendre appeler Augusta « Notre

Seigneurie ». Adeline fut sincèrement contente lorsque sir Edwin mourut et que son neveu lui succéda, de cette façon Augusta était un peu mise à l'écart.

Tout cela s'était passé il y a bien des années. Le capitaine Whiteoak était mort depuis longtemps. Le jeune Philippe et ses deux femmes étaient morts. Renny était le maître de Jalna et Renny avait trente-huit ans.

Les années ne semblaient pas peser sur Jalna. Pour ses oncles Nicolas et Ernest, Renny n'était qu'un jeune garçon ardent. Et la vieille Mrs. Whiteoak voyait toujours en ses deux fils de petits garçons et en son fils mort, Philippe, un pauvre enfant disparu. Elle s'asseyait à cette table depuis près de soixante-dix ans. A cette même table, elle avait pris Nicolas sur ses genoux et lui avait fait boire de petites gorgées dans sa tasse. Maintenant, vieil homme de soixante-douze ans, il marchait pesamment à côté d'elle. A cette table, Ernest avait crié de peur quand il avait pour la première fois entendu éclater un pétard de Noël. Il était maintenant à sa droite, les cheveux tout blancs — alors que les siens n'avaient pas changé. Dans son esprit une brume enveloppait le présent. Il était éclairé par la vive lumière de sa mémoire. Elle voyait beaucoup plus ses enfants comme de petits garçons que tels qu'ils étaient maintenant.

Des soleils sans nombre avaient brillé à travers les rideaux jaunes sur les Whiteoak qui comme aujourd'hui mangeaient avec appétit, parlaient haut, se disputaient et buvaient des quantités de thé fort.

La famille était assise en bon ordre autour de la table couverte de plats lourds, de légumiers, de carafes trapues et de grands couteaux anglais. Wakefield avait un petit couteau, une petite fourchette et une timbale d'argent bosselée qui avait servi à tous les enfants et avait été plus d'une fois jetée à travers la pièce au cours d'accès de colère puérils. A un bout était Renny, le chef de famille, grand, mince avec une petite tête couverte de cheveux épais, roux foncé, une figure étroite, aiguë, avec quelque chose du renard et des yeux bruns vite irrités ; en face de lui Meg, la seule sœur. Elle avait quarante ans mais paraissait plus vieille à cause de sa corpulence ; une fois assise on croyait que rien ne pourrait la faire bouger. Elle avait une figure très ronde et sans couleur, de grands yeux bleus et des cheveux bruns grisonnants aux tempes. Ce qui frappait chez elle c'était sa bouche qu'elle tenait de son père. En les comparant pourtant, la sienne semblait n'être que douceur sans rien de l'obstination de celle du portrait. Cela devenait chez elle une bouche d'ineffable douceur féminine. Quand elle appuyait sa joue sur sa main, son bras court et gros reposant sur la table, elle paraissait en proie à des pensées qui la remplissaient de bonheur. Si elle levait la tête pour regarder un de ses frères, ses yeux étaient froids, autoritaires, mais l'arc de ses lèvres était une caresse. Elle mangeait peu à table, elle s'occupait toujours des autres, surveillait les plus jeunes, coupait la viande de grand-mère, remplissait sans fin les tasses de thé de Chine. Entre les repas elle s'offrait sans arrêt de petits goûters qu'on lui montait dans sa chambre sur un plateau, de minces tartines de pain et de beurre avec de la confiture de groseilles, des muffins chauds et du miel ou même des cerises et du pound-cake. Elle aimait tous ses frères, mais son amour et sa jalousie pour Renny transformaient quelquefois son calme en une sorte de fureur. Ses demi-frères formaient une rangée d'un côté de la table en face de la fenêtre. Wakefield, puis Finch (dont la place était toujours vide à déjeuner car il était demi-pensionnaire au collège de la ville) ; ensuite Piers ; lui aussi ressemblait au capitaine Whiteoak mais avec moins de douceur et plus d'obstination dans sa bouche puérile ; enfin Eden, mince, beau, avec le regard attirant de sa mère, la jolie gouvernante.

De l'autre côté de la table la grand-mère et les deux oncles ; Ernest, son chat Sasha sur l'épaule ; Nicolas, son terrier écossais Nip sur les genoux. Les deux épagneuls de Renny étaient couchés de chaque côté de son fauteuil.

Tels étaient les Whiteoak à table.

— Qu'est-ce qu'on a accepté ? cria grand-mère.

— Les poésies, expliqua doucement oncle Ernest, les poésies d'Eden, on les a acceptées.

— C'est de cela que vous parliez tous ?

— Oui, maman.

— Qu'est-ce que c'est que cette jeune fille ?

— Quelle jeune fille ?

— Celle qui les a acceptées.

— Ce n'est pas une jeune fille, maman. C'est un éditeur.

Eden interrompit :

— Mais, pour l'amour de Dieu, n'essayez donc pas de lui expliquer !

— Il va me l'expliquer, répliqua grand-mère en tapant avec colère sur la table avec sa fourchette. Allons, continue, Ernest. De quoi s'agit-il ?

Oncle Ernest avala une bouchée juteuse de tarte à la rhubarbe, redemanda du thé et dit ensuite :

— Vous savez qu'on a publié certaines poésies d'Eden dans la revue de l'université... et aussi dans d'autres revues. Et maintenant un libraire... un éditeur, je veux dire... va les faire paraître en livre, comprenez-vous ?

Elle hocha la tête en agitant les rubans de son grand bonnet pourpre.

— Quand est-ce qu'il le fera paraître ? Quand viendra-t-il ? S'il vient prendre le thé, je veux mon bonnet blanc avec des rubans mauves. Est-ce qu'il paraîtra à l'heure du thé ?

— Mon Dieu ! grogna Eden, à mi-voix, écoutez-la ! Pourquoi essayer de lui faire comprendre ? Je savais bien que ce serait comme cela.

Sa grand-mère lui lança un regard irrité. Elle avait tout entendu. Malgré son grand âge on voyait encore qu'elle avait été très jolie. Ses yeux ardents brillaient toujours sous ses sourcils roux hérissés. Son nez, en dépit des années, semblait avoir été moulé par un sculpteur qui se serait donné beaucoup de peine pour en rendre parfaite la courbe des narines et la ligne de l'arête. Elle était si penchée que ses yeux étaient fixés sur la nourriture qu'elle aimait.

— Tu oses récriminer contre moi !

Elle leva la tête vers Eden.

— Nicolas, ordonne-lui de finir.

— Cesse ces récriminations ! gronda Nicolas de sa belle voix profonde. Encore un peu de tarte, Meggie, s'il te plaît.

Grand-mère hocha la tête, ricana et revint à sa tarte qu'elle mangeait à l'aide d'une cuiller en faisant avec sa gorge des petits bruits de satisfaction.

— De toute façon, dit Renny, continuant la conversation, je n'aime pas beaucoup cela. Aucun de nous n'a jamais rien fait de ce genre.

— Tu avais l'air de trouver très bien que j'écrive des poésies quand elles n'étaient publiées que dans la revue de l'université. Maintenant que j'ai trouvé un éditeur pour les faire paraître...

Grand-mère se réveilla :

— Paraître ! aujourd'hui ? Si c'est cela, je mettrai mon bonnet blanc avec des rubans...

— Maman, encore un peu de tarte ? interrompit Nicolas. Un tout petit peu de tarte.

L'attention de la vieille Mrs. Whiteoak était facilement détournée par un appel à sa gourmandise. Elle tendit avidement son assiette et fit tomber du jus sur la nappe où il forma une tache rose.

Eden, après avoir attendu d'un air boudeur qu'elle fût servie, continua le front barré d'un pli :

— Tu n'as vraiment pas idée à quel point c'est difficile de faire publier un livre de poésies, Renny. Et par un éditeur de New York surtout ! Je voudrais que tu entendes mes amis en parler. Ils donneraient beaucoup pour avoir fait ce que j'ai fait, à mon âge.

— Tu aurais mieux fait de passer tes examens, répondit Renny avec humeur. Quand je pense à tout l'argent gâché pour ton éducation.

— Gâché ! Est-ce que j'aurais pu écrire cela sans mon éducation ?

— Tu as toujours griffonné des vers. Toute la question est de savoir si cela peut te faire vivre.

— Donne-moi le temps ! Mon Dieu, mon livre n'est même pas encore entre les mains de l'imprimeur. Je ne peux pas savoir où il me mènera. Si seulement toi — ou l'un de vous — appréciais réellement ce que j'ai fait.

— Mais je l'apprécie beaucoup, mon chéri ! s'écria sa sœur. Je trouve que c'est très beau de ta part et comme tu le dis, cela peut te conduire à... à tout.

— Cela peut m'obliger à aller vivre à New York, si je continue à écrire, dit Eden. On doit être près de ses éditeurs.

Son frère Piers, assis à côté de lui, interrompit :

— Eh bien, il commence à être tard. Il faut se remettre au travail. Ce n'est peut-être pas un travail très distingué, c'est malheureux que tout le monde ne puisse pas écrire des poésies.

Eden encaissa la moquerie, mais répliqua :

— Tu sens certainement ton travail.

Wakefield se pencha de sa chaise vers Piers.

— Oh ! je le sens ! cria-t-il, je trouve cette odeur d'étable très appétissante.

— Alors je voudrais bien que tu changes de place avec moi, dit Eden. Cela me coupe l'appétit.

Wakefield commençait à descendre, pressé de changer de place, mais sa sœur l'en empêcha.

— Reste où tu es, Wake. Tu sais bien que Piers te taquinera si tu te mets à côté de lui. Quant à ton départ pour New York, Eden, tu sais ce que ce sera pour moi.

Ses yeux étaient pleins de larmes.

La famille quitta la table et se dirigea par groupes vers les trois portes. Le premier groupe était formé par grand-mère qui traînait lourdement les pieds, soutenue de chaque côté par un de ses fils, Nicolas son terrier sous un bras, Ernest son chat perché sur l'épaule. Comme une étrange ménagerie en parade, ils traversèrent lentement les médaillons fanés du tapis jusqu'à la porte qui se trouvait en face de la chambre de grand-mère. Renny, Piers et Wakefield partirent par une autre porte qui menait à un couloir, le petit garçon essayait de grimper sur le dos de Piers en train d'allumer une cigarette. Meg et Eden disparurent par la porte à deux battants qui donnait sur la bibliothèque.

Immédiatement le valet de chambre, John Wragge, connu sous le nom de Rags, commença à débarrasser la table, il faisait des piles branlantes d'assiettes sur un immense plateau noir orné de roses rouges passées et l'emportait ensuite à la cuisine en sous-sol par un long escalier raide. Lui et sa femme habitaient le sous-sol ; elle faisait la cuisine, lui montait d'innombrables plateaux par l'escalier raide, tout le charbon et l'eau, il nettoyait les cuivres et les carreaux et servait sa femme sans arrêt. Pourtant elle l'accusait de lui laisser tout le travail tandis que lui déclarait qu'il faisait non seulement le sien mais aussi celui de sa femme. Le sous-sol retentissait de querelles perpétuelles. A travers ces chemins souterrains ils se poursuivaient avec d'amères récriminations et quelquefois un soulier ou un chou volaient dans les couloirs carrelés de briques. Mais Jalna était si bien construite qu'aucune de ces disputes ne s'entendait en haut. Dans une solitude complète tous deux vivaient ensemble leur vie orageuse, parfois ils se réconciliaient tard dans la nuit, un pot de thé fort posé entre eux sur la table.

Rags était un petit homme bavard avec une figure brune, un nez retroussé et des lèvres qui semblaient faites pour tenir une cigarette. Il était en haut de l'escalier quand Renny, Piers et Wakefield passèrent. Wakefield se laissa dépasser par ses frères et se jeta sur le dos de Rags, grimpa sur lui comme sur un arbre et tomba presque avec lui et le plateau dans l'escalier.

— Oh ! hurla Rags, encore lui ! Il fait toujours ça ! Cette fois il m'a presque jeté par terre. Voilà le sucrier qui tombe ! et la saucière ! Faites-le descendre par pitié, Mr. Whiteoak !

Piers qui était le plus près arracha Wakefield du dos de Rags en riant tant qu'il pouvait. Mais Renny revint en fronçant les sourcils.

— Il faut qu'il soit puni, dit-il sévèrement, Rags a raison, il l'ennuie toujours !

Il regarda dans l'escalier sombre le valet de chambre des Whiteoak ramasser les débris.

— Je vais le mettre sur la tête, dit Piers.

— Non, ne fais pas cela, c'est mauvais pour son cœur.

Mais c'était déjà fait, et le paquet de chewing-gum était tombé de la poche de Wakefield.

— Remets-le sur ses pieds, ordonna Renny. Tiens, qu'est-ce que c'est que cela ?

Et il ramassa le paquet rose.

Wake tendit une tête effarée, bourdonnante.

— C'est du chewing-gum, dit-il faiblement. Mrs. Brawn me l'a donné. Je ne voulais pas la contrarier en lui disant qu'on me défendait d'en manger. J'ai pensé qu'il valait mieux ne pas la mécontenter étant donné que je lui dois un peu d'argent. Mais tu peux remarquer, Renny — il leva les yeux vers son frère d'un air pathétique — tu peux remarquer que je ne l'ai pas ouvert.

— Bon, je ne dirai rien pour cette fois. — Renny lança le paquet à Rags dans l'escalier. — Tenez, Rags, jetez cela.

Rags l'examina puis sa voix onctueuse monta de l'escalier.

— Oh ! non, Mr. Whiteoak, je vais le donner à ma femme. Je vois qu'il est à la vanille, son parfum préféré. Ce sera très bon pour elle de le mâcher pendant ses crises.

Renny se tourna vers Wakefield.

— Combien dois-tu à Mrs. Brawn ?

— Je crois que c'est dix-huit sous, Renny. A moins que tu ne croies qu'il vaille mieux lui payer le chewing-gum. Dans ce cas ce serait vingt-trois.

Renny sortit une poignée de monnaie et y prit une pièce.

— Allons, prends cela, paie Mrs. Brawn et ne fais plus de dettes.

Pendant ce temps grand-mère avait atteint la porte de sa chambre mais entendant des bruits qui semblaient contenir le germe d'une dispute, ce qu'à part ses repas elle préférait à tout, elle ordonna à ses fils de la conduire à l'escalier. Tous trois arrivaient se tenant étroitement, ils présentaient un front solide, écrasant, aussi effrayant pour Wakefield que le Jaggernaut. Le soleil brillait à travers le vitrail derrière eux et faisait de vives taches de couleur sur leurs corps. Grand-mère aimait les tons éclatants. C'est elle qui avait fait mettre cette fenêtre pour éclairer le passage triste. En ce moment, vêtue d'une robe de velours rouge, serrant sa canne d'ébène à pomme d'or, elle avançait vers ses petits-fils comme un brillant perroquet au long bec.

— Qu'est-ce qui se passe ? demanda-t-elle. Qu'a fait l'enfant ?

— Il est grimpé sur le dos de Rags, Gran. Il l'a presque fait tomber. Renny lui avait promis une fessée la prochaine fois où il le ferait et maintenant il le laisse partir.

Sa figure devint toute rouge d'excitation. Elle ressemblait plus que jamais à un perroquet.

— Il le laisse aller, vraiment, cria-t-elle. On laisse trop aller ici, c'est ce qui arrive. Fouette-le, Renny. Tu entends, fouette-le bien. Je veux le voir. Prends un bâton et fouette-le.

Avec un cri de terreur Wakefield jeta ses bras autour de Renny et se cacha la figure contre lui.

— Ne me bats pas, Renny ! implora-t-il.

— Je vais le faire moi-même, cria-t-elle. J'ai déjà fouetté des garçons. J'ai fouetté Nicolas, j'ai fouetté Ernest. Je vais fouetter ce gamin gâté. Donnez-le-moi !

Elle se traînait vers lui désireuse de montrer son pouvoir.

— Venez, venez, maman, s'interposa Ernest. Ces émotions sont mauvaises pour vous. Venez prendre une pastille de menthe ou un verre de sherry.

Il essaya doucement de l'emmener.

— Non, non, non ! cria-t-elle en se débattant, et Nip se mit à aboyer et Sasha à miauler.

Renny mit fin à cela en prenant le petit garçon sous son bras et en gagnant la porte d'entrée. Il le remit à terre dehors, sur le perron dallé, et ferma violemment la porte derrière lui. Wakefield le regardait comme un jeune rouge-gorge ébouriffé qu'une tempête a jeté hors de son nid, très surpris, mais profondément intéressé par le monde où il se trouve.

— Eh bien, observa Renny en allumant sa cigarette, voilà ce que c'est.

Wakefield le contemplait, il était rempli d'une admiration passionnée pour Renny, ses mains brunes toutes-puissantes, sa tête rousse, sa longue figure aux traits aigus. Il l'aimait. Il désirait l'amour de Renny et sa pitié plus que tout au monde. Il fallait que Renny fît attention à lui, fût bon pour lui avant de partir à l'étable avec Piers.

Fermant les yeux il répéta les mots magiques qui ne manquaient jamais de le faire pleurer. « C'est affreux. Oh ! c'est affreux ! » Quelque chose de chaud s'enfla en lui. Quelque chose de frémissant monta dans sa gorge. Il se sentit légèrement étourdi, puis les larmes lui vinrent lentement aux yeux. Il les ouvrit et à travers leur éclat irisé vit Renny qui le regardait avec un intérêt amusé.

— Quoi ! demanda-t-il. Gran t'a fait peur ?

— N-non. Un peu.

— Pauvre vieux ! — Il entoura Wake de son bras et le pressa contre lui. — Mais, voyons, il ne faut pas pleurer si facilement. Cela fait déjà deux fois aujourd'hui. Tu auras une vie de chien au collège si tu continues comme cela.

Wakefield tortillait un bouton du veston de Renny.

— Tu veux me donner mes billes... et... dix sous ? murmura-t-il. Tu comprends, je paierai Mrs. Brawn avec la pièce et je voudrais seulement une petite citronnade.

Renny lui tendit dix sous et les billes.

Wakefield se jeta sur l'herbe, à plat sur le dos et regarda le bleu amical du ciel. Un sentiment de paix joyeuse le remplissait. Il avait l'après-midi devant lui et il n'avait rien d'autre à faire qu'à s'amuser. Amoureusement, il fit sonner ses billes dans une poche et son argent dans l'autre. La vie était belle, pleine de possibilités infinies.

A ce moment une odeur chaude et appétissante pénétra ses narines sensibles. Cela venait de la fenêtre de la cuisine en sous-sol près de lui. Il roula sur lui-même et respira de nouveau. Sans aucun doute cela sentait les gâteaux au fromage. Les délicieux gâteaux au fromage, croquants, exquis. Il rampa rapidement sur les mains et les genoux jusqu'à la fenêtre et regarda dans la cuisine. Mrs. Wragge venait juste d'en sortir une assiettée du four. Rags faisait la vaisselle et mâchonnait déjà le chewing-gum. La figure de Mrs. Wragge était violette de chaleur. Levant la tête elle vit Wakefield.

— Vous voulez un gâteau ? demanda-t-elle, et elle lui en tendit un.

— Oh ! merci ! Et... et... Mrs. Wragge, voulez-vous m'en donner un pour mon ami ?

— Vous n'avez pas d'ami ici, dit Rags vindicatif en mâchant son chewing-gum.

Wakefield ne daigna pas lui répondre. Il se borna à tendre sa petite main brune pour l'autre gâteau. Mrs. Wragge le posa dessus.

— Faites attention de ne pas vous brûler, recommanda-t-elle.

Plein de joie il s'étendit sur l'herbe drue de la pelouse et croqua son gâteau en regardant paisiblement l'autre posé sur l'herbe à côté de lui. Mais quand il eut fini il n'avait vraiment plus de place pour le second gâteau. Si Finch avait été là il le lui aurait donné, et Finch n'aurait pas posé de questions ennuyeuses. Mais Finch était au collège. Tout ce merveilleux après-midi allait-il être gâché parce qu'il avait un gâteau de trop ?

Que font les chiens quand ils ont un os dont ils ne veulent pas tout de suite ? Ils l'enterrent.

Il se promena tout autour de la bordure de plantes vivaces en cherchant une bonne place. Enfin, près de la racine d'un beau hêtre pourpre, il creusa un petit trou et y mit le gâteau. Il était si joli là qu'il hésita à appeler Meg pour le voir. Mais non, il valait mieux pas. Rapidement il le recouvrit de terre chaude et humide qu'il lissa bien. Peut-être un jour viendrait-il le déterrer.

3

Ernest et Sasha

Ernest Whiteoak avait à cette époque soixante-dix ans. Il avait atteint l'âge où, après un dîner copieux, un homme aime à prendre un repos de corps et d'esprit. Des scènes comme celle que venait de faire sa mère avaient tendance à troubler sa digestion et c'est avec un air aussi mécontent que possible qu'il la conduisit enfin à sa chaise capitonnée, près du feu, et l'y installa. Il la regarda un moment avec un singulier mélange d'aversion et d'adoration. C'était une déplorable vieille mégère mais il l'aimait plus que personne au monde.

— Vous êtes bien, maman ? demanda-t-il.

— Oui, apporte-moi une pastille de menthe.

Il en choisit une dans une petite boîte de fer-blanc, sur le buffet, et la lui apporta au bout de ses longs doigts pâles qui semblaient d'une douceur presque anormale.

— Mets-la-moi dans la bouche, mon garçon.

Et elle l'ouvrit en avançant les lèvres de telle façon qu'elle ressemblait à un vieil oiseau affamé.

Il lui donna la pastille et retira précipitamment ses doigts comme s'il craignait qu'elle ne le mordît.

Elle suçait le bonbon avec bruit et contemplait le feu dansant de dessous ses sourcils roux et hérissés. Sur le dossier de sa chaise était perché Boney, son perroquet aux couleurs vives qui becquetait avec fureur les rubans de son bonnet. Elle avait rapporté un perroquet de l'Inde et on l'avait appelé Boney pour se moquer de Bonaparte. Elle en avait eu plusieurs depuis le premier, mais il y avait longtemps qu'elle ne faisait plus de différence entre eux. Ils étaient tous « Boney » et souvent elle racontait à un visiteur la peine qu'elle avait eue à ramener celui-ci à travers l'Océan, il y avait soixante-quinze ans. Il avait donné presque autant d'ennuis que le bébé Augusta. Grand-mère et ses deux fils avaient chacun un animal favori qui, à part son maître, n'aimait personne. Tous trois se tenaient avec leurs bêtes dans leurs appartements comme des pensionnaires d'un rang supérieur, et, excepté pour les repas, pour se faire des visites les uns aux autres et pour jouer au whist dans le salon le soir, ils en sortaient rarement.

La chambre de grand-mère avait un tapis et des rideaux épais. Elle sentait le bois de santal, le camphre et la lotion pour les cheveux. On n'ouvrait les fenêtres qu'une fois par semaine lorsque Mrs. Wragge « faisait le ménage à fond », ce qui mettait la vieille dame de mauvaise humeur pour la journée.

Son lit était un lit ancien en cuir peint. La tête resplendissait de fruits orientaux groupés autour d'un perroquet au plumage éclatant et de deux singes grimaçants. Boney restait perché là toute la nuit et n'en partait qu'au jour pour agacer sa maîtresse avec des coups de bec et des jurons hindous qu'elle-même lui avait appris.

A ce moment il se mit à jurer, car Sasha dressée sur ses pattes de derrière essayait d'attraper sa queue avec sa patte grise recourbée.

— *Kutni ! kutni ! kutni !* criait-il. *Paji ! Paji ! Shaitan ka katla !...*

Il faisait résonner l'air de ses cris métalliques.

— Ramasse ton horrible chatte, Ernest, ordonna sa mère. Elle fait jurer Boney. Pauvre Boney. Gentil Boney. Arrache-lui les yeux, Boney !...

Ernest mit Sasha sur son épaule où elle se hérissa de fureur, crachant à son tour des jurons moins compréhensibles mais tout aussi vindicatifs.

— Vous êtes bien maintenant, maman ? répéta Ernest en caressant le ruban de son bonnet.

— M... m... Quand vient ce monsieur ?

— Quel monsieur, maman ?

— Celui qui doit faire paraître le livre d'Eden. Quand vient-il ? Je veux avoir mon bonnet écru avec des rubans mauves.

— Je vous le ferai savoir à ce moment-là, maman.

— Mm... du bois. Remets du bois sur le feu. J'aime autant qu'une autre avoir chaud.

Ernest mit une grosse bûche de chêne sur le feu et attendit qu'elle fût caressée par des flammes minces, puis il se retourna pour regarder sa mère. Elle était profondément endormie, le menton enfoncé dans sa poitrine. Le bonbon était tombé de sa bouche et Boney s'en était emparé. Il l'avait emporté dans un coin de la chambre où il le jetait par terre pour le casser, se figurant que c'était une sorte de noisette extraordinaire. Ernest sourit et se retira en fermant doucement la porte derrière lui.

Il monta lentement l'escalier avec Sasha qui se balançait sur son épaule, et il gagna sa chambre. La porte de celle de son frère était ouverte et en passant il aperçut Nicolas affalé dans un fauteuil, sa jambe goutteuse posée sur le divan, sa tête peu soignée dans un nuage de fumée de cigare. Dans sa chambre il fut étonné et content de trouver son neveu Eden. Les jeunes gens ne venaient pas souvent le voir ; ils préféraient Nicolas qui avait des histoires égrillardes à leur raconter. Et pourtant Ernest aimait leur compagnie et il était toujours prêt à abandonner son travail — l'annotation de Shakespeare — pour eux.

Eden était assis sur le bout d'une table couverte de livres et il balançait ses jambes. Il avait l'air intimidé et agité.

— J'espère que je ne vous dérange pas, mon oncle, dit-il. Dites-le-moi franchement et je m'en vais.

Ernest s'assit sur la chaise la plus éloignée de son bureau pour montrer qu'il n'avait aucunement l'intention de travailler.

— Je suis content de te voir, Eden, tu le sais bien. Je suis très heureux de ton succès, et d'autant plus que tu m'as lu pas mal de ces poésies dans cette chambre même. Je m'y intéresse beaucoup.

— Vous êtes le seul qui comprenne vraiment, répondit Eden, je veux dire qui comprenne le changement que la publication de ce livre va apporter dans ma vie. Oh ! oncle Nick a admiré très gentiment mes poésies...

— Ah ! interrompit Ernest un peu peiné, tu les as lues aussi à Nicolas dans sa chambre ?

— Quelques-unes seulement. Celles que je pensais pouvoir l'intéresser. Quelques poèmes d'amour. Je voulais voir comment il les trouverait. Après tout c'est un homme qui a vécu. Il a eu pas mal d'aventures autrefois.

— Et comment les a-t-il trouvées ? demanda Ernest en se polissant les ongles d'une main sur la paume de l'autre.

— Ils l'ont amusé, je crois. Comme vous il a de la peine à comprendre la poésie actuelle. Mais il croit tout de même que je peux faire quelque chose.

— J'aurais tant aimé que tu ailles à Oxford.

— Je l'aurais bien voulu. Si on avait pu le faire comprendre à Renny... Il a l'impression que mon éducation a été perdue du moment que je ne veux plus continuer mon droit. Mais je ne peux pas et voilà tout. J'aime énormément Renny mais s'il pouvait ne pas être tellement terre à terre !... La première chose qu'il m'ait demandée pour mon livre c'est si j'en tirerais beaucoup d'argent. Comme si un premier livre rapportait jamais beaucoup !

— Et de la poésie surtout, renchérit Ernest.

— Il n'a pas l'air de réaliser que je suis le premier de la famille qui ait fait quelque chose pour rendre notre nom célèbre... — Malgré son égoïsme il fut frappé par le regard blessé que lui lança Ernest et il se dépêcha d'ajouter : — Naturellement, mon oncle, il y a votre travail sur Shakespeare. Il sera très remarqué quand il paraîtra. Mais Renny ne voit rien dont on puisse être fier dans ce que nous faisons. Je crois qu'il a un peu honte de nous. Pour lui un Whiteoak doit être agriculteur ou soldat. Il a eu une vie assez étouffée, après tout.

— Il a fait la guerre, répliqua Ernest, et cela a été une grande aventure.

— Et qu'est-ce qu'il en a rapporté comme impressions ? demanda Eden. La première chose qu'il ait demandée à son retour, c'est le prix du foin et des bœufs, et il a passé la plus grande partie de sa première journée adossé à une étable à regarder une portée de petits cochons criards.

— Je te comprends tout à fait, mon cher enfant. Et Meggie aussi. Elle croit que tu es un génie.

— Cette bonne vieille Meg. J'aimerais qu'elle persuade de cela le reste de la famille. Piers est odieux.

— Ne t'occupe pas de Piers. Il se moque de tout ce qui touche à l'étude. Au fond il est très jeune. Maintenant dis-moi, Eden, qu'est-ce que tu vas faire ? Vas-tu faire de la littérature ta profession ?

Désireux de montrer sa sympathie il se penchait vers le visage du jeune homme. Il souhaitait beaucoup se l'attacher, gagner sa confiance.

— Oh ! je m'arrangerai. Je vais continuer à écrire. Il se peut que je fasse partie d'une expédition dans le Nord cet été. J'ai l'idée d'une série de poèmes sur les pays du Nord, pas dans le genre sauvage, ni âpre, mais quelque chose de délicat, d'austère. En tout cas, ce qu'il y a de sûr, c'est que je ne vais pas mêler le droit à la poésie. Ça ne m'irait pas du tout. Attendons la critique, oncle Ernie.

Ils se mirent à discuter des hasards de la littérature comme moyen d'existence. Ernest parlait en homme d'expérience et pourtant en soixante-dix ans il n'avait jamais gagné un dollar avec sa plume. Où serait-il maintenant s'il n'avait pas trouvé l'abri du toit de Renny ? Eden se le demandait. Il pensait que grand-mère aurait bien été obligée de lui donner de quoi vivre quoique autant valût tenter de faire saigner une pierre qu'essayer d'obtenir d'elle de l'argent.

Après le départ d'Eden, Ernest resta immobile sur sa chaise devant la fenêtre à regarder les prairies vertes, il pensait aussi à la fortune de sa mère. C'était pour lui l'objet de beaucoup de pensées préoccupantes. Ce n'était pas ce qu'on peut appeler une grande fortune mais c'était certainement une somme importante. Et elle restait là à dormir et à accumuler pour... personne ne savait qui. Même dans les moments d'intimité où sa mère était le plus affectueuse, il était impossible, si doucement qu'on s'y prît, de l'amener à dévoiler en faveur de qui elle avait fait son testament. Elle savait qu'en ce secret résidait une grande partie de son pouvoir. Ernest était certain, par l'éclair de malice qu'il avait surpris dans ses yeux quand on parlait d'argent et de testament, qu'en son for intérieur, elle jouissait de les tenir tous en suspens.

Ernest aimait sa famille. Il n'éprouverait aucune amertume si l'un d'eux héritait cette fortune. Il désirait cependant énormément que ce fût lui l'héritier pour détenir à son tour le pouvoir à Jalna et se sentir indépendant. Et si c'était lui il ferait des choses si gentilles pour eux tous, depuis son frère Nicolas jusqu'au petit Wake ! Avec ce pouvoir il dirigerait leurs vies dans les chemins qui leur convenaient le mieux. Tandis que si Nicolas héritait — Mrs. Whiteoak avait révélé que l'argent serait entièrement laissé à la même personne — Ernest ne pouvait pas imaginer avec indifférence Nicolas héritant de sa mère. Il ferait des folies. Très souvent Nicolas plaisantait avec la plus grande insouciance à propos de ce qu'il ferait quand il aurait cet argent — il ne semblait pas mettre en doute qu'étant l'aîné il l'aurait — plaisanteries qu'Ernest était bien trop généreux pour répéter à sa mère, mais il tremblait positivement en pensant à ce que deviendrait la famille si Nicolas était libre de disposer de cette fortune. Lui se sentait, au contraire, des facultés bien organisées, un jugement impartial, une aptitude au pouvoir. Nicolas était têtu, arbitraire, mal équilibré.

Quant à Renny c'était un brave garçon, mais il laissait péricliter la propriété. Elle s'était dépréciée pendant qu'il était à la guerre et son retour n'avait pas mis terme à cela. Il pouvait à peine considérer ses jeunes neveux comme des rivaux. Et pourtant on ne pouvait jamais être sûr de rien lorsqu'il s'agissait du caprice d'une femme âgée.

Ernest soupira et regarda son lit. Il se dit qu'il dormirait volontiers un peu après ce copieux déjeuner. Avec un dernier coup d'œil sur les jolis prés verts il ferma les persiennes et allongea son corps mince sur le couvre-pied. Sasha bondit sur lui et glissa sa tête tout près de la sienne sur l'oreiller. Ils se regardèrent dans les yeux, les siens bleus et ensommeillés, ceux de la chatte d'un vert lumineux dans la pièce sombre, pensifs, moqueurs. Elle dégagea sa patte arrondie et la posa sur la joue d'Ernest. Pour qu'il ne fût pas trop certain de son affection, elle sortit ses griffes un tout petit peu et lui en fit sentir la dureté.

— Ma petite Sasha, tu me fais mal, murmura-t-il.

Elle rentra ses griffes, le tapota et fit entendre de courts ronronnements.

— Joli minet, soupira Ernest les yeux fermés. Gentil minet.

Elle avait sommeil aussi, alors ils dormirent.

4

Nicolas et Nip

Pendant qu'Eden allait chez l'oncle Ernest discuter avec lui ses plans d'avenir, ce même après-midi Renny allait chez l'oncle Nicolas discuter aussi les projets d'Eden.

Un étranger aurait trouvé les deux chambres où avaient lieu ces conversations trop encombrées. Les deux vieillards avaient réuni là toutes les choses auxquelles ils tenaient particulièrement ou auxquelles ils pensaient avoir droit. Mais, tandis qu'Ernest aimait les aquarelles pâles, les bibelots chinois et les sièges recouverts de perse, les murs de la chambre de Nicolas étaient presque entièrement tapissés de gravures de chasse et de portraits de jolies femmes. Le mobilier était en cuir. Près de la fenêtre un vieux piano droit dont le dessus était jonché de pipes, de carafons de liqueurs, de bouteilles de pharmacie — il passait son temps à prendre des médicaments pour la goutte — et de musique.

Nip, le terrier écossais, rongeait un os devant le feu au moment où Renny entra. En entendant le pas de Renny, il bondit, l'attrapa à la cheville et se précipita de nouveau sur son os qu'il mordilla en grondant. Nicolas, sa jambe malade étendue sur le divan, leva les yeux de son livre avec un lent sourire.

— C'est toi, Renny ! Tu viens bavarder. Tâche de trouver une chaise. Jette ces pantoufles par terre. Cette pièce est toujours dans un désordre... et si je laisse Rags ranger il cache tout ce dont je me sers et avec mon genou... enfin ça me met de mauvaise humeur pour huit jours.

— Je comprends, dit Renny. — Il jeta les pantoufles par terre et se laissa tomber sur la chaise. — Votre livre est bien, oncle Nick ? Je ne peux jamais trouver une minute pour lire.

— J'aimerais ne pas en avoir autant, mais quand un homme est comme moi cloué à son fauteuil la plupart du temps, il faut bien qu'il fasse quelque chose. Meggie a rapporté celui-ci la dernière fois qu'elle est allée à la ville. C'est d'une Anglaise. Les livres modernes me surprennent, Renny. Mon Dieu, si tout ce qu'il y a dans celui-ci est vrai, c'est vraiment extraordinaire ce que pensent et font les jolies femmes à présent. Les idées de cette héroïne, Seigneur, elles sont effrayantes. Tu veux un cigare ?

Renny puisa dans une boîte sur le piano. Nip qui pensait que Renny voulait lui prendre son os bondit une fois de plus et mordit l'intrus à la cheville. Puis il réintégra sa place avec l'impression d'être un animal effrayant.

— Sale petite bête, dit Renny, cette fois j'ai vraiment senti ses dents. Est-ce qu'il croit que je vais lui prendre son os ?

Nicolas dit :

— Attrape une araignée ! Attrape une araignée ! Nip.

Nip se précipita sur son maître et tourna autour de lui en secouant ses longs poils et en aboyant très fort. On entendit cogner avec énergie dans le mur épais. Nicolas sourit avec malice.

— Cela ennuie toujours Ernie d'entendre Nip élever la voix, mais moi il faut que je supporte les hurlements de son chat à n'importe quelle heure de la nuit. — Il battit des mains pour exciter le petit chien : — Attrape une araignée, Nip ! Attrape une araignée !

Avec des aboiements hystériques Nip parcourut la chambre en cherchant un insecte dans les coins et sous les chaises. Les coups dans le mur devinrent frénétiques.

Renny saisit le chien et le mit sous son bras pour calmer ses aboiements.

— Pauvre oncle Ernest ! Il va être énervé pour toute la journée. Tais-toi, Nip, petit misérable.

Un sourire sardonique éclairait la longue figure de Nicolas, dont les lignes tombantes donnaient un air de sagacité à ses réflexions les plus ordinaires.

— Cela lui fait du bien d'être un peu secoué, remarqua-t-il, il passe trop de temps à son bureau. L'autre jour il est arrivé ravi. Il a découvert, à ce qu'il croit, deux cent cinquante fautes dans le texte des pièces de Shakespeare. C'est bizarre d'essayer d'améliorer le texte de Shakespeare à notre époque. Je lui ai dit qu'il ne connaissait pas bien l'écriture manuscrite de ce temps-là, mais il croit que si. Pauvre Ernie, il a toujours été un peu piqué.

Renny fumait sérieusement son cigare.

— J'espère bien qu'Eden ne va pas lui ressembler et perdre son temps à écrire. Je suis assez ennuyé au sujet de son livre. Cela lui monte à la tête. Je crois que le jeune fou pense qu'il peut vivre de sa poésie. Vous ne le croyez pas, n'est-ce pas, oncle Nick ?

Il regarda Nicolas avec une certaine angoisse.

— Je ne crois pas que ce soit jamais arrivé. Et pourtant j'aime sa poésie, c'est de la très jolie poésie.

— Oui, mais il faut qu'il comprenne qu'il doit travailler. Je ne vais pas continuer à gâcher de l'argent pour lui. Il est tout à fait décidé à abandonner son droit. Après tout ce que j'ai dépensé pour lui ! Si seulement cet argent me revenait.

Nicolas tiraillait sa moustache tombante.

— Oh ! il aurait dû aller dans une université.

— Pas du tout, Piers n'y est pas allé. Il n'en avait aucun besoin et il n'aurait pas voulu. Eden aurait pu rester à la maison. Nous lui aurions trouvé bien assez de travail dans une des fermes.

— Eden fermier ? Ne te tracasse donc pas, mon cher Renny ! Laisse-le continuer à écrire et attends de voir ce qui arrivera.

— C'est une vie tellement stupide pour un homme. C'était très bien pour les poètes classiques...

— Ils ont été jeunes aussi et leur famille également les a désapprouvés.

— Est-ce que sa poésie est vraiment bien ?

— En tout cas elle est assez bien pour plaire à son éditeur. Pour ma part je trouve que c'est très adroit. Une sorte de perfection délicate, une beauté pensive qui est tout à fait remarquable.

Renny regarda son oncle avec inquiétude. Se moquait-il d'Eden ou essayait-il de lui bander les yeux pour protéger Eden ? Adroite, délicate, pensive... ces adjectifs le rendaient malade.

— De toute façon, ce qu'il y a de sûr, c'est que je ne lui donnerai plus un sou, gronda-t-il.

Nicolas se déplaça dans son fauteuil pour trouver une position plus confortable.

— Et comment cela va-t-il ? Plutôt juste ?

— On ne peut plus juste, acquiesça Renny.

Nicolas sourit intérieurement.

— Et pourtant tu voudrais garder tous les garçons à Jalna au lieu de les envoyer se débrouiller eux-mêmes à travers le monde. Tu as l'âme d'un patriarche, Renny. Être à la tête d'une tribu nombreuse, dispenser justice et récompense et te laisser pousser une longue barbe rousse. Voilà ce que tu aimerais.

Renny un peu blessé eut envie de lui dire que son frère Ernest et lui en avaient tous deux profité, mais il se soulagea en tirant les oreilles du petit chien. Nip grogna.

— Attrape une araignée, Nip, commanda son maître en frappant dans ses mains.

Une fois de plus, Nip se mit à pourchasser avec frénésie un insecte imaginaire. Les coups dans le mur se firent entendre de nouveau. Renny se leva pour partir. Il avait l'impression que ses ennuis n'étaient pas pris au sérieux. Nicolas qui le regardait de dessous ses sourcils épais vit le nuage passer sur la figure de Renny. Il dit avec une chaleur soudaine :

— Tu es un frère, et un neveu, comme il y en a peu, Renny. Tu veux boire quelque chose ?

Renny accepta et Nicolas tint à se lever pour lui préparer son whisky.

— Moi je ne devrais rien prendre avec ce maudit genou.

Mais il en prit un aussi, il s'agitait autour de sa cave à liqueurs avec une activité soudaine.

— Enfin Eden peut faire ce qu'il veut cet été, dit Renny que son verre avait mis de bonne humeur. Mais à l'automne il faudra qu'il se décide soit à entrer dans les affaires, soit à s'installer ici, à Jalna.

— Mais qu'est-ce que ferait ce garçon à Jalna, Renny ?

— Il aiderait Piers. Pourquoi pas ? S'il restait ici et nous aidait, nous pourrions reprendre les terres qui sont louées au vieux Hare et en tirer deux fois plus. C'est une vie saine. Il pourrait écrire à ses moments perdus s'il voulait. Je n'y trouverais rien à redire du moment qu'on ne me demanderait pas de le lire.

— Le poète laboureur. Cela fait assez bien. Mais je crains qu'il n'ait pour son avenir des idées tout à fait différentes. Pauvre gosse. Ce qu'il peut ressembler à sa mère !

— Eh bien, grogna Renny, qu'il ne compte plus sur moi. J'ai gaspillé assez d'argent pour lui. Penser qu'il a refusé de se présenter à son examen final ! On n'a jamais vu cela ! Maintenant il parle d'aller à New York voir son éditeur.

— Je crois qu'il y a longtemps qu'il a cette idée en tête. Eden a peut-être du génie, Renny.

— Seigneur ! j'espère que non !

Nicolas fit entendre les sons étouffés qui étaient sa façon de rire.

— Tu es un vrai Court, Renny. Rien d'étonnant à ce que maman ait un faible pour toi.

— Un faible ? Je ne l'avais jamais remarqué. Je croyais que c'était Eden son préféré. Il sait s'y prendre avec les femmes jeunes ou vieilles. Allons, je m'en vais. Hobbs a une vente de vaches danoises du côté de Mistwell et il se peut que j'en achète une ou deux.

— J'irais bien avec toi malgré mon genou si c'étaient des chevaux mais je ne vais pas me fatiguer pour des vaches. Je n'ai jamais aimé le lait.

Renny avait atteint la porte quand Nicolas lui demanda tout à coup :

— Et Piers, à propos ? Lui as-tu déjà parlé de cette petite ?

— Oui ! je lui ai dit qu'il fallait qu'il cesse de la rencontrer. Il n'avait jamais songé qu'on pouvait les avoir vus. Il était stupéfait.

— Il avait l'air tout à fait normal à déjeuner.

— Oh ! nous avons eu cette petite conversation il y a deux jours. Ce n'est pas un mauvais garçon. Il l'a très bien pris. Il n'y a pas beaucoup de jeunes filles par ici — de jolies — et on ne peut nier que Pheasant soit jolie.

Le front de Nicolas s'assombrit.

— Mais pense à ce qu'elle est. Nous ne voulons pas de ce genre de fille dans la famille. Meg ne le supporterait jamais.

— Elle est très bien, dit Renny, à sa façon contradictoire. Elle n'a pas choisi sa manière de venir au monde. Les garçons ont toujours joué avec elle.

— Piers jouera avec elle une fois de trop.

— Allons, repartit Renny avec humeur, il sait que je ne tolérerai pas de bêtises.

Il sortit et claqua la porte comme il le faisait toujours.

Nip était toujours très occupé avec son os. A sa vue Nicolas se mit à craindre qu'il n'attrapât une indigestion s'il continuait à manger. Il lui enleva son trésor et se redressa péniblement. Une fois baissé ce n'était pas un jeu de se relever. Quelle responsabilité qu'un petit chien gâté. « Non, non, plus de viande. Tu aurais mal au ventre. »

Nip protesta en dansant sur ses jambes de derrière, Nicolas posa l'os sur le piano et s'essuya les doigts sur sa veste. Puis son regard tomba sur la bouteille de whisky et le siphon. Il prit son verre.

— Mon Dieu, je ne devrais pas faire cela, grogna-t-il, mais il le remplit. C'est vraiment le dernier aujourd'hui, murmura-t-il en revenant en boîtant à son fauteuil, son verre à la main.

Une note grave fut frappée sur le piano. Nip était grimpé sur le tabouret et de là sur le clavier. Maintenant il dressait la tête pour essayer d'attraper son os. Nicolas se laissa tomber dans son fauteuil avec un grognement de douleur et d'amusement mélangés. « Je crois que nous pouvons bien nous tuer si nous voulons », commenta-t-il d'un air lamentable,

Vous dans votre petit coin
Et moi dans le mien.

Nip rongeait son os avec bruit en haut du piano. Nicolas but rêveusement son whisky and soda à petites gorgées. La maison était merveilleusement calme maintenant. Il allait s'assoupir un peu, dans son fauteuil, quand il aurait fini son verre et Nip son os. Le bruit rythmé des dents de Nip qui extrayait la moelle était apaisant. Un sourire passa sur la figure de Nicolas au souvenir de la façon dont les aboiements du petit animal avaient contrarié Ernest. Ernest était si facile à contrarier, le pauvre vieux ! Il se reposait sans doute tranquillement maintenant à côté de sa chère Sasha. Les chats, des égoïstes. Ils ne vous aiment que pour ce qu'ils peuvent obtenir de vous. Parlez-moi de Nip, au contraire, voilà de l'affection.

Il étendit la main et l'étudia. Oui, cette bague lourde avec son émeraude carrée dans sa monture ancienne lui allait. Il était heureux d'avoir hérité les mains de sa mère — les mains des Court. Renny les avait aussi mais il les entretenait mal. Sans aucun doute le caractère aussi bien que l'éducation se reconnaissaient dans les mains. Il eut une vision des mains de sa femme Millicent — des mains comme des griffes avec des doigts très blancs et incroyablement minces et de grands ongles recourbés... Elle vivait toujours. Il le savait. Seigneur ! Elle devait avoir soixante-dix ans ! Il essaya de se la représenter à soixante-dix ans, puis secoua la tête avec impatience. Non, il n'avait aucune envie de se la représenter, pas plus à soixante-dix ans qu'à dix-sept. Il voulait l'oublier. Quand maman mourrait, comme cela arriverait bientôt, hélas ! et qu'il hériterait, il ferait un voyage en Angleterre. Il aimerait revoir la vieille Angleterre une fois avant de... oui... même lui mourrait un jour, il espérait pourtant bien vivre au moins jusqu'à quatre-vingt-dix-neuf ans comme maman. Il était un Court et ils étaient fameux pour leur longévité et... pour quelle autre chose ? Oh ! oui, leur mauvais caractère. Eh bien, Dieu merci, il n'avait pas pris le caractère Court. Celui-ci disparaîtrait avec maman ; Renny pourtant, quand il était hors de lui devenait très violent.

Nip gémissait pour qu'on le descendît du piano. Il en avait assez de son os et réclamait sa petite sieste de l'après-midi. Petit démon, l'obliger à se relever juste quand il était si bien !

Avec un grognement, Nicolas se hissa sur ses pieds et alla en boîtant au piano. Il prit le petit chien, maintenant tout à fait gentil et confiant, et le rapporta sous le bras. Il eut un élancement aigu dans le genou en se rasseyant encore une fois dans son fauteuil, mais sa grimace de douleur se transforma en un sourire à la vue de la petite tête velue qui était tournée vers la sienne. Il eut tout à coup envie de dire : « Attrape une araignée, Nip ! » et de faire naître une nouvelle agitation. Ses lèvres formèrent même les mots ; et une soudaine tension dans le corps de Nip, un éclair dans ses yeux montraient qu'il était prêt ; mais il ne voulut pas ennuyer encore ce vieil Ernest et il avait très envie de dormir — le deuxième verre l'avait calmé. « Non, non, Nip, murmura-t-il. Il faut dormir, plus de bruit, mon vieux. » Et d'une grande main paresseuse il caressa le dos du petit chien.

Nip se coucha contre lui tandis qu'il s'étendait à moitié et le regarda dans les yeux. Nicolas souffla dans la figure de Nip. Nip donna un petit coup de queue sur le ventre de Nicolas. Ils dormirent.

5

Piers et son amour

Il faisait déjà sombre lorsque Piers traversa la pelouse. Il passa par une barrière basse dans la haie et marcha rapidement le long d'un sentier sinueux qui traversait un pré où trois chevaux broutaient encore l'herbe nouvelle. Le chemin descendait ensuite dans le ravin, franchissait un tout petit pont rustique et devenait encore plus étroit pour gravir la pente opposée à travers un bois majestueux. Enfin, près d'une barrière il se réunissait à un autre sentier qui avait été tracé dans le seul but de joindre Jalna et les terres des Vaughan à leur limite.

Dans le fond du ravin il faisait presque nuit, la rivière brillait à peine, sous la végétation touffue, et le ciel paraissait tout près, sans une seule étoile encore. A mesure que Piers montait sur la rive opposée l'obscurité devenait plus épaisse, n'eût été le lumineux éclat des bouleaux d'argent qui semblaient éclairés par quelque mystérieux rayonnement intérieur. Un engoulevent vola à travers les arbres en quête d'insectes, et, chaque fois qu'il en attrapait un, il lançait un petit cri étranglé ; le blanc de ses ailes apparaissait. Puis, juste au-dessus de la tête de Piers, un autre engoulevent se mit soudain à chanter.

Lorsqu'il atteignit le sommet du bois, Piers vit encore au couchant une lueur rouge foncé qui faisait briller les feuilles nouvelles des chênes. Les arbres étaient animés par le gazouillement des oiseaux qui regagnaient leurs nids, leurs affaires d'amour terminées pour ce jour-là — les siennes allaient seulement commencer.

Il avait chaud à la tête et enleva son béret pour laisser passer l'air frais. Il aurait voulu aimer Pheasant d'un amour plus calme. Il aurait été heureux de se promener avec elle, le soir, un peu exalté seulement et trouvant tout naturel, aussi naturel que la vie de ces oiseaux, d'aimer une jeune fille et d'en être aimé. Mais cet amour avait fondu sur lui brusquement, après avoir connu Pheasant toute sa vie, comme une tempête qui le bouleversait et avait pris entièrement possession de lui. Il se dépêchait dans l'air doux de la nuit, car chaque pas le rapprochait de la barrière où il devait la retrouver. Il se figurait son désappointement si elle n'était pas là. Il imaginait déjà la barrière nue qui semblait se moquer de son empressement. Il se voyait attendant jusqu'à la nuit profonde et revenant alors en trébuchant à Jalna, désespéré parce qu'il ne l'avait pas tenue dans ses bras. Qu'est-ce qui leur était donc arrivé ce jour-là ? Ils s'étaient rencontrés dans le fond du ravin et Pheasant effrayée par un serpent d'eau l'avait saisi par le bras et avait montré la rivière où l'animal avait disparu. Penchés sur l'eau ils avaient tout à coup vu leurs deux visages réfléchis sur une surface calme, très différents des visages de Piers et de Pheasant qui s'étaient connus depuis toujours. Les faces reflétées avaient des yeux étranges et timides et des lèvres entrouvertes. Ils avaient tourné la tête pour se regarder. Leurs lèvres s'étaient jointes.

Au souvenir de ce baiser, il se mit à courir à travers champs vers la barrière.

Pheasant l'attendait assise dessus, sa silhouette abandonnée se détachait sur le rouge obscur du couchant. Il ralentit le pas aussitôt qu'il l'aperçut et la salua brièvement en arrivant.

— Bonsoir, Pheasant !

— Bonsoir, Piers ! Voilà un bon bout de temps que j'attends.

— Je ne pouvais pas m'en aller. Il a fallu que je m'arrête pour admirer une horrible vache que Renny a achetée à la vente d'Hobbs tantôt.

Il grimpa sur la barrière et s'assit à côté d'elle.

— C'est vraiment la première soirée chaude, remarqua-t-il sans la regarder. J'ai attrapé affreusement chaud en venant. Je n'ai pas laissé l'herbe pousser sous mes pieds, je t'assure.

Il lui prit la main et la posa sur sa poitrine.

— Tâte !

— Ton cœur bat très fort, dit-elle d'une voix basse. C'est parce que tu t'es dépêché ou parce que...

Elle s'appuya sur son épaule et le regarda.

Piers l'attendait, ce moment où elle se pencherait vers lui. Sans un signe d'elle il n'aurait pas laissé parler son amour. Il l'entoura alors de ses bras et la serra contre lui. Il trouva sa bouche et la retint avec la sienne. L'odeur douce et chaude de son corps l'étourdissait. Il n'était plus ni fort ni réaliste. Il souhaita à ce moment mourir avec elle, tous deux heureux, embrassés dans les bras l'un de l'autre en cette paisible nuit de printemps.

— Je ne peux pas continuer comme cela, murmura-t-il, il faut absolument que nous nous mariions.

— Rappelle-toi ce que Renny a dit. Est-ce que tu vas le défier ? Il serait furieux s'il savait qu'en ce moment nous sommes ici ensemble.

— Je me fiche de Renny. Il a besoin d'une leçon. Il est temps qu'il apprenne qu'il ne peut pas régenter tout le monde. On l'a trop gâté, voilà l'ennui. Je l'appelle le Rajah de Jalna.

— Après tout, tu as bien le droit d'épouser qui tu veux, même si c'est une jeune fille qui n'est pas de ton rang, n'est-ce pas ?

Il sentit un sanglot soulever sa poitrine, ses larmes mouillèrent brusquement sa joue.

— Oh ! Pheasant, petite sotte, s'exclama-t-il. Toi, pas de mon rang ? quelle bêtise !

— C'est ce que pense Renny, et toute ta famille. Ta famille me méprise.

— Ma famille peut aller au diable. Et pourquoi ? Après tout, tu es une Vaughan. Tout le monde le sait. C'est ton nom.

— Même Maurice me dédaigne. Il n'a jamais voulu que je l'appelle père.

— Il mériterait d'être tué. Si jamais j'avais fait ce qu'il a fait je m'occuperais de l'enfant. Je me moquerais complètement du qu'en-dira-t-on.

— C'est bien un peu ce qu'il a fait. Il m'a gardée, il m'a donné son nom.

— Ce sont ses parents qui l'ont fait. Il ne t'a jamais aimée et n'a jamais été vraiment bon pour toi.

— Il pense que j'ai gâché sa vie.

— Tu veux dire avec Meggie. Tu te représentes Meg et Maurice mariés !

Il rit et l'embrassa sur la tempe et sentant sur sa joue la caresse de son sourcil soyeux, il l'embrassa aussi.

— Je me représente cela plus facilement que notre mariage à nous. J'ai l'impression que nous allons continuer indéfiniment comme maintenant à nous retrouver et à nous quitter. D'un certain côté, je crois aussi que j'aime mieux cela.

— Mieux que de m'épouser ? Voyons, Pheasant, tu essaies de me faire de la peine.

— Non, vraiment. C'est si beau de se rejoindre comme cela. Toute la journée j'attends ce moment dans une sorte de rêve ; et après la nuit vient, et tu es dans mon cœur toute la nuit.

— Qu'est-ce que ce serait si j'étais à côté de toi ?

— Cela ne pourrait pas être aussi agréable. C'est impossible. Et le matin, depuis l'instant où je me réveille, je compte les heures jusqu'à notre prochaine rencontre. Maurice pourrait aussi bien ne pas exister. C'est à peine si je le vois ou l'entends.

— Je ne me contente pas de rêves, Pheasant. Cette vie est une torture pour moi, et chaque jour, à mesure que le printemps s'avance, c'est une plus grande torture. Je te veux, toi — et pas des rêves de toi.

— Tu n'aimes pas nos rendez-vous ?

— Ne dis pas de bêtises ! Tu sais ce que je veux dire — Il s'écarta d'elle et alluma une cigarette. — Voyons, continua-t-il avec le ton sérieux d'un homme d'affaires. Admettons que nous allons nous marier. Nous allons nous marier, n'est-ce pas ? Est-ce que nous allons nous marier, dis ?

— Oui... Tu pourrais m'offrir une cigarette.

Il lui en donna une et la lui alluma.

— Bon. Peux-tu me donner une raison d'attendre ? J'ai vingt ans, tu en as dix-sept. C'est un âge convenable pour se marier, hein ?

— Ils disent que c'est trop jeune.

— C'est idiot. Ils voudraient que nous attendions jusqu'à ce que nous soyons trop vieux pour nous tenir sur cette barrière. Je suis très utile à Renny. Il me donne un salaire raisonnable. Je connais Renny. Il a une bonne nature, au fond, malgré son mauvais caractère. Il n'aurait jamais l'idée de me chasser. Il y a beaucoup de place à Jalna, une personne de plus ne se remarquerait même pas.

— Meg ne m'aime pas. Elle me fait très peur.

— Meggie te fait peur ! Oh ! petite poltronne. Elle est aussi douce qu'un agneau. Et grand-mère t'a toujours aimée. Je vais t'expliquer, Pheasant, nous nous mettrons dans les bonnes grâces de grand-mère. Elle a énormément d'influence sur la famille. Si nous lui plaisons, on ne peut pas savoir ce qu'elle fera pour nous. Elle a souvent dit que je ressemblais, plus qu'aucun des autres, à mon grand-père, et elle est persuadée que c'était le plus bel homme qui ait jamais existé.

— Et Renny ? Elle dit toujours que c'est un vrai Court. De toute façon, je pense que son testament était fait bien avant notre naissance.

— Oui, mais elle passe son temps à le changer ou à faire croire qu'elle le change. Rien que la semaine dernière, elle est restée avec son notaire pendant des heures et toute la famille était très agitée. Wake a regardé par le trou de la serrure et a dit qu'elle se contentait de bourrer le vieux bonhomme de pastilles de menthe. Mais on ne peut jamais être sûr de rien. — Il hocha la tête d'un air entendu et poussa un profond soupir. — Ce qu'il y a d'absolument certain, c'est que je ne peux pas continuer à vivre ainsi. Il faut que je me marie ou je m'en irai. Cela m'énerve. Je savais à peine ce que je mangeais aujourd'hui à déjeuner, et quel vacarme à propos du livre d'Eden ! Seigneur ! de la poésie, tu vois cela ! Et à goûter Finch est revenu avec de mauvaises notes d'un de ses professeurs et il y a encore eu une scène. Cela a duré une heure.

Mais Pheasant n'avait rien entendu d'autre que la cruauté calculée des mots : « Je m'en irai. » Elle tourna vers lui une figure effrayée aux yeux agrandis.

— Tu t'en iras ! Comment peux-tu dire une chose pareille ? Tu sais que je mourrais ici sans toi.

— Comme tu es devenue pâle ! remarqua-t-il en regardant son visage. Pourquoi pâlis-tu ? Cela ne ferait aucune différence pour toi si je m'en allais. Tu pourrais tout aussi bien continuer à rêver de moi, tu sais.

Pheasant fondit en larmes et se mit à descendre de la barrière.

— Si tu crois que je vais rester ici pour que tu me tourmentes ! dit-elle, et elle partit en courant.

— Et pourtant tu voudrais que moi je reste et sois malheureux, cria-t-il.

Elle courait dans l'obscurité à travers le pré humide. Il resta obstinément assis et la regarda en se demandant si elle aurait la volonté d'aller jusqu'à l'autre bout du champ. Déjà ses pas semblaient se ralentir. Pourtant sa silhouette devenait moins précise. Et si elle continuait à courir jusque chez elle et le laissait seul sur la barrière avec tout cet amour qui bouillonnait en lui... Cette seule idée suffit à le faire sauter de la barrière, il se mit à courir après elle, mais à ce moment-là il l'aperçut qui revenait lentement et il se rassit juste à temps pour sauvegarder sa dignité. Il en était heureux.

Elle s'arrêta à une dizaine de pas de lui.

— C'est entendu, je veux bien, dit-elle d'une voix enrouée.

Il ressentait sa proximité dans le moindre de ses nerfs, mais il tira quelques bouffées de sa cigarette avant de demander d'un ton bourru :

— Quand ?

— Quand tu voudras.

Elle baissa la tête et eut un sanglot enfantin.

— Viens ici, petite sotte que tu es, ordonna-t-il péremptoirement.

Mais quand elle fut de nouveau près de lui une exquise tendresse l'envahit et en même temps un délicieux sentiment de son pouvoir. Il lui murmura des mots d'amour et des ordres, la figure contre ses cheveux.

Tout le long du chemin de retour il se sentit fort et dispos, pourtant il avait travaillé ferme ce jour-là. A mi-pente du fond du ravin la branche d'un chêne barrait le sentier au-dessus de lui. Il sauta et l'attrapa des deux mains ; il se trouva ainsi suspendu loin d'une terre trop prosaïque pour ses pieds légers. Il se balança doucement un instant, regardant les étoiles qui scintillaient amicalement entre les feuilles nouvelles. Un lapin courut le long du sentier sans se douter le moins du monde de sa présence. Son âme n'était plus anxieuse, mais libre et joyeuse. Il avait l'impression de ne faire qu'un avec les choses sauvages du bois. C'était le printemps et il avait choisi sa compagne.

Lorsqu'il traversa la pelouse, il vit que le salon était éclairé. Ils jouaient aux cartes comme d'habitude, supposa-t-il. Il s'approcha de l'une des portes-fenêtres et regarda. Tirée près du feu il apercevait une table autour de laquelle étaient assis sa grand-mère et son oncle Ernest qui jouaient aux échecs. Grand-mère était enveloppée d'un éclatant châle écossais vert et rouge et portait un bonnet très enrubanné. Évidemment elle était en train de gagner, car elle montrait ses dents en un large ricanement, et un bruyant éclat de rire fit se retourner, d'un air mécontent, les joueurs de bridge à l'autre table. Ernest penchait avec attention sur l'échiquier sa longue figure d'aigle. Sur la cheminée de noyer foncé, Sasha était blottie à côté d'une bergère chinoise, et fixait sur son maître un regard de mépris extasié.

Autour de la table de bridge étaient assis Renny, Meg, Nicolas et Mr. Fennel le pasteur. Leurs visages étaient éclairés par le feu qui intensifiait leur expression : Nicolas, sardonique, attentif ; Renny, le sourcil froncé, embarrassé ; Meg, douce, satisfaite ; Mr. Fennel, tirant sur sa barbe, absorbé. Pauvres gens, pensait Piers, tout en entrant par la porte de côté et en montant doucement l'escalier, avec leurs petits jeux, leurs passe-temps mesquins, tandis que lui jouait le grand jeu de la vie.

On voyait de la lumière sous la porte d'Eden. Encore de la poésie, encore un passe-temps mesquin ! Eden avait-il jamais aimé ? Si cela lui était arrivé il l'avait bien gardé pour lui. Il n'aimait sans doute que sa Muse. Sa Muse — ah ! ah ! Il entendit Eden grogner. C'était donc douloureux vraiment, d'aimer la jolie Muse ? La poésie aussi avait ses souffrances ? Il frappa dans la porte en passant.

— Si tu as besoin d'aide, ici...

— Tu peux aller au diable, répliqua le jeune poète, à moins que par hasard tu n'aies un chiffon sur toi. J'ai renversé l'encre.

Piers passa sa tête dans la porte.

— Ma chemise ne vaut guère mieux qu'un chiffon, dit-il. Je peux te la donner.

Eden nettoyait le dessus de serge taché du bureau avec un buvard. Sur une feuille de papier était nettement écrit ce qui ressemblait au début d'un poème.

— Je suppose que cela t'amuse, remarqua Piers.

— Plus que de poursuivre une jeune fille dans les bois la nuit.

— Tu sais, je te conseille de faire attention.

Piers éleva la voix d'un ton menaçant, mais Eden sourit et se rassit à son bureau.

C'était étrange, pensait Piers en regagnant sa chambre. Comment Eden avait-il pu deviner ? Était-ce parce qu'il était poète ? Il avait toujours eu l'impression, quoiqu'il n'eût jamais beaucoup réfléchi à cette question, que ce serait particulièrement désagréable d'avoir un poète dans la maison, et maintenant, Seigneur, ils en avaient un vrai à Jalna. Cela ne lui plaisait pas du tout. Il ne restait plus rien de sa bonne humeur quand il ouvrit la porte de sa chambre.

Il la partageait avec Finch, son frère de seize ans. Finch était courbé sur son Euclide, une expression d'extrême mélancolie allongeait sa figure déjà longue et blême. Il avait été l'objet de critiques et d'une discussion orageuse pendant tout le goûter, et cela avait rendu son cerveau, dont il n'était jamais tout à fait maître, absolument, impossible à diriger. Il avait refait six ou sept fois le même problème, et maintenant il ne lui trouvait plus aucun sens, pas plus qu'à une absurde chanson enfantine. Il avait chipé une des cigarettes de Piers pour voir si cela l'aiderait. Il l'avait fait durer le plus longtemps possible, aspirant doucement, savourant chaque bouffée, la gardant entre ses doigts osseux jusqu'à ce qu'elle lui brûlât les doigts et même les lèvres. Mais cela n'avait servi à rien. Quand il avait entendu rentrer Piers, il avait laissé tomber par terre le bout de cigarette, réduit presque à rien, et avait mis son pied dessus.

Avec un air morne il regarda Piers du coin de ses longs yeux clairs. Piers renifla :

— Hum ! Tu fumes, hein ? Et une de mes cigarettes encore, je parie. Je te serais très reconnaissant de les laisser tranquilles, jeune homme. Est-ce que tu crois que je peux te fournir des cigarettes ? Et d'ailleurs on te le défend.

Finch retourna à son Euclide avec une tristesse accrue. S'il ne pouvait en venir à bout lorsqu'il était seul, il ne pourrait certainement jamais l'apprendre avec Piers dans la chambre. Cette présence robuste, dominante, éteindrait sa dernière lueur d'intelligence. Il avait toujours eu peur de Piers. Toute sa vie Piers l'avait maintenu dans un état de soumission. Il en souffrait, mais ne voyait aucun moyen de se libérer. Piers était fort, beau, sympathique. Lui n'était rien de tout cela. Et pourtant il aimait toute sa famille, même Piers qui était si brutal à son égard, d'une façon secrète, maussade. En ce moment, si Piers avait été comme certains frères, il aurait pu lui demander de l'aider ; Piers avait été bon en géométrie. Mais c'était inutile de demander l'aide de Piers. Il était trop impatient, trop peu capable de supporter un garçon qui s'embarrasse de rien.

— Je te serais reconnaissant, continua Piers, de ne pas toucher à mes cigarettes, ni à mes mouchoirs, chaussettes et cravates. Si tu veux prendre les affaires des autres, prends celles d'Eden. C'est un poète et il ne sait sans doute pas ce qu'il possède.

Il fit une grimace à son image dans la glace en ôtant son col et sa cravate.

Finch ne répondit pas. Désespérément il s'efforça de fixer son attention sur le problème devant lui. Angles et triangles s'enchevêtraient en dessins étranges. Il dessina une caricature dans la marge de son livre. Et, chose terrible, la figure qu'il avait créée se mit à le regarder avec mépris. D'une main tremblante il essaya de l'effacer mais il ne put. Cela n'était pas en son pouvoir. Elle possédait la page. Elle possédait le livre. C'était Euclide personnifié qui se moquait de lui !

Piers s'était entièrement déshabillé et avait ouvert la fenêtre toute grande. Le vent glacé de la nuit entrait. Finch frissonna sous son étreinte. Il se demandait comment Piers pouvait le supporter sur sa peau nue. Il dispersa les pages d'un devoir de français par toute la chambre. Ce n'était pas la peine d'essayer, il ne pouvait pas faire ce problème.

Piers, en pyjama maintenant, sauta dans son lit. Couché, il fixa sur Finch ses yeux bleus brillants en sifflant doucement. Finch commença à rassembler ses livres.

— Terminé ? demanda poliment Piers. Tu as eu vite fini, n'est-ce pas ?

— Je n'ai pas fini, cria Finch. Est-ce que tu crois que je peux travailler avec un courant d'air froid comme cela sur le dos et toi devant moi à me regarder ? Cela veut dire tout simplement qu'il faudra que je me lève de bonne heure pour finir avant le déjeuner.

Piers devint sarcastique.

— Tu es vraiment très sensible. Tu vas bientôt écrire des poésies. Qui dit que tu n'as pas déjà essayé ? Sais-tu, il me semble que tu ferais bien d'aller à New York pendant les vacances de Pâques pour voir si tu peux trouver un éditeur.

— Tais-toi, grogna Finch, et laisse-moi tranquille.

Piers était très heureux. Il était trop heureux pour dormir. Cela le soulagerait de taquiner le jeune Finch. De son lit il observait son long corps grêle pendant qu'il se déshabillait, Finch deviendrait peut-être un homme remarquable. Il y avait déjà maintenant quelque chose qui retenait l'attention dans son visage ; mais il avait un regard affamé, troublé, et ne savait où mettre ses bras et ses jambes. Il était toujours assis gauchement, et quand on lui parlait brusquement, il relevait la tête d'un air défiant et timide, comme s'il craignait un coup. Pour dire la vérité, il en avait reçu pas mal dont certains tout à fait immérités.

Piers contemplait son corps mince avec un mépris amusé. Il critiqua d'une façon blessante les épaules, les omoplates, les côtes proéminentes de Finch et les autres parties de son anatomie. Enfin, tremblant de colère et d'humiliation, Finch enfila sa chemise de nuit, éteignit la lumière et se glissa par-dessus Piers à sa place près du mur. Il s'y blottit avec un soupir de soulagement. Cela avait été affolant de passer par-dessus Piers. Il s'était à moitié attendu à être saisi par la cheville et soumis à quelque nouvelle torture. Mais il avait gagné son coin sans encombre. La journée avec ses misères était finie. Il étira ses longs membres.

Ils étaient immobiles côte à côte dans l'obscurité paisible. Au bout d'un moment Piers parla d'une voix basse, accusatrice.

— Tu n'as pas fait ta prière. Qu'est-ce que cela signifie de se coucher sans faire sa prière ?

Finch était ahuri. C'était quelque chose de nouveau. Piers, entre tous, s'occupant de ses prières ! C'était inquiétant.

— J'ai oublié, répondit-il péniblement.

— Mais tu ne dois pas oublier. C'est très important à ton âge de prier longtemps et avec ferveur. Si tu priais plus et boudais moins, tu serais mieux portant et plus heureux.

— C'est idiot. Qu'est-ce qui te prend ?

— Je suis tout ce qu'il y a de plus sérieux. Debout, et fais ta prière !

— Mais toi, tu ne pries pas, se plaignit Finch amèrement. Tu n'as pas fait ta prière depuis des années.

— Cela n'a aucun rapport. J'ai un contrat spécial avec le diable et il s'occupe des siens. Mais toi, mon petit agneau, tu dois être séparé des loups.

— Oh ! laisse-moi tranquille, cria Finch. J'ai sommeil. Laisse-moi tranquille.

— Lève-toi et fais ta prière.

— Oh ! Piers, ne sois pas...

— Prends garde à ce que tu vas dire. Debout.

— Je ne veux pas !

Il agrippa désespérément les couvertures, car il redoutait ce qui allait arriver.

— Tu ne veux pas te lever ? Tu ne veux pas faire ta prière ? Il faut que je te force ?

A chaque question les doigts vigoureux de Piers cherchaient un point plus sensible de l'anatomie de Finch.

— Oh ! oh ! oh ! Piers. Je t'en prie, laisse-moi me lever ! Oh !...

Avec un dernier cri aigu, Finch était par terre. Il se frotta le côté avec précaution. Puis il demanda presque en larmes :

— Que diable veux-tu que je fasse maintenant ?

— Je veux que tu fasses ta prière convenablement. Je ne supporterai pas que tu commences à te laisser aller à ton âge. A genoux !

Finch se mit à genoux sur le plancher glacé. Agenouillé au pied du lit, dans la lumière pâle de la lune, sa jeune silhouette était pathétique. Mais ce spectacle n'avait rien de pathétique pour Piers.

— Allons, maintenant, vas-y. — Finch pressait sa tête dans ses mains jointes. — Pourquoi ne commences-tu pas ? demanda Piers d'un ton mécontent en se soulevant sur son coude.

— Je... j'ai commencé, répondit une voix étouffée.

— Je ne t'entends pas. Comment veux-tu que le Seigneur puisse t'entendre si moi je ne peux pas ? Parle tout haut.

— Je ne peux pas. Je ne veux pas !

— Tu *vas* le faire. Ou tu le regretteras.

Dans sa détresse présente, Finch oublia toutes ses prières comme un peu plus tôt il avait oublié toute sa géométrie. Dans le chaos obscur de son âme, seuls trois mots de supplication demeuraient. « Oh ! mon Dieu », murmurait-il d'une voix rauque et, comme il ne pouvait rien trouver d'autre et qu'il lui fallait prier ou devenir la proie de ce maudit Piers, il répétait ces mots indéfiniment d'une voix sourde, tremblante.

Piers écoutait d'un air bénin. Il trouvait Finch le plus ridicule imbécile qu'il eût jamais connu. Il était un mystère que Piers ne pénétrerait jamais. Tout à coup, il se dit : « J'en ai assez. »

— Cela suffit, ordonna-t-il. C'est une drôle de prière que tu viens de faire, mais tu as des manières assez intimes avec le Tout-Puissant. Tu ferais un bon méthodiste. — Et il ajouta presque gentiment : — Au lit, maintenant.

Mais Finch ne voulait pas se coucher. Il serrait le couvre-pied et continuait à sangloter. « Oh ! mon Dieu ! » La chambre lui paraissait remplie par la présence divine, tantôt sous la forme du Dieu terrible et austère de l'Ancien Testament, tantôt comme par miracle avec le beau visage moqueur de Piers. Il lui fallut une tape sur la tête pour revenir à la réalité. Il réintégra, tant bien que mal, son long corps dans le lit, tremblant de tous ses membres.

Eden ouvrit violemment la porte.

— Autant vivre à côté d'un cirque, se plaignit-il à voix haute. Tu es le plus répugnant…

Et il lâcha quelques mots bien sentis. Il s'interrompit pour demander en désignant Finch de la tête :

— Il pleure ? Pourquoi pleure-t-il ?

— Il a le cafard, je pense, répondit Piers d'une voix ensommeillée.

— Pourquoi pleures-tu, Finch ?

— Laisse-moi tranquille ! hurla Finch dans une fureur soudaine. Toi, laisse-moi tranquille !

— Je crois qu'il pleurniche sur ses notes. Renny était furieux, dit Piers.

— Ah ! C'est cela ? Eh bien, il ferait mieux de travailler que de pleurer.

Et Eden disparut comme il était venu.

Les deux frères étaient étendus dans la clarté lunaire. Finch ne bougeait pas, sauf un hoquet de temps à autre. Les sentiments de Piers à son égard étaient magnanimes maintenant. C'était un jeune imbécile tellement sans défense. Piers trouvait assez désagréable d'être né entre Eden et Finch. Pris entre un poète et un imbécile. Quel sandwich ! De toute évidence il en était la partie consistante.

Ses pensées allèrent vers Pheasant. Elle était pour lui d'un intérêt toujours nouveau : ses jolis gestes, sa façon insouciante de lui ouvrir son cœur, ses reculs brusques, la finesse de son profil. Il pouvait voir son visage dans le clair de lune comme si elle eût été dans la chambre avec lui. Elle y serait bientôt à la place de ce jeune Finch qui respirait bruyamment. Il l'aimait avec chaque parcelle de son corps. Seul entre tous les habitants de Jalna il savait ce que signifiait l'amour véritable. C'était bizarre qu'absorbé comme il l'était par son amour il eût encore le temps de taquiner Finch et de le rendre malheureux. Sans nul doute un démon malicieux se cachait en lui. Et d'autre part il avait été tellement inquiet ces derniers temps, que de voir tout arrangé, d'être sûr d'obtenir ce qu'il voulait lui faisait éprouver ce que ressent un poulain qu'on amène soudain dans les pâturages du printemps, et qui est prêt à donner des coups de pied et à mordre son meilleur ami dans l'excès de sa joie.

Pauvre vieux Finch ! Piers tira les couvertures sur l'épaule saillante de Finch et mit son bras autour de lui.

6

Pheasant et Maurice

Deux semaines plus tard Pheasant se réveilla un matin au lever du soleil. Elle ne pouvait pas dormir, car c'était le jour de son mariage. Elle sauta à bas de son lit et courut à la fenêtre voir si le ciel lui souriait.

Il brillait semblable à une mer d'or et, juste au-dessus du soleil, un nuage qui avait la forme d'une grande baleine rouge flottait comme dans un rêve. Sous sa fenêtre, encadrant la pelouse, le verger riant s'était soudain merveilleusement épanoui. Les jeunes arbres formaient des rangs neigeux, semblables à des petites filles dans l'attente de leur première communion. La clochette d'une vache tinta dans le fond du ravin.

Pheasant s'appuya sur le rebord de la fenêtre, ses courts cheveux bruns tout ébouriffés, sa chemise de nuit avait glissé et découvrait une épaule mince. Elle était heureuse de la sérénité joyeuse du matin, elle était heureuse parce que les cerisiers avaient fleuri pour le jour de son mariage ; et pourtant elle était triste parce que c'était le jour de son mariage et qu'elle n'avait rien de neuf à mettre. Et, de plus, il faudrait qu'elle allât vivre à Jalna où personne sauf Piers ne la désirait.

Elle devait le retrouver à deux heures. Il avait emprunté une auto, et ils devaient aller se marier à Stead qui était en dehors de la paroisse de Mr. Fennel. Puis ils iraient à la ville pour la nuit, mais il leur fallait être revenus à Jalna le lendemain, car Piers était préoccupé des semailles de printemps. Quelle sorte de réception leur ferait la famille à Jalna ? Ils avaient toujours été gentils pour elle, mais le seraient-ils pour la femme de Piers ? Enfin Piers s'occuperait d'elle. Elle se sentait capable d'affronter le monde à ses côtés.

Elle tambourina avec ses doigts blancs sur l'appui de la fenêtre et regarda le soleil scintiller sur sa bague de fiançailles que jusqu'ici elle n'avait osé porter que la nuit. Elle pensait à cet instant merveilleux où chacun avait regardé le visage de l'autre et y avait vu la fleur de l'amour s'épanouir comme sur les cerisiers. Elle l'aimerait toujours, elle le laisserait blottir sa tête sur son épaule la nuit et irait dans les champs avec lui le matin. Elle était heureuse qu'il eût choisi le travail de la terre au lieu d'une profession quelconque. Elle était trop ignorante pour être la femme d'un homme instruit. Elle pourrait sans embarras faire part à Piers de ses puériles réflexions sur la vie.

Pour la centième fois elle examina les quelques vêtements qu'elle avait rangés dans une immense valise usée pour son voyage de noces : ses souliers vernis et son unique paire de bas de soie, une robe d'organdi rose vraiment trop petite pour elle, quatre mouchoirs — bon, au moins elle en avait beaucoup et on ne sait jamais à quel moment on va pleurer —, une chemise de nuit et un châle de l'Inde qui avait appartenu à sa grand-mère. Elle ne pensait pas avoir besoin du châle ; elle ne l'avait jamais mis sauf pour jouer à la dame, mais il aidait à former un trousseau plus conséquent et il serait peut-être utile de l'avoir pour dîner à l'hôtel ou s'ils allaient à l'Opéra. Elle se sentit un peu consolée en replaçant le tout et en bouclant les courroies spongieuses. Finalement elle aurait pu avoir moins de choses et elles auraient pu être pires.

Elle sortit de quoi raccommoder et reprisa — ou plutôt boucha — un grand trou dans le talon d'un bas marron qu'elle allait mettre pour voyager. Elle répara les boutonnières arrachées de son manteau brun et répandit une quantité prodigieuse de parfum bon marché sur la petite robe marron qui était pliée dans le tiroir, prête à être mise ; elle se sentit alors glacée, car elle n'était toujours pas habillée.

Elle se dépêcha d'enfiler ses vêtements, se lava la figure et se coiffa. Elle se regardait dans la glace et songeait tristement : « Je ne suis certainement pas une beauté. Nannie m'a mal coupé les cheveux. Je suis beaucoup trop maigre et je n'ai pas du tout cet air doux qui sied à une mariée. Personne ne pourrait imaginer une guirlande de fleurs d'orangers sur ma tête. Un chapeau de polichinelle serait mieux approprié. Enfin je crois qu'on a tout de même conduit à l'autel des jeunes filles plus laides. »

Maurice Vaughan était déjà à table et mangeait des saucisses et des pommes de terre frites. Il ne lui dit pas bonjour mais remplit une assiette et la poussa devant elle. Au bout d'un instant il dit :

— Jim Martin vient tantôt avec un homme de Brancepeth. Dis à Nannie de ne servir le déjeuner qu'à une heure. Nous aurons à faire.

Pheasant était consternée. Elle devait retrouver Piers à deux heures. Comment pourrait-elle s'en aller à temps ? Et si elle n'était pas là à déjeuner, Maurice demanderait peut-être des explications, aurait des soupçons. Ses mains tremblaient en versant son thé. Elle ne voyait pas distinctement les objets qui se trouvaient sur la table.

Maurice la regarda avec froideur.

— Est-ce que tu as entendu ce que j'ai dit ? demanda-t-il. Qu'est-ce que tu as ce matin ?

— Je réfléchissais. Oui, j'ai entendu, tu veux déjeuner à deux heures.

— J'ai dit une heure. Je ferais mieux de donner les ordres moi-même si tu n'en es pas capable.

Pheasant reprenait possession d'elle-même.

— Comme tu te mets facilement en colère ! dit-elle froidement. Naturellement je me rappellerai. J'espère que Mr. Martin ne sera pas ivre comme la dernière fois qu'il est venu. Il a mis un cornichon dans son thé au lieu de sucre et a dormi toute la soirée sur sa chaise, je me souviens.

— Je ne me rappelle pas.

— Je pense bien. Tu étais assez parti aussi.

Vaughan rit aux éclats. Les boutades de cette fille à moitié reconnue seulement l'amusaient. Et pourtant, méchamment, quand elle était douce et désireuse de plaire, il était souvent dur avec elle, il semblait prendre plaisir à observer qu'elle avait hérité d'une aptitude à souffrir égale à la sienne.

Maurice Vaughan était le petit-fils et seul descendant mâle du colonel Vaughan dont les lettres avaient décidé Philippe Whiteoak à venir s'installer à l'ouest de Québec. Il était fils unique et était arrivé tard dans la vie de ses parents. On l'avait élevé trop faiblement et il était devenu un jeune homme lourd, indolent, arrogant, qui se trouvait intellectuellement supérieur à tous ceux qui l'entouraient, même à Renny Whiteoak qu'il aimait. A vingt ans il se berçait de l'illusion de devenir un grand homme dans les affaires de son pays sans aucun effort de sa part. A vingt et un ans il se fiança avec Meg Whiteoak, charmé par l'ineffable douceur de son sourire et sa somnolente quiétude à son égard. Des deux côtés les parents étaient ravis. Ils osaient à peine respirer de peur que leur souffle ne refroidît l'ardeur du jeune couple et que ce mariage tant souhaité ne se fît pas.

Meggie ne voulait pas être bousculée. Une année de fiançailles était convenable et elle voulait rester fiancée un an. Maurice, désœuvré et élégant, attira l'attention d'une jolie fille du village aux traits fins, Elvira Gray. Elle cueillait des mûres dans les bois où Maurice se promenait avec son fusil, les mêmes bois où se retrouvaient maintenant Piers et Pheasant. Maurice, pendant qu'il attendait impatiemment Meg, fut consolé par l'amour d'Elvira.

Un mois avant la date du mariage un petit ballot contenant un bébé fut posé une nuit d'été sur le seuil de la maison des Vaughan. Mr. Vaughan, réveillé par ses faibles cris, descendit en pantoufles et trouva le paquet sur lequel était épinglé un mot ainsi conçu : « Maurice Vaughan est le père de ce bébé. Je vous en prie, soyez bon pour lui. Il n'a fait de mal à personne. »

Mr. Vaughan tomba évanoui sur les marches où il fut trouvé couché à côté du bébé par un ouvrier agricole qui lut le papier et se hâta de répandre la nouvelle. On porta l'enfant dans la maison et le bruit de son arrivée atteignit Jalna.

Comme il convient à l'héroïne d'une telle tragédie, Meg s'enferma dans sa chambre et refusa de voir personne. Elle refusa de manger. Maurice, après une matinée déchirante avec ses parents, durant laquelle il avait tout avoué, alla se cacher dans les bois. On s'aperçut qu'Elvira qui était orpheline avait disparu.

Le père de Meg, accompagné de ses frères, Nicolas et Ernest, alla discuter la question avec Mr. Vaughan. Ils étaient plus jeunes que lui d'une vingtaine d'années et ils tempêtèrent tous à la fois autour du pauvre homme éperdu, tout à fait à la manière Whiteoak. Pourtant, en dépit de l'offense, ils convinrent de ne pas rompre les fiançailles et de laisser le mariage avoir lieu à la date prévue. On pourrait trouver un endroit pour loger le bébé. Ils revinrent à Jalna, après avoir pris quelques boissons fortes, en considérant que, Dieu merci, tout était arrangé et que ce serait une leçon pour le jeune fou, quoique ce fût un peu dur pour Meggie.

Meggie ne voulut pas consentir à quitter sa chambre. Les aliments qu'on mit sur des plateaux devant sa porte restèrent intacts. Une nuit, après quatre jours de désespoir, le jeune Maurice vint à Jalna sur sa magnifique jument baie. Il lança une poignée de gravier dans la fenêtre de Meg et l'appela. Elle ne répondit pas. Il recommença avec une insistance tragique. Finalement Meg apparut dans le clair de lune resplendissant, encadrée comme une image dans sa fenêtre couverte de vigne. Elle était assise, le coude sur l'appui de la fenêtre et le menton dans sa main et écoutait pendant que lui, debout, la bride de son cheval passée sur son bras, déversait ses regrets. Elle écouta avec impassibilité, le visage levé vers la lune jusqu'à ce qu'il eût terminé et dit alors : « C'est fini. Je ne peux pas vous épouser, Maurice. Je ne me marierai jamais. »

Maurice ne pouvait pas et ne voulait pas la croire. Il ne s'attendait pas à une aussi cruelle obstination sous une apparence aussi douce. Il expliqua et implora durant deux heures. Il se jeta par terre et pleura, tandis que la jument broutait le gazon près de lui.

Renny, dont la chambre était voisine de celle de Meg, ne put en supporter davantage. Il se précipita dehors à côté de Maurice et joignit ses supplications à celles de son ami dans un langage plus énergique. Rien ne put ébranler Meggie. Elle écouta les prières passionnées des deux jeunes gens avec des larmes qui roulaient le long de ses joues pâles ; puis, avec un geste définitif d'adieu, elle ferma la fenêtre.

Chaque membre de la famille eut à son tour un entretien avec Meggie. Son père, ses oncles, sa jeune belle-mère — qui avait espéré si vite être débarrassée d'elle — tous essayèrent de la raisonner. Grand-mère aussi fit une tentative mais la vue de Meggie, suave et pourtant aussi immuable qu'un roc, était plus que n'en pouvait supporter la vieille dame. Elle lui donna une claque, ce qui fit intervenir Philippe Whiteoak qui déclara qu'il ne voulait pas qu'on obligeât sa fille à faire un mariage qui ne lui plaisait pas, et qu'il n'y avait rien d'étonnant à ce que Meg ne pût accepter un mari qui venait juste de rendre mère une vulgaire paysanne.

Meg sortit de sa retraite pâle mais paisible. Sa vie extérieure ne fut pas très affectée par cette trahison de son affection. Cependant elle aima moins sortir avec de la jeunesse et passa beaucoup d'heures dans sa chambre. C'est à cette époque qu'elle prit l'habitude de ne presque rien manger à table, elle était amplement nourrie par d'agréables petits repas qu'on lui portait dans sa chambre. Elle s'attacha de plus en plus à ses frères et déversa sur eux un amour dans lequel elle s'efforçait de noyer le souvenir de son fiancé.

Maurice ne dépassa plus jamais les étables de Jalna. L'amitié entre lui et Renny subsista. Ensemble ils traversèrent les épreuves de la guerre, des années plus tard. Lorsque Pheasant avait trois ans, Mr. et Mrs. Vaughan moururent dans la même année, et elle fut laissée aux soins d'un jeune père qui ne l'aimait pas et qu'elle pouvait déjà appeler « Maurice ». La malchance suivit de près cette perte. Les mines dans lesquelles était placée presque toute la fortune des Vaughan perdirent leur valeur et le revenu de Maurice passa de dix mille dollars par an à moins de deux mille. Il gagna un peu avec l'élevage des chevaux mais pendant sa jeunesse Pheasant ne sut jamais ce que c'était que d'avoir deux francs devant elle ou une jolie robe pour vêtir son jeune corps. Les mille acres que le premier Vaughan avait achetées au gouvernement s'étaient réduites à trois cents dont cinquante seulement étaient cultivées ; le reste était en pâtures et en bois de chênes touffus. Le ravin qui traversait Jalna se développait en une étroite vallée dans le domaine des Vaughan et se terminait par un bassin peu profond. C'était là que se dressait la maison avec des volets délabrés, un porche affaissé et un toit couvert de mousse.

La seule servante qu'on gardait encore était une vieille Écossaise, Nannie, qui parlait rarement et alors d'une voix à peine plus élevée qu'un soupir. Auprès de Jalna, qui était remplie de gens aux voix sonores, intimes, questionneuses, Vaughanland semblait un écho étouffé ; les trois qui y vivaient se tenaient à l'écart, repliés sur eux-mêmes.

Le déjeuner à une heure au lieu de midi et demi comme d'habitude démolissait les plans de Pheasant. Elle se sentit soudain faible, sans défense, en danger. Elle avait peur d'elle-même. Peur de crier tout à coup à Maurice : « Je vais me sauver pour me marier à une heure et demie ! Il *faut* que le déjeuner soit à l'heure habituelle. »

Quel sursaut il aurait ! Elle se représentait sa figure épaisse, négligée, remplie de surprise et d'anxiété.

« Qu'est-ce que cela veut dire ? s'exclamerait-il. Qu'est-ce que cela veut dire, petit démon ? »

Et elle lui crierait : « C'est vrai. Je vais me marier aujourd'hui même. Et je vais me marier dans la famille de Jalna qui n'a pas voulu de toi, mon beau garçon. »

Au lieu de cela elle dit doucement :

— Oh ! Maurice, je crains d'être obligée de déjeuner à midi et demi. J'ai un rendez-vous à Stead, chez le dentiste, à deux heures.

Elle se demandait pourquoi elle avait dit cela, car elle n'avait jamais été chez un dentiste de sa vie. Elle ne savait pas le nom d'un seul.

— Pourquoi prends-tu des rendez-vous chez le dentiste ? grogna-t-il. Qu'est-ce qu'ont tes dents ?

— J'ai eu mal aux dents ces temps-ci, dit-elle sans mentir, et il se rappela une désagréable odeur de médicament qui flottait autour d'elle à des moments mal choisis.

Ils continuèrent à manger en silence. Un grand soulagement s'emparait de Pheasant devant l'absence d'opposition active et elle buvait tasse sur tasse de thé fort. Maurice songeait qu'après tout il valait mieux que l'enfant ne fût pas à table avec les deux hommes qui devaient venir. Martin était grossier. Ce n'était pas le genre d'individu qu'un homme convenable eût désiré présenter à sa fille, pensait-il. Mais quel intérêt y avait-il à essayer de protéger Pheasant ? Elle était la fille de sa mère et il n'avait eu aucun respect pour sa mère ; il en avait très peu pour lui-même, son père. Les vilains racontars qui avaient couru à son sujet dans le voisinage depuis sa première mésaventure n'étaient pas tous vrais, mais ils avaient atteint sa bonne opinion de lui-même, sa dignité. Il savait qu'on le considérait comme un vaurien et qu'on le considérerait toujours comme tel, même lorsque la mèche blanche qui apparaissait à l'une de ses tempes aurait gagné toute sa tête.

Quant à Pheasant elle était soudain envahie d'une inexplicable pitié pour lui. Pauvre Maurice ! Demain matin et tous les matins à venir il prendrait son petit déjeuner seul. Évidemment ils parlaient rarement, mais elle était tout de même là, en face de lui ; elle transmettait ses ordres à Nannie, elle lui versait son thé et elle était toujours allée avec lui admirer les nouveaux poulains. Eh bien, quand elle serait partie il regretterait peut-être de n'avoir pas été plus gentil pour elle.

Elle était si peu expérimentée qu'elle croyait qu'aller habiter Jalna c'était s'installer dans une maison lointaine où elle serait séparée pour toujours de sa vie passée.

Quand il eut avalé sa dernière gorgée de thé, Maurice se leva lentement et alla à la fenêtre qui, ombragée par la véranda, laissait seulement entrer une demi-lumière verdâtre dans la pièce. Il tournait le dos à Pheasant et dit :

— Viens ici.

Elle sauta de sa chaise, les nerfs à fleur de peau. Qu'est-ce qu'il allait lui faire ? Elle eut envie de se sauver. Elle dit avec effort :

— Qu'est-ce que tu veux ?

— Je veux que tu viennes ici.

Elle alla près de lui avec une insouciance affectée.

— Tu as l'air de vouloir jouer au père ennuyeux ce matin, dit-elle.

— Je veux voir cette dent dont tu parles.

— Je n'en parlais pas. C'est toi qui en parles. J'ai simplement dit que j'allais me la faire boucher.

— Ouvre la bouche, s'il te plaît, dit-il avec humeur en lui mettant la main sous le menton.

Elle pria : « Oh ! mon Dieu, faites qu'il y ait un grand trou dedans. » Et elle ouvrit la bouche toute grande, ce qui la faisait ressembler à un jeune rouge-gorge affamé.

— Hum ! grogna Maurice, elle aurait dû être soignée il y a quelque temps. — Il ajouta en lui donnant une caresse hésitante sur le menton : — Tu as de jolies petites dents. Tâche qu'on te les arrange convenablement.

Pheasant le regarda. Il était presque tendre. A cette heure tardive ! Il lui avait caressé le menton, donné une petite tape du bout des doigts tout au moins. Elle se sentit brusquement en colère contre lui. Cette idée de devenir démonstratif au dernier moment ! Pour que cela lui soit plus pénible de le quitter.

— Merci, dit-elle. Je serai une beauté si je continue, n'est-ce pas ?

Il répondit sérieusement.

— Tu es trop maigre pour être une beauté, mais tu engraisseras. Tu n'es qu'une pouliche.

— Et voilà comment les pouliches montrent qu'elles sont contentes, dit-elle, et elle frotta sa tête contre son épaule. J'aimerais pouvoir hennir ! Mais je *peux* mordre.

— Je le sais que tu peux, dit-il gravement. Tu m'as mordu quand tu avais cinq ans. Et je t'ai mis la tête sous le robinet pour te punir.

Elle était heureuse qu'il lui eût rappelé cet épisode. Ce serait plus facile de le quitter après cela.

Il alla dans le vestibule et prit son chapeau à une patère.

— Au revoir, lui cria-t-elle.

Elle le regarda s'en aller, en remplissant sa pipe le long du chemin, vers l'écurie avec sa démarche particulière, lourde, traînante. Elle ouvrit la fenêtre et l'appela :

— Oh ! Maurice !

— Qu'est-ce qu'il y a ? répondit-il en se retournant à moitié.

— Oh !... Au revoir !

— Eh bien, que je sois... l'entendit-elle murmurer en continuant.

Il devait la prendre pour une vraie petite folle. Mais après tout c'était un au revoir très sérieux. La prochaine fois qu'ils se reverraient elle ne serait plus la même personne. Elle porterait un nom honorable, un nom avec lequel elle pourrait faire face au monde. Elle serait Mrs. Piers Whiteoak.

7

Le mariage de Piers et de Pheasant

Il était arrivé à deux heures tapantes. Elle était là depuis vingt minutes, ayant très chaud mais pâle d'émotion et de fatigue : elle avait marché pendant près d'un demi-kilomètre — courant un peu par intervalles — avec sa lourde valise à traîner. Elle avait été saisie de panique chaque fois qu'un véhicule approchait, à l'idée qu'on la poursuivait. A trois reprises elle s'était réfugiée à l'abri d'un groupe de cèdres en bordure de la route pour se cacher pendant qu'un tombereau avançait lourdement ou qu'une auto passait à toute vitesse.

Piers mit la valise dans le fond de la voiture, et Pheasant se jeta sur le siège à côté de lui. L'auto — une pauvre vieille guimbarde qui avait été lavée pour la circonstance — démarra avec une secousse. Piers avait l'air ridiculement endimanché dans son plus beau vêtement de serge tout raide, et avec une expression plutôt figée que triomphante.

— Ils avaient besoin de cette voiture à la maison aujourd'hui, dit-il. J'ai eu de la peine à partir.

— Et moi aussi, Maurice avait invité deux personnes à déjeuner, et il fallait le retarder, et il voulait que je sois là pour les recevoir.

— Hum... Qui était-ce ?

— Un Mr. Martin et un autre homme. Des éleveurs de chevaux tous les deux.

— Les recevoir, Seigneur ! Tu dis vraiment des choses ridicules.

Elle se renfonça dans son coin, froissée. Alors c'était cela se faire enlever ! Un amoureux taciturne, tout brillant de savon, en chapeau de feutre, qui vous disait que vous étiez ridicule juste au moment où il aurait dû être dans des transports d'amour, audacieux et protecteur !

— Je te trouve très insolent.

— Je le suis peut-être, admit-il, et il appuya sur l'accélérateur. Je n'y peux rien si je suis comme cela, ajouta-t-il non sans complaisance. C'est dans le sang, je pense.

Elle enleva son chapeau et laissa le vent ébouriffer ses cheveux. Les écriteaux, le bétail noir et blanc dans les champs, les cerisiers en pleine floraison, les pommiers encore en bouton passaient à toute vitesse.

— Grand-mère a dit à déjeuner que j'avais besoin d'être dressé. Ce sera à toi de le faire, Pheasant.

Il tourna la tête vers elle en souriant, et, à la vue de ses cheveux ébouriffés, de ses yeux brillants, il ajouta :

— Ma précieuse chérie.

Il l'embrassa et Pheasant mit sa main sur le volant à côté de la sienne. Ils regardèrent tous deux cette main. Ils songeaient que dans bien peu de temps l'anneau de mariage éclipserait la bague de fiançailles en importance. Ils éprouvaient un étrange mélange de sensations. Ils avaient à la fois l'impression d'être des enfants en fuite (car ils avaient tous deux subi le joug de leurs aînés) et de formidables aventuriers qui ne craignaient rien dans ce radieux monde printanier.

Ils furent mariés par le pasteur de Stead, un homme arrivé depuis peu, qui avait tout au plus entendu prononcer le nom de leurs familles, avec, peut-être, une anecdote pittoresque qui s'y rattachait. Piers était si hâlé et si robuste qu'il avait l'air d'un jeune paysan, et la robe mal coupée de Pheasant et ses chaussures bon marché transformaient sa jeune grâce en gaucherie ingénue. Le pasteur leur dit qu'il espérait les voir régulièrement à l'église et leur donna de très bons conseils dans la sacristie fraîche. Quand ils furent partis et qu'il examina la somme que Piers lui avait remise dans une enveloppe il fut surpris de son importance, car Piers était décidé à tout faire comme le devait un Whiteoak.

Ils volaient le long de la route qui serpentait semblable à un ruban blanc sur le rivage brun qui encerclait le lac et Piers, de triomphe, se mit à crier et à chanter.

— Nous sommes mari et femme ! Mari et femme ! Pheasant et Piers ! Mari et femme !

Son exubérance et la vitesse à laquelle il conduisait la voiture effaraient les gens. Le lac d'un bleu vert, encore agité par la tempête qui avait soufflé toute la nuit mais n'était plus maintenant qu'une brise légère, battait sur le rivage un accompagnement rythmé, une étrange marche nuptiale. Les vergers de cerisiers répandaient en confetti leurs pétales sur la route devant eux et l'air était incroyablement lourd du parfum capiteux du printemps. Piers arrêta le camion d'un marchand de fruits et acheta des oranges. Pheasant lui en introduisit des quartiers dans la bouche, tandis qu'il conduisait, et en mangea aussi avec avidité car l'émotion leur donnait soif. Quand ils approchèrent des faubourgs de la ville elle jeta les écorces dans le fossé et s'essuya les lèvres et les mains avec son mouchoir. Elle remit son chapeau et s'assit alors bien droite, les mains sur les genoux, avec l'impression que chaque personne qui les rencontrait voyait qu'ils venaient de se marier.

Piers avait retenu une chambre à l'hôtel de la Reine que les Whiteoak fréquentaient depuis trois générations. Lui n'y était pas allé souvent, quelquefois dîner en compagnie de Renny, deux fois pour son anniversaire, quand il était petit, avec oncle Nicolas.

Pour le jour de son mariage, il avait pris une des meilleures chambres avec salle de bains attenante. Il rougit lorsque le gérant eut un sourire subreptice en tendant la clef à un valet de chambre. Le valet de chambre les conduisit d'un pas déhanché à leur chambre en portant la valise antique.

Toutes les portes blanches fermées le long du corridor intimidaient Pheasant. Elle se figurait qu'il y avait des oreilles contre tous les battants, des yeux aux trous des serrures. Et si Maurice sortait subitement de l'une d'elles et fondait sur eux ! Ou Renny ! Ou la terrible Mrs. Whiteoak !

Quand ils furent seuls dans la spacieuse chambre d'hôtel aux meubles lourds, absolument seuls avec simplement le grondement sourd de la circulation en bas pour leur rappeler l'existence du monde, une impression soudaine de dignité glacée, de distance entre eux, les saisit.

— La chambre n'est pas mal, hein ? Tu penses que tu seras bien ici ? Et il ajouta presque agressivement : C'est une des meilleures chambres de l'hôtel, mais si tu préfères autre chose...

— Oh ! non. C'est bien ! Cela ira très bien, merci.

Pouvaient-ils être le jeune couple échappé qui avait parcouru la route du bord du lac en chantant et en mangeant des oranges ?

— Ton sac est là, dit-il en indiquant la volumineuse valise.

— Oui, j'ai bien le sac.

— Je me demande ce qu'il vaut mieux que nous fassions pour commencer, ajouta-t-il en la regardant.

Elle lui semblait si étrange dans ce cadre nouveau qu'il crut véritablement la voir pour la première fois.

— Quelle heure est-il ?

— Cinq heures et demie.

Elle remarqua alors que le soleil avait disparu derrière un bâtiment de l'autre côté de la rue et que la chambre baignait dans une lumière jaunâtre. Le soir venait.

— Est-ce que tu ne ferais pas mieux d'envoyer les télégrammes ?

— Oui, je crois. Je vais descendre le faire et m'occuper de retenir une table ; et, voyons, aimerais-tu aller au théâtre ce soir ?

Pheasant fut transportée à cette idée.

— Oh ! j'adorerais aller au théâtre ! Est-ce qu'on donne quelque chose de bien ?

— Je vais voir et prendre les billets et tu pourras changer de robe. Maintenant, pour les télégrammes. Est-ce que cela irait si j'en envoyais seulement un à Renny, quelque chose dans le genre de : « Sommes mariés, Pheasant et moi. Revenons demain. Préviens Maurice. » Ce serait bien ?

— Non, dit-elle avec fermeté. Il faut que Maurice ait un télégramme de moi rien que pour lui. Mets : « Cher Maurice... »

— Mon Dieu, on ne peut pas commencer un télégramme : « Cher Maurice. » Cela ne se fait pas. Dis-moi ce que tu veux mettre et je l'arrangerai.

Pheasant répondit d'une voix exaspérée :

— Voyons, est-ce que c'est ton télégramme ou le mien ? Je n'ai jamais écrit une lettre ou envoyé un télégramme à Maurice de ma vie et cela ne m'arrivera sans doute plus jamais. Et je veux qu'il commence : « Cher Maurice. »

— Très bien, mon petit. Vas-y.

— Mets : « Cher Maurice. Nous sommes mariés, Piers et moi. Préviens Nannie. Sincèrement à toi. Pheasant. » Voilà.

Piers ne put dissimuler sa gaieté devant un télégramme semblable, mais il promit de l'envoyer et, après avoir serré convulsivement Pheasant et reçu un baiser sur le bout hâlé de son nez, il la quitta.

Elle était seule. Elle était mariée. Toute la vie ancienne était finie et la nouvelle venait de commencer. Elle alla à la coiffeuse et se regarda dans la glace à trois faces. C'était merveilleux d'y voir son visage de tous les côtés à la fois. Elle comprit qu'elle ne s'était jamais vraiment vue avant, rien d'étonnant à ce que son reflet eût l'air étonné. Elle se tourna de côté et d'autre en inclinant la tête comme un joli oiseau. Elle ôta sa robe marron et resta captivée par l'image de ses charmes en pantalon et petite chemise blanche. Elle alluma l'électricité et forma un tableau avec ses minces bras laiteux levés et ses yeux mi-clos. Elle aurait aimé continuer longtemps à jouer avec ces reflets magiques, mais Piers pouvait revenir et ne pas la trouver prête.

Une horloge quelque part sonna six heures.

Elle s'aperçut qu'elle avait besoin de se laver les mains et espéra qu'il y aurait du savon dans la salle de bains. Elle s'arrêta saisie quand elle eut tourné le bouton électrique et rempli la pièce d'une lumière blanche crue. Son excessive beauté l'éblouissait. Chez elle il y avait une salle de bains avec un plancher nu sur lequel était posée une baignoire de zinc verdâtre, cabossée et sordide. Les serviettes étaient vieilles, en lambeaux et vous laissaient des peluches sur tout le corps et le savon était toujours comme de la gelée car Maurice l'oubliait dans l'eau. Ici il y avait des carreaux et du marbre étincelants, des nickels polis comme de l'argent neuf, une immense baignoire d'une blancheur virginale et une rangée de serviettes qui ne pouvait être préparée que pour une mariée. « Et par Notre-Dame, s'exclama-t-elle, car elle était une fervente de sir Walter Scott, je suis la mariée ! »

Elle s'enferma à clef et prit un bain en maniant presque respectueusement les luxueux accessoires. De telles quantités d'eau chaude ! Un savon si doux ! Des serviettes tellement soyeuses ! Quand, toute mouillée, elle mit le pied sur l'épais tapis de bain, elle se dit que jamais jusqu'à ce moment elle n'avait été réellement propre.

Ses cheveux étaient soigneusement brossés et elle enfilait sa robe rose et blanche quand Piers rentra. Il avait envoyé les télégrammes — sans oublier le « cher » pour Maurice — et il avait pris des fauteuils d'orchestre pour un spectacle russe. Il conduisit Pheasant dans le salon des dames et l'installa dans un fauteuil blanc et or où elle attendit pendant qu'il s'astiquait et se faisait beau.

Leur table était dans un coin d'où ils pouvaient voir toute la salle à manger : des rangées et des rangées de tables aux nappes blanches, scintillantes d'argenterie sous des lampes voilées ; un maître d'hôtel à la figure rouge, avec de petits bouts de favoris le long des oreilles, s'intéressa paternellement à leur dîner.

Piers murmura :

— Que prendrez-vous, Mrs. Piers Whiteoak ?

Et tout s'enfuit de sa tête excepté ces mots magiques.

Piers commanda le dîner. Un potage délicieux. Un tout petit morceau de poisson dans une sauce bizarre. Du poulet rôti. Des asperges. Des gâteaux français merveilleux mais assez effrayants, on ne savait pas très bien comment les manger. Des fraises comme des rubis fondants. « Mais d'où viennent-elles, Piers, à cette époque de l'année ? » Du café très noir. Des petites cigarettes à bout doré achetées spécialement pour elle. La fumée odorante entoura leurs têtes et accentua leur isolement.

Quatre hommes à la table voisine semblaient ne pouvoir détacher leurs regards de Pheasant. Ils parlaient vivement entre eux, mais, de temps en temps, leurs yeux glissaient dans sa direction, et, à certains moments, elle en était sûre, ils parlaient d'elle. Chose singulière, la conscience de leur attention ne la troublait pas. Cela l'amusait et lui donnait une assurance et une liberté de mouvements qu'elle n'aurait pas eues autrement.

Elle avait pris pour dîner le châle de l'Inde brodé d'or qui avait appartenu à sa grand-mère, et, quand elle sut que ces quatre hommes bruns la regardaient, un instinct nouveau lui conseilla de mettre le châle sur ses épaules, lui dit qu'il y avait quelque chose dans le châle qui lui allait mieux que la petite robe rose et blanche. Elle le tint serré autour d'elle, assise bien droite, les yeux fixés sur la figure rouge de Piers, mais elle avait conscience de chaque regard, de chaque murmure des quatre de la table voisine.

Quand elle et Piers passèrent près d'eux, en sortant, la frange de son châle effleura l'un des hommes. Ses yeux sombres étaient levés sur le visage de Pheasant, et il inclina la tête vers le châle comme pour en chercher la légère caresse. C'était un homme d'environ quarante ans. Pheasant eut l'impression que le châle était enchanté, qu'elle flottait dedans, qu'il ensorcelait tout ce qu'il touchait. Sa petite tête brune émergeait de sa splendeur telle une fleur luisante.

La troupe russe fut une sensation nouvelle et étrange. Elle lui ouvrit les portes d'un monde exotique dont elle n'avait jamais rêvé. Elle entendit *Le Chant des bateliers de la Volga*, chanté dans un couchant pourpre par des marins étrangers qu'on discernait à peine. Elle entendit dans une langue barbare des hurlements et des supplications au moment où un équipage sauvage jetait par-dessus bord la maîtresse de son capitaine parce qu'elle leur avait porté malheur. Les actes les plus comiques n'obtenaient pas un sourire d'elle. C'était captivant mais jamais drôle un seul instant. Le directeur du spectacle avec sa face de pleine lune et son jargon la fascinait, mais elle ne voyait rien d'amusant dans son bavardage. Pour elle c'était un magicien dangereux qui avait créé toute cette orgie de bruit et de couleur. C'était un homme sinistre qu'on regardait en retenant son souffle et en serrant la main de Piers sous le châle. Elle n'était encore jamais allée au théâtre. Et Piers était assis, le visage hâlé, robuste, il souriait avec assurance à la scène et pressait fermement les doigts de Pheasant.

Une foule dense traversait le foyer et se dirigeait sans hâte vers la sortie. Pheasant se serra tout contre Piers et regarda avec une curiosité timide les visages qui l'entouraient. A ce moment quelqu'un derrière elle lui saisit le poignet et glissa légèrement son autre main le long de son bras nu jusqu'à l'épaule où il la laissa un instant s'attarder en une caresse inattendue puis la retira.

Pheasant tremblait tout entière, mais elle ne tourna pas la tête. Elle savait sans regarder que c'était la main de l'homme dont elle avait effleuré la tête avec son châle. Quand elle et Piers atteignirent la rue, elle vit les quatre hommes ensemble qui allumaient des cigarettes juste devant eux.

Elle se sentit riche d'expérience.

Le théâtre n'était pas très loin de l'hôtel. Ils revinrent à pied, parmi d'autres personnes qui riaient et parlaient ; une grande pleine lune se levait au bout de la rue et l'éclat de la lumière électrique donnait à la scène un aspect de folle gaieté. Pheasant eut l'impression que cela durerait toujours. Elle ne pouvait pas croire que demain ils retourneraient à Jalna et y affronteraient des difficultés.

De leur chambre on voyait un grand espace de ciel. Piers ouvrit la fenêtre et la lune parut les regarder.

Ils se tinrent tous deux devant la fenêtre les yeux fixés sur elle.

— La même vieille lune qui brillait sur nous dans les bois, dit Piers.

— Il semble y avoir des siècles de cela.

— Oui. Comment te sens-tu ? fatiguée ? sommeil ?

— Je n'ai pas sommeil, mais je suis un peu fatiguée.

— Pauvre petite fille !

Il l'entoura de ses bras et la serra contre lui. Tout son être se fondit en tendresse pour elle. En même temps son sang chantait dans ses oreilles le chant de l'amour vainqueur.

8

Bienvenue à Jalna

L'auto avançait lentement vers la maison, le long de l'allée sinueuse. L'avenue était tellement assombrie par les rangs serrés des baumiers qu'elle formait un long tunnel de verdure, toujours frais et humide. Des écureuils noirs sautaient de branche en branche, leurs queues brillantes recourbées en point d'interrogation. De temps en temps on apercevait, dans l'herbe haute, le dos couvert de duvet brun d'un lapin affolé. La voiture avançait si lentement que c'est à peine si les oiseaux cessaient de chanter à son approche.

Piers avait tout à fait l'impression d'être un petit garçon qui revient après avoir fait l'école buissonnière. Il se rappelait la façon dont il se glissait furtivement le long de cette allée, les pieds lourds, sûr d'en « recevoir une » et comment il la recevait des mains puissantes de Renny. Il se renfonça sur son siège à cette pensée. Pheasant était assise bien droite, les mains étroitement croisées sur les genoux. Lorsque l'auto s'arrêta au pied des larges marches de bois qui menaient à l'entrée, une petite silhouette sortit d'un buisson. C'était Wakefield qui tenait d'une main une ligne et de l'autre un fil au bout duquel se balançait une perche solitaire.

— Oh ! bonjour, dit-il en traversant la pelouse pour les rejoindre. Nous avons reçu votre télégramme. Soyez les bienvenus à Jalna !

Il arriva près d'eux et tendit une petite main tachée de poisson à Pheasant.

— Ne le touche pas, dit Piers, il sent horriblement mauvais.

Wakefield accepta gaiement la rebuffade.

— Moi, j'aime l'odeur du poisson, dit-il en se tournant vers Pheasant, et j'oublie qu'il y a des gens qui ne l'aiment pas. Piers, lui, aime mieux l'odeur du fumier parce que c'est son travail. Il y est habitué. Grand-mère dit qu'on peut s'habituer...

— Tais-toi, ordonna Piers, et dis-moi où est la famille.

— Je ne sais pas du tout, répondit Wakefield qui frappait le poisson mort sur la porte de l'auto. C'est samedi, tu comprends, et j'ai congé. J'ai demandé à Mrs. Wragge de me préparer à déjeuner — simplement une côtelette de mouton froide, un œuf dur, de la tarte au citron et un morceau de fromage et...

— Par le Ciel, dit Piers, tais-toi et cesse de frapper ce poisson contre la voiture ! Cours à la maison voir ce qu'ils font. J'aimerais voir Renny seul.

— Oh ! je crains que tu ne puisses pas. Renny est avec Maurice cet après-midi. Je pense qu'ils discutent ce qu'ils feront de vous deux. Cela demande beaucoup de réflexion et de discussion, tu comprends, d'arranger une bonne punition. Tiens, l'autre jour Mr. Fennel voulait me punir et il ne pouvait absolument rien trouver à me faire qui me punisse vraiment. Il avait déjà essayé...

Piers interrompit, les yeux fixés sur Wakefield.

— Va regarder par les fenêtres du salon. J'y vois du feu. Dis-moi qui est dans la pièce.

— Très bien. Mais il vaudrait mieux que tu me tiennes mon poisson parce que quelqu'un pourrait regarder par la fenêtre et me voir, et, maintenant que j'y pense, Meggie m'a défendu de pêcher aujourd'hui, et cela m'est complètement sorti de la tête, comme cela m'arrive souvent d'ailleurs. Je suppose que c'est à cause de mon cœur.

— Si tu ne reçois pas une claque d'ici trois minutes, dit son frère, je ne m'appelle pas Piers Whiteoak. Donne-moi le poisson.

Il arracha la ligne de la main du petit garçon.

— Fais-y bien attention, s'il te plaît, recommanda Wakefield par-dessus son épaule, tandis qu'il montait légèrement les marches.

Il mit son visage contre la vitre et resta immobile un moment.

Pheasant vit que les ombres s'allongeaient. Un vent frais et humide commençait à agiter l'herbe haute de la pelouse et les oiseaux cessèrent de chanter.

Piers déclara :

— Je vais jeter cet objet.

— Oh ! non, dit Pheasant, ne jette pas son poisson. — Un frisson nerveux plus glacé que le vent la parcourut. Elle pleura presque. — Oh ! je suis tellement énervée.

— Pauvre petit, dit Piers, et il posa sa main sur les siennes.

Sa mâchoire était raide et il avait l'impression qu'une main lui serrait la gorge. La famille ne lui avait jamais paru aussi formidable. Il la voyait s'avancer, semblable à une phalange furieuse, avec à sa tête grand-mère, prête à le traiter de haut, à l'insulter. Il rejeta ses épaules en arrière et respira profondément. Eh bien, qu'ils fassent ce qu'ils voudraient ! S'ils n'étaient pas bons pour Pheasant il l'emmènerait. Mais il n'avait pas envie de partir. Il aimait la moindre parcelle de Jalna. Lui et Renny aimaient cet endroit comme aucun des autres ne l'aimait. C'était le grand lien qui les unissait. Piers était très fier de partager avec Renny cet attachement à Jalna.

— Que le diable emporte l'enfant ! dit-il. Qu'est-ce qu'il fait ?

— Il vient.

Wakefield descendait les marches avec importance.

— Ils prennent le thé dans le salon, tout à fait comme si c'était dimanche, annonça-t-il. Le feu est allumé. Il semble y avoir une assiette de gâteaux sur la table. C'est peut-être une sorte de fête de mariage. Je crois que nous ferions mieux d'entrer. Mais je vais d'abord me débarrasser de mon poisson.

Piers lui tendit la perche et dit :

— J'aurais voulu que Renny soit là.

— Moi aussi, approuva Wakefield. Une scène est tellement plus réussie avec lui. Gran dit toujours qu'il est un vrai Court pour une scène.

Piers et Pheasant gravirent lentement les marches et entrèrent dans la maison. Il écarta les lourds rideaux qui recouvraient la porte à deux battants du salon et fit entrer Pheasant dans la pièce qui paraissait pleine de monde.

Il y avait grand-mère, oncle Nicolas, oncle Ernest, Meg, Eden et le jeune Finch qui était enfoncé dans une ottomane sculptée et dévorait du gâteau à l'anis. Il sourit timidement quand ils entrèrent tous deux, puis tourna la tête pour regarder sa grand-mère comme s'il s'attendait à ce qu'elle commençât l'attaque. Mais ce fut oncle Nicolas qui parla le premier. Il retira sa tasse de sa moustache et dressa sa tête massive ; il ressemblait assez à un morse sarcastique. Il gronda :

— Par George, c'est juste ce que je prévoyais ! Mais tu as mis un bandeau sur les yeux de Renny, misérable.

Meg interrompit, sa voix douce étranglée de larmes.

— Oh ! vilain garçon sans cœur ! Je ne comprends pas que tu puisses affronter nos regards. Et cette famille — Pheasant — je ne t'en ai jamais parlé, Piers. Je pensais que tu *saurais* la peine que me ferait un pareil mariage.

— Taisez-vous ! cria grand-mère, qui jusqu'ici n'avait pu faire entendre que des sons inarticulés de colère. Taisez-vous, et laissez-moi parler.

Les muscles de son visage étaient contractés, ses terribles yeux bruns flamboyaient sous ses sourcils hérissés. Elle était assise juste en face du feu et sa silhouette dans sa robe éclatante brillait d'un éclat infernal. Boney, perché sur le dos de son fauteuil, resplendissait semblable à une fleur exotique. Il avait enfoncé son bec dans sa poitrine gonflée et tendait ses plumes à la chaleur, peu soucieux en apparence de l'émotion de sa maîtresse.

— Venez ici ! cria-t-elle. Venez ici devant moi. Ne restez pas comme une paire de nigauds dans l'embrasure de la porte.

— Maman, dit Ernest, ne vous agitez pas comme cela. C'est mauvais pour vous. Cela va troubler votre digestion, vous le savez bien.

— Ma digestion est meilleure que la tienne, répliqua sa mère. Je sais me soigner.

— Venez plus près de cette façon elle n'aura pas besoin de crier, ordonna oncle Nicolas.

— Montez à l'autel du sacrifice, adjura Eden qui marchait de long en large près de la porte.

Il leur sourit des yeux tandis qu'ils se dirigeaient vers le fauteuil de Mrs. Whiteoak. Pheasant serrait de toutes ses forces la veste de Piers dans ses doigts glacés. Elle lança un regard implorant à Nicolas qui lui avait donné une poupée autrefois et qui était resté depuis une sorte de dieu à ses yeux, mais il se contenta de regarder à terre et d'émietter un morceau de gâteau dans sa soucoupe. Sans l'appui du bras de Piers elle sentait qu'elle serait tombée sur les genoux tellement elle tremblait.

— Alors, demanda d'un ton hargneux grand-mère quand ils furent devant elle, vous n'avez pas honte de vous ?

— Non, répondit Piers avec fermeté. Nous avons simplement fait ce que font beaucoup de gens. Nous nous sommes mariés sans tapage. Nous savions que toute la famille bondirait si nous leur en parlions, alors nous n'avons rien dit, voilà tout.

— Et tu penses — elle frappa sauvagement le sol de sa canne — tu penses que je vais te permettre d'amener cette petite gamine ici ? Est-ce que tu comprends ce que cela signifie pour Meg ? Maurice était son fiancé et il a eu cette gamine.

— Maman ! s'écria Ernest.

— Du calme, maman, dit doucement Nicolas.

Finch éclata brusquement d'un rire nerveux.

La voix de Meg s'éleva.

— Ne l'arrêtez pas. C'est la vérité.

— Oui, qu'est-ce que je disais ? Vous osez m'interrompre ! Cette gamine — cette gamine — il l'a eue avec une souillon.

Piers se pencha sur elle, son regard enflammé fixé sur le vieux visage féroce.

— Taisez-vous ! hurla-t-il. Taisez-vous, je vous dis !

La tempête qui l'environnait rendit soudain Boney furieux. Il pointa son bec par-dessus l'épaule de grand-mère et, ses cruels petits yeux rivés sur Piers, il déversa un flot de jurons hindous :

— *Shaitan ! Shaitan ! ka bata ! Shaitan ka butcha ! Piakur ! Piakur ! Jab kutr !*

Ce fut suivi d'une cascade d'éclats de rire moqueurs, métalliques, tandis qu'il se balançait sur le dos du fauteuil de grand-mère.

C'en était trop pour Pheasant. Elle fondit en larmes et se cacha la figure dans ses mains. Mais on n'entendait pas ses sanglots à cause des jurons de Boney ; et Finch, tremblant de la tête aux pieds, y ajoutait son rire nerveux.

Exaspéré, son visage hâlé pourpre de rage, Piers attrapa par le cou l'oiseau glapissant et le jeta avec violence par terre, où il resta étendu, aussi gaiement coloré qu'un fruit peint, proférant de bizarres sons étranglés.

Grand-mère était sans voix. Elle semblait sur le point de suffoquer. Elle arracha son bonnet et il tomba sur son oreille. Puis elle saisit sa lourde canne. Avant que personne eût pu l'en empêcher — si réellement quelqu'un eût voulu l'en empêcher — elle l'avait laissée retomber avec un craquement sonore sur la tête de Piers.

— Attrape cela, cria-t-elle, misérable enfant !

Au moment où la canne frappait la tête de Piers, la porte du vestibule s'ouvrit et Renny entra dans la pièce suivi de Wakefield qui, à l'abri de son frère, jetait des regards timides, mais curieux sur la famille. Tous les visages se tournèrent vers Renny, comme si sa tête rousse avait été le soleil et eux des fleurs soumises à son influence.

— Voilà un joli gâchis, dit-il.

— Il maltraite Boney, gémit grand-mère. Pauvre Boney chéri ! Oh ! la petite brute. Bats-le, Renny ! Bats-le fort !

— Non ! Non ! Non ! Non ! cria Pheasant.

Nicolas se souleva dans son fauteuil et déclara :

— Il l'a mérité. Il a jeté l'oiseau par terre.

— Ramasse le pauvre Boney, mon petit Wakefield, dit Ernest. Ramasse-le et caresse-le.

En dehors de sa maîtresse Boney ne laissait personne le toucher sauf Wakefield. L'enfant le ramassa, le caressa et le replaça sur l'épaule de sa grand-mère. Dans un de ses transports d'affection grand-mère le serra contre elle et l'embrassa.

— Le petit chéri, s'écria-t-elle. Le chéri de grand-mère ! Donne-lui un morceau de gâteau, Meg.

Meg pleurait doucement derrière la théière. Wakefield alla près d'elle et, comme elle ne faisait aucune attention à lui, il prit le plus gros morceau de gâteau et se mit à le dévorer.

Renny s'était approché de Piers et examinait sa tête.

— Son oreille saigne, remarqua-t-il. Vous n'auriez pas dû faire cela, Granny.

— Il a été insolent avec elle, dit Ernest.

— Oh ! pas du tout ! coupa Eden. Elle les insultait tous les deux affreusement.

Grand-mère frappa sur le sol avec sa canne.

— Je ne l'insultais pas. Je lui disais que je ne voulais pas de cette fille dans la maison. Je lui ai dit que c'était une bâtarde et c'est ce qu'elle est. Je lui ai dit — redonnez-moi du thé — du thé, où est Philippe ? Philippe, je veux du thé !

Quand elle était très excitée, elle appelait souvent son fils aîné du nom de son père.

— Pour l'amour de Dieu, qu'on lui donne du thé, grommela Nicolas. Et bien chaud.

Ernest lui en apporta une tasse et remit son bonnet droit.

— Encore du gâteau, demanda-t-elle. Cesse de pleurnicher, Meggie.

— Grand-mère, dit Meg avec une dignité mélancolique, je ne

pleurniche pas. Et ce n'est pas très étonnant que je verse des larmes, étant donné la façon dont Piers a agi.

— J'ai tout arrangé, déclara grand-mère, tout arrangé avec ma canne. Ah !

Piers dit d'une voix rauque :

— Maintenant, écoutez, je vais m'en aller. Nous n'allons pas rester ici, Pheasant et moi. Nous sommes seulement venus voir quel accueil nous recevrions. A présent nous le savons et nous partons.

— Tu l'entends, Renny, dit Meg. Il n'a plus aucune affection pour nous, et il semble qu'hier encore c'était un petit garçon comme Wake.

— Dieu sait ce que fera Wakefield, dit Nicolas. La famille court à sa perte.

— Veux-tu un peu de thé, Renny ? demanda Meg.

— Non, merci. Donnes-en à Pheasant. Elle est complètement bouleversée.

— Je ne veux pas de thé ! cria Pheasant en regardant d'un air sauvage les visages hostiles qui l'entouraient. Je veux m'en aller. Piers, je t'en prie, je t'en prie, emmène-moi !...

Elle se laissa tomber dans un grand fauteuil capitonné recouvert de perse, remonta ses genoux, se cacha la figure dans les mains et sanglota tout haut.

Meg parla avec une tristesse froide mais passionnée.

— Si seulement il *pouvait* vous renvoyer chez vous et en avoir fini avec vous ! Mais maintenant vous êtes solidement liée à lui. Vous n'auriez pas eu de cesse avant d'avoir mis le grappin sur lui. Je connais votre espèce.

Nicolas ajouta :

— Elles n'attendent pas d'être sorties de nourrice, celles-là.

Eden s'écria :

— Oh ! pour l'amour de Dieu !

Mais la voix furieuse de Piers la couvrit.

— Plus un mot sur elle ! Je ne supporterai plus un mot !

Grand-mère cria :

— Tu supporteras un autre coup sur la tête, jeune vaurien !

Des miettes de gâteau étaient accrochées aux poils de son menton. Wakefield les contemplait, fasciné. Puis il souffla dessus pour les faire partir. Finch faisait entendre des sons nerveux, enroués.

— Wakefield, ne fais pas cela ou tu recevras une claque, ordonna Ernest. Maman, essuyez-vous le menton.

Meg dit :

— Pensez aux années où je me suis tenue à l'écart des Vaughan ! Je n'ai jamais parlé à Maurice depuis cette terrible époque. Aucun d'eux n'a mis le pied dans cette maison. Et maintenant sa fille, cette enfant — la cause de mon malheur — est la femme de Piers et vient vivre ici.

Piers répliqua :

— Ne te tracasse pas, Meg. Nous n'allons pas rester.

— La honte est ici pour toujours, répondit-elle amèrement, même si vous allez à l'autre bout de la terre. — Sa tête était appuyée sur sa main que soutenait son bras court et gras. Les coins de sa bouche tendre étaient tirés en une expression d'obstination irrémédiable. — Tu m'as achevée. J'ai beaucoup souffert au début de ma vie. J'ai essayé d'oublier. En amenant cette fille ici, tu as remis à vif toute ma douleur. Tu m'as humiliée, blessée, je croyais que tu m'aimais, Piers.

— Oh ! Seigneur, est-ce qu'un homme ne peut pas aimer sa sœur et une autre femme aussi ? s'exclama Piers en la regardant intensément, la figure écarlate, atteint au cœur, car il l'aimait.

— Et d'autre part, intervint Nicolas, tu avais promis à Renny de ne plus la voir.

— Oh ! cria Pheasant se redressant sur son fauteuil, tu as promis cela, Piers ?

— Non, je ne l'ai pas promis.

Nicolas rugit :

— Si, tu l'as promis ! Renny me l'a dit.

— Je n'ai jamais promis. Sois juste, Renny ! Je n'ai jamais promis, n'est-ce pas ?

— Non, dit Renny. Il n'a pas promis. Je lui ai dit de mettre fin à cela. Je lui ai déclaré qu'il en aurait des ennuis.

— Des ennuis, des ennuis, des ennuis, gémit grand-mère. J'ai eu trop d'ennuis. Si je ne conservais pas mon appétit je serais morte. Que quelqu'un me redonne du gâteau. Non, pas celui-là, de l'autre. Je veux de l'autre gâteau !

Elle prit le gâteau qu'Ernest lui apportait, mordit un gros morceau et déclara la bouche pleine :

— J'ai donné au jeune scélérat un bon coup sur la tête !

— Oui, maman, dit Ernest. — Puis il demanda avec patience : — *Faut-il* que vous preniez de si grosses bouchées ?

— Je l'ai fait saigner ! cria-t-elle sans tenir compte de sa question et mordant une encore plus grosse bouchée. J'ai puni le garçon de sa folie.

— Vous devriez avoir honte, Gran, dit Eden, et la famille se mit à discuter bruyamment si oui ou non elle avait bien fait.

Renny était debout et considérait tour à tour les physionomies excitées ; leur tapage, leur impuissance l'irritaient et pourtant, en dépit de tout, il se sentait baigné d'une immense satisfaction. C'était sa famille. Sa tribu. Il était à la tête de sa famille. Le chef de la tribu. Il prenait un plaisir très primitif, direct et simple, à les gouverner, à s'occuper d'eux, à être harcelé, tourmenté, et importuné par eux. Ils dépendaient tous de lui, sauf Gran, et elle était dépendante aussi ; loin de Jalna, elle serait morte. En plus du fait qu'il les faisait vivre il avait les qualités inhérentes du chef. Ils attendaient de lui qu'il se prononçât et ils le harcelaient jusqu'à ce qu'il l'eût fait. Il tourna son mince visage rouge de l'un à l'autre et se prépara à trancher la question.

La température de la pièce était étouffante ; le feu était à peine nécessaire ; pourtant, à ce moment, pris d'une ardeur soudaine il flambait et pétillait dans la cheminée. Boney, qui était remis du traitement brutal de Piers, criait d'une voix perçante :

— Gâteau, gâteau ! Gâteau !

— Par pitié, que quelqu'un lui donne du gâteau, dit Renny.

Le petit Wake saisit un morceau de gâteau et le tendit à Boney, mais juste au moment où le perroquet allait le prendre il le retira vivement. Dans une fureur croissante Boney essaya trois fois en vain d'attraper le morceau. Il battit des ailes et lança un cri aigu qui transperça les oreilles de tous ceux qui se trouvaient dans la pièce.

C'en était trop pour Finch. Il se plia en deux sur son tabouret pris d'un fou rire nerveux ; le tabouret glissa — ou est-ce le pied d'Eden qui le poussa ? — et il tomba de tout son long par terre.

Grand-mère s'empara de sa canne et essaya de se lever.

— Qu'on me laisse m'en occuper ! cria-t-elle.

— Enfants ! Enfants ! dit Meg en se mettant brusquement à rire.

C'était ce qu'elle aimait, le tapage des garçons, pendant qu'assise solidement, confortablement dans son fauteuil, elle les regardait. Elle rit, mais au bout d'un instant elle redevint larmoyante et détacha ses yeux de Finch étendu sur le sol.

Renny se penchait sur lui. Il administra trois bons coups de poing au garçon osseux et négligé et dit :

— Maintenant lève-toi et tiens-toi convenablement.

Finch se releva, le visage rouge, et se cacha dans un coin. Nicolas se tourna avec peine sur son fauteuil et regarda Piers.

— Quant à toi, dit-il, tu mériterais d'être écorché vif pour ce que tu as fait à Meggie.

— Cela n'a pas d'importance, répondit Piers. Je m'en vais.

Meg le considéra avec rancune.

— Il faudrait que tu t'en ailles loin pour éviter le scandale, je veux dire pour que ton absence soit vraiment un soulagement pour moi, pour nous tous.

Piers répliqua :

— Oh ! nous nous en irons assez loin pour que tu sois contente. Nous irons aux États-Unis, peut-être.

Le « peut-être » fut murmuré d'un ton hésitant. Le son de sa propre voix annonçant qu'il irait dans un pays étranger, loin de Jalna et de la terre où il avait contribué à faire pousser des récoltes, loin des chevaux, loin des frères, l'effrayait.

— Qu'est-ce qu'il dit ? demanda grand-mère réveillée d'un de ses sommes subits. — Boney était perché sur son épaule et avait blotti sa tête contre sa joue flasque. — Qu'est-ce que dit Piers ?

Ernest répondit :

— Il dit qu'il va aller aux États-Unis.

— Aux États-Unis ? Un Whiteoak aux États-Unis ? Un Whiteoak yankee ? Non, non, non ! Cela me tuerait. Il ne faut pas qu'il s'en aille. C'est honteux, honteux de ta part, Meggie, d'obliger ce pauvre garçon à aller aux États-Unis ! Tu devrais avoir honte de toi ! Oh ! ces Yankees ! D'abord ils ont pris le livre d'Eden et maintenant ils veulent Piers. Oh ! ne le laissez pas partir !

Elle éclata en sanglots bruyants.

La voix de Renny s'éleva, calme.

— Piers ne partira pas, nulle part. Il restera ici. Et Pheasant aussi. Ils sont mariés tous deux. Je suppose qu'ils ont vécu ensemble. Il n'y a aucune raison au monde pour qu'elle ne soit pas une bonne épouse pour lui.

Meg interrompit.

— Maurice ne m'a jamais pardonné d'avoir refusé de l'épouser. Il a arrangé ce mariage entre sa fille et Piers pour me punir. Il l'a fait. Je suis sûre qu'il l'a fait.

Piers se tourna vers elle.

— Maurice n'en a rien su.

— Comment peux-tu deviner les plans qu'il avait dans la tête ? répliqua Meg. Il a simplement attendu un moment favorable pour introduire son rejeton à Jalna.

Piers s'écria :

— Mon Dieu, Meggie ! Je ne te connaissais pas une aussi méchante langue.

— Pas d'appréciations, je t'en prie, repartit sa sœur.

La voix de Renny s'interposa avec une vibration venue de la poitrine qui, la famille le savait, présageait un éclat si on le contrariait.

— J'ai discuté cette affaire avec Maurice cet après-midi. Il en est aussi ennuyé que nous. Quant à organiser ce mariage pour se venger de toi, Meg, c'est ridicule. Fais-lui crédit d'un peu de décence, d'un peu de bon sens. Quoi ! vos fiançailles datent de vingt ans. Penses-tu qu'il n'ait songé qu'à cela depuis ? Et il a fait la guerre aussi. Il a eu pas mal d'idées en tête en dehors de ta cruauté, Meggie !

Il lui sourit. Il savait la prendre. Et elle aimait qu'on lui rappelât sa « cruauté ». Ses lèvres merveilleusement modelées s'infléchirent un peu et elle dit presque avec une pétulance de jeune fille :

— Qu'est-ce qui lui arrive, alors ? Tout le monde s'accorde pour dire qu'il y a chez lui quelque chose qui ne va pas.

— Oh ! je ne crois pas que rien aille vraiment mal chez Maurice. Mais si c'était vrai et que tu en sois responsable, tu ne devrais pas être trop sévère pour lui, ni pour cette enfant non plus. J'ai dit à Piers que s'il continuait à la voir cela amènerait des ennuis, et cela en a amené, n'est-ce pas ? Des tas d'ennuis. Mais je ne vais pas le chasser de Jalna. J'ai besoin de lui ici, et je voudrais bien mon thé. Veux-tu me le verser, Meggie ?

Un silence suivit ses paroles rompu seulement par le crépitement du feu et les ronflements paisibles de grand-mère. Nicolas sortit sa blague et sa pipe et se mit à la bourrer. Sasha sauta du haut de la cheminée sur l'épaule d'Ernest et commença à ronronner très fort comme pour lutter avec les ronflements de grand-mère. Wakefield ouvrit la porte d'une vitrine remplie de curiosités hindoues, avec lesquelles on lui défendait de jouer et glissa sa tête à l'intérieur.

— Chéri, ne fais pas cela, dit doucement Meg.

Renny, le chef, avait parlé. Il avait dit que Piers ne devait pas être rejeté de la tribu et la tribu avait écouté et accepté ses paroles comme sages. D'autant plus facilement qu'aucun d'eux — pas même Meg — ne désirait voir partir Piers, quoiqu'ils dussent accepter avec lui une indésirable addition à la famille. A vrai dire Renny était plus souvent l'organe de la famille que sa tête. Tous savaient d'avance ce qu'il dirait dans une crise et ils l'excitaient, le harcelaient et l'aiguillonnaient jusqu'à ce qu'il l'eût dit avec véhémence. Alors avec une apparente bonne grâce ils s'inclinaient devant sa volonté.

Renny s'installa sur une chaise avec sa tasse de thé et une tartine de pain et de beurre. Son visage était plus rouge que d'ordinaire, mais il contemplait avec une profonde satisfaction le groupe qui l'entourait. Il avait apaisé le tapage familial. Tous dépendaient de lui depuis la sauvage vieille Gran jusqu'au délicat petit Wake. Il avait l'impression que chacun d'eux était rattaché à lui par un lien puissant, invisible. Il sentait le tiraillement de liens tendus entre lui et chaque individu présent ; la sauvage vieille Gran ; le vilain Finch ; ce jeune fou de Piers avec son mouchoir contre son oreille qui saignait ; Meggie qui se représentait Maurice se morfondant dans une noire tristesse durant toutes ces années. Oh ! sans aucun doute Maurice était un drôle d'animal. Il avait laissé deux femmes faire de lui un homme très différent de ce que la nature l'avait destiné à devenir. Renny sentit les liens se tendre fortement de lui à chaque membre de la famille. Soudain il éprouva un tiraillement inconnu, un nouveau lien se formait. C'était entre Pheasant et lui. Elle était l'une d'entre eux maintenant. Elle lui appartenait. Il la regarda assise droite dans le grand fauteuil, les yeux rougis mais buvant son thé comme une enfant sage. Leurs regards se croisèrent et elle eut un petit sourire humide, implorant. Renny lui sourit d'un air encourageant.

Rags était entré et Meg lui demandait de rapporter du thé.

Tels étaient les Whiteoak lorsque Alayne Archer arriva au milieu d'eux de New York.

9

Eden et Alayne

Eden n'entendait pas le bruit de ses pas sur le tapis épais qui recouvrait le parquet du salon de la maison d'édition de New York, Cory and Parsons ; aussi put-il marcher de long en large autant qu'il voulut, sans crainte d'attirer l'attention. Il était horriblement nerveux. Il éprouvait dans l'estomac une sensation qui ressemblait à la faim, mais sa gorge était si étrangement contractée qu'il lui eût été impossible d'avaler.

Une glace au cadre sculpté lui renvoya, tandis qu'il passait devant elle, une image verdâtre de lui-même qui n'était pas rassurante. Il aurait voulu n'avoir pas autant bruni dans le Nord cet été. Les New-Yorkais le prendraient sûrement pour un trappeur canadien. Ses mains, qui se crispaient sur le paquet renfermant son nouveau manuscrit, lui paraissaient presque noires — et ce n'était pas étonnant, car il avait pagayé et campé pendant des mois sur les lacs du Nord. Il se décida de poser le manuscrit sur une table, il le reprendrait à la dernière minute avant d'entrer dans le bureau de Mr. Cory. C'était avec Mr. Cory qu'il avait correspondu au sujet de ses poésies et l'éditeur s'était dit très désireux de lire le long poème narratif écrit cet été. Car le livre publié dans le courant de l'été était bien accueilli, les critiques américains trouvaient à la poésie d'Eden une agréable fraîcheur et un rythme musical. Pour un livre de poèmes, il s'était bien vendu. Le jeune poète en retirerait peut-être de quoi s'acheter un pardessus neuf pour l'hiver. Il était debout en ce moment, grand et mince dans ses vêtements lâches de tweed, l'air très anglais, et il avait l'impression que cette pièce luxueuse, solennelle, était le seuil par où il pénétrerait dans le monde du succès et de la gloire.

La porte s'ouvrit et une jeune femme entra si doucement qu'elle était presque à côté d'Eden avant qu'il se fût aperçu de sa présence.

— Oh ! dit-il en tressaillant, je vous demande pardon. J'attends Mr. Cory.

— Vous êtes Mr. Whiteoak, n'est-ce pas ? demanda-t-elle d'une voix tranquille.

Il rougit, très puérilement, sous son hâle.

— Oui. Je suis Eden Whiteoak. Je suis...

Juste à temps il retint ce qu'il allait dire : qu'il était l'auteur de *Sous l'étoile du Nord*. C'eût été une horrible manière de se présenter, tout comme s'il se fût attendu à ce que le monde entier connût son livre.

Cependant elle dit en respirant un peu vite :

— Oh ! monsieur Whiteoak, je n'ai pas pu m'empêcher de venir vous parler quand j'ai su que vous étiez ici. Je voulais vous dire combien j'ai aimé vos poésies. Je suis lectrice chez Mr. Cory, et il me donne généralement les manuscrits de poésie parce que — eh bien, je m'intéresse beaucoup à la poésie.

— Oui, oui, je comprends, dit Eden qui essayait de rassembler ses pensées.

— Je ne peux pas vous dire à quel point j'ai été fière de pouvoir lui recommander vos poèmes. Je suis si souvent obligée de faire des rapports défavorables. Votre nom nous était inconnu. J'ai eu l'impression de vous avoir découvert. Ce n'est pas très sérieux de vous raconter tout cela, mais votre poésie m'a fait tant de plaisir que je voulais que vous le sachiez.

Son visage grave s'éclaira soudain d'un sourire. Elle levait la tête pour le regarder dans les yeux, car elle était d'une taille inférieure à la moyenne. Eden en l'observant trouva qu'elle ressemblait à une fleur printanière aux couleurs délicates mais pourtant vigoureuse, les yeux levés en une sorte de gentil défi.

Il prit la main qu'elle lui tendait dans la sienne chaude et très brune.

— Je m'appelle Alayne Archer, dit-elle. Mr. Cory sera prêt à vous recevoir dans quelques minutes. En réalité, il m'a dit de parler un peu avec vous de votre nouveau poème. C'est un poème narratif, n'est-ce pas ? Mais je voulais tellement vous dire que c'est moi qui vous ai découvert la première.

— Alors, il me semble que je peux aussi bien vous donner mon manuscrit tout de suite.

— Non. Je le donnerais à Mr. Cory.

Ils considérèrent tous deux le paquet qu'il tenait, puis leurs regards se rencontrèrent et ils sourirent.

— Et vous, l'aimez-vous beaucoup ? demanda-t-elle. Est-ce qu'il ressemble un peu aux autres ?

— Oui, je l'aime, naturellement, répondit-il, et je crois qu'il est dans le même sentiment que les autres. Cela m'a amusé de l'écrire là-haut, dans le Nord, à un millier de kilomètres de tout.

— Vous avez dû être inspiré, dit-elle. Mr. Cory va voyager dans le Nord cet automne. Il souffre d'insomnies. Il va vous demander beaucoup de renseignements sur ces régions. — Elle le conduisit près de deux fauteuils recouverts. — Voulez-vous vous asseoir et me parler encore de ce nouveau poème ? Comment s'appelle-t-il ?

— *L'Esturgeon d'or*. Mais vraiment je ne peux pas vous en parler. Vous n'aurez qu'à le lire. Je n'ai pas l'habitude de parler de ma poésie. Dans ma famille c'est plutôt une honte d'écrire des vers.

Ils s'étaient assis mais elle se redressa dans son fauteuil et le regarda d'un air incrédule. Elle s'écria d'une voix un peu étouffée :

— Écrire des vers ? Une honte ?

— Oh ! pas tout à fait, peut-être, dit bien vite Eden. Mais un handicap pour un homme, une chose à éviter.

— Ils ne sont donc pas fiers de vous ?

— Si... Ma sœur. Mais elle n'entend rien à la poésie. Et un de mes oncles. Mais il est très vieux. Il ne lit rien qui soit postérieur à Shakespeare.

— Et vos parents ? Votre mère ?

Il lui semblait qu'il devait avoir une mère qui l'adorait.

— Ils sont morts tous les deux, répondit-il, et il ajouta : Mes frères me méprisent réellement de faire cela. Il y a une tradition militaire dans notre famille.

Elle demanda :

— Avez-vous fait la guerre ?

— Non, je n'avais que dix-sept ans au moment de la paix.

— Oh ! que je suis stupide ! Bien sûr vous étiez trop jeune.

Alayne se mit alors à parler de la poésie d'Eden. Celui-ci oublia qu'il était dans le salon d'attente d'une maison d'édition. Il oublia tout excepté le plaisir que lui procurait sa présence gracieuse, assurée et pourtant un peu timide. Il s'entendit parler, réciter des fragments de ses poèmes — il avait pris un peu de l'intonation d'Oxford de ses oncles — dire des choses belles et tristes qui auraient fait frémir Renny de honte pour lui s'il avait pu l'entendre.

Une dactylo vint annoncer que Mr. Cory attendait Mr. Whiteoak. Ils se levèrent et il se dit, en abaissant son regard sur elle, qu'il n'avait jamais vu des cheveux aussi doux, aussi brillants. Ils étaient enroulés autour de sa tête en bandeaux de satin luisant.

Il suivit la sténographe dans le bureau de Mr. Cory et reçut une poignée de main distante et un regard encore plus distant de l'éditeur.

— Asseyez-vous, monsieur Whiteoak, dit-il d'une voix sèche, précise. Je suis très heureux que vous ayez pu venir à New York. Mon assistante, Miss Archer, et moi désirions beaucoup vous voir. Nous trouvons ce que vous faites excessivement intéressant.

Cependant son plaisir paraissait très peu évident. Après une courte discussion à propos du nouveau poème dont Mr. Cory déclara se charger, il changea brusquement de sujet et se mit à poser à Eden question sur question sur le Nord. Jusqu'où était-il allé dans le Nord ? De quoi avait-on besoin ? Surtout de quels vêtements et de quelles chaussures ? La nourriture était-elle très mauvaise ? Il ne digérait pas toujours bien. Il pensait que la vie y était très rude. Ses médecins lui avaient dit qu'une expédition de chasse là-bas le rétablirait, ferait de lui un homme nouveau. Il était assez solide, mais vraiment ne pas dormir le fatiguait beaucoup. Il ne pouvait pas se permettre de laisser sa puissance de travail s'amoindrir.

Eden était une mine d'informations. Il savait quelque chose sur tout. En écoutant ces renseignements Mr. Cory s'anima un peu. Un rose pâle apparut sur ses joues grisâtres. Il tambourina nerveusement sur son bureau du bout de ses ongles polis.

Eden essayait de se représenter Mr. Cory dans ce cadre, mais il n'y parvenait pas. Son imagination au contraire suivait Miss Archer avec ses cheveux brillants coiffés en bandeaux et ses yeux gris-bleu très écartés sous un beau front blanc. Il suivait son ombre, se cramponnait à elle comme si elle allait disparaître, la suppliait de le délivrer de Mr. Cory, car il s'était mis à haïr Mr. Cory depuis qu'il croyait savoir qu'il n'intéressait l'éditeur qu'en tant que Canadien très renseigné sur la région où son médecin l'envoyait.

Pourtant à ce moment Mr. Cory lui demandait presque cordialement de venir dîner chez lui le soir même.

— Miss Archer sera là, ajouta Mr. Cory. Elle vous parlera de votre poésie avec beaucoup plus de compréhension que je ne puis le faire, mais elle me plaît, elle me plaît vraiment beaucoup.

Et naturellement Eden trouva soudain Mr. Cory sympathique. Il découvrit subitement que Mr. Cory était très humain, presque puéril, qu'il ressemblait à un enfant très sage, aux cheveux gris, qui n'aurait jamais été réellement jeune. Mais il lui plaisait, il lui serra chaleureusement la main en le remerciant et répondit qu'il serait heureux de venir dîner.

Eden n'avait pas d'amis à New York, mais il passa une journée agréable à flâner dans la ville. C'était un beau jour de la mi-septembre. Les gratte-ciel semblables à des tours et les profondes rues fraîches ornées de drapeaux flottants — il ne savait en quel honneur — le réjouissaient. La vie paraissait débordante de mouvement, d'aventure, de poésie qui chantait dans le sang, demandait à être écrite.

Assis dans un salon de thé, les premiers vers d'un nouveau poème commencèrent à prendre forme dans sa tête. Il repoussa son assiette de toasts à la cannelle et les nota sur le dos d'une enveloppe. Un frisson d'excitation nerveuse le parcourut. Il les croyait bien. Il croyait que l'idée était bonne. Il s'aperçut qu'il désirait parler de ce poème avec Alayne Archer, lui lire ces premiers vers chantants. Il désirait voir son visage levé vers le sien avec cet air à la fois intelligent et plein d'un charmant enthousiasme pour son génie — oui, elle-même avait employé le mot une fois ; en fait l'un des critiques de *Sous l'étoile du Nord* l'avait employé également, il pouvait donc certainement le laisser de temps en temps traverser son esprit, en guise de breuvage stimulant. Le génie. Il croyait avoir une étincelle du feu sacré et il lui semblait qu'elle, par sa présence, par le soutien de son admiration, avait le pouvoir de l'attiser en une flamme haute.

Il essaya de dessiner son visage sur l'enveloppe. Il réussit assez bien le front, les yeux, mais il ne put se rappeler son nez — un trait assez peu accentué, croyait-il — et quand il eut ajouté la bouche, au lieu de cet aspect de fleur printanière, de cet air doux mais hardi qu'il avait voulu représenter, il avait créé un visage d'une stupidité en quelque sorte hollandaise. Avec irritation il déchira le croquis et son poème en même temps. Elle pouvait n'être pas rigoureusement belle, mais elle n'était pas comme cela.

Le soir, à l'hôtel, il prit grand soin de sa toilette. Ses vêtements du soir lui allaient bien et son gilet coupé à la dernière mode de Londres était très seyant. Sans ce hâle d'Indien son image eût été tout à fait satisfaisante, d'un autre côté cela lui donnait l'air plus viril. Il avait une bouche bien dessinée, des jeunes filles lui avaient dit qu'elle était séduisante. Il sourit et montra une rangée de dents éclatantes, puis il serra les lèvres. Seigneur ! Il se conduisait comme une étoile de cinéma. Ou une réclame de pâte dentifrice. Il posait, voilà ce qu'il faisait. Si Renny avait pu le voir poser devant la glace, il lui aurait démoli la figure. Peut-être valait-il mieux que le génie (encore ce mot !) fût enfermé dans un individu négligé, à l'œil hagard. Il fronça les sourcils, mit son manteau et son chapeau et éteignit.

Mr. Cory habitait dans la 61e Rue une maison sans prétention située entre deux maisons très prétentieuses. Eden trouva tous les invités déjà là sauf un, un romancier anglais qui arriva quelques minutes après lui. Il y avait Mr. Cory, sa femme, sa fille, une jeune femme à la figure large avec des cheveux bruns, plats et raides, Mr. Gutweld, un musicien, et Mr. Groves, un banquier qui, Eden le découvrit bientôt, devait accompagner Mr. Cory dans son voyage au Canada ; Alayne Archer et deux dames d'âge mûr très sérieuses.

A table Eden se trouva entre Miss Archer et l'une des dames sérieuses. En face de lui étaient le romancier anglais qui s'appelait Hyde et Miss Cory. Eden n'avait jamais vu une table aussi resplendissante de verrerie délicate et d'argenterie élégante. Son esprit s'envola un instant à la table du dîner à Jalna avec sa vaisselle épaisse et ses vieux et lourds plats anglais en argent. Pendant une minute les visages qui l'entouraient furent effacés par les visages de chez lui, affectueux, orgueilleux, énergiques — visages qu'on n'oubliait pas quand on les avait vus une fois. Et lorsqu'on avait vécu avec eux toute sa vie... Mais il les écarta et se tourna vers la dame sérieuse. L'épaule d'Alayne Archer était tout près de lui tandis qu'elle écoutait Mr. Groves, son autre voisin.

— Mr. Whiteoak, dit la dame d'une voix très distinguée, je veux vous dire à quel point je goûte votre poésie. Vous montrez une sensibilité délicate qui est d'une pureté cristalline. — Elle fixa sur lui ses clairs yeux gris et ajouta : — Et une compréhension si aiguë de la poignante fragilité de la beauté.

Après ces mots elle porta d'une main ferme à ses lèvres une ravissante cuiller d'argent remplie d'un délicieux potage transparent.

— Merci, murmura Eden. Je vous remercie beaucoup.

Il se sentait paralysé de timidité. Oh ! mon Dieu, si grand-mère avait pu être là ! Il aurait aimé se cacher la tête sur ses genoux pendant qu'elle aurait chassé cette terrible femme avec sa canne. Il la regarda, ses yeux bleus assombris par une expression d'ennui, mais elle devait être satisfaite, car elle continua à parler. A ce moment Mr. Cory réclama l'attention de sa voisine et Eden se tourna vers Alayne Archer.

— Parlez-moi. Sauvez-moi, murmura-t-il. Je ne me suis jamais senti aussi stupide de ma vie. On vient de me demander le sujet de mon nouveau poème et tout ce que j'ai pu dire, c'est « un poisson » !

Elle le regardait dans les yeux maintenant. Sa proximité et quelque chose d'indéfinissable qu'il découvrait dans ses yeux firent passer un frémissement électrique dans chacun des nerfs d'Eden.

— Mr. Groves, dit-elle, a quelque chose à vous demander à propos des provisions pour son expédition de chasse au Canada.

Mr. Groves se pencha vers lui.

— Pour les boîtes de conserve, dit-il, faut-il que nous emportions toutes nos provisions d'ici ou pourrons-nous les acheter au Canada ?

Ils parlèrent de viandes et de légumes de conserve jusqu'à ce que Mr. Groves se retournât pour examiner avec circonspection à travers ses lunettes un nouveau plat que lui passait le domestique. Miss Archer dit alors doucement :

— Ainsi, vous êtes intimidé. Cela ne m'étonne pas. Pourtant ce doit être très agréable d'entendre des choses aussi charmantes sur sa poésie.

En regardant son visage il pensa que ses cils ressemblaient à ceux d'une madone.

— J'ai essayé de faire un croquis de vous tantôt, mais je l'ai déchiré, et quelques vers en même temps. Vous aurez peine à le croire, mais je vous donnais un air tout à fait hollandais.

— Ce n'est pas tellement surprenant, répondit-elle. Du côté de ma mère, je suis d'origine hollandaise. Je crois que cela se voit très nettement. J'ai la figure large et assez plate, et les pommettes hautes.

— Vous faites certainement un tableau engageant de vous-même.

— Mais c'est tout à fait exact, n'est-ce pas ? — Elle souriait avec un amusement assez malicieux. — Allons, je ressemble à une lourde Fräulein hollandaise ; reconnaissez-le.

Il le nia énergiquement mais il était vrai que le sang hollandais expliquait quelque chose d'elle, une simplicité, une rectitude, une ténacité tranquille. Mais avec ces jolies épaules rondes, ces joues délicatement rosées, ces cils de madone et cette guirlande de petites fleurs roses et blanches dans les cheveux, il la trouvait mille fois plus charmante qu'aucune jeune fille qu'il eût jamais rencontrée.

Hyde, le romancier, était en train de déclarer de sa voix vibrante :

— Quand je viens en Amérique j'ai toujours l'impression de n'avoir pas été nourri chez moi. Je fais des repas formidables ici, et quels repas ! Quels fruits ! Quelle crème ! Je sais qu'il y a des vaches en Angleterre, je les ai vues de mes propres yeux. J'en ai écrasé une en auto. Mais elles ne donnent pas de crème, leur lait est écrémé, il arrive bleu pâle. Quelqu'un peut-il expliquer pourquoi ? Mr. Whiteoak, dites-moi, avez-vous de la crème au Canada ?

— Nous n'employons que le lait de renne là-bas, répliqua Eden.

Après le dîner, Hyde se dirigea vers lui.

— Vous en avez de la veine. La seule femme intéressante ici. Qui est-ce ?

— Miss Alayne Archer. Elle est orpheline. Son père était un vieil ami de Mr. Cory.

— Est-ce qu'elle écrit ?

— Non, elle lit. Elle est lectrice pour la librairie. C'est elle qui...

Mais il s'interrompit juste à temps. Il n'allait pas en raconter plus long à cet individu aux yeux saillants.

Hyde dit :

— Mr. Whiteoak, avez-vous un parent dans les Buffs ? Un type roux ?

— Oui, un frère, Renny. Vous l'avez connu ?

Les yeux d'Hyde sortirent un peu plus de sa tête.

— Si je l'ai connu ? Un peu. C'était quelqu'un. Oh ! nous avons passé ensemble des moments terribles, lui et moi. Où est-il maintenant ? Au Canada ?

— Oui. Il fait de l'agriculture.

Hyde considéra attentivement Eden.

— Vous ne lui ressemblez pas du tout. Je ne peux pas me figurer Whiteoak écrivant des vers. Il m'avait dit qu'il avait une quantité de jeunes frères. « Les petits », comme il vous appelait. J'aimerais le revoir. Voudrez-vous me rappeler à lui ?

— Si vous pouviez, vous devriez venir nous voir.

Hyde se mit à parler de ses aventures avec Renny en France. Il était remonté. Il parut oublier complètement ce qui l'entourait et déversa un flot de souvenirs de guerre et d'histoires de femmes qu'Eden entendait à peine. Son regard suivait Alayne Archer où qu'elle allât. Il avait du mal à s'empêcher de quitter impoliment Mr. Hyde pour la suivre. Il voyait les yeux de Mr. Cory et de Mr. Groves fixés sur lui, et il y voyait briller des questions sans fin sur la chasse dans le Nord. Les murs semblaient vouloir l'emprisonner. Il se sentait horriblement jeune et sans défense parmi ces hommes mûrs et âgés. En désespoir de cause il interrompit l'Anglais.

— Vous avez dit que vous aimeriez connaître Miss Archer.

Hyde parut déconcerté puis acquiesça joyeusement :

— Oui, oui, en effet.

Eden le conduisit à Alayne en tournant résolument le dos aux deux chasseurs impatients.

— Miss Archer, dit-il, et il vit une fugitive couleur teinter ses joues et disparaître les laissant plus pâles qu'avant. Permettez-moi de vous présenter Mr. Hyde.

Tous deux se serrèrent la main.

— J'ai lu votre dernier livre en épreuves, dit-elle à Hyde, et je le trouve splendide. Seulement je n'aime pas du tout la façon dont vous faites parler votre Américain. Je souhaite souvent que les Anglais n'introduisent pas d'Américains dans leurs livres. Le langage qu'ils mettent dans leur bouche ne ressemble à aucune langue connue.

Elle parlait légèrement mais il y avait une ombre de contrariété réelle dans ses yeux. Elle avait beaucoup de personnalité, songeait Eden. Elle n'avait pas peur de dire ce qu'elle pensait. Il prétendit avoir remarqué la même chose. L'Anglais riait sans se troubler.

— Mais c'est comme cela que nous l'entendons, dit-il. Et l'homme, vous vous souvenez, est un Américain du Sud. Il ne parle pas comme vous parlez ici.

— Oui, mais c'est un Américain du Sud cultivé qui ne commencerait pas chaque phrase par « hein », n'appellerait pas les autres hommes des « types » et ne dirait pas continuellement « pour sûr », j'espère que je ne vous froisse pas ?

Mais Hyde n'était pas froissé. Il était simplement amusé. Aucune protestation ne pouvait changer sa conception du langage américain. Il dit à Eden :

— Pourquoi vous autres Canadiens n'écrivez-vous pas sur les Américains pour voir si vous auriez plus de chance ?

— J'écrirai un poème sur les Américains, dit en riant Eden et le regard qui alla de ses yeux à ceux d'Alayne était comme un rayon de soleil qui brille sur de l'eau claire et y est retenu.

Ne seraient-ils jamais seuls tous les deux ! Oui, le pianiste s'asseyait au piano. Ils disparurent dans un coin tranquille. Ils ne cherchaient aucun prétexte, chacun savait que l'autre désirait s'échapper du groupe. Ils restèrent assis sans parler tandis que la musique les submergeait comme une mer. Ils étaient au fond d'une mer agitée. Ils étaient cachés. Ils étaient seuls. Ils entendaient le battement du grand cœur de la vie. Ils le sentaient dans les battements de leur propre cœur.

Eden se rapprocha un peu d'elle, les yeux fixés droit devant lui dans la pièce, et il croyait presque sentir la tête d'Alayne se poser sur son épaule, son corps s'abandonner dans ses bras. La musique de Chopin retentissait. Il osait à peine tourner son visage vers la jeune fille. Mais il le fit et un léger parfum vint à lui de la guirlande de petites fleurs françaises qu'elle portait. Que les mains qui reposaient sur ses genoux étaient belles ! Des mains sans aucun doute faites pour l'amour d'un poète. Dieu, s'il pouvait seulement les prendre dans les siennes et en baiser les paumes ! Qu'elles devaient être douces et délicatement parfumées !

Le pianiste jouait du Debussy. Miss Cory avait éteint toutes les lumières sauf une lampe pâle près du piano. La mer était alors toute en délicates petites vagues chantantes. Il prit les mains d'Alayne et les porta à ses lèvres.

Pendant qu'il les tenait, son être fut ébranlé par une multitude de poèmes qui se précipitaient en lui, demandaient à s'échapper, nés du contact de ses mains.

10

Alayne et la vie

Alayne Archer avait vingt-huit ans quand elle rencontra Eden Whiteoak. Son père et sa mère étaient morts à quelques semaines de distance pendant une épidémie de grippe trois ans plus tôt. Ils avaient laissé à leur fille quelques centaines de dollars en banque, quelques milliers dans une assurance sur la vie et une villa à Brooklyn qui donnait sur le terrain de golf et d'où l'on apercevait l'Océan. Mais ils lui avaient laissé un cœur vide d'où l'amour qui s'y était accumulé pour eux durant ces vingt-cinq années s'épandait en un flot douloureux à leur suite dans l'inconnu. Il lui avait semblé au début qu'il lui serait impossible de vivre sans ces deux êtres chers dont la vie avait été si étroitement liée à la sienne.

Son père avait été professeur d'anglais dans un lycée de New York. C'était un homme pédant mais agréable qui aimait à faire part de ses connaissances à sa femme et à instruire sa fille mais qui, pour tout ce qui n'était pas scolaire, se laissait mener par elles comme un petit enfant.

Sa mère était fille du principal d'un petit collège de théologie dans le Massachusetts qui avait eu plus d'une fois des ennuis pour ses opinions religieuses avancées. Il avait en fait échappé à de sérieux embarras uniquement par son charme et sa séduction personnels. Sa fille avait hérité ces qualités et les avait à son tour transmises à sa propre fille Alayne.

C'était une petite famille sérieuse qui envisageait les problèmes du jour et ses voyages en Europe avec anxiété, cependant un esprit de plaisanterie aimable l'animait. La villa grise résonnait de la gaieté du professeur et des joyeuses répliques d'Alayne. Le professeur et Mrs. Archer s'étaient mariés jeunes, et ils remarquaient souvent qu'Alayne était pour eux une jeune sœur très aimée plutôt qu'une fille. Elle n'avait pas d'amies intimes de son âge. Ses parents suffisaient. Avant sa mort le professeur Archer avait été occupé pendant plusieurs années à écrire une histoire de la guerre de l'Indépendance, et Alayne s'était mise avec enthousiasme à l'aider dans son travail de recherche. Elle avait appris à admirer ces Loyalistes têtus qui avaient abandonné leurs foyers et étaient partis au Nord du Canada, endurant le froid et les privations pour l'amour d'une idée. C'était héroïque, pensait-elle, et elle l'avait dit à son père. Ils avaient eu une discussion, et par la suite il l'avait appelée en riant sa petite Anglaise ; elle avait ri aussi, mais cela ne lui plaisait pas beaucoup, car elle était fière d'être américaine ; on pouvait pourtant voir l'autre côté de la question.

Mr. Cory était un vieil ami de son père. Quand le professeur Archer mourut il vint immédiatement apporter son appui. Il aida Alayne à se débarrasser de la villa près du golf, le golf où Alayne et son père avaient fait tant de bonnes parties ensemble, pendant que sa mère les regardait de la fenêtre du salon en haut ; il avait examiné la situation financière de son père pour elle et lui avait trouvé un travail de lectrice pour la maison d'édition Cory and Parsons.

Le premier morne chagrin passé, Alayne s'était sentie affreusement seule, puis sa vie s'était organisée triste et monotone. Elle avait pris un petit appartement près de son travail, et soir après soir elle s'absorbait dans le manuscrit de son père, le corrigeait, le revoyait, fatiguait sa jeune intelligence sur un point controversé jusqu'à se donner la fièvre. Oh ! si seulement il avait été là pour décider à sa place ! Pour expliquer, pour éclaircir son point de vue personnel à sa façon précise et convaincante ! Dans sa solitude elle voyait presque ses longues et minces mains d'intellectuel tourner les pages, et un déluge de larmes coulait sur ses joues les laissant rouges et chaudes ; il lui fallait alors aller à la fenêtre presser son visage contre la vitre froide ou l'ouvrir et se pencher sur la rue hostile.

Le livre fut publié. Il fit une bonne impression, et les critiques furent peut-être un peu plus indulgents pour lui en raison de la mort récente de son auteur. On le loua pour son libéralisme moderne. Mais quelques critiques relevèrent des erreurs et des contradictions, et Alayne se considérant comme responsable de celles-ci fut humiliée. Elle s'accusa de négligence et de stupidité. Le livre de son père chéri ! Elle devint si pâle que Mr. Cory s'inquiéta. Enfin lui et Mrs. Cory la persuadèrent de partager un appartement avec une de leurs amies, Rosamund Trent, une femme de cinquante ans qui faisait du dessin commercial.

Miss Trent était capable, bavarde et presque toujours de bonne humeur. Ce fut lorsque Alayne se joignit à Miss Trent qu'elle se fixa dans le calme. Elle lut d'innombrables manuscrits, certains très mal écrits, et chez Cory and Parsons on apprit à se fier à son jugement, surtout pour les livres autres que les romans. Pour les romans, son goût, formé par ses parents, était peut-être trop conventionnel, trop exclusif. Bien des choses dans les manuscrits qu'elle lisait lui paraissaient affreuses. Et elles avaient une façon déconcertante de revenir par la suite dans son esprit comme d'étranges mauvaises herbes qui, même une fois arrachées et jetées au loin, apparaissent de nouveau à des endroits inattendus.

Elle restait assise à écouter le bavardage agréable de Rosamund Trent, le menton dans la main, les yeux fixés sur le visage de Miss Trent ; pourtant une partie d'elle-même était absente. Une autre Alayne qui pleurait comme une enfant abandonnée errait à travers la petite villa ; errait dans le jardin parmi les rhododendrons et les roses, là où l'herbe était semblable à de l'humide velours vert et où le professeur ne laissait pas une seule feuille morte reposer en paix ; errait et pleurait sur le terrain de golf avec la mince ombre grise de son père et se retournait pour faire un signe de la main à sa mère qui la regardait de la fenêtre.

Quelquefois l'autre Alayne était différente, elle n'était pas triste et solitaire mais ardente et questionneuse. La vie n'avait-elle rien de plus riche que ceci à lui offrir ? Lire et lire des manuscrits, un jour dedans, un jour dehors, le soir rester assise les yeux fixés sur le visage bavard de Miss Trent ou aller chez les Cory ou dans une autre maison et rencontrer des gens qui lui étaient indifférents. N'aurait-elle jamais un ami réel à qui elle pourrait tout confier — ou presque tout ? N'aurait-elle jamais — pour la première fois de sa vie elle se posait cette question avec anxiété — n'aurait-elle jamais un amoureux ?

Oh ! elle avait eu des admirateurs, pas beaucoup, car elle ne les avait pas encouragés. Si elle sortait avec eux, elle était sûre de manquer quelque chose de délicieux qui arrivait à la maison. S'ils venaient chez elle ils s'adaptaient rarement à l'atmosphère. Sexuellement elle était une de ces femmes qui se développent lentement ; qui peuvent, dans certaines conditions, se marier, élever une famille sans que jaillisse jamais la source de leurs passions.

Il y avait eu quelqu'un pourtant, un collègue de son père, mais de quelques années plus jeune. Il était venu chez eux d'abord comme ami de son père, puis de plus en plus comme le sien. Il avait pris part à leurs sérieuses discussions et même à leur gaieté. Il était venu une fois en Europe avec eux. A Sorrente, un matin, au début du printemps, tandis qu'ils suivaient un étroit sentier sur la pente d'une colline, remplis d'admiration devant cet éveil merveilleux, il lui avait demandé de l'épouser. Elle l'avait prié d'attendre sa réponse jusqu'à leur retour en Amérique, car elle craignait que sa joie ne vînt pas de lui mais de l'Italie.

Ils étaient revenus en Amérique depuis un mois seulement quand sa mère était tombée malade. Les deux mois suivants se passèrent dans l'attente et l'angoisse déchirantes. Puis à la fin elle se trouva seule. De nouveau l'ami de son père, en des phrases démodées, qu'elle aimait dans les livres mais qui ne la touchaient pas dans la vie réelle, lui demanda d'être sa femme. Il l'aimait, et il désirait prendre soin d'elle. Elle savait que son père eût approuvé ce mariage, mais son cœur vide et meurtri désirait rester libre.

Quand le manuscrit du livre du jeune Whiteoak lui fut donné à lire, Alayne était tout à fait prête à en apprécier la beauté. La beauté, la simplicité, l'abandon splendide des vers d'Eden la remplirent d'une joie nouvelle. Quand le livre parut elle avait un étrange sentiment de possession à son égard. Il lui était presque désagréable de voir les grandes mains grasses de Miss Trent le caresser. « Un si adorable petit livre, ma chère ! » et elle détestait le lui entendre lire en appuyant sur les phrases les plus frappantes et en forçant sa voix rauque pour accentuer le dernier mot de chaque vers. « Merveilleux ce passage, vous ne trouvez pas, ma petite Alayne ? » Elle avait honte d'en vouloir à Miss Trent du plaisir que lui procurait le livre, mais sans aucun doute elle lui en voulait.

Elle redoutait assez de faire la connaissance d'Eden de peur d'être déçue. S'il allait être petit et gros avec des yeux noirs en boule et une lèvre supérieure avançante. S'il allait avoir une figure en lame de couteau et porter des lunettes de corne.

Enfin, quel que fût son aspect, son âme était très belle. Mais elle avait tremblé en entrant dans la pièce.

Quand elle l'avait vu debout grand et beau, avec son casque de cheveux dorés, ses traits fins, son sourire continuel mais plutôt pensif, elle avait tremblé, tant son soulagement était profond. Il paraissait porter un peu de l'éclat de sa poésie. Ces yeux bleus brillants dans ce visage hâlé ! Oh ! s'il n'avait pas été beau elle n'aurait pu en prendre son parti !

Il lui semblait tout naturel qu'il cherchât un coin tranquille avec elle, que, lorsque l'occasion s'en présentait, il prît ses mains dans les siennes et les couvrît de baisers ardents, de même que deux gouttes de rosée se fondent en une seule, ou deux notes harmonieuses s'unissent.

Il lui sembla tout aussi naturel de dire oui, quand deux semaines plus tard il lui demanda de l'épouser.

Il n'avait pas eu l'intention de le lui demander. Il comprenait au fond de lui-même que c'était une folie de lui demander cela, à moins de s'engager à de longues fiançailles, mais la nuit d'automne était semée d'étoiles et lourde de l'odeur âcre des feuilles qui brûlaient et de l'air salé. Ils glissaient lentement sur une route au bord de la mer dans la voiture de Rosamund Trent. Rosamund était penchée sur le volant, silencieuse pour une fois, et ils étaient tous deux seuls à l'arrière dans un monde à part.

Eden ne put s'empêcher de lui demander d'être sa femme pas

plus qu'il ne pouvait s'empêcher d'écrire un poème qui voulait être exprimé.

Son amour pour elle était un poème. Leur vie ensemble serait un poème exquis, enchanté, une inspiration continuelle pour lui. Il ne pouvait pas se passer d'elle. L'idée de la tenir intimement dans ses bras lui faisait éprouver la mélancolie tendre d'un poème d'amour qu'il allait écrire. Pourtant il ne fallait pas qu'il lui demandât de l'épouser. Il ne fallait pas, et il le fit.

— Alayne, ma chérie si belle, voulez-vous être ma femme ?

— Eden, Eden, elle pouvait à peine parler, car l'amour qui remplissait maintenant son cœur l'étourdissait presque. Oui, je serai votre femme si vous le désirez. Je le désire de toute mon âme.

11

Aimée, c'est le matin

— J'aime énormément votre jeune poète, dit Rosamund Trent. Il doit être un fiancé charmant. Mais Alayne, ma chérie, il ne faut pas m'en vouloir de vous dire cela ; je suis tellement plus âgée que vous. Ne croyez-vous pas que c'est un peu imprudent de se lancer dans le mariage sans attendre de voir comment Eden se tire d'affaire dans la vie ? Vous êtes délicieux tous les deux, mais vous manquez tellement d'expérience. Vous voilà qui abandonnez une bonne situation pour aller dans un pays dont vous ne savez rien, passer quelques mois dans une famille que vous n'avez jamais vue...

— Sa sœur, dit Alayne avec patience, m'a écrit une lettre charmante. Ils ont une très grande vieille maison et elle semble souhaiter que je vienne. La grand-mère elle-même m'a envoyé un mot de bienvenue. De plus j'ai un peu d'argent à moi ; je ne serai pas tout à fait dépendante. Et s'il le fallait jamais je...

— Oh ! ma chérie, je suis sûre que tout ira très bien. Mais vous êtes si pressée. Si vous vouliez seulement attendre un peu.

— J'ai attendu Eden durant toutes ces années ! s'écria Alayne en rougissant. Je le comprends maintenant. Ni lui, ni moi n'avons envie de perdre une parcelle du temps précieux que nous avons à être ensemble. Une fois que nous serons mariés j'irai dans la famille d'Eden et il cherchera là-bas. S'il ne peut rien trouver de bien qui lui laisse assez de temps pour développer son talent ou si je n'aime pas le Canada, nous reviendrons à New York. Je sais que Mr. Cory lui trouvera une situation dans la librairie, mais je ne veux surtout pas qu'il fasse quelque chose qui l'absorbe. Je veux qu'il vive pour son art.

Miss Trent fit un petit geste d'impatience. Puis elle fit un grand geste de tendresse et serra Alayne sur son cœur.

— Vous êtes deux amours ! dit-elle. Je suis certaine que tout ira très bien. Et pourquoi attendre quand vous êtes jeunes et beaux !

Elle comprenait que la puissance et l'enchantement du sentiment d'Alayne pour Eden étaient si grands qu'il était inutile de raisonner avec elle. Alayne elle-même avait conscience d'aimer Eden avec une telle profondeur qu'elle en était à certains moments confondue. C'était un jeune dieu du soleil qui la libérait de sa prison de chagrin ; c'était un génie naissant, un jeune Canadien timide, bronzé, plein de confiance en lui et pas trop bien élevé ; c'était un enfant câlin aux yeux bleus ; c'était un jeune Anglais soudain distant et silencieux. Une soirée avec lui la troublait tellement qu'elle ne pouvait pas dormir ensuite. Et comme elle passait chaque soirée avec lui, elle eut les yeux lourds de sommeil de rester éveillée à penser à lui. Cela rendit plus tendre, plus soumise l'expression de ses lèvres.

Eden avait commencé la lettre où il annonçait ses fiançailles à Meg dans une grande agitation. Mais à mesure qu'il écrivait il prenait confiance et il lui parla de la beauté d'Alayne, de son charme, de ses amis influents qui pourraient tant l'aider dans le milieu de l'édition. De plus Alayne était indépendante, ce n'était pas une héritière, ce n'était pas la riche jeune fille américaine des romans ; cependant elle serait un appui et non une charge pour lui. Il fallait que Meg fût convaincue que ce mariage était tout à fait désirable.

A Jalna la famille toujours crédule, avec son imagination facilement enflammée, s'empara avidement de cette simple idée de fortune. Ils décidèrent qu'Alayne était une jeune fille riche et qu'Eden, pour une raison quelconque, ne voulait pas avouer sa fortune.

— Il a peur que l'un de nous n'essaie de lui emprunter quelques sous, dit Piers d'un ton sarcastique.

— Il n'aurait jamais été assez bête pour se marier si la jeune fille n'avait pas eu énormément d'argent, grommela Nicolas.

— Il ne pouvait manquer de plaire à une femme distinguée et riche avec son talent, sa beauté et ses manières charmantes, dit Meg avec son merveilleux sourire de douceur tranquille. Je serai très aimable pour elle. Qui sait, elle peut faire quelque chose pour les garçons. Les Américaines sont connues pour leur générosité. Wakefield est délicat et il a beaucoup de charme. Finch n'est...

— Ni délicat, ni charmant, interrompit Renny en ricanant, et

Finch qui se battait dans un coin avec son latin rougit beaucoup et émit un grognement amusé et embarrassé en même temps.

Grand-mère cria :

— Quand arrive-t-elle ? Je veux mettre mon bonnet crème avec des rubans mauves.

Piers dit :

— Eden a toujours été un type impulsif. Je parierais qu'il a fait un mariage idiot.

Il l'espérait bien, car il trouvait dur de penser qu'Eden faisait un mariage qui serait accueilli avec joie par toute la famille tandis qu'on lui faisait continuellement sentir qu'il avait gâché sa vie.

Meg écrivit une lettre à Alayne où elle l'invitait à venir à Jalna pour aussi longtemps qu'elle voudrait. Il fallait qu'elle considérât Jalna comme son foyer. Toute la famille se réjouissait tant du bonheur de ce cher Eden. Grand-mère lui envoyait ses affections. (« L'as-tu écrit, Meggie, que je lui envoie mes affections ? Souligne-le. N'oublie pas. ») Alayne fut profondément touchée par cette lettre.

Quel plaisir elle prit à montrer New York à son fiancé ! Les théâtres, les musées, les églises, les magasins et les petits thés bizarres. Par des marches sombres ils descendaient, elle ravie parce qu'il était ravi, dans des pièces obscures éclairées par des bougies où les serveuses portaient des vestes ou un autre signe distinctif et les endroits avaient des noms tels que *Le Pot de poivre*, *Le Samovar*, *Le Chapelier fou* ou *Le Porc et le Sifflet*. Ensemble, tandis que le soir tombait, ils restaient à regarder, du vingtième étage d'une maison pâle semblable à une colonne, au fond de la rue où les signaux électriques formaient une chaîne de bijoux de feu. Ils restaient à regarder l'Hudson et le port avec ses bacs scintillants ou bien, levant leurs yeux heureux, ils voyaient les tours brumeuses s'illuminer toutes d'un éclat féerique.

Elle l'emmena chez ses deux tantes, les sœurs de son père qui habitaient une maison à toit rose donnant sur l'Hudson. Elles furent séduites par le jeune Canadien d'Alayne. Il avait une voix si simple et si agréable, il leur montrait une si charmante déférence. Tout en regrettant le départ temporaire d'Alayne au loin, elles étaient enchantées, transportées de son bonheur. Eden conquit leur cœur et, assises dans leur petit salon d'une austérité parfaite, elles lui posèrent d'innombrables questions sur sa famille. Lui, beaucoup plus calme que dans l'appartement d'Alayne, considérait avec curiosité les yeux clairs de ces deux femmes âgées et se demandait si elles avaient toujours été aussi sérieuses, aussi élégamment pondérées, aussi parfaitement bien élevées. Il le pensait. Il se les représentait, dans des chaises hautes, examinant des poupées de caoutchouc et des hochets avec exactement la même expression. Elles avaient tendance à engraisser. Leurs visages n'étaient qu'agréablement ridés. Leurs cheveux grisonnants étaient tirés et roulés au-dessus de leur front avec un soin précis. Leurs robes de tons doux et neutres se mariaient parfaitement avec la teinte délicate du papier des murs et des tentures. Des groupes de petites estampes encadrées de noir et des gravures qui représentaient des porches de cathédrales d'Europe, de vieux ponts ou des paysages paisibles donnaient aux murs un aspect distingué. Pourtant, en dépit de cette austérité étudiée, Eden devinait que les deux vieilles dames étaient incurablement romanesques. La crainte de dire quelque chose qui brisât la fragile atmosphère dont elles étaient enveloppées le rendait nerveux. Il essaya quand on le questionnait de présenter sa famille à Jalna dans des tons aussi neutres que possible mais c'était difficile. Il réalisa pour la première fois qu'ils étaient hauts en couleur et éclatants.

Miss Harriet demandait :

— Voyons, vous êtes six, n'est-ce pas ? Que c'est intéressant. Tu vois Alayne avec des frères et sœurs, Helen ? Elle priait toujours pour en avoir quand elle était petite, n'est-ce pas, Alayne ?

— Je n'ai qu'une sœur, dit Eden.

— Elle a écrit une si gentille lettre à Alayne, murmura Miss Helen.

Miss Harriet poursuivit :

— Et votre frère aîné a traversé les horreurs de la guerre, n'est-ce pas ?

— Oui, il a fait la guerre, répondit Eden, et il pensa au riche vocabulaire de Renny.

— Le frère qui vous suit est marié, nous a dit Alayne. J'espère que sa femme et Alayne deviendront amies. Est-ce qu'elle a l'âge d'Alayne ? La connaissez-vous depuis longtemps ?

— Elle a dix-sept ans. Je l'ai toujours connue. C'est la fille d'un voisin.

Un instant le souvenir de l'accueil fait à Piers et à Pheasant quand ils étaient revenus à Jalna après leur mariage repassa dans son esprit. Il se rappelait la façon dont la pauvre petite Pheasant avait crié et celle dont Piers tenait son oreille en sang.

— Je suis persuadée qu'Alayne et elle s'entendront. Et puis il y a deux frères plus jeunes. Parlez-nous d'eux.

— Oh ! Finch est assez... il est en plein dans l'âge ingrat, Miss Archer. Nous ne pouvons guère savoir ce qu'il deviendra. Actuellement il est plongé dans ses études. Wake est un gentil petit garçon. Vous l'aimeriez beaucoup. Il est trop délicat pour aller en classe et il prend des leçons avec le recteur. Je crains qu'il ne soit très paresseux mais c'est un gamin sympathique.

— Je suis sûre qu'Alayne l'aimera. Et elle va avoir des oncles aussi. Je suis heureuse qu'il n'y ait pas de tantes. Oui, Alayne, nous le disions pas plus tard que ce matin, nous sommes heureuses qu'il n'y ait pas de tantes. Nous voulons rester vos seules tantes.

— Et, ajouta Miss Helen, il y a la remarquable grand-mère d'Eden. Elle a quatre-vingt-dix-neuf ans, avez-vous dit, Eden, et toutes ses facultés presque intactes ? C'est réellement merveilleux.

— Oui, grand-mère est une vieille... une étonnante vieille dame.

Et il la vit soudain lui sourire, cette vieille femme sans grâce, avec son bonnet de travers et Boney perché sur son épaule en train de proférer de grossiers jurons hindous de sa voix enrouée. Il gémit intérieurement et se demanda ce qu'Alayne penserait de sa famille.

Il avait écrit pour demander à Renny d'être son garçon d'honneur. Renny avait répondu : « Je n'ai ni le temps, ni les vêtements, ni l'argent nécessaires pour une réjouissance de ce genre. Mais je joins à cette lettre un chèque qui sera mon cadeau de mariage et t'aidera à te consoler de mon absence. Je suis heureux que Miss Archer ait de l'argent. Autrement, je te trouverais insensé de te lier à ce point de ta carrière où tu sembles partir dans plusieurs directions à la fois et n'arriver nulle part. Quoi qu'il en soit, bonne chance pour toi et mes hommages à ta fiancée. Ton frère qui t'aime, — Renny. »

Le chèque était suffisant pour payer le voyage de noces et les ramener à Jalna. Eden, au septième ciel, en remercia Dieu.

Ils furent mariés dans le salon parfaitement austère de la maison des tantes d'Alayne sur l'Hudson. Des roses tardives d'un rose si pâle qu'elles étaient presque mauves et des asters d'un mauve si incertain qu'ils étaient presque roses, s'accordaient avec les nuances pastel que portaient les deux tantes au comble du bonheur. Un ministre presbytérien les unit, car les tantes Archer faisaient partie de cette secte. Elles avaient beaucoup souffert lorsque leur frère avait embrassé les doctrines unitaires bien qu'elles ne lui eussent jamais reproché son changement de croyance. Intellectuellement l'unitarisme satisfaisait Alayne, mais elle eût quelquefois souhaité que la religion dans laquelle elle avait été élevée eût été plus pittoresque quoique moins intellectuelle. A vrai dire les spéculations religieuses avaient tenu très peu de place dans sa vie et au moment de son chagrin elle avait trouvé là peu de consolations. Parfois, dans des accès de tristesse, elle aimait à se représenter l'esprit de son père qui faisait méticuleusement le parcours du golf, en s'arrêtant de temps à autre pour faire signe d'une main spectrale à l'esprit de sa mère qui le regardait d'une fenêtre d'en haut de la villa.

Elle pensa beaucoup à ses parents le jour de son mariage. Ils auraient été si heureux de son bonheur. Ils auraient aimé Eden. Il avait l'air tellement radieux, tandis que hâlé et confiant il lui souriait, qu'elle devint à son tour radieuse et confiante.

Les Cory, Rosamund Trent et les autres amis présents au déjeuner de mariage trouvèrent et dirent qu'ils n'avaient jamais vu un plus beau couple.

Pendant qu'ils revenaient à New York pour prendre leur train, Eden dit :

— Chérie, je n'ai jamais rencontré autant de gens bien élevés de ma vie. Chérie, soyons déraisonnables, délirants et à moitié fous de joie ! J'en ai assez d'être sage !

Elle se serra contre lui. Elle l'aimait immensément et elle aspirait avec une grande ferveur à connaître la vie.

12

Autre bienvenue à Jalna

Wakefield dormit tard ce matin-là où il avait justement eu l'intention d'être prêt de bonne heure. Quand il ouvrit les yeux il s'aperçut que la tête de Renny n'était pas sur l'oreiller à côté de la sienne comme d'habitude. Renny n'était même pas en train de s'habiller. Il était parti et Wakefield avait le lit et la chambre pour lui tout seul. Il couchait avec Renny car il avait quelquefois des crises nerveuses la nuit et c'était à son frère qu'il se cramponnait dans ces moments-là.

Il s'allongea dans le lit en prenant autant de place qu'il pouvait et resta voluptueusement étendu quelques minutes à se réjouir du fait qu'aujourd'hui il n'avait pas à aller prendre sa leçon chez Mr. Fennel, car grand-mère avait déclaré que ce serait jour de vacances. C'était le jour où l'on attendait Eden et sa femme à Jalna. Leur train devait arriver à la ville à neuf heures ce matin-là et Piers était déjà parti les chercher en auto pour leur faire faire les vingt-cinq kilomètres qui les séparaient de Jalna où se préparait un grand déjeuner.

Le bourdonnement qui précédait la sonnerie de la pendule du grand-père sur le palier commençait maintenant. Wake écouta. Après ce qui lui sembla un plus long bourdonnement que de coutume la pendule sonna neuf heures. Le train qui amenait les mariés devait à ce moment entrer en gare. Wakefield avait vu des mariages sur des images et il se représentait Eden voyageant en chapeau haut de forme et en habit avec une fleur blanche à sa boutonnière, assis devant sa femme dont on apercevait à peine le visage à travers un immense voile et qui tenait un énorme bouquet de fleurs d'oranger. Il aurait voulu que Meg lui permît d'aller dans l'auto à leur rencontre. C'était trop dommage qu'un aussi charmant spectacle fût pour Piers qui n'avait pas paru avoir la moindre envie d'aller au-devant d'eux.

Wake se dit qu'il ferait bien de nettoyer à fond ses cages à lapins, car la mariée commencerait probablement par demander à voir ses lapins. Eden et Alayne n'allaient pas arriver avant un certain temps, car ils devaient déjeuner là-bas. Il se mit à donner des coups de pied dans ses couvertures. Il en donna de toutes ses forces jusqu'à ce qu'il n'eût plus rien sur lui, il resta alors un moment complètement immobile, sa petite figure brune impassible tournée vers le plafond, avant de bondir hors du lit et de courir à la fenêtre.

C'était un jour de soleil jaune et brumeux d'automne. Une corbeille circulaire de capucines qui entourait deux vieux cèdres brillait d'un éclat sourd. La pelouse était encore couverte d'une buée de rosée lourde et une procession de dindes couleur de bronze menée par le vieux dindon à tête rouge laissait une piste foncée là où leurs pattes s'étaient posées.

— Glou, glou, glou, fit le dindon et sa caroncule passa du rouge au pourpre.

Il se retourna, regarda ses dindes, puis pivota devant elles en laissant retomber ses ailes avec un bruit métallique.

Wake cria par la fenêtre :

— Glou, glou, glou ! Sortez de la pelouse ! Vous entendez, sortez de la pelouse !

— Glou, glou, glou, répondit le dindon d'un ton furieux et les dindes poussèrent de petits cris plaintifs.

— Je pense que vous croyez que vous êtes quinze mariées et un marié, répliqua Wakefield. Mais ce n'est pas vrai. Vous êtes des dindons, et vous serez mangés bientôt, vous savez. Les vrais mariés vous mangeront, voilà !

— Glou, glou, glou.

La procession sombre passa dans le champ de vigne. Entre les grappes pourpres Wakefield apercevait l'éclat de leur plumage, la flamme des caroncules agitées.

C'était une merveilleuse matinée. Il arracha son pyjama et, entièrement nu, courut à travers la chambre. Il s'arrêta à bout de souffle devant le lavabo où la cuvette pleine jusqu'aux bords et couverte de mousse de savon montrait combien les apprêts de Renny en l'honneur des nouveaux mariés avaient été complets.

Wakefield prit le savon à barbe et le blaireau et plongea le blaireau dans la cuvette. Il fit une quantité de belle mousse douce et tout à fait délicieuse. Il commença par se décorer la figure, puis il dessina une jolie épaulette sur chacune de ses épaules, il mit ensuite un col autour de son cou brun. Des pieds à la tête il orna sa petite personne. En se tortillant devant la glace il arriva même à faire son dos. Cela usa presque tout le savon à barbe mais le résultat, quand sa toilette fut achevée, en valait la peine. Il resta muet d'admiration devant la glace, stupéfait de ce que pouvaient faire un peu d'imagination et beaucoup de mousse de savon. Il se voyait recevant les mariés dans ce costume simple et pourtant remarquable. Il était persuadé qu'Alayne trouverait que ce spectacle méritait le voyage de New York.

Il était perdu dans sa rêverie quand un cri étouffé le fit tressaillir. Il était poussé par Mrs. Wragge debout devant la porte, une main posée sur sa bouche et un seau dans l'autre.

— Mon Dieu ! cria-t-elle. Quelle horreur ! Oh ! ça m'a donné un coup ! J'en ai les sangs tournés !

Elle était trop comique là debout, toute rouge et la bouche ouverte. Wakefield ne put se retenir. Il s'approcha d'elle en dansant et avant qu'elle eût compris la signification du blaireau qu'il brandissait, elle avait une meringue neigeuse de mousse de savon juste entre les yeux et le long du nez. Avec un cri non étouffé cette fois, Mrs. Wragge laissa tomber le seau et aveuglée passa ses mains sur son visage. Meg, qui jetait un dernier coup d'œil satisfait sur la chambre d'Eden qu'on avait préparée pour le jeune ménage, se précipita aux cris de détresse de sa femme de charge. Elle attrapa le petit garçon par la cheville juste au moment où il disparaissait sous le grand lit à colonnes, le tira et lui donna trois bonnes claques.

— Tiens, dit-elle, tiens et *tiens* ! Comme si je n'avais pas assez à faire !

Quand Wakefield descendit l'escalier une demi-heure plus tard, son expression était moins triomphante mais son maintien restait digne et il avait conscience d'être extrêmement bien avec son plus beau vêtement et un col immaculé. Il avait demandé un tout petit peu de brillantine pour tenir ses cheveux, mais Meg les aimait légers et il n'avait pas voulu insister un matin où elle était déjà quelque peu énervée.

Comme il passait devant la porte de la chambre de sa grand-mère, il l'entendit dire d'une voix encourageante à Boney : « Dis Alayne, maintenant, Boney. Jolie Alayne. Dis Alayne. Dis : Vive la Colombie. » Puis sa voix fut noyée par les cris rauques de Boney qui hurlait quelques jurons hindous choisis.

Wakefield sourit et entra dans la salle à manger. La table était débarrassée, mais on avait posé un plateau sur une petite table dans un coin. Du pain et du beurre, de la confiture, du lait. Il savait que s'il sonnait, Rags lui monterait de la cuisine un plat de porridge. C'était une vieille cloche d'argent qui avait la forme d'une grosse petite dame. Il l'aimait et la mania avec tendresse un moment, avant de la faire tinter longtemps et clairement.

Il alla en haut de l'escalier et écouta. Il entendait Rags remuer des ustensiles sur le fourneau. Il l'entendit racler une casserole. Ce mauvais porridge gluant et desséché ! Il entendit sur le carrelage de brique les pas de Rags qui se rapprochaient de l'escalier. Rapidement il se glissa dans le placard à vêtements et s'y cacha ; par une fente étroite de la porte il vit Rags monter l'escalier et disparaître dans la salle à manger, une cigarette collée entre ses lèvres pâles et le plat de porridge incliné dans une position dangereuse. Wakefield remarqua sans aigreur que Rags n'aurait osé servir aucun autre membre de la famille avec un tel manque de décorum. Mais il avait un sourire malicieux tandis qu'il courait le long de l'escalier et dans le sous-sol, laissant Rags et le porridge seuls dans la salle à manger.

La cuisine était une immense pièce avec une grande cheminée dont on ne se servait pas et un fourneau toujours allumé. La table et les buffets étaient si lourds qu'on ne les déplaçait jamais, et l'un des murs était caché par un dressoir de chêne rempli de plats qui provenaient des services successifs des Whiteoak. Un grand nombre d'entre eux auraient fait le bonheur d'un collectionneur, mais tous avaient l'émail abîmé d'innombrables petites craquelures venant de ce qu'on les avait mis dans des fours beaucoup trop chauds.

Wakefield jeta un regard d'envie sur le garde-manger. Qu'il aurait aimé choisir son déjeuner sur ces rayons abondamment garnis ! Il vit deux grasses poulardes troussées sur un plat à rôti prêtes à être mises au four, un énorme jambon bouilli et deux tartes aux prunes. Mais il n'osait pas. Rags allait revenir d'un instant à l'autre. Sur la table de la cuisine il trouva une assiette de pain grillé froid et une saucière de beurre d'anchois. Il prit une tranche de pain grillé et le beurre d'anchois, puis il sortit de la cuisine et courut le long du couloir de brique jusqu'à la cave au charbon. Il entendit Rags descendre avec bruit l'escalier en grommelant. Une fenêtre était ouverte dans la cave au charbon et, monté sur une caisse vide, il vit qu'il pouvait facilement poser son déjeuner par terre dehors et grimper ensuite.

Il fut ennuyé de voir combien ses mains et ses genoux nus étaient devenus noirs dans cette opération. Il les frotta avec son mouchoir propre mais le seul résultat fut que le mouchoir devint noir. Il ne voulut pas remettre ce chiffon sale dans la poche de son plus beau vêtement ; alors il l'enfonça soigneusement à l'abri des regards dans une fente juste sous le rebord de la fenêtre de la cave. Une petite souris, se disait-il, serait contente de le trouver et de s'en faire un joli petit nid.

Il emporta son pain grillé et son beurre d'anchois dans la vieille remise et s'installa dans une de ses retraites préférées. C'était une lourde voiture fermée que le grand-père Whiteoak avait fait venir d'Angleterre lorsque lui et grand-mère avaient fait construire Jalna. Elle avait une carrosserie en forme de coquille, des lanternes massives et un siège haut pour le cocher. Cela avait dû être un spectacle splendide de les voir se promener dans cette voiture. On ne s'en était pas servi depuis des années. Wakefield s'enfonça sur le siège affaissé et mangea son pain et son beurre avec plaisir et sans se presser. Les poules qui gloussaient et grattaient dans la paille faisaient un accompagnement apaisant à ses pensées.

« Moi, si j'étais libre, j'irais au-devant des mariés dans cette belle voiture tirée par quatre chevaux blancs. Je ferais garnir entièrement les roues de guirlandes de roses comme les images de carnaval en Californie, et j'aurais un gros bouquet de roses pour Alayne et un trompette assis sur le siège à côté du cocher qui jouerait de la trompette, et un joli petit nain debout derrière eux avec un sifflet d'argent pour siffler quand le trompette s'arrêterait. Comme les mariés seraient heureux ! »

« Les mariés... Les mariés. » Il aimait le son de ce mot. Mais il ne fallait plus qu'il s'attardât là trop longtemps ou il ne serait pas prêt pour les recevoir. Il conclut qu'il n'avait plus le temps de nettoyer les cabanes à lapins. Il allait rejoindre la route en passant par la prairie et il attendrait au coin de l'église. Là il avait chance de les voir avant le reste de la famille. Il sauta hors de la voiture, une toile d'araignée accrochée à ses cheveux et une balafre noire sur la joue. Il posa la saucière qui contenait le reste du beurre d'anchois par terre et regarda cinq poules se précipiter à la fois dessus, dans un enchevêtrement d'ailes et de cris rauques, tandis qu'un coq, à l'écart de la lutte, considérait ses épouses d'un œil jaune distrait.

Wakefield courut à travers la prairie, escalada la haie et gagna la route. Il s'arrêta un temps suffisant pour passer en revue les affaires du pays avec Chalk le maréchal-ferrant, et il était presque devant la maison des Wigle quand Muriel en sortit et vint près de lui.

— J'ai dix sous.

Il hésita et regarda la petite fille par-dessus son épaule.

— Vraiment ? Comment les as-tu eus ? demanda-t-il avec un intérêt poli.

— On me les a donnés pour mon anniversaire. Je fais des économies pour acheter une poupée.

Wake s'approcha d'elle et lui dit gentiment :

— Voyons, Muriel, c'est tout à fait sot de ta part. Une poupée coûte au moins un dollar et si tu gardes dix sous à chaque anniversaire il se passera des années avant que tu sois assez riche pour en acheter une. A ce moment-là tu seras trop vieille pour jouer à la poupée. Tu ferais mieux d'aller maintenant chez Mrs. Brawn t'acheter une tablette de chocolat. Je te paierai une bouteille de sirop pour boire avec.

— Je n'aime pas le sirop, répondit Muriel avec une moue d'enfant gâtée.

Elle ouvrit sa petite main chaude et examina la pièce qui s'y trouvait.

Wakefield se pencha :

— Comment, mais c'est une pièce américaine ! s'écria-t-il. Mon Dieu, Muriel, tu ferais mieux de te dépêcher de la dépenser, car il est probable qu'elle ne vaudra plus rien la semaine prochaine.

Mrs. Wigle se pencha à la fenêtre de la maison.

— Quand votre frère va-t-il faire réparer mon toit ? demanda-t-elle. Il fuit horriblement.

— Oh ! il en parlait justement ce matin, Mrs. Wigle. Il disait que dès qu'il sera débarrassé de cette réception il s'occupera de votre toit.

— Eh bien, j'espère qu'il va s'en occuper, grommela-t-elle, et elle rentra la tête.

— Viens maintenant, Muriel, dit Wake, je n'ai pas beaucoup dc temps à perdre, mais je vais aller avec toi chez Mrs. Brawn pour que tu ne sois pas intimidée.

Il la prit par la main et la petite fille trottina à côté de lui l'air un peu ahuri. Ils arrivèrent devant le comptoir de Mrs. Brawn.

— Alors, Mr. Whiteoak, dit-elle, j'espère que vous êtes venu payer votre note.

— Pas ce matin, j'en ai peur, répondit Wake. Nous sommes tellement absorbés par les préparatifs pour les mariés que j'ai oublié. Mais voilà Muriel qui veut une bouteille de sirop et une tablette de chocolat. C'est son anniversaire, vous comprenez.

Ils s'assirent dehors, sur la marche de la boutique, avec les rafraîchissements. Wakefield aspirait placidement avec une paille la boisson écœurante. Muriel grignotait son chocolat.

— Une gorgée, Muriel ? offrit-il.

— Je n'aime pas cela, dit-elle. Toi, prends un morceau de chocolat.

Elle lui mit la tablette dans la bouche et ils la mangèrent gaiement en mordant tour à tour.

Que Wakefield était heureux ! « Les mariés... Les mariés. » Le mot charmant continuait à chanter dans sa tête. Une spirale de fumée montait d'un tas de feuilles qui brûlait dans une cour de l'autre côté de la rue. Une poule et sa couvée déjà grande picoraient joyeusement au milieu de la route. Muriel contemplait le visage de Wakefield avec une admiration d'esclave.

Une auto arrivait. Leur auto. Il reconnaissait ses bruits saccadés très particuliers. Il avala à la hâte les dernières gouttes et poussa la bouteille dans les mains de Muriel.

— Tu peux reporter la bouteille, Muriel, dit-il. Il faut que j'aille au-devant des mariés.

L'auto était en vue. Il aperçut une touffe d'asters sauvages qui poussaient sur le bord de la route, et vite il courut en cueillir un long brin duveteux. Il était assez poussiéreux mais tout de même très joli et il le tint serré, un sourire d'attente sur son visage pendant que la voiture approchait. Piers qui conduisait aurait continué et l'aurait laissé là debout, mais Eden lui dit d'un ton bref de s'arrêter et Alayne se pencha remplie d'une vive curiosité.

Wakefield monta sur le marchepied et lui tendit les asters sauvages.

— Soyez la bienvenue à Jalna, dit-il.

13

Dans les portes de Jalna

Eden n'avait pas été fâché de voir que son petit frère les attendait sur le bord de la route avec des fleurs pour Alayne. Le premier contact avec Piers, le déjeuner du matin en sa compagnie au restaurant et l'inévitable retour en auto à la maison n'avaient pas été précisément réussis. Alayne était fatiguée et plus calme que d'ordinaire. Piers n'avait absolument pas ouvert la bouche. Eden lui en voulait de son silence, car il se rappelait avoir été très convenable à l'égard de Piers et de Pheasant lors de leur humiliant retour à Jalna. Il avait été le premier et le seul, à part Renny, à prendre leur parti. Il considérait le dos solide de son frère et son robuste cou hâlé avec une irritation croissante tandis que l'auto filait sur la route du bord du lac.

Alayne contemplait l'étendue bleue et brumeuse du lac avec un sentiment voisin de la tristesse. Cette mer qui n'était pas une mer, ce pays qui n'était pas son pays, ce frère inconnu aux yeux bleus et hostiles et à la bouche maussade, il allait bien falloir qu'elle s'habituât à tout cela, que tout devînt sien. Ruth « au milieu du champ étranger ».

Mais elle ne devait pas avoir cette impression. C'était un beau pays, la langue était la sienne, et même ce nouveau frère n'était sans doute qu'un peu timide. Elle aurait aimé qu'Eden lui eût parlé davantage de sa famille. Ils étaient si nombreux. Elle repassa leurs noms dans sa tête pour se préparer à les reconnaître. Un petit frisson d'appréhension parcourut ses nerfs. Elle posa sa main sur celle d'Eden et la serra.

— Du courage, ma chérie, dit-il. Nous y serons bientôt.

Ils avaient quitté le bord du lac et avançaient doucement sur une route en tournants. Une drôle de vieille église perchée sur un tertre boisé s'élevait devant eux. Puis une boutique en réduction, deux enfants qui regardaient, la voix d'Eden disant : « Voilà le petit Wake, Piers ! » Et un petit garçon sur le marchepied qui lui mettait des fleurs dans la main.

— Soyez la bienvenue à Jalna, dit-il d'une petite voix douce. J'ai pensé que vous aimeriez peut-être ces asters. J'attends depuis assez longtemps.

— Grimpe, ordonna Eden en ouvrant la porte.

Il grimpa et se glissa entre eux sur le siège. Piers ne s'était pas retourné. Il faisait maintenant repartir la voiture avec une secousse.

Wakefield leva les yeux sur le visage d'Alayne et l'examina attentivement. « Quels cils ! se disait-elle. Quel amour ! » Le petit corps serré contre le sien semblait une chose infiniment délicieuse et touchante. Oh ! elle aimerait ce petit frère. Et il était délicat, pas assez fort pour aller en classe. Elle jouerait avec lui, l'aiderait à travailler. Ils se sourirent. Elle regarda Eden par-dessus la tête de Wake et ses lèvres formèrent les mots : « Un amour. »

— Comment va-t-on à la maison ? demanda Eden.

— Très bien, merci, répondit gaiement Wakefield. Granny a un peu toussé et Boney l'imite. Oncle Ernest a un rhume des foins et le nez assez rouge. La goutte d'oncle Nick va mieux. Meggie mange très peu mais elle engraisse. Piers a eu le premier prix aux comices de Durham avec son taureau, on lui a laissé le ruban bleu pendant tout le chemin du retour. Je ne vois pas de nouvelles de Pheasant, de Rags et de Mrs. Wragge sauf qu'ils sont là. J'espère que vos fleurs vous plaisent, Alayne. J'aurais voulu en avoir plus, mais j'ai vu la voiture arriver au moment où je commençais à les cueillir.

— Elles sont très jolies, dit Alayne en les approchant de son visage et en serrant Wakefield contre elle. Je suis si contente que vous soyez venu au-devant de moi.

Elle était réellement très contente. Cela paraissait plus facile d'affronter la famille avec le petit garçon près d'elle. Ses joues rougirent joliment, et elle tendit le cou avec curiosité pour avoir un premier aperçu de la maison, car ils suivaient maintenant l'allée de sapins. Jalna avait l'air très accueillant dans la lumière dorée, drapé dans son manteau de vigne vierge rougissante et entouré de pelouses fraîchement tondues. Un des lapins de Wake gambadait et les épagneuls de Renny étaient allongés sur les marches. Un poirier, près de la maison, avait répandu ses fruits dans l'herbe où ils faisaient des taches d'un jaune chaud et donnaient, aux yeux d'un habitant des villes, un aspect de prospérité insouciante à la scène. Alayne trouva que Jalna ressemblait un peu à une vieille ferme seigneuriale dressée au milieu de ses pelouses et de ses vergers. Les épagneuls battirent paresseusement les marches de leurs queues touffues, trop indolents pour se lever.

— Les chiens de Renny, expliqua Eden en en poussant un du pied hors du chemin pour qu'Alayne pût passer. Vous allez être obligée de vous habituer aux animaux, vous en trouverez partout ici.

— Ce ne sera pas difficile. J'ai toujours aimé les bêtes.

Elle se pencha pour caresser une des têtes soyeuses.

Eden la considéra avec curiosité. Comment Alayne et sa famille s'entendraient-elles, il se le demandait. Maintenant qu'il l'avait amenée chez lui, il réalisait soudain qu'elle était une étrangère. Il avait une déconcertante sensation de surprise à se trouver marié. Il n'était pas aussi transporté après tout qu'il s'attendait à l'être quand Rags ouvrit la porte et les accueillit avec un sourire timide.

Rags était toujours intimidé lorsqu'il mettait sa livrée. Elle consistait en un complet noir luisant avec un pantalon trop étroit et un veston deux fois trop large pour lui, un col blanc empesé et un nœud de cravate d'un noir verdâtre. Ses cheveux blond cendré étaient coupés aussi court que ceux d'un forçat et sur son visage pâle se détachait une coupure qu'il s'était faite en se rasant. Son attitude réservée, son sourire affecté faisaient un peu penser à un croque-mort.

— Bonjour, Mr. Eden, dit-il tristement. Bonjour, monsieur.

— Bonjour, Rags. Alayne, c'est Wragge, notre... — Eden hésita ne sachant comment on pouvait qualifier Mr. Wragge et continua : — Notre factotum.

— Bonjour, Mrs. Whiteoak, dit Rags avec son regard humble et pourtant impudent.

Ce regard disait silencieusement mais clairement à Eden : « Oh ! vous pouvez en faire accroire à votre famille, jeune homme, mais moi vous ne pouvez pas me tromper. Vous n'avez pas épousé une héritière. Et Dieu seul sait ce que nous allons devenir avec une autre jeune femme ici. »

Alayne lui dit quelques mots, et au même moment la porte du salon s'ouvrit et Meg Whiteoak apparut sur le seuil. Elle jeta ses bras autour du cou d'Eden et l'embrassa avec une tendresse passionnée. Puis elle se tourna vers Alayne, ses jolies lèvres entrouvertes en un sourire aimable.

— Alors, voilà Alayne. J'espère que vous nous aimerez tous, ma chérie. Nous sommes si heureux de vous accueillir.

Alayne se sentit étreinte dans des bras chauds et potelés. Elle pensa que l'adoration des frères pour leur sœur n'avait rien d'étonnant — Eden lui avait dit qu'ils l'adoraient — et elle était prête à s'en faire une sœur, une amie. Comme ce serait délicieux ! Une vraie sœur. Elle tenait la main de Meg bien serrée en entrant dans le salon où la plus grande partie de la famille était assemblée.

Il faisait tellement chaud que même le feu bas et sans flammes semblait superflu ; pas une seule des fenêtres n'était ouverte. Les rayons de soleil qui entraient en biais par les fentes des volets intérieurs convergeaient en un point, le fauteuil où était assise la vieille Mrs. Whiteoak. Semblables à des doigts de feu ils paraissaient la désigner comme la présence la plus significative de la pièce. Et pourtant elle s'était brusquement endormie. Sa tête, coiffée d'un grand bonnet pourpre orné de bouffettes roses, était tombée en avant, et de son visage on ne voyait que la lourde mâchoire et la trop parfaite rangée de dents inférieures. Elle portait une volumineuse robe de velours pourpre et ses belles mains qui serraient la pomme d'or de sa canne d'ébène étaient chargées de bagues mises pour la circonstance. Un ronflement régulier s'échappait de sa bouche. Les deux oncles s'avancèrent, Nicolas le sourcil froncé du douloureux effort de se lever. Il serra cependant avec chaleur la main d'Alayne. Ils félicitèrent la jeune femme d'une voix étouffée et Ernest la pria d'excuser leur mère de s'être assoupie un instant.

— Elle a besoin de ces petits sommes. Cela la repose, la conserve.

Wakefield, qui contemplait le visage de sa grand-mère, remarqua :

— Oui, elle se remonte, un peu comme une pendule, vous comprenez. Et même on l'entend, n'est-ce pas ? Bz-z-z.

Meg sourit à Alayne :

— Il réfléchit à propos de tout. Son esprit n'est jamais en repos.

— Il devrait être plus respectueux en parlant de sa grand-mère, reprocha Ernest. Vous ne trouvez pas, Alayne ?

Nicolas entoura l'enfant de son bras. La comparaison l'amuserait sans doute énormément et elle ne parlerait pas d'autre chose pendant une heure. Il se tourna vers Alayne avec son sourire ironique.

— Elle est très brillante, vous savez. Elle est de taille à nous éclipser tous quand elle...

— Se met à sonner, termina Wakefield qui tenait à son image de pendule.

Nicolas ébouriffa les cheveux du petit garçon.

— Nous ferions mieux de nous asseoir, dit Meg, jusqu'à ce qu'elle se réveille et parle un peu avec Alayne. Et puis je vous mènerai à votre chambre, Alayne. Vous devez être fatiguée de ce voyage et avoir faim aussi, mais nous déjeunerons de bonne heure.

— Du poulet et de la tarte aux prunes ! Du poulet et de la tarte aux prunes ! s'écria Wakefield et la vieille Mrs. Whiteoak s'agita dans son sommeil.

Oncle Nicolas mit sa main sur la bouche de l'enfant et les regards de la famille se fixèrent anxieusement sur la vieille dame. Au bout d'un instant son visage reprit cependant le calme d'un sommeil paisible ; chacun s'assit et la conversation se poursuivit à voix basse.

Alayne avait l'impression de rêver. La pièce, les meubles, les gens étaient si différents de ceux dont elle avait l'habitude que leur étrangeté faisait même paraître Eden soudain lointain. Elle se demanda avec inquiétude s'il lui faudrait longtemps pour s'accoutumer à eux. Et pourtant en regardant les visages qui l'entouraient elle découvrit que chacun l'attirait d'une façon particulière, ou peut-être la fascinaient-ils. Grand-mère n'avait certainement rien d'attirant, à moins que ce ne fût la bizarre puissance de sa personnalité.

— J'ai vécu à Londres pendant assez longtemps, dit à mi-voix oncle Nicolas, mais je ne connais pas grand-chose de New York. Je l'ai visité une fois vers 1890, mais je suppose que cela a énormément changé depuis.

— Oui, je crois que vous le trouveriez très changé. Cela change tout le temps.

Oncle Ernest murmura :

— J'ai embarqué là une fois pour l'Angleterre. J'ai failli voir un assassinat.

— Oh ! oncle Ernest, que j'aurais voulu que vous le voyiez ! s'écria Wakefield en sautant sur le bras capitonné du fauteuil de sa sœur.

— Chut ! Wake, dit Meg en lui donnant une petite tape sur la jambe. Je suis très heureuse qu'il n'ait rien vu, cela l'aurait horriblement bouleversé. C'est vraiment malheureux qu'il y ait autant de crimes là-bas et des lynchages et tout.

— Il n'y a pas de lynchages à New York, Meggie, corrigea oncle Ernest.

— Oh ! j'oubliais. C'est à Chicago, n'est-ce pas ?

Eden parla, presque pour la première fois.

— Je n'ai jamais rencontré autant de gens rangés de ma vie qu'à New York.

— Comme c'est agréable ! dit Meg. J'adore l'ordre, mais c'est si difficile avec le prix des domestiques et tant de garçons et Granny dont il faut s'occuper pas mal.

Le bruit de son nom dut pénétrer la conscience de Mrs. Whiteoak. Elle chancela un instant comme si elle allait tomber, puis elle se redressa, releva son nez encore beau et regarda autour d'elle. Ses yeux embués de sommeil n'aperçurent pas tout de suite Alayne.

— Déjeuner, dit-elle. Je veux déjeuner.

— Eden et Alayne sont là, dit Ernest en se penchant vers sa mère.

— Vous feriez mieux d'aller près d'elle, proposa Nicolas.

— Elle va être si contente, dit Meg.

Eden prit Alayne par la main et la mena près de sa grand-mère. La vieille dame les considéra un moment sans les voir, puis son regard s'éclaircit. Elle saisit Eden dans ses bras et l'embrassa avec vigueur.

— Eden, alors te voilà revenu. Où est ta femme ?

Eden fit avancer Alayne et elle se sentit étreinte avec une force surprenante. Des poils raides grattèrent sa figure et un baiser fut planté sur sa joue.

— Jolie, dit grand-mère l'écartant pour l'examiner. Vous êtes très jolie. Je suis contente que vous soyez venue. Où est donc Boney ?

Elle libéra Alayne et chercha vivement le perroquet des yeux. En entendant son nom il quitta lourdement son perchoir et vola sur son épaule. Elle caressa le plumage éclatant de sa main couverte de bagues.

— Dis Alayne, ordonna-t-elle. Dis : jolie Alayne. Allons, sois gentil.

Boney jeta à Alayne un regard malveillant d'un de ses yeux topaze, car l'autre était complètement fermé et lança une kyrielle de jurons.

— *Kutni ! Kutni ! Kutni !* hurla-t-il. *Shaitan ke khatla ! Kambakht.*

Grand-mère frappa violemment par terre avec sa canne.

— Silence ! tonna-t-elle. Je ne veux pas de cela. Fais-le taire, Nick. Fais-le taire !

— Il va me mordre, objecta Nicolas.

— Cela m'est égal. Fais-le taire !

— Faites-le taire vous-même, maman.

— Boney, Boney, ne sois pas méchant comme cela. Dis : jolie Alayne. Allons.

Boney se balança sur son épaule dans un paroxysme de rage.

— *Paji ! Paji ! Kuzabusth ! Iflatoon ! Iflatoon !*

Il regarda fixement sa maîtresse d'un air farouche. Leurs deux nez crochus se touchaient presque, le plumage vert et rouge du perroquet et la toilette pourpre et rose de la vieille dame brillaient dans les rayons obliques du soleil.

— Je vous en prie, n'y faites pas attention, dit doucement Alayne. Je le trouve très beau et il ne me déteste sans doute pas autant qu'il veut le faire croire.

— Qu'est-ce qu'elle a dit ? demanda Mrs. Whiteoak en se tournant vers ses fils.

Il lui était toujours difficile de comprendre une personne étrangère bien que son ouïe fût excellente, et la façon de parler lente et un peu précise d'Alayne était moins claire pour elle que les grondements de Nicolas ou le doux murmure d'Ernest.

— Elle dit que Boney est très beau, répondit Nicolas trop paresseux pour répéter la phrase entière.

Grand-mère sourit, très satisfaite.

— Oui, il est beau. C'est un bel oiseau mais un démon. Je l'ai ramené de l'Inde il y a soixante-treize ans. Un brave vieil oiseau, hein ? C'étaient des bateaux à voiles dans ce temps-là. J'ai failli mourir. L'ayah est morte. On l'a jetée par-dessus bord. Mais j'étais trop malade pour y faire attention. Mon bébé, Augusta, a failli mourir, pauvre petite, et mon cher mari, le capitaine Philippe Whiteoak, avait tout cela sur les bras. Vous verrez son portrait dans la salle à manger, le plus bel officier de l'Inde. Moi aussi je pouvais tenir mon rang comme physique. Croiriez-vous que j'ai été une beauté autrefois, dites ?

— Je trouve que vous êtes très belle maintenant, répondit Alayne en parlant très distinctement. Votre nez est vraiment...

— Qu'est-ce qu'elle dit ? cria grand-mère.

Ernest murmura :

— Elle dit que votre nez...

— Ah ! ah ! mon nez est toujours beau, n'est-ce pas ? Oui, c'est mon bon nez, un nez Court, pas un de vos nez retroussés à l'air étonné. Rien au monde ne pourrait étonner mon nez. Ce n'est pas non plus un de vos nez pincés dédaigneux. Un bon nez digne de confiance. Un nez Court.

Elle le frotta avec triomphe.

— Vous aussi vous avez un joli nez, continua-t-elle. Vous et Eden faites un joli couple. Mais il n'est pas Court, ni Whiteoak. Il ressemble à sa pauvre jolie coquine de mère.

Alayne choquée regarda avec indignation dans la direction d'Eden, mais il avait seulement une expression d'ennui indulgent et mettait une cigarette entre ses lèvres légèrement souriantes.

Meg vit le regard d'Alayne et s'écria :

— Grand-mère !

— Renny est le seul Court, poursuivit Mrs. Whiteoak. Attendez d'avoir vu Renny. Où est-il ? Je veux Renny.

Elle frappa impatiemment le parquet avec sa canne.

— Il va être là dans un instant, Granny, dit Meg. Il est allé chez Mr. Probyn acheter une portée de cochons.

— Eh bien, je trouve cela très grossier de sa part, très grossier. — La vieille dame continua avec un air de grand amusement. — Renny préfère les grognements d'une truie à la charmante conversation d'une jeune mariée.

— Maman, dit Ernest, voulez-vous une pastille de menthe ?

Son attention fut immédiatement détournée.

— Oui, je veux une pastille de menthe. Apporte-moi mon sac.

Ernest apporta un petit sac ancien perlé. Grand-mère se mit à chercher dedans et Boney penché le becquetait et poussait des cris de gourmandise.

— Un bonbon ! balbutiait-il. Un bonbon, Boney veut un bonbon. Jolie Alayne, jolie Alayne, Boney veut un bonbon !

Grand-mère cria triomphalement :

— Il l'a dit ! Il l'a dit ! Je savais bien qu'il pouvait le dire. Gentil Boney.

Elle fouillait éperdument dans son sac.

— Puis-je vous aider ? demanda Alayne non sans timidité.

La vieille dame lui donna le sac.

— Oui, vite, je veux une pastille de menthe.

— Boney veut une pastille ! hurla le perroquet en se balançant. Une pastille, jolie Alayne. *Kutni ! Kutni ! Shaitan ke khatla !*

Grand-mère et le perroquet se penchèrent simultanément en avant. Quand le bonbon fut trouvé, elle avançait ses lèvres ridées, lui son bec béant. Alayne hésita, elle craignait d'en offenser un en favorisant l'autre. Pendant qu'elle hésitait, Boney s'empara du bonbon et avec un bruissement d'ailes s'envola dans un coin éloigné de la pièce. Grand-mère, rigide comme une statue, resta les lèvres tendues jusqu'à ce qu'Alayne en eût trouvé un autre et le lui eût mis dans la bouche, alors elle se renversa dans son fauteuil avec un soupir de satisfaction, ferma les yeux et se mit à sucer bruyamment.

Alayne avait très envie de s'essuyer les doigts, mais elle se contint. Elle regarda les visages autour d'elle. Ils considéraient la scène avec le plus grand calme sauf Eden qui avait toujours son air d'ennui légèrement souriant. Un nuage de fumée autour de sa tête semblait ajouter à son éloignement.

Meg s'approcha de lui et dit à mi-voix :

— Je crois que je vais mener Alayne en haut. J'ai fait mettre de nouvelles tentures dans ta chambre et des rideaux neufs et j'ai pris la petite descente de lit de la chambre de Renny pour cacher l'endroit usé du tapis. Je crois que tu seras content quand tu verras cela, Eden. Elle est absolument charmante.

Le frère et la sœur regardèrent Alayne debout près de la fenêtre avec les deux oncles. Ils avaient ouvert les volets et lui montraient la vue des bois de chênes qui descendaient en pente douce jusqu'au fond du ravin. Un troupeau de moutons paissait tranquillement surveillé par un vieux chien de berger. Deux agneaux tardifs se disputaient avec des cris plaintifs.

Meg alla près d'Alayne et passa son bras sous le sien.

— Je suis sûre que vous aimeriez aller dans votre chambre, dit-elle.

Les deux femmes montèrent ensemble l'escalier. Quand elles arrivèrent à la porte d'Eden, Meg saisit avec impétuosité la tête d'Alayne dans ses mains potelées et l'embrassa sur le front.

— Je suis certaine que nous allons nous aimer, déclara-t-elle avec un enthousiasme puéril, et Alayne lui rendit son baiser, persuadée qu'il serait facile d'aimer cette femme au cœur chaud dont la bouche était semblable à l'arc de Cupidon.

Quand Eden monta, il trouva Alayne en train de ranger ses affaires de toilette sur la coiffeuse en fredonnant un petit air joyeux. Il ferma la porte derrière lui et vint près d'elle.

— Je suis heureux de vous entendre chanter, dit-il. Je vous avais annoncé que ma famille n'était pas banale, mais, quand je vous ai vue au milieu d'elle, je me suis mis à craindre que vous ne puissiez le supporter, que vous ne soyez prise de panique et ne vouliez retourner au plus vite à New York.

— C'est pour cela que vous étiez si calme en bas ? Vous aviez un drôle d'air. Je ne pouvais pas arriver à le définir. Je pensais que vous vous ennuyiez.

— Oui, je voulais vous avoir pour moi tout seul.

Il la prit dans ses bras.

Chose inexplicable, deux hommes étaient en Eden à ce moment : d'une part l'amant très sûr de son pouvoir et plein de sollicitude ; d'autre part le captif, inquiet, nerveux, qui avait horreur de penser à la responsabilité de présenter sa femme à sa famille et d'expliquer l'une à l'autre en des termes mesurés et affectueux.

Alayne dit, en caressant ses cheveux qui formaient un brillant casque de métal sur sa tête :

— Votre sœur, Meg, a été charmante pour moi. C'est déjà presque une amie. Et elle m'a dit qu'elle avait fait refaire la chambre pour moi, avec des tentures et des rideaux neufs. Je suis si contente qu'elle donne sur le parc et les prés. J'ai peine à croire que je verrai des moutons de ma fenêtre.

— Venez que je vous montre mes affaires, s'écria gaiement Eden.

Et il lui fit faire le tour de la chambre en désignant les divers objets qui lui avaient appartenu dans son enfance et par la suite avec une naïveté puérile. Il lui montra le bureau taché d'encre où il avait écrit la plupart de ses poèmes.

— Et dire que j'étais là-bas à New York et vous ici, à ce bureau, en train d'écrire les poèmes qui devaient nous réunir !

Elle caressa le meuble comme s'il était une chose vivante et dit :

— Je veux le garder toujours. Quand nous aurons notre maison, pourrons-nous l'emporter, Eden ?

— Naturellement. — Mais il aurait préféré qu'elle ne parlât pas encore d'avoir leur maison. Pour changer de sujet il demanda : — Vous n'avez pas trouvé grand-mère un peu effrayante ? Je crains de ne pas vous avoir assez préparée à elle. Mais on ne peut pas la décrire. Il faut la voir. Les oncles sont de braves types.

— Pensez-vous — elle parlait en hésitant mais avec détermination — que ce soit bon pour elle de la gâter tellement ? Elle dominait absolument son entourage.

Il la considéra en souriant d'un air moqueur :

— Ma chérie, elle aura cent ans à son prochain anniversaire. Elle était gâtée avant que nous l'ayons jamais vue. Mon grand-père s'en était chargé. Il est très possible qu'elle l'ait été avant même qu'il la connût. Elle est sans doute venue au monde gâtée par des générations de Court tyranniques et violents. Il n'y a qu'à la prendre comme elle est.

— Mais la façon dont elle a parlé de votre mère. Je ne peux pas me rappeler le mot, cela m'a fait de la peine, mon amour.

Eden, soudain exaspéré, passa sa main dans ses cheveux.

— Il ne faut pas être tellement sensible, Alayne. Des mots de ce genre sont de simples caresses, comparés à ce que grand-mère peut dire quelquefois.

— Mais de votre mère, s'obstina-t-elle.

— Est-ce que les femmes ne sont pas toujours comme cela avec leurs belles-filles ? Attendez d'en avoir une et vous verrez. Attendez d'avoir quatre-vingt-dix-neuf ans, vous n'aurez peut-être pas meilleur caractère que grand-mère à ce moment-là.

Eden rit gaiement, mais laissa tomber la conversation et attira Alayne sur le fauteuil recouvert de perse près de la fenêtre.

— Asseyons-nous là un moment et jouissons de la nouvelle

décoration de Meggie. Je trouve qu'elle a été épatante pour nous, vous ne trouvez pas ?

Alayne s'appuya contre lui, respirant profondément l'air tranquille de l'été de la Saint-Martin qui entrait comme une essence palpable par la fenêtre ouverte. La terre, après son ardeur d'enfantement, s'abandonnait satisfaite, passive et somnolente. Ses désirs étaient réalisés, sa fertilité jaillissante était épuisée, dans une profonde langueur elle semblait ne songer ni au futur ni au passé mais à ses rapports infinis avec le soleil et les étoiles. Le soleil était devenu une personne vivante. Rouge et sans rayons il se penchait sur la terre comme s'il écoutait le battement lent d'un grand cœur.

Elle s'aperçut qu'Eden observait quelqu'un en bas, dehors. Elle entendit le bruit des sabots d'un cheval et, se retournant, elle vit un homme qui se penchait de son cheval pour refermer la barrière derrière lui. Ses yeux épris de beauté furent d'abord retenus par le reflet soyeux de la robe de l'animal. Puis elle vit que le cavalier était grand et mince, qu'il se tenait sur sa selle avec aisance mais sans grâce et, quand il passa sous la fenêtre, qu'il avait un visage rouge aux traits aigus non dépourvu d'une certaine ressemblance avec un renard sous sa casquette de tweed déformée.

Les deux épagneuls s'étaient précipités dehors pour l'accueillir et bondissaient autour du cheval en agitant leurs longues oreilles velues. Leurs aboiements irritaient le cheval et après une ou deux ruades dans leur direction il partit au petit galop et disparut avec son cavalier derrière une rangée de pins qui cachait les étables.

— Renny, de retour de son expédition porcine, murmura Eden.

— Oui, je pensais que ce devait être Renny et pourtant il n'est pas comme je m'y attendais. Pourquoi ne l'avez-vous pas appelé ?

— Il est assez timide. J'ai pensé que cela vous gênerait tous les deux d'échanger vos premières paroles d'altitudes aussi différentes.

Alayne qui écoutait le bruit assourdi des sabots, remarqua :

— Il donne l'impression d'avoir une forte personnalité.

— Il en a une. Et il est maigre et fort comme le diable, je ne l'ai jamais vu malade un seul jour. Il vivra sans doute aussi vieux que Gran.

« Gran, Gran », pensa Alayne. Toute conversation dans cette famille semblait être ponctuée de remarques sur cette effroyable vieille femme.

— Et tout cela est à lui, continua-t-elle. Cela ne paraît pas très juste pour vous tous.

— On le lui a laissé. C'est lui qui élève les plus jeunes et paie leur éducation. Les oncles ont eu leur part, il y a des années. Quant à Gran, elle entasse tout simplement la sienne et personne ne sait qui l'aura.

« Gran encore. »

Une brise légère joua avec une mèche de cheveux sur son front. Eden y posa ses lèvres.

— Chérie, murmura-t-il, pensez-vous pouvoir être heureuse ici pendant quelque temps ?

— Eden ! Je suis immensément heureuse.

— Nous écrirons des choses si merveilleuses, tous les deux.

Ils entendirent des pas sur le sentier de gravier qui passait derrière la maison. Alayne ouvrit ses yeux lourds d'une douce langueur passagère et vit Renny entrer dans la cuisine, ses chiens sur les talons. Un moment plus tard on frappa un petit coup à leur porte.

— Voulez-vous descendre déjeuner, s'il vous plaît, dit la voix de Wake.

Il ne pouvait pas réprimer sa curiosité à l'égard des nouveaux mariés. Cela semblait très étrange de trouver cette jeune femme dans la chambre d'Eden, mais c'était une déception qu'il n'y eût pas de fleurs d'oranger.

Alayne mit son bras autour des épaules de l'enfant et ils descendirent l'escalier pour rejoindre le reste de la famille. La présence d'Eden soutenait moins Alayne dans cette épreuve que l'appui du petit corps de Wakefield. Elle ne connaissait pas encore Renny ni la femme du jeune Piers.

Leurs pas ne faisaient pas de bruit sur l'épais tapis de l'escalier. La lumière de midi qui tombait à travers les vitraux des fenêtres donnait au hall une sorte de solennité d'église, et l'apparition au bout opposé de la vieille Mrs. Whiteoak qui sortait de sa chambre soutenue par ses deux fils faisait penser à une procession. Par la porte ouverte de la salle à manger, Alayne apercevait les silhouettes de Renny, de Piers et d'une jeune fille qui s'approchait de la table. Meg était déjà à un bout et contemplait son étendue damassée comme une prêtresse contemple l'autel du sacrifice. Sur un grand plat deux volailles rôties, rebondies, étaient dressées. Rags se tenait debout derrière une chaise écartée de la table, attendant Mrs. Whiteoak. Quand la vieille dame vit Alayne et son escorte arriver près de la porte de la salle à manger elle fit un effort visiblement héroïque pour y parvenir la première, agitant ses pieds avec énervement et humant la bonne odeur de rôti avec l'excitation d'un vieux cheval de bataille qui sent l'odeur du sang.

— Du calme, maman, du calme, supplia Ernest en lui faisant éviter une chaise de vestibule lourdement sculptée.

— Je veux déjeuner, répliqua-t-elle, respirant avec effort. Du poulet, je sens qu'il y a du poulet. Et du chou-fleur. Je veux le cœur et beaucoup de sauce.

Ce n'est que lorsque grand-mère fut assise qu'on présenta Alayne à Renny et à Pheasant. Il salua gravement et murmura quelques mots à moitié intelligibles. Alayne les aurait peut-être mieux entendus si elle avait été moins occupée à l'observer de tout près maintenant. Elle considérait son visage étroit durci par les intempéries, sa peau pareille à du cuir brun rouge dont la couleur se fondait avec la teinte rouille de ses cheveux, ses cils courts et épais, ses yeux distraits et pourtant très vifs. Elle remarqua aussi son beau nez aigu qui ressemblait beaucoup trop à celui de sa grand-mère.

Pheasant lui apparut comme une jeune fille semblable à une fleur, un fragile *narcissus poeticus* dans ce jardin de Jalna robuste et coloré.

Alayne était à la gauche de Renny Whiteoak et avait à sa gauche Eden et après lui Pheasant et Piers. On avait mis Wakefield de l'autre côté de la table, entre sa sœur et oncle Ernest. Alayne ne faisait que l'entrevoir à travers le milieu de table de dahlias pourpres et bronzés, fleurs qui dans leur beauté rigide et sévère étaient bien ce qu'il fallait pour résister à la présence accablante des Whiteoak. Chaque fois que les yeux d'Alayne rencontraient ceux du petit garçon il souriait. Chaque fois que ses yeux rencontraient ceux de Meg les lèvres de Meg s'incurvaient en leur sourire particulier. Mais quand ses yeux rencontraient ceux de Mrs. Whiteoak la vieille dame montrait toutes ses dents avec une sorte de bienveillance féroce, puis revenait aussitôt à son déjeuner pleine d'une ardeur nouvelle comme pour rattraper le temps perdu.

Le maître de Jalna s'acquitta du découpage avec la rapidité et la précision de quelqu'un qui distribue des rations à une armée. Mais rien n'était laissé au hasard dans sa manière de partager la volaille. Son couteau à découper bien en main, il jetait un regard rapide sur le membre de la famille qu'il allait servir, puis, paraissant savoir ou ce qu'il préférait ou ce qui lui convenait le mieux, il le détachait et tendait l'assiette à Rags qui la portait à Meg qui servait les légumes.

Pour une personne habituée à un déjeuner léger la vue de tant de nourriture à cette heure était un peu déconcertante. Alayne regardait ces grandes assiettes où s'entassaient du poulet, de la sauce, de la purée de pommes de terre, du chou-fleur, des petits pois, en pensant avec un peu de regret à ses déjeuners de salade à New York. Ils paraissaient très loin. Même l'argenterie était énorme. Le couteau et la fourchette pesaient comme des outils dans ses mains. Les salières et les poivriers semblaient lourds du souvenir de tous les repas passés qu'ils avaient assaisonnés. Le flacon de vinaigre au long col dressait sa tête comme une girafe fauve dans la jungle touffue de la table.

Renny disait de sa voix vibrante qui n'avait pas la musique de celle d'Eden :

— Je regrette beaucoup de n'avoir pas pu aller à votre mariage. Je ne pouvais pas partir à ce moment-là.

— Oui, ajouta Meg. Renny et moi nous désirions tant y aller mais cela n'a pas pu s'arranger. Finch avait justement un peu d'amygdalite et le cœur de Wake n'allait pas très bien, et puis, naturellement, il y a grand-mère.

Mrs. Whiteoak interrompit :

— Je voulais y aller mais je suis trop vieille pour voyager. J'ai beaucoup voyagé dans ma jeunesse. J'ai parcouru le monde entier. Mais je vous ai envoyé mes affections. Les avez-vous reçues ? Je vous ai envoyé mes affections dans la lettre de Meggie. Vous l'avez reçue, dites ?

— Mais oui, dit Alayne, nous avons été si heureux de recevoir votre mot !

— Vous avez raison. Je n'envoie pas mes affections comme cela à n'importe qui.

Elle secoua son bonnet avec une telle vigueur que trois petits pois sautèrent de sa fourchette et roulèrent à travers la table. Wakefield était malade de rire. Il dit : « Boum » à la chute de chaque pois et en lança un des siens. Renny le regarda sévèrement et il se calma.

Grand-mère considéra sa fourchette, regrettant amèrement ses pois.

— Mes pois sont partis, dit-elle. J'en veux encore et du chou-fleur aussi et des pommes de terre.

On lui donna des légumes et elle se mit tout de suite à les écraser avec sa fourchette en une masse compacte.

— Maman, reprocha doucement Ernest, êtes-vous obligée de faire cela ?

Sasha qui était perchée sur son épaule, remarquant que son attention n'était plus fixée sur sa fourchette dressée, étendit une patte fourrée et la rapprocha de sa moustache. Ernest rattrapa le morceau de poulet juste à temps.

— Vilaine, vilaine, dit-il.

Comme s'il n'y avait pas eu d'interruption, Meg continua :

— Cela a dû être un si joli mariage. Eden nous a écrit pour nous le raconter.

A ce moment Renny avait attaqué la seconde volaille avec son couteau à découper. Alayne n'avait encore à peu près rien mangé, mais tous les Whiteoak étaient prêts à se resservir.

— Renny, as-tu acheté les cochons ? demanda Piers interrompant la conversation sur le mariage avec ce qui parut à Alayne une brusquerie voulue.

— Oui, on n'a jamais vu une plus belle portée. J'ai eu les neuf et la vieille truie pour cent dollars. J'en ai offert quatre-vingt-dix, Probyn en voulait cent dix. Nous avons transigé à cent.

Le maître de Jalna se mit à parler du prix des porcs et tous furent d'accord pour trouver que Renny les avait payés trop cher.

Il ne restait plus sur le plat que la carcasse éparse du second poulet. On l'emporta alors et un pudding aux mûres fumant et une grande tarte aux prunes firent leur apparition.

— Vous ne mangez presque rien, ma chère Alayne, dit Meg. J'espère que vous aimerez le pudding.

Renny regardait avec calme Alayne à travers ses cils épais, l'immense cuiller à pudding levée dans l'expectative.

— Merci, répondit-elle, mais je ne peux vraiment pas. Je vais prendre un peu de tarte.

— Oh ! mais le pudding, soupira Meg, c'est un de nos plats préférés.

— Je t'en prie, Meg, n'insiste pas. Elle a l'habitude d'un repas très léger à midi.

— J'aime le pudding, dit grand-mère avec un rictus sauvage. Donnez-m'en, s'il vous plaît.

Elle eut son pudding et Alayne sa tarte mais quand vint le tour de Meg elle murmura : « Non, merci, Renny, rien pour moi. » Et Renny qui savait qu'on lui montait de petites collations dans sa chambre ne fit aucune réflexion, mais Eden expliqua à mi-voix. « Meggie ne mange rien, du moins presque rien à table. Vous vous y habituerez bientôt. »

Meggie se servait d'une lourde théière d'argent ciselé pour verser le thé, elle en donna même au petit Wake ; mais rien n'aurait fait plus de plaisir à Alayne qu'une tasse de café, car, bien qu'excellente, la tarte aux prunes était compacte. Le café manquait vraiment.

S'habituerait-elle jamais à eux, Alayne se le demandait. Lui sembleraient-ils jamais proches d'elle, comme des parents ? Quand ils se levèrent de table et partirent dans des directions différentes elle se sentit un peu oppressée, elle ne savait pas très bien si c'était par le poids du déjeuner ou par cette famille qui lui était si étonnamment étrangère.

La vieille Mrs. Whiteoak repoussa son fils Ernest et, tendant une main couverte de bagues à Alayne, ordonna :

— Vous allez me donner le bras, ma chère, de ce côté. Autant vaut que vous preniez tout de suite les habitudes de la famille.

Alayne s'exécuta avec un sentiment d'appréhension. Elle n'était pas sûre d'être capable de remplacer Ernest. La vieille dame empoigna son bras avec vigueur et s'y suspendit en pesant dessus d'une façon qui semblait inutile et presque intolérable. Toutes deux, avec Nicolas qui les dominait, gagnèrent la chambre de Mrs. Whiteoak et l'installèrent devant le feu par étapes pénibles. Alayne, rouge de l'effort, se redressa et regarda avec surprise la splendeur unique du lit de cuir peint, les commodes et les tables de marqueterie, les tapis hindous, les tentures flamboyantes.

Mrs. Whiteoak tira sur sa jupe.

— Asseyez-vous, ma petite, asseyez-vous sur ce tabouret. Ah ! je suis essoufflée, épuisée.

Elle haletait d'une façon inquiétante.

— Trop déjeuné, maman, dit Nicolas en frottant une allumette sur la cheminée et allumant sa cigarette. Si vous mangez trop, vous vous essoufflerez.

— C'est bien à toi de parler, répliqua sa mère qui retrouva soudain sa respiration. Regarde ta jambe et la façon dont tu manges et dont tu bois des liqueurs.

Boney en entendant sa maîtresse élever la voix avec colère se réveilla de sa sieste digestive sur le pied du lit et hurla :

— *Shaitan ! Shaitan ka bata ! Shaitan ka butcha ! Kunjus !*

Mrs. Whiteoak se pencha vers Alayne qui était maintenant assise sur le tabouret et passa sur son cou et ses épaules une main plutôt curieuse que caressante. Elle leva ses épais sourcils roux jusqu'au bord de dentelle de son bonnet et commenta avec un ricanement espiègle :

— Un joli corps, bien en chair sans être trop gras, mince sans être maigre. Meg est trop grosse. Pheasant est trop maigre. Vous êtes juste à point pour une jeune mariée. Eh ! ma chère, si j'étais un jeune homme j'aimerais coucher avec vous.

Alayne écarlate de confusion détourna la tête et regarda la lueur du feu. Le manque d'expression de Nicolas était rassurant.

— Et aussi, dit en riant Mrs. Whiteoak, je suis contente que vous soyez tellement à l'aise. J'en suis vraiment contente.

— Cela suffit, maintenant, cria Boney. Cela suffit, voyons.

A ce moment grand-mère tomba dans un de ses brusques assoupissements. Nicolas sourit avec indulgence à sa mère endormie.

— Il ne faut pas que vous fassiez attention à ce qu'elle dit. N'oubliez pas qu'elle a quatre-vingt-dix-neuf ans, et elle n'a jamais été atteinte par la vie, ou par l'approche de la mort. Vous n'êtes pas fâchée, n'est-ce pas ?

— N-non. Mais elle dit que je suis à l'aise. Cela me fait presque rire. On m'a toujours trouvée plutôt effacée et même timide.

Nicolas émit de sourdes marques de gaieté qui contenaient une part de soulagement mais il ne donna pas d'explications. Au lieu de cela il la prit par la main et la fit se lever.

— Venez, dit-il, je vais vous montrer ma chambre. Je pense que vous viendrez souvent m'y voir, vous me parlerez de New York et je vous parlerai du Londres de l'ancien temps. Je suis un vrai fossile maintenant mais, croyez-moi si vous voulez, j'ai été un joyeux garçon autrefois.

Il monta l'escalier en s'aidant de la rampe et la mena à sa chambre. Il s'installa près de la fenêtre, d'où elle pouvait admirer la splendeur des bois d'automne, et où la lumière tombait sur elle et donnait plus de chaleur au ton châtain de ses cheveux et à la pâleur mate de sa peau. Il y avait si longtemps que Nicolas n'avait rencontré une jeune femme jolie et intelligente que ce contact le réjouissait et faisait courir plus vite le sang dans ses veines. Sans s'en apercevoir il lui raconta des incidents de sa vie dont il n'avait pas parlé depuis des années. Il rechercha même une photographie de sa femme dans une robe du soir à longue traîne et la lui montra. Son visage massif et profondément ridé ressemblait, tandis qu'il se remémorait ces jours d'autrefois, à un rocher que la mer a depuis longtemps abandonné, mais dont la surface couturée et usée porte la trace ineffaçable de la fureur des tempêtes passées.

Il lui offrit, en cadeau de mariage, une coupe d'argent dans laquelle il avait coutume de ranger ses pipes et la fit d'abord briller avec un mouchoir de soie.

— Vous y mettrez des roses maintenant, Alayne, dit-il, et très simplement il mit un doigt sous son menton, releva son visage et l'embrassa.

Alayne fut touchée du cadeau et un peu gênée par la façon assurée et souriante dont il lui avait donné ce baiser.

Un instant plus tard, Ernest Whiteoak apparut à la porte. Il fallait maintenant qu'Alayne vînt inspecter sa retraite. Non, il ne voulait pas de Nicolas, rien qu'Alayne.

— Il a l'intention de vous ennuyer avec ses assommants commentaires sur Shakespeare. Je vous préviens, s'écria Nicolas.

— Pas du tout, dit Ernest. Seulement je ne veux pas qu'on m'abandonne complètement. Ne sois pas insupportable, Nick. J'intéresse autant Alayne que toi, n'est-ce pas, Alayne ?

— Tu ne l'intéresses pas le moins du monde, répliqua Nicolas, mais elle est captivée par ma charmante conversation, n'est-ce pas, Alayne ?

Ils paraissaient prendre plaisir au simple fait de prononcer son nom et l'employaient à tout propos.

Elle fut alors conduite à la chambre d'Ernest et, à cause des moqueries de son frère, il ne voulut pas au début parler de sa marotte et se contenta de lui montrer ses aquarelles, le rosier grimpant dont les fleurs jaunes répandaient encore leur parfum par la fenêtre ouverte et les talents de la chatte Sasha. Mais quand Alayne fit preuve d'un intérêt évident pour son travail sur Shakespeare et d'une connaissance inattendue du texte, l'enthousiasme d'Ernest déborda comme le Niagara au printemps. Deux heures passèrent durant lesquelles leur amitié naquit de goûts communs. Les joues maigres d'Ernest étaient rouges ; ses yeux étaient devenus tout à fait grands et brillants. Il tambourinait sans arrêt sur la table.

C'est ainsi que Meg les trouva quand elle vint chercher Alayne pour lui faire visiter la maison et le jardin. Eden était parti on ne savait où avec Renny, expliqua Meg, et Alayne eut un brusque sentiment de colère envers ce frère qui lui enlevait Eden avec un tel sans-gêne et qui était lui-même d'une politesse si indifférente à son égard.

Il faisait assez chaud pour prendre le thé sur la pelouse, annonça Meg et quand elle et Alayne revinrent de leur promenade dans la masse touffue de lilas, de seringas et de boules de neige qu'on appelait « la charmille » et dans le potager endormi où les carrés de choux, de céleris et de persil étaient bordés de sauge écarlate et de dahlias aux têtes lourdes, elles virent que Rags avait préparé le thé sur la table d'osier. Une partie de la famille était déjà installée tout autour sur des sièges de jardin ou sur l'herbe selon leur âge.

Les yeux d'Alayne ne perdaient pas un détail de la scène : la pelouse vert émeraude noyée dans une ombre chaude tandis qu'un soleil sur son déclin baignait le sommet des arbres alentour et intensifiait tellement leurs diverses teintes d'automne qu'elles avaient la splendeur irréelle de couleurs vues sous l'eau. Près de la table à thé, grand-mère sommeillait dans sa robe de velours pourpre. Nicolas était à moitié étendu et jouait distraitement avec les oreilles de Nip dont le museau pointu se tendait anxieusement vers l'assiette de gâteaux ; Ernest était courtoisement debout près de sa chaise ; sur l'herbe étaient couchés de tout leur long Wake, les genoux nus, avec deux lapins et Finch dégingandé et osseux qu'Alayne voyait alors pour la première fois. Eden, Piers et Renny ne vinrent pas, mais avant qu'on eût vidé la seconde théière la jeune Pheasant apparut tenant une branche d'érable rouge qu'elle posa en travers des genoux de Nicolas.

Une douce gaieté régnait. Tandis qu'elle mangeait des sandwiches de concombre et des gâteaux au fromage, Alayne se sentit plus en harmonie avec la vie qui allait être la sienne au milieu de cette famille. L'absence des trois frères qui ne s'étaient pas joints à la réunion la soulageait. Sans Eden il lui était plus facile de plonger dans la famille, d'explorer les dessous de leurs relations les uns avec les autres. En ce qui concernait Piers elle se sentait délivrée d'une présence qui était pour le moins secrètement hostile. Quant à Renny elle ne pouvait le définir. Il lui faudrait du temps pour cela. En ce moment sa personnalité dominatrice combinée avec son air absent l'intriguait et l'irritait plutôt.

Eden lui avait dit que Renny n'aimait pas sa poésie, qu'il n'aimait aucune poésie. Elle se le représentait comptant d'interminables processions de poulains, de veaux, d'agneaux et de jeunes porcs avec la préoccupation constante de leur prix. Elle eût été surprise, si elle avait pu le suivre dans sa chambre ce soir-là, de voir à quel point il était gentil pour le petit Wake qui s'agitait, incapable de dormir après une journée aussi excitante. Renny lui frottait les jambes et lui tapait dans le dos comme une mère eût pu le faire. En fait, dans son amour pour son petit frère, il réunissait l'affection d'un père et celle d'une mère. Meg n'était qu'une grande sœur.

Wake, pris enfin par le sommeil, se blottit contre la poitrine de Renny et murmura :

— Je crois que je m'endormirais plus vite si nous faisions semblant d'être d'autres personnes, Renny, veux-tu ?

— Tu crois ? Très bien. Qui serons-nous, des gens vivants ou des gens pris dans des livres ? Décide.

Wake réfléchit une minute et chaque tic-tac de la montre de Renny sous l'oreiller augmentait son envie de dormir ; puis il chuchota :

— Je crois que nous pourrions être Eden et Alayne.

Renny étouffa un rire.

— Parfait, qui suis-je ?

Wake réfléchit de nouveau, délicieusement engourdi, il respira la bonne odeur de tabac, de savon et de chair chaude qui émanait de Renny.

— Je crois qu'il vaut mieux que tu sois Alayne, dit-il à mi-voix.

Renny aussi considéra cette transfiguration. Cela semblait difficile mais il dit avec résignation :

— Très bien, vas-y.

Il y eut un instant de silence, puis Wakefield murmura en tortillant un bouton du pyjama de Renny :

— C'est toi qui commences, Renny, dis quelque chose.

Renny rit doucement :

— Tu m'aimes, Eden ?

Wake rit tout bas, puis répondit sérieusement :

— Oh ! énormément. Je t'achèterai ce que tu veux. De quoi as-tu envie ?

— Je voudrais une auto et un grille-pain électrique et un boa de plumes.

— Je t'achèterai tout cela demain matin. Est-ce qu'il y a autre chose dont tu aurais envie ?

— Heu, oui. Je voudrais dormir.

— Mais voyons, tu ne peux pas, objecta le pseudo-mari. Les dames ne se mettent pas comme cela tout de suite à dormir.

Mais c'est apparemment ce que faisait cette dame. La seule réponse que put obtenir Wakefield fut un ronflement doux et persistant.

Pendant un moment Wake fut profondément blessé, mais le mouvement calme de la poitrine de Renny était apaisant. Il se blottit plus près de lui et bientôt lui aussi était profondément endormi.

14

Finch

L'arrivée d'Alayne avait fait sur le jeune Finch une impression profonde et un peu déprimante. Il n'avait jamais rencontré quelqu'un qui lui ressemblât ; elle remplissait son esprit de curiosité et d'admiration craintive ; il ne put l'écarter de sa pensée durant cette première soirée. Son visage était entre lui et les pages arides qu'il étudiait. Il fut une fois obligé de se lever au beau milieu de sa bataille avec un problème d'algèbre et de descendre doucement la moitié de l'escalier, simplement pour la regarder pendant quelques minutes par la porte ouverte du salon où la famille jouait au bridge et au trictrac. Sa présence dans la maison lui semblait une chose infiniment délicieuse et troublante, comme une musique soudaine.

Il avait envie de toucher sa robe qui était d'une matière qu'il ne se rappelait pas avoir encore vue et d'une couleur qu'il ne pouvait définir. Il avait envie de toucher ses mains dont la chair paraissait si délicate et pourtant si ferme. Pendant qu'il était penché sur ses devoirs antipathiques dans la chambre en désordre, des pensées et des visions étranges s'interposaient entre lui et la page cornée placée devant lui. Un vent frais entrait par la fenêtre chargé des sons et des parfums de l'automne finissant : le bruissement des feuilles qui perdaient leur fraîche rondeur et devenaient sèches et crissantes ; le frottement de deux branches mortes l'une contre l'autre comme si le chêne auquel elles appartenaient essayait de jouer un chant funèbre pour l'été mort ; le martèlement fantastique d'une vrille de vigne contre la vitre où elle dansait une danse macabre sur la musique sinistre du chêne ; l'odeur des champs qui s'étendaient au loin, lourds et humides, anéantis par l'approche de la stérilité.

Que signifiait tout cela ? Pourquoi l'avait-on mis dans cette étrange confusion de visages, de voix, de sons troublants de la nuit et du jour ? Y avait-il quelqu'un au monde pour l'aimer et pour tenir à lui comme Alayne aimait Eden et tenait à lui ? Non, personne, il en était sûr. Il appartenait aux bruits solitaires et chagrins qui entraient par la fenêtre plutôt qu'à de tièdes bras humains et à de tendres lèvres humaines.

Son esprit caressa l'idée d'embrasser la bouche de la femme d'Eden. Il sombra dans un abîme de rêverie et pressa sa tête dans ses mains. Un second lui-même blanc et semblable à un fantôme se glissa hors de sa poitrine et flotta devant lui dans un pâle éther verdâtre. Il l'observait libéré avec une allégresse détachée. Ce double se dégageait souvent de son corps en des moments comme celui-ci, quelquefois il disparaissait presque immédiatement, d'autres fois il s'approchait de lui comme pour l'inviter à le suivre. Actuellement il s'avançait tête baissée, pareil à un nageur, et une autre forme obscure se mouvait à côté de lui. Finch enfonça ses poings dans ses yeux et des flammes passèrent sous ses paupières, il essayait et pourtant avait peur de voir le visage de l'autre ombre. Mais ni l'une ni l'autre des formes flottantes n'avait un visage discernable. L'une, il le savait, était lui, car elle avait émergé de son propre corps, mais l'autre, qui se déplaçait bizarrement, d'où venait-elle ? Était-elle sortie du corps de cette jeune femme dans le salon en dessous, arrachée d'elle par l'appel éperdu de son âme à lui ? Qui était-elle ? Qui était-il, lui ? Pourquoi étaient-ils là tous ces gens avides, ardents, dans cette maison nommée Jalna ?

Qu'était-ce que Jalna ? La maison, il le savait très bien, avait une âme. Il l'avait entendue soupirer et remuer la nuit. Il croyait que parfois les fantômes de son père, des femmes de son père, de son grand-père et même des enfants Whiteoak morts sortaient du cimetière et se réunissaient sous ce toit pour se rafraîchir, pour boire l'esprit de Jalna, cet esprit qui ne faisait qu'un avec la jolie pluie fine qui commençait alors à tomber. Ils venaient tout près de lui, se moquaient de lui, le grand-père en uniforme de hussard, les enfants dans de longs langes pâles.

Ses tempes battaient, ses joues brûlaient, ses mains étaient moites et glacées. Il se leva en laissant tomber ses livres par terre et alla à la fenêtre. Là il s'agenouilla, se pencha sur le rebord et tendit ses mains au-dehors, dans la pluie, en une attitude de prière, ses poignets minces sortant des bouts effrangés de ses manches.

Par degrés la paix descendait en lui, mais il n'avait pas envie de se retourner pour regarder la chambre. Il songeait aux nuits où il avait partagé le lit avec Piers. Il avait toujours ardemment attendu le moment où il pourrait dormir tranquille, délivré des taquineries de son frère, mais en ce moment il sentait qu'il aurait été heureux de la présence saine de Piers pour le protéger de ses propres pensées.

Pourquoi Dieu ne le protégeait-il pas ? Finch croyait désespérément et pourtant profondément en Dieu. Pendant les cours d'instruction religieuse, tandis que les autres garçons s'ennuyaient sur leurs bancs, ses yeux étaient rivés sur les pages qui semblaient brûler de la grandeur et de la terreur de Dieu. Les paroles de Jésus, la pensée de la figure solitaire de ce jeune homme inspiré étaient pour lui remplies de beauté, mais c'était l'Ancien Testament qui remuait son âme. Quand arrivait l'époque des interrogations et des examens, Finch était tellement incohérent, il avait une si grande crainte de dévoiler ses sentiments réels qu'il était généralement à la queue de la classe.

« Un drôle de type, Finch Whiteoak, il ne vaut pas ses frères », tel était le verdict de ses camarades, car on se rappelait encore les prouesses athlétiques de Renny, la force d'Eden au tennis, à la course, et ses prix de littérature anglaise et de langues ; Piers avait été capitaine de l'équipe de rugby. Finch était nul dans tous les domaines. Pendant les trajets en chemin de fer pour se rendre en classe et en revenir, affalé sur un coin de banquette, sa casquette à l'insigne de son collège tirée sur les yeux, il se demandait avec une amertume rare à son âge ce qu'il ferait de sa vie. Il ne paraissait avoir aucune disposition spéciale. Pas une des carrières dont il avait entendu parler n'avait éveillé en lui la moindre inclinaison. Il aurait aimé rester à la maison à travailler avec Piers, mais il reculait devant la perspective d'une vie sous le joug de son frère.

Quelquefois il se figurait être debout dans la chaire d'une vaste cathédrale sombre, comme il n'en avait vu que sur des images, et dominer la foule par son éloquence ardente. Lui, Finch Whiteoak, vêtu d'un long surplis blanc et d'une étole somptueusement brodée — évêque, archevêque, la tête même de l'Église, le premier après Dieu. Mais le rêve se terminait toujours par la fuite des fidèles qui se précipitaient hors de la cathédrale, saisis de panique ; car sans le savoir, il leur avait laissé entrevoir son âme lâche et effrayée qui hurlait comme un pauvre chien dans la terreur de Dieu.

« Briserez-vous une feuille emportée à la dérive et vous acharnerez-vous sur le chaume sec ? »

Il devenait plus calme maintenant à rester penché à la fenêtre, les mains et la tête exposées à la pluie fine. En bas, sur la pelouse, un éclatant carré de lumière tombait d'une fenêtre de salon. Quelqu'un vint et resta devant la fenêtre, et l'ombre d'une femme se dessina dans le rectangle lumineux. Laquelle ? Meg, Pheasant,

Alayne ? Alayne, il en était sûr. Il y avait quelque chose dans l'attitude... De nouveau il pensa à ses lèvres, il eut envie de les embrasser. Il rentra ses mains mouillées de pluie et les pressa contre ses yeux. « Car vous écrivez des choses amères contre moi et me rendez responsable des iniquités de ma jeunesse. » Pourquoi fallait-il qu'il se souvînt de ces textes torturants alors que rien d'autre ne voulait rester dans sa tête. « Faites-moi entendre la joie et le bonheur pour que les os que vous avez brisés puissent se réjouir. » Il appuya plus fort ses doigts et des choses qu'avaient racontées un ouvrier écossais à la ferme repassèrent dans son esprit. L'homme avait travaillé avant dans une usine à Glasgow. Finch se rappelait une interminable chanson sautillante aux paroles obscènes que cet homme avait chantée à mi-voix. Il se rappelait une scène dont il avait été le témoin inaperçu.

C'était dans le bouquet de pins, le dernier reste de la forêt primitive. Cet endroit était au coucher du soleil aussi sombre qu'une église et était caché au cœur d'un grand bois ensoleillé de bouleaux d'argent, d'érables et de chênes, plein de chants d'oiseaux et tapissé de feuilles luisantes, de pyroles qui, au printemps, étaient émaillées d'anémones, d'étoiles de Bethléem et de minuscules orchidées pourpres. Peu d'oiseaux chantaient dans le bouquet de pins et pas une seule fleur n'y poussait mais l'air y était toujours lourd du bruissement et du parfum âcre des aiguilles de pin. Les allées obscures entre les arbres en étaient glissantes et le peu de soleil qui filtrait était jaune d'or.

C'était un lieu de profonde retraite. Finch n'avait pas de plus grand plaisir que de passer là tout seul une matinée de samedi et de se laisser aller à ses rêves qui étaient presque toujours libres et beaux au milieu des pins.

Il y était allé de bonne heure ce matin-là pour échapper à Meg qui voulait lui faire faire un travail ennuyeux à la maison. Il l'avait entendue qui l'appelait de tous côtés pendant qu'il courait à travers la pelouse et pénétrait dans la charmille. Il l'avait entendue appeler Wake pour lui demander s'il l'avait vu. Il avait en grandes enjambées traversé la prairie et le champ, franchi la rivière et disparu hors de vue dans le bois de bouleaux. Ses artères battaient et son cœur sautait de joie d'être libre. Il était passé entre les arbres gais, au feuillage léger, avide de la profondeur et de la solitude des pins qu'ils semblaient protéger avec un air de mystère charmant. Mais il avait découvert qu'il n'était pas seul. Dans le plus obscur recoin, là où le bois formait un petit creux, il avait aperçu Renny debout, une femme dans ses bras. Il l'embrassait avec une sorte de précision sauvage, sur la bouche, sur le cou, tandis qu'elle le caressait avec une tendresse d'esclave. Pendant que

Finch les regardait ils s'étaient séparés ; en se sauvant elle lissait les mèches de ses longs cheveux et Renny la regarda un moment ; il agitait la main quand elle se retournait pour lui jeter un coup d'œil par-dessus son épaule et il revint ensuite lentement, la tête baissée, vers la maison.

Finch n'avait jamais pu découvrir qui était cette femme et pourtant pendant longtemps il avait attentivement dévisagé toutes les femmes qu'il rencontrait. Il était même retourné au bouquet de pins et était resté couché là sans bouger pendant des heures avec l'espoir et en même temps la crainte de les voir revenir Renny et elle ; son cœur battait d'émotion au moindre bruit, mais ils n'étaient jamais revenus. Il considérait souvent avec une curiosité envieuse la mince figure rouge de Renny en se demandant quelles pensées étaient dans sa tête. Piers avait fait une fois devant lui la remarque que les femmes « se toquaient » toujours de Renny. Il comprenait pourquoi et il se disait avec tristesse qu'elles ne se toqueraient jamais de lui.

Il entendit Wakefield l'appeler de son lit d'une voix plaintive :

— Finch ! Finch ! Tu peux venir ?

Il suivit le couloir et passa devant la porte de Meg qui était recouverte d'un lourd rideau de chenille, ce qui donnait un air de retraite intime à son sanctuaire.

— Eh bien ? demanda-t-il en passant sa tête dans la chambre de Renny où Wake était assis sur son lit, tout rouge et les yeux brillants dans la lumière jaune de la bougie.

— Oh ! Finch, je ne peux pas dormir. Mes jambes sont comme du coton. Quand crois-tu que Renny va venir ?

— Qu'est-ce que j'en sais ? répondit Finch d'un ton bourru. Dors. C'est idiot pour tes jambes. Elles ne sont pas plus en coton que les miennes.

— Oh ! Finch, je t'en supplie, entre. Ne me laisse pas tout seul ! Entre seulement bavarder un petit moment. Rien qu'une minute, *je t'en prie*.

Finch entra et s'assit au pied du lit. Il sortit de sa poche une cigarette unique et quelque peu abîmée, enveloppée de papier d'argent, la déballa et l'alluma.

Wake le regardait et son petit visage perdait son expression anxieuse.

— Laisse-moi tirer une bouffée ou deux, supplia-t-il. Rien que quelques bouffées, s'il te plaît, Finch.

— Non, grogna Finch, tu te rendras malade. Cela t'est défendu.

— A toi aussi.

— Non.

— Enfin tu n'as pas le droit de fumer beaucoup.

— Tu n'appelles pas cela beaucoup, hein ?

— Je t'ai vu deux fois, non, trois avant aujourd'hui.

Finch éleva la voix.

— Tu as vraiment de trop bons yeux.

— Pourquoi ? Je ne rapporterai jamais sur toi, Finch. — Le ton de Wake était peiné. — Je ne te demande qu'une petite bouffée.

Avec un grognement, Finch retira la cigarette de sa bouche et la mit dans celle de son petit frère.

— Maintenant, dit-il, profites-en.

Wake aspira profondément, voluptueusement, ses yeux brillants fixés sur Finch à travers la fumée. Il toussa. Encore et encore. Puis il rendit la cigarette à son propriétaire un peu plus abîmée et très humide. Finch la considéra un instant avec hésitation puis la remit avec philosophie entre ses lèvres. Il se sentit plus heureux. Il était content, après tout, que Wake l'eût appelé. Pauvre gosse, il avait aussi ses soucis.

L'obscurité qui, issue du monde extérieur étrange et irréel, pénétrait dans la chambre eut un effet libérateur sur les âmes des deux enfants. La petite lueur de la bougie qui se reflétait dans la glace de l'armoire n'éclairait que faiblement leurs visages et semblait les faire sortir d'un immense vide.

— Finch, demanda Wake, crois-tu en Dieu ?

Un frisson parcourut le corps de Finch à cette question. Il regarda l'enfant en essayant de voir s'il avait deviné ses pensées.

— Oui, je suppose, répondit-il. — Puis il demanda presque timidement : — Et toi ?

— Oui, mais ce que je me demandais c'est quel genre de figure il a. Est-ce qu'il a une vraie figure, Finch, ou simplement quelque chose de plat et de blanc là où devrait être sa figure ? C'est à cela que je pense quelquefois.

La voix de Wake était devenue un murmure et il tirait nerveusement sur sa couverture.

Finch croisa les mains sur ses genoux, les yeux fixés sur la bougie qui fondait maintenant, presque à sa fin.

— Son visage change tout le temps, dit-il. C'est pour cela que tu ne peux pas le voir. N'essaie même pas de le voir, Wake, tu es trop jeune. Tu n'es pas assez fort. Tu deviendrais fou !

— Tu l'as vu, Finch ? — Cette conversation était pour Wakefield pareille à une histoire de revenants, effrayante et pourtant passionnante. — Dis-moi ce que tu as vu.

— Tais-toi, cria Finch, et il sauta du lit. Dors, je m'en vais.

Il se précipita vers la porte, mais la bougie s'était éteinte et il dut chercher son chemin à tâtons.

— Finch, Finch, ne me laisse pas, gémissait Wake.

Mais Finch ne s'arrêta pas avant d'avoir atteint son lit et il s'y jeta en cachant sa tête. Il resta là jusqu'à ce qu'il entendît les autres monter l'escalier.

15

Encore Finch

Le matin suivant soufflait un vent doux et constant qui s'était chargé de toutes les odeurs âcres de l'automne dans sa traversée du bois et du verger. Il entrait par la fenêtre et déplaçait doucement les cheveux de Finch sur son front, il faisait monter à ses joues une rougeur enfantine. Finch ne se dépêchait pas de se lever, il restait pour l'instant tranquillement étendu, car c'était samedi. Ses imaginations morbides de la nuit précédente avaient disparu et son esprit était maintenant occupé à prendre une importante décision. Mettrait-il de vieux vêtements et s'échapperait-il de la maison après s'être emparé à la cuisine de quelque chose pour son petit déjeuner ? Il éviterait ainsi de rencontrer la femme d'Eden, car, ce matin, elle l'intimidait ; ou bien s'habillerait-il avec le plus grand soin et essaierait-il de faire une très bonne impression sur elle en se montrant à la fois élégant et à son aise ?

Ceux qui se levaient de bonne heure avaient déjà fini de déjeuner et étaient partis à leurs affaires, mais Eden n'apparaissait jamais avant neuf heures et Finch supposait qu'une jeune femme de New York descendrait naturellement tard. Il désirait beaucoup faire une bonne impression sur Alayne.

Il se leva à la fin et après s'être soigneusement lavé la figure et les mains et avoir énergiquement frotté son cou, il décrocha du portemanteau son vêtement neuf de flanelle bleu foncé. Quand il l'eut enfilé ainsi que sa plus belle chemise rayée bleu et blanc, il se trouva en face du problème de la cravate. Il en avait une vraiment jolie, bleu et gris, que Meg lui avait donnée pour son dernier anniversaire, mais il n'osait pas la mettre. Meg bondirait certainement si elle le voyait la porter un simple samedi. Déjà le vêtement était risqué. Il se dit qu'il ferait bien de remonter après le déjeuner en remettre un vieux. Peut-être ferait-il mieux de l'enlever tout de suite. Il était stupide d'essayer de plaire aux yeux blasés d'Alayne. Il hésita, admira son image dans la glace. Il tripota la cravate avec envie. L'idée d'entrer dans la chambre de Piers et de lui emprunter une de ses cravates lui vint à l'esprit mais il l'écarta. Maintenant que Piers était marié, la jeune Pheasant était toujours dans les environs.

Et puis, tant pis ! La cravate était à lui et il la mettrait si cela lui plaisait.

Il la noua soigneusement. Il nettoya ses ongles et les fit briller avec un vieux polissoir que Meggie avait jeté. Méticuleusement il fit sa raie et brossa ses cheveux blonds plutôt plats, il les appliqua avec un peu de pommade qu'il extirpa d'un pot vide dont Eden s'était débarrassé.

Un dernier coup d'œil dans la glace amena sur son visage un sourire où la satisfaction se mêlait à l'inquiétude. Il passa sans bruit devant la porte fermée de la chambre de sa sœur et descendit lentement l'escalier.

Il ne s'était pas trompé. Eden et Alayne étaient les seuls occupants de la salle à manger. Ils étaient assis tout près l'un de l'autre d'un côté de la table. La place de Finch était à la gauche d'Alayne. En marmottant : « Bonjour », il tira sa chaise et s'y laissa tomber écarlate de timidité.

Après un regard ennuyé sur l'intrus, Eden ne lui accorda plus aucune attention et parla à Alayne d'une voix si basse que Finch, l'oreille tendue pour saisir ces gentils riens que murmure le matin un jeune mari à sa jeune femme, ne pouvait entendre un seul mot. Il s'absorba dans son porridge et jouit humblement du plaisir que lui procurait le voisinage d'Alayne. Une fraîche douceur semblait émaner d'elle. Du coin de l'œil il suivait les gestes de ses mains. Il employa tous ses efforts à ne pas faire de bruit avec son porridge et son lait, mais chaque bouchée descendait dans sa gorge avec un gargouillis. Il avait les oreilles rouges d'embarras.

Alayne se disait qu'elle n'avait encore jamais vu quelqu'un manger une aussi grande assiettée de céréales. Elle avait horreur des céréales. Elle avait dit à Eden presque avec humeur : « Je ne veux pas de céréales, merci, Eden. » Et il l'avait presque forcée à en prendre.

« Le porridge est excellent pour vous », avait-il dit en sucrant abondamment le sien.

Il n'avait pas paru remarquer que ce déjeuner ne ressemblait en rien à celui auquel elle était habituée. Il n'y avait pas de fruits. Elle aurait beaucoup désiré du café et la même énorme théière était là, placée devant elle cette fois pour qu'elle versât le thé. Le bacon frit gras, les tartines très beurrées et l'amère confiture d'oranges ne la tentaient pas. Eden prenait de tout avec plaisir, mordait la croûte des tartines avec ses solides dents blanches et essayait sans se gêner de passer son bras autour de sa taille sous les yeux curieux de l'enfant. Quelque chose de réservé en elle n'était pas content de lui ce matin. Soudain elle se surprit en train de se demander si elle l'aurait aussi vite aimé au cas où elle aurait fait sa connaissance chez lui. Mais un regard sur ses yeux moqueurs et cependant tendres, un coup d'œil sur sa bouche sensuelle aux lèvres pleines la rassura. Elle l'aurait aimé, oh ! oui elle l'aurait aimé !

Elle adressait de temps à autre une phrase à Finch, mais il paraissait impossible de le mêler à la conversation. Il était tellement évident qu'il souffrait quand elle essayait qu'elle y renonça.

Quand ils se levèrent de table, Eden, qui mettait déjà une cigarette entre ses lèvres, se tourna vers son frère comme si une idée venait de le frapper.

— Écoute, Finch, j'aimerais que tu montres à Alayne le bois de pins. Il est merveilleux un matin comme aujourd'hui. C'est aussi profond et aussi sombre qu'un puits là-bas, Alayne, et tout autour poussent des ronces avec des mûres énormes et juteuses. Finch vous en cueillera et il pourra peut-être vous montrer une perdrix et son petit. J'ai dans la tête quelque chose que je veux écrire et il me faut la solitude. Tu prendras bien soin d'elle, n'est-ce pas, Finch ?

Sous la légèreté de son intonation Alayne discerna le feu d'un désir créateur. Son regard scruta le visage d'Eden. Leurs yeux se rencontrèrent en une compréhension heureuse.

— Allez écrire, approuva-t-elle. Je me promènerai très bien seule si Finch a d'autres projets.

Elle espérait presque qu'il en avait. La perspective d'un tête-à-tête avec ce garçon gauche manquait d'attraits. Il s'appuyait sur sa chaise, ses mains osseuses posées sur le dossier et regardait la table en désordre.

— Eh bien, demanda Eden d'un ton bref, quels sont tes projets, Finch ?

Finch eut un sourire timide.

— Je l'emmènerai avec plaisir, oui, merci, répondit-il, et il serra le dossier de sa chaise si fort que ses jointures devinrent blanches.

— Parfait, dit Eden.

Il courut en haut chercher un manteau pour Alayne, et elle et Finch attendirent son retour dans un silence absolu. Elle était absorbée par la pensée qu'Eden allait écrire. Il avait dit un jour qu'il avait une idée de roman. De petits frissons d'excitation la parcoururent tandis qu'elle supposait qu'il le commencerait peut-être ce matin même. Elle était dans l'embrasure de la fenêtre et contemplait les sapins noirs d'où jaillissait un chant ininterrompu, car une troupe d'hirondelles se rassemblait pour fuir vers le sud.

Rags commençait à débarrasser la table. Ses yeux clairs, ironiques, ne perdaient pas un détail de l'habillement de Finch. Ils lui disaient aussi clairement que des paroles : « Oh ! oh ! mon petit, vous vous êtes fait beau pour la circonstance, n'est-ce pas ? Vous pensez que vous avez produit une bonne impression sur la dame, n'est-ce pas ? Mais si vous pouviez seulement vous voir ! Et attendez que la famille vous surprenne dans vos habits du dimanche. Cela ne fera pas une petite histoire ! »

Finch le regarda gêné. Était-il possible que ces pensées fussent dans la tête de Rags ou les inventait-il tout simplement ? Rags avait toujours tellement l'air de se moquer de lui intérieurement.

Eden les accompagna jusqu'au perron. Ils rencontrèrent Meg dans le vestibule et les deux femmes s'embrassèrent, mais il faisait sombre dans cette pièce et Finch, la gorge serrée, mit une main sur sa cravate d'anniversaire et la dissimula.

C'était un beau jour. Aussi dorée, aussi sombre, aussi voluptueuse qu'une matrone romaine au sortir du bain, la matinée d'octobre se déployait sur la terre avec une dignité indolente. Alayne dit quelque chose de ce genre à Finch pendant qu'ils suivaient un sentier à travers les prés et, bien qu'il ne répondît rien, il sourit d'une manière qui éclaira son visage ingrat d'une telle douceur soudaine que le cœur d'Alayne se sentit attiré vers lui. Elle parla sans attendre de réponse de lui, jusqu'à ce que peu à peu sa timidité fondît et qu'elle se trouvât en train de l'écouter. Il lui disait que ce chemin qui traversait le bois de bouleaux était une ancienne piste indienne et qu'il conduisait au fleuve à six milles de là, à l'endroit où les trafiquants et les Indiens avaient coutume de se donner rendez-vous pour échanger des peaux de renard et de loutre contre des munitions et des couvertures. Il lui parlait du vieux violoneux, « Jack le Violoneux », qui avait sa cabane dans ce bois avant que les Whiteoak eussent acheté Jalna.

— Mon grand-père lui permit de rester. Il jouait du violon aux mariages et à toutes sortes de réunions. Mais un soir les gens le firent tellement boire avant qu'il repartît vers sa cabane qu'il n'avait plus toute sa connaissance, c'était une nuit très froide et il ne put retrouver son chemin dans la neige. Quand il arriva à la cour de la ferme de grand-père il renonça à aller plus loin et il se glissa dans une meule de paille et mourut de froid. Grand-mère le trouva deux jours après en se promenant. Il était complètement raide, ses yeux gelés grands ouverts dans son visage gelé. Grand-mère était une jeune femme à cette époque mais elle ne l'a jamais oublié. Je l'ai souvent entendue raconter comment elle l'a trouvé. Elle avait oncle Nick avec elle. Ce n'était qu'un petit garçon, mais il n'a jamais oublié la façon dont le vieux bonhomme tenait son violon, juste comme s'il avait été en train de jouer quand il est mort.

Alayne considéra l'enfant avec curiosité. Ses yeux avaient une expression hallucinée. Il voyait évidemment dans toute son étrangeté la scène qu'il venait de décrire.

Ils avaient maintenant pénétré sous les pins. Une ombre était tombée, semblable à l'aile d'un grand oiseau, sur l'éclat de la matinée. Ici régnait un silence de cathédrale brisé seulement par l'appel lointain des corneilles. Ils s'assirent sur un arbre à terre ; sur son tronc poussaient des plaques de mousse d'un vert particulièrement vif, une forêt en miniature.

— Je ne crois pas, dit Finch, que cela m'ennuierait de me promener avec un violon et de jouer à des noces de paysans. Il me semble que j'aimerais cela. — Puis il ajouta avec dans la voix un soupçon d'amertume : — Je crois que j'ai juste ce qu'il faut d'intelligence pour cela.

— Je ne vois pas pourquoi vous parlez de vous de cette façon, s'écria Alayne. Vous avez une figure très intéressante.

Elle fit cette déclaration sur un ton convaincu, bien qu'elle vînt de découvrir le fait.

Finch eut une grimace ironique qui rappelait étonnamment oncle Nicolas.

— Je ne dis pas qu'elle ne soit pas intéressante, et je ne serais pas surpris que celle du vieux Jack le Violoneux eût été intéressante, surtout quand elle était gelée.

Alayne eut presque un sentiment de répulsion devant l'expression du jeune garçon, mais il l'intéressait de plus en plus.

— Vous êtes peut-être musicien ? Avez-vous pris des leçons ?

— Non. Ils trouvent que c'est gâcher de l'argent. Et puis je n'ai pas le temps d'étudier. Cela me prend tout mon temps de me maintenir à la queue de la classe.

Il paraissait résolu à se montrer à elle sous un jour peu engageant. Et cela après tout ce soin pour sa toilette. La vérité était peut-être que l'éclair de sympathie aperçu dans les yeux d'Alayne lui avait donné soif d'en obtenir davantage. Mais il était difficile d'expliquer les réactions de Finch Whiteoak.

Alayne vit en lui un garçon traité par sa famille avec une stupidité insigne. Elle se sentit prête à prendre vigoureusement son parti, elle était décidée à ce qu'il eût des leçons de musique si son influence pouvait les obtenir. Elle continua à le faire parler et, étendu sur le sol, il faisait glisser les aiguilles de pin entre ses doigts et se confiait plus librement qu'il ne l'avait encore jamais fait. Mais, même pendant qu'il parlait avec une vivacité juvénile, son esprit plus d'une fois s'échappait et courait haletant après des visions étranges. Il se trouvait seul avec elle en ce sombre endroit mystérieux et l'embrassait avec dévotion, non avec la passion insouciante des caresses de Renny à la femme inconnue. Après un de ces vagabondages imaginaires il se redressait vivement et essayait de regarder Alayne avec la même expression sincère et amicale que celle qu'il lisait dans ses yeux.

Comme ils revenaient à la maison et que les pensées d'Alayne retournaient vers Eden, ils rencontrèrent dans le verger un groupe formé de Piers et quelques ouvriers de la ferme qui, sous sa surveillance, préparaient un important envoi de paniers de pommes. Piers, un morceau de craie dans sa main hâlée, allait et venait et inscrivait sur les paniers le numéro de leur qualité. Il fit semblant de ne pas remarquer l'arrivée de son frère et d'Alayne. Mais, quand il ne put les ignorer davantage, il murmura un « bonjour » maussade et se tourna vers un des hommes pour lui donner des ordres au sujet du transport des pommes à la gare.

Finch conduisit Alayne de panier en panier avec un air protecteur et intimidé, car il savait que les ouvriers les regardaient avec une curiosité dissimulée. Il lui expliqua le système de triage et sortit pour les comparer des pommes de différents paniers. Il lui demanda d'apprécier la saveur du plus beau spécimen qu'il put trouver, une pomme brillante, rouge et aussi parfaite qu'une goutte de rosée.

— Veux-tu remettre cette pomme à sa place, Finch, dit Piers d'un ton sec en passant. Tu pourrais savoir qu'il ne faut pas toucher aux pommes une fois qu'elles sont emballées. Elles seront tout abîmées avant d'arriver à Montréal.

Il s'empara du marteau d'un des hommes et se mit avec des coups furieux à fermer l'un des paniers.

Finch remarqua le trouble d'Alayne et il rougit de colère en faisant ce qu'on lui avait dit. Quand ils eurent quitté le verger, Alayne demanda :

— Vous n'avez pas l'impression que Piers ne m'aime pas ?

— Non. Il est comme cela. Il a des manières brusques. Je crois qu'il m'aime bien, mais quelquefois...

Il ne pouvait pas achever ce qu'il avait été sur le point de dire. On ne pouvait raconter à Alayne les choses que Piers faisait.

Alayne continua d'un air pensif :

— Et sa femme, je l'ai aperçue, il y a un moment, qui disparaissait dans la charmille en nous voyant venir. Je crains de ne pas lui être sympathique non plus.

— Écoutez, s'écria Finch, Pheasant est timide. Elle ne sait pas quoi vous dire.

Mais au fond de lui-même il était persuadé que Piers et Pheasant étaient tous deux jaloux d'Alayne.

Il la quitta devant la porte et entra par le côté car il craignait de rencontrer sa sœur. Il pénétra dans une petite pièce près de la cuisine — qui servait aux frères de lavabo en bas — pour se laver les mains. Au moment où il ouvrait la porte il aperçut Piers déjà là, mais il n'était pas possible de s'en aller, car Piers l'avait vu. Il se lavait avant d'aller à la gare expédier les fruits. Sa figure saine, encore rouge d'une friction énergique, prit un air moqueur déplaisant.

— Eh bien, remarqua-t-il, tu es bien le plus bête de tous les imbéciles que j'aie jamais connus ! Le costume, la cravate, les cheveux, Seigneur ! T'a-t-elle pris comme danseur ? Ou quel est sans cela ton emploi ? Pheasant et moi nous désirons le savoir.

— Laisse-moi tranquille, grogna Finch en s'approchant de la cuvette et en remontant ses manches. On peut se conduire correctement avec elle, il me semble.

Piers qui s'essuyait les mains vint près de lui et l'examina en riant.

— La cravate, les cheveux, « la peau que vous aimez toucher »... — Il ricana. — Tu es toutes les réclames de toilette réunies en une seule, n'est-ce pas ?

Finch qui respirait très fort continuait à se savonner les mains.

Piers imita le sourire particulièrement irritant caractéristique de Mr. Wragge.

— J'espère, dit-il d'une voix onctueuse, que la jeune dame apprécie tous vos efforts pour faire le beau, monsieur.

Exaspéré, Finch se retourna et envoya de l'eau savonneuse en plein dans la figure de son frère. Un instant plus tard Renny entra et trouva le jeune Finch étendu de tout son long par terre, le sang ruisselait de son nez et sa cravate neuve était irrémédiablement tachée.

— Qu'est-ce qui se passe ? demanda l'aîné des Whiteoak en regardant sévèrement d'abord la forme étendue puis celle menaçante qui était debout.

— Il est vraiment trop bête, répondit Piers. Je me moquais de lui parce qu'il s'est habillé comme s'il allait à une fête pour escorter la femme d'Eden dans les broussailles et il m'a jeté de l'eau sale à la figure, alors je lui ai donné une leçon.

Renny considéra le costume de Finch avec un sourire, puis il le toucha gentiment du bout de son pied.

— Lève-toi, ordonna-t-il, et enlève ce vêtement avant qu'il ne soit complètement abîmé.

Quand Finch fut parti il se tourna vers Piers et demanda :

— Où est Eden ce matin ?

— Oh ! il écrit dans le pavillon d'été avec quelques brins de muguet sur la table à côté de lui. Pheasant a jeté un coup d'œil et l'a vu. Je pense que ce sera un autre chef-d'œuvre.

Renny eut un air de mépris et tous deux sortirent ensemble.

16

« Là où l'arbre tombe »

Dans le pavillon d'été, une retraite pleine d'araignées ensevelie sous la vigne, Alayne trouva Eden les bras croisés sur sa poitrine et le front barré d'un pli pensif. Il fumait la pipe comme il convenait à son rôle d'écrivain.

— Puis-je entrer ? murmura-t-elle ayant peur de le déranger et cependant incapable de supporter plus longtemps la séparation.

Il fit en souriant signe que oui et serra la pipe entre ses dents.

— Avez-vous commencé le... vous savez ?

— Je ne sais *pas*.

— Le r-o-m-a-n, épela-t-elle.

Il secoua la tête.

— Non, mais j'ai écrit quelques lignes pas mal. Venez écouter.

— Une poésie ! Je suis si heureuse que vous recommenciez vraiment à écrire. C'est la première fois depuis que nous sommes mariés, vous savez, et je commençais à craindre qu'au lieu d'être une inspiration...

— Eh bien, écoutez cela et dites-moi si j'ai gagné, ou perdu à être marié.

— Avant que vous commenciez, Eden, j'aimerais seulement admirer la façon dont le soleil qui entre à travers ces feuilles parsème de taches d'or votre joue et vos cheveux.

— Oui, chérie, et si vous aviez été ici toute la matinée vous auriez pu remarquer la façon dont les insectes se sont attaqués à moi. Ils se sont laissés tomber de tous les coins et ont organisé sur moi une sorte de fête de village, un concours d'étalons araignées, des courses de grasses bêtes à Bon Dieu et un théâtre de bébés perce-oreilles. Dans chaque cas le premier prix, le second, le troisième et le prix de consolation étaient le droit de me mordre.

— Pauvre chéri, dit Alayne en s'installant sur le banc à côté de lui, la tête sur son épaule. Comme vous souffrez pour votre art !

Elle chercha sur sa figure la marque d'une piqûre et, quand elle en eut vraiment trouvé une sur sa tempe, elle l'embrassa tendrement.

— Maintenant ma poésie, s'écria-t-il.

Il la lut et sa voix pleine et son visage mobile et expressif ne furent pas étrangers à son charme. Alayne fut un peu déconcertée de découvrir qu'elle n'était plus capable de juger judicieusement ce qu'il écrivait. Les phrases lui arrivaient maintenant colorées par l'atmosphère de Jalna, modifiées par ses rapports quotidiens avec Eden. Elle lui demanda de relire ses vers et cette fois elle ferma les yeux ; mais chaque ligne de son visage et de son attitude était encore devant elle comme si son regard était fixé sur lui.

— C'est magnifique, dit-elle, et elle s'en empara pour les lire.

Elle était convaincue que c'était magnifique, mais sa conviction n'avait pas le même détachement austère que lorsqu'elle était à New York et que lui était un jeune poète inconnu au Canada.

Par la suite Eden passa toutes ses matinées dans le pavillon d'été. Il ne paraissait pas remarquer l'humidité et le froid qui augmentaient à mesure que l'automne s'avançait. Les Whiteoak semblaient pouvoir supporter un froid ou une chaleur considérables. Alayne commençait à s'accoutumer à ces écarts de température, à passer une soirée à la chaleur excessive du feu du salon et à se retirer ensuite dans une chambre si froide qu'elle avait l'onglée avant d'avoir fini de se déshabiller.

Du pavillon d'été sortirent un flot de gracieuses poésies insouciantes et juvéniles comme de jeunes oiseaux. Et Piers grossièrement moqueur fit remarquer à Renny qu'Eden était semblable à un moineau et pondait un œuf par jour dans son nid dégoûtant sous les vignes.

Eden, Alayne, Ernest et Nicolas prirent l'habitude de se réunir dans la chambre de ce dernier chaque après-midi pour écouter ce qu'Eden avait composé le matin. Une charmante intimité s'établit ainsi entre eux quatre, et souvent — Nicolas prenant sa jambe pour prétexte — ils s'y faisaient apporter leur thé par Rags. Comme grand-mère ne pouvait pas monter l'escalier, Alayne avait la certitude agréable d'être débarrassée d'elle. La jeune femme avait beaucoup de peine à supporter la façon dont la vieille dame émiettait son gâteau dans son thé et le mangeait avec une cuiller, en faisant les bruits les plus déplaisants. C'était un plaisir de servir le thé aux trois hommes, dans la chambre de Nicolas, avec une vieille théière de Coalport bleue que recouvrait un barbare « cosy » de laine ; après le thé Nicolas allait en boitant au piano et jouait du Mendelssohn, du Mozart ou du Liszt.

Alayne n'oublia jamais ces après-midi, le soleil tardif qui touchait de lueurs chaudes la tête massive et les épaules penchées de Nicolas au piano, Ernest dissimulé dans un coin obscur avec Sasha, Eden près d'elle, rayonnant de jeunesse. Peu à peu elle connut les deux hommes âgés comme elle ne connaissait aucun autre membre de la famille, sauf le pauvre Finch. Ils semblaient tout proches d'elle ; elle apprit à les aimer.

Piers, quand Meg lui parlait de ces réunions, se montrait plein de mépris. Ils l'écœuraient avec leur poésie et leur musique. Il se représentait l'effet de la jeunesse et de la grâce féminine d'Alayne sur l'imagination de ses deux vieux oncles. Eden, pensait-il, était un paresseux, un inutile, un parasite. Quant à Meggie elle n'avait pas envie de se joindre au quatuor dans la chambre de Nicolas. Elle n'appréciait pas ce genre de distractions. Mais l'amitié évidente qui unissait les oncles et Alayne ne lui plaisait guère, car ce sentiment n'existait toujours pas entre elle et la jeune femme. Ce n'était pas qu'elle eût fait le moindre effort véritable dans ce but. Tout effort soutenu, mental ou physique, était désagréable à Meg et pourtant, quand c'était nécessaire, elle savait obtenir ce qu'elle voulait en laissant simplement agir sa force d'inertie. Mais la force d'inertie ne conquiert pas une amie et, au fond, Meg ne désirait pas beaucoup l'amitié d'Alayne. Alayne lui plaisait assez, bien qu'elle trouvât la conversation avec elle difficile, qu'elle la trouvât très différente — et elle dit à sa grand-mère qu'Alayne était « le type de la jeune fille américaine ». « Je ne supporterai pas cela », avait crié grand-mère en devenant très rouge et Meg s'était dépêchée d'ajouter : « Mais elle est très agréable, Gran, et comme c'est heureux qu'elle ait de l'argent ! »

Certes rien ne témoignait d'une richesse excessive. Alayne s'habillait d'une façon charmante, mais avec une extrême simplicité. Elle n'avait montré aucune disposition à inonder la famille de cadeaux, et pourtant la famille, à l'exception de Renny et de Piers, était convaincue que la jeune femme était riche. Piers ne le croyait pas — uniquement parce qu'il ne voulait pas le croire ; Renny avait mis Eden au pied du mur peu après son retour et lui avait fait avouer le fait prosaïque qu'il avait épousé une jeune fille sans fortune et qu'il était revenu habiter à la maison pendant qu'il chercherait une situation. Et l'instinct patriarcal était si puissant chez l'aîné des Whiteoak qu'Eden et Alayne auraient pu continuer à vivre le restant de leur vie à Jalna. Il aurait tout au plus demandé à Eden d'aider Piers à s'occuper de la propriété.

Une fois, Eden passa une matinée dans le verger à trier des pommes, mais Piers en examinant le dernier panier avait trouvé le triage fantaisiste pour ne pas dire plus ; furieux il avait bondi dans sa Ford et s'était précipité à la gare où il était resté toute la journée dans un wagon à ouvrir les paniers et à les regarder. Une scène de famille avait suivi cette tentative avec Renny et Pheasant du côté de Piers, les autres prenant parti pour Eden. Ils avaient eu le tact d'attendre qu'Alayne fût montée se coucher avant de commencer. Elle s'était retirée dans sa chambre de bonne heure ce soir-là, car elle sentait de l'électricité dans l'air et elle n'avait pas plus tôt refermé sa porte que la tempête éclatait en bas.

Alayne avait été élevée dans l'atmosphère d'une maison aussi paisible qu'un nid de tourterelles et cette brusque transplantation au milieu des taquineries bruyantes et des disputes de faucons des Whiteoak l'effarait. En haut, dans sa chambre, elle frémit en songeant à quel point elle se sentait étrangère dans cette famille. Quand Eden monta une heure plus tard il semblait égayé plutôt que déprimé par l'orage. Il s'assit sur le bord du lit et fuma d'innombrables cigarettes en lui racontant ce qu'avait dit celui-ci, et comment il avait fait taire celui-là, et de quelle façon grand-mère avait jeté son sac de velours à la figure de Renny ; et Alayne écoutait détendue et rassurée par son amour. Il s'installa même à son bureau, avant de se coucher, et écrivit une poésie joyeuse et sauvage où il était question d'une jeune bohémienne ; il revint ensuite près du lit et la lut tout haut avec éclat et Nip, dans la chambre d'oncle Nick de l'autre côté du hall, se mit à aboyer avec fureur.

Une des cigarettes d'Eden avait fait un trou dans le couvre-pied.

Longtemps éveillée ensuite, pendant qu'Eden dormait paisiblement à côté d'elle, Alayne se demanda s'il était possible qu'elle fût la même personne qui avait peiné sur le livre de son père et avait fait de cérémonieux petits séjours chez ses tantes au bord de l'Hudson. Elle se demandait, avec un sentiment d'appréhension, quand Eden s'occuperait de chercher une situation. Après l'histoire des pommes il passa de plus en plus de temps dans le pavillon d'été, car il avait commencé un autre long poème narratif. Les épreuves de son nouveau livre étaient arrivées de New York et réclamaient leur part de son temps.

Alayne, qui passait pour être l'inspiratrice de ce nouvel essor poétique, avait remarqué que, pendant les heures douloureuses de la création, ce qu'elle pouvait faire de mieux pour aider le jeune poète était de demeurer aussi loin de lui que possible. Elle explora chaque champ et chaque buisson de Jalna, suivit le ruisseau dans tous ses détours et se fraya un chemin à travers les broussailles et les ronces jusqu'au plus profond du ravin. Elle se mit à aimer la grande propriété sauvage dont la seule partie tenue en ordre était la ferme gérée par Piers. Quelquefois Finch ou Wakefield l'accompagnaient mais le plus souvent elle était seule.

Un des derniers jours de l'automne elle rencontra Pheasant assise avec un livre dans le verger. C'était un de ces jours si calmes que le mouvement même de la terre semblait perceptible. Le soleil était une pâle tache rouge dans le ciel brumeux et, au nord, la fumée d'un feu de forêt éloigné faisait un geste triste. Cet incendie au loin paraissait consumer la dépouille d'un été déjà mort que l'effacement final laissait insensible.

Pheasant était assise, le dos appuyé contre le tronc d'un vieux pommier noueux dont on n'avait pas ramassé les pommes. Elles jonchaient l'herbe autour d'elle et l'odeur aigre de leur décomposition l'emportait ici sur l'âcre odeur de la fumée. La jeune femme avait laissé tomber son livre, la tête renversée en arrière et les yeux fermés elle était plus qu'à moitié endormie. Alayne s'arrêta près d'elle et la regarda, mais Pheasant ne bougea pas, elle exposait son visage aux regards de cette étrangère avec l'indifférence pensive de ceux qui dorment. Il semblait à Alayne qu'elle n'avait encore jamais réellement vu cette enfant, car c'était presque une enfant. Avec sa tête brune aux cheveux courts, ses lèvres légèrement entrouvertes et ses mains enfantines abandonnées les paumes à l'extérieur, elle n'était pas la même personne que la jeune femme pâle, réservée, toujours sur ses gardes, qu'Alayne voyait à table ou dans le salon au bridge. Elle paraissait alors tout à fait capable de prendre soin d'elle et avait même une attitude un peu hostile. Maintenant dans cette pose passive et détendue elle semblait demander pitié et tendresse.

Comme Alayne allait partir, Pheasant ouvrit les yeux et, rencontrant ceux d'Alayne fixés sur elle avec une expression amicale, elle sourit comme si elle ne pouvait s'en empêcher.

— Hello ! dit-elle, avec une brièveté garçonnière. Vous m'avez surprise en train de dormir.

— J'espère que je ne vous ai pas réveillée.

— Oh ! je ne dormais pas vraiment. Cet air vous donne sommeil.

— Est-ce que je peux m'asseoir à côté de vous ? demanda Alayne prise du désir soudain de faire plus ample connaissance avec la jeune femme.

— Bien sûr. — Son ton était indifférent mais n'était pas désagréable. Elle prit son chapeau à moitié plein de champignons et les étala. — J'étais en train de les ramasser pour le petit déjeuner de Piers, dit-elle. Il mange tout cela à lui seul.

— Mais vous n'avez pas peur d'en ramasser de mauvais ? Moi je n'oserais pas.

Pheasant sourit avec dédain.

— J'ai ramassé des champignons toute ma vie. Ceux-là sont tous pareils. Ce sont des mousserons, sauf ce joli petit rose. Je le donnerai à Wake, il a un drôle de goût de fumée qu'il aime bien. — Elle fit tourner le champignon rose dans ses minces doigts bruns. — Dans le bois de pins je trouve des quantités de morilles. Piers les aime aussi mais moins. Piers dit que la façon dont je les trouve toujours est merveilleuse. Il en a pour son petit déjeuner presque tous les matins.

Il n'était question que de Piers. Alayne demanda :

— Qu'est-ce que vous lisez ? Ce n'est pas aussi intéressant que les champignons ?

— C'est très bien. C'est un livre de Piers, un Jules Verne.

Alayne avait espéré qu'elles pourraient parler du livre, mais elle n'avait rien lu de Jules Verne. Elle demanda alors :

— Connaissez-vous Piers depuis longtemps ? Je le suppose, car vous étiez voisins, n'est-ce pas ?

Pheasant se raidit. Elle ne répondit pas tout de suite mais se pencha et arracha l'herbe rêche du verger. Puis elle dit d'une voix basse :

— Je pense qu'Eden vous a parlé de moi.

— Il ne m'a rien dit sauf que vous étiez la fille d'un voisin.

— Voyons, avouez, les autres vous l'ont raconté alors, Meg, Gran, oncle Nick ?

— Personne ne m'a rien raconté sur vous, répondit Alayne avec fermeté.

— Hum ! Drôles de gens. J'étais sûre que ce serait la première chose qu'ils vous diraient. — Elle réfléchit un moment, en mordillant un brin d'herbe, puis ajouta : — Je suppose qu'ils n'ont pas voulu vous raconter une chose aussi choquante. Vous êtes tellement convenable et tout.

— Moi ? dit Alayne un peu piquée.

— Eh bien, ce n'est pas vrai ?

— Je n'y ai jamais pensé.

— C'est une des premières choses qui m'aient frappée en vous.

— J'espère que cela ne vous a pas éloignée de moi, dit Alayne légèrement.

Pheasant, après un instant de réflexion, dit qu'elle ne le pensait pas.

— Alors qu'est-ce que c'est ? s'obstina Alayne, son ton restait léger, mais son visage était devenu très sérieux.

Pheasant ramassa une des pommes informes du vieil arbre et la fit rouler dans sa main.

— Oh ! vous êtes différente, c'est surtout cela. Vous ne paraissez rien savoir de la vie réelle.

Alayne aurait pu rire tout haut de cette réponse, cette petite campagnarde ignorante qui mettait en doute son expérience de la vie. Il était pourtant assez vrai qu'elle ne connaissait pas la vie comme eux la connaissaient dans ce lieu retiré où aucun contact avec l'extérieur ne modifiait la force primitive de leurs relations les uns avec les autres.

Elle resta un moment perdue dans ses pensées puis dit doucement :

— Vous vous trompez si vous croyez que je me troublerai

facilement de ce que vous pourrez me dire. Ce n'est pas que je veuille vous demander vos secrets.

— Oh ! il n'y a pas de secret, s'écria Pheasant. Tout le monde le sait sauf vous, et naturellement vous le saurez tôt ou tard, alors je peux aussi bien vous le dire.

Elle posa la pomme sur l'herbe et, serrant ses chevilles dans ses mains brunes, se redressa avec un air d'enfant précoce et annonça :

— Je suis une enfant naturelle, ce que grand-mère à sa manière démodée appelle une bâtarde. Voilà.

Une vive couleur était montée à ses joues, mais elle lança les mots avec une bravade pathétique.

— Je suis désolée, murmura Alayne, mais vous ne pensez pas que cela changera mes sentiments à votre égard, n'est-ce pas ?

— Cela change ceux de la plupart des gens. — La réponse fut faite d'une voix sourde et enrouée et elle continua très vite : — Mon père était le seul fils d'un colonel anglais. Ses parents l'adoraient. Il était la joie de leur vieillesse. Ma mère était une vulgaire paysanne et elle me laissa sur le pas de leur porte avec un petit mot, exactement comme on fait dans les livres. Ils me ramassèrent et me gardèrent mais cela brisa le cœur des deux vieillards. Ils moururent peu après. Mon père...

— Avez-vous vécu avec lui ?

Alayne essayait de lui faciliter son récit par un ton indifférent, mais ses yeux étaient remplis de larmes de pitié pour l'enfant qui, dans un langage si bizarre — « la joie de leur vieillesse » — racontait la tragédie de sa naissance.

— Oui, jusqu'à mon mariage. Il me tolérait seulement. Mais je pense que ma présence était un rappel constant, je veux dire de ce qu'il avait perdu.

— Perdu ?

— Oui, Meg Whiteoak. Il était fiancé avec elle et elle a rompu ses fiançailles quand je suis apparue. C'est pour cela qu'elle me regarde avec cette froideur. Tous les Whiteoak étaient opposés à notre mariage. C'était ajouter une nouvelle insulte, vous comprenez.

— Oh ! mon petit.

Le sens de regards et de phrases entendues par hasard qui l'avaient intriguée devenait clair. Elle éprouvait une douleur aiguë à la pensée de toute la souffrance imméritée de Pheasant.

— Vous avez traversé des moments pénibles, mais c'est sûrement fini. Meg ne peut pas continuer à vous en vouloir de ce qui n'est pas votre faute, et je crois que les autres vous aiment bien.

— Oh ! je ne sais pas.

— Moi je vous aimerais si vous le vouliez.

Sa main rejoignit sur l'herbe celle de Pheasant. Leurs doigts s'entrelacèrent.

— Je ne demande pas mieux. Mais, je vous préviens, je ne suis pas du tout quelqu'un de bien.

— Peut-être ne suis-je pas quelqu'un d'aussi bien que vous le pensez.

Leurs doigts étaient toujours étroitement serrés.

— A propos, pourquoi Piers ne m'aime-t-il pas ? J'ai l'impression que ce ne sera pas si facile d'être votre amie quand il est tellement — mettons distant.

— Il est jaloux de vous, je pense, pour moi. Je le suppose simplement, remarquez ; il ne m'a jamais rien dit. Mais je crois qu'il trouve un peu exagéré qu'on vous accorde autant de considération et à moi si peu, qu'on vous accueille si bien et moi si mal, quand, après tout, nous sommes seulement deux jeunes filles, sauf que vous êtes riche et que je suis pauvre et que vous êtes légitime et que je ne le suis pas, et Piers s'est toujours tellement intéressé à la propriété et a tant travaillé, et Eden ne s'occupe que de sa poésie et de ce qui l'amuse.

Alayne était écarlate. Dans la confusion des mots une seule phrase l'avait frappée. Elle dit un peu convulsivement :

— Qu'est-ce qui a pu vous faire croire que j'étais riche ? Ma chère enfant, je suis pauvre, pauvre. Mon père était professeur dans un collège. Vous devez savoir qu'ils ne sont pas riches.

— Vous êtes peut-être ce que vous appelez pauvre, mais pour nous vous êtes riche, répondit Pheasant d'un ton maussade.

— Voyons, écoutez, continua sérieusement Alayne. Mon père m'a laissé une assurance de cinq mille dollars et une maison que j'ai vendue quatorze mille. C'est absolument tout. Alors, vous voyez comme je suis riche.

— Cela paraît beaucoup, dit Pheasant avec obstination et leurs mains se séparèrent, toutes deux se mirent à arracher l'herbe d'un air absorbé.

La signification d'autres allusions devenait maintenant évidente pour Alayne. Elle fronça le sourcil en demandant :

— Qu'est-ce qui vous a mis cette idée dans la tête, Pheasant ? Sûrement le reste de la famille ne partage pas vos illusions.

— Nous pensions tous que vous étiez très riche. Je ne sais pas exactement comment c'est arrivé — quelqu'un a dit — grand-mère a dit — non, Meg a dit que c'était...

Elle s'arrêta court, retenue soudain par une circonspection tardive.

— Qui a dit quoi ? insista Alayne.

— Je crois que c'est oncle Nick qui a dit...

— Dit quoi ?

— Que c'était une bonne chose qu'Eden... oh ! tant pis, je ne peux pas me rappeler ce qu'il a dit. Qu'est-ce que cela fait d'ailleurs ?

Alayne eut à réprimer un sentiment de colère impuissante avant de répondre avec calme :

— Cela ne fait rien, mais je ne voudrais pas que vous croyiez que je suis riche. C'est ridicule, cela me met dans une position fausse. Vous saviez que je travaillais pour vivre avant d'épouser Eden. Pourquoi l'aurais-je fait ?

— Nous savions que vous éditiez des livres. Cela n'avait pas l'air d'être du travail.

— Mon petit, je n'éditais pas. Je lisais simplement des manuscrits pour l'éditeur. Voyez-vous la différence ?

Pheasant la regarda sans comprendre et Alayne, dans une brusque impulsion, passa son bras autour d'elle et l'embrassa :

— Que je suis sotte de m'occuper de cela ! Serons-nous amies alors ?

Le corps de Pheasant se laissa aller contre le sien avec l'abandon d'un enfant.

— C'est tellement gentil à vous, murmura-t-elle, de ne pas faire attention à ma...

Alayne arrêta ses mots par un baiser.

— Comme si c'était possible. Et j'espère que Piers m'en voudra moins quand il saura tout.

Pheasant regardait par-dessus l'épaule d'Alayne deux personnes qui arrivaient dans l'allée du verger.

— C'est Renny, dit-elle, et Maurice. Je me demande ce qu'ils viennent faire. Renny a une hache.

Les deux hommes parlaient et riaient assez fort de quelque plaisanterie et ne virent pas tout de suite Alayne et Pheasant. Alayne se redressa et lissa ses cheveux.

— Je parierais que c'est une histoire de guerre, dit à mi-voix Pheasant. Ils en racontent toujours quand ils sont ensemble.

Elle ramassa une pomme et la lança dans leur direction.

— Eh bien, Maurice, pourquoi tant de gaieté ?

Ils approchèrent, Maurice ôta sa casquette, Renny, déjà tête nue, s'inclina et le sourire qu'avait fait naître l'évocation de ces souvenirs s'effaça de son visage.

— Alayne, dit-il, voici Maurice Vaughan, notre plus proche voisin.

Ils se serrèrent la main et Alayne, qui se rappelait avoir entendu raconter que Vaughan buvait beaucoup, trouva que cela se voyait dans ses yeux lourds et sa bouche tombante. Il eut un sourire contraint pour Pheasant, puis se tourna vers Renny :

— C'est cet arbre-là ?

— Oui, répondit Renny qui l'examinait d'un œil critique.

— Qu'est-ce que vous allez faire ? demanda Alayne.

— L'abattre. Il est très vieux et il ne vaut plus rien. Il faut qu'il cède la place à un jeune.

Alayne fut consternée. Elle le trouvait très beau ce vieux pommier, vigoureux et pourtant tordu par l'âge, qui s'élevait dans la lumière dorée d'octobre. De lui semblait émaner l'esprit de toutes les saisons que l'arbre avait connues avec leur parfum de fragiles fleurs de pommier et de pluies d'avril, de terre mouillée et de fruits mûrissants. Une vie d'expérience était gravée sur son tronc rugueux que l'écorce entourait de ses couches moussues où habitaient des myriades de tout petits insectes.

Elle demanda, en s'efforçant de ne pas avoir l'air trop ennuyée — car elle ne savait jamais si les Whiteoak ne se moqueraient pas de ce qu'ils considéraient comme de la sensiblerie ou de l'affectation :

— Est-il nécessaire de l'abattre ? J'étais justement en train de remarquer combien ce vieil arbre est majestueux. Et il paraît avoir donné pas mal de pommes.

— Il est malade, répondit Renny. Regardez la forme des pommes. Ce verger a grand besoin d'être remis en état.

— Mais pour un seul arbre, il est si beau.

— Vous n'avez qu'à aller dans le vieux verger. Vous en trouverez des douzaines comme celui-ci là-bas.

Il ôta sa veste et se mit à rouler ses manches sur ses bras minces et musclés. Alayne se figura que son opposition ajoutait à ses gestes une nouvelle énergie.

Elle ne dit rien mais avec un sentiment croissant d'antagonisme elle le regarda ramasser la hache et frapper le premier coup sur le tronc robuste. Elle imaginait l'épouvante que ferait naître dans le monde des insectes la répercussion de ce premier choc comparable à un tremblement de terre sur notre univers. L'arbre se dressait l'air indifférent, seul un très léger frémissement agitait ses feuilles luisantes. Un autre coup s'abattit et un autre, et un copeau en forme de coin, humide de sève, sauta sur l'herbe. Renny maniait la hache avec aisance, elle et ses bras agissaient en accord rythmé. De nouveau un éclat vola, puis d'autres, et l'arbre poussa un cri sourd quand les coups enfin l'atteignirent au cœur.

— Oh ! oh ! Laissez-moi ramasser mes affaires, cria Pheasant — et elle se serait précipitée pour sauver son chapeau et ses champignons si Vaughan ne l'avait attrapée par le poignet et écartée du chemin.

Il semblait que la dignité du vieil arbre noueux ne serait jamais ébranlée. A chaque coup un frisson parcourait les branches qui se déployaient au loin et une à une les pommes restantes tombaient, mais pendant longtemps l'énorme tronc et les premières branches massives reçurent les coups de hache avec une sorte de dédain bourru. A la fin, avec une tension de ses racines les plus profondes, il s'effondra bruyamment, créant une rafale d'air qui était comme le dernier râle sauvage d'un homme qui meurt.

Renny se redressa, mince, triomphant, le visage rouge et la tête mouillée de sueur. Il jeta un regard pénétrant sur Alayne et se tourna vers Vaughan.

— Un bon travail bien fait, hein, Maurice ? Veux-tu me donner une cigarette ?

Vaughan sortit son étui mais Pheasant, sans attendre qu'on la lui offrît, en prit une et, l'ayant mise entre ses lèvres, leva son visage vers Vaughan pour qu'il la lui allumât.

— Vous devez trouver cette petite bonne femme insupportable, dit Renny à Alayne avec un air étrangement embarrassé.

Pheasant fit un clin d'œil à Alayne à travers la fumée.

— Alayne sait que j'ai été mal élevée.

— Je trouve le résultat charmant, dit Alayne, mais elle n'approuvait pas les manières de Pheasant en ce moment.

Pheasant rit.

— Tu entends, Maurice ? Tu n'es pas fier ?

— Peut-être Alayne ne réalise-t-elle pas qu'il est votre heureux père, dit Renny prenant le taureau par les cornes.

Vaughan eut pour Alayne un sourire où la timidité se mêlait au défi mais qu'elle trouva surtout déplaisant :

— Je pense que Mrs. Whiteoak a entendu parler de mes méfaits, dit-il.

— Je n'avais pas du tout songé à établir une relation entre vous deux. J'ai seulement appris aujourd'hui — il y a quelques minutes — que Pheasant avait un père vivant. J'avais, je ne sais pourquoi, cru qu'elle était orpheline.

— Je crois que Maurice le souhaiterait quelquefois, dit Pheasant. Je ne veux pas dire qu'il souhaiterait être mort...

— Pourquoi pas ? demanda Vaughan.

— Oh ! Parce que c'est tellement amusant d'être un homme, même un homme désagréable. Je veux dire qu'il souhaiterait n'être pas encombré de moi.

— Vous ne l'encombrez plus, dit Renny. C'est moi que vous encombrez, n'est-ce pas vrai ?

— Est-ce que quelqu'un veut aller chercher mon chapeau et mes champignons, supplia la jeune femme. Ils sont sous l'arbre.

Renny commença à écarter les lourdes branches dont les plus

hautes étaient levées comme des bras en prière. Une odeur aigre de pommes trop mûres écrasées s'en dégageait. Ses mains, quand il eut sauvé les trésors, étaient couvertes de morceaux d'écorce et de minuscules insectes terrifiés.

Vaughan repartit chez lui et Pheasant le poursuivit, elle lui témoignait, maintenant qu'ils étaient séparés, une affection démonstrative qui déconcertait Renny peu enclin à penser aux sentiments de ses semblables.

Quant à Alayne elle se sentait de plus en plus intéressée par ces nouvelles connaissances qui étaient tout ce que ses parents et son petit cercle d'intimes n'étaient pas. Leur conduite mettait sa vie passée sur un plan de dignité et de réserve, mais en même temps leur ardeur et leur vitalité faisaient paraître cette vie terne et même incolore. La réaction de sa nature sous le choc de ce changement de milieu était une instabilité d'humeur qui ne lui avait encore jamais été habituelle. Elle avait des sensations soudaines de dépression, teintées de pressentiments, suivies de bizarres sautes de joie où elle sentait que quelque chose de passionnément beau allait lui arriver.

Renny, qui allumait une cigarette, la regarda gravement.

— Savez-vous, dit-il, que je ne me doutais absolument pas que vous teniez autant à cet arbre, sans cela je l'aurais laissé. Pourquoi ne me l'avez-vous pas fait comprendre ?

— Je ne voulais pas faire d'histoires. Je pensais que vous me trouveriez stupide. N'importe quelle personne qui m'aurait un peu connue aurait su ce que je sentais. Mais aussi, vous ne me connaissez pas très bien. Je ne peux pas vous en vouloir de cela.

Le regard qu'il fixait sur son visage devint plus intense.

— J'aimerais vous comprendre. Je comprends mieux les chiens et les chevaux que les femmes. Je ne les comprends jamais. Par exemple cette fois, ce n'est que lorsque l'arbre a été par terre et que j'ai vu votre figure que j'ai su ce que cela signifiait pour vous. Ma parole, je n'y aurais pas touché, vous aviez un air vraiment tragique. Vous n'avez pas idée à quel point je me fais l'effet d'une brute.

Il donna un coup découragé sur l'arbre tombé pour donner plus de poids à ses paroles.

— Oh ! ne faites pas cela ! s'écria-t-elle. Ne lui faites plus mal !

Il était immobile au milieu des branches cassées et elle s'approcha de lui. Il l'attirait. Elle se demandait pourquoi elle n'avait encore jamais pris garde à quel point il était remarquable. Mais c'est qu'elle ne l'avait encore jamais vu actif en plein air. Elle l'avait vu monter avec une certaine indifférence son cheval rouan. Dans la maison il lui avait paru plutôt maussade et vigilant bien que courtois quand il n'était pas irrité ou harcelé par sa famille ; et elle avait trouvé qu'il avait une opinion un peu exagérée de son importance comme chef de la maison. Maintenant, hache en main, avec sa petite tête rousse, son visage rouge de renard, ses yeux d'un brun rouge, il semblait l'esprit même des bois et des sources. Même ses oreilles, remarqua-t-elle, étaient pointues et ses cheveux étaient plantés en pointe sur son front.

Il avait jeté la hache à ses paroles de prière et se tenait au milieu des branches brisées, immobile ; il se laissait examiner aussi détaché, aussi serein en apparence qu'une statue. Il avait à peine l'air de respirer.

Un de ces essors invraisemblables de l'esprit dont elle avait depuis peu été la proie s'empara d'Alayne à ce moment. Tout son être fut troublé par une étrange exaltation. Le verger, les champs environnants, le jour d'automne paraissaient n'être qu'un décor peint pour l'expression de sa personnalité. Elle était venue près de Renny et, mue par un désir qu'elle-même comprenait à peine, pour se prouver par le sens du toucher qu'elle était réellement elle-même et que lui n'était pas un faune mais Renny Whiteoak, elle posa sa main sur son bras. Il ne bougea pas, mais ses yeux glissèrent sur son visage avec une expression bizarre, interrogatrice. Il était un peu hostile, croyait-elle, à cause de sa sensibilité excessive à propos de l'arbre. Elle lui sourit pour lui montrer qu'elle n'était pas puérilement peinée et en essayant en même temps de cacher cette attente obsédante et tenace qui agitait ses nerfs.

L'instant suivant elle se trouvait dans ses bras avec ses lèvres contre les siennes et toutes ses sensations anéanties dans un abandon impuissant. Elle sentait le battement régulier du cœur de Renny et, contre lui, le battement déréglé du sien. Enfin, il la libéra et dit avec une grimace un peu ironique :

— Cela vous a-t-il tant déplu ? Je suis tout à fait désolé. Je suppose que je vous fais plus que jamais l'effet d'une brute maintenant.

— Oh ! s'écria-t-elle en frémissant, comment avez-vous pu faire cela ? Comment avez-vous pu penser que je consentirais ?

— Je n'ai rien pensé du tout, dit-il. J'ai subi l'impulsion du moment. Vous aviez l'air tellement — tellement — oh ! je ne peux pas trouver de mots pour dire l'air que vous aviez.

— Dites-moi, je vous en prie. J'aimerais le savoir, demanda-t-elle avec froideur.

— Eh bien... provocant alors.

— Voulez-vous dire : consciemment provocant ?

Il y avait une note inquiétante dans sa voix.

— Ne soyez pas absurde ! Inconsciemment naturellement. Je me suis oublié. Je regrette.

Elle tremblait tout entière.

— Peut-être, dit-elle courageusement, n'êtes-vous pas plus à blâmer que moi.

— Ma chère enfant, comme si vous pouviez quelque chose à l'air que vous avez.

— Oui, mais je me suis approchée de vous délibérément quand — oh ! je ne peux pas le dire !

Pourtant elle avait une envie perverse de le dire.

— Quand vous saviez que vous étiez particulièrement jolie, c'est cela que vous voulez dire ?

— Pas du tout. Ce n'est pas la peine, je ne peux pas.

— Pourquoi essayer ? Je suis prêt à me charger de tous les torts. Après tout, un baiser n'est pas une chose si terrible, et je suis un parent. Les beaux-frères embrassent parfois leurs belles-sœurs. Cela n'arrivera probablement plus jamais à moins que, comme vous dites, vous ne vous approchiez délibérément de moi quand... qu'est-ce que vous essayiez d'expliquer, Alayne ? Maintenant que j'y pense il me semble que j'ai le droit de le savoir. Cela m'épargnera peut-être de plus grands remords.

— Oh ! vous rendez tout ridicule. Je me sens très enfant, très sotte avec vous.

Il s'était assis sur l'arbre tombé. Il leva alors d'un air contrit ses yeux sur les siens.

— Voyons, c'est la dernière chose au monde que je veuille. J'essaie seulement de vous empêcher de prendre cela trop au sérieux et je suis le seul coupable.

Les yeux attentifs d'Alayne regardaient maintenant droit dans les siens, elle s'armait de beaucoup de courage, car ceux de Renny brillaient, pleins d'intérêt pour elle et en même temps tellement moqueurs.

— Je vois qu'il faut que je vous dise. Voilà, j'ai éprouvé de bizarres impressions d'inquiétude depuis peu et une sorte de pressentiment comme si, tout près, une expérience troublante m'attendait. Cette sensation me fait perdre la tête. Je l'ai ressentie juste avant de m'approcher de vous et je pense, je pense...

— Vous pensez que je vous ai influencée ?

— Non, pas tout à fait cela. Je pense que vous avez senti quelque chose d'anormal en moi.

— Je l'ai senti et je le sens. Vous ne ressemblez à aucune femme que j'aie jamais connue. Dites-moi, vous doutiez-vous que... je vous aimais, que je pensais beaucoup à vous ?

— Je croyais que je vous étais plutôt antipathique. Mais, je vous en prie, oublions tout cela. Je ne veux plus jamais y penser.

— Naturellement, approuva-t-il gravement.

Transpercée par une douleur presque physique elle se rappela qu'elle lui avait à moitié inconsciemment rendu ses baisers. Son visage et son cou devinrent pourpres. Avec un petit cri elle dit :

— De nous deux je suis plus à blâmer que vous.

— Est-ce là « la conscience de la Nouvelle-Angleterre » dont j'ai tant entendu parler ? demanda-t-il rempli d'étonnement.

— Je suppose que oui.

Il la considéra avec le même regard moqueur et intrigué, mais sa voix devint plus profonde.

— Oh ! Alayne, vous êtes jolie ! Et dire que vous êtes la femme d'Eden et que je ne dois plus jamais vous embrasser !

Elle ne pouvait plus rencontrer ses yeux. Elle avait peur de lui et encore plus peur d'elle-même. Elle eut l'impression que l'étrange sensation d'attente qui l'avait troublée durant ces semaines à Jalna n'était pas autre chose que l'annonce de ce moment.

Elle dit, essayant de se ressaisir :

— Je rentre à la maison. Je crois que j'ai entendu sonner la cloche de la table. Il doit être l'heure de déjeuner.

Elle lui tourna le dos et se mit à marcher vite dans l'herbe rude du verger.

Fait caractéristique, l'aîné des Whiteoak n'essaya pas de la suivre mais resta assis, les yeux fixés sur sa silhouette qui s'éloignait, certain qu'elle se retournerait pour le regarder. Comme il s'y attendait, au bout d'une dizaine de pas, elle se retourna et le regarda avec dignité mais eut une sorte d'imploration enfantine dans la voix.

— Voulez-vous me promettre de ne jamais penser à moi comme j'ai été ce matin ?

— Alors il faut que je vous promette de ne plus jamais penser à vous, répondit-il avec calme.

— Alors ne pensez plus jamais à moi. J'aimerais mieux cela.

— Voyons, Alayne, vous savez que c'est impossible.

— Eh bien, promettez-moi d'oublier ce matin.

— C'est déjà oublié.

Mais, tandis qu'elle se hâtait de s'en aller à travers le verger, elle sentit que, s'il pouvait oublier aussi facilement, ce serait plus terrible pour elle que s'il avait fait de cette matinée l'objet de ses pensées les plus secrètes.

17

« *Pilgrim's Progress* »

Alayne avait l'habitude d'aller à l'église, mais le branle-bas complet du dimanche matin à Jalna fut pour elle une révélation. Elle avait été élevée dans le culte intellectuel et un peu abstrait de l'Église unitaire et, assise entre son père et sa mère, elle avait suivi avec respect l'analyse minutieuse des enseignements de Jésus par le pasteur. Elle avait écouté, dans une église qui ressemblait assez à une belle salle de concert, le chant *a cappella* d'un merveilleux quatuor. Elle avait vu les plateaux de quête débordants de billets de banque bruissants et avait à peine remarqué l'immense assistance d'hommes et de femmes pensifs et bien élevés.

Quand elle avait vécu seule, après la mort de ses parents, elle était allée moins régulièrement à l'église, elle s'était rendue à l'office du soir plutôt qu'à celui du matin et, quand Rosamund Trent était venue s'installer avec elle, elle y était allée encore moins souvent, car Rosamund était une de ces personnes qui considèrent qu'aller à l'église est bon pour les gens qui n'ont rien de mieux à faire.

A Jalna la règle était inflexible, tous les membres de la famille devaient assister à l'office du matin à moins d'être extrêmement malades. Il ne suffisait pas du tout d'être seulement un peu souffrant. Il fallait être anéanti. Alayne avait vu Meg presque tomber dans la voiture, un flacon de sels sous le nez, accablée par une migraine, et rester pendant tout l'office les yeux fermés. Elle avait vu le jeune Finch emmené de force malgré une rage de dents.

Elle était prête à se révolter au début, mais, quand elle avait vu qu'Eden trouvait cela parfaitement naturel, elle aussi s'était soumise. Après tout, pensait-elle, une telle ferveur avait quelque chose d'assez beau bien que la religion semblât y tenir très peu de place. Car, selon les idées d'Alayne, les Whiteoak n'étaient pas une famille religieuse. Par le fait elle ne les entendait jamais aborder ce sujet. Elle se rappelait les discussions intéressantes sur des questions religieuses dans la maison de son père : la science détruirait-elle la religion ? On citait le doyen Inge, le professeur Bury, Pasteur et Huxley.

Le nom de Dieu n'était prononcé à Jalna que lorsque grand-mère murmurait les grâces d'une façon inintelligible, ou que l'un des jeunes gens prenait le Tout-Puissant à témoin qu'il ferait telle et telle chose ou jurait. Pourtant avec quel héroïsme ils s'entassaient sur ces bancs durs chaque dimanche !

Wakefield résuma la situation à Alayne en ces termes :

— Voyez-vous, grand-père a fait construire l'église et il n'a jamais manqué un dimanche jusqu'à sa mort. Grand-mère ne manque jamais un dimanche et elle a presque cent ans. Cela lui est très désagréable si l'un de nous reste à la maison. Et le pasteur et les fermiers et les autres personnes qui sont là nous comptent chaque dimanche et si l'un de nous n'est pas venu, eh bien, cela ne leur fait pas du tout l'effet d'être dimanche.

Les yeux du petit garçon brillaient. Il était tout à fait dans le vrai.

Grand-mère n'était jamais montée dans une auto et était décidée à ne jamais y monter consciemment. Mais elle avait donné des ordres pour qu'on conduisît son corps au cimetière en fourgon automobile. « Car, disait-elle, j'aime à me dire que je ferai une promenade rapide avant de quitter ce monde. »

On amenait l'antique phaéton en bas du perron chaque dimanche matin à dix heures et demie. Les deux vieux chevaux bais, Ned et Minnie, étaient bien étrillés et le gros palefrenier Hodge revêtait un manteau de drap noir à col de velours. Avec son fouet il écartait les mouches des chevaux et, à tout instant, il jetait un regard anxieux sur la porte et redressait son chapeau.

A onze heures moins un quart la vieille Mrs. Whiteoak apparaissait soutenue par Renny et Piers, car il fallait beaucoup de force pour mener à bonne fin le passage de sa chambre au phaéton. Pour aller à l'église elle mettait toujours une robe de moire très sombre, un manteau de velours noir garni de fourrure et de volumineux voiles du crêpe le plus lourd. Alayne trouvait que la vieille dame ne paraissait jamais plus digne, plus courageuse que ces jours-là où, semblable à un vieux navire incapable de tenir la mer mais intrépide, son voile de veuve gonflé, elle quittait une fois encore son port. Quand elle était installée dans un coin de la voiture, un coussin derrière le dos, les vieux chevaux faisaient invariablement un bond en avant, car ils sentaient tout de suite son arrivée et Rags aussi invariablement recommandait très haut à Hodge de « tenir bon » et se précipitait avec importance à la tête des chevaux pour les empêcher de partir.

Ses deux fils arrivaient ensuite : Nicolas avec un reste de son élégance d'autrefois : Ernest assez satisfait maintenant qu'il avait réussi à être prêt. Le vieux phaéton grinçait quand leurs poids réunis s'ajoutaient à sa charge. Meg venait alors, généralement agitée par quelque méfait de Finch ou de Wakefield. Le petit garçon était le dernier à monter dans le phaéton, il grimpait sur le siège près de Hodge et, à côté de cette forme corpulente, il avait l'air très petit et très digne avec son col immaculé et ses gants de peau.

Le reste de la famille suivait en auto, à l'exception de Finch qui allait à pied à travers champs. Il préférait cela, car il n'y avait de place pour lui dans l'un ou l'autre des véhicules qu'en se serrant et il avait déjà assez de peine à savoir où mettre ses longs bras et ses longues jambes en temps ordinaire. Il aimait cette promenade du dimanche seul avec ses pensées.

Renny conduisait l'auto et était avant tout préoccupé de rattraper et de dépasser le phaéton aussitôt que possible. S'il ne le faisait pas avant qu'on eût atteint l'étroite route d'Evandale, il était probable que le reste du chemin s'effectuerait au pas derrière les chevaux, car grand-mère ne permettrait pas à Hodge de se ranger de façon qu'une auto pût la dépasser sur la route. Elle ne voulait pas finir ses jours dans un fossé, déclarait-elle. Et elle garderait le plus grand calme pendant que la voiture de Renny, suivie peut-être d'une demi-douzaine d'autres, irait à une allure d'enterrement, la pressant d'avancer à coups de corne désespérés.

Ce matin était un de ceux-là. L'été chaud et engourdissant de la Saint-Martin n'était pas fini, mais l'air était devenu plus lourd. Les odeurs diverses de la terre et des champs ne se mélangeaient pas et ne se répandaient pas, elles restaient comme des essences palpables au-dessus de l'endroit d'où elles se dégageaient. Tous les objets étaient voilés d'une épaisse brume jaunâtre et la poussière de la route soulevée par les sabots des chevaux retombait en un nuage opaque sur le moteur.

C'était le lendemain de la scène dans le verger. Alayne avait peu dormi. Toute la nuit, agitée, elle s'était retournée brusquement quand le souvenir des baisers de Renny faisait brûler ses joues et frémir ses nerfs, et elle avait essayé d'envisager clairement sa position, de déterminer si elle avait été réellement coupable ou seulement l'objet passif de la passion calculée de Renny. Mais ici, à Jalna, elle s'apercevait qu'elle ne pouvait plus penser avec la même liberté qu'autrefois. Des visions fantastiques flottaient entre elle et la situation qu'elle s'efforçait de démêler. A la fin, dans la pâle clarté étrange de la terre avant l'aube un doux engourdissement s'était emparé d'elle et elle avait sombré dans un sommeil tranquille.

Maintenant, assise derrière Renny, elle ne voyait que le côté de sa figure quand il se tournait par moments vers Piers. Elle voyait sa pommette mince, une mèche de cheveux roux sur sa tempe et la ligne volontaire de ses lèvres et de son menton. Avait-il dormi profondément sans même accorder une seconde pensée à ce qui l'avait, elle, tellement troublée ? Il n'était apparu ni à déjeuner, ni à l'heure du thé, ni à dîner et avait envoyé dire qu'il était allé avec Maurice Vaughan à une vente de chevaux. Ce matin le désir de dépasser la voiture de sa grand-mère avant la route d'Evandale paraissait l'absorber. Pheasant les avait fait attendre et il lui jeta un regard courroucé quand elle grimpa dans l'auto.

La machine résista puis démarra bruyamment. Eden assis entre les deux jeunes femmes leur prit à chacune la main et s'écria :

— Oh ! mes enfants, tenons-nous bien serrés ! Nous ne sortirons sains et saufs de cette aventure que si nous nous tenons bien serrés. Pheasant, donnez-moi votre petite patte.

Mais, si vite qu'allât l'aîné des Whiteoak, il ne put rattraper sa grand-mère avant la route d'Evandale. Le phaéton était là qui avançait cahin-caha, sans se presser, enveloppé d'un nuage de poussière jaune, semblable à un vieux navire dans un brouillard épais, le voile de grand-mère flottait comme le drapeau noir des pirates.

Renny cligna des yeux pour examiner le fossé poussiéreux, gris de chardons, qui bordait la route :

— Je crois que je pourrais passer, dit-il à mi-voix à Piers. J'ai envie d'essayer.

Les occupants du phaéton reconnurent le bruit particulier de l'auto familiale. Ils tournèrent la tête et apparurent à travers le brouillard de poussière pareils à des marins qui observent une flotte ennemie. Renny corna avec insistance.

Ils purent entendre grand-mère crier quelque chose à Hodge. Immédiatement les deux vieux chevaux furent mis au pas.

— Par Judas ! s'écria Renny. Je la battrais volontiers ! — De nouveau il considéra l'étroit ruban de route entre les roues du phaéton et le fossé. — Je crois que je vais tenter de passer, dit-il, me lancer à toute vitesse et leur faire peur.

Piers protesta.

— Tu vas nous mettre la tête la première dans ces chardons si tu fais cela. Et puis tu risques d'effrayer les chevaux.

— C'est vrai, dit Renny d'un air sombre et il corna plusieurs fois très fort.

Le visage de grand-mère apparut dans le brouillard.

— Pas de récriminations ! cria-t-elle ; mais il était évident qu'elle s'amusait énormément.

Le fermier Tompkins et le fermier Gregg rangèrent leurs voitures respectives à la file et cornèrent ensemble. L'aîné des Whiteoak fronça le sourcil. Lui pouvait très bien taquiner son ancêtre, mais ces rustres n'en avaient pas le droit. Il s'enfonça sur son siège et se résigna à avancer à la vitesse d'une limace. Il retira son chapeau.

La vue de sa petite tête soudain nue avec ses oreilles pointues qui se détachaient sur les cheveux roux coupés très court produisit sur Alayne un effet étonnant et troublant. Elle avait envie de se pencher, de la prendre entre ses deux mains et de la serrer. Elle avait envie de la caresser. Elle jeta à Eden un regard effrayé comme pour le supplier de chasser ces démons qui l'envahissaient. Il lui répondit par un sourire d'encouragement.

— Nous arriverons bien à temps, dit-il. Tompkins qui est marguillier est derrière nous et il est au supplice à l'idée d'être en retard. Je le connais depuis que j'ai trois ans et il n'a été que deux fois en retard pendant tout ce temps-là, et chaque fois c'était la faute de grand-mère. Tompkins est beaucoup plus à plaindre que nous.

Alayne entendit à peine ce qu'Eden disait, mais elle glissa sa main dans la sienne et la serra fort. Elle était perdue dans ses réflexions. Quelles pensées pouvait-il y avoir dans cette tête vers laquelle ses mains se tendaient ? Songeait-il à elle ou n'avait-il pas attaché à la scène dans le verger plus d'importance qu'à ses autres aventures ? Elle ne croyait pas qu'il eût fait preuve cette fois de la même insouciance, il n'était pas rentré à la maison de tout le reste de la journée et ce matin il avait évité Alayne d'une façon évidente. Une sombre tristesse se lisait sur son visage qu'elle apercevait dans le rétroviseur, mais elle venait peut-être seulement de ce que la vieille Mrs. Whiteoak se moquait de lui.

Que lui avait-il fait qui pût l'agiter à ce point ? Cette nuit elle s'était levée et s'était glissée près de la fenêtre et, à la lumière mystérieuse de la lune, elle avait vu le verger et même pu distinguer la masse inclinée de l'arbre qu'il avait abattu. Elle avait senti de nouveau la chaleur passionnée de ses baisers.

Une chose dont elle jouissait beaucoup ce matin c'était sa récente intimité avec Pheasant. Chaque fois que leurs yeux se rencontraient, la jeune femme lui faisait un petit sourire, ingénu comme celui d'un enfant. Alayne avait même l'impression que Piers était moins froid à son égard ! Elle avait raconté à Eden sa conversation avec Pheasant et il avait paru plutôt amusé du désir d'Alayne de s'en faire une amie.

— C'est une très gentille enfant, avait-il déclaré, mais vous en aurez vite assez. D'ailleurs vous vous ennuyez peut-être déjà tellement que même la société de Pheasant...

— Pas du tout, avait-elle interrompu, plus sèchement qu'elle ne lui avait encore jamais parlé. Je ne m'ennuie pas, mais Pheasant me plaît. Je crois que je l'aimerai beaucoup. Elle a des possibilités étonnantes.

Et maintenant Eden était assis entre elles deux, il leur tenait à chacune la main et souriait avec indulgence. Cela lui était égal de ne jamais arriver à l'église.

La cloche sonnait au moment où l'auto gravissait la petite côte et franchissait la grille derrière l'église. On voyait les têtes levées des gens qui montaient les marches raides du porche et ils avaient l'air de sortir d'un puits. Dans le cimetière, une lumière dorée enveloppait comme une caresse les tertres verts irréguliers et les pierres tombales couvertes de mousse. Sur la surface nette et sablée d'une tombe neuve une couronne de fleurs se fanait.

Wakefield vint mettre sa main dans celle d'Alayne.

— C'est la tombe de Mrs. Miller, dit-il. Elle a eu un bébé et ils sont là tous les deux. N'est-ce pas affreux ? C'était une jolie petite fille et on l'avait appelée Ruby Pearl. Mais il reste encore à Miller cinq filles. Cela pourrait être pire.

— Chut ! mon chéri, dit Alayne en serrant sa main. Est-ce que tu te mettras près de moi ?

Wakefield avait été fier de s'asseoir à côté d'Alayne et de lui chercher, à grand froissement de pages, l'endroit où l'on en était dans le paroissien. Aujourd'hui il semblait hésiter.

— J'aimerais bien, dit-il, mais je crois que Meggie se sent seule quand je la laisse. Vous comprenez, je me suis toujours assis à côté d'elle depuis que je suis né et j'avais l'habitude de dormir la tête sur ses genoux. Regardez, ils font descendre grand-mère du phaéton. Je crois que je ferais bien d'y aller et de veiller à ce que le sacristain tienne la porte grande ouverte.

Il traversa l'herbe en courant.

La vieille Mrs. Whiteoak suivait l'allée qui menait à l'entrée de l'église ; ses pieds s'agitaient mais sans grand résultat. Renny et Piers la soutenaient et Nicolas, Ernest et Meg suivaient juste derrière, chargés de ses divers sacs, livres et coussins. A l'abri des sourcils roux son regard perçant parcourait rapidement le visage des gens qu'elle croisait. Sa vieille tête massive s'inclinait à droite et à gauche avec une condescendance royale. Quelquefois sa figure s'éclairait d'un sourire lorsqu'elle reconnaissait un vieil ami — mais c'était rare, car la plupart de ses amis étaient morts depuis longtemps. Elle sourit — le fameux sourire ironique et malicieux des Court — aux demoiselles Lacey, filles d'un amiral anglais en retraite.

— Comment va votre père, mes petites ? demanda-t-elle essoufflée.

Les « petites » qui avaient soixante-quatre et soixante-cinq ans s'écrièrent ensemble :

— Il est toujours au lit, chère Mrs. Whiteoak, mais si présent !

— Il n'a aucune raison d'être au lit. Il n'a que quatre-vingt-deux ans. Comment va votre mère ?

— Ah ! chère Mrs. Whiteoak, maman est morte depuis neuf ans ! larmoyèrent les sœurs en chœur.

— Dieu me bénisse, j'avais oublié ! Je suis désolée.

Elle continua son chemin.

Puis elle sourit à un paysan courbé, presque aussi âgé qu'elle, qui était debout, le chapeau à la main, prêt à la saluer, la frange de cheveux d'argent qui entourait son crâne rose se confondait avec sa barbe de patriarche. Il avait promené Nicolas et Ernest dans leur charrette à poney, quand ils étaient petits.

— Bonjour, Hickson. Ah ! cette allée est terrible. Tiens mon bras plus serré, Renny ! Cesse de regarder autour de toi comme un idiot, Piers, et soutiens-moi.

Le vieil homme s'avança et montra ses gencives lisses en un sourire de satisfaction enfantine.

— Mrs. Whiteoak, je voulais seulement vous dire que j'ai eu mon premier arrière-arrière-petit-enfant.

— Tant mieux pour vous, Hickson ! Vous avez plus de chance que moi, je n'ai pas même encore un arrière-petit-enfant. Ne me tire pas, Piers. On croirait que je suis une botte de foin, ah ! et toi un cheval de ferme. Dis à Told de finir de sonner cette cloche. Cela me casse les oreilles. Ah ! maintenant, montons.

Eden et Alayne avançaient derrière Pheasant et Meg, qui donnait la main à Wakefield. Alayne se demandait ce qu'auraient pensé les Cory et Rosamund Trent s'ils avaient pu la voir en ce moment faire partie de cette procession lente qui ressemblait à la suite de courtisans d'une reine âgée. Déjà la vieille dame la remplissait d'un orgueil de famille. Une sorte de grandeur farouche se dégageait d'elle. Son nez était magnifique. Elle avait l'air d'avoir dans son passé une quantité d'intrigues, d'amants, de duels et pourtant elle avait été enterrée dans ce coin perdu pendant la plus grande partie de son existence. Là résidait peut-être le secret de sa forte personnalité. La personnalité de tous les Whiteoak. Ils pensaient, sentaient et agissaient avec une intensité victorienne. Ils se jetaient dans la vie avec une sincérité candide. Ils ne philosophaient pas à propos de la vie, mais ils ne trouvaient aucune émotion trop usée par le temps, trop rebattue pour s'en emparer et la déployer avec force et abandon.

Ils étaient maintenant dans l'église fraîche et sombre.

La cloche s'était tue. Ils étaient rangés sur deux bancs l'un derrière l'autre, leurs têtes blondes, brunes et grises inclinées. Le grand voile de grand-mère retombait sur les épaules étroites de Wake. Elle haletait péniblement.

La petite Miss Pink se mit à jouer à l'orgue l'hymne du début. Wakefield apercevait entre les grandes personnes devant lui la silhouette vêtue de blanc de Mr. Fennel. Il n'était plus le même le dimanche avec sa barbe bien en ordre et ses cheveux lisses séparés par une raie nette ! Et Renny également était là en surplis. Comment avait-il pu aller se changer à la sacristie aussi vite ? C'était toujours un Whiteoak qui lisait les textes. Son grand-père l'avait fait pendant des années. Puis son père lui avait succédé. Et oncle Ernest les lisait encore quelquefois, quand Renny n'était pas là — tout le temps que Renny avait été à la guerre. Wakefield les lirait-il lui aussi un jour, il se le demandait ? Il se voyait faisant résonner les mots majestueusement, non à la façon brève, inexpressive de Renny.

Une bouffée de musique s'éleva des bancs des Whiteoak. Des voix fortes, pleines de vie qui écrasaient la petite Miss Pink et son orgue comme des vagues dévastatrices et les rejetaient affolés et essoufflés, pendant que la chorale essayait en vain de suivre. Et même Renny, dans le chœur, était contre la chorale et avec sa famille. La chorale avec l'orgue si faible et Miss Pink si chancelante ne pouvait pas lutter contre les Whiteoak.

« Donnez votre cœur et non vos vêtements, et tournez-vous vers le Seigneur, votre Dieu ; car Il est grand et miséricordieux, lent à la colère et d'une grande bonté, et demandez-Lui pardon du mal. »

La voix de Mr. Fennel était lente et sonore. Le lourd soleil d'automne s'étendait en plans transparents sur les gens agenouillés. Alayne avait appris à aimer cette petite église, son atmosphère de simplicité, d'acceptation sereine de tout ce dont elle, Alayne, doutait. Elle avait les yeux fixés sur le livre qu'elle partageait avec Eden. Grand-mère en un murmure étouffé, juste derrière eux, demandait à Meggie une pastille de menthe. Quand on la lui eut donnée, elle la laissa tomber et le bonbon roula sous le banc et fut perdu. On lui en donna un autre et elle le suça triomphalement. L'odeur de la pastille de menthe et du crêpe de son voile se dégageait d'elle. Wakefield fit tomber sa pièce pour la quête et oncle Nick lui tira l'oreille. Piers et Pheasant chuchotaient et grand-mère donna des coups de canne à Piers. Renny monta sur la marche derrière l'aigle de bronze du lutrin et commença à lire :

« Si les nuages sont pleins de pluie, ils se déversent sur la terre : et si l'arbre tombe dans la direction du sud ou dans la direction du nord, là où l'arbre tombe, cela arrivera.

« Celui qui observe le vent ne sèmera pas ; et celui qui regarde les nuages ne moissonnera pas.

« De même que vous ne savez pas quelle est la façon d'agir de l'esprit, ni comment se forment les os dans le sein de celle qui attend un enfant : de même vous ne connaissez pas les œuvres de Dieu qui a tout créé. »

La famille contemplait son chef pendant qu'il lisait.

La vieille Mrs. Whiteoak se disait : « Un vrai Court ! Regardez donc cette tête. Mon nez, mes yeux. J'aimerais que Philippe pût le voir. Ah ! où est ma pastille de menthe ! J'ai dû l'avaler. Comme le garçon paraît loin. Il est en chemise de nuit — il va se coucher — il est l'heure de se coucher. »

Elle s'endormit.

Nicolas se disait : « Renny n'est pas à sa place ici. Il devrait être en train de prendre du bon temps à Londres. Voyons : il a trente-huit ans. A cet âge-là, Seigneur, je commençais juste à détester Millicent ! Quelle vie ! »

Il se remonta sur son siège et déplaça son genou goutteux.

Ernest se disait : « Le cher garçon, qu'il lit mal ! Pourtant sa voix est remarquable. J'aime toujours le vieil Ecclésiaste. J'espère qu'il n'y aura pas de tarte aux prunes à déjeuner, j'en mangerais sûrement et cela me rendrait sûrement malade. Maman va perdre sa pastille de menthe. »

Il lui dit tout bas :

— Maman, vous perdez votre bonbon.

Meg se disait : « J'aimerais que Renny ne se fasse pas couper les cheveux aussi court. Comme il est bien ! La Bible dit vraiment des choses bizarres, mais très vraies naturellement. Que Wake est joli ! Il est tellement intéressé. Il a des cils merveilleux. Il se prépare à donner un coup de pied à Finch. »

Elle se pencha vers Wakefield et posa sa main sur sa jambe d'un air de reproche.

La voix de Renny continuait à lire :

« Réellement la lumière est douce et c'est une chose agréable pour les yeux que de voir le soleil. »

Eden se disait : « C'était un poète, le vieux bonhomme qui a écrit cela. "Réellement la lumière est douce, et c'est une chose agréable pour les yeux que de voir..." C'est étonnant que je n'aie encore jamais remarqué comme Pheasant est jolie. Son profil... »

Il se déplaça un peu de façon à pouvoir mieux la regarder.

Piers se disait : « Je me demande s'il faut de la potasse dans ce champ. Je crois que je vais faire un essai. Je ne vois diable pas ce que peut avoir la brebis malade. Elle tourne en rond comme une folle. Elle a peut-être des vertiges ou le tournis. Il faut que je fasse venir le vétérinaire. Voyons — quatorze et vingt et un font trente-cinq, et sept quarante-deux — je dois quarante-deux à Baxter. Pheasant n'ose pas me regarder — la petite friponne — la chère petite fille... »

Il appuya son genou contre les siens et la regarda de dessous ses cils.

Pheasant se disait : « Comme les mains de Piers paraissent brunes et grandes le dimanche ! De vrais battoirs ! Je les aime comme cela d'ailleurs. Je voudrais qu'Eden n'ait pas les yeux fixés sur moi. Je sais très bien qu'il trouve que j'ai l'air d'une paysanne à côté d'Alayne. Oh ! mon Dieu, que ce banc est dur ! Je ne m'habituerai jamais à aller à l'église, je n'ai pas commencé assez jeune. Ma personnalité était complètement formée quand je me suis mariée. Ni Maurice ni moi n'avons de religion. Comme c'était gentil de le voir hier dans le verger ! et il était très aimable. Pour la religion, prenez Renny : il est là, debout dans son surplis, à lire la Bible et, hier, je l'ai entendu jurer comme un troupier simplement parce qu'un cochon s'était jeté sous les pieds de son cheval. Il est vrai que cela l'a presque fait tomber, mais alors à quoi sert la religion si elle ne vous apprend pas à être maître de vous ? Je ne crois pas qu'il vaille le moins du monde mieux que Piers. J'aimerais que Piers n'essaie pas de me faire rire. »

Elle se mordit la lèvre et tourna la tête.

Wakefield se disait : « J'espère qu'il y aura de la tarte aux prunes à déjeuner, si ce n'est pas de la tarte aux prunes, j'espère que ce sera de la tarte au citron... Mais Mrs. Wragge était d'une humeur épouvantable ce matin. Comme j'étais content d'être dans la cave à charbon quand elle et Rags se sont disputés ! Il l'a appelée — non ! il vaut mieux que je ne pense pas à de vilaines choses à l'église. Je pourrais tomber mort — mort comme un clou — la plus morte des choses. Comme le lutrin est joli, comme Renny lit bien ! Un jour je lirai comme cela — mais plus fort — si je vis jusqu'à ce que je sois grand, naturellement. En étendant mes jambes très loin sous le siège devant, je peux attraper la cheville de Finch. Allons — oh ! maudite Meggie, maudite Meggie, elle se mêle toujours de tout, qu'elle soit maudite ! »

Il leva des yeux innocents sur le visage de sa sœur.

Finch se disait : « Demain c'est l'examen d'algèbre et je le raterai, je le raterai... Si seulement tout ne s'embrouillait pas dans ma tête ! Si seulement je ressemblais plus à Renny ! Pour rien au monde je ne serais debout devant le lutrin à lire les textes. Quel gâchis épouvantable je ferais ! »

Il entendit les mots que lisait son frère.

« Réjouis-toi, jeune homme, de ta jeunesse ; et laisse ton cœur t'égayer dans les jours de ta jeunesse, et suis les chemins de ton cœur et la vision de tes yeux : mais sache que, pour toutes ces choses, Dieu te jugera. »

Finch s'agita avec inquiétude sur son banc. Pourquoi sans cesse ces menaces ? La vie semblait faite d'ordres et de menaces, et la magie des mots dans lesquels ces vieilles, vieilles menaces étaient enveloppées. Le sombre, l'accablant avertissement. De la magie, c'était cela : leur magie le tenait et l'épouvantait. S'il pouvait seulement échapper au cruel sortilège des mots. S'il avait seulement pu s'asseoir près d'Alayne et toucher sa robe en s'agenouillant !

Il ferma les yeux et croisa ses mains osseuses bien serrées sur ses genoux.

Alayne se disait : « Comme ses souliers font un drôle d'effet sous son surplis ! J'ai remarqué ce matin qu'ils étaient très usés et très bien cirés, de bons souliers... Comment puis-je penser à des souliers quand mon âme est désemparée ? Est-ce que je suis en train de me mettre à l'aimer ? Qu'est-ce que je ferai dans ce cas ? Eden et moi serions obligés de quitter Jalna. Non, je ne l'aime pas. Je ne veux pas. Il me fascine, c'est tout. Il ne me plaît même pas. Il me déplaît plutôt. Là, debout, derrière ce lutrin de bronze, avec ses souliers, ses cheveux roux, le nez Court, cet air de renard, je le trouve repoussant. »

Elle aussi ferma les yeux et y appuya ses doigts.

« Ici finit la première partie. »

Alors, avec Miss Pink et l'orgue qui montraient timidement le chemin et la chorale qui se croyait avec fatuité maîtresse de la situation, le *Te Deum* jaillit de toutes les gorges des Whiteoak, à l'exception de grand-mère, qui ronflait dans son sommeil. Du profond baryton de Nicolas à la flûte argentine de Wake ils informaient le ciel et la terre qu'ils louaient le Seigneur et l'appelaient saint.

Ce soir-là, après le dîner de neuf heures composé de bœuf froid, de pain et de thé, avec des galettes d'avoine et du lait pour grand-mère et Ernest (qui hélas avait pris de la tarte aux prunes à déjeuner comme il le craignait), Meg dit à Alayne :

— Est-ce vrai, Alayne, que les unitaires ne croient pas à la divinité du Christ ?

— Qu'est-ce que c'est que cela ? interrompit grand-mère. Qu'est-ce que c'est que cela ?

— La divinité du Christ, grand-mère. Mrs. Fennel me disait hier que les unitaires ne croient pas à la divinité du Christ.

— C'est stupide, dit Mrs. Whiteoak. Idiot. Je ne veux pas de cela. Encore du lait, Meggie.

— Je pense que vous ne croyez pas non plus à l'Immaculée Conception, continua Meg en versant le lait. En ce cas, l'Église d'Angleterre ne doit pas vous convenir.

— J'aime beaucoup le culte de votre Église, répondit Alayne sur ses gardes.

Cette question brusque ressemblait à une attaque.

— Bien sûr elle y croit, déclara Mrs. Whiteoak avec conviction. C'est une bonne fille. Elle croit ce qu'elle doit croire. Et pas de bêtises. Elle n'est pas païenne. Elle n'est pas juive. Ne pas croire à l'Immaculée Conception ? Je n'ai jamais entendu parler d'une chose pareille dans un milieu convenable. C'est indécent.

— Pourquoi s'occuper de religion ! dit Nicolas. Racontez-nous une histoire, maman. Une de vos histoires, vous savez.

Sa mère lui fit un clin d'œil. Puis, les yeux fixés à terre, elle essaya de se rappeler une histoire osée. Elle en avait su toute une série, mais une à une elles s'échappaient de sa mémoire.

— Celle du curé en vacances, suggéra Nicolas en fils connaissant son devoir.

— Nick ! reprocha Ernest.

— Oui, oui, dit la vieille dame. Ce curé avait travaillé des années et des années sans prendre de vacances. Et, et, oh ! mon Dieu, qu'est-ce qu'il y a ensuite ?

— Un autre curé, souffla Nicolas, qui était également surmené.

— Je crois qu'il faut que les garçons aillent se coucher, dit Meg avec nervosité.

— Elle ne s'en souviendra jamais, répliqua Renny avec calme.

— Oh ! Wakefield joue avec les bibelots hindous ! s'écria Meg. Empêche-le, Renny !

Renny écarta de force l'enfant de la vitrine, lui donna une petite tape et le tourna vers la porte.

— Maintenant, au lit, ordonna-t-il.

— Laisse-le dire bonsoir d'abord, cria grand-mère. Pauvre chéri, il veut embrasser sa grand-mère.

Boney, dérangé dans son sommeil, se balança sur son perchoir et cria d'une voix nasale venue de très loin :

— *Ka butcha ! Ka butcha ! Haramzada !*

Wakefield fit le tour de la famille, distribuant baisers et caresses avec une juste appréciation de celui à qui ils étaient destinés. Il y en avait de toute espèce, depuis une étreinte vigoureuse et un baiser retentissant à grand-mère jusqu'à une caresse courtoise à Alayne, l'offre indifférente de sa joue brune à ses frères, sauf à Finch à qui il administra une bourrade dans l'estomac qui lui fut rendue par un coup sournois mais méchant dans les côtes.

Les Whiteoak avaient une vocation pour embrasser, Alayne y songeait en regardant le plus jeune des Whiteoak dire bonsoir à sa famille. Ils s'embrassaient sous le moindre prétexte. Et même grand-mère souvent, en se réveillant d'un petit somme, s'écriait douloureusement :

— Qu'on m'embrasse, quelqu'un, vite !

Ah ! peut-être Renny avait-il considéré les baisers qu'il lui avait donnés dans le verger comme une chose sans importance !

Une impulsion soudaine la fit aller près de lui là où il se trouvait, debout devant la vitrine de bibelots, un petit singe d'ivoire à la main.

— Je voudrais vous parler de Finch, dit-elle posément.

Il ne faisait pas très clair dans ce coin. Renny scruta furtivement son visage.

— Oui ?

— J'ai beaucoup d'affection pour lui. Ce n'est pas un garçon banal et il est à un âge difficile. Il y a quelque chose que j'aimerais vous voir faire pour lui.

Il la regarda avec méfiance. Où voulait-elle en venir ?

— Oui ?

Son ton était un peu interrogateur.

— Je voudrais que vous lui fassiez donner des leçons de piano. La musique lui ferait beaucoup de bien. C'est un enfant très intéressant et il a besoin de se détendre de sa géométrie et des choses de ce genre. Je suis certaine que vous ne regretterez pas de l'avoir fait. Finch mérite qu'on s'occupe beaucoup de lui.

Il avait l'air réellement surpris.

— Vraiment ? Il m'avait toujours fait l'effet d'un garçon assez maussade. Et il n'est pas bon en sport non plus. Ce serait une excuse pour être, la plupart du temps, le dernier de sa classe. Aucun de nous ne le trouve « intéressant ».

— C'est justement cela. Vous avez tous la même opinion sur lui et c'est pour cela qu'il se sent inférieur, le vilain petit canard. Vous êtes comme un troupeau de moutons, tous du même avis.

Son enthousiasme pour Finch lui faisait oublier sa réserve habituelle et aussi son embarras. Elle le regarda bien en face d'une façon accusatrice.

— Et vous me considérez comme le chef de file, n'est-ce pas ? Si vous tournez ma tête de bois dans une autre direction, les autres suivront. Il faut que je croie que Finch deviendra un cygne alors ?

— Je n'en serais pas étonnée.

— Et vous pensez que son âme a besoin de gammes et d'exercices ?

— Je vous en prie, ne vous moquez pas de moi.

— J'aurai toute la famille contre moi, vous savez. Ils ne pourront pas supporter le pianotage.

— Ils s'y habitueront. Finch *est* quelqu'un, bien qu'aucun de vous ne semble s'en douter.

— Comment êtes-vous sûre qu'il a des dispositions pour la musique ?

— Je n'en suis pas sûre. Mais je sais qu'il apprécie la musique et je crois qu'il vaut la peine qu'on fasse un essai. Avez-vous jamais observé son visage quand oncle Nicolas joue ?

— Non.

— Eh bien, il joue en ce moment. D'ici vous pouvez très bien voir Finch. Son expression n'est-elle pas belle, révélatrice ?

Renny regarda son jeune frère à l'autre bout de la pièce.

— Moi je lui trouve un air plutôt idiot avec sa bouche entrouverte et sa tête penchée en avant.

— Oh ! vous êtes décourageant ! dit-elle fâchée.

— Non. Il aura ses leçons de piano et je supporterai les récriminations de la famille. Mais, sur mon âme, je ne peux voir aucune promesse en lui en ce moment. Tenez, oncle Nick, avec la lumière qui tombe sur sa tête grise de lion, est très beau.

— Mais Finch... vous ne voyez pas ce regard ? Si seulement vous pouviez le comprendre — être un ami pour lui.

Ses yeux étaient suppliants.

— Quelle petite personne compliquée ! Je présume que vous vous tourmentez beaucoup. Peut-être vous tourmentez-vous à mon sujet ?

Il posa son regard intense sur les yeux d'Alayne.

Des sons graves sortaient du piano, grand-mère et Boney se faisaient des déclarations d'amour en hindou. La lumière jaune de la lampe, qui laissait les coins du salon dans une ombre mystérieuse, isolait Renny et Alayne, donnait au ton bas de leurs voix une portée que n'avaient pas leurs paroles.

Un trouble passionné envahit Alayne. Elle avait l'impression que les murs de la pièce se resserraient sur elle ; que le groupe des gens là-bas, lourds, inflexibles, ardents, orgueilleux, écrasait sa personnalité. Elle avait envie d'arracher le singe d'ivoire de la main de Renny et de le lancer au milieu d'eux pour leur faire peur, pour faire hurler le perroquet.

Et pourtant elle venait d'obtenir une faveur qui lui tenait fort au cœur : la musique pour le pauvre Finch.

Les contradictions de son caractère intriguaient et amusaient l'aîné des Whiteoak. Il découvrait qu'il se plaisait à l'étonner. Son ignorance du monde tel que lui le connaissait, sa réserve, sa droiture, ses enthousiasmes académiques, sa suffisance, la passion évidente qui se cachait derrière tout cela, faisaient d'elle une femme désirable. En même temps il éprouvait une sollicitude presque tendre à son égard. Il ne voulait pas la voir souffrir et il se demandait combien de temps s'écoulerait avant qu'Eden très certainement la fît souffrir.

— J'ai oublié hier comme je l'avais promis. M'avez-vous pardonné ?

— Oui, répondit-elle, et son cœur se mit à battre très fort.

— Mais ce n'est pas de faire donner des leçons de piano à Finch qui pourra compenser l'arbre abattu, je crains. Vous avez fait de moi un homme très sensible.

— Le regrettez-vous ?

— Oui. J'ai particulièrement besoin de toute mon énergie en ce moment.

Le perroquet cria :

— *Chore ! Chore ! Haramzada ! Chore !*

— De quoi parlez-vous tous les deux ? demanda grand-mère à tue-tête.

— De l'Orient, grand-mère, répondit son petit-fils.

— De la guerre ? J'aime entendre parler de la guerre autant qu'une autre. Connaissez-vous les Buffs, Alayne ? C'était le régiment de Renny. Votre pays a-t-il fait la guerre, Alayne ?

— Oui, Mrs. Whiteoak.

— Oui, *Gran,* s'il vous plaît.

— Oui, Gran.

— Ah ! je ne savais pas. Renny était dans les Buffs, un des plus fameux régiments d'Angleterre. Vous avez déjà entendu parler des Buffs, Alayne ?

— Non, pas avant de venir à Jalna, grand-mère.

— Qu'est-ce que cela veut dire ? Qu'est-ce que cela veut dire ? N'avoir pas entendu parler des Buffs ! Elle doit être folle ! Je ne veux pas de cela ! — Son visage devint pourpre de colère. — Parlez-lui des Buffs, quelqu'un. J'ai oublié le commencement. Parlez-lui-en tout de suite.

— Je lui en parlerai, dit Renny.

Nicolas mit la pédale. Grand-mère tomba dans un de ses brusques assoupissements où elle récupérait l'énergie dépensée dans un accès de rage.

Ils étaient assommants, pensait Alayne. Ils étaient ahurissants. Ils l'accablaient et pourtant dans cette pièce au plafond haut, une étrange beauté émanait des personnes présentes : grand-mère et Boney ; Nicolas au piano ; Meg toutes courbes féminines et douceur épaisse ; Piers et Eden jouant aux cartes ; Sasha pelotonnée sur la cheminée.

— Il ne faut pas que je me mette à vous aimer, dit Renny d'une voix étouffée. Ni vous à m'aimer. La situation deviendrait impossible.

— Oui, murmura Alayne. Ce serait impossible.

18

Dans le vent et la pluie

— Voilà une lettre de New York : ils ont bien reçu les épreuves, annonça Eden, et ils pensent que le livre sera prêt pour le 1er mars. Pensez-vous que ce soit une bonne époque ?

— Excellente, répondit Alayne. La lettre est-elle de Mr. Cory ?

— Oui. Il vous envoie ses hommages. Il dit que vous lui manquez énormément. Tout le monde vous regrette. Et il vous envoie un paquet de nouveaux livres.

Alayne était ravie.

— Oh ! je suis si contente. Je suis affamée de livres nouveaux. Quand je pense à la façon dont je les dévorais littéralement autrefois ! L'idée d'en recevoir de nouveaux me paraît maintenant merveilleuse.

— Quelle brute je suis ! s'écria Eden. Je ne pense jamais à autre chose qu'à ma maudite poésie. Pourquoi ne m'avez-vous pas dit que vous n'aviez rien à lire ? Je vous ai vue avec des livres et je n'ai pas réalisé qu'ils dataient probablement de quarante ans. Qu'est-ce que vous avez lu ?

— J'ai pas mal travaillé avec oncle Ernest, j'aime cela ; et je me suis plongée dans *Ouida* pour la première fois, figurez-vous ! J'ai aussi lu *Rob Roy* à Wake. Je ne m'en suis pas si mal tirée.

— Vous êtes adorable ! Pourquoi ne me grondez-vous pas tout simplement quand je suis stupide ? Vous êtes là, enfermée à Jalna, sans aucune distraction, pendant que la pluie de novembre tombe à flots et que je me perds dans mes imaginations absurdes.

— Je suis parfaitement heureuse ; seulement je ne vous vois pas beaucoup. Vous avez passé trois jours à la ville la semaine dernière, et un jour vous êtes allé à ce match de football avec Renny et Piers.

— Je sais, je sais. Je m'occupais de cette maudite situation.

— Cela n'a pas abouti, n'est-ce pas ?

— Non. Il y avait trop d'heures de présence. Je n'aurais pas eu une minute pour mon vrai travail. Ce que je veux, c'est une situation qui ne me prenne qu'une partie de mon temps et me laisse un peu de loisir ; et que ce ne soit pas trop mal payé. Un type qui s'appelle Evans, un ami de Renny qui est dans les Eaux et Forêts, va faire quelque chose pour moi, j'en suis presque sûr. Il était en Europe avec Renny et a épousé une parente du Premier ministre.

— Qu'est-ce que ce sera comme situation ?

Eden manquait de précisions sur cette situation. Alayne avait remarqué qu'il se dérobait dès qu'il s'agissait d'un travail quelconque, sauf ses vers sur lesquels il pouvait se concentrer avec passion.

— Je ne suis qu'un enfant pour les choses matérielles, aimait-il s'écrier. Ce n'est pas la peine, Alayne, vous ne pourrez jamais me faire grandir. Vous continuerez jusqu'à la fin de vos jours à arranger vos robes de New York, à porter des chapeaux et des chaussures de plus en plus usés et à vous résigner de plus en plus à...

— N'en soyez pas tellement convaincu, avait-elle répondu avec un peu d'âpreté. Je ne suis pas d'une nature résignée. Quant à être pauvre, selon Pheasant je suis riche. Du moins elle dit que votre famille le croit.

Il avait été stupéfait. Il ne pouvait comprendre pourquoi la famille croyait cela, si ce n'est parce qu'elle croyait toutes les jeunes filles américaines riches. Quant à Pheasant c'était une petite faiseuse d'embarras et il en parlerait à Piers.

Alayne s'était aperçue que, lorsque Eden était agaçant, il l'irritait d'une façon tout à fait hors de proportion avec ses paroles, il lui donnait positivement envie de lui faire de la peine. Cette fois, pour sauvegarder sa dignité, elle changea de sujet.

— Eden, je regrette quelquefois que vous ayez abandonné votre profession. Du moins vous auriez été sûr de cela, vous auriez été indépendant.

— Chérie, avait-il interrompu, souhaitez-moi des maux que je mérite, piétinez-moi, écrasez-moi, soyez cruelle, mais ne me souhaitez pas d'être un membre de cette ennuyeuse, abrutissante, atrophiante confrérie. C'est Meggie qui m'avait orienté dans cette voie quand j'étais trop jeune et trop faible pour résister. Mais quand je me suis aperçu de l'effet que cela produirait sur moi, Dieu merci, j'ai eu l'énergie de me libérer. Ma chérie, vous imaginez-vous seulement votre petit lapin blanc passant sa jeunesse le nez dans toutes sortes de procès moisis, de cas de divorces malpropres et d'actions en dommages parce qu'une auto conduite par le président de la Société pour la suppression du vice a écrasé le gros orteil d'un épicier ! Pensez à cela ! — Il secoua ses cheveux blonds et la regarda les yeux brillants. — Franchement, je n'aurais pas supporté cette vie une semaine.

Alayne serra la tête d'Eden sur son sein et la caressa à sa manière douce, un peu calme.

— Ne dites pas cela, chéri. Vous me donnez l'impression d'être un véritable ogre. Rien ne presse. Je n'ai encore pour ainsi dire pas touché à mon revenu.

— J'espère bien que non ! s'écria-t-il violemment.

Elle demanda au bout d'un instant :

— Les livres de Mr. Cory arriveront-ils directement ici ou faudra-t-il aller les chercher à la ville ?

— Cela dépend s'ils ont à payer un droit de douane. Si oui, nous irons ensemble les chercher. Cela vous changera un peu. Dieu sait que vous n'avez pas beaucoup de distractions.

Ils étaient dans leur chambre. Eden se mit à chercher dans une boîte de timbres un timbre qui ne fût pas collé contre un autre. Il les mettait sens dessus dessous, les détachait à moitié l'un de l'autre, puis, découragé, les rejetait dans la boîte en un tel désordre qu'Alayne mourait d'envie de les lui arracher et de les ranger si possible, mais elle avait appris qu'il n'aimait pas qu'on remît ses affaires en ordre. Il avait aidé Renny à dresser deux jeunes chevaux de selle et il sentait l'écurie. L'odeur des chevaux était toujours dans la maison ; les chiens entraient et sortaient continuellement, ils aboyaient pour entrer, grattaient aux portes pour sortir ; leurs pattes boueuses laissaient partout des traces en novembre. Alayne s'y habituait, mais au début cela l'avait irritée et même dégoûtée. Elle n'oublierait jamais le choc qu'elle avait ressenti quand, entrant dans sa chambre un après-midi, elle avait trouvé un chien de berger hirsute et sans queue couché au milieu de son lit.

Elle aimait assez les chiens, mais elle ne les comprenait pas. Chez elle on n'avait jamais eu de chien. Sa mère avait eu un poisson rouge et un serin, mais Alayne les avait considérés plutôt comme un encombrement. Elle sentait qu'elle préférerait les chevaux aux chiens et aux serins. Elle aurait aimé monter, mais on n'avait jamais suggéré qu'elle apprît, et elle était trop réservée, elle craignait trop d'être un embarras pour en parler. Meg n'était jamais montée à cheval depuis la rupture de ses fiançailles avec Maurice, mais Pheasant montait comme un garçon.

Eden avait enfin trouvé un timbre. Il le passa sur sa langue, puis le colla la tête en bas sur sa lettre.

En le regardant, Alayne eut brusquement une vision très nette de son mari âgé, solidement installé à Jalna, immuable, satisfait, sans espoir ni ambition, tout à fait semblable à Nicolas et à Ernest. Il était assis à son bureau la tête grise. Il cherchait un timbre, le léchait, le collait et se croyait occupé. Elle se sentit désespérément effrayée.

— Eden, dit-elle, en caressant toujours la tête dorée, avez-vous pensé à votre roman ces temps-ci ? Vous l'avez peut-être un tout petit peu commencé ?

Il se tourna vers elle en renversant la boîte de timbres et en donnant dans l'encrier un tel coup qu'elle eut peine à le rattraper.

— Vous n'allez pas commencer à m'ennuyer avec cela, n'est-ce pas ? — Son visage était très coloré. — Juste en ce moment où j'ai bien d'autres soucis. J'espère, chérie, que vous n'allez pas vous mettre à me harceler parce que je ne peux pas découvrir une situation pour l'instant. Je ne pourrais pas le supporter.

— Ne dites pas de bêtises, répondit Alayne. Je n'ai pas l'intention de vous harceler. Je voulais seulement savoir si vous pensiez toujours au roman.

— Naturellement. Mais, chère madame, un homme ne peut pas commencer un travail aussi important sans beaucoup réfléchir. Quand je commencerai je vous préviendrai.

Il prit son stylo et le secoua avec vigueur. Il essaya d'écrire, mais il était vide.

— N'est-ce pas fantastique, constata Eden, de voir combien l'univers entier semble vous en vouloir quelquefois ? Juste avant que vous entriez, ce rayon m'a frappé délibérément la tête tandis que je prenais un livre dans la bibliothèque. J'ai laissé tomber le livre et pendant que je le ramassais le coin pointu de la commode m'a cogné de l'autre côté de la tête. Maintenant mon stylo est vide et il ne reste presque plus d'encre !

— Laissez-moi vous le remplir, dit Alayne. Je crois qu'il reste assez d'encre.

Elle le remplit, embrassa la tête meurtrie et le quitta.

En descendant l'escalier elle aperçut Piers et Pheasant dans un grand fauteuil dans l'embrasure de la fenêtre sur le palier. Ils avaient tiré les vieux rideaux de bure sur eux, mais elle vit qu'ils mangeaient une grosse pomme rouge à pleines dents comme des enfants. Dehors le vent hurlait et la pluie fouettait les vitres derrière eux. Ils avaient l'air très gais et très insouciants comme si la vie était un jeu amusant. Et pourtant, se disait-elle, ils avaient aussi leurs ennuis.

La porte d'entrée était ouverte et Renny était sur le perron en train de parler à un homme qu'Alayne savait être un maquignon. C'était un homme aux joues épaisses, avec une voix profonde et rauque et de petits yeux rusés. Un vent froid et humide chargé de l'odeur mouillée de la campagne entrait par la porte ouverte. Les pieds des deux hommes avaient laissé des traces boueuses dans le hall et l'un des épagneuls les flairait avec intérêt. L'autre épagneul était couché dans le passage et se mordait avec fureur juste au-dessus de la queue. Dans le brusque crépuscule de l'après-midi finissant elle ne pouvait pas distinguer les traits de Renny, mais elle voyait son visage tanné tout près de celui du maquignon tandis qu'ils parlaient ensemble.

Après tout, pensait-elle, lui-même n'était pas très supérieur à un maquignon. Il passait plus de temps avec des chevaux qu'avec sa famille. Une fois sur deux il ne venait pas aux repas et quand il apparaissait et passait la grille sur sa jument grise efflanquée, les épaules tombantes et son grand dos légèrement courbé, on aurait dit qu'un être étrange montait à cheval à côté de lui.

Et le pouvoir troublant qu'il avait sur elle ! A côté de lui Eden, en haut, à son bureau, n'était qu'un enfant gâté. Pourtant Eden avait des dons brillants et magnifiques que Renny n'avait ni l'imagination ni l'intelligence d'apprécier.

Le visage de Rags, contracté de mécontentement, apparut dans une porte au fond du hall.

— Ma parole, quelle tempête ! l'entendit-elle murmurer. C'est assez fort pour enlever tout ce qui se trouve sur le plateau à thé.

— Je vais fermer la porte, Wragge, dit gentiment Alayne, mais, lorsqu'elle considéra froidement son offre tout en enjambant la longue queue soyeuse de l'épagneul, elle arriva à la conclusion qu'elle l'avait faite uniquement pour pouvoir rester un instant dans la porte, fouettée par le vent, et être vue de Renny.

Finalement elle n'évita pas tout à fait la queue empanachée. Le talon haut de sa chaussure l'écrasa et l'épagneul poussa un cri outragé de douleur. Renny regarda dans le hall avec un grognement : quelqu'un avait fait mal à un de ses chiens. Ses épais sourcils roux s'abaissèrent sur son nez recourbé.

— J'allais fermer la porte, expliqua Alayne, et j'ai marché sur la queue de Flossie.

— Oh ! dit Renny, je pensais que Rags lui avait peut-être fait mal.

Les petits yeux gris du maquignon brillèrent dans la pénombre en voyant Alayne.

Elle essaya de fermer la porte mais l'autre épagneul s'y appuya. Il ne voulait pas bouger. Renny le prit par la peau du cou et le tira sur le perron.

— Des bêtes têtues, n'est-ce pas ? remarqua le maquignon.

— Merci, Renny, dit Alayne, et elle ferma la porte et ne se trouva pas seule dans le hall, mais dehors sur le perron avec les hommes.

Renny lui jeta un coup d'œil étonné. Pourquoi donc avait-elle fait cela ? Le vent plaquait sa jupe contre ses jambes, renvoyait ses cheveux en arrière de son front, inondait son visage de gouttes de pluie. Pourquoi avait-elle fait une pareille chose ?

Merlin, l'épagneul, pour montrer qu'il ne lui gardait pas rancune, se dressa sur ses pattes de derrière, mit ses griffes sur sa jupe et essaya de lui lécher la figure.

— A bas, Merlin, à bas, dit son maître, et il ajouta négligemment : Alayne, c'est Mr. Crowdy, c'est lui qui a acheté le poulain de Firelight. Crowdy, Mrs. Eden Whiteoak.

— Très heureux, dit Mr. Crowdy en enlevant son chapeau. Quel vilain temps ! n'est-ce pas ? Mais il faut s'y attendre à cette époque de l'année. De la pluie, du grésil et de la neige à partir de maintenant. Vous allez souhaiter retourner aux États-Unis, Mrs. Whiteoak.

— Nous avons aussi du mauvais temps à New York, répondit Alayne en se demandant ce que cet homme pouvait penser d'elle.

Elle était sûre que Renny avait deviné son intention, voyait qu'il possédait sur elle un pouvoir malfaisant qui l'avait attirée contre sa volonté sur le perron.

— Allons, déclara le maquignon, il faut que je m'en aille. Mrs. Crowdy ne sera pas contente si je suis en retard pour dîner.

Lui et Renny se donnèrent rendez-vous à Mistwell pour le jour suivant et il partit dans une Ford tapageuse.

Ils étaient seuls. Une rafale de vent secoua la lourde vigne vierge au-dessus du perron et fit tomber une averse de gouttes qui mouillèrent leurs cheveux. Renny fouilla dans sa poche pour trouver une cigarette et l'alluma avec difficulté.

— J'avais besoin d'air, dit Alayne. Je suis restée à la maison toute la journée.

— Je suppose que cela vous énerve.

— Vous avez dû m'en vouloir d'arriver au milieu de votre conversation avec cet homme. Je ne crois pas avoir jamais fait quelque chose d'aussi stupide.

— Cela n'avait pas d'importance. Crowdy s'en allait. Mais êtes-vous sûre que vous n'allez pas prendre froid ? Voulez-vous que j'aille vous chercher un manteau dans l'armoire ?

— Non, je rentre.

Mais elle restait immobile à regarder les formes sombres des sapins qui s'enfonçaient vite dans l'obscurité croissante. Elle ne pensait plus, seuls ses sens étaient vivants et c'étaient les sens des choses élémentaires — la pluie, le vent, l'obscurité envahissante, la terre apaisée, implorante...

Était-elle dans ses bras, le tweed rêche de sa manche contre sa joue, ses lèvres pressées sur les siennes, torturée, affaiblie par ses baisers ? Non, il n'avait pas bougé de l'endroit où il se tenait. Il était debout, seul, au bord des marches, la pluie ruisselait sur son visage comme des larmes. Et pourtant pour elle le baiser avait été donné, reçu. Elle en éprouvait la volupté, l'abandon.

Il restait là immobile, se détachant sur la fenêtre de la bibliothèque qu'on venait d'éclairer derrière lui. Puis sa voix arriva comme de très loin.

— Non, non. Tout va très bien.

— Vraiment ? Je croyais que vous étiez venue ici pour me dire quelque chose.

— Non, je n'avais rien à vous dire. Je suis venue parce que — je ne peux pas vous expliquer — mais vous et cet homme faisiez un tableau surprenant là dehors et je me suis approchée sans y penser.

Profondément soulagée, elle comprit alors qu'il n'avait pas deviné le tour que ses sens lui avaient joué. Il l'avait seulement vue debout, rigide, en haut des marches balayées par le vent.

Une forme aux longues jambes arriva en bondissant le long de l'allée, monta les marches d'un saut et renversa presque Alayne. C'était Finch de retour du collège. Il était transpercé. Il jeta sur eux un regard surpris et se dirigea vers la porte.

— Oh ! Finch, vous êtes mouillé, dit Alayne en tâtant sa manche.

— Cela ne fait rien, répondit-il d'un ton bourru.

— Tu es en retard, constata Renny.

— Je n'ai pas pu prendre le train d'avant. Une partie d'entre nous était consignée.

Le jeune homme hésita et les considéra comme s'ils étaient des étrangers dont il voulait distinguer et se rappeler les traits.

— Hum ! marmotta Renny. Allons, tu feras bien de mettre des vêtements secs et de travailler un peu avant le thé.

Son ton absent et bref était différent de son attitude habituelle d'autorité indolente. Finch savait qu'il aurait dû s'en aller tout de suite, mais il ne pouvait pas obliger ses jambes à le porter dans la maison. Il y avait sur le perron une présence, quelque chose entre ces deux êtres qui le magnétisait. Son âme semblait fondre en lui, sortir de sa poitrine et se diriger à tâtons vers les leurs. Son corps n'était qu'une enveloppe impuissante fixée là sur deux jambes pendant que son âme rampait vers eux, tournait autour d'eux comme un des épagneuls, un des épagneuls sur la trace de quelque chose d'étrange et de merveilleux.

— Vous êtes trempé, Finch.

La voix d'Alayne venait de très loin.

Puis Renny :

— Veux-tu faire ce que je te dis ? Monte te changer.

Finch les regarda stupéfait. Puis lentement son âme réintégra son corps comme un chien sa niche. De nouveau ses jambes étaient vivantes.

— Pardon, dit-il entre ses dents, et il rentra en trébuchant dans la maison.

Meg descendait l'escalier et Rags venait d'allumer dans le hall.

— Comme tu es en retard, s'écria-t-elle. Oh ! que c'est sale par terre ! Finch, comment peux-tu avoir apporté toute cette boue ? On dirait un éléphant. Voulez-vous l'enlever tout de suite, Wragge, s'il vous plaît, avant qu'on ne l'ait piétinée. Combien de fois t'ai-je dit d'essuyer tes pieds dehors, sur le paillasson, Finch ?

— Je ne sais pas.

— Vraiment ce tapis devient impossible. Tu es en retard, chéri. Tu ne meurs pas de faim ?

Elle était en bas de l'escalier maintenant. Elle embrassa Finch et il frotta sa joue humide de pluie contre les siennes chaudes et douces.

— M-m, murmurèrent-ils en se câlinant.

Flossie l'épagneul grattait à la porte d'entrée déjà très égratignée.

— Que veut Flossie ? demanda Meg.

— Je ne sais pas.

— Mais elle veut sortir. Merlin doit être dehors. Était-il là quand tu es rentré ?

— Je ne l'ai pas vu.

— Faites sortir Flossie, Rags. Elle cherche Merlin.

— Non, ne la faites pas sortir, cria Finch. Elle ne fera que rapporter de la boue. Mettez-la dans la cuisine.

— Oui, je crois que cela vaut mieux. Mettez-la dans la cuisine, Rags.

Finch dit :

— Il faut que j'étudie mon piano.

— Mon chéri, répondit sa sœur d'un ton ferme, c'est l'heure du thé. Tu ne peux pas étudier maintenant. Il est temps de goûter.

— Mais voyons, cria Finch, je ne pourrai pas étudier ce soir alors. J'ai des tas de leçons à apprendre.

— Tu n'avais qu'à ne pas rentrer si tard. C'est une des raisons pour lesquelles j'aurais voulu un professeur moins cher. C'est si ennuyeux quand il n'y a pas moyen de travailler. Mais naturellement Alayne y tenait.

— Que tout aille au diable ! hurla Finch. Pourquoi ne puis-je pas étudier tranquillement ?

— Finch, monte tout de suite mettre des vêtements secs.

La porte de la chambre de grand-mère s'ouvrit et oncle Nick passa sa tête.

— A quel propos cette dispute ? demanda-t-il. Maman dort.

— C'est Finch. Il est très insolent.

Meg tourna son visage rond et doux vers Nicolas.

— Tu devrais avoir honte. Et tout l'argent qu'on dépense pour ton piano ! Monte. Tu mériterais qu'on te tire les oreilles.

Finch, les oreilles aussi rouges que si on les lui avait déjà tirées, monta l'escalier tête basse. Piers et Pheasant, toujours dans l'embrasure de la fenêtre, avaient croisé les rideaux si bien qu'ils étaient effectivement cachés sauf la forme de leurs genoux et leurs pieds qui dépassaient au bord. Finch, après un coup d'œil sur les pieds, fut aussitôt fixé sur l'identité de leurs propriétaires. Comme tout le monde excepté lui s'amusait ! Au chaud et au sec devant le feu ou en train de se dorloter dans les coins.

Il trouva Wakefield dans sa chambre, vautré sur le lit, qui lisait *Huckleberry Finn.*

— Bonsoir, dit poliment le petit garçon. J'espère que cela t'est égal que je sois ici. Je voulais m'étendre un peu parce que je ne suis pas très bien, et ton lit est le seul que je puisse mettre en désordre sans que Meggie me gronde.

— Pourquoi ne lui dis-tu pas que tu n'es pas bien ? demanda Finch ôtant sa veste trempée.

— Oh ! elle en ferait toute une histoire. Elle m'obligerait à m'étendre sur le divan où elle pourrait me surveiller. J'aime autant qu'un autre à être un peu tranquille.

Il mangeait des pâtes de guimauve et en offrit une à Finch.

— Merci, dit Finch qui était affamé. Tu parais avoir toujours des pâtes de guimauve depuis quelque temps. — Il regarda soudain Wakefield avec sévérité. — Est-ce que Meggie sait que tu en as tout le temps ?

Wake mordit dans une autre avec calme.

— Oh ! je ne crois pas. Pas plus qu'elle ne sait que tu as toujours des cigarettes sur toi.

Ses yeux étaient fixés sur son livre, sa joue ne bougeait pas. Il avait l'air candide, le petit démon, et pourtant ses paroles impliquaient une menace.

— Occupe-toi de tes affaires, cria Finch, ou je vais te jeter dans le hall.

Les yeux brillants de Wakefield se posèrent sur lui.

— Ne te mets pas en colère, Finch. Je me disais seulement que ton index était très jaune pendant que tu prenais ce bonbon. Tu ferais mieux de le frotter à la pierre ponce avant le goûter, où quelqu'un pourrait le remarquer. Tu comprends, tes mains sont si grandes et si osseuses qu'on les remarque et tout le monde sait qu'il faut plus d'une cigarette pour donner cette couleur orange.

— Tu vois trop bien, grogna Finch. Quand tu iras au collège on te dressera.

— J'en ai peur, dit Wake, tristement. J'espère que tu ne laisseras pas les autres garçons me maltraiter, Finch.

— Mais, voyons, il y a cinq cents garçons au collège. Crois-tu que je pourrai te surveiller ? Je ne te verrai même jamais. Il faudra que tu te débrouilles.

— Oh ! je m'arrangerai bien, dit Wake.

Finch pensait que Wake serait probablement plus heureux au collège que lui ne l'était. Il l'espérait, car il aimait beaucoup ce petit frère affable, à la peau brune, qui lui ressemblait si peu. En silence il retira ses chaussettes mouillées, frotta ses pieds pour le principe avec une serviette de toilette usée qu'il jeta ensuite dans un coin. Son imagination tournait en rond comme un écureuil en cage. La vue de Renny et d'Alayne seuls sur le perron obscur balayé par la pluie avait réveillé un souvenir dans sa mémoire, lui rappelait étrangement quelque chose. Il ne pouvait pas au début retrouver ce que c'était, puis il se souvint. C'était ce jour où il avait vu Renny et la femme inconnue dans le bois de sapins.

Ce n'était pas seulement le fait de trouver Renny seul avec une femme en un endroit sombre et retiré, c'était quelque chose dans son attitude, un air de détachement attentif, comme s'il écoutait, attendait un geste que cette femme devait faire. Une sorte de signal.

Finch ne pouvait pas comprendre pourquoi il avait été aussi profondément troublé de rencontrer Renny et Alayne sur le perron ensemble, à moins que ce ne fût parce que cela lui avait rappelé cette autre fois. Il n'avait pas voulu que Meg sût qu'ils étaient là. Mais pourquoi ? Il n'y avait rien de mal dans le fait qu'ils fussent là ensemble. C'était simplement lui qui avait une sorte d'âme à — oh ! Dieu, il semblait découvrir des possibilités de mystère et de mal là où personne d'autre ne verrait la moindre chose. Il avait une âme malsaine et mauvaise, c'était évident. Il méritait toutes les rebuffades qu'il recevait. Il avait une âme abominable, pensait-il.

Il aurait voulu que Meggie le laissât étudier son piano. Meggie était hostile aux leçons de piano. Aucun doute à ce sujet. Mais, s'il les avait prises avec Miss Pink, c'eût été très bien. Dieu, les femmes étaient bizarres !

Il alla au tiroir où était rangé son linge et chercha sans succès deux chaussettes allant ensemble.

19

Scènes diverses

Les livres de New York attendaient à la douane. Le jour de novembre où arriva la carte administrative qui en informait Alayne, la campagne était noyée dans une pluie glacée à tel point qu'une expédition à la ville pour les chercher paraissait impossible. Alayne avec le désespoir d'un enfant déçu errait dans la maison, regardait par une fenêtre, puis par une autre, considérait avec une nostalgie impuissante les sapins trempés semblables à des plumes funéraires, puis les prés où les moutons allaient et venaient en désordre, ensuite le bois embrumé qui s'enfonçait dans le ravin mouillé, et enfin, par une fenêtre de derrière, le vieux four de briques, les cordes à faire sécher le linge et un troupeau de canards crottés et agités. Elle pensait à New York et à sa vie là-bas, à son petit appartement, à la maison d'édition Cory and Parsons, au salon de réceptions, aux bureaux, aux salles d'emballage. Tout cela semblait un rêve. Les rues avec leur foule cosmopolite, visages aperçus et aussitôt perdus, visages vus de plus près dont on se souvenait quelques heures, cette magnifique et terrible poussée en avant. L'image de chaque figure ici était gravée dans sa mémoire, même celles des ouvriers de la ferme, de Rags, du garçon épicier et du marchand de poisson.

Comme Jalna pouvait être calme ! Il reposait sous un charme de silence, parfois durant des heures. En ce moment, dans le hall, on entendait uniquement le vieux chien de berger lécher assidûment sa patte malade et du charbon rouler au loin dans le sous-sol. Que faisaient les Wragge en bas, dans l'obscur demi-jour ? Disputes, récriminations, réconciliations ? Alayne avait vu Rags l'instant précédent traverser le hall et monter sans bruit l'escalier avec un plateau pour la chambre de Meg. Oh ! cette interminable succession de petits repas ! Cette femme ne pouvait-elle manger normalement à table ? Pourquoi cet air de mystère honteux ? Pourquoi cet entassement étouffant derrière toutes ces portes fermées ? Grand-mère : Boney, l'Inde, les crinolines, les médisances, le capitaine Whiteoak. Nicolas : Nip, Londres, le whisky, Millicent, la goutte. Ernest : Sasha, Shakespeare, les jours d'autrefois à Oxford, des dettes. Meggie : des cœurs brisés, des enfants naturels, des petits repas, un embonpoint agréable.

Et tous les autres préparaient leurs chambres pour leurs vieux jours, des nids sans air où ils demeureraient assis sous le toit percé de Jalna jusqu'à ce qu'à la fin il s'écroulât sur eux et les anéantît.

Il lui fallait emmener Eden avant que le charme maléfique de la maison n'agît sur eux et ne les gardât pour toujours. Elle achèterait une maison avec son argent, et il lui en restait encore suffisamment pour les faire vivre un an ou deux jusqu'à ce qu'Eden pût gagner assez avec sa plume. Elle ne voulait pas le voir astreint à un travail qui lui déplairait. Mais, avant tout, il ne fallait pas qu'elle restât à Jalna avec Renny Whiteoak. Elle ne se dissimulait plus le fait qu'elle l'aimait. Elle l'aimait comme elle n'avait jamais aimé Eden, comme elle n'aurait pas cru pouvoir aimer. En l'apercevant sur sa jument grise efflanquée elle oubliait ce qu'elle faisait, quoi que ce fût. Sa présence dans la salle à manger ou dans le salon la troublait à tel point qu'elle commençait à trouver ses sentiments dangereusement incontrôlables.

Deux heures sonnèrent à la pendule. Le jour n'était qu'à sa moitié, et déjà il paraissait aussi long que pouvait l'être un jour. Il pleuvait maintenant à torrents. Comme cette pluie rebondirait sur les pavés de New York ! Ici elle tombait en raies brillantes ininterrompues pareilles aux cordes vibrantes d'un instrument. Un palefrenier, un ciré jeté sur la tête, traversa en courant la cour, à l'effroi des canards, et descendit bruyamment au sous-sol. Un instant après Mrs. Wragge montait péniblement l'escalier de son domaine et apparaissait dans le hall.

— S'il vous plaît, Mrs. Whiteoak, dit-elle, Mr. Renny a fait dire de l'écurie qu'il va en auto à la ville cet après-midi et si vous voulez lui envoyer la carte de la douane par Wright il dit qu'il vous rapportera les livres de New York. Ou était-ce des ?... Dieu me pardonne, j'ai oublié en venant. Et il n'y a rien qui le mette plus en colère qu'une erreur dans une commission.

— C'étaient des livres, dit Alayne. Je cours dans ma chambre chercher la carte. Restez au pied de l'escalier et je vous la jetterai.

L'idée d'avoir les livres ce soir la comblait de joie. Elle monta l'étage quatre à quatre.

Eden n'était pas comme elle s'y attendait en train d'écrire. Il sortait les livres de la bibliothèque et les empilait sur le lit.

— Hello ! s'écria-t-il. Regardez au milieu de quel fouillis je suis. Je vous débarrasse de ces vieux livres. Il y en a des quantités que je n'ouvre jamais. Cela tient de la place. Des vieux romans, *Les Mille et Une Nuits*. Et même de vieux livres de classe. Et *Boy's Own*. Wake pourra les prendre.

Dans quel état se trouvait le lit !

— Eden, vous êtes sûr qu'ils ne sont pas couverts de poussière ?

— De poussière ! Je parierais qu'on ne les a pas essuyés depuis cinq ans. Regardez mes mains.

— Oh ! Enfin tant pis. Renny va en voiture à la ville et passera à la douane prendre les livres. Où peut donc être cette carte ? Je me rappelle l'avoir laissée sur le bureau et vous y avez empilé des livres partout. Vraiment, Eden, vous êtes la personne la plus désordonnée que j'aie jamais connue.

Ils discutèrent en cherchant la carte qui fut finalement extraite du panier à papiers. Pendant ce temps la voiture était arrivée devant la porte et Mrs. Wragge haletante montait avec un autre message.

— Il dit qu'il est déjà en retard et il demande la carte. Il dit qu'il ne fait plus du tout aussi mauvais dehors et si vous vouliez aller à la ville. Mais franchement je n'irais pas si j'étais vous, parce que Mr. Renny, il conduit comme un fou, et la grand-route sera détrempée.

— Excellente idée ! s'écria Eden. Nous y allons tous les deux, n'est-ce pas, Alayne ? Cela nous fera du bien. J'ai travaillé comme un nègre. Je pourrai relancer Evans pour cette situation et vous ferez quelques courses. Nous prendrons le thé au *George* et nous serons rentrés à temps pour dîner. Voulez-vous, Alayne ?

Alayne voulait bien. N'importe quoi pour échapper quelques heures à l'atmosphère étouffante et déprimante de Jalna. Mrs. Wragge redescendit tout essoufflée avec la réponse.

Alayne n'était encore jamais de sa vie partie en laissant sa chambre dans un tel état. Impossible de garder même une apparence d'ordre dans la pièce où Eden travaillait. Lorsqu'ils seraient dans leur maison à eux, oh ! la petite chambre fraîche, jaune et mauve, qu'elle aurait pour elle !

Si Renny fut déçu à la vue d'Eden il ne le montra pas. Mari et femme revêtus d'imperméables s'installèrent dans le fond sous la capote. Les branches mouillées des sapins balayèrent les vitres tandis qu'ils descendaient l'allée.

C'était vrai que le maître de Jalna conduisait « comme un fou ». La grand-route était presque déserte. Semblable à un ruban mouillé tendu, elle se déployait devant eux : à gauche alternaient des bois trempés, des champs, des contours brumeux de villages ; à droite l'étendue grise de la mer intérieure et déjà, sur un îlot de sable, un phare lançait son rayon solitaire dans le brouillard.

On déposa Alayne devant un magasin. « Êtes-vous sûre d'avoir tout l'argent qu'il vous faut, chérie ? » Et un demi-sourire de Renny. Eden fut laissé à la douane et ensuite l'aîné des Whiteoak traita ses affaires étranges avec de grossiers valets d'écurie au milieu de splendides bêtes à la robe luisante qui mordaient leurs mangeoires et piétinaient la paille odorante et chaude dans l'excès de leur ennui.

Alayne acheta une écharpe française pour l'envoyer à Rosamund Trent, « rien que pour lui montrer que nous avons quelques jolies choses ici », deux chemises neuves pour Eden — une surprise —, une boîte de bonbons pour grand-mère, une autre, plus belle et plus grande, pour la famille, une blouse de couleur vive qui la tenta pour Pheasant et quelques bonnes paires de bas de laine pour elle.

Elle trouva Eden et Renny qui l'attendaient dans l'entrée d'un salon de thé. Ils choisirent une table près du feu pétillant. Dans un coin par terre, Eden entassa les achats d'Alayne sur le paquet de livres. Il y avait bien huit livres, lui annonça-t-il, et il avait eu beaucoup de peine à les retirer de la douane. On les avait égarés et il avait fallu six employés pour les trouver. Alayne les couvait des yeux. Pendant qu'ils attendaient ce qu'ils avaient commandé, elle leur raconta ce qu'elle avait acheté et à qui elle le destinait sauf les chemises qui devaient être une surprise.

— Et rien pour moi ? implora Eden en essayant de saisir son pied entre ses souliers à semelles épaisses.

— Attendez et vous verrez.

Elle lui lança un chaud regard en essayant d'éviter les yeux sombres de Renny.

— Ni pour moi ? demanda-t-il.

— Ah ! dit Eden, il n'y a rien pour toi. — Et il pressa le pied d'Alayne. — Mon Dieu, continua-t-il comme la serveuse arrivait avec le plateau, il a demandé des œufs pochés ! Pourquoi n'en ai-je pas fait autant ?

Il considéra un instant, avec envie, les deux lunes qui s'étalaient sur les toasts beurrés devant son frère et attaqua ensuite son gâteau et sa confiture de framboises.

— Qu'est-ce que vous avez pris ? demanda Renny en regardant d'un air dégoûté le gâteau d'Alayne et sa glace.

— Vous semblez oublier, répondit-elle, que je suis américaine et que, depuis des mois, je n'ai pas goûté à notre friandise nationale.

— J'aimerais que vous me laissiez demander un œuf pour vous, déclara-t-il sérieusement. Ce serait bien plus nourrissant.

Eden interrompit :

— Tu sais, Renny, tu sens abominablement l'écurie.

— Rien d'étonnant. Je viens d'embrasser la plus jolie pouliche qu'on puisse voir et elle va m'appartenir. Quel cou ! Quelle croupe ! Et une robe pareille à du satin brun.

Il cessa de tremper son morceau de pain dans le jaune d'un œuf pour fixer avec extase le vide.

Alayne céda. Elle le regarda, se nourrit du spectacle de la lumière du feu sur son visage creusé, tanné par le grand air, se perdit dans la profondeur de ses yeux absents.

— Toujours des chevaux, jamais de femmes, disait Eden, la bouche pleine de confiture. Je suis sûr que tu rêves la nuit qu'une crinière te balaie la figure et qu'une paire de jolis sabots te piétine la poitrine. Quel compagnon de lit, hein, Renny ?

Son ton était affectueux, et cependant empreint de la supériorité de l'intellectuel à l'égard de l'homme que seule l'action intéresse.

— Il y a pis, dit Renny en souriant.

A l'abri du vent et de la pluie tous trois parlaient, riaient et se versaient des tasses de thé couleur d'ambre. Des gouttes dorées de beurre suintaient à travers les trous du pain grillé et formaient des ronds sur les petites assiettes vertes. De gros raisins tombaient des tranches de cake ; Alayne donna sa part de glace à Eden. Un bourdonnement agréable d'insouciant bavardage bruissait autour d'eux.

— A propos, dit Eden, Evans voudrait que je passe la nuit ici. Il veut que je voie un individu nommé Brown.

— Il y a déjà quelque chose de fait ? demanda Renny.

Eden secoua la tête.

— Tout est mort ici au point de vue affaires. Les bureaux sentent positivement le moisi. Mais Evans dit qu'il y aura sûrement un grand changement au printemps.

— Pourquoi ? demanda Alayne.

— Je ne sais vraiment pas. Evans ne me l'a pas dit. Mais ces gens ont une façon de vous expliquer...

— Oh ! oui, approuva Renny avec conviction. Ils savent.

« Des enfants, pensait Alayne, voilà ce qu'ils sont, de vrais enfants lorsqu'il s'agit d'affaires. Ils croient ce qu'on leur dit. Pas d'initiative. J'en sais cinq fois plus qu'eux sur ce sujet. »

— Donc, continua Eden, si vous ne craignez pas de vous confier à Renny, madame, je resterai ici cette nuit et je verrai cet homme. Vous n'aurez qu'à remettre les livres dans la bibliothèque et je m'en occuperai demain. C'est trop idiot que je les aie laissés partout.

— Oh ! je m'arrangerai.

Mais elle se disait : « Cela lui est égal. Il sait que je vais avoir à transporter une centaine de livres poussiéreux, que le lit est tout défait, il y en a même sur les chaises et sur la commode, et il n'y repensera même pas. Il est égoïste. Il est aussi personnel qu'un chat. Pareil à un chat souple, doré, couleur d'écaille ; et Renny ressemble à un renard ; et leur grand-mère est un vieux perroquet ; et Meggie est un autre chat, de l'espèce douce, ronronnante qui est surtout méchante et cruelle avec un oiseau ; et Ernest et Nicolas sont deux vieux hiboux ; et Finch un agneau maladroit en pleine croissance : quelle ménagerie à Jalna ! »

Quand Eden l'installa dans la voiture il murmura :

— Notre première nuit l'un sans l'autre. Je me demande si nous pourrons dormir.

— Cela va nous sembler bizarre, répondit-elle.

Il passa la tête et les épaules dans l'obscurité de l'intérieur et l'embrassa. La pluie fouettait l'auto. Les paquets d'Alayne étaient entassés sur la banquette à côté d'elle.

— Mettez la couverture sur vous. Avez-vous chaud ? Maintenant votre petite main. — Il la pressa sur sa joue. — Vous auriez peut-être mieux aimé vous asseoir devant avec Renny ?

Elle secoua négativement la tête, et il claqua la porte juste comme la voiture démarrait.

Ils étaient partis par les rues ruisselantes et sombres, ils essayaient de se frayer un chemin à travers la circulation ralentie, les autos qui avaient l'air de scarabées noirs mouillés rentrant en trébuchant chez eux. A chaque instant la main de Renny armée d'un chiffon glissait devant la vitre. Pas d'améliorations modernes sur l'auto de Jalna. Puis hors de la ville. Le long du rivage où un trou noir indiquait le lac et où l'on se sentait tout à coup petit et seul. Pourquoi ne lui parlait-il pas ? Ne disait-il pas quelque chose de banal et de réconfortant ?

Ils avançaient dans un chemin tellement étroit qu'il y avait à peine la place nécessaire pour que la voiture passât. Renny se tourna vers elle.

— J'ai à voir quelqu'un ici. Je ne resterai pas plus de cinq minutes. Cela ne vous ennuie pas ?

— Mais non, naturellement.

Pourtant elle pensait : « Il me demande si cela ne m'ennuie pas une fois que nous sommes ici. N'est-ce pas très Whiteoak ! Naturellement cela m'ennuie. Je vais détester rester assise ici dans l'obscurité glacée, seule sous cette pluie battante. Mais il ne s'en occupe pas. Il ne s'occupe pas de moi. Peut-être a-t-il oublié — tout — exactement comme il l'avait promis, et je ne peux pas oublier, et je souffre. »

Il avait plongé dans l'obscurité et avait été englouti aussi complètement qu'une pierre jetée dans un étang. On n'entendait pas le bruit de ses pas s'éloigner. On aurait à peine pu entendre le trot d'un cheval dans le vent et la pluie. Elle le vit penché à la portière de la voiture ; l'instant suivant il était apparemment volatilisé. Mais peu après elle entendit un chien aboyer et ensuite le bruit d'une porte qu'on claquait.

Elle enfonça son menton dans son col de fourrure et serra la couverture. Elle s'aperçut alors qu'il avait laissé la porte de la voiture ouverte. Cela lui était égal qu'elle fût mouillée et glacée jusqu'aux os. Elle en aurait pleuré ; par le fait elle eut un petit sanglot en se penchant sur le siège pour attraper la porte. Elle ne put la fermer. Elle se renfonça et tira la couverture encore plus haut. C'était comme si elle était dans une toute petite maison isolée dans les bois, enfermée par les murs sonores de la pluie. Et si elle avait habité une petite maison perdue dans les bois — avec Renny — si elle attendait qu'il revînt près d'elle — oh ! Dieu, pourquoi ne pouvait-elle l'écarter de sa pensée ? Son âme devenait semblable à une muette, toujours courant, haletante, sur la trace de Renny. Renny le renard !

Il leur fallait quitter Jalna, elle et Eden, avoir leur chez-eux avant qu'elle devînt une personne différente de celle qu'Eden avait épousée. Déjà maintenant elle se reconnaissait à peine. Quelque chose de désespéré, de vagabond, d'agité, grandissait en elle — elle — elle, la calme fille du professeur Knowlton C. Archer.

Elle saisit la ficelle qui attachait les livres comme pour être sauvée par eux. Elle allait essayer de deviner les titres des livres d'après ce qu'elle savait des dernières publications Cory. Ce serait intéressant de voir combien elle en devinerait. Que dirait-elle à Renny quand il reviendrait ? Serait-elle tout simplement froide et distante ou dirait-elle quelque chose qui lui ferait comprendre son état d'esprit, son état d'esprit torturant ? Autant se taire et le laisser parler le premier.

Renny montait dans l'auto. Il avait surgi du vide, qui sentait la terre, aussi brusquement qu'il y avait disparu. Il se laissa lourdement tomber sur le siège et claqua la porte derrière lui.

— Ai-je mis longtemps ? demanda-t-il d'une voix sourde. Je crains d'avoir mis plus de cinq minutes.

— Cela m'a semblé long.

La voix d'Alayne était faible et lointaine.

— Je vais allumer une cigarette avant que nous repartions.

Il chercha son étui et le lui tendit. Elle en prit une et il frotta une allumette. Pendant que le visage d'Alayne était éclairé il le regarda pensivement.

— Je me disais, en revenant dans le chemin, que si vous n'étiez pas la femme d'Eden, je vous demanderais si vous voudriez être ma maîtresse.

L'allumette s'éteignit et de nouveau ils furent dans l'obscurité.

— On peut faire cela à quelqu'un d'autre, continua-t-il mais pas à son frère... à son demi-frère.

— Ne croyez-vous pas au péché ? demanda-t-elle derrière le léger nuage de fumée qui voilait sa tête.

— Non, je ne pense pas que j'y croie. De moins je n'ai jamais regretté quelque chose que j'avais fait. Mais il y a des choses qu'on ne fait pas. Vous ne l'aimez pas vraiment, n'est-ce pas ?

— Non, j'ai seulement cru que je l'aimais.

— Et vous m'aimez ?

— Oui.

— C'est une fameuse malchance. J'ai lutté mais j'ai été vaincu. — Il continua sur un ton d'étonnement ingénu. — Et dire que vous êtes la femme d'Eden ! Quelle malchance invraisemblable !

Elle se disait : « Si vraiment il se laisse aller et me demande cela, je dirai oui. Rien ne compte sauf notre amour. Mieux vaut envoyer promener les convenances qu'avoir en soi ce bouleversement. Je ne peux pas l'endurer. Je dirai oui. »

La vie montait en sombre marée tout autour d'eux. Le long du chemin elle coulait comme entre les berges d'un fleuve. Ils flottaient dessus, deux feuilles qui s'étaient rencontrées et étaient prises. Ils y étaient noyés comme les reflets tremblants de deux étoiles. Ils parlaient bas, d'une voix hachée. Quand avait-il commencé à l'aimer ? Quand avait-elle compris que toutes ses impressions d'attente, de joie étaient des signes éclatants du feu nouveau qui la consumait ? Mais il n'exprima plus par des mots son désir d'elle. Lui qui toute sa vie avait enfourché le désir comme un cheval au galop, tenait maintenant pour certain que dans cet amour, le plus profond qu'il eût connu, il devait dominer son désir. Elle qui avait vécu une vie de maîtrise d'elle-même était maintenant prête à s'abandonner amoureuse et consentante, ne se souciant plus que de son amour.

A la fin machinalement il mit le contact et embraya. La voiture tourna lentement dans le chemin détrempé, avança lourdement avec une obstination d'éléphant sur l'herbe haute du bord du chemin et glissa ensuite en ronflant sur la grand-route.

Ils parlèrent à peine jusqu'à leur arrivée à Jalna sauf lorsqu'il dit par-dessus son épaule :

— Aimeriez-vous monter à cheval ? Cette nouvelle jument est tout à fait ce qu'il vous faut. Elle est très jeune, mais merveilleusement dressée et aussi douce qu'un jour de juin. Vous apprendriez vite.

— Mais ne l'aviez-vous pas achetée comme spéculation ?

— Eh bien, elle servira à la reproduction.

— Si vous pensez que je puisse apprendre.

— Je crois que vous monteriez très bien. Vous avez ce qu'il faut, vous êtes bien bâtie.

La famille était à table. Meg fit refaire du thé pour les retardataires.

— Ne pourrions-nous pas avoir plutôt du café ? demanda Renny. Alayne en a assez de votre thé sempiternel, Meggie.

Nicolas demanda :

— Quels livres a-t-on envoyés ? Cela ne me déplairait pas de lire un nouveau roman. Je prendrai une tasse de café quand il arrivera. Où vous êtes-vous débarrassés d'Eden ? Vous n'avez pas froid, enfants ?

Ses yeux sombres étaient fixés sur eux avec une expression voilée comme si, au-delà d'eux, il fût absorbé par des pensées compliquées.

— Evans voulait qu'il reste à la ville, répondit Renny en recouvrant de moutarde son bœuf froid.

— Crois-tu qu'il va trouver quelque chose pour Eden ? interrogea sa sœur.

— Oh ! je ne sais pas. Rien ne presse.

Ernest déclara d'un ton hargneux :

— Comme je le disais juste avant votre arrivée, il faut qu'on fasse quelque chose au sujet des jeunes coqs. Ils chantent sans arrêt. Je n'ai pas pu fermer l'œil un instant depuis l'aube à cause d'eux. On m'a dit il y a un mois qu'on les tuerait bientôt et ils chantent toujours.

— Oh ! non, interrompit Finch, ne tuez pas tous les jolis petits coqs Leghorn. Ils sont si...

— Cela t'est bien égal à toi, Finch, dit Ernest en colère. Tu dors comme une bûche. Mais ce matin c'était effroyable. Les gros Wyandotte ont essayé toutes les variétés de chant, depuis un cri claironnant de défi jusqu'à un cocorico rauque et entrecoupé, et alors l'écho plaintif en mineur des petits Leghorn : « Cocorico ! » C'est à devenir fou.

— Tu les imites très mal, dit son frère. C'est plutôt comme cela.

Et d'une voix de stentor il essaya à son tour, en agitant ses bras comme des ailes. Piers et Finch crièrent aussi.

— Ensuite une poule, continua Ernest, crut qu'elle allait pondre un œuf. Au moins vingt fois elle annonça qu'elle croyait qu'elle ferait bien de pondre un œuf. Puis elle pondit son œuf en criant à plusieurs reprises pour que tout le monde sût quel travail accablant et important c'était. Et ses cris de triomphe quand elle eut fini ! Pour achever, tous les coqs et tous les poulets de la basse-cour chantèrent aussitôt en chœur.

— Chacun croyant, pauvre imbécile, dit Nicolas, qu'il était le père de l'œuf.

— Je ne les ai pas du tout entendus, dit Meggie.

Ernest leva sa longue main blanche.

— Si je tenais toute la gent gallinacée, dit-il, entre le pouce et l'index de cette main, le soleil se lèverait demain sur un monde sans coqs et sans poules.

De violents coups de canne résonnèrent sur le parquet de la chambre de grand-mère.

— Piers, va voir ce qu'elle veut, dit Meg. Je l'ai bordée il y a au moins une heure et elle s'est endormie instantanément.

Piers y alla et revint en déclarant :

— Elle veut savoir qui a fait entrer le coq dans la maison. Elle dit qu'elle ne veut pas de cela. Elle demande que Renny et Alayne aillent l'embrasser.

— Oh ! elle ne veut sans doute que Renny. Je ne pense pas qu'elle veuille déranger Alayne.

— Elle a dit qu'elle voulait qu'ils viennent tous les deux l'embrasser.

— Venez, Alayne, dit Renny en jetant sa serviette.

Ils quittèrent la pièce ensemble.

Juste au moment où ils arrivaient à la porte de la chambre on poussa un long soupir à l'intérieur. Ils hésitèrent, se regardèrent. Cette aspiration tremblante les toucha au cœur. Elle était étendue là, seule, la vieille femme, avec ses pensées. Ses craintes, peut-être. A quoi pensait-elle, allongée sous ses couvertures tandis que ses vieux poumons se dilataient, se contractaient ? Ils entrèrent et se penchèrent sur elle, chacun d'un côté du lit. Elle les attira à elle l'un après l'autre et les embrassa avec une affection somnolente, pourtant passionnée, sa bouche toute douce et rentrée avec ses deux rangées de dents ôtées.

Pendant qu'ils remontaient les couvertures autour de son cou, elle les regardait, les yeux étrangement brillants sous la lumière nocturne, infiniment pathétique.

— C'est tout, Gran ? demanda Renny.

— Oui, chéri.

— Vous êtes tout à fait bien, Gran ? demanda Alayne.

Elle ne répondit pas, car elle dormait de nouveau. Dehors ils échangèrent un sourire tendre, malicieux. Ils auraient voulu ne pas avoir à retourner dans la salle à manger. Ils s'aimaient encore plus à cause de leur pitié pour la vieille femme.

Quand Nicolas et Ernest se séparèrent pour la nuit, Nicolas dit de sa voix rauque :

— Tu n'as rien remarqué au sujet de ces deux-là ?

Les yeux d'Ernest clignotaient mais maintenant il était tout éveillé.

— Non. Et pourtant, maintenant que j'y pense... Que veux-tu dire, Nick ?

— Ils s'aiment. Cela ne fait pas de doute. Je vais entrer chez toi une minute et te raconter ce que j'ai observé.

Tous deux entrèrent doucement dans la chambre d'Ernest et fermèrent la porte derrière eux.

Renny, dans sa chambre, était assis dans un vieux fauteuil de cuir, une pipe qu'il venait de bourrer à la main. Cette pipe et ce fauteuil étaient consacrés à sa dernière pipe avant de se mettre au lit. Il ne l'alluma pas tout de suite, cependant, mais garda le fourneau lisse dans la paume de la main, et resta dans son fauteuil à penser, avec l'amertume de l'amour sans espoir, au charme désirable de celle qu'il aimait. Cette femme, la femme d'Eden. L'infernale cruauté de cela ! Ce n'était pas comme s'il l'aimait seulement physiquement, comme il avait aimé les autres femmes. Il l'aimait avec tendresse, avec le désir de la protéger. Il voulait la préserver de toute souffrance. Sa passion, qui, dans les autres cas, avait jailli comme une fleur rouge flamboyante sans feuillage, dressait cette fois presque timidement la tête à travers de tendres feuilles de sollicitude et de pure affection.

Elle était là dans la chambre voisine, seule. Et non seulement elle était seule, mais elle l'aimait. Il se demandait si elle s'était déjà donnée à lui en imagination. Cet homme vigoureux manquait de l'intuition qui lui aurait permis d'imaginer les sentiments d'Alayne. Elle était pour lui un livre fermé en langue étrangère. Il croyait qu'il existait des hommes qui comprenaient les femmes à cause d'une certaine curiosité dans leurs contacts avec elles. Il trouvait cela à peine convenable. Il prenait ce que les femmes lui donnaient et ne posait pas de questions.

Elle était là dans la chambre voisine, seule. Il l'avait entendue remuer dans ses préparatifs pour se coucher. Elle avait paru changer des choses de place et il s'était souvenu qu'Eden avait parlé d'un rangement de bibliothèque. Le sinistre imbécile ! Lui laisser à transporter une quantité de livres lourds. Il avait songé à aller l'aider mais avait décidé de ne pas le faire. Dieu sait ce qui eût pu en résulter — seuls ensemble dans cette chambre — tandis qu'il pleuvait sur le toit, sur le vieux toit couvert de mousse de Jalna qui pressait sur eux. Toutes les passions qui avaient brûlé et étaient mortes à l'abri de ce toit, les auraient unis. Elle était là dans la chambre voisine, seule. Il se la représentait dans une jolie chemise brodée, blottie sous l'édredon de soie comme un petit chat, ses cheveux en deux longues nattes couleur de miel sur l'oreiller. Il se leva et alla avec agitation à la porte, l'ouvrit et regarda dans le hall. Un gouffre sombre. Et un silence que rompaient seuls le grondement sourd des ronflements d'oncle Nick et le tic-tac grinçant de la vieille horloge. Dieu ! Pourquoi Eden avait-il choisi cette nuit pour être absent ?

Wakefield se retourna dans le lit, et Renny ferma la porte et vint près de lui. Il ouvrit les yeux et lui sourit tout endormi.

— Renny, à boire.

Il prit une carafe sur la toilette, remplit un verre et le porta aux lèvres de l'enfant. Wake se souleva sur son coude et but avec satisfaction, la lèvre supérieure grossie jusqu'à en être épaisse dans l'eau. Il vida le verre et se laissa retomber sur l'oreiller la bouche humide et les yeux câlins.

— Tu te couches, Renny ?

— Oui.

— Tu as fumé ta pipe ?

— Oui.

— M-m. Je ne sens rien.

— Je crois que je l'ai oubliée.

— C'est drôle. Dis, Renny, quand tu seras couché, veux-tu jouer à être d'autres personnes ? Je suis énervé.

— Pas du tout. Dors.

— C'est vrai. Je suis très énervé. Tâte mon cœur.

Renny le tâta :

— Moi je le trouve parfait. — Il remonta les couvertures sur les épaules du petit garçon et lui donna une petite tape dans le dos. — On croirait que tu as cent ans. Tu fais plus d'histoires que grand-mère.

— Est-ce que je pourrai aller au marché aux chevaux avec toi ?

— Peut-être.

— Hurrah. As-tu acheté la pouliche ?

— Oui.

— Quand sera-t-elle ici ?

— Demain.

— Si je ne suis pas bien, est-ce que je pourrai ne pas aller à ma leçon ?

— Oui.

Renny était incapable de résister, ce soir. Wake s'en apercevait. Il pouvait faire ce qu'il voulait avec lui.

— Est-ce que je pourrai dire à Meggie que tu as dit cela ?

— Je présume.

— Qui serons-nous quand tu seras couché ?

— Voyons, pas des pirates, ni des harponneurs, ni des oiseaux de ce genre. Tu vas trouver deux gentilles personnes calmes et aimables pendant que je fume ma pipe.

On entendit un pas assourdi dans le hall et un petit coup à la porte. Renny l'ouvrit sur Rags bouffi de sommeil mais important.

— Je regrette de vous déranger, monsieur, mais Wright est en bas. Il arrive de l'écurie et il dit que le poulain de Cora est au plus mal, monsieur, et si vous vouliez venir le voir.

Rags parlait vite avec la satisfaction qu'ont les domestiques à annoncer de mauvaises nouvelles.

Celle-ci était vraiment mauvaise, car Cora était une acquisition récente et coûteuse.

— Oh ! maudit sort ! grommelait Renny tandis que lui et Wright, leurs cols de manteaux relevés, se hâtaient sous la pluie, qui n'était plus maintenant qu'une bruine glacée, pour se rendre à l'écurie.

— Oui, sûrement, monsieur, dit Wright, c'est une fameuse malchance. J'allais juste éteindre et aller me coucher — lui et deux autres hommes dormaient au-dessus du garage — quand j'ai vu qu'il n'allait pas du tout. On venait pourtant de le soigner, et nous lui avions donné un œuf cru, mais il s'est à moitié affaissé et a laissé aller sa tête, et je me suis dit qu'il valait mieux vous chercher. Il avait eu l'air un peu plus fort aujourd'hui pourtant.

En bas, dans l'écurie, il faisait chaud et sec. La lumière électrique brillait clairement — des lampes dans la maison, l'électricité dans les étables à Jalna — et il y régnait une agréable odeur de foin nouveau. Le poulain était couché sur une litière de paille fraîche dans un box séparé. Sa mère dans la stalle suivante lui jetait des regards anxieux et troublés par-dessus la cloison qui les séparait. Pourquoi son tendre museau n'était-il pas pressé contre elle à renifler ? Pourquoi, quand il tétait, tirait-il si doucement sans aucun de ces délicieux heurts, de ces tiraillements furieux qui, l'instinct le lui disait, étaient normaux ?

Renny ôta son manteau, le jeta sur la cloison et s'agenouilla auprès du poulain. L'animal semblait le connaître, car ses grands yeux humides qui regardaient son visage contenaient une question suppliante. Pourquoi en était-il ainsi ? Pourquoi avait-il été jeté de l'obscurité chaude et tranquille dans cette lumière qui vous perçait l'âme ? Qu'est-ce que c'était ? Et le long de quelle sombre allée sonore aurait-il bientôt à suivre son chemin, timide et seul ?

Sa tête grande et anguleuse était dressée au-dessus de son doux corps velu ; ses pattes raides de poulain étaient toutes en angles pitoyables.

— Pauvre petit bébé, murmura Renny en le caressant de la main. Pauvre petit bébé malade.

Wright et Dobson étaient près de lui et recommençaient les choses qu'ils avaient déjà faites. Cora gémit plaintivement et mordit le bord de sa mangeoire.

— Donnez-moi le liniment qu'a laissé le vétérinaire, dit Renny, ses pattes sont froides.

Il remplit de liquide la paume de sa main et se mit à frictionner les pattes du poulain. Si seulement chaleur et force pouvaient passer de lui en l'animal : « Par Judas, pensa-t-il, peut-être ma tête rousse a-t-elle une vertu échauffante ! »

Il envoya les deux hommes se coucher, car il voulait s'occuper lui-même du poulain et ils avaient besoin de sommeil. Il le frictionna jusqu'à ce que ses bras fussent incapables de remuer en lui murmurant des encouragements en un sot langage puéril : « Bébé poulain, pauvre petit, est-ce qu'on se sent un peu mieux maintenant ? petite fille de Cora ! »

Des bruits réconfortants venaient des autres stalles, de doux reniflements dans de grands naseaux veloutés, de profonds soupirs de bien-être, de temps en temps un claquement satisfait de mâchoire lorsqu'on mangeait une poignée oubliée du dîner, la longue aspiration d'une gorgée. Il circula dans les passages entre les boxes, accueilli par des hennissements endormis de reconnaissance. Dans la pénombre qui sentait le foin, son regard saisissait la lueur de grands yeux humides, une tache blanche sur un front, une étoile blanche sur un poitrail ou l'éclair d'une crinière brusquement secouée. Dieu, qu'il les aimait, ces créatures vives et ardentes ! « Verrai-je jamais ce poulain debout grand et fier, dans son box comme un de ceux-ci ? »

Il retourna près de lui.

Cora s'était couchée, tas noir dans l'obscurité de sa stalle. Dans son anxiété elle avait envoyé sa litière dans le passage et reposait sur le sol nu.

Les yeux du poulain étaient à moitié fermés, mais quand Renny posa la main sur son flanc fauve il les ouvrit tout grands et un frisson passa sous la main de Renny. Il tâta ses pattes. Plus chaudes. Il allait le sauver. Il allait le sauver ! Le poulain voulait se lever. Il le prit dans ses bras. « Là, il se met debout maintenant ! » Il était debout, les yeux brillants de courage, le cou ridiculement arqué, les pattes tendues, raides. En claquant ses sabots Cora se leva, hennit et regarda par-dessus la séparation son rejeton. Il lui répondit par un petit grognement, fit deux pas chancelants, puis, comme entraîné par le poids de sa tête, s'affaissa de nouveau sur la paille. « Il a faim. Il a faim. Le pauvre bébé a faim. Il vient, Cora. Tiens-toi, petit. » Il porta le poulain à sa mère et le soutint sous elle.

Oh ! sa joie ! Elle tremblait de la tête aux pieds. Elle le câlinait, bavait, le renversait presque. Elle se frottait contre Renny, mouillait ses cheveux. Elle le mordit doucement à l'épaule. « Du calme. Du calme, ma vieille. Ah ! le bébé se tient. Maintenant un bon repas ! »

Avidement il se mit à téter mais avait à peine bien commencé que le cœur lui manqua. Le poulain retira capricieusement sa tête. Cora regarda Renny l'air triste et interrogateur. Il pesait dans ses bras. Il le remporta et recommença à le frictionner. Le poulain somnolait. Renny somnolait, le visage brillant de sueur sous la lumière électrique.

Mais une autre clarté pénétrait dans l'écurie. L'aube pâle et furtive comme un chat s'introduisait à travers la paille, glissait le long des poutres où pendaient des toiles d'araignée, s'infiltrait délicatement dans les coins les plus sombres. Des hennissements impatients résonnaient d'une stalle à l'autre, des beuglements bas, très doux, répondaient de l'étable. L'orchestre des coqs lança son salut cuivré à l'aube. Les yeux bleu-noir de l'étalon étincelaient d'une brûlante rage matinale, mais les yeux du petit poulain étaient troubles.

Renny se pencha sur lui, tâta ses pattes, regarda ses yeux. « Oh ! ce long, long galop, tout seul, qui m'attend, disaient ses yeux. Vers quel étrange pâturage vais-je ? »

Wright descendait bruyamment l'escalier, son large visage anxieux.

— Comment va le poulain malade, monsieur ?

— Il est en train de mourir, Wright.

— Oh ! j'avais peur que nous ne puissions pas le sauver. Mon Dieu, Mr. Whiteoak, vous n'auriez pas dû rester debout toute la nuit ! Quand j'ai vu la lumière j'étais sûr que vous l'aviez fait et je suis venu tout de suite.

Cora poussa un grand hennissement terrifié.

Les deux hommes se penchèrent sur le poulain.

— C'est fini, Wright !

— Oui, monsieur. Cora le sait.

— Allez la calmer. Faites-le enlever. Dieu ! C'est venu brusquement à la fin.

La pluie avait cessé. Un vent léger avait nettoyé un espace clair dans le ciel. C'était du bleu le plus pâle et les nuages chassés, perle et améthyste, étaient entassés les uns sur les autres comme des tours écroulées. Derrière les troncs mouillés des pins la tache rouge du soleil levant brûlait comme une torche.

Renny se représentait l'âme du poulain ferme sur ses pattes, libérée, qui galopait avec des hennissements joyeux vers quelque prairie céleste, les yeux comme des étoiles, la queue un météore flamboyant, les sabots arrachant dans leur course de brillantes étincelles à des planètes rocheuses. « Quel fameux âne je fais ! Pis qu'Eden. J'écrirai bientôt des vers... Tous ces poulains — et les leurs — des générations perdues. »

Il rentra par la porte de la cuisine et trouva la jeune Pheasant en chandail par-dessus sa chemise de nuit. Elle était assise sur la table et mangeait une épaisse tartine de pain et de beurre.

— Oh ! Renny, comment va le petit poulain ? Je me suis réveillée avant le jour et je n'ai pas pu me rendormir parce que je pensais à lui, et je me suis mise à avoir tellement faim, et je suis descendue, dès qu'il a fait assez clair, pour trouver quelque chose à manger, et j'ai vu de la lumière sous votre porte et j'étais sûre que cela allait plus mal. Wake m'a appelée et m'a dit que Wright était venu vous chercher.

— Oui, Wright est venu.

Il alla près de la grille du fourneau et tendit ses mains au-dessus. Il était glacé jusqu'aux os. Elle l'observa du coin des yeux. Il avait l'air lointain, inabordable, mais au bout d'un moment il dit gentiment :

— Soyez gentille et faites-moi une tasse de thé. Je meurs de faim avec le froid qu'il faisait dans cette maudite écurie. La bouilloire chante.

Elle se laissa glisser de la table et prit la théière de la cuisine, pansue, brune, luisante avec un bec ébréché. Elle n'osait pas lui parler du poulain. Elle coupa de nouvelles tartines et les beurra en pensant qu'il était bien étrange d'être dans la cuisine à cette heure avec Renny, juste comme Rags et Mrs. Wragge.

L'immense pièce au plafond bas, avec ses poutres apparentes et sa cheminée de pierre inutilisée maintenant, était lourde de souvenirs du passé, les dîners de Noël d'autrefois, les fêtes de baptême, les rôtis et les plats innombrables, la fatigue, les disputes, les rires, les amours de générations de domestiques hommes et femmes. Tous les commérages qui avaient été descendus avec les plateaux, sur la façon d'agir de ceux qui occupaient les régions supérieures, étaient restés dans ce sous-sol, s'étaient infiltrés dans le moindre recoin. Ici résidait l'âme même de Jalna.

Renny s'était assis devant la table. Son visage mince, très coloré, paraissait fatigué. Des brins de paille restaient attachés à sa veste. Ses mains, qu'il avait lavées dans une cuvette à l'office, étaient rouges et gercées. Pheasant tout à coup ne le trouvait plus imposant mais pitoyable. Elle se pencha sur lui, mit son bras sur ses épaules.

— Est-il mort ? murmura-t-elle.

Il hocha la tête, les sourcils froncés. Elle vit alors qu'il y avait des larmes dans ses yeux. Elle le serra contre elle et ils pleurèrent ensemble.

20

Joyeux gentlemen

Au début de décembre, Augusta, lady Buckley, vint d'Angleterre voir sa famille. Ce serait probablement, à moins que sa mère n'eût l'intention de vivre indéfiniment, le dernier Noël que passerait sur terre la vieille dame. En tout cas, disait Augusta dans sa lettre, ce serait la dernière fois qu'elle viendrait les voir de sa vie car elle devenait trop âgée pour affronter les vicissitudes d'un voyage en mer.

— Elle a déjà dit cela à chacun de ses trois derniers séjours, remarqua Nicolas. Elle fait autant d'adieux que la Patti. Je parierais qu'elle vivra aussi longtemps que maman.

— Jamais, interrompit sa mère, avec colère, jamais. Je ne veux pas de cela. Elle ne vivra même pas jusqu'à quatre-vingt-dix ans.

— Augusta est une belle femme, dit Ernest. Elle a une dignité qu'on ne voit plus maintenant. Je me souviens d'elle comme d'une petite personne très digne du temps où nous avions des nœuds sur les épaules.

— Elle a toujours eu un air offensé, répondit Nicolas. Il semble que quelque chose l'ait blessée très profondément dans sa plus tendre enfance et qu'elle n'en ait jamais pris son parti.

Mrs. Whiteoak ricana.

— C'est vrai, Nick. C'était pendant notre voyage pour venir de l'Inde, quand j'ai été si malade. Il a fallu que votre papa la change et il l'a piquée avec une épingle de sûreté, pauvre petite !

Les deux frères rirent aux éclats et serrèrent chacun un bras de la vieille dame. Elle était tellement amusante. Ils se demandaient ce qu'ils pourraient bien devenir sans elle. La vie ne serait jamais la même quand elle ne serait plus là. Ils s'apercevraient alors qu'ils étaient vieux, mais ils ne s'en apercevraient jamais tout à fait tant qu'elle vivrait.

Ils lui faisaient faire sa dernière promenade de la saison. Cela avait toujours lieu par un doux après-midi de décembre. Ensuite elle ne quittait plus la maison jusqu'au premier jour chaud du printemps. En regardant dehors entre les rideaux cerise de sa fenêtre, elle voyait quelque chose dans l'air qui indiquait que ce jour-là elle ferait sa dernière promenade. « Aujourd'hui, s'écriait-elle, ce sera ma dernière promenade jusqu'au printemps. » Une rumeur parcourait toujours la maison à cette nouvelle. « Grand-mère sort pour sa dernière promenade. Eh ! là-bas, savez-vous ? Grand-mère est sortie faire sa dernière promenade, la pauvre. »

Elle allait invariablement jusqu'à la petite grille dans la haie, au bout de l'allée, une distance de peut-être cinquante mètres. Ils étaient arrivés maintenant, et elle avait dégagé ses mains et les avait posées sur la surface chaude et accueillante de la grille. Elles tremblaient beaucoup après cet effort, si bien qu'un frémissement passait de la vieille dame dans la grille et lui était renvoyé comme un signe secret de reconnaissance. Tous trois s'étaient tenus ensemble à côté de cette grille près de soixante-dix ans auparavant, alors qu'elle était une jeune femme aux belles épaules avec des boucles roux foncé et eux deux tout petits garçons en costumes de velours vert, avec des chemises de batiste brodée et une grosse crête bouclée sur le haut de la tête.

Ils restèrent appuyés contre la grille sans parler, en proie pour le moment à d'étranges souvenirs, à jouir de la douce chaleur du soleil sur leur dos. Puis Ernest dit :

— Rentrons-nous, maman ?

Elle avait dressé la tête.

— Non, j'entends le pas des chevaux.

— Mon Dieu, c'est vrai, dit Nicolas. Vous avez de meilleures oreilles que vos fils, maman.

Renny et Alayne revenaient d'une promenade. Comme un léger roulement de tonnerre le bruit de leur galop résonnait le long du chemin. Puis chevaux et cavaliers apparurent, la grande et osseuse jument grise et l'éclatante jument baie, la longue silhouette penchée au manteau gris de l'homme et celle légère et droite de la jeune femme en noir.

— Magnifique ! s'écria Nicolas. Ne s'en tire-t-elle pas bien, Ernest ?

— On dirait qu'elle a toujours monté à cheval.

— Elle monte bien, remarqua Renny en faisant entrer son cheval et en jetant un regard d'orgueil sur la jument baie d'Alayne.

Les yeux de celle-ci brillaient de plaisir. En montant à cheval elle avait découvert quelque chose qui lui avait manqué toute sa vie, le parfait exercice au grand air. Elle n'avait jamais été adroite en sport, elle ne s'en était jamais réellement souciée, mais elle s'était mise à l'équitation comme un canard à l'eau. Elle avait gagné en vigueur physiquement et moralement. Elle avait appris à aimer un galop sur des routes gelées, contre un vent âpre, tout autant qu'un petit trot sous un soleil modéré.

Renny était un professeur sévère. Seule une assise solide et un usage convenable des bonnes mains données par la nature le satisfaisaient. Mais quand à la fin Alayne monta bien, quand elle partit comme une flèche devant lui, des mèches dorées échappées de son chapeau, le corps léger comme celui d'un oiseau contre le vent, il fut rempli d'une immense joie de vivre. Il aurait pu galoper indéfiniment derrière elle, vive et fière, jusqu'au bout du monde.

Ils parlaient rarement quand ils se promenaient ensemble. C'était assez de voler à l'unisson le long des routes solitaires, tandis que les mouettes du lac criaient et passaient au-dessus de leurs têtes. Lorsqu'ils parlaient, il s'agissait le plus souvent des chevaux. Renny surveillait d'un œil vigilant la monture d'Alayne et quand il resserrait une sangle ou ajustait un étrier pour elle, un regard en disait plus que n'importe quels mots.

Quelquefois Eden, Pheasant et Piers les accompagnaient et une fois Maurice Vaughan se joignit à eux à la joie enfantine de Pheasant. Ce fut ce jour-là que le cheval d'Eden glissa sur le bord d'un rocher au-dessus du lac et l'eût entraîné au fond si Renny n'eût attrapé la bride et tiré cheval et cavalier hors de danger. Il avait, pour accomplir cet acte, repoussé Piers et Maurice comme s'il était farouchement déterminé à sauver Eden lui-même. Recherchait-il, se demanda ensuite Alayne, la satisfaction de risquer sa vie pour sauver celle d'Eden pour en être quitte avec lui de lui avoir pris l'amour de sa femme, ou était-ce seulement le geste protecteur et orgueilleux du chef de famille ?

Maintenant d'un jour à l'autre les rigueurs de l'hiver pouvaient s'abattre sur eux. Les promenades deviendraient rares.

— Regardez-moi, cria grand-mère. Je retourne à la maison maintenant. C'est ma dernière promenade jusqu'au printemps. Ah ! mes vieilles jambes sont rouillées. Soutiens-moi, Nick. Tu n'es pas plus solide qu'un oreiller de plumes.

Les trois silhouettes piétinèrent le long de l'allée, elles semblaient à peine avancer. Les chevaux penchèrent la tête et se mirent à brouter l'herbe humide de décembre.

— Vous n'avez pas idée, dit Renny, de ce que Gran et les deux vieux oncles signifient pour moi.

Sa grand-mère avait atteint le perron. Il agita sa cravache et cria :

— Bien ! Bravo, Gran ! Maintenant vous en avez jusqu'au printemps, eh ?

— Dis-leur, souffla grand-mère à Nicolas, que, quand ils auront ramené leurs chevaux, ils viennent m'embrasser.

— Qu'est-ce qu'elle dit ? cria Renny.

Nicolas gronda :

— Elle veut qu'on l'embrasse.

Quand ils eurent installé leur mère sur son siège préféré, il dit à mi-voix à Ernest :

— Ces deux-là vont de plus en plus loin chaque jour. Comment cela va-t-il finir ? Où sont les yeux d'Eden ?

— Oh ! mon cher Nick, c'est une idée que tu te fais. Tu as toujours été à l'affût de ce genre de choses. Je n'ai rien vu. Et cependant c'est vrai qu'on a une impression. Il y a quelque chose dans l'air. Mais que pouvons-nous faire ? Je détesterais intervenir dans une affaire de Renny. Et d'ailleurs Alayne n'est pas de ces femmes...

— Elles sont toutes de ces femmes-là. Montre-moi une femme à qui un flirt avec un homme comme Renny ne ferait pas plaisir, surtout si on l'avait enlevée d'une grande ville pour l'enterrer dans un trou perdu comme Jalna. Je serais tenté d'en avoir un moi-même si je pouvais trouver une demoiselle assez décrépite pour se soucier de moi.

Ernest considéra son frère avec un sourire indulgent.

— Voyons, Nick, tu as eu assez d'aventures dans ton temps. Toi et Millicent pourriez...

— Pour l'amour de Dieu, tais-toi, interrompit Nicolas. J'aimerais mieux mourir qu'avoir cette femme auprès de moi.

— Ah ! bien.

Ernest se tut mais murmura quelque chose comme « un sacré trop grand nombre d'aventures ».

— Eh bien, elles sont toutes finies, n'est-ce pas ? demanda avec humeur Nicolas. Des cendres sans étincelle. Je ne peux même pas me rappeler le nom des femmes. En ai-je jamais embrassé une avec passion ? Je ne peux pas me souvenir de la sensation. Ce qui m'intéresse c'est le cas de Renny et d'Alayne ; c'est sérieux.

— Il semble à peine faire attention à elle dans la maison.

— Faire attention à elle ! Oh ! mon cher...

Nicolas coupa avec ses dents le bout d'un cigare et le cracha avec mépris.

— Eh bien, par exemple, quand les jeunes Fennel sont venus l'autre soir et que le gramophone marchait, Alayne a dansé plus souvent avec eux et Eden et même Finch qu'avec Renny. Je ne l'ai vue danser avec lui qu'une fois.

Nicolas dit avec pitié :

— Mon pauvre vieux frère aveugle ! Ils n'ont dansé ensemble qu'une fois parce qu'ils n'auraient pas pu se dominer plus d'une fois. Je les ai vus danser dans le hall. Il y faisait sombre. Le visage d'Alayne était devenu blanc et ses yeux, eh bien, je crois qu'ils ne voyaient plus rien. Lui se déplaçait comme un homme dans un rêve. Il avait un sourire figé comme s'il l'avait placé là par convenance : un masque. C'est sérieux de sa part cette fois et je n'aime pas cela.

— Cela fera une jolie histoire si Eden le découvre.

— Eden ne s'en apercevra pas. Il est trop absorbé par sa propre personne. Mais je me demande si Meggie ne l'a pas remarqué.

Ernest prit un journal et regarda la date.

— Le 17. Tiens, Augusta arrive à Montréal demain. Je pense que notre pauvre sœur a eu une traversée terrible. Elle choisit toujours de si mauvais mois pour venir.

Il voulait changer de sujet de conversation. Cela troublait sa digestion de parler de la situation de Renny et d'Alayne. D'autre part, il pensait que Nicolas en exagérait le sérieux. Ils étaient peut-être trop intéressés l'un par l'autre, mais ils étaient tous deux trop raisonnables pour laisser l'intérêt en arriver à un point dangereux. Il attendait avec impatience la venue d'Augusta ; elle et lui s'étaient toujours bien entendus.

Elle arriva deux jours plus tard. Elle avait fait la traversée sans désagréments excessifs et n'avait à vrai dire jamais manqué un repas, bien que la plupart des passagers eussent été très malades. Elle était devenue dans son enfance une voyageuse tellement endurcie qu'il était maintenant presque hors du pouvoir des éléments de la troubler.

Lady Buckley était semblable à une table dressée pour un banquet fastueux auquel les invités n'arriveraient jamais. Ses vêtements étaient compliqués, élégants, d'une élégance surannée, rébarbatifs. Personne n'aurait jamais osé la serrer dans une étreinte amicale. Même la vieille Mrs. Whiteoak la craignait un peu, bien que, derrière son dos, elle fît sur elle des réflexions grossières et moqueuses. Elle en voulait à Augusta de son titre, prétendait ne pouvoir s'en souvenir et elle avait toujours parlé à ses relations de « ma fille, lady Buntley — ou Bunting — ou Bantling ».

Augusta portait la digne frange bouclée de la reine Alexandra. Ses cheveux étaient à peine gris mais était-ce dû à la clémence de la nature ou à l'art, on ne savait. Elle mettait des cols hauts attachés par de belles broches. Elle avait la taille longue et fine et des mains et des pieds bien faits, ces derniers apparaissaient juste sous l'ourlet de sa jupe assez ample. Cet air de ne s'être jamais remise d'une profonde offense, dont avait parlé Nicolas, était peut-être suggéré par le port de sa tête qui semblait toujours être tirée en arrière comme par dégoût. Elle avait des sourcils fortement arqués, des yeux noirs devenus un peu vitreux avec l'âge, le nez Court d'une forme modifiée et une bouche dont rien ne pouvait altérer l'expression de calme satisfait. C'était une femme extrêmement bien conservée qui, quoique plus âgée que Nicolas et Ernest, paraissait de beaucoup d'années plus jeune. Puisque son destin était de naître aux colonies, elle était heureuse que c'eût été dans l'Inde et non au Canada. Elle se considérait comme absolument anglaise et traitait d'accident malheureux la naissance irlandaise de sa mère.

Alayne lui fit une impression tout à fait favorable. Elle appréciait une certaine sobriété délicate de langage et de tenue qu'Alayne avait acquise au contact constant de ses parents.

— Elle n'est ni vulgaire, ni impertinente comme le sont tant de jeunes femmes modernes, déclara-t-elle à sa mère de sa voix profonde et bien articulée.

— Elle a de jolies jambes aussi, répliqua la vieille dame en ricanant.

Lady Buckley et Alayne eurent ensemble de longues conversations. La jeune femme découvrit sous l'apparence démodée une nature bonne et sympathique. Lady Buckley aimait tous ses neveux, mais surtout les jeunes garçons. Elle racontait à Wakefield des histoires d'autrefois, et certaines, chose inattendue de sa part, étaient effrayantes. Elle s'asseyait très droite derrière Finch pendant qu'il étudiait son piano, approuvait et critiquait posément et l'enfant semblait aimer sa présence dans la pièce. Elle se fit aimer d'Alayne en étant gentille pour Pheasant.

— Ignorons la naissance de sa mère, dit-elle doucement. Son père est d'une bonne et ancienne famille militaire anglaise, et, si ses parents n'étaient pas mariés, eh bien, beaucoup de nobles sont de souche illégitime. J'aime beaucoup l'enfant.

Il fut bientôt évident que Meg était froissée de l'attitude de sa tante vis-à-vis du mariage de Piers, de son admiration pour Alayne et de son influence sur Finch et Wakefield. Elle montra d'abord son ressentiment en mangeant encore moins qu'autrefois à table. Ses belles couleurs et son embonpoint persistant auraient été un prodige si l'on n'eût rien su de ces appétissants plateaux mystérieux que lui apportait Rags qui, s'il était fidèle et dévoué à quelqu'un au monde, était fidèle et dévoué à Miss Whiteoak.

Ensuite elle prit l'habitude de se tenir beaucoup chez sa grand-mère, la porte restait fermée pour le reste de sa famille et un feu pétillait dans l'âtre. La vieille dame s'épanouissait dans l'air brûlant et les commérages. Il n'y avait rien qui l'amusât davantage que de « se moquer d'Augusta au coin du feu », derrière son dos. En sa présence elle la respectait à regret. Du moment qu'Augusta approuvait les leçons de musique de Finch, il devenait inévitable que ses exercices fussent une torture pour la vieille dame.

— Gran ne peut réellement pas supporter ces effroyables gammes, dit Meg à Renny. Juste à l'heure de la journée où elle se sent généralement le mieux, on soumet ses nerfs à ce supplice. A son âge c'est positivement dangereux.

— Si l'enfant prenait des leçons avec Miss Pink, répondit amèrement Renny, ses exercices ne dérangeraient pas le moins du monde Gran.

— Pourquoi, Renny ? Gran ne s'est jamais opposée à ce qu'il les prenne avec Mr. Rogers ! Cela lui est bien égal qu'il les prenne avec lui, pourtant Miss Pink ne lui aurait certainement pas appris à taper comme il s'obstine à le faire.

— Non, elle lui aurait appris à faire tinter de petits airs sans plus d'accent qu'une boîte à musique. Si l'enfant est musicien il aura un bon professeur, Alayne dit qu'il est très doué.

Les mots étaient à peine prononcés qu'il savait qu'il avait commis une erreur fatale en citant l'avis d'Alayne. Il vit le visage de Meg se durcir ; il vit ses lèvres s'incurver en un cruel petit sourire. Il pataugea.

— Oh ! d'ailleurs n'importe qui peut voir qu'il est doué. Je l'ai vu depuis longtemps ; c'est pour cela que j'ai choisi Mr. Rogers.

Elle resta un instant sans répondre mais souriait toujours et ses doux yeux bleus cherchaient ceux de son frère. Puis elle dit :

— Je ne crois pas que tu te rendes compte, Renny, à quel point ton attitude vis-à-vis d'Alayne devient étrange. Tu as presque un air de propriétaire. Quelquefois je me dis qu'il aurait mieux valu qu'Eden ne l'eût jamais amenée ici. J'ai essayé de l'aimer, mais...

— Oh ! mon Dieu, dit Renny, et il se retourna et commença à s'en aller. Vous autres, femmes, vous m'écœurez. On ne peut vivre en paix avec vous. Imaginer de brouiller la famille entière à cause des leçons de piano d'un enfant !

Il eut un rire violent.

Son embarras fit découvrir à Meg des profondeurs qu'elle n'avait qu'à demi soupçonnées. Elle dit :

— Ce n'est pas cela. Ce n'est pas cela. C'est le sentiment qu'il y a quelque chose qui ne va pas, une influence sinistre à l'œuvre. Depuis le jour où Eden a amené cette femme ici, j'ai eu peur.

— Peur de quoi ?

— Peur de quelque chose en elle. Quelque chose de funeste et de dangereux. D'abord elle s'est insinuée...

— Insinuée ! Oh ! Meggie, pour l'amour de Dieu !

— Oui ! Elle s'est littéralement insinuée dans l'intimité des oncles. Ensuite elle a conquis le pauvre Finch. Parce qu'elle lui a dit qu'il était musicien il est prêt à se tuer de fatigue en étudiant et à rendre Gran malade. Et puis elle a irrité Wake contre moi. Il ne se soucie plus de ce que je lui dis. Et maintenant toi, Renny ! Mais ceci est dangereux. Différent ! Oh ! je l'ai vue venir.

Il avait repris possession de lui-même.

— Meggie, dit-il en l'étouffant contre sa veste dans une brusque étreinte, si tu voulais seulement faire un repas convenable — tu sais que tu jeûnes littéralement — et sortir quelquefois, aller n'importe où pour te distraire, tu ne te mettrais pas de telles idées dans la tête. Elles ne te ressemblent pas. Tu es si saine, si équilibrée. Aucun de nous n'a une tête aussi solide que toi. Je dépends de toi à tous les points de vue. Tu le sais bien.

Elle se laissa tomber en pleurant sur son épaule, bouleversée par ce primitif appel masculin. Mais elle n'était pas convaincue. Sa nature apathique était prête à agir contre les menées d'Alayne et de lady Buckley.

Ce soir-là quand Finch alla au salon pour étudier il trouva la porte fermée à clef. Il alla chercher Renny dans la remise aux harnais.

— Écoute, cria Finch presque en larmes, devines-tu ? Ils sont partis et ont fermé la porte à clef. Je ne peux pas préparer ma leçon. Voilà une semaine qu'ils m'ennuient pour cela et maintenant on m'empêche d'entrer.

Renny, la pipe à la bouche, continuait à considérer, absorbé d'admiration, une selle rouge toute neuve.

— Renny, hurla Finch, tu n'entends pas ? Ils ont fermé la porte du salon à clef et j'ai rencontré Rags dans le hall, il a eu un de ses horribles sourires et a dit : « Voilà, Miss Whiteoak a enfermé le piano. Elle ne veut pas entendre jouer de piano dans la maison jusqu'à ce que la vieille dame soit guérie. Elle est en piteux état, pour sûr, avec tout votre tintamarre. » Je voudrais savoir ce qu'il faut que je fasse. Autant tout abandonner si on ne me laisse pas travailler.

Renny tirait du tuyau de sa pipe des bruits sympathiques et continuait à regarder la selle.

Finch enfonça les mains dans ses poches et s'accota contre le montant de la porte. Il se sentait plus calme maintenant. Renny ferait quelque chose, il en était sûr, mais il redoutait une scène dont il serait le centre.

Enfin l'aîné des Whiteoak parla :

— Je vais te dire ce que je vais faire, Finch. Je vais demander à Vaughan si tu peux étudier sur son piano. Je suis certain que cela lui sera égal. La femme de charge est sourde, ses nerfs ne seront donc pas mis à l'épreuve. Je ferai accorder le piano. Il était bon autrefois. Comme cela tu seras tout à fait indépendant.

Bientôt on put voir, par les sombres après-midi de décembre, le jeune Finch traverser le ravin pour se rendre au salon fané et abandonné de Vaughanland. Il communiquait une vie nouvelle au vieux piano et celui-ci, comme la terre qu'on a laissée en friche pendant de nombreuses années, répondait joyeusement à sa peine et laissait monter une tumultueuse moisson de notes qui faisait tinter le lustre de cristal. Souvent il était en retard pour le repas du soir et prenait dans la cuisine ce que Mrs. Wragge lui donnait. Plusieurs fois Maurice Vaughan lui demanda de dîner avec lui et Finch se croyait tout à fait un homme, lorsqu'il était assis en face de Maurice, un verre de bière à côté de lui et qu'il fumait sans qu'on lui fît la moindre réflexion à ce sujet.

Maurice s'arrangeait toujours pour amener la conversation sur Meggie. Il était difficile à Finch de trouver quelque chose d'agréable à dire d'elle pendant cette période, mais il découvrit que Maurice aimait encore mieux entendre parler de son humeur acariâtre que de sa douceur. Cela semblait lui procurer une certaine satisfaction maussade de savoir que les choses n'allaient pas toutes seules avec elle.

Finch n'avait pas été aussi heureux depuis le temps où il était un tout petit bonhomme. Il n'avait peut-être jamais été aussi heureux. Il découvrit en lui un désir de perfection dans l'interprétation de ses simples exercices musicaux qu'il n'avait jamais ressenti pour ses versions latines ou ses mathématiques. Il découvrit qu'il avait une voix. Tout le long du chemin du retour, à travers le ravin sombre, il chantait, tantôt à pleins poumons, tantôt d'un ton bas, tendre et mélancolique.

Mais que son travail scolaire en souffrait ! Son bulletin à la fin du trimestre était épouvantable. Comme le disait Eden il se surpassait lui-même. Dans la tempête qui suivit, sa seule consolation fut qu'une large part du blâme fut rejetée sur Renny. Pourtant cela ne l'avança guère finalement, car Renny se retourna contre lui, le traita de jeune paresseux et menaça de supprimer complètement les leçons. Tante Augusta et Alayne étaient pour lui mais avec réserve. Augusta ne voulait pas que son séjour devînt trop désagréable, et Alayne en était venue à considérer sa position dans la maison comme celle d'un voyageur qui avance avec difficulté au milieu de rochers traîtres et de rapides mugissants. Elle pourrait la supporter jusqu'au Nouvel An — époque à laquelle Eden aurait une situation en ville que Mr. Evans lui avait trouvée — mais pas plus longtemps.

C'est à ce moment que le malheureux Finch traité partout avec mépris, hanté alternativement par l'idée de se sauver ou de se tuer, cessa soudain d'être l'objet d'autre chose que d'un dédain passager et que le petit Wakefield occupa le centre de la scène. Piers depuis quelque temps avait vu qu'il lui manquait des cartouches. Wake, depuis le même laps de temps, avait paru avoir une abondance illimitée de pâtes de guimauve. Un garçon d'écurie sournois avait

« rapporté » et on avait découvert que Wake vidait les cartouches, faisait des petits paquets bien propres avec la poudre et les vendait aux garçons du village pour leurs desseins particuliers.

Mis au pied du mur, Wake avait dit ne rien savoir de la poudre, que ce fût en cartouches ou en gros. Mais Meg et Piers en fouillant dans son bureau avaient trouvé les jolis petits paquets tout prêts à être vendus, avec une boîte pleine de sous et même un compte soigneusement écrit des ventes et des paiements. C'était sérieux. Meg dit qu'il fallait le fouetter. Les jeunes Whiteoak n'avaient pas établi un code de moralité très élevée que leur petit frère dût respecter, mais malgré tout ceci était trop mal.

— Battez-le bien, dit grand-mère. Les Court volaient mais ne mentaient jamais.

— Les Whiteoak, dit Nicolas, mentaient souvent, mais ne volaient jamais.

Ernest murmura :

— Wakefield semble combiner les vices des deux côtés.

— C'est un petit vaurien, dit Piers, et il faut le débarrasser de ses défauts.

Alayne était terrifiée à l'idée que le doux et gentil Wake allait subir la honte d'un châtiment corporel.

— Oh ! ne pourrait-on pas, je vous prie, lui pardonner pour cette fois, demanda-t-elle. Je suis sûre qu'il ne fera plus jamais une chose pareille.

Piers eut un petit sourire méprisant.

— Le malheur avec cet enfant c'est qu'il a été complètement gâté. Si on me laissait m'occuper de lui, je parierais qu'il ne chiperait plus rien.

— Je ne comprends pas qu'on fasse souffrir un enfant délicat comme Wakefield, dit lady Buckley.

Le coupable qui écoutait dans le hall, à ces mots, passa la tête entre les rideaux et montra sa petite figure pâle mouillée de larmes.

— Sortez, monsieur, dit Nicolas. Nous parlons de vous.

— Je vous en prie, je vous en prie...

Renny, qu'on avait capturé pour le conclave et qui restait debout l'air sombre, son chapeau à la main, ses guêtres couvertes de neige, se prépara à s'en aller.

— Eh bien, je sors.

— Renny ! cria sa sœur d'un ton tranchant. Pourquoi t'en vas-tu ? Il faut que tu fouettes Wake.

L'opposition d'Alayne et d'Augusta avait transformé son désir fraternel de corriger l'enfant en une obstination implacable.

Renny, la tête penchée, regardait d'un air maussade l'intérieur de son chapeau.

— La dernière fois que je l'ai fouetté il a tremblé et pleuré la moitié de la nuit. Je ne recommencerai pas.

Et il passa dans le hall, écarta Wakefield et claqua la porte d'entrée derrière lui.

— Eh bien, pour un gâchis !... éclata Piers.

— Ne crains rien, dit sa sœur en se levant. Wakefield sera puni.

La jolie figure immobile de Meg était une ombre plus pâle que d'habitude.

— Ce n'est pas l'affaire d'une femme, déclara Piers. Je le ferai.

— Non, tu serais trop brutal.

— Laissez-moi fouetter l'enfant, cria grand-mère. J'ai fouetté des enfants avant aujourd'hui. J'ai fouetté Augusta, n'est-ce pas, Augusta ? Donnez-moi ma canne !

Sa figure s'empourprait d'excitation.

— Maman, maman, supplia Ernest. C'est très mauvais pour vous.

— Évente-la, dit Nicolas. Elle est d'une couleur effrayante.

Meg fit monter l'escalier à Wakefield. Piers la suivit jusqu'au pied et insista :

— Maintenant, pour l'amour du Ciel, ne t'attendris pas. Du moment que tu le fais, fais-le bien.

— Oh ! tu voudrais que ce soit toi ! s'écria Pheasant accrochée à son bras.

— Qui ? dit-il. Celui qui donne ou celui qui reçoit ?

— Celui qui reçoit, naturellement. Cela te ferait du bien.

Nicolas et Ernest vinrent aussi dans le hall et, derrière eux, grand-mère tellement excitée qu'elle marchait seule en frappant le sol avec sa canne et en marmottant : « J'ai fouetté des enfants avant aujourd'hui. »

Finch s'appuya contre le pilier central et songea aux fessées qu'il avait reçues. Augusta et Alayne s'enfermèrent dans le salon.

Eden sortit de sa chambre pour savoir la cause du tapage, mais Meg ne voulut rien dire. L'air déterminé, elle poussa Wakefield devant elle dans sa chambre et ferma la porte. Mais Piers d'une voix véhémente retraça la récente carrière criminelle du plus jeune des Whiteoak.

Eden se pencha sur la rampe et amusé regarda, en bas dans le hall, les visages de ses frères, oncles et grand-mère. Il dit en balançant une jambe :

— Vous êtes uniques. Le spectacle de vos figures compense l'ennui d'être interrompu au beau milieu d'un poème tropical. Vous ressemblez aux peintures des grands maîtres : *Vieille Femme à la canne* ; *les Compères* (c'est oncle Nick et oncle Ernest) ; *Jeune Homme au visage rouge* (toi, Piers) ; *l'Idiot du village* (toi, Finch).

A vrai dire, je cherchais en vain une rime. Peut-être frère Wake dans son angoisse va-t-il m'en fournir une.

— Qu'est-ce qu'il dit ? demanda grand-mère. Je ne veux pas de ces bavardages derrière mon dos.

Ernest répondit doucement :

— Il dit seulement que nous sommes aussi jolis que des tableaux, maman.

— Elle commence enfin, annonça Piers en ricanant.

De la chambre de Meg s'échappa le bruit d'une grêle de coups, des coups qui résonnaient sur la peau nue. Des coups féminins, en pluie, qui cessèrent aussi subitement qu'ils avaient commencé.

— Il ne pleure pas, le pauvre petit malheureux, dit Eden.

— C'est parce qu'il n'a pas mal, tonna Piers. Qu'est-ce qu'elle se croit en train de faire ? De donner des tapes d'amitié à un petit chat ? Seigneur ! Elle a à peine commencé qu'elle s'arrête. Hé, Meggie, qu'est-ce qu'il y a ? Est-ce que tu ne vas pas fouetter l'enfant ?

Meg apparut à la porte de sa chambre.

— Je l'ai fouetté. Qu'est-ce que vous voulez que je fasse ?

— Tu ne veux pas dire que tu appelles cela une fessée ? Mieux vaut ne pas le toucher du tout. C'est une plaisanterie.

— Oui, approuva Nicolas, si on veut corriger un garçon, il faut le faire réellement.

Grand-mère dit, le pied sur la première marche :

— Je le ferai. Laissez-moi m'en charger.

— Calmez-vous, maman, dit Nicolas. Vous ne pouvez pas monter là-haut.

— Pour l'amour de Dieu, Meggie, s'écria Piers, retourne dans la chambre et donne-lui quelque chose dont il se souviendra plus de cinq minutes !

— Oui, oui, Meggie, dit Ernest, une petite correction comme celle-ci est pire que rien.

— Donne-lui-en une vraie ! Donne-lui-en une vraie ! cria Finch tout à coup féroce.

Il avait souffert, Seigneur ! Que ce petit Wake si choyé souffrît pour changer.

Boney hurla :

— *Jab kutr ! Nimak haram ! Chore !*

Meg se précipita en haut de l'escalier.

— Vous hurlez comme une meute de loups avide du sang d'un pauvre petit agneau, dit-elle hors d'elle. Wake ne recevra pas une tape de plus, vous pouvez donc aussi bien regagner vos tanières.

Eden la prit dans ses bras et posa sa tête sur son épaule confortable.

— Que j'aime ma famille ! s'écria-t-il. Dire qu'après le 1er janvier je ne serai plus là, que je manquerai des scènes comme celle d'aujourd'hui.

Meg n'essayait pas de comprendre Eden. Elle savait qu'elle lui avait plu parce qu'il la câlinait et c'était suffisant.

— Est-ce que tu me reproches de leur avoir dit combien je les trouvais sans cœur ?

— Tu as eu parfaitement raison, ma vieille.

— Eden, j'espère que ce que je vais te dire ne te contrariera pas, mais j'aimerais beaucoup qu'Alayne n'intervînt pas entre moi et les enfants. Elle a des idées si...

— Oh ! elle a l'habitude de vouloir tout arranger. C'est la même chose avec moi. Elle me répète sans cesse que je suis si peu méthodique, et que je suis tellement désordonné. Elle le fait dans une bonne intention. Ce sont simplement ses petites manières de professeur.

— Pauvre agneau ! dit Meg en caressant le brillant casque de cheveux.

On entendit la voix de Wake brisée de sanglots :

— Meggie !

Meggie se dégagea des bras d'Eden.

— Maintenant il faut que j'aille le retrouver et lui dire qu'on lui pardonne.

L'assistance en bas avait battu en retraite après l'attaque de Meggie en laissant derrière elle un sillage de discussion. Piers attrapa son béret et penché à la porte de la chambre de sa grand-mère dit, assez fort pour qu'Alayne entendît :

— Ils s'entendent à gâter les enfants. Quant à Eden, il ne vaut pas mieux qu'une femme !

— Il est comme sa pauvre coquine de mère, dit Gran.

Le nuage sous lequel Wakefield se réveilla le lendemain matin n'était qu'une brume légère bientôt dissipée par le soleil de la faveur renaissante. Avant la fin de la journée, il jouait de nouveau son petit personnage digne, gracieux et pervers, un peu plus abattu peut-être, un peu plus désireux de plaire, une ombre plus légère dans le jeu de la vie.

Le jeu de la vie continua à Jalna. Un jeu lourd, obstiné, qui demandait moins d'agilité d'esprit que de force de résistance et qu'une peau épaisse. La vieille maison rouge, sous l'abri des sapins et des baumiers, se ramassait sur elle-même à mesure que l'hiver s'installait. Elle devenait le centre de chutes de neige tourbillonnantes. Plus tard son toit, ses pignons et ses plus petites saillies eurent à supporter une masse de neige dormante et immaculée. La maison était gardée par des arbres de neige. Elle était entourée d'une haie de neige. Elle était revêtue, festonnée, ornée de guirlandes de neige et de flocons duveteux. Le ciel se penchait vers elle. La terre gelée se contractait sous elle. Ses habitants étaient séparés du reste du monde. A part, de temps à autre, des traces dans la neige, peu de signes décelaient leur existence. Seulement le soir de faibles lueurs apparaissaient aux fenêtres, elles n'illuminaient pas les pièces, mais indiquaient par leur clarté mystérieuse que des êtres humains vivaient, aimaient, souffraient, désiraient sous ce toit.

Noël arriva.

Des livres de New York pour Alayne auxquels était jointe une carte de Mr. Cory. Encore des livres et une petite gravure encadrée des tantes de l'Hudson. Une blouse dans laquelle elle aurait gelé à Jalna, envoyée par Rosamund Trent. Alayne descendit ces cadeaux, les montra et ensuite les mit de côté. Ils semblaient irréels.

Il n'y avait pas de guirlandes de houx à Jalna, ni de gros nœuds de satin rouge. Mais on décorait la rampe de l'escalier de plantes vertes et on accrochait une boule de gui à la suspension du hall. Dans le salon, un grand arbre de Noël montait jusqu'au plafond, hérissé de fruits étranges, les cadeaux pour la famille depuis grand-mère jusqu'au petit Wake.

Une généreuse gaieté les unit tous ce jour-là. Ils aimaient réciproquement le son de leurs voix, ils riaient à la moindre occasion ; le soir, les jeunes gens montrèrent une tendance à des jeux brutaux. Il y eut un dîner tardif glorifié par la plus grosse dinde qu'Alayne eût jamais vue. Il y eut un pudding aux prunes, noir et succulent, avec de la sauce au rhum. Il y eut du sherry et du porto. Les Fennel étaient là ainsi que les deux filles de l'amiral en retraite et la pauvre petite Miss Pink, l'organiste. Mr. Fennel but à la santé de grand-mère et prononça un toast tellement riche en métaphores et étincelant d'esprit qu'elle déclara que, si, le dimanche, il était dans les vignes du Seigneur, il ferait un sermon digne qu'on l'écoutât. Les filles de l'amiral et Miss Pink étaient rouges et souriaient sans cesse, dans la gaieté extasiée que donne le vin. Meg ressemblait à une jeune fille avec son doux visage creusé de fossettes.

Un grand plat de raisins noyés dans du rhum en flamme fut apporté par Rags qui avait l'air exalté d'un acolyte.

La vue du visage dur de Rags dans cet étrange éclairage reporta Renny comme en rêve à une autre scène très différente. Il vit Rags penché sur une casserole, dans un abri, en France, vêtu d'un uniforme crasseux et, chose bizarre, il avait la même expression. Mais pourquoi ? Renny ne pouvait se le rappeler. Il avait ramassé Rags en France. Il le regarda dans les yeux avec un sourire et une drôle de grimace de dévouement se dessina sur le visage ingrat, aux traits accusés, de Rags.

Les raisins furent posés sur la table au milieu de l'assemblée. Des flammes bleues tourmentées bondissaient au-dessus d'eux, tremblaient, se tordaient et enfin mouraient dans une agonie rapide. Des mains lisses comme du cuivre se tendaient pour attraper les raisins. Celle de Wake avec son poignet rond d'enfant ; celle de Finch osseuse et rapace ; celle de Piers forte, musclée ; celle de grand-mère foncée, les doigts comme des crochets étincelants de bijoux, toutes les mains avides et les visages attentifs, derrière elles, illuminés par les flammes vacillantes ; les yeux de Gran comme des charbons sous ses sourcils roux proéminents.

Les mains de Pheasant voltigeaient comme de petits oiseaux bruns. Elle avait peur de se brûler. Plusieurs fois les flammes bleues les léchèrent puis s'enfuirent.

— Vous êtes une petite sotte, dit Renny. Prenez-en vite ou il n'en restera plus.

Elle serra les dents et plongea la main dans les flammes.

— Oh ! oh ! je vais me brûler !

— Vous n'en avez pris que deux, dit, en riant, Eden de l'autre côté d'elle ; et il posa une grappe brillante sur son assiette.

Renny vit la main d'Eden glisser sous la table et prendre celle de Pheasant sur ses genoux. Ses yeux cherchèrent ceux d'Eden et les retinrent un instant. Ils se regardèrent, les paupières clignées ; chacun voyait en l'autre quelque chose qui le surprenait. A peine aperçue, cette ombre non reconnue avait disparu, comme une buée de vapeur qui change pour un moment la pureté du paysage familier et obscurcit la scène sinistrement. L'ombre passa, ils sourirent et Eden retira sa main.

Sous le gui, où deux de ses petits-fils l'avaient soigneusement conduite, Mr. Fennel attrapa grand-mère et l'embrassa, la barbe du pasteur était hérissée et le bonnet de grand-mère tout de travers.

Oncle Ernest, tout joyeux ce soir, attrapa et embrassa Miss Pink qui devint écarlate.

Tom Fennel attrapa et embrassa Pheasant. « Allons Tom, espèce d'idiot, cela suffit ! » cria Piers.

Finch, qui voyait double après deux verres de vin, attrapa et embrassa deux Alayne aux blanches épaules. C'était la première fois qu'elle mettait une robe du soir depuis son mariage.

Nicolas dit à Ernest, en grommelant :

— As-tu jamais vu un loup affamé ? Regarde Renny dans ce coin. Alayne n'est-elle pas ravissante ce soir ?

— Tout est ravissant, dit Ernest en se balançant sur la pointe des pieds. Un si joli Noël !

Ils jouèrent aux charades et aux tableaux vivants.

Imaginez grand-mère (par inadvertance elle criait le nom de la syllabe qu'elle jouait) en reine Victoria et Mr. Fennel en Gladstone !

Imaginez Meg en Marie Stuart avec Renny en bourreau lui tranchant presque la tête avec le couteau qui lui avait servi à découper la dinde.

Imaginez Alayne en Statue de la Liberté qui tenait une lampe très haut (« Attention, Alayne, ne la penchez pas comme cela, vous allez mettre le feu à la maison ! ») et Finch en émigrant affamé.

La famille de Jalna apparaissait tout à son avantage dans les jeux exubérants.

Même lorsque les invités furent partis et les Whiteoak prêts à se coucher, le calme ne parvint pas à se rétablir. Ernest en chemise et pantalon rôdait dans la galerie sombre, un de ses oreillers à la main. Il s'arrêta devant la porte de Renny. Elle était entrebâillée. Il pouvait voir Renny remonter sa montre, Wake assis dans son lit qui bavardait avec animation. Ernest lança l'oreiller à la tête de Renny. Celui-ci sursauta, surpris par le coup inattendu, et laissa tomber sa montre.

— Par Judas, dit-il, si je vous attrape !

Avec son oreiller il partit à la poursuite d'Ernest.

— Une bataille d'oreillers ! Une bataille d'oreillers, criait Wake et il bondit à bas du lit.

Ernest était parvenu à la porte de son frère.

— Nick, appela-t-il affolé, sauve-moi !

Nicolas, sa crinière grise en broussaille, s'en mêla. Piers comme un boulet arrivait dans le hall. Finch tiré d'un demi-sommeil avait à peine atteint le lieu du conflit qu'un revers de l'oreiller d'Eden le laissa prostré.

La chambre de Nicolas était un champ de bataille. D'un bout à l'autre du passage, les combattants surgissaient. Les jeunes gens oubliaient leurs amours, leurs craintes, leurs jalousies, les deux vieillards leurs années, dans l'ivresse physique de ce combat à demi nus.

— Enfants, enfants ! cria Meg en écartant son rideau de chenille.

— Tiens-toi tranquille, ma vieille ! et un oreiller, à la volée, la repoussa dans sa chambre.

Pheasant apparut à sa porte, ses cheveux courts tout ébouriffés.

— Est-ce que je peux jouer aussi ? cria-t-elle en gambadant.

— Rentrez dans votre trou, petit hérisson, dit Renny et il lui donna une chiquenaude amicale en passant.

Il courait après Nicolas dont la goutte tout à coup s'était réveillée et qui pouvait à peine se traîner. Piers et Finch le poursuivaient.

Ils l'acculèrent et Nicolas, tout épuisé qu'il fût, renversa les rôles et aida à le bourrer de coups.

Eden, debout en haut de l'escalier, repoussait en riant le petit Wake qui brandissait comme un homme un long traversin d'autrefois. Ernest en un dernier accès de gaieté sortit furtivement de sa chambre et jeta au groupe un solide coussin de divan. Eden fut frappé à la poitrine. Il recula. Il manqua la marche. Il tomba. Du haut en bas de l'escalier il roula avec un bruit qui réveilla grand-mère. Elle se mit à taper par terre avec sa canne.

— Qu'est-ce qui se passe ? Qu'est-ce que vous avez fait ? demanda Renny.

— Mon Dieu ! Je l'ai fait tomber. Et si je l'ai tué !

Les frères descendirent pêle-mêle l'escalier.

— Oh ! ces marches, grogna Eden. Je me suis fait mal à la jambe. Je ne peux pas me relever.

— Ne remue pas, mon vieux.

Ils commencèrent à le tâter partout. Les femmes émergèrent de leurs chambres.

— Je prévoyais un accident, dit Augusta l'air plus offensé que d'habitude.

— Oh ! que se passe-t-il donc ? cria Alayne.

Ernest répondit en se tordant les mains :

— Pourrez-vous jamais me pardonner, Alayne ? Piers dit que j'ai cassé la jambe d'Eden.

21

Eden et Pheasant

Six semaines s'étaient écoulées et Eden ne pouvait toujours pas quitter sa chambre. Il n'avait pas seulement la jambe cassée, mais aussi le dos sérieusement contusionné. Pourtant, une fois les premières souffrances finies, il n'avait pas passé de si mauvais moments. Ce fut presque avec regret qu'il entendit le brave docteur au visage rouge dire ce matin-là qu'il serait sous peu aussi bien qu'avant. Cela n'avait pas été désagréable de rester couché, d'être dorloté, d'écouter les autres se plaindre de la rigueur du temps, de l'épaisseur de la neige et de l'impossibilité d'aller où que ce fût en auto. L'inactivité du corps avait semblé faire naître concurremment une activité de l'esprit. Jamais il n'avait écrit plus facilement. La poésie coulait en lui comme un tumultueux flot cristallin. Alayne s'était installée à côté de son lit et avait écrit à sa place les premières poésies, de sa belle écriture lisible, mais maintenant il pouvait s'asseoir, un buvard sur le genou et griffonner à sa façon, en illustrant les marges de croquis fantaisistes.

Pendant tout ce temps, Alayne avait été parfaite. Elle s'était occupée de lui elle-même, allant et venant de la cuisine en sous-sol à leur chambre sans une plainte, bien qu'il sût qu'il avait été terrible à soigner pendant les premières semaines. Elle paraissait abominablement fatiguée. Cet escalier de briques n'était pas une plaisanterie. Son visage semblait s'être élargi, aplati, avoir revêtu une expression de patience qui rappelait à Eden que sa mère était d'origine hollandaise ; elle était là, l'expression sérieuse et résignée. Un visage qui deviendrait sans doute plus tard bienveillant, indulgent, mais moins joli certainement.

Elle avait dû être désappointée de l'impossibilité où il était d'accepter la situation que lui avait procurée Mr. Evans pour le Nouvel An. Bien qu'elle n'en eût pas beaucoup parlé, il savait qu'elle avait hâte de quitter Jalna et d'avoir une maison à eux. Il avait refusé de lui laisser dépenser son argent à en acheter une, mais il avait accepté que, lui payant le loyer avec ses appointements, elle achetât les meubles. Elle avait beaucoup parlé de la façon exacte dont elle la meublerait. Quand sa jambe le faisait souffrir et qu'il ne pouvait pas dormir, c'était une de ses manières favorites de le calmer, de caresser sa tête et de prévoir tour à tour l'ameublement de chacune des pièces. Elle avait choisi le mobilier de son bureau avec beaucoup de soin et aussi celui de sa chambre et de la sienne. Il avait été un peu peiné qu'elle parlât de chambres séparées, bien qu'à la réflexion il eût décidé que ce serait assez agréable de pouvoir éparpiller ses affaires dans toute la pièce sans avoir le sentiment de lui être réellement désagréable. Elle était trop sérieuse : c'était un fait. Elle avait une manière de lui donner l'impression d'être un petit garçon insupportable qu'il avait trouvée charmante au début, mais qui, souvent maintenant, l'agaçait.

Elle avait quelque chose d'étrange depuis peu. Un regard lointain, absorbé. Il espérait vivement qu'elle n'allait pas perdre sa bonne humeur. Une femme mélancolique serait désastreuse pour lui, pèserait horriblement sur son caractère. Elle avait dormi sur le canapé dans leur chambre pendant les premières semaines qui suivirent l'accident, lorsqu'il avait eu besoin de pas mal de soins la nuit. Plus tard, elle avait pris toutes ses affaires et s'était installée dans une grande chambre au plafond bas, sous le toit. Elle passait maintenant là des heures entières. Bien sûr il suffisait qu'il agitât la petite cloche d'argent à côté de lui, et elle descendait en courant l'escalier, mais il ne pouvait s'empêcher de se demander ce qu'elle faisait là-haut toute seule ! Non qu'il désirât qu'elle fût continuellement près de lui, mais il ne pouvait lui pardonner de rechercher la solitude. Il était vraiment très heureux. Il était bien, tout en éprouvant une impression d'ailleurs plutôt agréable de lassitude. Il avait aussi un sentiment délicieux d'irresponsabilité et de détachement. Cette halte dans sa vie, il l'acceptait comme un don des dieux. C'était une période de développement intérieur, de liberté d'esprit, d'allégement des chaînes de la vie.

Il avait encore à peine senti le frottement de ces chaînes mais il ne désirait pas le sentir. Il aurait voulu être un rhinocéros solitaire, fouler avec une joyeuse insouciance les plaines brûlantes du sud et laisser à leur servitude les esprits moins rebelles que le sien.

Il était juste en train de penser à cela et de sourire à cette idée quand Pheasant entra dans la chambre. Elle apportait une assiette de petites pommes rouges et était vêtue de la blouse de couleur vive qu'Alayne lui avait donnée.

— Meggie vous les envoie, dit-elle en posant l'assiette à côté de lui. Vraiment je crois que vous mangez trop. Vous n'êtes plus aussi mince qu'avant.

— C'est étonnant que je ne sois pas maigre, répondit-il avec une certaine vivacité. Dieu sait ce que j'ai souffert !

Il mordit dans une pomme et continua :

— Vous n'avez jamais eu de véritable sympathie pour moi, Pheasant.

Elle le regarda stupéfaite.

— Mais je trouvais que j'avais été charmante pour vous ! Je suis restée assise près de vous, j'ai écouté votre vieille poésie, je vous ai dit quelle merveille vous étiez. Que voulez-vous de plus ?

Il s'appuya sur l'oreiller, pianotant sur la couverture orientale tandis qu'un léger sourire assombrissait son visage plutôt qu'il ne l'éclairait.

Elle considéra ses traits et dit ensuite l'air sombre :

— Vous êtes trop intelligent, voilà votre défaut.

— Ma chère petite Pheasant, ne me donnez pas un si vilain nom, je ne suis pas intelligent. Je suis seulement naturel. Vous êtes naturelle. C'est pour cela que nous nous entendons si bien.

— Nous ne nous entendons pas, riposta-t-elle avec indignation. Oncle Ernest disait justement l'autre jour que c'est dommage que vous et moi nous nous disputions tant.

— C'est un vieil imbécile.

— Vous devriez avoir honte de dire cela. Il a fait tout ce qu'il a pu pour réparer le mal qu'il vous avait causé. Il vous a fait la lecture pendant des heures. Je ne crois pas qu'il se remette jamais du choc de vous avoir vu dégringoler en bas avec son oreiller sur vous.

— Je suis de votre avis. C'est la chose la plus passionnante qui lui soit arrivée depuis des années. Il paraît dix ans de moins. Renverser un vigoureux jeune homme et lui casser la jambe ! Juste quand il commençait à se sentir atteint par la vieillesse ! Mais il est comme un jeune coq qui a salué l'aube de son premier cocorico.

— Vous êtes bien sardonique.

— Et moi je vous trouve délicieuse. J'admire spécialement votre sagesse et cette petite mèche de cheveux qui se dresse sur votre tête. Mais j'aimerais que vous l'aplatissiez. Elle m'excite.

Elle passa sa main dessus.

— Savez-vous, dit-il, que vous passez votre main sur votre tête exactement comme moi ? Nous avons plusieurs gestes identiques. Je crois que notre geste à l'égard de la vie est le même.

— Je pense, dit-elle avec raideur, que vous êtes très doué pour la flatterie. Vous savez parfaitement rendre une femme satisfaite d'elle-même.

On aurait dit une enfant qui joue à la grande personne si bien qu'il eut du mal à ne pas se moquer d'elle. Il ne pouvait pas non plus écarter de son esprit son image obsédante quand elle était loin de lui. Il s'enfonça dans son oreiller et ferma les yeux.

Dehors les pelouses et les champs couverts de neige, vierge de toute trace d'être humain, s'étendaient en blancheur rose et dorée vers le couchant. Les sapins, habillés de la sombre grandeur de leur feuillage d'hiver, projetaient des ombres d'un bleu intense et transparent. Et dans l'éclatante et âpre pureté de cet air septentrional, la plus petite brindille se détachait comme dans une eau-forte. Atmosphère que détestent ceux qui s'y sentent étrangers, mais qui participe de la bonté essentielle de la vie pour ceux qui y sont nés.

Quand Eden ouvrit les yeux et se tourna vers Pheasant, elle contemplait ce spectacle. Il crut voir une expression de frayeur dans ses yeux. Une musique assourdie venait de la chambre d'oncle Nick. Il jouait du piano comme il le faisait souvent à cette heure-là.

— Pheasant.

— Oui ?

— Vous avez l'air bizarre. L'air d'avoir un peu peur.

— Je n'ai pas peur le moins du monde.

— Pas de moi, bien sûr, mais de vous ?

— Oui, j'ai un peu peur de moi et je ne sais même pas pourquoi. Je pense que c'est le ciel, comme une menace. Dans une minute il va faire noir et si froid. Il vous faudra du feu ici.

— Je suis sur des charbons, Pheasant.

Il rencontra sa main et la retint. Il demanda :

— Croyez-vous qu'Alayne m'aime encore ?

— Non, je ne crois pas. Et vous ne le méritez pas... je parle de son amour.

— Je ne pense pas que je l'aie jamais eu. C'était ma poésie qu'elle aimait, pas moi. Croyez-vous qu'elle aime Renny ?

Elle le regarda, surprise.

— Je n'y avais jamais pensé. Peut-être.

— Un joli méli-mélo.

— Vraiment je ne blâmerais pas Alayne. La voilà jetée dans cette famille sauvage avec un mari qui n'aime absolument que lui-même et un beau-frère affectueux, remarquable physiquement.

— Remarquable et affectueux ! Mon Dieu, quelle description ! Je suppose que Renny est remarquable, mais affectueux ! Cela ne correspond guère au fait de courtiser la femme d'un autre homme. Je ne crois pas qu'Alayne l'aimerait, à moins qu'il ne lui ait fait la cour. Non, affectueux, cela je ne peux pas le croire.

— En ce moment vous me tenez la main : appelez-vous cela de l'affection ?

Il prit son autre main et les appuya contre sa poitrine.

— Tout me sera égal, dit-il, si vous voulez seulement m'aimer.

Il l'attira plus près, le visage coloré par la lumière du couchant qui transformait la chambre banale en une retraite étrange et passionnée.

Pheasant se mit à pleurer.

— Non, supplia-t-elle, ne faites pas cela ! C'est ce que je craignais.

— Vous m'aimez, murmura-t-il. Oh ! ma chère petite Pheasant ! Dites-le, juste une fois. Embrassez-moi alors, vous savez que vous en avez envie. C'est ce que vous souhaitiez tout en vous en défendant, ma chérie. Il n'y a rien dont il faille avoir peur dans la vie ; rien dont il faille avoir honte. Soyez seulement vous-même.

Elle se jeta contre lui en sanglotant.

Elle ne savait pas si oui ou non elle l'aimait, mais elle savait que cette chambre la fascinait, que le canapé où reposait Eden était le centre de toutes ses pensées, que ses yeux brillants dans le crépuscule l'obligeaient à faire ce qu'il voulait. Elle détestait Piers d'être absorbé par son bétail, de ne rien voir de sa tentation, de ne pas la sauver d'elle-même comme il aurait dû le faire. Il savait qu'elle n'était pas comme les autres jeunes filles de son milieu. Dans ses veines coulait un sang d'origine impure. Il aurait dû la surveiller, être dur avec elle comme l'avait été Maurice. Son idée était de faire d'elle une camarade. Elle n'était pas femme à cela. Il aurait dû savoir, oh ! il aurait dû savoir, la sauver d'elle-même, d'Eden !

Tandis qu'elle pleurait sur l'épaule d'Eden, ses larmes n'étaient plus des larmes brûlantes d'abandon, mais des larmes de sombre colère contre Piers qui ne l'avait pas sauvée.

22

L'anniversaire de Wakefield

Wakefield se réveillait maintenant chaque matin très joyeux et très excité. La raison de cette humeur était que Finch lui avait donné son clairon de boy-scout. Finch n'était pas resté longtemps boy-scout. La seule chose qui lui avait plu en cela était le fait d'être clairon. Pourtant il s'en était vite fatigué et, étant arrivé à la conclusion qu'il n'était pas de l'étoffe dont on fait les bons boy-scouts, il avait tout abandonné. Accomplir ses petits devoirs avec bonne humeur, être alerte, être serviable, faire une bonne action chaque jour lui paraissait au-dessus de ses forces. Si bien qu'il s'était retiré de l'organisation et avait enfermé à clef son clairon, dans le bas du secrétaire de sa chambre où Wake ne pourrait pas y toucher.

Il avait fini par le donner à Wake pour son anniversaire. Une fois cette décision prise, il n'avait pas attendu le jour précis et le petit garçon avait l'instrument en sa possession depuis une quinzaine. Et chaque matin il se réveillait les nerfs vibrant d'une excitation délicieuse, car là, à la tête du lit, se trouvait le clairon et il ne fallait pas qu'il se levât avant d'avoir sonné le réveil. C'était passionnant de s'asseoir sur le lit et de lancer, les poumons gonflés et les joues distendues, ces glorieuses notes cuivrées. On pouvait les trouver faibles et désagréables, mais elles paraissaient à Wake pleines, nobles et dignes de toucher l'âme.

Heureusement, il était en général le dernier de la famille à se réveiller. Mais ce matin c'était son anniversaire et il était de beaucoup le premier. Tout, tout avait été réveillé par cette sonnerie qui chassait le sommeil. Renny étendu sur le dos, les bras allongés par-dessus la tête, rêvait qu'il galopait sur un grand cheval sauvage le long d'un précipice escarpé. Tout à coup, avec un hennissement qui secouait l'univers, le cheval avait bondi par-dessus le précipice et avait plongé avec lui dans la mer éclairée par le soleil.

Renny se réveilla en sursaut dans le soleil matinal ; sa figure étonnée était si comique que Wakefield rit tout haut, perdit sa respiration et bredouilla sans résultat dans l'instrument. Et Renny rit aussi, car le spectacle de son petit frère assis dans le lit, si alerte, si important, avec ses cheveux ébouriffés et un œil noir cligné malicieusement au-dessus d'une joue gonflée était trop ridicule : ridicule et pitoyable aussi. « Pauvre petit malheureux, pensait

Renny, un être humain comme moi, qui aura un jour des sentiments d'homme, d'étranges pensées d'homme. »

— C'est mon anniversaire, annonça Wakefield en s'essuyant le menton.

— Tous mes souhaits, dit Renny en essayant de ne pas laisser voir qu'il lui destinait un merveilleux cadeau.

— Je ne vivrai sans doute pas aussi vieux que Gran. Mais je peux atteindre quatre-vingt-dix ans en faisant attention.

— Oh ! tu feras attention. Recouvre-toi un peu. Il est encore tôt.

Wake posa le clairon sur la table à la tête du lit et se rejeta sous les couvertures. Il se blottit contre Renny et mit ses bras autour de son cou.

— Oh ! je suis si heureux, murmura-t-il. Un pique-nique aujourd'hui, le premier de la saison. C'est juin. Le 1er juin ! Mon anniversaire !

Ses yeux étaient deux étroites fentes.

— Renny, as-tu... ce que tu sais ?

Renny bâilla prodigieusement et montra deux rangées de dents solides.

— Eh bien, je crois que je vais me lever.

— Renny, Renny ! — Il cogna et se démena contre la poitrine de son aîné. — Oh ! Renny, je voudrais te tuer.

— Pourquoi ?

— Parce que tu ne veux pas me dire.

— Te dire quoi ?

Renny le serrait comme dans un étau.

— Tu le sais bien.

— Comment le saurais-je si tu ne veux pas me le dire ?

— Oh ! méchant ! C'est toi qui ne veux pas me le dire !

— Te dire quoi ?

— Si tu as — ce que tu sais — pour moi.

Renny ferma les yeux.

— Tu ne me parais pas très intelligent ce matin, dit-il froidement. C'est malheureux à ton âge.

Wakefield considéra le visage aux traits accusés de son frère, son nez impitoyable, sa peau tannée par le grand air. Certainement c'était une figure rébarbative. Une figure qui appartenait à un homme qui était son frère adoré, et qui n'avait pas de cadeau d'anniversaire pour lui.

Lui aussi ferma les yeux se murmurant à lui-même : « Oh ! c'est affreux ! » Une larme roula le long de sa joue et tomba sur le poignet de Renny.

L'aîné des Whiteoak secoua un peu son jeune frère.

— Veux-tu finir ! dit-il.

Il se regardèrent dans les yeux.

— Il m'a presque renversé.

— Quoi, Renny ?

— Eh bien, le cadeau.

— Le *cadeau ?*

— Mais oui, ton cadeau d'anniversaire.

— Oh ! Renny, pour l'amour de Dieu...

— Veux-tu ne pas jurer.

— Mais *qu'est-ce que c'est ?*

— C'est, et il murmura le mot à l'oreille de Wake, un poney, un beau poney gallois.

Après les premières questions extasiées, Wake resta silencieux ; il flottait dans une brume dorée de bonheur. Il ne voulait pas perdre la saveur d'un seul délicieux moment de ce beau jour. D'abord un poney, puis un pique-nique et entre les deux une orgie d'autres cadeaux. Un gâteau d'anniversaire avec dix grandes bougies. A la fin il murmura :

— Est-ce un cheval ou... ?

— Une petite pouliche.

Une pouliche ! Il pouvait à peine le croire. Il y aurait des poulains, de tout petits poulains velus. A lui tout seul. C'était presque trop. Il se serra contre Renny, il l'adorait.

— Quand va-t-elle arriver ? Oh ! j'oubliais, Renny, comment s'appelle-t-elle ?

— Elle n'a pas de nom. Tu pourras lui en donner un.

Pas de nom. Un présent sans nom des dieux. Il faudrait lui trouver un nom, quelle responsabilité écrasante !

— Quand arrivera-t-elle ?

— Elle est là, dans l'écurie.

Avec un cri de joie Wake bondit sur le lit, apercevant le clairon, il eut une inspiration.

— Renny, ne serait-ce pas splendide si je sonnais le réveil et alors nous nous lèverions tous les deux tout de suite ? J'aimerais beaucoup sonner le réveil pour toi, Renny.

— Alors, vas-y.

Solennellement le petit garçon plaça le clairon entre ses lèvres et prit une prodigieuse respiration. Renny couché le regardait amusé et ému. Pauvre petit diable, un homme un jour comme lui.

Fortes, triomphantes, les notes du réveil résonnèrent. Ensemble ils sautèrent du lit. Le soleil de juin brillait dans la chambre.

En bas Wakefield dit à Finch :

— Crois-tu, Renny m'a donné un poney. Nous venons d'aller le voir à l'écurie. C'est une petite pouliche, figure-toi, Finch. Il y aura des poulains un jour. Et merci encore pour le clairon. Renny et moi nous sommes tous les deux levés à son appel ce matin. Et il y aura un pique-nique au bord du lac et un gâteau absolument énorme.

— Hum ! grogna Finch. Je ne me rappelle pas tant d'histoires pour un de mes anniversaires.

— Tu as toujours eu un gâteau, chéri, dit Meggie d'un ton de reproche. Et tu oublies cette jolie petite machine à vapeur, et ta bicyclette, et ta montre-bracelet.

— Tu ne t'attends pas à ce que la famille se réjouisse de ta naissance, n'est-ce pas ? demanda Piers en ricanant.

— Non, je ne m'attends à rien du tout, cria Finch, qu'à être tourmenté.

— Pauvre petit garçon, il est jaloux.

Piers passa une main brunie par le soleil sur la tête de Finch, le caressa en descendant le long de son grand nez, et finit par une tape sous le menton.

Les nerfs de Finch étaient à bout ce matin-là. Il était en plein dans ses compositions de fin de trimestre et son amour croissant de la musique semblait le rendre moins capable que jamais de lutter contre les mathématiques. Il savait avec une certitude effrayante qu'il ne passerait pas dans la classe suivante. Son professeur de musique avait beau être non seulement content de lui, mais encore profondément intéressé par ce nouvel élève, cela ne suffirait pas à compenser son échec. Finch avait le sentiment de son infériorité et de son impuissance. Mais il s'y mêlait l'orgueil exalté que donnent des incursions intermittentes dans le domaine libre de l'art.

Avec une sorte de rugissement, il se jeta sur Piers et le frappa à la poitrine. Piers le prit par les poignets et souriant avec nonchalance le maîtrisa ; puis, à la vue du visage sauvage et grimaçant de Finch :

— Viens donc voir, Eden, appela-t-il. Ce petit agneau bêle parce qu'on célèbre l'anniversaire de Wake avec plus d'éclat que le sien. N'est-ce pas un crime ?

Eden arriva, ses lèvres découvraient dans un léger sourire ses dents qui tenaient une cigarette, et il se joignit aux moqueries.

Toute la matinée Finch sentit sa rage s'accroître. A déjeuner Meggie et sa grand-mère se mirent toutes deux à le réprimander, à le harceler. Il mâchait mal. Il écartait ses coudes. Il mangeait très vite afin d'être prêt à reprendre de la tarte aux cerises avant la pauvre Gran. Furieux, il murmura quelque chose à mi-voix, signifiant qu'il se souciait peu de son opinion, et que si cela l'étouffait...

Elle entendit.

— Renny ! Renny ! cria-t-elle en devenant écarlate. Il dit qu'il espère que cela m'étouffera — m'étouffera — à mon âge ! Bats-le, Renny, je ne supporterai pas cela. Je vais étouffer. Je le sais.

Elle regardait sauvagement le chef de la maison et ses yeux brillaient sous ses épais sourcils roux.

— Maman, maman, dit Ernest.

— C'est vrai, gronda Nicolas. Je l'ai entendu.

Renny parlait à Alayne et essayait de ne pas remarquer la discussion. A ce moment, pris soudain de colère, il se leva et d'une enjambée fut près de Finch.

— Demande pardon à Gran, ordonna-t-il.

— Je regrette, murmura Finch en pâlissant.

— Ne marmotte pas ! Parle convenablement.

— Je regrette beaucoup, grand-mère.

La vue de ses épaules courbées et de son visage timide et renfrogné mit son aîné dans une de ses rages brusques. Il lui donna une bonne claque sonore. Finch n'était peut-être pas dans son état normal ce jour-là. En tout cas il semblait toujours facile de le faire tomber. La seconde suivante, il formait un tas sanglotant par terre et sa lourde chaise était tombée avec un craquement.

Alayne étouffa un cri et fixa son assiette. Son cœur battait, mais elle se disait : « Il faut que je me domine, il le faut. Il n'avait pas l'intention de le faire. Il va le regretter. Ils l'ont amené à le faire. »

Renny se rassit. Il évitait de la regarder. Il était humilié de s'être laissé aller à la violence devant elle. Cependant si elle le considérait comme une brute, cela n'en valait que mieux.

Finch se releva, ramassa sa chaise et reprit sa place à table l'air complètement découragé.

— Maintenant cesseras-tu de parler à mi-voix ? demanda grand-mère. Que quelqu'un m'embrasse !

Elle ne cessa de demander à quelle heure devait être le pique-nique, car elle était encore plus excitée à ce sujet que Wake. Elle avait mis son bonnet et son manteau bien avant l'heure à laquelle le phaéton devait la transporter au bord du lac. Elle avait fait ranger les paniers de pique-nique à côté de son fauteuil et, en attendant le moment de partir, elle eut avec Boney une discussion prolongée et amère pour savoir si oui ou non il pourrait se joindre aux promeneurs.

Pour se rendre au pique-nique on se sépara comme pour aller à l'église, avec cette différence que Finch prit sa bicyclette au lieu d'aller à pied et que Piers arriva en retard à cheval, car il était très occupé en cette saison.

Tandis qu'il attachait son cheval à un poteau de fer qui avait été planté dans ce champ avant qu'aucun d'eux pût s'en souvenir, il jeta un coup d'œil sur les membres du pique-nique pour voir où se trouvait Pheasant. Il n'avait pas été avec elle ces derniers temps aussi souvent qu'il l'aurait désiré. En plus du travail habituel comme chaque printemps, lui et ses hommes avaient dû planter de nouveaux cerisiers et défricher une partie de bois. Piers était fort et sain comme un jeune arbre vigoureux. Il était ambitieux et ne craignait pas de travailler, mais il lui semblait assez dur d'avoir si peu de liberté en ces beaux jours de début d'été, pour passer avec Pheasant d'agréables heures de flânerie. Maintenant elle l'accompagnait rarement dans les champs et dans les vergers comme elle le faisait autrefois. Elle était pâle aussi, souvent irritable et même triste. Il se demanda s'il se pouvait qu'elle attendît un bébé. Il fallait qu'il s'occupât d'elle, qu'il lui donnât une distraction quelconque. Peut-être pourrait-il organiser une promenade en auto pendant le week-end. La pauvre fille était sans doute jalouse d'Alayne qui avait toujours Eden près d'elle.

Il vit Pheasant debout en haut d'une falaise. Sa mince silhouette se dessinait sur le ciel. Sa courte robe verte voltigeait autour de ses genoux. Elle avait l'air d'une fleur dressée au-dessus du bleu frais du lac.

Le phaéton avait suivi l'étroite route pierreuse entre deux falaises qui conduisait au bord de l'eau. Hodge avait dételé les chevaux et les avait menés boire dans le lac. On avait allumé un feu sur le rivage et, autour de lui, la famille, à l'exception de Pheasant et de la vieille Mrs. Whiteoak, s'amusait à son idée. Wake, son pantalon retroussé, barbotait au bord de l'eau. Renny lançait des bâtons à ses chiens. Nicolas et Ernest faisaient des ricochets. Meg, dans un horrible vieux chandail, était penchée sur le feu et surveillait la bouilloire. Alayne apportait du bois. Lady Buckley, assise très droite sur une couverture étendue par terre, tricotait une laine d'un rouge éclatant.

Avant de rejoindre les autres sur la berge, Piers alla parler à sa grand-mère qui regardait la scène, installée en sécurité dans le phaéton.

— Alors, Gran, vous êtes bien ?

— Approche ta tête pour que je puisse t'embrasser. Ah ! ce garçon ! Oui, je suis bien. J'amenais les enfants faire des pique-niques ici, il y a plus de soixante ans. Je me rappelle m'être assise à cette même place et avoir regardé ton grand-père apprendre à nager aux garçons. Nick était un petit loup de mer, mais Ernest criait toujours qu'il allait se noyer. Ah ! c'était le bon temps ! Ce pays était alors magnifique.

— Je le crois, Gran.

— Oui, les pigeons des bois étaient si nombreux qu'ils formaient en volant des nuages qui jetaient une grande ombre. Les garçons de ferme les prenaient au piège. Les jolies, jolies bêtes, avec leurs yeux comme des bijoux. Ils avaient arraché les jolis yeux d'un pigeon, les brutes ! Et ils les avaient jetés dans un champ. Et quand les autres les virent briller, ils crurent que c'était de la nourriture et ils arrivèrent en nuage et les garçons et les hommes les tuaient par centaines.

— Il n'y a plus de telles chasses maintenant, Gran.

— Va voir si le thé est prêt. Je veux mon thé. Et, Philippe — je veux dire Piers —, surveille Pheasant ; elle est jeune, oui, elle est jeune, et sa mère ne valait pas grand-chose et son père rien du tout. Elle a besoin qu'on la surveille.

— Voyons, Gran, je n'aime pas que vous parliez comme cela de Pheasant. Il n'y a rien à lui reprocher.

— Bien sûr qu'il n'y a rien à lui reprocher. Mais elle a besoin d'être surveillée. Toutes les femmes en ont besoin, si elles sont le moins du monde jolies. Je veux mon thé.

Piers souriait des conseils de la vieille dame en marchant le long de la rive. Il était amusé et indulgent, pourtant il se disait : « Il y a un grain de vérité dans ce qu'elle dit. Les femmes ont besoin d'être surveillées. Cependant je ne vois personne par ici à part Tom Fennel qu'elle pourrait... Eden, il y a Eden ; il n'a rien à faire — il peut s'amuser — les poètes, des gens pervertis. Je passerai plus de temps avec elle. Je pourrais l'emmener voir les Chutes pour le week-end. Il y a cette nouvelle auberge. Cela lui plairait, la pauvre petite. »

Le lac avait la couleur du lapis-lazuli. Des mouettes, troublées par l'aboiement des chiens, tournoyaient au-dessus de son éclat en poussant des cris aigus. Plus loin, un bateau de charbon aux voiles noircies se déplaçait imperceptiblement et un bateau à vapeur à destination du Niagara traînait sa légère banderole de fumée. De petits bateaux à voiles se disputaient languissamment quelque course de club nautique.

Piers rejoignit Renny dont les yeux étaient fixés sur Flossie qui nageait à la poursuite d'un bâton, tandis que Merlin, qui avait rapporté le sien, s'épuisait à aboyer à ses pieds pour implorer une autre occasion de montrer ses talents. Comme Piers approchait, l'épagneul se secoua vigoureusement et projeta une pluie de gouttelettes sur ses jambes.

— Elle le tient, dit Renny, les yeux toujours sur Flossie et il lui cria : Brave fille !

— Maudit Merlin, dit Piers, il a inondé mon pantalon.

— Tout en blanc, eh ! remarqua Renny en le considérant.

— Tu ne pensais pas que j'allais venir en salopette, n'est-ce pas ? Est-ce que nous avons le temps de nous baigner avant le thé ?

Renny se pencha et trempa sa main dans l'eau.

— Ce n'est pas très froid. Pourquoi pas ? Le thé peut attendre.

— Où est Eden ? demanda Piers en jetant un regard sur le groupe.

— Il était là-haut, sur la falaise, avec Pheasant, il y a un instant.

Levant les yeux, ils virent sa tête blonde se dresser au ras de l'herbe dans laquelle il était étendu aux pieds de Pheasant.

— Je ne veux pas qu'il tourne autour d'elle, éclata Piers.

— Dis-le-lui alors, dit Renny froidement.

— Dieu oui, je le ferai. Je le lui dirai de telle façon qu'il ne l'oubliera pas.

Soudain une mer de soupçons bouillonnait dans sa tête.

— Oui, même Gran pense qu'il y a quelque chose qui ne va pas. Elle m'avertissait il y a une minute.

— Ce n'est pas la peine de te mettre dans cet état, dit Renny en lançant le bâton à Merlin qui bondit dans l'eau avec un aboiement de joie, pendant que sa place était immédiatement prise par une Flossie mouillée et importune. Eden et Alayne vont partir d'ici le 1er juillet. Evans a quelque chose pour lui à ce moment-là.

— Quel paresseux !

— Tu ne t'attendais pas à ce qu'il travaille avec une jambe cassée, n'est-ce pas ? Ne récrimine pas aujourd'hui, c'est l'anniversaire de Wake. Viens, allons nous baigner.

Il cria à Wakefield :

— Wake, as-tu envie de te baigner ?

Wakefield arriva en bondissant dans les petites vagues.

— Je peux ? Oh ! splendide ! Et si j'avais le poney ici. Il nagerait avec moi, je le parie.

— Eden ! appela Renny. Nous allons nous baigner. Viens donc.

Ils le regardaient se relever et se mettre à descendre le chemin escarpé sur le côté de la falaise. Il boitait encore des suites de sa chute.

— Est-ce que cela ne va pas être bien froid ? demanda-t-il.

— Meggie peut faire bouillir une casserole d'eau pour te chauffer une place, dit Piers.

— Où est Finch ? demanda Renny. Finch voudra venir.

Wakefield répondit :

— Il est déjà dans la petite crique, couché sur le sable.

Tous quatre se dirigèrent vers la crique.

— Ne laissez pas oncle Ernest venir, dit Eden. Il me ferait sûrement mal.

— Oncle Ernest, cria Renny, Eden dit qu'il ne faut pas que vous veniez. Vous êtes trop brutal.

— Eden, Eden, cria Ernest, mais avec un certain orgueil. Je voudrais que tu me laisses oublier cet accident.

La voix de Gran arriva du phaéton, rendue aiguë par les affres de la faim :

— Quand allons-nous avoir du thé ? J'ai dit à Piers de me chercher du thé !

— Je vous apporte un scone en attendant, maman, dit Augusta.

Elle avançait prudemment sur les galets, le scone beurré à la main.

Quand les quatre frères atteignirent la petite crique bordée de saules, ils trouvèrent Finch couché sur le ventre, la tête dans les bras.

— Toujours à bouder ? demanda Piers. Savais-tu, Renny, que le pauvre garçon est obsédé par l'idée que nous fêtons davantage l'anniversaire de Wake que le sien ? N'est-ce pas déchirant, Wake ?

Wake souriant et important regardait la forme prostrée de Finch.

— Si j'ai froid à cette jambe, observa Eden, cela peut me donner des rhumatismes.

— Tu n'auras pas froid si je suis avec toi, dit Piers en retirant sa veste.

Comme les autres avaient plongé dans le lac et comme on entendait Wake crier de joie et de peur entre les mains de Piers, Renny se retourna vers Finch et dit d'un air paternel :

— Tu ferais mieux de venir, Finch ; cela te ferait du bien. Tu as trop travaillé.

— Non, je n'en ai pas envie, grommela le garçon contre son bras.

— Ne fais pas l'idiot, dit Renny en lui donnant de petites bourrades du bout de son pied nu. Plus tu prendras à cœur les taquineries de Piers, plus il continuera.

— Ce n'est pas seulement cela.

— Voyons, écoute. Je n'aurais pas dû te donner cette claque devant les autres, mais tu exagérais. Viens et n'y pense plus.

Finch roula sur lui-même et découvrit une figure rouge convulsée.

— Est-ce qu'il n'y a pas un endroit où on puisse me laisser seul ? hurla-t-il. Faut-il que j'aille au bout du monde pour être tranquille ? Tout ce que je demande c'est qu'on me laisse seul ici, en paix, et vous venez tous me tourmenter.

— Reste seul alors, petit imbécile !

Renny lança au loin la cigarette qu'il fumait et se dirigea vers l'eau.

Naturellement, se disait Finch, tout cela ne comptait guère pour ce hautain Renny, si calme, si sûr de lui. Les pensées effrayantes et les sortilèges n'osaient pas s'attaquer à lui et même Piers le craignait un peu. La tête appuyée sur la main il regardait ses frères nager, s'éclabousser, plonger, le soleil luire sur leurs épaules blanches. Comme une créature à part, il les regardait avec l'idée qu'il y avait une conspiration contre lui, que chaque membre de la famille jouait une partie différente contre lui, qu'ils reparlaient de lui entre eux, se moquaient de lui et le méprisaient. Mais devant leur grâce mouillée, leur agilité, malgré lui, un lent sourire de plaisir se répandit sur ses traits. Leurs cris robustes ne manquaient pas d'harmonie. Et l'éclat de leurs têtes lisses, l'une blonde, les autres rousse et brune, charmait ses yeux. Il remarqua que Piers était brutal avec Eden et cela lui fit plaisir. Il aurait voulu les voir se battre, se tuer à moitié l'un l'autre tandis que lui restait couché sur le sable.

Eden sortit de l'eau en boitant.

— Est-ce qu'il y a des serviettes ? demanda-t-il. Sois un brave garçon, Finch, et cours demander des serviettes à Meg.

Oh ! oui. Il était un brave garçon quand il y avait une course à faire. Mais il courut dans les galets vers sa sœur.

— Des serviettes ? Oui, les voilà. Cette grande rouge et blanche pour Renny, n'est-ce pas ? Et les deux plus petites pour Eden et Piers. Et envoie-moi Wake. Il faut que je lui fasse une bonne friction pour l'empêcher de prendre froid.

Une envie soudaine de fantaisie s'empara de Finch. Attrapant les serviettes, il retourna dans un grand élan à la crique. Là il lança le ballot attaché à ses frères.

— Voilà vos sales serviettes ! cria-t-il. — Et en s'enfonçant dans les broussailles derrière les saules, il dit : — Il faut que tu ailles près de Meggie, jeune Wake, te faire frictionner.

Alayne avait rejoint Pheasant sur la falaise, et à présent Renny également montait le sentier. Sa tête rousse humide apparut d'abord, semblable à la crête ébouriffée d'un oiseau de proie. Il se jeta sur le trèfle court et épais qui tapissait la falaise et alluma sa pipe.

— Cela n'est vraiment pas juste, dit Pheasant de sa voix enfantine, qu'Alayne et moi n'ayons pas pu nous baigner. Au bruit que vous avez fait nous pouvions deviner combien vous vous amusiez.

— C'était trop froid pour des femmes.

— La science démontre, dit-elle d'un ton sentencieux, que notre sexe supporte mieux le froid que le vôtre.

— Nous n'avions pas de costumes de bain.

— Nous aurions dû tous apporter des costumes de bain et faire une vraie partie. Vous n'avez pas idée combien c'est stupide de rester assise, à se tourner les pouces, pendant que vous autres hommes êtes en train de vous amuser. « Il faut que les hommes travaillent et que les femmes pleurent », tel est l'axiome Whiteoak. Seulement vous le traduisez en : « Il faut que les hommes s'amusent et que les femmes... » Aidez-moi à trouver quelque chose de vraiment mordant, Alayne.

Alayne ne répondit que par un haussement d'épaules. Renny continua à considérer l'éclat mouvant de l'eau en tirant sur sa pipe. Il ne parut pas remarquer le désir qu'avait Pheasant de bavarder et de plaisanter et resta muet. Elle aussi devint silencieuse, joua avec l'herbe et puis, après un regard de côté à ses deux compagnons, se leva et commença lentement à descendre le sentier.

— Pourquoi partez-vous, Pheasant ? appela vivement Alayne.

— Je pense qu'il faut que quelqu'un aide Meggie à mettre le couvert.

— Très bien. Si on a besoin de moi, appelez-moi, je vous prie.

Maintenant un frisson d'excitation la parcourait. C'était la première fois depuis des semaines qu'elle était seule avec Renny. Elle regrettait presque de n'avoir pas suivi Pheasant.

Depuis quelque temps il l'avait évitée. Leurs promenades à cheval, interrompues par les grandes chutes de neige de janvier et la maladie d'Eden, n'avaient pas été reprises. Quoiqu'ils vécussent sous le même toit, ils étaient séparés par un mur, un implacable mur de glace à travers lequel chacun apercevait l'image de l'autre, mais déformée par son rayonnement. Aujourd'hui, sur le rocher, au soleil, le mur semblait devoir fondre et avec lui la barrière de l'empire moral d'Alayne sur elle-même. Si elle pouvait seulement savoir ce que Renny ressentait ! Son silence même était pour elle une étreinte tentatrice.

Comme de l'encens, l'odeur de la fumée de bois montait de la berge. La petite silhouette de Wake sautillait çà et là comme un bécasseau.

Elle étudia le profil de Renny, le nez busqué, les lèvres serrées sur la pipe, les cheveux humides collés aux tempes. Il était tellement immobile qu'un lourd découragement vint effacer son impression de joie ardente. En le regardant, en songeant à Eden, elle se dit qu'elle commençait à en avoir assez des Whiteoak. Elle avait meurtri son âme contre leur égoïsme inconscient. Ce Renny qu'elle aimait était aussi lointain, aussi orgueilleux que le rocher là-bas. Son apparence d'immobilité passionnée pouvait cacher simplement un vif désir d'acquérir quelque bête fougueuse pour ses écuries. Pourtant comment était-ce possible, alors qu'elle avait le sentiment que son silence même était une étreinte ? Deux bras imaginaires semblaient se tendre vers elle, l'attirer dans le verger, l'étreindre avec une soif de ses baisers à laquelle s'ajoutait tout le désir accumulé pendant ces mois de contrainte.

Mais ses bras n'avaient pas bougé. L'un était posé sur sa cuisse, l'autre soutenait sa pipe dont le fourneau reposait dans sa main.

Il retira la pipe de ses lèvres et parla d'une voix basse, rauque. Ses paroles bouleversèrent Alayne. Elle était comme un marin qui redoute certains bancs de sable, guette, en la craignant tout en la souhaitant, la lumière qui l'avertira de leur proximité et est soudain aveuglé par cette lumière en plein dans les yeux. Joie, ressentiment, lassitude, tout disparut. Seul, son amour comptait.

— Je vous aime, disait-il, et je suis au supplice parce que je vous aime. Et il n'y a rien à faire.

La sensation merveilleuse d'être assise sur le rocher avec Renny, d'entendre sa bouche prononcer ces mots d'une voix contenue, remplissait Alayne d'un sentiment d'abandon insouciant plutôt que de renoncement tragique. Comme une pousse s'élance d'un sol vierge, ce premier amour profond jaillissait de son être pour monter rejoindre le soleil brûlant de la passion de Renny.

Pour Renny, c'était très différent. Cet homme qui avait aimé les femmes avec à la fois indifférence et sensualité, qui ne savait pas parler leur langage, qui avait cru et souhaité n'avoir que ce genre de sentiment à leur égard, se sentait trahi par cette nouvelle et subtile passion, dépassant la simple possession, et qu'il ne pouvait ni satisfaire ni oublier. Ses yeux avaient la même expression que ceux d'un animal qui se découvre blessé et incapable d'exercer les facultés qui ont été sa plus grande joie. L'amour qui, jusqu'ici, l'avait désaltéré comme une boisson fraîche, avait maintenant le goût amer de la renonciation.

Il murmura encore :

— Il n'y a rien à faire.

Et elle dans un souffle :

— Non, je crois qu'il n'y a rien à faire.

C'était comme si un voyageur, en montrant la lune qui se levait, avait dit à son compagnon : « Il n'y a pas de lune. »

Renny remarqua que l'intonation d'Alayne démentait singulièrement ses paroles ! Il la regarda et lut sur son visage son ardeur et son émotion. Il s'écria avec un gémissement :

— Je briserais tout... je vous emmènerais si seulement... Eden n'était pas mon frère !

D'une voix bizarre, tremblante, qui semblait venir de très loin, elle lui rappela :

— Votre demi-frère.

— Je ne pense jamais à cela, dit-il froidement.

Son attachement à ses frères était si profond que cela lui avait toujours été désagréable qu'on les appelât ses demi-frères.

Après un moment de silence, que semblait symboliser un voile de fumée de bois qui s'éleva et resta un instant en suspens au-dessus d'eux, elle dit avec un tremblement dans la voix :

— Je ferai tout ce que vous voudrez.

— Je vous en crois capable, répondit-il.

Il comprit brusquement qu'Alayne attachait à sa vie autant d'importance que lui à la sienne, et qu'elle l'abandonnait pourtant entre ses mains avec un héroïque détachement.

Ils s'aperçurent qu'on les appelait du rivage et qu'on leur faisait signe. Le couvert était mis, déjà Nicolas, avec l'aide de Piers, se laissait tomber par terre dans une position peu habituelle.

— Le thé est prêt. Descendez ! Venez ! répétaient les voix.

Sous l'immensité bleue du ciel, tous deux se levèrent machinalement et, comme deux automates, se dirigèrent vers le sentier.

— Vos talons sont trop hauts pour ce mauvais chemin, dit-il. Laissez-moi vous donner la main.

Elle mit sa main dans la sienne, ferme et musclée, et il la garda jusqu'à ce qu'ils atteignissent les galets.

23

Nuit de juin à Jalna

Deux membres du pique-nique ne revinrent pas avec les autres à Jalna. Piers gagna par le ravin Vaughanland et se rendit en auto, avec Maurice Vaughan, à une réunion de cultivateurs de fruits à Stead. Finch alla aussi à Vaughanland, mais à bicyclette, par la route, et il entra dans la maison par la porte du devant. Il savait que Maurice partait avec Piers et, étant donné que la femme de charge était presque complètement sourde, il pourrait faire de la musique avec toute la ferveur et toute l'ardeur qu'il lui plairait sans que personne l'entendît sauf lui-même.

Toute la journée Finch avait attendu cette heure. Pourtant il savait qu'il aurait dû être en ce moment dans sa chambre, à la maison en train de « piocher » l'examen de physique de demain. Il n'aurait même pas dû aller au pique-nique. Il avait fait une cote mal taillée et emporté un livre de classe pour étudier à ses moments perdus. En réalité il n'en avait pas lu une ligne. Le livre n'avait été qu'un masque derrière lequel il avait caché, pendant quelque temps, son visage maussade et furieux. Quand il l'avait attaché avec une courroie au guidon de sa bicyclette, il avait murmuré quelque chose signifiant qu'il allait travailler avec George Fennel. Il avait menti et cela lui était égal. Ce soir, il avait besoin de liberté. Il fallait que son âme déployât ses ailes dans l'immensité de la nuit. La musique le libérerait.

La musique le protégeait comme une armure brillante. Elle avait le pouvoir de le délivrer de ses pensées obsédantes et, mieux encore, de le délivrer de Dieu. Dieu ne l'effrayait plus, ne le poursuivait plus dans sa solitude, ne l'accompagnait plus jusque dans son lit avec un visage qui, de sombre et menaçant, devenait d'une blancheur éblouissante, de vieux devenait jeune. Les soirs où la musique l'avait rendu brave et insouciant, il revenait chez lui par le ravin et chantait en marchant sans que Dieu l'effrayât plus que les engoulevents qui appelaient leur amour dans les arbres, ou que les étoiles scintillantes.

Quelquefois il se disait que Dieu l'aimait plutôt qu'il ne le persécutait, et cette pensée le remplissait d'extase, l'aveuglait de larmes. Souvent, et plus souvent à mesure que les mois passaient, il lui arrivait de ne plus croire en Dieu. Dieu n'était qu'un épouvantail de l'enfance, la peur personnifiée dont une nurse écossaise avait semé le germe en lui lorsqu'il était tout petit. Pourtant, il ne voulait pas perdre entièrement sa crainte de Dieu, car elle avait le pouvoir de faire disparaître sa crainte encore plus effrayante de lui-même. Une fois, dans une intuition étrange, il s'était dit que peut-être Dieu et lui avaient peur tous les deux, chacun peur de son propre reflet tel qu'il le voyait dans les yeux de l'autre. Peut-être même Dieu et lui ne faisaient-ils qu'un...

Dans la maison abandonnée, il était assis très droit sur le tabouret de piano, seules ses mains assurées et ferventes se déplaçaient sur le clavier. Le morceau qu'il jouait n'avait pas plus de prétention que celui qu'un autre garçon doué eût pu exécuter après un nombre égal de leçons. Et pourtant il y avait quelque chose de spécial dans le jeu de Finch, dans la façon dont son air timide faisait place à la confiance quand il était assis au piano dans la ferme habileté de ses belles mains — un tel contraste avec son visage ingrat. Cela empêchait son professeur de l'oublier, longtemps après la fin de la leçon. Plus d'une fois le professeur avait dit à un collègue : « J'ai un élève, un garçon nommé Whiteoak, qui ne ressemble à personne. Il a une sorte de génie, j'en suis sûr, mais la musique est-elle son expression naturelle ou n'est-elle que le dérivatif momentané d'autre chose, je ne peux pas encore le définir. C'est un garçon bizarre, timide. »

En ce moment Finch au piano n'était ni timide, ni bizarre. Dans la pièce obscure, seule la lumière de la lune éclairait sereinement ses mains sur les touches. Par la fenêtre ouverte, les odeurs puissantes et douces de cette nuit de juin se déversaient en un flot mouvant : l'odeur de la terre humide ; la lourde senteur de certains lis jaunes qui poussaient sous la fenêtre ; l'arôme mêlé des fleurs sauvages, des feuilles de l'année passée et de l'humus fertile qui montait du ravin. La brise entrait, tantôt chaude et légère comme un premier baiser d'amour, tantôt chargée de la fraîcheur d'un coin retiré que le soleil d'été n'avait pas encore atteint.

Toutes ces odeurs, ces tiédeurs, ces frissons, Finch les mêlait à sa musique. Il avait, cette nuit, l'impression étrange que, depuis l'heure du pique-nique, beaucoup d'années avaient fui, le visage détourné. Que tous ceux qu'il connaissait, bien plus, tous les gens de la terre étaient morts. Que lui seul vivait et qu'il créait avec sa volonté, sa musique, la nuit de juin d'un monde nouveau.

Il était en proie à la merveilleuse ivresse de la création et en même temps, à une grande tristesse, car il savait que le monde qu'il créait ne durerait pas ; que ce n'était que l'ombre d'une ombre ; que les rivières dansantes, les pétales voltigeants, les vents rapides qui étaient nés sous ses doigts, se dessécheraient, se flétriraient et tomberaient quand la musique se tairait.

Une pendule sur la cheminée sonna dix heures d'une petite voix lointaine. Finch se rappela l'examen de demain. Il devait rentrer et travailler une heure ou deux, essayer de faire entrer dans sa tête autre chose que la musique. Mais en tout cas il se sentait l'esprit plus clair. Il se sentait merveilleusement lucide ce soir. Les objets, les sons lui semblaient magnifiés, intensifiés. Avec un peu de chance, il pourrait, dans les quelques heures suivantes, se mettre en tête les problèmes sur lesquels porteraient les questions de l'examen. Par malheur, comme il avait dit à Meggie qu'il allait travailler avec George Fennel, il devrait faire un grand détour pour arriver de la direction du presbytère. La nuit était si douce qu'un membre de la famille serait presque sûrement dehors et, si Finch venait du ravin, on le soupçonnerait tout de suite d'être allé à Vaughanland.

Encore un morceau ! Il ne pouvait pas se décider à partir. Il continua à jouer, s'abandonna au bonheur de cette sympathie croissante entre ses mains et le clavier. Puis il rabattit doucement le couvercle du piano et sortit par la véranda en fermant la porte derrière lui.

Une bouffée d'air chaud l'enveloppa, comme si on l'avait délibérément soufflée sur lui pour l'attirer dans les bois, l'y garder, jusqu'à ce qu'il eût oublié tout ce qu'il avait si péniblement appris en classe et qu'il ne sût plus que les mathématiques des saisons et le langage des arbres. Il enfourcha sa machine et partit par la pelouse.

Le creux où s'élevait la maison était baigné de clair de lune comme une coupe de vin doré. L'air était rempli de murmures et de bruissements. L'herbe même sur laquelle il glissait paraissait un tapis magique.

Il volait le long de la route de plus en plus vite, traversait le petit hameau, dépassait le presbytère (il y avait de la lumière dans la chambre mansardée de George, et le pauvre George travaillait !). Et s'il entrait et passait la nuit avec George ? Il pourrait téléphoner à Jalna.

Non, il voulait être seul. George était trop raisonnable, trop terre à terre pour lui ce soir. Il voyait son lent sourire, entendait son « qu'est-ce donc qui te met d'aussi folles idées dans la tête, Finch ? »

Il descendait le chemin dans les vieux bois de Jalna, dans les pins noirs plus sombres que la nuit la plus sombre. Comment faisaient-ils ? Aucune obscurité ne pouvait les effacer. Que le petit bois de bouleaux devait être joli au clair de lune ! Tous les bouleaux d'argent rassemblés dans leur blondeur au milieu des pins noirs ! En laissant sa bicyclette ici, il pourrait y aller et les voir dans cette première nuit argentée de juin ; en remporter dans sa chambre l'image, avec les yeux de son âme.

Les « yeux de son âme ». Quelle expression singulière ! Il pensa aux yeux de son âme, ronds, brillants, ravis ou terrifiés tour à tour.

L'âme a un millier d'yeux
Et le cœur n'en a qu'un ;
Pourtant la lumière d'une vie entière s'éteint
Quand l'amour s'achève.

Il avait dû plutôt imaginer l'œil de son cœur, cet œil enflammé, délirant, effrayé. « Quand l'amour s'achève. » L'amour n'avait pas commencé pour lui. Il ne commencerait jamais. Pas ce genre d'amour. Il n'était pas du tout certain de le désirer.

Il courait légèrement le long du sentier qui serpentait dans les pins. Devant lui se dressaient cinq jeunes arbustes élancés, jaillis du tronc d'un pin tombé et mort, telles les cinq vierges de la fable du torse d'un géant abattu. Derrière, le bois de bouleaux reposait, mystérieusement éclairé par la lune ; les branches délicates et souples paraissaient flotter au-dessus des troncs immaculés.

C'était là qu'un matin Finch avait vu Renny debout, une femme étrange dans les bras. Depuis la place avait toujours été hantée par cette vision. Il fut donc à peine étonné lorsqu'il entendit des voix étouffées, au moment où il atteignait la bordure extérieure des arbres. Renny se livrait-il encore à ses jeux d'amour ? Il s'arrêta au milieu des fougères nouvelles et tendit l'oreille. Il essaya de percer la singulière clarté brumeuse, qui semblait distillée par les troncs et le feuillage des bouleaux eux-mêmes plutôt que descendue d'en haut et s'efforça de discerner quel était le couple qui avait cherché ce coin retiré. Chaque nerf de son corps vibrait, tendu comme les cordes d'un instrument de musique.

D'abord il ne put distinguer autre chose que la buée de lumière et d'ombre, l'étrange éclat qui enveloppait un coin de gazon. Tout autour de lui, l'air était plein de bruissements et de soupirs mystérieux, comme si chaque feuille, chaque brin d'herbe, chaque hampe de fougère était sensible. Puis un murmure de voix, le bruit de longs baisers passionnés attira son regard vers un endroit abrité par un taillis de noisetiers. En retenant son souffle il rampa plus près. Il entendit un rire bas, et ensuite la voix qui riait répéta : « Pheasant, Pheasant, Pheasant. »

C'était la voix d'Eden.

Puis, précipitées, entrecoupées, des paroles de Pheasant, un profond soupir et encore des baisers.

Oh ! Quelle abomination ! Dans sa fureur, Finch aurait voulu se précipiter sur eux et les tuer. Cela eût été bien juste. Ils avaient trahi Piers, son frère adoré, son héros ! En imagination il traversait le taillis de noisetiers, piétinait les fougères, se jetait sur eux et les frappait sans relâche jusqu'au moment où ils imploraient sa pitié ; mais il n'avait pas de pitié ; il les repoussait tandis qu'ils se cramponnaient à genoux jusqu'à ce que leur sang inondât le gazon et que la clairière retentît de leurs cris.

Il avait le vertige et passa sa main sur ses yeux. Il s'approcha alors à travers les noisetiers, sans voir où il allait. Pheasant cria.

— Qu'est-ce que c'était ?

Il s'arrêta.

Le silence régnait, mais le battement de son cœur remplissait l'univers.

— Qu'est-ce que c'était ?

— Rien qu'un lapin ou un écureuil.

Finch tomba à genoux. Avec de grandes précautions, il se retourna et commença à s'éloigner d'eux en rampant. Il rampa jusqu'à ce qu'il eût atteint le sentier dans le bois de pins, là il se releva et se mit à courir. Il courait le long du sentier tapissé d'aiguilles de pin avec de grandes foulées, comme un daim pourchassé. Il avait la bouche ouverte, haletait.

Quand il eut rejoint l'endroit où il avait laissé sa bicyclette, il ne s'arrêta pas. Une machine ne pouvait se mouvoir avec la célérité de ses pieds rapides, vengeurs. Il descendit en courant le chemin les bras ballants, il vola à travers le pré, dépassa un groupe de bétail endormi ; manquant le pont, il traversa la rivière à gué dans le cresson épais qui s'accrochait à ses pieds ; il glissa, tomba sur la berge dans un grand lit de boutons d'or et continua vers les étables.

Piers venait de pénétrer dans la cour quand il arriva. Finch courut devant la voiture ; dans la lumière des phares, son visage pâle et égaré, ses cheveux en désordre étaient impressionnants. Il se tenait le côté où une douleur aiguë le transperçait.

— Qu'est-ce qu'il y a ? cria Piers en bondissant de l'auto.

Finch indiqua la direction d'où il venait.

— Ils sont là, articula-t-il avec peine. Là-bas, dans les bois !

— Que diable as-tu ? demanda Piers en s'approchant de lui. Tu as eu peur ?

Finch prit son frère par le bras et répéta :

— Dans le bois, à s'aimer, tous les deux, s'embrasser, s'aimer...

— Qui ? Dis-moi ce que cela signifie. Je ne sais pas de quoi tu parles.

Piers s'impatientait ; pourtant, malgré lui, les paroles sans suite de Finch le troublaient.

— Eden, le traître ! dit Finch et sa voix se brisa en un cri. Il a emmené Pheasant dans le bois, là-bas, Pheasant. Ils sont mauvais, je te dis, faux comme l'enfer !

La main de Piers serrait son bras comme un étau.

— Qu'est-ce que tu as vu ?

— Rien, rien, mais derrière le taillis de noisetiers je les ai entendus chuchoter, s'embrasser, oh ! je sais ! Je ne suis pas né d'hier. Pourquoi sont-ils allés si loin ? Elle ne le laisserait pas l'embrasser comme cela si...

Piers le secoua.

— Tais-toi. Cela suffit. Maintenant écoute-moi. Tu vas retourner droit dans ta chambre, Finch. Tu ne diras pas un mot de ceci à qui que ce soit. Je vais les trouver. — Sa figure pleine, robuste était livide ; ses yeux étincelaient. — Je les tuerai tous les deux, si ce que tu dis est vrai, Finch. Maintenant, va à la maison.

Il demanda alors, d'un ton presque indifférent, où Finch les avait vus exactement, pourquoi lui-même se trouvait là. Finch d'une manière incohérente répéta tout. Quelque chose de leur agitation devait s'être transmis aux animaux, car les chiens se mirent à aboyer et, de l'écurie, s'échappa un long hennissement. La lune se couchait et une pâleur mortelle s'étendait sur la scène. Piers s'en alla et jura en trébuchant sur le timon d'une charrette. Une brume s'élevait au-dessus du pâturage, il s'enfonça dans cette obscurité et disparut aux yeux de Finch, comme englouti par quelque sinistre force de la nature.

Finch le regarda jusqu'à ce qu'il l'eût perdu de vue, puis se dirigea en titubant vers la maison. Il se sentait brusquement fatigué et faible, et pourtant il ne pouvait pas rentrer comme Piers le lui avait ordonné. Il vit de la lumière dans la chambre d'Alayne. Pauvre Alayne ! Il trembla à la pensée de ce que Piers ferait à Eden, et cependant il avait eu raison de lui dire cette terrible chose. Il n'aurait pas pu cacher un tel méfait dans son cœur, devenir le complice de leur péché futur. Toutefois il était possible que seule son imagination perverse eût transformé leur acte en crime. Peut-être même n'étaient-ils pas pires que d'autres. Il avait entendu parler de la morale relâchée des jeunes générations. Eh bien, Pheasant n'avait que dix-huit ans, Eden vingt-quatre ; ils étaient jeunes et peut-être pas plus mauvais que d'autres. Et Alayne elle-même ? Était-elle bonne ? Ses longues promenades avec Renny, son installation seule dans une chambre loin d'Eden, Finch avait entendu Meg et tante Augusta y faire à voix basse allusion. Distinguerait-il jamais le bien du mal ? Connaîtrait-il un jour la paix ? Tout ce qu'il savait c'est qu'il était seul, très seul, qu'il avait peur, peur à présent pour Eden et Pheasant, tandis que quelques minutes avant il n'avait pensé qu'à les anéantir au cœur de leur forfait.

Il traversa la pelouse et suivit le sentier qui descendait au ravin. La rivière, plus étroite ici que là où il l'avait franchie à gué, arrosait les prairies et coulait, rapide, encore gonflée par les grandes pluies de printemps. Des taillis luxuriants, couverts de fleurs blanches étoilées, remplissaient la nuit de leur parfum.

Renny était assis sur la solide balustrade de bois du petit pont, il fumait et regardait rêveusement l'eau. Finch aurait voulu s'en aller, mais Renny avait entendu son pas sur le pont.

— C'est toi, Piers ? demanda-t-il.

— Non, c'est moi, Finch.

— Tu rentres du presbytère ?

— Non, Renny, j'étudiais... mon piano.

Il s'attendait à des reproches, mais rien ne vint. Renny semblait à peine l'avoir entendu, semblait à peine remarquer sa présence. Finch s'approcha avec l'idée obscure d'absorber un peu de la force de son frère rien qu'en restant près de lui. Dans l'ombre de cette puissance, il se sentait un peu plus rassuré. Il aurait voulu pouvoir toucher Renny, tenir ses doigts, même sa manche de tweed, comme il le faisait quand il était petit.

Renny montra l'eau.

— Regarde là, dit-il.

Finch vit un dos mouillé et luisant qui glissait dans le reflet argenté du courant. C'était un gros rat d'eau, sorti pour quelque besogne nocturne. Ils le suivirent des yeux jusqu'à ce qu'il eût atteint la rive opposée où, au lieu de grimper comme ils s'y attendaient, il fouina dans les joncs pendant un moment, puis revint dans la rivière et passa lentement sous le pont. Renny alla de l'autre côté et le guetta.

— Le voilà qui arrive, murmura-t-il.

— Je me demande ce qu'il cherche, dit Finch mais sans bouger.

En bas, dans le sombre éclat de l'eau, il voyait un tableau — Eden étendu mort et Alayne qui se tordait les mains au-dessus de son corps ; et comme les rides du courant l'effaçaient un autre prit sa place — Piers le visage pourpre, qui se débattait au bout d'une potence. Une sueur froide coula sur le visage de Finch. Il étendit une main à tâtons et en chancelant quitta le pont et monta le sentier. Sur la crête au-dessus du ravin il hésita. Retournerait-il raconter toute la terrible histoire à Renny ? Peut-être n'était-il pas trop tard, s'ils couraient tout le temps, pour empêcher un désastre.

Il s'arrêta et se mordit le poignet sans y penser. L'humidité faisait coller son pantalon et il grelottait de la tête aux pieds. Il se sentait incapable de remuer ou même de penser maintenant ; mais, soudain, le bruit du rire d'Eden, tout près, sur la pelouse, le réveilla. Puis la voix de Pheasant qui parlait d'un ton calme, naturel, se fit entendre. Piers les avait manqués de façon ou d'autre et, pendant qu'il courait dans les bois à leur poursuite, eux se promenaient sur la pelouse comme s'ils ne s'en étaient pas éloignés.

Finch sortit de l'obscurité et se dressa devant eux. Eden venait de craquer une allumette et l'approchait d'une cigarette. La flamme dansait dans ses yeux qui paraissaient très grands et très brillants, et donnait une expression ironique au léger sourire qui si souvent errait sur ses lèvres.

Pheasant poussa une exclamation qui était presque un cri.

— Ne rentrez pas à la maison, dit Finch péniblement. Je veux dire, partez. J'ai prévenu Piers. Je vous ai entendus dans le bois de bouleaux, et j'ai couru le dire à Piers...

Eden tenait l'allumette qui brûlait toujours près du visage de Finch, comme si c'était une lumière surnaturelle avec laquelle il pouvait regarder dans son âme même.

— Bien, dit-il avec calme. Continue.

— Il vous cherche. Il... il avait l'air terrible. Vous feriez mieux de partir.

Pheasant eut un petit gémissement comme un lapin pris au piège. Eden laissa tomber l'allumette.

— Quel cafard tu fais, mon pauvre Finch ! dit-il. Tu n'as

vraiment rien d'un Whiteoak. — Il se tourna vers Pheasant. — N'ayez pas peur, chérie. Je vous protégerai.

— Oh ! oh ! cria-t-elle. Qu'est-ce que nous allons faire ?

Finch ajouta : « Il va revenir d'une minute à l'autre » et s'en alla.

Il ne pouvait pas entrer dans cette maison dont les lumières brillaient paisiblement, où les autres étaient peut-être encore en train de parler du pique-nique sans rien savoir de l'orage qui les menaçait. Il erra autour de la maison, dans le potager, le verger et dehors sur la route qui menait au cimetière.

Au milieu des cèdres élancés, le clocher encore plus aigu de l'église se dressait vers le ciel. L'église avait rassemblé autour d'elle les ombres les plus noires des arbres et des tombes et les drapait sur ses murs comme un manteau. Tandis qu'il gravissait les hautes marches, Finch croyait que les morts couchés sous l'herbe nouvelle et humide le regardaient de leurs orbites vides dans lesquelles il n'y avait plus ni assurance, ni terreur, ni désir, mais seulement un anéantissement résigné. Eux n'avaient plus peur de Dieu. Tout était fini. Ils n'avaient rien à faire qu'à rester couchés là, jusqu'à ce que leurs os fussent devenus légers comme le pollen d'une fleur.

Ah ! mais lui avait peur de Dieu ! La crainte était sa chair, sa moelle, son essence même. Pourquoi la lune s'était-elle couchée et l'avait-elle laissé seul dans cette obscurité ? Qu'avait-il fait ? Il avait dévasté la vie de Piers, d'Eden, de Pheasant et d'Alayne. Eden et Pheasant avaient-ils péché ? « Le péché » ? Quel mot absurde ! Le péché pouvait-il exister ? Tous les os en poussière sous cette herbe, leurs péchés n'étaient pas autre chose que les odeurs du printemps, de la terre chaude, des bourgeons poisseux, de la pluie bénie — douccur ! Mais il y avait cette phrase : « Jusqu'à la troisième et la quatrième génération. » Peut-être souffrait-il ce soir pour la lourde faute d'un Whiteoak très lointain. Peut-être cette petite sœur, sur la tombe de laquelle il se trouvait, avait-elle renoncé à son fantôme pour une vague faute passée. Il se la représentait couchée là, elle n'était pas horrible, ni en cendres, mais claire et tendre comme le bouton d'une fleur d'avril, avec ses petites mains tendues vers lui.

Des mains tendues vers lui !... Oh ! la merveilleuse pensée ! C'est ce que son âme solitaire implorait : le réconfort de mains tendues. Un sanglot de pitié pour lui-même le secoua ; des larmes montèrent à ses yeux et coulèrent le long de ses joues. Il se jeta par terre au milieu des tombes et resta étendu le visage contre l'herbe. Toute l'expérience accumulée des morts au-dessous de lui passait dans son corps, se fondait en lui. Il restait là, inerte, épuisé, absorbant par tous les pores la douceur amère du passé. Des mains tendues vers lui, des mains de soldats, de jardiniers, de jeunes mères, d'enfants et deux mains très différentes des autres. Des mains dont émanait une étrange clarté blanche, qui n'étaient pas ouvertes mais lui tendaient quelque chose — « le Pain vivant » — les mains du Christ.

Il s'agenouilla parmi les tertres et éleva ses mains incurvées en pétales pour le recevoir. Son corps mince était secoué de sanglots comme un jeune arbre par une tempête de grêle. Il porta ses mains à sa bouche, il avait reçu l'Hostie, il sentait son feu sacré brûler dans ses veines, enflammer son âme ; le Christ était en lui.

Anéanti, il tomba sur la tombe de sa mère et étendit ses bras. Des petites pâquerettes blanches se détachaient de l'herbe sombre comme des yeux tendres, rayonnants. Il se serra plus près, encore plus près, remonta ses genoux, se blottit comme un enfant, appuya sa poitrine contre la tombe et cria :

— Mère, oh ! mère, parlez-moi ! Je suis Finch, votre enfant.

24

La fuite de Pheasant

Maurice Vaughan était tout seul dans sa salle à manger. En revenant de Stead il avait fait entrer Piers pour qu'il se désaltérât et mangeât un peu de viande froide qu'il avait sortie lui-même du garde-manger. S'il l'avait écouté, Piers serait encore là à fumer, à boire et à parler d'une voix de plus en plus pâteuse d'engrais, de désinfectants et d'élevage de chevaux. Mais Piers n'avait pas voulu rester longtemps. Il se levait de bonne heure et, il ne savait pourquoi, il lui était impossible d'écarter Pheasant de son esprit. Ses pensées revenaient à elle, à son petit visage pâle, à ses courts cheveux bruns. Il croyait sentir ses petites mains impatientes tirailler sa manche, l'attirer à la maison. Il avait été absorbé toute la soirée.

Toutefois, Maurice l'avait à peine remarqué. Tout ce qu'il désirait, c'était une compagnie, la chaleur d'une présence humaine pour adoucir la solitude glacée de sa demeure. Quand Piers fut parti, il ne bougea pas et continua à boire lentement, pesamment, sans plaisir et lentement, pesamment, à reparcourir le même cercle vieilli de pensées dans lequel son âme, comme le cheval de bois aux yeux de verre d'un manège, avait tourné pendant vingt ans.

Il songeait à Meg telle qu'elle était quand ils s'étaient fiancés, une noble jeune fille tendre et calme. Il songeait à ses vieux parents, à leur affection pour lui, à leur ambition, qu'il partageait, de le voir devenir l'un des hommes les plus brillants et les plus influents de la région. Il imaginait son mariage avec Meggie, leur vie ensemble, leur famille de jolies filles et de beaux garçons. Il leur avait à tous donné un nom, aux garçons des noms de famille, aux filles des noms romantiques tirés des poètes qu'il avait admirés autrefois. De l'aîné au plus jeune il connaissait chaque trait des six visages juvéniles et était en droit de les connaître, car il les avait sortis du néant pour remplir le vide de son cœur. Il les aimait d'une tendresse qu'il n'avait jamais accordée à Pheasant.

Il songeait à son aventure avec la mère de Pheasant, à leurs rendez-vous au crépuscule. Il la revoyait accrochée à ses genoux et le suppliant de l'épouser quand elle avait découvert qu'elle était enceinte. Il s'était dégagé. Puis, le panier avec le bébé, le papier — ici une sensation voisine de la nausée le secoua sur sa chaise — la consternation de la famille, les délibérations familiales, l'abandon de Meg, la mort de ses parents, les désastres financiers, la fin de son ambition. Et ainsi de suite, tout le long de sa vie lugubre dont la période la plus brillante avait été marquée par la guerre ; là, il avait pu un moment oublier le passé et ignorer l'avenir.

Comme il fermait le couvercle, il vit la pièce vaciller un peu ; son menton tomba sur sa poitrine, et la lumière électrique accusa la blancheur croissante de ses cheveux aux tempes. Il ne dormait pas, mais était inconscient. Il n'entendit pas quelqu'un pénétrer doucement dans la maison. La lèvre inférieure tombante, les yeux fixés dans le vide, il resta assis, sans bouger, semblable à un rocher sombre enterré au fond de la mer.

Pheasant se sentit émue de pitié en le voyant tout seul sous la lumière froide et nue. « Il a l'air d'avoir un cafard épouvantable, pensa-t-elle, et il commence à avoir le dos rond. » Puis elle se souvint de sa tragique situation personnelle, s'approcha de Maurice et, lui touchant le bras :

— Maurice.

Il tressaillit et, la reconnaissant, dit d'un ton bourru :

— Eh bien, qu'est-ce que tu veux ?

— Oh ! Maurice, pria-t-elle, sois gentil pour moi ! Ne laisse pas Piers entrer dans la maison. J'ai peur qu'il ne me tue.

Il la regarda d'un air stupide et grommela :

— Eh bien, c'est ce que tu mérites, n'est-ce pas ?

— Oui, oui, je le mérite ! Mais comment l'as-tu su ? Tu as vu quelqu'un ?

Il réfléchit un moment, les yeux fixés sur la carafe posée sur la table.

— Oui, Piers était ici.

— Piers ici ? Oh ! il me cherchait ! — Elle se tordait les mains, affolée. — Oh ! Maurice, je t'en supplie, je t'en supplie, ne le laisse plus entrer ! J'ai erré dans l'obscurité pendant des heures et, à la fin, j'ai pensé à venir ici, car, après tout, je suis ta fille. Tu as le devoir de me protéger malgré ce que j'ai fait.

Il se réveilla pour demander :

— Qu'est-ce que tu as fait ?

— Piers ne t'a rien dit ?

— Non.

— Mais il me cherchait ?

— Non.

— Alors comment as-tu su que quelque chose n'allait pas ?

— Je ne le sais pas.

— Mais tu disais que je méritais d'être tuée.

— Eh bien, tu ne le mérites pas ? demanda-t-il avec une ironie d'ivrogne.

— Maurice, tu as bu. Oh ! qu'est-ce que je vais faire ?

Elle s'assit sur ses genoux et le prit par le cou.

— Essaie de comprendre ! Dis que tu ne laisseras pas Piers me tuer. — Elle éclata en sanglots pitoyables. — Oh ! Maurice, j'ai été obligée de fuir Piers et je l'aime tant !

— Il était là il y a un moment, dit Vaughan, et il regarda autour de lui comme s'il s'attendait à le découvrir dans un coin.

Remarquant alors la tête de Pheasant sur son épaule, il la caressa d'une main maladroite, comme un homme caresse un chien.

— Ne pleure pas, mon petit. Je te défendrai. Content que tu sois revenue. J'étais terriblement seul.

Elle saisit sa main et y déposa une douzaine de baisers délirants.

— Oh ! Maurice, comme tu es bon ! Comme tu es bon pour moi ! Et comme Piers était bon pour moi, et je ne le méritais pas. Je ne mérite pas la corde pour me pendre ! — Et elle ajouta d'un ton de mélodrame : — Il aurait mieux valu pour moi ne jamais voir le jour !

Elle se leva alors et s'essuya les yeux. Son aspect était lamentable. Elle avait déchiré ses vêtements en courant follement dans les ronces. Ses mains et même sa figure pâle étaient égratignées et saignaient. Elle avait perdu un soulier et son bas était mouillé et boueux.

— Oui, cela aurait mieux valu, répéta-t-il aimablement.

Avec une certaine dignité pitoyable, elle se dirigea vers la porte.

— Est-ce que cela t'est égal que j'aille dans ma chambre, Maurice ?

— Tout à fait, va où tu veux.

Que ce hall, pensait-elle en montant péniblement les marches nues, était différent du hall luxueux de Jalna avec son escalier au tapis épais, ses carpettes rouge foncé, sa fenêtre en vitrail ! La grande tête d'élan qui avait été la terreur de son enfance la fixait aujourd'hui, les narines distendues, comme si elle voulait la transpercer de ses cornes cruelles.

Elle se sentait épuisée. Quand elle se jeta sur son ancien lit, à part une courbature dans les jambes elle ne souffrait presque pas. Les yeux mi-clos, elle considéra les deux gravures sur le mur opposé, *Éveillé* et *Endormi,* qui avaient autrefois orné la nursery de Maurice. D'adorables images enfantines ; elle les avait toujours tant aimées. Elle aurait voulu avoir le courage de se tuer. Déchirer les draps en bandes et les enrouler de plus en plus serré autour de son cou ou, mieux encore, se pendre à une des poutres du grenier. Elle se vit se balançant le visage pourpre. Maurice horrifié qui la découvrait. On l'enterrait au carrefour transpercée d'un pieu. Elle ne savait pas si cela se faisait encore, mais il était possible qu'on rétablît la coutume pour elle...

Elle tomba dans une sorte de somnolence peuplée de cauchemars. Le lit se balançait sous elle comme un berceau ; il se balançait de plus en plus fort, la faisait rouler d'un côté à l'autre. Elle n'était pas un enfant réel, mais un avorton grotesque et regardait du coin de l'œil la mère affolée qui la considérait en poussant des cris perçants et en s'arrachant les cheveux. De nouveau un cri déchira le silence et Pheasant se redressa sur le lit, le visage inondé de sueur.

Elle était seule. L'électricité brillait. Le bruit se fit encore entendre, ce n'était pas un cri mais la sonnerie de la porte d'entrée.

Elle sauta à terre. Le verrou de la porte était cassé depuis des années. Elle se mit à tirer la toilette pour se barricader.

En bas le son avait aussi pénétré l'engourdissement de Vaughan. Il tituba jusqu'à la porte que Pheasant avait fermée à clef derrière elle et l'ouvrit toute grande. Renny et Piers étaient là, leurs visages pareils à deux disques pâles dans l'obscurité. Renny entra tout de suite, mais Piers resta sous le porche.

— Est-ce que Pheasant est là ? demanda Renny.

— Oui.

Il les regardait avec gravité.

Renny se tourna vers son frère :

— Entre, Piers.

Vaughan les conduisit à la salle à manger, mais Piers s'arrêta au pied de l'escalier.

— Est-elle en haut ? demanda-t-il d'une voix enrouée en posant une main sur la rampe comme pour se soutenir.

Vaughan, un peu dégrisé par l'attitude étrange des deux frères, se souvint de quelque chose.

— Oui, mais vous n'allez pas monter. Vous allez la laisser tranquille.

— Il ne lui fera pas de mal, dit Renny.

— Il ne montera pas. Je l'ai promis à Pheasant.

Il prit le bras du jeune homme, mais Piers se dégagea.

— Je vous le défends, cria Vaughan. A qui est cette maison ? De qui est-ce la fille ? Elle vous a quitté. Très bien, laissez-la ici. Je la veux.

— C'est ma femme. Je la verrai.

— En tout cas, que diable se passe-t-il ? Je ne sais pas de quoi il s'agit. Elle arrive ici, exténuée, affolée, hors d'elle. Je me souviens à présent. Et puis vous venez comme deux assassins.

— Il faut que je la voie.

— Vous ne la verrez pas.

Il saisit une seconde fois le bras de Piers. Tous deux luttèrent sous la tête sinistre du grand élan. Ses bois massifs faisaient paraître leur force humaine faible et vaine.

En un instant Piers s'était libéré et montait l'escalier.

— Viens dans la salle à manger, Maurice, dit Renny, et je t'expliquerai ce qu'il y a. Elle ne t'a rien dit ?

Maurice le suivit en grommelant :

— Une drôle de façon de se conduire dans une maison qui ne vous appartient pas à une heure pareille.

— Elle ne t'a rien dit ? demanda Renny quand ils furent dans la salle à manger.

— Je ne me rappelle pas ce qu'elle a dit. — Il prit la carafe. — Tu en prends ?

— Non, et toi non plus.

Renny enleva la carafe à son ami et la mit dans le buffet dont il ferma d'autorité la porte à clef.

Vaughan sombre et ironique le regardait agir.

— Que d'histoires, dit-il, pour une dispute d'enfants !

Renny se tourna vers lui furieux.

— Grand Dieu, Maurice, tu n'appelles pas cela une dispute, n'est-ce pas ?

— Eh bien, qu'est-ce qui se passe alors ?

— Voilà ce qui se passe : ta fille a gâché la vie du pauvre Piers.

— Par l'enfer ! Avec qui ?

— Le propre frère de son mari, Eden.

Vaughan grommela :

— Où est-il ?

— Il est parti en auto.

— Pourquoi n'est-elle pas partie avec lui ? Pourquoi est-elle venue ici ?

— Comment le saurais-je ? Il ne le lui a sans doute pas demandé. Oh ! je suis responsable de toute cette maudite aventure ! C'est ma faute. Je n'aurais pas dû laisser Eden flâner tout l'hiver et écrire des vers. Cela a fait de lui un scélérat !

Un léger sourire passa sur le visage de Vaughan devant l'humour inconscient de la remarque.

— A ta place, je ne me ferais pas tant de reproches. S'il a suffi à Eden d'écrire des vers pour devenir un scélérat, il était probablement déjà bien parti sur cette voie. C'est sans doute pour cela que c'est arrivé.

Il existait entre eux deux une profonde compréhension. Ils s'étaient confiés l'un à l'autre comme ils ne l'avaient fait avec personne d'autre. Renny, troublé par les événements de la nuit, éclata :

— Maurice, en pensée je ne vaux pas mieux qu'Eden. J'aime sa femme. Je ne cesse de penser à elle.

Vaughan considéra avec pitié l'expression tourmentée de son ami.

— Vraiment, Renny ? Je ne l'aurais jamais supposé. Elle ne me paraît pas du tout le genre de femme qui te plaît.

— C'est le malheur. Elle ne l'est pas. Si elle l'était ce serait plus facile de ne plus penser à elle. Elle est intellectuelle, elle est...

— Je dirais qu'elle est froide.

— Tu te trompes. C'est moi qui toute ma vie ai eu une sorte de sensualité froide, aucune tendresse ne se mêlait à mon amour pour une femme. Je crois que je n'éprouvais aucune pitié pour elle. Non, j'en suis sûr.

Il fronça les sourcils comme s'il se remémorait des aventures passées.

— Mais j'éprouve une grande pitié pour Alayne.

— Est-ce qu'elle t'aime ?

— Oui.

— Et Eden ?

— Elle a eu une passion romanesque pour lui, mais c'est fini.

— Est-ce qu'elle sait ce qui vient d'arriver ?

Maurice leva la tête dans la direction de la chambre au-dessus.

— Oui. Je l'ai juste aperçue dans le hall, la maison était bouleversée. Elle avait un regard étrange, exalté, comme si rien n'avait plus d'importance maintenant.

— Je vois. Que va faire Piers ?

— Piers est un garçon splendide, ferme comme un roc. Il m'a dit : « Elle est à moi, rien ne peut changer cela. Je vais la ramener à la maison. » Mais je plaindrais Eden s'il tombait entre ses mains.

— Ils descendent. Ils n'ont pas fait de bruit. Faut-il que je leur parle ?

— Non, laisse-les tranquilles, ces pauvres enfants.

Ils descendaient lentement l'escalier. Comme des gens qui quittent le théâtre d'une catastrophe, ils gardaient dans leurs yeux la terreur de ce qu'ils avaient vu. Leurs visages étaient rigides. La bouche de Piers était tirée en une expression de dégoût. On aurait dit un masque de tragédie. Ils étaient debout dans la large embrasure de la porte de la salle à manger qui les encadrait. Maurice et Renny leur sourirent gauchement, essayant de jeter un voile sur l'événement.

— Vous partez ? dit Maurice. Prenez d'abord quelque chose, Piers.

Il fit un mouvement vers le buffet.

— Merci, répondit Piers d'une voix morne et il pénétra dans la salle à manger.

— Où est cette clef, Renny ?

Renny donna la clef ; on sortit un flacon et on remplit un verre pour Piers. Maurice sous le regard vigilant de Renny ne prit rien.

Piers avala la liqueur en faisant tinter d'une façon absurde le verre contre ses dents. Sous son hâle couleur de cendre, un peu de sang revint. Personne ne parlait, mais les trois hommes fixaient avec intensité Pheasant toujours dans l'embrasure de la porte. Entre eux des courants magnétiques semblaient visiblement vibrer à travers l'atmosphère de la pièce. Alors Pheasant étendant les mains, comme pour repousser leurs visages fixés sur elle, s'écria :

— Ne restez pas à me regarder comme cela ! On croirait que vous ne m'avez jamais vue.

— Tu as l'air horriblement fatiguée, dit Maurice. Je crois que tu devrais boire une gorgée pour te remonter. Un peu d'eau et de whisky, veux-tu ?

— Volontiers, puisqu'on me l'offre, répondit-elle avec un essai pitoyable de bravade.

Elle prit le verre d'une petite main ferme et but.

— Je viendrai plus tard, dit Renny à Piers. Je vais rester un peu avec Maurice.

Mais il continuait à regarder Pheasant.

— Je sais que je suis une vilaine femme, mais je vous trouve très cruel. Vos yeux sont comme des tisons, Renny Whiteoak.

— Pheasant, je ne pensais même pas à vous. Mon... mon esprit était tout à fait ailleurs.

Piers, dans un brusque accès de colère, se tourna vers Maurice.

— Tout est de votre faute ! éclata-t-il avec véhémence. Vous n'avez jamais rien fait pour cette pauvre enfant. Elle était aussi ignorante qu'une petite émigrante quand je l'ai épousée.

— Elle ne semble pas avoir appris grand-chose de bon avec vous, répondit Vaughan.

— Elle a appris toute la décence qu'elle connaît. L'avez-vous jamais envoyée en classe ?

— Elle a eu deux gouvernantes.

— Oui. Elles sont toutes les deux parties au bout de six mois parce qu'elles ne pouvaient pas habiter la même maison que vous.

— Je suppose que c'est ma faute si elle a hérité les instincts de sa mère, répliqua Maurice amèrement. Et Renny me disait à l'instant que c'était sa faute si Eden était un scélérat. Nous avons une grande part de responsabilité.

— Vous dites des bêtises, dit Renny.

— Je vous en prie, ne vous disputez pas à mon sujet, interrompit Pheasant. Je crois que je vais m'évanouir.

— Il vaudrait mieux l'emmener au grand air, dit Renny. Le whisky était trop fort pour elle.

— Viens, dit Piers, et il la prit par le bras.

Le contact de sa main eut un effet immédiat sur Pheasant. Une profonde rougeur monta à son visage et à son cou ; elle se pencha vers lui et leva les yeux vers les siens avec un regard humble et tragique.

Dehors la fraîcheur de l'aube la réconforta. Piers lâcha son bras et la précéda dans le petit bois et la descente du ravin. Ils marchaient en silence ; elle le suivait comme son ombre, dans chaque détour du sentier, hésitait quand il hésitait. Des siècles auparavant on avait dû voir deux silhouettes semblables traverser le même ravin, un jeune Indien et sa squaw marchant à la suite comme une ombre silencieuse dans la première lueur du matin, formes primitives si proches de la vie de la forêt environnante que les oiseaux qui s'éveillaient ne cessaient pas de chanter à leur passage. Sur le pont, au-dessus de la rivière, Piers s'arrêta. En dessous s'étendait la flaque d'eau où, pour la première fois, ils avaient vu leur amour réfléchi, pareil à une fleur qui s'épanouit. Ils la considéraient à présent, incapables de partager plus longtemps les sentiments que sa beauté de miroir avait éveillés en eux. La clarté jaune pâle colorait le ciel et dans la flaque se teintait d'une nuance plus foncée, sur ses bords de tendres pousses vertes s'efforçaient de recueillir les premiers rayons du soleil.

Un faisan anglais, un de ceux qu'avait rapportés Renny, le plumage brillant comme une cotte de mailles, se promenait avec calme parmi les joncs nouveaux. Oiseau insouciant, irresponsable, pensait Piers, et pendant un bref instant il souhaita que Pheasant s'incarnât dans l'oiseau, qu'aucun homme sauf lui ne pût reconnaître en elle une femme ; pouvoir la garder cachée et l'aimer en secret sans être torturé par la crainte et le mépris qu'il ressentait en ce moment.

Pheasant voyait noyées dans cette flaque toute l'insouciance du passé, la faiblesse, l'indolence qui avaient fait d'elle une victime des caresses d'Eden. Si Piers la méprisait, combien plus méprisait-elle l'image du visage d'Eden qui lui souriait du miroir changeant de l'eau ! Vivre, faire oublier à Piers par son amour ce qu'il avait souffert, revoir de la tendresse dans ses yeux au lieu de cette expression de crainte qu'il lui avait montrée quand il était entré dans la chambre ! Elle s'attendait à de la rage, de la fureur et il l'avait regardée dans une agonie de frayeur. Mais il l'avait reprise. Ils retournaient à Jalna. Elle aspirait à retrouver l'abri des murs épais de la maison comme un oiseau aux ailes brisées aspire à retrouver son nid.

— Viens, dit Piers comme s'il s'éveillait d'un rêve et il monta le sentier qui menait du ravin à la pelouse.

Les dindes traversaient la pelouse, conduites par le dindon dont la crête rutilante se dressait orgueilleusement dans les premiers rayons du soleil. Ses épouses au plumage couleur de bronze, les yeux rayonnants, suivaient de très près en tendant le cou et en levant et reposant alternativement leurs pattes minces ; elles répondaient à son gloussement hardi par des cris plaintifs. Les dindes s'arrêtèrent pour regarder avec curiosité les deux jeunes gens qui émergeaient du ravin. Mais le dindon, absorbé par sa propre personne, paradait devant elles, se gonflait, faisait tomber ses ailes, rendait sa crête d'un rouge encore plus vif.

Sur le toit mouillé, les pigeons de Finch se prélassaient, glissaient, roucoulaient et regardaient par-dessus le bord du toit le couple qui montait les marches.

A l'intérieur de la maison le silence régnait, rompu seulement par le ronflement puissant de grand-mère dont la chambre donnait sur le hall du rez-de-chaussée. C'était comme si quelque étrange bête avait sa tanière sous l'escalier et grondait un défi au soleil.

Ils passèrent devant des portes fermées dans la galerie au premier et gagnèrent leur chambre. Pheasant se laissa tomber dans un fauteuil près de la fenêtre, mais Piers d'un air affairé se mit à rassembler divers objets, ses brosses, ce qu'il lui fallait pour se raser, les vêtements qu'il mettait pour aller à la ferme. Elle le regardait agir avec la soumission muette d'un enfant. Une pensée la soutenait : « Que je suis contente d'être ici avec Piers et non en train de me sauver avec Eden, comme il le voulait ! »

Quand Piers eut réuni ce qu'il lui fallait, il retira la clef de la porte et la mit à l'extérieur. Il dit sans regarder Pheasant :

— Tu resteras là jusqu'à ce que je puisse supporter la vue de ton visage.

Il sortit et ferma la porte à clef derrière lui. Il grimpa les hautes marches qui menaient au second et, jetant ses affaires sur le lit dans la chambre de Finch, commença à changer de vêtements pour le travail de la journée. Dans le passage, il avait rencontré Alayne qui avait l'air d'un spectre. Ils s'étaient croisés sans un mot.

25

La cabane du violoneux

Trois semaines plus tard, Mr. Wragge était, un matin, l'objet d'un grand intérêt pour un groupe de veaux, tandis qu'il traversait leur pâturage. Ils cessèrent de gambader, de se donner des coups de tête et de se lécher l'un l'autre pour le considérer de leurs yeux bruns humides avec une attention calme. Il était en manches de chemise, sa veste sur le bras, car la journée était chaude ; son chapeau était enfoncé sur ses yeux et il portait, en équilibre sur une main, un plateau recouvert d'une serviette blanche. Il fumait comme d'habitude et avait l'air très soucieux.

Quand il atteignit la barrière au bout du pré, il y posa son plateau, la franchit puis, balançant le plateau dans un équilibre encore plus précaire, continua sa route. Il traversait à présent un vieux verger abandonné dont les grands pommiers étaient verts de mousse, à moitié étouffés sous la vigne sauvage et dont les branches, comme des ailes pesantes, balayaient la haute herbe rude. Suivant un sentier tortueux, il dépassa une source où l'on avait construit, il y avait longtemps, un puits primitif en enfonçant tout simplement une caisse de bois. Aujourd'hui le couvercle en était parti, le bois pourri, et les oiseaux y venaient boire et se baigner. Le murmure de la source en pénétrant dans le puits faisait un accompagnement agréable à leur chant joyeux qui remplissait l'air.

Recouverte de vigne, presque cachée par des digitales en fleur, s'élevait la cabane où Jack le Violoneux avait, avec la permission du capitaine Whiteoak, vécu solitaire. C'était sa mort que le jeune Finch avait racontée à Alayne pendant leur première promenade.

Meg Whiteoak vivait là depuis trois semaines.

Avant d'approcher du seuil, Mr. Wragge posa de nouveau le plateau, mit sa veste, redressa son chapeau, jeta sa cigarette et intensifia son expression chagrine.

— Miss Whiteoak, c'est moi, dit-il d'une voix forte, comme pour la rassurer, tout de suite après avoir frappé.

La porte s'ouvrit, et Meg Whiteoak apparut, l'air aussi doux et aussi calme qu'autrefois, mais le visage plus pâle.

— Merci, Rags, dit-elle en prenant le plateau. Merci beaucoup.

— Je serais heureux, mademoiselle, dit-il avec anxiété, si vous vouliez soulever la serviette et jeter un coup d'œil sur ce que je vous ai apporté. Je serais plus content si je savais que vous l'avez trouvé appétissant.

Miss Whiteoak regarda donc sous la serviette et découvrit une assiette de scones, un bol de fraises mûres et une jatte de crème épaisse, comme elle l'aimait, avec les fraises. Un doux sourire se dessina sur ses lèvres. Elle prit le plateau et le posa sur la table au milieu de la pièce basse, pauvrement meublée.

— Cela a l'air très appétissant, Rags. Ce sont les premières fraises que je vois.

— Ce sont tout à fait les premières, annonça-t-il vivement. Je les ai cueillies moi-même, mademoiselle. Il y en aura énormément, dit-on, mais cela n'a guère d'importance étant donné ce qui se passe ici maintenant.

— C'est bien vrai, dit-elle en soupirant. Comment va ma grand-mère aujourd'hui, Rags ?

— Étonnamment bien, mademoiselle. Ma femme dit qu'elle n'a parlé que de son anniversaire pendant tout le temps qu'elle faisait sa chambre. Elle a eu jeudi un petit malaise bizarre, mais Mr. Ernest a pensé que c'était simplement parce qu'elle avait pris trop de jus d'oie. Elle paraissait remarquablement bien hier, et est allée à l'église comme d'habitude.

— Parfait.

Elle se mordit la lèvre inférieure et demanda alors avec une feinte nonchalance :

— Avez-vous entendu parler du départ de Mrs. Eden ?

— Je crois qu'elle s'en va tout de suite après les fêtes d'anniversaire. La vieille dame ne voudrait pas en entendre parler avant. Oh ! Miss Whiteoak, elle n'est plus que l'ombre d'elle-même, Mrs. Eden ; et Mr. Piers n'est guère mieux. De tous les habitants de la maison ce sont les deux qui portent le plus la trace de ce que nous traversons. Naturellement je n'ai pas vu Mrs. Piers. Elle ne s'est encore jamais montrée dans le cercle de famille. Mais ma femme l'a vue qui regardait par la fenêtre et dit qu'elle n'a pas changé. Vraiment certaines personnes peuvent supporter n'importe quoi. Quant à moi je ne suis plus du tout l'homme que j'étais. Mes nerfs n'y résistent pas, c'est presque comme si une autre bombe était tombée près de moi, pourrait-on dire.

— Je suis désolée, Rags. Vous êtes très pâle.

Il sortit un mouchoir propre plié et s'essuya le front.

— Ce n'est pas comme si mes relations familiales étaient ce qu'elles étaient, mademoiselle. Mrs. Wragge et moi nous avions nos petites disputes, comme vous le savez, mais, dans l'ensemble, nos rapports étaient cordiaux ; mais à présent (il secoua douloureusement la tête), c'en est tout simplement effroyable. Je suis de votre côté et elle entièrement pour Mr. Renny ; il n'y a pas un moment de paix. Tenez, hier — un dimanche et dans ces circonstances — elle m'a lancé le tisonnier à la tête. Je me suis sauvé dans la cave à charbon où elle m'a poursuivi. Et quant à son langage ! Eh bien, Mr. Renny a entendu ce qui se passait, et il est descendu dans une belle colère et a dit que, s'il entendait encore quelque chose, nous nous en irions. Le pire était qu'il avait l'air de me reprocher tout. Je n'aurais jamais cru qu'un jour viendrait où il pourrait me regarder comme il l'a fait.

— C'est parce que vous prenez mon parti, Rags, dit-elle tristement.

— Je sais, et c'est ce qui est le pire. C'est une maison désunie. J'ai vu des situations difficiles dans ma vie mais je n'ai jamais vu une impasse comme celle-ci. Mais je vais vous ôter le peu d'appétit que vous avez avec mon bavardage. Il faut que je m'en aille. J'ai des quantités de choses à faire et naturellement Mrs. Wragge fait retomber sur moi tous les gros travaux, comme d'habitude. Et, croyez-moi si vous voulez, mademoiselle, elle est si mal disposée que j'ai dû voler ces petits scones que je vous ai apportés.

Il s'en alla et quand il se fut éloigné de quelques mètres, mit son chapeau, retira sa veste et alluma une cigarette. Juste comme il atteignait la barrière, il rencontra Renny Whiteoak qui la franchissait.

Renny dit d'un ton sarcastique :

— Je vois que vous avez vos entrées à la cabane, Rags. Vous venez de porter un plateau à Miss Whiteoak, je suppose ?

Rags se redressa avec un air humble, mais sûr de son droit.

— Et si je ne lui portais pas de plateaux, que pensez-vous qu'il arriverait, monsieur ? Eh bien, elle mourrait de faim : voilà ce qui arriverait. Cela ferait mauvais effet qu'une dame meure de faim sur les terres de son frère, tandis que lui vit dans le luxe.

Cette remarque fut lancée à la silhouette de son maître, qui, furieux, s'éloignait à grands pas. Rags le suivit des yeux, jusqu'à ce qu'il eût disparu derrière les arbres, en murmurant amèrement : « Voilà toute votre reconnaissance pour la façon dont j'ai peiné pour vous pendant la guerre et la paix ! Des jurons hier et aujourd'hui une réflexion désagréable et un regard de mépris.

Espèce de despote roux, orgueilleux et mal embouché ! Mais vous avez trouvé à qui parler avec Miss Whiteoak, permettez-moi de vous le dire et c'est bien fait pour vous. »

Ceci dit, il passa la barrière et retourna d'un air méditatif à la cuisine en sous-sol.

Quand Renny arriva à la cabane il trouva la porte ouverte et, à l'intérieur, il aperçut sa sœur assise devant la table, en train de se verser une tasse de thé. Elle leva la tête au bruit de ses pas et, avec une expression calme et indifférente, laissa retomber son regard sur le jet de liquide ambré qui coulait du bec de la théière. Elle était assise, un coude potelé sur la table, la tête appuyée sur la main. Elle semblait si familière et en même temps si étrange dans ce décor misérable qu'il savait à peine ce qu'il allait lui dire. Il entra cependant et resta les yeux fixés sur le plateau.

— Quel est ce repas ? demanda-t-il.

— Je n'en ai aucune idée, répondit-elle en beurrant un scone. Je ne compte plus les repas à présent.

Il regarda autour de lui : le plafond bas taché de pluie, le poêle rouillé, le parquet inégal mangé des vers, la chambre du fond avec son lit étroit.

— Tu as choisi un bien vilain coin pour bouder, commença-t-il.

Elle ne répondit pas, mais mangea son scone avec dignité et ensuite deux fraises noyées dans de la crème.

— Tu seras une charmante vieille dame quand tu auras passé une dizaine d'années ici, railla-t-il.

Il vit alors une étincelle de colère dans ses yeux.

— Tu auras la satisfaction de savoir que tu m'y as contrainte.

— C'est parfaitement stupide. J'ai fait tout ce que j'ai pu pour t'en empêcher.

— Tu n'as pas renvoyé cette fille. Tu as laissé Piers la ramener dans la même maison que moi, après ce qu'elle avait fait.

— Meggie, peux-tu voir aussi l'autre côté de la question ? Ne peux-tu comprendre que c'était assez héroïque de la part de ce pauvre Piers de ramener Pheasant à la maison ?

— Je ne vivrai pas sous le même toit qu'elle. Je te l'ai dit il y a trois semaines et tu essaies encore de me convaincre.

— Mais je ne peux pas te laisser dans cette situation ! s'écria-t-il. Tout le pays va parler de nous.

Elle le considéra avec calme.

— T'es-tu jamais soucié de ce qu'on pense de toi ?

— Non, mais je ne peux pas laisser les gens dire que ma sœur vit dans une cabane misérable.

— Tu peux m'en chasser naturellement.

Il ne tint pas compte de l'interruption et continua :

— Les gens diront simplement que tu es devenue folle.

— Je ne serais pas surprise si je le devenais.

Il la regarda réellement effrayé.

— Meggie, comment peux-tu dire des choses pareilles ? Mon Dieu j'en ai assez à supporter sans que tu te tournes contre moi !

Elle dit avec une cruauté voulue :

— Tu as Alayne. Tu n'as pas besoin de moi.

— Je n'ai pas Alayne, répliqua-t-il furieux. Elle part le lendemain de l'anniversaire de Gran.

— Je ne pense pas qu'elle parte.

— Que veux-tu dire ? demanda-t-il soupçonneux.

— Oh ! je pense qu'il se prépare à Jalna un joli petit chassé-croisé de mariages. Non, Alayne ne s'en ira pas.

Son visage coloré prit une teinte plus foncée, ses traits se durcirent.

— Tu m'amèneras à prendre un parti désespéré, dit-il, et il se précipita vers la porte.

Elle repoussa le plateau et se leva.

— Veux-tu t'en aller, s'il te plaît ? Tu te trompes si tu penses que tu pourras me forcer à supporter dans ma maison des femmes sans principes. Le pays peut parler de nous, il doit déjà courir de singulières histoires sur les ménages de notre famille.

— C'est idiot ! Tout se passe en famille.

— Tout se passe en famille. Écoute ce que tu dis, tes paroles sont sinistres ; elles font penser à ce qui se passait dans les familles du Moyen Age. Nous aurions dû naître deux cents ans plus tôt au moins. Aucune femme qui se respecte ne peut rester à Jalna.

Il commença une tirade contre elle et toutes les femmes intransigeantes à l'esprit étroit. Elle le suivit jusqu'à la porte et posa sa main sur le loquet.

— Tu es incapable de discuter sans employer cet abominable langage. Je n'en supporterai pas davantage.

Il avait franchi le seuil et ses épagneuls, qui avaient suivi sa trace jusqu'à la cabane, accourant à sa rencontre avec des aboiements joyeux, bondirent pour lui lécher les mains et le caresser. Un instant, Meg faillit fléchir en le voyant là avec ses chiens, si semblable au Renny qu'elle adorait. Mais l'instant passa, elle ferma la porte avec décision et retourna à sa chaise où elle s'assit plongée dans ses pensées ; elle ne ressassait pas le passé avec amertume comme le faisait Maurice ; elle ne créait pas non plus un présent heureux et imaginaire, mais concentrait toute sa haine sur ces deux femmes étrangères qui habitaient sa maison.

Renny, en revenant aux écuries, y trouva Maurice qui l'attendait pour discuter un projet d'échange. Il était dans le box du poney de

Wakefield et lui donnait du sucre qu'il tirait de sa poche. Il se retourna à l'entrée de Renny.

— Eh bien, demanda-t-il, comment cela va-t-il maintenant ?

— Aussi mal que possible, répondit Renny en donnant une tape sèche au poney, qui, mécontent de voir son festin interrompu, l'avait mordu. Piers n'a pas encore laissé Pheasant sortir de sa chambre et vaque à ses occupations avec une expression vengeresse. Oncle Nicolas et tante Augusta se disputent toute la journée. Il essaie de lui rendre la maison impossible pour qu'elle reparte en Angleterre et elle ne veut pas s'en aller. Lui et oncle Ernest ne disent pas un mot. Alayne a l'air malade et grand-mère parle sans cesse de son anniversaire. Elle a tellement peur que quelque chose ne lui arrive avant, qu'elle refuse de quitter sa chambre.

— Quand est-ce ?

— Dans huit jours. Alayne reste ici jusque-là ; puis elle retourne à New York et reprend son ancienne situation dans une maison d'édition.

— Voyons, pourquoi ne divorce-t-elle pas ? Vous pourriez vous marier ensuite.

— La procédure serait par trop désagréable. Non, il n'y a aucun espoir de ce côté-là.

Un instinct mauvais le poussait à taquiner le poney. Il frappa jusqu'au moment où il retroussa les lèvres, montra toutes ses dents, voulut le mordre, hennit et finalement se dressa et essaya de l'atteindre avec ses sabots aiguisés. Maurice s'écarta.

— Cesse un peu, Renny, dit-il en colère, mais riant de cette querelle. Tu vas le rendre mauvais pour Wake.

— C'est vrai, et il s'arrêta immédiatement, rouge de colère et un peu honteux de lui-même.

— C'est malheureux qu'Alayne n'ait pas vu cela.

— Oui n'est-ce pas ? — Il se mit à caresser le poney. — Donne-moi un morceau de sucre, Maurice.

— Non, je le lui donnerai moi-même. Nous sommes deux amis. Nous n'avons pas de querelles à nous faire pardonner, dis, petit ?

Il lui tendit le sucre, mais, trop troublé pour le prendre, le poney fronçait ses naseaux et leur lançait à tous deux des regards tristes. Comme ils quittaient le box, Maurice demanda :

— Comment va Meg, Renny ?

— Je viens justement d'aller la voir. Elle est toujours enfermée dans cette horrible cabane à bouder. Rien ne la fléchira. On dirait qu'elle veut y passer le reste de ses jours. Je ne sais pas ce que je vais faire. Si vous pouviez seulement la voir ! Ce serait lamentable si ce n'était ridicule. Elle a quelques meubles qu'elle a pris au grenier. Il n'y a pas de tapis. On dit qu'elle ne mange que le peu que lui apporte Rags. Je l'ai rencontré avec un plateau. Ce n'est pas autre chose qu'un espion et un faiseur d'histoires. Il la tient soigneusement au courant de tout ce qui se passe dans la maison. Tante Augusta voulait la laisser jeûner et défendre à Rags de lui apporter quelque chose ; je ne pouvais pas faire cela. Elle vient de me claquer la porte à la figure à l'instant.

— C'est effrayant.

Ils marchèrent en silence pendant un moment dans le passage entre les stalles. Au milieu des bruits et des odeurs qu'ils aimaient tous deux, on entendit une bête boire profondément, tranquillement, mâcher paisiblement, hennir doucement ; cela sentait la paille fraîche, l'huile de harnais, le liniment.

Vaughan dit :

— Je me suis demandé — par le fait, je suis resté éveillé la moitié de la nuit à me demander — s'il y a une chance que Meg veuille de moi maintenant, puisque Pheasant est partie et Jalna complètement bouleversé. Elle se trouve dans une sorte d'impasse, ce serait pour elle un moyen de résoudre le problème. Penses-tu que je doive essayer ?

Renny regardait son ami, stupéfait.

— Maurice, tu parles sérieusement ? Tu l'aimes toujours ?

— Tu sais parfaitement que je n'ai jamais aimé une autre femme, répondit-il avec un peu d'irritation. C'est difficile à comprendre pour un Whiteoak.

— Je comprends très bien ; seulement, vingt ans...

— Si tout cela n'était jamais arrivé, j'aurais continué à me taire.

— Je voudrais tant qu'elle accepte ! — Et, craignant que sa voix n'ait été trop fervente, il ajouta : — Cela me fait de la peine de te voir vivre si seul, mon vieux.

Meg était sortie de la maisonnette et se penchait sur une branche d'églantier qui s'était frayé un chemin à travers un massif de digitales. Elle aimait sa beauté sauvage et pourtant cela l'attristait. Maurice remarqua, quand elle releva un visage surpris, que ses joues pâles étaient mouillées de larmes. L'une d'elles tomba et resta suspendue, semblable à une goutte de rosée sur l'églantier.

— Je vous demande pardon si je vous ai effrayée.

Sa voix, qu'elle n'avait pas entendue depuis tant d'années, résonna aux oreilles de Meg avec la cadence d'une cloche qui vibre dans la nuit. Elle avait oublié combien cette voix était grave. Autrefois elle paraissait trop grave pour ce jeune homme mince, mais maintenant, Maurice était un homme robuste et Meggie trouvait sa voix étrangement émouvante.

— Je n'ai pas le droit de vous déranger, continua-t-il.

Et il s'arrêta, les yeux fixés sur la branche d'églantier ; car il ne voulait pas l'embarrasser en regardant son visage taché de larmes. Pourquoi n'essuyait-elle pas ses joues ? Il pensa avec une ombre d'ennui que cela ressemblait tout à fait à Meggie de laisser en pleine évidence ces traces brillantes de son chagrin. Cela lui donnait un singulier avantage, la plaçait sur un plan de souffrance au-dessus de ceux qui l'entouraient.

Incapable de parler, il roula adroitement une cigarette d'une seule main, car l'autre avait été blessée à la guerre. Il n'aurait pas pu trouver une façon plus éloquente de plaider sa cause. Elle l'avait souvent croisé sur la route et avait vu qu'il grisonnait. Elle avait entendu dire qu'une de ses mains était hors d'usage, mais ce ne fut qu'en voyant le poignet dans son bandage de cuir au-dessus de la main inutile qu'elle réalisa combien il était seul, pathétique, combien il avait besoin qu'on s'occupât de lui. Renny était dur, insouciant, indemne, il était orgueilleux, inébranlable. Eden était parti, Piers se raccrochait à sa misérable jeune femme. Finch était désagréable, lunatique. Wake était un petit gamin qui se suffisait à lui-même. Mais il y avait Maurice, son malheureux fiancé, qui la regardait avec dans les yeux une expression étrange et affamée.

Le pli triste de sa bouche réveilla en elle une impression oubliée, une impression enterrée depuis des années et des années. Cette impression ne se réveilla pas faiblement comme une chose à demi morte, mais avec un élan généreux, comme la sève qui faisait tressaillir les plantes en ce jour de juin. Meg chancela sous ce choc inattendu et étendit une main pour se raffermir. Son visage et son cou rougirent.

Il laissa tomber sa cigarette et prit sa main.

— Meggie, Meggie, acceptez, épousez-moi ! Meggie, oh ! ma chérie !

Elle ne répondit pas, mais mit ses bras autour de son cou et lui tendit ses lèvres. Toute obstination en était partie et leur jolie courbe n'était plus que douceur.

26

L'anniversaire de grand-mère

La nuit venait de tomber sur l'anniversaire de grand-mère. Elle était descendue lentement et semblait baisser à regret le rideau sur ce jour unique. Mais, à présent, le ciel était d'un pourpre royal et une centaine d'étoiles scintillaient avec tout le charme mystique des bougies d'anniversaire.

Grand-mère n'avait pas fermé l'œil depuis l'aube. Elle n'aurait pas voulu pour un empire perdre la saveur d'un seul instant de ce jour vers lequel tendaient tous ses efforts depuis bien des années. Elle pourrait dormir autant qu'elle le voudrait une fois la fête finie. Il n'y aurait guère autre chose à faire. Plus rien à attendre.

Pendant qu'elle prenait son petit déjeuner, toute la maison était venue la féliciter, lui souhaiter du bonheur et beaucoup d'autres anniversaires. Elle avait serré dans ses vieux bras vigoureux chacun de ceux qui, les uns après les autres, s'étaient penchés sur son lit et, après un chaud baiser, avait murmuré : « Merci, merci, mon chéri. » Wakefield lui avait offert, au nom de la famille, un énorme bouquet de roses rouges, jaunes et blanches ; il y en avait juste cent nouées d'un ruban rouge.

La journée avait été une succession de surprises touchantes. Ses vieux yeux étaient devenus rouges de larmes de joie. Les fermiers et les villageois du voisinage, pour qui elle avait été autrefois une amie généreuse, l'accablaient de souhaits et de cadeaux de fruits et de fleurs. Mr. Fennel avait fait sonner cent joyeux coups de cloche à l'église en son honneur. Leur clameur qui résonnait dans la vallée l'avait transportée dans l'Irlande de son enfance, elle ne savait pas au juste pourquoi mais c'était ainsi ; elle était de nouveau dans le comté de Meath !

Mrs. Wragge avait fait un gâteau à trois étages qu'on avait décoré à la ville. Sur le sommet, entouré de vagues de sucre glacé, se dressait un bateau à voiles blanc et argent, semblable à celui sur lequel elle avait traversé l'Océan en venant de l'Inde. Sur le côté, en fruits confits d'argent, la date de sa naissance : 1825. Le gâteau était sur une table en bois de rose au milieu du salon, à côté d'une photographie du capitaine Philippe Whiteoak dans un cadre doré. Combien grand-mère aurait aimé qu'il pût voir le gâteau. Elle imaginait que, solide sur ses jambes, elle le conduisait devant la table pour le contempler. Elle se représentait son sursaut de surprise, et son : « Ah ! Adeline, *voilà* un gâteau qui vaut qu'on vive cent ans ! »

Oh ! le contact de son bras ferme et musclé dans sa main ! Dix fois, ce jour-là, elle avait embrassé la photographie. A la fin Ernest n'avait pu s'empêcher de lui dire :

— Maman, faut-il que vous l'embrassiez si souvent ? Vous enlevez tout le brillant.

Maintenant la nuit était tombée et les invités arrivaient pour la soirée. Les Fennel, les filles de l'amiral, Miss Pink et même de vieux amis qui venaient de très loin. On avait transporté le fauteuil de grand-mère sur la terrasse d'où elle pourrait voir le feu de joie tout prêt à être allumé. Il lui avait fallu énormément de temps pour s'y rendre, car elle était épuisée par l'émotion et le manque de sommeil. Dans le pavillon, deux violons et une flûte jouaient les airs insouciants, cadencés, d'il y avait soixante ans et qui remplissaient l'air de souvenirs et l'obscurité de fantômes plaintifs. Les fils de grand-mère et l'aîné de ses petits-fils n'avaient épargné ni peine ni argent pour que la fête fût mémorable.

A la droite de grand-mère étaient assis Ernest et Nicolas et, à sa gauche, Augusta et Alayne. Augusta fit remarquer à Alayne :

— Quelle bénédiction que Meg soit partie en voyage de noces et non en train de bouder dans la cabane du violoneux ! Cela — et sa présence encore plus — aurait complètement gâché la journée.

— Elle n'a pas perdu de temps quand, finalement, elle s'est décidée.

— Non, vraiment, je crois qu'elle n'avait pas d'autre issue. Elle aurait continué à vivre là indéfiniment. Renny n'aurait jamais cédé.

Lady Buckley considéra avec complaisance la haute silhouette de son neveu qui se découpait dans la lumière des torches des musiciens.

— Je crains, dit Alayne, que Meg ne m'ait tout à fait détestée après notre dispute au sujet de Pheasant. Je sais qu'elle a trouvé mon attitude à son égard positivement choquante.

— Ma chère, Meg est une victorienne à l'esprit étroit. Mes frères aussi, bien que la gentillesse d'Ernest lui donne une apparence de largeur d'idées. Nous sommes modernes, vous et moi, vous de naissance et moi par l'évolution d'une intelligence ouverte. Je serai tout à fait désolée de vous voir partir demain. Je me suis prise de beaucoup d'affection pour vous.

— Merci ; et moi aussi je vous aime beaucoup, ainsi que la plupart d'entre vous. Il y a tant de choses que je regretterai.

— Je sais, je sais, ma chère. Il faut que vous reveniez nous voir. Je ne quitterai pas Jalna tant que maman vivra et pourtant Nicolas serait certainement content de me voir m'en aller. Oui, il faut que vous reveniez.

— Je crains que non. Vous viendrez me voir à New York. Mes tantes seraient ravies de vous connaître.

Augusta murmura :

— Que savent-elles de vous et d'Eden ?

— Seulement que nous nous sommes séparés et que je reprends mon ancien travail.

— Très raisonnable. Moins les proches en savent sur votre vie privée, mieux cela vaut. Je n'ai eu de paix, dans ma vie de femme mariée, qu'après avoir mis l'Océan entre moi et ma famille. Mon Dieu, Renny est en train d'allumer le feu. J'espère que ce n'est pas dangereux. Cela ne vous ennuierait pas, Alayne, de descendre lui demander de faire attention ? Qu'une étincelle atteigne le toit et nous serons brûlés dans nos lits cette nuit.

Pendant qu'Alayne traversait lentement la pelouse, la première flamme s'enroula au pied de la pyramide de bois qui avait à sa base une grosse souche résineuse. Une colonne de fumée s'éleva droite et dense et fut bientôt dispersée par une brusque et exubérante floraison de flammes. En un instant la scène entière se transforma. Le ravin forma un gouffre d'obscurité tandis que les branches des arbres voisins se détachaient dentelées et majestueuses. Les torches du pavillon n'étaient plus que des lueurs vacillantes : les étoiles disparurent, soufflées comme des bougies d'anniversaire. Les silhouettes des jeunes gens qui s'agitaient autour du feu prirent une allure héroïque ; leurs ombres monstrueuses s'entremêlaient sur la riche tapisserie de verdure. L'air était rempli de musique, de voix, du pétillement des flammes.

Pheasant sortit de l'ombre d'un châtaignier en fleur et courut dans l'herbe à la rencontre d'Alayne. Elle semblait avoir grandi durant les semaines de son emprisonnement. Sa robe avait l'air trop courte pour elle. Ses gestes avaient l'énergie ardente de ceux d'un enfant pendant sa croissance. Ses cheveux qui n'avaient pas été coupés depuis quelque temps, se retroussaient en une drôle de petite queue sur sa nuque.

— Cette liberté est merveilleuse, murmura-t-elle. Et toutes ces jolies lumières et ces violons ! J'ai beau essayer, Alayne, je ne peux pas m'empêcher d'être heureuse ce soir.

— Pourquoi essayeriez-vous de vous empêcher d'être heureuse ? Vous devez être aussi heureuse qu'un oiseau, Pheasant. Je suis si contente que nous ayons passé cette heure ensemble ce matin.

— Vous avez été splendide pour moi, Alayne. Personne au monde n'a jamais été aussi bon pour moi. Ces petits mots que vous glissiez sous ma porte !

Alayne la prit par la main.

— Venez, il faut que j'aille dire à Renny de faire attention. Tante Augusta a peur que nous ne soyons brûlés dans nos lits.

Piers, Finch et Wakefield étaient ensemble. Quand les jeunes femmes approchèrent, Finch leur tourna le dos et s'enfonça dans l'ombre, mais Wakefield accourut au-devant d'elles et les prit chacune par la taille.

— Venez, mes enfants, dit-il gaiement, joignez-vous au cercle joyeux. Tenons-nous par la main et dansons autour du feu. Si seulement nous pouvions faire aussi danser Gran ! Je vous en prie, dansons ! — Il tirait leurs mains. — Piers, prends la main d'Alayne. Nous allons danser.

Alayne sentit Renny saisir sa main. L'exubérance de Wakefield ne pouvait pas se communiquer, mais il courait partout et exhortait les invités à danser ; il finit par rassembler un cercle sur la pelouse. Mais c'étaient les aînés qui étaient le plus disposés à s'amuser à la suite d'un ou deux verres de punch pris dans le bol d'argent sur la terrasse. Les plus jeunes reculaient à l'abri du monceau ardent, prisonniers de la toile d'émotions qu'ils avaient tissée autour d'eux.

Eden n'était pas parmi eux, mais la vision de son beau visage aux lèvres souriantes les raillait tour à tour. A Renny il disait : « Je t'ai enfin montré une femme que tu peux continuer à aimer sans la posséder, sans espoir de la posséder, qui te hantera pendant toute ta vie. » A Alayne : « Je vous ai fait connaître en quelques mois l'amour, la passion, le désespoir et la honte, assez pour une vie entière. Maintenant retournez à votre travail stérile et voyez si vous pouvez oublier. » A Piers : « Tu me méprisais d'être poète. Reconnais-tu maintenant que je sais mieux aimer que toi ? » A Pheasant : « J'ai empoisonné votre vie. » A Finch caché dans l'obscurité : « Je t'ai jeté la tête la première dans les tourments de l'éveil. »

Renny et Alayne, les doigts toujours enlacés, regardaient la fumée éclairée par la flamme, montant vers le ciel en nuages qui se poursuivaient sans fin. Après le craquement d'une bûche, une pluie d'étincelles jaillit comme un essaim de lucioles. Dans cette clarté, leurs visages revêtaient une beauté singulière, mais cette beauté était perdue, personne n'en jouissait, car ils n'osaient pas se regarder.

— J'ai suivi deux de ces étincelles, dit Alayne, deux étincelles qui montaient, se rapprochaient puis se séparaient de nouveau jusqu'à perte de vue, comme nous.

— Je ne le veux pas. Pas jusqu'à perte de vue, si c'est ce que vous voulez dire. Non, je ne suis pas sans espoir. Il nous arrivera quelque chose après cette séparation. Vous ne pouvez pas croire que nous ne nous reverrons plus jamais, n'est-ce pas ?

— Oh ! nous nous reverrons peut-être, c'est-à-dire si vous venez un jour à New York. D'ici là vos sentiments peuvent changer.

— Changer ! Alayne, pourquoi voulez-vous gâcher nos derniers moments l'un avec l'autre en supposant cela ?

— Je suis une femme et je pense que je désirais seulement vous entendre le démentir. Vous n'avez pas idée de ce que c'est que d'être une femme. Je pensais autrefois que les hommes et les femmes étaient égaux. Depuis que j'ai vécu à Jalna, il me semble que les femmes ne sont que des esclaves.

— Des esclaves ? répéta-t-il. Pas les nôtres.

— Les esclaves de la vie que vous créez, des passions que vous faites naître en nous. Oh ! vous ne savez pas ce que c'est que d'être une femme ! Je vous assure que c'est tout simplement horrible. Voyez Meg, Pheasant et moi !

Elle aperçut le reflet d'un sourire. Il dit :

— Voyez Maurice, Piers et moi !

— Ce n'est pas pareil. Ce n'est pas pareil. Vous avez vos champs, vos chevaux, vos intérêts qui absorbent presque toutes vos heures de veille.

— Et nos rêves ?

— Les rêves ne sont rien. C'est la réalité qui torture les femmes. Pensez à Meg enfermée dans cette affreuse cabane ; à Pheasant prisonnière dans sa chambre ; à moi étouffant dans un bureau.

— Je ne peux pas, répondit-il avec hésitation. Je ne peux pas me mettre à votre place. Je suppose que c'est effroyable. Mais je vous assure que nous connaissons un enfer aussi pénible.

— Sûrement, sûrement ! Mais, quand vous en avez assez, vous quittez l'enfer, vous partez et fermez la porte derrière vous tandis que nous nous contentons d'aviver notre souffrance.

— Ma chérie ! — Il la tenait dans ses bras. — Ne parlez pas comme cela. — Il l'embrassa rapidement, ardemment. — Voilà, j'avais dit que je ne vous embrasserais plus mais je l'ai fait, ce sera notre adieu.

Elle se sentit défaillir dans ses bras. Un tourbillon de fumée qui embaumait la résine les enveloppait. Du cœur du feu partait un bruit impétueux, palpitant. Les violons chantaient à l'unisson.

— Encore, soupira-t-elle en s'accrochant à lui. Encore.

— Non, dit-il les dents serrées. Non, cela suffit.

Il l'écarta et alla de l'autre côté du feu de joie qui à présent flambait une fois de plus. Il était debout au milieu de ses frères, plus grand qu'eux, ses cheveux roux éclairés par le feu, son visage accusé, rigide et pâle. Reprenant possession d'elle-même, elle le regarda et se dit qu'elle aimerait garder cette image de lui.

Grand-mère était assise sereine et rayonnante. On avait jeté sur ses épaules un manteau de velours noir bordé de soie cramoisie ; ses mains, étincelantes de bagues, reposaient sur la pomme d'or de sa canne d'ébène. A sa demande, on avait sorti Boney, attaché à son perchoir, pour qu'il pût se chauffer à la lumière de l'embrasement. Mais il avait la tête sous son aile. Il dormait et ne faisait aucune attention aux lumières et à la musique.

Grand-mère se sentait très fatiguée. Les formes qui s'agitaient sur la pelouse avaient l'air de marionnettes tournoyantes et gesticulantes. La danse des violons, les lamentations de la flûte l'accablaient, l'étourdissaient. Elle s'enfonçait de plus en plus dans son fauteuil. Personne ne la regardait. Cent ans. Elle fut brusquement effrayée par ce succès qui tenait du prodige. Les panaches du feu s'affaissaient. Le ciel était noir. La terre solide qui l'avait portée si longtemps vacillait sous elle comme si elle avait voulu la lancer dans l'espace. Elle ferma à demi les yeux, tâtonna pour saisir quelque chose, elle ne savait quoi. Elle avait peur.

Elle eut un petit hoquet et entendit la voix d'Ernest dire :

— Maman, vous ne devriez pas faire cela.

Elle rassembla ses idées :

— Quelqu'un, dit-elle d'une voix enrouée, que quelqu'un m'embrasse, vite !

Ils la regardèrent affectueusement et hésitèrent à déterminer qui lui donnerait la caresse demandée ; alors de leur groupe jaillit Pheasant, qui courut à la vieille dame et lui tendit son visage d'enfant.

Grand-mère sourit et regarda qui répondait à son appel puis, quand elle eut reconnu Pheasant, elle la serra sur sa poitrine. Dans cette étreinte elle puisa une vitalité nouvelle, ses bras devinrent forts. Elle pressa contre elle le jeune corps de Pheasant et planta de chauds baisers sur ses joues. « Ah ! murmura-t-elle, c'est bon ! » Et encore : « Ah ! »

LES WHITEOAK DE JALNA

Whiteoaks of Jalna
1929
Traduit par G. Lalande

Pour Hugh Eayrs.

1

Finch

Au-delà du tourniquet où l'on prenait les billets, un passage couvert d'une tente à rayures rouges et blanches conduisait dans le hall du Colisée. Le sol cimenté de ce passage était couvert de nombreuses empreintes de pas humides et boueuses ; un vent glacial le parcourait, plus vif que les rapides chevaux enfermés à l'intérieur.

Il n'y avait plus que quelques retardataires qui entraient maintenant, et parmi eux, Finch Whiteoak, âgé de dix-huit ans. Son manteau de pluie et son chapeau de feutre dégouttaient d'eau ; même la peau lisse de ses joues maigres brillait d'humidité.

Il tenait à la main une courroie attachant deux livres et un cahier déchiré, et il lui était pénible de penser que ces objets trahissaient sa condition d'étudiant ; regrettant de les avoir apportés, il essaya de les dissimuler sous son imperméable, mais cela lui donnait une silhouette si déplaisante qu'il les retira timidement et les porta de nouveau en évidence.

A l'intérieur du hall, il se trouva dans un tumulte de voix et de piétinements, et au milieu d'une immense profusion de fleurs ; de gigantesques chrysanthèmes aux cœurs éblouissants derrière leurs pétales enroulés, de parfaits œillets roses qui semblaient rêver doucement à leur propre perfection, de nonchalantes pivoines, alourdies par leur riche couleur et leur parfum, s'entassaient de chaque côté.

Avec son sourire habituel et timide, Finch flâna au milieu de ces fleurs. Leur élégance, leur fragilité, unies à l'éclat de leurs teintes, lui apportaient un frémissement de bonheur. Il souhaita qu'il y eût moins de monde ; il aurait voulu avancer seul parmi elles, s'imprégner de leur parfum au lieu de le humer, se pénétrer de leur vive gaieté au lieu de seulement l'apercevoir. Une jolie femme de quelque dix ans plus âgée que lui se pencha sur la grosse touffe d'un chrysanthème dont le cœur semblait une orange éclatante, et l'effleura de sa joue. « Quelle chose exquise », soupira-t-elle, en jetant un regard souriant à l'adolescent timide qui se trouvait près d'elle. Finch lui rendit un léger sourire, mais il s'éloigna ; cependant, quand il fut certain de son départ, il retourna auprès de la fleur sombre, comme s'il voulait y découvrir un peu du charme féminin qui l'avait effleurée.

Il fut arraché à sa contemplation par une voix masculine s'élevant d'un microphone situé à l'intérieur du bâtiment où avait lieu le concours hippique. Il regarda sa montre-bracelet et s'aperçut qu'il était quatre heures un quart ; il n'oserait pas se présenter dans l'enceinte avant au moins une demi-heure ; il avait quitté l'école sans attendre la fin de la classe pour voir quelques numéros avant ceux auxquels prenait part son frère Renny. Renny s'attendait bien à le voir, mais il lui en voudrait certainement s'il apprenait qu'il avait manqué une leçon. Finch avait échoué à ses examens, l'été précédent, et son attitude présente à l'égard de Renny avait un caractère humblement propitiatoire.

Il pénétra dans la partie réservée aux automobiles ; comme il examinait une luxueuse voiture de tourisme bleu foncé, un vendeur s'approcha et commença d'en vanter les perfections. Finch était embarrassé et, en même temps, flatté, d'être traité avec importance et appelé « Monsieur ». Il parla quelques minutes avec le vendeur, s'efforçant de paraître au courant et de dissimuler ses livres. Quand il s'en alla, il se redressa dans une attitude virile.

Il donna à peine un regard à l'exposition de pommes et aux aquariums de poissons dorés ; il voulait jeter un coup d'œil sur les niches des renards argentés. Un long escalier y conduisait. Là-haut, sous les toits, se trouvait un monde tout différent : un monde sentant les désinfectants, un monde d'yeux étincelants, de museaux pointus, de pelages drus et vigoureux. Tous étaient prisonniers derrière les épaisses grilles de fer de leur cage ; on en voyait quelques-uns roulés en boule, avec un seul œil ouvert et curieux ; d'autres grattaient leur paille fraîche, en essayant d'échapper à leur morne emprisonnement, ou encore se dressaient sur leurs pattes de derrière, en passant leurs petits museaux dédaigneux à travers le grillage. Finch souhaita pouvoir ouvrir les portes de toutes ces cages ; il voyait, en imagination, cette fuite éperdue, ce piétinement furieux à travers les champs dépouillés de l'automne ; le creusement précipité des terriers et la disparition, sous la terre hospitalière, de tous ces animaux rendus par lui à la liberté. Oh ! s'il pouvait seulement la leur rendre, cette liberté, pour laquelle ils étaient nés, de courir, de creuser, de se multiplier sous terre !

Il semblait qu'un mot s'était transmis d'une cage à l'autre leur apprenant que quelqu'un était venu les secourir. De quelque côté qu'il regardât, des yeux attentifs étaient fixés sur lui ; les petits renards bâillaient, s'étiraient, tremblaient d'espoir ; ils attendaient !...

Une sonnerie de clairon résonna en bas. Finch reprit possession de lui-même ; il s'en alla sans lever les yeux, se hâtant vers l'escalier, en tournant le dos aux prisonniers.

Au sommet de l'escalier, se trouvait un vieillard languissant et triste, devant une exposition de canaris ; il arrêta le jeune homme pour lui offrir un billet de loterie ; le gros lot était un magnifique oiseau chanteur.

— Le billet ne vaut que 25 *cents* et le canari vaut 25 dollars, lui dit-il, c'est vraiment une splendeur ! le voilà, dans sa cage. Je n'ai jamais élevé plus bel oiseau ; regardez sa forme et sa couleur. Et si vous l'entendiez chanter !... Quel beau cadeau pour votre mère, jeune homme ! Justement, voici Noël dans six semaines.

Finch pensa que si sa mère vivait, cela aurait été un charmant cadeau à lui faire ; il se vit soudain l'offrant lui-même, dans sa brillante cage dorée, à une mère irréelle et délicieuse d'environ vingt-cinq ans.

Il leva des yeux avides et brillants sur le canari qu'une nourriture appropriée rendait coquet et vermeil, et murmura quelque chose d'incompréhensible. Le vieillard lui tendit un billet :

— Voilà pour vous, c'est le numéro 31 ; je ne serais pas du tout surpris si c'était le numéro gagnant. Êtes-vous bien sûr de ne pas en vouloir un autre ? Vous pourriez aussi bien en acheter deux, pendant que vous y êtes.

Finch secoua la tête et donna les 25 *cents*. En descendant l'escalier, il se reprocha sa faiblesse ; n'était-il pas déjà assez à court d'argent, pour le gaspiller ainsi ? Il essaya de se représenter Renny prenant un billet de loterie pour un canari. Après cette dépense, il se priva d'acheter un programme du spectacle ; les places bon marché étaient bondées ; il fut obligé d'en prendre une, tout au fond, au milieu d'une foule mêlée d'hommes et de jeunes gens. Son plus proche voisin sentait terriblement l'alcool, son nez touchait presque le programme des spectacles de la semaine.

— Stupide programme, murmurait-il, chaque page est plus stupide que la précédente.

Le jury pénétrait dans l'enceinte ; les cavaliers, tenant leurs montures, étaient rangés le long du rideau de cuir ; trois juges, carnet en main, allaient de cheval en cheval, discutant entre eux ; les chevaux demeuraient immobiles, sauf l'un d'eux, qui cabriolait violemment au bout de sa bride. Une bonne odeur de cuir et de cheval remplissait l'air qui restait glacial malgré la masse compacte des spectateurs.

La voix dans le microphone annonça les gagnants ; on leur remit des rubans et ils disparurent dans les coulisses avec les vaincus. L'orchestre se mit à jouer.

— Stupide et inutile programme, entendit Finch, on ne peut rien en faire.

— Peut-être pourrai-je en tirer quelque chose, dit le jeune homme, désireux de jeter un coup d'œil sur le programme, et cependant ne voulant pas être vu en semblable compagnie !

— Achetez-en un pour vous, lui cria l'homme, et ne comptez pas sur moi pour vous en offrir un !

Un rire courut dans le voisinage. Finch s'enfonça dans son siège, rouge et humilié. Il fut reconnaissant envers l'orchestre qui attaquait avec fracas la *Promenade en musique.*

Son imagination s'éveilla à la vue des chevaux lustrés que des soldats amenaient de leur box, et qui avançaient avec hésitation et dédain à la fois, dans des chemins difficiles. Il se laissa emporter par cette passionnante harmonie de bruits, de mouvements et de couleurs. La lumière tombant du plafond élevé, et tamisée par des drapeaux de couleurs vives, frémissait dans les vibrations métalliques de l'air.

Le numéro suivant était la présentation de chevaux de selle pour dames ; il y eut quinze concurrents, parmi lesquels Silken Lady, présentée par Pheasant Whiteoak, la belle-sœur de Finch ; elle entra la dernière, un énorme 15 fixé sur sa veste. Finch éprouva un certain orgueil à voir Lady faire le tour de l'arène, montrant à chaque pas la richesse de son sang et sa fierté de vivre. Il ressentait aussi une agréable impression de propriété sur Pheasant elle-même. On l'aurait prise pour un jeune garçon très mince, dans sa veste brune et ses culottes, avec sa tête nue aux cheveux très courts. Comme elle semblait jeune, malgré tout ce qu'elle avait souffert ! malgré son aventure avec Eden qui l'avait presque séparée de Piers. Tous deux semblaient plus heureux, maintenant. Piers était très fier que Pheasant puisse faire une bonne exhibition. Un rude garçon, ce Piers ! Il lui avait fait la vie dure, pendant quelque temps ! C'était heureux qu'Eden soit parti sans difficulté. Il avait fait assez de mal : mauvais frère pour Piers, mauvais mari pour Alayne. Tout cela était fini maintenant ! Finch donna toute son attention aux amazones.

Un homme imposant, en uniforme de colonel, les mit à leur pas, les faisant courir autour de la piste, tantôt vite, tantôt lentement. Le visage de Pheasant devint rose. Devant elle se trouvait une jeune fille petite et grosse, vêtue d'un costume de cheval anglais tout blanc, avec un petit chapeau brillant portant une clochette au sommet, une cravache blanche comme neige. Un jeune homme dit à Finch qu'elle venait de Philadelphie ; elle avait un cheval magnifique que les juges remarquèrent ; Finch sentit son cœur faiblir en voyant le cheval américain marcher en cadence. Quand les amazones descendirent de leurs montures et s'immobilisèrent dans des attitudes variées, les yeux de Finch se fixèrent sur Pheasant et la jeune fille de Philadelphie. Ce qu'il craignait se produisit : le ruban bleu fut attaché à la bride du cheval de la grosse jeune fille. Silken Lady n'obtint ni le second ni le troisième prix ; ils furent accordés à des chevaux de deux autres villes de la province. Pheasant, son petit visage immobile, se retira avec la troupe des vaincues.

Les épreuves féminines de chevaux de chasse suivaient ; dans l'intervalle, on entendit les joyeuses vibrations des tambours derrière l'air martial joué par les cors. La première amazone entra, sa monture, l'encolure en arc et les sabots brillants, fit voler le tan de la piste avec un air de joyeuse assurance, le cheval se dirigea vers la barrière ; juste au moment où la jeune femme baissait la tête pour sauter, le cheval fit un écart et galopa tranquillement sur la piste. Il y eut une détente : des rires s'échappèrent des loges et éclatèrent bruyamment dans les derniers rangs. L'écuyère fit rapidement pivoter son cheval et le ramena à la barrière qu'il sauta facilement ; sans une faute, il sauta le mur, puis la première barrière, mais comme il franchissait les barres, il accrocha celle d'en haut qui tomba bruyamment sur le sol. Nouvel essai ! nouveau refus de l'animal, suivi également du saut, mais cette fois, les deux barres tombèrent. Une corne retentit. Cavalier et monture disparurent, la jeune fille abattue, l'animal ingénument satisfait de lui-même !

Il y eut deux nouveaux parcours sans incident ; la concurrente suivante était la jeune fille de Philadelphie. Son magnifique cheval semblait trop haut pour cette petite créature joufflue et si bien habillée ; mais il était admirablement dressé ; il sauta de lui-même avec ardeur, et ne fit qu'une faute au second tour ; ils se retirèrent sous un tonnerre d'applaudissements.

A ce moment entra Pheasant, montée sur Soldier, demi-frère de Silken Lady ; le cœur de Finch se mit à battre violemment en les voyant trotter dans l'arène. Ce n'était pas un jeu que de monter Soldier ! Ce dernier semblait peu fait pour cette mince amazone de dix-neuf ans ; il se présenta de flanc à la barrière, montrant ses dents dans une vilaine grimace ; Pheasant le ramena au trot au point de départ, et de nouveau le dirigea vers la barrière en l'encourageant doucement.

— Faites-lui goûter du fouet, conseilla le voisin de Finch.

Une seconde fois, Soldier refusa de sauter ; Pheasant le ramena encore au point de départ ; mais cette fois, comme ils approchaient de la barrière, un coup vif la lui fit franchir, léger comme une hirondelle. Il franchit de même chacune des hautes barrières blanches ; les balzanes immaculées de ses jambes de derrière passaient comme un éclair, sa queue brune flottait.

Finch souriait de bonheur. Brave petite Pheasant ! Brave Soldier ! Il se joignit vigoureusement au tonnerre d'applaudissements. Mais son regard était encore inquiet en attendant le second tour. Cette fois-ci, pas d'arrêt, mais une envolée rapide et triomphante au-dessus de chaque barrière, de chaque haie, de chaque double obstacle. Cependant, il fallait toujours s'attendre à quelque surprise avec Soldier. A la dernière barrière, il se déroba, prit un petit galop et disparut au milieu des applaudissements et des rires.

La jeune fille de Philadelphie, Pheasant et trois autres furent rappelées pour un barrage. Toutes les cinq s'en tirèrent bien, mais le cheval américain était le meilleur, et lorsque les juges lui remirent le ruban bleu, tandis que Soldier n'avait que le rouge, Finch ne put, à son grand regret, qu'approuver leur décision, « bien que, pensa-t-il, la jeune fille ne montât pas aussi bien que Pheasant ».

Maintenant, c'était le tour de la Corinthian Class, chevaux gris et marron, bais et noirs qui se pressaient sur la piste les uns derrière les autres. Enfin, voilà Renny ! Ce visage mince et vigoureux semblait faire partie de la jument rouanne aux longues jambes. Un murmure d'intérêt courut dans la foule comme la brise dans un champ de blé ; le bruit de l'orchestre s'éteignit, le martèlement des sabots remplaça la musique. Finch ne put rester assis à sa place ; il glissa le long des genoux des spectateurs qui le séparaient du bord et descendit les marches ; il atteignit le rang de ceux qui s'appuyaient sur la palissade bordant la piste. A cet endroit, le tan de la piste semblait de velours ; on entendait gémir les courroies, le souffle des belles bêtes en compétition, leur grognement lorsqu'elles regagnaient le sol après avoir franchi la haie dont la verdure retenait les yeux de Finch ; il regardait chaque cheval qui sautait, chaque cavalier qui se penchait sur sa monture, leurs deux forces musculaires fondues merveilleusement en une seule, à l'image d'un centaure.

Pas de femmes dans cette épreuve. Rien que des hommes. Des hommes et des chevaux. Quelle passionnante épreuve ! Le cheval de Renny franchit légèrement la barrière, la haie, vola dans l'air et laissa retomber à nouveau ses sabots dans le tan avec un bruit de tonnerre. Les nasaux fumants, la bouche ouverte, le souffle jaillissant de son grand corps, il semblait l'incarnation d'une puissance sauvage et préhistorique. Renny, avec son nez busqué, ses yeux bruns étincelants dans son étroit visage de renard, son sourire toujours un peu combatif, semblait lui aussi possédé par cette force sauvage !

N'y avait-il vraiment pas de femmes dans cette épreuve ? La jument n'en était-elle pas une ? Était-il assez féminin, ce diable rouan et maigre, qui sautait sur un ordre de la bride, qui galopait comme le vent d'est à travers les vagues ! Chaque pouce de son être trahissait sa féminité. Dans sa stalle, n'avait-elle pas adressé des appels provocants à l'étalon aux yeux de velours ? N'avait-elle pas sur la paille fait jaillir de son corps maigre un poulain qui n'était pas encore dressé ? Ne l'avait-elle pas léché, ce poulain, le bourrant gentiment du nez, le flairant tendrement ?

« Était-elle assez féminine, mon Dieu ! » pensa Finch.

L'imagination du jeune homme, mise en branle par le tumulte des chevaux qui sautent, et dont le souffle chaud caresse son visage au passage, étend comme un écran entre lui et la réalité du spectacle. Il voit la jument de Renny se diriger vers lui au galop, au lieu de suivre la piste ; il la voit se précipitant sur lui, le piétinant, l'écrasant sous ses sabots, l'anéantissant ! Et voilà qu'il assiste à la séparation de son âme et de son corps piétiné ; il la voit, cette âme, opaque, brillante, silhouette étrange, sauter sur le dos de la jument, derrière Renny dont elle serre la taille de ses bras d'ombre cependant si fort ! Tous deux planent au-dessus des cavaliers environnants et des spectateurs qui applaudissent ; ils montent très haut dans les lumières qui s'élèvent en jets de couleurs vers un ciel d'orage...

Soudain les tambours battent, accompagnés par la musique altière des cors... Finch se retrouve appuyé à la palissade ; ce n'est plus qu'un garçon efflanqué, aux joues creuses, aux épaules maigres et saillantes sous son veston ; son expression est si ridicule, que Renny lui-même, trottant tranquillement autour de la piste avec le ruban bleu au cou de son cheval, l'apercevant soudain, pensa : « Seigneur, que cet enfant a l'air idiot ! »

A peine fit-il un petit signe de tête à Finch lorsque ce dernier le chercha parmi les groupes d'hommes et de chevaux réunis dans l'enclos, derrière l'arène. Il continua de causer avec un officier très raide, portant l'uniforme de lieutenant américain ; Finch avait vu cet officier prendre part à plusieurs épreuves de saut ; dans la liste des lauréats, il venait après Renny, avec le ruban rouge. Finch s'arrêta timidement auprès d'eux, écoutant leur conversation sur les chevaux et la chasse, une mutuelle admiration éclairant leurs yeux. Enfin, Renny, jetant un coup d'œil sur sa montre-bracelet, dit :

— Il faut que je parte ; voici mon jeune frère, Finch, je te présente Mr. Roger.

L'Américain serra aimablement la main du jeune homme, mais le regarda sans enthousiasme.

— Grandi trop vite, je pense, observa-t-il à l'aîné des Whiteoak, tandis qu'ils s'en allaient ensemble.

— Oh ! oui, répondit Renny, il n'a pas d'os, et il ajouta en manière d'excuse : Il est musicien.

— Fait-il des études musicales ?

— Il en faisait, mais j'ai interrompu ces études l'été dernier, quand il a échoué à ses examens. Je suis toujours en difficulté avec lui à ce sujet ; maintenant qu'il ne fait plus de musique, il s'occupe de théâtre ; il semble que tout l'intéresse, sauf son travail. Mais il faudra bien qu'il réussisse. Vous savez que, parfois, le plus décevant des poulains...

Ils traversaient maintenant un espace pavé découvert, éclairé seulement par la lueur incertaine d'une motocyclette avançant avec précaution au milieu des chevaux que de bruyants domestiques ramenaient à l'écurie ou à la gare. Cependant, il faisait encore assez clair pour distinguer les visages.

Un valet d'écurie, traversant la cour en courant, glissa sur la mince couche de boue qui recouvrait le pavé et tomba en avant ; sa tête heurta violemment l'estomac d'un gros garçon qui conduisait un cheval cabré sous sa couverture. Il grogna : « Sortez votre vilaine tête de là, je vous prie ! Vous croyez-vous à un match d'association ? » Le valet répliqua par un torrent d'injures qu'étouffèrent les hennissements du cheval, mécontent du retard apporté à son souper. A l'intérieur on entendait l'orchestre jouant le *God Save the King*.

Dans la cour, les ombres mouvantes devenaient indistinctes, car l'obscurité tombait et recouvrait tout d'un voile épais. La pluie, intermittente jusque-là, tombait maintenant à torrents, poussée par le vent d'est ; au même moment, le grondement du lac s'accentua, comme si les éléments fatigués de l'activité des hommes et des chevaux se réunissaient pour les anéantir.

Renny Whiteoak et le jeune Américain se séparèrent, et Finch, qui avait suivi en silence, vint aux côtés de son frère.

— Dieu, qu'il fait froid ! murmura-t-il.

— Froid ? s'écria l'aîné, étonné ; j'ai très chaud. Ton grand mal, c'est de ne pas faire assez d'exercice physique ; si tu faisais plus de sport ton sang circulerait mieux. Un poulain à peine né ne trouverait pas qu'il fait froid, ce soir !

Une voix les appela, venant de l'auto, dont ils s'approchaient :

— Est-ce vous, Renny ? J'ai cru que vous ne viendriez jamais ! Je commence à avoir terriblement froid !

C'était la jeune Pheasant.

Renny monta et alluma les phares. Finch s'installa auprès de la jeune femme.

— Quel couple ! s'écria Renny ; il faudra que je vous mette dans du coton.

— Parfaitement, continua-t-elle, ce serait très mauvais pour bébé si j'attrapais froid, et il y a déjà trop longtemps que je l'ai quitté ; ne pouvez-vous pas faire démarrer la voiture ?

— Il y a quelque chose qui ne va pas dans cette vieille mécanique, grogna-t-il ; puis il ajouta plein d'espoir : Peut-être la machine est-elle un peu froide.

Il se livra à divers essais sur l'antique mécanisme de la voiture, tout en exhalant à mi-voix une haine vieille de sept ans. Aimant et comprenant les chevaux, il était désorienté par les fantaisies d'un moteur. Pheasant l'interrompit :

— Comment me suis-je tenue ?

La réponse se fit attendre un moment, puis il grommela :

— Pas trop mal ; mais vous n'aviez pas besoin de toucher Soldier ; il aurait beaucoup mieux valu ne pas le faire.

— D'accord. Mais, de toute manière, j'ai le second prix.

— Vous pouviez être la première si vous n'aviez pas touché Soldier.

La voix de Pheasant s'élevait, indignée :

— Avez-vous vu le cheval de cette Américaine ? Quelle splendeur !

— Soldier aussi ! murmura son beau-frère têtu.

Finch, très déprimé, s'installa dans un coin de la voiture. L'obscurité enveloppante et humide de la nuit précoce, la pensée des heures de travail à venir dans sa chambre froide semblaient vouloir l'arracher de là, comme des mains sortant du sol trempé. Il mourait de faim. Il avait un morceau de chocolat dans sa poche et se demanda s'il pourrait l'atteindre et le mettre dans sa bouche sans que Pheasant s'en aperçût ; l'ayant enfin trouvé, il le dépouilla avec précaution de son enveloppe de papier d'argent, comptant sur un brusque éclat de Renny pour attirer au-dehors l'attention de la jeune femme. Il le fourra dans sa bouche, s'enfonça davantage sur la banquette et ferma les yeux. Une impression de bien-être commençait à l'envahir, lorsque Pheasant lui glissa à l'oreille : « Horrible petit porc ! »

Il avait oublié la finesse de son odorat. Elle l'imita, fouilla dans sa poche, et sortit un étui à cigarettes ; l'instant d'après, la vive lueur d'une allumette éclaira son petit visage pâle et le pli moqueur de ses lèvres serrant sa cigarette. Une fumée embaumée alourdit l'air humide. Finch avait fumé sa dernière cigarette à midi ; il aurait pu en demander une à Renny, mais il était préférable de ne pas l'approcher lorsqu'il était en difficulté avec l'auto !

Au même instant, l'aîné des Whiteoak se rejeta sur son siège avec désespoir : « Nous allons être obligés de rentrer à pied », dit-il ; et lui aussi alluma une cigarette. La fumée et un morne silence envahirent l'auto. La pluie ruisselait sur les côtés et, à chaque mouvement des rideaux mal ajustés, un vent glacé pénétrait à l'intérieur. Des voitures les dépassèrent, leurs lumières voilées par la pluie.

— Vous avez été magnifique, Renny, s'écria Pheasant pour détendre l'atmosphère, et vous avez eu le ruban bleu ! je suis revenue et j'ai tout vu.

— Je ne pouvais que gagner avec cette bête, dit-il ; quelle jument ! Et au bout d'un instant, il ajouta, moqueur : Cependant, si j'avais été assez bête pour prendre le fouet, je ne serais arrivé que second.

— Que j'ai froid, s'écria la jeune femme, négligeant cette pointe ; et je ne peux m'empêcher de penser à mon pauvre petit bébé !

Finch fut soudain saisi d'une violente colère contre ces deux êtres assis auprès de lui, en train de fumer. Qu'auraient-ils à faire, à leur retour à la maison, si ce n'est flâner dans une écurie ou soigner un petit enfant ? Tandis que lui devrait épuiser son pauvre cerveau à étudier la trigonométrie. Il avala son dernier morceau de chocolat et dit brusquement :

— Tu sembles intime avec cet extravagant lieutenant américain ; qui est-ce ?

L'impertinence de ces paroles le saisit, dès qu'il les eut prononcées. Renny se serait retourné pour le jeter par terre qu'il n'en aurait eu aucune surprise ; il fut même certain d'avoir perçu un frémissement d'inquiétude dans le coin où se trouvait Pheasant. Mais Renny lui répondit tranquillement :

— Je l'ai connu en France ; c'est un superbe garçon ; très riche aussi. Et il ajouta avec envie : Il possède les plus belles écuries d'Amérique.

Pheasant gémit :

— Oh ! mon pauvre petit Mooey ! reviendrai-je jamais auprès de lui ?

Le ton de son beau-frère devint bourru :

— Ma chère, il faut choisir entre monter à cheval et avoir des bébés. Ce sont deux choses qui ne vont pas ensemble.

— Mais justement, j'ai commencé les deux choses à la fois, il y a un an, dit-elle ; elles sont aussi passionnantes l'une que l'autre, et Piers désire que je les fasse toutes deux.

Finch grommela :

— Parlez donc d'un autre que Piers, pour changer.

— Comment le pourrais-je ? C'est le seul mari que j'aie trouvé.

— Mais ce n'est pas le seul frère que j'ai, et je suis fatigué d'entendre toujours citer ses paroles comme celles du Tout-Puissant !

Elle se pencha vers lui et son visage fit une tache claire dans l'obscurité :

— Un être aussi égoïste que vous ne désire pas entendre parler d'un autre, un être qui mange un morceau de chocolat auprès d'une jeune mère affamée, un être qui...

— Dites encore « un être qui » et je saute de la voiture, cria Finch.

La dispute fut interrompue par une brusque secousse, le moteur s'était mis en marche et Renny poussa un grognement de satisfaction. Il se pencha sur le volant, regardant en avant, dans l'obscurité de cette nuit de novembre. La route devint presque déserte quand ils eurent quitté les faubourgs ; les rues des villages qu'ils traversaient étaient vides. A gauche, l'immense étendue du lac et du ciel était plongée dans une profonde obscurité, on n'apercevait que la lueur des phares et deux lumières rouge sombre, indiquant la présence d'un chaland luttant contre le vent.

L'esprit de Renny s'envola vers les écuries de Jalna ; Mick, un beau cheval hongre, avait eu une jambe abîmée, le matin même, par un coup de pied d'un cheval vicieux nouvellement arrivé ; cela le tourmentait beaucoup. Le vétérinaire avait dit que c'était sérieux. Renny avait hâte d'atteindre la maison et de savoir comment le cheval avait passé la journée. Il pensa aussi à l'animal, cause de l'accident ; c'était un achat de Piers et son regard avait déplu à Renny ; mais Piers ne voyait que la bonne conformation physique d'un cheval : il dressait ensuite la bête à son idée. Il aurait bien fait de dresser celui-là et de le surveiller de plus près !...

Renny fronça les sourcils de cette manière qui faisait dire à sa grand-mère avec admiration : « C'est un vrai Court, ce garçon-là ! Il peut prendre un air terrible, quand il veut ! »

Il pensa à un poulain mis au monde le matin même, par une jument de la ferme ; cette dernière était une bête maladroite et affreuse, à la tête de mouton et aux grands pieds plats ; mais couchée dans sa stalle avec son poulain auprès d'elle, elle semblait transfigurée. Il y avait dans cette pauvre bête une sorte de grandeur, de même que la femme la plus laide et la plus maigre revêt soudain une expression de noblesse lorsqu'elle se penche sur son enfant nouveau-né. Quelles créatures extraordinaires que les chevaux ! Et la Nature, n'est-elle pas aussi extraordinaire ! Une jument est différente d'une autre jument, un cheval de ferme d'un cheval de chasse ; mais quelles différences étonnantes, inappréciables, entre les membres d'une même famille, entre ses jeunes demi-frères et lui-même ! Ces garçons sont plus difficiles à manier que les chevaux ; cela ne devrait pas être, pourtant, car ils sont de la même chair et du même sang ; ils ont le même père ! Cependant, peut-on trouver deux êtres plus dissemblables que le petit Wakefield et Finch ? Wake, si sensible, affectueux et adroit, et le jeune Finch que la menace elle-même ne pouvait décider au travail, rebelle également à tous les jeux, et qui passait tout son temps à rêvasser avec un air stupide. Il semblait plus vieux et plus triste que jamais, depuis quelque temps...

Et que dire de Piers ! si différent aussi ! Piers, l'intrépide, aimant les chevaux et la campagne. Ils étaient unis, Piers et lui, par leur commun amour des chevaux, par leur culte pour Jalna... Et Eden ! quand il pensait à Eden, il faisait entendre un grognement qui était aussi un soupir ; pas un mot de lui n'était parvenu à Jalna depuis son départ après son aventure avec Pheasant, un an et demi auparavant. Voilà bien où la poésie pouvait conduire un homme !... Jusqu'à lui faire oublier toute décence et gâcher la vie d'une jeune femme comme Alayne ! Quel beau gâchis que toute cette affaire ! Depuis, Piers était plus sombre et plus fantasque, bien que la venue du bébé eût aplani bien des choses. Pauvre petit gosse, il devait hurler après son dîner, en ce moment !...

Renny accéléra, sans souci de la route glissante, et cria par-dessus son épaule :

— Nous serons à la maison dans dix minutes ; courage, Pheasant ! L'un de vous deux a-t-il une cigarette ? J'ai terminé les miennes.

— Je n'en ai plus, moi non plus. Que je suis contente d'être presque arrivée ! Vous avez joliment bien marché, Renny, malgré la nuit.

— As-tu une cigarette, Finch ?

— Une cigarette, moi ! s'écria le jeune homme, en frottant un de ses genoux osseux qui avait pris une crampe dans son immobilité prolongée ; je n'en ai jamais ! je ne peux m'en offrir ; tu sais bien que toute ma pension passe à payer mon chemin de fer, mes repas et quelques cotisations, de-ci, de-là. Il ne me reste rien pour acheter des cigarettes.

— C'est beaucoup mieux, à ton âge, répliqua son frère, d'un ton bref.

— Les bâtons de chocolat sont bien préférables, lui glissa Pheasant à l'oreille.

Renny jeta un coup d'œil par la fenêtre :

— Voici la gare, dit-il ; je pense que ta bicyclette est là ; veux-tu la prendre ou préfères-tu rester dans l'auto avec nous ?

— Quelle affreuse nuit ! Je crois que je vais rester avec vous. Non... Peut-être... Seigneur, je ne sais que faire !

Et il jeta un regard désolé dans la nuit.

Renny arrêta brutalement l'auto et lui demanda par-dessus son épaule :

— Que diable as-tu ? Tu n'es jamais content ! Décide-toi si possible. Je crois qu'il serait préférable de laisser ta bicyclette où elle est et de venir demain matin à pied jusqu'à la gare.

— Ce sera une course insupportable par un temps pareil, murmura Finch, en frictionnant ses jambes pour les ranimer. Mes livres seront tout mouillés.

— Eh bien, tu demanderas à quelqu'un de te descendre en auto.

— Piers veut l'auto de bonne heure ; j'ai entendu qu'il le disait.

Renny étendit brusquement son long bras et ouvrit la portière à côté du jeune homme.

— Allons, sors, lui dit-il tranquillement, mais avec un tremblement de mauvais augure dans la voix ; j'en ai assez de toute cette indécision !

Finch sortit péniblement et fit un faux pas en touchant le sol de son pied engourdi. Il resta immobile, la bouche entrouverte, tandis que la portière claquait et que la voiture démarrait bruyamment, envoyant une gerbe d'eau boueuse sur ses pantalons. Il s'en alla lentement vers la gare, accablé de pitié pour lui-même. Sa bicyclette était appuyée sur la bascule, il pensa que ce serait une bonne idée de se peser. Depuis quelques jours, il buvait quotidiennement un verre de lait, dans l'espoir d'engraisser un peu. Il monta sur la bascule et commença à manœuvrer les poids. Des voix masculines discutant très haut parvenaient jusqu'à lui, de l'intérieur. La bascule bougea ; anxieusement, il regarda le cadran et son visage s'éclaira : il avait pris trois livres ! Un sourire enfantin illumina ses traits, certainement le lait faisait du bien, puisqu'il avait engraissé. Trois livres en quinze jours, ce n'était pas si mal ! Il continuerait. Il descendit de la bascule et commença à retirer sa bicyclette lorsqu'il s'aperçut qu'une pédale appuyait sur la plate-forme. Un doute assombrit son front ; la pression de la pédale serait-elle pour quelque chose dans l'augmentation de son poids ? Il posa la bicyclette de côté et remonta sur la bascule, regardant avidement l'indicateur tremblant. Le poids s'éleva. Finch fit glisser l'anneau de cuivre. Quatre livres en moins ! Il n'avait rien gagné, mais perdu au contraire ! Il pesait une livre de moins qu'il y a quinze jours. Tristement il prit sa bicyclette et sortit de la gare. Il entendit un des hommes demander : « Qu'est-ce que c'est que ce bruit ! » et le chef de gare répondre : « Je pense que c'est le jeune Whiteoak, celui qui va en ville pour ses études, il laisse sa bicyclette ici. »

Les voix baissèrent et Finch imagina les remarques désobligeantes dont il était l'objet.

Il sauta sur sa selle et pédala furieusement sur le chemin qui longeait la voie. Maudite bicyclette ! Et par-dessus tout, maudit lait qui le faisait maigrir au lieu de l'engraisser ! Il n'en prendrait plus ! Le chemin qui conduisait à la maison était un sombre fourré ; les sapins et les baumiers l'entouraient comme d'un mur avec leurs épais buissons résineux ; leur lourd parfum, mêlé à celui des champignons qui poussaient à leur pied, était rendu si violent par l'humidité persistante des deux dernières semaines qu'on aurait dit une essence palpable tombant de l'épais rideau de branches et s'élevant du sol humide. Cette avenue pouvait conduire aussi bien à un palais endormi qu'au sanctuaire d'une secte d'adorateurs de divinités oubliées. En passant dans cette obscurité oppressante et embaumée, le jeune homme eut l'impression qu'il se mouvait dans un rêve et qu'il pourrait continuer à marcher ainsi indéfiniment, sans rencontrer jamais ni lumière ni chaleur. Et la paix descendit en lui. Il aurait voulu avancer toujours au milieu de ces arbres centenaires, jusqu'au moment où il aurait acquis un peu de leur impassible dignité. Il se vit entrant dans la pièce où la famille était réunie, revêtu comme d'un manteau, de la majesté d'un de ces arbres, et se représenta cette entrée jetant un froid sur les rudes esprits de ces êtres moins parfaits.

En arrivant sur l'avenue sablée devant la maison, la pluie se mit à tomber plus fort. Le vent d'est fit grincer les volets et racler contre le mur les souches dénudées de la vieille vigne vierge. De chaudes lumières brillaient à travers les fenêtres de la salle à manger.

Finch abandonna ses rêves et se précipita vers l'entrée de derrière ; il poussa sa bicyclette dans un passage sombre du sous-sol et alla se laver les mains dans une petite pièce à cet usage. En se séchant, il aperçut son image dans une glace, au-dessus de la cuvette : une longue mèche blonde tombant sur son front, son grand nez et ses joues maigres rougies par la pluie et le vent. Après tout, pensa-t-il, il n'était pas si mal que ça ! Il se sentit rasséréné. En traversant la cuisine, il entendit la voix nasillarde de Rags, le majordome des Whiteoak, qui chantait :

Un jour viendra où votre cœur sera brisé comme le mien.
Pourquoi pleurerais-je à cause de vous ?

Il jeta un regard sur le sol de briques rouges, sur le plafond bas, assombri par des années de fumée, sur l'avenante femme de Rags, penchée sur ses marmites. Son courage se ranima. Il monta l'escalier, suspendit dans le hall son imperméable mouillé, et entra dans la salle à manger.

2

La famille

Il y avait un plat spécial, au souper de ce soir ; Finch en fut averti, avant même d'en avoir perçu l'odeur, par une expression joyeuse qui éclairait le visage de tous les convives. Tante Augusta l'avait sûrement commandé, car elle savait que Renny serait affamé après cette longue journée et son violent exercice d'équitation. Finch était censé prendre un déjeuner chaud à l'école, mais il préférait employer sa pension à l'achat d'un léger repas, et conserver ainsi une somme assez importante pour des cigarettes, des chocolats et autres fantaisies. De sorte que, le soir, il avait un appétit féroce, car il ne rentrait pas à la maison pour le thé. La quantité de nourriture qu'il absorbait, sans réussir à engraisser sa maigre personne, était un sujet de stupéfaction et même d'inquiétude pour sa tante.

Le plat spécial de ce soir était un soufflé au fromage que réussissait particulièrement bien Mrs. Rags. Les yeux de Finch étaient rivés sur le plat depuis l'instant où il s'était glissé à sa place, entre son frère Piers et le petit Wakefield. Il n'en restait guère et le plat avait quitté le four depuis assez longtemps pour avoir perdu tout son moelleux. Mais Finch avait une envie folle qu'on lui permette de racler la dernière croûte de fromage au fond du plat d'argent.

Renny lui servit une mince tranche de bœuf froid et le regarda de son regard pénétrant, en lui montrant le soufflé d'un signe de tête et en lui demandant :

— Tu veux racler le plat ?

Finch murmura une acceptation en rougissant.

Cependant Renny regarda sa tante, à travers la table :

— Un peu de soufflé, tante Augusta ?

— Non, merci, mon cher ; je n'aurais pas dû manger comme je l'ai fait. Le soir, le fromage n'est pas facile à digérer, bien que, cuit de cette façon, il soit plus inoffensif, et je pense que vous, après...

Le maître de Jalna écoutait avec déférence, en la regardant, puis se tourna vers son oncle Nicolas :

— Encore un peu, oncle Nick ?...

Nicolas essuya sa longue moustache grise avec une immense serviette et dit :

— Pas un atome de plus ! Mais je boirais volontiers une autre tasse de thé, Augusta, si tu en as laissé.

— Oncle Ernest, un peu de soufflé au fromage ?

Ernest écarta cette offre d'un geste de sa délicate main blanche :

— Non, mon cher garçon ; je n'aurais pas seulement dû y goûter ; j'aimerais mieux qu'il n'y ait pas de plat de ce genre au souper. Je me laisse tenter et, ensuite, je souffre.

— Piers ?

Piers s'était déjà servi deux fois ; mais avec un regard taquin au coin de l'œil dans la direction de Finch, il dit :

— Je ne refuse pas une autre cuillerée.

— Moi aussi, j'en veux un peu plus, cria Wakefield.

— Je te le défends, dit Augusta en se versant une troisième tasse de thé. Tu es trop jeune pour manger un plat au fromage le soir.

— Et toi, riposta son frère Nicolas, tu es trop vieille pour avaler aussi une théière de thé à cette heure-ci.

L'air de dignité offensée que portait toujours lady Buckley s'accentua encore ; sa voix devint aiguë :

— J'aimerais, Nicolas, que tu évites d'être grossier ; je sais que cela est difficile, mais tu devrais songer au mauvais exemple que tu donnes à ces garçons.

Son frère Ernest, désireux de prévenir une querelle, remarqua :

— Tu as des nerfs si solides, Augusta, que certainement tu peux boire une quantité illimitée de thé ; je voudrais seulement que mes nerfs, ma digestion...

Augusta l'interrompit brusquement :

— Qui a entendu dire que le thé fasse mal ! c'est le café qui est dangereux. Les Whiteoak, ainsi que les Court, sont d'infatigables buveurs de thé.

— Et de rhum, ajouta Nicolas. Que dirais-tu, Renny, d'une bonne bouteille pour célébrer les prouesses de nos chevaux ?

— Bonne idée, dit Renny, en étendant une couche de moutarde sur son bœuf froid.

Pendant ce temps, Piers avait repris du soufflé et passé le plat à Finch qui, le serrant d'une main osseuse, commença à le racler énergiquement avec une lourde cuiller d'argent. Wakefield le regardait faire avec l'étonnement protecteur de celui qui a goûté le plat dans toute sa perfection.

— Il y en a un peu, attaché là, tout près du manche, dit-il, en montrant le morceau.

Finch cessa de racler pour lui donner un léger coup de cuiller sur les doigts. Wake hurla et fut renvoyé par lady Buckley. Renny jeta un regard mécontent autour de la table :

— Je vous en prie, ne renvoyez pas le gosse, tante ; il ne peut s'empêcher de crier quand on le frappe ; si quelqu'un doit sortir, c'est Finch.

— Wakefield n'a aucun mal, dit Augusta, avec dignité. Il suffit, pour qu'il crie, que Finch le regarde.

— Alors que Finch regarde ailleurs.

Et Renny se remit à manger son bœuf comme pour rattraper le temps perdu et mettre fin à la querelle.

Nicolas se pencha vers lui :

— Que dirais-tu d'une bouteille, Renny ?

Ernest l'arrêta en frappant sur son bras d'une main nerveuse.

— Rappelle-toi, Nick, que Renny prend part, demain, à l'épreuve du grand saut. Il a besoin de toute sa tête.

Renny se mit à rire aux éclats :

— Par Judas, voilà qui est drôle ! avez-vous entendu, tante Augusta ? Oncle Ernie a peur qu'un verre d'alcool ne m'échauffe la tête et regarde déjà mon teint.

Il se leva vivement de table.

— Rags ne peut-il y aller ? demanda Nicolas.

— Excellente idée, pour qu'il prenne une bouteille pour lui !... Donnez-moi la clé de la cave au vin, tante.

Il s'approcha d'Augusta et regarda sa frange coupée à la mode de la reine Alexandra, son nez long, un peu coloré. Elle prit un trousseau de clés à une chaîne qu'elle portait à la ceinture.

Wakefield bondit sur sa chaise :

— Laisse-moi venir, Renny, je t'en prie ; j'aime tant le cellier et j'y vais si rarement. Puis-je venir, Renny ?

Renny, la clé à la main, se tourna vers Nicolas :

— Que désirez-vous, oncle Nick ?

— Apporte deux bouteilles de chianti.

— Allons, je parle sérieusement.

— Que vas-tu trouver ?

— Outre le baril de bière et le vin du pays, il n'y a que quelques bouteilles de rhum de la Jamaïque et quelques bouteilles de prunelle... et du whisky, naturellement.

Nicolas eut un sourire moqueur :

— Et vous appelez ça une cave à vin !...

— Mais, lui répondit son neveu avec humeur, on l'a toujours appelée ainsi, et nous n'allons pas cesser, même si elle est vide. Que prendrez-vous, tante ?

— Je croyais, dit Ernest, que nous avions une demi-bouteille de vermouth français.

— Elle est dans ma chambre, dit brièvement Nicolas ; un peu de rhum et d'eau avec une goutte de citron fera tout à fait mon affaire, Renny.

— Et vous, tante ?

— Un verre de porto, mon cher ami ; et je pense que Finch devrait en avoir un aussi, travaillant comme il le fait.

Le pauvre Finch n'attendit pas le rire ironique qui suivit cet appel à son profit pour s'enfoncer un peu plus dans sa chaise, et pour devenir écarlate d'embarras suppliant. Cependant, malgré cela, il éprouva un vif élan de tendresse pour Augusta. Au moins, elle n'était pas contre lui !

Renny se dirigea vers le hall et, passant près de Wakefield, il saisit le petit garçon sous son bras et l'emporta comme un paquet. Ils descendirent au sous-sol où leurs narines furent aussitôt imprégnées de ce parfum mystérieux, cher à Wake ; il y avait là une grande cuisine avec ses odeurs variées, la cave au charbon, la cave aux fruits et la cave au vin, le garde-manger et les trois petites chambres des domestiques dont une seulement était utilisée. C'était là que le couple Wragge vivait son étrange vie souterraine avec ses querelles, sa mutuelle suspicion, et parfois ses amours que Wake avait un jour surprises.

Aussitôt que Rags entendit leurs pas, il apparut sur le pas de la porte de la cuisine, un bout de cigarette éclairant son pâle petit visage.

— Qu'y a-t-il, Mr. Whiteoak, demanda-t-il, avez-vous besoin de moi ?

— Apportez une bougie, Rags ; je vais chercher une bouteille.

Une lueur de satisfaction brilla sur le visage du domestique.

— Vous avez raison, monsieur.

Et, jetant son mégot sur le sol en brique, il retourna dans la cuisine d'où il revient bientôt avec une bougie, dans un bougeoir de cuivre. Ils aperçurent Mrs. Wragge, se levant de la table où elle mangeait pour prendre une attitude respectueuse. Son visage ressemblait à un soleil levant autant que celui de son mari à la lune blême.

Rags en tête, ils traversèrent en file indienne un long couloir qui aboutissait à une lourde porte verrouillée. Renny introduisit la clé dans la serrure et la porte s'ouvrit. Les parfums de la bière et de l'alcool se mélangeaient à un froid pénétrant. La lumière de la bougie éclaira une cave qui semblait bien garnie malgré son désordre ; mais, en réalité, la plupart des bouteilles et des récipients étaient vides, et suivant la négligence habituelle de la famille, n'avaient jamais été renvoyés. Les yeux bruns de Renny se tournèrent vers les étagères ; une toile d'araignée, pendant d'une poutre, s'accrocha à sa tête et recouvrit son oreille. Il siffla entre ses dents, à la manière d'un palefrenier pansant soigneusement son cheval.

Pendant ce temps, Wakefield découvrit un vieux panier de pêche sous le rayon le plus bas d'une étagère ; il le tira et vit, à la lumière de la bougie, trois bouteilles noires et trapues, couvertes de toiles d'araignées et appuyées les unes contre les autres, dans une apparence de conspiration pleine de malice ! Un glouglou de liquide vint de ces bouteilles et comme Wake en sortait une avec précaution, un rayon lumineux se joua sur sa surface poussiéreuse.

— Oh ! Renny ! cria-t-il d'un ton craintif, voilà quelque chose d'intéressant !

— Si tu avais laissé tomber cela, engeance diabolique, s'écria Renny, je crois que je t'aurais fait disparaître sur-le-champ ! Et il ajouta, en souriant à son domestique : Un homme doit avoir un secret dans sa vie, n'est-ce pas, Rags ?

Un secret dans sa vie ! Quelle était cette potion magique que son splendide frère avait cachée en ce lieu ? A quel charme, à quelle magie se livrait-il ? Si seulement Renny voulait l'admettre dans son secret !...

On lui dit de tenir la bougie pendant que Rags refermait la porte à clé. Il vit Renny regarder attentivement les mains blêmes du domestique, il le vit froncer les sourcils. Puis Renny mit une des deux bouteilles qu'il tenait sous son aisselle et, de la main ainsi libérée, donna un tour de clé à la serrure. Il retira sa main.

— Essayez de nouveau, Rags, dit-il, et son visage bien taillé, au long nez court, ressembla terriblement à celui de sa grand-mère.

Rags, réussissant cette fois à fermer la porte, ajouta sans se troubler :

— Je n'ai jamais su fermer ces cadenas, monsieur.

— Surtout quand je suis là, Rags ! Allons, prenez la bougie au petit, il la fait pencher de côté.

— Oui, monsieur ; mais auparavant, laissez-moi enlever la toile d'araignée qui est sur votre tête.

Renny pencha la tête et Rags enleva soigneusement la toile d'araignée.

Ils formaient une curieuse procession, comme s'ils accomplissaient un rite religieux étrange ! Rags, devant, aurait pu être un acolyte malicieux, avec son visage osseux, son nez court, son menton proéminent et la ligne insolente de sa mâchoire qu'éclairait en plein la lumière de la bougie. Wakefield, profondément recueilli, ressemblait à un enfant de chœur, et Renny, une bouteille dans chaque main, à un grand prêtre officiant. L'atmosphère de l'étroit corridor où ils passaient était celle d'une crypte de cathédrale en ruine ; et de la cuisine où se trouvait Mrs. Rags venait un léger voile de fumée bleue, semblable à de l'encens.

Rags s'arrêta au bord de l'escalier et leva la bougie en l'air pour éclairer les autres pendant qu'ils montaient.

— Bonne soirée, souhaita-t-il, et bonne chance pour les chevaux de Jalna ; en bas nous allons boire à votre santé avec du thé.

— Ne le buvez pas trop fort, Rags, ce sera meilleur pour vos nerfs, dit le maître un peu durement, en poussant la porte d'en haut avec son gros soulier.

Dans la salle à manger, Nicolas attendait, caressant sa longue moustache de sa belle main ornée d'une lourde chevalière, avec une expression de satisfaction enjouée. Ernest avait déjà une expression de regret, car il savait qu'il allait boire et qu'il en souffrirait ! Cependant une atmosphère de gaieté était répandue dans la pièce. Il ne pouvait s'empêcher de sourire drôlement aux visages qui l'entouraient, ainsi qu'à la vision anticipée de son propre écart.

Augusta était assise très droite, sa broche de camée et sa chaîne d'or s'étalant sur sa poitrine qui n'était ni trop forte, ni trop plate, mais admirablement corsetée à la mode de sa jeunesse. Elle renversa la tête pour regarder son neveu. Celui-ci épousseta la bouteille de porto et la plaça devant elle.

— Voilà, tante ; donne le tire-bouchon, Wake. Oncle Nick, voilà le rhum de la Jamaïque. Cet animal de Rags voulait laisser la porte de la cave ouverte, afin de pouvoir s'y glisser et absorber lui-même quelque chose. Mais je m'en suis aperçu, Dieu merci !

— Quel animal incorrigible ! dit Nicolas.

— Il mérite d'être écorché vif, plaisanta Ernest.

— J'aurais fait comme lui, à sa place, dit Piers en riant.

Pheasant était descendue et avait tiré une chaise auprès de son mari ; elle mangeait un bol de pain et de lait. La vue de sa courte chevelure brune et de sa nuque enfantine inclinée sur son bol amena un sourire tout à la fois amusé et tendre sur les lèvres de Piers. Il lui tapota le cou d'une main brunie par le soleil, en disant :

— Que tu puisses aimer ça me paraît extraordinaire.

— J'ai été élevée ainsi, et, de plus, c'est remarquablement bon pour Mooey.

— Mettez-y un peu de rhum, conseilla Nicolas, il faut vous réchauffer après ce long trajet glacé et ce sera excellent pour Mooey, cela aidera à en faire un Whiteoak et un gentleman.

— Il est déjà l'un et l'autre, répliqua Pheasant énergiquement, je ne veux pas donner à mes enfants le goût de l'alcool, même par intermédiaire.

Augusta contempla la couleur du vin dans son verre et déclara :

— Notre vieille bonne avait l'habitude de mettre un peu de vin au fond de nos souliers, quand nous sortions dans l'humidité, pour nous empêcher de nous enrhumer. Nous ne savions pas ce que c'était que de porter des caoutchoucs et jamais nous ne nous enrhumions.

— Tu oublies, Augusta, interrompit Ernest, que j'avais des rhumes terribles.

A quoi son frère répondit :

— C'est parce qu'on te gardait à la maison quand il faisait humide.

— Je me souviens, continua Ernest, d'un jour où, étant enrhumé, je vous regardais tous les deux, ainsi que Philippe, par la fenêtre de la chambre d'enfants ; vous jouiez avec notre agneau favori. De temps en temps, papa venait : il prenait le petit Philippe sur son épaule et le promenait. Il me semble le voir ! Il me paraissait si beau ! Je me rappelle le rassemblement des pigeons ! J'avais l'habitude d'appeler notre père et de lui envoyer des baisers de ma fenêtre.

Il n'avait bu qu'un verre de rhum et d'eau, mais cela suffisait pour le remplir d'une douce et romanesque mélancolie.

— Oui, je me souviens, dit son frère ; pauvre petit malheureux que tu étais avec un cache-nez de laine rouge autour du cou, et certainement de coton parfumé au camphre dans les oreilles !

— Seigneur, si les pigeons étaient aussi nombreux à présent, quel beau gibier cela ferait ! dit Renny. N'est-ce pas, Floss ; n'est-ce pas, Merlin ?

Son ton, le mot « gibier » qu'ils comprenaient si bien, réveillèrent les deux épagneuls qui dormaient de chaque côté de sa chaise. Ils bondirent en aboyant joyeusement. Finch éleva la voix au-dessus de ces aboiements :

— Il me semble que je pourrais bien boire quelque chose ; un garçon de dix-neuf ans peut boire un verre ou deux, je suppose.

Renny repoussa doucement ses chiens :

— A bas, Merlin ; à bas, Floss ! Qu'y a-t-il, Finch ?

Il se fit un silence ; la voix de Finch s'éleva très haut, avec un tremblement de mauvais augure :

— Je dis que j'ai dix-huit ans et qu'il n'y a aucune raison pour que je ne boive pas quelque chose.

— Donnez-lui vite une goutte de votre vin, tante Augusta, dit Piers, autrement il va pleurer.

Finch conserva son calme avec peine, regardant le dernier morceau de tarte aux pommes qu'on lui avait gardé.

— Donnez-lui un verre de rhum, dit Nicolas ; cela lui fera du bien.

Renny étendit son long bras et poussa vers Finch la carafe qu'il avait remplie de porto.

— Sers-toi toi-même, lui dit-il d'un air protecteur.

Finch prit un verre et saisit la carafe ; il avait peur que sa main ne tremblât. Il serra les dents. Il ne voulait pas trembler... Surtout devant toute la famille réunie, cette famille qui espérait bien le voir faire quelque maladresse stupide... Les lèvres de Piers s'entrouvraient déjà sur ses dents blanches, toutes prêtes pour un éclat de rire... A aucun prix sa main ne tremblerait ! Mon Dieu, pensait-il, faites que ma main ne tremble pas ! Il n'ignorait pas que sa foi et sa crainte de Dieu étaient presque mortes ; cependant, moins il avait de foi et de crainte, plus il implorait le secours divin par de muettes invocations. Sa main resta assez ferme pour remplir presque entièrement son verre ; puis elle commença à trembler et c'est tout juste s'il évita de répandre le vin sur la table. En posant la carafe, il tremblait de la tête aux pieds. Il serra rapidement son maigre poignet et jeta un regard furtif sur les visages qui l'entouraient.

Mais chacun avait recommencé à bavarder, non pas bruyamment ni confusément, mais avec un ensemble charmant. Les sourires qui s'épanouissaient sur chaque visage étaient la manifestation tangible de leur joie intérieure. Tante Augusta se mit à évoquer les jours d'autrefois, à Jalna, lorsque papa et maman recevaient chez eux avec tant de luxe et de prodigalité ! Ils avaient même reçu le gouverneur général et sa femme. Puis, tout naturellement, elle fut amenée à parler de la vie sociale en Angleterre pendant les vingt dernières années du siècle précédent, où elle s'imaginait, maintenant, avoir occupé une haute situation sociale.

Nicolas aussi parla de Londres, mais d'un Londres tout différent où sa femme Milicent et lui s'étaient beaucoup amusés, dans un milieu ne s'occupant guère que de courses, jusqu'au moment où il s'était vu ruiné ; elle l'avait alors quitté et il était venu se réfugier à Jalna.

Après avoir bu deux verres, la seule préoccupation d'Ernest était le vêtement qu'il porterait le lendemain pour assister au concours hippique. Il avait un nouveau manteau en molleton anglais très coûteux, fait par le meilleur tailleur de la ville, dépense extravagante qu'il ne s'était pas permise depuis bien lontemps. Il l'avait acheté en vue du spectacle du lendemain. Mais le temps était si froid et humide qu'Ernest, toujours inquiet pour sa poitrine délicate, était fort perplexe. Le tailleur lui avait dit qu'il n'avait jamais vu un homme de son âge aussi svelte et aussi droit. Ce n'était pas comme ce pauvre vieux Nick, pensa Ernest, qui était devenu si lourd et qui devait toujours s'appuyer sur une canne à cause de son genou goutteux. Cependant, que faire, avec cette poitrine délicate ? Un gros rhume, par ce froid, peut devenir grave.

— Renny, dit-il, quelle température faisait-il au Colisée aujourd'hui ? Faisait-il froid ?

— Froid ! s'écria Renny, interrompu dans une dissertation sur les capacités du sauteur qu'il allait monter le lendemain. Il ne faisait pas froid du tout ; on se serait cru dans un musée. Une femme aurait pu venir en vêtement de linon, elle ne s'en serait pas portée plus mal !

Il attira Wake contre lui et lui fit boire une gorgée de son verre ; le petit garçon, désireux d'être au centre du groupe familial, avait demandé à Renny :

— Puis-je m'asseoir sur tes genoux, Renny ?

A quoi son frère avait répondu par cette question :

— Quel âge as-tu ?

— Onze ans, Renny. Ce n'est pas très vieux.

— Trop vieux pour être traité en bébé ; je ne dois pas te gâter ; mais tu peux t'asseoir sur le bras de mon fauteuil.

— Eh bien, si ce n'est pas le gâter, cela ! s'écria Piers, tandis que Renny serrait l'enfant contre lui.

— Pas du tout, répliqua Renny, c'est le caresser, ce qui est tout à fait différent. Demande à n'importe quelle fille, n'est-ce pas, Wake ?

Piers ne resta pas longtemps assis ; debout près de la table, il souriait à tous, éclatant de santé avec son visage un peu lourd, ses beaux yeux bleus brillants. Il se mit à parler de la terre et des récoltes, ainsi que d'une génisse de l'île Jersey qu'il allait acheter pour un jeune taureau remarquable.

Pheasant pensait : « Qu'il est beau ! ses yeux brillent comme ceux de Mooey ! Mon Dieu, cette énorme bouteille est presque vide ! C'est vraiment étrange que j'aie quitté un père si amateur de boissons fortes pour un mari ayant le même penchant, alors que je suis pour la prohibition ! Jamais je n'encouragerai mon petit bébé dans cette voie quand il sera grand ! »

Tante Augusta murmura à Finch :

— Il faut aller travailler, mon chéri, tu apprendras bien des choses ce soir, après ces deux verres de bon vin.

— Hou ! Hou ! répondit-il en se levant docilement.

Il prit ses livres qu'il avait posés sur une table, en soupirant de regret de quitter une réunion aussi gaie et joyeuse pour le supplice des mathématiques. Comme il s'en allait, le billet de loterie s'échappa de sa géométrie. Wakefield bondit au bras du fauteuil de Renny et s'en saisit. Finch était déjà sorti.

— Il a fait tomber quelque chose, dit le petit garçon qui regarda curieusement le papier ; c'est un ticket portant le n° 31. Hullo, Finch, tu as fait tomber quelque chose, mon garçon !

Finch se retourna, furieux ; ce petit insolent exagérait vraiment en l'appelant « mon garçon ».

— Fais voir, dit Piers en prenant le billet et en l'examinant. Je veux bien être pendu si ce n'est pas un billet de loterie. Que veux-tu en faire, jeune Finch ? Tu es malin, tu n'es encore qu'un collégien, ne l'oublie pas — ceci était une allusion à son échec — et tu n'es pas autorisé à jouer.

— Qu'est-ce que cela ? dit Renny ; apporte-le-moi.

Piers rendit le billet à son propriétaire :

— Porte cela à ton aîné et cours chercher sa courroie.

Finch, lançant des regards enflammés, fourra le billet dans sa poche et se dirigea vers le hall.

— Reviens ici, ordonna Renny, et dis-moi ce que c'est que ce billet de loterie.

— Seigneur, hurla Finch au comble de la fureur, ne puis-je acheter un billet de loterie, si cela me plaît ? Vous me croyez toujours un enfant au maillot.

— Tu peux en acheter une douzaine, si cela te fait plaisir, mais je n'aime pas ta façon d'agir pour celui-là ; quel est l'objet de ce billet ?

— C'est pour un canari, voilà tout ! et sa voix était rauque de colère. C'est vraiment drôle que je ne puisse pas acheter un billet de loterie pour un canari !

L'explosion de joie qui accueillit cette réponse fut telle qu'elle aurait trouvé son équivalent dans bien peu de familles !

Lorsque le premier éclat fut un peu apaisé, Renny cria de sa voix métallique :

— Un canari ! la prochaine fois, ce sera un poisson doré ou un arbre à caoutchouc !

Mais dans le fond, il était honteux pour Finch. Il l'aimait, ce garçon ; c'était vexant de le voir aussi stupide, fixant son choix sur un canari !

Un coup violent se fit entendre, venant de la chambre à coucher.

— Ça y est ! cria Ernest, le visage tout assombri. Que vous disais-je ? Vous l'avez réveillée ; je savais bien que ça arriverait. C'est très mauvais, à son âge, d'être dérangé.

Augusta répondit sans hâte :

— Wakefield, va jusqu'à la chambre de maman, ouvre doucement la porte et dis-lui : « Tout va bien, grand-mère, calmez-vous. »

A la pensée de la scène entre son jeune frère et sa grand-mère, Piers se mit à rire bruyamment. Sa tante et ses oncles le regardèrent d'un air de reproche et Ernest ajouta :

— Piers, il faut apprendre la politesse à cet enfant.

Wakefield traversa le hall, très digne sous le poids de sa propre importance. Il ouvrit la porte de la chambre et, s'y glissant doucement, regarda presque avec terreur cette chambre que l'on devinait plutôt qu'on ne la voyait, à la lueur de la veilleuse placée sur une table basse à la tête du lit.

Avant de parler, il referma la porte derrière lui pour atténuer le bruit des voix venant à travers le hall. Il voulait se faire un peu peur à lui-même — mais à peine un peu ; avec l'étrangeté de sa solitude auprès de sa grand-mère, dans cette lumière voilée, tandis que les gouttes de pluie tombaient du toit devant les vitres et qu'un seul œil rouge semblait briller dans l'âtre, comme si un esprit malin et caché le regardait. Il resta immobile, écoutant la respiration un peu courte de sa grand-mère, pouvant tout juste distinguer la tache sombre sur l'oreiller, et le mouvement incessant de sa main sur le couvre-pied rouge.

Les fleurs et les fruits peints sur le montant du vieux lit de cuir qu'elle avait rapporté de l'Est s'éclairaient un peu, moins éclatants que le plumage du perroquet qui s'y trouvait perché.

Un soupir venu du lit passa dans l'air alourdi, comme le parfum d'un bouquet oublié, cueilli il y a bien longtemps. Tous les souvenirs lointains de ce lit étaient évoqués. C'était là qu'avaient été conçus Augusta, Nicolas, Ernest et Philippe, le père de tous ces ardents jeunes Whiteoak ; c'est là que, tous quatre, ils étaient nés, là que Philippe était mort. Que d'émois et que de souffrances, que d'extases et d'intrigues, que de rêves ce lit avait connus ! Maintenant grand-mère y passait la plus grande partie de son temps.

Sa main s'éleva et resta en l'air, au-dessus du couvre-pied. Une faible lueur rouge vint de la bague de rubis qu'elle portait toujours. Elle cherchait sa canne. Avant qu'elle eût pu la saisir, Wakefield se précipita vers elle, lui disant comme un petit perroquet :

— Tout va bien, grand-mère, calmez-vous.

Il prononçait avec délices ces mots importants que tante Augusta lui avait mis dans la bouche. Il aurait aimé les répéter et répéta, en effet : « Calmez-vous, grand-mère. »

Elle leva les yeux vers lui, sous ses épais sourcils roux. Son bonnet de nuit était de travers et lui cachait complètement un œil, tandis que l'autre regardait l'enfant avec intensité.

— Calmez-vous, répéta-t-il en tapotant le couvre-pied.

— Je calmerai cette famille avec ma canne, s'exclama-t-elle violemment. Où est-elle cette canne ?

Il la lui mit dans la main et recula un peu. Elle réfléchit un instant, cherchant à se rappeler ce qu'elle voulait faire, lorsqu'un éclat de rire à demi étouffé parvint de la salle à manger et rafraîchit sa mémoire.

— Que signifie tout ce bruit et quelle est la cause de leurs cris ?

— C'est au sujet d'un canari, Gran, pour lequel Finch a un billet de loterie.

Il se rapprocha d'elle pour mieux juger de l'effet produit par ses paroles. Cet effet fut terrible. Les traits de la vieille femme furent bouleversés par la colère ; elle le contempla, incapable de dire un mot, pendant un instant ; puis articula péniblement :

— Un canari, un oiseau, un autre oiseau dans la maison ! Je ne veux pas. Boney sera fou de rage ; il ne le supportera pas et le mettra en pièces.

Boney, entendant son nom, sortit sa tête de sous son aile et la pencha en avant pour contempler sa maîtresse du haut de son perchoir, à la tête du lit.

— *Haramzada,* jura-t-il en hindou, *Haramzada, Iflatoon ! Paji ! Paji !*

Il se dressa sur ses pattes et battit des ailes, ce qui amena un petit courant d'air chaud sur le visage de Wakefield.

La vieille Mrs. Whiteoak s'était soulevée toute seule sur son lit. Elle avait retiré de dessous la couverture ses grands pieds enveloppés de chaussons rouges, ainsi que ses longues jambes blêmes.

— Ma robe, cria-t-elle. Là, sur cette chaise. Donne-la-moi. Je leur ferai voir si je veux d'un canari babillard et endiablé dans la maison !

Wakefield savait bien qu'il aurait dû courir à la salle à manger pour appeler un des aînés. C'était un événement sans précédent que de laisser grand-mère se lever sans l'aide de tante Augusta ou d'un des oncles ! Mais l'amour de la nouveauté et du mouvement l'emporta sur la prudence ! Il apporta la lourde robe rouge et l'aida à la mettre ; puis il mit la canne dans sa vieille belle main impatiente.

Mais ce fut une bien autre affaire quand il s'agit de la mettre debout ! Pour tant qu'il la tirât par le bras, il ne réussit pas à la faire bouger.

« Ha ! » gémissait-elle à chaque effort héroïque qu'elle faisait, tandis que son visage prenait de plus en plus la couleur de sa robe. A la fin, elle laissa tomber sa canne.

— Rien à faire, murmura-t-elle. Rien à faire. Prends mes deux mains et tire-moi.

Elle lui tendit les mains, un regard suppliant et plein d'espoir, dans l'œil que ne cachait pas son bonnet. Elle espérait certainement que le petit garçon réaliserait son désir, mais lorsqu'il la tira de toutes ses forces par les deux mains, le seul résultat fut que ses pieds glissèrent sur le tapis et que son petit corps s'écroula dans les bras de la vieille dame. Elle éclata de rire et le serra contre elle. Mi-riant de sa position, mi-fâché de son impuissance, il se mit à jouer avec les brides de son bonnet.

— *Paji ! Paji ! Kuza Pusth !* cria Boney en battant l'air de ses ailes multicolores.

Mrs. Whiteoak repoussa Wakefield :

— Que faisions-nous ? demanda-t-elle, un peu étonnée.

— J'essayais de vous lever, Gran.

— Pour quoi faire ?

Et ses yeux s'éclairèrent d'un soupçon.

— Mais le canari, Gran, avez-vous oublié le canari de Finch ?

Aussitôt son vieux visage s'enflamma de colère.

— Si je me souviens ! Certainement ! Un canari dans la maison ! Je n'en veux pas ; je bouleverserai tout, je ferai une scène. Il faut que j'aille à la salle à manger.

— Si j'allais chercher Renny ?

— Non, non, non ! Il me remettrait au lit, me recouvrirait, l'animal ! Je le connais. Il faut que j'aille à la salle à manger pour leur faire peur. Et il faut me hâter, autrement l'un d'eux va venir. Ernest arrivera en pleurnichant, Nicolas en grognant ou Augusta en redressant la tête. Non, non !

— Si vous essayiez de vous traîner, Gran ?

Sa grand-mère lui jeta un regard furieux :

— Me traîner ! Un membre de ma famille se traîner ! Un Court se traîner ! Apprends qu'un Court ne rampe ni ne se traîne jamais, pas même devant son Créateur. Il marche droit, même s'il doit s'appuyer sur quelqu'un. Que les lâches se traînent, les limaces et les serpents !

Elle s'interrompit en regardant autour d'elle avec inquiétude :

— Que disais-je ?

— Vous parliez de toutes les choses qui se traînent, Gran, vous en étiez aux serpents.

— Mais à quel sujet voulais-je faire une scène ?

— Au sujet du canari, Gran.

— Ah ! oui. Il faut y arriver ; essaie de me pousser par-derrière, Wakefield. Monte sur le lit.

Nullement découragé, le petit garçon grimpa sur le lit et, s'agenouillant derrière elle, la poussa de toutes ses forces entre les deux épaules. Gémissant, luttant de toute son énergie, les yeux hors de la tête, elle se leva. Et elle se leva si bien qu'elle faillit tomber la tête la première. Mais elle réussit à reprendre son équilibre. Comme un vieux bateau incapable de tenir la mer et battu par la tempête, elle pouvait encore parfois faire bonne contenance devant les vagues.

S'appuyant lourdement sur l'épaule de Wakefield, elle apparut à la porte de la salle à manger et jeta un regard autoritaire sur les héritiers réunis. La stupéfaction et l'inquiétude remplacèrent la gaieté sur leurs visages. Piers, qui était le plus près, sauta sur ses pieds et vint vers elle. Ernest approcha une chaise sur laquelle ils l'assirent.

— Maman, maman, gourmanda Ernest, en arrangeant son bonnet de façon à découvrir son autre œil trop brillant. Ceci est très mauvais pour vous.

Augusta ajouta sévèrement :

— Wakefield, tu es un vilain garçon qui mérite le fouet.

— Laissez cet enfant, lui dit sa mère ; il fait ce qu'il a à faire et ce qu'on lui ordonne, mieux que vous ne le faites.

Lady Buckley effleura d'un doigt sa broche de camée et regarda le bout de son nez d'un air offensé.

Voyant qu'elle ne souffrait de rien, Nicolas souriait radieusement à sa vieille mère, à travers la table. Il admirait son esprit ferme et son caractère intrépide.

« Quelle vigoureuse vieille femme, pensa-t-il. Elle est merveilleuse ; il n'y a pas d'erreur. »

— Avez-vous faim, Gran ? demanda Renny. Est-ce cela qui vous amène ?

— *Non,* non, non, déclara vivement Ernest. Elle n'a pas faim. Elle a mangé un grand bol de flocons de blé et du soufflé au riz avant d'aller se coucher.

Sa mère tourna vers lui son visage de faucon.

— Des flocons de blé... feuilles insipides... Du soufflé au riz... graines insipides... des feuilles et des graines !... c'est bon pour un insipide canari !

Elle laissa retomber son menton sur sa poitrine, répétant ce mot « canari ». Son cerveau cherchait à tâtons, comme une vieille tigresse aveugle s'efforçant de reconnaître la nature d'une proie inconnue. « Canari. » Qu'évoquait ce mot ? Ses grands yeux errèrent sur tous les visages, jusqu'au moment où ils tombèrent sur le jeune Finch qui se tenait dans l'embrasure de la porte. A cette vue, elle se rappela soudain pourquoi elle était sortie de son lit. Un canari ! Finch avait apporté un canari dans la maison, un petit oiseau chanteur, criard et sautillant à Jalna. Elle n'en voulait pas !...

Son visage devint sombre de fureur et elle trouva difficilement ses mots.

— Donnez-lui quelque chose à manger, dit Renny, car elle va prendre une colère terrible.

Wakefield poussa vers elle un plat de biscuits et de fromage. D'un air furibond, elle le repoussa avec sa canne.

— Finch, cria-t-elle. Je veux Finch.

Le garçon hésita :

— Approche, qu'elle n'ait pas besoin de crier, dit Nicolas.

Finch approcha lentement, avec une expression suppliante.

— Maintenant, dit-elle, levant vers lui un regard ferme et lucide sous ses sourcils roux en broussaille, qu'est-ce que j'entends dire au sujet d'un canari ?

Finch la regarda dans les yeux avec un sentiment de crainte et put seulement balbutier :

— Mais regardez, grand-mère, regardez, il n'y a pas l'ombre d'un canari !

— Je sais qu'il y a un canari, cria-t-elle, en frappant le sol de son bâton, un affreux coquin de canari que tu as introduit dans la maison. Va le chercher que je lui torde le cou.

— Mais, Gran, c'est seulement un billet de loterie. Il n'y a pas une chance sur cent pour que je gagne et je ne le désire pas du tout.

— Oh ! cria-t-elle, furieuse ; tu mens. Viens ici.

Il s'approcha avec méfiance ; mais elle fut plus leste qu'il ne le croyait. D'un geste rapide et adroit, elle lui donna sur les doigts un tel coup que trois jointures furent écorchées et qu'il plia sous la douleur.

— Quel mauvais caractère, dit sa fille.

— Calmez-vous, maman, grogna Nicolas.

Ernest se leva de sa chaise en tremblant pour dire :

— Maman, cela est très mauvais pour vous. Vous pourriez avoir une attaque.

— Une attaque ! cria-t-elle. Je lui ai donné un fameux coup à ce marmot-là. Un coup dont il se souviendra. Je l'ai fait saigner. Sors ta main, garçon, que je la voie.

Elle était écarlate de fureur.

Renny posa son verre de rhum et d'eau et vint se pencher sur elle.

— Ne voulez-vous pas qu'on vous embrasse, Gran ? demanda-t-il d'un ton câlin.

Elle leva les yeux vers lui et, de dessous son bonnet, examina son visage. Ce visage mince et rouge qui s'était brusquement approché d'elle lui dissimulait tous les autres. Le nez très busqué ressemblait au sien. Les lèvres qu'un sourire entrouvrait sur de larges dents étaient fermes avec cependant quelque chose d'indulgent et de tendre qui retint son attention. Tout cela l'inonda d'une joie à laquelle elle ne put résister. Renny, l'os de ses os, un vrai Court de la vieille race, sans aucune mièvrerie !

— Embrasse-moi, cria-t-elle, vite, embrasse-moi !

Finch profita de l'occasion pour se glisser hors de la pièce ; et tout en montant l'escalier aux tapis épais, il pouvait entendre l'échange bruyant des baisers.

Reprenant haleine, la vieille dame regarda triomphalement autour d'elle. Renny s'était écarté d'elle, la laissant comme fortifiée par sa robuste étreinte. Donnant une brusque secousse à son bonnet qui retombait sur son œil, elle réclama :

— Mes dents ! qu'on aille me chercher mes dents car j'ai faim. Allez me chercher mes dents.

— L'un de vous veut-il y aller ? murmura Augusta résignée.

Wakefield bondit joyeusement jusqu'à la chambre et revint instantanément avec les deux râteliers dans un verre d'eau. Mrs. Whiteoak se pencha vers lui et tendit les mains. Elle ne pouvait supporter d'attendre. Le petit garçon poussa le verre devant elle.

— Pour l'amour du Ciel, attention, enfant, s'écria Augusta.

— On n'aurait pas dû lui permettre d'y aller, dit Ernest qui, plein de mépris pour lui-même, se versa cependant un peu plus de rhum.

Quelle bonne soirée ! pensait, un peu plus tard, Renny. Quel bon souper avait fait la vieille dame ! Et les vieux oncles ! Comme ils étaient heureux de leur excès de rhum ! Jamais il n'avait vu l'oncle Nicolas aussi amusant qu'après le départ des femmes, lorsqu'ils s'étaient trouvés seuls, entre hommes, leurs verres remplis à nouveau et les rideaux rouges bien fermés.

Quelle bonne journée ! Les chevaux avaient été parfaits ! Lui aussi. Il ressentait une agréable sensation de fatigue saine, dans les jambes et dans les bras, pas même une sensation, plutôt une perception nette et agréable de chacun de ses muscles.

Comme la jument avait bien tiré et bien lutté !

Avec son corps mince replié dans son fauteuil, son visage osseux et bruni incliné sur le bois de la table où se réflétait la lumière des candélabres, l'aîné des Whiteoak aurait fait un beau modèle pour un artiste désireux de peindre *la Soirée d'un chasseur.* Le peintre aurait trouvé dans la position des membres et les lignes de la tête une expression parfaite du repos de l'homme qui met tout son bonheur dans des travaux violents et simples.

Rags levait le couvert. Comme il enlevait les bouteilles où restait encore un peu d'alcool, le maître de Jalna lui fit un signe en disant simplement : « C'est pour vous, Rags. »

3

Jalna la nuit

Quand l'ombre et le calme de la nuit furent descendus sur l'agitation de Jalna, la vieille maison sembla s'étendre sous son toit pour se mettre au chaud, comme un vieil homme sous son bonnet de nuit. Elle semblait faire le gros dos dans l'obscurité, se replier sur elle-même, lier sous son menton, l'avancement de son portail, les rubans de son bonnet, et murmurer : « Maintenant, rêvons. »

Comme d'un vêtement de nuit, elle s'enveloppait d'obscurité et se couchait sur la terre. S'ajoutant à son lourd fardeau les pensées et les gestes de ses habitants volèrent comme des ombres de chambre en chambre.

La chambre de Finch se trouvait sous le toit humide du grenier. Son unique fenêtre était fermée contre les feuilles mouillées de la vigne vierge qui s'accrochait sur ce côté de la maison. Il y avait toujours là une faible odeur de plâtre mouillé et cette moisissure pleine de rêves des vieux livres. Le toit avait besoin de réparations, et les vieux livres, vieux journaux agricoles brochés, manuels déchirés sur l'élevage des chevaux, programmes de spectacles hippiques, auraient dû être jetés ; mais à Jalna ni hâte ni effort ne s'opposaient jamais à la destruction naturelle des choses. Quand le toit ferait eau au point qu'il y ait une mare sur le plancher, quand les étagères ne pourraient plus contenir de nouveaux débris, alors seulement on songerait à réparer ou à mettre de l'ordre.

Finch écrivait son *Journal,* assis sous sa lampe à huile abritée par un abat-jour de papier vert sur lequel étaient peints les lourds visages souriants de deux jeunes Allemandes.

Il écrivait : « Presque manqué mon train. Jour détestable à l'école. Il faut que je travaille d'arrache-pied mes maths. Intéressante conversation avec Leigh pendant une heure trop courte. Concours hippique. Renny absolument merveilleux. Le meilleur de tous. Pheasant pas mauvaise sur Soldier. Gagne le ruban rouge. Retour à la maison en auto. Dispute autour d'un billet de loterie pour un canari. Grand-mère terrible. Bu deux verres de porto. Vu Joan. »

Il suça ses jointures douloureuses et parcourut des yeux les pages précédentes. Elles étaient plus ou moins variées, l'école était plus ou moins détestable. Plusieurs bons moments en compagnie de Leigh étaient notés, ainsi « qu'une soirée du D... » avec Georges et Tom. Une seule phrase se retrouvait chaque jour et se terminait toujours par le nom de Joan : « Vu Joan » ou : « Pas vu Joan. »

En relisant ces lignes, Finch n'y trouva rien de ridicule ni d'attendrissant ; néanmoins il prit soin de cacher ce *Journal* derrière quelques livres de classe, sur l'étagère devant laquelle il avait commencé son travail du soir. Il ne désirait pas le voir tomber sous les yeux indiscrets de Pheasant ou du jeune Wake.

Il prit son *Euclide* et le posa devant lui sur la table, veillant à ce que le coin supérieur droit soit placé exactement au-dessus d'une vieille tache d'encre sur le bois. Le livre avait l'habitude de s'ouvrir de lui-même à la page 107. Finch espérait, ce soir, qu'il en serait autrement, sinon il lui serait impossible de travailler. La bouche ouverte et la main tremblante, il ouvrit le livre et... 107 jaillit devant lui... Le crayon qu'il tenait tomba sur le plancher avec un léger bruit. Il eut peur de ne pouvoir le ramasser et contempla stupidement le nombre au coin de la page : 107... Pourquoi donc craignait-il ce nombre ? « 1 »[1], c'est « moi », moi, Finch Whiteoak. « O »... c'est le néant, donc toujours lui, Finch, qui n'était rien. Enfin, il avait compris ! Voilà pourquoi il redoutait ce nombre tout simplement ! Ensuite, 7... qui, naturellement, était magique. Moi, Finch, je ne suis « rien ». Il ferma brusquement son livre et l'ouvrit de nouveau. Cette fois, ce fut la page 70 ; toujours le chiffre magique 7, suivi du zéro. C'était la vie, ce chiffre magique suivi du néant, du vide... Il essaya encore une fois : page 123. De nouveau « 1, moi ». Puis « 2 »... moi et un autre. C'est-à-dire nous deux ensemble... Puis « 3 ». Moi et l'autre, nous avons donné vie à un troisième personnage. Nous sommes trois ensemble... Il se vit avec Joan dans une chambre ; tous deux se penchaient sur un berceau dans lequel se trouvait le troisième qu'ils avaient créé, comme il avait vu Piers et Pheasant se pencher sur le berceau de Mooey. Joan, à qui il n'avait jamais adressé la parole !... C'était une jeune fille à qui il avait été présenté à un match de football par son ami Arthur Leigh. Il l'avait seulement saluée, mais elle lui avait dit, d'une petite voix claire : « Comment allez-vous ? » Puis elle avait serré chaudement le col de fourrure de son manteau autour de son menton rond et blanc, en aspirant un coin de sa lèvre, ce qui amena sur sa joue une tremblante et persistante fossette.

L'image de la jeune fille l'avait beaucoup troublé durant le mois suivant, mais il n'avait rien fait pour se rapprocher d'elle et n'avait

---

1. Jeu de mots impossible à traduire, « I » en anglais signifiant à la fois le pronom personnel « Je » et le chiffre « I ». *(N.d.T.)*

jamais parlé d'elle à Leigh, bien qu'il eût été heureux de connaître son prénom qu'il n'avait pas compris lors de la présentation.

Elle allait dans une école de filles toute proche de sa propre école et il passait peu de jours sans la rencontrer dans la rue. Un coup d'œil rapide en la saluant, c'était tout ce qu'il lui donnait. Mais qu'il la rencontrât ou non, cela était toujours indiqué dans le dernier mot de son journal quotidien. Il écrivait : « Vu Joan » ou : « Pas vu Joan. »

Lorsqu'il devait inscrire cette dernière formule, il se sentait déprimé et attristé, se mettait péniblement au travail. Mais lorsqu'il l'avait rencontrée, comme aujourd'hui, il était encore plus troublé et tout à fait incapable du moindre travail !

Il se disait bien que ces impressions pénibles n'avaient rien de nouveau pour lui. Il avait toujours eu d'étranges pensées ! Et s'il n'avait pas fait la connaissance de Joan, c'est pour autre chose qu'il se tourmenterait.

Si seulement il avait passé ses examens et que Renny n'ait pas supprimé ses leçons de musique ! Ce soir, il lui semblait qu'une heure de piano l'aurait apaisé, rempli de bonheur, libéré de tout désir et de toute crainte.

Il n'était pas question de savoir si Renny avait eu raison ou tort de supprimer le piano. Il savait bien qu'il avait perdu beaucoup de temps, qu'il l'avait même gaspillé, passant des heures sur le clavier, sans travailler, mais essayant fiévreusement de composer.

Comme il était heureux, à cette époque ! Réellement il ne pouvait croire que ces instants lui aient été néfastes. Néfastes, ils l'avaient été seulement pour son travail.

Résolument il ouvrit son *Euclide* à la page des problèmes et des théorèmes qu'il devait étudier pour le lendemain. Il posa soigneusement le coin du livre sur la tache de la table et, de nouveau, laissa tomber son crayon. Mauvais commencement ! Il regarda où il était tombé, sur une feuille de papier où était rédigé un devoir de français. Sur quel mot le bout de crayon était-il tombé ?... Il ne serait pas assez stupide pour le regarder... Cependant, ce serait intéressant de connaître ce mot. Peut-être même serait-ce utile, car il était possible qu'il contînt une signification capable de l'aider.

Il se mit à genoux et se pencha sur le crayon en clignant de l'œil pour déchiffrer les lettres tachées. La pointe de plomb s'était posée sur le mot « âne ». Il fut troublé. C'était bien ce qu'il était : « Un âne stupide. » Dieu merci, personne ne pouvait le voir ! Mais attention !... il s'est trompé. Ce n'est pas « âne » mais « âme ». C'était bien différent ! C'était son âme qui tâtonnait dans l'obscurité. Quelle étrange chose que d'être agenouillé là, tandis que le crayon indique ce mot « âme ». Cela lui rappela le temps où, plein de crainte, il s'agenouillait à côté de cette chaise pour prier Dieu. Il eut le soudain désir de prier, mais ne put trouver aucun mot ! Il se souvint de cette nuit, il y a deux ans, où Piers l'avait fait sortir du lit pour dire ses prières, rien que pour l'exaspérer. Il n'avait su que répéter ces deux mots : « Mon Dieu ! Mon Dieu ! » Mots immenses et terribles ! Mots qui délivrent l'âme, l'emportent, l'absorbent !... Mais s'il s'abandonne à la prière, à cette prière libératrice, tout travail lui sera impossible, le soir ! Il décida de ramasser son crayon pour se mettre au travail, mais s'aperçut qu'il ne pouvait y parvenir. Trois fois ses doigts errèrent au-dessus du crayon sans pouvoir le saisir. Il gémit, se détestant et se craignant à la fois !... Il commença à compter les médaillons fanés du tapis : il était à genoux sur le sixième en venant du nord de la pièce et le cinquième en venant de l'ouest. Six et cinq, onze ; c'était le 11 novembre. Six fois cinq, trente. Trente était le numéro de son placard à l'école. Il avait eu 30 en géométrie quand il avait échoué à son examen... Le Christ avait trente ans lorsqu'il fut crucifié !...

Il pensa qu'avec une cigarette, il aurait pu ramasser son crayon et se mettre au travail. Il bondit sur ses pieds et descendit silencieusement l'escalier du grenier. La porte de la chambre de Piers et de Pheasant était grande ouverte. Une lampe voilée jetait une douce lumière sur le lit blanc et sur le berceau de Mooey. C'était toujours le même berceau à capote qui avait bercé tous les enfants Whiteoak. Les deux oncles y avaient pleuré, dormi, gazouillé, Meg et Renny, Eden, Piers (le plus beau de tous), lui-même (et il se représenta le braillard qu'il avait été), le petit Wake dont il se rappelle les grands yeux noirs brillants sous la capote... Deux autres bébés y étaient morts aussi, et Finch se demanda comment Mooey pouvait y dormir si paisiblement.

Il ouvrit le tiroir d'en haut de la commode où il savait que Piers gardait un ou deux paquets de cigarettes. Ah ! les voilà ! Vraiment Piers se soignait bien ! Il y avait une grande boîte de Players plus qu'à moitié pleine ; un paquet contenant au moins douze cigarettes turques. Finch se servit avec prudence, puis referma le tiroir.

En repartant, il se pencha sur le berceau et regarda curieusement le jeune Mooey. Ce dernier était enfoncé, chaud et doux, dans son sommeil de bébé. Un petit poing rond, appuyé contre sa bouche, pressait d'un côté sa lèvre, semblable à un pétale de fleur. Il y avait une tache humide sur l'oreiller ; il avait dû pleurer un peu. Finch fut soudain attendri à cette vue. Il posa sa tête sur la capote du berceau, respirant son parfum, comme un chien hume son petit endormi. Il baisa la joue du bébé et il lui sembla que son propre sang devenait une liqueur délicieuse et douce, que tous ses os n'étaient plus que tendre désir et amour.

Il prit le bébé dans ses bras et se pencha sur lui, sa mèche blonde retombant sur la petite tête. Il baisa comme un fou la tête et les joues de l'enfant ; il ne pouvait s'en rassasier. Son âme était toute tendresse et ses yeux se remplirent de larmes qui coulèrent sur ses petites mains. Était-il possible que Piers ait éprouvé pareils sentiments ?

Des voix lui parvinrent, venant du hall. Pheasant et tante Augusta montaient... Il rejeta l'enfant dans son berceau et le recouvrit. Pour rien au monde, il n'aurait voulu être surpris caressant son jeune neveu ! Rentré chez lui, il se retrouva maître de ses nerfs. Il ramassa le crayon, le livre de géométrie, alluma une cigarette et se mit au travail.

Lady Buckley avait ôté ses bracelets, sa broche et sa chaîne d'or. Elle avait retiré sa robe de satin noir, son long jupon de soie noire et maintenant, vêtue seulement de sa camisole et de son court jupon blanc, elle brossait ses cheveux encore épais. Même dans ce simple appareil, elle conservait toute sa dignité. Elle se regardait dans la glace avec son expression habituelle mi-satisfaite, mi-dédaigneuse. Son teint qui n'avait jamais été frais était maintenant taché et jaune, son regard plutôt terne, si différent de celui de sa mère qui conservait toujours sa flamme. Mais ses traits étaient parfaits. Son nez était bien le nez Court, un peu modifié ; ce n'était pas le nez fier et busqué de sa mère et de Renny ; le sien était beaucoup mieux, pensait-elle, beaucoup plus seyant pour une dame, veuve d'un baronnet. Elle se mit à penser à son mari...

Comme ses parents et ses frères l'avaient dédaigné, ce garçon aux favoris pâles, aux yeux doux, aux jolis petits pieds ! Il bégayait légèrement. Augusta croyait l'entendre encore appeler « Auguthta » ! Mais quel charmant caractère ! Jamais en colère quoi qu'il arrivât ! Rien ne l'étonnait. Lorsqu'il avait appris que deux morts subites lui apportaient le titre de « baronnet », avec une vieille demeure et un bon revenu, il n'avait manifesté aucune surprise. Il avait simplement repoussé de la main le télégramme en lui disant : « Vous devriez commencer vos paquets tout de suite, lady Buckley : nous rentrons. » Ciel, quel choc elle avait ressenti ! S'entendre appeler lady Buckley si tranquillement, sans la moindre préparation ! Elle n'avait pas su s'il fallait rire ou pleurer. Depuis, elle s'était toujours félicitée de n'avoir fait ni l'un ni l'autre, mais d'avoir simplement répondu, digne et impassible : « Il vous faudra des flanelles neuves pour le voyage, Sir Edwin... » Lady Buckley ! ce titre s'était toujours arrêté dans le gosier de sa mère ! Cette dernière était vraiment désagréable avec cette façon de prétendre qu'elle ne se rappelait pas le nom de sa fille, parlant à ses amis « de sa fille, lady Buckley » ou peut-être « Bilgeley ». Si sa mère n'avait pas été une Court, ce procédé aurait été de la mauvaise éducation. Mais tous les Court étaient ainsi. Nicolas faisait exactement la même chose. Il était si dédaigneux et semblait croire que lui et son horrible femme, Milicent, avaient eu plus d'importance en Angleterre qu'elle et Edwin ! Elle en était sûre, à entendre le ton moqueur dont il parlait du petit cercle dans lequel vivaient les Buckley. C'était, certes, un milieu autrement convenable que ce milieu de courses dans lequel lui et Milicent avaient traîné et s'étaient ruinés.

Elle songea à l'Angleterre. Elle désirait tant y retourner ! Elle évoqua les bordures et les massifs de géraniums autour de sa maison (elle espérait bien que les locataires tenaient tout en ordre), la chanson de ses amis, les pinsons, dans l'air doux et humide. Voilà un an qu'elle avait quitté tout cela et il lui semblait qu'il y en avait bien deux !

Mais son devoir était de rester au Canada jusqu'à la mort de sa mère, car enfin, maman avait cent un ans !... Cela faisait presque peur à Augusta de penser à ce qui arriverait si maman vivait éternellement !... Mais voyons, personne ne vit éternellement !

Elle passa sa chemise de nuit en flanelle, la boutonna jusqu'au menton et serra les rubans de soie aux poignets. Ses cheveux enroulés sur des épingles de fer faisaient de petites bosses autour de sa tête. Elle tira soigneusement les rideaux des deux fenêtres. Quelle pluie ! Des voix montaient du salon au-dessous. On entendait Renny disant : « Jamais, jamais ! » Comme c'était drôle, ce « Jamais » qui semblait répondre à ses propres pensées !... Elle aperçut son image dans la glace. Elle était debout contre le rideau sombre. Elle releva la tête et se regarda, ne pouvant s'empêcher de s'admirer. Elle leva la main à hauteur de son front dans l'attitude de celui qui cherche sa direction, au départ, ou qui se tient debout, au bord d'une falaise battue par les vents, au-dessus d'une mer déchaînée.

Elle resta ainsi un instant, comme une statue, puis éteignit la lampe et gagna son lit.

Ernest s'était senti tout drôle en montant l'escalier, tout étourdi ; mais, dans sa chambre, il se retrouva lui-même, avec seulement une agréable impression de gaieté. Il aimait beaucoup l'ombre rose de la lampe qu'Alayne lui avait envoyée de New York pour son anniversaire ; elle rendait sa chambre si jolie, si gaie même par un soir comme celui-là ! En réalité, depuis que cette période de mauvais temps avait commencé, il ne cessait guère d'avoir sa lampe allumée. Même pendant le jour, elle mettait dans la chambre une charmante tache lumineuse. Alayne avait toujours été si douce pour lui ; son départ avait fait un grand vide dans sa vie. Eden aussi lui manquait beaucoup. Quel dommage que leur mariage se soit ainsi terminé. Un jeune couple si charmant, si intelligent, si agréable à voir !

Il resta debout, plongé dans ses pensées et jouissant de la douce lumière répandue dans la chambre. Une sorte de vie légère animait les porcelaines de Saxe sur la cheminée, et un rayon de soleil levant semblait éclairer les aquarelles pendues au mur. Quelle chance il avait de posséder cette chambre ! C'est-à-dire que ce n'était pas seulement une question de chance, son propre goût avait bien contribué à la rendre telle qu'elle était ; mais la vue sur les prés et le ruisseau serpentant était bien plus agréable que la vue des fenêtres de Nick, qui était bouchée par un immense cèdre et ne dépassait pas le ravin.

La petite pendule de porcelaine entre le berger et la bergère sonna minuit. Quelle heure extravagante pour se coucher ! Mais aussi quelle exquise soirée ! Pourvu que le rhum et l'eau ne lui fissent pas mal ! Il avait bu aussi un ou deux verres de vin avec son rhum. Dieu veuille que maman se trouve tout à fait bien après ce second souper ! Comme elle était vivante ! et il sourit en pensant à elle. Il était difficile de croire qu'il avait soixante-douze ans avec une mère aussi vive. S'il pouvait être aussi bien portant qu'elle, à cent un ans ! Il n'y avait pas de raison pour qu'il n'atteignît pas un âge aussi avancé. Il prenait grand soin de lui ; il est vrai qu'il y avait sa poitrine délicate, c'était certainement un handicap.

Il songea de nouveau à son pardessus neuf. Ce serait une bonne idée de l'essayer en ce moment où il était vraiment bien, le teint animé, les yeux brillants. Il le sortit du placard et le regarda avec soin sous toutes les coutures. « Quel beau manteau, vraiment ! » s'écria-t-il tout haut du ton dont il aurait complimenté une femme ou une jument : « Il est très élégant. » Il le mit et le vêtement l'enveloppa comme d'une ferme et douce étreinte. Il se contempla dans la glace. Rien d'étonnant que le tailleur l'ait félicité de son allure. Il était mince, très droit (quand il faisait un peu attention), élégant comme on n'a pas coutume de l'être aux colonies. Brusquement, il fut envahi de cette étrange nostalgie du colon pour l'Angleterre.

Il se souvint d'un chapeau qu'il avait jadis acheté dans Bond Street, ainsi que du marchand si aimable qui le lui avait vendu. Il se revit, le même matin, achetant une fleur pour sa boutonnière à une jolie fleuriste ; avec quelle allégresse il avait ensuite descendu légèrement la rue ! Peu de chose suffisait à le rendre heureux ; il était plus enclin à la gaieté que son frère et sa sœur, et Eden lui ressemblait sur ce point. Tous deux avaient le don de voir la beauté de la vie, le sens poétique, probablement, bien qu'on ne pût l'avouer devant la famille. Vraiment les visites d'Eden lui manquaient, pour ne rien dire de celles d'Alayne. Quel dommage que ce mariage !...

Vingt ans déjà qu'il avait acheté ce chapeau en Angleterre, sans y être jamais revenu depuis ! Peut-être ferait-il ce voyage avec sa sœur, lorsque maman mourrait et qu'Augusta rentrerait chez elle.

Lorsque maman mourrait ! Cette pensée lui causait toujours un tremblement de crainte. Il y avait d'abord l'effroi de la perdre, et ensuite, cette incertitude au sujet de son héritage. Jamais elle n'y avait fait d'allusion, sauf pour leur faire savoir qu'il irait en entier à un seul membre de la famille. Elle avait ainsi conservé toute son autorité sur eux. Sa fortune devait être environ de quatre-vingt-dix à cent mille dollars, en valeurs de tout repos et en rentes. Si seulement elle la lui laissait, il posséderait indépendance et autorité ! Il ferait tant de choses pour les garçons ! Pour ces chers garçons, ce serait bien préférable que ce fût lui, l'héritier ! En se voyant dans la glace, très droit, les joues rouges et les yeux brillants, il était sûr de ne pas paraître plus de cinquante à cinquante-cinq ans. Le manteau était si chaud et lui allait si bien que, sans plus d'hésitation, il décida de le mettre le lendemain.

Avant de se coucher, il jeta un coup d'œil dans le panier où dormait Sasha, son petit chaton à côté d'elle. Il les regarda avec un sourire un peu mécontent : à l'âge de Sasha — douze ans — avoir un bâtard ! Et non seulement elle l'avait mis au monde, mais encore elle en était fière ! Il s'imaginait qu'elle avait passé l'âge d'avoir des petits, et surtout des petits bâtards ; et voilà qu'un beau matin, elle avait eu celui-là sur son lit à lui. Un miaulement, vers six heures du matin, et le petit chat était né ! C'était plutôt un miaulement de triomphe qu'un cri de douleur. Quelle émotion elle lui avait donnée, à cette heure-là ! A peine s'il avait pu déjeuner. Ce n'était pas seulement cette naissance inopinée sur son couvre-pieds qui l'avait ému, mais la pensée que cette Sasha... Comme une jeune et innocente femelle elle s'était laissé séduire par une belle paire de moustaches !

Il murmura « Kitty, Kitty » et l'effleura du bout du doigt. Ce fut comme s'il avait touché un nerf vital, agissant sur tout son corps ; elle se détendit à la façon d'un jeune faon, déroulant toute la longueur de son corps et dressant le grand panache doré de sa queue. Elle ouvrit les yeux et montra ses dents dans une grimace en triangle qui laissa voir son palais et sa langue hérissée.

« Méchante, méchante », dit-il en la chatouillant. Le chaton frotta sa petite tête ronde contre elle. On aurait dû le noyer, mais la tendresse d'Ernest pour Sasha le rendait faible. Ce petit chat n'avait rien de la pure race persane de sa mère, cependant il était charmant, avec son ventre blanc, son nez rose et ses oreilles grises en pointe. Il avait des pattes blanches qui semblaient trop larges pour lui, des pattes de travailleur. Le père était certainement beau, mais très ordinaire.

Une fois couché, Ernest sortit sa main et la glissa dans le panier. C'était amusant d'être au lit, la main enfoncée dans la chaude fourrure de ces deux corps. C'était réconfortant.

Piers trouva Pheasant déjà couchée, sa tête brune penchée hors de l'oreiller sur le bord du lit et contemplant le berceau de ses yeux brillants.

— Piers, Mooey est vraiment merveilleux. Sais-tu ce qu'il a fait ? Il s'était tout entortillé dans ses couvertures ! Je ne sais comment il y est arrivé ! Tu es resté bien longtemps !

— Nous avons bavardé. Il s'approcha et regarda le bébé de cinq mois. Il est joliment beau, n'est-ce pas ?

— L'amour ! Donne-le-moi pendant que tu te prépares.

— Ne sois pas sotte ! Je suis prêt dans cinq minutes et tu vas le déranger.

— Je voudrais voir ses petits pieds. Pas toi ?

— Pheasant, tu n'es toi-même qu'un bébé !... Tiens, on a ouvert mon tiroir !

— Ce n'est pas moi, ni Mooey ! Piers, regarde seulement la grimace qu'il fait ! sa bouche est comme un œillet en bouton et ses sourcils se relèvent ! Il est superbe !

— Si je savais que le jeune Finch ait rendu visite à mes cigarettes ! murmura-t-il en se déshabillant.

— Je sais qu'il n'en avait plus, ce soir. Que veux-tu faire ?

— Je lui montrerai... Seigneur, j'aurais voulu que tu entendes l'oncle Ernest s'inquiéter de son nouveau manteau, après ton départ. Je te parie une parure de soie contre une paire de chaussettes qu'il finira cependant par mettre son manteau d'hiver.

— Tu iras sûrement lui dire quelque chose pour le décourager ! Simplement ceci : « Un jour comme aujourd'hui, oncle Ernest ! » ou bien tu entreras dans la maison en frissonnant.

— Tu es parfaitement libre de lui dire qu'il fait très doux et que ses épaules sont magnifiques dans son nouveau manteau.

— Non. Je ne fais pas de pari. C'est contraire à mes principes et je dois, maintenant, donner le bon exemple à mon petit enfant.

Piers éclata de rire. Il était en pyjama.

— Puis-je éteindre à présent ?

— Piers, viens ici que je te dise quelque chose tout bas.

Il se pencha sur elle. Étendue sur son lit, avec ses cheveux ébouriffés, une blanche épaule sortant de sa chemise de nuit, elle apparut soudain à Piers comme un être tendre et désirable. Elle était aussi douce et vigoureuse que les tendres bouleaux argentés du ravin.

Son cœur battit plus vite. « Que veut-elle ? » Et ses yeux plongèrent doucement dans les siens. Il passa un bras autour de son cou.

— J'ai faim, Piers. Veux-tu être un amour ?

Il parut abasourdi.

— Faim ! mais il n'y a pas longtemps que tu as mangé !

— Mais si, il y a des siècles. Tu oublies tout le temps que tu es resté à bavarder. Et de plus, j'ai nourri Mooey. Tout le bénéfice de mon propre repas a disparu. Allons Piers... veux-tu ?

En descendant l'escalier jusqu'au sous-sol, il se disait : « Je la gâte. Avant la naissance du petit, elle n'aurait jamais songé à m'envoyer en bas pour chercher quelque chose à manger ! Elle s'est joliment débrouillée. Elle va devenir comme ces Américaines dont on parle dans les journaux. »

Cependant il chercha vivement dans le garde-manger ce qu'il pourrait lui apporter. Il entendait le ronflement sonore de Mrs. Wragge à côté de la cuisine, ainsi que le tic-tac de la vieille horloge, aussi alerte que si elle n'avait pas eu soixante-dix ans.

Piers souleva le couvercle d'un énorme plat ; il contenait trois saucisses. Il jeta un coup d'œil sur ce qu'il y avait entre deux assiettes : du saumon froid. Il ouvrit une porte, c'étaient des restes : des pommes de terre bouillies, des betteraves dans leur jus, la carcasse d'une volaille, le tout très appétissant. Non, pas cela... Il referma la porte... Quelle quantité de pains et de buns il y avait dans la panetière ! Il prit un bun, le partagea, le beurra ; un peu hésitant, il posa dessus une saucisse. Ensuite un peu de pudding au riz, garni de raisins, avec un peu de crème, voilà l'affaire... Tiens ! qu'est-ce que cela ? Du plum-cake. Il en coupa une tranche et la mangea comme un écolier. C'était trop indigeste pour une jeune mère.

Pheasant, les yeux grands ouverts, s'assit sur son lit :

— Que c'est appétissant !

Elle l'attira contre elle et l'embrassa avant de manger.

Une fois la lumière éteinte, Pheasant se serra contre lui. Mooey faisait entendre de doux petits bruits dans son sommeil, comme un jeune chien. La pluie battait violemment contre les fenêtres, faisant goûter mieux encore l'agrément et la chaleur de l'intérieur. Quelle paix ! Pourquoi fallut-il qu'à cet instant l'image d'Eden vînt troubler Piers ? D'abord comme une pâle image inquiétante sur le paisible océan de son bonheur, comme une lune orageuse. Mais peu à peu ce visage devint clair et brillant, avec son étrange sourire moqueur, l'expression hagarde de ses yeux, comme s'il n'était jamais tout à fait conscient de ce qu'il faisait ! Piers serra les dents, pressa son front contre l'épaule de Pheasant, essayant de ne plus penser, de ne plus voir ce visage au sourire ironique.

Il essaya, par son contact, et sa chaleur, de se rassurer. Elle était sienne ! Cette affreuse nuit où Finch les avait trouvés tous deux dans le bois n'était qu'un rêve, un cauchemar. Il voulait chasser de son esprit ce terrible souvenir ; mais ce dernier revenait toujours en rampant. Piers eut soudain une grimace de souffrance. Pheasant dut sentir son malaise, car elle se retourna vers lui, passa un bras autour de sa tête pour l'attirer sur sa poitrine.

Nicolas ne pouvait dormir : « Trop bu de rhum, se disait-il. Voilà ce que c'est que de ne boire ordinairement que du thé. On dirait qu'un petit diable vient vous empêcher de dormir en vous secouant dans un chapeau à trois cornes ! »

Cependant, il n'était pas fâché de rester éveillé dans son lit. Il se sentait paisible et léger, et de charmantes visions d'autrefois passaient devant ses yeux. Le charme des femmes qu'il avait aimées jadis imprégnait sa chambre comme du parfum... Il avait oublié leurs noms (ou ne voulait faire aucun effort pour s'en souvenir). Leurs visages étaient flous, mais le frou-frou de leurs jupes (ce mot adorable de « frou-frou », qui n'avait plus aucun sens aujourd'hui) bruissait autour de lui, plus évocateur, plus charmant que leurs noms harmonieux ou que leurs jolis visages. Et leurs petites mains se tendaient vers lui pleines de fleurs de tendresse. Car, à cette époque, les femmes avaient vraiment de petites mains et le mot « éblouissant » n'était pas trop fort pour exprimer la blancheur de leur teint.

Ses pensées devenaient lyriques et même rythmées. Serait-ce de lui qu'Eden aurait reçu son don de poète ? Ce serait plutôt drôle ! S'il essayait d'écrire des vers lui-même ? Cela ne lui parut pas impossible.

Nip, son terrier du Yorkshire, roulé en boule contre son dos, s'étira soudain et se mit à gratter violemment le couvre-pieds. « Une araignée, cria Nicolas, attrape une araignée, Nip ! » Le petit chien, donnant libre cours à une série de petits cris, gratta la couverture, se glissa dessous et finit par s'installer à nouveau contre le dos de son maître.

Nicolas aimait sentir cette boule douce, serrée contre lui. Il riait tout seul, bien couché sous ses couvertures qu'il avait remontées presque au-dessus de sa tête.

Il commença à s'assoupir. A quoi pensait-il donc ? Ah ! oui, aux jours anciens. Quand Nip avait commencé à gratter, il songeait à une aventure qu'il avait eue avec une petite Irlandaise, à Cowes. Il y avait trente-cinq ans de cela et son souvenir était aussi frais que l'était alors cette peau de femme ! Elle s'appelait Adeline, comme sa mère. Sa mère ! Comme elle avait serré Renny contre elle pour l'embrasser ! Et comme ils s'étaient contemplés l'un l'autre ! Soudain une pensée inquiétante l'envahit. Si Renny essayait d'influencer la vieille femme pour obtenir son héritage par des voies détournées. On ne sait jamais ! Avec sa tête rousse ! Il pouvait être aussi rusé qu'un démon. Et Nicolas se souvint que Renny enfant recevait souvent des cadeaux de sa grand-mère. Ses caresses n'étaient-elles pas calculées ? Une vive chaleur envahit Nicolas ; son cerveau devint un nid de soupçons. Il rejeta la couverture et mit ses bras à l'air. Nip commença à relever ses babines comme pour savourer une araignée imaginaire. La pluie continuait à tomber. Nicolas resta les yeux grands ouverts dans l'obscurité, son esprit violemment préoccupé de deux petits faits en eux-mêmes sans importance, mais qui semblaient indiquer une influence par trop forte de Renny sur la vieille dame.

Seigneur, quelle catastrophe si Renny était entré dans cette voie ! Jamais il ne le lui pardonnerait !

Il entendit un pas dans le hall. Justement le pas de Renny. Il fallait qu'il lui parlât, qu'il le vît, qu'il découvrît peut-être dans ses yeux une lueur révélatrice de convoitise ! Il l'appela :

— Est-ce toi, Renny ?

Le jeune homme ouvrit la porte :

— Oui, oncle Nick. Voulez-vous quelque chose ?

— Allume la lampe, je te prie. Je ne peux dormir.

— Quelle famille ! dit Renny en frottant une allumette. Wake vient d'avoir un malaise.

Nicolas grogna :

— C'est fâcheux, très fâcheux. Pauvre gosse. Est-il mieux et puis-je faire quelque chose ?

— Je ne l'aurais pas laissé s'il n'était pas mieux. Il a fait trop d'efforts en aidant grand-mère à se lever. Il s'excite trop facilement... Cela va-t-il comme cela ?

La flamme claire de la lampe éclaira les traits vigoureux du jeune homme qui semblaient façonnés par les vents âpres, creusant plus profondément le pli d'inquiétude entre les sourcils, soulignant la forme des oreilles pointues et bien appliquées. Pas d'hypocrisie, ni d'égoïsme dans ce visage, pensa Nicolas. Mais il ne faut pas que la vieille dame en devienne folle. C'est justement l'espèce d'homme que les femmes...

— C'est la pensée de maman qui me tient éveillé, reprit-il en examinant avec attention le visage éclairé. Quelle vivacité d'esprit !

— C'est une femme extraordinaire !

— Il semble impossible qu'un jour... Renny, t'a-t-elle jamais parlé de son héritage ?

— Jamais. J'ai toujours pensé que ce serait vous qui l'auriez. Vous êtes l'aîné et son préféré, un Court et tout cela. Vous devez hériter.

Rassuré, Nicolas reprit d'une voix douce :

— Il me semble, en effet, que c'est la solution la plus naturelle. Pose la lampe sur cette table où je peux l'atteindre. Merci, Renny. Bonne nuit et dis à Wake qu'il dorme, qu'il rêve d'un beau voyage en Angleterre avec son oncle Nick.

— Entendu. Bonne nuit.

Dans sa chambre, Renny prit sur la cheminée sa pipe préférée avec laquelle il fumait délicieusement dans son lit, et la bourra. Il étendit devant lui ses jambes guêtrées de cuir et, tout en tassant le tabac avec son petit doigt, regarda pensivement Wake qui dormait dans son lit. Quel mauvais moment il avait passé avec lui ! Une terrible crise après des semaines et des semaines de calme. C'était probablement au temps froid et humide et aussi aux efforts qu'il avait faits auprès de grand-mère qu'il devait cela. Il était si ardent, faisant tout avec passion ! Les cheveux de Wake plutôt longs pour un garçon de onze ans entouraient son visage d'une ombre brune. Renny fut péniblement impressionné par la vue de ses beaux sourcils bien dessinés, des paupières blanches aux longs cils, du souffle léger qui passait entre ses lèvres. Arriverait-il jamais à élever cet enfant ! Dieu merci, c'était parfois un vrai démon ! Il se pencha et prit doucement le petit poignet dans sa main pour tâter son pouls. Il était plus calme maintenant.

Wake souleva ses paupières.

— Hullo ! Renny.

— Hullo ! Pourquoi es-tu réveillé ?

— Je ne sais pas. Je crois que je suis mieux. Renny, pourrai-je aller voir les chevaux demain ?

— Sûrement pas, à mon avis ; tu iras dimanche avec les autres enfants.

— Combien pourrai-je dépenser ?

— Dépenser ! Et pourquoi ?

— Tu le sais bien. On vend des glaces, du chocolat et de la limonade.

— Tu auras vingt-cinq *cents*.

— Oh !... L'an dernier il y avait justement un diseur de bonne aventure à côté du restaurant. J'aimerais me faire prédire l'avenir.

— Il vaut mieux pas. Tu pourrais apprendre quelque chose de désagréable.

— Qu'appelles-tu désagréable ? La mort ?

Renny gronda :

— Seigneur ! non. Mais par exemple, que tu auras une bonne correction.

— Oh !... Je pensais que je pourrais apprendre que je ferai un héritage.

La voix de Renny se durcit :

— De quoi parles-tu, Wake ? Quel héritage ?

Cet enfant était vraiment possédé !...

— Je ne sais pas... Renny, j'aime regarder ton visage, la façon dont tu remues tes narines. C'est drôle ! Ainsi d'ailleurs que ta façon de froncer les sourcils ! J'aime te regarder, surtout quand tu ne t'en doutes pas.

Il savait joliment bien détourner la conversation, le petit animal ! Renny se mit à rire :

— Je pense que tu es bien le premier à me regarder ainsi !

Wakefield lui jeta un regard d'espiègle.

— Il y a cependant une autre personne qui en faisait autant, c'est Alayne. Elle aimait te regarder, je l'ai souvent surprise à le faire.

Son frère aîné lança un nuage de fumée.

— Ce qui m'étonne, c'est la quantité de choses que tu devrais ignorer et que tu sais, alors que tu es si paresseux pour tout ce qu'il est utile d'apprendre.

Wakefield ferma les yeux. « Il se donne beaucoup de mal pour pleurer », pensa Renny qui lui demanda :

— Comment vont ces jambes ? Sont-elles bien réchauffées ? et ce malaise a-t-il disparu ?

Il glissa sa main sous les couvertures et commença à frictionner doucement les jambes de l'enfant.

Alayne ! Que faisait-elle en ce moment ? Était-elle heureuse, et l'avait-elle oublié ? Mais non, elle ne pouvait l'avoir oublié, pas plus que lui-même n'y était parvenu. Il l'avait pourtant souhaité, cet oubli, toujours venu si facilement dans d'autres cas ! Mais après plus d'un an, la mention inattendue de son nom amenait un frémissement dans tout son être, lui donnait un choc brutal, comme si son cheval avait buté.

Il continua à frictionner régulièrement les petites jambes. Wake s'était endormi. La chambre était plongée dans un brouillard de fumée bleue. Il entendit Finch remuer dans la chambre au-dessus et se souvint que la pension du garçon n'était pas encore payée. Il ouvrit un tiroir et en retira une mince liasse de billets de banque ; il en prit trois de dix dollars et un de cinq et les mit dans une enveloppe qu'il cacheta après avoir inscrit l'adresse.

Dans le grenier, le seul signe de vie était un rai de lumière sous la porte de Finch. Renny allait mettre la main sur la poignée lorsqu'un verrou fut poussé de l'intérieur ; il entendit la respiration haletante du jeune homme.

— Hullo ! cria-t-il. Qu'est-ce que cela veut dire ?

— Oh ! pardon, Renny ! Je ne savais pas que c'était toi.

Il retira le verrou et se montra penaud et rouge.

— Tu pensais peut-être que c'était l'homme au canari qui venait chercher le billet de loterie ? dit Renny d'un air moqueur.

Finch murmura :

— Je croyais que c'était Piers.

— Pourquoi ? Lui as-tu pris quelque chose ?

Finch se trouva pris à son propre piège. Il rougit plus profondément et balbutia une faible dénégation, tandis que Renny éclatait de rire.

— Il t'envoie sûrement au diable ! Que lui as-tu pris ? des cravates ? des cigarettes ?

— Des cigarettes.

— Hum ! Voici l'argent de ton trimestre. J'aurais bien envoyé un chèque, mais pour dire vrai, mon compte est un peu à sec. Donne-le simplement à l'économe et ne le dilapide pas en chemin.

Puis il mit un dollar sur l'enveloppe :

— Achète quelques cigarettes pour toi et cesse de faire le pickpocket ! Et tâche de ne pas dépasser ta pension.

La main de Finch tremblait en prenant l'argent. Il prit la lampe pour éclairer son frère aîné dans l'escalier.

— Wake est-il malade, ce soir ? demanda-t-il anxieusement.

— Oui.

— J'en suis désolé.

Il regarda descendre la haute silhouette et suivit du regard les bottes de cuir et la tête bien rasée qu'éclairait la lampe. Que n'aurait-il donné pour avoir un peu de la vigueur de Renny !

De la force pour la musique, voilà ce qu'il désirait. Il pensa à la surface d'ivoire du clavier et éprouva un douloureux serrement de gorge. Ses bras tremblèrent.

Il rangea soigneusement les billets dans un portefeuille usé, puis sortit de son bureau un vieil harmonica. Il alla dans le placard aux vêtements dont il ferma la porte. Ayant mis sa tête sous un épais manteau pour étouffer le son, il plaça ses lèvres sur l'instrument et commença à jouer avec entrain.

4

Finch acteur

Un mois plus tard, un après-midi, Finch se trouvait au milieu d'un groupe d'acteurs amateurs, dans l'étroit couloir qui séparait la scène des loges d'habillage, au Petit Théâtre. Ils se retiraient après une répétition de *John Ferguson* de Saint-John Ervine, et Mr. Brett, le directeur anglais, arrivait juste. Les mains dans les poches, il regarda attentivement Finch et avec un vif sourire éclairant son visage d'acteur intelligent et gai, lui dit :

— Je tiens à vous dire, Whiteoak, que je suis ravi de votre jeu d'aujourd'hui. Si vous continuez ainsi, vous ferez un magnifique Cloutie John.

— Merci, monsieur Brett, balbutia Finch. Je suis content de votre approbation.

Il était écarlate à la fois de timidité et de joie intense. Il recevait un éloge, un vif éloge, devant tous !

Arthur Leigh s'écria :

— C'est exactement ce que j'étais en train de dire à Finch, Mr. Brett. Il est simplement magnifique ! Moi-même, je joue certainement beaucoup mieux depuis qu'il tient le rôle de Cloutie John. Il y apporte une réalité saisissante.

Finch regardait fixement devant lui, pour dissimuler son allégresse pleine de trouble.

— Oui, je suis très, très content, reprit Mr. Brett, en se dirigeant vers la porte, car il avait hâte de prendre son thé. A demain à la même heure et que tout le monde soit exact.

La porte du fond du couloir laissa entrer un glacial courant d'air de décembre. Le petit groupe des acteurs descendit des marches de pierre. Les murs du collège les entouraient, montrant çà et là une fenêtre éclairée. L'arche de la Tour du Souvenir brillait dans une armure de glace. En arrivant en bas, Leigh se tourna vers Finch pour lui dire :

— Je voudrais que vous habitiez en ville, Finch. J'aimerais vous connaître davantage. Mais il y a toujours ce diable de train à prendre !

— Je crains bien de l'avoir manqué, ce soir. Je prendrai le suivant, à dix heures trente.

Leigh le regarda avec plaisir :

— Voilà une bonne nouvelle. Vous viendrez dîner chez moi et

ainsi nous pourrons bavarder. J'aimerais que ma mère et ma sœur vous connaissent ; nous avons souvent parlé de vous.

Et il leva vers Finch son regard clair, vif et un peu féminin.

— Je regrette. Impossible, murmura le jeune homme.

— Quelle bêtise ! Vous pouvez sûrement venir. Pourquoi pas ?

Il glissa son bras sous celui de Finch pour le décider.

— Je ne sais pas... C'est-à-dire que je ne suis pas habillé. De plus, je ne suis guère à l'aise auprès des femmes. Votre mère et votre sœur me trouveront stupide. Je ne sais rien dire ! Tenez, je ressemble tout à fait à Cloutie John !

Leigh éclata d'un rire joyeux.

— Si c'était vrai, seulement !... Elles se jetteraient à votre cou pour vous embrasser ! Allons ! venez, ne faites pas l'idiot.

Il entraîna Finch dans le léger tourbillon de neige. Un vent glacial passait sur leurs visages, comme une caresse un peu rude. D'autres silhouettes jeunes circulaient dans le parc, se détachant en sombre sur la blanche étendue.

Dès le début de leurs relations, Finch avait aimé et admiré Arthur Leigh. Il était flatté par l'attrait que Leigh avait pour lui. Mais à cet instant, il éprouva à son égard un élan de chaude tendresse qui l'inonda de joie. Il s'aperçut qu'il aimait vivement Leigh et désirait être son ami le plus intime. Le contact du corps mince et délicat de Leigh lui donna une sensation de force inconnue jusqu'alors.

— Entendu, dit-il. Je viens.

Ils sautèrent dans un autobus où ils restèrent debout l'un près de l'autre, se tenant aux courroies en se balançant et se souriant l'un à l'autre, oublieux des autres voyageurs. Ils évoquèrent les souvenirs amusants de la répétition, récitèrent quelques lignes de leurs rôles, riant à perdre haleine. Ils étaient si heureux qu'ils ne savaient comment le manifester.

Cependant, lorsque Leigh mit sa clé dans la serrure, devant la porte imposante, Finch se sentit de nouveau submergé de timidité.

— Un instant, commença-t-il. Je...

Mais déjà la porte était ouverte et il se trouvait dans le hall où un beau feu répandait ses lueurs dansantes sur les bois et les cuivres étincelants. Partout se lisaient un ordre et une propreté que Finch ignorait complètement.

Des bruits de voix et des rires féminins arrivaient du salon. Les deux jeunes gens montèrent l'escalier.

— Ada reçoit des amies, dit Leigh en conduisant Finch dans sa chambre. Si nous nous faisons voir, elles ne repartiront jamais chez elles. Or maman déteste dîner en retard. Nous aurons aussi le temps de causer longuement avant votre départ. Je me refuse à vous jeter au milieu d'un tas de filles.

Ils enlevèrent leurs manteaux et leurs chapeaux. Finch s'efforça de dissimuler son étonnement devant cette luxueuse chambre de jeune homme. Leigh n'était plus un enfant ; il avait vingt ans. Mais jamais il ne parlait de chez lui, ni ne faisait d'allusions à sa fortune, bien qu'il eût toujours de l'argent de poche. Finch n'avait aucune idée de la profession qu'exerçait son père.

Son hôte ouvrit une porte sur une salle de bains blanche et bleue. Sur une petite table, à côté de la baignoire émaillée, était placé un bouquet blanc de narcisses à peinc ouverts.

— J'aime avoir des fleurs sous les yeux pendant que je prends mon bain. Je baigne mon âme en elles tout en trempant mon corps dans l'eau savonneuse.

Finch considéra les narcisses, puis son ami.

— Vous ressemblez joliment à cet individu ! murmura-t-il.

— Quel individu ?

— Narcisse. Il serait facile de vous peindre contemplant votre image dans un étang.

Leigh fut ravi.

— Comme j'aurais aimé être Narcisse ! Ce rôle me conviendrait admirablement : se contempler encore et toujours, s'adorer soi-même !... Mais nous ferions bien de nous hâter et de nous laver, mon vieux. Les jeunes filles sont parties et j'entends le premier coup de gong du dîner.

Il tendit à Finch une serviette blanche brodée et rentra dans la chambre en sifflant. Il savait que Finch était gêné et timide et voulait le mettre à l'aise.

Il désirait beaucoup conquérir la confiance et l'affection de Finch et se sentait très attiré par ce garçon qu'il croyait beaucoup plus jeune que lui, bien qu'il n'eût que deux ans de moins ; mais Finch était encore au collège, tandis que Leigh faisait sa seconde année d'université. Le visage maigre et les yeux tristes de Finch contenaient quelque chose d'indéfinissable que Leigh évoquait constamment pour essayer d'en dégager l'attrait. Par des phrases fortuites, des allusions que Finch avait laissé échapper, il avait deviné que son ami était peu compris chez lui, qu'il n'y avait personne pour apprécier sa nature profonde et sensible, personne pour l'aimer avec intelligence et indulgence. Lui-même avait toujours été si bien enveloppé de tendresse et de compréhension ! Il fallait absolument qu'il interrogeât Finch sur sa famille, qu'il essayât, ce soir, d'apprendre quelque chose sur sa manière de vivre. Il n'arrivait pas à le déchiffrer entièrement. Il savait que le grand-père de Finch avait été officier aux Indes, que sa famille possédait pas mal de terres, mais Finch était parfois si brusque, si grossier même !...

Leigh brossa ses cheveux bruns ondulés jusqu'à les faire briller.

Finch n'avait pu se décider à se servir de la serviette brodée. Il l'avait soigneusement suspendue avec d'autres semblables et s'était essuyé le visage et les mains au coin d'une serviette éponge. Il apparut sur la porte, le visage coloré, une mèche humide sur le front, ses longs poignets rouges sortant tristement des manches de son veston bleu.

Au salon, ils trouvèrent la mère et la sœur de Leigh. Finch les prit d'abord pour deux sœurs, tant la mère paraissait jeune ! Leigh, une main protectrice sur l'épaule de son ami, le présenta :

— Mon ami Finch Whiteoak. Voici ma mère, Finch, et cette jeune fille de si vilaine apparence, c'est ma sœur Ada.

La main osseuse de Finch serra leurs mains douces. Il vit leurs doux visages ovales, les boucles brunes, leurs yeux gris aux paupières lourdes. Mais les cheveux de la mère avaient une nuance dorée, ses yeux, un reflet bleu. Il eut peur de sa bouche gaie et indulgente.

— Les frères ont l'habitude de dire du mal de leur sœur, dit-elle en souriant. Je suppose qu'il vous arrive d'en faire autant.

Finch, un peu oppressé, balbutia :

— Je suppose. A vrai dire je n'en sais rien.

— Sincèrement, dit Leigh, vous ne trouvez pas qu'Ada est vraiment disgraciée ?

La jeune fille soutint tranquillement leur regard et de nouveau Finch murmura :

— Écoutez, Leigh...

Mrs. Leigh lui dit :

— Arthur nous a beaucoup parlé de vous. Il paraît que vous jouez merveilleusement le rôle de l'idiot.

— Oh ! cela m'est très facile de jouer ce rôle, répondit Finch avec un sourire ironique.

— Mais maman, comment pouvez-vous parler ainsi ! Cloutie John n'est pas idiot, il est fou. Uniquement, merveilleusement fou !

Ada regarda Finch dans les yeux et lui demanda de sa voix basse et grave :

— Jouez-vous aussi facilement un rôle de fou ?

Son frère répondit pour Finch, craignant que ce dernier ne fît une réponse ironique et embarrassée.

— Cela est la chose la plus facile du monde, ma chère enfant. Il n'a qu'à être lui-même. Il est aussi complètement et merveilleusement fou. Attendez seulement de le voir jouer. Lorsque Cloutie John arrivera sur la scène, la folie, comme un courant électrique, fera vibrer ce public à l'âme simple. Nous en sommes tous émus, même aux répétitions.

Ada continuait de regarder Finch dans les yeux, comme si Leigh n'avait rien dit.

— Je crains bien d'être un peu fou, lui dit-il, ne se sentant plus intimidé, mais seulement troublé.

— Je voudrais que vous me donniez quelques leçons de folie. Je suis trop équilibrée pour être heureuse.

— Je ne peux rien enseigner aux autres si ce n'est à faire le fou.

La mère et le fils se dirigèrent vers la salle à manger. Finch vit que la table, doucement éclairée, ne portait que quatre couverts. Évidemment Mrs. Leigh était veuve, bien qu'elle ne réalisât pas du tout l'idée que Finch se faisait de cet état. Peut-être son mari était-il simplement sorti.

Rien ne décida Finch à prendre part à la conversation. Le visage immobile, il mangeait lentement et sérieusement, sans se soucier des rites compliqués du repas. Leigh parla peu, navré de voir que son ami se montrait à sa mère et à sa sœur sous un jour stupide. Ada ne songeait à plaire qu'à elle-même et tout son plaisir consistait apparemment à maintenir Finch sous le regard lourd et insistant de ses grands yeux. Seule, Mrs. Leigh empêchait la conversation de mourir complètement. Elle parlait facilement, d'une voix plus claire et plus haute que celle de sa fille, mais Finch avait l'impression que sa pensée était ailleurs. Un instant sa gaieté s'assombrit légèrement, lorsqu'elle évoqua la mort de son mari, cinq ans auparavant.

Après le dîner, elle les quitta et ne revint au salon qu'un instant, vêtue d'un manteau d'hermine. Elle leur dit bonsoir avant de partir dans sa voiture grise. Ils l'accompagnèrent jusque sur la porte et Leigh la mit en voiture, après avoir baisé ses deux mains.

— N'ai-je pas la mère la plus adorable qui soit ? demanda-t-il en revenant au coin du feu.

— Certainement, dit Finch, contemplant Ada.

Elle s'était installée au milieu des coussins d'un divan profond. Ses épaules étroites et tombantes, ses bras minces sortaient de manches de dentelle et semblaient presque transparentes de blancheur. Elle avait un fume-cigarette de porcelaine rouge entre ses lèvres pâles. Leigh retrouva soudain la parole. Il parla avec vivacité du jeu de Finch, critiqua la direction de Mr. Brett, répéta un de ses plus importants passages en faisant appel au jugement de Finch :

— Venez, Finch, lui dit-il, décidé à faire briller son ami devant sa sœur. Répétons notre scène, celle où vous venez chez moi la nuit, après que j'ai tué Witherow. Avez-vous apporté votre sifflet ?

— Oh ! non, je ne peux pas ! Je serais un fou effrayant.

— Si c'est à cause d'Ada, je vais la renvoyer.

— Ne voulez-vous pas jouer pour me faire plaisir, j'aimerais vous voir.

— Elle va prendre une colère terrible si elle n'obtient pas ce qu'elle désire, n'est-ce pas, Ada ? dit son frère.

— Vous ne me ferez pas croire une chose pareille, s'écria Finch.

— Certainement si. C'est une jeune fille qui sait ce qu'elle veut. Il vaut tout autant que vous cédiez. Attendez, je sais ce qu'il nous faut pour avoir un peu d'ardeur. Un whisky et soda. Le vin du dîner était un vin du pays et nous n'avons que du gaz dans l'estomac. Venez à la salle à manger. Vous ne voulez rien, Ada ?

— Non, merci. Je vous attends ici.

Dans la salle à manger, Leigh déclara à Finch :

— Ce n'est pas du whisky qu'il nous faut, c'est trop commun ; mais plutôt un peu de crème de menthe ou de bénédictine. J'ai parlé de whisky devant Ada pour l'empêcher de nous suivre, car elle déteste ça, tandis qu'elle aime les liqueurs. Mais je crois que c'est mauvais pour une jeune fille et maintenant que notre père est mort, je dois veiller sur elle. Que désirez-vous ?

— Cela m'est égal, dit Finch, admirant les cristaux étincelants de la cave à liqueurs qu'ouvrait Leigh.

— Prenez de la bénédictine, alors. Nous en prendrons tous les deux. N'a-t-elle pas une belle couleur ? Finch, je voudrais que vous passiez chez moi la semaine où nous jouerons. Vous ne pouvez rentrer chez vous, chaque soir, après la représentation.

Il était tout à fait décidé à introduire le jeune Whiteoak parmi ses intimes, à en faire son meilleur ami. Il avait bien vu qu'il intéressait passionnément sa sœur. Elle aussi était très sensible aux choses les plus secrètes de la vie. Elle sentait qu'il y avait chez Finch quelque chose de particulier, de différent, de très beau.

— Je crains bien de ne pas pouvoir.

Leigh fut étonné. Il s'attendait à une plus vive reconnaissance, de la part de Finch, pour toute offre amicale venant de lui.

— Mais pourquoi pas ?

— Je ne sais pas. Mais je crois que c'est préférable. Merci tout de même.

Leigh était habitué depuis toujours à faire absolument tout ce qu'il voulait, à obtenir tout ce qu'il désirait. Son visage paisible et épanoui était celui d'un jeune homme qui n'a jamais été contrarié.

— Quelle sottise ! Vous viendrez. C'est seulement la timidité qui vous retient ; nous ne verrons ma mère et Ada que très peu, si vous le préférez.

— Non. La vérité, c'est que je n'aurais jamais dû m'occuper de cela.

Leigh ne répondit rien et le regarda avec des yeux interrogateurs :

— Je boirais volontiers un autre verre de cette... bénédictine.

— Je crois qu'il vaut mieux pas ; c'est assez fort. Vous disiez...

Finch posa soigneusement son verre vide, si fragile :

— Vous savez que j'ai échoué à mon examen, Leigh.

— Certainement. Donc, vous n'avez pas besoin de vous fatiguer cette année. Prenez-le donc en douce.

— Mais ma famille...

— Parlez-moi de votre famille, Finch ; vous ne m'avez jamais rien dit de vos parents.

— Ils sont morts. C'est mon frère qui est le chef.

— C'est votre tuteur ? Quelle sorte d'homme est-il ? Est-ce difficile d'obtenir quelque chose de lui ?

— Je ne crois pas. Il est très vif si on ne marche pas droit. Mais il lui arrive d'être tout ce qu'il y a d'aimable.

— Qu'est-ce qui vous fait penser que, en l'occurrence, il ne sera pas aimable ?

— Il ne s'intéresse pas au théâtre et autres choses de ce genre. Pour lui, il n'y a que les chevaux qui comptent.

— En effet, je me souviens. Je l'ai vu monter splendidement au concours hippique. J'aimerais le rencontrer, je le persuaderais sûrement que c'est excellent pour vous de jouer la comédie.

— Sur ce point, vous vous trompez tout à fait, Leigh. Il a supprimé mes leçons de musique parce que j'ai échoué à mon examen.

— Ciel ! Et Leigh faillit s'écrier : « Quel idiot ! »

Puis il demanda à Finch :

— Aimiez-vous la musique ?

— Passionnément.

— Plus que le théâtre ?

— Infiniment plus.

— Et vous ne me l'aviez jamais dit !

Leigh parut blessé du silence de Finch.

— Nous parlons toujours de sport ou de théâtre.

D'un mouvement brusque, Leigh retourna vers le buffet ; il remplit son verre et celui de Finch, en disant froidement :

— Vous êtes affreusement cachottier, je croyais que nous étions amis.

Finch sirota sa bénédictine sans se demander pourquoi on lui en donnait après la lui avoir refusée. Leigh lui apparaissait dans un cercle lumineux, comme un être magnifique et désiré qui traversait la vie royalement, en choisissant son chemin et ses amis.

Il s'écria vivement :

— Mais nous sommes amis... Du moins, je suis le vôtre, je veux dire que vous êtes le mien... Seulement vous ne pouvez comprendre. Je n'ai pas cru que vous puissiez le moins du monde vous intéresser à ma famille ou aux choses que j'aime, comme la musique, par exemple... Je serai très heureux de passer cette semaine avec vous, Leigh, si vous le désirez. Je m'arrangerai bien d'une façon ou d'une autre.

Son visage long et maigre était rouge d'émotion, ses yeux s'étaient soudain emplis de larmes. D'un geste spontané, Leigh passa un bras autour de ses épaules :

— Nous sommes maintenant des amis pour toujours. Je ne peux pas vous dire ce que vous êtes pour moi, Finch. Vous m'avez attiré dès le premier instant où je vous ai vu. Vous ne ressemblez à personne de ma connaissance. Je suis sûr que vous avez du génie dramatique ou musical. Nous verrons. Racontez-moi tout cela.

— Il n'y a pas grand-chose à raconter, Leigh.

— Appelez-moi Arthur.

Les yeux de Finch brillèrent :

— Vraiment ! Oh ! merci ! cela me fait tant de plaisir ! Il n'y a rien de plus à dire, Arthur. Je ne joue pas bien, encore, mais j'aime cela par-dessus tout. Je crois que c'est parce que je m'oublie, complètement, j'oublie que je suis Finch Whiteoak.

Un instant, il considéra le plancher, les mains dans ses poches ; puis regarda son ami en disant simplement :

— N'est-ce pas merveilleux que de pouvoir s'oublier soi-même complètement ?

— C'est possible... Mais c'est une chose à laquelle je ne parviens pas, Finch. Je suis trop égoïste, toujours occupé de moi-même ; je ne désire pas m'oublier. Bien au contraire ; mon plus grand bonheur est d'observer mes propres impressions. Mais, ajouta-t-il sérieusement, mon sentiment pour vous n'est pas égoïste, il est aussi sincère que vous-même qui l'êtes autant que les ardents chevaux de votre frère aux cheveux roux.

Finch eut un de ses gros éclats de rire :

— Je suis assez sincère, mais je ne suis pas plus ardent qu'un... qu'un... Vraiment, je crois que Renny en tomberait s'il entendait dire que je suis ardent !

— Ce que je voulais dire, c'est que vous êtes sensible et très émotif... Ainsi donc, Renny a supprimé vos leçons de musique parce que vous avez échoué à votre examen ? Aviez-vous un bon professeur ?

— Remarquable. Quand Renny fait quelque chose, il le fait à la perfection, même quand il s'agit de jurer. Je n'ai entendu personne jurer aussi bien que lui !

— Il me semble que cet animal-là sait ce qu'il veut ! Mais je l'aime malgré moi. Est-il marié ?

Finch secoua la tête en pensant à Alayne.

— Se soucie-t-il des femmes ?

— Elles sont toutes amoureuses de lui.

— Avez-vous des frères mariés ?

— Oui, Eden. Mais il est séparé d'avec sa femme. Elle habite New York et s'appelle Alayne. Piers aussi est marié et habite Jalna avec sa femme.

— Jalna ?

— Oui, c'est le nom de la propriété, du nom d'une garnison militaire des Indes où ma grand-mère a vécu.

Leigh s'écria :

— Finch, il faut absolument que vous m'invitiez ; je suis dévoré par la curiosité de connaître votre famille ; vous êtes une image sans son cadre et je voudrais vous voir dans ce cadre. Donnez-moi la possibilité de jouer de mes charmes sur votre Renny, et il n'y aura aucune difficulté pour votre séjour ici, pendant une semaine. Nous réussirons même à l'amener au spectacle.

La voix d'Ada leur parvint du salon :

— Si vous ne revenez pas, dites-le-moi, je prendrai un livre ou j'irai me coucher.

— Quelle honte de l'abandonner ainsi ! s'écria Leigh.

Il retourna auprès de sa sœur de sa démarche rapide et gracieuse et se pencha vers elle :

— Pardonne-moi, chérie ; Finch me parlait de sa famille et m'invitait chez lui pour faire sa connaissance. Es-tu jalouse ?

— Terriblement.

— Maintenant nous allons répéter notre scène pour toi. Venez, Cloutie John. Embrouillez vos cheveux et montrez à ma petite sœur quel vrai fou vous faites.

Mais cette répétition fut un échec. Finch était dans l'impossibilité de jouer son rôle, dans cette pièce, sous le regard critique d'Ada fixé sur lui. Leigh s'aperçut bientôt qu'il n'y avait rien à faire et abandonna la tentative. Il demanda à Finch de jouer du piano. De temps en temps le regard de Finch s'était trouvé attiré par l'ivoire éclatant du clavier éclairé par la lumière rose de la pièce ; il aspirait à ce sentiment de puissance et de liberté que lui procurait le contact des touches. C'était un beau piano à queue ; jamais il n'en avait touché un. Sa maladresse disparut aussitôt tandis qu'il s'installait sur le tabouret et posait ses mains sur le clavier. Leigh remarqua que ses mains étaient belles malgré leur maigreur ; il remarqua aussi la forme de sa tête ; Finch deviendrait sûrement, un jour, un homme distingué. L'amitié de Leigh l'aiderait à atteindre son complet épanouissement spirituel, à développer le génie qui était en lui.

— Jouez, lui dit-il en souriant et en s'appuyant sur le piano, en face de Finch.

Pour Finch, le piano était un cheval de course dont il tenait la bride ; dans un instant, il sauterait en selle pour être emporté bien loin à travers les champs sauvages de la musique, sous un ciel étoilé. Le cheval le connaissait, il frémissait sous lui. Le pied de Finch chercha la pédale... Qu'allait-il jouer ?

Il leva les yeux vers Leigh qui l'encourageait d'un sourire, il vit le regard d'Ada fixé sur lui, mystérieux derrière un léger voile de fumée. Il aurait voulu que la jeune fille fût absente, car sa présence affaiblissait l'éclat de son jeu, comme la fumée affaiblissait l'éclat de ses yeux. Il se sentit troublé, incapable de retrouver aucun morceau dans sa mémoire.

— Que vous jouerai-je ? demanda-t-il à Leigh.

— Cher ami, je ne sais pas ce que vous avez appris ; pouvez-vous jouer du Chopin ? Il me semble que cela doit vous convenir.

— Oui. Je vais essayer de jouer une valse.

Mais tandis que ses doigts s'efforçaient de retrouver les notes, son cerveau refusait de les guider.

— Diable ! murmura-t-il à Leigh, me voilà pris d'une de mes crises de folie !

Tard dans la nuit, il écrivit son journal, et à la fin de son compte rendu quotidien, il ne fut plus question de Joan, mais il écrivit en caractères noirs et d'aspect désespéré ces simples mots : « Rencontré Ada. »

5

Influence de Leigh

Dans les jours qui suivirent, l'amitié de Finch et de Leigh se transforma en un de ces attachements brusques et passionnés qui sont le propre de la jeunesse. Ils auraient voulu ne jamais se quitter, chose impossible, car Finch était encore au collège, tandis que Leigh faisait sa seconde année d'étudiant à l'université.

Leigh avait une auto personnelle et il prit l'habitude de venir chercher Finch chaque jour à midi, pour l'emmener déjeuner avec lui. Finch prit l'habitude de venir dîner chez Leigh après les répétitions et de prendre le dernier train pour Jalna. Il avait expliqué à Renny qu'il avait pour ami un brillant élève à l'université qui l'aidait à travailler les mathématiques, son point faible. C'était en partie vrai, car de temps en temps, Leigh travaillait une heure avec lui ; mais Leigh qui était doué pour les mathématiques se trouvait à bout de nerfs après ces séances de travail. Il était impossible de faire comprendre vraiment à Finch les plus simples problèmes. Tout ce que pouvait faire Leigh était de lui apprendre quelques trucs et de lui montrer comment se servir de son excellente mémoire.

Finch n'oubliait jamais un mot de son rôle. Le directeur du Petit Théâtre lui déclara un jour que si les planches n'étaient pas un métier aussi décrié, il lui conseillerait de se faire acteur de profession. Finch ne jouit pas autant qu'il l'aurait dû du compliment de Mr. Brett. Il était, alors, très tourmenté par la nécessité où il se trouvait de passer en ville la dernière quinzaine précédant la représentation. Il fallait des répétitions de plus en plus nombreuses. A la fin, il accepta que son ami vienne à Jalna pour essayer, par son influence, d'adoucir le cœur de l'aîné des Whiteoak.

Finch avait rejeté plusieurs fois l'idée de cette visite suggérée par Leigh ; en désespoir de cause, il finit par se mettre sous la protection de son ami et par accepter son secours.

C'était un samedi du début de l'année. Le dégel de janvier s'était produit, puis le froid était revenu ; mais il n'y avait pas de neige. C'était un jour couleur de fer : un ciel de fer, une terre de fer, un vent glacial et métallique qui aurait fait défaillir même un homme vigoureux.

Arthur Leigh n'était pas vigoureux ; marchant avec Finch sur la route, dans la direction du nord et de Jalna, il lui fallut faire appel à tout son courage pour continuer d'avancer sans se plaindre. Il jeta un regard de côté sur Finch ; ce dernier marchait, sa haute silhouette penchée contre le vent, son long nez rougi, une goutte d'humidité perlant comme une larme au coin de ses yeux. Il marchait d'un pas résolu, comme si plus d'une fois déjà il avait lutté contre le vent sur cette route.

Leigh parla avec effort, les mots sifflaient entre ses dents.

— Dites-moi, Finch, vous faites ce chemin tous les jours, quel que soit le temps ? Même s'il y a une neige épaisse et du verglas ?

— Mais oui. Avez-vous froid, Arthur ?

— Il m'est arrivé d'avoir plus chaud ! Ne vous envoie-t-on jamais chercher en voiture ?

— Seigneur, non ! Quelquefois j'en rencontre une par hasard qui me prend... Nous serons bientôt arrivés.

Ils continuèrent à marcher. Au bout d'un moment, Leigh s'écria avec vivacité :

— Je ne suis pas fait pour un pareil climat. Aussitôt que j'aurai fini mes études, j'irai passer l'hiver ailleurs.

— Dans une ville de l'Atlantique ?

— Oh ! non. Dans le nord de la France. Ou au Lido. Nous irons ensemble, Finch.

Finch lui sourit tendrement. Il ne voyait pas du tout où il

trouverait l'argent de ce voyage, mais c'était si beau, cette pensée d'aller en Europe avec Leigh ! Jamais Leigh ne l'appelait « mon cher » ou « Finch chéri » sans que son cœur battît plus fort, en signe de joyeuse réponse. Mais jamais lui-même n'avait pu adresser à son ami un terme d'affection, bien qu'il en employât plus d'un dans le secret de son cœur. Ses derniers mots, avant de s'endormir, étaient souvent « Arthur chéri » ou « mon cher Arthur ». Une fois, par fantaisie, il s'était amusé à dire « Ada chérie ». Mais cela n'allait pas du tout. Il eut honte. Elle n'était pas sa « chérie » et ne le serait jamais, tout juste une étrange et troublante jeune fille qui hantait ses rêves.

Mais il pouvait dire « Arthur chéri », tout bas, d'un ton caressant, absolument comme Arthur disait « Finch chéri » tout haut et sans le moindre embarras.

Leigh avait si froid que Finch fut heureux de le faire enfin pénétrer dans l'avenue, à l'abri des épicéas et des sapins.

— Nous voilà arrivés, annonça-t-il un peu bruyamment.

Il se sentait assez inquiet au moment de présenter son ami à sa famille. C'était la première fois qu'il amenait chez lui un ami de la ville.

Leigh s'arrêta pour regarder la vieille maison. Elle était solidement plantée devant lui ; sa façade, traversée en tous sens par les branches dénudées de la vigne vierge, était d'un rouge sombre, comme un vieux visage vermeil et tanné par la vie au grand air, sillonné de rides, mais avec une expression de puissance et de durée.

Les fenêtres des étages supérieurs étaient voilées par une mince couche de glace, mais à travers celles du bas il pouvait apercevoir l'éclat dansant du feu. Le vent sifflait autour de lui. On aurait dit que toutes les persiennes de la maison grinçaient à la fois. Leigh pensa : « C'est ici que Finch a été élevé. »

Dans le hall, un grand poêle rond répandait une chaleur intense. Ils suspendirent leurs manteaux et leurs chapeaux à un portemanteau ancien, dont le sommet était orné d'une tête sculptée de renard. Un vieux chien de berger, à la queue pendante, était couché près du poêle ; il ne se leva pas quand Finch vint le caresser, mais se mit sur le dos et agita des pattes hérissées et suppliantes.

— Est-il vieux ? demanda Leigh.

— Il a juste quatre ans de moins que moi.

— Il aime la chaleur.

Leigh tendit vers le poêle ses mains raidies par le froid.

Du salon venaient le bruit d'un feu pétillant, ainsi qu'une forte et vieille voix qui parlait avec fermeté.

— Cette fois, je gagne. Tu es bien embarrassé, n'est-ce pas ? Tu ne peux plus m'échapper... Bang ! voilà une de tes dames perdues ! Échec et mat !

Une petite voix claire répondit, avec vivacité :

— Vous ne jouez pas aux échecs, grand-mère, mais aux dames.

— Je le sais bien, que nous jouons aux dames.

— Mais alors pourquoi employez-vous les termes du jeu d'échecs, Gran ?

Le silence se fit un instant, puis la vieille voix reprit, avec un frémissement joyeux :

— Parce que j'aime troubler mes adversaires.

— Mais je ne suis pas troublé.

— Si, tu l'es. Ne me contredis pas ; je ne veux pas.

— En tout cas, je prends une de vos dames.

— Et moi, une des tiennes. Bang !

— Mais, Gran, vous êtes mal placée.

— Très bien. Je fais une levée, n'est-ce pas ?

— Maintenant, vous parlez comme si vous jouiez aux cartes.

— Voilà que je t'ai encore attrapé.

— Mais est-ce que vraiment ce n'est pas un oubli lorsque vous vous trompez de termes ?

— Bien sûr que non... A toi de jouer.

— Mais, insista la petite voix claire, vous oubliez quand vous jouez sur les blancs.

— Bah ! Ce n'est pas d'aujourd'hui que j'ai fait prendre aux gens du blanc pour du noir.

Débordant de curiosité, Leigh s'approcha de la porte et regarda à l'intérieur de la pièce. Il vit un immense salon, haut de plafond, dont les murs étaient tapissés d'un riche papier doré ; des peintures à l'huile y étaient accrochées. Des rideaux d'un rouge sombre le protégeaient contre la lumière de janvier, et un feu de bois, alimenté par des bûches de bouleaux, lui procurait lumière et chaleur.

Leigh se demanda si le mobilier qui encombrait la pièce était du véritable Chippendale, car dans ce cas, il valait sûrement une fortune. Avec plus de curiosité encore, il se demanda si le personnage assis auprès du feu était vraiment réel : cette vieille, vieille femme en robe de velours rouge, avec un grand bonnet de dentelle garni de nœuds de rubans de couleurs vives, au-dessus d'un visage aux traits sculptés et moqueurs. Le petit garçon assis en face d'elle donnait une impression de brillante fragilité ; cependant, il lui ressemblait étrangement, comme un petit ruisseau rapide reflète l'image d'un vieil arbre.

Leigh, étonné et ravi, se retourna vers Finch qui lui souriait d'un air anxieux.

— C'est ma grand-mère et mon petit frère, murmura-t-il en

sortant un grand mouchoir où il se moucha, comme pour cacher son visage embarrassé.

Il s'était mouché si bruyamment que les visages des joueurs se retournèrent, non pas tant par curiosité que par mécontentement d'être dérangés.

— C'est toi, Finch, lui dit sa grand-mère. Je suis en train de battre Wake. J'ai réussi à lui faire perdre la tête.

— C'est très bien, Gran.

— Viens m'embrasser. Quel est ce joli garçon ?

Il mit un baiser sur sa joue.

— C'est mon ami Arthur Leigh. Arthur, voici ma grand-mère.

La vieille Mrs. Whiteoak lui tendit la main, une belle main malgré ses doigts maintenant très recourbés. Leigh fut étonné du nombre de bagues qu'elle portait, de l'éclat de ses rubis et de ses diamants, étonné également par la vigueur de son étreinte, car il s'apercevait maintenant qu'elle était très vieille.

— Quel âge pensez-vous que j'aie ? lui demanda-t-elle, comme si elle devinait ses pensées.

— Un âge assez avancé pour paraître étonnante et sage.

Elle montra toutes ses dents dans un sourire heureux.

— Voilà une bonne réponse, une très bonne réponse. Peu de jeunes gens en seraient capables aujourd'hui... J'ai plus de cent ans. J'ai cent un ans. Et je peux battre ce jeune homme aux dames. Et je peux sortir et aller jusqu'à la barrière avec l'aide de mes deux fils. Ce n'est pas mal, n'est-ce pas ? Mais je ne sors pas par ce temps. Je ne quitte pas le coin du feu. Ma prochaine promenade se fera en avril, dans trois mois. Il faudra venir y assister.

Le perroquet, perché sur son anneau de bois, un peu en arrière de son fauteuil, sortit sa tête de dessous son aile, cligna de l'œil un instant, comme s'il était ébloui par le feu, s'envola lourdement sur l'épaule de la vieille dame et frotta sa tête contre sa joue. Leurs deux vieux becs étaient tournés vers Leigh avec une expression solennelle et extravagante. Il eut l'impression de faire un étrange rêve.

— Voici mon perroquet, dit-elle. Il s'appelle Boney. Je l'ai ramené des Indes il y a soixante-dix ans. Il a eu deux ou trois corps, mais c'est toujours la même âme qui passe d'un corps dans l'autre. Cela s'appelle la transmigration des âmes. Vous n'en avez jamais entendu parler ? Nous apprenons cela dans l'Est... Il sait parler hindou aussi : n'est-ce pas, Boney ?

Le perroquet se mit à crier d'une voix nasillarde :

— *Dilkhoosa ! Dilkhoosa !*

— Il me manifeste sa tendresse ! Mon vieux brigand de Boney ! Encore, encore ; répète-le ! *Dilkhoosa*... Joie de mon cœur !

— *Dilkhoosa !* cria le perroquet, en béquetant les poils épars sur son menton. *Nur Mahal !*

— Écoutez-le ! Il m'appelle Lumière du Palais ! *Nur Mahal !* Répète-le, Boney.

— *Nur Mahal !* hurla l'animal. *Mara lal.*

Finch, très heureux devant l'évident plaisir que Leigh prenait à cette scène, déclara :

— Je n'ai jamais vu Boney d'aussi bonne humeur. Généralement il jure, ou boude, ou réclame à manger par des hurlements.

— La vie est un jeu, dit sentencieusement Mrs. Whiteoak.

Elle examina le visage de Leigh avec une lueur plaisante et moqueuse dans les yeux. Sa main restait en suspens sur le jeu de dames, comme si elle allait faire un mouvement. Un de ses rubis luisait. Wakefield la regardait avec attention. Boney émit de petits bruits gutturaux, en lançant en avant sa poitrine verte.

Mais la pièce n'était pas terminée. Lentement son menton se pencha en avant, son bonnet de dentelle s'inclina sur le damier et un souffle bruyant s'échappa de ses lèvres.

— Elle dort, dit Finch.

— Quel malheur ! s'écria le petit garçon. Juste au moment où j'allais la battre.

Finch regarda sa montre :

— Quatre heures moins un quart. Si nous voulons voir Renny avant le thé, il faut le chercher, dit-il en hésitant. Est-il aux écuries, Wake ?

— Oui. Est-ce que je peux venir avec vous ?

— Il fait trop froid pour toi. Tu le sais bien. Ne te conduis pas comme un bébé de six ans.

Wake leva ses grands yeux noirs vers Leigh.

— N'est-ce pas triste de toujours se soigner. On me répète constamment de rester au coin du feu et de ne pas faire le sot en demandant à vivre comme tous les autres enfants.

— Tu n'aimes rien autant que te soigner, interrompit brusquement Finch.

Il entendait ses oncles parler en haut ; dans un moment ils seraient là. De la salle à manger arrivait un flot d'excuses que les lèvres de Rags déversaient d'un ton nasillard dans l'oreille distraite de lady Buckley. Plus loin Mooey commençait à réclamer son repas à grands cris. Dans le hall le vieux chien de berger se levait, se secouait et lançait un aboiement enroué. La maison tout entière s'animait à l'approche de l'heure du thé. Grand-mère frotta son long nez et jeta un regard un peu vague sur les objets qui l'entouraient et qu'éclairait la lueur du feu.

— La vie est un jeu, annonça-t-elle comme si elle faisait part à son entourage d'une constatation de haute sagesse.

— Allons-nous-en, dit Finch.

Il décrocha leurs chapeaux du portemanteau et tendit celui de Leigh.

— Et nos manteaux, soupira Leigh, quand ils ouvrirent la porte sur le vent violent.

— Nous allons courir jusqu'aux écuries. Il y fait très chaud.

En courant, ils croisèrent un jeune homme en bottes de cuir, au visage coloré ; il ramassa une poire d'hiver gelée et la jeta dans les jambes de Finch.

— C'est mon frère Piers, dit Finch, en entrant dans l'écurie.

Ils trouvèrent Renny dans un box isolé, arrangeant avec le plus grand soin la touffe de poils qu'avait sur le front une jument à l'air timide ; Finch présenta son ami sans enthousiasme ; il n'attendait pas grand-chose de cette rencontre.

— Comment allez-vous ? dit l'aîné des Whiteoak, en jetant un regard vif sur le visiteur.

« Il est en effet formidable », pensa le jeune Leigh qui ne put blâmer Finch de redouter son frère. Le visage de ce dernier, sous son chapeau à larges bords, semblait avoir été fixé dans une sorte de fière impassibilité, par le vent, les intempéries, les passions violentes et un tempérament très vif... « Seigneur, pensa Leigh, il sera tout le portrait de la vieille dame, quand il aura son âge, à moins qu'il ne se rompe le cou en montant à cheval. »

Les deux jeunes gens parlèrent ensemble de la jument, tandis que son maître leur tournait le dos — avec ostentation, pensa Leigh — et continuait d'arranger la crinière et la touffe de poils sur le front de la bête.

Leigh ne réussit, ni par un compliment ni par une question judicieusement choisie, à lui arracher plus d'une monosyllabe. Cependant ils ne perdirent pas courage. Renny ne passerait tout de même pas l'après-midi entier à la toilette d'une jument !...

Enfin, il parut satisfait. Il la contempla, puis, prenant la tête de l'animal dans ses mains, il mit un baiser sur son museau. « Ma joie », telles furent les paroles qui parvinrent aux oreilles de Leigh. Les yeux de la jument étaient deux astres rayonnants de joie, son front, un véritable trône d'amour. Elle poussa un profond soupir.

Renny sortit du box.

— Comment s'appelle-t-elle ? demanda Leigh.

— Cora.

Un garçon d'écurie apportait des baquets d'eau dans le passage qui longeait les stalles ; il en plaça un devant la stalle la plus proche d'eux. Une longue tête grise en sortit, des lèvres avides plongèrent dans la boisson fraîche. Renny écarta les jeunes gens pour passer et entra dans la stalle.

— Comment va cette jambe, Wright ?

— Très bien, monsieur. Elle ne pouvait pas être mieux réparée.

Ils se penchèrent sur une patte de derrière, entourée de bandes.

— C'est merveilleux, monsieur, un pareil résultat ! Je suis sûr qu'il aura encore du succès. Pour ma part et quoi qu'on dise, je crois qu'il sera encore bon pour le plat.

Renny et le garçon d'écurie examinèrent le bandage avec le plus grand soin. L'eau du baquet baissa des trois quarts. On n'entendit plus que des hennissements plaintifs, le bruit mou des boucles de métal, le heurt pétulant d'un sabot.

— Comment s'est-il blessé ? demanda Leigh, cherchant à atteindre le maître de Jalna au moyen de ces chevaux qui absorbaient si entièrement son attention.

— Il s'est donné un coup de pied lui-même, répondit Renny en appuyant un pouce expérimenté le long du flanc gris pommelé.

— Vraiment ! Comment a-t-il pu faire ?

— Il a fait un écart.

Se redressant, Renny se tourna vers Wright pour lui demander :

— Comment va l'indigestion de Darkie ?

— Mieux, monsieur, mais cela se reproduira tant qu'il avalera son avoine comme il le fait. Devant la nourriture, il ressemble plus à un loup affamé qu'à un cheval.

Une ombre passa sur le visage de Renny.

— A-t-il mangé son avoine ?

— Oui, monsieur. J'en ai fait deux parts, comme vous me l'aviez dit. Quand il a eu fini la première, j'ai attendu dix minutes pour lui donner le reste, je viens tout juste de le lui donner.

Renny se hâta avec mécontentement vers une stalle un peu plus éloignée, où un grand cheval noir mangeait avec une féroce avidité. Il cessa un instant de mâcher son avoine pour regarder son maître entrant dans la stalle ; puis, la bouche pleine et l'avoine retombant de ses lèvres, il replongea la tête dans sa mangeoire. Renny prit cette tête et la releva brusquement :

— Cesse d'être aussi glouton, ordonna-t-il. Tu veux donc te tuer ?

Le cheval essaya de se dégager, faisant un effort désespéré dans la direction de son avoine, avec de grands yeux affamés. Après une courte interruption, Renny lui permit de se remplir la bouche une fois, puis l'arrêta de nouveau. La fin du repas ne fut plus qu'une lutte. Le cheval mordit Renny qui lui donna des coups de poing. La bête renâclait de gourmandise offensée. Renny devint soudain tout joyeux et éclata d'un rire bruyant.

— J'aurais cru qu'un repas aussi agité serait pire pour la digestion de l'animal que sa gloutonnerie, remarqua Leigh.

— Vraiment ! dit en souriant Finch, très fier de son frère.

Le cheval montrait maintenant ses grandes dents, comme dans une sorte de sourire satisfait. Finch murmura à Leigh :

— C'est maintenant le bon moment pour lui parler de la représentation. C'est-à-dire, ajouta-t-il avec un certain pessimisme, que le moment n'est pas plus mauvais qu'un autre.

Leigh regarda ce Renny aux cheveux roux avec quelque inquiétude.

— Je le crois aussi, dit-il.

Il eut soudain une idée imprévue, extravagante, mais capable de briser la glace entre lui et le frère de Finch.

S'adressant à Renny, il lui dit :

— Je pense, Mr. Whiteoak, que vous pourriez me dire où acheter un bon cheval de selle. J'en désire un depuis quelque temps — en réalité, il avait très peur des chevaux. Mais je n'en trouve pas, je n'ai pas su...

Sa phrase resta en suspens, mais il n'avait pas besoin de la terminer. Le fier visage qui était devant lui s'adoucit soudain, prit une expression de sollicitude presque tendre.

— C'est parfait que le jeune Finch vous ait amené. C'est une chose grave que d'acheter un cheval, si vous n'avez pas d'expérience, particulièrement un cheval de selle. Je voyais, l'autre jour, un jeune homme qui a payé un prix fou une bête qui, non seulement avait mauvais caractère, mais encore mordait tout. Une belle bête, cependant. Mais il avait été mal dressé. J'ai...

Il s'interrompit, examinant une de ses jointures saignante que Darkie avait écrasée contre sa mangeoire.

— Oui, oui ! dit Arthur avec vivacité, bien qu'il éprouvât un certain malaise devant la facilité avec laquelle la barrière entre eux avait disparu, dès qu'était apparue la possibilité d'un marché.

Renny porta la jointure blessée à ses lèvres :

— J'ai un amour de cheval de trois ans, fils de Siroco et de Twilight Star, le vrai portrait de son père. Vous avez certainement vu Siroco.

Arthur secoua négativement la tête. Renny le regarda avec pitié.

— Vous ne l'avez jamais vu ? Eh bien, je vais vous le faire voir. Chaque étalon pur-sang, vous le savez, ne se reproduit parfaitement qu'une seule fois. Et Siroco n'a eu qu'un rejeton parfait. Mais peut-être...

Il était sur le point de s'engager dans le passage ; il s'arrêta, comme mû par une pensée.

— ... Peut-être ne vous souciez-vous pas d'une question de pur-sang et désirez-vous seulement...

— Mais pas du tout, interrompit Arthur. Je veux une bête vraiment belle, avec toutes les qualités dont vous parlez.

— Vous savez qu'un cheval de ce genre coûte fort cher.

— Cela n'a pas d'importance.

Il rougit un peu en se disant qu'on pourrait le trouver prétentieux et trop fier de sa fortune. Aussi ajouta-t-il :

— En vérité, il y a longtemps que je fais des économies pour acheter un cheval de selle.

L'aîné des Whiteoak avait entendu dire, sans y avoir attaché beaucoup d'intérêt, que Leigh avait hérité d'une grosse fortune et qu'il serait bientôt majeur.

— Alors, dans ce cas, dit-il gaiement, en se dirigeant vers le box isolé de l'étalon.

Finch les suivit en se demandant comment tout cela se terminerait, se tourmentant de savoir Leigh aux prises avec Renny par amitié pour lui. Du box ils se rendirent dans la stalle où se trouvait le petit cheval de trois ans. En une demi-heure, Leigh en apprit davantage sur les chevaux de selle que dans toute son existence précédente. Il remercia Dieu qu'il fît, ce jour-là, un temps affreux, car autrement il aurait été obligé de faire une promenade d'essai sur cet animal à l'air dédaigneux qui lui jetait un regard soupçonneux.

Un bruit de petits pieds courant arriva jusqu'à eux et Wakefield se précipita dans le couloir, un manteau jeté sur sa tête, sous lequel apparaissait son visage aux yeux brillants et aux joues rouges.

— J'ai volé, s'écria-t-il halctant. C'est cinq heures. Il y avait un gâteau énorme dont il ne reste presque plus rien. On a refait une théière de thé pour toi, Renny, ainsi que pour Mr. Leigh.

La neige avait fait son apparition, il en était couvert.

— Tu n'aurais pas dû sortir par cette tempête, lui dit Renny. N'y avait-il personne à envoyer à ta place ?

— Je voulais venir. Qu'est-ce que c'est que ce petit cheval ? Est-ce qu'il saute bien ? Il faut que je coure voir mon poney. Voulez-vous voir le poney qu'on m'a donné pour mon anniversaire, Mr. Leigh ?

Renny l'attrapa par le bras :

— Non. Ne va pas là-bas. Wallflower est dans la stalle à côté et elle est très nerveuse aujourd'hui. Rentre à la maison, Finch, et dis à tante Augusta que Mr. Leigh va te suivre dans un instant, qu'elle lui garde son thé au chaud. Fais-m'en porter une théière par Wragge, avec du pain et du beurre, je le boirai ici.

Il saisit Wakefield comme un paquet et le posa sur les épaules de Finch.

— Emmène ce gosse en courant, il a tout juste une paire de culottes sur lui. Tu mérites une bonne correction, Wake. Et tâche de garder ce manteau sur ta tête.

Puis, élevant la voix, il cria :

— Ouvrez la porte à ce pur-sang, Wright.

Wakefield saisit Finch par le cou, ravi par ce retour imprévu aux jours où il se promenait sur les épaules des plus grands. Mais Finch était plutôt maussade en passant devant le garçon d'écurie rieur. Il lui sembla découvrir dans ce rire une note moqueuse. Wake était beaucoup plus lourd qu'il ne l'aurait cru. Mais lorsque la porte eut claqué derrière eux et que le vent souffla dans son dos, il s'aperçut qu'ils seraient tous deux emportés sans le moindre effort de sa part.

La neige arrivait avec violence à travers le ravin. Les flocons blancs se précipitaient inlassablement les uns sur les autres. Déjà la terre était toute blanche ; les lumières de la maison paraissaient très éloignées. Finch trébuchait, penché en avant comme s'il allait, à chaque instant, tomber sur le nez.

— Je ne pense pas, dit Wake, que tu puisses faire des cabrioles ?

— Que diable, cria Finch. Des cabrioles ! me prends-tu pour un cheval de cirque ? Des cabrioles ! des cabrioles !

Mais son sens de l'humour s'était éveillé. Il commença en effet à faire des cabrioles, à sauter, à tournoyer maladroitement dans la tempête, se sentant soudain violemment heureux. Wake n'était plus un fardeau. Ils ne faisaient plus qu'un ; centaure chevelu et gambadant, s'ébattant dans le crépuscule de janvier et à qui la neige donnait une gaieté animale.

Ils se penchaient et se balançaient de droite à gauche ; on entendait au loin la houle se brisant sur la plage.

— Centaure, haleta Finch. Bouillant centaure !

Wakefield crut qu'il faisait entendre le cri particulier du centaure et, à son tour, lança un hennissement aigu qui vibra et s'éteignit dans les flocons de neige. Lui aussi était heureux. Le manteau avait glissé de dessus sa tête qu'il levait très haut, s'imaginant qu'elle portait une grande barbe et une riche et abondante chevelure. Il hennit de nouveau à plusieurs reprises et à son hennissement répondait le mugissement des vagues.

Bruyants, turbulents et couverts de neige, ils entrèrent en chancelant par la porte de côté.

— Essoufflé ? demanda Wakefield en le regardant gentiment.

— Tu veux rire !

— Je crois qu'un mélange de bœuf, de fer et de vin te ferait du bien. Tu as grandi trop vite et tu n'es guère résistant. On dirait que tu vas tomber.

En effet, Finch n'avait plus ni force, ni entrain, ni gaieté ; mais il ne voulait pas recevoir de conseil médical de ce petit garçon protecteur. Avec un grognement, il se dirigea d'un pas lourd vers la salle à manger.

Dans l'écurie, parlant de Wake, Renny avait dit, le visage soucieux :

— C'est un enfant délicat.

— Oui, je l'ai bien compris, répondit Leigh. Mais peut-être surmontera-t-il cela. Cela arrive souvent. Moi-même je n'ai pas été un enfant très vigoureux.

Renny le regarda.

— Hum ! dit-il, sans paraître très réconforté. Puis il ajouta plus gaiement : Je vais vous emmener dans mon bureau pour vous montrer le pedigree du cheval.

Il le conduisit dans une petite pièce qui avait été aménagée dans un coin de l'écurie. Il alluma un globe électrique et, après avoir avancé une chaise de cuisine pour Leigh, s'assit lui-même devant un bureau de chêne jaune et commença de consulter un tas de papiers.

Tandis qu'il s'affairait sous la lumière crue de la lampe, Leigh l'étudia avec le plus vif intérêt. Il essaya de se mettre à la place de Finch, d'imaginer son état d'esprit lorsqu'il devait demander une permission à ce garçon sévère ou comparaître devant lui après un échec à un examen. Leigh était lui-même si émotif, il avait toujours été si entouré de compréhension et de sympathie qu'il pouvait difficilement se représenter l'état d'esprit de son ami. Il ne désirait pas du tout acheter le cheval, car il faudrait le nourrir, le monter et il n'aimait pas du tout monter à cheval ! Le succès de Renny au concours hippique l'avait laissé tout à fait froid. Il était beaucoup plus intéressé par le Renny assis en ce moment en face de lui, sous la lampe électrique, complètement absorbé par la recherche de ses records... L'achat d'un cheval n'était qu'un prétexte pour trouver un terrain de rencontre entre lui et le frère de Finch, afin de parler de ce dernier.

Mais comment aborder le sujet ?...

Ses réflexions furent interrompues par un cri perçant, suivi d'une série de cris terrifiants ! Il devint blanc de peur. Renny Whiteoak dit simplement :

— C'est un porc qu'on égorge.

Leigh fut soulagé, quoique encore assez ému.

— Oh ! dit-il, en regardant l'obscurité extérieure, c'est une drôle d'heure pour tuer un porc.

— N'est-ce pas ? dit Renny qui leva les yeux et vit le visage de Leigh. Cela ne durera pas plus d'une minute.

En effet le silence se fit. Leigh frissonna. La pièce lui semblait empreinte d'une humidité glaciale qui devait venir de l'étable voisine.

— Ah ! nous y voilà ! Approchez-vous du bureau.

Leigh obéit et ils se penchèrent tous deux sur le pedigree. Leigh en suivit plutôt distraitement les relations compliquées et fut stupéfait de tout ce qu'un seul homme pouvait savoir sur les qualités des diverses familles de chevaux.

Ils étaient encore plongés dans leur étude lorsqu'on frappa à la porte, et Wragge entra avec le thé de Renny. Leigh commençait à perdre tout espoir. Ses chances de plaider la cause de Finch auprès du chef de clan paraissaient diminuer de plus en plus. Avec une soudaine décision, il conclut le marché et les conditions de paiement furent arrêtées.

Tout en se lavant les mains dans la petite cuvette d'un lavabo installé dans un coin, Renny s'excusa :

— Je regrette vraiment de vous avoir privé si longtemps de votre thé. J'aurais dû en faire porter pour deux personnes par Rags, c'était aussi facile pour lui. Mais il va vous conduire à la maison, car il commence à faire sombre.

Leigh frissonna. Il était énervé, il avait froid, et la pensée de manger dans une écurie le dégoûtait.

— Merci ! répondit-il. Cela n'a aucune importance.

Il frissonna encore, en voyant Renny se laver les mains au savon noir sans se préoccuper de sa jointure meurtrie.

Rags posa le plateau sur le bureau. Il arrangea les objets qui s'y trouvaient comme un majordome en livrée qui met la dernière main au couvert d'un banquet. Il leva un plat d'argent et découvrit trois minces tranches de toasts beurrés.

— Je suis un véritable jongleur, monsieur, dit-il, d'avoir apporté ce plateau par un pareil blizzard, sans renverser une goutte de quoi que ce soit.

— Cela vous fait le plus grand bien, dit son maître en s'asseyant devant le plateau et en se versant une tasse de thé. Ce n'est pas du blizzard, mais seulement un vent froid. C'est excellent pour vous.

Il prit un grand morceau de toast avec délices.

« C'est maintenant le moment d'aborder la question », pensa Leigh, qui dit tout haut :

— Je voudrais vous dire quelque chose, entre nous, Mr. Whiteoak. Je saurai très bien regagner la maison seul, sans difficulté. Je voudrais simplement vous demander, vous expliquer quelque chose. C'est...

Il balbutiait comme un écolier !

Renny fut surpris, mais lui dit :

— Eh bien, si c'est quelque chose en mon pouvoir... Rags, vous n'avez pas besoin d'attendre Mr. Leigh.

— C'est au sujet de Finch, commença Leigh, lentement et cherchant sa route, comme un homme perdu dans l'obscurité d'un bois inconnu. Je l'aime beaucoup.

— Oui, répondit Renny dont l'intérêt devint seulement une attention polie. Finch m'a souvent parlé de vous.

Son expression changea encore une fois pour lancer un regard au domestique curieux et badaud qui le regarda un instant, puis se glissa hors de la pièce avec une impudente servilité.

Lorsque la porte se fut refermée, Leigh parla plus facilement.

— Je pense, monsieur, que Finch — il eut le bon goût d'exposer sa requête avec modération — est un garçon très intelligent et il fera sûrement grand honneur à Jalna.

Son esprit très fin avait compris que, plus encore que ses chevaux, l'aîné des Whiteoak aimait sa maison. Ce sentiment lui avait été révélé par une expression de tendresse et de plaisir parue sur le visage de Renny lorsque Leigh avait admiré les hautes pièces et les vieux meubles anglais. Il continua :

— Je suis sûr qu'il réussira s'il peut jouir d'une certaine liberté qui lui permette de se développer à sa façon. Il y a des garçons qui ne peuvent supporter la discipline des études sans un dérivatif quelconque.

— Il vous a donc parlé de ses leçons de musique ? J'ai jugé qu'il valait mieux les interrompre pendant quelque temps. Il était toujours en train de pianoter et il a échoué...

— Ce n'est pas nécessairement la musique qui a causé son échec. Beaucoup de garçons échouent la première fois, qui ne savent pas distinguer une note d'une autre ! Il est très possible que s'il avait mis encore plus de musique dans sa vie, il n'aurait pas échoué.

Renny se versa une autre tasse de thé en éclatant de rire. Leigh se hâta d'ajouter :

— Mais la musique n'a rien à voir ici. Il s'agit de théâtre.

— De théâtre ?

— Oui. Finch a un réel talent pour le théâtre. Je me demande même si ce talent ne dépasse pas celui qu'il a pour la musique.

Renny se renversa sur sa chaise. Seigneur, il n'y avait donc pas de limites aux talents extraordinaires de cet hurluberlu !

— Où a-t-il joué ? Pourquoi n'en ai-je rien su ?

— C'est moi seul qui mérite d'être blâmé à ce sujet. J'ai compris que la pratique d'un art quelconque est absolument nécessaire à

Finch et j'ai réussi à lui faire promettre qu'il ne laisserait personne s'y opposer.

Le regard des fiers yeux bruns l'enveloppa.

— Ainsi donc, les promesses qu'il m'a faites sont sans valeur !

— Mais il les tient. Je vous jure qu'il n'a pas négligé son travail et qu'il réussira sans peine la prochaine fois. Du reste, il n'avait pas eu un mauvais examen. Ce sont ses nerfs, plutôt qu'autre chose, qui ont causé son échec.

On frappa à la porte.

— Entrez, dit Renny.

Et Wright entra en disant :

— Le vétérinaire est là, monsieur.

— Bien, dit Renny en se levant.

Il se tourna vers Leigh en réprimant un mouvement d'impatience :

— Que désirez-vous donc que je fasse ?

Il se méfiait un peu de Leigh, se sentait, vis-à-vis de lui, dans une situation embarrassante. Il supposa que Finch avait demandé à Leigh d'agir auprès de lui. Finch avait le don de conquérir les sympathies des gens sensibles, des intellectuels. Cela avait été le cas pour Alayne. Comme elle avait bien plaidé pour lui quand il s'était agi des leçons de musique ! La pensée d'Alayne l'adoucit. Il ajouta :

— Je n'exige pas de Finch qu'il travaille sans arrêt, sans prendre jamais aucun plaisir, et je ne m'opppose à rien de ce qui ne nuit pas à ses études.

Un épagneul qui était entré avec Wright se dressa sur ses pattes de derrière, à côté du bureau, et commença à lécher dans l'assiette les miettes beurrées du toast.

Une impression de lassitude envahit Leigh. Ses efforts lui apparurent soudain inutiles. La vie à Jalna était trop intense pour lui, les personnalités des Whiteoak trop vigoureuses. Il ne franchirait jamais le mur épais qui les séparait du reste du monde. Les paroles de Renny l'encouragèrent à peine. Silencieux et comme engourdi, il regarda un instant l'épagneul qui léchait l'assiette ; puis, avec effort, reprit :

— Si seulement vous pouviez faire comprendre cela à Finch, lui faire savoir que vous ne le méprisez pas parce qu'il a besoin d'autre chose que de la routine et des jeux scolaires !

Il lui semblait que les yeux bleus tout ronds de Wright étaient fixés sur lui, ainsi que les yeux de tous les chevaux peints ou lithographiés qui recouvraient les murs avec une expression de mépris sur leurs museaux.

Renny prit l'épagneul par le cou et le remit doucement à terre. Au-dehors, dans l'écurie, une voix d'homme s'élevait, criant des ordres. Il y eut un fracas de sabots. Leigh dit alors, précipitamment :

— Mr. Whiteoak, voulez-vous m'accorder quelque chose ? Permettez à Finch de passer la prochaine quinzaine avec moi. Je l'aiderai autant que possible pour son travail, et sincèrement, je peux beaucoup l'aider. Et je vous demande aussi de venir dîner chez nous, un soir de représentation, pour juger par vous-même des dons magnifiques de Finch. Ma mère et ma sœur seront heureuses de faire votre connaissance. Vous savez que, pour Finch, vous êtes un héros ; vous en êtes donc un aussi pour nous. Il nous a raconté ce que vous avez fait pendant la guerre, le D.S.O...

Renny se sentit tout à la fois embarrassé et irrité.

— Très bien, dit-il d'un ton bref. Que Finch continue de jouer la comédie, mais pas de négligence dans le travail, n'est-ce pas ?

— Et vous viendrez un soir ?

— Oui.

— Merci beaucoup. Je vous suis infiniment reconnaissant.

En vérité, il n'éprouvait qu'un sentiment de délivrance et une hâte fébrile de sortir de là.

— C'est parfait. Et j'espère que le cheval vous plaira.

— J'en suis sûr.

Ils se serrèrent la main et se séparèrent.

Dehors, au milieu des flocons serrés, poussé par le vent vers les fenêtres lumineuses de la maison, Leigh sentit Finch plus éloigné de lui qu'il ne l'avait jamais été depuis le début de leur amitié. Il le voyait faisant partie intégrante de la toile de Jalna. Si familier et si cher qu'il lui fût, il ne pourrait plus le séparer de cette toile serrée et rude qu'était sa famille. Il regretta presque de l'avoir vu au milieu de ses vigoureux frères. Cependant, sans cette vision, il ne l'aurait jamais compris, n'aurait jamais su d'où venait l'étincelle qui était en Finch.

De plus, malgré l'impression de froid, de fatigue et de dépression qu'il ressentait en ce lieu, il éprouvait un sentiment nouveau et curieux de plaisir en montant en courant le perron qui conduisait à la porte d'entrée, en saisissant la lourde poignée glacée dans sa main, en ouvrant la porte et en la refermant contre le vent et la neige, tandis que, de l'intérieur, venaient à sa rencontre la chaleur, la lumière et le bruit des voix.

Les oncles étaient descendus, ainsi que tante Augusta, Piers et Pheasant. Meg et Maurice étaient venus de Vaughanland pour le thé. Meg tenait dans ses bras un gros bébé de six mois. On apporta à Leigh du thé frais, des toasts, de la confiture de prunes et des gâteaux. Tous le regardaient, mais continuaient à parler entre eux, sans se soucier de lui. Jamais, au grand jamais, pensa-t-il, un étranger ne deviendra l'un des leurs.

6

Cloutie John

Le soir de la représentation, Finch était dans un état d'excitation tel qu'il se demandait s'il pourrait jamais retrouver son calme. Par moments, il souhaitait presque que la terre s'ouvrît pour l'avaler, l'arrachant à la vue de tous avant le moment où il devrait mettre les pieds sur la scène. L'instant d'après, il affectait un air joyeux, sa mèche blonde retombant presque dans ses yeux brillants. Ses lèvres tremblaient comme s'il allait rire ou pleurer, mais il ne prononçait guère que des monosyllabes.

Leigh aussi était nerveux. Il jouait le rôle du héros, mélange de courage et de lâcheté, et son cœur était plein de tendre émotion pour Finch qui allait affronter pour la première fois le public du Petit Théâtre, et cela, en présence de son frère Renny. Leigh comptait que le frère aîné assisterait à la dernière représentation, mais, par erreur, Mrs. Leigh l'avait invité à dîner pour le lundi. Il fallait faire pour le mieux en mettant leur hôte dans un état d'esprit bienveillant grâce à de bons vins et à une agréable société féminine. Sur ce dernier point, Leigh faisait toute confiance à sa mère et à sa sœur. Il était même si troublé qu'il se demanda laquelle des deux plairait le plus à Renny et retiendrait son regard vif. Pour Leigh, les deux femmes étaient l'une et l'autre si bien le but et l'amour de sa vie qu'il se demandait parfois si jamais une autre femme existerait pour lui. Il espérait bien que non. Sa mère, sa sœur, Finch, il ne désirait rien de plus.

Finch entra dans le salon où il était maintenant très à l'aise et y trouva Ada, déjà prête.

Elle jeta ce regard de côté qui lui était habituel, en lui disant :

— Vous devez être terriblement nerveux.

Il était dans un de ces instants d'euphorie.

— Je ne crois pas. Je suis certainement moins nerveux qu'Arthur.

— Pourtant vous tremblez.

— Ce n'est rien. Un rien suffit à me faire trembler. Je ne peux pas verser une tasse de thé sans qu'elle déborde.

— Oui. Mais pour l'instant, c'est différent. Vous avez peur.

Elle souriait, taquine, et il vit bien qu'elle cherchait à l'effrayer. Il s'approcha d'elle et aperçut une flamme passer dans ses yeux.

— Je n'ai pas peur, assura-t-il. Je suis heureux.

— Si, vous avez peur.

Sa voix tremblait légèrement.

— Peur de quoi ?

— Peur de moi.

— Peur de vous ?

Il essaya de paraître étonné, mais commença à se sentir à la fois inquiet et étrangement heureux.

— *Oui*... et moi aussi j'ai peur de vous.

Il rit et cessa de trembler. Son sang courut plus vite dans ses veines. Il prit la main d'Ada dont il caressa doucement les doigts. Il contempla ses ongles roses comme de petits coquillages qu'il aurait trouvés au bord de quelque mer lointaine.

Et soudain, elle fut dans ses bras. Lui qui n'avait jamais embrassé une jeune fille ! Il demeura haletant... Le baiser qu'il lui donna lui parut un rêve fantastique. Elle se serrait contre sa poitrine... Par-dessus sa tête il pouvait plonger ses regards dans l'obscurité de la fenêtre où les bougies allumées se reflétaient comme un bouquet de fleurs éclatantes. Il y vit également l'image de sa propre tête penchée sur la tache vert pâle de sa robe qui semblait un étang brillant dans l'obscurité. Que tout cela était irréel ! Il l'étreignit, emporté par la beauté de l'image, par une impression nouvelle de puissance, mais conscient de ne jouer qu'un rôle. Ils s'embrassèrent dans un rêve passionné.

Mrs. Leigh et Arthur descendaient ensemble l'escalier. Finch et Ada eurent amplement le temps de se séparer, lui, pour saisir un livre, elle, pour arranger quelques fleurs dans un vase noir. Et la fenêtre sombre ne refléta plus leurs deux visages réunis dans la recherche d'une expérience passionnée.

Arthur alla vers Finch et passa un bras autour de ses épaules.

— Finch chéri, lui dit-il de sa voix douce et musicale, je suis si heureux de ne plus vous voir nerveux. Vos yeux sont pleins d'assurance. De nous deux, c'est moi le plus inquiet.

Comme le bras caressant d'Arthur était réconfortant ! Finch était heureux sous ce joug amical qui enserrait ses épaules. Il aperçut les yeux d'Ada fixés sur eux, noirs de jalousie.

Si seulement Renny n'était pas venu à ce dîner, qu'il aurait été heureux ! Il ne pouvait s'imaginer que Renny puisse s'adapter à ce milieu si raffiné. Cependant, lorsqu'il arriva, froid et élégant dans sa tenue du soir, il fut parfaitement à son aise. Chose encore plus étrange, il ne réduisit pas sa conversation au courant léger qui, ordinairement, entourait la table, et que dirigeait toujours Mrs. Leigh, mais il apporta avec lui un peu de la vigoureuse et dure ambiance de Jalna.

Sa tête rousse, son rire brusque et aigu emplissaient la pièce.

Finch n'avait jamais vu Mrs. Leigh aussi gaie, aussi semblable à une jeune fille. Elle paraissait plus jeune qu'Ada qui restait plutôt silencieuse et étudiait le nouveau venu avec des regards voilés. Mais lorsque ses yeux rencontraient ceux de Finch, ils échangeaient un rapide regard d'intelligence. Finch était si heureux de son expérience amoureuse, il était si fier de Renny, que son visage était rayonnant. Il était charmant. Il aurait été intéressant de comparer ce Finch avec le jeune homme sournois, timide, et souvent maussade qu'il était chez lui.

Renny mangeait et parlait avec entrain. Arthur, ravi du succès de son plan, sentait son antipathie pour le frère aîné de Finch se transformer en admiration pour son caractère noble et généreux. Il sentait sa propre virilité se fortifier au contact de cette nature plus vigoureuse. Ce serait bon pour lui de recevoir un homme de ce genre ; ce serait bon aussi pour Ada qui commençait à rechercher les admirations masculines.

Arthur et Finch partirent les premiers pour le théâtre. Mrs. Leigh et Ada montèrent s'habiller. Pendant qu'Arthur allait chercher une voiture, les deux frères restèrent seuls un instant dans le salon.

« Pourquoi, se dit Finch, suis-je hanté à ce point par l'idée de l'irréalité des choses ? Voilà Renny dans le salon des Leigh en train de fumer ; j'y suis également et cependant je ne peux croire à la réalité de notre présence ici, ni même à la réalité de notre existence. Est-ce parce que rien ne me semble réel hors de Jalna ? Sommes-nous tous ainsi ou suis-je le seul ? Pourquoi tous ces sentiments viennent-ils gâter mon plaisir ? »

Il porta son pouce à ses lèvres et mordit nerveusement son ongle ; Renny se tourna vers lui en disant :

— Ne ronge pas tes ongles ; c'est une sotte habitude.

Honteux, Finch enfouit sa main dans sa poche.

— Renny, demanda-t-il à son frère avec un peu d'anxiété, est-ce que cette pièce te semble réelle ?

Les yeux bruns de Renny parcoururent les teintes crème, rose et argent qui décoraient la pièce.

— Non, dit-il, je ne crois pas.

« Merci, mon Dieu, merci ! Pour Renny aussi, il y avait donc des choses irréelles. »

— Eh bien, continua-t-il anxieusement, vois-tu tout cela dans une sorte de brouillard, comme dans un rêve, mais un rêve animé, semblable à une image qui se reflète dans une eau courante ?

Renny ouvrit de grands yeux.

— C'est bien quelque chose comme ça.

— Et moi, est-ce que je te parais irréel ?

— Absolument.

Jamais, à la maison, il ne se serait laissé aller à parler ainsi à Renny. C'était vraiment merveilleux.

— N'as-tu pas l'impression que tu es toi-même irréel ? Ne te demandes-tu pas pourquoi tu fais certaines choses et si tu es toi-même autre chose qu'un rêve ?

— C'est bien un peu cela. Mais tu es bien excité ce soir. Mieux vaudrait te calmer ou tu oublieras ton rôle.

— Penses-tu que j'aurais le trac sur la scène ?

— Je crois que tu l'as déjà.

— Que veux-tu dire par là ?

— Tu as peur de la vie, et c'est la même chose.

Très excité, Finch lui dit d'une voix un peu rauque :

— Que penses-tu là ? J'ai embrassé Ada Leigh dans cette pièce, ce soir même.

— Diable. Cela ne m'étonne plus que tu te sentes irréel ! Est-ce qu'elle a paru satisfaite ?

— J'en suis sûr. Notre couple se reflétait étrangement dans la glace de la fenêtre. C'était bien nous, mais beaucoup plus beaux que nature.

— Hum !

Renny le regarda, profondément amusé.

— Es-tu sûr qu'elle ne l'a pas cherché ?

— J'en suis absolument sûr !

Il rougit, tout en s'appuyant sur le fauteuil de Renny, dans une attitude confiante.

— Parfait. C'est une expérience que tu as faite. C'est une jolie fille.

Et comme Finch respirait fort, il ajouta :

— Ne t'appuie pas sur moi en me soufflant dans la figure. Es-tu enrhumé ?

— Oh ! non.

Et Finch, confus, se raidit de nouveau.

Leigh l'appela de dehors.

— Je viens, Arthur.

Et il se hâta de rejoindre son ami.

Renny s'assit, lançant des bouffées de cigarette, les yeux encore tout pleins de gaieté. Le jeune Finch découvrait l'amour ! Il lui sembla que c'était hier qu'il le renversait sur ses genoux pour lui donner une fessée ! Voici maintenant qu'il devenait un homme, le pauvre diable !

Renny regarda autour de lui. C'était bien une chambre irréelle, ne ressemblant en rien au salon de Jalna. Rien de familier ici, avec ces petits tableaux répandus sur les murs, ces murs élégants, ces bibelots fragiles. Mais cela convenait à ces deux jolies femmes. Un peu bizarres, ces femmes, mystérieuses, attirantes et cependant inquiétantes.

Il se leva pour accueillir Ada Leigh qui entrait ; son visage en fleur sortait d'un manteau de fourrure blanche.

— Maman sera là dans un instant, dit-elle en caressant son grand col de fourrure.

Renny regarda sa main.

— Voulez-vous vous asseoir en attendant ?

— Non merci, ce n'est pas la peine. Il faut partir.

Elle frotta sa joue contre la fourrure d'un geste caressant et félin et poussa un profond soupir. Il était debout auprès d'elle, immobile et attentif, se disant : « Que diable cherche cette fille ? »

Elle leva vers lui ses yeux langoureux en disant :

— Je voudrais ne pas sortir ce soir.

— Je le regrette. Voulez-vous me dire pourquoi ?

— Nous n'avons pas le temps de causer... Mais je suis bien malheureuse...

Il eut un sourire un peu gêné, car il ne croyait en rien à sa tristesse et était plein de méfiance.

— Vous allez me juger bien sotte, parler ainsi à un étranger ! Mais vous êtes le frère de Finch. Et vous voyez... oh ! je ne peux m'expliquer. — Elle leva vers lui un regard suppliant. — Je manque tellement d'expérience et j'ai cru éprouver un sentiment nouveau ! J'ai cru... Son visage expressif frémit et elle acheva : Je ne peux en dire davantage...

Il lui répondit gravement :

— Je ne m'inquiéterais pas, si j'étais vous. Cette sorte de chose arrive à tout le monde. Nous nous imaginons éprouver certains sentiments pour lesquels nous nous tourmentons... Mais vous oublierez bientôt tout cela.

— Je voudrais, s'écria-t-elle, je voudrais avoir quelqu'un pour m'aider dans la vie. Je ne sais rien et Arthur qui est exquis avec moi est aussi très ignorant. Il n'en sait pas plus que moi.

Renny songea : « Votre malheur à tous deux est d'en savoir beaucoup trop ! » Et tout haut :

— Je ne suis pas du tout l'homme capable de vous guider, je ne comprends rien aux femmes.

Elle dit lentement :

— Ce n'est pas vraiment un conseil que je cherche.

— Quoi donc, alors ?

Elle écarta de son cou sa fourrure blanche.

— Quelque chose de plus délicat. Votre amitié, si cela ne devait pas trop vous déplaire.

« Ma belle enfant, vous êtes de la pire espèce », pensa-t-il. Et il lui dit :

— Entendu. Nous serons amis.

Au théâtre, assis entre la mère et la fille, il éprouva un sentiment d'exaspération ; il se senait prisonnier. Ses deux jolies voisines étaient ses geôliers ; son fauteuil, une prison. Il détestait cette atmosphère « d'art », ces murs froids et blancs, ce rideau ; et l'absence d'orchestre l'opprimait. Pour lui, un théâtre devait être resplendissant d'or et de rouge, le rideau devait être un décor italien fleuri. Ses facultés intellectuelles avaient besoin d'être soutenues par le fracas de la musique. Il détestait ce bruit de voix féminines avant le lever du rideau et, dans ce bourdonnement, ne distinguait plus la mère de la fille.

Il éprouva soudain une anxiété inexplicable au sujet de Finch. Certes, cela ne lui plaisait guère de le voir s'occuper de ce genre de choses, mais du moment qu'il y était... Sa gorge se serra, il soupira profondément.

La pièce commença et son malaise ne fit que s'accroître. La religion du vieillard, sa façon de citer les Écritures donnaient à Renny une folle envie de crier ! Enfin Finch parut, les cheveux en désordre, le visage sale, en haillons et pieds nus. Profondément conservateur, Renny détesta la vue de ces pieds nus sur la scène. Lorsqu'il s'agissait d'une danseuse, c'était tout différent ! Mais les pieds nus d'un homme — de son frère — c'était vraiment affreux... Et cette façon de siffler, cette façon démente de danser, de s'asseoir sur le sol pour se relever en sautant, de mendier des miettes de nourriture, de dormir au coin de la cheminée, de paraître et de disparaître tout à coup ! Et cet accent irlandais !...

Les applaudissements éclatèrent. Finch était vraiment l'étoile de la soirée ! Son visage était pâle et hagard, tandis que les applaudissements redoublaient. Mrs. Leigh et Ada battirent des mains avec enthousiasme. Entre elles deux, Renny souriait sans plaisir, tout à fait comme sa grand-mère, lorsqu'elle souffrait dans son orgueil.

Après la représentation, il y eut une petite réunion dans le bureau du directeur ; une foule d'amis se pressait autour des acteurs. Finch, mal débarrassé de son maquillage, avait une tache sombre sur une joue. Il tremblait en s'adressant à Mrs. Leigh et Renny.

— Oh ! cher, s'écria Mrs. Leigh en lui secouant le bras, vous ne pouviez pas mieux jouer ! Vous nous avez bouleversés !

Renny se taisait, le regardant avec son sourire désapprobateur, qui semblait dire : « Attends que nous soyons seuls, mon garçon ! » Toute la joie de son succès avait disparu ! Il sentait qu'il avait fait le fou pour le seul amusement du public. Et durant toute la semaine des représentations, il ne retrouva jamais plus la même ardeur, le même complet abandon de lui-même.

Le lendemain, dans le train qui le ramenait à Jalna, Renny songea longuement à Finch, et non seulement à Finch, mais à tous ces jeunes membres de la famille qu'étaient ses demi-frères. Il y avait en eux quelque chose d'anormal, une sorte de faiblesse congénitale qui les rendait très différents des autres Whiteoak. Soudain le visage de leur mère jaillit dans la mémoire de Renny. Elle avait été sa gouvernante et celle de Meg avant d'épouser leur père et, gouvernante ou belle-mère, avait eu bien des difficultés avec eux ! Quelle rude épine il avait été pour elle, tant qu'elle avait été leur gouvernante ! Après son mariage, c'est Meg qui s'était chargée de la faire souffrir ! Et de nouveau il revit son visage entre le paysage et lui. Pour la première fois, il réalisa qu'elle avait été une belle jeune femme ! Un visage ardent, des yeux bleus pleins de feu qui s'assombrissaient à la moindre émotion, avec un menton et une gorge parfaitement modelés. Il la revit perdant toute patience auprès de Meg lourde et dodue, qui refusait obstinément de s'appliquer à sa leçon de piano. Il se souvint de l'avoir fait pleurer d'exaspération par ses sottises. Devenue leur belle-mère, elle s'était un peu éloignée d'eux, absorbée par l'amour de son mari et ses trop fréquentes maternités. Renny se souvint alors que, lorsqu'il venait auprès d'elle, il la trouvait presque toujours en train de lire. C'était surtout de la poésie qu'elle lisait. Quelle mère pour un homme ! Il l'avait surprise lisant des vers à son père qui la contemplait, l'écoutait, l'enveloppait de son regard ! Elle l'avait aimé et ne lui avait pas survécu longtemps. Le pauvre petit Wake était un enfant posthume.

Ils étaient poètes et musiciens, c'était de là que venait tout le mal... Eden était poète et, de plus, avait hérité la beauté de sa mère... Où était-il maintenant ? Depuis son départ, un an et demi auparavant, aucune nouvelle n'en était parvenue. Quelle tristesse de songer qu'Alayne était liée à lui !... A la pensée d'Alayne, une souffrance aiguë traversa sa poitrine, le désir douloureux d'un objet qu'il ne pouvait posséder ! Son âme chercha péniblement à se libérer de ce désir. Il ne se reconnaissait plus lui-même, lui pour qui l'oubli avait toujours été si facile !...

Il changea de place, comme un animal qui souffre change de position, et pencha à la fenêtre son visage coloré. Il aperçut un ruisseau gelé et la forme sombre d'un bouquet de cèdres.

A quoi pensait-il donc ? Ah ! oui, aux garçons, à Eden ! Quel insensé, cet Eden ! Ce n'était pas le cas de Piers. Celui-là était solide comme un chêne. Un vrai Whiteoak ! Mais Finch, ce garçon sauvage, le décevait. Il se plaisait à grimacer, à jouer la comédie devant un tas de poseurs ! Et fou de musique, par-dessus le marché ! Il ferait bien de se mettre sérieusement au travail maintenant, s'il voulait arriver à quelque chose... Il y avait aussi ce fantasque petit animal de Wake. Impossible de prévoir ce qu'il serait dans quelques années.

Comme un aigle qui aurait couvé des alouettes, Renny considérait avec inquiétude cette nichée qui était tout son amour et tout son orgueil.

A la gare, Wright l'attendait avec un cheval gris pommelé attelé à un traîneau rouge. La neige était trop épaisse pour circuler en auto, Wright lui avait aussi apporté son grand manteau de cuir dans lequel il s'enveloppa. En glissant rapidement le long de la route, par-dessus des tas de neige qui s'éparpillaient en poussière d'argent, Renny eut l'impression qu'il ne pourrait jamais absorber assez de fraîcheur. Il respirait à grands traits, laissant le vent siffler dans ses dents. Les sabots du hongre faisaient sauter de gros paquets de neige immaculée jusque sur la fourrure qui recouvrait leurs genoux.

En arrivant à l'écurie, ils trouvèrent Piers qui accueillit Renny à sa descente du traîneau par cette question :

— Comment s'est passée la représentation de l'idole ?

— Il a joué le rôle d'un idiot et trop bien !

— Rien d'étonnant à cela, fut la réponse de Piers.

7

L'orchestre

A côté d'Arthur Leigh, Finch avait un autre ami. C'était Georges Fennel, le second fils du pasteur. Mais son amitié pour Georges n'avait pas ce goût d'aventure, cette excitation qui accompagnait son amitié pour Arthur. Arthur et lui s'étaient cherchés et avaient dû franchir les barrières pour joindre leurs mains, tandis que Georges et Finch avaient toujours vécu ensemble depuis leur prime jeunesse. Chacun croyait tout connaître de l'autre et l'aimait tout en le méprisant un peu. Ils étaient unis par leur haine des mathématiques et leur amour de la musique. Mais tandis que Finch peinait et transpirait sur les chiffres, avec un douloureux désir de musique, Georges ne faisait aucun effort pour apprendre ce qui lui déplaisait, se préoccupant uniquement de ce qu'il aimait. Il avait décidé depuis longtemps que la cheville carrée qu'il était ne s'adapterait jamais à un trou rond !

Il jouait de n'importe quel instrument de musique. Il aimait la flûte autant que le piano, le banjo autant que la mandoline. A tous indifféremment il faisait chanter la douceur de vivre.

C'était un adolescent petit et trapu, mais non sans grâce. Ses vêtements étaient toujours en désordre et ses cheveux mal peignés. Arthur Leigh le trouvait grossier, commun et campagnard, et faisait tout son possible pour détacher Finch de lui.

Jamais Finch n'avait si peu vu Georges que durant tout cet hiver, pendant la période qui précéda la pièce. Mais après les représentations, il éprouva le besoin de se rapprocher de Georges. Il n'aurait pas su dire pourquoi, mais il n'était plus aussi heureux chez les Leigh. Non que son aventure d'un soir avec Ada eût amené un changement ; il ne poursuivit son avantage ni par un pas de plus en avant ni par une simple répétition. La jeune fille semblait avoir tout oublié. Mrs. Leigh était plus aimable que jamais. Elle lui posa mille questions sur sa famille à Jalna. Lorsqu'elle sut qu'un des oncles avait étudié Shakespeare et qu'un des frères de Finch était poète, elle se mit à parler sérieusement littérature avec lui. Elle avait été déçue que Renny n'ait pas pu (Arthur pensa : n'ait pas voulu) accepter deux autres invitations à dîner.

Était-ce ce nouvel intérêt, cette enquête subtile sur les relations, les caractères et les goûts de sa famille, ou un changement dans l'attitude d'Arthur à son égard, qui enleva à Finch une partie du plaisir qu'il prenait chez les Leigh ? Il n'aurait su le dire lui-même. Mais il eut conscience de ce changement qui n'en était pas absolument un, mais plutôt un nouvel aspect de l'affection d'Arthur pour lui. Arthur était devenu susceptible, exigeant, toujours prêt à la critique. Finch s'apercevait maintenant que souvent il blessait Arthur par une remarque brusque et étourdie, qu'il le choquait par quelque grossièreté stupide. Lorsqu'il exprimait un peu bruyamment ses opinions, Arthur faisait la grimace.

Cependant ils passaient ensemble des heures si délicieuses que Finch rentrait chez lui sous la neige, débordant de joie. Tout le mal venait, pensait-il, de ce qu'Arthur l'aimait à un point tel qu'il l'aurait voulu parfait, ignorant que c'était tout à fait impossible.

Comme Georges était différent ! Il n'attendait rien de Finch et n'était jamais déçu. Ils pouvaient passer toute une soirée ensemble, dans sa petite chambre du presbytère, travaillant sans grands efforts, s'amusant avec des riens, se faisant des plaisanteries idiotes en jonchant le sol de coquilles de noix, et finalement descendant dans le salon pour faire une heure de musique avant que Finch rentrât chez lui en toute hâte.

Finch jouait du piano, Georges du banjo, et son frère aîné Tom de la mandoline. Pendant ce temps, le pasteur fumait sa longue pipe enfouie dans sa barbe, en lisant *l'Homme d'Église,* avec un calme impressionnant. Tom était un paresseux qui ne faisait rien de bon (sauf le jardinage dans lequel il excellait). Mais Finch ne se lassait pas d'entendre Georges jouer du banjo et de le regarder bien assis sur sa chaise, ses larges mains jouant avec goût et adresse, ses yeux brillants sous ses cheveux en désordre.

Georges, comme Finch, était toujours à sec ! Souvent à eux deux ils ne possédaient pas de quoi jouer à pile ou face.

Lorsque Finch était avec Arthur, il acceptait constamment des cadeaux ainsi que des plaisirs qu'il ne pouvait payer qu'avec de la reconnaissance. Un jour, il se rendit compte que cette gratitude même serait tarie par le flot trop abondant de dons de toutes sortes.

— Il ne faut pas me remercier, s'écriait Leigh. Vous savez bien que j'adore faire quelque chose pour vous.

Mais si le jour d'après Finch restait silencieux, Arthur lui demandait, avec un léger froncement de sourcils :

— Êtes-vous content, mon vieux Finch ? Cela vous plaît-il ?

Les choses étaient bien différentes avec Georges ! Il ne lui devait aucune reconnaissance. Ils étaient autant l'un que l'autre aussi dépourvus que possible des biens de ce monde. Chacun possédait quelques vieux vêtements, ses livres de classe, sa montre et un ou deux trésors comme le banjo de Georges et une vieille tabatière en argent que lady Buckley avait donnée à Finch. Avant d'aller à la cure, Finch remplissait ses poches de pommes. De son côté Mr. Fennel apportait un plat de merveilles aux garçons ; tous deux dévalisaient le garde-manger de Mrs. Fennel. C'était un perpétuel échange charmant et peu coûteux.

Mais maintenant que Georges avait dix-sept ans et Finch dix-huit, ils désiraient parfois avoir un peu d'argent. Finch avait essayé à plusieurs reprises d'en gagner. Il avait timidement demandé à Piers s'il n'y avait aucun travail pour lui le samedi, et Piers l'avait chargé de trier des pommes dans la pièce froide et sombre où on les conservait. En maniant ces fruits glacés, debout sur le ciment et exposé au courant d'air froid de la porte, Finch avait pris une bronchite qui l'avait tenu au lit pendant quinze jours. Piers s'était approché de son lit pour lui demander :

— Combien de temps as-tu travaillé ?

— Presque toute la journée, grogna Finch.

— Combien d'heures exactement ?

— De neuf heures à quatre heures. Et naturellement, je me suis interrompu pour déjeuner.

— La journée commencée à sept heures pour finir à cinq ! Voilà deux dollars. Tu feras bien d'acheter un sirop contre la toux. Et lorsque tu voudras travailler, cherche une place dans un musée !

Il avait jeté le billet sur le couvre-pieds en s'en allant. Cet argent, Finch l'avait employé quelques jours plus tard à l'achat de roses pour Ada Leigh.

Sa bronchite fut pénible, mais manquer l'école pendant trois semaines le fut plus encore. Il resta seul dans son grenier, brûlant de fièvre, la poitrine déchirée par la toux, épiant les moindres bruits qui venaient d'en bas, incapable de manger les plats trop lourds que lui montait Rags, tourmenté à l'idée qu'il allait échouer une fois de plus à ses examens.

Mais une fois guéri, il éprouva de nouveau le besoin d'avoir un peu d'argent. Cette fois, il s'adressa à Renny qui lui confia un cheval à dresser. Tous les Whiteoak montaient à cheval, mais les chevaux semblaient se rendre compte que Finch n'avait aucune autorité et ils se livraient, avec lui, à tous leurs caprices. Celui que Renny confia à Finch était à peine remis d'un accident ; on le croyait doux comme un mouton, mais d'un élan vigoureux, il sauta par-dessus la barrière et projeta Finch sur le chemin. Toute la famille, de grand-mère à Wake, s'était moquée de sa mésaventure ; la jument, ivre de liberté recouvrée, s'enfuit dans les bois où on ne la rattrapa qu'au bout d'une heure, le flanc écorché à une branche d'arbre, de sorte que Renny le paya, non en argent, mais avec un juron. Il souffrit en silence d'une entorse, mais son regard était furieux quand il allait à la gare et en revenait en boitant. Être un objet de plaisanterie était pour lui la pire des humiliations.

Un soir Georges lui dit :

— Je connais quelqu'un qui nous monterait un appareil de radio pour presque rien.

— Évidemment, grogna Finch en mordant dans une pomme rouge. Mais il faudrait avoir ce presque rien.

— C'est si agréable, soupira Georges. On peut entendre de splendides concerts de New York, de Chicago, de partout, en réalité.

— On peut avoir de la bonne musique ? du piano ?

— Mais certainement. N'as-tu pas entendu l'appareil de Sinclair ?

— Oui, mais il cherche toujours des airs de jazz.

— Pourquoi n'en parlerais-tu pas à ta famille ? Ce serait très agréable pour ta grand-mère, ta tante et tes oncles.

— Je n'oserais jamais. Ils ne mettront jamais un sou sur un appareil. Tous ces vieux sont aussi avares que possible.

— Et Renny ou Piers ?

— Ils détestent la radio. De plus l'argent est terriblement rare cet hiver à la maison et tu sais bien que je ne peux rien avoir au-delà de ma pension et de mes billets de chemin de fer. Que dis-tu ?

Georges penchait vers lui son visage carré et espiègle, en clignant de l'œil.

— Je connais un moyen de gagner un peu d'argent, Finch !

Finch envoya les pépins de la pomme dans une grande corbeille à papiers.

— Comment cela, dit-il avec scepticisme.

— En organisant un orchestre.

— Un orchestre ! Je crois que tu deviens fou !

— Pas le moins du monde. Écoute-moi. L'autre jour, mon père est allé visiter un malade à Stead et c'est moi qui l'ai conduit. Dans cette maison, il y a une serre ; tout en attendant, je regardais les plantes à travers les vitres. Un jeune homme en est sorti et nous avons bavardé. C'est un petit-fils du propriétaire qui vient de quitter la ville pour raison de santé ; j'ai bientôt appris qu'il jouait de la mandoline. Il a un ami qui en joue également et un autre qui joue de la flûte. Depuis quelque temps, ils songent à monter un orchestre s'ils peuvent trouver un joueur de banjo et un pianiste. Cela l'a vivement intéressé quand je lui ai dit que nous pourrions nous joindre à eux.

Finch hésita.

— Mais que dira ton père ?

— Il ne saura rien. Tu penses bien que je n'ai pas dit que j'étais son fils ! je me suis fait passer pour son domestique, je crois que ça valait mieux. Nos parents sont si difficiles au sujet de nos relations ! Naturellement ces garçons sont très sérieux, mais tu sais à quel point les familles sont souvent déraisonnables.

Et Georges ajouta légèrement :

— Un de ces garçons est apprenti tailleur, c'est le flûtiste. L'autre travaille aux abattoirs.

— Ciel ! s'écria Finch, veux-tu dire qu'il tue les animaux ?

— Je ne lui ai rien demandé, répliqua Georges avec humeur. La seule chose qui compte, c'est qu'il joue de la mandoline.

— Tu les as vus ?

— Oui, à midi. Ce sont des types très sérieux et assez âgés. Le premier que j'ai vu a vingt-trois ans et l'autre environ vingt-six. Ils ont hâte de faire ta connaissance.

Finch commença à trembler ; il prit une boîte où il y avait deux cigarettes et la tendit à Georges.

— Prends une cigarette.

Ils allumèrent chacun la leur. Finch était trop excité pour regarder Georges. Son regard se fixa sur le trou où passait le tuyau de poêle qui était censé chauffer suffisamment la chambre de Georges. Il se demanda si on entendait leurs voix de la cuisine au-dessous.

— Attention au trou du tuyau ! La bonne est-elle là ?

— Elle ne peut pas entendre. De plus son amoureux est auprès d'elle.

— Qui est-ce ?

— Jack Sims, de Vaughanland.

Des murmures leur parvenaient d'en bas. Les jeunes gens s'approchèrent de l'ouverture et regardèrent au travers. Dans la pâle lumière d'une ampoule électrique, ils virent deux bras dont les deux mains étaient jointes. Une de ces mains sortait d'une manche de coton bleu, elle était grassouillette et un peu gercée par de fréquentes lessives. L'autre, velue et émergeant d'une veste grossière, était la main noueuse d'un paysan d'âge mûr. Les voix se turent et l'on n'entendit plus que le tic-tac de la pendule. Ces deux mains enlacées fascinaient Finch, elles devenaient pour lui le symbole de cet élément mystérieux dont la recherche était la seule raison de vivre. Il perçut toute la tendresse, toute l'ardeur que chacune de ces mains puisait dans l'autre et ce fut comme un réconfort pour son cœur solitaire.

Georges murmura :

— Ce qu'il y a de certain, c'est qu'ils ne sont jamais allés plus loin !

— Tu veux dire plus près !

— Je veux dire plus avant !

Ils éclatèrent de rire et se jetèrent sur la couchette avec de petits cris aigus. Mais malgré son rire nerveux, l'esprit de Finch était toujours absorbé par le spectacle qui s'apercevait par la fente du tuyau. Il brûlait de connaître les pensées des deux occupants de la cuisine.

— Pourquoi ne m'as-tu jamais parlé d'eux avant aujourd'hui ? Nous aurions pu les surveiller plus souvent.

— Cela n'avait aucun intérêt.

Georges eut une expression mécontente.

— Voyons, Finch, qu'est-ce qui t'intéresse le plus, de l'orchestre ou de ces deux imbéciles dans la cuisine ?

Finch répliqua :

— C'est tout à fait inutile de parler d'orchestre pour moi. On ne me laissera jamais aller en ville pour travailler ou pour jouer. Cela ferait un beau tapage si je proposais une chose pareille !

— Pas besoin d'en parler. J'ai tout arrangé. Tu ne vas tout de même pas refuser de gagner de temps en temps cinq dollars.

Finch s'assit et le regarda avec de grands yeux stupéfaits.

— Gagnerais-je vraiment tant que cela ?

— Certainement. Lilly, le chef de la bande, m'a dit que nous pouvions facilement gagner vingt-cinq dollars par nuit en jouant de la musique de danse dans les restaurants ; cela fait bien cinq dollars pour chacun. Cela vaut la peine de taper pendant quelques heures. Ne m'interromps pas. C'est la chose la plus facile à organiser. En avalant un rapide lunch, nous trouverons une heure pour travailler à midi. Nous pouvons également trouver quelques instants l'après-midi, après cinq heures, en prenant le train de sept heures trente. Cela est très facile. Pour ce qui est des soirées, voilà ce que j'ai organisé. Tu sais que ma tante, Mrs. Saint-John, est veuve depuis peu.

Finch inclina la tête en signe d'assentiment.

— Elle est au mieux avec ta famille, n'est-ce pas ? poursuivit Georges.

Finch fit un nouveau signe affirmatif.

— C'est parfait. Pas plus tard qu'hier, ma tante disait qu'elle aimerait que je vienne passer une soirée par semaine chez elle. Elle sera enchantée que tu viennes avec moi, et du moment que c'est une amie de ta sacrée famille je pense qu'il n'y aura aucune difficulté de ce côté. Je suis même sûr que Renny trouvera que tu es mieux avec moi pour étudier qu'avec Leigh.

Georges, à sa façon, détestait profondément Leigh.

— Mais ta tante ne soupçonnera-t-elle rien ?

Georges sourit doucement.

— Cela ira à merveille. Ma tante, sur l'ordre du médecin, doit se coucher chaque soir à huit heures. Elle verra que nous prenons nos livres (la bibliothèque est en bas) et elle ira se coucher en nous disant bonsoir. Les bals ne commencent qu'à neuf heures. Nous verrons de près la vie de ces restaurants. Et puis cinq belles pièces...

Ils bavardèrent et firent des projets jusqu'au moment où Finch repartit chez lui. Dans sa chambre, enveloppé dans une couverture, il se mit au travail pour rattraper le temps perdu. Mais entre lui et son livre repassait incessamment la vision de ces deux mains jointes reposant sur le buffet, puis celle du visage d'Ada, avec une bouche souriante et tremblante des baisers qu'il lui avait donnés. Avec peine, il écarta ces images et se mit au travail.

Cet orchestre qui paraissait voué à l'échec réussit cependant, il réussit à merveille. Les déjeuners furent écourtés et ce moment consacré aux répétitions dans le salon du tailleur où pénétrait l'odeur piquante du fer chaud sur l'étoffe mouillée. L'apprenti tailleur était son cousin. Il vivait au-dessus du magasin avec sa jeune femme et leur enfant chétif. C'était le membre le plus âgé du groupe, il avait environ vingt-six ans et s'appelait Meech. Finch eut bientôt les meilleures relations avec toute la famille qui était charmante avec lui et admirait son jeu. Aussi leur voua-t-il une vive affection. Souvent, après la répétition, il restait et se mettait en retard pour jouer du Chopin ou du Schubert devant cet auditoire amical. La mince et enfantine épouse du jeune tailleur se blottissait au bout du piano pour regarder ses mains. Elle était si près de lui qu'elle le gênait, mais il ne la priait pas de s'écarter. Assis devant le piano, le regard de la jeune femme posé sur lui, il faisait jaillir la musique sous ses doigts, se sentant solide, fort et libre comme l'air.

— Viens vite, appelait Georges, son banjo sous le bras. Nous serons en retard.

— Ne m'attends pas, criait Finch par-dessus son épaule.

Il se sentait plus heureux après le départ des joueurs de banjo et de mandoline, seul avec le flûtiste et sa famille.

Finch découvrit une vie nouvelle, la vie des jeunes vendeuses de magasin et de leurs amis cherchant à s'amuser le soir dans des restaurants bon marché. Le matin des jours où l'orchestre devait jouer, Finch se réveillait brusquement, tout son être surexcité. Tout avait été organisé la veille avec sa famille ; la pauvre Mrs. Saint-John désirait que Georges passât la nuit chez elle et elle était contente d'avoir Finch également. Il n'y avait jamais de difficulté. Finch trouvait cette double vie la plus facile du monde. Tante Augusta envoyait une boîte de gâteaux ou un pot de confitures à Mrs. Saint-John. La tante de Finch, malgré son apparence froide à son égard et l'expression offensée et hautaine de son visage, avait un tendre faible pour son neveu. A son grand étonnement, Finch avait gagné le canari et l'avait apporté en cachette à sa tante pour son soixante-seizième anniversaire. D'après elle, ce succès à la loterie devait être un heureux présage pour son avenir. L'oiseau était un lien entre eux deux. Il venait souvent chez sa tante rendre visite à son canari et ils le contemplaient ensemble. Tante Augusta se mit à aimer follement son oiseau ; elle tenait la porte de sa chambre soigneusement fermée de peur que la vieille Mrs. Whiteoak ne l'entendît chanter. Grand-mère n'aurait pas supporté dans la maison un autre oiseau que Boney. Elle redoutait aussi Sasha, le chat de Perse jaune d'Ernest qui avait l'habitude de faire sa toilette sur le paillasson d'Augusta. Ernest aussi s'intéressait fort au canari ; il venait l'entendre chanter dans la chambre de sa sœur et tous deux contemplaient avec ravissement le petit corps palpitant qui secouait sa tête de droite à gauche, chantant tantôt pour l'un de ses auditeurs, tantôt pour l'autre.

Finch vécut cette période dans une sorte de rêve. Il lui semblait que tout changeait autour de lui. Des forces nouvelles l'attiraient de côté et d'autre. Il éprouvait parfois en lui-même une sensation presque douloureuse, un désir d'il ne savait quoi ! Désir qui n'était ni celui de la vie religieuse ni celui de l'amour, mais de quelque chose qui participerait à la fois de la religion et de l'amour. Ses yeux étaient fatigués, il était plus maigre que jamais, et cependant toujours affamé ! Les jours où il n'y avait pas de répétitions d'orchestre, il allait, après le déjeuner de l'école, dans un grand magasin très fréquenté des étudiants lorsqu'ils étaient en fonds. Il montait et descendait le long des vitrines qui contenaient des plats tentants : plats de jambon et de langue, magnifiques langoustes rouges et de petites crevettes roses. Finch s'arrêtait fasciné, devant les vitrines de fromages : fromages à la crème, petits-suisses, camemberts, roquefort, oka, ces délicieux petits fromages des Pères Trappistes de Québec. Il se disait qu'il aurait aimé être moine pour travailler dans les chambres fraîches du couvent, et achetait ces fromages simplement à cause des pensées qu'ils lui suggéraient. A l'autre bout du magasin, Georges dépensait son argent en gâteaux, en chocolats et en bouteilles de fruits de Californie.

Ils ressortaient avec leurs achats et les dévoraient en hâte pendant la récréation, avec leurs amis ; ou bien on organisait un festin après la classe pour pouvoir manger tout à loisir.

Ils réussirent cependant à mettre de côté une somme assez forte pour leur appareil de radio et pour faire un petit voyage et camper pendant l'été. Finch aurait voulu faire des cadeaux à toute sa famille avec cet argent qu'il gagnait si abondamment ; mais ne se demanderait-on pas d'où venait l'argent ? Cependant il ne put résister à faire l'achat d'une cravate pour l'anniversaire de Renny qui tombait en mars. Il resta longtemps dans le magasin pour faire son choix et finit par en prendre une qui portait deux raies bleues sur un magnifique fond rouge. Renny écarquilla les yeux de surprise en recevant ce cadeau et en fut ému. Mais lorsqu'il apparut le dimanche, à l'heure du thé, avec la cravate, ce fut une protestation générale à la vue de ce bleu vif auprès de son teint très coloré et de ses cheveux roux. De l'avis de tous, la beauté de Renny réclamait, pour s'épanouir, des teintes sombres. Les teintes vives seyaient aux yeux bleus et au teint clair de Piers. Et le jour suivant, Finch vit sa cravate au cou de Piers.

Il eut plus de succès avec la boîte d'aquarelle qu'il offrit à Wakefield. Pour éviter tout soupçon, il déclara que c'était un cadeau de Leigh. Wake, qui était malade dans son lit, fut enchanté. Il peignit images sur images. Renny, trouvant son lit inondé de ces œuvres d'art, pensa avec désolation : « Est-ce que cet enfant-là serait aussi un artiste ? »

L'orchestre était de plus en plus demandé. La gaieté des jeunes musiciens était infatigable et ils étaient si complaisants ! Finch continuait à pâlir consciencieusement sur ses livres et entre la musique, le travail et le manque de sommeil, il devenait si maigre que Piers lui-même s'en inquiéta.

— Essaie de manger davantage, conseilla-t-il. Tu grandis, tu as grand besoin de nourriture.

— Manger ! cria Finch exaspéré. Je mange tout le temps. Si je suis maigre, cela ne regarde que moi. Laisse-moi tranquille.

— Mais, s'obstina Piers, en tâtant le bras de Finch, tu maigris de plus en plus ; tu es mou. Tâte mes muscles.

— Je me moque de tes muscles ! Si tu les usais moins sur moi, ils ne seraient pas si durs et je ne serais pas si maigre.

Un jour de mars, Georges annonça qu'ils étaient engagés dans un restaurant où ils avaient déjà joué plusieurs fois. Une société sportive y donnait un bal. Les deux jeunes gens venaient de passer deux week-ends chez Mrs. Saint-John et l'orchestre avait beaucoup travaillé pour apprendre de nouveaux airs de danse. Ils avaient joué à quatre reprises et Finch avait ajouté vingt dollars au trésor caché dans un vieux panier de pêche, au dernier rayon de son armoire. Lorsqu'il restait à la maison, il travaillait tard dans la nuit, de peur d'échouer de nouveau à son examen.

Le soir du bal en question, il était très las, et avait difficilement obtenu de rester ce soir en ville. Pour obtenir cette permission, il avait dû faire un pressant appel à une intervention de tante Augusta. Le pasteur lui-même commençait à trouver que sa sœur n'avait plus besoin de Georges, et de son côté, Mrs. Saint-John se lassait un peu de ses jeunes compagnons. Finch se rendait compte que cela ne pourrait plus durer très longtemps et que l'orchestre devrait renoncer, pendant quelque temps, à accepter des engagements, à moins de chercher un autre pianiste. Cependant, il aimait cette existence. C'était vivre vraiment que de faire de la musique, de regarder danser et flirter, de se trouver dehors tard dans la nuit, avec, dans sa poche, de l'argent fraîchement gagné.

Ce soir-là, Mrs. Saint-John les avait quittés assez tard. Sa santé était meilleure et elle n'éprouvait plus le besoin de se coucher de bonne heure. Elle se trouvait bien dans la bibliothèque, en compagnie de ces deux jeunes gens à la peau fraîche. Elle les regardait travailler ; leurs chevelures étaient en pleine lumière, celle de Georges brune et en broussaille, celle de Finch blonde et souple avec, sur le front, une mèche étrangement attirante. Elle se plaisait à regarder leurs mains, petites, blanches, vigoureuses et adroites chez Georges, tandis que celles de Finch étaient longues et osseuses, très belles cependant, mais nerveuses et maladroites.

Jusqu'à son départ, ils durent faire semblant de travailler avec ardeur, mais lorsqu'elle les quitta, ils éclatèrent d'un rire contenu qui menaça, chez Finch, de devenir convulsif.

— Tais-toi, lui dit Georges, reprenant son calme. Ou bien elle entendra et reviendra.

Finch enfouit son visage au creux de son coude et poussa d'étranges petits cris. Georges le considéra en disant :

— Jamais je n'ai vu un type comme toi ! Tu ne sais pas t'arrêter. Puis il regarda sa montre. « Ciel ! il ne faut pas songer à prendre un tramway. Je vais appeler un taxi par téléphone. » Il ouvrit la porte pour écouter et ajouta : « Je l'entends qui fait couler de l'eau, il n'y a plus rien à craindre maintenant. »

Il prit l'écouteur et fit un numéro, tout en regardant de l'autre côté de la table Finch qui le regardait également avec des yeux humides, un sourire heureux sur ses lèvres serrées. Il avait l'air si stupide que Georges ne put retenir un grognement dans le téléphone et bredouilla en demandant le taxi. Finch se mit à pouffer de nouveau.

— Écoute, dit Georges en posant violemment le récepteur, si tu ne veux pas te maîtriser...

Il essaya d'imiter son père de son mieux ! Il sortit ensuite dans le hall et monta avec précaution jusqu'à la porte de la chambre de sa tante.

En revenant, il déclara :

— Tout va bien. Elle se prépare à se coucher... J'ai dit au taxi d'attendre au coin de la rue. Maintenant, Finch, pour l'amour du Ciel, marche sans faire de bruit.

En s'enfonçant dans la froide nuit printanière, ils furent saisis par le charme violent de l'aventure et songèrent à la vie dangereuse qu'ils menaient. Le banjo de Georges reposait sur ses genoux. Finch portait une serviette pleine de musique. Pendant que Georges payait le chauffeur, Finch contempla une grande enseigne électrique rouge, annonciatrice de chocolat, qui brillait sur le lourd ciel gris.

— Cela ne m'étonnerait pas qu'il neige, dit-il, il fait suffisamment froid pour cela.

Mais à l'intérieur il faisait chaud. La pièce était remplie de jeunes gens des deux sexes : joueurs de hockey agiles et vigoureux, jeunes filles décolletées, aux jambes gainées de soie, aux visages riants, aux lèvres pourpres. Certains d'entre eux connaissaient Finch et lui faisaient un signe d'amitié, tandis qu'il s'asseyait en donnant une note et que les autres musiciens accordaient leurs instruments. Quelque chose en lui leur plaisait.

— Regardez, Doris, voilà le jeune homme blond ! Il doit être doux comme un agneau ; j'aimerais danser avec lui.

La flûte, les deux mandolines, le banjo et le piano se mirent à jouer. Ils chantaient la joie de la danse, des membres vigoureux, des dos souples, des doigts frémissants ! Toute cette foule brillamment éclairée se hâtait, comme un groupe de chasseurs conduit par cinq lévriers, à la poursuite de ce renard agile, la Joie.

Au moment de souper, les membres de l'orchestre se levèrent et étirèrent leurs jambes. Il y avait trois heures qu'ils jouaient. Un garçon leur apporta des rafraîchissements. Finch, qui s'efforçait de ne pas paraître vorace, fut mécontent de voir une grande jeune fille brune s'approcher de lui.

— Vraiment, mes amis, dit-elle, vous savez jouer. Je préfère danser au son de votre musique qu'à celui d'un grand orchestre.

— Allons donc, vous voulez rire !

— Je parle sérieusement.

Finch prit un autre sandwich et ne regarda pas plus haut que les jambes brillantes de la jeune fille.

— Quel drôle de garçon vous faites ! Vos cils ont près d'un mille de long !

Il rougit et leva les yeux jusqu'à sa poitrine blanche comme du marbre.

— J'aimerais danser avec vous, monsieur... quel est votre nom ?

— Finch.

— Ah ! et votre nom de baptême ?

— Bill.

— Bill Finch, alors ? Je voudrais que vous veniez me voir un soir, Bill. Voulez-vous ?

— Certainement.

— J'habite n° 5, Mayberry Street. Vous vous en souviendrez. Viendrez-vous demain soir ? Demandez Miss Lucas.

— Je ne pourrai pas venir demain.

— Après-demain, alors ?

— Entendu. Après-demain.

Il souhaitait vivement qu'elle le laissât aux prises avec ses sandwiches !

Un grand gaillard vint la prendre par le bras.

— Allons, Betty, pas de ça.

Il l'entraîna mais ses hardis yeux verts souriaient à Finch par-dessus ses blanches épaules.

Il raconta à Meech, le flûtiste, les avances qu'elle lui avait faites, pendant qu'ils avalaient à la hâte un gâteau et du café.

— C'est une espèce dont il faut se méfier, lui conseilla Meech. Il y a ici, sans aucun doute, un tas de coquines pleines d'audace !

Le bal reprit, les danseurs avaient les membres plus souples, les yeux plus brillants qu'avant le souper. Ils étaient légèrement gris mais sans être bruyants. A deux heures, Burns, le joueur de mandoline qui travaillait aux abattoirs, fit passer une gourde parmi les musiciens ; ils étaient épuisés. Un peu plus tard, ils la vidèrent.

— Encore une danse, imploraient les danseurs, à trois heures. Encore une.

Et ils frappaient des mains vigoureusement. Finch se sentait tout prêt à tomber de son tabouret. Un muscle de sa main droite le faisait horriblement souffrir. Les danseurs lui apparaissaient comme de véritables vampires qui suçaient son sang sans en être jamais rassasiés.

La grande jeune fille brune se dégagea de la foule et se précipita vers le piano. Elle jeta ses bras autour du cou de Finch et le serra très fort.

— Une autre, encore une autre, murmura-t-elle, et n'oubliez pas votre promesse.

Il détesta son odeur chaude et humide et chercha à reprendre haleine, ses mains reposant, immobiles, sur le clavier. Il essaya de dégager sa tête.

— Ne soyez pas si sérieux, chéri, lui dit-elle, en le relâchant, et de nouveau le grand gaillard vint la chercher.

Un garçon arriva avec une carafe et des verres.

— Un peu de bière ? lui proposa-t-il avec un sourire.

Finch prit un verre, il trouva que c'était plus fort que de la bière. Après avoir bu la première moitié du verre, il eut une sensation de bien-être ; lorsqu'il eut terminé, il se sentit plus fort et plus solide. Par-dessus son épaule, il jeta un coup d'œil sur les autres. Les yeux de Georges Fennel brillaient sous ses cheveux en broussaille. Le front haut et pâle de Meech, le flûtiste, était devenu rose. Lilly et Burns riaient ensemble. Burns disait, d'une voix pâteuse :

— Lilly ne peut pas voir les cordes. Il est un peu gris, n'est-ce pas ?

Mais ils s'aperçurent qu'ils pouvaient continuer à jouer. Un flot d'énergie les inonda tandis qu'ils jouaient *Mon cœur s'arrêta*. Les couples tournaient en silence, se serrant étroitement. Le glissement de leurs pieds faisait le même bruit que les feuilles sèches qui tombent à l'automne. La lumière crue révélait des visages soudainement vieillis. Une sorte de flétrissure semblait les avoir tous atteints. Et cependant, ils ne pouvaient cesser de danser.

C'était l'orchestre qui maintenant les entraînait, comme des marionnettes au bout d'un fil. Ils passaient vivement d'une danse à l'autre et réclamaient la suivante en frappant leurs mains chaudes et moites. A l'exception de Meech, le flûtiste, l'orchestre se mit à chanter *Mon cœur s'arrêta,* car leur répertoire était limité et il fallait bien répéter les mêmes morceaux.

Enfin les danseurs s'arrêtèrent. Il était plus de quatre heures du matin lorsque les membres de l'orchestre descendirent l'escalier étroit et sortirent dans l'obscurité du matin.

Une neige épaisse était tombée pendant la nuit. Les rues de la ville étaient d'une blancheur de paradis. Tout semblait de marbre blanc, sous un ciel bleu foncé dans lequel brillait une énorme lune d'or.

La douce fraîcheur de l'air tranquille semblait une exquise caresse. Ils lui livrèrent leurs visages, ouvrant la bouche pour l'absorber ; ils auraient voulu la faire pénétrer dans tout leur corps. La neige douce et immaculée faisait sous leurs pieds un tapis splendide. Ils se mirent à courir en la faisant voler de tous côtés. Lilly enleva son chapeau pour rafraîchir son front, mais Burns le lui arracha et le lui enfonça de nouveau sur la tête.

— Non, non, vous allez vous enrhumer, mon petit Lilly, mon joli petit Lilly ! lui dit-il d'une voix quelque peu pâteuse.

Lilly, son chapeau sur les yeux, avança lentement, très gêné.

— Je connais, dit Burns, un endroit où nous pourrions faire un bon souper chaud. Je meurs de faim.

— Moi aussi, cria Georges. En avant, Burns, au nom plein de sens ! Que cette nuit soit notre nuit !

— Il faut que je rentre chez moi, retrouver ma femme et mon petit, objecta Meech.

— Au diable votre femme et votre petit..., s'écria Burns.

— Attention à vos paroles, reprit le flûtiste en s'arrêtant devant lui.

— Ne vous fâchez pas, repris Burns, je n'avais aucune mauvaise intention ; je voulais seulement dire que je connaissais un endroit où nous pourrions faire un bon repas chaud, et comme nous avons touché un supplément cette nuit, j'avais envie d'organiser un petit festin. Qu'en pensez-vous maintenant ?

Ils tombèrent aussitôt d'accord et tout en continuant leur route, Burns déclara :

— Mon estomac commence à croire qu'on m'a coupé la gorge !

Ses compagnons firent entendre un léger murmure ; quel mauvais goût, de la part d'un boucher, de parler de gorges coupées !

Burns les conduisit dans un petit restaurant mal éclairé, mais les œufs au jambon y étaient excellents, et après un bref échange de paroles, le garçon leur apporta une carafe de bière. Ils étaient tous les cinq affamés. A peine remarquèrent-ils les autres clients avant d'avoir nettoyé leurs assiettes et allumé des cigarettes. Georges se pencha alors vers ses compagnons en leur disant :

— Pour l'amour de Dieu, cachez vos instruments. Ils nous supplieront de jouer s'ils les aperçoivent.

Il y avait environ deux douzaines de clients qui regardaient les jeunes gens avec une arrière-pensée évidente. Il était trop tard pour dissimuler mandolines et banjo. Un des hommes se dirigea vers eux, et avec un sourire aimable, leur dit :

— Ne pourriez-vous pas jouer un air ou deux ? Ces jeunes filles sont pleines d'entrain et danseraient volontiers.

— Pour qui nous prenez-vous ? répondit Lilly. Nous avons joué toute la nuit, et de plus, il n'y a pas de piano.

— Mais si, il y en a un, là, derrière le paravent. Jouez-nous tout juste un air ou deux ; sinon ces jeunes filles seront très déçues.

Il soufflait dans l'oreille de Finch d'une façon fort désagréable.

Les « jeunes filles » vinrent elles-mêmes apporter leurs supplications. On versa quelque chose dans leurs verres vides. Finch entendit un étrange bourdonnement dans sa tête. L'atmosphère de la pièce lui sembla, non plus immobile, mais agitée par des vagues bruissantes. Les lampes électriques s'entourèrent d'un brouillard laiteux. On l'entraîna au piano. Il se sentait affreusement triste.

Ses compagnons accordèrent leurs instruments. Il entendit Georges jurer contre une corde cassée. Il plaça ses mains sur le clavier qu'il regarda en clignotant ; les touches lui apparurent comme une procession de petites religieuses vêtues de noir sur une terrasse de marbre blanc ! Il les contemplait avec stupeur, elles étaient si parfaites, si noires, si tristes !

D'une voix enrouée, Burns proposa de jouer *Mon cœur s'arrêta.*

— Parfait, accepta Finch.

Ce n'était plus lui qui jouait, mais seulement ses mains, un mécanisme qui ne dépendait en rien de lui. Ils jouèrent morceau sur morceau, tout ce qu'on leur demanda, avec fermeté et vigueur, martelant les notes accentuées. Finch apercevait le visage de Georges, comme un masque blanc, et ses petites mains qui attaquaient vigoureusement les cordes. La flûte s'élevait et gémissait dans une sorte de cri déchirant. Les mandolines chantaient, ignorant la fatigue. Les mains de boucher de Burns rendaient Finch presque malade lorsqu'il les voyait voltiger au-dessus des cordes. La mandoline lui semblait alors un chétif petit animal prêt à être égorgé.

De nouveau, ils se retrouvèrent dans la rue, criant tous ensemble, élevant la voix sans la moindre raison, mais poussés par une sorte d'instinct. Ils avançaient dans la rue pleine de neige, tantôt à la file indienne, tantôt occupant toute la largeur de la rue. La lumière de la neige — car la lune était si blême qu'on la distinguait à peine dans le ciel pâlissant — donnait une apparence surnaturelle à leurs visages. Leurs cris étaient des cris de fantômes plutôt que des cris d'hommes.

Ils ne savaient pas où ils allaient, montant et descendant dans les rues pour finir par se retrouver dans la même, sans la reconnaître.

Chaque écart désordonné qu'ils faisaient se dessinait sur la neige immaculée. Ils se trouvaient parfois divisés en deux groupes allant chacun dans une direction différente. L'appel lointain d'un des groupes jetait la panique dans l'autre. Ils se mettaient à courir en tous sens en s'appelant, jusqu'au moment où ils se rencontraient enfin et se trouvaient tous ensemble.

A un moment donné, le flûtiste se perdit. Ils ne s'aperçurent pas tout de suite que l'un d'entre eux manquait, tout en se rendant compte que quelque chose n'allait pas. Une note aiguë de ténor ne résonnait plus au milieu de leurs voix rauques et graves. Ils finirent par réaliser que l'un d'entre eux s'était égaré. Ils s'arrêtèrent, s'examinèrent les uns les autres avec inquiétude. Qui avait disparu ? Ensemble ils s'aperçurent que c'était Meech et se mirent à hurler : « Meech ! Meech ! » en courant et en trébuchant.

Leurs appels restant sans réponse, ils l'appelèrent par son nom de baptême : « Sinden ! Sinden ! Hé, Sinden Meech ! »

Ils finirent par le trouver dans une rue large et bien éclairée. Il étreignait de ses bras un lampadaire électrique, la tête renversée, les regards levés vers le ciel avec ravissement.

— Je tiens une horloge, déclara-t-il, et j'essaie de lire l'heure : une-deux-trois-quatre-cinq.

Il compta ainsi jusqu'à vingt-neuf.

— Vingt-neuf heures, annonça-t-il. Voilà une diable d'heure que je n'avais jamais entendu sonner !

— Allez au diable, Burns. Ce n'est pas une horloge !

— Bien sûr que si, et je vais rester jusqu'à ce qu'elle sonne de nouveau. La prochaine fois qu'elle sonnera un-deux-trois...

Les quatre autres se mirent à compter avec lui avec de bruyantes exclamations. Un cri perçant de Lilly courbé en deux au milieu de la rue les interrompit. Ils cessèrent de compter et l'entourèrent, sauf Sinden Meech qui continua d'étreindre le réverbère.

— Qu'y a-t-il, Lilly ?

— Je souffre. Qu'est-ce que vous faites quand vous souffrez ?

— Où souffrez-vous, Lilly ?

— Au ventre.

— Quel vilain mot à prononcer en public !

— Qu'est-ce qu'il faut donc dire ?

— Le diaphragme, dit Georges Fennel.

— Bien. Alors, j'ai mal au diaphragme.

Ils éclatèrent d'un rire fou, sautant en rond comme des corbeaux sur la neige.

Profitant d'une accalmie, Meech abandonna sa colonne et s'avança en trébuchant vers eux, tout en disant :

— Mon père a élevé dix enfants.

Ils l'entourèrent, intéressés. Il continua :

— Est-il possible que je ne parvienne pas à en élever un seul avec ma flûte ?

Ils se mirent tous à hurler.

Trois silhouettes approchaient, un homme et deux femmes. Les femmes étaient effrayées et l'homme lui-même était un peu inquiet en passant à côté de cette bande de voyous ! Il serra le bras des deux femmes, affermit son visage et s'avança vers eux. Mais il n'y avait rien à craindre. Les cinq jeunes gens contemplèrent ces visages qui leur parurent de mauvais augure. Ils se serrèrent les uns contre les autres et se turent jusqu'à ce que les trois passants se fussent éloignés. Alors Georges leur cria : « Bonsoir, bonsoir, mesdames », et Finch roucoula : « Ta-ta, messieurs ! » Et une pluie de bonsoir ! et de ta-ta ! poursuivit les silhouettes qui s'éloignaient.

Une fenêtre d'un grand immeuble en face s'ouvrit brusquement et un homme en vêtement de nuit parut sur le balcon.

— Si vous ne quittez pas la rue en vitesse, tas de vauriens, j'appelle la police. Allez, filez tout de suite !

Les membres de l'orchestre se regardèrent entre eux puis éclatèrent en sarcasmes et en coups de sifflet. Finch fit une boule de neige et l'envoya à travers la fenêtre, dans le visage furieux. Une pluie de boules de neige suivit. L'infortuné propriétaire se retira pour aller téléphoner à la police. Mais à l'instant où il disparaissait, une lourde silhouette casquée apparut au coin de la rue, Terrifiés, ils saisirent leurs mandolines, leur flûte et leur banjo, compagnons silencieux de tout ce vacarme, et s'enfuirent dans une ruelle. Ils ressortirent dans une autre rue qu'ils traversèrent à la course en entendant résonner le coup de sifflet de l'agent dans l'air léger du matin.

Des traînées de nuages brillantes et rouges apparaissaient à l'est, annonciatrices du jour. Des ombres bleues devenaient visibles sur la neige.

Finch et Georges Fennel se trouvèrent séparés du reste du groupe. Ils reprirent leur course à plusieurs reprises, jusqu'au moment où ils furent certains de n'être pas poursuivis. Ils s'arrêtèrent et s'examinèrent comme deux personnes qui se rencontrent pour la première fois, en d'étranges circonstances.

— Où habitez-vous ? demanda Finch.

— Avec ma tante, dans une vieille maison de College Street.

Après un instant de réflexion, Finch déclara :

— Moi aussi j'habite une vieille maison qui s'appelle Jalna.

— En effet. Y allez-vous maintenant ?
— Je ne sais pas. Où dites-vous que vous habitez ?
— Dans une vieille maison, dans College Street.
— Puis-je venir avec vous ?
— Mais certainement, tant que vous voudrez.
— Comme c'est gentil. Vous dites College Street ?
— Oui. Reprochez-vous quelque chose à cette rue ?
— Mais non. Je vous y ramène.
— Très bien. Finch, tu es un ami fidèle.

Finch passa son bras autour du cou de Georges et ils avancèrent dans la rue d'un pas quelque peu incertain. Ils demandèrent leur chemin à un laitier, mais ensuite mirent en doute ses indications d'un air si moqueur qu'il se fâcha et fit repartir son cheval d'un coup de fouet. Ils le suivirent jusqu'à son nouvel arrêt, en l'appelant :

— Venez ici !

— Mais enfin, que voulez-vous, grogna-t-il, debout dans la neige bleutée, un panier de bouteilles dans chaque main.

— Vous arrêtez-vous par-ci, par-là ? demanda Georges.

— C'est drôle, n'est-ce pas ? répondit le laitier moqueur en jetant avec fracas son panier dans la voiture où il sauta ensuite.

— Nous pouvons bien acheter une bouteille de lait ? dit Finch.

— Faites voir votre argent, répondit le laitier soupçonneux, tandis que le cheval reprenait son chemin habituel.

Finch le suivit en courant et lui tendit une pièce d'argent. Le laitier arrêta son cheval et tendit une bouteille avec mauvaise humeur :

— Si vous buviez un peu plus de ceci, et un peu moins d'autre chose, vous n'en seriez pas là.

Mais ils s'aperçurent, en ouvrant la bouteille, que le lait était gelé. Ils essayèrent de le sortir avec un canif, et ne pouvant y réussir, cassèrent la bouteille et laissèrent le lait gelé devant la porte la plus proche.

Finch remit son bras autour du cou de Georges et, d'un pas plutôt inégal, ils repartirent à la recherche de la maison de Mrs. Saint-John. Finch attira la tête de son ami sur son épaule.

— Comment allez-vous ? lui dit-il.

— Vous êtes un brave garçon, répondit Georges.

— Il ne s'agit pas de cela, reprit Finch, très gravement. Répondez-moi. Comment allez-vous ?

— Vous êtes un brave garçon, s'obstina à répondre Georges.

— Mais ce n'est pas de cela dont il s'agit.

Ils continuèrent ainsi questions et réponses jusqu'au moment où, par miracle, ils se trouvèrent devant la porte de la maison qu'ils cherchaient.

— C'est ici que vous habitez ? demanda poliment Finch.

— Oui. Vous aussi, n'est-ce pas ?

— Non. J'habite une vieille maison qui s'appelle Jalna.

— Ah !... Eh bien, au revoir !

— Au revoir et à bientôt.

Ils se séparèrent et Finch prit un taxi qui le conduisit à la gare. En cours de route, il tint son visage contre la vitre, observant, avec un intérêt d'ivrogne, les rues qu'il traversait. Le premier train du matin allait partir sans tarder. Le contrôleur ne connaissait pas Finch, mais veilla sur lui avec un soin paternel. Il l'éveilla d'un profond sommeil en arrivant à Weddel et attendit de le voir sain et sauf sur le quai.

Un flot de lumière éclatante inondait la campagne. Le soleil montait dans le ciel bleu avec une ardeur printanière que la neige de la nuit n'avait en rien affaibli. Cette neige n'était plus qu'une blanche parure pour la terre qui la rejetait et présentait son sein brun au soleil, tendant vers lui tout son être pour s'imprégner de chaleur.

Dans les fossés l'eau ruisselait en joyeux murmures. Les troncs dépouillés des arbres brillaient comme s'ils avaient été vernis. Une ornière de la route servait de baignoire à un petit oiseau qui secouait joyeusement ses ailes brunes, faisant jaillir tout autour de lui des gouttelettes étincelantes.

Finch pataugea dans la boue, le visage gonflé et rouge, les cheveux collés sur le front.

Deux fermiers en carriole le dépassèrent et constatèrent entre eux que le jeune Whiteoak ne faisait pas mieux que ses aînés ! Il rencontra Rags au moment de rentrer dans la maison, et le maître d'hôtel lui dit, avec une insolente sollicitude :

— Si j'étais vous, Mr. Finch, je ne rentrerais pas dans la maison dans cet état, j'irais tout droit me laver la figure. Ce n'est pas la peine de montrer à la famille comment vous avez passé la nuit.

8

Les quatre frères

Finch entra par la porte de côté et descendit, avec des gestes d'automate, l'escalier qui conduisait au sous-sol. Il était trop étourdi par le bourdonnement qui remplissait sa tête pour remarquer le bruit de voix qui montait de la buanderie ; et même après avoir ouvert la porte, il ne s'aperçut pas tout de suite qu'elle était occupée. Cependant, en clignant de l'œil à travers la buée chaude qui remplissait la pièce, il distingua peu à peu les visages de ses frères. Piers était à genoux devant une grande baignoire où se trouvait un épagneul tout mouillé et tremblant, le regard doux et inquiet sous ses longs poils, blancs de savon. Debout auprès de la baignoire, Renny fumait sa pipe en dirigeant les opérations et, perché sur une échelle, le petit Wakefield croquait un morceau de chocolat.

Finch hésita, mais il était trop tard pour reculer ; tous les trois l'avaient vu. Il entra lentement et ferma la porte derrière lui. Pendant un instant personne ne fit attention à lui. Renny posa sa pipe sur le rebord de la fenêtre, saisit un broc d'eau propre et la versa sur le chien. Piers frictionna soigneusement tout le corps de l'animal pour enlever le savon.

— Quel beau chien, maintenant ! cria Wakefield. Saute, Merlin, saute !

L'épagneul rendu à la liberté resta un instant sur le sol en brique, puis se secoua furieusement, en projetant de l'eau de tous côtés.

— Attention, cria Wakefield. Tu vas nous noyer !

Renny lança une serviette à Piers ; celui-ci, les manches relevées sur ses bras blancs et musclés, se mit à sécher le chien en le frottant vigoureusement.

Brusquement, Renny se retourna et aperçut Finch.

— Par exemple ! s'écria-t-il.

Wakefield le regarda à travers la buée et, imitant son frère à la perfection, cria de sa petite voix claire :

— Par exemple !

Piers regarda par-dessus son épaule l'objet de leur étonnement. Il ne dit rien, mais lâchant le chien, se leva et s'approcha de Finch pour l'examiner de plus près. Ce dernier restait debout devant ses frères, la bouche ouverte et l'air stupide, la figure sale, son col et sa cravate de travers.

— Eh bien, grogna-t-il. Me trouvez-vous beau ?

— Si beau, répliqua Piers, que j'ai envie de te plonger la tête dans ce baquet de savon.

— Essaie seulement. Qu'un de vous ose seulement me toucher du bout du doigt. Je ne demande qu'une seule chose, c'est de rester seul. Je n'ai besoin de personne.

Son regard lourd se fixa sur Piers.

— Nous nous sommes déjà battus ici. Dis un mot et nous recommencerons.

— Battus ! ricana Piers. Nous nous sommes battus ! Tu n'appelles tout de même pas cela se battre, jeune âne ! Tu m'avais jeté quelques gouttes d'eau à la figure, et je t'ai assommé ! Te rappelles-tu, Renny ? En entrant, tu l'as trouvé par terre, saignant du nez et pleurant comme un veau !

Finch l'interrompit violemment :

— Je ne pleurais pas !

— Si, tu pleurais. Du reste, tu pleures toujours quand tu es puni ; tu ne sais que pleurnicher.

Finch, le visage tordu par la colère, se dirigea vers Piers. Le chien, excité par le bain, voulut prendre sa part d'amusement. Il sauta sur Finch en aboyant et le renversa presque. Ce paquet humide se jetant sur lui acheva d'exaspérer Finch. Les aboiements du chien lui firent perdre la tête et sans savoir ce qu'il faisait il repoussa l'animal à coups de pied. A peine s'il entendit le cri de douleur du chien. Mais ce qu'il perçut très nettement, ce fut l'expression de rage froide de Renny. Ce dernier, blanc comme un spectre, frappé de stupeur, le regardait comme s'il ne pouvait croire au geste brutal de Finch. Enfin il ouvrit la bouche, posa sa pipe et se jeta sur son jeune frère qu'il secoua comme un terrier secoue un rat ! Il le jeta ensuite sur un banc en disant :

— Si je savais que tu aies agi en pleine connaissance, je t'écorcherais !

Il se baissa, tâta le flanc du chien et examina ses yeux pour s'assurer de son état.

Les yeux de Finch ne quittaient pas la main de Renny, cette rude et forte main, rapide et sûre comme une machine. Il se coucha sur le banc, le dos contre le mur, envahi de souffrance, de colère et de pitié pour lui-même.

Du haut de son perchoir, Wakefield déclara :

— D'habitude, je ne suis pas là quand il y a une querelle !

Mais personne ne l'entendit.

— Maintenant, dit Renny, en reprenant sa pipe, veux-tu me dire où tu as passé la nuit ?

— En ville, murmura Finch avec soumission.

— Où cela ? Probablement chez Mrs. Saint-John !

— J'y ai dîné.

— Vraiment ?

Si seulement les yeux de Renny n'avaient pas été si cruels, si dépourvus de pitié ! Il aurait eu moins de peine à réfléchir, à présenter sa défense. Du reste, à quoi bon se défendre, maintenant qu'il avait brutalisé Merlin ! Si seulement Piers n'était pas là, il serait plus facile de tout confesser !...

Piers avait recommencé de frotter Merlin, mais en même temps ses yeux ne perdaient pas de vue le visage de Finch, tandis que ses lèvres gardaient toujours leur petit sourire moqueur.

— Eh bien, voilà ! dit Finch d'une voix de plus en plus faible. Je fais partie d'un orchestre. Je ne vous en ai jamais parlé, bien qu'il n'y ait aucun mal à ça.

— Quel innocent ! cria Piers.

— Un orchestre ! Quelle sorte d'orchestre ?

— Un tout petit orchestre que nous avions organisé entre camarades pour gagner un peu d'argent : un banjo, deux mandolines, une flûte, et moi. Je jouais du piano.

— Dieu, quel orchestre ! s'exclama Piers en se relevant et en s'essuyant les bras.

— Quels sont ces camarades ?

— Quelques camarades que je connais. Pas des camarades d'école. J'ai fait leur connaissance depuis peu. — Il ne voulait pas compromettre Georges. — Nous jouons en dehors des heures de classe.

— Où jouez-vous ?

— Dans des restaurants bon marché, pour faire danser.

— Voilà donc ce que tu faisais lorsque tu étais censé passer la nuit chez la tante de Georges ? Georges était-il dans la combinaison ?

— Non. C'est par hasard que j'ai rencontré ces garçons.

— Ce doit être du joli ! Qui sont-ils ?

— Cela ne t'apprendra rien si je te le dis. L'un s'appelle Lilly, l'autre Burns, un autre Meech.

— Mais qui sont-ils ? Que font leurs parents ?

— Quel était votre salaire ? interrompit Piers.

Cette question apporta un certain soulagement à Finch qui leva des yeux hagards vers Piers.

— Cinq dollars par nuit.

— Et vous avez joué souvent ?

— Je ne sais pas exactement. Je ne me souviens plus. Mais cela dure depuis environ deux mois.

— Ce que je veux savoir, insista Renny, c'est qui sont ces garçons. Sont-ils étudiants ?

— Non. Ils travaillent pour vivre. Le grand-père de Lilly a une serre. Siden Meech est employé chez un tailleur et Burns dans une espèce... d'abattoir.

— Vraiment !... et ainsi vous avez l'habitude d'errer en ville la nuit en buvant ?

Si seulement ils pouvaient cesser de le regarder ! Jamais il ne pourrait mettre un peu d'ordre dans ses pensées sous ces regards impitoyables fixés sur lui !

— Non, non, murmura-t-il en se tordant les doigts. C'est la

première fois... Nous avions joué pour un bal. Nous étions tellement fatigués. On nous a fait boire quelque chose pour nous remonter, mais sans excès, je t'assure. C'est dans un autre restaurant où nous sommes allés ensuite qu'on nous a fait boire quelque chose de joliment fort, car en sortant de là nous ne pouvions plus retrouver notre chemin... Nous nous sommes séparés, puis retrouvés, enfin j'ai pris mon train pour rentrer.

Renny s'empara de sa pipe sur le rebord de la fenêtre, et la mit dans sa poche. Il regard Finch avec dégoût en lui disant :

— Tu n'es pas en état d'écouter un sermon pour l'instant. Va te coucher et dors. Ensuite j'aurai un mot à te dire.

— Si tu m'appartenais, déclara Piers, je te mettrais la tête un quart d'heure sous ce robinet pour voir si cela te réveille !

— Mais je ne t'appartiens pas, cria Finch d'une voix enrouée. Je n'appartiens à personne. Tu parles comme si j'étais un chien.

— Je ne ferai pas à un chien l'injure de te comparer à lui.

Finch se sentit par trop misérable ! Il éclata en sanglots et se moucha violemment avec un mouchoir sale.

Wakefield se mit à descendre de son échelle.

— Laissez-moi sortir. Je ne me sens pas bien.

Il se précipita vers la porte, mais en passant à côté de Piers il aperçut un morceau de papier froissé sur le sol. Il se baissa pour le regarder.

— Qu'est-ce que c'est que ce papier ?

— Donne-le-moi, dit Piers.

Wakefield le lui tendit et Piers, l'aplatissant, le parcourut des yeux. Son visage changea d'expression.

— C'est certainement à Finch, dit-il lentement. Il l'a fait tomber de sa poche en prenant son mouchoir.

Et il regarda Finch avec insistance.

— Maintenant que tu as tout raconté, Finch, me permets-tu de lire cela tout haut ?

— Lis tout ce qu'il te plaira ! sanglota Finch.

— C'est un petit mot qui t'est adressé, et Piers lut lentement :

« Finch très cher,

J'ai été très tourmenté, la nuit dernière, après votre départ. Vous étiez préoccupé, pas du tout comme à l'ordinaire avec moi ! Ne pourriez-vous pas me dire pourquoi ? Ce serait terrible si quelque nuage assombrissait la pureté de notre amitié. Écrivez-moi, Finch chéri.

Arthur. »

Piers plia le papier et le tendit à Wake.

— Rends cela à Finch, il doit désirer le conserver.

Et se tournant vers Renny, il ajouta :

— As-tu compris ? Son ami Arthur l'appelle « très cher » et « chéri ». As-tu jamais songé qu'un de nous pourrait tomber aussi bas ?

Renny répondit, les yeux fixés sur son épagneul :

— Cet Arthur l'appelle « très cher » et « chéri » !

— Oui !... et il parle de la pureté de leur amitié !...

Piers tendit la main dans la direction de Finch.

— Est-ce étonnant qu'il ait l'air d'une épave avec une existence pareille ?... Tantôt s'enivrant avec des bouchers et des tailleurs, tantôt faisant la noce avec ce débauché de Leigh !...

— Je te croyais seulement un peu fou, déclara l'aîné des Whiteoak. Mais maintenant tu me dégoûtes. Tu m'as trompé et tu as perdu ton temps au lieu de travailler pour tes études. Quant à cette affaire avec Leigh, eh bien, j'en suis malade pour toi !

Finch fut incapable de se défendre. Il se sentait anéanti. Le billet d'Arthur tremblait dans l'une de ses mains, tandis que l'autre serrait son mouchoir qu'il n'osait porter à son visage, laissant toute la misère de ce pauvre visage s'étaler aux yeux de ses frères. Des sanglots faisaient trembler ses lèvres et ses larmes coulaient sur ses joues sans qu'il songeât à les dissimuler. Wakefield ne put supporter ce spectacle. Se glissant entre Piers et Renny, il jeta ses bras autour du cou de Finch.

— Ne pleure pas, supplia-t-il. Mon pauvre vieux Finch, ne pleure pas.

— Tout cela est très mauvais pour toi, interrompit Renny.

Prenant l'enfant sous son bras, il le mit dehors.

Le petit garçon demeura là, immobile, le cœur battant lourdement. La lutte entre ses frères l'empêchait de respirer. Il lui semblait que quelque chose de terrible allait se passer.

Mrs. Wragge sortit de la cuisine, portant un balai et une pelle à ordures. Elle se mit à balayer furieusement quelque chose qui se trouvait sur le carrelage de brique et le plaça dans la pelle.

— Si c'était mon mari, déclara-t-elle, il ne viendrait pas faire cela sur mes planchers propres. Ou gare à lui !

— Il y en a encore un peu, dans le coin, lui dit Wakefield.

Mrs. Wragge le ramassa, se redressa et jeta un regard curieux sur la porte de la buanderie.

— Que peuvent-il bien faire là-dedans, si longtemps ?

Wakefield répondit avec dignité :

— Ils ne font pas grand-chose, Mathilde. Ils lavent un chien, tout simplement.

— Il me semblait que le maître parlait fort, comme lorsqu'il est en colère.

— Pas plus qu'à l'ordinaire, Mathilde.

— Bien. Du reste, cela ne me regarde pas.

— Cela vaut mieux pour vous.

— D'ailleurs quand Wragge m'a dit que Mr. Finch venait de rentrer ce matin tout débraillé et la figure sale, j'ai dit : Attention au grain !

La porte de la buanderie s'ouvrit. Renny et Piers sortirent suivis de Finch et de l'épagneul. Renny saisit Wake au passage et le mit sur ses épaules. Arrivé en haut de l'escalier, il le posa à terre, lui caressa les cheveux et lui demanda :

— Cela va-t-il mieux ?

Wake fit un signe d'assentiment mais ne regarda pas Finch... Il ne pouvait supporter sa vue !...

Finch passa toute la journée au lit. Il était dans un état bizarre : mi-sommeil, mi-veille et tout à fait incapable de penser. Sa tête lui faisait très mal. Il lui semblait qu'elle était devenue solide à l'intérieur, tandis qu'à l'extérieur il ressentait de vives douleurs qui rayonnaient jusque dans son cou. Il avait un goût affreux dans la bouche et une impression de fièvre et de délire. Il ne parvenait pas à remettre un peu d'ordre dans les événements des douze dernières heures. Jamais pareil trouble ni pareille désespérance ne l'avaient assailli ! Toute l'inquiétude, toute la crainte et l'angoisse de ces dernières années semblaient l'avoir poursuivi, pressé, affolé, pour l'amener au point où il se trouvait. Sa propre famille le rejetait ; il était inexprimablement seul. Il se posa la vieille question : Que suis-je ? Il contempla sa main étendue sur le couvre-pieds et s'interrogea sur sa nature et sa raison d'être. Pourquoi ces muscles étranges et fragiles avaient-ils reçu le don de faire naître la musique du cœur douloureux d'un piano, cette musique plus réelle que la main qui la crée ? La main n'était rien, le corps non plus ; l'âme encore moins qu'un brin d'herbe ! Il resta immobile, comme si son âme avait quitté son corps.

Au bout d'un moment, il songea de nouveau à la musique. Il se souvint de l'air d'un compositeur russe que son professeur lui avait joué un jour. C'était un morceau trop difficile pour Finch, mais il s'en souvenait, pouvait l'entendre avec ses oreilles intérieures d'un bout à l'autre, comme si on le jouait à nouveau devant lui.

Étendu sur son lit, il laissa cette musique chanter en lui, chanter en chaque fibre de son être, comme un vent purificateur et impétueux. A la fin, apaisé, il s'endormit.

9

Alayne

Trois semaines plus tard, Alayne Whiteoak était assise seule dans le salon de l'appartement qu'elle partageait avec Rosamond Trent. Elle venait de terminer la lecture d'un nouveau livre et se disposait à en faire un compte rendu sur son journal. Elle en écrivait beaucoup, ainsi que de courts articles, en dehors de son travail de lectrice chez les éditeurs Cory et Parsons.

Ce dernier ouvrage était un roman d'étudiants d'Oxford qui agitaient de blanches mains, parlaient facilement et indéfiniment, toujours sur les confins du « risqué »[1]. Elle regrettait presque d'avoir reçu ce livre qui n'était cependant qu'un spécimen parmi d'autres semblables. Elle ne pourrait le juger impartialement car elle l'avait lu avec prévention. Ce n'était pas le genre de livres qu'elle aimait ! Elle regarda en soupirant la pile entassée devant elle et songea à cette procession de livres qui, depuis son retour à New York, c'est-à-dire un an et demi, avait passé sous ses yeux. Étrange procession qui entraînait des fantômes effrontés, alourdissait son esprit, l'épuisait !

Elle n'avait pas cette mauvaise humeur du lecteur professionnel dont la propre puissance créatrice a été étouffée par la critique perpétuelle. Cette puissance créatrice d'écrivain était faible chez elle. Du reste, elle ne la désirait pas. Ce qu'elle désirait de la vie, c'était bien d'autres choses, que la vie semblait vouloir lui refuser ! Elle souhaitait de larges espaces autour d'elle, la liberté d'aimer, la croissance spirituelle !

Lorsqu'elle revint à New York, son premier désir, par réaction contre la vie tumultueuse de Jalna, fut de s'absorber entièrement dans la routine du travail, de noyer dans le bruit de la grande ville tout souvenir de cette étrange famille, tout son amour pour Renny Whiteoak. Et pendant quelque temps, elle crut avoir réussi. Rosamond Trent avait éprouvé une joyeuse émotion en l'accueillant à nouveau dans son appartement de la 71e Rue.

— Vous savez, Alayne chérie, je n'ai jamais eu grande confiance en votre mariage. Non pas que votre jeune poète ne soit une créature exquise, mais ce n'est pas du tout le genre d'homme qui fait les bons maris. Vous avez fait une expérience. Je n'aurais

1. En français dans le texte.

même pas cru que cela pût durer un an. Mais maintenant tout cela est du passé et il faut regarder de l'avant.

Sa voix avait un petit accent de triomphe, tandis qu'elle reprenait Alayne sous sa protection.

Mr. Cory regretta que ce mariage eût si mal tourné. Il avait toujours porté un intérêt paternel à Alayne et c'était chez lui que les deux jeunes gens s'étaient rencontrés. Les deux minces volumes de poésie d'Eden étaient toujours en vente, mais cette vente était tombée à presque rien. Cependant, de temps en temps, dans des journaux littéraires, on pouvait rencontrer quelques éloges de la sauvage beauté de ses vers, ou de la fraîcheur vigoureuse de son long poème narratif *l'Esturgeon doré.*

Eden n'avait pas apporté de nouveaux manuscrits à l'éditeur. Une seule fois, dans un journal, avait paru un court poème de lui dont on ne pouvait dire s'il était d'une naïveté enfantine ou d'un cynisme conscient et affreux ! Après l'avoir lu plusieurs fois, Mr. Cory ne sut quelle conclusion en tirer ! Mais, de toute façon, il le jugea sans valeur. Il se demanda s'il allait le montrer à Alayne. Il l'avait découpé à son intention, mais lorsqu'il la vit entrer dans son bureau, il décida de le garder pour lui. Elle avait vraiment assez souffert ; il valait mieux garder le silence. Il lui demanda simplement de venir chez lui plus souvent, insista pour l'avoir à dîner le soir même et, après son départ, déchira le poème en menus morceaux.

Ce soir-là, Alayne se sentait oppressée par l'air de la ville. Elle ouvrit la fenêtre et s'assit sur le rebord, en regardant dans la rue. Il y avait peu de piétons, mais un flot ininterrompu d'autos qui ressemblait à une rivière tortueuse et accidentée, coulant sans trouver de repos. Une odeur d'huile et de poussière alourdissait la fraîcheur de cette nuit printanière. Les mille bruits divers se fondaient en un seul grondement et engloutissaient toute personnalité, comme les sables mouvants engloutissent les corps humains. Un spectateur regardant la ville d'en haut aurait pu s'imaginer qu'il voyait les gestes désespérés de tout un peuple en train de se noyer.

Alayne pensa à Jalna, au vent d'avril qui chantait dans le ravin faisant bruire les branches des bouleaux, des chênes et des peupliers. Elle évoqua le parfum qui montait du sol où leurs racines étaient enfoncées et tendrement enlacées, parfum de vie et de corruption tout à la fois, de naissance et de mort. Elle revit en imagination les grands baumiers qui longeaient l'avenue, bouquets sombres au bord de la prairie, qui entouraient la maison et plaçaient un mur entre Jalna et le monde. Elle revit Renny monté sur sa jument grise, affaissé sur sa selle et gardant cependant, même dans cette position inaccoutumée et nonchalante, une expression de force et de vitalité...

Mais il ne restait pas longtemps à cheval... Le voilà soudain debout auprès d'elle. Ses yeux bruns scrutateurs cherchent son visage. Il s'approche d'elle, elle voit ses narines frémissantes et sa bouche entrouverte... Ciel, la voilà dans ses bras ! Ses lèvres lui arrachent toute force et cependant, de son corps d'homme, jaillit une force qui, comme une flamme, étreint son propre corps !...

Alayne ne put réprimer un faible gémissement. Elle pressa sa main sur sa gorge. Ne retrouverait-elle donc jamais la paix ? Et le souvenir des baisers de Renny la torturerait-il donc toujours ? Mais voudrait-elle en avoir le pouvoir, se priver de cette souffrance exquise ?...

Elle se souvint de son dernier baiser d'adieu si ardent ! Elle s'était serrée contre lui en murmurant : « Encore. » Il l'avait écartée d'un geste brusque de détachement, murmurant : « Non. Plus jamais. » Et il s'était éloigné pour reprendre sa place parmi ses frères. Une dernière vision le lui avait montré debout au milieu des autres, plus grand qu'eux, ses cheveux roux étincelants au soleil.

Ce soir, mille liens invisibles chargés de désirs l'entraînaient vers Jalna. Elle y trouvait une joie profonde et s'y abandonna tout entière. Inconsciente du bruit de la rue, elle n'entendit qu'à la seconde fois la sonnette de sa propre porte.

Lorsque enfin elle l'entendit, elle tressaillit et alla ouvrir avec un vague sentiment d'appréhension. Dans la claire lumière du hall se tenait Finch Whiteoak. Comme un fantôme né de ses pensées, il se trouvait là, grand, les joues creuses, un sourire inquiet sur les lèvres.

— Finch ! s'écria-t-elle.

— Bonsoir, Alayne.

Il parlait difficilement, avec un sourire tout proche des larmes.

— Finch, mon ami, est-ce bien vous ? A New York ! Je ne peux y croire ! Mais vous allez me raconter tout cela.

Elle le fit entrer et le débarrassa de son chapeau et de son manteau. Cela lui paraissait si étrange de le voir hors de Jalna qu'il lui semblait le voir pour la première fois.

— Je me suis enfui, murmura-t-il. Je ne pouvais plus rester... Il y a trois semaines que je suis ici...

Alayne le conduisit sur le divan et s'assit auprès de lui.

— Oh ! Finch, pauvre enfant ! Racontez-moi tout cela.

Elle posa sa main sur la sienne et, seuls tous les deux, ils se sentirent plus près l'un de l'autre qu'ils ne l'avaient jamais été à Jalna. Il regarda la main de la jeune femme sur la sienne. La blancheur de cette main l'avait toujours ému.

— Tout semblait se liguer contre moi à moins que ce ne soit moi qui me dresse contre tout... Du diable si je sais où est la vérité ! En tout cas, j'ai échoué à mon examen. Vous avez dû le savoir puisque vous échangez quelques lettres avec tante Augusta. Alors Renny m'a supprimé mes leçons de piano ; et je crois bien qu'il a eu raison, car je ne songeais plus qu'à la musique ! Vous savez que je suis ainsi : lorsque j'ai quelque chose dans la tête, plus rien ne compte pour moi.

Il soupira profondément. La main d'Alayne se serra ; elle la retira en répétant :

— Il a interrompu votre musique !

Entre eux s'éleva le profil busqué de Renny dont les lignes inflexibles démentaient la chaude expression du visage vu de face.

— Et ensuite ?

— Il fallait que je trouve une occupation à côté de mon travail, une sorte de détente, car je sentais que je ne pourrais résister sans cela. Je me mis à jouer la comédie, au Petit Théâtre que vous connaissez. J'avais pour ami un garçon épatant qui s'appelle Arthur Leigh, peut-être un peu féminin, mais non, féminin n'est pas le mot, seulement trop raffiné pour mes frères. Il m'aimait beaucoup et m'encouragea. Il vint même voir Renny et le décida à venir me voir jouer. Eh bien, tout cela a mal tourné ! Je jouais le rôle d'un Irlandais à demi fou et Renny a trouvé que j'étais trop naturel ! Je jouais trop bien ! Il me déclara qu'il en avait par-dessus la tête de moi et de mes talents !

Finch resta un instant silencieux, tirant sa lèvre inférieure, puis il ajouta :

— Vous ne pouvez vous imaginer, Alayne, comme la vie me paraît parfois stupide !

— Croyez-vous vraiment que je ne puisse me l'imaginer !

— Oh ! je sais que vous avez eu bien des chagrins !... Eden et tout le reste... Mais, au fond de vous-même, vous êtes une créature raisonnable et... oh ! vraiment, je ne peux jamais exprimer ma pensée !

— Je comprends très bien ce que vous voulez dire, Finch, et peut-être avez-vous raison. Je ne crois pas avoir la même faculté de souffrance que vous.

— Il est bien certain que je porte cela en moi, dit-il avec amertume.

— Est-ce possible que Renny n'ait pas apprécié votre adroite façon de jouer votre rôle ?

Comme elle aimait s'attarder sur ce nom, le caresser du bout de la langue, même lorsque son cœur lui en voulait !

— Malheureusement, répondit Finch, Renny n'a pu supporter de me voir jouer ce rôle. J'étais pieds nus, sale, avec toute l'apparence d'un idiot. Renny est terriblement conventionnel.

— Mais pensez-vous aux hommes, maquignons et autres du même genre, avec lesquels il vit amicalement. Cela non plus n'est pas très conventionnel !

— Si vous disiez cela à Renny, il vous répondrait : c'est vrai, mais je ne monte pas sur la scène avec eux et je n'invite personne à venir contempler mes singeries. Plus que tout, c'est ce rôle de demi-idiot qui lui a déplu, car il pense que je suis réellement un peu ainsi.

Il tira de nouveau sur sa lèvre et continua plus vite, pour achever le récit de ses méfaits :

— Il n'y eut donc plus de théâtre pour moi. Mon essai suivant fut un orchestre. Georges Fennel — vous vous souvenez des fils du pasteur, Alayne — moi-même et trois autres musiciens, avions monté un orchestre avec un banjo, deux mandolines, une flûte et le piano. Toutes nos répétitions se faisaient en cachette. Nous jouions dans des bals. Vous pouvez facilement imaginer quelles sortes de bals ! Dans des restaurants populaires. Mais nous gagnions beaucoup d'argent, cinq dollars par soirée.

Alayne le regardait avec un mélange d'admiration et d'amusement.

— Quels drôles de garçons ! Aviez-vous décidé d'avance de l'emploi de cet argent ?

— Nous avons acheté un bon poste de radio qui était installé à la cure.

— Mr. Fennel savait-il d'où il venait ?

— Oh ! Il ne pose jamais de questions ! Probablement a-t-il pensé que nous l'avions fabriqué avec quelques pièces détachées et des bouts de fil. Nous avons employé un peu d'argent à entendre de la bonne musique, Paderewski, Kreisler. Mais j'en avais mis beaucoup de côté. C'est avec cet argent que je suis venu à New York. Nous en avons aussi dépensé pas mal en nourriture. Vous savez que j'ai toujours faim !

En disant cela, il eut une expression particulière qui fit tressaillir Alayne, une brusque fêlure dans la voix. Elle pensa : « Ce garçon aurait-il faim ? » et elle dit tout haut :

— Vous êtes comme moi. J'ai généralement faim à des heures extravagantes ! Ainsi il est à peine huit heures et demie et je meurs de faim. Il est vrai que je n'ai pas beaucoup dîné. Dites-moi vite comment tout cela a fini, Finch, et vous me donnerez des détails ensuite, quand nous aurons soupé.

Il accepta, de sa manière bizarre et hésitante, et d'une voix sourde, raconta les derniers exploits de l'orchestre, son retour à Jalna, la scène de la buanderie.

— Non seulement je m'étais mis en colère et m'étais conduit comme un fou, mais il y a eu encore autre chose. En tirant mon mouchoir de ma poche, j'avais fait tomber une lettre d'Arthur Leigh ; elle ne contenait rien de mal, mais il m'appelait : « Finch chéri » et cela a mis Renny et Piers hors d'eux.

Son visage se contracta au souvenir de la scène.

— Finch, ont-il vraiment lu votre lettre ?

— J'avais dit à Piers qu'il pouvait le faire.

— Mais pourquoi ?

— Je l'ai oublié.

C'était inutile, elle ne parviendrait jamais à les comprendre !

— Mais pourquoi se sont-ils mis en colère ? Il n'y avait sûrement pas de quoi.

Il devint très rouge.

— Ils ne l'ont pas jugé ainsi. Ils ont trouvé que c'était stupide, anormal, tout ce que vous voudrez. Vous ne pouvez pas comprendre. Alors le vase a débordé !

Il serra ses mains entre ses genoux et Alayne vit qu'il tremblait. Elle se leva vivement. Elle avait peur qu'il ne se mît à pleurer et elle ne pourrait supporter la vue de ses larmes. Quelque chose s'attendrirait en elle s'il se mettait à pleurer. Il fallait qu'elle se raidisse, aussi lui dit-elle presque froidement :

— C'est alors que vous avez décidé de fuir ?

— Oui. J'ai passé la journée dans ma chambre, au lit, essayant de réfléchir. Une fois la nuit venue, je me suis glissé dehors avec une valise et j'ai attrapé le dernier autobus pour la ville. Le lendemain matin, j'ai pris le train pour New York.

— Et il y a déjà trois semaines que vous êtes ici ?

— Oui. Depuis, je n'ai pas écrit à la maison.

— Qu'avez-vous fait pendant tout ce temps, Finch ?

— J'ai essayé de trouver une occupation.

Et il leva vers elle un jeune visage désolé.

— Je croyais que ce serait facile, mais je ne peux rien trouver. Il y a toujours des douzaines de personnes avant moi lorsque je réponds à une annonce. C'est vraiment désolant !

Elle le regarda avec pitié.

— Mais pourquoi, mon Dieu, n'êtes-vous pas venu me voir plus tôt ? Je suis fâchée de penser que vous avez parcouru les rues à la recherche d'une occupation, sans jamais venir me voir !

— Je ne voulais pas venir avant d'avoir trouvé quelque chose, mais ce soir..., j'ai renoncé... Je me sentais si désemparé !

Il saisit la main d'Alayne et la pressa contre son front.

— Alayne, vous avez toujours été si bonne pour moi !

Elle se pencha pour l'embrasser et prit un ton important pour dire :

— Maintenant il s'agit de souper. Voilà des cigarettes. Fumez pendant que je vais explorer le garde-manger.

Dans le clair petit office propre et familier, elle découvrit de la salade de pommes de terre achetée dans une charcuterie, une boîte de vermicelle à la tomate, une salade et quelques pickles. Rosamond et elle ne prenaient que leur repas du matin dans l'appartement.

Étrange menu pour un Whiteoak, pensa-t-elle en arrangeant le tout sur la table roulante. Elle avait fait du café et se souvint de pots de confitures que lui avaient donnés ses vieilles tantes qui vivaient dans l'Hudson. Elle en prit un, de groseilles noires et, pour finir, elle ajouta quelques tranches de pain de seigle et des petits gâteaux au chocolat.

Finch lui tournait le dos quand elle entra dans le salon. La tête dans un nuage de fumée, il regardait ses livres. Elle remarqua qu'il flottait dans ses vêtements ; il devait être à moitié mort de faim, pensa-t-elle.

— Seigneur, s'écria-t-il en se retournant, que de livres nouveaux, Alayne. Comment trouvez-vous le temps de les lire tous ?

— En n'ayant pas le temps de faire autre chose. Celui que vous tenez est très intéressant. Emportez-le, Finch, je crois qu'il vous plaira.

— C'est de la poésie, dit-il en tournant les pages...

Ses yeux quittèrent le livre et rencontrèrent ceux d'Alayne. Il fit un pas vers elle.

— Alayne, l'avez-vous revu ? Ou avez-vous entendu parler de lui ?

Et son visage devint écarlate.

— Eden ? — Alayne prononça ce nom avec calme. — Ni je ne l'ai revu, ni je n'ai reçu de ses nouvelles, mais Miss Trent qui partage cet appartement avec moi assure qu'elle l'a aperçu un soir, récemment, devant un théâtre. Elle l'a tout juste entrevu. Il avait l'air malade. Votre tante m'a écrit que vous n'aviez rien reçu de lui.

— Absolument rien. Jusqu'à ce soir, j'ai toujours redouté de le rencontrer. Il y a eu une scène si terrible entre nous. — Pourquoi, mon dieu, lui rappelait-il cette époque ! — Je suppose qu'il me déteste, et avec raison.

Pendant qu'il parlait, Alayne plaçait le souper sur une petite table. Il s'approcha d'elle et toucha timidement son bras en lui disant :

— Pardonnez-moi, Alayne, je n'aurais pas dû vous parler de lui.

Elle le regarda toujours avec le même calme.

— Cela m'est indifférent de parler d'Eden. Il n'est plus rien pour moi maintenant. Je crois que je ne serais guère troublée, même si je me trouvais soudain en face de lui. Asseyez-vous, Finch, et essayez de croire que ces plats ne sont pas trop inconsistants ! Si j'avais prévu votre visite !

Que ce garçon était affamé ! Elle parla sans arrêt pour ne pas avoir l'air de s'en apercevoir et pour lui permettre de manger sans interruption.

Il vida les plats et but du café tasse sur tasse ! Après avoir bu son café et fumé quelques cigarettes, Finch lui donna des nouvelles de chaque membre de la famille et lui raconta en détail le dernier exploit de l'orchestre et la nuit qui suivit !... Il se mit à rire de son rire communicatif. Alayne en fit autant. Il imita les épanchements d'ivrognes de chaque musicien ; ils ne purent se contenir et rirent jusqu'à épuisement. Depuis son départ de Jalna, Alayne ne s'était pas livrée à pareil mouvement de gaieté, elle n'en avait pas eu l'occasion !

Rosamond Trent, à son retour, les trouva riant tous les deux.

Elle fut très étonnée de trouver ce jeune homme si maigre, étendu dans le fauteuil de cuir, une mèche blonde sur le front, aussi à l'aise que chez lui. Son étonnement fut à son comble en découvrant Alayne toute rouge et n'en pouvant plus à force de rire.

En la voyant entrer, Finch bondit sur ses pieds, embarrassé par l'arrivée de cette femme d'âge mûr, au visage fardé, dont le petit chapeau vert semblait moulé sur sa tête.

— Rosamond, dit Alayne, je vous présente mon beau-frère Finch Whiteoak.

Miss Trent le regarda attentivement, sourit avec bonne humeur et lui serra cordialement la main.

— Je suis heureuse que vous soyez venu, déclara-t-elle. Je ne trouve pas souvent Alayne aussi gaie.

Elle s'informa de Finch et lorsqu'elle sut qu'il cherchait une situation, elle fut aussitôt prête à s'occuper de lui, à lui trouver une place avec d'excellentes perspectives d'avenir. Elle s'occupait d'annonces.

— Exactement ce qu'il lui faut, assura-t-elle à Alayne en fermant brusquement son briquet. Je m'en occuperai dès demain matin.

Mais Alayne se représentait mal Finch dans un bureau d'annonces. Elle était déjà décidée à parler de lui à Mr. Cory. Il fallait un certain courage pour tenir tête à Rosamond quand elle avait décidé quelque chose ; mais Finch l'aida beaucoup en disant qu'il se croyait plus de dispositions pour l'édition que pour les annonces !

Avant de partir, Finch aida à emporter le couvert dans la cuisine où Alayne lui donna un peu d'argent, à titre de prêt. — Elle apprit qu'il avait mis en gage son pardessus et sa montre.

Quelques jours après, Finch avait une petite place dans un bureau de la maison d'édition et Rosamond pouvait satisfaire son besoin de protection en lui cherchant un logement plus confortable.

Une semaine plus tard, seulement, Alayne reçut une lettre de lady Buckley, écrite d'une haute et élégante écriture, avec de nombreux alinéas.

« Ma chère Alayne,

J'ai été heureuse de recevoir votre dernière lettre et d'apprendre que vous êtes en bonne santé et aussi heureuse que possible, étant donné les circonstances.

Nous allons tous très bien, excepté mon frère Ernest qui vient d'avoir un rhume. Comme chaque année au printemps, mon frère Nicolas souffre de sa goutte. Je lui répète constamment le mot "diète" mais sans grand résultat ! Ma mère se porte admirablement malgré son grand âge. Elle a passé l'hiver sans autres désagréments que quelques troubles d'estomac. Renny est, comme de coutume, en parfaite santé, mais marche avec une canne car il a reçu un coup de pied d'un cheval vicieux. Heureusement que le vétérinaire était là et a pu lui donner les premiers soins.

C'est à l'instigation de Renny que je vous écris. Il est très tourmenté et nous tous également (sauf peut-être maman qui est singulièrement indifférente à tout cela). Je suis sûre que votre curiosité est en éveil, aussi vais-je la satisfaire immédiatement : Finch a disparu.

Connaissant l'affection et l'étroite union de notre famille, vous pouvez imaginer notre état d'esprit !

Il est parti il y a quatre semaines, nous sommes très inquiets et Wakefield nous a presque rendus fous hier soir à table, en suggérant que Finch a peut-être été assassiné. Quel horrible mot ! Je me demande si jamais j'ai employé un mot aussi laid dans ma correspondance.

Renny a mis un détective privé à la recherche de Finch et a suivi sa trace jusqu'à New York. Il déclare maintenant qu'à moins de le trouver d'ici la fin de la semaine, il mettra une annonce officielle. Ce serait pénible et humiliant pour nous, car nous avons dit qu'il était parti pour se reposer. Sa santé n'était justement pas bonne. Le pauvre garçon souffrait beaucoup de ne pouvoir jouer du piano ; je crois bien que là est la cause de tout le désastre.

Vous êtes si bonne, chère Alayne. Vous comprenez mieux qu'un étranger notre profond sens de la famille, en dépit de quelques orages apparents ! J'espère que vous pourrez nous envoyer des nouvelles de Finch. Sachant son affection pour vous, nous pensons que probablement il vous a cherchée. Que le Ciel nous préserve de l'épreuve d'une annonce officielle ! Renny a déjà rédigé une complète description de Finch et cela est très pénible à entendre lire tout haut !

Avec l'espoir d'avoir de bonnes nouvelles de vous, et en hâte, je suis.

Votre affectionnée,

Augusta Buckley ».

P.S. — Wakefield vous envoie toute son affection. Son cœur a été très fatigué. Ce terrible hiver canadien l'éprouve énormément, tout comme moi. A. B. »

Alayne répondit par retour du courrier :

« Chère lady Buckley,

Comme vous l'avez deviné, Finch est venu me voir. Il va très bien et a une situation avec de grandes chances d'avancement. Si j'étais vous (et par vous, j'entends toute la famille) je ne m'occuperais pas de lui et n'essayerais pas de l'influencer, pour le moment tout au moins. Finch a été très malheureux et je crois qu'il convient de le laisser tranquille pour l'instant.

Je le vois régulièrement et vous enverrai souvent de ses nouvelles. Mais vous pouvez dire à Renny que je refuse absolument de donner son adresse.

Je suis contente de savoir que vous avez si bien passé l'hiver et regrette les quelques malaises dont vous me parlez ; surtout ceux de Wake. Dites-lui que je pense bien souvent à lui et que je serai heureuse de le voir.

Vous n'avez vraiment pas d'inquiétude à avoir au sujet de Finch.

Votre très affectionnée,

Alayne. »

10

Aventure d'Ernest

Rags apporta le courrier et le posa devant Renny. Ce dernier était assis d'un côté de la cheminée, sa jambe blessée étendue sur un canapé dont le sommet était orné de sculptures vertes et argent représentant un ange portant une gerbe de lis... De l'autre côté du foyer, se trouvait Nicolas dont la jambe goutteuse reposait sur un canapé exactement semblable ; un verre de whisky et de soda était à sa portée. Il poussait de petits cris de joie en lisant un numéro du *Punch* vieux d'un mois. Devant une petite table, Ernest enfilait pour sa mère un collier d'énormes perles d'ambre dont le fil s'était brisé. Il inclinait son long visage calme sur son ouvrage qui l'absorbait complètement. La vieille Mrs. Whiteoak se penchait hors de son fauteuil pour ne pas perdre un mouvement des doigts de son fils, satisfaisant ainsi son amour de la couleur par le reflet de l'ambre à la lueur du foyer, tout comme une vieille abeille puiserait le nectar d'une fleur ! Sa lèvre pendait et elle respirait plus fort que de coutume, en partie à cause de sa position, en partic par son effort d'attention. Cette respiration bruyante et les gloussements de joie de Nicolas étaient les seuls bruits que l'on pût entendre pendant que Renny lisait son courrier ; ils ne faisaient qu'accentuer l'isolement de la pièce et cette sensation d'un mur qui se dressait contre le reste du monde et que l'on éprouvait toujours en présence d'un groupe de Whiteoak.

Aucun des aînés ne demanda à Renny s'il y avait des lettres pour lui. Ils n'en recevaient pas plus d'une ou deux par an, et c'étaient généralement des réclames.

Wakefield entra en disant de sa petite voix claire :

— Tante Augusta demande s'il n'y a pas de lettres pour elle.

— Il y en a deux d'Angleterre.

Et Renny les lui donna.

— Quel bonheur pour elle, s'écria Wakefield en regardant par-dessus l'épaule de son frère. Mais il y en a une autre, Renny, qui est timbrée d'Amérique. Elle est aussi adressée à lady Buckley.

— Porte-lui ce que je t'ai donné, lui dit son frère sèchement.

Et Wakefield se hâta d'aller dire à sa tante que Renny avait gardé une partie de son courrier.

Après un temps suffisant pour lui permettre de lire ses deux lettres venant d'Angleterre, lady Buckley apparut dans l'encadrement de la porte.

— Es-tu sûr de ne pas avoir gardé une lettre pour moi, Renny ? demanda-t-elle. J'en attendais une autre.

Il tapa sur le divan à côté de lui :

— Venez la lire ici.

Lady Buckley parut contrariée mais elle obéit et s'assit à côté de lui, très raide, les sourcils touchant presque sa frange à la mode de la reine Alexandra.

— Je vous l'ouvre, dit-il.

Et avec un grand coupe-papier dont le manche était un pied de faon, il fendit soigneusement l'enveloppe en prenant tout son temps, comme s'il éprouvait un plaisir particulier à toucher cette lettre. Elle devina d'où elle venait.

Plaçant ses lunettes sur son nez, elle prit la lettre d'un air impassible, mais à peine en avait-elle lu une ligne qu'elle s'écria d'un ton grave :

— Dieu merci, il est sain et sauf !

Renny se rapprocha d'elle et jeta un regard sur la lettre.

— Par exemple !... murmura-t-il.

— Lis, dit-elle tout bas et ils lurent ensemble attentivement.

Quand ils arrivèrent à ce passage : « Vous pouvez dire à Renny que je refuse absolument d'envoyer son adresse », elle leva le doigt d'un geste dramatique et Renny montra ses dents dans un sourire mi-attristé, mi-reconnaissant.

Wakefield, derrière le canapé, glissa sa tête entre les leurs et demanda :

— Est-il question de Finch ? Que lui est-il arrivé ?

En entendant ce nom, Ernest releva vivement les yeux de dessus ses perles.

— Y a-t-il quelque chose de fâcheux ? De mauvaises nouvelles du garçon ?

— Il est retrouvé, annonça Augusta. Il est à New York en bonne santé.

— L'animal !... observa Nicolas en abandonnant son *Punch*. Il faut le ramener à la maison et lui donner une bonne correction.

Pour une fois, le paisible Ernest approuva.

— Vraiment, il la mérite bien. Je me suis rendu malade à son sujet.

— De qui est la lettre ? demanda Nicolas.

— D'Alayne. Restez tranquille, je vais vous la lire.

Et lady Buckley lut la lettre tout haut, d'un ton pénétrant.

— Elle n'a envoyé de message particulier qu'à moi, cria Wakefield. Et à Renny. Mais celui de Renny n'est pas aimable. Elle refuse de lui dire où est Finch.

— Tais-toi, dit Augusta. Nous n'avons que faire de ton bavardage en un pareil moment.

— Dès le début, Alayne a mis des idées en tête à ce garçon, déclara Nicolas. Tu te souviens, Renny, c'est elle qui t'a persuadé de lui faire donner des leçons de musique.

— Tu joues bien du piano toi-même, répliqua sa sœur d'un ton revêche.

Nicolas continua de fumer sa pipe imperturbablement.

— En effet, mais cela ne me fait pas perdre la tête et l'art ne me donnera jamais de cauchemar. Finch n'avait pas de bon sens et cela lui a fait un mal infini.

Renny déclara :

— Penser qu'il a réussi à aller à New York tout seul ! Il avait dû mettre de côté tout l'argent qu'il avait gagné dans cet orchestre extravagant !

— La question est de savoir ce que nous allons faire, reprit sa tante. C'est terrible de penser que Finch est exposé à toutes les tentations de cette ville de perdition.

— Il faut le faire revenir tout de suite, s'écria Ernest, laissant tomber une perle dans son trouble.

Tant qu'il était resté fidèle à sa tâche, tenant les perles couleur de miel avec délicatesse et précision, la vieille Mrs. Whiteoak avait préféré négliger la conversation. Mais maintenant elle releva sa lourde tête coiffée d'un bonnet enrubanné et jeta un regard inquisiteur sur les assistants.

— Qu'y a-t-il ? demanda-t-elle.

Ils échangèrent un regard. Valait-il mieux la mettre au courant ? Ce regard ne lui échappa pas. Elle frappa le sol de sa canne.

— Voyons, qu'y a-t-il ? Je ne veux pas être tenue à l'écart.

— Calmez-vous, maman, dit Ernest avec douceur. Il s'agit seulement du jeune Finch. Nous savons où il est.

Chacun retint son souffle un instant, comme il arrivait chaque fois qu'elle apprenait quelque nouvelle. Comment la prendrait-elle ? Allait-elle faire une scène ? Tous les yeux étaient fixés sur le vieux visage aux traits durement sculptés.

— Finch ! Vous savez où il est ?

— Il est à New York, continua Nicolas. Nous avons reçu une lettre d'Alayne qui l'a vu.

— Ah ! Et que fait-il ?

— Il semble qu'il ait une situation. Alayne a dû la lui trouver.

— Ah ! vraiment. J'ai toujours pensé qu'elle avait de hautes relations.

Elle laissa retomber son menton sur sa poitrine. Réfléchissait-elle profondément ou bien était-elle tombée dans un de ses assoupissements habituels ? Boney sauta de son perchoir et vint béqueter les rubans de son bonnet jusqu'à ce que ce dernier fût un peu de travers.

Brusquement elle releva la tête et dit énergiquement :

— Je veux absolument voir Finch. Enlevez-moi cet oiseau, il me décoiffe.

Ernest replaça vivement Boney sur son perchoir, non sans recevoir un méchant coup de bec sur le poignet.

— *Haramzada !* hurla Boney, en battant des ailes. *Iflatoon. Chore. Chore.*

Renny fit observer :

— Je crois que ce serait une excellente idée de le laisser là-bas quelque temps. Il en aura bien vite assez. Donnons-lui une leçon.

Grand-mère pencha son cou et tourna vers lui son nez busqué.

— Tu veux faire une chose pareille, toi son tuteur ! Toujours prêt à contrarier mes volontés ! Petit-fils dénaturé ! Frère dénaturé !

Son visage devint violet.

— Quelle bêtise, dit Renny. Je ne suis rien de tout cela.

— Si, tu l'es. Tu n'aimes qu'à contrarier les gens. Tu seras un tyran comme mon père, le vieux Renny Court, Renny le Roux, comme on avait l'habitude de l'appeler en Irlande. Il dompta ses onze enfants, sauf moi. Avec moi, il ne réussit pas.

Elle secoua triomphalement la tête et, transportée de fureur, s'écria :

— Penser que j'ai mis au monde un autre être comme lui !

— N'exagérez pas ! répliqua le maître de Jalna. Vous ne m'avez pas mis au monde.

— Je ne t'ai pas mis au monde ! Tu oses me contredire ! Si ce n'est pas moi qui t'ai mis au monde, je voudrais bien savoir qui est-ce ?

— Vous oubliez que vous êtes la mère de mon père et non la mienne.

— Évidemment. Mais que serais-tu sans ton père ? C'était un gentleman tandis que ta mère n'était qu'une pauvre diablesse de gouvernante.

Le visage de Renny devint presque aussi rouge que celui de sa grand-mère.

— Voilà maintenant que vous me confondez avec la seconde famille de mon père ! Ma mère était la fille du docteur Ramsay. Vous n'avez sûrement pas oublié votre haine envers elle.

— *Haramzada,* répéta Boney, debout sur son perchoir. *Iflatoon ! Iflatoon !*

Nicolas intervint de mauvaise humeur.

— Cesse de la tourmenter, Renny. Je ne veux pas de ça. Regarde la couleur de son visage et rappelle-toi qu'elle a plus de cent ans.

Sa mère se retourna vers lui.

— Regarde ton propre visage ! Tu es jaloux de notre sang ardent ! Nous ne demandons qu'une seule chose : nous disputer en paix.

— C'est très mauvais pour vous, maman, dit Ernest.

— Continue d'enfiler tes perles, nigaud ! commanda sa mère.

— Ne pourrez-vous donc jamais discuter sans vous quereller ! s'écria Augusta.

— Mangerais-tu du bœuf sans moutarde ? répliqua la vieille dame.

— Je me demande, déclara Wakefield, si Finch sera entraîné

dans la vague de crimes qui sévit à New York et dont Rags m'a parlé.

— L'enfant a touché le point juste, dit Augusta, Finch tombera sûrement sous une mauvaise influence, si nous le laissons à New York. Comment Alayne pourra-t-elle veiller sur lui ? et peut-elle connaître toutes les tentations qui assaillent un jeune homme ?

— Un homme ! grommela Nicolas. Dis un petit garçon.

— Il faut aller le chercher, dit grand-mère. Et tout de suite. Ernest ira.

Si on avait dit à Ernest qu'il allait se joindre à une expédition polaire, il n'aurait pas été plus surpris.

— Mais maman, pourquoi moi ?

— Parce que, répondit-elle fermement, Nick ne peut voyager à cause de son genou, Renny à cause de sa jambe ; Piers est trop occupé et, de plus, n'a jamais été à New York. Quant à Eden... Mais qu'est devenu Eden ?

— Il est parti, maman.

— Je n'aime pas beaucoup ce départ. J'aime à avoir tous mes enfants autour de moi. Tu ferais bien d'aller le chercher aussi. C'est à toi que convient le mieux cette mission.

— Je suis tout à fait de l'avis de maman, dit Augusta.

La mère et la fille échangèrent un regard, étonnées de se trouver d'accord.

La vieille Mrs. Whiteoak enleva son râtelier et le remit en place avec un grincement.

— Maman, devez-vous faire cela ? demanda Ernest.

Elle ne répondit pas, mais avec un sourire ironique, dit à sa fille :

— Bien parlé, lady Buckley.

Lorsqu'un peu de calme fut revenu dans les esprits, Ernest se sentit ému dans tout son être à la pensée de son expédition à New York. Il avait toujours eu l'intention d'y revenir, de même qu'en Europe. Mais il avait toujours remis son projet à plus tard par manque d'argent et paresse, projet qui serait tombé peu à peu dans l'oubli, comme tant d'autres, si sa famille ne l'avait obligé à le mettre à exécution.

Deux jours plus tard, il dînait dans le train. Il était fort content de lui en se penchant sur le menu sous le regard respectueux du garçon, et en sentant sous lui la cadence sourde et régulière des roues. Il était même tout heureux de boire de l'eau glacée.

En sirotant son café à la fin du repas, il ne s'inquiétait pas le moins du monde de sa digestion. Il se sentait solide et vigoureux. Il regardait par la fenêtre fuir le long de la voie les vallons boisés, les collines bleu foncé, les montagnes. Il jouissait profondément de la vue des vignobles et des vergers où des milliers de pêchers en fleur défilaient au-dessus du sol rouge que le soleil couchant rendait plus rouge encore. Sous les cerisiers, la terre était jonchée de blancs pétales ; tous les champs étaient resplendissants de promesses.

La main noire du garçon qui ramassait son pourboire le charma, et il s'intéressa aux visages de ses compagnons de voyage. Plusieurs d'entre eux étaient des hommes d'affaires de New York, au visage rond, à l'air rusé. Ernest se dit plutôt tristement : « Ils doivent venir de surveiller leurs intérêts au Canada. Si nous n'avons ni l'argent ni l'activité nécessaires pour cultiver notre propre pays et que la mère patrie s'en désintéresse, il n'y a plus qu'à abandonner cette tâche aux Américains. »

Dans le compartiment des fumeurs, il prit un cigare.

Il serait volontiers entré en conversation avec son voisin, mais dès que ce dernier semblait vouloir lui parler, Ernest regardait le bout de son nez avec beaucoup d'attention. Il ne pouvait se décider à causer avec un étranger, quel que fût son désir de discuter des grands problèmes du jour avec quelqu'un qui ne fût ni de sa famille ni de ses amis intimes. En réalité, ses amis intimes se réduisaient à deux : Mr. Fennel, dont les grandes préoccupations étaient la protection de son jardin contre les insectes, et la protection de ses ouailles contre le ritualisme que deux dames mariées d'âge mûr et un unique jeune homme cherchaient à introduire ; Mr. Sinclair, dernier survivant d'une autre famille anglaise dont le père avait aussi quitté l'armée pour construire une maison à cinq milles de Jalna. Ce dernier vivait seul et n'avait personne qui pût lui servir d'interlocuteur ; aussi apportait-il dans ses discussions avec Ernest une telle énergie qu'il le laissait toujours épuisé ! De plus il ne croyait qu'à ce que racontait le *Times,* et comme il le lisait toujours avec trois semaines de retard, il était assez difficile d'avoir des relations intimes avec lui.

Ernest avait peu voyagé en Amérique et il avait oublié la terrible promiscuité des wagons-lits. Il eut aussi des difficultés pour éteindre sa lumière. Quand enfin il fut bien installé dans son lit, son voisin d'au-dessus se mit à ronfler si fort qu'Ernest ne put s'endormir avant un long moment.

Enfin le sommeil vint, irrégulier et peu reposant, à cause du manque d'air, mais tout de même préférable à l'insomnie.

Le lever du soleil le trouva à sa fenêtre, appuyé sur un coude. Il fut parmi les premiers à la salle à manger, ayant déjà acheté un journal de New York et échangé un digne « bonjour » avec deux de ses compagnons. Il était tout heureux de penser qu'on ne pouvait se rendre compte qu'il n'avait pas voyagé la nuit depuis bien longtemps.

Que les œufs au jambon étaient délicieux ! Comme elle s'intéressait à lui cette belle femme blonde qui lui faisait vis-à-vis ! Chaque fois qu'il levait les yeux, il trouvait les siens fixés sur lui. Pourvu que son col ou sa cravate ne soient pas de travers ! Il passa la main sur sa tête pour s'assurer du bon ordre de sa coiffure et ses joues se teintèrent légèrement.

Son cœur se mit à batre très fort à l'approche de la grande gare centrale.

Ses genoux tremblaient pendant que le garçon le brossait et il fut terriblement inquiet lorsque ce dernier disparut avec son sac, un beau sac qu'il avait acheté lui-même chez Drew, dans Regent Street. Il fut rassuré en retrouvant son bien sur le quai, mais son soulagement fut de courte durée, comme une fleur printanière trop tôt ouverte, et fit place à la consternation en voyant une « casquette rouge » se précipiter dans la foule en tenant le sac à la main.

Quand il fut rentré en possession de son bien, le front d'Ernest était trempé de sueur. Il se laissa tomber sur le siège d'un taxi et ôta son chapeau pour essuyer son front, tout en regardant avec inquiétude la foule qui emplissait les rues. Il avait demandé au chauffeur de le conduire au « Brevoort », car c'était là qu'il était descendu lors de son dernier voyage à New York, vingt ans auparavant.

11

Délicatesse d'Ernest

La stupeur d'Alayne en trouvant Finch devant sa porte n'avait été qu'une faible émotion comparée à celle qu'elle éprouva en ouvrant cette même porte à Ernest. Elle n'aurait guère été plus stupéfaite si un des grands arbres de Jalna s'était déraciné pour venir lui rendre visite. Elle le laissa lui serrer la main et mettre un baiser sur sa joue, l'installa dans le fauteuil chinois, et même alors, hésita à croire à sa réalité ! Ses yeux se dirigeaient vers la porte, s'attendant presque à voir arriver le reste de la procession : Grand-mère et Boney, Nicolas et Nip, Renny et ses chiens, Piers et Pheasant, le petit Wake.

— Quelle joie de vous voir, ma chère enfant, dit Ernest.

— C'est également délicieux de vous voir, répondit Alayne en s'asseyant auprès de lui et en s'efforçant de paraître naturelle.

— Vous êtes pâle, chère Alayne.

— Oh ! vous savez ce que c'est qu'un hiver en ville. J'ai été parfois mortellement fatiguée.

Maintenant que la première impression de surprise était passée, elle réalisa la raison de sa venue. Il était venu chercher Finch, et si possible, elle l'en empêcherait.

Elle le regarda, bien décidée à la lutte.

— Je suppose que vous venez pour voir Finch ?

Ernest se trouva embarrassé. Il aurait préféré qu'elle ne posât pas aussi brutalement la question, et qu'une gentille petite conversation l'ait amené doucement à l'objet de sa visite.

— Bien sûr, ma chère Alayne, que je verrai Finch, maintenant que je suis ici ; mais j'ai un bien plus grand plaisir à vous voir.

— Vous n'allez sûrement pas obliger ce pauvre garçon à vous suivre.

— Non, non, non. Mais je veux lui parler, voir comment il vit. En un mot, renseigner la famille sur son sort. C'est vraiment terrible pour un garçon aussi inexpérimenté que de se trouver perdu à New York.

— Il travaille et est mieux traité qu'il ne l'était chez lui. J'espère ne pas vous fâcher en vous disant cela ; mais vous savez bien vous-même que Finch n'était pas toujours bien traité.

Ernest conserva son calme imperturbable.

— Ma chère enfant, je crois que vous ne nous comprenez pas. Notre cercle de famille est très étroitement lié.

— Je comprends très bien. Il est si lié que vous ne voulez pas que l'un de vous s'en échappe. Vous voulez le rattraper et le ramener de force. Je sais que je suis très impolie en parlant ainsi, mais je ne peux m'en empêcher. J'ai toujours jugé ainsi votre famille.

— Nous n'avons pas cherché à rejoindre Eden.

— Vous saviez que c'était inutile. Vous n'aviez aucun pouvoir sur lui ni aucune idée de l'endroit où il pouvait être.

Ernest la regarda avec curiosité.

— Permettez-vous que je vous pose une question ?

— Laquelle ?

— Avez-vous vu Eden depuis que vous êtes revenue ?

— Non. Je suppose que je ne le reverrai jamais et je ne le désire pas.

— Que vous ne le désiriez pas, j'en suis bien sûr ! Vous avez trop souffert à cause de lui.

Ernest sentit qu'il avait amené la conversation sur un sujet moins dangereux, et il en fut soulagé. Il posa sa longue main blanche sur celle d'Alayne qu'il pressa doucement. Elle éprouva un bien-être soudain et une impression de sécurité à être traitée avec affection par un vieillard. Cela était très doux et Ernest était charmant. Elle avait oublié à quel point il l'était ; elle avait aussi oublié la distinction de son allure et le son si agréable de sa voix. Il était vraiment gentil et elle ne devait pas être trop dure à son égard. C'était le moins coupable de tous les tyrans de Jalna.

Ernest admira la commodité et l'agrément de l'appartement. Alayne le lui fit visiter en lui montrant tous les perfectionnements électriques. Il y prit un vif plaisir, car il n'avait jamais rien vu de ce genre ; il s'amusa à appuyer sur les boutons pour juger de l'effet produit et lui demanda comment elle avait pu supporter tout l'inconfort de Jalna.

Revenant bras dessus, bras dessous dans la salle à manger, ils reparlèrent de Finch, avec moins de contrainte de la part d'Alayne, et plus de douceur du côté d'Ernest. Elle lui donna des détails sur le travail de Finch et sur ses chances d'avancement.

Ernest l'écoutait gentiment. Il lui demanda seulement :

— Mais aura-t-il un jour la possibilité de continuer ses études musicales ?

— J'ai bien peur que non, répondit-elle. Mais il ne le pourra pas davantage à Jalna.

— Je crois que Renny pourrait se laisser fléchir sur ce point.

— Dites-moi, oncle Ernest, lui demanda-t-elle en le regardant dans les yeux, est-ce Renny qui vous a envoyé auprès de Finch, ou est-ce votre mère ? Je sais combien elle déteste savoir l'un de vous loin d'elle.

Il fut tout heureux de s'entendre appeler « oncle » par Alayne.

— Ma chère enfant, répondit-il, personne n'a eu besoin de m'envoyer auprès de Finch. Je voulais le voir et j'ai pensé que c'était une occasion merveilleuse de vous voir aussi. Vous savez que je vous aime beaucoup.

— Et moi aussi, je vous aime bien ! vous le voyez, je n'ai pas...

— Vous n'avez pas de bons vieux oncles, acheva-t-il pour elle. De bonnes vieilles tantes sont bien quelque chose, mais cela n'a rien de commun avec de bons vieux oncles dont la situation est vraiment unique !... Maintenant, revenons à Renny. Si vous l'aviez entendu parler avant mon départ, vous sauriez combien est vif son désir du retour de Finch.

— Quand j'étais à Jalna, dit-elle pensivement, il me semblait que souvent, dans vos « conclaves » de famille, Renny était pressé (elle eut envie de dire harcelé), de prendre une décision qui...

— Non, non. Renny est un homme à décisions rapides. Il sait ce qu'il veut et le fait.

— Oui. Je sais, murmura-t-elle.

— Dans nos « conclaves », comme vous dites, Renny a généralement son opinion dès le début. Mais c'est seulement lorsque le sujet a été débattu par la famille qu'il fait connaître sa décision conforme, le plus souvent, aux conclusions tirées par la famille.

— Mais la famille arrive-t-elle souvent à un avis unanime ?

— Si vous aviez entendu comme nous sommes tous tombés d'accord quand il s'est agi de Finch !

— Oh ! pour cela, j'en suis sûre ! Je regrette de vous avoir dit où il travaille.

— Ma chère amie, je n'essaierai pas le moins du monde d'influencer Finch. Vous assisterez, si vous le voulez, à notre rencontre et vous verrez que je ne désire qu'une amicale conversation avec lui.

— Mais qu'allez-vous faire alors ? Essayer de le ramener à la maison avec la promesse de leçons de musique ? Renny cherche-t-il maintenant à prendre ses frères par la douceur ?

Ernest répondit tranquillement :

— Renny n'a voulu empêcher Finch de jouer du piano que jusqu'au moment où il aura passé ses examens. Une fois ses examens passés, Renny a, et a toujours eu l'intention de lui faire prendre à nouveau des leçons de musique. Il pourra passer tout l'été à jouer du piano si cela lui plaît.

— Vraiment ! murmura Alayne un peu sceptique.

Elle n'avait pas très grande confiance dans les plans de la famille concernant Finch.

Néanmoins Ernest était un cher homme ! Elle était heureuse de le voir installé dans son meilleur fauteuil, faisant des gestes gracieux et vagues avec ses belles mains. Elle se sentit fière de lui quand Rosamond Trent entra et les trouva tous deux ensemble. Lorsqu'elle avait dépeint les oncles d'Eden à Rosamond, elle avait bien senti que cette dernière ne voyait en eux que deux vieux messieurs tout blancs, aimables reliques d'un passé disparu. Elle vit que Rosamond trouvait Ernest charmant ; les agréables intonations de sa voix l'impressionnaient vivement. Il avait acquis cet accent à Oxford, en même temps que cette notion que le travail était bon pour certains, mais qu'il ne convenait en rien à Ernest Whiteoak !

Ernest les invita à déjeuner et comme il remontait la Cinquième Avenue entre elles deux, un souffle printanier animait son pas et faisait battre ses veines. Alayne avait beaucoup de distinction, ce qu'Ernest aimait par-dessus tout chez une femme. Rosamond était une femme du monde, de ce monde qui avait tant d'attraits pour Ernest. Plus que jamais il souhaita que le vieux Nicolas puisse le voir ! D'un geste plein d'aisance, il commanda de la langouste. Ses invitées l'imitèrent tout naturellement. Quand ils eurent devant eux leurs assiettes garnies de rouge, il ne put s'empêcher de parler des repas de Londres. Il leur raconta avoir déjeuné à une table voisine d'Oscar Wilde et avoir vu Lily Langtry à ses débuts. Il rappela aussi le temps où Nicolas ramait pour Oxford.

Après le repas, ils regagnèrent l'appartement et Rosamond apporta une bouteille de liqueur. Avant de partir déjeuner, elle avait préparé un cocktail bizarre.

— Mais je croyais que la prohibition régnait ici ! s'écria Ernest en sirotant son petit verre.

— Certainement, répondit Miss Trent de sa voix de contralto. Mais nous avons aussi des *Speak easy*.

— Des *Speak easy,* répéta Ernest. Qu'est-ce que cela ?

— Heureusement que vous n'avez pas besoin de faire connaissance avec eux ! Ce sont des endroits stupides. Mais je peux dire qu'ils sont plus nombreux que les fleurs au mois de mai.

— Nous ne pourrons jamais supporter la prohibition.

— Certainement, vous ne le pourrez pas, concéda-t-elle. Comment trouvez-vous cette liqueur ?

Alayne aurait préféré que Rosamond ne prît pas autant d'intérêt à cette question de boisson. C'était presque morbide chez elle ! Cela déplaisait à Alayne d'entendre cette femme sérieuse et d'âge mûr répéter les critiques banales contre la prohibition, et parler comme un buveur impénitent. Mais ce n'était que snobisme inoffensif et désir d'être ultra-moderne. Rosamond était un cœur droit et honnête, une amie loyale et fidèle.

— Chez nous, il ne peut être question de prohibition, dit Ernest sentencieusement. La population est trop peu nombreuse.

Le cocktail de Miss Trent, l'excitation due aux rues surpeuplées et au restaurant, la liqueur bue au retour, lui étaient montés à la tête. Son cerveau était très actif, mais ses pensées quelque peu instables.

— Pensez à notre ligne frontière, trois cents milles de côte à côte (à moins que ce ne soit trois mille milles), sans un seul fort ! La prohibition serait une vraie catastrophe.

Ses auditrices parurent très impressionnées, mais Alayne insista pour qu'il se décidât à prendre un siège. Il refusa et resta debout, son verre à la main.

— Regardez les résultats de la prohibition chez vous ! On m'a dit que les habitants de la Nouvelle-Écosse avaient abandonné la pêche. La fraude est d'un meilleur profit. On obtient ainsi tout ce que l'on veut.

— La vie est un vrai cloaque, remarqua Rosamond.

— Oui. Et le vote des femmes a encore accru le mal, murmura-t-il. Heureusement que nos femmes ont une éducation anglaise et votent tout comme leurs maris. Mais regardez ce qui se passe dans la province de Québec. Là, les femmes ne votent pas. Nous sommes des Latins, proclament les membres du gouvernement. Nous adorons nos femmes, mais nous ne voulons pas qu'elles votent ; c'est à l'encontre de tous nos instincts. Et je dois dire que je les admire infiniment.

— Mais ont-ils la prohibition ? demanda Miss Trent un peu désorientée.

— Non. Et ils ne l'ont jamais eue. Leurs grands fléaux sont l'orangisme dans l'Ontario, l'émigration aux États-Unis et, naturellement, la fraude qui est parfois une source de richesse. Mais la seule vraie cause de trouble dans tout le Dominion, c'est la ligne frontière, les expéditions arctiques et les vols transatlantiques.

Ernest s'assit brusquement.

Très vite, sa légère ivresse se dissipa et il se retrouva lui-même. Il fallait qu'il fût en bon état pour voir Finch. Alayne suggéra que la rencontre eût lieu dans l'appartement. Ils iraient ensuite dîner dehors pour finir la soirée au théâtre. Ernest aurait voulu que Finch ignorât l'arrivée de son oncle.

— Vous savez bien, ma chère Alayne, que je ne veux ni le gronder ni le menacer. Rien de tout cela.

— Je n'en suis pas très sûre, dit Alayne, taquine.

Mais elle ne voulut pas que la rencontre eût lieu sans préparation. Elle téléphona à Finch pour lui demander de venir la voir dans la soirée et lui annonça l'arrivée de son oncle. Elle lui transmit en même temps le message rassurant d'Ernest. Néanmoins, Finch tremblait en entrant dans la pièce. Voir à New York un représentant de la vieille génération des Whiteoak avait paru extraordinaire à Alayne. Pour Finch, ce fut une véritable stupeur ! Il lui semblait voir pour la première fois son vieil oncle si distingué. Il ne se souvenait pas que l'oncle Ernest eût jamais quitté Jalna et c'était la première fois que pareille chose lui arrivait à lui-même. Tout en échangeant une poignée de main avec son oncle et en l'entendant lui parler aimablement, Finch eut une impression d'irréel et, en dépit de l'assurance d'Alayne, de mauvais présage.

Il ne savait pas exactement ce qu'il redoutait. Son oncle ne pouvait pas le ramener de force à Jalna ; pour le soutenir, il avait l'appui solide et loyal d'Alayne. Le jour même il avait été complimenté pour son travail.

— Ma parole, s'écria Ernest en mettant la main sur l'épaule de son neveu ; tu es plus grand que jamais ! Et maigre ! Il est maigre, Alayne, au-delà de tout ce que j'aurais pu supposer ! Comment va ton travail ?

Finch se redressa aussi virilement que possible et répondit :

— Tout va pour le mieux, merci.

— J'en suis heureux et, à la maison, tout le monde s'en réjouira.

Finch était un peu embarrassé en lui demandant :

— Se tourmentent-ils à mon sujet ?

— Bien entendu. Nous avons tous été fort inquiets. Mais ne parlons plus de ça. Je leur dirai que tu es sain et sauf.

Son oncle ne dit pas un mot de son retour possible au logis. Finch respira facilement, tout en éprouvant une étrange souffrance au fond de lui-même. Pour être vrai, il faut dire que ces temps derniers, il avait éprouvé profondément « le mal du pays ». Sous le ciel pâle d'avril, au milieu du trafic poussiéreux et incessant de la grande ville, il s'était senti accablé, fatigué, oppressé, déprimé comme il ne l'avait jamais été par aucun printemps ! Il traînait ses pieds qui avaient la nostalgie de l'herbe printanière. Ses narines ne trouvaient pas assez d'air pour emplir suffisamment ses poumons. Ce n'était qu'au prix d'un grand effort qu'il pouvait s'appliquer à son travail. Chaque nuit il rêvait de Jalna et s'éveillait avec un secret désir de se retrouver dans sa chambre sous les toits. De plus en plus il se souvenait de tout ce qu'il y avait de beau, d'aimable et d'agréable chez lui.

Alayne aurait voulu aller voir jouer une comédie, mais Ernest préféra l'opéra à cause du goût de Finch pour la musique. Elle accepta et Rosamond Trent se chargea de prendre les billets. Tout en dînant, Alayne jugea soudain d'une tout autre façon la sollicitude d'Ernest. Elle se souvint l'avoir entendu dire souvent qu'il détestait par-dessus tout le grand opéra, et elle pensa : « C'est un vieux sournois. Il compte se servir de la musique pour influencer Finch. »

L'opéra en question était *Aïda*. Finch ne l'avait jamais entendu. Des larmes de bonheur remplissaient ses yeux, une douceur infinie inondait son cœur. Mais ce n'était pas l'orchestre ou le chant des artistes qui l'émouvait, c'était *l'Opus X* de Beethoven qu'il jouait en imagination ! Les notes vivantes et légères venaient au-devant de ses doigts. Une partie de son cerveau entendait *Aïda* tandis que l'autre poursuivait le dessin du morceau qu'il se jouait à lui-même.

De temps en temps, le regard d'Ernest se glissait vers lui. Il se demandait si le jeune homme était heureux ou non ; s'il serait difficile de le décider au retour. La pensée de laisser Finch à New York lui était intolérable, tout autant que la pensée de Jalna sans Finch. Non qu'il ait jamais vu en lui autre chose qu'un garçon ordinaire plutôt désagréable. Mais Finch était un Whiteoak ; il appartenait à leur communauté. Si Finch quittait aussi la maison, ce serait la désagrégation de la famille qui commencerait. De plus il y avait maman et c'était très mauvais pour elle d'être tourmentée.

Il se sentit soudain très las. Cette journée avait été pleine d'émotions pour lui et d'une activité inaccoutumée. Il sentait tout le poids de sa responsabilité et éprouvait en même temps un sentiment de joie à se trouver à l'Opéra dans la compagnie de deux jolies femmes. Si seulement le vieux Nicolas pouvait le voir !

Il trouvait Alayne plus charmante que jamais. Le chagrin et la fatigue faisaient ressortir en elle une sorte de beauté intérieure, comme la beauté d'un bijou s'accentue lorsqu'il est soigneusement et délicatement taillé. Il découvrait en elle une sorte d'insouciance toute nouvelle. Dans son souvenir, elle lui apparaissait toujours réservée et prudente. Maintenant elle paraissait prête à rejeter tout ce qui la gênait, elle aspirait à plus d'espace. Elle le séduisait infiniment ; il aurait voulu connaître ses pensées. Mais qu'il était fatigué ! Cet opéra allait-il bientôt finir ? Il étouffa un bâillement.

Mais comme la foule s'écoulait et que l'air frais de la nuit venait frapper son visage, il se sentit ranimé. C'était un retour vers sa jeunesse que de se trouver au milieu de spectateurs qui s'en allaient, conduisant une femme en toilette de soirée. Vraiment un petit voyage à New York de temps en temps allait devenir indispensable. Ce n'est pas bien de se laisser vieillir, et avec sa figure et son allure c'était véritablement un crime ! Il serra légèrement le bras ferme de Miss Trent. Un parfum délicieux s'éleva de son col de fourrure.

Ils firent un petit souper dans l'appartement : plats exquis, cigarettes Pall Mall achetées exprès pour lui, le tout accompagné d'un joyeux bavardage. Il était facile pour Ernest de briller devant cet auditoire si indulgent et qu'il amusait infiniment, sans s'en douter. A leur indulgence et à leur gaieté se joignait le désir sentimental de goûter, à travers ses souvenirs, aux charmes étranges du passé. Il poussa un soupir en leur souhaitant une bonne nuit. Il n'éprouvait plus la moindre fatigue et regrettait beaucoup que cet exquis intermède fût déjà terminé.

Ce ne fut que lorsqu'ils eurent regagné sa chambre d'hôtel qu'Ernest reprit conscience de sa mission auprès de Finch. Il avait décidé que ce dernier passerait la nuit avec lui et il avait retenu à son intention la chambre voisine de la sienne. Il tremblait à l'idée d'une querelle à une heure aussi tardive. S'il avait pu mettre tout simplement Finch dans sa valise, le lendemain, avec ses vêtements, et le ramener ainsi à Jalna ! Mais il fallait se montrer adroit, plein de tact et de compréhension. C'était un vrai fléau que ces garçons qui devenaient des hommes !

Ils se sentirent un peu embarrassés lorsqu'ils se retrouvèrent seuls dans leur chambre d'hôtel. On y étouffait positivement et Ernest alla ouvrir la fenêtre.

Il contempla un instant la multitude des toits et des lumières aveuglantes, les signaux lumineux rouges et orange qui s'allumaient et s'éteignaient, les grands espaces sombres et inquiétants derrière lesquels vivait un monde inconnu, les lettres blanches des enseignes peintes à chaque étage d'un immeuble voisin, le ciel étrange et taché qui ressemblait à un morceau de toile peinte. A cette distance, le bruit de la rue n'était plus qu'un grondement sourd qui semblait plein de ressentiment à l'égard de cette nuit printanière.

Ernest s'aperçut qu'il s'était sali les doigts en ouvrant la fenêtre et alla se laver les mains dans la salle de bains. Finch s'était laissé tomber sur une chaise devant la table. Il paraissait très jeune et pâle sous la dure lumière électrique. Il avait ouvert la Bible noire et luisante de l'hôtel et la parcourait avec un drôle de sourire. « Un garçon pas commode », pensa Ernest, qui se savonnait les mains et examinait son visage dans la glace au-dessus de la cuvette. Il se trouva très bien.

En rentrant dans la chambre, il dit simplement :

— Je regretterai beaucoup de revenir à Jalna sans toi, Finch. Ce sera une déception pour tout le monde.

— Je n'arrive pas à croire qu'ils seront déçus parce que je ne reviendrai pas.

— C'est cependant la vérité. Tu ne comprends pas. Tu es l'un des nôtres, n'est-ce pas ?

— Je ne suis qu'un original.

— Sottise ! Nous sommes tous plus ou moins originaux, je crois. Et quoi que tu en penses, nous sommes fiers de toi.

Finch sourit ironiquement.

— Avez-vous entendu Renny et Piers dire qu'ils étaient fiers de moi ?

— Allons, allons ! ne prends pas les choses au tragique. Piers a la dent dure.

— Dure comme le fer ! Avec moi, tout au moins.

— Il n'agit pas toujours à dessein. En tout cas, ce n'est pas lui qui compte, c'est Renny.

— Pour Renny, je suis un âne.

Ernest s'assit auprès de lui et mit dans sa voix toute la persuasion et toute l'éloquence dont il était capable.

— Renny t'aime. Il désire que tu rentres gentiment à la maison, sans autre difficulté, et lorsque tu auras passé tes examens, il est bien décidé à te laisser prendre de nouveau des leçons de musique et jouer du piano autant que tu voudras. Tu n'as qu'une seule chose à faire, passer tes examens.

— Mais si j'échoue, que se passera-t-il ?

— Tu n'échoueras pas, tu seras reçu. Tu n'avais pas de très mauvaises notes lorsque tu as échoué et, cette fois, tu seras sûrement reçu.

— Et si je réussis ?

— Tu auras devant toi toute ta vie pour en faire quelque chose de beau.

— Je ne sais pas moi-même ce que je pourrais faire ! dit Finch avec lassitude.

— Finch, tu avais une mère très intelligente et charmante. Elle aurait voulu que tu développes ton talent musical et que tu nous fasses honneur.

— Mon Dieu ! s'écria le jeune homme, voilà un langage nouveau pour moi ! Mon talent ! Ma mère !

— Mais, mon cher enfant, répliqua Ernest un peu énervé, car il commençait à avoir mal à la tête, les parents doivent faire des observations ! Tu n'espères pas...

— Grand-mère fait souvent des remarques méprisantes sur ma mère. Je l'entends, sans en avoir l'air.

— Ta grand-mère a cent un ans et il y a onze ans que ta mère est morte. Leurs rapports n'ont rien à voir avec l'affaire qui nous occupe. Réellement, tu me fatigues !

Ernest fit un dernier effort.

— Que trouveras-tu à New York ? La foule, encore la foule, toujours la foule. La lutte incessante. Toi, un Whiteoak, luttant au milieu de cette foule étrangère ! Un travail malsain ! La nostalgie de la famille. Tu es terriblement malheureux loin de Jalna, Finch. Je t'ai observé, tu as le mal du pays.

— Taisez-vous, cria Finch, en posant sa tête sur la table. Je ne peux vous entendre dire tout cela ! Oncle Ernest, croyez-vous vraiment que je ferais mieux de revenir ?

12

Eden retrouvé

Deux soirs plus tard, Eden Whiteoak errait dans la Cinquième Avenue, une main dans la poche d'un veston de tweed assez fatigué, l'autre tenant une canne légère. Il avait beaucoup changé depuis sa disparition de Jalna. Il était plus que maigre, émacié. Ses gestes étaient toujours gracieux, mais il ne restait rien de son aspect brillant et vigoureux. Il semblait marcher uniquement par un effort de volonté, soit à cause d'une grande fatigue, soit par extrême découragement. S'il avait ôté son chapeau, on aurait pu voir ses cheveux qui jadis brillaient comme un casque de métal sur sa tête, maintenant ternes et en désordre. Au-dessus de ses joues creuses brûlaient deux taches fiévreuses où jadis il n'y avait que de fraîches couleurs. La beauté de ses grands yeux bleus n'en semblait que plus vive. Ils conservaient toujours leur expression absente qui troublait parfois ses compagnons, et ses lèvres gardaient leur demi-sourire étrange. Il se sentait presque au bout de son rouleau et était saisi d'une haine violente à l'égard de cette foule mouvante qui partageait le même trottoir que lui. Cette haine, soit caprice, soit peut-être vieux ressentiment, était dirigée surtout contre le sexe féminin. Et cette aversion était, pour l'instant, concentrée sur leurs jambes qui, semblables aux jambes brillantes des insectes, avançaient comme des machines à ses côtés. Il lui sembla que si un jour il évoquait le souvenir de cette nuit anormalement chaude et humide, il la verrait comme emportée dans sa course par d'innombrables jambes gainées de soie.

Quatre jeunes filles s'avançaient de front, portant de hauts talons à la mode de Paris et des bas couleur chair. Leurs huit jambes battaient un rythme régulier.

« Des idiotes, pensa-t-il. Des idiotes ! Purquoi encombrez-vous la terre ? Pourquoi, au nom de Dieu ! Je voudrais pouvoir vous en chasser. Pourquoi êtes-vous là, quatre toutes semblables. » Il jeta les yeux sur leurs visages aux yeux cernés, aux joues lisses, aux lèvres écarlates, et les regarda d'un air furieux. Idiotes ! Un peu plus tard, il en remarqua une qui marchait auprès d'un jeune garçon mince et de petite taille. Sa jupe était très courte, ses mollets épais descendaient informes du genou à la cheville. Ses pieds étaient ridiculement courts. Quelle silhouette grotesque ! Pourquoi existait-elle ? Oui, pourquoi ? Comment ce jeune homme au visage taché pouvait-il la supporter ?

Son front s'assombrit. Il fixa ses yeux sur le trottoir, s'efforçant de ne plus voir les femmes. Mais à l'instant même, il fut bousculé par l'une d'elles ; il chancela presque, tellement elle marchait d'un pas rapide et décidé. Il tourna la tête et l'examina rapidement. Il vit ses lourdes jambes de femme mûre, son visage large, pâle et agressif, ses seins lourds serrés sous la blouse, son chapeau étroit placé sur un seul œil tandis que l'autre brillait derrière des lunettes d'écaille. Pourquoi, oui, pourquoi existait-elle ?... Pourquoi encombres-tu la terre, grande idiote ? Ils échangèrent un regard. Elle pensa : « Si nous pouvions seulement renforcer la loi pour protéger d'aussi charmants garçons ! Je suis sûre qu'il est ivre. Il a trébuché juste contre moi. »

Il n'y avait pas un souffle d'air. Tout l'air semblait avoir été chassé de la rue, la laissant vide. Et à travers ce vide marchait un cortège semblable à un rêve, si semblable à un rêve qu'il n'avait pas besoin d'air. Les visages, les jambes passaient dans l'ombre devant les yeux d'Eden, jusqu'au moment où l'image d'une vieille femme se détacha nettement. Elle était vêtue d'un noir déteint et portait un bonnet à l'ancienne mode dont les brides formaient un nœud graisseux sous son menton desséché et pointu.

Ses yeux couleur d'ardoise, jadis aussi bleus que ceux d'Eden, s'étaient figés en un regard absent, celui d'une créature qui a regardé la vie trop longtemps et ne peut la regarder davantage. Sa lèvre supérieure serrait sa lèvre inférieure pendante. Les talons éculés de ses gros souliers se voyaient à peine sous la lourde ampleur de sa jupe. Instantanément, elle apparut à Eden comme un objet de grand prix. Son cœur se mit à battre violemment. Il l'examina avec soin, éprouvant une nouvelle et joyeuse émotion poétique devant la vie. Voilà enfin une femme qui avait une signification ! Elle avait une raison d'exister, n'encombrait pas la terre, mais la rendait plus belle. Oh ! la gracieuse et exquise réalité de sa silhouette déhanchée et sans jambes ! C'était vraiment une femme ! Il fut bousculé, presque repoussé du trottoir pendant qu'il la contemplait. Il sortit un billet de banque de sa poche, le dernier, et courut après elle pour le lui glisser dans la main. Cette main se referma comme une pince. Elle s'en alla, traînant les pieds, sans même lui jeter un regard.

Il se sentit tout joyeux et soudain affamé. Une rangée de consommateurs, installés sur de hauts tabourets devant le comptoir d'un débit de boissons, attira son attention. Il entra et ne vit qu'un seul tabouret vide, entre deux jeunes filles. Il n'en voulut pas et attendit qu'une place fût libre, à un bout, à côté d'un vieillard. Il commanda de la soupe à la tomate et des biscottes. En versant le liquide épais fait certainement avec de la conserve, il fut pris d'une quinte de toux qu'il arrêta à grand-peine. Tout son appétit disparut. Il but le bouillon mais laissa les biscottes. En sortant, il sentit un léger souffle d'air. Il entra dans Madison Square Garden, s'assit sur un banc et alluma une cigarette. Une lassitude infinie s'empara de lui, commençant par les membres inférieurs pour atteindre la tête, avec un immense besoin de dormir. Les silhouettes des passants lui apparaissaient dans un brouillard. Il voyait comme dans un rêve le ciel étoilé, la lune lointaine et brumeuse, les rangées des lumières des immeubles voisins, semblables à des cordons de perles.

Il était épuisé par la maladie et la misère. Il revit sa jeunesse, les dons qu'il avait reçus de la nature... Et pour quel résultat ! Il n'avait que vingt-cinq ans ! Sans nul doute, il était la risée des dieux ! Il évoqua le souvenir de Jalna, de ses frères, d'Alayne. A tous, d'une manière ou d'une autre, il avait fait du mal. Mais il ne les voyait pas nettement. Il n'avait une vision claire que de lui-même. Son visage pâle, comme celui d'un noyé, s'élevait un instant à la crête d'une vague.

Que faire ? Il ne pouvait gagner sa vie, il ne pouvait non plus revenir à Jalna. Il avait quitté la femme avec qui il vivait parce qu'il ne pouvait plus contribuer, pour sa part, à leurs besoins ; elle ne demandait qu'à tout payer, mais tout de même, il n'en était pas encore là ! Que de terribles querelles ils avaient eues ! Elle avait versé des torrents de larmes dont il n'avait pu sécher une seule ! Il en était arrivé à haïr ses bras lourds. En être libéré était sa seule joie du moment.

Une odeur de terre mouillée montait des racines de la jeune herbe qui l'environnait. Le bruit de la circulation n'était plus qu'un grondement sourd. Il se sentit isolé. Il était seul, affreusement seul ! Et il fut englouti par une vague de solitude auprès de laquelle la nostalgie de Finch n'était qu'une ride légère ! Il retomba sur le banc, le menton touchant sa poitrine.

Deux personnes s'étaient assises auprès de lui. Elles parlaient tranquillement sur un ton grave. Il y avait une douce vieille voix et une voix d'adolescent. Eden les entendit à peine. Une autre quinte de toux le secoua et il s'appuya au dossier du banc. Une fois calmé, il ôta son chapeau pour s'essuyer le front. Le plus âgé de ses voisins se pencha avec un regard de compassion. Gêné, Eden prit une cigarette et frotta une allumette qui éclaira son visage.

— Mon Dieu, s'écria Ernest. Est-ce toi, Eden ?

Eden le regarda, trop étonné pour répondre.

— Parle, Eden. Dis-moi ce qu'il y a ?

La bouche d'Eden trembla :

— Rien, je pense.

— Mais cette toux, c'est terrible. Depuis quand tousses-tu ainsi ?

— Il y a plusieurs mois. Ne vous inquiétez pas. Tout ira bien aux beaux jours.

— Mais il fait chaud en ce moment.

— Ce n'est pas un temps de saison. Il fera probablement froid demain. Je vous en prie, ne vous inquiétez pas de moi. Dites-moi plutôt ce que vous faites ici ? Mais n'est-ce pas là le jeune Finch ?

Finch se leva en tremblant. Il était confondu et terrifié par cette brusque rencontre avec Eden et se souvenait de leur dernière entrevue, de cette nuit estivale où il avait découvert Eden et Pheasant dans le bois de bouleaux. Ces deux rencontres si différentes l'une de l'autre avaient cependant un trait commun ; dans les deux cas, Eden avait, à un moment donné, enflammé une allumette et éclairé un visage. La première fois, c'était le visage pâle et terrifié de Finch. Ce soir c'était son propre visage, fiévreux, aux joues creuses. Dans le bois, Eden s'était écrié amèrement : « Quelle vermine tu es, frère Finch. » Ce soir, il lui disait d'un ton insouciant :

— Bonsoir, Finch. Toi aussi tu es ici ! Dieu, quelle rencontre !

— Bonsoir, répondit Finch, sans pouvoir lui tendre la main.

Son cœur faiblissait à la vue d'Eden. C'était sa faute s'il était dans cet état !

— Eden, Eden, s'écriait leur oncle, je suis navré de te trouver si malade. Je n'aurais jamais cru...

— Oh ! je ne suis pas si malade que j'en ai l'air.

Il examinait les membres nouvellement arrivés de la famille avec une joie ironique.

— Seigneur, quel drôle de couple vous faites ! Quand êtes-vous arrivés et pourquoi ?

Ernest et Finch échangèrent un regard gêné.

— Moi... lui... murmura le jeune homme.

— Lui... moi... bégaya Ernest.

Eden éclata de rire.

— Je comprends tout. Tu t'es enfui, Finch, et l'oncle Ernest court après toi ! A moins que ce ne soit le contraire. Mais peu importe. Il suffit que vous soyez là ! Je n'aurais jamais cru que vous en auriez le courage !

— Tu vas venir à mon hôtel, dit Ernest.

— Je voudrais pouvoir vous inviter chez moi, mais c'est vraiment trop difficile d'accès pour vous !

Ernest était bouleversé. Il se tourna vers Finch :

— Appelle un taxi. Eden ne peut pas marcher.

En chemin, Eden leur demanda :

— Avez-vous vu Alayne ?

— Oui. J'ai dîné et déjeuné avec elle. Elle est toujours charmante, Eden.

— Cela ne m'étonne pas. Il y a des femmes à qui les malheurs conjugaux réussissent. Elles trouvent cela plus excitant que d'avoir des enfants.

Une fois dans la chambre d'hôtel, Ernest déclara :

— Ce qu'il te faut, c'est un bon grog bien chaud. Mais comment s'en procurer un ? Sais-tu s'il n'y a pas ici un de ces *Speak easy*...

Le cœur lui manquait en disant ça, car la pensée de chercher un tel lieu lui faisait horreur.

— Non, merci, répondit Eden, je ne pourrais rien avaler.

Il but un verre d'eau et se promena de long en large dans la chambre, tout en parlant d'une manière qui parut à Ernest plutôt étrange et incohérente. Finch s'était assis et fumait près de la fenêtre sans prendre part à la conversation. Eden ne s'adressait pas à lui.

Au bout d'un moment, Eden voulut s'en aller, mais au moment de prendre son chapeau, il fut saisi d'une nouvelle quinte de toux.

Il y perdit le peu de forces qui lui restait. La quinte passée, il se jeta sur le lit et se mit à trembler de la tête aux pieds. Il paraissait si malade qu'Ernest fut affolé. Il envoya Finch à la recherche d'un médecin et le lendemain matin adressa à Renny un télégramme ainsi conçu :

« Avons trouvé Eden très malade. Je t'en prie, viens de suite. Ne peux résister à tout cela.

E. Whiteoak. »

13

Le cercle

Le matin qui suivit, on aurait pu voir un autre membre de la famille Whiteoak prendre l'ascenseur de l'hôtel, accompagné d'un garçon porteur d'une valise fort usagée. Une fois sorti de l'ascenseur, il suivit le garçon en boitant très fort et frappa avec impatience à la porte indiquée. Ce fut Finch qui vint ouvrir.

Une fois le porteur remercié et la porte refermée, Renny enveloppa d'un regard le jeune homme et poussa un grognement mi-moqueur, mi-satisfait de le revoir.

Finch, très rouge, fit un pas en avant. Son frère aîné le prit par le bras et l'embrassa. A cet instant, Finch ne lui apparaissait guère plus vieux que Wakefield. Un flot de joie et de tendresse inonda Finch, une joie animale, et une tendresse qui lui donnaient envie de sauter sur Renny et de le caresser violemment, à la façon d'un bon chien. Cependant il resta immobile, avec un timide sourire.

— Où est Eden ? demanda Renny.

— Là, répondit-il en indiquant d'un signe de tête la chambre à côté. L'oncle Ernest est avec lui.

Ernest entra à cet instant, pâle et fatigué.

— Ciel ! s'écria-t-il, que je suis heureux que tu sois venu !

Et il saisit la main de Renny.

— Quelle charmante réunion ! s'exclama ce dernier. Avez-vous un médecin ? Quelle maladie a-t-il ?

— En vérité, répondit Ernest, je ne me rappelle pas avoir jamais été aussi bouleversé. J'ai fait venir un médecin aussitôt que je l'ai vu aussi malade, je crois que c'est un bon médecin. Il a un nom allemand, mais je crois qu'il n'en est que meilleur.

Il se redressa et regarda Renny bien en face.

— Renny, ce sont ses poumons qui sont malades, très malades. Le docteur dit qu'il est en danger, en grand danger.

Renny fronça les sourcils. Il posa le bout de sa canne au centre du dessin géométrique du tapis et le contempla en disant à voix basse :

— Sa mère est morte de consomption.

— Oui, mais aucun des enfants n'avait montré de prédisposition à ce mal. Je crois qu'Eden s'est exposé lui-même.

Renny se mit à aller et venir en boitant dans la chambre. Ernest lui demanda avec sollicitude :

— Comment va ton genou ? C'est honteux de t'avoir fait venir dans cet état, mais je... Tu me comprends !

— Aucune importance ! Je voudrais que notre médecin le vît. Celui-ci est peut-être un pessimiste. Nous le ramènerons à la maison... Que pense Alayne de tout cela ?

— Naturellement elle est bouleversée. Elle est très émue... Elle n'a aucune haine pour Eden. Elle pense seulement qu'il ne peut pas être autrement qu'il n'est, c'est-à-dire infidèle ! Je suis de son avis. Qu'en penses-tu ?

— Je pense que ce garçon est un vrai fléau ! Comme tous mes frères d'ailleurs !

Et il tourna brusquement son regard aigu vers Finch.

— J'espère que tu vas apprendre à te conduire, maintenant !

Finch tira sa lèvre inférieure.

— Le feras-tu ?

— Oui.

Ernest ajouta :

— C'est un bonheur que ce garçon se soit enfui ; sans cela, nous n'aurions entendu parler d'Eden que trop tard.

Les deux hommes regardèrent Finch. Il souffrait intérieurement, ne sachant si on lui parlait avec affection ou si on se moquait de lui. Ernest continua :

— Alayne lui a procuré une situation très convenable chez un éditeur. J'ai vu Mr. Cory qui m'a permis d'emmener Finch tout de suite. J'avais besoin de lui pour soigner Eden. Je ne pouvais pas rester seul, sans savoir ce qui pouvait arriver. Quand j'ai quitté la maison, je ne pensais pas trouver tant de soucis.

— C'est très heureux qu'il ait servi à quelque chose, répondit Renny. Maintenant, menez-moi près d'Eden.

Eden était bien installé dans son lit ; Renny le trouva moins malade qu'il ne le craignait, jusqu'au moment où il prit sa main sèche et brûlante, si décharnée, et qu'il remarqua la maigreur de tous ses membres sous les couvertures.

Renny s'assit sur le bord du lit et examina son frère.

— Tu t'es mis dans un joli état !

Eden était averti de la venue de Renny et pourtant voir sa famille réunie autour de son lit lui semblait absolument irréel. Était-il donc si malade ? Il retira vivement sa main de celle de Renny et s'assit sur le lit. Très excité, il se mit à parler :

— Je n'aime pas tout ça. Que diable se passe-t-il ? Le docteur a-t-il dit que j'allais mourir ?

— Je n'ai jamais rien dit de la sorte, répondit Renny avec calme. Oncle Ernest m'a télégraphié qu'il t'avait rencontré et que tu étais au bout de tes forces. N'est-ce point vrai et qu'as-tu à dire ?

Le front d'Eden se couvrit de sueur.

— Il t'a télégraphié ! Montre-moi ce télégramme.

— Impossible. Il est resté à la maison. Pour l'amour de Dieu, tiens-toi tranquille. Tu ne te sens pas mourant, n'est-ce pas ?

Il souriait en posant cette question, mais intérieurement, il était plein d'inquiétude. Toute sa frémissante vitalité s'élançait vers Eden pour le protéger.

— Dis-moi ce qu'il disait dans ce télégramme. Avait-il déjà vu le docteur ?

Il se laissa retomber sur l'oreiller.

— Peu importe, d'ailleurs, tu ne me diras pas la vérité.

— Je vais te ramener à la maison.

L'agitation d'Eden tomba. Il regarda son frère avec angoisse.

— Dieu ! quel bonheur de te voir ici ! Mais je voudrais que tu prennes une chaise, tu fais pencher le lit. Tu n'es pas un poids plume. Renny... Regarde mon bras...

Et il releva sa manche pour montrer un bras maigre, pâle et veiné de bleu. Renny fronça les sourcils. Il se leva et approcha une chaise sur laquelle il s'assit.

— Je me demande comment tu as pu te mettre dans un pareil état ! On dirait que tu n'as pas eu de quoi manger ! Pourquoi ne pas m'avoir demandé de l'argent ?

— M'en aurais-tu envoyé ?

— Tu sais bien que oui.

— Et maintenant, tu veux me ramener à la maison ?

— C'est toute la raison de ma présence ici.

— Quel bon vieux patriarche tu fais ! Les deux brebis égarées : le jeune Finch et moi. Mais que dira Piers ? Il ne sera pas de cet avis. Je voudrais bien voir son visage devant cette proposition.

— Je l'ai vu. Je lui ai dit que je te ramènerais si tu étais en état de voyager.

Eden se mit à rire, d'un rire brusque et ironique.

— Pauvre Piers ! Qu'a-t-il dit ? Qu'il allait empoisonner tous ses cochons, et lui ensuite.

— Non, reprit Renny sévèrement. Il a seulement dit que tu étais et serais toujours un destructeur, que si tu revenais à la maison pour...

— Pour mourir... Continue...

— Qu'il emmènerait Pheasant jusqu'à ce que tout soit terminé.

De nouveau Eden éclata de rire, mais cette fois d'un rire nerveux.

— Je suis heureux que tu puisses rire, observa tranquillement Renny. C'est bon signe. Tu aimes la plaisanterie.

Mais il se disait en lui-même : « Je voudrais bien savoir au juste ce qu'il pense et ce qu'il a fait cette dernière année. »

Le rire d'Eden s'acheva soudain dans une quinte de toux. Renny regarda son corps mince tendu par la souffrance.

— Puis-je faire quelque chose pour toi ?

Eden releva la tête qu'il avait enfouie dans son oreiller. Ses cheveux collaient à son front et son visage était écarlate.

— Écoute, Renny.

— Qu'y a-t-il ?

— Ma mère est morte de la poitrine, n'est-ce pas ?

— Le docteur l'a dit, mais je crois qu'elle est seulement morte de langueur après la naissance de Wake. Elle n'a pu supporter la mort de notre père.

— C'est ainsi que je mourrai.

— Mais tu n'as pas eu d'enfant posthume.

— Cela peut-il faire mourir ?

— Certainement, si une femme est délicate.

— C'est donc une cause qui n'existe pas pour moi.

— Mais peut-être as-tu fait un enfant ?

— Dans ce cas, il sera posthume, lui aussi, le pauvre diable !

— Si tu t'obstines à ne voir que le côté sombre de tout cela, tu mourras, sûrement, déclara Renny. Secoue-toi.

— Qui me soignera ?

— Une infirmière, je suppose.

Mais Eden répondit d'une voix enrouée et véhémente :

— Qu'elle aille au diable ! Je te dis que je hais les femmes ! Je ne veux pas d'infirmière près de moi. Elles me dégoûtent toutes, ces femmes compassées, aux pieds plats et aux yeux de myope ! Je ne reviens pas à la maison si je dois avoir une infirmière, je préfère mourir !

Ernest, le visage décomposé par l'inquiétude, entra dans la chambre du malade, suivi de Finch qu'attirait une curiosité morbide. Il s'adressa à Renny d'un ton de reproche :

— Il ne faut pas agir ainsi. Le docteur dit qu'il lui faut le plus grand calme. Tu ne te rends pas compte de son état, Renny.

Il versa quelque chose dans un verre qu'il fit boire à Eden.

Renny le regarda faire avec une violente irritation et une certaine inquiétude.

— Je me rends compte d'une chose, c'est qu'il augmente autant qu'il le peut toutes les difficultés !

Ernest, regardant le bout de son nez, arrangea l'oreiller d'Eden.

— Peut-être comptes-tu sur l'oncle Ernest pour te soigner, continua Renny ironiquement.

Finch laissa échapper un rire bruyant. Renny se tourna vers lui.

— Qu'est-ce que... commença-t-il. Qu'est-ce que...

— Laisse-le faire, dit Ernest. Finch, mon garçon, prends la bouillotte d'eau chaude et remplis-la.

Eden n'avait aucun besoin d'une bouillotte chaude, mais son oncle la réclama pour montrer combien il devait être traité avec ménagement. Finch sortit avec la bouteille, sous le regard de Renny.

— Je mourrai plutôt que d'avoir une infirmière, répéta Eden d'une voix faible, après le silence coupé seulement par un coup frappé à la porte.

On mit la bouillotte chaude dans le lit et, tout en lui tapotant le dos, Ernest reprit :

— Si Meggie n'avait pas son bébé, elle serait bien la meilleure des infirmières. Elle serait parfaite, comme, du reste, elle est parfaite en tout.

— En effet, approuva Renny.

— Ne pourrait-elle trouver quelqu'un pour soigner son gosse ?

— Elle a bien quelqu'un pour l'aider, mais ne consentira jamais à lui confier complètement l'enfant. C'est une mère admirable.

Après une courte interruption, il continua un peu hésitant :

— J'ai bien une idée, mais elle n'est guère réalisable. — Il jeta un regard sur ses compagnons. — Mais toute cette affaire est tellement extraordinaire !

— Voyons votre idée, demanda Renny.

— J'ai bien peur qu'elle ne soit impossible. Il vaut mieux n'en pas parler et chercher une autre solution... Eden, si tu ne veux pas d'une infirmière de métier, peut-être accepteras-tu une femme âgée ayant de l'expérience ?

— J'en ai vu une dans la rue, s'écria Eden. Une étonnante vieille créature ! Un tas de guenilles autour d'un visage de Parque !

Renny interrogea Ernest :

— Ne croyez-vous pas qu'il perd un peu la tête ?

Finch eut un éclat de rire étouffé.

— Pas du tout, répondit Ernest. Tu ne le comprends pas, voilà tout... La personne à qui je pense est Mrs. Patch. Elle est digne de confiance et elle a beaucoup d'expérience.

Finch, incapable de se contenir, s'écria :

— Sûrement ! elle a très bien enterré trois des siens !

— Finch, lui dit son oncle sévèrement, cette réflexion est de très mauvais goût et m'étonne de toi.

— Aucune importance, dit Eden avec un léger sourire. Dites-moi seulement quelle était votre première idée. A qui pensiez-vous ?

Ernest répondit en regardant Renny :

— Je me demandais si on ne pourrait pas décider Alayne à venir le soigner.

Ce nom prononcé inopinément sembla introduire la présence même d'Alayne auprès des occupants de la chambre. Un léger embarras se glissa entre eux. Aussitôt après avoir prononcé ces paroles, Ernest souhaita ne les avoir jamais dites. Il lui sembla qu'elles venaient souiller la retraite de la jeune femme et la replonger dans la honte et la tristesse de ses derniers jours à Jalna. Il regarda ses neveux avec émotion, évoquant leur conduite à tous les deux à cette époque.

Renny, bouleversé par cette proposition, contempla Eden couché dans son lit, échevelé, malade et magnifique ! Il le vit de nouveau le maître d'Alayne et éprouva au fond de son cœur le regret douloureux d'une chose qu'il ne posséderait jamais. Non, elle ne devait pas faire cela ; ce serait trop cruel de le lui demander ! Et cependant... si on pouvait la décider !... Il la vit en imagination, hésitant dans la chambre, à mi-chemin entre Eden et lui-même !...

— Ce n'est pas une sainte, dit-il.

Finch, vautré dans un grand fauteuil, se tordait les doigts. Des personnages de rêve, voilà ce qu'ils étaient tous, gesticulant, dissimulant le trouble de leurs regards, disparaissant, puis revenant pour faire des signes à celle qui refusait de les suivre et chercher à l'attirer à nouveau dans leur cercle. Encore une fois, malgré lui, il parla.

— Une femme reprend-elle jamais un homme après pareille aventure ?

Ses frères se regardèrent en silence, trop étonnés pour parler. Ce fut la douce voix d'Ernest qui répondit :

— Bien des femmes ont partagé le lit d'un homme après une escapade de ce genre !... Mais je ne pensais qu'à une chose : si Alayne se décidait à revenir à Jalna pour aider à soigner Eden, ce serait merveilleux. Je pensais seulement à ses mains si fraîches, si adroites.

— Vous la croyez donc sans volonté, dit Renny.

— Pas du tout ; c'est justement parce que je sais qu'elle a une grande force de caractère que je faisais cette proposition. Elle est fatiguée et dégoûtée de la vie qu'elle mène. Si elle revient à Jalna, ce sera pour toujours. Maman est déjà une trop lourde charge pour Augusta.

Renny se tourna vers Eden.

— Que penses-tu de tout cela ? Aimerais-tu avoir Alayne pour te soigner ?

Eden s'enfonça dans son lit, cachant son visage dans son oreiller. Finch s'écria :

— Il n'a pas besoin d'elle, il n'a pas besoin d'elle !

Il ne pouvait supporter l'idée qu'Alayne serait à nouveau entraînée à Jalna comme dans un gouffre où elle serait engloutie.

— Laissez-le, dit son oncle. Laissez-le réfléchir.

Tous les trois restèrent silencieux, les yeux fixés sur le corps enfoui sous les couvertures. De-ci, de-là, à travers le brouillard de leurs pensées, passait la silhouette d'Alayne, comme dans une sorte de danse mystique. Le grondement de la circulation, au-dessous, formait comme un mur autour d'eux.

Enfin Eden se retourna vers eux.

— Je vous jure que si Alayne ne vient pas me soigner, je mourrai.

Ses yeux étaient exaltés, sa bouche fiévreuse.

Finch ne cessait de se répéter à lui-même : « C'est une honte, une honte de lui demander cela ! »

— C'est toi qui dois poser la question à Alayne, dit Ernest à Renny. Il faut que tu ailles la voir tout de suite.

— Quand pourra-t-il voyager ?

— Dans quelques jours.

— Je crois que c'est plutôt à vous de faire cette démarche, oncle Ernest. Vous l'avez déjà vue.

— Non, non ; c'est à toi, Renny.

— Je l'amènerai à Eden qui le lui demandera lui-même.

— Je crains que cela ne la bouleverse.

— Je la préparerai, mais il faut que ce soit lui qui pose la question.

— Très bien, dit Eden. Amène-la. Elle ne pourra me refuser.

Les pensées de Renny, en attendant que s'ouvrît la porte d'Alayne, étaient un curieux mélange. Il avait le sentiment lamentable et décourageant qu'il agissait comme par force, poussé par sa sollicitude pour Eden. A peine s'il avait dormi les deux dernières nuits. En ville, il était malheureux à l'égal d'un animal sauvage pris au piège. Cependant tout son être frémissait d'une joie cruelle à la pensée de redevenir une force dans la vie d'Alayne, en l'arrachant à sa tranquillité pour la replonger dans cet esclavage de passions et de désirs qu'elle avait rejeté.

En la voyant devant lui, sa première impression fut qu'elle n'avait rien de remarquable, rien de ce dont il l'avait parée en imagination. Elle était moins grande, ses cheveux étaient d'un or plus pâle, ses yeux plus gris que bleus, ses lèvres froides. Et cependant, son émotion dépassa son attente ! Il éprouva une chaleur étrange qui se répandit dans tout son sang tandis qu'il lui serrait la main ; et il se demanda si cette émotion était visible pour elle. Si cela était, sa maîtrise d'elle-même était merveilleuse.

Les réactions d'Alayne furent absolument inverses. Renny lui apparut avec des traits plus marqués que dans son souvenir, plus grand, plus net, des yeux plus vifs, un nez plus gros, à la courbe plus orgueilleuse ! Mais son émotion fut moins forte qu'elle ne l'avait craint. Elle se trouvait comme le nageur effrayé par la force du courant et qui s'aperçoit qu'il résiste d'une façon tout à fait inespérée. Elle se rendit compte que, depuis leur dernière entrevue, elle avait acquis plus de confiance en elle-même, plus de maturité.

Ils entrèrent dans le salon, dissimulant ce double conflit d'émotion.

Renny prit la parole en disant :

— Nous arrivons les uns après les autres. Attendez encore un peu, et vous trouverez à votre porte Gran avec Boney sur l'épaule.

Elle rit un peu et dit sérieusement :

— C'est regrettable que ce soient des ennuis qui vous amènent.

— Oui. — Il la regarda attentivement. — Vous connaissez l'état de santé d'Eden ?

— J'en ai parlé avec votre oncle.

Son visage garda tout son calme.

Tout en la dévorant des yeux, il reprit :

— Que c'est étrange de vous revoir !

— Et vous donc !

— Le temps vous a-t-il semblé court ou long ?

— Très long.

— Pour moi, il a été très court ; rapide comme le vent.

— C'est que vous avez vos chevaux, vos chiens, votre famille, tandis que moi, je suis plutôt solitaire.

— Mais vous travaillez.

Et il jeta un coup d'œil sur les livres qui couvraient la table. Elle haussa légèrement les épaules.

— Je crois que je réfléchis trop et que je fais trop peu d'exercice.

— Vous devriez en faire davantage. C'est à cheval que je réfléchis le mieux. Vous rappelez-vous nos promenades à cheval ? Vous trouviez que j'étais un professeur sévère, n'est-ce pas ?

— Nos promenades, murmura-t-elle.

Et soudain, elle se vit galopant autour du lac, en compagnie de Renny ; elle entendit le martèlement des sabots, le grincement des sangles ; elle revit les crinières brillantes et flottantes. Elle respira plus vite, comme si vraiment elle était à cheval.

— Comment va Letty ? demanda-t-elle.

C'était le nom de la jument qu'elle montait.

— Toujours aussi belle, toute prête et vous attendant.

— Je crains bien de ne jamais plus la monter, dit-elle à voix basse.

— Ne viendrez-vous jamais plus nous voir ?

— Renny, s'écria-t-elle soudain avec passion, nous nous sommes dit adieu ce dernier soir. Vous n'auriez pas dû venir me voir.

— Vous ai-je troublée ? demanda-t-il. Vous paraissez si calme.

— Je désire l'être. Je voudrais oublier le passé !...

Il se mit à lui parler doucement, comme à un cheval nerveux.

— Naturellement. Vous avez raison. Je ne serais jamais venu si je n'étais aussi inquiet pour Eden.

Elle ouvrit de grands yeux.

— Je ne peux rien pour Eden, dit-elle brusquement.

— Pas même venir le voir ?

— Venir le voir ! vraiment non ! et pourquoi le ferais-je ?

— Quand vous l'aurez vu, vous ne poserez plus cette question. C'est un malade. Je ne crois pas qu'il guérisse jamais. Sa mère est morte de consomption !

Consomption ! A Jalna, on appelait encore ainsi cette maladie ! Quel horrible mot !

— Je suis certainement la dernière personne qu'Eden voudra voir.

— Vous vous trompez. Il est très désireux de vous voir.

— Pourquoi donc ?

— On n'explique pas les désirs d'un malade aussi gravement atteint que l'est Eden. Peut-être a-t-il quelque chose à vous dire, qu'il juge important.

— C'est ce qui vous amène ici ?

— Justement.

Un amer désappointement l'envahit. Ce n'était pas pour la voir qu'il l'avait cherchée, mais uniquement à cause d'Eden. Elle répéta :

— Je ne veux pas le voir.

— Mais si, je pense que vous le ferez. Vous ne pouvez le lui refuser.

Il s'assit résolument, en fumant, essayant, elle le sentait, de vaincre son refus par sa silencieuse tyrannie.

Elle murmura :

— Ce sera une scène pénible pour moi.

— Ce ne sera pas nécessairement une scène, reprit-il. Pourquoi les femmes s'attendent-elles toujours à des scènes ?

— C'est peut-être parce que j'ai pris cette habitude chez vous, répliqua-t-elle.

Le sourire Court découvrit les dents de Renny, mais son visage reprit vite son aspect sérieux.

— Vous viendrez, Alayne, vous ne pouvez lui refuser une entrevue de cinq minutes.

— Je crois deviner ce qu'il veut. Il a peur et il veut que je m'occupe de lui, que je le soigne et que je le guérisse.

— C'est bien possible, répliqua Renny imperturbable. De toute façon, il a absolument refusé d'avoir une infirmière de métier. Je ne sais si tante Augusta et Mrs. Wragge pourront suffire. Oncle Ernest avait proposé la vieille Mrs. Patch et Finch a aussitôt déclaré qu'elle saurait sûrement soigner cette maladie puisqu'elle a soigné et enterré trois membres de sa famille qui en étaient atteints.

Il la regarda attentivement pour juger de l'effet de ses paroles, et vit ses yeux pleins d'effroi et même d'horreur.

— Mrs. Wragge... Mrs. Patch..., répéta-t-elle. Elles le tueraient.

Son imagination l'emporta à Jalna où elle vit Eden, le bel Eden dans son lit, abandonné par Mrs. Wragge ou Mrs. Patch. Une autre pensée la frappa aussi.

— On ne peut pas l'installer dans la maison, ce serait un danger pour les garçons, pour Wake, pour Finch.

— J'ai bien pensé à cela, dit Renny. J'ai une idée. Vous vous souvenez de la Cabane du violoneux ?

Comment l'aurait-elle oubliée ?

— Oui. Certainement.

— Très bien. Ce printemps, je l'ai fait nettoyer, repeindre et remettre en état pour un ménage écossais qui devait venir travailler pour Piers. Ça n'a pas marché et ils ne sont pas venus. Je crois que cela conviendrait parfaitement à Eden. Nous avons beaucoup de meubles et quelques tapis, la maisonnette ne serait pas trop laide. On peut même la rendre tout à fait agréable. Si seulement vous vouliez voir Eden et user de votre influence...

— De mon influence !

— Oui. Vous avez encore beaucoup d'influence sur lui. Vous pouvez le décider à accepter une infirmière. Mon Dieu ! si vous saviez comme je suis tourmenté à son sujet !

Il lui apparut soudain, non plus en dominateur, mais plein de naïveté et émouvant dans sa confiance en elle. Elle ne regarda pas ses yeux sombres si dangereux pour elle, mais la ride inquiète de son front sous la pointe de cheveux couleur de rouille.

Elle imagina l'installation d'une chambre de malade à Jalna, pensa à la Cabane du violoneux entourée d'arbres et d'une végétation trop riche. Elle vit Eden au plus mal. Tout cet amour de l'ordre et de la bienséance qui est le propre de la Nouvelle-Angleterre, et qu'elle portait en elle, s'éleva contre le désordre et l'incapacité des Whiteoak.

C'est en tremblant qu'elle s'entendit accepter d'une voix calme d'accompagner Renny à l'hôtel.

Moins d'une heure après, elle se trouva, comme dans un rêve, auprès du lit d'Eden, pâle et les lèvres serrées. Il était couché, ses beaux cheveux en désordre, son cou blanc et sa poitrine découverts. Elle évoqua des morts de poètes : la mort de Keats, de Shelley disparaissant sous les flots. Ils étaient bien jeunes, mais moins que lui. Et ses vers étaient beaux, aussi ! Elle les aimait toujours, les savait par cœur ! Qui pouvait savoir ce qu'il écrirait s'il guérissait ! Quel était son devoir envers l'Art ? envers l'amour qu'elle ressentait toujours pour sa poésie et pour sa beauté ? Jadis, il avait été son amant ; cette même tête avait reposé sur sa poitrine. Mon Dieu, que leur amour avait été doux ! et combien éphémère !

Cet amour avait été semblable à une rose rouge, pressée, respirée, puis rejetée pour mourir. Mais un léger parfum attardé faisait frémir douloureusement l'âme d'Alayne.

Eden prit sa main et la garda dans la sienne, lui disant d'une voix enrouée :

— Je savais que vous viendriez ; vous ne pouviez me refuser cela... Alayne, ne me quittez pas. Restez auprès de moi, sauvez-moi. Vous ne pouvez savoir quel besoin j'ai de vous. J'ai refusé d'avoir une infirmière parce que je savais que vous seule pouviez m'aider. C'est votre force, votre soutien qu'il me faut. Sans cela je ne guérirai jamais.

Il éclata en sanglots et fut saisi d'une terrible quinte de toux. Elle le regarda, crispant son visage comme un enfant pour ne pas pleurer. Elle s'entendit promettre, d'une voix brisée, de l'accompagner à Jalna.

14

Les bras de Jalna

Le train semblait voler follement à travers la nuit. La locomotive crachait de la fumée et des étincelles, son œil brillant luisait, son sifflet perçait l'air. La file des wagons roulait dans un bruit métallique et semblait le corps de quelque serpent fabuleux qui, ayant avalé un certain nombre d'humains, avait hâte de s'en débarrasser dans un lieu favorable. Dans les cavernes d'acier et son intérieur, les faibles corps humains reposaient tranquilles et sans souffrance. Il semblait à Finch que ce voyage avait lieu dans l'unique dessein de ramener dans les murs de Jalna cinq créatures qui s'en étaient évadées.

Eden supporta fort bien le voyage. Renny avait pris un compartiment complet qu'il avait partagé avec lui, de façon à le surveiller. Ernest, Finch et Alayne avaient des couchettes à l'autre bout du wagon. Tous les quatre — car Eden ne s'était pas fait voir aux autres voyageurs — faisaient l'objet de maintes suppositions. Les deux hommes, grands, minces et absorbés en eux-mêmes, avaient traversé plusieurs fois le wagon d'un bout à l'autre, complètement ignorants des autres voyageurs, révélant ainsi le pouvoir des Whiteoak de transporter partout leur propre atmosphère. Avec une réserve calculée, ils élevaient un mur entre eux et le reste de l'univers. Dans le compartiment des fumeurs, aucun d'entre eux n'échangea plus d'un regard, d'ailleurs dépourvu de toute amabilité, avec un autre voyageur.

A leur arrivée, ils trouvèrent deux autos à la gare. L'une, de marque anglaise, était une bonne mais vieille voiture qui appartenait à Maurice Vaughan, le beau-frère de Renny ; il la conduisait lui-même. On y plaça Eden, Ernest et Renny montèrent avec lui. En les voyant partir, Alayne se demanda pourquoi Renny n'était pas resté avec elle. Elle était soulagée d'éviter le voisinage d'un long trajet, mais elle éprouva cependant un vif désappointement, presque du ressentiment, de voir qu'il la fuyait.

Ce mélange de froideur et de vivacité, de calcul et d'élan contenu l'avait déjà troublée. Vivre auprès de lui, c'était éprouver successivement des périodes d'exaltation et de dépression. Elle était heureuse de ne pas habiter sous le même toit que lui. La Cabane du violoneux était bien assez proche.

En s'installant auprès de Finch dans la vieille auto usagée des Whiteoak, et en voyant Wright, le garçon d'écurie, revêtu pour la circonstance de son meilleur habit, elle se demanda quelle puissance l'avait forcée à cet étrange retour.

Était-ce l'ombre de son amour disparu pour Eden, un désir naissant d'entourer son existence pour sauvegarder sa poésie ? Ou était-ce que, devant la volonté de Renny, elle n'avait pas eu la force de résister ? Est-ce que tout simplement, et si terrible que ce fût, la vieille maison de Jalna ne l'avait reprise sous son charme, et n'avait étendu son bras pour la ramener dans son sein ?

Finch et elle parlèrent peu. Une sorte de muette compréhension s'était établie entre eux. Finch suivait, lui aussi, le cours de ses pensées vagabondes. Il traversait la ville où se trouvait son collège. Comme elle lui paraissait grande avant son séjour à New York !

Aujourd'hui, il lui semblait qu'un choc l'avait aplatie ! Les rues étaient incroyablement étroites. La foule qui, jadis, lui semblait se hâter, ne faisait plus que flâner. Les visages aussi étaient différents, moins immobiles, plus joyeux. Et que les agents étaient plaisants à voir avec leurs casques !

Une fois hors de la ville, le long de la route, en traversant les champs de blé vert et les jardins éclatants de tulipes et lourds du parfum des lilas, le visage de Finch portait une telle expression de bonheur qu'Alayne lui dit, avec un demi-sourire :

— Heureux de revenir à la maison, n'est-ce pas ?

Il acquiesça de la tête. Il aurait voulu lui dire qu'une part de sa joie était due à sa présence, à ce miracle de l'avoir auprès de lui pendant cette promenade printanière. Mais il ne pouvait trouver de mots pour exprimer ses sentiments. Il essaya de se faire comprendre par un regard et tourna vers elle son sourire à la fois timide et séduisant. Elle lui rendit ce sourire en effleurant sa main et il crut qu'elle l'avait compris. Mais elle pensait seulement : « Que va-t-il faire maintenant ? Ce retour est-il pour lui un bien ou un mal ? »

Ils atteignirent les petites maisons blanches d'Evandale, sa forge, le minuscule magasin de Mrs. Brawn, l'église anglaise haut perchée sur la colline boisée, le presbytère couvert de vigne. Un vent froid et vif soufflait, éparpillant les dernières fleurs du verger. Ils entrèrent dans l'allée de Jalna au moment où les occupants de l'autre voiture en descendaient. Renny tenait Eden par le bras. Ils entrèrent ensemble sous le porche. La prairie parut moins grande à Alayne que dans son souvenir. Les grands arbres toujours verts, aux branches lourdes et tombantes, semblaient s'être rapprochés les uns des autres pour chuchoter ensemble en les voyant revenir.

Rags ouvrit toute grande la porte d'entrée, découvrant comme un tableau grand-mère soutenue par Nicolas et Augusta. Elle souriait d'avance et portait sa robe de velours rouge, ainsi que son plus beau bonnet garni de rubans, rouges également. Sa belle vieille main qui s'appuyait sur sa canne d'ébène portait de belles bagues aux pierres richement teintées. Derrière elle, dans le hall, le soleil passait à travers le vitrail peint et répandait des taches de couleurs de formes bizarres. Serrant toujours sa canne, elle fit un pas en avant et tendit les bras.

L'heure de l'arrivée était parfaite pour elle. Après une nuit de profond sommeil, elle venait de s'éveiller, très reposée, et sa vivacité naturelle n'était pas amoindrie par la fatigue de la journée.

— Enfin ! s'écria-t-elle. Mes enfants... tous mes enfants... Embrassez-moi vite !

Ils s'empressèrent autour d'elle, l'enveloppant presque complètement : Ernest, Renny, Finch, Eden. Ils échangèrent des baisers sonores.

— Mon Dieu, Nicolas, s'écria Ernest avec anxiété en voyant sa mère embrasser Eden. Trouves-tu cela prudent, avec les dangers de la contagion !

— Il y a peu de chance qu'elle prenne quelque chose à son âge, répondit tranquillement Nicolas. Que ce garçon a changé !

— Oui... Quels jours pénibles j'ai passés, Nick ! Si tu savais toutes les difficultés que j'ai eues ! La responsabilité et tout le reste ! Comment maman a-t-elle supporté tout cela ?

— Merveilleusement. La lettre de Renny lui a donné un regain de vie ! Je me demande ce qui l'a poussé à écrire à maman plutôt qu'à Augusta.

Ernest le regarda, incrédule.

— Tu ne veux pas dire que c'est à maman qu'il a écrit pour annoncer le retour d'Alayne et pour faire préparer la petite maison ?

— Mais si. Tout s'est passé en dehors d'Augusta. La pauvre vieille est très vexée, je t'en avertis. Mais c'est bien fait pour elle. Elle est beaucoup trop autoritaire.

— Hum ! Il n'aurait pas dû agir ainsi. Ce n'est pas aimable pour Augusta et maman est si faible. Qu'a-t-elle pu faire ?

Nicolas fit entendre un de ses rires silencieux.

— Ce qu'elle a pu faire ! Mais elle nous a tous exténués ! Si on l'avait laissée faire, tout le mobilier aurait quitté la maison pour la Cabane du violoneux ! Tout n'a pas été rose ici. Regarde-la donc !

La vieille Mrs. Whiteoak s'était assise sur son fauteuil. Pour la protéger des courants d'airs, on avait placé derrière elle un écran indien noir et or. Au sommet de cet écran était perché Boney, revêtu de son éclatant plumage printanier. Ses yeux ronds étaient fixés sur le bonnet de la vieille dame dont les rubans clairs l'intriguaient. Elle fit asseoir Eden et Alayne de chaque côté de son fauteuil et leur prit à chacun une main. C'était presque un geste religieux. Jamais elle n'avait admis qu'Eden et Alayne fussent séparés. En ce jour, ils lui apparaissaient comme un couple inséparable, disparu depuis longtemps et revenu par miracle auprès d'elle. L'activité qu'elle avait déployée pendant ces derniers jours avait rendu ses yeux plus brillants, et avait accentué le masque autoritaire de ses traits.

— Ah ! dit-elle, vous voilà enfin, mon jeune couple. Toujours aussi beau. Qu'il y a donc longtemps que je vous attendais ! Quelle affaire, n'est-ce pas, Augusta ? quelle affaire ! Alayne, ma chère enfant, vous vous souvenez de ma fille, lady Buckley ? Elle est fatiguée, je l'ai remarqué. Ce climat ne lui convient pas. Il faut être un vieux cheval de bataille comme moi pour y résister. J'ai vécu bien portante aux Indes et je fais de même au Canada. Rôtir ou geler, c'est tout un pour moi.

Augusta regarda le bout de son nez. Elle était très vexée de la remarque de la vieille dame et dit :

— Ce n'est pas étonnant que je sois fatiguée ! Nous venons de passer des jours terribles.

Et elle jeta sur Renny un regard offensé.

Il ne le vit pas. Ses yeux étaient fixés sur sa grand-mère. Il était absorbé par la vue qui le rendait profondément heureux. Une sorte de malice l'avait poussé à lui écrire pour lui demander de s'occuper de meubler la Cabane pour Eden et Alayne, comme si elle était la seule capable de s'occuper de rendre la maisonnette confortable. Quand il lui écrivit, il savait bien qu'elle ne ferait que rendre tout plus difficile à Augusta. Il ne se montrait guère respectueux à l'égard d'Augusta, tout en faisant parfois preuve auprès d'elle d'une démonstrative affection. Elle s'interposait trop souvent entre les garçons et lui, parlait trop souvent de la supériorité de l'Angleterre et de la sauvagerie des colonies. Il l'admirait tout en lui en voulant. Il admirait également sa grand-mère mais acceptait de cette dernière les plus flagrantes extravagances.

En ce moment il était plein d'une tendresse infinie pour elle, à la vue de sa joie, de cette exaltation d'un être supérieur. Il oublia un instant son inquiétude pour Eden, ainsi que sa passion cachée pour Alayne. Il était heureux de voir la jeune femme assise, la main dans celle de sa grand-mère, et redevenue, pour quelque temps du moins, un membre de la tribu. Il sentit se resserrer les liens invisibles qui l'attachaient aux êtres réunis dans cette pièce.

Eden oubliait presque la fatigue du voyage dans l'excitation du retour. Il éprouvait la joie cynique de l'enfant prodigue qui se retrouve au foyer, entouré de tendresse. Mais, au fond de lui-même, il savait bien qu'il n'avait pas changé. Il souriait d'un air moqueur à Alayne au-dessus du velours rouge qui couvrait les genoux de grand-mère, au-dessus des pierres brillantes de ses bagues qui entraient dans la chair de leurs deux mains prisonnières. Il éprouvait un immense soulagement en pensant qu'Alayne était à Jalna pour le soigner comme elle l'avait déjà fait une fois jadis. Il n'aurait pu supporter d'autres soins que les siens et s'il devait mourir, ce serait moins terrible avec elle à ses côtés !... Mais il ne pouvait s'empêcher de sourire avec ironie.

« Me voilà prise au piège, pensait Alayne. Pourquoi suis-je ici et que signifie tout cela ? Cela a-t-il une raison d'être, un but ? Ou sommes-nous des marionnettes inconscientes que fait danser la main d'un magicien ? cette main qui est peut-être celle de cette vieille femme ! Il est si tentant de voir en elle une sorte de Parque. »

— *Shaïtan ! Shaïtan ka batka !* hurla Boney, découvrant soudain en elle une étrangère.

— Dites à cet oiseau de se taire, cria grand-mère. Je veux parler.

— Taisez-vous, Bonaparte, gronda Nicolas.

Alayne suivait toujours le cours de ses pensées : « Eden va-t-il mourir ? Et s'il meurt, que se passera-t-il ? Pourquoi suis-je ici ? Si je peux le guérir, pourrai-je jamais m'intéresser à lui de nouveau ? oh ! non, non ! je ne pourrai jamais ! Que pense Renny ? Comment ai-je été assez folle pour croire que sa présence ne m'entraînerait plus comme une vague de la mer ? Oh ! pourquoi suis-je venue ? »

Ses sourcils se froncèrent douloureusement. Les bagues de la vieille Mrs. Whiteoak lui faisaient mal à la main.

— *Shaïtan ! Shaïtan ka batka !* hurla de nouveau Boney.

— Nick.

— Qu'y a-t-il, maman ?

— Ernest.

— Oui, qu'y a-t-il ?

— Dis à cet oiseau de se taire. Je vais demander quelque chose à Alayne.

Ils apaisèrent le perroquet avec un morceau de biscuit.

— Êtes-vous contente d'être revenue, enfant ?

— Oui. Oh ! oui.

— Où étiez-vous pendant votre absence ?

— A New York.

— C'est un triste endroit, d'après ce que j'ai entendu dire. En étiez-vous fatiguée et Eden avait-il une bonne position ?

Tous les regards convergeaient vers Alayne. Elle détourna la question.

— Je suis partie pendant quelque temps, pour changer un peu d'air, chez des cousins dans le Milwaukee.

Les épais sourcils roux se soulevèrent.

— Milwaukee ! En Chine, n'est-ce pas ? C'est très loin.

Nicolas vint à son aide :

— Milwaukee n'est pas en Chine, maman, c'est quelque part aux États-Unis.

— Quelle bêtise ! C'est en Chine. Walkee, Walkee, Talkee, Talkee ! Vous ne pensiez pas que je savais aussi l'argot des Indes !

Elle rit triomphalement en serrant la main d'Alayne.

— Walkee, Walkee... Talkee, Talkee... chantonna Wakefield.

— Nicolas !

— Qu'y a-t-il, maman ?

— Fais taire ce garçon. Je ne veux pas être interrompue.

Nicolas étendit son long bras et attira Wakefield près de lui.

— Écoute, lui dit-il en levant le doigt ; c'est une conversation très instructive.

Grand-mère s'adressa alors à ses deux voisins, en les regardant de ses yeux sombres et brillants.

— Qu'y a-t-il ? Pourquoi n'avez-vous pas d'enfants ?

— Ceci est de trop, dit Augusta.

Sa mère lui répliqua :

— Ce n'est pas assez... Pheasant en a un, Meggie aussi. Il en faut un autre... Je n'aime pas cette habitude de ne pas avoir d'enfants. Ma mère en a eu onze. J'aurais pu en faire autant. J'avais commencé joliment bien. Mais quand nous sommes revenus ici, le docteur était si difficile à atteindre que Philippe a eu peur. Ah ! c'était un homme, mon Philippe ! Quel dos ! Aujourd'hui on n'en voit plus, de dos aussi droit. Pas d'enfants... Hum ! De mon temps une femme en donnait une bonne douzaine à son mari...

— *Shaïtan,* cria Boney qui avait fini son biscuit et qui regardait l'étrangère.

— ... Et si parmi eux, il y en avait un dont il ne fût pas très sûr, il le prenait quand même, comme un homme !

— *Shaïtan ka batka !*

— Il savait bien que la jument la plus digne de confiance est... capricieuse de temps en temps.

— *Ka batka !*

— Eh bien, Renny ! Qu'en penses-tu ?

— Oui, chère grand-mère, c'étaient des jours de grandeur.

Eden retira sa main de celle de sa grand-mère. Une immense fatigue se lisait sur son visage. Il se leva, ses lèvres étaient entrouvertes, son front tiré.

— Je suis horriblement las, murmura-t-il. Je me coucherais volontiers un moment.

Et il regarda autour de lui.

— Pauvre diable, dit la vieille dame. Mettez-le sur le divan de la bibliothèque.

Eden sortit lentement de la pièce. Ernest le suivit plein de sollicitude et d'importance. Il le couvrit soigneusement. Les yeux de grand-mère avaient suivi le couple avec satisfaction. Ils se tournèrent ensuite vers Alayne.

— Ne vous inquiétez pas, chérie. Nous le verrons bientôt guéri. Laissez-nous espérer que...

— Maman, interrompit Nicolas, mettez Alayne au courant pour la Cabane. Dites-lui toute la peine que vous avez prise.

Cela suffit pour détourner l'attention de la vieille dame de la nécessité de croître et de multiplier ! Elle ne songea plus qu'à décrire le doux nid qu'elle leur avait préparé !

Nicolas dit à mi-voix à Renny :

— C'était épouvantable ! La Cabane n'aurait jamais pu contenir tout le mobilier qu'elle a voulu y envoyer. Il n'y a eu qu'une chose à faire : apporter les choses par une porte et les remporter par une autre ! Cette pauvre vieille Augusta était à bout de forces.

Le maître de Jalna montra ses dents dans un sourire satisfait. Puis son visage s'assombrit en demandant :

— Comment trouvez-vous Eden ? Bien malade, n'est-ce pas ?

— Comment est-il vraiment ? Ta lettre ne m'a guère renseigné.

— Je ne le sais pas exactement moi-même. Il faut que le docteur Drummond le voie. Le médecin de New York dit que son état est sérieux, mais pas désespéré.

— Ces docteurs américains... dit Nicolas avec un haussement d'épaules. De l'air frais, du lait, et nous l'aurons vite rétabli. Quelle brave fille que cette Alayne ! Bien fanée, par exemple !

— Quelle bêtise, déclara Ernest qui arrivait derrière eux. Elle est plus charmante que jamais.

Renny n'exprima aucune opinion. Ses yeux ne quittaient pas le visage d'Alayne. Il y lut un consentement intérieur à son changement d'existence, une paisible acceptation de Boney lui-même ! Une brave fille ? Non. Mais une âme fière et passionnée. Il se rapprocha d'elle en passant au milieu des lourds meubles d'acajou, et s'assit sur le canapé où se trouvait Eden un instant auparavant.

— Je voudrais vous dire comme je suis heureux de vous revoir ici.

La vieille Mrs. Whiteoak s'était assoupie. La Parque semblait dormir. Alayne et Renny pouvaient se croire seuls dans la pièce. Chacun d'eux éprouvait la force insolente du voisinage de l'autre.

— Il fallait que je vienne. Il le désirait et avait besoin de moi.

— Naturellement. Il avait besoin de vous... Et lorsqu'il sera guéri ?...

— Alors, je repartirai.

Mais ses propres paroles lui semblaient irréelles, bien qu'elle eût laissé ses affaires dans l'appartement de New York et n'eût apporté que le nécessaire pour un séjour d'été. Cet appartement lui-même, avec ses beaux tapis, ses jolies lampes, ses bibelots de cuivre et d'étain avait moins de prix à ses yeux que la canne d'ébène de la vieille dame. Peu importait Rosamond Trent. C'était la pièce où elle se trouvait en ce moment qui parlait à son âme, avec son mobilier encombrant. Ses murs épais enfermant cette ambiance toute-puissante avaient un sens que ne possédait aucun autre mur ! Elle ne pouvait saisir ce sens caché, et n'avait pas la force de lutter contre. La pièce n'était peut-être qu'un piège et elle... un lapin... un pauvre petit lapin pris au collet !

Renny reprit d'un ton un peu sec :

— En tout cas, vous êtes venue, c'est l'essentiel ! Je ne peux vous dire de quel poids vous m'avez soulagé. C'est la guérison assurée pour Eden.

Il fallait donc qu'elle travaillât, qu'elle luttât pour la guérison d'Eden. Ce n'était que justice. Il faut obéir aux lois de son état. Mais quel étrange intermède dans sa vie allait être cet été !

Augusta, qui était sortie, apparut à la porte et les appela. Ils se levèrent et se dirigèrent vers elle avec précaution pour ne pas éveiller leur grand-mère.

— Il s'est endormi, dit Augusta. Il est à bout, le pauvre garçon. Et vous aussi, ma chérie, vous devez être fatiguée. Ne voulez-vous pas monter dans ma chambre faire un peu de toilette avant dîner ? Je vous apporte un pot d'eau chaude.

Alayne la remercia. Elle serait contente de changer de vêtements et de se laver.

— Ensuite, continua Augusta, je vous amènerai à la villa. Il me semble qu'il faut supprimer ce vilain nom de « Cabane du violoneux », maintenant que vous allez y vivre. Je vous montrerai nos préparatifs, je devrais plutôt dire les préparatifs de ma mère.

Et elle jeta sur Renny un regard plein de reproches.

Il la regarda également d'un air taquin.

— J'aime ce vieux nom et je ne vois aucune raison pour le changer.

— Je ne l'appellerai jamais ainsi.

— Appelez-la comme il vous plaira ! C'est la Cabane du violoneux.

Et il eut un geste d'impatience.

— Pourquoi tenir à des noms si vulgaires ?

— La prochaine fois, ce sera du nom de Jalna que vous vous moquerez !

Pendant cette discussion, Alayne se disait : « Ai-je vraiment été absente ? Les voilà se chamaillant comme toujours ! Je ne pourrai jamais supporter cela. Que m'arrive-t-il donc depuis que je suis ici ? Un simple mouvement de son bras me bouleverse ! A New York j'avais trouvé un certain calme, mais ici, c'est impossible. Dieu merci, je ne vivrai pas sous le même toit que lui ! »

Une tache de lumière rouge provenant du vitrail tombait sur la tête de Renny. Sa chevelure semblait de feu. Il reprit avec dédain :

— La villa ? Autant l'appeler la Villa des Roses ou la Villa Bijou, pendant que vous y êtes.

Il ne pouvait supporter le moindre changement autour de lui.

La porte de l'extérieur s'ouvrit et Wakefield entra en courant. Avec lui pénétrèrent un souffle de printemps et trois chiens. Les deux épagneuls se mirent à aboyer et à sauter sur leur maître. Le vieux chien de berger renifla autour d'Alayne et agita le bout de fourrure qui lui servait de queue. Il se souvenait d'elle.

Wakefield lui tendit un petit bouquet d'anémones.

— Voilà pour vous, lui dit-il. Vous les mettrez dans votre chambre.

Alayne le serra dans ses bras. Que son petit corps était charmant, si léger, si délicat et cependant si plein de vie !

— Merci, chéri.

Et il se mit à rire tandis qu'elle mettait un baiser sur son oreille. Il s'accrocha à elle.

— Allons, enfant, gronda sa tante, ne sois pas si brusque avec Alayne. Elle va venir dans ma chambre, elle est fatiguée et tu te suspends à elle.

Renny enleva le petit crampon et lady Buckley prit le bras d'Alayne. En montant l'escalier, elle lui dit :

— Vous avez agi avec noblesse et droiture. Je ne peux vous dire à quel point je vous admire. Je voudrais être sûre que votre sacrifice sera récompensé ! mais je n'ai jamais vu cela dans la vie !

Et elle soupira, puis reprit :

— J'ai trouvé une gentille petite Écossaise qui viendra chaque jour du village pour travailler pour vous, vous savez où... Je refuse de donner à votre logis son vilain nom, même si Renny doit être désagréable pour moi.

Elles arrivaient à la chambre d'Augusta qui versa de l'eau dans la cuvette pour qu'Alayne pût se laver le visage et les mains.

Finch lui aussi avait regagné sa chambre. Le craquement de l'escalier du grenier qu'il montait était pour lui une voix familière. Elle lui souhaitait la bienvenue tout en le grondant et en lui reprochant sa longue absence. Personne, pendant ces dernières semaines, n'avait écouté les voix nocturnes de la maison. Tout ce qu'il aurait pu entendre pendant ces nuits-là était maintenant perdu pour toujours. Les murs de sa chambre n'étaient plus immobiles, mais ils paraissaient bouger et frémir à sa vue. Les fleurs de la tapisserie s'agitaient comme sous une rafale. Il s'arrêta, reniflant les odeurs familières : le plâtre humide dans le coin où se trouvait une gouttière (sa cuvette était encore là où il l'avait mise pour recueillir les gouttes d'eau), le tapis fané, mal balayé par Mrs. Wragge, qui sentait le moisi, ainsi que les vieux livres sur l'étagère. Et, imprégnant tout, l'odeur de la maison elle-même avec son secret toujours gardé, mais qu'il croyait pouvoir bientôt découvrir.

Il ouvrit toute grande la fenêtre pour laisser entrer l'air. Les arbres sombres et amicaux exhalaient leur parfum résineux et pénétrant. Des pommes de pin roses, semblables à de petites bougies un jour de fête, se dressaient dans l'herbe fraîche. Les troncs d'arbres du côté de la maison, et comme un signe visible de leur union avec elle, portaient une couche de mousse verte. Leurs feuilles, dans leur jeune fraîcheur, avaient un éclat pur et sans tache. Au-delà des arbres s'étendaient les prés humides et verts, l'enclos où se trouvait un groupe de jeunes poulains inquiets de leur propre existence, le verger où les fleurs blanches des pommiers tombaient au moindre souffle d'air sur la terre rouge, comme des bouquets aux pieds de juin, jeune époux de l'été. La rivière aux mille reflets ensoleillés coulait rapidement vers le ravin où les troncs argentés des bouleaux brillaient dans l'ombre. Un pigeon mélancolique fit entendre son appel pensif et prometteur.

Finch tendit les bras et se pénétra de toute cette beauté. Il laissa son âme s'en aller au-devant du matin, et revenir à lui chargée de ce même matin et de toute sa douceur, comme une abeille de miel.

Il évoqua la dernière journée qu'il avait passée dans cette chambre, son humiliation. Il avait redouté un retour humiliant. Mais Piers n'était pas là pour se moquer de lui. Derrière la maladie d'Eden, il s'était faufilé et à peine avait-on fait attention à lui. Sous sa moustache, le vieil oncle Nicolas avait murmuré :

— Je pense que tu es plein de honte, jeune homme. Tu mérites une bonne correction.

Mais Renny, qui avait entendu, remarqua brusquement :

— Sans lui, nous n'aurions jamais retrouvé Eden.

Détestable et splendide, ce Renny !

Derrière lui, Finch entendit un pas léger. Il se retourna et aperçut Wakefield sur le pas de la porte. Son air digne, le sérieux de sa petite personne déplurent à Finch. Son petit air protecteur s'accompagna des paroles les plus nobles qu'il eût à sa disposition et qu'il avait acquises dans ses conversations avec tante Augusta et Mr. Fennel.

— Je vois, dit-il d'une voix claire, que tu te repens de ta folie.

Finch se précipita sur lui. Il ne réussit qu'à grand-peine à se contenir et à ne pas toucher le petit garçon. Mais vraiment c'eût été un trop mauvais début ! Il se demanda pourquoi Wakefield ne le respectait pas. Les autres petits garçons respectent leurs aînés ; chez un de ses amis, il avait vu un jeune frère indiscret se retirer sur un simple signe de tête.

On pouvait toujours essayer ce système avec Wake. Il posa la brosse avec laquelle il allait se coiffer et, de la tête, lui montra la porte avec une expression de calme autorité.

Wakefield ne bougea pas et répéta :

— Je sais très bien que tu regrettes ta folie.

Finch jeta sa brosse pour se diriger vers l'enfant. Mais pouvait-on vraiment toucher un être aussi frêle ? Ses os étaient si minces ! Finch le hissa sur ses épaules et descendit en courant l'escalier sans que l'enfant protestât. Mais à l'instant où Wake se retrouvra sur ses pieds dans le hall, il reprit son air de petit coq et se glissa adroitement à la tête de la procession qui entrait dans la salle à manger.

— Enfin, s'écria grand-mère. Voilà ce que j'aime, des garçons qui font du tapage !

Ils s'assirent autour de la table. Les portraits du capitaine Philippe en uniforme, et d'Adeline au temps de sa lune de miel, leur souriaient. Derrière eux glissait Rags avec son expression habituelle de servilité et d'impudence, son vêtement noir et luisant enfilé à la hâte à la dernière minute et dont le col remontait sur la nuque.

Ils commencèrent à manger de larges tranches de bœuf rôti, des pommes de terre frites, des oignons au jus, des asperges au beurre, un pudding avec une sauce forte et, par-dessus le tout, tasse sur tasse de thé chaud. Alayne fut touchée parce qu'ils s'étaient souvenus qu'elle ne mangeait pas de pudding. Il y avait pour elle des tartes à la confiture.

— Elles sont cuites dans les petits moules en coquilles que vous aimez, dit grand-mère.

Il y avait du cherry, un cherry qu'un Américain aurait payé bien cher ! Comme la vieille dame l'aimait ! Elle renversa sa tête en arrière en faisant trembler son bonnet pour avaler jusqu'à la dernière goutte de son verre.

— Il faudra que j'envoie de ce cherry à la Cabane du violoneux pour Eden, murmura Renny. Cela le remontera et lui fera plus de bien que du lait.

Les pensées d'Alayne s'envolaient pleines de compassion vers Eden étendu dans la chambre voisine. En passant, elle l'avait aperçu sous une couverture au crochet. Elle pensa que cette conversation de gens bien portants devait être pénible pour lui. Nicolas, Ernest et leur mère parlaient tous à la fois et il n'était question que de nourriture, de ce qu'Eden avait mangé à New York, et Nicolas à Londres il y avait trente-cinq ans ; de ce que grand-mère avait mangé aux Indes soixante-quinze ans auparavant ! Augusta, de sa voix grave, vantait le parfum des framboises, des laitues et des choux-fleurs d'Angleterre. Il y eut une discussion entre Augusta, Renny et Wakefield pour savoir si l'enfant mangerait oui ou non du gras de bœuf. Seul, Finch restait silencieux et mangeait comme s'il n'avait jamais rien mangé jusqu'à ce jour.

Le soleil, à travers les persiennes jaunes, les baignait tous de cette teinte éblouissante des couchers de soleil de Turner, accentuant les traits particuliers de chacun : le bonnet de grand-mère, ses sourcils, son nez ; la frange d'Augusta et le port de sa tête ; les épaules de Nicolas et ses moustaches tombantes ; les longues mains blanches d'Ernest ; les lumineux yeux noirs de Wake ; la tête rousse de Renny et son nez Court. Rien, chez eux, n'était soumis à une discipline ; la vie ne les avait pas modelés ni transformés ; ne les avait rendus conformes à aucun modèle déterminé.

Après les conversations légères qu'Alayne avait entendues l'hiver précédent, plutôt qu'elle n'y avait pris part, quelle animation, quelle exubérance de vie !... Peut-être étaient-ils dans le vrai ! Peut-être possédaient-ils un secret perdu pour tous les autres ! Ils ne se ménageaient guère, ils vivaient largement. Comme des arbres frémissants, ils enfonçaient leurs racines, étiraient leurs membres, luttaient entre eux, se battaient contre les éléments. Ils ne trouvaient rien d'étrange ni d'extraordinaire en eux : ils étaient les Whiteoak de Jalna, et l'on n'en pouvait rien dire de plus.

15

Vaughanland

Le même après-midi, Renny et Wakefield descendaient la pente qui conduisait au ravin, franchissaient le pont sur la rivière et remontaient la pente opposée en suivant le sentier sinueux qui aboutissait dans un bois de pins appartenant à Maurice Vaughan. La maison se trouvait dans une clairière entourée d'arbres si épais après les pluies du mois dernier, qu'on ne voyait que la fumée de ses cheminées s'élevant dans un léger ciel bleu. Cependant ils entendaient une voix de femme chanter à l'intérieur. Un champ de blé s'étendait devant eux dans lequel un garçon du village tapait avec insouciance sur une poêle pour faire fuir les corbeaux. Ces derniers tournoyaient autour de lui ou allaient se nourrir un peu plus loin, en lui jetant des regards moqueurs. Au milieu d'eux se trouvaient deux blanches mouettes venues du lac en excursion terrestre.

Le garçon fut effrayé en se sentant arracher des mains poêle et bâton !

— Crois-tu faire peur aux corbeaux avec ces quelques tapes ? lui demanda Renny. Écoute-moi plutôt !

Et il fit un bruit terrible à l'oreille du garçon. Les corbeaux montèrent tout droit au ciel en criant. Les mouettes s'enfuirent à perdre haleine dans la direction du lac.

Les deux frères continuèrent leur promenade, le petit s'accrochant au bras de son aîné. Lorsqu'ils atteignirent une ouverture dans la bordure de cèdres qui longeait le pré, à peine s'ils entendaient le tapage fait sur la poêle, tandis qu'une voix féminine aux notes claires et chaudes leur parvenait de l'intérieur de la maison.

— Renny, s'écria Wakefield en tirant son frère par la manche, pourquoi Piers a-t-il emmené Pheasant et Mooey ici, juste au moment où Eden et Alayne arrivaient ?

— Parce que Piers ne peut pas supporter Eden.

— Pourquoi donc ?

— Tu ne peux comprendre.

— Piers et Pheasant resteront-ils ici tandis qu'Eden sera à la maison ?

— Oui.

— Mais je croyais que Meg ne pouvait souffrir Pheasant.

— Eh bien, elle lui témoignera de l'amitié pour l'amour de Piers et d'Eden.

Les yeux de Wakefield, assombris par ses pensées, étaient rêveurs.

— Je comprends tout cela difficilement.

— Tu n'as pas besoin de comprendre. Moins tu penseras à cela, mieux cela vaudra.

— N'empêche que j'ai mes idées, dit l'enfant d'un ton important.

— Tu as trop d'idées. Tu es trop curieux.

Wakefield leva les yeux, d'un air candide.

— Je suppose que c'est ma faible santé qui en est cause.

Comme il connaissait bien son frère aîné ! Ils entrèrent dans la maison serrés l'un contre l'autre.

Le salon obscur était vide, de même que la salle à manger. La douce et chaude voix féminine s'élevait toujours dans la maison. Ils montèrent au premier. Wakefield traversa en courant le corridor et frappa à une porte qu'il ouvrit aussitôt. La pièce où il pénétra était inondée de soleil filtrant à travers les lourdes branches des arbres. Elle était tapissée de couleurs vives et gaies. Un vase de narcisses était posé sur la table et, à côté, on voyait un plateau d'argent avec une théière, une assiette de gâteaux et un rayon de miel. Meg était en train de prendre un de ses petits repas.

— Toujours en train de grignoter ? dit Renny qui se pencha pour l'embrasser.

Wakefield s'appuya sur le dos de sa sœur en lui mettant les mains sur les yeux :

— Devine qui est là !

Elle prit les petites mains et les tira sur sa poitrine, en tournant la tête vers lui. Ils s'embrassèrent.

— Oh ! tu as le goût du miel ! s'écria-t-il et il regarda avec envie le carré de miel.

— Je n'avais pas faim au déjeuner, aussi je commençais à me sentir un peu faible et on m'a apporté ceci dont je n'ai nul besoin. Tu peux le finir, Wake, mon chéri.

Il prit le rayon de miel entre ses doigts et commença à le dévorer. Meg le regardait faire avec indulgence, et Renny avec une affectueuse inquiétude.

— Crois-tu que cela soit sain ? demanda-t-il.

— Bien sûr. C'est un aliment naturel qui ne peut lui faire aucun mal. Qund je pense, continua-t-elle, que tu es allé à New York depuis que je ne t'ai vu ! Elle le regarda comme si elle allait découvrir en lui quelque chose d'extraordinaire. Que de choses tu as dû voir ! Mais avant tout, parle-moi d'Eden. Est-il très malade ? S'il est en danger, je ne sais comment je le supporterai ! Pauvre agneau ! Il était toujours si bien portant. Tout le mal vient de son malheureux mariage. Le jour où il a amené cette fille à Jalna, j'ai prévu des difficultés. Et, prenant son courage à deux mains : Renny, est-ce qu'Eden va...

Elle jeta un regard sur Wake. Il ne devait pas entendre parler de choses effrayantes.

— Il a une tache sur le poumon, il est très maigre... Mais je le crois moins malade que ne le disait ce docteur de New York. Seulement il lui faut beaucoup de soins.

Et il pensa : « Que va-t-elle dire quand elle saura qu'Alayne est ici ? » Il ajouta tout haut :

— Il lui faut un bon air et de bons soins.

Meg s'écria :

— Je le soignerais bien, mais il y a bébé que je ne peux exposer.

Il connaissait sa nonchalance.

— Mais cette « aide maternelle », comme tu l'appelles, ne peut-elle s'occuper de l'enfant ?

Meg tourna son fauteuil en face de lui. Son bras court et rond reposait sur la table que dépassait une main blanche et sensuelle. Sa voix s'emplit de reproches.

— Confier mon bébé à Minny Ware ! C'est une cervelle d'oiseau. On ne sait jamais ce qu'elle va faire. Il y a des jours où je voudrais ne l'avoir jamais vue !

Ils se turent un moment. La voix de la chanteuse parvenait jusqu'à eux d'une chambre éloignée. Il ne pouvait encore dire à Meg qu'Alayne était à Jalna.

Elle reprit :

— Je trouve que c'est terrible d'exiler Eden à la Cabane.

— Ce n'est pas prudent de le garder à la maison avec les garçons.

— Et Finch aussi est revenu ! Quelle terrible responsabilité ont certains, dans la vie, tandis que d'autres... Voilà ce qui m'empêche de manger, c'est l'inquiétude.

— Pour Finch, tout ira bien maintenant... C'est un étrange garçon... On ne peut le comprendre...

Meg observa avec satisfaction :

— Il ne serait jamais parti si j'avais été à la maison. Tante Augusta ne comprend absolument rien aux garçons.

Renny écoutait la voix de la chanteuse.

— Chante-t-elle toujours ainsi ?

Sa sœur secoua la tête, comme à l'appui de choses difficiles à exprimer. Elle se pencha vers Renny en murmurant :

— C'est très pénible pour moi d'avoir Pheasant. Seule mon affection pour Piers fait que je la supporte. Elle a tout de suite été pour le mieux avec Minny Ware. Déjà je les trouve ensemble, bavardant dans les coins. Je fais celle qui ne voit rien.

Un pas lourd se fit entendre dans le hall, suivi d'un coup à la porte. Meg plissa son front lisse en disant :

— Entrez.

On tapa de nouveau.

— Il ne t'entend pas, dit Renny. Hullo, Maurice.

La porte s'ouvrit devant Vaughan. Ses cheveux gris étaient en désordre, son veston de travers sur ses larges épaules.

— Tu viens de dormir ? lui demanda Renny.

Vaughan acquiesça avec un sourire.

— Y a-t-il quelque chose de mystérieux dans cet entretien ? Je viens chercher ma pipe que j'ai laissée quelque part.

Et il pensait : « Pourquoi Meg me regarde-t-elle ainsi d'un air si drôle ? »

— J'étais en train de demander à Meg si Minny Ware cessait quelquefois de chanter, dit Renny. C'est une joyeuse compagnie. Je voudrais vous l'emprunter pour Jalna.

Et il pensait : « Quelle diablerie que le mariage ! Meg a pris ce vieux Maurice quand elle a eu besoin de lui. »

De son côté Meg se disait : « Pourquoi ne puis-je jamais avoir mon frère pour moi seule ? N'y a-t-il plus de vie privée quand on est mariée ? »

Vaughan avait trouvé sa pipe et sa blague à tabac. Il remplit sa pipe adroitement en dépit de sa main droite infirme depuis la guerre. Les grands yeux bleus de Meg ne perdaient pas de vue cette main et le bandage de cuir qui entourait le poignet. C'était cette vue qui l'avait un jour attendrie. Mais aujourd'hui, le mouvement de cette main avait le don de l'irriter. Elle le trouvait anormal et même horrible, plutôt qu'attendrissant. D'un ton de reproche, elle dit à son mari :

— Renny ne croit pas qu'Eden soit très malade. Vous m'avez tellement effrayée !

Et elle se tourna vers son frère.

— Maurice m'avait dit qu'Eden avait l'air à moitié mort !

— Mais je l'ai trouvé ainsi ! répliqua Vaughan d'un ton bourru.

— Il avait vraiment un air lamentable après le voyage, dit Renny. Mais un bon sommeil et un peu de nourriture l'ont déjà remonté. Nous l'avons installé dans la Cabane du violoneux.

Dans un moment, il faudrait bien lui dire qu'Alayne était revenue. Sa gorge se serra. Meg demanda vivement :

— Comment l'y avez-vous amené ? A-t-il pu marcher jusque-là ?

— Wright et moi l'avons à moitié porté. La maisonnette a été aménagée très confortablement. Tu en serais étonnée. Gran était ravie. Elle a tout dirigé. Tante Augusta est harassée.

Vraiment, il ne pouvait encore rien lui dire !

Vaughan devinait les pensées de Renny. Il déclara en contemplant le fourneau de sa pipe :

— Il a besoin de beaucoup de soins. As-tu vu ses poignets et ses genoux ?

— Encore lui cria sa femme. Vous voulez absolument me faire peur.

Elle mit sa main sur son cœur.

— Si vous saviez quel poids j'ai là !

— Je regrette, dit Vaughan. J'ai le don de mettre les pieds dans le plat... Je veux seulement dire...

— Taisez-vous, interrompit-elle d'un ton tragique, et laissez-moi aller me rendre compte par moi-même...

Elle donna libre cours à son énervement en corrigeant Wakefield qui essuyait ses doigts au-dessus du plateau. Il expliqua que ses doigts étaient gluants. Avant même qu'il fût calmé, un nouveau coup fut frappé à la porte, un petit coup léger et impatient.

— Voilà bébé, dit la voix de la chanteuse. Elle pleure et veut vous voir.

Wakefield ouvrit la porte toute grande. Une jeune femme blonde était sur le seuil, un gros bébé dans les bras.

Le visage de Meg s'apaisa aussitôt dans une expression d'adoration maternelle, avec un sourire d'une douceur ineffable. Elle tendit les bras pour recevoir l'enfant et mit un long baiser sur la joue semblable à un pétale de fleur.

A quarante-deux ans, Vaughan l'avait rendue mère, et avait

réalisé ainsi son propre rêve de devenir le père de l'enfant de Meg. Mais cette naissance n'avait pas rapproché leurs deux êtres. Meg, qui n'avait jamais désiré la maternité, était devenue maternelle d'une façon extravagante, rejetant son mari hors des limites de cette tendre intimité. Il éprouvait parfois la perplexité du chien qui voit se refermer sur lui la porte de sa propre maison ! Il aimait cette enfant comme il n'avait jamais aimé Pheasant pourtant si seule et si désireuse de tendresse. Meg l'avait appelée Patience. « Mais pourquoi ? » s'était-il écrié devant ce nom qu'il n'aimait pas du tout. « La patience est ma vertu préférée, avait-elle répondu. Nous l'appellerons Patty pour abréger. » Et l'on assistait à cette chose curieuse : Mooey (c'était son surnom), l'enfant de ces deux jeunes êtres, Piers et Pheasant, était un enfant sérieux, considérant l'univers en fronçant les sourcils, tandis que Patty, aux parents d'âge mûr, était toute animation et exubérance. Elle sautait sur les genoux de sa mère, frappait du pied et montrait ses dents dans un rire joyeux.

Son oncle la chatouilla. Elle saisit ses cheveux roux.

— Eh ! dit-il. Jeune sorcière ! Regarde-la, Maurice.

— Oui. Elle tire fort.

Meg sourit à Minny Ware.

— Ne partez pas. Asseyez-vous. Je peux avoir besoin de vous pour bébé.

Minny Ware n'avait nullement l'intention de s'en aller. L'enfant désirait moins la compagnie de sa mère que Minny celle des hommes ! Elle souffrait de sentir une présence masculine dans le voisinage sans pouvoir s'y plonger. En ce moment, toute son ambition était de conquérir le maître de Jalna. Mais il était sur ses gardes et elle craignait presque qu'il ne perçût son désir.

Elle s'assit les jambes croisées, regardant le groupe familial autour du bébé. Elle portait une blouse bleue très décolletée qui découvrait son cou blanc un peu fort et sa poitrine très pleine. La blouse était courte et laissait apercevoir des petits pantalons rose vif et des bas comme seule une jeune Londonienne pouvait en porter.

Elle était née, non pas à Londres, mais dans une partie reculée de l'Angleterre où son père était pasteur d'une paroisse très éparse. Elle avait rarement su ce que c'était que de posséder deux pièces d'argent à la fois. Quand son père mourut, deux ans après la fin de la guerre, elle vint à Londres avec une amie. Toutes deux rêvaient d'aventures ; elles étaient vigoureuses et fraîches comme le vent de leur pays natal. Pendant plusieurs années, elles avaient mené une existence plutôt précaire, tout en réussissant à garder leur vertu et leur teint de roses sauvages.

Mais la vie était difficile. Bientôt elles n'eurent plus qu'une pensée : quitter Londres. Par bonheur, l'amie de Minny fit un petit héritage et elles décidèrent de partir pour le Canada. Elles suivirent quelques cours dans une école d'agriculture et, munies de cette expérience, elles montèrent une ferme dans l'Ontario du Sud.

Hélas ! les capitaux étaient insuffisants pour leur permettre de s'adapter à une existence aussi différente ! Les saisons furent mauvaises. Une épidémie emporta un grand nombre de poulets et les dindes furent encore plus décevantes, car elles succombèrent toutes. L'installation des basses-cours leur coûta plus cher qu'elles ne l'avaient prévu ; le grain était coûteux, la nourriture aussi. Au bout de deux saisons, elles étaient ruinées, avec tout juste de quoi payer leurs dettes. Elles le firent, car elles étaient foncièrement honnêtes, et elles se retournèrent vers la grande ville.

Dactylos, elles auraient sans peine trouvé du travail. Elles tentèrent vainement de se caser dans le commerce ou comme assistantes chez des médecins ou des dentistes. Elles finirent par entrer comme serveuses dans une maison de thé ; mais au bout d'un an, les jambes de Minny lui refusèrent tout service. Rester debout et porter de lourds plateaux était devenu pour elle une véritable torture. Un soir elle lut une annonce demandant « une aide maternelle » et une compagne. Cette annonce était faite par une Mrs. Vaughan. C'était à la campagne et l'enfant était un petit bébé. Minny désirait vivre à la campagne et « adorait les bébés ». Elle écrivit donc une lettre très soignée dans laquelle elle exposait sa situation de fille de pasteur venue faire de l'élevage au Canada. N'ayant pas réussi, le seul travail qui pourrait lui convenir serait de s'occuper d'un jeune enfant. Elle se garda de parler de son passage dans la maison de thé. Son échec lui valut les sympathies de Maurice toujours attiré par ceux qui n'avaient pas réussi. Quant à Meg, elle se réjouit de la savoir fille de pasteur. Minny Ware était chez eux depuis cinq mois.

A la première occasion, elle s'adressa à Renny.

— New York doit être gai.

— Je suppose, répondit-il. Mais je n'y étais pas pour m'amuser. Je suis sûr que cette ville vous plairait. Aimeriez-vous y aller ?

— Qui ne le désire ? Mais croyez-vous qu'on me laisserait passer ?

— Certainement pas avec cet accent de Londres !

Elle se mit à rire, d'un rire sonore et facile qui donna à son visage une expression enfantine.

— Vous devriez m'apprendre à parler.

— Avez-vous donc si envie de changer ?

Et ses yeux l'examinèrent, remarquant les taches de rousseur qui faisaient ressortir la blancheur de son nez un peu gros.

— Vous avez un type peu commun et une voix remarquable. Qu'en voulez-vous faire ?

— Les exploiter aux États-Unis. Rien ne me retient ici.

Et ses yeux de couleur indécise et enfoncés dans ses orbites lui lancèrent un regard provocant.

La passion inassouvie de Renny pour Alayne se détourna un instant de la jeune fille. Il s'en aperçut avec une vive irritation. Regardant sa sœur, il lui dit alors :

— Alayne est revenue pour soigner Eden.

Tant pis si Meggie se mettait en colère devant une étrangère !

— Alayne est revenue ! répéta-t-elle lentement, en plissant un peu les lèvres.

— Eden l'a suppliée de le faire.

— Elle n'a pas beaucoup de fierté !

— Elle est pleine de fierté, au contraire. Elle est trop fière pour se soucier de l'opinion de qui que ce soit.

— Même de la tienne ?

Et elle fit encore la moue.

Minny les examinait curieusement l'un et l'autre. Trouverait-elle ici sa place ?...

Renny ne répondit pas et d'un regard invita Meg à la prudence.

Elle s'assit en baissant les yeux, comme pour retenir ses larmes, et appuya sa joue ronde sur son poing fermé. En réalité, une nouvelle idée venait de naître dans son esprit... Si Eden et Alayne étaient reconciliés, tant mieux ! Qu'Alayne s'occupe de ce pauvre petit ! Quelle bêtise de croire qu'elle était pauvre ! Les Américaines ont toujours de l'argent. Eden serait fragile pendant longtemps. Et si Alayne s'imaginait qu'il ne guérirait pas et que, après sa mort, elle pourrait conquérir Renny, eh bien, elle s'apercevrait vite de son erreur !

De toute façon, il fallait écarter Renny d'Alayne, et il n'y avait pour cela qu'un moyen : le marier. Justement il y avait là Minny Ware. Pour Meg dont l'esprit était lent mais pénétrant, il ne faisait aucun doute qu'Alayne aimât Renny et que Renny fût follement épris d'Alayne. Cet amour contenu n'avait rien de commun avec les sentiments et les brusques ruptures des autres aventures féminines de Renny, aventures que Meg avait pressenties plutôt qu'elle ne les avait connues, et que son orgueil lui avait fait dédaigner.

Elle contempla Renny et Minny l'un près de l'autre et se demanda si vraiment elle désirait les voir ainsi liés l'un à l'autre pour toujours. Au fond d'elle-même, elle se répondit oui. Elle trouvait maints défauts à Minny : elle était sans soin et s'était trop vite liée avec Pheasant, mais c'était cependant la seule femme qu'elle eût volontiers acceptée comme sœur. Elle savait déjà ce que c'était que de détester les femmes de deux de ses frères. Pour la première fois, la gaieté de Minny, son entrain physique, sa bonne humeur toujours correcte, sa bonne volonté au service des autres lui avaient gagné la sympathie de Meg et même une certaine affection.

Renny pourrait-il trouver une femme qui lui convienne mieux ? On dirait peut-être qu'il s'était marié au-dessous de sa condition, mais cela ne troublait pas Meg. Pour elle, peu importait la compagne choisie par un Whiteoak ; le seul fait de l'avoir épousée la mettait hors de cause. En dépit de la destinée passée et malgré ses jupes trop courtes et ses bas extravagants, elle n'en était pas moins la fille d'un clergyman qui avait reçu une excellente éducation. Après la guerre, la vie à Londres avait été si bizarre ! Meg avait bien fait des observations à Minny sur ses toilettes trop voyantes, mais la jeune fille était restée inflexible. Si Mrs. Vaughan n'acceptait pas sa façon de s'habiller, elle s'en irait. Elle ne pouvait s'habiller autrement, même pour s'adapter à sa nouvelle situation, cela lui ferait perdre tout son courage.

Pour comprendre Meg Vaughan, il faut se souvenir qu'elle avait eu une vie très solitaire, élevée par une institutrice, sans amies. Ses frères, ses vieux oncles et sa grand-mère avaient seuls rempli sa vie. Et pendant les longues années où elle s'était tenue à l'écart de Maurice, elle avait acquis le goût de la solitude. Que faisait-elle pendant les longues heures passées dans sa chambre ? Brosser ses longs cheveux qui commençaient à grisonner ? Prendre de bons petits repas ? Rêver, la tête appuyée sur son petit bras rond ? L'hiver, il lui arrivait de rester trois semaines sans sortir, si ce n'est pour aller à l'église.

Et maintenant voilà qu'elle possédait un mari, un bébé, et une compagne qu'elle désirait marier à son frère préféré ! Elle était heureuse comme un rat dans un fromage et désirait procurer à Renny ce même bonheur tranquille, autant que le permettrait son tempérament turbulent. Le compagnon choisi n'avait pas une très grande importance pour un Whiteoak. Cela avait été le cas pour Maurice ; il en serait de même pour Minny. Seuls les enfants comptaient. Et en pensant à bébé, Meg soupira profondément.

Meg ignorait toute ambition sociale. Comment aurait-il pu en être autrement, par le fait même qu'ils étaient les gens les plus en vue de la région ? Elle comptait pour rien les riches usiniers ou commerçants qui avaient fait construire de grandes maisons à quelques milles de là, sur les bords du lac.

Pendant le reste du temps que Renny passa auprès d'elle, elle se montra pleine de douceur et de soumission à son égard, et il partit conscient de la perfection de sa sœur. Dans l'écurie de son beau-frère, tout en examinant une jument nouvellement arrivée de l'Ouest, il vanta cette perfection à Maurice qui l'approuva.

Quand les deux femmes furent seules, Minny Ware dit :

— Je vais chercher un autre pot de thé. Ils ont gâté votre petit repas.

— Faites, lui répondit Meg. Nous le boirons ensemble.

Elles échangèrent un regard et un sourire, et les yeux de Minny se remplirent de larmes. Elle saisit l'enfant et l'embrassa passionnément.

16

Rencontres dans les bois

Eden était attendrissant, comme un enfant capricieux, faible et tyrannique. Les premières semaines, il ne pouvait supporter qu'Alayne fût hors de sa vue. A peine pouvait-elle suffire à tous ses besoins. La jeune Écossaise venait l'aider chaque jour et Rags leur apportait leur repas de Jalna dans des plats bien fermés. Mais il fallait qu'Alayne transportât son hamac d'un lieu à un autre, suivant l'emplacement du soleil. Elle devait lui préparer des laits de poule, de la compote de cerises, lui faire la lecture, s'asseoir la nuit à ses côtés lorsqu'il ne dormait pas, l'encourager et l'apaiser. Comme un enfant, il était quelquefois doux et humble. Il prenait sa robe et lui disait : « Je ne mérite pas cela. Mieux valait me laisser mourir », ou bien : « Si je guéris, Alayne, je me demande si vous pourrez m'aimer. »

Elle avait une patience infinie, mais son amour pour Eden était mort de même que celui d'Eden pour elle. Ils savaient bien que tout était fini entre eux et c'est ce qui leur donnait cette tranquille assurance.

Chacun était libre d'aller jusqu'au fond le plus intime de son être, de contempler sa propre image dans la lumière éclatante de l'été. Eden, toujours épris de beauté, découvrait des poèmes dans les violettes qui s'ouvraient, dans les petites orchidées, dans les fougères recourbées qui tapissaient le sous-bois. Il en lisait dans le dessin des branches et des feuilles entrelacées, dans l'ombre des oiseaux qui volaient.

Dans tout cela, Alayne ne trouvait que passion. Elle ne pensait qu'à Renny.

Elle l'avait peu vu et seulement en présence d'Eden ou du reste de la famille. A plusieurs reprises, elle avait pris le thé avec la vieille Mrs. Whiteoak et Augusta. On ne parlait que de la santé d'Eden qui allait mieux. Dès le début, Alayne avait été convaincue que sa maladie était très curable. Il n'avait besoin que de repos et de bonne nourriture. Elle imaginait facilement la vie qu'il avait menée à New York ! Mais qu'il était faible ! Un jour, traversant le sentier jusqu'à l'enclos pour voir un groupe de jeunes poulains, il avait rencontré Piers, Piers vigoureux et hâlé par le soleil. Pas une parole n'avait été prononcée, mais un simple regard de Piers et un geste en avant avaient enlevé toute force aux jambes d'Eden.

Il était revenu en chancelant à travers le verger et s'était jeté sur son lit. Au bout d'un instant, il avait murmuré :

— J'ai rencontré Piers. Quel regard il m'a jeté ! Un regard meurtrier ! Et dire qu'il s'est aperçu que j'avais peur de lui !

Jamais plus Eden ne se dirigea de ce côté. Alayne songea quelque temps à cette rencontre et en voulut à Piers. Mais bien vite ses pensées, comme des oiseaux cruels, retournèrent vers Renny. Cependant tous ses soins allaient à Eden. Elle aurait voulu pour lui plus de soleil. Juin était sans vent et ils souffraient d'un manque d'air sous la verdure épaisse qui les entourait. La Cabane était à moitié enfouie sous une vigne vierge qui assombrissait les petites fenêtres. Eden ne pouvait rester plus d'une heure au soleil sans changer de place. Même le petit sentier qui conduisait de la porte à la petite clairière était entouré d'une telle quantité de fougères et d'arbustes que, en y pénétrant, on se serait mouillé jusqu'aux genoux... Là l'été n'était pas seulement jeune et épanoui, mais il débordait de vie. Chaque matin était frais et lumineux comme le premier matin sur terre. Les feuilles des fougères que couvraient des perles de rosée étaient à peine sèches pour la rosée du lendemain.

Plusieurs semaines auparavant, Alayne avait demandé à Renny de faire quelque chose pour laisser pénétrer l'air et le soleil, mais il n'avait encore rien fait. C'était suffisant pour lui d'avoir ramené Eden à Jalna. Un nouvel effort lui coûtait. Pour toute la famille, la guérison d'Eden était désormais acquise.

Ce jour-là, elle l'avait installé dans un bon fauteuil, un verre de lait à portée de sa main et un livre sur les genoux. Elle se retourna pour le voir. Dans une tache de soleil d'une richesse plutôt automnale, il apparaissait comme un personnage de tableau et cette impression était encore accentuée par la pensive immobilité et la pose, qu'on aurait dite voulue, de ses mains et de sa belle tête.

En le quittant, elle avait failli passer une main caressante dans ses cheveux ; elle était contente maintenant de ne pas l'avoir fait. Elle descendit le sentier humide, au-delà de la source envahie maintenant de chèvrefeuille et le suivit rapidement jusqu'à l'entrée du bois. Elle avait besoin de détente physique. Ses muscles éprouvaient un violent désir de mouvement. En marchant, elle s'aperçut que ces dernières semaines lui avaient apporté un renouveau de force physique. Elle gonfla sa poitrine et respira profondément. C'était sa première promenade depuis son retour à Jalna.

Un petit chemin tapissé d'aiguilles de pins traversait le bois. Il était bordé de campanules qui cherchaient la lumière et de touffes de muguet. Une couple de jeunes peupliers pâles s'étaient égarés au milieu des pins robustes, ils étaient couverts de larges feuilles argentées qui ressemblaient à un vol de papillons qui se seraient posés là. Au sommet des pins, elle entendit le chant plaintif d'un pigeon. De-ci, de-là, se dressait le tronc blanc et mince d'un bouleau argenté qui semblait éclairé par une lumière intérieure. Les notes plaintives du pigeon furent soudain couvertes par le martèlement des sabots d'un cheval. Alayne se cacha derrière un gros tronc couvert de mousse, tout en cherchant à voir le cavalier. C'était Pheasant, tête nue, à califourchon sur un jeune poney. Ils passèrent dans un éclair, sabots légers, crinière au vent, yeux étincelants, et au-dessus, un petit visage blanc aux cheveux noirs en désordre. Alayne l'appela mais la jeune femme n'entendit pas et disparut dans un tournant.

C'était la première fois qu'Alayne apercevait Pheasant depuis son retour. Elle eut un élan vers elle. Pauvre petite Pheasant, sauvage et douce, mariée si jeune à Piers ! Si Alayne ne l'avait pas connue, elle l'aurait prise pour un jeune garçon.

Le petit chemin quitta le bois de pins. Sans transition, apparut un champ de pommes de terre. Les plantes en fleur, vigoureuses et touffues, n'étaient pas sans beauté, non plus que le laboureur de Piers, vieux paysan tout courbé par le travail et vêtu d'une chemise bleue. Alayne continua de suivre le sentier. Maintenant, elle marchait en plein soleil. Ce n'étaient plus des pins que l'on voyait aux alentours, mais des chênes, des bouleaux et des érables. Dans chaque creux poussaient des touffes de muguet, des œillets blancs et roses, et à travers les arbres retentissait le chant des oiseaux. Un loriot s'envola. Alayne aperçut l'éclair bleu d'une aile de geai et crut voir, sans en être sûre, un rouge-gorge.

Soudain elle entendit à nouveau les pas du cheval. Pheasant revenait. Alayne regardait en tremblant le chemin où se voyaient les traces des petits sabots. Pheasant était à côté d'elle, elle avait sauté de son cheval haletant, dont le nez de velours se glissa entre leurs deux jeunes visages.

— Pheasant !

— Alayne !

Elles se regardèrent, se tendirent les mains, rirent un peu indécises, et finirent par s'embrasser. Le cheval, troublé, retira sa tête en tirant sur sa bride.

— Asseyons-nous dans le bois, cria Pheasant. Quel bonheur de se retrouver ainsi, loin de la famille. Oh ! cette famille ! que voulez-vous, nous sommes différentes d'eux, vous et moi. Nous ne pouvons pas bavarder ni être à notre aise lorsqu'ils sont autour de nous. — Et elle ajouta : Vous êtes généreuse, Alayne. Je ne pourrai jamais vous dire ce que je pense, ni oublier comme vous avez été bonne pour moi ! Voilà maintenant que vous êtes revenue pour soigner Eden !

Elles s'assirent au milieu des arbres ; l'herbe était haute et si douce qu'elle semblait poussée de la veille. Le cheval se mit à brouter, arrachant avec de grands mouvements de la tête de pleines bouchées d'herbe succulente. Pheasant appuya son dos contre un jeune chêne. Sur son front blanc, au-dessus de l'ovale pâle de son visage, une boucle de cheveux noirs retombait comme un éventail à demi ouvert. Alayne pensa qu'elle n'avait jamais vu d'aussi beaux yeux noirs. Sa bouche était petite et elle l'ouvrait peu en parlant, mais quand elle riait, elle montrait toutes ses dents blanches.

— Que la vie est compliquée ! Et il faut un tas de complications pour nous dresser, n'est-ce pas, Alayne ?

— Croyez-vous utile de parler de tout cela ? Ne vaut-il pas mieux parler seulement de vous et de moi ?

— Oui. Peut-être Dieu essaie-t-il de tout arranger, ou peut-être devenons-nous plus doux en vieillissant. Ne le croyez-vous pas, Alayne ?

Alayne avait oublié sa finesse gentille et émouvante.

— Peut-être en effet nous adoucissons-nous, acquiesça-t-elle. Espérons-le... Je n'arrive pas à nous considérer comme des êtres libres, mais plutôt comme des marionnettes entraînées dans une sorte de danse.

Et sa bouche eut un pli amer.

Le soleil tomba sur Pheasant dont l'imagination réalisa aussitôt cette danse macabre.

— Je peux la décrire, cette danse, s'écria-t-elle. Renny conduit. Viennent ensuite les oncles et les tantes ; nous dansons tous derrière eux, en nous tenant par la main, saluant, regardant derrière nous. Wake vient le dernier, avec de petites cornes, en jouant de la flûte.

Ses yeux plongèrent dans ceux d'Alayne.

— J'ai tant d'imagination, Alayne. Je crée des images instantanément. C'est un précieux secours. Piers en a très peu et dit toujours qu'il vaudrait mieux que j'en aie un peu moins, car je serais, paraît-il, meilleure épouse et meilleure mère. Qu'en pensez-vous ?

— Je pense, dit Alayne, que vous êtes une enfant exquise. On m'a dit que vous étiez maman, mais je ne peux le croire !

— Attendez d'avoir vu Mooey ! Il est simplement merveilleux. Pas si gros que celui de Meg, mais avec des yeux ! J'en ai presque peur... Bien que je ne croie pas au proverbe qui prétend que les bons meurent jeunes ! Je ne considère pas la vieille Mrs. Whiteoak, Gran, comme particulièrement bonne, n'est-ce pas ? Non que je veuille insinuer qu'elle se soit jamais mal conduite — le Ciel me préserve de jeter la pierre à quelqu'un — mais il me semble qu'elle a été plus cynique que pieuse au cours de sa longue vie. N'est-ce pas votre avis ?

— Oui. Mais si j'étais vous, je ne m'inquiéterais pas d'une mort précoce pour Mooey... Dites-moi, Pheasant, qui est cette Minny Ware ? Meg l'a amenée une fois qu'elle est venue apporter des gâteaux secs pour Eden. C'est une drôle de créature. Elle est Anglaise, n'est-ce pas ?

— Oui. C'est une sorte de compagne pour Meg et elle est gentille avec moi. Mais elle est folle des hommes. Je ne la perds pas des yeux quand Piers est là.

Elle arracha nerveusement les brins d'herbe en ajoutant :

— Meg voudrait la marier à Renny.

Que faisaient donc les oiseaux au sommet des arbres ? Quelle étrange aventure survenait parmi les habitants du sous-sol ? Tout le bois frémissait d'un émoi inexplicable. Alayne sentit cet émoi courir au ras du sol, grimper aux arbres, le long des branches et pénétrer jusque dans les feuilles qui se mirent à remuer. Une ombre a-t-elle envahi le ciel ? Qu'a dit cette enfant ?

Meg, avec sa stupide obstination, avait décidé de marier Renny avec une femme de son choix. Mais dans quel but ? Elle vit Renny plein de fougue. Puis ce fut Minny Ware avec ses yeux étroits, drôlement teintés, qui riaient au-dessus de ses pommettes saillantes ; sa grande bouche souriante, son cou blanc un peu fort. Elle crut entendre sa voix pleine et chaude, son rire facile et sonore.

Elle se força à parler avec assurance.

— Et Renny, cette idée lui plaît-elle ?

Pheasant fronça les sourcils.

— Qui peut dire quelque chose au sujet de Renny ? Il pense : c'est une fameuse coquette ! Mais il ne connaît guère que les chevaux. Hier soir, nous sommes tous allés à Jalna. Minny a joué du piano et chanté. Renny paraissait suspendu au piano. Tout le monde est amoureux de sa voix. Les oncles ne la perdaient pas de vue et, croyez-moi si vous le voulez, Gran lui a pincé la cuisse ! C'était un vrai succès ! Mais Renny ne l'épousera jamais, il n'épousera personne. Il aime trop la solitude !

A ces derniers mots, Alayne ressentit une douleur aiguë et, en même temps, une légère impression de réconfort, comme si le soleil brillait faiblement à travers le brouillard.

Comme s'il était conscient d'une violente émotion tout près de lui, le cheval cessa de brouter, releva la tête et parut effrayé. Pheasant alla le prendre par la bride.

— Il devient inquiet, il faut que je m'en aille, j'ai promis de ne pas rester longtemps.

Elles suivirent ensemble le sentier, Pheasant conduisant son cheval. Dans le champ de pommes de terre le vieux paysan s'appuya sur sa bêche, contemplant les plantes dans une apparence de profonde méditation.

— A quoi rêvez-vous, Binns ? lui cria Pheasant.

— Y a des bêtes, répondit-il, et il se replongea dans ses pensées.

Les sabots du cheval résonnaient sur le chemin dur et humide. Un réseau de chants d'oiseaux s'étendait au-dessus de leurs têtes en une mélodie savante et variée.

— Quel paresseux, ce vieux ! dit Alayne.

— Il y a une raison psychologique à cela, répondit Pheasant avec son regard sérieux. C'est parce que les champs sont éparpillés au loin, au milieu des bois. Rien de tel pour rendre un homme paresseux que de se voir entouré de bois. Noah Binns ne gagnera pas son pain aujourd'hui.

Et regardant derrière elle, elle cria :

— Réveillez-vous, Noah.

— Y a des bêtes ! répéta le vieillard sans lever la tête.

En entrant dans le bois de pins, elles rencontrèrent Minny Ware poussant une petite voiture où se trouvait Patience, le bébé de Meg. Minny portait une robe très courte, d'un vert vif, avec une grande capeline faite pour une garden-party.

— Oh ! bonjour, s'écria-t-elle avec son accent londonien. Les gens distingués se promènent.

Elle fit tourner la petite voiture en l'inclinant sur les roues arrière et examina Alayne de dessous les bords de son grand chapeau.

— Comment trouvez-vous ce temps ? Magnifique, n'est-ce pas ? De toute ma vie, je n'ai vu autant de soleil !

— Autour de la Cabane, le feuillage est trop épais. A peine si nous avons suffisamment de soleil, dit Alayne d'un ton froid et distant.

Elle dissimulait difficilement son antipathie pour cette fille si ardente, auprès de laquelle elle se sentait pâle et sans éclat.

— Comment va votre mari ? demanda Minny Ware. Mieux, j'espère. Que ce doit être ennuyeux d'avoir les poumons malades ! Je crois que les miens sont en caoutchouc.

Et elle fit entendre son rire facile et éclatant. Elle semblait prête à se mettre à chanter.

— Merci, répondit froidement Alayne. Il va mieux.

Minny Ware continua gaiement :

— Mr. Whiteoak m'a demandé d'aller un jour chanter pour lui, car il pense que ça l'égayera. Croyez-vous que je lui ferai plaisir ?

— Certainement.

Mais dans la voix d'Alayne, il n'y avait guère d'encouragement.

— Je deviendrais folle sans musique, dit Minny. Vous avez dû entendre de la belle musique à New York ?

— Excellente.

A peine si Alayne ouvrait la bouche. Elle regardait droit devant elle.

— Je veux y aller moi-même un jour, et il faudra m'aider à trouver des relations.

Alayne resta silencieuse.

Patience gazouillait et tendait ses petits bras vers le cheval.

— Regardez, dit Pheasant en riant. C'est une vraie Whiteoak, elle veut monter à cheval.

D'un geste vif de son bras blanc et nu, Minny enleva l'enfant et la plaça sur le dos du cheval en la tenant.

— Alors, petit canard, comment trouvez-vous cela ? Bonne vieille bête, ajouta-t-elle en tapotant les flancs de l'animal.

— Pour l'amour du ciel, Minny, attention ! cria Pheasant. Il est très nerveux.

Elle le caressa doucement.

— Nerveux, dit Minny en riant. On dirait un petit animal bien doux. Regardez bébé, elle ressemble à un agneau à cheval !

Patience avait l'air ravi. Ses légers cheveux bruns voltigeaient sur sa tête, ses yeux brillaient de joie. Elle serrait les rênes dans sa main minuscule et roucoulait de bonheur.

— C'est une vraie Whiteoak ! répéta Pheasant d'un ton solennel.

Alayne pensa qu'elle n'aimait guère les bébés, celui de Meg moins que tout autre. Peut-être ne les comprenait-elle pas, n'en ayant jamais eu auprès d'elle. Pour dire quelque chose, elle admira le cheval.

— Il vient de l'Ouest, dit Pheasant. Il a été mal soigné. Nous avons trouvé des marques un peu partout quand nous l'avons fait tondre, et il a été marqué au fer deux fois. Quoi qu'on en dise, j'ai idée que cela doit être douloureux.

Elle regarda sa montre-bracelet.

— Il vaut mieux remettre Patience dans sa voiture, il faut que je rentre.

Minny Ware prit l'enfant dans ses bras et pressa ses lèvres rouges sur la tendre petite joue.

— La musique et les bébés ! murmura-t-elle tout en l'embrassant. Voilà l'âme et le corps de la vie. Je ne pourrais me passer ni de l'un ni de l'autre. En Angleterre, j'avais toujours un bébé avec moi que je prenais chez un des paroissiens malades de mon père.

Alayne vit soudain dans Minny une figure symbolique : une chanson sur ses lèvres rouges, un enfant contre sa poitrine palpitante. Chansons et enfants jaillissaient en procession sans fin de son corps vigoureux. Dans un renouveau de souffrance, elle la vit devenue la femme de Renny, chantant pour lui et portant ses enfants. C'était, maintenant, à ses yeux, la compagne parfaite pour un Whiteoak. Sa vigueur physique, sa souplesse intellectuelle la destinaient à s'assimiler parfaitement au cercle de famille. Tandis qu'elle se vit elle-même si différente, métal incapable de s'amalgamer, oiseau introduit dans un nid étranger d'où elle appelait un compagnon toujours sourd à sa voix.

Elle glissa son doigt dans la douce petite main qui le serra et chercha à le mettre à la bouche.

Pheasant bondit sur sa selle avec son aisance habituelle. Sa blouse blanche un peu lâche avait une déchirure par où s'apercevait une jeune et mince épaule. Elle encouragea son cheval. L'animal qui marchait si paisiblement, la tête basse, devint instantanément une créature de force et de vitesse. Ses sabots firent voler une gerbe d'aiguilles de pins. Son flanc brun se gonfla. Cheval et amazone disparurent au tournant du chemin.

Les deux jeunes femmes continuèrent leur promenade ensemble. Arrivées au point où Alayne allait tourner dans le chemin qui conduisait à la Cabane, Minny Ware lui dit :

— Alors, dois-je venir chanter un de ces jours ?

— Mais certainement, répondit Alayne.

Après tout, Eden aimerait peut-être sa voix. Il n'avait jamais de distraction, enfermé au milieu des arbres. Il finirait par se fatiguer de lire encore et toujours.

Elle le trouva assis par terre devant un cèdre qui dressait derrière lui sa fine pointe. Elle lui demanda avec inquiétude :

— Croyez-vous que ce soit bon de vous asseoir par terre ? C'est bien humide.

Il repoussa brusquement ses cheveux :

— J'avais tellement chaud ! Il me semblait qu'il ferait plus frais par terre.

Elle le regarda le front plissé.

— Je me demande quelquefois si vous avez bien fait de venir ici et si un séjour à la montagne ou sur un lac du Nord n'aurait pas mieux valu. Même maintenant, si cela vous plaisait, je vous accompagnerais volontiers.

— Non, répondit-il d'un air boudeur. Ici je suis, ici je resterai. Si je guéris, tant mieux, sinon tant pis !

Il tendit le bras et arracha un brin de muguet dont il enleva les clochettes une à une.

— Quelle bêtise, reprit Alayne. Cela a beaucoup d'importance, au contraire. Serais-je venue si loin sans cela ?

— Cela n'a aucune importance pour vous.

— Mais si.

— Vous ne m'aimez pas.

Elle resta silencieuse.

— M'aimez-vous ? insista-t-il puérilement.

— Non.

— Alors que vous importe mon état ! Et surtout ne me dites pas que mon œuvre vous importe !

— C'est pourtant la vérité. Mais c'est à vous-même aussi que je m'intéresse. Comprenez donc que mes sentiments pour vous ne sont plus de l'amour mais que cependant j'ai le désir de vous soigner et de vous guérir.

Elle s'approcha de lui et le regarda avec compassion. Il fallait absolument le distraire de sa maladie.

— Je viens de rencontrer Minny Ware. Elle m'a offert de venir chanter pour vous. Cela vous fera-t-il plaisir ?

— Non. Je ne veux pas qu'elle vienne. Elle est stupide et sotte. Et j'imagine tout le bruit qu'elle fera avec sa stupidité et sa sottise !

Alayne ne put s'empêcher de dire :

— Meg projette de la marier avec Renny.

Le visage d'Eden témoigna d'une surprise comique.

— La marier avec Renny ! Mais pourquoi donc veut-elle marier cette fille avec Renny ?

Ses yeux à demi voilés plongèrent dans ceux d'Alayne.

Elle comprit que son esprit était sur la piste des motifs tortueux de Meg.

— Cette fille ! répétait-il. Cette fille et Renny ! Je ne peux concevoir cela. Ah ! attendez !

Un éclair de malicieuse compréhension passa dans ses yeux.

— Elle a peur, voilà la raison de ce projet. Elle veut le marier à une imbécile plutôt que de voir se réaliser ce qu'elle craint.

— Que craint-elle ? Vous êtes plein de mystère !

Mais son cœur se mit à battre anxieusement.

Par la fente de ses paupières à demi fermées, il lui jeta un regard inquisiteur. Le soleil et l'ombre jouaient sur son visage et lui donnaient une expression méchante.

— Ma pauvre fille, vous êtes aveugle. Le frère du mari mort ! Meggie pense que je pourrais mourir et elle craint que, dans ce cas, vous n'épousiez Renny. Elle préfère le lier à une chanteuse jolie et grasse. Je vois très bien l'affaire et je parie qu'elle réussira. Pauvre Reynard ! Ce malin renard roux sera sans défense. Elle dressera le piège avec un beau petit poulet, l'y conduira et le laissera flairer... Il n'a guère de chance d'y échapper !...

Elle restait debout et le regardait sous l'ombre mouvante des feuilles. Son visage était d'une pâleur verdâtre, son cœur accablé d'une lourde inquiétude. Elle sentait qu'ils étaient sans défense, emportés inexorablement par des forces impitoyables. Ils étaient pris dans la toile de Jalna et ne pourraient pas plus s'en dégager que les fils tendus sur le métier. Vibrant dans la chaleur, il lui semblait entendre dans tout son être le bourdonnement de ce métier !

Il la regardait avec un intérêt cruel.

— Êtes-vous vraiment si ignorante ! lui demanda-t-il méchamment.

— Si ignorante de quoi ? répliqua-t-elle brusquement, saisie d'une sorte de haine à son égard.

— Votre visage ! oh ! ce visage.

Et lui-même prit une expression de souffrance.

— C'est donc bien vrai !

Des larmes de colère et de honte brûlèrent les paupières d'Alayne.

— Et maintenant vous allez pleurer ? Est-ce sur moi ? ou sur Renny ? ou sur vous-même ? Dites-le-moi, Alayne.

Elle ne put en supporter davantage et s'en alla rapidement vers la maison. Il s'attarda un peu, savourant cet instant et se répétant : « Je suis vivant, je suis vivant ! Les vers ne me rongent pas, du moins, pas encore... »

Il leva la main, examina son poignet jadis si rond et si solide. Il n'y avait pas encore de muscles. Il tâta son pouls « battant encore trop fort ».

Il se leva, eut l'impression de se sentir plus vigoureux et suivit Alayne dans la maison.

La petite servante écossaise mettait le couvert. Rags serait là dans un instant avec le dîner. Par une fente de la porte d'Alayne, il l'aperçut devant la glace, les mains levées pour se coiffer. Ses bras et ses épaules étaient nus et leur courbe gracieuse fit naître en lui des souvenirs émouvants. Il n'y avait pas si longtemps que ces bras l'avaient tenu, qu'entre eux, ils avaient échangé de douces et folles caresses. Et tout cela était déjà fini ! Le souvenir de ces caresses n'avait pas plus de valeur qu'une ombre vidée de sa substance. Mais cette ombre le troubla et il se promena dans la pièce en chantonnant.

Alayne ressortit de sa chambre. Il la regarda avec curiosité. Ses penchants amoureux, sa sensibilité, lui permettaient de se mettre facilement à la place d'une femme, d'apprécier avec une précision dangereuse des émotions qui lui étaient tout à fait étrangères ! En ce moment, sous le calme étudié d'Alayne, il devinait les pensées tumultueuses que ses paroles avaient fait naître.

Elle avait quelque notion de cette clairvoyance sexuelle, mais n'en avait jamais exploré les abîmes. Si elle avait su à quel point il était averti de ce qui se passait en elle, elle n'aurait pu rester un instant de plus sous le même toit que lui.

Elle avait mis une légère robe vert pâle qui semblait imprégnée de la couleur de l'atmosphère. Bien qu'il fût midi, la chambre était plongée dans un demi-jour vert grâce à la végétation exubérante qui avait poussé entre les fenêtres et le soleil.

— Comme vous êtes jolie et fraîche, lui dit-il en la regardant.

Elle ne répondit pas mais alla à la fenêtre et regarda entre les feuilles de la vigne vierge. Elle pensa à Renny et à sa promesse de couper quelques-unes de ces plantes grimpantes. Pourquoi ne venait-il pas ? Était-il tellement absorbé par ses propres occupations qu'il en oubliât son frère malade, ou cherchait-il à l'éviter ? Elle s'avoua qu'elle lui en voulait et se demanda âprement pourquoi son amour pour lui devait si souvent revêtir le rude cilice de l'irritation.

On était déjà en juillet quand il se décida à venir. Un jour gris, après une semaine de chaleur intense. Le matin, ils avaient trouvé leur petit bois plongé dans un brouillard aérien. Une mince couche de brume recouvrait les larges feuilles, se condensait à leur extrémité et retombait en fines gouttelettes. L'ardente vie du bois pendant l'été s'était faite muette, à demi assoupie, après son activité intense de la semaine précédente. Plus de chants d'oiseaux. On entendait seulement le léger murmure de la source, enfouie sous son bouquet de chèvrefeuille, véritable souffle de l'herbe endormie.

A mesure que la matinée s'avançait, le brouillard s'éclaircissait, et le soleil se devinait, blême, somnolent et lunaire.

Chaque jour le petit chemin qui conduisait à la porte de la Cabane devenait plus étroit, envahi qu'il était par la rapide croissance des fleurs et des herbes. Personne ne venait les piétiner. Les visites des membres de la famille se faisaient rares, soit à cause de la chaleur accablante de juillet, soit qu'ils fussent absorbés par l'accomplissement d'un nouveau motif à ajouter à la toile de Jalna ! Eden et Alayne, abandonnés à eux-mêmes, vivaient des jours monotones, isolés par la maladie d'Eden et par la crainte qu'avait Alayne de rencontrer les membres de la famille.

Elle se sentait de nouveau sans force. Ils pourraient continuer à vivre ainsi indéfiniment, leurs jours s'écoulant dans cette ombre verte et leurs nuits dans des rêves fantastiques.

Ce matin-là, elle tressaillit presque de peur en voyant le visage de Renny se détacher du brouillard épais du verger où son corps se mêlait aux troncs d'arbres, et surgir sur le sentier. Il portait une chemise blanche lâche et des culottes de cheval, mais tenait dans une main des outils et dans l'autre une longue tige couverte de petites fleurs rouges.

Il marchait avec tant d'entrain, semblait si indifférent au brouillard et à l'humidité qu'elle se figura qu'ils s'écartaient de lui, s'éclaircissaient et se dispersaient à son approche.

Eden était en train d'essayer d'écrire. Il leva les yeux du sous-main placé sur ses genoux et, tout comme Alayne, tressaillit en voyant Renny sur la porte.

Un peu d'embarras adoucissait les traits durs du frère aîné. Il avait conscience de sa négligence, peut-être même de son égoïsme, mais depuis leur retour se sentait intimidé devant eux.

Bien qu'Alayne ne fût revenue que pour soigner Eden, le ramener à la santé et ensuite repartir, elle semblait maintenant lui appartenir. Avec un fatalisme presque animal, Renny s'était tenu à l'écart pour voir venir les événements. Il était attentif et son instinct ne le trompait jamais. Il sentait la présence d'Eden et d'Alayne dans l'air même qu'il respirait, sur la terre qu'il foulait.

Cependant l'été aurait passé sans qu'il vînt leur rendre visite, si ce matin-là Augusta ne lui avait fait remarquer le développement excessif de la vigne qui couvrait le porche, les dimensions des géraniums dans les massifs, la difficulté de faire disparaître les mauvaises herbes du jardin et la nécessité de faucher le pré. La vue de cette trop riche végétation l'avait amené à examiner celle encore plus riche de la Cabane du violoneux. Ses deux habitants devaient être presque enfermés dans un mur de plantes, comme dans un palais endormi !

En traversant le verger, il avait remarqué un bouquet de graminées rouges, tout enroulées sur elles-mêmes, lantées sur un petit tertre et qui apparaissaient éclatantes à travers le brouillard. Il en coupa une longue branche pour l'apporter à Alayne ; elle pendait au bout de ses doigts et touchait presque le seuil de la porte. Ses épagneuls parurent à ses côtés.

Eden fut saisi d'une joyeuse émotion en le voyant. Un sourire enfantin parut sur ses lèvres et il s'écria :

— Enfin toi, Renny ! Je croyais que tu m'avais oublié ! Depuis combien de temps n'es-tu pas venu ?

— Depuis des semaines. Je suis honteux mais j'ai été...

— Pour l'amour de Dieu, ne dis pas que tu as été occupé ! Qu'est-ce que c'est que d'être occupé ? Je l'ai oublié !

— L'as-tu jamais su ?

Renny entra et s'approcha de lui. Ses chiens le suivirent avec dignité ; leurs jambes courtes et leurs ventres étaient trempés par l'herbe mouillée.

— Faut-il les mettre dehors ? demanda-t-il à Alayne. Je crois qu'ils laissent des traces sur le parquet.

— Non, non, répondit Eden. Je les aime. Qu'ils sont beaux ! et toi aussi ! N'est-ce pas, Alayne ?

Les chiens s'approchèrent de lui et flairèrent ses mains.

— Je trouve Renny toujours le même, répondit Alayne froidement.

Maintenant que celui vers lequel tendait tout son être était près d'elle, elle éprouvait une sorte d'irritation contre sa force et son indifférence. Comme il se souciait peu d'Eden, d'elle-même, de qui que ce fût !

Il la regarda de ses yeux bruns et se dirigea vers elle pour lui offrir presque timidement la branche fleurie.

— Je l'ai cueillie dans le verger ; c'est amusant. Ce n'est qu'une herbe sauvage, mais si jolie ! J'ai pensé qu'elle vous plairait.

— Nous en avons si peu autour de nous, dit Eden.

Alayne prit la branche. Leurs mains se touchèrent ; elle avait cherché volontairement ce contact, il fallait qu'elle en souffrît... Le feuillage tremblait dans sa main pendant qu'elle le plaçait dans un vase. Il continua à trembler dans le vase, se penchant en avant comme à la recherche de ses doigts.

Elle s'assit près de la fenêtre. Renny prit une chaise à côté de son frère et le regarda avec attention.

— Tu vas mieux, dit-il. Drummond (c'était le docteur de la famille) dit que tu te remettras parfaitement et il croit que tu es presque à l'abri d'une rechute.

— Quel vieil imbécile, s'écria Eden. Voilà plusieurs semaines que je ne l'ai vu.

— Il n'y a qu'à continuer le traitement ; tu as les meilleurs soins.

— Tout le monde m'évite, comme si j'avais la peste, reprit Eden. Le seul qui vienne, c'est Wakefield et il faut que je le renvoie. S'il n'y avait Rags, je ne saurais rien de ce qui se passe à la maison.

— Que t'a-t-il dit ? demanda vivement Renny.

— Rien de particulier, si ce n'est que Piers et sa femme sont revenus. Je pense que Meggie en avait assez !

Renny et Alayne se demandèrent en même temps comment il pouvait répéter tout cela ! Il n'avait aucune pudeur. Alayne regarda par la fenêtre et Renny examina le bout de ses souliers. Après un silence, il dit :

— Meggie vient-elle te voir ?

— Pas souvent, mais elle a une excuse, c'est loin et elle engraisse. Elle est venue un jour avec cette Minny Ware. Tu la connais, je suppose ?

Et il regarda Renny avec un sourire ironique et légèrement méprisant.

— Oui. Je lui ai donné une ou deux leçons d'équitation.

— Ah !... et comment se tient-elle à cheval ?

— Comme un sac de farine.

Eden éclata de rire.

— Je voudrais que Meggie t'entende.

— Pourquoi ?

— Devine.

Alayne n'en put supporter davantage. Il fallait à tout prix le faire taire.

— Eden, interrompit-elle d'une voix sèche et dure, voilà l'heure de votre lait de poule ; je vais le faire.

Elle se leva et en passant lui jeta un regard suppliant, ses lèvres murmuraient :

— Taisez-vous !

Une fois seuls, Renny lui demanda :

— Que veux-tu dire ?

— Oh ! rien. Seulement que cette fille me paraît être l'enfant gâtée de Meggie. Mais vraiment, c'est mortel d'être toujours enfermé avec une seule personne ! Toujours le même visage, toujours la même voix, les mêmes yeux ! Même si vous aimez cette personne et que vous lui deviez une infinie reconnaissance, comme c'est mon cas ! Imagine-toi être enfermé entre ces quatre murs, jour et nuit, avec la seule compagnie d'Alayne.

Avec malice, ses yeux cherchaient ceux de Renny et semblaient dire : « Tu peux être bien portant, aussi vigoureux que l'un de tes chevaux, et cependant je peux te faire souffrir. Que ne donnerais-tu pour avoir ce que j'ai... et qui pour moi n'est rien !... »

Renny répondit sans se troubler :

— En tout cas, tu vas beaucoup mieux, c'est l'essentiel.

S'il était piqué au vif, il dissimulait joliment bien, cet animal à tête rousse !

Alayne apportait le lait de poule. Eden le remua tout en contemplant le liquide jaune. Renny et Alayne le regardaient : il était faible, sans scrupule et les enveloppait dans un filet d'ironie. Un souffle d'antagonisme passa entre eux trois !

Renny se mit à parler avec désinvolture : nouvelles des écuries, nouvelles de la famille, tout y passa. Les oncles et tante Augusta ne quittaient guère la maison par cette chaleur. Gran allait bien. On venait d'apprendre que Finch était reçu à ses examens ; il était heureux. On arriverait à faire quelque chose de lui.

A la fin il se leva.

— Maintenant, occupons-nous de cette verdure. Voilà les cisailles et une scie. Voulez-vous me faire voir ce qu'il faut couper...

— Allez avec lui, Alayne, dit Eden. Il y a tellement de brouillard. Je reste ici et je vais essayer de faire quelque chose.

Renny jeta un coup d'œil sur le sous-main placé sur les genoux de son frère. Il avait l'air d'écrire des vers. Seigneur ! il s'occupait donc encore de ça ! Renny espérait que sa maladie l'aurait guéri de cette autre faiblesse. Mais non, tant qu'Eden vivrait, il ferait des vers et du mal !

Dehors, la brume enveloppait encore le bois léger et endormi. Un soleil pâle et quasi lunaire l'éclairait. Les gouttelettes qui tombaient des feuilles mêlaient leur bruit au léger murmure de la source.

— Quelle drôle de matinée vous avez choisie pour venir couper ces plantes ! dit Alayne. On ne se rendra pas bien compte de l'effet produit.

Et elle pensait : « Nous sommes seuls, enfermés dans le brouillard. Nous pourrions nous croire les deux seuls êtres humains sur la terre. »

— C'est vrai, dit-il tranquillement. C'est une matinée étrange. Les branches semblent jaillir on ne sait d'où ! Mais cela ne m'empêchera pas de les couper.

Et de son côté, il se disait : « Son visage est comme une fleur blanche. Que dirait-elle si je l'embrassais ? Le petit creux de sa gorge, voilà la meilleure place pour un baiser. »

Elle regardait autour d'elle vaguement. Que voulait-elle qu'il fît ?... Ah ! oui, le chemin !...

— Il faudrait élargir le chemin. Nous avons tant d'humidité.

Il regarda le sentier. Cela valait mieux que de la regarder !

— Il faut une faux pour cela. J'enverrai un homme cet après-midi. Je vais seulement éclaircir les branches.

Bientôt de lourds rameaux s'entassèrent un peu partout, ainsi qu'une quantité d'herbes vertes, cornouiller aux baies de cire, sureau aux fruits presque rouges, sumac dont les panaches encore verts étaient eux-mêmes de tout petits arbres, aconit encore en fleur, longues et gracieuses tiges de vigne sauvage. Et partout où il marchait, ses lourdes chaussures écrasaient de tendres pousses.

Ses chiens couraient en tous sens, poursuivant sous le couvert les écureuils et les lapins qu'Alayne avait tenté d'apprivoiser. Ces animaux étaient bien à son image, songea-t-elle dans une de ces vagues de haine qui se mêlaient parfois à celles de son amour !

— Assez ! s'écria-t-elle. Je me demande ce que cela va être quand le soleil reviendra.

— Ce sera beaucoup mieux, lui affirma-t-il.

Il s'arrêta pour allumer une cigarette et son expression devint sérieuse.

— Il faut que je vous dise la vraie raison pour laquelle les oncles et tante ne sont pas venus vous voir. Êtes-vous sûre que Rags n'ait rien dit à Eden ?

— Rien du tout, répondit-elle surprise et craignant que la situation ne se compliquât encore.

Renny reprit :

— Nous avons été tourmentés au sujet de grand-mère.

Il fronça les sourcils et avala la fumée.

Sa grand-mère ! Toujours cette imposante, sinistre et horrible vieille figure à l'avant du navire de guerre Jalna !

— Vraiment ! Elle ne va pas bien ?

Il répliqua brusquement :

— Elle va très bien, mais elle nous a fait une peur terrible et maintenant encore, elle continue à se conduire d'une façon très inquiétante. Mieux vaut qu'Eden n'en sache rien.

Alayne le regarda, étonnée au-delà de toute expression.

— Elle a prétendu qu'elle était mourante et elle a organisé une véritable scène à son lit de mort : des adieux et tout !... C'était affreux. Vous pouvez croire qu'elle a joliment bien joué son rôle !

Rien ne pouvait étonner Alayne de la part de la vieille Adeline.

— Racontez-moi ça.

— Vous ne répéterez rien à Eden ?

— Certainement pas.

— Nous avons eu une peur terrible. Je venais de rentrer assez tard ; il devait être environ une heure et je venais tout juste de faire de la lumière dans ma chambre. Wakefield ne dormait pas, parce que, me dit-il, la lumière de la lune entrait dans la chambre et que la porte du placard était grande ouverte. Cela l'inquiétait fort. Il fallut, pour le contenter, que je regarde s'il n'y avait rien dedans. Au même instant, un grand coup se fit entendre en bas. C'était Gran qui tapait avec sa canne. L'enfant se mit à pousser des cris perçants ; vous savez comme il est impressionnable. Je l'ai laissé pour courir à la chambre de grand-mère. Tante Augusta m'appela : « Vas-tu chez maman, Renny ? Je ne comprends pas qu'elle ait faim à cette heure-ci. » Dans la chambre, il y avait naturellement une veilleuse ; je vis Gran assise sur son lit, se serrant la gorge et disant : « Renny, je vais mourir. Va chercher les autres. » Vous pouvez vous imaginer mon inquiétude.

— En effet, c'était effrayant.

— Plutôt ! Je lui demandai d'où elle souffrait le plus. Elle ne me répondit que par une sorte de plainte, puis se mit à crier : « Mes enfants, je veux leur dire adieu à tous et à chacun. Amène-les. » Je réussis à lui faire avaler un peu de rhum que j'avais pris dans la salle à manger et je la relevai sur ses oreillers tandis que le perroquet venait me mordre comme s'il ne voulait laisser personne s'approcher d'elle. J'appelai au téléphone Drummond qui me promit de venir immédiatement. Alors seulement, je suis remonté en courant les chercher tous, y compris Finch dans son grenier et le petit Wake. Dieu ! qu'ils étaient pâles !

— Et tout cela n'était qu'une invention ?

— Elle nous a tous trompés ! Nous nous sommes réunis autour de son lit, elle nous a serrés dans ses bras, chacun à notre tour. Je ne pouvais m'empêcher de penser : quelle vigoureuse étreinte ! Elle eut un mot pour tous, une sorte de message. Des larmes inondaient le visage de l'oncle Ernest. Wake sanglotait. Elle nous a tous trompés !

Et le visage de Renny se colorait encore davantage, au souvenir de cette scène.

— Et ensuite, que s'est-il passé ?

— Le docteur est arrivé. Il a regardé ses yeux, tâté son pouls et dit : « Vous n'êtes pas mourante du tout. » Elle lui a simplement répondu : « Je me sens mieux maintenant ; je voudrais manger. » Le lendemain, elle nous a raconté que, ne pouvant dormir, elle avait eu envie de connaître exactement les sentiments que ferait naître en nous la pensée de sa mort toute proche.

Alayne, les lèvres serrées, dit :

— Je pense qu'elle a été satisfaite.

— Elle a sûrement dû l'être. Nous formions un triste spectacle... Et si vous nous aviez vus regagner lamentablement nos lits ! Les cheveux hérissés, en vêtements de nuit. Nous étions risibles.

— Quelle cruauté de sa part !

— Peut-être. Mais nous étions un fameux spectacle. Et elle en a sûrement retiré une grande satisfaction.

— Vous étiez suffisamment bouleversés ?

— Si seulement vous aviez pu nous voir !

Elle eut un sourire à la fois amer et amusé.

— Je crois que je commence à vous comprendre.

— Moi ?

— Vous et votre famille.

— Nous sommes faciles à comprendre quand on nous connaît.

— Nous sommes amis, n'est-ce pas ?

— Croyez-vous ? Je ne crois pas pouvoir y réussir.

— Mais pensez-vous à moi amicalement ?

— Moi ! Amicalement ! Seigneur, Alayne ! Et vous dites que Gran est cruelle !

— Eh bien, revenons à elle. Vous parlez d'une conduite plutôt singulière ?

Quelle folie de sa part de pénétrer avec lui sur ce terrain dangereux ! Mieux valait parler de la vieille Adeline.

Il continua son récit en fronçant les sourcils.

— Voilà où la situation devient grave. Depuis cette fameuse nuit, elle demande constamment son notaire et le fait venir très souvent. C'est un vrai fléau pour lui et la situation est très tendue à Jalna. Je ne me tourmente pas au sujet de son testament, mais il n'en est pas de même pour les oncles et personne ne peut s'empêcher d'éprouver une certaine curiosité. Vous savez qu'elle doit laisser toute sa fortune à un seul d'entre nous. Chacun doit certainement se demander s'il avait un air assez triste l'autre nuit et presque souhaiter qu'une pareille scène recommence ! Je vous ai dit que l'oncle Ernest pleurait. L'oncle Nick s'imagine qu'il en triomphe et regrette de n'avoir pas lui-même versé une ou deux larmes.

Et Renny fit entendre un de ses rires brusques et saccadés.

— Mais, dans ces conditions, dit Alayne ironiquement, Wake aussi pleurait !

— Et Mooey !... Vous ai-je dit qu'il était là aussi ? La chère vieille l'avait envoyé chercher. Elle regardait tout autour d'elle en disant : « Il y a quelqu'un qui manque, c'est le bébé, c'est mon arrière-petit-fils. Descendez le bébé. » Pheasant est allée le chercher et vous pouvez m'en croire, le petit démon hurlait ! Piers et Pheasant sont pleins d'espoir pour lui.

Cett fois, son rire parvint jusqu'à Eden qui apparut sur le pas de la porte. Le brouillard se dissipait, il se trouva dans un bain de soleil, maintenant que tout avait été élagué aux alentours.

— Qu'y a-t-il de drôle ? dites-le-moi ?

Alayne lui répondit :

— Ce n'est rien de très drôle. Quelque chose que Renny trouve amusant. Avez-vous travaillé ?

— Je l'ai terminé.

— Terminé quoi ? demanda Renny.

Ce fut encore Alayne qui répondit :

— Il a terminé ce qu'il était en train d'écrire. N'aviez-vous pas remarqué qu'il écrivait ?

— Ah ! oui, un poème ! Je suppose que c'est bon signe !

Et il eut un sourire forcé d'approbation.

— C'est splendide. Je suis si contente, Eden, dit-elle en se rapprochant du jeune poète. Est-ce bien ?

— Je vais vous le lire. Ou plutôt j'attendrai que Renny soit parti. Quel chantier vous avez fait !

Renny sembla déçu.

— Quand ce sera ratissé, cela ira mieux. Voulez-vous que j'arrange cette vigne vierge ?

— Non. J'aime un peu d'intimité.

— Mais vous avez dit cent fois... s'écria Alayne.

— Ma chère enfant, ne rappelez jamais à quelqu'un de vif ce qu'il a déjà dit cent fois.

— Mais c'est terrible, cette vigne qui nous environne !

— Pas du tout. J'ai l'impression d'être un chêne vigoureux.

Renny examina soigneusement la vigne.

— Je crois qu'il a raison ; ce serait dommage d'y toucher. Elle a toujours été comme ça.

— Mais, protesta Alayne, tout est humide dans la maison.

Les deux frères tombèrent d'accord pour dire que la vigne n'avait rien à voir avec l'humidité.

Une silhouette s'avançait sur le chemin. C'était Minny Ware, vêtue d'une robe bleu vif. Elle portait un bol de marmelade surmontée de crème fouettée.

— Ce que j'ai été longue à trouver mon chemin, dit-elle. C'est la première fois que je viens seule par ici. Je ne m'étais pas rendu compte de l'étendue du domaine. Mrs. Vaughan vous envoie ceci.

— Le domaine n'est pas aussi étendu que jadis, observa Renny d'un air sombre.

Alayne prit la marmelade en se demandant ce qu'elle allait faire de Minny Ware. Eden semblait assez satisfait de la voir.

— Entrez, lui dit-il. Et laissez-nous vous regarder. Nous supposerons que vous êtes un morceau de ciel bleu.

Ils entrèrent dans la maison. Minny Ware s'assit sur un fauteuil d'osier, près de la fenêtre ouverte. Elle était radieuse de la remarque d'Eden. Renny s'assit sur un banc en tenant ses chiens par leur collier. Alayne disparut dans la cuisine, en emportant le bol de marmelade. Elle ne désirait pas se trouver dans la même pièce que la jeune fille.

Cette dernière, ravie de rester seule avec les deux hommes, s'écria :

— Ce temps n'est-il pas le plus déprimant qui soit ?

— Vous n'avez pas l'air déprimé, lui fit remarquer Eden, buvant des yeux la fraîcheur de ses joues et de ses lèvres, la teinte gaie de sa robe.

— C'est un temps à rendre un homme vertueux, dit Renny.

Cette remarque provoqua un éclat de rire de Minny, léger comme un chant de loriot.

Eden continua de jouir de sa présence.

— Êtes-vous trop déprimée pour me chanter quelque chose ? Vous savez que vous me l'aviez promis.

A l'en croire, elle ne pensait pas pouvoir chanter, sûrement elle se couvrirait de honte ! Mais après s'être fait un peu prier, elle releva la tête en arrière, joignit ses mains devant elle dans une attitude d'enfant sage et chanta trois petites chansons anglaises. Alayne resta dans la cuisine. Elle les surveillait en cachette par une fente de la porte et voyait le regard attentif de Renny fixé sur la gorge blanche et frémissante, sur la poitrine pleine. De même, les yeux connaisseurs d'Eden ne perdaient pas de vue la jeune fille qui semblait avoir oublié leur présence.

La première chanson était consacrée à un amoureux champêtre et à sa bonne amie, avec un peu de dialecte de Devon dans le refrain. Dans la seconde, il était question de petits oiseaux construisant innocemment leurs nids au printemps. Quant à la troisième, c'était une berceuse. Elle la chanta doucement, un sourire sur ses lèvres rouges. Elle se souvint de la présence des deux frères et, en terminant, ses yeux cherchèrent les leurs, comme timidement, en quête d'une approbation.

La dernière note se prolongea doucement mais fut de trop pour l'un des épagneuls qui leva son museau et poussa un hurlement.

— Est-ce que cela lui déplaît ? demanda Minny Ware en regardant le chien d'un air interrogateur.

— A bas, Merlin ! dit Renny. Il est comme son maître, il n'est pas musicien.

Le visage de la jeune fille s'assombrit.

— Je croyais que, l'autre soir, mon chant vous avait plu.

— Aujourd'hui aussi, j'ai eu du plaisir à vous entendre. Mais l'autre soir, vous avez chanté des choses plus passionnées qui ont trouvé un écho particulier en moi.

— Oh ! j'adore la musique passionnée !

Elle parlait avec simplicité.

— Mais j'ai chanté ces trois petites chansons pour plaire à votre frère malade.

— Merci, dit gravement Eden. Vous êtes gentille.

— Voilà, maintenant, que vous vous moquez de moi, s'écria-t-elle.

Et elle remplit la chambre de son rire.

Alayne rentra et s'assit sur un vieux fauteuil bien rembourré. Elle se sentait de glace devant cette exubérance. Les deux épagneuls tenus par leur collier étaient les seuls êtres présents avec qui elle se sentît quelque lien de sympathie.

Quand elle se retrouva seule avec Eden, elle lui dit :

— Si votre sœur s'imagine qu'elle y arrivera, elle se trompe. Il la déteste, je l'ai vu dans ses yeux.

— Que vous êtes intelligente ! s'écria-t-il. Vous pouvez lire dans ses yeux comme dans un livre, n'est-ce pas ?

Son regard était plein d'allégresse.

17

Rencontres nocturnes

Tandis qu'Eden et Alayne luttaient dans leur Cabane pour la guérison d'Eden, la famille réunie vivait dans une complicité morbide de sentiments dont les plus forts étaient la crainte et la jalousie. Depuis que la vieille Adeline avait si bien joué cette scène à son lit de mort, décrite par Renny, ils appréhendaient, les uns et les autres, que cet intérêt soudain apporté à sa dernière heure ne fût le signe précurseur de l'événement lui-même. Cette pensée pesait sur eux tous comme un voile. L'idée qu'elle pourrait cesser d'être au milieu d'eux était vraiment incroyable...

Le capitaine Philippe Whiteoak était mort ; le jeune Philippe et ses deux femmes également. Plusieurs enfants Whiteoak avaient aussi cessé de vivre dans cette maison. Mais que la toile tissée par la vieille Adeline à l'intérieur ou hors de ces chambres, et tout autour de leurs existences, puisse être interrompue, cela, c'était incroyable ! Des frémissements précurseurs couraient à travers cette trame comme lorsque, dans une toile d'araignée, la vieille fileuse, enroulée au centre de sa propre toile, est secouée d'une violente convulsion.

Si la vieille dame s'aperçut d'un changement quelconque d'atmosphère, elle n'en fit rien voir. Elle semblait mieux portante que jamais et mangeait avec un appétit accru, comme en prévision du jeûne glacé qui approchait ! Ils ne parlaient jamais entre eux du sujet constant de leurs pensées, mais parlaient plus que jamais de tout autre chose. Augusta, Nicolas et Ernest se rendaient plus souvent visite dans leurs chambres. Ils discutaient des mérites de leurs favoris : Nip, Sasha et ses petits, de leur merveilleux instinct. Une gaieté forcée sapait toute leur énergie. Ils ressemblaient à des individus s'épiant mutuellement pour découvrir les symptômes d'une maladie qu'ils devaient à tout prix ignorer pour la tranquillité de leurs âmes. Avec une farouche satisfaction, chacun découvrait ces symptômes chez les autres, persuadé qu'il avait réussi à les dissimuler chez lui. Augusta avait peu d'espoir pour elle-même, mais désirait passionnément qu'Ernest fût l'héritier. Nicolas était persuadé que ces deux-là complotaient contre lui, mais il craignait Renny encore plus qu'eux. Quant à Renny, il croyait tout simplement que ses oncles et tante s'étaient ligués tous trois contre lui. Même Mooey, l'enfant de Piers, était devenu un objet de suspicion. Sa grand-mère ne l'avait-elle pas réclamé, lors de la fameuse nuit ? Ne lui mettait-elle pas constamment dans les mains des morceaux de biscuit, répétant :

— Apportez-moi mon arrière-petit-fils. Je veux l'embrasser. Vite !

Piers n'avait guère d'espoir pour lui-même, quoiqu'il ait éprouvé un tressaillement de joie lorsque sa grand-mère s'écriait :

— Enfant, tu es le portrait de mon Philippe. Tu as un dos et des membres comme les siens. Et tu as aussi les yeux bleus !

Mais dans le fond, Piers et Pheasant trouvaient tous les deux extraordinaire que sur son lit de mort, même simulée, grand-mère ait réclamé Mooey. Les gens extrêmement vieux sont souvent attirés par les êtres jeunes. Ils ont mille choses en commun : ne penser qu'à manger et dormir, se trouver au commencement ou à la fin, et combien d'autres !...

Mooey riait chaque fois qu'il voyait son aïeule et, pour certains membres de la famille, ce rire résonnait sinistrement.

Wakefield, avec la finesse d'un enfant qui a grandi au milieu d'adultes, percevait parfaitement cette atmosphère de crainte et de soupçon qui s'était introduite dans chaque coin de la maison, même au sous-sol où les Wragge examinaient la situation sous tous les angles. C'était un sujet de vives querelles, car pour Wragge, c'était le violent et taciturne maître de Jalna qui hériterait, tandis que Mrs. Wragge soutenait le droit de primogéniture et pensait que Nicolas avait l'habitude de lui faire un petit cadeau lorsqu'elle faisait sa chambre.

Wakefield eut bientôt découvert que ses aînés étaient inquiets lorsqu'il se pendait au cou de sa grand-mère et lui parlait à l'oreille. Il en retira une agréable sensation de puissance. Il commença à lui prodiguer de délicates attentions, lui apportant de petits bouquets et des poignées de fraises des bois qui faisaient naître une éruption sur son grand nez Court. Il se glissait à pas de loup derrière elle et lui mettait les mains sur les yeux en demandant d'une voix caverneuse :

— Qui est là, grand-mère ?

Après quoi elle l'embrassait toujours bruyamment.

Un jour il annonça qu'il faisait chaque soir une prière spéciale pour elle.

— Oh ! cria-t-elle. Une prière pour moi ! Que dis-tu dans cette prière ?

— Cela dépend, répondit-il, ses deux mains serrées entre ses genoux nus. Cela dépend de la façon dont vous avez passé la journée. Si votre appétit n'a pas été bon, je prie pour qu'il soit meilleur. S'il a été bon, pour qu'il y ait une tarte au citron le lendemain. Et si l'on vous a fait mettre en colère, pour qu'on vous ménage davantage.

— Quel amour, s'écria grand-mère. Quel amour chéri ! Prier pour sa vieille Gran !

Et elle prit l'habitude de lui demander chaque matin quelle prière il avait faite la veille pour elle.

Elle se mit à lui faire des cadeaux de prix. Un après-midi d'orage comme il s'ennuyait, elle ouvrit la porte du cabinet indien qui contenait des objets d'art en ivoire, en ébène, en jade, en lapis-lazuli avec lesquels il avait toujours désiré jouer mais qu'il ne devait pas toucher. Elle remplit les deux mains de l'enfant de ces objets en lui disant de les conserver. Ses fils et sa fille étaient très inquiets.

— Maman ! gronda Augusta. C'est de la folie.

— Occupez-vous de vos affaires, lady Buckley, riposta la vieille Adeline. Je donnerai mon lit, si ça me plaît, ou ma tête. Je vous le déclare, cet enfant est la joie de mes yeux.

Nicolas et Ernest sortirent de leur retraite et discutèrent ensemble ouvertement.

— C'est très ennuyeux, Nick, déclara Ernest. Cet enfant s'insinue comme un ver dans le cœur et l'affection de maman. Dieu sait comment cela finira.

— Il faut en parler à Renny, dit Nicolas, et ainsi fit-il.

— C'est très mauvais pour ma mère de savoir que l'on prie constamment pour elle. Je te demande de mettre fin à cela.

— Du diable si je le ferai, répondit Renny. Cela ne lui fait pas de mal que l'on prie pour elle. Cela incline sa pensée vers la mort.

— C'est bien là qu'est le danger, dit Ernest d'un air sombre, qu'à son âge sa pensée se tourne vers la mort. Elle est trop vieille pour qu'on prie pour elle.

— Ah ! ah ! ah ! s'exclama Renny.

Nicolas et Ernest en arrivèrent à cette conclusion que Meg et Renny avaient poussé l'enfant. Le visage de Wakefield continua de porter un masque de piété, mais il y avait un petit sourire discret sur ses lèvres.

Finch, que la famille regardait à peine depuis que la joie de son retour s'était apaisée, n'était qu'un spectateur du drame. La tension à son égard s'était relâchée au lieu de s'accroître. Ses examens étaient finis. Il avait été reçu ; sans gloire, puisqu'il était dans les derniers, mais néanmoins il avait été reçu. C'était comme une dent gâtée et arrachée ! Il pouvait regarder ses livres de classe sans sentir son cœur faiblir.

C'était magnifique pour lui de passer ces jours brûlants d'été à la campagne. Il songeait avec effroi à ce qu'ils devaient être à New York. Cependant, parfois il se souvenait avec un étrange regret des lumières du port dans la nuit, de curieux visages inconnus rencontrés dans la rue, de la bonté qu'on lui avait témoignée chez Cory et Parson. Il se demandait vaguement si, en revenant à la maison avec l'oncle Ernest il n'avait pas renoncé à quelque chose qu'il ne retrouverait jamais plus : une chance de réussir dans le monde, d'être respecté au lieu d'être un objet de moquerie, ou d'être seulement toléré. Mais il était chez lui, et chez lui, il y avait la musique. Deux fois par semaine, il allait à la ville prendre des leçons et il était autorisé à travailler deux heures par jour sur le vieux piano droit du salon. Ce n'était pas suffisant et il aurait bien remédié à cela par un travail supplémentaire sur le piano de Vaughanland, mais une insurmontable timidité à l'égard de Minny Ware l'en empêchait. La présence de la jeune fille dans la maison enlevait toute force à son jeu. Son rire l'effrayait. Il sentait qu'elle le considérait comme un phénomène. Il y avait quelque chose, dans ses yeux bizarrement teintés, lorsqu'ils s'abaissaient sur ses pommettes saillantes, qui le troublait au plus profond de lui-même. Ces yeux semblaient l'inviter tandis que la bouche se moquait de lui... Il ne pouvait travailler dans la maison où se trouvait Minny.

Lorsqu'elle venait à Jalna, il était sûr qu'elle faisait des avances à Renny et il était également sûr que Meg l'approuvait. Ce serait insupportable si ces deux-là se mariaient ! Il ne pourrait supporter la présence dans la maison de cette jeune fille rieuse, au regard insinuant. Si seulement Renny et Alayne avaient pu se marier ! Finch n'ignorait rien de leur profond amour mutuel. Il aurait aimé causer, ces jours-là, avec Alayne, de la vie et de l'art, et de leur signification. En elle, il trouvait un équilibre, une clarté qu'il recherchait pour lui-même, mais il ne pouvait la voir à cause d'Eden.

Un jour qu'il était allé faire une commission au presbytère, Mr. Fennel l'interrogea sur sa musique. Finch se plaignit d'avoir trop peu de temps pour travailler et le pasteur l'autorisa à venir jouer de l'orgue à l'église, lui donnant même une clé pour venir quand il voudrait. Ce fut le début d'un nouveau bonheur. Miss Pink, l'organiste, le voyant embarrassé, lui offrit de l'aider pendant quelques semaines, après l'office. Bientôt il fit jaillir du vieil orgue une musique si passionnée que Miss Pink en fut émue et se demanda s'il était permis de jouer ainsi sur un orgue d'église.

Finch vint de plus en plus souvent à l'église. Au début, il venait seulement la journée, puis jouer dans l'obscurité mystérieuse du crépuscule le passionna. Enfin, un soir qu'il se promenait sur la route au clair de lune, il éprouva soudain le désir de jouer à l'église dans la nuit. Il monta le long escalier qui menait au cimetière, passa au milieu des tombes faiblement éclairées et entra. Dehors, l'atmosphère était étouffante. Une poussière chaude recouvrait la route. Mais à l'intérieur de l'église on ressentait une fraîcheur de mort, ainsi que la sévère présence de Dieu. Jamais Finch ne s'était trouvé seul à l'église la nuit. Il sentit rayonner cette présence divine dans le clair de lune, comme jamais il ne l'avait sentie lorsque l'église était pleine et que Mr. Fennel était à l'autel.

La croyance en Dieu de Finch était quelque chose qui ne pouvait mourir. En dépit des blasphèmes de ses camarades de classe, de la tolérance mi-amusée de Leigh, ou des cyniques réflexions faites sur le Christ, en tant que curiosité, par le personnel de la maison d'édition, sa Foi demeurait certaine, terrible et étrangement douce, profondément enfouie au fond de lui-même. La musique l'avait libéré de cette terreur de Dieu qui avait troublé son adolescence. Mais dans cette église il ressentait dans chaque fibre de son être la puissance de la souveraine présence.

Cette première nuit, il joua peu. Il s'assit, les mains sur les touches, examinant son cœur, essayant d'y distinguer ce qu'il y avait de bien et de mal. Ses profondeurs lui parurent moins laides que de coutume. En y plongeant ses regards, il y vit une pâle lueur blanche. Dieu vivait en lui ! Il ne fallait pas le repousser. La lueur blanche, pointue comme une flamme, tremblait, montait ! Puis elle retombait, se tordait comme dans une agonie ! Il se pencha longuement sur lui-même, cherchant à découvrir le secret de son cœur. Cette blanche flamme avait-elle quelque rapport avec la forme pâle qui parfois, dans des moments d'exaltation, jaillissait de sa poitrine et flottait un instant, le visage incliné vers le sol, tout près de lui, avant de disparaître dans l'obscurité ? Cette forme, qui était lui-même, quittait-elle son corps à la recherche d'un objet sans la possession duquel il n'aurait jamais de repos ? Si la blanche flamme qu'il voyait au fond de lui était Dieu, cette forme blanche, c'était peut-être lui-même absorbé en Dieu ?

Au milieu de ces pensées confuses et obscures, une seule chose lui apparaissait clairement : un autre être le cherchait, comme lui-même cherchait un autre être. Mais ce n'était pas Dieu dont les yeux ne le quittaient pas, ni le Christ qui lui avait montré ses mains percées pendant une nuit terrible ! C'était la Troisième Personne.

C'était elle qui essayait de se manifester dans la flamme blanche. Elle qui enfin, après la longue immobilité de Finch devant l'orgue au clair de lune, avait pressé ses doigts sans même les toucher. Et soudain la nuit s'emplit de musique. Le clair de lune chantait dans la nef obscure. A travers les vitraux se glissait une lumière de rêve qui chantait dans le sanctuaire. Bien que les doigts de Finch fussent immobiles, l'orgue emplissait ses tuyaux d'une divine mélodie.

La blanche flamme n'avait plus à lutter pour vivre. Elle inondait son cœur !...

Il erra ensuite longtemps dans les nefs vides. Il touchait les murs avec ses mains et ses mains étaient pleines de musique. Il leva les yeux sur les vitraux placés en mémoire de son grand-père, de son père, de la mère de Meg et de Renny. Il n'y en avait pas en mémoire de sa propre mère ; il se disait parfois qu'il en ferait mettre un : la figure centrale serait un jeune homme au visage tourmenté et à la poitrine ouverte pour montrer son cœur dans lequel brûlerait une pâle lumière. Lui seul connaîtrait le sens caché de ce vitrail, et, devenu un homme, il viendrait s'asseoir au-dessous, en évoquant le souvenir de cette nuit.

Il sortit dans le cimetière, au clair de lune. Au-dessous, sur la route, il vit deux hommes aux visages familiers. L'un était Chalk, le forgeron, légèrement ivre. L'autre, Noah Binns, le laboureur de Piers à Jalna. Finch descendit l'escalier et les suivit à peu de distance. Chalk parla sans arrêt, sur un ton démonstratif, jusqu'au moment où il s'arrêta en chancelant à sa propre porte, à côté de la forge. Finch rattrapa Binns et prit à ses côtés la place du forgeron. Binns continua d'avancer péniblement, sans paraître s'apercevoir de son changement de compagnon. Finch aurait voulu connaître les pensées d'un vieil homme comme Binns. Avait-il jamais éprouvé un sentiment pareil à celui que Finch venait de ressentir à l'église ? Il jouait un peu de violon. Avait-il senti la musique comme Finch cette nuit ? Finch ne cessait de le regarder. A la fin le vieillard se retourna et regarda Finch. Il ne manifesta aucun étonnement, mais seulement un mouvement de satisfaction d'avoir enfin un interlocuteur à qui il pouvait communiquer des nouvelles. Il fit quelques pas en silence, cherchant la meilleure façon de faire connaître ces nouvelles prodigieuses. Enfin, il se décida :

— Il y a des doryphores.

— Quoi donc ? interrogea Finch étonné.

— Les doryphores. Ils sont arrivés.

— Ah ! dit Finch. Quel est le remède ?

— Le vert de Paris [1]. Y en a pas d'autres.

1. Bouillie cuprique arsénieuse. *(N.d.T.)*

Ils continuèrent d'avancer dans la poussière légère du clair de lune. Ils arrivèrent enfin à la maison de Binns, au bout d'Evendale. Binns ouvrit la barrière ; il regarda la pleine lune, puis se tourna vers Finch en disant :

— Tout est maudit.

Finch frissonna.

— Croyez-vous ? demanda-t-il.

— Oui, répliqua le vieux Binns. Chaque année les doryphores, ils reviennent toujours plus nombreux. C'est la punition de nos péchés.

Et il rentra chez lui.

Finch ne put se décider à rentrer. Il prit la route qui conduisait au-delà de Jalna, à travers le village de Weddels, et qui descendait vers le lac. C'était à quatre kilomètres de l'église. Un souffle d'air frais venait du lac qui frémissait doucement comme en dormant ; il étincelait au clair de lune, semblable à un grand monstre revêtu d'une brillante armure. Pendant son sommeil une blanche écume bordait ses lèvres sur la grève.

Finch se déshabilla et se jeta à l'eau. Il plongea, nagea, flotta à la surface de cette eau sombre et brillante où son corps apparaissait blanc comme l'écume. Il aurait voulu s'abandonner davantage, ne plus faire qu'un avec l'eau. Il lui semblait que s'il pouvait s'identifier avec le lac, il pourrait alors comprendre la vie. Il se reposa sur son obscurité lumineuse comme sur une poitrine au souffle régulier. Il ferma les yeux et vit l'aspect indéfini de la vie qui nageait en cercles entrelacés, vague après vague, devant ses yeux clos. Il se sentit inexprimablement puissant et pur. Sa flamme intérieure avait absorbé toutes ses pensées et lui laissait le seul instinct de ne faire qu'un avec le lac...

Ses paupières se soulèvent. Il contemple, fasciné, le visage lumineux de la lune. Le lac lui parle et lui parle avec sa propre voix, car le lac, c'est Finch lui-même. Il entend les paroles qui s'élèvent des profondeurs obscures pour se répandre dans l'air doré. « Mon bien-aimé m'a parlé et m'a dit : lève-toi, mon amour, ma beauté, et pars. Car l'hiver est fini, la pluie s'en est allée ; les fleurs naissent sur la terre. Voilà l'époque où les oiseaux chantent et la voix de la tourterelle se fait entendre dans les prés... Lève-toi, mon amour, ma beauté, et pars. O ma colombe, toi qui vis dans les crevasses des rochers, dans les recoins cachés des toits, laisse-moi voir ton visage et fais-moi entendre ta voix, car ta voix est douce et ton visage avenant. »

Brusquement Finch se retourna, nagea vigoureusement, plongeant et luttant contre le lac qui, maintenant, n'était plus une partie de lui-même, mais un ennemi. A la fin, n'en pouvant plus, il se traîna sur la plage où il s'allongea sur le sable lisse en regardant la lune disparaître derrière les arbres.

Cette nuit fut la première d'une longue série. De plus en plus souvent, il s'échappait de la maison pour venir jouer de l'orgue à l'église. L'église, en semaine, semblait n'appartenir à personne. Le dimanche, elle semblait être à la famille Whiteoak. Mais la nuit, elle n'appartenait qu'à lui. Il jouait pendant des heures, après quoi il errait à travers champs ou sur les routes. Les nuits chaudes, il retournait au lac. La nuit, il était libre et sans inquiétude. Pendant le jour, fatigué par le manque de sommeil et l'excitation nerveuse, il avait l'air de se cacher, d'éviter les autres. Renny, remarquant ses yeux cernés, dit à Piers de l'occuper à la ferme. Et pendant toute une terrible semaine, il fut soumis à Piers, à sa rudesse. Son dos était douloureux, ses mains couvertes d'ampoules, et il se sentait prêt à tomber de fatigue. Pas de musique pendant ces nuits-là ! Il se laissait aller sur son lit à moitié mort. Finch voyait bien que les laboureurs et les garçons d'écurie se divertissaient de sa faiblesse et de sa stupidité. Ils le laissaient se débattre dans une tâche trop lourde pour lui, sans jamais lui offrir de l'aider, tandis qu'ils se bousculaient pour aider Piers. Finch ne comprenait pas leur manière d'agir. Cela se termina par une bagarre. Finch reçut un coup de pied ; il répondit en envoyant son poing dans la mâchoire de Piers. Le lendemain, Finch dut rester au lit et Renny décida qu'on le laisserait agir à sa guise. Inutile de s'inquiéter de lui ! Il était une énigme insoluble !

La nuit suivante, il alla jouer à l'église.

Regagnant la maison après minuit, il entra par la porte de côté et passait devant la chambre de sa grand-mère quand il s'entendit appeler :

— Qui est là ? Entre, je te prie.

Finch hésita. Il eut envie de monter l'escalier sans répondre, car il ne tenait pas à ce qu'elle sache qu'il était resté dehors si tard. Elle pourrait le faire surveiller ; on l'interrogerait. D'autre part, il se pouvait qu'elle eût besoin de quelque chose. Le pis serait qu'elle organisât une nouvelle scène à son lit de mort. Ce serait terrifiant !

Comme il hésitait, elle appela de nouveau plus fort :

— Qui est là ? Entre vite.

Finch ouvrit la porte et glissa la tête. A la lueur de la veilleuse, il la vit, appuyée sur ses deux oreillers, son bonnet sur les yeux, sa vieille bouche ouverte. Mais son expression était de curiosité plutôt que d'inquiétude. Ses mains étaient croisées avec résignation sur le couvre-pieds.

Il éprouva soudain un vif sentiment de tendresse pour elle et lui demanda :

— Voulez-vous boire, chère grand-mère ? Puis-je faire quelque chose pour vous ?

— Ah ! c'est toi, Finch ! Tu ne viens pas souvent me voir à cette heure-ci. Du reste, tu ne viens jamais me voir. Pourtant j'aime le spectacle de jeunes gens autour de moi. Entre et assieds-toi. J'ai envie de bavarder.

Il s'approcha du lit et la regarda. Elle lui prit la main et l'attira vers elle pour l'embrasser.

— Ah ! dit-elle. Quelle douce et jeune joue ! Assieds-toi sur mon lit et sois un gentil garçon. Tu es un gentil garçon, n'est-ce pas ?

Finch eut un sourire timide.

— J'ai bien peur que non, Gran.

— Pas gentil ! Qui dit ça ?

— Je crois que personne ne m'a jamais traité de gentil garçon.

— Eh bien, moi je le fais ! Je dis que tu es très gentil et si quelqu'un dit le contraire, il entendra parler de moi. De plus, tu es joli garçon, dans cette lumière, avec cette mèche sur le front et tes yeux brillants. Tu as l'air de mourir de faim, mais tu as le nez Court, et c'est une condition de succès. La vie ne t'accablera jamais tout à fait avec un nez pareil. Tu n'as pas peur de la vie, n'est-ce pas ?

Elle l'examina attentivement, avec, au fond de ses grands yeux noirs, un regard si pénétrant que Finch ne put s'empêcher de dire :

— Oh ! si. J'en ai peur, très peur !

Elle redressa la tête sur les oreillers.

— Avoir peur de la vie ! quelle bêtise ! un Court qui a peur de la vie ! Je ne veux pas de ça. Tu ne dois pas en avoir peur. Prends-la par les cornes, prends-la par la queue, saisis-la où les cheveux sont courts ; fais-lui peur toi-même. Voilà comment j'ai toujours agi. Crois-tu que je serais en train de causer avec toi ce soir, si j'avais eu peur de la vie ? Regarde mon nez, mes yeux. Ont-ils l'air d'avoir peur ? et ma bouche, lorsque j'ai mes dents, elle n'a pas peur non plus !

Finch s'assit au bord du lit en tapotant sa main.

— Vous êtes merveilleuse, Gran. Vous valez deux fois l'homme que je ne serai jamais !

— Ne dis pas ça. Prends ton temps. Le lait de ta mère est à peine séché sur tes lèvres... Et cette musique ? Je t'entends travailler avec énergie. Cela marche-t-il ?

— Très bien, Gran.

Il cessa de tapoter sa main et la garda serrée entre les deux siennes.

— Il n'y a rien que j'aime autant que la musique.

Les sourcils arqués de la vieille dame se relevèrent.

— Vraiment ! Je pense que tu tiens cela de ta pauvre mère. Elle remplissait la maison de ses tra-la-la-la.

Il ferma les yeux, imaginant sa mère chantant dans la maison, et dit à voix basse :

— Je voudrais qu'elle eût vécu, Gran.

Les doigts de la vieille dame serrèrent les siens.

— Non, non. Ne dis pas ça. Elle n'était pas faite pour la bataille qu'est la vie. Elle était de ceux pour qui la mort est préférable. Me comprends-tu ?

— Oui. Je comprends, répondit-il.

Et il ajouta pour lui-même : « Comme moi. »

A quoi pensait-il donc, ce garçon ? Elle le regarda fixement.

— Ne te mets pas de pareilles idées en tête, dit-elle sévèrement.

— Je ne suis pas bon, Gran.

Sa voix devint dure, mais ses yeux restaient affectueux.

— Tais-toi. Que t'ai-je dit ? J'ai entendu raconter que Piers t'avait battu.

Il rougit.

— Je lui ai envoyé un grand coup dans la figure.

— Tu l'as fait ? C'est très bien ! Hum... Des garçons qui se battent, ce sont de jeunes animaux. Mes frères ne se gênaient pas pour se battre, je peux te le dire. Ils enlevaient leurs vestes et allez donc ! Mon père avait l'habitude de leur tirer les cheveux, dans ces cas-là. Ah !

Ses yeux se fermèrent, ses mains relâchèrent leur étreinte. Elle s'assoupit. Finch la contemplait ainsi couchée. Elle était si proche de la mort ! Tout au plus vivrait-elle encore un an ou deux. Et cependant quel courage elle avait ! Du courage et un bon estomac, ces deux choses ne lui avaient jamais fait défaut et l'avaient conservée merveilleusement ! Même dans son sommeil elle était imposante, pas le moins du monde pitoyable, étendue dans son lit, sans dents, son bonnet sur l'œil.

Il essaya de faire pénétrer en lui-même un peu de son énergie, s'imaginant que cela était possible. Il était là, seul avec elle dans sa retraite.

Un courant d'air vint de la cheminée et fit vaciller la veilleuse. Boney, perché à la tête du lit, s'agita et gloussa dans son sommeil. Finch pensa que le mieux, pour lui, était de s'en aller pendant qu'elle dormait. Il essaya de retirer sa main mais les doigts de la vieille femme se resserrèrent sur elle. Elle ouvrit les yeux.

— Ah ! murmura-t-elle. Je réfléchissais, je ne dormais pas. Ne dis pas que je dormais. J'aime un instant de réflexion, cela me repose.

— Oui, Gran, je sais. Mais ce n'est pas bon pour vous de perdre tant de sommeil. Vous serez fatiguée demain.

— Pas du tout. Si je suis fatiguée, je m'arrêterai pour me reposer. C'est la famille qui me fatigue, en faisant tant d'embarras autour de moi, depuis cette fameuse nuit.

Elle le regarda d'un air amusé.

— Tu te souviens de cette nuit où j'ai failli mourir ?

Il secoua la tête, se demandant si elle n'allait pas essayer de faire un nouveau tour du même genre. Elle lut son inquiétude dans ses yeux et le rassura.

— Ne te tourmente pas. Je ne recommencerai pas. Ce serait l'histoire du berger et du loup. Ils ne viendraient plus le jour où j'aurais vraiment besoin d'eux... Mais ils s'agitent, Finch, parce que j'ai fait venir Patton. J'aime voir mon notaire. J'ai pensé à quelques legs pour de vieux amis : Miss Pink, les filles Lacey, même le vieil Hickson et quelques autres du village.

Un éclair passa soudain dans ses yeux :

— Je suppose que tu ne t'inquiètes pas de savoir qui sera mon héritier ?

— Mon Dieu, non.

— Ne jure pas. Il n'est que trop question de Dieu, d'enfer et de batailles, dans cette maison.

— Vous avez raison, Gran.

— Je vais te faire un cadeau, lui dit-elle.

— Oh ! non, Gran, je vous en supplie ! s'écria-t-il très inquiet.

— Mais pourquoi ? Je voudrais le savoir.

— On dira que je vous l'ai arraché.

— Que je les entende seulement ! Envoie-moi quelqu'un pour me le dire.

— En tout cas, que ce soit quelque chose de petit que je puisse cacher.

— Cacher mon cadeau ! Je ne le veux pas. Montre-le. Place-le bien en vue. Invite la famille à venir le voir. Et si quelqu'un dit que tu me l'as arraché, envoie-le-moi ! Je lui fermerai le bec !

— Très bien, Gran, dit Finch avec résignation.

Ses vieux yeux erraient à travers la chambre.

— Je sais ce que je vais te donner, je vais te donner cette statue en porcelaine qui représente Kuan Yun, la déesse chinoise. Excellente idée. Ce sera très bon pour toi de l'avoir, elle n'a pas peur de la vie, elle la dédaigne. Tu n'es pas un lutteur, mais un musicien. Mieux vaut pour toi dédaigner la vie, mais ne te laisse pas effrayer par elle. Apporte la déesse ici et ne la laisse pas tomber.

Toute sa vie, Finch avait vu la statue en porcelaine sur la cheminée au milieu d'un étrange fouillis de bols, de vases et de boîtes, objets orientaux et anglais, anciens et modernes. Ils étaient si entassés sur la cheminée qu'il espéra avec raison que l'absence de la petite déesse ne serait pas remarquée par la famille. Il la tira doucement de la place où elle se trouvait depuis plus de soixante-dix ans et l'apporta à sa grand-mère. Les vieilles mains se tendirent vers la fragile statue et la saisirent vivement.

— Si tu connaissais l'endroit où je l'ai achetée ! Quelle vie différente, si différente ! Beaucoup d'Anglais, là-bas, s'abandonnent à l'Orient et à ses religions. Pas moi. Ils comprennent un tas de choses que nous ignorons. Les religions occidentales ne sont que diableries à côté des religions orientales. Ne répète pas ce que je dis. Maintenant, viens ici.

Elle lui mit la déesse dans les mains.

— Cet objet me rappellera à ton souvenir.

— Comme si je pouvais vous oublier, Gran !

Elle eut un sourire moqueur, et, le temps d'un éclair, bien qu'elle fût sans dents et si vieille, il vit sur son visage le sourire d'Eden.

— Bien. Le temps nous dira ça... Regarde son visage ! Qu'y vois-tu ?

Il fronça les sourcils et approcha son visage de la statuette.

— Quelque chose d'infiniment profond et calme. Je ne peux l'interpréter tout à fait.

— Bien, bien. Emporte-la. Tu comprendras un jour. Bonne nuit, enfant. Je suis fatiguée... Attends... Erres-tu ainsi souvent la nuit ?

— Quelquefois.

— Que fais-tu ?

— Vous ne le répéterez pas, Gran ?

— Allons, allons, j'ai plus de cent ans. Même une femme peut tenir sa langue à cet âge !

Il lui dit, presque dans un murmure :

— Je vais à l'église et je joue de l'orgue.

Elle ne montra aucune surprise.

— Tu n'as pas peur, la nuit, seul avec les morts qui t'entourent ?

— Non.

— Quel drôle de garçon ! La musique, toujours la musique ! Du reste, une église est un lieu fort agréable lorsqu'on s'est débarrassé du pasteur et des fidèles. On peut alors faire de la vraie musique et trouver un vrai Dieu ! Il n'y a plus de diableries dans la religion, alors.

Elle était très lasse. Sa voix n'était qu'un murmure, mais, faisant un dernier effort, elle ajouta :

— J'aime ta visite de ce soir. Mon vrai sommeil est fini vers minuit. Après, ce ne sont que de petits sommes. La nuit est très longue. Chaque fois que tu iras à l'église, je veux que tu viennes ensuite bavarder avec moi. Cela me fait du bien. Entre tout droit, je serai réveillée.

En prononçant le dernier mot, elle s'endormit.

Ainsi commencèrent ces étranges rencontres nocturnes. Nuit après nuit, semaine après semaine, Finch se glissa hors de la maison à la recherche de quelques heures de bonheur et de liberté sauvage, après lesquelles il se glissait de nouveau à l'intérieur. Jamais il ne manqua de se rendre dans la chambre de sa grand-mère qu'il trouvait éveillée et l'attendant. Ses yeux, sous les sourcils roux, le regardaient avec vivacité, tandis qu'il entrait subrepticement et refermait la porte derrière lui. Autant qu'elle-même, il songeait d'avance à ces rencontres, étranges rendez-vous entre une centenaire et un garçon de dix-neuf ans. Comme des amoureux qui se cachent, ils s'évitaient l'un l'autre en présence des autres membres de la famille, de peur qu'un regard complice ou un sourire dissimulé ne viennent trahir leur intimité. Finch commençait à la connaître, à comprendre le fond de son caractère, parfois dur, parfois aussi infiniment tendu, comme personne, dans la maison, ne le comprenait. Elle ne lui paraissait plus vieille, mais sans âge, comme la déesse chinoise en porcelaine qu'elle lui avait donnée. Parfois, à la lueur de la veilleuse, installée dans son lit aux riches peintures, elle lui semblait magnifique, semblable à un gisant de pierre dans lequel un sculpteur aurait exprimé son rêve d'une âme indomptable.

Une nuit d'août, elle le fit sursauter en lui demandant brusquement :

— Eh bien, enfant, à qui laisserai-je mon argent ?

— Ne me demandez pas cela, Gran. C'est vous seule que ça regarde.

— Je sais bien. Mais supposons un instant que tu sois à ma place. Qui choisirais-tu ? Rappelle-toi que tout ira à un seul héritier. Je ne veux pas que ma fortune soit partagée comme un gâteau. A tort ou à raison, ma décision est prise sur ce point. Maintenant, Finch, dis-moi qui doit être l'héritier.

— Je ne peux vraiment pas le dire...

— Quelle bêtise ! Fais ce que je dis. Indique-moi le plus méritant. Ne me dis pas que tu n'y as pas pensé, je ne te croirais pas.

— Eh bien, répondit-il avec une brusque décision, et un peu de sévérité sur les lèvres, je vous dirai qu'une seule personne le mérite vraiment.

— Oui ? Et qui est-ce ?

— Renny.

— Renny ! Parce que c'est ton préféré ?

— Pas du tout. Je me suis mis à votre place, comme vous me l'avez demandé.

— Alors, c'est parce que c'est le chef de famille.

— Non, ce n'est pas cela. Si vous ne comprenez pas, je ne peux pas vous l'expliquer.

— Mais si, tu peux très bien. Pourquoi ?

— Si je vous le dis, vous serez fâchée contre moi.

— Mais non. Allons vite, parle !

— Eh bien, Renny est toujours gêné. Il nous a tous élevés, il fait vivre l'oncle Nick et l'oncle Ernest depuis bien des années ; je ne me souviens même pas depuis quand. Vous avez toujours vécu avec lui et il en est heureux. Ce ne serait plus la maison pour lui si vous n'étiez pas là. Il est heureux, également, d'avoir les oncles et tante Augusta, mais, naturellement, il lui arrive quelquefois de ne pas savoir où trouver l'argent nécessaire pour payer les gages, les notes de boucherie, les légumes et tout le reste.

Elle le regarda sérieusement.

— Tu peux parler nettement quand tu le veux, lui dit-elle, et tu as beaucoup de droiture. Je ne suis pas absolument de ton avis, mais je suis contente de le connaître et je ne suis pas du tout fâchée contre toi.

Puis elle se mit à parler d'autre chose.

Elle n'aborda plus ce sujet mais lui parla de son passé, évoquant le temps où elle était jeune ainsi que son Philippe, remontant même jusqu'à son enfance dans le comté de Meath. Finch apprit à lui faire connaître ses propres pensées comme jamais il ne l'avait fait jusque-là avec personne, et comme il ne le ferait probablement jamais plus. Quand enfin il regagnait sa chambre, il retrouvait encore un peu d'elle-même dans la statue de Kuan Yun, debout sur son bureau.

18

Mort d'une centenaire

La vieille Adeline se faisait habiller pour le thé par Augusta. C'est-à-dire qu'elle se faisait coiffer avec son plus beau bonnet garni de nœuds de ruban rose ; sa boîte de bagues était ouverte devant elle. Elle s'était sentie un peu lasse en se réveillant dans l'après-midi, aussi Augusta lui avait-elle mis dans la bouche une pastille de menthe qu'elle suçait en choisissant ses bagues. Elle faisait ce choix avec un soin particulier, car le pasteur était là et elle savait qu'il n'approuvait pas un tel luxe de bijoux sur de si vieilles mains, pas plus, du reste, que sur d'autres mains.

Augusta tenait patiemment la boîte, regardant le bout de son long nez tandis que celui de sa mère, encore plus long, était plongé dans une agréable réflexion. Adeline choisit enfin une bague, un beau rubis entouré de pierres semblables mais plus petites. Elle mit longtemps à choisir le doigt qui la porterait et à l'y glisser. La boîte tremblait légèrement dans la main d'Augusta. Sa mère se pencha, fouilla dans la boîte, trouva sa bague d'émeraude et la mit. De nouveau, elle se pencha, bava un peu de sa pastille de menthe sur le couvercle de la boîte.

— Maman, dit Augusta, ne pouvez-vous éviter de faire cela ?

— De faire quoi ?

— De baver sur le velours.

— Je ne bave pas. Laisse-moi tranquille.

Mais elle chercha son mouchoir pour s'essuyer les lèvres.

Elle mit six bagues, un bracelet de camées, et une broche contenant des cheveux de son Philippe. Se retournant vers son miroir, elle ajusta son bonnet et examina ses traits en clignant un œil.

— Que vous êtes jolie et vive, cet après-midi, maman ! dit Augusta.

La vieille dame lui jeta un coup d'œil féroce.

— Je voudrais pouvoir en dire autant de toi.

Augusta releva la tête d'un air offensé et examina sa propre image. Réellement, maman était désagréable ! Quelle patience il fallait avoir avec elle !...

Adeline étendit sa main chargée de bagues et prit sur la table une photographie de Philippe encadrée de velours. Elle la contempla, l'embrassa et la remit en place.

— Quel bel homme était papa ! dit Augusta essuyant subrepticement l'image avec son mouchoir.

— Certes oui. Pose cette photographie.

— Du reste, dans la famille, tous les hommes sont beaux.

— Oui, nous sommes tous bien bâtis. Je suis prête. Appelle Nick et Ernest.

Ses fils furent bientôt là. Nicolas marchait moins péniblement que de coutume, car sa goutte ne le faisait pas souffrir. Ils la soulevèrent presque de son fauteuil. Elle leur prit un bras à chacun en disant à Augusta par-dessus son épaule :

— Apporte l'oiseau. Pauvre Boney, il est triste aujourd'hui.

La petite procession se mit en marche dans le hall si lentement qu'Augusta qui portait l'oiseau sur son perchoir avait l'impression de marquer le pas. Cependant ils avançaient tout de même et finirent par atteindre en se traînant un endroit où la lumière tomba sur eux au travers du vitrail.

— Reposons-nous un instant, dit leur mère. Je suis fatiguée.

Elle était grande mais entre ses deux fils, elle semblait petite. Elle était si courbée !

Elle regarda la fenêtre.

— J'aime voir la lumière traversant ces vitraux, remarqua-t-elle. C'est si joli.

Ils atteignirent enfin le salon et l'installèrent dans son fauteuil avec Boney sur son perchoir à ses côtés. Mr. Fennel se leva mais lui laissa le temps de reprendre haleine avant de s'avancer pour lui serrer la main et lui demander de ses nouvelles.

— Je vais parfaitement bien, dit-elle. Je ne sais ce que c'est que de souffrir, sauf d'un petit malaise à l'estomac. Mais Boney est triste. Depuis des semaines, il se tait. Pensez-vous qu'il vieillisse ?

Mr. Fennel répondit avec prudence :

— Peut-être bien qu'il vieillit un peu.

— Il mue, dit Nicolas. Il sème ses plumes dans tous les coins.

Elle questionna Mr. Fennel sur un certain nombre de ses paroissiens, tout en ayant quelque peine à retrouver leurs noms. Augusta qui servait le thé dit à mi-voix à Ernest :

— Je trouve que maman change. Sa mémoire surtout... Et comme elle a mis longtemps pour traverser le hall ! Tu n'as rien remarqué de particulier ?

Ernest regarda sa mère avec inquiétude.

— Il m'a semblé qu'elle s'appuyait beaucoup, peut-être un peu plus que de coutume. Mais elle a très bien déjeuné, vraiment très bien.

Finch était entré derrière eux. Il entendit ces derniers mots et songea qu'il savait bien pourquoi sa grand-mère témoignait d'une certaine lassitude dans la journée. Le contraire serait étonnant, se dit-il, en évoquant sa vigueur, sa vivacité d'esprit de la nuit précédente.

Il se sentit vaguement coupable d'amoindrir sa vitalité par ses visites nocturnes... et vint s'asseoir auprès de sa tante.

Augusta lui tendit une tasse :

— Porte cela à maman, et reviens chercher les biscottes et le miel.

Des biscottes et du miel ! Finch en avait l'eau à la bouche. Aurait-il donc toujours cette impression d'être affamé ? Il était, malgré cela, si maigre ! Il perdit toute confiance en lui et souhaita que sa tante ne lui ait pas confié une tasse à thé, il la renverserait sûrement ! La vieille Adeline, la bouche pincée, le regardait tirer une table à côté d'elle et y poser sa tasse. Elle avait une faim égale à la sienne ! Ses mains un peu tremblantes reversèrent dans la tasse le thé qui s'était répandu dans la soucoupe. Elle porta cette tasse à ses lèvres et but avec délices. Les bagues brillaient sur ses belles mains. Mr. Fennel les remarqua avec désapprobation. On entendit sa voix assourdie par sa barbe brune et bouclée.

— Eh bien, Finch, comment va la musique ?

— Très bien, monsieur, merci.

— L'autre nuit, je suis resté un peu tard dans mon jardin jusque vers onze heures. J'ai été étonné d'entendre l'orgue. Vous savez que vous avez toute permission de jouer la journée.

Et dans son ton il y avait un léger reproche.

— Je préfère jouer la nuit, monsieur, si cela ne vous contrarie pas.

Ses yeux quittèrent la barbe du pasteur pour se tourner vers sa grand-mère. Ils échangèrent un regard de complicité, à la façon de deux conspirateurs. Le regard de la vieille dame était vif, son thé l'avait réconfortée. Posant sa tasse vide, elle déclara :

— Cela me plaît que cet enfant joue la nuit. La nuit est faite pour la musique et pour l'amour. L'après-midi pour le thé et la vie en société... Le matin, pour... le thé. Une autre tasse de thé, Finch. N'y a-t-il rien à manger ?

Pheasant entra, portant du thé pour Mr. Fennel et suivie de Piers chargé de biscottes et de miel. Il était vêtu de flanelle blanche.

— Ah ! s'écria le pasteur, quel plaisir de vous voir ainsi au frais, Piers. Vous aviez plutôt chaud le dernier jour où je vous ai vu.

— Oui. Il y a eu une période très chaude. Le travail s'apaise un peu en ce moment. Nous sommes fin août ; les semailles sont faites. Les petits fruits sont terminés et les pommes n'ont pas encore commencé.

— Mais il y a toujours les bêtes, n'est-ce pas ?

— Oui. Je n'ai guère le temps de flâner, mais c'est l'anniversaire de Pheasant aujourd'hui et je le célèbre par un jour de repos et un costume propre.

— Son anniversaire ! dit Mr. Fennel. Je regrette de ne pas l'avoir su, je lui aurais apporté quelque chose, ne serait-ce qu'un bouquet.

Grand-mère cligna vivement de l'œil, elle lécha le miel sur ses lèvres.

— L'anniversaire de Pheasant ! Pourquoi ne me l'a-t-on pas dit ? Qui me l'a caché ? J'aime les anniversaires, je lui aurais fait un cadeau.

Elle se tourna vers Meg, Maurice et Renny qui entraient.

— Saviez-vous, mes enfants, que nous célébrons un anniversaire ? C'est l'anniversaire de Pheasant et nous nous sommes tous parés en son honneur. Regardez le pasteur ! regardez Piers ! regardez-moi ! Ne sommes-nous pas tous élégants ?

Elle était pleine d'entrain et leur souriait à tous, de ce sourire malicieux et lumineux qui rendait les Court célèbres.

Meg s'approcha et mit un baiser sur le front de sa grand-mère.

— Je n'ai entendu parler d'aucun anniversaire, dit-elle froidement.

— Maurice, s'écria grand-mère, n'avez-vous pas apporté un cadeau à votre fille et négligez-vous votre vieux bébé parce qu'un nouveau bébé a fait son apparition ?

Maurice s'approcha lentement et avec un peu d'embarras.

— Je m'en occuperai, dit-il.

Le visage de Pheasant était rouge de confusion. Elle contemplait la famille avec le regard timide et effarouché d'une jeune bête sauvage.

— Heureusement pour elle, elle n'attend rien, dit Piers d'un ton mécontent.

Grand-mère l'entendit.

— Hum, dit-elle ; elle avala un morceau de biscotte et ajouta : c'est souvent l'inattendu qui se produit. Elle aura un cadeau. Un cadeau de moi !

Un souffle d'inquiétude parcourut l'assemblée. Mr. Fennel, s'en apercevant, observa :

— Rien n'est plus agréable qu'un cadeau imprévu.

Mais même à ses propres oreilles, ses paroles sonnèrent faux. Il ne trouvait rien à dire pour apaiser ces eaux troublées.

La vieille Adeline acheva promptement sa biscotte et but une autre tasse de thé. Puis elle demanda à Pheasant :

— Quel âge avez-vous ?

— Vingt ans.

En dépit du regard encourageant de Renny, cette réponse ne fut qu'un souffle.

— Vingt ans ! Elle est charmante et elle a vingt ans ! Moi aussi, j'ai eu vingt ans un jour ! Venez m'embrasser, vous qui êtes charmante et n'avez que vingt ans ! La jeunesse est une étoffe qui... je ne sais plus la suite ! Ma vieille mémoire s'est envolée. Venez ici, ma chérie.

Pheasant s'approcha en tremblant.

Adeline étendit ses mains, la paume en dessous, et examina ses bagues. Meg, avec une agilité qui ne lui était pas coutumière, se précipita à côté d'elle.

— Granny, Granny, lui souffla-t-elle, ne faites rien d'inconsidéré. Donnez-lui un bout de dentelle ou un peu d'argent pour s'acheter quelque chose de joli. Mais pas ça, pas ça...

Elle s'empara des mains de sa grand-mère et serra les doigts couverts de bijoux contre sa poitrine rebondie.

— Maman, dit Ernest, cette agitation ne vaut rien pour vous.

— Apportez le jeu de trictrac, dit Nicolas. Elle aime jouer au trictrac après son thé.

— Je n'ai pas fini mon thé, lui répliqua sa mère. Je veux du gâteau. Pas de ce gâteau blanc si fade, du gâteau aux fruits.

Jamais gâteau aux fruits ne fut apporté aussi rapidement, ni aussi passionnément ! Elle en choisit un morceau, le mit sur son assiette, et comme si rien ne s'était passé, étendit de nouveau ses mains, les paumes en dessous.

Elle lança un regard à Meg agenouillée à côté d'elle.

— Lève-toi, Meg, lui dit-elle brusquement mais sans méchanceté. Tu n'as aucune raison de t'humilier.

Mais Meg n'en resta pas moins dans la même position, les mains sur sa poitrine, les yeux jalousement fixés sur les bagues.

D'un geste décidé, Adeline enleva du troisième doigt de sa main droite l'anneau orné de rubis étincelants ; elle prit la petite main brune de Pheasant dans la sienne et glissa la bague au doigt du milieu. Elle regarda ensuite son visage en souriant.

— Elle vous donnera du teint, ma chérie, et du courage. Rien de tel que le rubis... Maintcnant je vais goûter de ce gâteau.

Pheasant restait clouée sur place, tenant la main si magnifiquement ornée dans son autre main qui portait seulement son anneau de mariage. Ses yeux brillaient.

— Oh ! murmura-t-elle. Qu'elle est belle ! quelle splendeur ! Chère grand-mère !

Piers était auprès d'elle, décidé, méfiant et très rouge.

— Magnifique, s'écria Renny. Faites voir de quoi elle a l'air sur votre petite patte.

Mais Wakefield intervint, prit sa main, fit battre ses longs cils en l'examinant et dit judicieusement :

— Voilà une belle bague, ma fille. J'espère que vous en prendrez soin.

Meg était toujours à genoux, les yeux humides, les mains jointes.

— C'est injuste, dit-elle avec effort. Injuste pour moi et injuste pour mon enfant.

Renny la prit doucement sous le bras, la remit sur pied et lui glissa à l'oreille :

— Ne te donne pas en spectacle, Meg. Rappelle-toi que Mr. Fennel est là.

Intérieurement, il se réjouissait de la présence du pasteur qui leur épargnait certainement une terrible scène. Elle se laissa aller sur son épaule.

Le pasteur lui-même aurait préféré un thé plus calme. Tirant sur sa barbe, il répéta :

— J'ai toujours pensé qu'un cadeau imprévu est des plus agréables.

Et il ne put s'empêcher d'ajouter :

— Les bijoux sont si jolis sur de jeunes mains.

Adeline fit la sourde. Elle termina son gâteau, recueillant avec sa cuiller les miettes humides sur sa soucoupe. Mais au bout d'un instant, elle étendit vers lui, en la faisant tourner, sa main dépouillée, disant :

— Vous trouvez qu'ils ne conviennent pas à une vieille main ?

Mais il savait comment l'apaiser.

— Je n'ai jamais vu de mains mieux faites que les vôtres pour porter des bagues, lui dit-il.

Elle les croisa sur son estomac, examinant ce qui se passait autour d'elle. Il y avait de l'orage dans l'air, et c'était elle qui l'avait fait naître. Directement ou indirectement, elle était à l'origine de tous les êtres qui se trouvaient dans la pièce. Le dessin de cette pièce était centrifuge, elle en était l'auteur principal, le centre absolu. Elle se sentait satisfaite, assurée, forte. Son regard s'arrêta sur Renny à qui elle fit un léger signe de tête. Elle savait qu'il ne regrettait pas qu'elle ait donné le rubis à Pheasant. Il lui rendit son sourire. Wakefield était sur ses genoux. Adeline continua à faire un signe de tête à Renny, mais cette fois, c'était un signe de reproche.

— Il est trop grand pour être traité en bébé, dit-elle.

— Je sais bien, dit Renny. Mais il s'accroche à moi.

Et il repoussa l'enfant.

— Pauvre chéri ! On dirait un rouge-gorge chassé de son nid ! Dis-moi, as-tu prié pour moi hier soir ?

— Oui, grand-mère.

Elle jeta un regard triomphant autour d'elle.

— Jamais il n'y manque ! Et qu'as-tu demandé ?

Wakefield releva les sourcils.

— J'ai demandé... voyons, j'ai demandé...

Ses yeux tombèrent sur la main de Pheasant.

— J'ai demandé que vous fassiez un cadeau aujourd'hui et que vous en receviez un.

Elle frappa de ses paumes les bras du fauteuil.

— Écoutez-le ! Un cadeau ! Mais qui voudrait me faire un cadeau, maintenant ! Non. C'est moi qui dois les faire tous, jusqu'au dernier. Alors vous m'offrirez de belles funérailles !

Nicolas se tourna mécontent vers Ernest.

— Il faut que je corrige ce petit animal pour qu'il cesse cette plaisanterie.

— C'est très déprimant pour maman, reprit Ernest, d'un air sombre. Il faut faire cesser cela.

— Une partie de trictrac la distraira. Elle est d'humeur à faire des cadeaux à tous. Je ne sais ce qui lui prend.

Il apporta le jeu de trictrac, ainsi que le sac de velours qui contenait les dés et les cornets, et dit à Wakefield qui allait et venait aux alentours :

— Demande à ta grand-mère et au pasteur s'ils veulent jouer au trictrac. Mets la petite table devant eux. Je te corrigerai si tu continues au sujet de ces prières.

— Oui, oncle Nick.

Le petit garçon repartit, tint des conversations à voix basse et revint.

— Oncle Nick ?

— Qu'est-ce qu'il y a ?

— J'ai installé la table, le pasteur et grand-mère. Ils m'ont dit qu'ils ne demandaient pas mieux.

— Voilà bien une phrase de ton invention, s'écria Finch. Ils n'ont pas employé ces termes.

— Tu es odieux, Finch, répliqua Wake qui adorait la façon de parler de tante Augusta et s'en servait sans scrupule.

Les partenaires étaient maintenant face à face : d'un côté Mr. Fennel, barbu et peu soigné, de l'autre la vieille et somptueuse Adeline.

— J'ai les noirs, dit-elle.

Le pasteur prit les blancs. Les pions furent mis en place et les dés jetés.

— *Deuce,* dit le pasteur.

— *Trey,* dit grand-mère.

Ils firent avancer leurs pions. Les dés roulèrent, les émeraudes de sa main gauche brillèrent.

— Un double.

— *Quatre.*

Elle prononçait « cater ».

Les cornets secoués, les joueurs comptèrent et avancèrent leurs pions.

— *Deuce.*

— *Trey.*

— *Cinq.*

— As.

La partie continua. Son esprit était aussi net que jamais. Ses yeux brillaient. Elle fascinait Finch qui se tenait derrière Mr. Fennel en la regardant. De temps en temps, leurs yeux se rencontraient, toujours avec cette lueur de complicité.

« Peur de la vie ! disaient ses yeux. Un Court qui a peur de la vie ! Regarde-moi. »

Il ne la perdait pas de vue, ne pouvait porter ailleurs ses regards. Par-dessus un abîme de plus de quatre-vingts ans, leurs âmes se rencontraient, leurs mains se touchaient, ainsi que leurs lèvres.

L'un après l'autre, elle rentra ses pions. Elle avait gagné la première partie.

— Bien joué ! s'écria-t-elle en battant des mains. Bien joué !

Deux groupes distincts s'étaient formés dans le salon, loin des joueurs et de Finch qui restait debout derrière le pasteur et de Wakefield perché sur le bras du fauteuil de sa grand-mère. L'un de ces groupes comprenait Meg, Nicolas, Ernest et Augusta, qui discutaient à voix basse de la portée que pouvait avoir le cadeau de la bague. Dans l'autre, Piers, Pheasant, Maurice et Renny affectaient de parler fort pour paraître ignorer la tension de l'atmosphère.

Comme grand-mère s'écriait : « Bien joué ! » tous se tournèrent vers elle et l'applaudirent.

— Vous avez bien joué, grand-mère, cria Wakefield en lui tapotant le dos.

Les yeux de Finch cherchèrent ceux de sa grand-mère, les trouvèrent, et soutinrent son regard. Elle se sentit soudain très lasse mais très heureuse.

— Vous m'avez joliment bien battu, dit Mr. Fennel en tirant sur sa barbe.

— Oui. Je suis en bonne forme aujourd'hui, murmura-t-elle. En très bonne forme, ce soir !

Boney souffla sur son perchoir, se secouant et bâillant. Il perdit deux plumes éclatantes qui tombèrent sur le sol.

Mr. Fennel le regarda.

— Il ne dit plus rien, maintenant !

— Non, dit-elle en allongeant le cou pour voir l'oiseau. Il ne parle plus du tout. Pauvre Boney ! Pauvre vieux Boney ! Il ne dit plus rien, ni jurons ni mots d'amour ! Il est silencieux comme la tombe. N'est-ce pas, Boney ?

— Faisons-nous une autre partie ? demanda Mr. Fennel.

Les deux groupes étaient revenus à leurs préoccupations respectives. On entendit un brusque éclat de rire de Renny.

— Une autre partie ? Oui, je veux bien. J'ai les blancs.

Mr. Fennel et Wakefield se regardèrent.

— Mais, Gran, cria Wakefield, vous aviez les noirs tout à l'heure.

— Les noirs ? Pas du tout. J'ai les blancs.

Mr. Fennel changea les pions et lui donna les blancs. Une fois les pions en place, les dés furent jetés et la partie commença.

— *Deuce.*

— *Cinq.*

— Double.

Mais elle s'embrouilla bientôt. Elle bousculait ses pions et n'aurait jamais pu terminer la partie sans l'aide de Wake qui s'appuyait sur son épaule. Elle perdit mais ne s'en aperçut pas.

— Deux parties, s'écria-t-elle triomphalement. Deux parties ! Victoire !

Le recteur sourit avec indulgence.

Finch se sentit soudain enveloppé d'obscurité.

— Mais, grand-mère, cria Wakefield, vous avez perdu ! Ne le voyez-vous pas ?

— Perdu, moi ! Mais pas du tout ! J'ai gagné.

Et elle regarda droit devant elle dans les yeux de Finch.

— Victoire !

Mr. Fennel se mit à remuer les pions.

— Une autre partie ? demanda-t-il. Cette fois-ci, vous gagnerez.

Elle ne répondit pas. Wakefield lui poussa l'épaule doucement.

— Une autre partie, Gran ?

— Je crains qu'elle ne soit un peu fatiguée, dit le pasteur.

Mais elle continuait à sourire, les yeux dans ceux de Finch, et ces yeux disaient : « Un Court, avoir peur ! Un Court, avoir peur de la mort ! Victoire ! »

De nouveau Boney se secoua et une autre plume vola à terre. A l'autre bout de la pièce, Nicolas s'était levé et la regardait. Il cria soudain :

— Maman !

Ils se levèrent tous, sauf Wakefield qui s'appuyait encore sur son épaule sans rien voir.

Sa tête tomba.

Finch les regardait tous autour d'elle, lui relevant la tête, mettant des sels sous son long nez ; glissant un peu de brandy entre ses lèvres pâles, se tordant les mains, terrifiés, à demi fous ! Lui avait vu son esprit ferme et volontaire quitter son corps. Il savait qu'il était inutile d'essayer de le rappeler.

Boney regardait toute cette scène d'un œil jaune, indifférent, sans émotion apparente, mais lorsqu'on la transporta pour l'étendre sur le canapé, il quitta son perchoir avec un battement d'ailes éperdu et se mit à voleter autour de son corps prostré en criant : « Nick, Nick ! » C'était la première fois qu'on l'entendait prononcer un mot d'anglais.

On l'attrapa difficilement pour l'emporter dans la chambre à coucher où il prit sa place habituelle, à la tête du lit, et se renferma dans un silence stoïque. Piers téléphona au docteur. Meg sanglotait dans les bras d'Augusta. Ernest s'était assis devant la table, la tête enfouie dans ses bras, sur le jeu de trictrac. Pheasant était remontée dans sa chambre en courant pour arroser sa bague de larmes. Nicolas approcha une chaise du divan où gisait sa mère et s'assit, les épaules voûtées, la contemplant avec stupeur. Le recteur, le menton dans sa barbe, murmura une courte prière sur le corps qui était si droit que les pieds, chaussés de pantoufles blanches, dépassaient la longueur du divan. Elle était, de nouveau, une femme de haute stature.

Mr. Fennel essaya de lui fermer les yeux. Les paupières résistèrent. Renny lui prit le bras.

— Ne lui fermez pas les yeux. Je ne puis croire qu'elle soit morte. Ce n'est pas possible qu'elle soit morte ainsi !

Il glissa sa main sous la robe pour tâter son cœur, il ne battait plus. Il apporta une glace qu'il plaça devant ses narines, sans que la surface brillante se ternisse. Cependant, il s'opposa à ce qu'on lui fermât les yeux.

Le docteur Drummond arriva sans tarder. Il ne put que constater la mort et lui fermer lui-même les yeux. C'était un vieil homme qui, depuis Meg, avait aidé tous les jeunes Whiteoak à faire leur entrée en ce monde.

Ernest se leva et s'approcha d'elle en tremblant. Il caressa son visage et l'embrassa en sanglotant : « Maman, maman ! » tandis que Nicolas restait aussi immobile qu'une statue.

Renny fut incapable de rester à la maison. Il fallait qu'il aille à la Cabane du violoneux pour apprendre à Eden et à Alayne ce qui venait d'arriver. Il s'élança par la porte de côté, dans la cour remplie d'herbe où se trouvait le vieux four en briques. Une procession de canards déhanchés tournèrent vers lui leurs yeux moqueurs. Mrs. Wragge et la fille de cuisine le regardèrent avec curiosité de la fenêtre du sous-sol. De jeunes poulains qui couraient dans l'enclos vinrent gémir à la barrière qu'il dépassa rapidement. Dans le pré, des vaches blanches et rousses, aux pis gonflés, tournèrent vers lui leurs regards impatients.

Il entra dans le verger. Déjà les jours étaient plus courts. Le soleil rouge apparaissait entre les troncs noirs des arbres. Il remarqua qu'une sorte d'éclat sombre avivait toutes les couleurs. De petits champignons roses rougissaient çà et là dans l'herbe épaisse. La barrière du verger semblait une verge d'or.

Entre le verger et « l'ancien verger » s'étendait un champ de pommes de terre. Le vieux Binns les arrachait et les étendait dans des sillons peu profonds sur la terre noire. Pendant ce long jour, à peine avait-il fait le travail d'une demi-journée. Il s'appuya sur sa bêche en criant :

— Hello ! Mr. Whiteoak ! Hello !

Renny s'arrêta :

— Qu'y a-t-il ?

— Savez-vous ce qu'il y a, ici ?

— Quoi donc ?

— Des mauvaises herbes !

Renny fit un geste vague de la main.

— Laissez cette bêche, cria-t-il. Il ne faut plus travailler aujourd'hui.

Et il continua sa route.

Aucune bêche ne devait retourner cette terre qu'elle aimait ! Cette terre devait rester immobile, pleurant sur elle, aujourd'hui, demain et encore un jour.

Le vieux Binns regarda Renny disparaître dans l'épaisseur lumineuse du verger. Il était stupéfait. De sa vie, il n'avait reçu un pareil ordre ; il allait sûrement perdre sa place. Il enfonça profondément sa bêche dans le sol et ramena trois pommes de terre ; fiévreusement il se précipita pour les arracher. Jamais il n'avait travaillé avec tant d'ardeur. Il continua de se répéter furieusement à lui-même : « En tout cas, il y a des mauvaises herbes ! Qu'il aille au diable ! »

Le vieux verger, qui n'avait pas été taillé depuis dix ans, présentait une masse de feuillage extraordinaire. Les branches des pommiers, qui seraient plus tard chargées de fruits mûrs jamais cueillis, tombaient jusqu'à terre. Au milieu, poussaient des plants de verts noisetiers et de sumacs aux panaches rosés. Des plantes grimpantes de toutes espèces s'accrochaient aux branches les plus basses et grimpaient autour d'elles comme si elles voulaient attirer les arbres eux-mêmes vers la terre. Une moissonneuse abandonnée était dissimulée derrière un gros plant de vigne sauvage où l'on ne devinerait jamais sa présence. Tandis que Renny marchait sur le chemin, des lapins sauvages bondissaient devant lui et parfois de lourds papillons se jetaient étourdiment contre son visage. En approchant de la Cabane, il entendit la source qui gazouillait doucement au milieu des herbes.

Les portes et les fenêtres étaient grandes ouvertes, mais on n'entendait aucun bruit de voix. Il entra par la grande porte et regarda à l'intérieur. Alayne écrivait à une table et Eden était allongé sur un divan, une cigarette aux lèvres, un livre dans sa main pendante. Son visage et son corps avaient repris leur embonpoint. Ses joues avaient bruni. Mais Alayne avait pâli et maigri ! Ils n'avaient pas entendu Renny entrer, et pour ce dernier la chambre et ses habitants, plongés dans l'intense lumière du soleil couchant, étaient aussi irréels qu'une image.

Il fit entendre un son incohérent et, comme si un charme s'était rompu, tous deux regardèrent à la fois. La pâleur d'Alayne, encore plus marquée dans le couchant rouge, s'embrasa soudain. Eden sourit mais son sourire se figea aussitôt. Il sursauta :

— Renny, qu'y a-t-il ?

Alayne se leva aussi. Il essaya de leur parler mais aucun son ne sortit de ses lèvres. Il demeura silencieux, appuyé contre le montant de la porte, le visage déformé par une horrible grimace.

Eden et Alayne restèrent stupéfaits jusqu'au moment où Eden s'écria :

— Pour l'amour du Christ, Renny, parle ! Qu'y a-t-il de fâcheux ?

Il les regarda, saisi d'une étrange fureur à leur égard et leur dit durement :

— Elle est morte... Gran... J'ai pensé qu'il fallait vous le faire savoir !

Évitant leurs yeux, son visage encore contracté, il regagna en toute hâte le chemin et disparut dans le bois de pins.

19

Jalna en deuil

Elle est maintenant couchée dans son cercueil, la vieille femme, entourée de guirlandes, de gerbes et de croix de fleurs parfumées. On l'a lavée, embaumée, revêtue de sa plus belle robe de velours noir. Ses mains sont croisées sur sa poitrine, mais ses enfants ne lui ont laissé que son anneau de mariage usé jusqu'à n'être plus qu'un fil d'or. Si l'on avait pu lire à l'intérieur de cet anneau, on aurait déchiffré ces mots : « Adeline, Philippe, 1848. » Elle portait son plus beau bonnet de dentelle qui avait attendu longtemps cette occasion dans un carton parfumé à la lavande. Une plaque d'argent fixée sur le cercueil portait la date de sa naissance, celle de sa mort, son nom y compris ses noms de baptême : Adeline, Honoria, Bridget. On avait fait pour elle tout ce qu'il était possible de faire. Tout était arrangé et parfaitement organisé pour ses obsèques. Car si elle était restée longtemps sur la terre on allait l'y enfermer pour un temps infiniment plus long.

Il y avait autour d'elle une intense atmosphère de majesté et de pompe ; elle apparaissait comme une ancienne impératrice, avec son sourire légèrement dédaigneux, son nez recourbé. Elle aurait aussi bien pu vivre au milieu d'intrigues de cour que passer les trois quarts de sa vie au-delà des mers, avec sa seule famille à gouverner. L'Irlande et l'Inde, ces deux pays dont les noms commencent par « I », l'avaient marquée de leur empreinte. Toute sa vie avait été dominée par « I »[1].

A la tête et au pied du cercueil se trouvaient deux grands chandeliers d'argent avec des bougies allumées. Finch les avait mis là quand il était descendu furtivement pour la rencontrer une dernière fois, lorsque tous les autres étaient couchés. Son jeune visage décharné avait une expression mystique tandis qu'il glissait doucement autour d'elle pour allumer chaque branche de cire.

Le matin, Augusta ordonna de les enlever, protestant contre des pratiques aussi papistes, mais Nicolas déclara :

— Laisse-les-lui, la pompe lui convient.

Seuls, ou par groupes de deux ou trois, ses descendants venaient pleurer sur l'aïeule. Nicolas demeura près d'elle tout le jour, refusant toute nourriture, sa tête léonine échevelée, une extrémité de sa longue moustache grise serrée entre ses dents. Ernest allait et venait, grand et élégant dans son habit noir. Il accompagnait les visiteurs, attirant leur attention sur les traits sculptés et la belle expression de sa « maman ». Il murmurait ce mot pour lui-même, ces jours-ci, car bientôt elle serait partie et il n'y aurait plus de maman. Toutes les choses désagréables qu'elle lui avait dites avaient disparu de sa pensée, et seuls demeuraient les instants où elle avait été bonne pour lui. Il se souvenait qu'elle dépendait de lui pour bien des choses et des larmes roulaient sur ses joues.

Il n'en était pas de même pour Augusta. Le sourire dédaigneux de sa mère semblait lui être particulièrement destiné. Elle se rappellerait souvent les traits moqueurs jaillis des lèvres maternelles. A l'instant, elle se souvenait du dernier de ces traits : pendant qu'elle habillait sa mère pour le dernier thé, elle lui avait dit : « Que vous êtes jolie et vive cet après-midi, maman ! » et celle-ci lui avait répondu : « Je voudrais pouvoir en dire autant de toi. »

Augusta évoqua les souvenirs de son enfance. Ils lui apparaissaient plus nets que ceux des dernières années. Elle se souvint de son mariage et des paroles de sa mère, la veille de ses noces : « Je ne crois pas avoir de conseil à vous donner, ma chérie. Buckley vous arrive à peine à l'épaule, vous n'avez pas à avoir peur de lui. » A cette époque, sa mère se souvenait très bien du nom de son mari. Mais lorsqu'il eut le droit de porter un titre, c'était toujours Bunckley, ou Bilgeley ou Bunkum !

Augusta se reprocha d'évoquer ces petites querelles en un tel moment. Son chagrin était réel, mais ses souvenirs pénibles. Elle

---

1. « I » : Jeu de mots difficile à traduire, la lettre « I » étant aussi le pronom « je » ou « moi ». *(N.d.T.)*

conduisit Wakefield auprès du cercueil. C'était la première fois qu'il voyait la mort. Elle lui dit, d'un ton ému :

— Regarde-la longtemps, Wakefield, et tâche de bien graver son visage dans ton esprit. C'était une femme extraordinaire.

Le petit garçon était terrifié et tout étourdi par le lourd parfum des fleurs. Il contempla longuement le paisible visage, les belles vieilles mains croisées avec résignation.

— Mais, tante, s'écria-t-il, sa petite voix claire résonnant étrangement dans la pièce, elle a l'air si jolie ! N'est-ce pas dommage de l'enterrer ?

Ses vieux amis (il n'en restait guère) déclarèrent qu'ils n'avaient jamais vu un cadavre avoir l'air aussi naturel.

Au sous-sol, Rags déclara à sa femme, à la fille de cuisine et à quelques travailleurs des écuries, de la ferme et de Vaughanland :

— Dieu me bénisse si la vieille dame ne paraît pas plus naturelle encore que de son vivant !

Quant à Renny, comme un de ces chevaux auprès desquels il passait presque tout son temps, son impression devant la mort était une angoisse quasi animale. Il s'écartait en tremblant de la présence sinistre qui assombrissait la maison.

Après un regard jeté sur le visage de la morte, il quitta la chambre et n'y revint qu'à l'heure des funérailles. La mort, telle qu'il l'avait vue pendant la guerre, ne l'impressionnait pas beaucoup. Il était au-delà des mers lorsque moururent son père et sa belle-mère. Mais l'expérience présente le terrifiait. Il avait abandonné toute l'organisation des obsèques à Augusta, Ernest et Piers. Une seule chose l'avait préoccupé : le choix de ceux qui porteraient le cercueil. A son avis, ce devaient être les quatre petits-fils aînés. Eden se plaignit et déclara qu'il n'était pas assez fort pour supporter cette fatigue. Alayne pensa et dit avec vivacité que c'était impossible d'exiger de lui un tel effort. Mais Renny fut inflexible. Eden lui paraissait presque aussi bien portant que jadis ; il pouvait et devait prendre sa place parmi ses frères pour porter jusqu'à la tombe le corps de leur grand-mère. Il alla à la Cabane du violoneux et, assis autour de la table, tous trois discutèrent âprement. Ses cheveux roux comme une crête en désordre, son mince visage écarlate, les lignes dures de son visage se dressèrent contre ses contradicteurs. Eden dut céder.

Le jour des obsèques se leva, absolument exquis. Une épaisse rosée s'étendait comme un voile étincelant sur les prés. Tout était silencieux, sauf le babillage des petits oiseaux sur les arbres toujours verts de l'avenue. Cette journée semblait un doux répit, comme si l'été hésitait et poussait un profond soupir avant de disparaître. La vieille Adeline aurait aimé un jour semblable. Si elle avait vécu, elle aurait sûrement fait une de ses petites promenades jusqu'à la barrière, soutenue par ses fils. Au lieu de cela, elle faisait sa dernière promenade en voiture. Durant toute son existence, elle avait obstinément refusé de monter en auto, mais elle avait réclamé un fourgon automobile pour son enterrement.

— J'aime à penser, avait-elle dit, que j'irai au cimetière derrière un moteur et non derrière un cheval. Personne ne pourra dire que j'étais vieux jeu.

Wakefield était impressionné de voir toute la famille vêtue de noir, même Finch. Il aurait bien voulu lui aussi un costume noir ! Mais il devait se contenter de la bande que Meggie avait cousue sur sa veste grise. Il était conscient de cet insigne de deuil, très digne et distant ! Il aurait voulu être assez grand pour faire partie des porteurs.

Le cortège funèbre allait quitter la maison. Les quatre hommes qui devaient porter le cercueil étaient réunis, épaule contre épaule, et Piers et Eden, à côté l'un de l'autre, pouvaient s'entendre respirer. Ce n'était pas sans peine que Renny avait obtenu de Piers qu'il restât, même un court instant, auprès d'Eden. Mais il l'avait emporté sur tous les deux. Ils étaient là à côté de lui, et lui était le chef du clan. Mr. Fennel récita de courtes prières. Les porteurs soulevèrent le cercueil sur leurs épaules.

Le corbillard s'éloigna lentement, suivi par une auto où se trouvaient les quatre frères. Derrière eux venait une autre voiture contenant Augusta, Nicolas, Ernest et Mr. Fennel. Dans une troisième, il y avait les Vaughan et Wakefield. Pheasant avait eu l'excuse d'un repas de bébé pour rester à la maison. Elle regardait à travers un rideau et aperçut la tête blonde d'Eden qui brillait au milieu de celles de ses frères. Quelques légers sons plaintifs lui échappèrent en évoquant sa courte et brûlante passion pour lui, cette passion qui avait failli ruiner sa vie et celle de Piers. Mais le drame avait été évité ; elle était sauvée, sauvée avec Piers et son bébé !

Alayne aussi était restée au logis. Elle était venue contempler longuement le vieux visage lointain qui avait toujours été aimable pour elle. Si fine qu'eût été la vieille Adeline, Alayne était sûre qu'elle n'avait jamais deviné que son amour pour Eden était mort, pas plus qu'on ne l'aurait convaincue qu'Alayne n'était pas une riche héritière. Alayne était repartie de Jalna profondément déprimée. Ce n'était pas une aversion animale, comme c'était le cas pour Renny, mais un profond serrement de cœur devant Jalna en deuil et sans vie. Elle avait eu l'impression que les murs épais s'étaient rapprochés pour entourer ce corps, que le plafond s'était abaissé pour l'abriter, que les portes mêmes s'étaient rétrécies pour empêcher son départ... En s'en allant, la jeune femme s'était retournée au bout de la prairie et il lui sembla que de douleur la maison tout entière s'était repliée sur elle-même.

Après les membres de la famille suivaient les amis et un long cortège de gens des villages environnants et de la campagne, en autos et voitures de l'ancien temps. C'étaient les obsèques d'une femme que les plus vieux d'entre eux, dans leur enfance, avaient connue déjà mariée. Un jalon disparaissait qui n'était ni un arbre ni un clocher d'église, mais un être vivant et dominateur. Beaucoup, parmi les assistants, ne l'avaient pas vue depuis de longues années, mais sa haute taille, ses cheveux roux, ses yeux bruns perçants étaient dans leur souvenir pour toujours. Dans l'avenir, on raconterait de temps en temps quelque trait de son caractère ou de son originalité ; aujourd'hui on racontait que jusqu'à l'an passé, elle n'avait presque jamais manqué le service du matin dans l'église de pierre grise construite par le capitaine Whiteoak. Elle y venait dans son vieux break traîné par deux grands chevaux bais. Et malgré une certaine avarice, chaque année, à Noël, elle faisait un cadeau à chaque enfant du village d'Evendale, construit sur un emplacement qui faisait jadis partie de Jalna. Ces dernières années elle s'était reposée sur Ernest pour l'achat de ces cadeaux. Au prochain Noël les enfants n'auront rien.

Ainsi, bien qu'elle eût vécu presque aussi immuable qu'un arbre, sa renommée avait grandi d'année en année, comme une nouvelle couche de bois s'ajoute autour d'un arbre. Ceux qui étaient venus apporter à sa dépouille l'hommage de leur respect eurent l'impression qu'ils assistaient à un événement important de l'époque.

Pour le grand Hodge qui avait conduit son break pendant les trente dernières années, sa mort avait été un véritable drame. Toute sa raison de vivre avait disparu. Plus jamais, le dimanche matin, il ne panserait les chevaux qui avaient près de trente ans, plus jamais il ne ferait luire leur pelage comme du satin, ni briller leurs harnais ! Il ne laverait plus jamais les roues grinçantes du phaéton, ni ne remettrait sa livrée à col de velours. Toute sa dignité avait disparu, il n'était plus qu'un garçon d'écurie vieillissant ! Les joues inondées de larmes, il était venu dire à Nicolas : « Je pense, monsieur, que je ne sortirai plus jamais le vieux phaéton... » Et d'un ton bourru, Nicolas lui avait répondu : « J'espère que mon frère et moi nous nous en servirons encore longtemps. » Certes, Nicolas aurait bien préféré aller à l'église en auto maintenant que le voile de veuve de sa mère ne flotterait plus sur le phaéton, mais on ne pouvait faire nulle peine à Hodge ! C'était le seul vieux serviteur qui restât. Les autres entraient et repartaient, et n'avaient plus la fierté de leur travail.

Dans l'auto, au milieu de ses frères, Renny songeait au phaéton ; il se souvenait de la joie qu'éprouvait sa grand-mère lorsque les chevaux occupaient le milieu de la route, l'empêchant lui-même ou d'autres automobilistes de passer. Mais surtout lui ! Elle était heureuse lorsqu'elle avait le dessus sur lui ! Jamais elle ne cédait. Il aurait tant voulu qu'elle pût voir la foule venue lui rendre hommage. Quel dommage, elle l'ignorerait toujours ! Et les fleurs ! Il y en avait toute une voiture ! Il aimait cette gerbe de roses et d'œillets envoyée par le « Hunt Club »... Il regarda ses frères. Quel bonheur de voir Eden rétabli ! Un été à Jalna avait suffi. C'était une joie aussi de le voir dans la même auto que Piers. Il avait dû déployer beaucoup d'autorité pour en arriver là et Renny se demanda s'il serait un jour possible de combler l'abîme qui les séparait ! Il craignait bien que non ! Les femmes qui entraient dans la famille avaient le don de tout gâter. Heureusement qu'il ne se marierait probablement jamais. Un instant, sa pensée s'arrêta douloureusement sur Alayne. La procession de l'enterrement ne fut plus qu'un fantôme ! Alayne était dans ses bras. Il ferma les yeux, s'abandonnant tout entier au désir qui déchirait son cœur... Quand il les rouvrit à nouveau, son regard tomba sur Finch, assis entre Piers et lui, et dont les longues jambes étaient bien encombrantes. Depuis la mort de sa grand-mère, Finch était dans un état d'esprit de détachement, presque d'hallucination. Mais en ce moment, sous les yeux de Renny et de Piers, il ne se contenait même plus, il sanglotait et ne parvenait pas à sécher ses yeux qu'il essuyait avec un grand mouchoir. Pauvre diable, pensa Renny. Et il posa sa main sur le genou maigre du jeune homme, ce qui ne fit qu'augmenter ses pleurs. Il eut l'impression que Piers le regardait avec mépris, mais Piers ne le voyait pas, Piers ne voyait que le dos d'Eden assis devant lui sur le siège avant, à côté de Wright.

Cette procession funéraire qui, pendant un court instant, n'avait plus été qu'un rêve pour Renny, n'était pour Piers qu'un défilé de fantômes. La seule réalité était Eden assis devant lui, Eden de nouveau bien portant, de nouveau prêt à faire du mal, Eden qu'il aurait voulu assommer à coups de poing.

A part l'unique et rapide coup d'œil dans l'enclos des chevaux, il ne l'avait pas revu, depuis cette nuit d'été, deux ans auparavant, où le jeune Finch, blême, était venu lui dire qu'Eden et Pheasant étaient ensemble dans le bois de bouleaux. Si seulement Eden ne s'était pas enfui cette nuit-là ! Si seulement ils avaient pu s'expliquer ! Maintenant, cela ne serait jamais plus possible !

Eden sentait le regard de Piers sur sa tête. Il aurait payé bien cher pour connaître ses pensées ! Des pensées, sans nul doute, sombres et violentes ! Il sourit un peu en les évoquant mais se sentit mal à l'aise. Il s'apitoya sur lui-même. C'était sa première sortie de l'été, et pour un enterrement ! Il y avait été traîné de force, et la proximité de Piers, malgré tout son cynisme, ébranlait ses nerfs. Il ne parvenait pas à éprouver pour sa grand-mère les mêmes sentiments que les autres qui paraissaient s'attendre à ce qu'elle vive toujours ! Elle avait eu une existence plus longue que ne serait la sienne. Il souffrait de partout, tremblant et mal à l'aise après l'effort qu'il avait dû fournir pour porter sa part de cercueil. Alayne s'y était opposée, elle savait bien que son état ne le lui permettait pas. Et devant lui se dressa le trajet du fourgon à l'église et de l'église au cimetière. Il regretta de ne pas s'être assis derrière pour avoir le dos de Piers devant lui, au lieu de sentir son regard sur ses épaules.

L'auto s'arrêta. La plus grande partie du cortège était dans l'allée du cimetière. Eden ôta son chapeau et respira l'air plein de douceur. Il fut étonné de voir tant de monde réuni et regarda avec appréhension les marches qui montaient à l'église. On avait retiré le cercueil du fourgon, un souffle trop parfumé en venait ! Il prit sur ses épaules sa part du fardeau.

Mr. Fennel s'approcha. Il y avait un certain désordre. Les quatre frères avancèrent ensemble péniblement sur le gravier du chemin. Piers s'aperçut qu'Eden défaillait, à bout de forces, et il souhaita que le trajet fût deux fois plus long ! A la porte de l'église, Maurice vint prendre la place d'Eden qui se retira, le front inondé de sueur. Il entendit comme de très loin les paroles du pasteur.

« Je suis la Résurrection et la Vie, dit le Seigneur. Celui qui croit en moi, bien qu'il soit mort, vivra éternellement... Nous n'apportons rien en entrant dans ce monde et nous en sortons sans rien emporter. Le Seigneur nous a donné, le Seigneur nous a repris. Béni soit le nom du Seigneur... »

Assis sur un banc entre Renny et Finch, Eden ne parvenait pas à voir clair en lui. Le sang bourdonnait à ses oreilles, l'autel lui apparaissait enveloppé de brouillard. Si Alayne pouvait le voir, épuisé à ce point, comme elle serait inquiète ! Dans son esprit, elle était maintenant toujours liée à cette idée d'inquiétude à son égard !

Il s'aperçut que Finch respirait en reniflant. Il tourna les yeux vers lui, vit son visage penché, et au-delà aperçut la main brune de Piers posée sur son genou. Quel poing ! Subrepticement son regard remonta jusqu'au visage de Piers, hâlé, au menton volontaire, avec un nez court et fort. A quoi pensait-il ? A son voisinage ? A Pheasant ? A Gran étendue au pied de l'autel ?

« Mon cœur était brûlant et pendant que je méditais, le feu s'alluma... »

Il devint conscient de la voix sonore et lugubre qui venait de l'autel.

« Regarde, tu as fait mes jours de courte durée et mon âge n'est rien devant toi... »

Pauvre vieille Gran ! Ces paroles l'auraient joliment irritée ! Il imagina sa protestation : « Pas du tout ! Je ne veux pas de ça ! »

La voix continua :

« Épargne-moi, que je puisse retrouver ma vigueur, avant que je m'en aille et que je disparaisse. »

Quel magnifique poète, ce David ! Et qu'il avait bien connu la vie, ne s'étant privé de rien ! Des fragments exquis, clairs comme le cristal, parvenaient aux oreilles d'Eden... « Voyant le passé comme une sentinelle dans la nuit... et se fana comme l'herbe. Le matin elle est verte et haute, mais le soir elle est coupée, desséchée et flétrie. »

Il n'avait que vingt-six ans, il avait déjà goûté bien des choses et en goûterait encore bien d'autres. Il écrirait des vers dont on parlerait un jour. Il était presque guéri. Soudain le désir d'écrire jaillit en lui et il s'absorba dans la contemplation de lui-même. Il oublia de se lever quand on se mit à chanter. Il fallut que Renny lui poussât le coude pour qu'il se mît debout en hésitant. Il y avait si longtemps qu'il n'était pas venu à l'église !

Jour de colère, jour de deuil !
Où se réalise la parole du prophète !
Le ciel et la terre sont réduits en cendres !

Eden se demanda si quelqu'un, au ciel ou sur terre, détestait les hymnes autant que lui. Cela lui donnait envie de relever la tête, de se mettre à hurler comme les chiens. Cependant il resta silencieux, prenant doucement un coin du livre que Renny lui offrait. Renny ne chantait pas non plus, ni le pauvre Finch qui se contentait de renifler, mais le baryton puissant de Piers s'éleva :

Que plaiderai-je, moi si faible !
Qui intercédera pour moi ?
Alors que les justes eux-mêmes crient miséricorde.

Limpide et magnifique, une voix de femme s'éleva derrière eux :

Mets-moi au milieu de tes brebis préférées
Et non parmi les boucs
Place-moi à ta droite.

Eden reconnut la voix de Minny Ware, l'écouta, pénétré de sa beauté. Il regarda Renny pour savoir si lui aussi était attentif à cette voix, mais Renny semblait plongé dans l'hymne que ses lèvres récitaient silencieusement.

Pendant que Mr. Fennel exaltait les vertus chrétiennes d'Adeline, l'imagination d'Eden joua avec la pensée de Minny Ware. Il l'évoqua telle qu'il l'avait vue maintes fois, toujours vêtue de couleurs vives, débordante de vie, prête à rendre un rire pour un sourire. Il pensa à son cou si blanc, sortant très droit de son col rabattu. Il reposa son esprit sur la musique de sa voix et décida de demander à Alayne de l'inviter à venir plus souvent chanter chez eux. Ou plutôt non, il irait lui-même à Vaughanland pour l'entendre chanter en s'accompagnant au piano. Il éprouvait le besoin de changer de place. Impossible de rester plus longtemps sans rien faire. Il fallait qu'il trouve un travail quelconque, mais lequel, Dieu seul le savait !

Ses frères se levaient. C'était le moment de porter le cercueil au cimetière. Sûrement Maurice allait prendre de nouveau sa place. Renny sortit du banc, mais Eden ne bougea pas, malgré Finch qui le poussait par-derrière. Il jeta un regard presque suppliant à Maurice qui ne savait quelle décision prendre. Mais il ne devait pas y avoir de grâce pour Eden ! Renny avait décidé que les quatre frères porteraient le cercueil, ils le porteraient donc, même si l'un d'entre eux défaillait. Il jeta à Eden un regard mi-sévère, mi-affectueux, et d'un geste bref du menton lui fit signe de le suivre. Tous quatre reprirent leur fardeau.

Ils l'avaient enfin déposée dans la terre. On avait jeté un peu de terre dans la tombe et les dernières prières furent dites : « Que la terre retourne à la terre, la cendre aux cendres, la poussière à la poussière... » Les pleurs de Meg se mêlaient à la voix de Mr. Fennel : « Qui changera notre corps misérable en corps glorieux ? »

Le visage d'Ernest était pâle et désolé. Sa mâchoire retombait un peu. Il se répétait intérieurement à lui-même tout en sanglotant : « Maman, maman. » Elle avait maintenant disparu pour toujours...

Augusta, en grand deuil et très digne dans sa douleur, avait redressé la tête devant la foule. Isolée de ses compagnons, on aurait cru facilement que son expression était celle d'une personne profondément offensée. Peut-être, en effet, était-elle offensée par la mort ? A son prochain anniversaire, elle aurait soixante-dix-sept ans.

Le visage de Nicolas ressemblait à un rocher creusé et battu par des orages très anciens. Il était debout, alourdi, et regardait stoïquement dans le trou sombre ouvert devant lui, mais il ne le voyait pas ! Ce qu'il voyait, c'était lui-même, petit garçon de cinq ans, assis sur ce même banc qu'il venait de quitter, appuyé contre sa mère. De l'autre côté, il y avait le petit Ernest âgé de trois ans, et tous deux avaient bien sommeil. Maman était enveloppée d'une robe couleur de tabac toute gonflée ; c'était exquis pour de tout petits garçons, de s'y pelotonner, de même que c'était délicieux de caresser les larges rubans de satin de son bonnet. Quelle belle teinte rousse avaient ses cheveux ! Cette teinte qui avait sauté une génération pour éclater à nouveau sur la tête de Renny. Un peu plus loin sur le banc, s'apercevait le visage robuste de papa, son profil têtu et son teint frais dont avaient hérité d'abord Philippe, puis Piers, mais avec moins de distinction chez ce dernier. Mais nous ne sommes pour rien dans tout cela. Nous sommes projetés dans ce monde pour nous y débattre un peu de temps et ensuite en être arrachés...

Ernest prit Nicolas par le bras.

— Viens, Nicolas, c'est fini, il faut partir.

Et il l'entraîna à travers le dédale des tombes. Nicolas ressentait des élans douloureux dans son genou ; il trébucha une ou deux fois. Les choses lui semblaient étrangement irréelles, de même que ceux qui s'approchaient pour lui parler. La plus vieille des demoiselles Lacey prit une de ses mains dans les siennes.

— Cher Nicolas, dit-elle, c'est terrible, n'est-ce pas ? Je comprends si bien ce que vous éprouvez ; nous avons perdu notre père l'an dernier, il avait quatre-vingt-douze ans.

Nicolas la regarda vaguement. Il ne la voyait pas dans son état présent, mais bien telle qu'elle était quarante-cinq ans plus tôt, alors qu'elle lui faisait la cour dans l'espoir de l'épouser. Il serait dans une situation bien préférable s'il en avait fait sa femme, au lieu de choisir cette créature volage... Il aurait une famille et son père lui aurait laissé Jalna au lieu de le léguer à son jeune frère. Il la remercia brièvement de sa sympathie et s'en alla en boitillant.

Un vent violent sentant la terre chaude et sèche s'était levé. Les herbes hautes du cimetière ondulaient joyeusement et semblaient dire : « Ce n'est pas encore le soir. » Le vent soufflait au ras du sol comme pour recueillir la fraîche douceur des roses, des lis et des œillets qui s'entassaient sur la tombe de la famille Whiteoak. De nombreux nuages blancs se traînaient en procession dans le ciel, comme des choristes revêtus de blancs surplis.

Renny se hâtait vers l'auto avec Wakefield suspendu à son bras.

— Renny, Renny, puis-je revenir avec toi à la maison, je vois Eden qui s'installe avec Meg et Maurice.

— Entendu, jeune homme.

Il était heureux d'avoir le petit garçon auprès de lui et de s'éloigner de ce lieu. Auprès de la tombe, il était resté la tête haute, les yeux au loin et quelque chose dans toute son attitude qui ressemblait à la crainte du cheval devant la mort. Maintenant il humait le vent, il serrait contre lui la main de Wakefield et s'efforçait de dissimuler sa hâte à quitter cette place.

Wakefield lui disait :

— Je crois que grand-mère ne pouvait avoir un plus beau jour pour son enterrement. Elle aurait sûrement été contente si elle avait pu voir toute cette foule.

Le cimetière était maintenant désert.

Le corps d'Adeline reposait enfin dans la tombe familiale entourée d'une grille de fer avec des chaînes rouillées et de petites boules de fer. Sous un lourd fardeau de terre, de gazon et de fleurs en train de se faner, elle était couchée auprès des restes de son Philippe dont les os devaient être maintenant dénudés. A leurs pieds, se trouvait le jeune Philippe qui avait à ses côtés sa première femme Margaret. Dans un coin reposait Mary, sa seconde femme, entourée d'un petit groupe d'enfants Whiteoak.

Seul manquait encore le nom d'Adeline qui serait bientôt gravé sur la plinthe de granit qui s'élevait au-dessus des tombes... Tout était fini pour elle, ses colères, ses appétits, ses brusques sommeils, son amour de la couleur, du bruit et des scènes de famille. Plus jamais elle ne s'assiérait devant le feu flambant, vêtue de velours, couverte de bagues, avec un beau bonnet sur la tête et Boney sur son épaule. Plus jamais elle n'implorerait d'un brusque élan de son cœur intrépide : « Que quelqu'un m'embrasse ! Vite ! »

Elle avait « disparu pour toujours ».

Un esprit contemplatif et qui aurait connu son tempérament se demanderait peut-être quelle espèce d'arbre pourrait naître un jour de cette tombe. Un flamboyant, un bel arbre du sud, serait tout désigné ailleurs que dans ce pays du nord. A son défaut, un pin tirerait subsistance de ce corps vigoureux et de cet esprit indomptable.

20

Le jeune héritier

Dès l'instant où il ouvrit les yeux, Wakefield sentit de l'excitation dans l'air. La façon dont les rideaux de la fenêtre flottaient dans la brise matinale lui faisait songer au gonflement des voiles. Il y avait quelque chose d'inaccoutumé dans l'odeur de l'air, qui semblait venir de très loin, d'une région différente pleine d'aventures étranges. Un tout petit coq, apprenant tout juste à chanter, s'était échappé de la basse-cour et se dirigeait vers le pré. A chaque instant il se dressait sur ses ergots, battait des ailes, essayait un chant plaintif et pourtant fanfaron.

Wakefield, étendu en pyjama sur le rebord de la fenêtre, le surveillait avec des yeux encore pleins de sommeil, mais déjà éclairés de malice. L'épaule de son pyjama était déchirée et un morceau de son fond de culotte voltigeait dans la brise. Depuis que Meg était mariée, ses vêtements n'étaient pas bien entretenus, mais il ne s'en préoccupait guère. Enrichir son esprit et accroître son expérience avaient pour lui plus d'importance qu'une perfection purement vestimentaire. Le soleil chauffant son épaule nue, le flottement d'un morceau de pyjama étaient des stimulants plus vifs qu'un bon ordre domestique ! Il remarqua que la queue à moitié poussée du jeune coq avait une plume de travers et il se sentit attiré vers lui. Il le regarda se pavaner et picorer, entre ses chants, de bons morceaux qu'il trouvait dans le pré. Avant chaque coup de bec, pendant un instant, il grattait joyeusement le sol. Wakefield se dit qu'il aimerait prendre son déjeuner de cette façon ; il se vit fouillant énergiquement le sol pour en retirer des morceaux de toasts beurrés, ou plutôt du chocolat à la crème enveloppé de papier d'argent.

Wakefield se demanda quelle heure il pouvait bien être ; il ne voulait pas passer trop de temps à méditer. Il alla vers la table de toilette où se trouvait le réveil, au milieu des objets de toilette de Renny qui étaient du reste assez rares ! C'était un réveil très modeste en dépit des mots qu'il portait : Big Ben. Il retardait de vingt minutes par jour et on l'aurait bien pris pour un fainéant sans sa sonnerie si pressée de se faire entendre qu'il fallait le régler pour une demi-heure plus tard que le moment désiré. Que de fois le petit garçon s'était réveillé la nuit pour voir Renny à demi déshabillé, le visage contre celui de Big Ben, bien décidé à avoir le dessus dans ce duel perpétuel ! Il était dix heures moins vingt. Il ne resterait pas grand-chose de fameux pour son appétit fantasque. Il ouvrit le tiroir de Renny et au milieu des cravates et des mouchoirs trouva une petite boîte en fer qui contenait des pastilles pour la poitrine et les poumons. Elles étaient très parfumées à la réglisse et, malgré leur petite taille, pouvaient apaiser la faim de Wake jusqu'au moment où il trouverait quelque chose de plus appétissant que du porridge à moitié froid ou du thé tiède. Il en mit une dans sa bouche et, une fois habillé, en glissa quelques-unes dans sa poche. Sa toilette tenait du miracle ! Elle produisait le meilleur effet avec le moindre effort. Cependant il passa longtemps à se coiffer car il avait remarqué que ses cheveux bien peignés produisaient le meilleur effet sur ses aînés, sauf sur Piers qui prenait un malin plaisir à l'ébouriffer. Il allait descendre lorsqu'il entendit le petit gazouillis particulier par lequel, chaque matin, le jeune Maurice manifestait sa joie. Il se glissa dans la porte de la chambre de Pheasant et jeta un regard à l'intérieur. L'enfant était seul ; assis par terre sur une couverture et en train de sucer son biberon. Quand il aperçut Wakefield, il se mit à agiter convulsivement ses petits pieds et sortit la bouteille de sa bouche. Un joli sourire découvrit toutes ses petites dents semblables à une rangée de perles.

— Nug, Nug ! Hullo ! Nug, Nug !

— Hullo, Mooey ! lui répondit gentiment Wakefield. Vous êtes content de voir votre vieil oncle, n'est-ce pas ?

— Nug, Nug ! Brrr ! gazouilla Mooey en remettant le biberon dans sa bouche.

Et il se mit à téter si vigoureusement que ses petites lèvres en tremblèrent et qu'il loucha légèrement. Wakefield le prit sous les bras et le mit sur ses pieds. Mooey frappa violemment ses petits pieds nus sur la couverture, mais la bouteille lui échappa et une ombre parut sur son front rose. Sa devise était : « Chaque chose en son temps et tout ira bien. » Cette promenade au milieu de son repas le troublait.

— Ba ! fit-il entendre en essayant de voir son oncle de face. Bub, Bub. Bub, Bub !

Wakefield le fit marcher en le tenant entre ses genoux et lui fit faire ainsi tout le tour de la chambre.

— Quelle gentille promenade, lui dit-il d'un ton plein d'autorité. Tandis que cette bouteille ne vaut rien.

Mais Mooey était d'un tout autre avis ! Sur la couverture gisait sa bouteille encore à moitié pleine d'une délicieuse eau sucrée, et lui-même s'en trouvait à plusieurs lieues, tenu par deux mains dures comme un étau, tandis que des jambes recouvertes de laine et de cuir le serraient de chaque côté.

— Ah ! Ah ! Ah ! cria-t-il.

Mais son cri était maintenant un cri de désolation et non un cri de joie.

— Chut, dit sévèrement Wakefield ; autrement ta mère va venir ! Que veux-tu et pourquoi ne marches-tu pas quand je me donne tant de peine ? Sais-tu ce qui va t'arriver si tu fais le méchant ? Un grand loup va venir te dévorer.

Heureusement Mooey était incapable de saisir la signification de ce terrible discours. Mais relevant la tête pour regarder Wakefield, il découvrit dans le visage de ce dernier quelque chose qui fit jaillir les larmes de ses yeux et lui fit pousser un cri de désespoir.

Wakefield se rapprocha de la porte qu'il ferma d'un coup de pied, tout en se balançant sur une seule jambe. Puis il ramena le bébé à sa couverture sur laquelle il le jeta si brusquement que le pauvre petit mit un moment pour retrouver son équilibre. Wakefield ramassa alors le biberon, et le secoua. Ayant ôté la tétine, il goûta le liquide insipide et ce spectacle amena une telle expression dans les yeux de Mooey que Wake ne songea plus qu'à le rassurer.

— Tu n'as donc pas confiance en ton oncle ? lui demanda-t-il. Tu te trompes joliment si tu crois que je veux de cette horreur. Il n'y a qu'un petit sot comme toi qui puisse l'accepter. Je vais te donner quelque chose de vraiment bon, surtout lorsque l'on est un peu oppressé.

Mooey émit quelques grognements de désolation et contempla Wakefield qui tirait de sa poche deux pastilles pour la poitrine et les poumons et les faisait glisser dans la bouteille qu'il agita vigoureusement en la bouchant avec sa main. Il fallut un certain temps pour que les pastilles fondent, mais à la fin l'eau prit une teinte sombre et peu appétissante. Wakefield en conclut qu'elle avait absorbé la plus grande partie des matières curatives des pilules. Il replaça la tétine et mit la bouteille dans les mains tendues de son neveu.

— Voilà, mon garçon, lui dit-il gaiement, et un sourire satisfait parut sur ses lèvres en constatant l'appétit avec lequel Mooey recommençait à boire.

Wakefield n'était pas « boy scout », sa santé ne le lui permettait pas. Mais il aimait cette idée de commencer la journée par une bonne action. Il appartenait à cette espèce d'hommes qui sont incapables de sectarisme mais trouvent quelque chose de bon dans toute croyance. Il descendit rapidement l'escalier. En arrivant dans le hall, il remarqua que Rags venait de faire entrer quelqu'un. C'était Mr. Patton, le notaire de grand-mère. Il portait sa serviette sous le bras et pendant que Rags le débarrassait de son pardessus, il adressa à Wakefield un sourire aimable mais inquiet.

— Bonjour, lui dit-il. Comment allez-vous ?

— Merci, répondit Wake. Je me porte aussi bien que possible après tout ce que j'ai dû supporter.

Il avait entendu tante Augusta faire cette réponse la veille à Mr. Fennel et ne voyait aucune raison pour qu'une réponse si pleine de dignité et de tristesse ne convienne pas à tous les membres de la famille.

Mr. Patton le regarda attentivement.

— Ah ! dit-il d'un ton bref. Tant mieux.

Tante Augusta parut à la porte du salon et tendit la main à Mr. Patton. Wakefield s'aperçut alors que toute la famille était réunie dans la pièce. L'oncle Nicolas bourrait sa pipe, assis dans un fauteuil à l'écart. L'oncle Ernest, près de la fenêtre, frottait nerveusement les ongles d'une de ses mains contre la paume de l'autre. Piers et Renny, debout, causaient. Mr. Patton était à peine entré que Meg et Maurice arrivèrent. Meg avait amené sa petite fille, Patience. Wakefield mourait de curiosité et se trouvait en même temps fort humilié en constatant qu'un conclave familial avait pu se réunir sans qu'il s'en doute.

Finch arriva dans le hall plus timide que jamais et se dirigea également vers la porte du salon. Wakefield le saisit par le bras.

— Qu'y a-t-il ? demanda-t-il avec vivacité. Pourquoi sont-ils tous là ?

— Pour le testament que va lire Mr. Patton.

— Le testament ! Mais alors nous allons bientôt savoir qui est l'héritier.

— Tais-toi, murmura Finch en le repoussant.

Mais on ne se débarrassait pas aussi facilement de Wake. Il suivit Finch au salon et tira une chaise à côté de Mr. Patton qui était assis devant la table carrée avec des papiers étalés devant lui.

Mr. Patton le regarda par-dessus ses lunettes.

— Il me semble préférable que cet enfant ne reste pas, dit tante Augusta.

— C'est aussi mon avis, acquiesça Piers.

— Wake, mon chéri, dit Meg en faisant sauter Patience sur ses genoux, va donner à manger à tes lapins.

Wakefield ne broncha pas, mais il approcha sa chaise de la table et poussa le flacon de sels de tante Augusta à portée de Mr. Patton, en cas de besoin.

— Mettez cet enfant dehors, grogna Nicolas dans son coin, en montrant Wake avec sa pipe.

— Je ne vois pas... commença Renny.

Mais Piers prit le petit garçon par le bras et le mit dans le hall. Il resta un instant, tout hérissé, comme un jeune rouge-gorge chassé du nid, regardant la porte inexorablement fermée devant lui. Quelqu'un descendait en hâte les escaliers. C'était Pheasant.

— Oh ! dit-elle, devant la porte close, je suis en retard. J'étais montée en courant voir Mooey. Je ne sais que faire.

— Allez chercher Mooey, lui conseilla Wake d'un air sombre. Ils vous laisseront peut-être entrer avec un gosse sur les bras. Meggie a apporté sa fille.

Pheasant ouvrit de grands yeux.

— Que c'est drôle ! J'ai bien entendu parler de femmes qui amènent leurs enfants devant les tribunaux pour attendrir le jury. Pense-t-elle...

— Il n'y a là que la famille, reprit Wake, et je trouve que c'est dégoûtant de m'avoir mis dehors.

— Ils vous ont mis dehors !... Je me demande s'ils voudront de moi ! Piers ne m'a pas dit de ne pas venir. Je ne sais...

Wakefield ne pouvait vraiment pas l'encourager.

— Je crois que vous feriez mieux de n'y pas aller, ma fille, lui conseilla-t-il. Vous êtes mieux ici avec moi.

— S'ils s'imaginent que je m'intéresse à l'argent de la vieille dame, cria-t-elle avec impatience.

— Je parie que c'est moi qui hérite, dit-il d'un air fanfaron.

— Je parie bien le contraire.

Il mit un œil dans le trou de la serrure et ne vit rien que les mains de Mr. Patton remuant des papiers. On entendait plusieurs personnes tousser ; il semblait que toute la famille cherchait à s'éclaircir la gorge. Mr. Patton commença à parler d'une voix sourde et inintelligible.

Wakefield se retourna pour voir ce que faisait Pheasant, elle disparaissait juste sur le palier. Il décida de sortir prendre l'air pendant la lecture du testament.

— Je me demande combien de temps cela va durer ? dit-il à Rags qui avait bien failli le voir regardant par le trou de la serrure.

— Cela durera un bon moment, répondit Rags en époussetant la glace du portemanteau, surmontée d'une tête de renard sculptée, et il ajouta d'un ton ironique : J'espère que vous achèterez une nouvelle auto au cas où vous seriez l'héritier de la vieille dame.

— Il n'y a pas de « au cas », dit brusquement Wakefield. C'est moi qui hérite.

— Sans aucun doute ! se moqua Rags. A peu près comme j'ai gagné le Sweepstake de Calcutta. Nous irons faire ensemble le tour du monde.

— Vous pouvez bien rire ! dit gravement Wakefield. C'est cependant la vérité. Elle me l'a dit elle-même avant de mourir.

Rags le considéra, torchon en main, et ne put s'empêcher d'être impressionné.

— Eh bien, si c'est vrai, ce sera la plus grande surprise de leur vie !

— Oui, reprit le petit garçon, et ils seront d'autant plus humiliés qu'ils m'ont mis dehors.

— Je voudrais bien savoir si vous dites la vérité.

— Vous le saurez bien assez tôt.

Wakefield sortit dans la lumière matinale. Il flâna le long des bordures fleuries, éclatantes de soucis, de zinnias et d'asters. Des toiles d'araignée étincelantes voilaient la haie de cèdres là où le soleil n'avait pas encore pénétré. Un bouleau laissait tomber de petites feuilles jaunies sur l'herbe humide du pré.

Qu'allait-il faire pendant la lecture du testament ? C'était un moment capital de sa vie qu'il ne devait pas passer d'une manière quelconque. Il commençait à éprouver quelques tiraillements d'estomac causés par la faim mais ne pouvait songer à rentrer dans la maison. Ce matin bleu et or, ces zéphyrs légers comme de jeunes agneaux, le grand air, tout cela était nécessaire à son état d'âme. Il se dirigea en flânant, les mains dans les poches, vers le derrière de la maison et s'approcha d'un baquet placé sous une gouttière et plein d'eau de pluie. Il s'accroupit à côté et contempla son image sombre et brillante dans l'eau. C'était l'image de l'héritier des millions Whiteoak ! Il allongea son visage, essaya de faire de son nez un nez Court, et lorsque ce pauvre nez commença à souffrir, il le libéra avec une ou deux grimaces horribles. La vue de ces grimaces dans l'eau du baquet le fit éclater de rire et le petit coq qui l'avait suivi lui répondit par un chant fanfaron.

— Pourquoi chantes-tu ainsi ? lui demanda Wakefield. Si tu étais à ma place, tu aurais une raison pour chanter. Mais de quoi as-tu hérité ? Je voudrais bien le savoir. D'un sale vieux nid et d'un ver ou deux ! Sais-tu qui je suis ? Je suis l'héritier des millions Whiteoak et je te paierai pour chanter lorsque cela me plaira, mais pas avant.

Le jeune coq le regarda si brusquement qu'il renversa presque complètement sa tête. Ses yeux couleur d'ambre brillaient d'avidité. A ce moment, Wakefield découvrit dans l'eau un coléoptère à demi noyé et couché sur le dos. Un léger mouvement de ses pattes indiquait seul qu'il était encore en vie. Wake prit un brin d'herbe avec lequel il promena l'insecte autour du baquet, c'était un joli petit bateau qui faisait le tour du monde. Il lui fit faire escale dans divers ports : Gibraltar, Suez, Ceylan, Penang. Ces noms lui plaisaient tant dans ses leçons de géographie avec Mr. Fennel ! Heureux, heureux insecte !

Hélas ! juste en arrivant à Shanghai, il sombra. Quelle ingratitude de sa part ! Peu d'insectes du Canada ont la chance d'aller à Shanghai !

Wake le contempla couché sur le dos au fond du baquet. Il fallait le sauver. Il releva donc ses manches et plongea son bras mince dans l'eau pour saisir l'animal qu'il déposa sur ses pattes au soleil. Il se coucha ensuite à côté de lui et observa avec satisfaction la résurrection lente mais certaine de l'insecte. C'était sa seconde bonne action de la matinée.

Une chenille, un ver mince et blanc, descendait le long d'un léger fil tendu dans le ciel. La brise la balançait, tantôt au-dessus du baquet, tantôt au-dessus de l'herbe. Sans se troubler, elle continuait sa descente. Le fil d'argent s'allongeait et semblait se dérouler d'une bobine invisible. Un rouge-gorge traversa la cour, une huppe chanta dans un érable. Le ver arriva enfin à terre. Son corps mince ondula et avança légèrement sous un large brin d'herbe. Mais Wakefield devait toujours ignorer où il allait et pour quelle raison il descendait sur terre, car une grosse fourmi noire se jeta sur lui, le mordit, le secoua dans tous les sens et finit par le tuer. C'était sûrement une fourmi d'importance et de haute dignité car il était au-dessus d'elle de ramener le cadavre à la fourmilière. Elle parut porter ses antennes à sa bouche et siffler, car une quantité de petites fourmis surgirent de partout, se jetèrent sur le ver, se battirent autour de lui, l'entraînèrent hors de vue à travers l'herbe verte. Wakefield n'était pas le seul spectateur de cette tragédie : un étrange animal au veston jaune et au ventre couleur de safran apparut au bord d'une feuille de bardane et regarda la scène de ses yeux à fleur de tête en balançant ses antennes. Il déplut à Wakefield qui s'empara de la feuille et la renversa.

— Ici finit la seconde leçon, dit-il.

La huppe poussa encore une fois son cri, le petit coq chanta. Wakefield lui jeta une pastille pour les poumons.

— Elle t'aidera peut-être à chanter, lui cria-t-il. Je n'ai jamais entendu une voix plus criarde que la tienne. Suce lentement.

Le petit coq se jeta sur la pastille et trouva la réglisse si bien à son goût qu'il s'approcha pour en avoir d'autre. A cet instant, il découvrit le coléoptère qui faisait de pénibles efforts pour reprendre le cours de son existence. Le petit coq ouvrit un œil, picora, avala ! L'insecte avait disparu !

Wakefield se leva, épousseta ses genoux nus et poussa un soupir de satisfaction ; il avait accompli une troisième bonne action : procurer un insecte au coq. La coupe était pleine !

Mais son estomac ne l'était pas ! C'était vraiment pénible, ce vide, pour l'héritier des millions Whiteoak ! Il rampa devant une fenêtre du sous-sol dont il examina les profondeurs obscures. Il aperçut Mrs. Wragge pétrissant de la pâte, la battant si fort avec ses mains rouges qu'on aurait pu se demander si elle ne la faisait pas souffrir. Bessie, la fille de cuisine, épluchait des légumes dans un coin, ses cheveux sur les yeux. Rags, une cigarette à la bouche, nettoyait les couteaux, trempant un bouchon d'abord dans l'eau, puis dans un petit tas de brique pilée, avant d'en fourbir les lames. Rags était toujours de mauvaise humeur dans le sous-sol ; son tempérament si calme aux étages supérieurs atteignait un degré de violence extrême dès qu'il était en bas. Wakefield ne pouvait vraiment pas demander son déjeuner dans cette cuisine !

Il partit en courant à travers champs, franchit la barrière démolie et se trouva sur la route. Il fut bientôt devant la forge, entre les deux grands ormes. John Chalk, le forgeron, était en train de ferrer un cheval de ferme. De dessous ses sourcils embroussaillés, il jeta un regard à Wakefield et continua son ouvrage. Quand il laissa retomber le pied du cheval et qu'il se redressa, Wake lui dit :

— Mon poney a perdu le dernier fer que vous lui aviez posé.

— C'est curieux, répondit Chalk. Êtes-vous bien sûr que c'est celui-là ? Il n'aurait pas dû se perdre si vite.

Wakefield le regarda avec scepticisme.

— Vraiment ! J'ai eu des doutes tout de suite, en vous voyant faire. J'ai trouvé que c'était un drôle de travail.

Chalk le regarda.

— Quel toupet ! Jamais cheval ne fut mieux ferré, vous pouvez m'en croire.

Wakefield croisa les bras.

— Je ne vous garderai pas ma clientèle.

— Allez au diable, vous et votre clientèle ! Vous et votre poney que je pourrais prendre sous mon bras comme un mouton ! Je peux joindre les deux bouts sans lui.

— Bien, dit Wake. S'il n'y avait qu'un seul poney, vous pourriez faire le dégoûté, mais il y aura, avant longtemps, une quantité de chevaux de course à Jalna, car c'est moi l'héritier de ma grand-mère.

— Quelle belle farce, se moqua Chalk. Jamais la vieille dame n'aura laissé son argent à un petit vaurien de votre espèce !

— C'est cependant ce qu'elle a fait. Elle savait que j'en avais besoin avec mon cœur malade. Il y a longtemps que je le sais, mais ma famille est seulement en train de l'apprendre.

Chalk le regarda avec un mélange d'admiration et de reproche.

— Eh bien, si c'est vrai et que vous ayez l'argent de la vieille dame, je les plains, car de tous les galopins qui se dressent sur leurs ergots et font la roue, vous êtes bien le pire !

Et il se remit à taper si fort sur son enclume qu'une plus longue conversation devint impossible. Bien qu'amis intimes, leurs entrevues étaient souvent orageuses.

Wake fit sentir le poids de son regard au forgeron avant de se retirer avec dignité dans la rue solitaire. Il s'arrêta à la villa des Wigles. Comme de coutume, Muriel se balançait sur la barrière. Il l'arrêta si brusquement que la petite fille tomba. Sans lui laisser le temps de se mettre à crier, il la prit par le bras en disant :

— Viens, Muriel, je t'invite.

Mais la porte de la maison s'ouvrit et Mrs. Wigles passa la tête.

— Muriel, appela-t-elle, veux-tu bien ne pas sortir du jardin. Reviens tout de suite.

— Mais il m'invite, cria la petite fille. Je veux aller avec lui.

— Il n'y a pas d'invitation qui tienne, répliqua sa mère. La dernière fois qu'il t'a emmenée tu es revenue à la maison en guenilles ! Que les invitations l'amusent, c'est bien possible, mais il n'emmènera plus ma fille.

Wakefield l'écoutait d'un air de reproche.

— Mrs. Wigles, ce n'est pas ma faute si Muriel est tombée dans le ruisseau, si le vieux bouc l'a renversée et si ses cheveux étaient pleins de feuilles. J'ai fait tout mon possible pour la préserver, mais j'avais oublié le nom du bouc et il n'obéit qu'à son nom. Nous aimons tellement tous nos animaux que chacun a son nom.

Mrs. Wigles descendit l'allée, les bras entourés de son tablier. Elle paraissait un peu adoucie.

— Où voulez-vous l'emmener, ce matin ?

— Simplement chez Mrs. Brawn pour lui acheter quelque chose de bon.

— Bien. Mais après, ramenez-la tout droit ici. Je voulais vous dire quelque chose : avez-vous entendu votre frère parler de mon toit ? Chaque fois qu'il pleut, ça coule tant que ça peut dans la plus belle pièce.

Wakefield fronça ses sourcils bruns.

— Je n'ai jamais entendu dire un mot à ce sujet, Mrs. Wigles. Peu lui importe qu'un toit coule, si ce n'est pas celui de l'écurie. Mais je m'en vais vous dire ce que je ferai : raccommoder votre toit moi-même.

— Que Dieu vous bénisse ! Et comment ferez-vous cela ?

— Je veux dire que je le ferai faire. J'ai hérité tout l'argent de ma grand-mère et je ferai une quantité de choses aux gentilles dames qui ont été aimables pour moi. Viens, Muriel.

Cette splendide révélation éblouit véritablement Mrs. Wigles. Un petit garçon si riche ! Que c'était beau de le voir tenant sa Muriel par la main. Elle les suivit, les bras toujours enroulés dans son tablier, jusqu'au magasin de Mrs. Brawn. Elle ne laissa pas à Wakefield le temps d'annoncer lui-même la nouvelle à la grosse Mrs. Brawn, elle le fit pour lui et les deux femmes le contemplèrent avec admiration pendant qu'il examinait le contenu de la vitrine.

— Je suis si content, murmura-t-il à moitié pour lui-même, que je n'ai pu déjeuner. Il me fallait de l'air à tout prix. Je crois que je vais prendre deux gâteaux aux raisins, une petite assiette de gâteaux à la crème et trois bouteilles de jus d'orange. Muriel, que veux-tu ?

Il se tenait debout devant le comptoir, mince, frêle, la pointe d'un de ses pieds croisés reposant sur le plancher, sa tête brune inclinée sur la bouteille d'où il aspirait la boisson délicieuse à l'aide de deux pailles. Devant lui, il y avait les bouteilles encore bouchées, les gâteaux à la crème, un gâteau aux raisins. Il tenait l'autre gâteau aux raisins à la main, tendre, collant, encore tout chaud. La tête ébouriffée de Muriel s'appuyait sur son épaule, et tout en croquant un gâteau, elle le contemplait avec adoration. Elle l'aurait suivi au bout du monde !

Au-dessus de la tête de Wake, les deux femmes continuaient leur bavardage, discutant de ses projets merveilleux. Mrs. Brawn se souciait peu des vingt-deux *cents* qu'il lui devait et laissait son compte augmenter. Mrs. Wigles avait oublié son toit percé, elle roulait et déroulait ses bras dans son tablier. Du fond de l'arrière-cuisine venait une odeur pénétrante de gâteaux brûlés. La tête de Wakefield était pleine de pensées magnifiques, comme un tourbillon de pièces d'or.

21

L'héritage

Dans le hall, il se jeta presque sur Mr. Patton qui mettait son pardessus. Mr. Patton avait l'air gêné d'un homme qui a mangé quelque chose qui lui déplaît. Et le visage de Renny qui l'accompagnait portait une expression encore plus décontenancée. Il disait :

— Vous êtes sûr qu'il n'y a aucun doute à avoir quant à son état mental ?

Mr. Patton pinça les lèvres.

— Aucun.

— Après tout elle avait le droit de faire ce qu'elle voulait de son argent. Mais c'est un peu dur pour mes oncles.

— Oui, oui... En effet.

— Et c'est tellement inattendu ! Jamais elle n'a paru se soucier particulièrement de lui. Elle s'intéressait bien davantage à Piers.

— On ne sait jamais.

— En effet, avec les femmes.

— C'est la même chose pour les hommes. C'est extraordinaire ce que certains arrivent à faire.

Mr. Patton prit son chapeau au portemanteau, regarda à l'intérieur, puis jetant un furtif coup d'œil dans le salon silencieux, ajouta d'une voix sourde :

— J'ai essayé de lui faire changer d'avis. Je ne crains pas de vous le dire. Mais... elle était...

Il haussa légèrement les épaules.

— Elle n'aimait pas qu'on se mêle de ses affaires. Je le sais bien.

Saisissant sa serviette, Mr. Patton regarda Renny avec un peu d'embarras et ajouta :

— C'est dur pour vous aussi ! D'autant plus que dans la plupart des anciens testaments...

Renny fronça les sourcils.

— Je ne me plains pas de cela. Combien dites-vous qu'il y a eu de testaments ?

— Huit, pendant les vingt ans où je me suis occupé de ses affaires. Les changements qu'elle y faisait étaient de peu d'importance. Dans la plupart, vous...

Ils s'aperçurent soudain de la présence du petit garçon. Il les regardait avec curiosité. Renny vit venir une question et le saisit par le cou pour le faire taire. Les lèvres de Mr. Patton se détendirent dans un sourire.

— Il a l'air en excellente santé, remarqua-t-il.

— Il n'a pas beaucoup d'os, tout juste des cartilages. Il n'a pas d'appétit.

Le notaire tâta le bras de Wake.

— Ce n'est pas bien dur ! Cependant il a des yeux brillants. Il est vrai que dans votre famille, tout le monde a les yeux brillants.

— Qui... ? commença Wakefield.

Les doigts de Renny lui serrèrent le cou.

Renny et le notaire échangèrent une poignée de main. Mr. Patton se hâta vers sa voiture.

— Mais qui... ? répéta Wake.

Le maître de Jalna prit une cigarette, frotta une allumette sur le côté du portemanteau et alluma sa cigarette tandis que la flamme se reflétait dans ses yeux. Il jeta ensuite l'allumette dans le porte-parapluies. Puis il se replongea dans le silence impressionnant qui régnait au salon. Wakefield le suivit.

C'était la pièce la plus étrange qu'il eût jamais vue ! Le salon avait semblé étrange lorsque grand-mère s'y trouvait, couchée dans son cercueil, avec des cierges allumés autour d'elle, et que la présence de la mort alourdissait l'air. Mais cette pièce-ci était encore plus étrange, car, bien que l'air y fût lourd comme la mort, il était cependant tout imprégné de la vie des passions déchaînées.

Nicolas était toujours dans son coin avec sa pipe. Il la tenait entre ses dents et regarda Renny et Wake qui entraient sans paraître les voir. De sa grande main tremblante, il frappa inconsciemment le dos de son chien Nip.

Ernest frottait toujours les ongles d'une de ses mains contre la paume de l'autre. Puis, soudain, il s'arrêta et se mit à les heurter contre ses dents, comme s'il les avait polis dans ce seul but.

Augusta paraissait plus naturelle que les autres, mais ce qui troubla infiniment Wakefield, ce fut de voir ses yeux fixés sur Ernest, pleins de larmes. Jamais il ne l'avait vue pleurer.

Les yeux de Piers, de Maurice et même de la petite Patience étaient fixés sur Finch, sur Finch qui paraissait plus misérable que l'être le plus misérable que Wake ait jamais vu dans sa vie ! Ce n'était sûrement pas lui l'héritier !

— Mais qui est-ce ? répéta-t-il de sa voix aiguë. Qui ?

Tous les regards, sombres ou clairs, passionnés ou lamentables, se tournèrent vers lui et les paroles moururent sur ses lèvres. Il se mit à pleurer.

— Ce n'est pas étonnant que cet enfant pleure, dit Augusta en le regardant d'un air lugubre. Lui-même se rend compte de l'injustice commise.

Nicolas retira sa pipe de sa bouche, la secoua contre le foyer, puis souffla dedans bruyamment. Il resta silencieux, mais Piers éclata.

— J'ai toujours dit qu'il était jaloux. Mais comment est-il arrivé à cela...

— Ma mère devait avoir perdu l'esprit, reprit Augusta. Que Mr. Patton dise ce qu'il voudra...

— C'est un vieux nigaud qui a laissé une femme de cet âge jeter son argent par les fenêtres. C'est un cas à porter devant les tribunaux. Jamais nous n'accepterons ça. Veux-tu te laisser dépouiller de ce qui, en réalité, t'appartient, Renny ?

— En réalité, c'est bien à lui, cria Augusta.

— Mais oui, c'est à lui. Qu'y avait-il sur les autres testaments ?

Les yeux brillants d'Augusta débordèrent de larmes.

— Il y en avait un où tout était laissé à votre oncle Ernest.

Ernest sembla prêt à se trouver mal. Il s'assit et noua ses doigts autour de ses genoux, la lèvre inférieure serrée entre ses dents.

— C'était il y a bien longtemps, répliqua Piers.

— A cette époque-là, elle savait ce qu'elle faisait. Il fallait vraiment qu'elle soit tout à fait folle quand elle a fait ce testament.

Ernest leva la main.

— Tais-toi, je ne veux pas entendre parler de maman de cette façon.

— Mais, Ernest, l'argent devait te revenir.

— Je n'ai pas besoin d'argent.

Piers se tourna vers Augusta.

— Je ne comprends pas pourquoi vous insistez tant sur ce que l'argent aurait dû revenir à l'oncle Ernest ? Pourquoi pas à l'oncle Nicolas ? ou à Renny ? Renny qui a fait vivre toute la famille pendant des années !

— Tais-toi, cria Renny.

— Comment oses-tu nous insulter ? reprit Augusta. C'est ici la maison de mes frères. Je suis venue soigner ma mère. Qu'aurait-elle fait sans moi ? Je voudrais bien le savoir ?

— Elle se serait organisée elle-même, elle avait de l'argent.

Nicolas pointa sa pipe dans la direction de Piers.

— Dis un mot de plus, hurla-t-il.

Il essaya vainement de se lever. Ernest bondit et s'approcha de lui en tremblant. Augusta se joignit à lui et tous trois se trouvèrent réunis face à la jeune génération.

— Je maintiens ce que j'ai dit, dit Piers.

Renny l'interrompit.

— Peu importe ce que dit Piers ! Je ne me suis jamais plaint...

Nicolas s'écria ironiquement :

— Voilà qui est généreux de ta part ! Vraiment généreux ! Tu ne m'as pas refusé un toit, ni la nourriture ! Nous te devons de la reconnaissance. Tu entends, Augusta ! Tu entends, Ernest !

Le visage de Renny devint blanc.

— Je ne vous comprends pas ! Vous voulez absolument me mettre dans mon tort !

Augusta rejeta la tête en arrière d'un geste de serpent.

— Si j'avais su, si j'avais prévu ! Mais qu'importe ! Je vais bientôt regagner l'Angleterre.

— Pour l'amour de Dieu, soyez justes, s'écria Renny. Me suis-je jamais conduit comme si je ne voulais pas de vous ici ? J'ai toujours désiré vous avoir, de même que Gran.

Piers éclata.

— C'est bien là le malheur ! Renny a été trop bon. Voilà maintenant sa récompense !

— Tu peux parler, gronda Nicolas, toi qui as amené ici ta femme contre le gré de tous !

— Parfaitement ! Et d'où sort-elle ? lança Augusta.

Nicolas continua :

— Et qu'a-t-elle fait ? Un petit enfer de cette maison !

— Eden n'aurait rien fait de mal si elle l'avait laissé tranquille, ajouta Ernest.

Piers se dirigea à grands pas vers eux, les poings serrés, mais Meg l'arrêta :

— Vous parlez tous en égoïstes, comme s'il n'y avait que votre point de vue qui compte ! Que dirais-je donc, moi qui suis mise dehors avec un vieux châle des Indes sur le dos et une montre avec sa chaîne comme personne n'en porte plus !

Augusta cria furieusement :

— La montre de ma mère avait pour elle une grande valeur, elle a pensé que sa petite-fille serait heureuse de l'avoir. Quant aux châles des Indes, ils n'ont pas de prix à l'heure actuelle.

— Vraiment ! J'ai cependant vu Boney dormir dessus !

Piers s'efforçait d'échapper à la main de Renny.

— Penses-tu, murmura-t-il, que je vais les laisser dire de pareilles horreurs sur Pheasant ? Je tuerais plutôt quelqu'un !

Malgré sa pâleur, Renny lui dit d'un ton calme :

— Ne fais pas le fou ! Tous ces vieux sont excités. Ils ne savent plus ce qu'ils disent ! Si tu m'aimes un peu, Piers, calme-toi.

Piers se mordit les lèvres et regarda d'un air sombre le bout de ses chaussures.

De nouveau la voix de Meg s'éleva.

— Quand je pense à toutes les jolies choses qu'elle avait ! J'aurais accepté qu'elle ait donné sa bague de rubis à Pheasant si après cela elle avait été généreuse à mon égard ! Mais une montre et une chaîne, et un châle qui a servi de nid à Boney !

— Margaret ! hurla Augusta.

Le visage de Meg était un masque d'obstination.

— Ce que je veux savoir, c'est à qui appartient vraiment la bague de rubis.

— Vous voulez dire « appartenait », avant que votre grand-mère l'ait donnée, corrigea Maurice.

— Je crois, dit Ernest, qu'elle la destinait à Alayne.

— Comme si Alayne avait besoin d'une bague de grand-mère, s'exclama Meg dont la colère fut plus forte que l'obstination.

Renny parla alors, avec un léger tremblement dans la voix.

— La femme de chaque petit-fils doit avoir un bijou... Ceux qui ne sont pas encore mariés recevront ce bijou pour leur future femme. Si j'ai bien compris le testament, c'est tante Augusta et moi qui devons faire le choix, n'est-ce pas, tante ?

Augusta inclina la tête en signe d'assentiment et ajouta :

— Pheasant a déjà reçu son legs.

— Pas le moins du monde, répondit Piers avec vivacité. La bague de rubis est un cadeau qui n'a rien à voir avec le testament.

— Je suis de ton avis, déclara Renny.

Une lourde accalmie régna un moment dans la pièce. On pouvait entendre le tic-tac de la pendule, la respiration haletante de Nicolas, les coups sourds d'un pivert dans un arbre voisin de la fenêtre.

Ce silence fut brisé par la voix de contralto d'Augusta.

— Cette situation est très pénible, dit-elle. Je n'ai jamais vu pareille insensibilité ! Me voilà, ainsi que mes deux frères, privée de tout objet de valeur venant de notre mère et nous devons nous déclarer satisfaits, pendant que vous ne songez qu'à vous chamailler pour ses bijoux.

Nicolas remit du bois dans le feu.

— Par-dessus le marché, le souvenir de notre mère est insulté par un neveu qui l'accuse d'avoir vécu aux dépens de Renny !

— Il nous fait le même reproche ! ajouta Ernest.

Nicolas continua en mordant sa longue moustache :

— Pendant qu'un autre neveu nous dit gentiment qu'il ne nous a jamais refusé ni abri ni nourriture !

— Si vous recommencez sur ce sujet, s'écria Renny, je m'en vais. Voilà qui est clair.

Maurice Vaughan prit alors la parole pour dire lourdement :

— Ce que nous avons de mieux à faire, c'est d'avaler cette couleuvre et de chercher pourquoi votre grand-mère a fait cette chose extravagante de laisser tout son argent à Finch.

Augusta le regarda.

— Ma mère avait perdu la tête, sans aucun doute.

— Pouvez-vous en apporter une preuve ? demanda Vaughan. S'est-elle conduite de façon bizarre ?

— J'avais bien remarqué un changement.

Meg l'interrompit avec vivacité.

— De quel genre, tante ?

— Ainsi, je l'ai entendue plusieurs fois se parler à elle-même.

Se parler à elle-même ! Cette phrase provoqua un étrange mouvement dans la pièce. Ceux qui se trouvaient aux extrémités parurent attirés vers le centre, comme si leur puissant individualisme allait disparaître.

— Ah ! dit Vaughan. Avez-vous remarqué quelque chose d'anormal dans ses paroles ? Prononçait-elle le nom de Finch ?

Augusta porta son doigt à son front.

— Mais parfaitement !... Un jour elle parlait de Finch et d'une déesse chinoise.

Nicolas se pencha, serrant son genou goutteux.

— Lui as-tu demandé ce qu'elle voulait dire ?

— Oui. Je lui ai dit : « Maman, que voulez-vous dire ? » Et elle m'a répondu : « Ce garçon a des tripes, quoi que vous en pensiez !... » J'aurais préféré qu'elle emploie des termes moins vulgaires.

Vaughan regarda autour de lui.

— Voilà une preuve suffisante. Vous êtes libres de faire ce qu'il vous plaira au sujet d'un recours en justice, mais je ne crois pas qu'une personne saine d'esprit puisse divaguer ainsi !

Nicolas secoua sa tête grise en grognant :

— Cela ne signifie rien. Si l'on m'entendait parler à moi-même, on me prendrait aussi pour un piqué !

Piers s'exclama :

— Vous l'êtes peut-être, mais nous ne le sommes pas. C'est un cas qui relève des tribunaux, cela ne fait aucun doute.

— Certainement, s'empressa d'ajouter Meg. Nous pouvons facilement obtenir que l'argent soit partagé également entre tous.

Augusta caressa sa frange à la mode de la reine Alexandra.

— Si c'était possible, c'est bien la seule façon de résoudre la difficulté.

Ernest qui mordillait son doigt releva son long visage.

— Il me semble, dit-il, que maman n'a jamais eu plus d'entrain que le dernier jour de sa vie.

Meg s'écria ironiquement :

— Si vous appelez de l'entrain donner sa plus belle bague par pur caprice !

— Pour l'amour du Ciel, cria Piers, cesse de penser à cette bague, ne dirait-on pas qu'elle vaut une fortune !

— Elle la vaut probablement, répondit sa sœur avec une exquise douceur. Comment peux-tu connaître la valeur d'un bijou, toi qui n'es qu'un garçon inculte qui n'a été nulle part et n'a jamais rien vu.

Piers écarquilla les yeux.

— Je voudrais bien savoir ce que tu as vu et fait ! lui demanda-t-il d'un ton moqueur. Tu as passé vingt ans de ta vie ou presque avant de te décider à épouser ton plus proche voisin !

Meg éclata en sanglots et le bébé, entendant sa mère pleurer, leva ses petits pieds en l'air et l'imita.

Dominant le bruit, Maurice cria à Piers :

— Je te prie de ne pas insulter ma femme.

— Qu'elle laisse donc la mienne tranquille ! répliqua Piers.

Augusta déclara soudain :

— Je me demande si c'est bien notre devoir d'aller en justice ?

— Que dis-tu ? demanda Nicolas. Je n'entends rien avec tout le bruit que font Meg et sa fille !

— Je dis que je me demande si nous devons porter la chose devant un tribunal.

Le bruit des pleurs cessa aussi vite qu'il avait commencé. Toutes les têtes que Finch, assis comme un coupable sur le divan, voyait semblables à des ballons, se tournèrent, comme attirées par un aimant, vers Renny. C'était un de ces moments pathétiques où toutes les responsabilités familiales reposaient sur ses épaules. Les visages contractés par l'émotion s'adoucissaient peu à peu ; il semblait que chacun avait respiré un encens soporifique. Un calme presque religieux envahit la pièce. Renny, le chef, allait parler... Aiguillonné, harcelé, il allait manifester la volonté du clan.

Debout, les mains appuyées sur la table, ses cheveux roux en désordre formant une crête sur sa tête, il déclara de sa voix métallique :

— Nous ne ferons pas une chose pareille. Nous arrangerons nos affaires nous-mêmes sans aucune intervention extérieure. J'abandonnerais plutôt Jalna que de contester le testament de Gran devant un tribunal. Quant à son état mental, sain ou non, son argent lui appartenait et elle pouvait en faire ce qu'elle voulait... Pour moi, je suis convaincu qu'elle était parfaitement saine d'esprit. Je n'ai jamais connu de cerveau supérieur au sien. Toute sa vie, elle a su ce qu'elle voulait faire et elle l'a fait. Si son dernier acte est une pilule amère à avaler pour certains d'entre nous, il faut l'avaler tout de même et ne pas nous battre à son sujet. Imaginez les articles des journaux ! Les beaux titres qu'ils porteraient : « Les descendants d'une centenaire autour de son testament. » Comment pourrions-nous accepter cela ?

— Ce serait horrible, dit Ernest.

— Ce n'est vraiment pas possible, murmura Nicolas indistinctement.

— Les journaux !... les bavardages des étrangers !... soupira Augusta. Jamais je ne pourrais supporter cela.

— Mais cependant... hasarda Meg.

Piers déclara :

— C'est toi le plus intéressé, Renny. Si tu veux y renoncer...

Nicolas se souleva sur sa chaise et regarda Piers d'un air menaçant :

— Je ne comprends pas pourquoi tu persistes toujours à considérer Renny comme le seul intéressé. C'est irritant et insolent.

Renny intervint.

— Cela est hors du sujet, oncle Nick. La question est que nous ne pouvons absolument pas porter le testament de Gran devant les tribunaux. N'est-ce pas votre avis ?

Nicolas approuva d'un geste fier et triste. Non, cela était tout à fait impossible. Le mur qui les entourait devait rester intact et leur isolement ne devait pas être rompu pour être jeté comme un gant en défi à l'opinion. Si amère que fût la déception, il fallait la supporter. Les Whiteoak ne fourniraient pas de titre vulgaire à une colonne de journal. Ils ne donneraient pas matière aux bavardages des voisins. Ils étaient eux-mêmes leur propre loi !

La brèche momentanée ouverte dans leur mur protecteur s'était refermée, les rapprochant les uns des autres pour s'opposer à toute intervention étrangère. Renny avait parlé et un soupir d'approbation, de soulagement même, s'éleva de la tribu. Pas un d'entre eux, au tréfonds de son cœur, pas même Piers, ne voulait plaider au sujet du testament. C'eût été une preuve de faiblesse et un acte de soumission à un décret autre que ceux de Jalna.

Maurice Vaughan lui-même subissait le charme magique de la famille, charme contre lequel il était impossible de lutter. Il ne pouvait que se soumettre et accepter comme eux tous. Ayant nourri un Caïn, ils allaient se prendre par la main pour danser autour de lui. Ils avaient semé le vent, ils récoltaient la tempête, mais ne voulaient aucune aide étrangère pour rentrer la moisson... Maurice prit sa fille et la fit sauter sur ses genoux. C'était le portrait de sa mère. Il se demanda si elle aurait aussi son caractère. Elle pourrait faire plus mal ! Meggie était presque parfaite. Quelle chance pour lui de l'avoir, ainsi que leur bébé !

Piers était adossé à la cheminée, regardant Finch, les yeux mi-clos.

— Il y a cependant quelque chose que je veux éclaircir, dit-il.

Il n'alla pas plus loin, car à ce moment on frappa à la porte dont les battants furent ouverts sur la salle à manger où la table était prête pour le déjeuner.

Rags s'adressa à Augusta en lui disant :

— Il y a déjà un moment que le déjeuner est prêt. Vous sembliez si occupés que j'ai jugé préférable de ne pas vous déranger plus tôt.

Son regard plongea dans le salon ; son nez insolent frémissait et humait dans l'air un élément de trouble.

Augusta se leva et passa les mains le long de ses hanches pour effacer les plis de sa robe. Elle dit à Renny :

— Invites-tu Meg et son mari ?

Il pensa : « Elle veut me punir pour les paroles de Piers au sujet de son séjour et de celui des oncles à Jalna ! Et elle ne veut pas avoir l'air d'inviter elle-même Maurice et Meg. Comme si tout n'était pas déjà assez compliqué ! » Mais il ne lui donnerait pas le plaisir de paraître avoir remarqué son intention. Il se contenta de dire :

— Naturellement, vous restez tous les deux pour déjeuner.

— Mais il y a le bébé, dit Meg.

— Mets-la sur le divan. Elle tombe de sommeil.

— Je ne sais vraiment que faire, répondit Meg, et ses larmes recommencèrent à couler.

Nicolas se leva en clopinant, tout raide après être resté si longtemps assis à la même place, et il mit sa main sous le bras de Meg.

— Allons, viens, Meg, cesse de te lamenter et viens faire un bon dîner, grommela-t-il. La perte était plus grave à la bataille de Mohacs !

Même après la disparition de la vieille Adeline, ils avaient conservé cette allure de procession pour aller à la salle à manger. Nicolas passa le premier en donnant le bras à Meg aux joues rebondies. Ensuite venait Ernest s'efforçant de ne pas s'apitoyer sur lui-même et réconforté par Augusta. Enfin Piers, Finch et Wakefield. Finch semblait ne pas savoir où il allait et lorsque Piers le bouscula, il faillit tomber. Maurice et Renny venaient les derniers.

Maurice disait en riant :

— Ainsi c'est toi qui as le vieux lit peint ? Que vas-tu en faire ?

— M'y coucher et y rester, si cela continue ainsi ! répliqua le maître de Jalna.

Il s'assit en haut de la table et jeta un regard rapide sur le clan. Ils étaient encore assez nombreux malgré l'absence d'Eden et de Gran. Bientôt le jeune Mooey serait assez grand pour se mettre à table... Mais Pheasant n'était pas là ! Il fronça les sourcils. Juste à cet instant elle entra timidement et se glissa à sa place entre Piers et Finch.

— Où vous êtes-vous cachée tout ce matin ? lui demanda Renny.

— Oh ! j'ai pensé que j'étais de trop, répondit-elle en s'efforçant de prendre un air détaché, sérieux et très calme.

Piers pressa son pied contre le sien. Elle trembla. Était-ce sa façon de lui faire savoir que Mooey était l'héritier ? Elle glissa un regard sur son visage et n'y découvrit aucune trace de joie, mais plutôt une expression sombre et à demi ironique sur ses lèvres fermes et pleines. Le pauvre petit Mooey n'avait pas l'argent. Mais qui donc l'avait ? Son regard abrité derrière ses longs cils allait d'un visage à l'autre sans obtenir de réponse. Y avait-il une erreur ? Peut-être n'y avait-il pas du tout d'argent. Pendant que Renny et Maurice discutaient à haute voix et sur un ton volontairement joyeux des mérites d'un enfant de deux ans, elle murmura à Finch qui était à sa gauche :

— Pour l'amour du Ciel, dites-moi quel est l'heureux mortel...

La voix de Finch lui parvint, sépulcrale.

— C'est moi.

Elle lui répondit tout bas :

— Il y en a peut-être qui vous croiraient, mais pas moi.

— C'est pourtant la vérité.

— Mais non.

Cependant, en le regardant dans les yeux, elle comprit qu'il disait vrai. Elle se mit à rire silencieusement, puis nerveusement, tremblant de la tête aux pieds. C'en était trop pour Finch qui lui aussi, éclata d'un rire silencieux, tout proche des larmes. Tous les yeux se tournèrent vers eux d'un air de désapprobation et de dégoût. Quel garçon insolent et grossier, que ce Finch ! et Pheasant, quelle coquine ! Augusta évita un drame en déclarant tout haut :

— Ils sont fous, certainement ils sont fous !

Le repas continua. Avec des gestes sûrs de ses mains fines et musclées, Renny découpait la part de chacun suivant son goût : pour Nicolas un très petit morceau avec un brin de gras ; pour Augusta une bonne part et du gras. Pour tous, de gros morceaux de pudding du Yorkshire. Pour Wake, seulement du gras qu'il détestait tant !

— Veillez à ce qu'il le mange, tante. Et il ajouta : Wakefield, il le faut, autrement tu ne prendras jamais de forces.

La petite comédie habituelle se produisit jusqu'au moment où Meg prit dans son assiette le morceau détesté.

Dans une famille de plus faible constitution, une scène comme celle qui venait de se passer dans le salon aurait coupé tout appétit pour le déjeuner. Mais il n'en était pas de même à Jalna. La violence extraordinaire de leurs émotions réclamait un nouvel aliment. Ils mangeaient vite, avec plaisir, seulement plus silencieux que de coutume, car ils étaient encore impressionnés par la vue de cette chaise vide entre Nicolas et Ernest, et dans le silence jaillissait de temps en temps le souvenir aigu de la vieille voix perçante criant :

— De la sauce ! mettez-moi de la sauce sur ce morceau de pain.

Comme son ombre les poursuivait ! La lumière jaune qui passait à travers les volets mettait une sorte de halo autour de son fauteuil. La chatte d'Ernest avait une fois quitté ses genoux pour sauter sur le fauteuil, mais à peine y était-elle que le terrier de Nicolas bondit pour l'en chasser, comme s'il avait compris que ce siège vide était sacré !

Renny donna à ses épagneuls les débris de son assiette. Il jeta un regard rapide sur les assiettes de sa tante et de ses oncles pour solliciter leur contenu, mais ils ne répondirent pas. Il leur sourit. Sûrement ils se souvenaient des paroles de Piers et, pleins d'orgueil blessé, restèrent sourds à ce second appel.

Quand arriva un pudding aux mûres fumant, arrosé d'un sirop rouge, une profonde tristesse les envahit. C'était le premier pudding de ce genre qu'on servait depuis sa mort. Comme elle l'aurait aimé ! Son nez, son menton, son bonnet se seraient précipités à sa rencontre. Elle aurait si bien écrasé le gâteau dans la sauce et répandu la sauce sur son menton ! Ernest se surprit presque à dire :

— Maman, faut-il vraiment que vous fassiez cela ?

Ils mangèrent le pudding dans un lourd silence. A peine si Finch et Pheasant parvenaient à retenir leur fou rire. Les yeux de Wakefield brillaient d'admiration en contemplant la belle corbeille à fruits en argent qui occupait le milieu de la table. De la base s'élevait une lourde grappe de raisin à l'abri de laquelle se tenait une daine avec son faon. Elle était pleine de pêches éclatantes et de poires mûres. Tante Augusta l'avait sortie le jour des obsèques et elle était restée. Wakefield aurait voulu qu'elle soit toujours là. Il aurait voulu se trouver en face d'elle au lieu d'être à l'autre bout, car la proximité du gentil petit faon l'aurait distrait de ce terrible silence. Il était maintenant bien sûr de ne pas avoir hérité la fortune de sa grand-mère et ne s'en tourmentait guère. Il avait passé une charmante matinée en s'imaginant qu'il était héritier et ne voyait pas pourquoi les autres ne supportaient pas leur déception aussi bien que lui... C'était drôle de penser que Finch... Il se demanda si Finch prendrait la chambre de sa grand-mère et dormirait dans le lit peint. Il se représenta son frère enfoui dans les oreillers avec Boney perché à la tête du lit. Finch en bonnet de nuit avec un râtelier comme celui de grand-mère ! Wake était effrayé à cette idée. Il tourna la tête et se rassura en voyant derrière la coupe de fruits Finch qui semblait si malheureux ! Un souvenir jaillit soudain dans l'esprit de Wake en remarquant l'étrange teinte grise qui couvrait le visage de Finch. Il releva la tête, fit battre ses paupières et, brisant le silence, demanda très distinctement :

— Renny, Finch est-il né « coiffé » ?

La tasse de thé fumante que le maître de Jalna approchait de ses lèvres s'immobilisa. Ses yeux s'ouvrirent tout grands de stupeur.

— Coiffé ! s'écria-t-il. Qui diable t'a appris pareille chose ?

Meg intervint.

— C'est mal de ta part, Renny, de jurer ainsi devant Wake. Il n'a fait que poser une question naturelle.

— Une question naturelle ! Tu appelles ça une question naturelle. Je veux être...

— Voilà que tu recommences.

— Mais pas du tout.

— Parce que je t'ai interrompu. Mais tu ne peux parler sans jurer.

Piers demanda :

— L'était-il vraiment ?

— Qui donc ?

— Finch ? Était-il vraiment coiffé ?

— Parfaitement, répondit Meg en tapotant les cheveux de Wakefield.

— C'est extraordinaire, dit Nicolas en essuyant sa moustache et en contemplant Finch. C'est la première fois que j'entends parler de pareille chose dans la famille.

Meg ajouta :

— Sa mère gardait cette coiffe dans une petite boîte mais cette boîte disparut après sa mort.

— On dit que c'est un heureux présage et que cela porte bonheur, fit observer Ernest.

Piers se mit à rire.

— Tout s'explique maintenant ! Cela porte bonheur ! C'est la coiffe qui est cause de tout.

Et sans cesser de rire, il se tourna vers Finch :

— Pourquoi n'as-tu rien dit plus tôt ? Nous nous serions méfiés ! Tu n'es qu'un sale chien, Finch, qui rôde sournoisement avec une coiffe sur la tête pour ramasser tous les ducats de la famille.

Finch repoussa sa chaise et se leva tremblant de fureur.

— Sors avec moi, sors seulement avec moi. Je te ferai voir ce qu'un sale chien...

— Assieds-toi, ordonna Renny.

Nicolas grogna :

— N'as-tu donc aucun sens des convenances, jeune voyou ?

Tout le monde se mit à parler en même temps. Wakefield écoutait, étonné et satisfait à la fois, comme quelqu'un qui a semé une graine de marguerite et qui voit pousser un cactus épineux. Une coiffe ! Penser que ce petit mot avait pu déchaîner un tel orage !

Finch se rassit et appuya sa tête sur sa main. Ernest le regarda non sans douceur.

— Tu n'as pas à avoir peur de l'eau, celui qui naît coiffé ne meurt jamais noyé.

Augusta interrogea Wakefield :

— Où donc, mon chéri, as-tu entendu parler de pareille chose ?

— C'est Finch qui me l'a dit. J'aurais voulu naître de même.

— Moi aussi, dit Piers. C'est honteux que Finch ait toute la chance pour lui.

Pheasant ne put rester plus longtemps dans l'ignorance.

— Mais comment cela se fait-il ?

— On ne l'explique pas, répondit Augusta en regardant le bout de son nez.

Renny regarda Finch sans douceur.

— Cela ne me plaît pas du tout que tu aies de tels sujets de conversation avec cet enfant. Nous en reparlerons plus tard. Une autre tasse de thé, tante, je vous prie.

Tous les Whiteoak avaient déjeuné de fort bon appétit, mais Finch avait mangé comme quelqu'un de véritablement affamé ! En dépit de sa disgrâce et bien qu'il fût un objet de suspicion et de reproche, il éprouvait un besoin dévorant de nourriture. Il lui semblait que s'il parvenait à calmer cette faim, il se sentirait la tête moins vide. Mais quand il se leva, il n'avait pas apaisé sa fringale... Si seulement il pouvait s'enfuir et se cacher dans les bois ! Appuyer son front sur la terre froide et sa poitrine contre les aiguilles de pin ! Il essaya maladroitement de se diriger vers le hall au lieu de regagner le salon avec les autres. Mais Nicolas posa une main lourde sur son épaule.

— Ne t'en va pas. J'ai quelques questions à te poser.

— Oui, insista Ernest de l'autre côté. J'aimerais, si possible, connaître le fond de cette affaire.

Finch retourna donc, entre deux gardiens, à la chambre de torture. Il entendit la pendule du corridor sonner deux heures. Le son argentin de la pendule française du salon lui fit écho, ainsi que la voix métallique de celle qui ornait la cheminée du petit salon. Nicolas sortit sa grosse montre et la regarda... Ernest examinait ses ongles... Meg se pencha sur son bébé... Maurice se laissa tomber dans un bon fauteuil et commença à remplir sa pipe de sa main valide tandis que l'autre reposait immobile et lisse sur le bras du fauteuil. Finch, en voyant cette main, se prit à l'envier furieusement, car elle était blessée pour toujours, négligée, abandonnée à sa solitude...

Renny tenait dans ses mains brunes le museau d'un de ses épagneuls. Il l'ouvrit pour examiner les belles dents blanches... Piers riait dans un coin avec Pheasant... Augusta tira de son sac un ouvrage au crochet... Finch voyait en chacun d'eux un bourreau !...

Rags referma derrière eux les battants des portes, semblant dire : « Maintenant je vous laisse à vos propres occupations. Quoi que vous fassiez, je m'en moque ! »

Mais ils ne devaient pas encore trouver un peu de tranquillité. Une voix cria, de la chambre de grand-mère :

— Nick, Nick, Nick !

Ernest se boucha les oreilles avec ses mains.

— Boney ! cria brutalement Nicolas. Seigneur, qu'est-il arrivé à cet oiseau ?

— Il a décidé de nous torturer, dit Augusta.

Ernest écarta lentement ses mains.

— Il est insupportable, je ne sais ce que nous allons pouvoir en faire.

Maurice suggéra :

— Le mieux serait peut-être de l'emporter ailleurs, puisqu'il semble triste et malade.

Des regards enflammés et pleins de reproches se tournèrent vers lui comme vers un profanateur.

— Il ira très bien, dit Renny, sitôt qu'il aura terminé sa mue. Il faut mettre quelques gouttes d'eau-de-vie dans son eau. Je me souviens que Gran le faisait pour le fortifier. Amène-le ici, Wake. Il a besoin de compagnie.

Wake apporta l'oiseau blotti tristement sur son perchoir et le mit au milieu du salon, à côté du divan où Finch avait péniblement installé sa maigre personne. Boney ébouriffa ses plumes, battit des ailes et trois plumes tombèrent sur le plancher.

— Quel malheur, murmura Nicolas, qu'il ait oublié l'hindou et ne sache plus dire que mon nom.

— C'est vraiment terrible, dit Ernest.

— Je crois, dit Augusta, qu'il y a là quelque chose d'étrange. On dirait qu'il essaye de nous parler.

— Il est étrangement agité, ajouta Ernest.

Ils regardèrent tous Boney qui tristement leur rendit regard pour regard, de ses froids yeux jaunes.

Après un court silence, Nicolas se souleva lourdement sur son fauteuil et se tourna vers Finch.

— Ma mère t'a-t-elle jamais fait espérer qu'elle te laisserait son argent ?

— Non, oncle Nick.

La voix de Finch était à peine perceptible.

— T'a-t-elle jamais parlé des dispositions qu'elle avait prises ?

— Non, oncle Nick.

— T'a-t-elle jamais parlé d'un nouveau testament ?

— Non. Elle ne m'a jamais parlé d'aucun testament.

— N'avais-tu pas la moindre idée que son testament pût être en ta faveur ?

— Non.

— Tu voudrais donc nous faire croire que tu as été aussi surpris que nous, ce matin, quand Patton a lu le testament ?

Finch rougit profondément :

— J'ai été terriblement surpris.

— Ça va, ça va ! déclara Piers. Ne compte pas nous faire croire ça ! Tu n'as pas bronché pendant que Patton lisait. Je te regardais. Tu savais très bien ce qui allait arriver.

— Pas du tout, cria Finch. Je n'en avais pas la moindre idée.

— Tais-toi, reprit Nicolas. Ne fais pas tant de bruit, Piers. Je veux éclaircir cette affaire obscure, si possible.

Ses yeux, sous ses sourcils épais, essayaient de lire en Finch.

— Tu dis que le testament t'a causé autant de surprise qu'à nous ? Dis-nous, alors, quelle est, à ton avis, la raison qui a déterminé ma mère à te choisir pour son héritier ?

Finch serra ses mains jointes entre ses genoux. Il aurait voulu qu'une vague puissante se levât et l'arrachât de leur vue.

— Oui, insista Ernest, dis-nous pourquoi, à ton avis, elle a agi ainsi. Nous ne t'en voulons pas. Nous voudrions seulement connaître la raison d'un acte aussi extraordinaire.

— Mais je n'en connais aucune, bégaya Finch. Et je voudrais qu'elle ne l'ait jamais fait.

Mais cette concession ne servit pas sa cause. Ces paroles que lui arrachait sa misère le rendaient encore plus méprisable aux yeux des autres.

Nicolas se tourna vers Augusta.

— Que disais-tu au sujet des paroles que maman se disait à elle-même ? Il s'agissait d'une déesse chinoise ?

Augusta posa son crochet.

— Je ne peux en parler avec certitude, car ce n'étaient que quelques mots incohérents où il était question de Finch et de la déesse Kuan Yun. C'était le jour où elle m'a dit qu'il avait plus de... vous savez quoi. J'aime mieux ne pas le répéter.

— Qu'est-ce que cette déesse chinoise, Finch ? Sais-tu pourquoi maman prononçait ton nom en même temps qu'un nom si bizarre ?

— Je ne vois pas du tout pourquoi, répliqua-t-il faiblement et évasivement.

— T'a-t-elle jamais parlé d'une déesse chinoise ?

— Oui.

Il se débattait avec désespoir.

— Elle disait que par elle j'apprendrais, je comprendrais, je comprendrais quelque chose de la vie.

— Par elle ?

— Oui, par Kuan Yun.

— Voilà quelque chose qu'il faut suivre de près, dit Vaughan.

— Il semble bien que grand-mère et Finch étaient tous les deux fous à ce moment, ajouta sa femme.

— A ce moment, répéta Nicolas. Il y a combien de temps qu'a eu lieu cette conversation ?

— Oh ! il y a longtemps ! C'était au début de l'été !

Nicolas désigna Finch avec sa pipe et lui dit :

— Dis-nous maintenant ce qui amena entre vous cette conversation.

Ernest l'interrompit avec inquiétude.

— La petite déesse chinoise que maman avait rapportée des Indes ! En effet, il y a quelque temps que je n'ai pas vu cette petite statue. C'est étrange que je n'aie pas remarqué son absence ! L'as-tu vue récemment, Augusta ?

Augusta frappa le bout de son nez avec son crochet comme pour en faire jaillir plus facilement ses secrets.

— Non, je ne l'ai pas vue. Elle a disparu de la chambre de maman. On l'aura volée.

Finch brûla ses vaisseaux.

— Non, on ne l'a pas volée, elle me l'a donnée.

— Où est-elle ? demanda Nicolas.

— Dans ma chambre.

— J'ai été dans ta chambre ce matin, dit Augusta. J'ai senti une odeur bizarre, mais la déesse n'y était pas, je l'aurais vue aussitôt.

Finch ne se souciait plus de rien maintenant, si ce n'était de voir finir cet interrogatoire. Insouciant des conséquences possibles, il répondit :

— Vous ne l'avez pas vue parce qu'elle est cachée. Je la cache. Cette odeur que vous avez sentie, c'est de l'encens que je brûle devant elle au lever du soleil. J'avais oublié de fermer la porte en descendant.

Si Finch était soudain apparu avec des cornes sur le front ou des sabots de cheval à la place de ses chaussures marron, les siens ne l'auraient pas pris davantage pour un monstre ! La lourde pression que leurs diverses personnalités exerçaient sur son esprit endolori cessa brusquement et ce recul fut si sensible que Finch lui-même releva la tête et poussa un soupir comme s'il absorbait un souffle d'air frais.

Ils s'écartèrent avec horreur d'un Whiteoak qui s'était levé avec le soleil pour brûler de l'encens devant une déesse païenne. A quel être dégénéré la gouvernante anglaise, la seconde femme du jeune Philippe, avait-elle donné le jour ? Que des Court et des Whiteoak, gentlemen, soldats et riches propriétaires au rude langage aient pu en arriver là ! Un garçon pâle et grimaçant qui se livrait dans son grenier à des actes aussi extravagants pendant que sa famille dormait ! Et c'était à lui que la vieille Adeline, la plus virile de tous, avait laissé son argent !

Leur répugnance invincible devant un tel éloignement de leurs traditions les désorienta et ébranla leur obstination. Finch, enfoncé sur son divan, semblait une créature à part.

Mais cette légère détente ne dura guère. Le cercle se reforma de nouveau.

Nicolas, serrant son menton dans sa main, déclara :

— Quand j'étais à Oxford, il y avait des garçons qui se livraient à ce genre de chose. Je n'aurais jamais cru que j'aurais un neveu...

— Il se fera papiste un de ces jours, dit Piers. Rappelez-vous les lumières qu'il avait placées autour de la pauvre vieille Gran.

— Oui, et tu l'as laissé faire, s'écria Augusta en accusant Nicolas.

Nicolas ne répondit pas, mais reprit la parole.

— Et tu veux nous faire croire que tu n'espérais rien de grand-mère alors qu'en secret elle te faisait des cadeaux de valeur !

Meg cria :

— Tu pouvais bien penser que c'était plutôt bizarre de sa part de se mettre à donner des objets qu'elle conservait soigneusement depuis des années : la déesse, la bague de rubis !

— Pour quel motif cachais-tu ce cadeau ? interrogea Nicolas.

— Je n'en sais rien.

— Si, tu le sais. Ne mens pas. Nous allons enfin savoir le fond de cette affaire.

— Eh bien, c'était à cause d'elle ! Je savais qu'elle ne désirait pas qu'on le sache.

— Et pour quelle autre raison ?

— Je pensais que cela m'attirerait une querelle.

— Pour avoir reçu un cadeau ? Continue.

Ernest l'interrompit.

— Mais pourquoi lui a-t-elle fait un cadeau ? C'est ce que je ne parviens pas à comprendre !

Piers eut un sourire sarcastique.

— Regardez-le seulement et vous comprendrez. C'est un jeune démon intrigant ! J'ai toujours envie de lui caresser les côtes !

Renny éleva la voix du rebord de la fenêtre où il était assis.

— Cesse de parler ainsi, Piers.

Nicolas reprit :

— Étais-tu souvent seul avec maman ? Je ne me souviens pas vous avoir jamais vus ensemble.

Finch souffrait un véritable martyre. Son menton retomba sur sa poitrine, il serra les dents.

Renny lui cria :

— Allons, Finch, dis-nous la vérité une bonne fois. Relève la tête.

Finch était par trop malheureux, il l'était au-delà de toute expression, et cependant il lui fallait souffrir encore ! Ils ne lui laisseraient aucun répit avant de tout savoir.

— Allons, reprit Renny. Éclaircis tout cela. Tu n'as volé ni la déesse ni l'argent, ne te conduis pas comme si tu l'avais fait.

Finch releva la tête. Son regard s'arrêta sur l'ouvrage au crochet qui reposait sur les genoux d'Augusta, et il commença à parler d'une voix rauque.

— J'avais pris l'habitude d'aller jouer de l'orgue à l'église chaque soir. Un soir que je rentrais très tard, grand-mère m'a appelé. Je suis entré dans sa chambre et nous avons causé. C'est cette nuit-là qu'elle m'a donné la déesse. Ensuite, je suis venu souvent auprès d'elle, presque chaque soir.

Il s'arrêta brusquement. Il y eut un lourd silence et tous attendirent qu'il continuât.

Nicolas l'encouragea presque doucement.

— Bon ! Ainsi donc chaque nuit tu venais dans la chambre de maman et vous causiez. Veux-tu me dire quels étaient vos sujets de conversation ?

— Je parlais de musique, mais pas beaucoup. C'était elle surtout qui parlait. Elle me parlait des jours d'autrefois ici même, de sa vie aux Indes et de sa jeunesse en Angleterre.

Ernest cria :

— Rien d'étonnant à ce qu'elle eût souvent sommeil dans la journée ! Elle restait éveillée et parlait la moitié de la nuit.

Finch était maintenant indifférent à tout. Autant leur donner un sujet de fureur ! Il continua donc.

— J'avais l'habitude d'aller chercher à la salle à manger des biscuits et du cherry, ce qui lui faisait grand plaisir et l'aidait à rester éveillée.

— Rien d'étonnant à ce qu'elle eût sommeil et qu'elle perdît la mémoire, répéta Ernest presque en larmes.

Augusta ajouta d'un ton morne :

— Rien d'étonnant, non plus, à ce que le dernier mois son petit déjeuner revînt presque intact.

— Je la voyais s'affaiblir de jour en jour, gémit Meg.

Nicolas jeta un regard lugubre autour de lui.

— Cela a abrégé probablement sa vie de plusieurs années.

— C'est-à-dire que ça l'a tuée, dit Ernest à moitié fou.

— Il ne vaut guère mieux qu'un meurtrier, ajouta Augusta.

Finch pouvait maintenant les regarder en face. Ils savaient le pire. Il n'était qu'un monstre, qu'un assassin. Qu'ils le prennent donc et le pendent à l'arbre le plus proche ! Il se sentait presque calme.

Leurs passions se donnaient libre cours, comme des vagues poussées par des vents contraires. Ils parlaient tous à la fois, l'accusant, s'accusant les uns les autres, accusant presque la vieille Adeline !... Et la voix de l'oncle Nicolas, comme la voix de la septième vague, était la plus sonore et la plus terrible, c'était la voix du fils aîné dépouillé !

Présentement, la voix de Piers, pleine d'un rire mauvais, dominait les autres et disait :

— Tout cela est une énorme plaisanterie ! Nous pensions que Finch était bizarre ! qu'il avait l'esprit un peu faible ! Mais ne voyez-vous pas que c'est le plus fort, le mieux organisé de nous tous ! Pauvre Finch innocent et puéril ! Bien intentionné mais si simple ! Je vous le déclare, il est aussi froid et aussi rusé que possible ! Il a préparé son affaire en dessous depuis son retour de New York.

— Quelle horreur ! s'écria Renny.

— Tu le défendais, Renny. Il t'a toujours dupé. Ne te trompait-il pas lorsque tu croyais qu'il allait chez Leigh pour travailler et qu'il s'occupait uniquement de théâtre ? Ne t'a-t-il pas joliment trompé dans l'affaire de l'orchestre ? On croyait qu'il travaillait et il jouait du piano dans des restaurants populaires d'où il rentrait le matin complètement ivre ! Et pour finir il t'a joué le tour de s'emparer de l'argent de Gran !

Un rire sauvage termina sa phrase.

Fou de colère, Finch hurla :

— Tais-toi, tout cela n'est qu'un amas de mensonges !

— Nieras-tu que tu n'as pas toujours cherché à tromper Renny ?

— N'as-tu pas fait de même quand tu t'es marié ?

— Je ne lui ai jamais rien pris en fraude.

Finch bondit sur ses pieds, ses bras raides le long de son corps, les poings serrés.

— Je n'ai rien pris à Renny et je ne veux rien prendre à personne. Je ne veux pas de cet argent ! Je veux le rendre ! Je ne le prendrai pas... Je ne le prendrai pas ! Je n'en veux pas !..

Il éclata en sanglots désespérés, allant et venant dans la pièce se tordant les mains, suppliant Nicolas, puis Ernest, de prendre l'argent. Il s'arrêta devant Renny. Son visage décomposé offrait une ressemblance grotesque avec une gargouille. Il adjura Renny de prendre l'argent. Il était si bouleversé qu'il ne savait plus ce qu'il faisait ; et lorsque Renny l'attira près de lui sur le rebord de la fenêtre, il s'y laissa tomber, éperdu, hébété par ses bruyantes supplications. Sa gorge lui faisait mal comme s'il avait crié. Avait-il vraiment crié ? Il n'en savait rien. Il vit autour de lui des visages pâles et effrayés qui le regardaient. Il vit Pheasant sortir en courant, il vit Meg serrer dans ses bras son bébé qui pleurait. Il entendit à son oreille la voix de Renny qui lui disait :

— Pour l'amour de Dieu, calme-toi. J'ai honte pour toi !

Il posa ses coudes sur ses genoux et cacha son visage dans ses mains. Il sentit contre sa joue le rude contact de la manche de Renny, souhaita pouvoir s'y frotter, s'y appuyer pour y pleurer de tout son cœur, comme un petit garçon qui a peur.

La conversation reprit, morne et sourde. Mais personne ne lui adressa plus la parole. Ils en avaient fini avec lui. Ils ne pouvaient ni ne voulaient lui reprendre l'argent, mais ils l'abandonnaient à la solitude et parleraient indéfiniment jusqu'à ce que, de très loin, arrivât en mugissant cette lame de fond qu'il réclamait et qui les emporterait tous dans l'oubli.

Elle arriva enfin, cette vague, dans la personne de Rags ! Elle apporta l'oubli, c'est-à-dire le thé.

22

Lever de soleil

Il marchait rapidement le long de la route qui conduisait au lac et le contact de l'épaisse et fine poussière à travers la mince semelle de ses sandales lui procurait une vive sensation de plaisir. La plante de ses pieds nus ainsi que ses orteils semblaient avoir, ce matin, une plus vive sensibilité. Ils pressaient la terre avec passion, comme dans une caresse sensible et prolongée.

Ses yeux cernés par une nuit sans sommeil allaient et venaient sans cesse comme pour absorber toute la beauté de cette terre brillante et humide de rosée. Ils se posaient sur un champ de blé mûr d'où s'élevait un doux murmure comme si tous les petits grains emprisonnés chantaient ensemble. Ils contemplaient avec passion un champ déjà moissonné d'où un vol de corbeaux s'éleva dans le ciel bleu. Ils découvraient sur le bord de la route la fleur de chicorée plus bleue que le ciel. Rien ne pouvait leur échapper, ni la toile d'araignée couleur de cuivre dans le rouge soleil levant, ni la goutte tremblante de rosée au bord d'une feuille inclinée, ni la légère empreinte d'une patte d'oiseau sur la poussière de la route.

Il aimait tout cela et allait le quitter. Si souvent il avait traversé cette route à pied ou à bicyclette ! Et voici qu'il y passait pour la dernière fois !

Il ne pouvait plus supporter son existence. Il l'avait passée en revue toute cette longue nuit, revoyant ces dix-neuf années toutes pleines de sottises, de lâchetés et de terreurs, et il avait acquis la certitude qu'il ne pouvait plus supporter de vivre ainsi. Si seulement il avait eu un ami, un être capable de le comprendre et d'avoir pitié de son abandon ! Il y avait bien Alayne, mais elle était inaccessible à cause d'Eden. Et même s'il avait pu aller jusqu'à elle et lui ouvrir son misérable cœur, cela n'aurait pas suffi, car il y avait sa famille, ce mur épais et hostile, insensible à ses larmes et à sa souffrance. Ce n'était plus supportable. Dans ce mur fait de sa propre chair et de son propre sang, il n'y avait aucune fissure par laquelle il aurait pu se glisser et se rapprocher timidement de ceux qu'il aimait de nouveau... Il les avait lésés, il n'y avait qu'une manière de réparer... Ses vieux oncles attendaient depuis des années l'argent de leur mère et cet argent lui avait été laissé ! Et Renny ! Mais il ne pouvait penser à Renny, ni à cette expression de honte que portait son visage !

Toute la nuit, Finch avait dû lutter contre le souvenir de ce regard. Par moments, il était prêt à descendre en courant l'escalier du grenier pour se jeter aux genoux de Renny, le supplier de lui pardonner, de le consoler comme il faisait jadis après ses cauchemars d'enfant. Renny, qu'il avait lésé plus que tout autre ! Eh bien, maintenant il allait faire tout ce qu'il pouvait pour remettre les choses dans l'ordre ! Ils n'auraient plus qu'à prendre l'argent et à le partager entre eux !

Il n'avait aucune peine, ce matin, à conserver l'esprit clair, aussi clair que du cristal, délicieusement vide, comme nettoyé par un ouragan. Il ressemblait à un bol de cristal vide que soulevaient les mains de son âme pour recueillir le vin de la beauté. De chaque côté ce vin ruisselait, venait de la douce obscurité des prés, dans le ravin, des champs rougissant le long des rayons obliques du soleil à travers lesquels Dieu lui parlait.

Il traversa le carrefour. C'est là qu'on l'enterrerait quand son corps de noyé serait retiré du lac, avec un pieu pénétrant jusqu'à son cœur. Il serait un avertissement pour tous ceux qui songent au suicide. Mais cette pensée ne l'inquiéta guère. Il ne serait pas plus solitaire au carrefour qu'au cimetière au milieu des siens. Le geste qu'il allait accomplir lui semblait tout naturel comme si tous ses actes, pendant de longues années, devaient aboutir nécessairement à celui-là, à se détruire lui-même, à arracher de ses lèvres la coupe amère de la vie. Il n'avait apporté en naissant que le pouvoir d'aimer la beauté. Il voulait emporter avec lui toute la beauté qu'il pourrait absorber et peut-être Dieu voudrait-il la lui laisser dans son sommeil comme une compensation à tant de souffrances.

Oh ! la douce caresse de la poussière. Pour le dernier bout de chemin, il voulut que rien ne s'interposât entre elle et la plante de ses pieds. Il ôta ses chaussures et courut pieds nus. Il renversa la tête, buvant la fraîcheur de la brise qui venait du lac. Tantôt il courait sur l'herbe sèche et rude, tantôt sur des galets coupants, tantôt sur le sable fin, dur comme du marbre. Le soleil pendait à l'horizon comme une immense lanterne. Un chemin rouge en partait qui traversait le lac et arrivait jusqu'aux pieds de Finch. Le matin était aussi pur, aussi transparent qu'avait dû l'être le premier matin terrestre. Finch se jeta en courant dans l'eau, faisant jaillir des gouttes enflammées autour de lui. Des rides transparentes troublèrent la surface de l'eau. Il en sortit en courant, sa tête nue était vide et apaisée. Il n'éprouvait aucune crainte. Il s'enfonça dans l'eau, puis en ressortit pour nager sur le flanc tout au long de la piste rouge. Il nagerait jusqu'à ce qu'il soit fatigué, et alors... Il étreignait cette eau qui le portait doucement, il battait de son bras cette pourpre matinale. Les yeux clos, il vit de brillants panneaux, comme des murs d'améthyste, tout contre ses paupières... Il ne pensait plus à rien, se sentait vide comme un bol de cristal entre deux eaux, n'éprouvait ni orgueil ni honte, délicieusement indifférent à tout, fragile et cependant apte à recevoir et à conserver cette beauté qui flottait avec lui... Il entendait de la musique.

Lentement, il cessa de se soutenir et s'abandonna...

Cette musique devint peu à peu plus lointaine, se fondant dans un bourdonnement tout-puissant comme si l'arche du ciel était le dôme d'une immense ruche. Ses oreilles étaient douloureuses. Il désira d'un désir douloureux être délivré de ce bourdonnement fantastique et terrible pour entendre encore une fois une musique pure et claire...

Maintenant il n'y avait plus ni matin ni lever de soleil vermeil. Seule règne la nuit, la sombre nuit et toutes les étoiles sont des abeilles qui remplissent l'univers de leur bourdonnement. Elles se pressent dans le ciel froid et sombre, avides de miel, bourdonnant inlassablement... Il faut absolument qu'elles ne sachent pas qu'il est une fleur pleine jusqu'au bord, débordante de miel, car si elles le découvraient, elles se précipiteraient toutes sur lui pour sucer sa liqueur sucrée et le laisser ensuite vidé, brisé, abandonné... Il frissonne et resserre ses pétales autour de lui pour dissimuler ses trésors, il tremble sur sa tige, terrifié à l'idée qu'il peut en être détaché et tomber dans l'abîme qui est sous lui... Ses pétales sont blancs, puis rouges, changent sans cesse de couleur : ils sont veinés de violet et d'or, s'élèvent et s'abaissent au-dessus du miel que son cœur renferme !...

Il souffre toutes les douleurs de l'agonie, car les abeilles l'ont découvert. Leur bourdonnement est assourdissant, leurs ailes se heurtent comme des armures, elles volent droit sur lui pour le transpercer de leur dard !... Voilà qu'une abeille d'or s'est emparée de lui ; ils luttent. Il referme ses pétales désespérément, essaie de crier, mais les fleurs n'ont pas de voix... L'abîme s'ouvre sous lui...

La grande abeille d'or ne veut pas le lâcher, elle se cramponne à lui. Une autre arrive à son secours. Elles l'entraînent, impuissant, évanoui ; toute lutte est inutile, ses pétales blancs et rouges tombent dans l'abîme. Il est mis en pièces...

Le visage d'Eden était tout près du sien, pâle et ruisselant, une mèche toute mouillée collée à son front. Une autre personne s'était également livrée sur lui à d'étranges gestes, le frappant un peu partout. Il se sentait faible et malade mais réussit à murmurer :

— Tout va bien... tout va bien... Très bien... Merci.

Il ne savait pas pourquoi il disait ces mots ; peut-être lui avaient-ils demandé comment il se trouvait. Mais il comprit qu'il fallait cacher la terrible vérité. Il avait oublié la nature de cette vérité mais avait le sentiment aigu de son horreur.

Eden parlait d'une voix saccadée, comme s'il claquait des dents :

— Mon Dieu, quel bonheur que vous vous soyez trouvée là. Seul, je ne l'aurais jamais sauvé.

La belle voix de Minny répondit :

— Je crois bien que vous vous seriez noyés tous les deux.

— Et ces premiers soins que vous lui avez donnés ! Vous êtes merveilleuse. De ma vie je ne me suis senti aussi maladroit.

— Vous avez plongé d'une façon splendide. Je crois qu'il va très bien maintenant, mais je suis inquiète à votre sujet. Vous avez été si malade. Il faut que j'aille chercher du secours tout de suite.

Eden mit sa main sur le cœur de Finch.

— Il bat régulièrement. Ça va-t-il mieux, vieux ? Me reconnais-tu ?

— Oui. C'est toi, Eden.

A grand-peine il souleva à nouveau ses paupières et aperçut Minny Ware debout et rougissante, son linge ruisselant d'eau était plaqué sur sa ronde personne. Elle était encore haletante de ses violents efforts, et ses cheveux, comme ceux d'Eden, étaient collés sur sa tête. Voyant qu'il la regardait elle lui sourit en disant :

— Méchant garçon. Je pense que vous regrettez votre geste. Nous faire une telle peur !

Un frisson secoua Eden de la tête aux pieds. Elle ramassa vivement sa robe qu'elle enfila avec peine, mouillée comme elle l'était.

— Je cours à la maison et je ramène Mr. Vaughan aussi vite que possible.

— Non, non, allez chercher Renny. Il serait fâché si on n'allait pas le chercher d'abord. De plus il sera là moitié plus vite que Maurice.

Elle hésita, déçue, car elle comptait revenir avec Maurice. Son exubérante féminité ne pouvait supporter l'idée d'être privée d'une émotion, de perdre, si peu que ce soit, de ce plaisir qu'elle éprouvait en compagnie de ces deux mâles à demi noyés. Elle répéta :

— Je crois qu'il vaut mieux aller chercher Mr. Vaughan.

— Pourquoi ? demanda Eden.

— Parce qu'il vous emmènera chez lui. Ne préférez-vous pas ?

— Téléphonez à Renny. Je veux qu'il nous amène chez les

Vaughan. Je vous en prie, dépêchez-vous, Miss Ware, ce pauvre diable est à moitié gelé… et moi…

Il frissonna et sourit.

— Que je suis sotte, s'écria-t-elle. Je vais courir sans arrêt.

Elle partit en courant avec l'impression qu'elle ne serait jamais fatiguée, tant elle était excitée par les étranges événements de cette matinée. La vie chez les Vaughan était si calme ! Son esprit était toujours occupé des jeunes gens de Jalna. Mariés ou non, leur conduite absorbait toutes ses pensées. Elle discutait indéfiniment avec Meg de leurs caractères, de leurs talents et de leurs projets. Meg la poussait toujours dans la direction de Renny. Douée d'une voix splendide, le cœur plein de désir, elle ne demandait qu'à être poussée !

Elle s'était levée presque à l'aurore, ce matin-là, et s'était assise à sa fenêtre ouverte d'où elle apercevait toute la route. Elle avait vu passer la silhouette nonchalante d'Eden. Elle était presque sûre que c'était lui, tout en conservant cependant un léger doute. En tout cas, c'était certainement un Whiteoak. Le ciel pourpre à l'est, la silhouette du jeune homme, le cri soudain d'un merle dans le chêne voisin de sa fenêtre, avaient empli son cœur d'un sentiment de solitude et de désir. Elle avait mis une plus jolie robe, s'était enfuie de la maison et l'avait suivi jusqu'à la plage où elle l'avait trouvé les genoux entre les mains et une pipe à la bouche. Elle avait annoncé sa venue en chantant doucement à mesure qu'elle avançait sur le sable. Il lui avoua qu'il ne pouvait dormir ; il était tourmenté par un poème qui cherchait à prendre vie et ne pouvait parvenir à la délivrance. Sur sa demande, elle s'assit auprès de lui, les bras autour de ses genoux, respirant la fumée de son tabac. Ensemble, ils avaient sauvé Finch.

Ils l'avaient aperçu qui se jetait à l'eau en courant et nageait.

Ils n'eurent d'abord aucun soupçon, jusqu'au moment où Minny remarqua avec stupéfaction qu'il portait un pantalon et une chemise, au lieu d'un maillot de bain. De plus, il y avait quelque chose d'étrange, de sauvage, d'exalté dans cette jeune silhouette qui courait…

Il était maintenant couché sur le sable sous le vêtement d'Eden. Son visage, d'une pâleur mortelle, était à demi caché au creux de son bras. Eden était accroupi auprès de lui, serrant entre ses mâchoires tremblantes une pipe depuis longtemps éteinte… Il tapota l'épaule de Finch.

— On va venir, vieux. Te sens-tu malade ?

Un son inarticulé vint du visage prostré. Eden le caressa de nouveau.

— Tu seras bientôt guéri. Ce sont des idées qui viennent et puis s'en vont. J'ai eu plus d'une fois envie d'en faire autant.

Finch frissonna de la tête aux pieds.

« Pauvre diable, il est dégoûté d'avoir été sauvé, pensa Eden. Il aurait mieux aimé trouver l'oubli que la petite fortune de grand-mère. Il est bien certain qu'il a dû supporter des instants terribles à ce sujet ! Mais cela passera et il vivra pour faire le fou avec cet argent. A quoi cela peut-il ressembler d'avoir de l'argent ? Pourquoi diable Renny n'arrive-t-il pas ? Si seulement c'était à lui, Eden, que Gran ait laissé son argent ! Il aurait fait claquer ses doigts sous le nez de toute la famille !... Il frissonne de nouveau, ce pauvre gosse ! »

Voilà enfin l'auto des Whiteoak ! Roulant bruyamment sur la route comme si elle allait tomber en morceaux. Bang ! Elle grippe ! Elle grince, elle tape, elle cogne ! Elle fait un tapage infernal, mais comme elle marche tout de même, la vieille voiture ! Renny est au volant. Son visage calme est trop tanné par le grand air pour pâlir, même s'il a peur. Du reste, c'eût été bien fait pour lui, bien fait pour tous si l'enfant s'était noyé ! Eden songea à la scène qui avait provoqué ce geste désespéré.

— Hullo ! cria-t-il. Nous sommes là.

L'auto s'arrêta bruyamment et brusquement sur la plage. Le maître de Jalna en sortit. Il s'approcha d'eux d'un pas long et lourd.

— Qu'y a-t-il ? demanda-t-il vivement.

Eden se releva.

— Ce garçon a essayé de se détruire.

— De se détruire ! Minny Ware m'a dit qu'il avait eu une crampe en nageant.

— Elle a voulu te rassurer. Moi pas.

Le visage d'Eden était immobile. Le demi-sourire qui était familier était étrangement figé.

— Il est incapable de parler, mais je ne crains pas de dire qu'il a été poussé à ce geste.

Renny se penchait sur Finch, regardait ses yeux, tâtait son cœur.

— Il faut que je l'emporte pour le mettre au lit. J'ai apporté de l'eau-de-vie.

Il approcha le gobelet de la gourde des lèvres de Finch qui but l'alcool avec effort. L'ayant rempli de nouveau, il le tendit à Eden.

— Il y a de quoi te tuer après ta maladie, dit-il d'un air sombre.

Eden haussa les épaules, puis regarda fixement Renny dans les yeux.

— J'ai idée, dit-il qu'en sauvant ce garçon, j'ai fait la meilleure action de ma vie.

— Minny Ware m'a dit que tu n'en serais pas venu à bout sans elle.

Sacré Renny ! Comme il savait prendre avantage sur les autres !

— Elle était là, reconnut Eden, et sûrement elle n'a jamais rien fait de mieux dans toute sa vie. Ce qu'il a dû souffrir pour en arriver là !

— Nous aurons le temps de parler de ça plus tard.

Et Renny saisit le jeune garçon trop léger pour sa taille. Il l'emporta vers l'auto où il le tint contre son épaule pendant qu'Eden conduisait. Meg les attendait sur le perron. Il ne fallait pas effrayer les vieillards de Jalna. Les lèvres douces et pleines de Meg exprimaient une tendresse infinie et, derrière elle, se tenait Minny Ware. Maurice aida à monter Finch.

Il était maintenant enveloppé dans des couvertures devant le feu, assoupi, couvert de sueur, percevant peu à peu le parfum doux et pénétrant des pétunias qui montait par la fenêtre ouverte. Mais il avait quelque chose à dire à Renny qui rabaissait ses manches de chemise, après l'avoir frictionné à l'alcool.

— Renny, dit-il en hésitant, ne dis pas aux autres ce que j'ai fait. Qu'ils ne sachent rien !

— Entendu, répondit Renny, le regardant avec une soudaine compassion.

Son esprit évoqua les temps lointains où Finch le suppliait d'un ton absolument semblable, en lui disant : « Ne leur dis pas que tu m'as battu, veux-tu, Renny ? Qu'ils ne sachent rien ! » Alors comme aujourd'hui, il répondait : « Entendu, je ne dirai rien. »

Meg entra d'un pas qu'elle s'efforçait de rendre silencieux, mais elle s'alourdissait et les objets qui se trouvaient sur la table de chevet tremblèrent. Elle se pencha sur le lit de Finch où ce dernier ressemblait à un saucisson et caressa les cheveux mouillés.

— Es-tu bien maintenant ?

— Oui.

Elle interrogea Renny.

— Est-ce vrai ?

— Il est à demi étourdi et chaud comme une braise.

— Pauvre diable !

Elle s'assit à côté du lit et essaya de voir le visage de Finch.

— Finch, mon chéri, comment as-tu pu faire une si horrible chose ? Tu m'as presque fait mourir de peur. Comme si je t'en voulais d'avoir reçu l'argent ! Ce qui m'a bouleversée, c'est que Gran ait donné à Pheasant la bague de rubis que j'avais toujours cru m'être destinée. Il faut que tu comprennes cela. Comprends-tu ?

Finch poussa sa tête contre la main de sa sœur, comme un chien qui cherche une caresse. Il était brisé. Il essaya de lui répondre en arrachant son esprit à ce puits d'hébétude, d'épuisement et de soumission où il était plongé, mais ne put y parvenir. Il ne put que trouver ses doigts avec ses lèvres brûlantes et les baisa.

— Qu'il a chaud !

— C'est ce qu'il faut. Viens, laissons-le dormir.

Elle conduisit Renny dans le salon tout éclairé de rideaux aux teintes lumineuses. Eden était assis devant un plateau qui contenait une assiette d'œufs pochés, une théière et un pot de gelée de coing. Toute ombre avait quitté son visage, le trouble causé par Finch avait disparu. Ce dernier était sauf dans son lit et lui-même se trouvait devant un délicieux déjeuner.

Meg s'écria :

— Voilà qui est bien l'œuvre de Minny ! Elle a préparé un déjeuner pour nous trois, devinant que nous serions morts de faim. Quelle brave fille !

— Elle l'a apporté elle-même, dit Eden, mais elle n'a pas voulu rester. Par saint Georges, qu'elle nage bien ! Et en la voyant maintenant, personne ne se douterait de ce qu'elle vient de faire. Je l'admire infiniment !

— C'est un amour, répondit Meg. Je me sentirai bien triste lorsqu'elle partira.

— Va-t-elle partir ? dit Eden d'un air presque consterné.

— Naturellement. Une fille comme elle ne peut rester ici éternellement. Elle est indécise. Mais je ne sais trop ce qu'elle trouvera.

Renny mit un œuf dans l'assiette de Meg et deux dans la sienne. Puis il dit tranquillement :

— Elle trouvera bien une situation. Cette espèce retombe toujours sur ses pieds !

— Quelle espèce ? dit Meg offensée.

— Cette espèce aventureuse. Elle empoigne la vie par les deux mains.

— Elle me plaît terriblement, dit Eden.

— Tu t'intéresses à tout ce qui porte jupon, dit Renny.

— Tout ce qui porte jupon ! Écoutez cet homme !

— Elle trouvera bien son affaire. Elle est trop...

— Trop quoi, chéri ? demanda Meg.

— Hum ! Trop provocante. Quelques difficultés ne lui feront pas de mal.

Meg réfléchit longuement à cette réponse, ne sachant si elle devait s'en fâcher ou non. Elle détourna la conversation.

— Comme c'est gentil de déjeuner ensemble !

— Moi qui croyais que tu aimais manger seule, dit Renny en prenant un troisième œuf. Un autre, Eden ?

Eden secoua la tête.

— Je me demande comment va se terminer cette affaire. Que va faire Finch avec son argent ? J'aurais voulu que la vieille dame me laissât mille dollars.

— Pauvre chéri ! soupira Meg. Que vas-tu faire maintenant que tu es guéri ?

— Retomber sur mes pieds, je suppose, comme Minny. Je pense que je suis aussi de cette espèce qui empoigne la vie par les deux mains !

Meg lui répondit tout en étalant sa gelée de coing sur un toast.

— Depuis longtemps Finch n'était plus surveillé. Je l'avais bien vu quoique je n'aie rien dit.

— Je te félicite de ton silence, dit Renny en regardant le bout de son nez.

Meg resta rêveuse.

— Finch est un très gentil garçon. Il est toujours généreux. Ne crois-tu pas qu'il pourrait faire quelque chose pour Eden ?

— Il n'entrera pas en possession de son argent avant sa majorité, et il y a encore près de deux ans d'ici là. A cette époque, Eden sera probablement célèbre.

— Évidemment, avec ses poèmes ! Mais c'est si mal payé ! Alayne ne peut-elle rien pour toi, Eden ?

— Grand Dieu ! s'écria Renny irrité, je pense qu'elle en a fait suffisamment pour lui ! Abandonner son travail et venir ici pour le soigner.

— Mais pourquoi ne l'aurait-elle pas fait ? C'est son mari. Elle est bien en droit de le soigner !

— Cependant, reprit Renny, tu étais furieuse de son retour ici.

Et il ajouta avec amertume :

— Du reste, quoi qu'elle fasse, elle aura toujours tort à tes yeux.

Les yeux d'Eden, empreints d'un rire moqueur, allaient de l'un à l'autre.

— Allons, disputez-vous à mon sujet, leur dit-il. Cela me donne de l'importance et j'en ai eu si peu ces temps derniers. Je suis complètement guéri, je n'ai aucune occupation et ma femme n'a aucune affection pour moi. En réalité... — et ses yeux se fermèrent à moitié de malice — en réalité, elle n'est venue me soigner à Jalna que pour se rapprocher de Renny.

Renny bondit, son mince visage rouge rendu encore plus rouge par la fureur.

La table fut ébranlée comme une rafale et les tasses de thé débordèrent.

— Je n'attendais rien de mieux de ta part, Meggie, dit-il, mais j'aurais cru que toi, Eden, tu aurais témoigné d'un peu de gratitude, d'un peu de décence.

Il se dirigea à grands pas vers la porte.

— Il faut que je parte, si tu veux que je te ramène, viens.

Ce jour semblait destiné à une série d'émotions. Renny ne pouvait souffrir d'être enfermé dans la maison. Meg l'accompagna jusqu'à la porte. Devant la corbeille de pétunias dont le doux parfum montait jusqu'à la fenêtre de Finch, Minny Ware était à genoux, le visage contre les fleurs dont le soleil exaltait encore l'odeur. Elle aimait les choses en désordre, exubérantes, envahissantes. Ces fleurs de pétunia ne recherchaient pas, comme d'autres, la délicatesse et la légèreté de la forme, mais ne s'appliquaient qu'à recueillir le plus de parfum possible pour le répandre ensuite à profusion. Bien qu'elle fût parfaitement consciente de leur double présence sur la porte, Minny ne bougea pas et continua de se pencher sur les fleurs.

Meg serra le bras de Renny entre ses deux mains.

— Voilà quelqu'un qui est très déçu à ton sujet, dit-elle en montrant Minny d'un coup d'œil.

— Son énergie me plaît, mais je ne cherche pas sa sympathie... Meggie, dit-il.

Et il tourna vers elle ses yeux noirs pleins de reproches.

— Pourquoi me jettes-tu cette fille à la tête quand tu sais que j'aime Alayne, que je n'aime qu'elle et pour toujours ?

Meg lui répondit d'un ton empreint de mélancolie :

— Il ne sortira rien de bon de tout cela. Pourquoi est-elle revenue ? Elle n'est qu'hypocrisie. Eden a raison quand il dit que sa maladie lui a servi d'excuse pour se rapprocher de toi. Je suis heureuse qu'il ne lui ait aucune reconnaissance, pas plus que je ne lui en ai moi-même ! Je la méprise et la déteste.

Son profil busqué ne témoigna d'aucune émotion ; il laissa son bras entre les mains de sa sœur et son regard se posa tranquillement sur la tête blonde de Minny. Mais Meg sentit passer en lui un inexplicable fluide magnétique. Si elle eût été plus intuitive, elle l'eût interprété comme un ébranlement violent dans la maîtrise de sa passion.

Eden apparut dans le hall et les dépassa doucement pour s'approcher de Minny penchée sur la masse rouge des pétunias. Elle ignorait lequel des deux frères était auprès d'elle et se demanda si elle était satisfaite ou déçue en entendant la voix d'Eden lui dire :

— Je crains que vous ne soyez très fatiguée. C'est un exercice héroïque que de sauver la vie de deux hommes à la fois.

Elle inclina la tête de sorte qu'il plongea ses regards dans les siens et vit le soleil briller sur la courbe satinée de ses pommettes. Elle refusa vivement de reconnaître son héroïsme.

— Je n'ai fait que vous aider un peu à porter Finch. Il se débattait. Mais... je suis fatiguée... je dors mal... je suis agitée.

— Si vous voulez refaire une promenade matinale demain, lui dit-il, nous pourrions nous retrouver sur le bord du lac, nous bavarderions.

— J'aimerais beaucoup... Mrs. Vaughan est exquise, mais... je commence à m'ennuyer. Je sais que je suis stupide ! Mais je suis toujours ainsi.

Il se mit à rire.

— Moi aussi. Nous nous rejoindrons et nous comparerons nos deux stupidités. Il fera beau demain.

Dans l'auto, les deux frères gardèrent le silence. Ce fut Eden qui parla le premier pour dire, plutôt à regret :

— Je regrette, mon vieux.

Mais l'auto des Whiteoak était un endroit peu propice pour faire des excuses à un conducteur dont les oreilles étaient assourdies par le bruit de la machine et qui, de plus, cherchait à déceler la cause d'un nouveau trouble dans son fonctionnement.

— Que dis-tu ? demanda Renny en tournant la tête d'un geste si semblable à celui de la vieille Adeline que les excuses d'Eden s'accompagnèrent d'une certaine joie.

Il répéta :

— Je dis que je regrette ce que j'ai dit au sujet d'Alayne et de tout le reste.

Renny n'avait entendu que le nom d'Alayne. Il arrêta brusquement la voiture et jeta à Eden un regard mi-encourageant, mi-soupçonneux.

— Que dis-tu ?

— Si je dois encore le répéter, dit Eden d'un ton boudeur, je retire mes paroles. J'essayais de m'excuser pour tout ce que j'ai dit au sujet d'Alayne.

Il continua en fronçant les sourcils :

— En réalité, j'en ai assez d'être reconnaissant ! J'ai passé tout l'été à manifester cette gratitude. Cela m'a énervé et je suppose que c'est la raison pour laquelle j'ai parlé comme je l'ai fait. J'ai eu tort, mais cependant je n'ai dit que la vérité ! Elle irait en enfer — et c'est bien un enfer pour elle que de vivre sous le même toit que moi — pour pouvoir poser, de temps en temps, ses yeux sur ta tête rousse. Elle ne peut empêcher cela... et moi non plus... Nous sommes pris au piège... Elle n'est pas faite pour un Whiteoak, quel qu'il soit. Mais ni toi ni elle ne pourrez jamais être heureux dans l'état actuel des choses. Je voudrais que tu croies que je regrette beaucoup mes paroles.

Renny se contenta de dire :

— J'espère que ce bain forcé ne t'aura fait aucun mal. Si tu ressens un frisson, nous ferons venir le docteur. Tu ne dois courir aucun risque.

Il fit démarrer l'auto et concentra de nouveau son attention sur ce bruit saccadé et inquiétant du moteur. Qu'est-ce que ça pouvait bien être ? Il craignait de voir arriver le moment où il serait obligé d'acheter une nouvelle voiture.

Eden s'enfonça dans son coin. Quel être déconcertant ! pensait-il. Si seulement on pouvait l'ouvrir comme le moteur de l'auto pour voir ce qu'il y avait à l'intérieur ! Quel être bizarre, emporté et désagréable on y découvrirait !

23

Renny et Alayne

Renny Whiteoak erra cet après-midi-là avec la douloureuse sensation d'être arraché à toute activité d'une vie qu'il aimait par l'explosion d'une passion dont il se croyait le maître. Chercher à conserver cette maîtrise était maintenant chose aussi vaine que de vouloir se rassasier avec des fruits peints ! Il avait cru pouvoir dompter son désir pour Alayne comme il domptait avec son mors un cheval vicieux, et il était humilié de sentir que les paroles d'Eden pendant le déjeuner avaient brisé ce mors et libéré sa passion. Ces paroles et aussi l'irritant projet de Meg de le marier à Minny Ware, de faire de lui un mari paisible, un père de famille !

Maintenant il ne savait plus qu'une chose : à portée de sa main, au-delà du verger assombri par les fruits et la lumière de l'automne, se trouvait la femme d'Eden qu'il aimait, cette femme qui, suivant les propres paroles d'Eden, aurait supporté de vivre en enfer afin de pouvoir, de temps en temps, poser les yeux sur sa tête rousse... Il se demanda si cet été avait bien été un enfer pour elle. Mais il était un peu curieux. L'esprit d'Alayne, comme tout esprit féminin, était pour lui un livre écrit en langue étrangère qu'il pouvait feuilleter avec un plaisir subtil mais qu'il se savait incapable de déchiffrer. Il pouvait parfois y reconnaître en hésitant un mot, une phrase ressemblant à son propre langage d'homme, il pouvait former mollement avec ses lèvres quelques syllabes de cette langue, essayer de se familiariser avec elle, elle n'en resterait pas moins toujours, pour lui, un léger chuchotement de femme à femme.

Il était absorbé par l'appel de tout son être. Parfois il s'y abandonnait complètement, s'y livrant tout entier jusqu'à devenir inconscient du lieu où il se trouvait, de ce qu'il voyait ou entendait, passant comme un ouragan dans ses écuries, ses champs et ses bois. Piers l'évitait tout en compatissant à cette mauvaise humeur qu'il croyait provoquée par sa déception au sujet du testament. Les garçons d'écurie le comparèrent à un cheval vicieux. En traversant un champ de pommes de terre il aperçut la silhouette courbée de Binns qui rêvait. Le vieillard se redressa péniblement, jetant, à travers le champ brun, un regard méfiant sur le maître de Jalna.

— Eh ! appela-t-il.

Renny se retourna et le regarda d'un air hagard.

— On ne peut pas se débarrasser des mauvaises herbes, cria-t-il. Il y en a partout dans les pommes de terre, dans les tomates, dans le blé. C'est une année terrible pour les mauvaises herbes.

Et il se mit à bêcher avec ardeur, craignant de recevoir de nouveau l'ordre de cesser son travail, car c'était un journalier. Mais lorsque la haute silhouette se fut éloignée sans répondre, il s'appuya sur sa bêche et la suivit d'un regard vindicatif. « Que les mauvaises herbes l'emportent, le détruisent, qu'elles emportent toute la famille ! Je vous dis qu'ils sont fous, continua-t-il en s'adressant aux pommes de terre. L'un se promène comme un insensé dans les champs, l'autre joue de l'orgue dans l'obscurité. Ils ne pensent qu'aux femmes, voilà pourquoi... J'ai dit à John Chalk de surveiller sa fille le soir. Il m'a ri au nez. Bien fait si elle se fait attraper ! Quel que soit le rang, c'est tout pareil pour les individus de cette espèce ! Ce sont des vauriens... » Et ses yeux s'absorbèrent dans l'examen des pommes de terre.

Renny flâna dans l'enclos des chevaux où Wright amenait une jeune bête de deux ans. Il se sentit un peu apaisé en voyant les mouvements du beau corps robuste, ses jarrets droits, son col vigoureux. Quand l'exercice fut terminé, la bride et le mors enlevés, la jeune bête s'approcha de la barrière et frotta son museau contre lui. Il saisit une poignée de trèfle qu'il lui fit manger, observant la lueur de joie dans les yeux liquides, le gonflement et la contraction des muscles au-dessus des yeux pendant que la bête mâchait. Prenant sa tête dans ses mains, il mit un baiser sur ses naseaux en murmurant : « Bonne fille, petite Jenny. »

Mais il ne pouvait s'arrêter. Il la laissa malgré ses hennissements qui l'appelaient. Ne pouvant trouver de repos, il se dirigea vers le petit chemin et le suivit dans l'épaisse verdure du bois de pins. L'humidité de l'été y avait fait naître une abondante récolte de champignons. Il y en avait tout le long du sentier, des blancs, des noirs, des marron, des rouges, avec des formes bizarres, sortant de l'herbe ou à demi cachés sous les ronces chargées de mûres. Dans un tournant où pénétrait le soleil, un haut bouquet de pouliots remplissait l'air de son aigre parfum. Un tout petit serpent vert hésita un instant, la langue pendante, avant de se glisser sous le gazon. Sur le chemin se voyaient les empreintes du poney de Wake. Il était passé par là et était en train de revenir, car Renny entendait le léger grondement d'un galop qui se rapprochait. Il se cacha vivement derrière les branches, sous les pins et vit passer l'enfant et le poney. Wakefield se tenait bien droit, les bras croisés, une expression exaltée sur son visage. Renny fit une grimace de dégoût en songeant qu'il se cachait de l'enfant, mais toute conversation lui était impossible, même avec Wake. Il resta immobile, comme l'un de ces troncs d'arbres qui ressemblaient à des mâts, les yeux fixés sur le sombre et épais tapis rouge que formaient sur le sol les aiguilles de pins. Il se souvint d'aventures amoureuses de jadis. Comme il les avait facilement oubliées ! Aujourd'hui, il ne pouvait ni satisfaire sa passion ni l'oublier !

Eden allait bien maintenant mais il avait encore besoin de surveillance. Il faudrait l'envoyer passer l'hiver dans un endroit chaud. Alayne retournerait à New York. A moins que... Mais quelle possibilité y avait-il ? Son esprit tourna de nouveau dans le même cercle implacable. Pas de solution possible ! Si seulement il pouvait s'obliger à partir lui-même jusqu'à ce que cette fièvre tombe et qu'il puisse supporter son voisinage avec le stoïcisme de jadis ! Il décida de s'éloigner pour respirer un air différent.

Il reprit le petit chemin et, dans une clairière ensoleillée où les mûres étaient grosses et bien mûres, il trouva Minny Ware qui remplissait un petit panier. Il éprouva un mouvement de contrariété en la trouvant sur son chemin et la dépassa avec un léger signe de tête. Puis il se souvint qu'il ne l'avait pas remerciée pour son geste du matin. Il retourna vivement sur ses pas et s'approcha d'elle.

— Je vous remercie, et je ne vous remercierai jamais assez pour votre courage de ce matin. Dieu sait ce qui serait arrivé si vous n'aviez pas été sur la plage.

Tout en parlant, un léger soupçon lui vint à l'esprit. Brusquement, il lui demanda :

— Comment vous trouviez-vous là à cette heure ?

— C'est une coïncidence. J'aime l'aurore.

Mais il la vit rougir profondément. Pourquoi donc se trouvait-elle là ? Bizarre que ni lui ni Meg n'aient remarqué l'étrangeté de la double présence d'Eden et de Minny sur la plage au lever du soleil.

Elle devina ses soupçons mais continua de cueillir des mûres. Elle choisissait les plus belles et les déposait dans son panier d'un geste presque caressant. Il remarqua que le bout de ses doigts et ses lèvres étaient tachés, ce qui lui donnait un aspect enfantin. Cet acte si ordinaire de déposer si doucement les fruits cueillis dans le panier, les taches sur ses doigts et sur ses lèvres prirent soudain à ses yeux une énorme importance, comme si c'était un rite qu'elle accomplissait. L'extrême tension de ses pensées cessa et son esprit se concentra sur ce geste rituel.

Elle lui dit rêveusement :

— Aimez-vous ces fruits ? Voulez-vous que je vous en ramasse quelques-uns ?

Et ses yeux glissèrent vers lui avec curiosité.

— Non, répondit-il. Mais j'aimerais vous voir en ramasser si cela ne vous déplaît pas.

— Pourquoi voulez-vous me regarder comme si j'étais seulement un objet ?

Les yeux de la jeune fille cherchèrent ceux de Renny. Elle avait un grand désir d'amour.

— Je ne sais pas, répondit-il perplexe.

Et voyant qu'elle semblait mécontente, il prit sa main dans la sienne et baisa son bras nu au creux du coude. Il ne perçut pas l'approche d'un tiers, mais sentit trembler le bras de la jeune fille et entendit sa respiration plus rapide. Elle était troublée, mais non par sa caresse.

— Oh ! s'exclama-t-elle sur un ton défensif.

Tournant la tête, il aperçut à travers les buissons le visage pâle d'Alayne. Elle avait vu ce qu'elle croyait être une entente radieuse entre eux deux. A ses yeux l'exubérance de Minny répondait à une caresse préméditée de Renny qui avait amené à dessein la jeune fille dans ce lieu écarté.

Elle recula en murmurant quelque chose d'incohérent. Minny, rassurée, reprit son attitude et sourit, assez satisfaite d'avoir été vue par Alayne. Renny tenait toujours son bras.

Dans le silence qui suivit l'exclamation de Minny, un chant léger se fit soudain entendre, comme si un instrument étrange et faible jouait sous une feuille de fougère. L'exécutant paraissait ignorer l'existence des êtres géants qui l'entouraient et que son égoïsme voyait encore plus petits que lui-même. Son chant aigu s'éleva peu à peu, dominant tout par son volume, rejoint par d'autres exécutants tout aussi persévérants et tout aussi pénétrants, jusqu'à ce que leur chant devînt universel. Les sauterelles chantaient la mort de l'été.

Une sorte d'inertie avait envahi ces trois êtres qui, sans aucune préméditation de leur part, étaient devenus les spectateurs, beaucoup plus que les acteurs, du drame de la forêt. Minny tenait dans sa main une mûre chaude et trop mûre. Renny regardait d'un air suppliant, et comme dans un rêve, Alayne qui contemplait leurs deux mains unies comme si elle avait perdu toute faculté de se mouvoir.

Le charme fut rompu par la réapparition du petit serpent vert qui, à l'inverse de l'orchestre des sauterelles, était averti de la présence d'intrus et tremblait de peur et aussi de haine à leur égard. Il dressait la tête, bien décidé à faire à nouveau d'eux les trois promeneurs solitaires qu'ils étaient avant de pénétrer dans le bois.

Sans dire un mot, Alayne s'en alla et marcha rapidement dans le chemin au tournant duquel elle eut bientôt disparu. Leurs mains se séparèrent. Renny resta un court instant indécis, éprouvant une sorte de colère à l'égard des deux femmes, comme si elles étaient deux êtres différents de lui-même, possédant un commun secret qui lui serait essentiellement contraire. Puis, sans regarder Minny, il se précipita à travers les broussailles à la poursuite d'Alayne.

Les yeux de Minny, tandis qu'elle reprenait sa cueillette, étaient plus amusés que tristes. Après tout, c'était un monde amusant. Les projets de Mrs. Vaughan n'aboutiraient à rien. Renny Whiteoak était amoureux de cette froide Mrs. Eden... Eden lui-même... En pensant à ce dernier, une fossette creusa sa joue ronde. Elle se mit à chanter, d'abord doucement, puis de plus en plus fort, jusqu'au moment où l'orchestre des sauterelles se tut, croyant que l'été était revenu dans toute sa force et sa beauté.

Alayne sentait que Renny la suivait et elle avait peur de le rencontrer. A la première occasion, elle quitta le chemin et prit un raccourci à travers les bois qui rejoignait une barrière donnant sur la route. Il suivit les méandres du petit chemin, la croyant toujours devant lui. Mais s'apercevant qu'il ne la voyait plus, il la soupçonna de le fuir volontairement et revint sur ses pas jusqu'au raccourci. Il la rejoignit juste au moment où elle atteignait la route. Elle entendit le bruit de la barrière et se retourna. Sur la grand-route, elle se sentait plus forte que dans le silence du bois, moins exposée à trahir ce sentiment qu'elle cherchait si désespérément à dominer. Renny avait occupé toutes ses pensées pendant cette saison d'été et cependant c'était la première fois qu'ils se trouvaient seuls ensemble. Elle avait espéré rentrer à New York sans avoir à subir cette rencontre. Maintenant qu'elle ne pouvait plus l'éviter, elle sentait toute sa force épuisée, autant par sa résistance à son propre amour, que par l'amertume ressentie en le voyant embrasser Minny Ware.

— Alayne, dit-il d'une voix sourde, vous essayez de me fuir ! Je ne crois pas le mériter. Non, vraiment, je ne le mérite pas !

— Je préfère être seule. Ce n'est pas autre chose.

Et elle se mit à marcher lentement sur la route.

— Je sais bien, s'écria-t-il. Vous êtes fâchée. Mais je vous jure que...

Elle l'interrompit avec violence.

— Pourquoi me donner des explications ? Comme si cela m'intéressait ! Pourquoi l'avez-vous laissée ? Et pourquoi me suivez-vous ?

Tandis que sa bouche l'interrogeait, ses yeux regardaient fixement devant elle.

Il marcha à ses côtés dans la poussière de la route. Un camion bruyant, chargé d'oignons, les atteignit et les dépassa.

— Vous ne pouvez m'empêcher de vous expliquer tout cela un peu mieux, dit-il. Il n'y avait pas deux minutes que j'étais auprès de Minny quand vous êtes arrivée... Mon baiser sur son bras n'a pas plus d'importance que son propre geste de manger une mûre. Quelques instants auparavant, je m'étais arrêté dans la prairie pour embrasser une jument de deux ans. Ces deux baisers n'ont pas plus d'importance l'un que l'autre, pas plus pour moi que pour la jument ou que pour Minny !...

Il regarda longuement son visage pâle aux traits fermement modelés, son expression de courage et d'endurance, ce qu'elle appelait « sa solidité hollandaise ». Mais sa bouche avait une expression de lassitude, comme si elle était épuisée par l'isolement et les émotions contenues des derniers mois.

Il continua de parler.

— Je voudrais vous faire croire à mon amour comme j'y crois moi-même. Je ne désire rien autant sur terre que vous posséder pour moi seul. Ne le croyez-vous pas ?

Elle resta silencieuse.

Une auto les dépassa bruyamment en soulevant un nuage de poussière.

— Venez, lui dit-il. Quittons cette route trop chaude et trop poussiéreuse, vous auriez mal à la tête.

Mais elle continua obstinément à avancer.

— Alayne, pourquoi ne parlez-vous pas ? Ne serait-ce que pour me dire que vous ne me croyez pas, que vous me méprisez.

Elle essaya de répondre mais sa bouche était sèche et ses lèvres se refusèrent à toute parole. Il lui semblait qu'elle devrait marcher toujours le long de cette route, avec Renny à ses côtés, saisie d'un intense désir de crier mais impuissante à articuler un seul mot, comme dans un cauchemar. Elle marcherait ainsi jusqu'au moment où elle tomberait.

Renny ne dit plus rien mais marcha auprès d'elle, s'efforçant, de façon émouvante, de régler son pas sur le sien. Il s'arrêta au pied des marches qui conduisaient à l'église.

— Où allez-vous ? lui demanda-t-il.

— Sur la tombe de votre grand-mère. Je ne l'ai pas encore vue. Est-ce Finch que j'entends jouer dans l'église ?

— Non, non. Finch est au lit. Il a essayé de se noyer ce matin.

En lui annonçant cette nouvelle, il pensait l'arracher à son calme effrayant.

— Oui, je sais, répondit-elle tranquillement. Eden me l'a dit. Cela ne m'étonne pas !

— Dieu, que vous nous haïssez !

— Non... J'ai seulement peur de vous.

Presque avec violence, il reprit :

— Tout ceci est absolument irréel ! Ne pouvez-vous ou ne voulez-vous pas parler de notre amour ? Vous savez bien qu'il existe. Pourquoi le dissimuler ? Nous ne pouvons pas nous réunir, mais au moment de nous séparer, nous pouvons bien en parler. Je pars ce soir. Soyez sans inquiétude, vous ne me verrez plus.

Elle se mit à monter l'escalier dans la direction du cimetière. Il saisit sa robe et la retint.

— Non, vous ne monterez pas là-haut, car je ne peux vous y suivre.

Elle tourna vers lui son visage, les yeux emplis d'une soudaine pitié.

— Où irai-je alors ?

— Retournons dans les bois.

Ils revinrent sur leurs pas et durent marcher dans le fossé plein de pissenlits poussiéreux et de pâquerettes pour se mettre à l'abri d'un camion chargé de veaux. Elle trébucha, il la retint par le bras. Elle se sentait prête à tomber.

De nouveau, ils se trouvèrent dans l'épaisseur verte et dorée de la forêt. Le soleil vermeil était bas ; au-dessus de leurs têtes, un croissant de lune semblait flotter comme une plume dans le ciel.

Ils s'arrêtèrent un instant, écoutant les battements de leurs propres cœurs. Puis elle leva vers lui ses yeux tristes, murmurant :

— Embrassez-moi.

Il se pencha. Elle attira sa tête, ferma les yeux et sa bouche chercha ses lèvres.

Ils mêlèrent à leurs baisers les tendres paroles si longtemps enfermées dans leurs cœurs.

— Alayne, mon trésor !

— Renny, mon cher amour.

Il s'écarta un peu et lui jeta un regard de côté.

— Est-ce vrai ?...

— Qu'est-ce qui est vrai ?

Mais il ne put achever. Il ne pouvait lui demander si les paroles d'Eden étaient vraies, si vraiment elle vivrait dans un enfer à la seule condition de le voir de temps en temps, si elle n'était revenue à Jalna que pour se rapprocher de lui et non pour Eden.

— Qu'est-ce qui est vrai ? murmura-t-elle encore.

— Que nous devions nous séparer ?

Elle éclata en sanglots contenus mais amers.

Une bande de corbeaux passa au-dessus des arbres s'appelant les uns les autres avec des cris sauvages.

— Ils se moquent de nous, dit-elle.

— Non. Nous n'existons pas pour eux. Nous n'existons que l'un pour l'autre... Alayne, je ne peux pas partir ce soir, comme je vous l'ai dit...

— Non, non. Il faut nous rencontrer quelquefois et causer tant que je suis encore ici. Oh ! Renny, serrez-moi bien fort ! J'ai besoin que vous me communiquiez un peu de votre force.

— Et moi, je voudrais vous rendre aussi faible que moi-même ! murmura-t-il dans ses cheveux.

Il la serra davantage. Elle fut effrayée par le fluide qu'elle sentit courir dans ses mains. Il recommença à l'embrasser. Que de folles pensées dans ces baisers sur ses yeux, sur sa gorge, sur sa poitine !

Elle se dégagea et retourna sur le petit chemin. Il la suivit, les yeux sombres et brillants, un pli patient et obstiné sur les lèvres. Il lui semblait qu'il pourrait la suivre ainsi à travers le monde, mince, primitive, infatigable.

Quand leurs routes se séparèrent, ils murmurèrent un adieu sans se regarder.

24

Tissage

Finch ne regagna pas Jalna avant une semaine. Il restait confié aux soins protecteurs de Meg, éprouvant cette fatigue non sans charme qui suit une trop violente émotion. Il passa les premiers jours au lit, écoutant paresseusement les bruits variés de la maison, les gazouillements de Patience, le chant de Minny Ware, les diverses occupations de la vieille domestique écossaise. Maintes fois, il repassa dans son esprit tous les événements de sa vie depuis le début de l'année. Il songea à la place qu'il occupait dans l'orchestre, la connaissance étrange qu'il avait faite des autres musiciens : Burns qui travaillait à l'abattoir, Meech, l'apprenti tailleur. Leurs visages allaient et venaient devant ses yeux. Il pensait surtout à son ami Georges Fennel dont les mains robustes étaient si légères sur les cordes du banjo. Il évoquait son visage lourd, ses yeux brillants sous ses cheveux en désordre. Il n'avait pas revu Georges depuis son retour de New York. Ce dernier avait passé tout l'été dans un camp de jeunes garçons, en qualité de maître nageur, et ils ne s'étaient pas écrit. Les relations d'amitié avec Georges étaient si simples. Loin de Finch, il ne lui écrivait pas et ne pensait pas souvent à lui. Mais dès qu'ils étaient réunis de nouveau, la brèche faite par la séparation était aussitôt comblée. Évoquant les nuits froides pendant lesquelles ils se glissaient tous deux hors de la maison de la tante de Georges pour se hâter de rejoindre l'orchestre dans quelque salle de bal, Finch songea que cette époque avait été la plus heureuse de toute sa vie ! Il songea à son aventureuse liberté, à l'excitation du risque, à cette musique de danse au rythme de laquelle se balançaient les corps de tous ces garçons et filles aux yeux brillants, aux retours en cachette à l'aube, les poches pleines d'argent ! Couché dans son lit, il fredonna leurs airs de danse préférés.

Il évoqua aussi son amitié pour Arthur Leigh. Comme elle était différente de celle qui le liait à Georges, qui avait commencé avec leur enfance pour se poursuivre sur le même rythme pendant toute leur vie d'écolier.

Il n'avait pas revu Leigh non plus depuis son retour. Son ami avait fait un voyage en Europe avec sa mère et sa sœur. Il serait difficile de combler la brèche faite par cette séparation, pensa Finch. Il redoutait, sans trop savoir pourquoi, de rencontrer Leigh et surtout sa sœur Ada. Maintenant qu'il avait passé ses examens, il irait en octobre à l'université. Arthur y serait. Que penserait-il en apprenant que Finch avait hérité toute cette fortune ? Peut-être Arthur ne la jugerait-il pas si considérable, car les Leigh étaient riches. Leurs visages se levèrent également devant Finch : celui d'Arthur, impressionnable, interrogateur, un peu hautain ; celui d'Ada, d'un blanc d'ivoire, aux paupières lourdes, provocant. Mrs. Leigh lui apparaissait plutôt comme la sœur que la mère d'Ada, plus dorée, moins brune, avec des yeux plus bleus que gris, désireuse de plaire aux autres plutôt que d'attirer leurs hommages. Comme il connaissait peu les jeunes femmes ! Et cependant il y pensait souvent lorsqu'il était couché sans dormir et qu'il se représentait, sous des aspects variés, la femme qui pourrait l'aimer. Parfois ces visages n'étaient que des caricatures de celui d'Ada, d'autres fois ils étaient flous, d'une taille disproportionnée, avec des yeux tristes et de grandes bouches rouges semblables à des fleurs. Il arrivait même qu'il n'y eût pas de visage du tout, mais seulement un cercle blanc et plat au-dessus de seins lourds serrés dans un vêtement flottant.

Il revit aussi son existence d'employé à New York. Ses efforts pour apprendre la routine du métier ; ses trajets dans les autobus de la Cinquième Avenue ; ses visites au logis d'Alayne, la joyeuse bonté de Rosamond Trent. Il lui semblait que ce n'était pas lui qui avait vécu cette période lointaine, mais un être différent, déjà si lointain qu'il pouvait à peine le saisir.

Puis vinrent les événements de l'été, les soirées passées à jouer de l'orgue à l'église, ses retours à la maison au clair de lune, ses visites secrètes à sa grand-mère. Lorsqu'il arriva au moment de sa mort, de ses obsèques, de la lecture du testament et de la scène qui suivit, un instinct de protection étendit comme un léger voile entre les yeux de son esprit et ces images pour en écarter toute la cruauté.

Ces scènes se présentaient à lui comme les parties d'un écran qui écartaient de lui toute inquiétude au sujet de sa vie à venir à Jalna. Il restait couché sur le dos, rêvant paresseusement à la vie, n'osant pas songer à la mort dont il avait été si proche.

Dans son désir de le remettre dans son état normal et même dans un état meilleur, Meg le nourrissait de tout ce que sa cuisine produisait de mieux. Son intuition et aussi un secret remords lui disaient qu'il avait besoin d'une nourriture appétissante et tentante. On cherchait donc à lui plaire comme à un malade et il mangeait comme un laboureur ! Renny venu lui rendre visite le trouva penché sur un demi-poulet rôti ; il pensa et dit ouvertement que Meg était parfaite. Ses remarques au sujet d'Alayne s'étaient évanouies comme de la buée sur une glace. Ce n'étaient que propos de femme, et sans importance à ses yeux. Ce qui avait un sens pour lui, c'était la main blanche de Meg caressant les cheveux de Finch, ainsi que la vue d'un morceau de volaille grillée entourée de petits pois.

On avait dit à Jalna que Finch avait eu une « défaillance nerveuse » (maladie des plus commodes) juste en arrivant chez les Vaughan où on l'avait recueilli. Il était soigné par l'innocente Meg et il serait bon que chacun s'efforce de le bien traiter à son retour. C'était un soulagement général qu'il fût hors de Jalna pendant une semaine. Apercevoir sa silhouette maigre et traînante, en sachant que c'était lui l'héritier de la vieille Adeline, aurait pu provoquer d'autres « défaillances nerveuses ».

Les conversations pouvaient ainsi suivre leur cours sans être le moins du monde gênées par sa présence. Augusta allait retourner incessamment en Angleterre. Elle ne pourrait jamais plus supporter un hiver au Canada. Grâce à Dieu, elle n'y était pas née et ne voulait pas y mourir de froid ! Elle faisait cette déclaration alors que le thermomètre marquait 30 degrés en cette fin d'été, et insistait pour que ses frères la suivent pour quelque temps.

Meg pensa qu'une conversation avec Mr. Fennel ferait grand bien à Finch... Elle ne dit pas au pasteur qu'il avait voulu se donner la mort, mais lui fit comprendre qu'il avait perdu tout empire sur lui-même d'une façon étrange et inexplicable. Mr. Fennel devina que le testament avait provoqué un grand trouble à Jalna et que Finch, malade d'émotion, restait chez les Vaughan jusqu'à ce que le calme soit rétabli. Il vint le voir et lui parla, non de religion ni de morale, mais de sa propre jeunesse dans le Shropshire, du désir qu'il avait eu de devenir acteur, et il fit tant de bien à Finch que ce dernier put sortir du lit le soir même et que le matin suivant il passait plus d'une heure au piano.

Le lendemain, Georges Fennel, de retour du camp, vint le voir et fit faire de nouveaux progrès à son rétablissement. Georges était ébloui par la bonne fortune de son ami et complètement indifférent à la déception du reste de la famille. Il s'assit à côté du lit, solide, ébouriffé, brûlé par le soleil et se mit à discuter sur les possibilités infinies de cent mille dollars.

— Si tu veux, tu pourras organiser un véritable orchestre. Nous lui ferons faire le tour du continent. Nous choisirons un bel uniforme bleu avec beaucoup d'or. Sûrement ta famille protestera. Mon père aussi, car il n'a guère d'imagination et déteste tout ce qui touche au théâtre. Mais c'est le genre de vie que j'aime.

Les yeux brillants, il sortit de sa poche l'habituel paquet de cigarettes qui ne contenait jamais plus de deux ou trois cigarettes écrasées, et en offrit une à Finch. Ils fumèrent ensemble dans la douceur de leur camaraderie retrouvée.

— Tu pourrais aussi avoir un grand piano de concert, continua Georges. J'aimerais t'entendre jouer, sur un grand piano, un morceau de *la Chauve-Souris*. Quelle différence pour toi, si tu avais un tel instrument. Tu pourrais devenir célèbre... Pour ma part, j'aime assez l'idée d'un grand orchestre. Grand Dieu, nous sommes-nous assez amusés avec notre vieil orchestre ! Nous méritions bien notre salaire ! Le bout de mes doigts devenait si douloureux qu'il me semblait que les cordes de mon banjo étaient rouges. Te rappelles-tu notre dernière soirée et la jeune fille qui essayait de te faire la cour ? Quelle foule il y avait ! Te rappelles-tu aussi notre retour à la maison, le lait que nous avions acheté et qui était gelé ? Sans toi, je ne serais jamais rentré !

Et Georges se mit à rire de son rire bruyant, puis redevint sérieux.

— Hier soir j'ai dîné en ville avec un Mr. Philipp. Il a le meilleur appareil de radio que je connaisse. Il coûte très cher mais il paraît qu'il est parfait. Nous avons entendu un magnifique opéra et un pianiste exactement comme tu les aimes. Il faut que tu en achètes un semblable, ce sera excellent pour toi, tu entendras les meilleurs morceaux au lieu d'être assommé par tout ce fatras de jazz... Seigneur, te rappelles-tu notre façon de rythmer *Mon cœur s'arrêta* ?

Il rit encore et émit une suggestion encore plus intéressante.

— Sais-tu, Finch, que dans la région du Nord où je me trouvais, il y avait une occasion merveilleuse, une villa d'été, une sorte de cabane en bois construite par un Américain qui la trouve trop éloignée. Il la vendra très bon marché. Ce serait un endroit merveilleux pour séjourner l'été, y recevoir des amis, s'y reposer. Il y a une énorme cheminée, avec des poutres apparentes au plafond, et les cerfs viennent jusque sur le seuil. Cet Américain prétend qu'une nuit il a été réveillé par un porc-épic qui rongeait à la cave.

— Ce serait splendide ! s'écria Finch, très excité.

— Je me souviens encore d'autres choses, poursuivit Georges. Il y a un individu qui a un canot à vendre, le plus rapide que j'aie jamais vu. Il fend l'eau comme une lame d'acier. Posséder ce canot et la villa, ce serait un bonheur sans fin. Il faudra que je me renseigne un peu mieux au sujet du canot. Mais je crois que tu peux t'y risquer sans crainte. Ce n'est pas du tout comme une auto. Quand on achète une auto, on prend la meilleure marque anglaise, il n'y a pas plus solide.

— Le malheur, dit Finch, c'est que je n'aurai pas cet argent avant mes vingt et un ans.

— Cela arrivera vite, répondit tranquillement Georges. Je suis sûr qu'on te gardera la villa et le canot. Je parie que tu retireras un jour de l'argent de ces projets. Cela arrive souvent.

Finch demeura troublé et muet devant l'horizon qui s'ouvrait devant lui.

Sa rencontre avec Leigh fut toute différente, moins bruyante et moins chaleureuse, mais elle eut un effet tout aussi salutaire sur son esprit déprimé. Il reçut d'Arthur la lettre suivante :

« Mon cher vieux Finch,

Quelle est cette éblouissante nouvelle qui me parvient à votre sujet ? J'ai rencontré Joan dans la rue et elle m'a parlé d'un héritage fantastique. J'en suis ravi et ma mère et Ada presque autant. Je vous en prie, venez passer une semaine avec nous. Ma mère et ma sœur insistent pour un séjour de cette durée, au moins. Nous bavarderons nuit et jour, il faudra bien une semaine pour tout ce que j'ai à vous dire.

Dire que je ne vous ai pas vu depuis votre mystérieux départ pour New York ! Et pendant tout ce temps, pas un mot de vous !

A vous pour toujours.

Arthur. »

Le cœur de Finch se remplit de tendresse pour son ami à la réception de cette lettre. Le papier simple mais de belle qualité portait le cachet de Leigh et la petite écriture d'Arthur symbolisait pour Finch la dignité et l'élégance de l'existence de son ami. Être un Court ou un Whiteoak ne signifiait rien pour Finch. Ce petit mot écrit de la charmante écriture d'Arthur était vraiment émouvant. Il le mit dans sa poche comme un fétiche lorsqu'il regagna Jalna.

Il lui fallut beaucoup de courage pour ce retour. Ses nerfs étaient si tendus qu'il redoutait un regard désagréable ou un mot capable de provoquer chez lui une crise nerveuse. La seule odeur de la maison le fit trembler. L'odeur de la tapisserie épaisse et dorée, des rideaux garnis de glands, le faible parfum d'Orient qui flottait aux alentours de la chambre de sa grand-mère où régnait maintenant une tranquillité inviolable.

Était-ce le fruit de son imagination ou bien demeurait-il vraiment un peu de l'odeur du cercueil et des fleurs funéraires dans le salon vide ? Il s'arrêta dans le hall, ne sachant où aller, écoutant les battements de son propre cœur. Il se sentait désolé et terrifié, en dépit de la visite de Georges et de la lettre d'Arthur. Pour la première fois, il réalisait la mort de sa grand-mère et combien lui manqueraient les visites qu'il lui faisait. Sa gorge se contracta en songeant à toutes les confidences qu'il avait recueillies pendant ses semaines d'intimité avec cette nature riche et extravagante.

Debout dans le hall, il se revit lui-même tout petit garçon, ayant moins de trois ans, et descendant l'escalier sur son petit derrière, marche après marche. Déjà il était solitaire, enfant émouvant avec une souple mèche blonde retombant sur ses yeux.

Cette descente d'escalier avait été un terrible voyage ; déjà, dans ce temps-là, les odeurs étaient étranges et troublantes. Il se souvint du grand frère aux longues jambes et aux cheveux roux qui se promenait dans le hall avec des bottes de cuir, le soulevait vivement et le jetait sur ses épaules tandis que l'enfant poussait des éclats de rire terrifiés. Il se souvint du garçon taquin et souriant qu'était Eden, de l'enfant de sept ans aux joues fraîches qu'était Piers qu'il vénérait et redoutait à la fois. Et les oncles... Immobile, il cherchait l'excuse expiatrice qu'il pourrait adresser à chacun pour le tour qu'il leur avait joué. Car bien que tout fût involontaire de sa part, il sentait bien qu'il y avait une sorte de tricherie dans la façon dont il les avait supplantés. Leur conduite à son égard était parfaitement justifiée. Et il craignait que tous se soient écartés de lui, sauf peut-être Eden. Eden ! Quel singulier mélange ! Réussirait-il à aller les trouver chacun séparément, à leur faire comprendre sa situation, tout en restant maître de lui ? Rien que cette pensée l'affolait. Ses genoux faiblissaient. Il se représentait chacune de ces entrevues comme une série d'agonies. Non, il n'y parviendrait pas ! Qu'ils pensent de lui ce qu'ils voudront et supportent sa présence d'héritier de leur mieux !

Il entendit marcher derrière lui et se retourna. C'était Augusta qui descendait. Dans la faible lumière projetée par le vitrail, il vit qu'elle était très pâle et semblait émue. Il leva humblement les yeux vers elle, se demandant si elle voudrait le saluer. Elle se trouva à côté de lui avant même de l'avoir vu et fixa alors sur lui un regard mélancolique et rasséréné.

— C'est toi, Finch. Je suis bien contente que tu sois revenu. Je voudrais que tu viennes dans ma chambre, car j'ai quelque chose à te dire. Tu es justement la personne dont j'ai besoin.

Besoin de lui ! On avait besoin de lui ! Quelles douces paroles ! Il monta l'escalier derrière elle, il aurait voulu pouvoir soulever l'ourlet de sa robe de cachemire pour le porter comme une traîne. Être regardé sans animosité ! S'abriter sous l'aile bordée de crêpe de tante Augusta.

Une fois dans sa chambre, elle lui dit :

— Je suis tourmentée au sujet de mon cher canari. J'ai organisé mon retour en Angleterre sans lui, je ne peux plus changer mes projets maintenant. Il mourra s'il n'est pas bien soigné. Finch, mon chéri, puis-je te le confier ? Feras-tu cela pour moi ?

La frange à la mode de la reine Alexandra se pencha sur la cage dorée où le canari, semblable à un narcisse, cherchait des grains dans sa tasse.

— Twit, Twit, dit Augusta ; heureusement qu'il ignore mes intentions. Twit, Twit ! Je te dis, Finch, qu'il est plus savant que tous les chiens et chats de la maison réunis. Ce n'est pas par vanité que je parle, mais j'éprouve une vive joie devant sa sagesse. Puis-je être vraiment sûre que tu le soigneras ?

— Oui, tante Augusta, je ferai de mon mieux. Je suppose qu'il est très délicat.

— Sa santé est parfaite, mais il faut le soigner. Je te donnerai des indications précises pour son bain, ses graines, son morceau du sucre et sa feuille de salade.

Le canari aiguisa son bec sur son perchoir et les regarda en clignant de l'œil.

— Twit, Twit, dit Augusta d'une voix basse et triste.

— Twit, Twit, répéta Finch d'une voix enrouée.

Pauvre oiseau ! Il aurait bien des vicissitudes dans les mains de Finch !

Finch embrassa sa tante avec tendresse. Un peu de lumière avait pénétré dans son esprit inquiet. Il courut dans sa mansarde pour examiner sa garde-robe. Il sortit ses vêtements du placard, les regarda avec soin près de la fenêtre, puis les posa sur le lit. Plus il les regardait, plus il devenait certain qu'il ne pouvait accepter l'invitation d'aller passer une semaine chez Arthur Leigh. Le nouveau costume noir acheté tout fait au moment des obsèques de grand-mère n'arrangeait rien du tout. Son linge et ses chaussures étaient riches de trous. Son plus beau chapeau ne valait guère mieux que le plus mauvais. Les quelques cravates qu'il avait achetées à New York étaient assez bien mais ne suffisaient pas à le rendre présentable.

Sa visite à Leigh ne pourra être que de courte durée, car même s'il réussit à convaincre Renny de lui acheter de nouveaux vêtements, ces vêtements ne seront pas prêts tout de suite et Leigh veut qu'il vienne sans attendre.

Dans le corridor du premier, il rencontra Nicolas qu'il redoutait plus que tout autre.

— Te voilà de retour, dit son oncle de sa manière brusque. Cours à la salle à manger et rapporte-moi mes lunettes. Je les ai laissées sur la table près de la fenêtre.

Finch se précipita à la recherche des lunettes. Nicolas les prit avec un grognement de remerciement et regagna sa chambre. Finch poussa un profond soupir de soulagement. Nicolas s'était montré distant, mais ni dur ni terrible comme lors de leur dernière entrevue. Finalement ce retour à la maison serait moins terrible qu'il ne le pensait.

Ernest parut sur le pas de sa porte et appela Finch d'un signe. Il était fin et distingué. Sa personne et sa chambre témoignaient d'un ordre exquis. On aurait dit que sa déception et la certitude de ne devoir jamais rien posséder de plus l'avaient poussé à donner à son champ d'action restreint toute la perfection possible.

Les aquarelles pendues au mur avaient été changées de place, de même que les vases qui ornaient la cheminée. Un vase de verre noir contenant quelques branches de légères fleurs blanches était placé sur son bureau où les livres et les papiers concernant son essai sur Shakespeare avaient été récemment mis en ordre. Les vêtements d'Ernest, sa cravate, et même ses boutons étaient noirs. Il avait les yeux cernés mais le regard qu'il posa sur Finch était plein de douceur.

Il lui dit, un peu nerveusement :

— Entre, entre. Je ne te retiendrai pas.

Cela voulait dire : « Je t'en prie, ne reste pas trop longtemps. » Il alla jusqu'à la fenêtre et ouvrit les volets.

Finch essaya de sourire sans grimacer, d'exprimer sa sympathie sans prendre un air lugubre. Jamais il n'avait eu autant de peine à conserver une expression naturelle.

— Je crois, lui dit son oncle en hésitant, que nous, que je... que tous nous avons été trop durs pour toi. Je suis certain qu'il n'y a aucune tromperie de ta part, Finch. Seulement tu n'as pas réalisé le danger qu'il y avait pour ma mère à veiller si tard. Je me souviens avoir dit que cela l'avait tuée. Dans ma colère, j'ai peut-être dit des choses encore pires ! Je ne me souviens plus. Je me souviens seulement que quelqu'un a dit que tu n'étais qu'un assassin, mais je crois bien que c'était ta tante, je ne pense pas avoir dit pareille chose.

— Non. Vous avez seulement dit que j'avais abrégé sa vie.

Ernest rougit.

— Oui. C'est que... Je regrette, mon cher enfant, de l'avoir dit. Ce n'est sûrement pas vrai. Elle était âgée, très âgée, en vérité, et de toute façon, devait mourir.

— Oncle Ernest, s'écria Finch, j'aurais préféré que n'importe lequel d'entre vous ait reçu l'argent de Gran, plutôt que moi ! Je vous assure que c'est un vrai supplice pour moi.

Ernest eut un pâle sourire.

— Tu te débarrasseras de ce sentiment. Ce sera merveilleux. Regarde l'univers s'ouvrir magnifiquement devant toi. C'est un grand bonheur pour un jeune homme d'être riche. Mon père a été très généreux pour moi quand j'étais jeune. J'ai pris beaucoup de plaisir ; malheureusement j'étais étourdi et crédule. L'argent me coulait entre les doigts. Je souhaite que tu prennes plus de soin... de ta fortune.

Il prononça ces deux derniers mots avec une amertume qu'il ne put dissimuler, comme quelqu'un qui a mordu dans un fruit acide.

Finch soupira, puis d'une voix tremblante reprit :

— Il y a une chose certaine, dès que j'aurai cette fortune, je ferai bien des choses pour ceux qui la méritaient plus que moi. Si je peux, j'offrirai à chacun quelque chose qu'il aurait fait si lui-même avait reçu l'argent.

Et regardant Ernest d'un air suppliant, il ajouta :

— Je voudrais que vous alliez faire un voyage en Angleterre pour consulter au British Museum les livres utiles à votre travail.

Il pencha la tête vers le bureau.

Ernest fut ému.

— Mais non. Je ne peux songer à cela.

— Vous le ferez ! Pour me faire plaisir. Pour l'oncle Nick et tous les autres, je ferai quelque chose aussi.

Et ses yeux rayonnaient.

— Très bien. Nous verrons. En tout cas, c'est très généreux de ta part.

Soudain son regard s'éclaira. Puis il réfléchit avant de dire :

— Il y a quelqu'un pour qui j'aimerais que tu fasses quelque chose, quelqu'un qui ne peut rien faire lui-même pour le moment. Il a besoin d'aide et il est si bien doué ! Je ne voudrais pas le voir obligé de faire un travail qui l'écarterait de la poésie.

— Vous parlez d'Eden.

Mon Dieu, il n'avait jamais pensé à Eden ! C'était pourtant vrai, ce que disait l'oncle Ernest.

— Je me demande ce que je pourrais faire pour lui.

Ernest lui répondit presque joyeusement :

— Tu verras bien en temps voulu. Mais je voudrais que l'on puisse faire quelque chose dès à présent. Il va beaucoup mieux, mais il a encore besoin de soins. Il pourrait venir ici s'il n'y avait pas Piers.

— Bien. Je verrai ce que je peux faire.

Et Finch s'en alla, éprouvant un sentiment tumultueux de responsabilité à l'égard de sa famille.

Il ne vit Piers qu'au moment du dîner où ce dernier arriva, le cou nu, resplendissant de santé, les yeux brillants, après avoir conclu une vente avantageuse d'un camion de pommes de terre. Il adressa à Finch un sourire plus moqueur que méchant et, après s'être assis, lui dit :

— Rien d'étonnant à ce que tu te sois mis au lit ! J'en aurais fait autant à ta place !

— Pour l'amour du Ciel, murmura Finch tout bas, tais-toi.

Cette rencontre-là aussi fut plus facile qu'il ne l'espérait.

La vie continuait à Jalna. Le métier tournait lentement et en grinçant, mais il tournait et la nouvelle figure de Finch prenait place dans le dessin modifié.

Ce soir-là, il était en train de se déshabiller lorsqu'il entendit un pas léger qui montait l'escalier. Il en fut étonné car il recevait rarement des visiteurs. Wakefield apparut sur le seuil.

Il entra avec un gentil sourire.

— Je ne peux pas dormir, Finch. Renny est sorti sans me dire où il allait, de sorte que je ne sais pas quand il rentrera.

Et il ajouta, un peu protecteur :

— J'ai pensé que tu te sentirais un peu nerveux, tout seul ici, après ta dépression, et que je ferais bien de venir te tenir compagnie.

Finch lui répondit sur le même ton :

— J'ai bien peur que tu ne regrettes ta folie. Je suis un très mauvais compagnon de lit. Je vais garder la lumière et lire un peu.

— C'est tout à fait ce qu'il me faut, s'écria gaiement Wake en se glissant dans le lit et en serrant le drap d'un geste défensif. J'ai envie de causer avec toi et de te donner un petit conseil au sujet de ta fortune. Tu verras, continua-t-il, en serrant ses genoux, que j'en sais plus que tu ne crois sur la question d'argent, c'est-à-dire que je sais tirer un grand parti de très peu d'argent ! De cent mille dollars, je retire autant que d'autres d'un million. Si tu me faisais une petite pension — je ne demande pas plus de 25 *cents* par semaine, juste ce qu'il faut pour empêcher Mrs. Brawn de me réclamer constamment — je te donnerais un conseil des plus utiles. Rien qu'à te voir, je sais que tu n'es pas fait pour les affaires. Piers dit que tu auras bien vite dépensé ton argent. Finch, que dirais-tu de faire deux parts égales, une pour toi, une pour moi ? Ce serait très amusant de voir lequel de nous deux utiliserait le mieux sa part ! Comme dans *la Parabole des talents.*

— Ton principal talent, dit Finch assis au bord du lit, c'est d'avoir de l'imagination. Tu en as plus que qui que ce soit. Je me demande comment tu es arrivé à ton âge sans avoir reçu une bonne correction qui t'aurait calmé, tu as un tel toupet ! Comme si j'allais te confier une partie de mon argent !

Sans aucun doute, sa voix frémit légèrement en prononçant ces mots « mon argent ! »

Wake réussit à prendre l'expression de sa tante lorsqu'elle était mécontente.

— J'espère, répliqua-t-il, en allongeant sa lèvre supérieure, que tu ne deviendras pas avare en devenant riche ?

— Pour l'amour du Ciel ! cria Finch, je ne suis pas riche. Quelle somme crois-tu donc que je possède ? Quatre-vingt-dix-huit *cents,* voilà tout ce que j'ai. Et je suis invité à passer une semaine chez Leigh !

Wake parut satisfait.

— C'est très bien ainsi. Tu n'as pas besoin d'argent si tu vas chez un ami aussi riche. Autant me donner tes quatre-vingt-dix-huit *cents.* Ce sera ma pension pour un mois.

— Si j'étais un autre de tes frères, déclara Finch, je te donnerais une bonne correction et je te renverrais en bas. Mais je suppose que tu irais tout raconter.

Wake secoua la tête.

— Non. Je prendrais mon courage à deux mains pour supporter la douleur !

Finch grommela :

— Quel langage ! C'est vraiment malheureux d'entendre un petit garçon parler comme un vieux monsieur de soixante-dix ans ! Voilà ce que c'est de ne pas jouer avec d'autres enfants.

Les yeux vifs de Wake s'assombrirent. Il joua sa dernière carte, celle qui ne manquait jamais de réussir !

— Non, Finch, ce n'est pas cela. C'est plutôt parce que je suis bien sûr de ne jamais atteindre soixante-dix ans. Peut-être même n'arriverai-je jamais à l'âge d'homme. Alors je veux parler le plus et le mieux possible pendant le peu de temps que j'ai à vivre.

— Quelle bêtise !...

Mais ce serait par trop méchant de maltraiter ce pauvre gosse... Quand il serait en possession de son argent, il ferait quelque chose de bien pour Wake !

Il se leva, se déshabilla, renonçant à son projet de lecture, et allait éteindre la lampe, lorsque Wakefield lui dit d'un ton câlin :

— Dis-moi, Finch, vas-tu faire... tu sais bien quoi... ?

— Non, je ne sais pas ce que tu veux dire.

— Mais si, tu le sais très bien.

Il avait un sourire malicieux.

— Ferme la porte, d'abord.

Finch, qui allait souffler la bougie, grogna :

— Je n'ai pas la moindre idée de ce que tu veux dire.

— Tu as dit... l'autre jour... que tu... Oh ! Finch, je t'en prie, fais-le !

Il eut un geste exprimant le mystère.

— Cette jolie chose dont tu parlais l'autre jour et que tu faisais devant la petite déesse.

— Oh ! c'est ça.

Finch resta immobile au-dessus de la flamme de la bougie. Une drôle d'ombre s'étendait en pointe sur son front. Les creux de ses yeux étaient sombres.

— Cela ne te plaira pas, tu auras peur.

— Peur ! Jamais ! Je n'en dirai mot à personne.

— Jure-le.

— Je le jure.

— Si tu en souffles un mot, je suis fâché avec toi pour toujours. Ne l'oublie pas.

Il alla ouvrir le placard. Un souffle mystérieux passa dans la chambre pendant que Wake se tenait assis tout droit sur le lit, tremblant d'extase.

Finch sortit la statue de Kuan Yun et la posa sur le bureau. Il prit dans un tiroir un paquet de petits cônes d'encens et les déposa à ses pieds. La lune s'était levée au-dessus des arbres et envoyait par la fenêtre un rai de lumière semblable à une épée. Finch souffla la bougie. Tous les objets de la chambre furent plongés dans l'obscurité. Seule la légère statue de porcelaine de Kuan Yun retenait la lumière comme un bijou. Finch alluma l'encens. Une fumée bleue monta en spirale et étendit comme un voile frémissant jusqu'au bord du rayon de lune. Un parfum âcre et exotique impressionna les narines attentives des jeunes gens. Ils étaient aussi immobiles que la statue elle-même. Leurs visages que pâlissait la lumière de la lune semblaient aussi de porcelaine. Un vent soudain se leva. Les chênes commencèrent à soupirer, puis à s'agiter. La lune tout à l'heure limpide au-dessus des arbres était maintenant balayée par leurs branches qui cherchaient à se redresser, sa lumière était découpée en prismes brillants qui disparaissaient, se rejoignaient, dansaient dans la nuit. L'âme des deux jeunes gens ne tenait plus à leur corps, l'encens l'avait libérée !

Sous la conduite de Kuan Yun, patronne des marins, ils voguèrent, par-delà la fenêtre, à travers les océans lunaires d'une beauté surnaturelle.

25

Un emprunt

— Sais-tu ce que j'ai rêvé ? demanda Wake. Tu ne le devineras jamais !

Des sons inarticulés vinrent de l'oreiller de Finch.

— J'ai rêvé que tu étais une fleur.

On entendit un grognement qui s'acheva dans un petit rire. Finch ouvrit un œil.

— Quelle espèce de fleur ?

— Pas une fleur bien jolie, et la voix de Wake était empreinte d'un doux regret. C'était une espèce de fleur que je ne connais pas, longue, jaunâtre et triste.

— Hum !

— Mais, reprit le petit garçon, elle était pleine de miel.

— Diable !

— Oui. Et moi j'étais une abeille, une de ces petites abeilles brunes et bourdonnantes qui vont recueillir...

C'était plus que suffisant ! Finch l'étouffa sous un oreiller et ne le délivra qu'après lui avoir fait avouer qu'il était un menteur, un flatteur et un affreux petit serpent.

Nulle allusion ne fut faite, pendant que Finch s'habillait et que Wake s'ébrouait dans la cuvette, à la cérémonie de la nuit précédente. La statue de Kuan Yun avait disparu dans l'obscurité, mais le nez sensible de Wake percevait encore dans la chambre un subtil parfum, une légère allégresse, comme un rêve délicieux dont on se souvient à demi.

C'était une matinée au ciel d'un bleu ardent dans lequel flottaient des nuages blancs. Des taches de soleil jaune foncé étaient projetées comme par une brosse sur les murs gris de la mansarde. Ce soleil plus que doré, le ciel plus que bleu, l'herbe et les arbres plus que verts ! L'été, cet artiste fantasque qui, pendant toute la saison, leur avait donné tant d'images floues, aux couleurs pâles, semblait vouloir répandre ses dernières couleurs sur le tableau final, avec un éclat incomparable.

— Quelle journée, cria Wake, pour aller en visite ! Je voudrais que ce soit moi !

Il cessa de se frotter le visage avec une serviette et resta rêveur.

— Sais-tu, Finch, que je n'ai jamais été en visite de ma vie ? Pas une seule petite visite ! Je me demande si jamais cela m'arrivera !

— Mais sûrement. Je t'emmènerai quelque part un jour, promit Finch.

Lui-même était excité ce matin en pensant à la visite qu'il allait faire. Sans réfléchir davantage, il avait décidé de passer une semaine chez les Leigh et, avant de descendre déjeuner, il plaça le meilleur de sa garde-robe dans une valise. Il fallait s'adresser à Renny pour avoir un peu d'argent.

Il le trouva sur le pont rustique. Habituellement, à cette époque de l'année, la rivière n'était plus guère qu'un petit ruisseau se frayant un chemin à travers une riche végétation de joncs et de roseaux. Mais cette année elle était aussi abondante qu'au printemps et formait sous le pont un étang entouré d'un jeune cresson très épais. Le fond ridé et sablonneux reflétait les rayons du soleil. Renny n'était pas seul. Perché à ses côtés sur la balustrade, se trouvait Eden qui laissait mollement tomber des petits morceaux de bois dans l'étang. Tous deux étaient silencieux. Ils avaient eu une conversation qui les laissait plongés dans la contemplation de leur propre situation. Finch remarqua l'amélioration considérable de l'état d'Eden. Son visage et son cou avaient repris leur embonpoint ainsi qu'un teint brun qui respirait la santé. Néanmoins il conservait une certaine apparence de fragilité à côté de la rude vigueur de Renny. Finch pensa : « Eden semble indifférent et de bonne humeur, et cependant je préfère demander de l'argent à ce vieux Renny plutôt qu'à lui. »

Il s'approcha, conscient de lui-même, et s'arrêta à côté de son frère aîné dont les vêtements étaient imprégnés de l'odeur de pipe. Finch murmura du bout des lèvres :

— J'ai reçu une lettre de Leigh qui m'invite à aller passer une semaine chez lui. J'ai pensé que je pourrais partir aujourd'hui.

— Parfait. Cela te fera du bien.

— Je pense... Je crois que j'ai besoin d'un peu d'argent !

Que ce mot « argent » était difficile à prononcer ! Il avait un son de mauvais augure depuis que son attribution avait suscité tant de passions violentes !

Renny mit la main dans la poche de son pantalon, avec une expression de défense, mais après avoir considéré dans sa main la monnaie et l'unique billet froissé qu'il en avait retirés, il les remit dans sa poche pour sortir de la poche intérieure de son veston le vieux portefeuille en cuir que les yeux de toute la famille avaient si souvent contemplé avec anxiété. Il eut son geste habituel qui cherchait à en dissimuler le contenu exact et en sortit un billet de cinq dollars qu'il tendit à Finch. Eden allongea le cou pour observer leurs gestes.

— Encore deux ans, dit-il, et vos positions seront inverses.

Le visage de Finch devint écarlate. Ne le laisserait-on plus jamais tranquille ? Et l'héritage serait-il toujours un objet de dispute ? Il empocha le billet d'un air maussade en murmurant :

— Merci infiniment.

— D'ici là, dit Renny, il a devant lui beaucoup de travail et je ne veux pas qu'on le tourmente au sujet de sa fortune. Je l'ai dit à Piers. En ta qualité de poète, Eden, tu dois comprendre ce que c'est que d'être impressionnable, mélancolique et neurasthénique. Si on continue de le tarabuster, il te donnera une seconde occasion de lui sauver la vie, n'est-ce pas, Finch ?

Car la réticence dans leurs paroles n'était pas la caractéristique des Whiteoak.

Eden se mit à rire tout en rougissant, et dit :

— La prochaine fois, frère Finch, choisis la rivière ici même, et je te repêcherai sans me mouiller les pieds.

Finch eut un timide sourire et allait repartir quand Eden le retint.

— Reste ici, bavardons un peu. Renny s'en va. N'est-ce pas, Renny ?

— Me voilà déjà en retard, répondit Renny en regardant la montre-bracelet en acier qu'il avait portée pendant toute la guerre.

Il se hâtait toujours à de mystérieux rendez-vous qui se rapportaient aux chevaux et qui contribuaient à amincir le vieux portefeuille de cuir bien plus qu'à le rembourrer !

Finch et Eden restèrent seuls. Pendant quelques instants d'un silence embarrassé, ils contemplèrent l'étang sombre et brillant, puis Eden dit d'un ton sérieux :

— J'ai dit l'autre matin à Renny que j'avais accompli la meilleure action de ma vie en te sauvant. Mettant de côté tout amour fraternel, je suis persuadé que tu es la fleur du troupeau. Je ne sais d'ailleurs pas pourquoi, c'est une idée que j'ai. Je suppose que c'est une intuition, en ma qualité de poète doué d'une sensibilité et autres facultés que Renny m'attribue. Quel drôle de garçon !

— Il est magnifique, s'écria Finch avec chaleur. Je ne supporterais pas qu'on dise du mal de lui.

— Ni moi non plus. Je l'admire autant que toi, quoique différemment. J'admire et envie une partie de lui-même que tu ignores complètement. Dis-moi, Finch, que vas-tu faire ? Est-ce que cela t'ennuie de causer avec moi et sommes-nous bons amis ?

— Mais bien sûr ! Je pense que je te dois de la gratitude...

— Tais-toi. Ne prononce pas ce mot. C'est un mot vulgaire. Aucun joli mot ne rime avec. Essaie et tu verras ce que tu trouves !... *Prude... Dude... Spewed... Lewed !* [1]...

Finch ajouta lourdement.

— Il y a *nude* aussi [2] !

— C'est absurde ! Quelle compagnie indigne !

Eden se tut et regarda un instant la tache lumineuse de la rivière. Puis il reprit sur un ton de soudaine gravité :

— Pourquoi aurais-tu de la gratitude envers moi ? Je ne désire qu'une chose, c'est ton amitié. L'ai-je ?

— Oui... Je veux dire que je t'aime, Eden, mais il me semble étrange d'être ton ami, c'est si nouveau pour moi !

— Mais tu essayeras, n'est-ce pas ? Bien. Prends une cigarette.

Et il lui tendit un étui en argent rempli d'une marque coûteuse de cigarettes. Finch revit en souvenir la créature découverte sur un banc de Madison Square, cette créature misérable, désespérée, malade ! Comme Eden s'était bien rétabli et avait retrouvé son aspect bien portant ! Si lui-même, Finch, était tombé dans un pareil état, il n'est pas certain qu'il se serait remis, tandis qu'Eden était là, moqueur, méprisant, prêt à jeter un nouveau défi à la vie.

Finch accepta la cigarette et du feu.

— Je crois, dit Eden, que nous nous ressemblons plus que tu ne le crois. Nous avons tous deux hérité pour beaucoup de notre — comment l'appelait donc Gran ? — notre « pauvre diablesse de mère ».

— Ne parle pas ainsi, interrompit Finch durement.

— Je ne veux rien exprimer d'irrespectueux. Je veux seulement

1. Jeu de mots difficile à traduire puisqu'il repose sur la rime avec *gratitude,* qui n'existe plus dans la traduction française. Les mots *prude, dude, spewed, lewed* signifient « prude, guenilles, vomi, débauché ». Tous riment phonétiquement en « ioude ». *(N.d.T.)*

2. Même remarque. *Nude* signifie « nu ».

dire que nous avons hérité de ses qualités qui paraissent extravagantes aux Whiteoak : l'amour de la poésie, l'amour de la musique, l'amour de la beauté. N'es-tu pas de cet avis ?

— Je pense qu'elle a dû ressembler bien peu aux Whiteoak !

— Certainement... Et il en est de même pour nous. Avoue que tu peux me dire des choses que tu ne pourrais pas dire aux autres sans qu'ils se moquent de toi.

— Oui. C'est vrai. Cependant...

— Quoi donc ?

— Renny a été parfait pour moi au sujet de la musique.

— Certainement. Mais pourquoi ? Sûrement pas parce qu'il comprend ton sentiment, mais parce qu'il te considère comme faible d'esprit et qu'il a peur que tu perdes la tête. Il a autant de mépris pour ma qualité de poète et ne me supporte qu'en raison de nos liens fraternels. Il serait loyal envers Satan lui-même si Satan était son demi-frère !

— Je voudrais ressembler à Renny, murmura Finch.

— Ce n'est pas vrai. Tu ne me feras pas croire que tu échangerais ton amour pour la musique contre l'amour des chevaux et des chiens.

— Et des femmes, ajouta Finch.

— Oh ! tous nous aimons les femmes. Mais tu feras comme moi, tu aimeras et tu oublieras. L'oncle Nick était comme ça lui aussi quand il était jeune. Il m'a dit une fois qu'il avait oublié le nom des femmes qu'il avait aimées, sauf bien entendu le nom de celle que, pour son malheur, il épousa.

Finch dit alors :

— Eden, veux-tu me dire quelque chose ? Aimes-tu encore Alayne ?

— Je ne l'aime plus en tant que femme, si c'est cela que tu veux dire. Peut-être aurais-je oublié son nom si je ne l'avais pas épousée.

— C'est étrange. Elle est si charmante et si bonne !

— C'est ma poésie qu'elle a d'abord aimée, elle m'a aimé ensuite parce que j'en étais l'auteur. Et je crois que je l'ai aimée justement parce qu'elle aimait ma poésie. Maintenant, c'est fini.

— Mais elle aime toujours ta poésie, n'est-ce pas ?

— Oui, je le crois, mais elle l'aime comme de l'art pur. C'est Renny qu'elle aime maintenant.

Finch s'écarta et passa de l'autre côté du pont. Là, la rivière coulait à l'ombre ; il reposa un instant ses yeux dans sa fraîche et faible profondeur et demanda :

— Es-tu en train d'écrire quelque chose en ce moment ?

— J'ai écrit beaucoup de choses le mois dernier.

— J'aimerais les lire.

— Je les apporterai un après-midi pour te les lire. Je t'apporterai les premiers vers que j'ai écrits après mon retour ici. Je ne crois pas qu'ils vaillent grand-chose, mais j'aimerais que tu les entendes car ils ont presque tous pour thème la douceur de vivre. C'est une chose dont je n'ai jamais douté. Si abattu que je fusse lorsque vous m'avez retrouvé à New York, pas une fois je n'ai songé à me tuer. Seigneur, j'aurais passé le reste de mes jours et de mes nuits sur ce banc d'où je pouvais voir les nuages et les étoiles, plutôt que d'en finir avec moi-même !

Il traversa le pont pour rejoindre Finch et passa son bras autour de ses épaules.

— Je pense que tu as lu *Lavengro ?*

— En partie. Je ne l'aime guère.

— Eh bien, Borrow dit une chose souvent citée, mais qu'importe puisqu'elle est belle. Il dit ceci : « Ami, il y a la nuit et le jour, aussi doux l'un que l'autre. Il y a le soleil, la lune et les étoiles, tous également doux, de même que le vent qui souffle sur la lande. La vie est très douce, ami. »

Et Eden secoua Finch par l'épaule.

— Mets-toi bien ça dans la tête, ami Finch, la prochaine fois que la famille t'accablera et te fera souffrir.

— J'essayerai, répondit Finch à voix basse.

Eden lui jeta un regard pénétrant, puis ajouta, comme s'il craignait d'avoir été trop solennel :

— J'ai tout de même été content de voir que la famille pouvait continuer à faire des scènes aussi parfaites, même après la mort de Gran. Je craignais qu'elle ne soit plus capable que de disputes futiles. Gran avait un tel amour de la vie. Il faut essayer de lui ressembler, Finch. Demande à la vie le plus de choses possible.

Finch, couché sur le parapet, lui dit :

— J'étais en train de surveiller ce crapaud qui plonge sous cet énorme bouquet de chèvrefeuille. Je pensais qu'il était très heureux.

— Oui. C'est un drôle de petit animal. Je me demande combien de fois il a été amoureux cet été.

Finch sourit en pensant que c'était Eden qui était drôle et curieux. Il ne pouvait considérer un simple crapaud sans évoquer sa propre vie intime.

Ils contemplèrent le crapaud assis sur la mousse au bord de l'eau avec ses gros yeux à fleur de tête, ses palmes écartées, sa gorge humide battant à coups précipités. Soudain, sans raison apparente, ils le virent prendre son élan, décrire une parabole verte. Lorsque l'eau eut retrouvé sa limpidité, ils l'aperçurent assis au fond, ses palmes écartées sur le sable, avec ses gros yeux ronds, et plongé dans la même contemplation hagarde.

— Si tu veux bien, lui dit Eden, je vais te dire quelque chose dont je n'ai parlé à personne.

Finch fut très flatté. Il tourna un long regard attentif vers son frère.

— J'ai l'intention d'écrire un poème narratif sur l'histoire primitive du Canada. C'est un sujet passionnant : Jacques Cartier, les périlleuses expéditions en bateaux à voiles ; les gouverneurs français et leurs maîtresses ; les intendants habiles, les Jésuites héroïques ; les premiers seigneurs, les voyageurs ; les chants canadiens ; ces pauvres diables d'Indiens faits prisonniers, emmenés en France et envoyés aux galères. Quel beau chant d'exilés je pourrais mettre sur leurs lèvres ! Songe à toutes ces Françaises charmantes qui vinrent ici comme religieuses ! Pense à leurs chants de regret pour la France et d'amour pour le Christ ! Si seulement je pouvais réaliser cette œuvre comme elle le mérite, Finch !

Son visage étincelait. Il fit un grand geste d'ardeur et d'espoir à demi impuissant. Finch constata que le revers de la manche grise était usé, que le poignet qui en sortait était rond mais semblait encore fragile.

Et tout son cœur s'élança vers Eden. C'était la première fois qu'il était traité d'égal à égal par un de ses frères. Et voilà que ce frère ne le traitait pas seulement en égal, mais en confident. Son visage refléta la flamme qui éclairait celui d'Eden et il éprouva le désir passionné de devenir son ami.

— Ce sera splendide, dit-il. Je suis sûr que tu peux réaliser cette œuvre ! Que c'est gentil à toi de m'en parler !

— A qui pourrais-je en parler, si ce n'est à toi ? Tu es le seul qui puisse me comprendre.

— Alayne te comprendrait aussi.

Eden lui répondit avec impatience :

— Je t'ai déjà dit que maintenant il n'y a plus rien, moins que rien, entre Alayne et moi. Quand tu seras plus vieux, tu verras que rien n'est plus difficile que de se confier à quelqu'un qu'on a cessé d'aimer, quelles que soient les autres choses qu'on puisse avoir en commun. Maintenant que je vais mieux, Alayne et moi sommes constamment sur nos gardes.

— Si les choses en sont là, je ne comprends pas que vous puissiez vivre ensemble dans la Cabane !

— Mais nous ne le pouvons plus ! Elle va retourner à son travail et je vais partir. Drummond dit que j'ai besoin de grand air pendant tout l'hiver, voilà l'ennui !

Et son beau visage s'assombrit.

— Renny veut m'envoyer en Californie. Mais j'ai décidé que je n'irai pas. Il faut que j'aille en France. Non seulement ce sera mille fois meilleur pour ma santé, mais encore je pourrai faire des recherches sur les débuts de l'histoire du Canada français. Je voudrais aller aux sources et, en réalité, il faut que j'y aille, autrement je ne pourrai jamais réaliser mon œuvre telle que je la conçois. Je veux passer une année en France, jusqu'à ce que j'aie fini mon poème. Mais comment pourrai-je le faire ? Renny ne pourra jamais trouver assez d'argent !

De nouveau son visage prit une expression de tristesse.

— Je suis sans ressources. Je pense que j'aurai tout juste de quoi parvenir jusqu'à l'endroit où l'on m'enverra. Personne ne me prêtera les deux mille dollars dont j'ai besoin.

— Si j'avais seulement ma fortune, je t'aiderais tout de suite, s'écria Finch.

Eden le regarda avec tendresse.

— Je suis bien sûr que tu le ferais. Tu es un brave cœur, Finch. Et je t'assure que je l'accepterais, non pas comme un cadeau, mais comme un prêt que je te rembourserais avec les intérêts lorsque je serais retombé sur mes pattes ! Mais pourquoi parler de tout cela ? Ton argent est bloqué pour des années.

Finch était violemment ému. Si seulement il pouvait aider Eden ! Ce nouvel Eden qui lui parlait de son poème alors qu'il était encore en gestation dans son cerveau de poète. Il éprouva dans tout son être un désir passionné de le secourir. Du reste, ce n'était que justice qu'il le fasse, qu'il lui donne tout l'argent nécessaire. N'avait-il pas risqué sa vie pour le sauver, lui Finch ? Il tournait, très excité, dans l'espace étroit du pont.

— Si seulement je pouvais en disposer ?

— J'espère bien, dit Eden, que ce n'est pas un ridicule sentiment de gratitude qui te fait parler. Tu sais que je ne peux supporter cette idée.

— Mais comment puis-je m'en empêcher ?

— Ne te laisse pas aller. Comme disait Gran, je n'en veux pas.

Finch éclata de rire. Il était presque hors de lui. Une idée, une magnifique et merveilleuse idée venait de naître dans son esprit ! Il s'arrêta devant Eden et se mit à rire sous son nez.

— J'ai trouvé ! J'aurai cet argent dont tu as besoin ! Je suis sûr que c'est possible.

Eden le regardait de son regard bizarre et vague.

— Comment pourras-tu faire ?

Son ton était détaché, mais son cœur battait plus vite. Serait-il possible qu'il en arrive à ses fins tout en sauvant les apparences, sans être obligé d'en suggérer lui-même les moyens à ce jeune naïf ?...

— Voilà comment, reprit Finch, parlant d'une façon saccadée et sans respirer. Mon ami Arthur Leigh est fort riche. Il est majeur et possède déjà une belle fortune. Il me prêtera certainement la somme que je désire, je lui ferai un billet à un sérieux intérêt bien entendu, et je pourrai ainsi te procurer ce dont tu as besoin.

Le visage de Finch était écarlate. Il passait ses mains dans ses cheveux qui se hérissaient sur sa tête. Sa cravate était tout de travers. Jamais il n'avait eu l'air plus sauvage, moins semblable à un philanthrope ! Les yeux d'Eden étincelaient, mais il secoua tristement la tête.

— Cela paraît assez réalisable, mais je ne peux l'accepter.

— Pourquoi ? dit Finch abasourdi.

— Que diraient les autres ? Renny ne voudra jamais. Il a mis de l'argent de côté pour mon voyage en Californie et pense qu'il n'y a rien de plus à dire.

— Il n'a pas besoin de le savoir. Personne n'en saura rien, sauf Leigh et nous deux. Et je ne dirai même pas à Leigh pour qui je veux cet argent. C'est le garçon le plus discret qui soit. Il ne pose jamais de questions. Il dira seulement : « Très bien, Finch. Voilà l'argent », et fourrera mon billet dans sa poche. Il ignore ce que c'est que de lésiner comme nous le faisons. Eden, laisse-moi faire. J'ai détesté plus que tout de recueillir cet argent. Je le traîne comme une malédiction. Si je peux en faire quelque chose de beau, t'aider, te permettre d'écrire tes livres, ce sera tout différent.

Et ses yeux se remplirent de larmes.

— Qu'est-ce qui t'a donné cette idée d'emprunter à Leigh ?

— Elle m'est venue tout à coup. Je pense que c'est une sorte d'inspiration.

Il ne voulait pas admettre que Georges Fennel pût en être l'inspirateur.

— Si j'accepte cet argent, dit Eden en fronçant les sourcils, je tiens à te payer un intérêt plus élevé que celui que tu donneras à ton ami.

— Le diable t'emporte, s'écria Finch d'un ton digne. Tu me rembourseras quand tu pourras et sans aucun intérêt. Je t'ai dit que j'avais décidé de faire quelque chose pour chaque membre de la famille afin de ne plus me sentir... un paria ! Il se trouve que tu es le premier à être servi et qu'il faut garder un secret absolu.

Un sourire presque tendre éclaira le visage d'Eden. Il prit la main de Finch et la secoua.

— Mon pauvre vieux, lui dit-il, tu seras vite débarrassé de ton argent !

26

Mensonges et poèmes

— Quelle drôle de créature vous êtes ! disait Ada Leigh.

— Je ne vois pas pourquoi, répondit Finch. Ce n'est pas l'avis d'Arthur, n'est-ce pas, Arthur ?

— Je ne sais pas trop !

— Mais pourquoi ?

Finch, qui détestait tant être un objet de discussion chez lui, recherchait l'attention et les observations des Leigh.

— Je crois que je n'ai rien de remarquable.

— Ne vous faites pas d'illusions, dit Leigh, on vous regarde toujours avec étonnement.

— Je sais que je suis mal partagé, mais, je vous en prie, n'insistez pas.

Pour la première fois de sa vie, il se sentait plein d'esprit. C'était délicieux !

Ada reprit :

— Quand nous avons appris que votre grand-mère vous avait laissé sa fortune, nous avons aussitôt dit : c'est tout naturel, car il est destiné à des aventures extraordinaires.

— Vous allez me faire mettre en colère.

— Pour rien au monde, je ne le voudrais, j'aurais peur. Vous êtes si émotif.

— Quel dommage que ma famille ne soit pas de votre avis.

— Ils ont dû être surpris de vous voir hériter tout cet argent ! dit Leigh.

— Terriblement surpris.

— J'espère qu'ils l'ont bien pris.

Leigh essaya de dissimuler sa curiosité. Quelle étrange famille ! Il se représenta facilement leurs attitudes, surtout celle du garçon violent, au visage de renard, à qui il avait acheté un cheval dont il n'avait aucun besoin.

— Oh ! ils ont été très convenables.

Comme c'était facile de mentir, dans ce salon rose et ivoire, de décrire un Jalna où tout marchait sur des roulettes ! Il ne réussit qu'à accroître leur intérêt à son égard. Ils l'amenèrent à parler de musique, des morceaux qu'il avait étudiés pendant l'été, de ses aventures à New York et de ses projets d'avenir. L'intérêt que lui portait Arthur était généreux et affectueux. Mais celui d'Ada se mélangeait de tristesse devant le sentiment complexe que la présence de Finch faisait naître en elle. Sa maladresse provoquait chez elle une sorte de répugnance tandis que l'expression triste de son visage au repos, sa mèche blonde sur le front, ses belles mains contrastant avec ses poignets osseux avaient pour elle un attrait troublant. Elle savait qu'elle l'attirait et le troublait à la fois et cela l'amusait de penser qu'elle pouvait jouer sur ses cordes sensibles, tout en sentant vaguement qu'en agissant ainsi elle risquait de s'en détacher.

Mrs. Leigh les rejoignit, plus que jamais semblable à une sœur d'Ada plutôt qu'à sa mère, après leur voyage si gai en Europe. Son désir de plaire la faisait paraître presque plus jeune, en tout cas plus ingénue que sa fille. Ils parlèrent de l'Europe.

— Aussitôt que vous serez en possession de votre argent, dit Leigh, nous y retournerons ensemble, Finch.

— Moi aussi, déclara Ada.

— Jamais de la vie. Ce sera un voyage trop fantaisiste. Les petites filles — et son regard engloba aussi sa mère —, les petites filles seront mieux à la maison. Vous souvenez-vous, Finch, quand nous parlions d'un voyage en Europe, au printemps dernier, vous vous moquiez de cette idée ! Vous disiez que vous n'auriez jamais assez d'argent. Voyez maintenant !

— En effet, avoua Finch tranquillement. Tout a bien changé.

Mrs. Leigh dit :

— Nous avons appris en même temps la mort de votre grand-mère et son testament. Arthur était si excité en vous écrivant qu'il a sûrement dû oublier de vous dire tous nos regrets pour votre deuil.

— En effet, je crois bien que je l'ai oublié. Votre grand-mère doit vous manquer, elle était si vigoureuse pour son âge, n'est-ce pas ?

— Oui...

La vigoureuse vieille figure se leva soudain devant lui, effaçant la jolie pièce et les jolies femmes. Il ne vit plus que les sourcils roux se soulevant avec une expression de dédain pour tous ces objets, le sourire édenté avec lequel elle les aurait écartés ! Le visage de Finch perdit toute l'animation qui en faisait le charme et devint morne.

— J'aurais voulu la connaître. Il faut que nous connaissions votre famille, Finch.

— Oui... Merci. Je suis sûr qu'ils en seront heureux.

— Vraiment ? Alors j'irai un jour en auto à Jalna pour faire une visite à votre tante, lady Buckley.

Finch se hâta de répondre :

— Elle va repartir chez elle, en Angleterre. Elle n'est venue ici que pour un séjour.

— Est-ce qu'elle préfère l'Angleterre ?

— Oh ! oui. Elle déteste les colonies.

— Une colonie ! s'exclama Leigh. J'aime ça ! Mais nous sommes une partie indépendante de l'Empire.

— Bien sûr. Mais j'ai l'habitude, à la maison, d'entendre appeler le Canada une colonie.

— Il me semble que les jeunes, parmi vous, pourraient protester.

— Je ne vois pas pourquoi. Si vous faites partie de quelque chose, qu'importe le nom qu'on vous donne.

— Cela n'a pas d'importance, dit Mrs. Leigh. Nous aimons tous l'Angleterre, voilà la seule chose qui compte.

— Je n'aime pas l'Angleterre, reprit Ada, c'est la Russie que j'aime et je me sens une âme russe.

— Mais comment pouvez-vous le savoir ? interrogea Finch qui se demanda si, par hasard, il n'en aurait pas une.

— Parce que mon âme n'est jamais satisfaite.

— Dans ce cas-là, je crains bien que ce ne soit mon estomac qui soit russe ! soupira Finch.

Mrs. Leigh remarqua qu'il paraissait avoir été malade et s'enquit de sa santé.

— Je me porte admirablement, déclara-t-il avec insistance. Je ne me suis jamais mieux porté. Mon teint est naturellement cadavérique.

— C'est possible. Mais plus probablement vous avez grandi trop vite, reprit Mrs. Leigh dont l'esprit revint aussitôt à la famille de Finch. Vous avez des belles-sœurs qui demeurent avec vous, n'est-ce pas ? Et l'une d'elles, la femme de votre frère le poète, est Américaine ?

— Oui... C'est-à-dire qu'ils vivent dans une autre maison toute petite, car il a été malade.

— Nous avons été très intrigués, pendant notre traversée. Il y avait un jeune homme de Philadelphie qui était enthousiaste de deux livres de poésie de votre frère, ses poésies lyriques et...

Elle ne pouvait se rappeler le titre du second.

— *L'Esturgeon d'or*. C'est un poème narratif. Je le dirai à Eden, il en sera heureux.

Mrs. Leigh reprit avec vivacité :

— Laissez-moi le lui dire moi-même. J'irai lui faire une visite ainsi qu'à sa femme.

— Ils vont partir aussi, dit Finch désespérément. Je suis désolé... Il est guéri, mais il faut qu'il parte dans un pays chaud.

Le joli visage de Mrs. Leigh s'attrista.

— Je suis destinée à ne pas connaître votre famille. Cependant, vous avez une autre belle-sœur ?

— La jeune Pheasant. C'est à peine une femme. Mes oncles seront très heureux si vous venez les voir. Ils aiment les visites plus que tout. Seulement il vaudra mieux leur annoncer d'avance le jour de votre venue.

Mais il y avait un peu d'anxiété dans sa voix. Elle s'inclina avec un sourire, ses lèvres découvrant ses dents.

— Pensez-vous que je pourrais me précipiter quelques instants et supplier votre frère de me signer ses livres ? Je les ai achetés tous deux hier. Croyez-vous que j'abuserais en lui demandant cela ?

Leigh intervint.

— Je les lui porterai, si Finch pense que son frère veuille les signer.

Finch souhaita du fond du cœur que Mrs. Leigh fût moins curieuse. Il s'apercevait qu'une curiosité quelque peu impitoyable était la clé de son caractère. Il lui assura, sans beaucoup d'enthousiasme, qu'Eden signerait tous les livres qu'elle voudrait. Il ajouta que c'était probablement la première fois qu'on le lui demandait et regretta aussitôt d'avoir ainsi trahi son frère.

Quand il eut passé deux jours chez les Leigh, il trouva enfin le courage de parler à Leigh de l'emprunt qu'il voulait lui faire. C'était plus difficile à formuler qu'il ne le croyait. Il avait très chaud et Leigh était moins compréhensif qu'il ne l'avait espéré.

Le regard brillant d'Arthur plongea dans l'eau trouble de l'âme de Finch.

— Êtes-vous sûr que c'est pour vous, mon vieux ? C'est une grosse somme, vous savez.

Finch inclina la tête.

Leigh sourit.

— Je crois que vous mentez et je vous aime pour ce mensonge. Mais cela m'est pénible de penser que quelqu'un abuse peut-être de votre sympathie et essaie d'avoir votre argent qu'il ne vous rendra jamais. Sur mon âme, j'hésite à vous prêter de l'argent de peur que vous n'ayez derrière la tête l'idée d'aider quelqu'un qui ne le mérite pas.

— Mais il le mérite ! éclata Finch.

— Vous voyez bien que j'ai raison. Ce n'est pas pour vous.

— C'est bien pour mon plaisir que je vous emprunte cet argent, mais je reconnais que je m'en servirai pour aider quelqu'un.

— Pas de toute cette somme ?

Finch reprit avec vivacité :

— Très bien. Ne me prêtez rien.

— Finch, vous êtes fâché contre moi, mais moi je ne me fâcherai pas, c'est impossible !

La voix de Leigh trembla.

— Je vous prêterai cet argent, mais je vous en prie, obtenez, si possible, une garantie de votre ami.

— Je ne peux accepter cet argent avec la pensée que vous avez, Arthur.

— Mais si, il le faut. Vous savez bien que la seule chose qui m'inquiète, c'est la perte à laquelle vous vous exposez.

— Vous ne me croyez donc aucun bon sens ?

— Je sais seulement que votre générosité l'emporte sur votre bon sens et je crains bien que si vous commencez ainsi à prêter votre argent avant même d'en avoir pris possession, vous ne soyez une proie facile pour les gens sans scrupules.

Il était aisé de mentir dans le salon rose et blanc, mais c'était tout autre chose dans le bureau de Leigh, au milieu de ses objets favoris, sous ses yeux clairs pleins de crainte à son sujet.

— Arthur, lui dit-il, au point où nous en sommes, je ne peux m'empêcher de vous dire pour qui est cet argent. C'est pour Eden.

— Ah ! c'est pour un membre de votre famille.

— Oui. Mais il ne me l'a pas demandé, c'est moi qui le lui ai offert. Vous savez qu'il a été malade. Pour sa santé il a besoin d'aller passer l'hiver dans le Midi de la France. Mais ce n'est pas seulement pour cela ; il a l'intention d'écrire quelque chose de splendide. Il lui faut un an pour cela. Cela ne ressemble en rien à ce qu'il a écrit jusqu'à présent, ce sera une œuvre merveilleuse. Je voudrais pouvoir vous en parler. Renny veut l'envoyer passer l'hiver en Californie, mais ce n'est pas du tout ce qu'il lui faut. Il a une raison particulière d'aller en France et de ne pas être gêné par un travail quelconque pendant un an au moins. Vous savez, Arthur, que la poésie d'Eden est belle. Il a eu des critiques splendides. Alayne a abandonné son travail pour venir le soigner, tant elle aime sa poésie. Elle n'aime plus Eden maintenant. Ils étaient séparés. Je crois que je serais un monstre d'égoïsme si je ne faisais rien pour aider mon propre frère si intelligent, alors que sa femme l'a fait. Voilà tout.

Leigh se leva et vint le prendre par l'épaule.

— Je comprends très bien. Mais pourquoi ne pas m'avoir dit tout cela dès le début ? C'est magnifique de votre part et je n'accepterai pas un centime d'intérêt. Je veux aider Eden, moi aussi. Finch chéri, je veux que tout soit clair comme du cristal entre nous.

Malgré toute l'énergie et tout le bonheur que le cœur de Finch trouvait dans l'affection d'Arthur, il ne put réprimer un tressaillement intérieur en pensant à ce qu'auraient dit Piers et Renny s'ils avaient entendu ce « Finch chéri ». C'était cependant normal. Arthur était raffiné et pouvait employer des mots raffinés. Renny et Piers étaient vigoureux et employaient des mots vigoureux. Quant à lui, Finch, il flottait entre ces deux nuances.

Un billet partit ce jour-là à l'adresse d'Eden.

« Mon cher Eden,

Tout est arrangé. Sois sans inquiétude. Je serai à la maison vendredi et j'apporterai un chèque du chiffre demandé. Mon ami Leigh viendra avec moi, il a hâte de faire ta connaissance. Il est beaucoup plus au courant de ta poésie que moi-même et je pense que tu voudras bien nous lire à tous deux quelques-uns de tes nouveaux poèmes. Nous serons très tranquilles sur le pont où personne ne viendra nous déranger. Leigh apportera tes ouvrages pour te les faire signer. Ces livres appartiennent à sa mère. Tâche de trouver quelque chose de bien à joindre à ta signature. J'espère que tu es content pour l'argent. Ne suis-je pas un vrai financier ?

Bien à toi.

Finch. »

Maintenant que le souci de traiter cette question d'emprunt était passé, que son reçu soigneusement fait avait été remis à Leigh, Finch se sentit presque heureux. Il commença à réaliser la nouvelle ampleur que la fortune donnait à sa vie. Non seulement il réalisa mais il exagéra ses possibilités. Il avait toujours eu peu d'argent. Il avait vu Renny et Piers manifester une grande joie d'un petit gain inespéré. Piers était heureux comme un roi lorsqu'il avait retiré plus qu'il ne l'escomptait d'une vente de pommes ou si une de ses vaches de Jersey avait mis au monde deux veaux jumeaux vigoureux. Renny clamait à tout venant les gains que lui procuraient ses chevaux. Depuis l'époque où Finch portait un costume marin, il savait que le porte-monnaie de sa grand-mère était l'objet de jalouses conjectures. Il avait assisté à cette rivalité pour conquérir la première place dans son cœur avec la curiosité d'un étranger, ne s'étant jamais imaginé qu'il pourrait lui-même hériter. La décision de sa grand-mère de laisser sa fortune à un seul lui avait toujours paru cruelle et injuste. Au fond de lui-même, il avait cru qu'elle manifestait cette intention dans le seul but de maintenir au plus haut leur intérêt à son égard, de tendre leurs nerfs à l'extrême. Elle y avait pleinement réussi. Mais cet intérêt avait disparu, leurs nerfs n'étaient plus tenus en suspens, et Finch, regardant autour de lui sans expérience mais plein de désirs, croyait posséder une puissance sans limites.

Quelle douceur de pouvoir aider Eden ! Tous deux étaient des voyageurs dans une région où ne pénétrait pas le reste de la famille. Chacun d'eux ne pouvait comprendre complètement les expériences de l'autre dans cette mystérieuse région, mais ils savaient tous deux qu'ils étaient des pèlerins au temple de la Beauté.

Finch se sentit capable de jouer du piano devant Ada Leigh. La timidité qui le paralysait jadis devant Ada avait disparu. Assis devant le clavier, plus droit qu'autrefois, la tête immobile, les mains voltigeantes, il semblait sûr de lui-même et l'était réellement. Les yeux ardents de Leigh le voyaient capable de choses magnifiques.

Pendant qu'il jouait, Ada se pelotonnait dans un coin du divan. C'était un moment de triomphe pour Finch car il sentait qu'il la fascinait. Il lui suffisait, pour s'en rendre compte, de regarder les yeux d'Ada qui le contemplaient à travers un voile de fumée. Cependant, si maître de lui et si assuré qu'il fût, il ne put jamais retrouver cet élan amoureux qui lui avait permis de l'enlacer et de l'embrasser le soir de la représentation.

Ce ne fut que la veille de son départ qu'il put retrouver un peu d'intimité avec elle. Ils avaient été à un bal et elle s'était montrée charmante, dansant souvent avec lui, car il était timide avec les autres jeunes filles. Lorsqu'elle était dans les bras d'un autre, et qu'il se tenait tristement dans une embrasure de porte, elle lui lançait un regard encourageant.

Le froid avait fait cette nuit-là une apparition soudaine et violente. Pendant leur retour à la maison, le col de fourrure blanche d'Ada était relevé autour de son visage. En la voyant ainsi emmitouflée, ses cheveux, son front blanc et ses yeux seuls visibles, Finch éprouva soudain pour elle un vif élan de tendresse. Elle ressemblait à une fleur en bouton, enveloppée d'une gaine protectrice dont il désirait la dégager tendrement.

Arthur ramena l'auto au garage et comme ils montaient tous les deux l'escalier en courant, il passa son bras autour d'elle et la serra tendrement contre lui. Il appuya son visage contre ses cheveux et murmura :

— Ada chérie ! vous êtes trop bonne pour moi !

— Cela ne me coûte pas d'être bonne pour vous, Finch.

— Pourtant, je croyais que vous ne m'aimiez pas.

— Je ne vous aime que trop.

— Ada, voulez-vous m'embrasser ?

Elle secoua la tête.

— Alors, puis-je vous embrasser ?

— Non.

— Vous m'avez pourtant permis de le faire, un soir.

— J'ai peur.

— Peur de moi ?

— Non. De moi-même.

— Vous m'avez déjà dit quelque chose dans ce genre la première fois où je vous ai embrassée. Avez-vous peur de la vie ?

— Pas du tout. Je n'ai peur que de mes propres sentiments.

En l'entendant dire qu'elle avait peur, Finch éprouva le même sentiment. Un frisson de sympathie délicieux, mais terrifiant, le saisit. Il semblait qu'il y avait une menace dans le froid plus vif de la nuit, dans les étoiles étincelantes. Il laissa retomber son bras, ôta son chapeau et passa la main dans ses cheveux, la regardant avec émoi.

— C'est terrible d'avoir peur, dit-il. Moi aussi, j'ai souvent peur de moi-même, et de tous mes sentiments. Cela m'enlève toute force.

Elle lui jeta un petit sourire dédaigneux.

— J'avoue ne pas comprendre votre genre de peur.

— Je crois comprendre la différence de nos deux peurs. La vôtre est toute flamme et la mienne n'est que glace. La vôtre vous donne envie de vous envoler, tandis que la mienne me paralyse.

Désireux de se faire comprendre, ses yeux cherchèrent ceux de la jeune fille. Elle fouillait dans son sac garni de brillants pour trouver sa clé. Il vit l'ombre de ses cils sur sa joue.

— Si seulement vous me laissiez vous embrasser, soupira-t-il, je crois que nous nous comprendrions très bien.

— Trop bien, répondit-elle, un tremblement dans la voix.

Elle chercha la serrure avec sa clé. Il la lui prit doucement des mains et ouvrit la porte.

Le lendemain matin, Leigh et Finch partirent très tôt pour Jalna. Finch se serait volontiers attardé dans l'espoir de se trouver quelques instants seul avec Ada, mais Leigh était pressé de partir. Il avait envie de faire la connaissance d'Eden ainsi que de l'entendre lire sa poésie et ne pouvait supporter le moindre retard dans la réalisation de son désir. Finch lui avait cependant dit qu'Eden ne serait pas là de si bon matin.

Leigh laissa son auto près de la barrière. Ils descendirent dans le ravin et se rendirent directement au pont rustique, sur la rivière. Eden n'y était pas, mais le désir de Leigh était satisfait. Il grimpa sur la balustrade du pont et s'extasia tantôt sur la beauté du ciel, tantôt sur sa propre image reflétée dans l'étang.

— Si j'étais aussi beau en réalité que je le suis dans ce miroir sombre, je verrais le monde entier à mes pieds. Penchez-vous et regardez-vous, Finch.

Finch regarda au fond de l'eau comme il l'avait fait un millier de fois.

— Beaucoup trop de nez, grommela-t-il.

Leigh bavarda un moment puis se sentit pénétré par la fraîcheur du ravin. La rosée de la nuit avait mouillé presque autant que de la pluie. L'humidité tombait encore à la pointe des feuilles en gouttes limpides, semblables à celles d'une averse qui commence. Pendant l'absence de Finch, les marguerites de la Saint-Michel s'étaient ouvertes. Leurs fleurs étoilées aux teintes les plus diverses, depuis le rouge sombre jusqu'au bleu d'un ciel de septembre, s'étendaient comme une vapeur d'améthyste sur les bords de la rivière. Les feuilles de fougère, d'un vert glacé, semblaient avoir été découpées dans du métal. Le soleil clair et léger n'avait pas encore chassé du ravin les lourds parfums nocturnes.

— Je me demande, dit Leigh, si votre frère viendra ce matin. Il me semble que ce n'est guère un endroit propice pour quelqu'un qui a les poumons délicats.

— Il est tout à fait guéri. En tout cas, il paraît très bien portant. Notre docteur dit qu'il a surtout besoin de repos et d'une bonne nourriture. Cependant, ajouta Finch en jetant un regard inquisiteur sur la balustrade humide du pont, il fait bien humide ici pour lui.

— Nous pourrions peut-être aller chez lui.

Leigh aurait voulu raconter à sa mère qu'il avait été chercher le poète dans sa retraite. Peut-être apercevrait-il aussi cette jeune femme que semblait entourer une atmosphère de mystère.

— Je crois que je l'entends.

— Tiens, qu'est-ce que c'est que cet oiseau ?

— C'est un faisan anglais. Renny en a peuplé les bois.

L'oiseau s'envola lourdement, suivi de ses petits qui voletaient. Un lapin descendait le chemin en bondissant, mais en les voyant tous deux sur le pont, montra son petit derrière blanc en trois bonds successifs, et disparut dans un fourré.

Ils aperçurent les jambes d'Eden qui descendait, puis son corps, et enfin sa tête qu'éclairait un rayon de soleil tremblant à travers les feuilles. Il tenait des papiers roulés.

« Voilà un poète, et qu'il est donc beau, pensa Leigh. Comme je voudrais que mes femmes soient là ! »

— Hullo ! cria Finch. Nous pensions que tu avais le trac.

Eden s'arrêta au bout du pont, les yeux fixés sur Leigh. Ce dernier pensa : « Il sourit et me regarde sans avoir l'air de faire ni l'un ni l'autre. Il ne me plaît pas. »

Finch prit la parole.

— Voilà Arthur Leigh, Eden... Il était en train de se demander s'il n'y a pas trop d'humidité pour toi ici.

— Je suis habitué à l'humidité à l'égal d'une huître, répondit Eden en serrant la main d'Arthur si chaleureusement que celui-ci sentit se dissiper sa première impression d'antipathie.

— Mais j'espère, lui répondit-il, que vous ne serez pas aussi silencieux ! Je désire beaucoup entendre quelques-uns de vos poèmes, Finch a dû vous le dire.

— Oui.

Les yeux des deux frères se rencontrèrent. Ils se comprirent sans peine. Finch songea : « Je l'ai rendu heureux. C'est merveilleux de faire quelque chose pour les autres. Je me demande pourquoi tous ceux qui sont riches n'en font pas autant ! »

Eden causa librement avec Leigh de son prochain voyage en Europe, ignorant que ce dernier savait pourquoi Finch lui avait emprunté de l'argent. Et Leigh pensait : « Me croit-il donc incapable de deviner que deux et deux font quatre ! Peut-être qu'il n'en a cure. Pour lui, deux et deux font trois ou cinq, si cela lui plaît ! »

Le soleil montait, répandant sa chaleur dans le ravin qui paraissait s'étirer mollement et avec indolence sous cette caresse tardive.

Ils s'assirent sur le pont qui avait séché, pendant qu'Eden, de sa voix douce et grave, lisait poème après poème. Il en avait lu quelques-uns à Alayne, mais pas tous... Ils contenaient l'essence même de tout ce qu'il avait transformé en force et en lumière pendant des mois de retraite. En écoutant ses propres paroles et devant les visages ravis des deux jeunes gens, il se demanda si de tels instants n'étaient pas sa raison de vivre. Cette souffrance qu'il avait apportée dans des vies si proches de la sienne n'était-elle pas justifiée par la création de sa poésie ? Peut-être même lui était-elle nécessaire ! En lui le bien et le mal étaient inséparables, comme chez les dieux dont les énergies étaient dirigées tantôt d'un côté, tantôt de l'autre. Il se jugeait ainsi lui-même et, quoique avec moins de netteté, était jugé de même par Finch. Pourtant ce dernier n'aurait jamais osé espérer qu'une œuvre de lui pourrait justifier sa maladresse dans la vie !

Il y avait là un troisième auditeur que les autres ignoraient complètement. C'était Minny. Se promenant dans le ravin en venant de Vaughanland et ayant entendu des voix, elle s'était glissée de tronc en tronc, de façon à voir et à entendre. Par le plus grand des hasards, elle portait ce matin-là une robe sombre au lieu d'une de ces robes de teintes vives qu'elle aimait, ce qui lui permit de se cacher derrière un gros bouquet de chèvrefeuille, non loin du pont. Elle se blottit là, les pieds dans la terre humide, tandis que la végétation intense répandait tout autour d'elle un parfum doux et pénétrant. Son visage touchait presque une vaste et impeccable toile d'araignée dans laquelle se trouvaient prises deux mouches semblables à des bijoux. Elle n'éprouvait aucune gêne de sa situation, mais une impression d'autant plus vive d'aventure. Comme une daine qui s'est glissée pour surveiller trois cerfs en train de brouter, elle observait avec le plus vif intérêt chaque détail de leurs visages, de leurs attitudes et de leurs gestes. Elle s'imprégnait de la beauté de la voix d'Eden mais les paroles qu'il prononçait n'avaient pas plus d'importance pour elle que celles de ses propres chansons.

Son corps souffrait de sa position accroupie, mais elle n'en éprouvait ni fatigue ni impatience, s'attardant encore, la lecture une fois terminée, pour écouter les discussions qui suivirent. Elle entendit les titres des poèmes sans les entendre eux-mêmes : *le Pigeon, Vos Pensées et les miennes, Resurgam, Pensées sur la Mort, le Jour nouveau.* Mais son âme était si pleine de sympathie qu'elle souriait lorsque le visage de Leigh s'épanouissait de bonheur, tandis que ses lèvres avaient un pli triste lorsque la voix d'Eden revêtait un ton tragique. Quand la fumée de leurs cigarettes parvint jusqu'à elle elle regretta fort de ne pouvoir partager avec eux ce plaisir. Parfois Eden baissait la voix pour raconter à ses compagnons quelque chose qui les faisait rire ; à ces moments-là, elle aurait donné tout ce qu'elle possédait pour savoir ce qu'il avait dit.

Elle espérait de toutes ses forces que les deux jeunes gens s'en iraient les premiers en laissant Eden sur le pont. Contrairement à ce qui arrive généralement dans ces cas-là, son espoir se réalisa. Tous trois se levèrent mais Eden ne suivit pas les deux amis sur le chemin. Il resta immobile, regardant du côté où elle se trouvait. Et comme elle hésitait encore un peu pour savoir si elle allait se montrer ou non, il l'appela.

— Venez ici, Minny, ne croyez-vous pas que vous vous êtes cachée assez longtemps ?

Elle se releva et défroissa sa robe. Elle n'éprouvait aucune gêne et s'avança vers lui en riant.

— Depuis quand savez-vous que je suis là ?

— Depuis le début. Je vous ai vue jouant à l'Indienne, rampant d'un arbre à l'autre. Vous êtes une petite friponne.

De telles paroles étaient faites pour lui plaire. Son rire devint provocant.

— J'ai entendu tout ce que vous avez dit.

— Ce n'est pas vrai.

— Mais si.

— Qu'est-ce que j'ai dit quand ils ont ri ?

— Je ne veux pas le répéter.

— Parce que vous ne l'avez pas entendu.

— Peu importe ! J'ai entendu vos vers.

— Ce n'est pas du tout convenable pour une jeune fille d'épier des hommes.

— Des hommes ! Écoutez-moi cet enfant !...

— Les autres sont encore des enfants, mais je suppose que vous me considérez tout de même comme un homme !

— Vous ! Vous êtes le plus enfant de tous !

— Moi ! Mais je suis un libertin qui n'a plus d'illusions !

— Eh bien, vous êtes un bébé libertin ! Votre femme vous a traité comme un bébé. Elle est venue vous soigner alors qu'en réalité elle ne se soucie pas du tout de vous.

— Vous n'en auriez pas fait autant ?

— Mais bien sûr que si.

Ils rirent ensemble et s'assirent sur le pont. Tout en lui allumant une cigarette, il plongea son regard dans les yeux étroits et rieurs de la jeune fille.

— J'aimerais vous comprendre, dit-elle.

— Il est préférable, pour la paix de votre âme, que vous ne me compreniez pas.

Une pitié inconsciente le poussa à changer de sujet.

— Aimez-vous mes poèmes ?

— Quelques-uns. Il y en a deux qui ressemblent beaucoup à deux de mes chansons.

— C'est un poème plein de sagesse qui connaît son propre créateur, répondit-il gravement.

— Je suppose qu'ils vous rendront célèbre un jour.

— Je l'espère.

— Quel dommage que vous n'ayez hérité de rien !

— Mon naïf frère s'est occupé de cette question.

— Vous devez le haïr ?

— Je ne hais personne et ne souhaite qu'une chose : que les autres soient aussi tolérants à mon égard que je le suis envers eux.

— Moi, je hais quelqu'un.

— Ce n'est pas moi, j'espère.

— Vous ne devinerez jamais qui.

— Alors, dites-le-moi.

— C'est votre femme.

— Vraiment ! C'est ma sœur qui est en cause.

— Pas du tout. C'est un sentiment absolument personnel.

Le regard d'Eden glissa rapidement vers elle, mais il ne dit rien. Ils fumèrent en silence, chacun observant l'autre intensément. Il remarqua qu'elle retint une fois sa respiration, comme si elle cherchait à se dominer. Le soleil tombait maintenant sur eux et sa chaleur les induisait en une sorte d'abandon langoureux.

Au bout d'un moment, elle lui dit :

— Voilà trois matins que je vais sur la plage. C'est bien solitaire sans vous.

Il fut tout étonné.

— Vraiment, vous y avez été ? Quelle honte ! Et vous ne me l'avez pas fait savoir ?

— Je pensais que vous m'attendiez et je ne voulais pas vous décevoir.

— Chère enfant !

Il prit sa main dans la sienne.

A ce contact, les yeux de Minny se remplirent de larmes mais elle sourit à travers ses pleurs, disant :

— Que je suis donc sotte de m'émouvoir ainsi !

27

Fuite

Septembre amena une série de journées merveilleuses qui s'écoulèrent toutes semblables, sous un soleil sans nuages. Ce soleil, malgré sa douceur, n'était plus assez puissant pour avoir une action sur la végétation, de sorte que ces jours semblaient pouvoir durer toujours sans apporter aucun changement dans le paysage.

Les marguerites de la Saint-Michel, les lysimaques, mêlées çà et là de gentianes dentelées, continuaient à jeter un voile bleu sur les bords du chemin et de la rivière. Dans le jardin, les capucines, les dahlias, les campanules, les phlox et les mufliers continuaient à fleurir. Les gros bourdons voltigeant dans ces fleurs pouvaient se dire : « Là, je trouverai toujours du miel. » Dans le champ que l'été n'avait pas jauni, la vache pouvait songer : « Ici, il y aura toujours de l'herbe fraîche. » Et les vieillards de Jalna pouvaient également se répéter : « Nous ne mourrons pas ! Nous ne mourrons pas ! Nous vivrons toujours ! » Alayne elle-même qui rangeait ses affaires dans la Cabane se mouvait comme dans un rêve. Son départ lui paraissait impossible. Impossible que la vie lui apportât tant de changements !

L'existence qu'elle allait retrouver lui semblait désirable. Elle pouvait imaginer avec précision ce qu'elle serait à son retour, mais quand elle se représentait en train de réaliser ces projets, ce n'était plus elle qu'elle voyait, mais seulement une ombre.

Elle se disait : « Il n'y a pas de place réelle pour moi sur la terre. Je n'ai pas été faite pour le bonheur. Je n'existe pas plus à mes propres yeux qu'un acteur sur la scène, encore bien moins, car je peux rire ou pleurer devant le jeu d'un acteur, tandis que je ne peux que me contempler stupidement moi-même en me disant que je n'existe pas. »

Elle se demanda si les objets qui remplissaient la Cabane y resteraient. Elle s'était habituée à eux et ils ne lui semblaient plus ridicules dans les chambres aux plafonds bas. Elle s'occupa de réunir les quelques objets personnels qu'elle voulait emporter, tout en se demandant quelles étaient les pensées d'Eden qui lisait, couché sur le divan, et lui jetait de temps en temps un rapide coup d'œil.

Un étrange sentiment de gêne s'était élevé entre eux. Il n'avait plus besoin de ses soins, leurs rapports n'avaient plus aucune raison d'être. Ils ressemblaient à deux voyageurs que les exigences du voyage lient l'un à l'autre, mais qui ont hâte de se séparer. Quand il rentrait, accablé de fatigue, il ne recherchait plus sa sympathie attentive, mais s'efforçait, au contraire, de dissimuler sa lassitude. De son côté, elle avait cessé de l'empêcher de faire ce qu'elle croyait néfaste à sa santé. Son agitation était pour elle une cause d'irritation, tandis que sa propre réserve et ce qu'il appelait « sa solidité » rendaient sa présence très lourde pour Eden.

Cependant, ce jour-là, avant-veille du départ d'Alayne, une sorte de mélancolie avait gagné Eden. Il éprouvait le désir quelque peu sentimental de ne pas lui laisser emporter de lui un souvenir trop pénible. Il aurait voulu justifier par un acte simple, bien que ce fût impossible, leur vie en commun pendant ces dernières semaines. Chacun évitait le regard de l'autre.

Eden, pour dissimuler son embarras, commença à lire à haute voix des extraits de son livre. « Mon imbécile de guide retournait à Aldea Galléga... Je montais une mauvaise mule sans bride ni étriers, que je guidais au moyen d'une corde. A coups d'éperons, je lui fis descendre la colline d'Elvas, dans la direction de la plaine... Mais je m'aperçus bientôt que je n'avais pas besoin de l'exciter, car, bien que couverte de plaies, borgne et boiteuse, elle galopait comme le vent. »

Alayne était en train de vider un vase contenant quelques roses tardives fanées. Elle s'arrêta devant lui, retira une fleur et la glissa dans le livre, à la page qu'il lisait.

Il la prit et la porta à son visage.

— Elle est encore parfumée, murmura-t-il. D'un parfum étrange et oppressant. Mais elle est belle. Pourquoi les roses mortes sont-elles les plus belles ? Car ce sont les plus belles, j'en suis sûr.

Elle ne répondit pas, mais emporta les fleurs jusqu'à la porte et les jeta dehors sur l'herbe. Quand elle revint, il lisait tout haut.

« Nous tournâmes à gauche, vers un pont à plusieurs arches sur le Guadiana... Ses rives étaient blanches de linge que les laveuses avaient étendu au soleil pour le faire blanchir. Je les entendais chanter au loin, et leur chant me parut être un hymne à la rivière où elles lavaient, car, en approchant, j'entendis ces mots : Guadiana,

Guadiana, qui résonnaient au loin très fort, et que prononçait un chœur de voix claires et sonores qui appartenaient à un groupe de femmes et de jeunes filles à la peau brune. »

Alayne alla dans sa chambre d'où elle revint avec son sac de blanchissage. Elle le porta à la cuisine où il l'entendit parler avec la servante écossaise. En revenant, elle lui tendit un papier.

— Voilà votre liste de blanchissage. Vous ferez bien de la vérifier quand on vous rendra votre linge, ces blanchisseurs sont si désordonnés.

Il froissa dans sa main la liste soigneusement écrite.

— Pourquoi, dit-il, oui, pourquoi mon blanchissage ne peut-il être fait sur les bords d'une rivière par une jeune chanteuse aux joues sombres ? Pourquoi suis-je plongé dans cette vie prosaïque ?

— Je pense que vous pourrez réaliser votre rêve en allant assez loin, lui répliqua-t-elle. Je ne sais trop pourquoi, mais j'en suis sûre.

Elle se mit à arranger les objets qui se trouvaient sur le bureau, et retira de son sous-main quelques timbres du Canada.

— Voilà des timbres qui ne me serviront pas, je les mets sur le buvard.

— Très bien. Merci.

Il la regarda, mi-moqueur, mi-réprobateur, puis brusquement se leva et vint jusqu'au bureau. Il défroissa la liste de blanchissage, lécha les timbres et les colla autour. Découvrant une punaise, il piqua le papier au mur, en disant d'un ton tragique :

— Voilà un souvenir.

Elle ne l'entendit pas, car elle était repartie dans sa chambre.

Il la suivit jusqu'à la porte et la regarda. Elle avait mis une robe plus légère ; ses joues étaient colorées.

— Savez-vous, lui dit-il, que vous êtes la créature la plus terre à terre que j'aie jamais connue ?

Elle tourna vers lui des yeux étonnés.

— Vraiment ? Je suppose que c'est par comparaison avec vous.

— Aucune autre femme, continua-t-il, ne pourrait conserver de pareilles habitudes d'ordre avec un esprit aussi troublé que le vôtre.

Et ses yeux ajoutaient : « Car votre esprit est bouleversé, vous ne pouvez le nier. »

— Je crois que c'est la force de l'habitude. Si vous aviez connu mes parents et notre façon de vivre ! Chaque chose était dans un ordre parfait. Nos pensées même étaient mises en tutelle.

— C'est encore plus profond que ça. C'est dans votre sang de la Nouvelle-Angleterre. Un esprit protecteur vous garde.

— C'est bien possible ; sans cela je serais devenue folle au milieu de vous.

— Jamais de la vie ! Rien ne vous fera perdre la tête. En dépit de votre formation littéraire, je vois en vous l'âme d'un capitaine de navire, au visage farouche. Serrant le gouvernail de ses mains, il consulte le baromètre, tient son livre de bord tandis que la tempête déchaînée fait rage, que le grand mât se brise, que les charpentes sont ébranlées et que le gouvernail détruit ne peut plus remplir sa mission. Je l'entends dire à son second : « Avez-vous fait la liste de blanchissage ? » au moment même où les cieux crèvent ! Il prend le temps de coller un timbre sur le front du garçon de cabine dont on pourra ainsi identifier le corps lorsque les flots le rejetteront sur la grève.

Alayne se mit à rire.

— Que vous êtes ridicule ! s'écria-t-elle.

— Soyez sincère, ne sentez-vous pas quelquefois dans vos veines le sang glacé de ce vieux marin ?

— Je le sens, mais il bout ! Mon arrière-grand-père était un capitaine hollandais.

— Merveilleux ! Je savais bien qu'il y avait quelque chose dans ce genre chez vous. Si seulement il avait été espagnol, nous nous serions bien entendus !

Elle ne répondit pas, mais commença à retirer des objets d'un tiroir du bureau pour les placer soigneusement dans le compartiment de sa malle.

— Je voudrais vous aider, lui dit-il presque plaintivement. Je voudrais faire quelque chose pour vous.

— Vous ne pouvez rien faire.

Elle se retint d'ajouter : « Excepté me laisser seule. »

— Je me demande si cela vous fâcherait que je vous pose une question ?

Elle eut un petit rire douloureux.

— Je ne crois pas, je suis trop lasse pour me mettre en colère.

— Oh ! c'est vrai, reprit-il d'un ton contrit. Je vous ai assommée pendant tout le temps où vous avez fait vos paquets.

— Ce n'est pas la raison. Mais cela me bouleverse toujours de partir en voyage. Que vouliez-vous me demander ?

— Tournez-vous et regardez-moi.

Alayne se retourna.

— Eh bien ?

— Seriez-vous venue me soigner si Renny n'avait pas été là ?

La rougeur de ses joues s'étendit sur son front, mais elle n'était pas en colère, le choc ressenti à cette question avait été trop profond.

— Mais certainement.

Ils échangèrent un regard hostile, mais plein de compréhension aiguë.

— Je vous crois, dit-il, mais j'aurais préféré que ce soit le contraire. J'aimerais pouvoir penser que c'est votre amour pour lui qui vous a traînée ici, à l'encontre de votre raison. Je déteste penser que vous avez fait une chose aussi pénible pour moi seul. Cependant, quoi que vous en disiez, vous ne me ferez pas croire complètement que vous seriez revenue si vous n'aviez pas aimé Renny. Ce lieu même doit avoir un attrait violent pour vous. Je crois que les lieux conservent quelque trace des émotions dont ils ont été les témoins ; ne croyez-vous pas ? Cette Cabane pourra-t-elle jamais redevenir exactement ce qu'elle était avant cet été ? Alayne, je crois sincèrement que Jalna vous a rappelée, que vous vous en soyez rendu compte ou non.

Elle murmura :

— Comment pouvez-vous savoir que Renny et moi nous nous aimons ? Vous parlez comme si nous avions eu une liaison.

— Quand nous sommes arrivés à Jalna après notre mariage, j'ai vu l'impression troublante que Renny avait faite sur vous. Au bout de peu de mois, j'ai compris que vous luttiez désespérément pour détruire votre amour pour lui, comme lui-même luttait également de son côté pour vaincre son sentiment envers vous.

Devant cette analyse rigoureuse, elle perdit tout empire sur elle-même et appuya sa main sur sa gorge. Elle avait donc piteusement échoué dans ses premiers efforts pour dissimuler son amour pour Renny ! Dès le début, Eden avait suivi cette passion cachée d'un œil attentif.

Elle lui demanda d'un ton brisé :

— Cela a-t-il changé les choses pour vous, de savoir depuis si longtemps que j'aime Renny ? Je croyais que vous ne l'aviez découvert que récemment, que vous aviez cru que je m'étais tournée vers lui, parce que je savais que vous ne m'aimiez plus...

Il répondit sans pitié.

— Oui, cela m'a fait quelque chose. Je me suis senti un étranger.

— Alors, soupira-t-elle, c'est moi qui suis coupable de tout ! Ainsi, pour Pheasant... !

— Non, non. Cela serait arrivé tôt ou tard. Il m'est impossible de rester fidèle à une femme.

Elle s'obstina à répéter :

— Je suis responsable de tout ce qui est arrivé !

Il entra dans la chambre et la toucha d'un geste presque enfantin.

— Alayne, ne soyez pas ainsi. C'est stupide. Vous ne pouvez pas vous empêcher d'être ce que vous êtes, pas plus que je ne peux m'empêcher d'être ce que je suis. Ma chérie, je crois que nous

nous ressemblons beaucoup plus que vous ne voulez le croire. La grande différence qu'il y a entre nous, c'est que vous vous analysez vous-même tandis que j'analyse les autres. C'est plus drôle... Alayne, regardez-moi.

Elle le regarda tristement.

— Tout le mal est venu de ce que vous avez été trop bonne pour moi.

Elle se détourna et revint à sa malle, le regard perdu.

Il continua de parler.

— J'ai dit un jour au vieux Renny que vous iriez en enfer pour apercevoir seulement sa tête rousse.

— Oh ! Et qu'a-t-il répondu ?

Sa voix était froide. Eden ne pouvait plus la faire souffrir.

— J'ai oublié sa réponse. Mais, certainement, cela lui a fait plaisir.

Elle le regarda en face.

— Eden, voulez-vous me laisser faire ma malle tranquillement ? Vous savez que j'ai promis de passer cette soirée avec vos oncles et tante. Je n'ai pas de temps à perdre. Venez-vous avec moi ?

— Non, vous serez plus heureuse sans moi. Faites-leur mes amitiés. Est-ce que Renny sera là ?

— Je n'en sais rien.

Quelle cruauté ! Ne pouvait-il donc la laisser tranquille ? Qu'elle serait heureuse d'être loin de tout cela dans vingt-quatre heures !

En rentrant dans le salon, Eden se sentit très malheureux. Il eut des remords pour l'avoir ainsi bouleversée. Mais l'avait-il vraiment bouleversée à ce point ? La pensée de son départ était peut-être la seule cause de son émoi. Il avait cherché à lui dire quelque chose de beau avant leur séparation ! Cette situation était absolument grotesque !... Plus tôt cette atmosphère impossible serait dissipée, mieux cela vaudrait... Mais n'était-ce pas un sanglot qui venait de la chambre ? Il espérait bien que non. Ce serait affreux ! Il resta immobile et écouta. Non, tout était calme. Elle n'avait dû que se racler la gorge. Il ne fit qu'aller et venir dans le salon jusqu'au moment où elle sortit de sa chambre, toute prête à partir. Elle était pâle, calme et très bien coiffée, comme de coutume. Sur son visage se lisait une expression de sérénité émouvante, comme si tout avait été dit et qu'elle eût dépassé le stade de toute émotion possible. Cependant il s'aperçut qu'elle avait réellement pleuré.

Le soleil avait disparu derrière les arbres, les laissant plongés dans une ombre verte. Il n'y avait dans le ciel aucun reflet lumineux, à peine une légère lueur crépusculaire. L'ombre et le froid avaient remplacé l'éclat brûlant du soleil. C'était l'image de leur amour mort, pensa-t-il. Et il se moqua de sa propre sentimentalité.

— Alayne... commença-t-il.

— Qu'y a-t-il ?

— Rien ! J'ai oublié ce que je voulais dire.

Il l'accompagna jusqu'à la porte.

— Il faudra vous faire raccompagner à la maison. La nuit sera très sombre.

Elle hésita sur la marche de pierre du seuil. Se retournant brusquement, elle répéta en souriant :

— Me faire raccompagner à la maison. C'est gentil de votre part de dire cela.

Il sortit et prit sa main qu'il porta à ses lèvres.

— Bonsoir, Alayne.

Les corbeaux regagnaient leurs nids après une expédition lointaine. Elle les entendit approcher, au-delà du verger, comme le bourdonnement d'un énorme essaim d'abeilles. A mesure qu'ils se rapprochaient, ce bourdonnement prenait une ampleur métallique, noyait tous les autres sons. L'air résonnait de leurs cris : cris isolés de ceux qui étaient en avant, cris de commandement rauques, cris sauvages, réclamations violentes, refus perçants... Chacune de ces gorges d'airain, au plumage noir, lançait un cri pressant. Ils passèrent au-dessus du verger, tout contre le ciel jaune, par centaines, et se dirigèrent vers le bois de pins. Quelques-uns battaient l'air à grands coups d'ailes pour dépasser les premiers, d'autres semblaient nager majestueusement avec de puissants mouvements d'ailes, tandis que d'autres encore voguaient avec une sorte de grâce tapageuse.

Tout en suivant le petit chemin, Alayne se demanda s'il était vraiment possible que dans quelques heures elle laissât tout cela derrière elle pour reprendre une vie si différente.

Elle n'eut pas à se tromper sur l'accueil qu'on lui fit à Jalna ; Piers et Pheasant étaient à Montréal. Renny ne parut pas au souper. Les oncles et tante assurèrent cependant qu'ils l'attendaient. L'été avait passé comme un rêve, déclara Nicolas. Un étrange et triste rêve, ajouta Ernest. Augusta essaya de décider Alayne à la suivre en Angleterre plutôt que de regagner New York. Augusta éprouvait une certaine crainte à l'idée de voyager seule et de retrouver sa maison solitaire, et Alayne ne connaissait pas l'Angleterre. Pourquoi ne viendrait-elle pas ? Un instant Alayne eut envie d'accepter cette invitation. Pourquoi ne pas franchir l'Océan et essayer de trouver l'oubli au-delà ? Mais pourrait-elle vraiment oublier auprès d'un membre de cette famille qui lui rappellerait constamment les autres ? Non, c'était impossible. Mieux valait couper toute attache et pour toujours. Finch joua pour elle pendant la soirée. Elle fut heureuse de ses progrès et éprouva une certaine fierté en pensant que c'était elle qui avait décidé Renny à lui faire prendre des leçons. Malgré un peu de contrainte, l'ambiance du salon était agréable, empreinte d'une douce mélancolie. Wakefield eut la permission de sortir de la vitrine les bibelots de jade et d'ivoire pour les montrer à Alayne, et ensuite les arranger à son gré sur le plancher.

Jamais Alayne n'avait passé semblable soirée à Jalna. Elle éprouvait une sensation douloureuse qui lui faisait sentir plus vivement encore l'approche du départ. Et cependant les trois vieillards étaient joyeux : ils avaient reçu unc visite de Mrs. Leigh : « Quelle jolie femme ! » déclara Nicolas. « Moderne et pourtant charmante, si désireuse de plaire », apprécia Ernest. Et Augusta conclut : « Elle voulait vous poursuivre jusqu'à la Cabane, vous et Eden, mais je lui ai dit que vous étiez sortis. J'ai pensé que c'était préférable. »

Wakefield se pelotonna sur le divan à côté d'Alayne. Il lui enleva ses bagues pour les mettre à ses propres doigts. Mais quand il les lui remit et qu'il voulut glisser son alliance, elle referma sa main.

— Je ne la porterai plus, dit-elle à voix basse.

— Mais qu'en ferai-je ?

— Je ne sais pas. Demandez à tante Augusta.

— Qu'en ferai-je, tante ? demanda-t-il en faisant tourner l'anneau autour de son doigt.

Augusta répondit, d'un ton digne :

— Mets-la dans la vitrine avec les bibelots.

— C'est une idée !

Il courut vers la vitrine.

— Regardez tous. Je l'ai mise au cou du petit éléphant blanc. Cela fait un joli collier.

Alayne le regarda avec un sourire mi-enjoué, mi-amer. Quelle fin ! Un joli petit collier pour un éléphant blanc ! Où donc était le joyeux émoi du jour où on l'avait passée à son doigt ? Elle changea de place sur le divan. Elle s'était attardée plus qu'elle ne le voulait dans l'espoir d'un retour de Renny. Pourquoi l'évitait-il ? Avait-il peur ? Pourquoi, puisque c'était sa dernière soirée à Jalna ! Tout le jour, elle avait caressé la pensée de leur retour nocturne à la Cabane, car sûrement il la raccompagnerait. Elle avait évoqué les paroles qu'il pourrait lui dire. Elle s'était habillée et coiffée en songeant que telle il la verrait ce soir, telle elle resterait dans son souvenir. Et voilà qu'il était parti ailleurs, plutôt que de passer cette dernière soirée avec elle.

Augusta murmurait quelque chose au sujet d'un cheval, de Renny... Il était désolé et s'excusait.

— Vraiment ? C'est dommage. Dites-lui adieu pour moi.

— Oh ! vous le reverrez, dit Ernest. Il vous conduira lui-même en ville demain.

Il n'y aurait donc aucun repos pour elle ! Les imaginations fiévreuses, les pensées angoissantes allaient recommencer.

— Qu'il ne se dérange pas, dit-elle. Finch me conduira, n'est-ce pas, Finch ?

— Je serais si content de le faire.

— Savez-vous, Alayne, cria Wake, que je n'ai jamais été en visite ?

— C'est honteux. Viendrez-vous m'en faire une, un jour ? J'aimerais vous avoir.

Elle serra l'enfant contre elle et lui murmura tout bas :

— Dites-moi où est Renny.

Il lui répondit sur le même ton :

— A l'écurie. Je le sais parce qu'il a envoyé Wright chercher quelque chose à la cuisine où j'étais.

Finch se disposa à la ramener à la Cabane. Il courut dans sa chambre chercher sa lampe électrique.

Augusta, Nicolas et Ernest serrèrent Alayne dans leurs bras.

— Comment pourrons-nous jamais vous rendre ce que vous avez fait pour Eden ? lui dit Ernest.

Tandis que Nicolas grommelait :

— Comment pourrons-nous réparer tout le mal qu'il vous a fait en bouleversant votre vie ?

Augusta la serra contre elle en lui répétant :

— Si vous changez d'avis et que vous vous décidiez à venir en Angleterre avec moi, dites-le-moi tout simplement.

— Je ne vous conseille pas de le faire, dit Nicolas. Elle vous fera geler dans sa maison.

— Pas du tout. Si quelqu'un sait donner du confort, c'est bien moi. C'était moi qui avais arrangé la Cabane, quoique maman en ait pris tout le mérite pour elle.

Un léger parfum venait de ses vêtements noirs et d'une pommade pour les cheveux, comme un parfum des jours passés.

Finch et Alayne sortirent dans la nuit ; la lueur de la lampe électrique s'étendait devant eux. De fraîches et douces odeurs s'élevaient des corbeilles de fleurs. L'herbe était couverte de rosée.

— Passons par le bois de pins, dit-elle.

Ce chemin, elle avait pensé le suivre avec Renny !

Ils parlèrent peu, le long du petit sentier sous les arbres. L'esprit d'Alayne était absorbé par ses propres pensées douloureuses. Celui de Finch était tout imprégné de la tristesse de la vie, de ses luttes, de ses recherches à tâtons dans l'obscurité, de ses séparations. Il faisait froid sous les arbres. D'un bouquet de noisetiers s'élevait le bavardage inquiet de petits oiseaux migrateurs qui s'étaient posés là pour la nuit.

Finch dirigea le rayon de sa lampe à travers les branches dans l'espoir de découvrir les petites bêtes, mais son attention fut détournée par un bruit plus lointain, comme un bruit de pas sous les pins.

— Qu'écoutez-vous ? murmura Alayne.

— Il m'a semblé entendre un bruit de branches cassées. Il y a quelqu'un. Attendez une minute.

Il la quitta pour courir à pas feutrés dans la direction du bruit.

Elle tendit l'oreille, suivant des yeux la lueur mouvante de la lampe. Le bruit des pas de Finch cessa de se faire entendre, la lumière s'éteignit. Elle se trouva plongée dans un silence obscur que rompait seul le chant infiniment ténu d'une unique sauterelle posée sur une feuille tout près d'elle. Elle eut peur.

— Finch, cria-t-elle. Que faites-vous ?

— Me voilà. Il n'y a rien.

La lampe brilla de nouveau. Il rejoignit Alayne.

— C'est un homme qui se promène.

Et il se demanda : « Pourquoi Renny se cache-t-il dans les bois au lieu de retourner à la maison ? Si un regard pouvait être mortel, je serais un homme mort ! Seigneur, qu'il ressemblait à Gran ! »

La Cabane était plongée dans l'obscurité. Seule la lumière des étoiles se glissait entre les arbres. Un léger brouillard entourait les troncs d'arbres, imprégnés de tous les parfums de l'automne, parfums de feuilles mortes, de champignons des bois, d'œillets des Indes, de toutes les émanations d'un sous-sol vierge.

Alayne ouvrit la porte. L'intérieur était froid et sombre. Eden avait dû se coucher de bonne heure. Il aurait tout de même bien pu laisser la lampe allumée et mettre du bois dans le feu ! Finch éclaira la pièce avec sa lampe, tandis qu'Alayne cherchait une allumette et allumait deux bougies sur la table. A leur lueur, son visage apparut pâle et tiré. Finch sentit son cœur se gonfler de pitié pour elle. C'était bien la créature la plus solitaire qu'il ait jamais connue ! Il jeta un coup d'œil sur la porte de la chambre d'Eden, se demandant s'il était éveillé.

— Attendez une minute, Finch, lui dit Alayne, je vais chercher le livre que je veux vous faire lire.

Elle entra dans sa chambre en disant :

— Quel fouillis !

— Merci. Ne vous dérangez pas maintenant.

La liste de blanchissage décorée de timbres-poste attira les regards du jeune homme. Que diable cela voulait-il dire ? Il la regarda sans comprendre. C'était certainement encore une extravagance d'Eden !

Les timbres n'avaient pas servi. Il décida de venir les prendre si Eden et Alayne partaient en les laissant.

Lorsqu'elle revint, après un instant qui parut très long à Finch, les quelques couleurs qui restaient encore sur son visage avaient disparu. Elle posa le livre sur la table.

— Voilà, dit-elle avec effort. J'espère qu'il vous plaira.

La gorge contractée, elle ajouta :

— J'ai trouvé un petit mot d'Eden.

Finch s'aperçut qu'elle froissait un papier dans sa main.

— Oh ! dit-il d'un air stupide et la mâchoire tombante. Pourquoi a-t-il écrit ce mot ?

Elle le lui mit dans la main.

— Lisez.

Il lut :

« Chère Alayne,

Malgré tous vos préparatifs, c'est moi qui m'envolerai le premier. Et je ne m'en vais pas seul. Minny Ware m'accompagne. Êtes-vous surprise ou avez-vous deviné quelque chose entre nous ? En tout cas, ce sera une surprise pour la pauvre Meggie. J'ai bien peur de toujours plaire à votre sexe ! Il ne nous reste qu'une seule chose à faire, demander le divorce. Je vous donne d'excellents motifs pour cela, et ils sont moins scandaleux que lors de mon premier départ. Ma chère enfant, voici vraiment ma première bonne action envers vous. Mon cœur se serre en songeant à tout ce que vous avez dû supporter cet été !

Si Renny et vous ne vous mariez pas, j'aurai l'impression d'avoir péché inutilement.

Nous n'allons pas en Californie, mais en France. J'écrirai de là-bas à Finch pour qu'il puisse renseigner votre notaire sur ma résidence. Merci, Alayne, pour votre générosité à mon égard. Si je ne peux prononcer le mot merci, je peux l'écrire.

Bien à vous.

Eden. »

En lisant cette lettre, Finch avait une expression si bouleversée qu'Alayne fut prise d'un rire nerveux.

— Oh ! Finch, dit-elle, haletante, vous avez un air si drôle ! Je ne peux m'empêcher de rire.

— Je ne vois rien de drôle dans tout cela, répondit-il. Je trouve que c'est terrible.

— Bien sûr, c'est terrible. C'est pourquoi c'est si drôle. Ça et votre air !

Elle s'appuya contre le mur, la main sur son côté, riant et pleurant à la fois.

Finch alla jusqu'à la chambre d'Eden dont il ouvrit la porte toute grande. Un désordre y régnait tel que seul Eden pouvait en créer ! Alayne s'approcha et resta sur le seuil auprès de Finch, regardant dans la chambre. Il la sentit trembler de la tête aux pieds et passa son bras autour d'elle.

— Chère Alayne, ne tremblez pas ainsi, j'ai peur que vous ne soyez malade.

— Je vais très bien, je suis seulement très fatiguée et les façons d'agir d'Eden sont tellement inattendues !

— Je l'avoue, je suis payé pour le savoir. Il ne m'a pas dit qu'il emmenait une femme avec lui quand il m'a emprunté de l'argent.

Elle resta stupéfaite.

— Emprunté de l'argent ? Quel argent ?

— De l'argent pour passer une année en France. Je l'ai emprunté pour lui. Mais, pour l'amour du Ciel, ne le dites pas à Renny, ou il me fera une scène terrible.

Son tremblement cessa et son visage s'apaisa.

— Il vous a emprunté de l'argent pour aller en France ?

Il fit un signe d'assentiment, non sans une certaine vanité.

— Mais Finch, Renny allait l'envoyer en Californie, pour y passer l'hiver.

— Je le sais. Mais Eden ne voulait pas. Il voulait passer une année en France, il en a besoin pour une œuvre qu'il a en vue. Je ne peux vous l'expliquer. Mais vous comprendrez, vous qui avez quitté votre travail et qui êtes venue le soigner à cause de sa poésie. Car vous sentez que ce qu'il est importe peu. Vous et moi avons les mêmes idées sur l'art. J'espère que vous ne me prenez pas pour un insensé.

Il était très rouge.

Elle ne pouvait vraiment pas blesser ses sentiments en le blâmant pour son acte. Mais Eden ne rembourserait jamais la somme ! Prenant le visage de Finch entre ses mains, elle l'embrassa.

— Quel geste magnifique vous avez fait, Finch. Je n'en soufflerai mot à personne… C'est étrange de voir comment il se sert de vous pour nous laisser ensuite contempler la place qu'il occupait.

Elle prit la lettre des mains de Finch et la relut. Un flot de sang monta à son visage.

— Je regrette de vous l'avoir fait lire, à cause de… certaines choses dont il parle. Il faut les oublier. Il est… si cruel !

Finch grommela une réponse affirmative. Il ne ferait aucune allusion aux propos d'Eden concernant Renny et elle. Bien que…

Il contempla le nid vide d'où le chanteur s'était enfui. Que ce lieu était triste et solitaire ! Il n'était pas fait pour une femme.

— Vous ne pouvez rester ici cette nuit, déclara-t-il. Vous allez revenir avec moi.

— Je n'ai pas peur.

— Il n'est pas question de ça. Mais c'est vraiment trop triste ! Je ne pourrais le supporter moi-même. Je ne vous laisserai pas.

— Il vaut mieux que je reste ici.

— Non. Je vous en prie, venez. Tante sera contente de vous accueillir. Votre ancienne chambre vous attend.

Elle consentit. Ils repartirent.

Le premier étage de Jalna était maintenant éclairé, mais il y avait encore une lumière dans le salon, d'où venait le son du piano. Nicolas était en train de jouer.

Du hall, Finch et Alayne aperçurent la tête grise et chevelue, ainsi que ses larges épaules, penchées sur le clavier. Alayne se souvint avec regret que dans la soirée elle ne lui avait pas demandé de jouer tandis qu'elle avait supplié Finch de le faire.

Nicolas jouait *la Consolation* de Mendelssohn.

« Quand on a entendu Mendelssohn ! » Son chien était assis languissant devant le feu, attendant son maître pour aller se coucher.

Finch murmura :

— Allez-vous tout lui dire ?

— Oui. Laissons-le finir.

Ils attendirent ensemble, immobiles. Quand les dernières notes se furent éteintes, Alayne s'approcha de lui. Il regarda ses mains un instant, puis leva lentement les yeux sur elle.

Surpris de son retour, il s'écria :

— Alayne, ma chère enfant, qu'y a-t-il ?

— Ne vous inquiétez pas, répondit-elle. Il n'y a rien de grave. Seulement Eden est parti un peu plus tôt que je ne comptais. Il m'avait laissé un mot à la Cabane. Finch n'a pas voulu que je reste seule, aussi je suis revenue, comme vous voyez.

Elle pencha la tête et se tordit les doigts. Sa voix était à peine perceptible lorsqu'elle ajouta :

— Il a emmené Minny Ware avec lui.

Les grands yeux de Nicolas la regardèrent fixement.

— Il a agi comme un vrai démon ! Le bandit ! Il mérite le fouet ! Ma pauvre petite fille !...

Il se retourna sur le tabouret du piano et passa un bras autour de la taille d'Alayne.

— Voilà sa façon de reconnaître toute votre bonté ! Ce n'est qu'un jeune gredin ! Renny est-il au courant ?

— Je n'ai pas vu Renny.

Et elle se sentit envahie de honte en pensant à Renny. Elle ne voulait plus le voir. Elle allait quitter la maison pour n'y plus jamais revenir.

Augusta appela du premier étage.

— N'est-ce pas la voix d'Alayne que j'entends ? Qu'y a-t-il de fâcheux, Nicolas ?

Très excité, il se hâta, en traînant la jambe, jusqu'au pied de l'escalier.

— Gussie !

Il ne lui avait pas donné ce diminutif depuis des années.

— Descends, Gussie. Il y a ici un joli gâchis ! Le jeune Eden s'est enfui avec cette friponne de Minny Ware.

Il se tourna vers Finch et Alayne qui l'avaient suivi.

— Savez-vous où ils sont allés ?

Finch, également très excité, répondit :

— En France ! en criant comme si son oncle était sourd.

Augusta commença à descendre l'escalier en jupon et en camisole, une natte de cheveux dans le dos. Si jamais elle avait eu un air offensé, c'était bien à ce moment-là !

— Nick, tu ne m'apprends rien !

Ernest apparut à son tour en haut de l'escalier, en chemise de nuit et robe de chambre, sa chatte Sasha se frottant contre ses jambes.

— Quelle est cette nouvelle complication ?

Dans l'escalier, à mi-chemin entre ses deux frères, Augusta répondit :

— Une escapade d'Eden. Je crains que cette Ware ne l'ait entraîné à quelque sottise. Nicolas est bien excité.

Ils se trouvèrent tous réunis au pied de l'escalier. Nicolas demanda à lire la lettre d'Eden pendant qu'Augusta assurait qu'elle s'était toujours attendue à quelque chose de ce genre. Ernest proclama que c'était bien heureux que maman n'ait pas vécu jusqu'à cette nuit, à quoi Nicolas répondit que personne, plus que maman, n'aimait les complications. A cet instant, des pas rapides se firent entendre sous le porche et Renny ouvrit la porte.

Avant même qu'il ait pu l'apercevoir, Alayne s'était enfuie au bout du hall. Elle ne pouvait lui faire face là, devant tous les autres ! Elle allait s'enfuir dans sa chambre pour ne le voir que le lendemain.

Elle l'entendit demander :

— Qu'y a-t-il ?

Nicolas lui exposa la situation avec force. Renny ne fit aucun commentaire, mais elle imagina sans peine son expression, ses sourcils roux relevés, la flamme de ses yeux noirs. Elle entendit la voix d'Augusta qui disait :

— Alayne est ici, la pauvre petite. Tiens, où est-elle allée ? Alayne, ma chérie, voici Renny.

Elle ne répondit pas. La chambre de grand-mère était grande ouverte. Elle entra et ferma la porte derrière elle. Elle fut étonnée d'y trouver la veilleuse allumée. A sa faible lueur, la chambre lui apparut plongée dans une atmosphère de profonde mélancolie. Elle vit les dorures fanées de la tapisserie, le profond fauteuil à oreilles devant le foyer vide, les lourds rideaux à franges et à glands, le vieux bois du lit peint à la tête duquel dormait, parmi les fleurs et les bruits fantastiques, Boney, la tête sous l'aile.

La chambre sembla avertie de son entrée. Durant les longues années où la vieille Adeline y avait vécu, cette pièce avait absorbé assez d'émotions humaines pour alimenter des songeries aussi longtemps que ses murs resteraient debout. Chaque objet portait l'empreinte de cette forte personnalité. En ce moment, faiblement éclairés, ces objets inanimés réussissaient à recréer sa présence. Le lit n'était plus lisse et froid, mais froissé et chaud sous le poids de ce vieux corps lourd et vigoureux. Alayne pensa : « Si j'étais entrée ainsi dans sa chambre, qu'elle aurait bien su me tendre les bras pour me serrer contre elle et me dire : « Embrassez-moi... Vite, embrassez-moi. »

Elle resta debout, près du lit, tendant l'oreille. Étaient-ils remontés ou avaient-ils regagné le salon pour y causer ? Elle entendait un bruit de voix, mais celle de Renny, pourtant si nette, restait silencieuse.

Son cœur battait douloureusement sous l'impulsion nouvelle que sa passion pour lui recevait des objets qui l'entouraient et de sa soudaine apparition. Elle appuya la main sur le bois du lit.

Il venait.

Involontairement elle se dirigea vers la porte, comme pour l'empêcher d'entrer. Mais il arriva avant elle et entra. Dans la lumière voilée de la veilleuse, se détachant sur le fond d'un lourd rideau marron, elle vit le visage qu'elle aimait, ce visage qu'elle évoquait la nuit et qui la poursuivait le jour. Il était là ; elle pouvait étendre la main, le toucher. Il vivait en elle et elle ne pouvait plus nier son élan vers lui. Mais que savait-elle vraiment de lui ? Comment envisageait-il l'amour et le bonheur ? Elle l'ignorait. Il était une énigme pour elle dont l'unique réponse était le cri de son propre cœur.

Scrutant son visage, il lui dit :

— Divorcerez-vous maintenant ?

Dans un souffle elle répondit :

— Oui.

— Et vous m'épouserez ?

— Oui.

Elle le regarda et eut peur en le voyant si près d'elle. Elle dressa entre eux une barrière en lui demandant :

— Pourquoi n'étiez-vous pas ici, ce soir ?

— Je ne pouvais pas, je savais qu'ils étaient partis.

— Vous saviez qu'Eden et Minny étaient partis ?

— Oui.

Il eut un rire bref et contenu.

— Je me promenais. Les barrières du passage à niveau se baissaient au moment où j'arrivais. Il faisait juste assez clair pour distinguer leurs deux silhouettes sur le quai. Ils portaient des valises. Et quand le train passa, je le vis de nouveau à une fenêtre.

Son air sombre disparut pour faire place au brusque sourire malicieux si semblable à celui de la vieille Adeline.

— Il m'a vu et m'a fait signe avec la main !

— Voilà pourquoi vous n'êtes pas venu ?

Il inclina la tête.

— Mais pourquoi ?

— Je ne sais pas. Mais cela m'était impossible, sachant ce que je savais.

Éprouvant une brusque souffrance, elle lui demanda :

— Et vous n'êtes pas venu me l'apprendre ? Vous m'avez laissée rentrer à la Cabane où j'ai tout découvert moi-même ?

— Oui.

— Quelle cruauté de votre part !

Il ne répondit pas, ne voyant que le creux blanc de sa gorge.

Les yeux d'Alayne cherchèrent à lire dans les profondeurs des siens. Était-il vraiment cruel où seulement timide, à la façon d'un animal sauvage effrayé par ce qu'il ne comprend pas ? Elle se souvint soudain du promeneur entendu dans le bois de pins, de l'expression bizarre de Finch lorsqu'il l'avait rejointe après sa recherche.

— Étiez-vous dans le bois ? Est-ce vous que Finch et moi avons entendu ?

Il resta encore silencieux, mais cette fois s'approcha et posa la tête contre la sienne en murmurant :

— Ne posez plus de questions. Aimez-moi.

Elle sentit le feu d'un baiser dans son cou et se cramponna à lui, appuyant son front contre son épaule. Ils ne pouvaient parler, mais leurs cœurs, l'un après l'autre, parlaient entre eux le langage des flots qui montent, des vents qui courbent les branches, de la pluie qui pénètre à l'intérieur chaud de la terre.

28

Canards sauvages

Un mois plus tard, un groupe matinal se disposait à quitter Jalna pour aller chasser le canard sauvage. Ils partaient en auto pour la région des lacs et des marais peuplés de sarcelles, de canards et de bécasses. Dans la voiture de Maurice Vaughan se trouvaient deux de ses amis : Mr. Vale, de Mistwell, et Mr. Antoine Lebraux, de Québec. Piers et Renny devaient emmener les chiens dans la leur. Ces derniers, fous de joie à la vue des fusils, allaient flairer successivement les sacs, les provisions, les armes, les jambes de leurs maîtres revêtues d'épaisses chaussettes de laine ou de leggings. Le ciel était gris avec quelques taches bleues. Le soleil semblait rechercher délibérément le rouge éclatant des érables. Un vent violent soufflait du sud-est, apportant l'odeur du lac et le bruit de ses vagues se brisant sur la plage.

Wright apporta de la maison une lourde bourriche couverte de toile et la plaça derrière, dans la voiture de Renny.

— Le jambon est là, monsieur, dit-il, ainsi que les petites conserves. Le sac de biscuits pour les chiens est dans ce coin. Et voilà les bouteilles d'alcool.

— Parfait.

Renny introduisit sa tête dans l'auto.

— Nous partons tout de suite... Tout est en place, Maurice ?

— Oui. Il y a longtemps que nous sommes prêts.

Nicolas, Ernest, Finch, Wakefield, Pheasant et Mooey étaient sortis, nu-tête, pour assister au départ. Nicolas portait une épaisse robe de chambre à carreaux rouges et verts. Sa chevelure grise n'avait pas encore été peignée et se dressait comme une crête au-dessus de ses traits durs. Ernest causait avec les invités, les mains dans ses poches, mince, se sentant rajeuni, heureux de ce remue-ménage. Pheasant, ses courts cheveux au vent, ne cessait de courir après son fils qui marchait maintenant. L'enfant, emmitouflé dans un cache-nez de Piers, son petit nez bleui par le froid, était sans cesse en danger au milieu des autos, des chiens, des hommes et des courses folles de Wake.

Comme Finch aurait voulu partir aussi ! Il se tenait courbé en avant, comme un croissant de lune, les mains dans les poches, les épaules luttant contre le vent, regardant avec un sourire de regret les préparatifs fascinants des chasseurs. Piers, qui passait à côté de lui en tenant un chien d'arrêt en laisse, s'arrêta brusquement et le regarda. Le sourire s'effaça sur les lèvres de Finch qui se raidit, attendant une raillerie.

Piers lui dit :

— Pourquoi ne viens-tu pas avec nous ?

— C'est bien ce que je me disais, répondit Finch en plaisantant.

— Je parle sérieusement. Ce sera excellent pour tes nerfs détraqués et te mettra en bonnes dispositions pour l'hiver.

Il appela Renny qui examinait avec inquiétude son moteur.

— Pourquoi n'emmènes-tu pas le jeune Finch ? Il pourrait être utile.

— Il tuera plutôt l'un de nous. Il n'a jamais chassé. Pourquoi l'emmener ?

— Mais pourquoi pas ? insista Piers. Regarde-le. Il ne vivra jamais assez pour jouir de sa fortune s'il continue ainsi. Il est tout en jambes et en nez.

Tous deux regardèrent Finch qui riait bêtement, éprouvait l'impression d'être suspendu dans les airs !

— Entendu ! accepta Renny, d'un ton laconique. Mais ne perds pas de temps et va te préparer.

Finch se précipita vers la maison.

— Il est aussi vif que la moutarde, dit Piers d'un ton approbateur.

— Moi aussi, je veux venir ! hurla Wake.

Piers essaya de le calmer en le portant sur sa tête, mais dès qu'il le relâcha, l'enfant se précipita dans l'auto et s'installa sur le sac d'où il fallut le sortir de force.

— Sais-tu bien, dit-il les larmes aux yeux en regardant Renny, que je n'ai jamais été nulle part ?

— Tu ne peux pas venir avec nous.

Renny sortit quelques pièces d'argent de sa poche, et choisit deux pièces de 50 *cents* qu'il mit dans la main du petit garçon.

— Tâche, avec cela, de bien t'amuser.

Wake ne s'était jamais trouvé possesseur d'une telle somme. Il fut tout à fait consolé et éprouva même un certain sentiment de responsabilité.

Dans sa chambre, Finch enfouissait vêtements et chaussures dans une valise. En toute hâte, il enfila un chandail vert bouteille sur le rouge qu'il portait et s'aperçut dans la glace. Il se souvint du rêve de Wake dans lequel il était « une longue fleur jaune et plutôt triste » ! Il éclata de rire. « Mon Dieu, s'écria-t-il, c'est terrible ! » Ce qu'il considérait comme terrible n'était pas bien défini, mais s'appliquait probablement à la rapidité folle avec laquelle la vie changeait. Eden et Minny avaient disparu mystérieusement. Tante

Augusta et Alayne étaient en Angleterre, et lui-même partait pour la chasse avec ses frères !

Il descendit précipitamment les escaliers, sa valise ballottant dans ses jambes, et apparut les yeux hagards devant les autres. Il sauta dans la voiture de son beau-frère.

— Non ! cria Vaughan. Tu ne peux pas monter ici. Va dans l'autre voiture.

— Viens ici avec les chiens, lui dit Renny.

Finch plaça sa valise sur le tas de bagages et se glissa entre les deux épagneuls et le chien d'arrêt qui tremblaient tous trois d'excitation. Ils lui léchèrent les mains et la figure, poussant des cris de joie au moment du départ.

C'était enfin le départ ! La voiture de Maurice tournait dans l'avenue. Ses trois occupants firent des signes et crièrent adieu au groupe qui restait à Jalna. Finch ne parvenait pas à croire qu'il était dans l'auto, derrière Renny et Piers. Il passa la tête à la portière pour crier :

— Au revoir, oncle Nick ! Au revoir, oncle Ernest ! Au revoir, les enfants !

Ils lui répondirent de même. Wake allait et venait en dansant d'excitation. Oncle Ernest tenait Mooey dans ses bras. Pheasant et Mooey envoyaient des baisers. Il éprouva une sorte de souffrance de cette joie, de ce départ. Il pouvait supporter la douleur, mais était sans défense devant le bonheur.

De l'autre côté de la route, les chênes et les érables montraient leurs feuilles rouges et teintées d'acajou. Chaque coup de vent en arrachait quelques-unes qui s'envolaient comme de brillants oiseaux avant de tomber sur le bord de la route.

En approchant de l'église, ils virent les cèdres du cimetière s'élevant comme une barrière vert sombre contre le ciel. Renny effleura la main de Piers qui tenait le volant.

— Va doucement, lui dit-il.

L'auto dépassa lentement le cimetière. Les trois frères regardèrent le chemin escarpé, évoquant le jour encore tout proche où ils l'avaient monté en portant un cercueil. Renny ôta sa casquette et jeta un regard vif aux deux autres qui l'imitèrent. Piers garda la sienne dans sa main, regardant du coin de l'œil Renny pour recueillir un signe l'autorisant à la remettre. Mais Renny regardait Finch par-dessus son épaule en lui disant :

— Finch, te rappelles-tu son dernier mot ?

— Victoire ! répondit Finch.

LA FAMILLE WHITEOAK

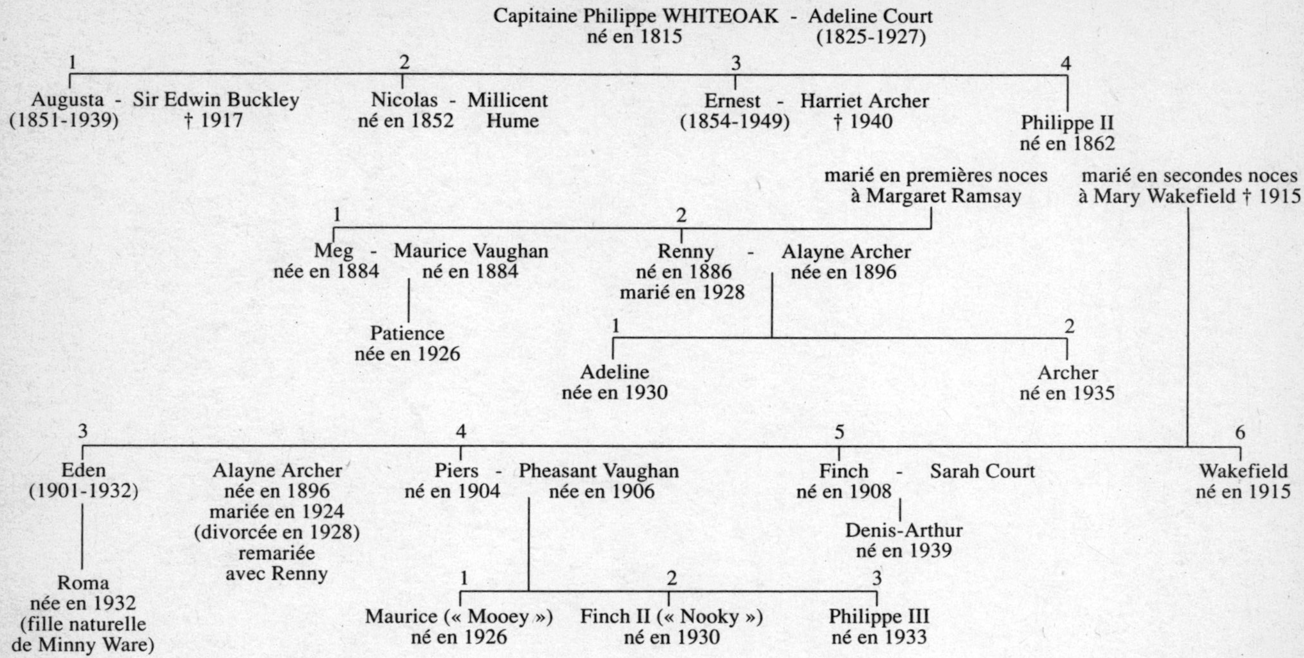
Capitaine Philippe WHITEOAK - Adeline Court
né en 1815 (1825-1927)
1
Augusta - Sir Edwin Buckley
(1851-1939) † 1917
2
Nicolas - Millicent
né en 1852 Hume
3
Ernest - Harriet Archer
(1854-1949) † 1940
4
Philippe II
né en 1862
marié en premières noces
à Margaret Ramsay
marié en secondes noces
à Mary Wakefield † 1915
1
Meg - Maurice Vaughan
née en 1884 né en 1884
Patience
née en 1926
2
Renny - Alayne Archer
né en 1886 née en 1896
marié en 1928
1
Adeline
née en 1930
2
Archer
né en 1935
3
Eden
(1901-1932)
Alayne Archer
née en 1896
mariée en 1924
(divorcée en 1928)
remariée
avec Renny
Roma
née en 1932
(fille naturelle
de Minny Ware)
4
Piers - Pheasant Vaughan
né en 1904 née en 1906
1
Maurice (« Mooey »)
né en 1926
2
Finch II (« Nooky »)
né en 1930
3
Philippe III
né en 1933
5
Finch - Sarah Court
né en 1908
Denis-Arthur
né en 1939
6
Wakefield
né en 1915

TABLE

LES FRÈRES WHITEOAK

L'HÉRITAGE DES WHITEOAK

JALNA

LES WHITEOAK DE JALNA

collection omnibus

Pierre Loti

de l'Académie française

Aziyadé / Le mariage de Loti
Le roman d'un spahi / Mon frère Yves
Pêcheur d'Islande/ Madame Chrysanthème
Ramuntcho / Les Désenchantées

Au terme d'un siècle qui n'en finissait pas de finir, un certain Julien Viaud qui allait devenir Pierre Loti ressentit le besoin violent d'immensités, de respirations profondes, de mondes merveilleux, de voluptés exotiques. De ses pérégrinations naquirent ces huit romans, parmi les plus célèbres, qui nous entraînent au loin, vers la Turquie, l'Orient, Tahiti, le Japon, mais aussi le Sénégal, la Bretagne la plus rude, le Pays Basque...
Loti redoutait par-dessus tout le temps à venir « où la terre sera bien ennuyeuse à habiter quand on l'aura rendue pareille d'un bout à l'autre, et qu'on ne pourra même plus essayer de voyager pour se distraire un peu ».
Cent ans ont passé. Les voyages et les rêves de voyage ne sont plus ce qu'ils étaient. Le moment est venu de redécouvrir Pierre Loti.

J. Fenimore Cooper

Le roman de Bas-de-Cuir

Le Tueur de daims / Le dernier des Mohicans
Le lac Ontario/ Les pionniers / La prairie

Constitué de cinq récits *(Le Tueur de daims, Le dernier des Mohicans, Le lac Ontario, Les pionniers, La prairie),* **Le roman de Bas-de-Cuir** raconte l'aube américaine, déchirée par la guerre franco-anglaise, par les luttes des tribus indiennes ralliées à l'un ou l'autre camp.
C'est, décrite en direct, la vie de ces « découvreurs » obscurs et héroïques que furent les premiers trappeurs, les premiers colons qui repoussaient toujours plus loin les limites de la Frontière.
C'est l'Amérique nouvelle qui s'éveille dans les forêts et les plaines d'un continent que le western réinventera et qui se métamorphose peu à peu sans séduire l'homme seul et libre qu'est Natty Bumppo, dit Bas-de-Cuir, dit Œil-de-Faucon, héros désintéressé, jamais dupe, et surtout pas de la prétendue « civilisation ».
Le Roman de Bas-de-Cuir, c'est l'Aventure, avec un grand A : c'est aussi un témoignage exceptionnel sur la vie des communautés du Nouveau-Monde — émigrants, Indiens, soldats — à l'époque de la guerre d'Indépendance qui allait donner naissance aux États-Unis d'Amérique.

Baronne Orczy

Le Mouron Rouge

Le Mouron Rouge / Le serment /Les nouveaux exploits du Mouron Rouge / La capture du Mouron Rouge La vengeance de Sir Percy / Les métamorphoses du Mouron Rouge / Le rire du Mouron Rouge / Le triomphe du Mouron Rouge / Le Mouron Rouge conduit le bal

« Des aristocrates sauvés in extremis de l'exécution ! » « La police de Robespierre mystifiée ! »
Tels auraient pu être les gros titres de la presse à sensation, si celle-ci avait existé en 1792.
Au milieu des bouleversements parfois sanglants qui marquent la Révolution, apparaît en effet un gentilhomme anglais qui, au péril de sa vie, va s'élever contre les excès de la Terreur et rendre l'espoir à d'innocentes victimes promises au couperet de l'infâme guillotine.
Le nom de ce redresseur de torts, de ce parfait pourfendeur de l'injustice et du crime ? Sir Percy Blakeney. Mais c'est sous son surnom du **Mouron Rouge** que ce héros de légende à la fois mystérieux, insaisissable, enflammé, galant, amoureux et invincible — véritable Zorro de la Révolution française —, passera à la postérité.
Les aventures de cette figure mythique du roman de cape et d'épée — adaptées à plusieurs reprises au cinéma — vous sont aujourd'hui présentées par la collection Omnibus, réunies pour la première fois en un volume unique.
Amateurs d'aventures menées à un rythme fou dans les coulisses de l'Histoire, accrochez vos ceintures : voici revenu le temps du **Mouron Rouge** !

Cecil Saint-Laurent

Caroline Chérie

Caroline Chérie / Le fils de Caroline Chérie :
1. L'Espagne et Juan / 2. Napoléon et Juan
Les caprices de Caroline

Caroline Chérie est un de mes jolis souvenirs de jeunesse...
Quand un de mes camarades de lycée qui s'était improvisé éditeur me proposa, à la suite des « best-sellers » anglais et américains, d'enthousiasmer les Français en leur offrant les aventures d'une héroïne française sur un fond d'histoire de France, je pensai aussitôt à la Révolution, bien qu'elle ne fût pas à la mode comme aujourd'hui. Quant au prénom, qui en ce temps-là était démodé, je le choisis parce qu'on l'employait volontiers à la fin du dix-huitième, et qu'il me plaisait.
Quelques années plus tard, après la sortie du film qui fit d'une petite comédienne une vedette, ce fut par millions, en France et en Europe, que se comptèrent les amoureux de l'impertinente jeune fille que j'avais rêvée dans la solitude.
Souvent, par la suite, des femmes m'ont raconté en cachette, ce livre sentant le soufre à l'époque, qu'elles l'avaient lu, adolescentes, à la lueur d'une lampe électrique, le soir dans leur lit.
Et un statisticien m'a appris qu'un grand nombre de petites Caroline étaient nées à cette époque...

Cecil Saint-Laurent.

Henri Troyat

de l'Académie française

Les semailles et les moissons

Les semailles et les moissons / Amélie / La grive
Tendre et violente Elisabeth / La rencontre

« Ce n'est pas le portrait d'une femme que j'ai voulu tracer dans **Les semailles et les moissons,** mais celui de trois femmes différentes et pourtant mystérieusement apparentées. Certains traits de caractère se retrouvent chez elles, de mère en fille. Chacune à sa façon illustre l'ascension d'une famille partie de rien et qui, à force de travail, de renoncement, de courage, se taille une place au soleil. Qu'il s'agisse de Maria, d'Amélie, d'Elisabeth, je leur voue la même tendresse et le même respect. Elles incarnent pour moi l'admirable opiniâtreté féminine dans la construction du bonheur. »

Henri Troyat

Composition : Nord Compo, Villeneuve-d'Ascq, Nord, France.
Impression : Richard Clay Ltd, Bungay, Suffolk, Grande-Bretagne.